Clemens Brentano

Werke in zwei Bänden

Herausgegeben
von Friedhelm Kemp
unter Mitwirkung
von Wolfgang Frühwald

Band II

Carl Hanser Verlag
München

ISBN 3 446 11628 1

Hanserbibliothek

Gesetzt aus der Bembo-Antiqua
Umschlagentwurf: Claus J. Seitz
Gesamtherstellung:
Mohndruck Reinhard Mohn OHG, Gütersloh
Printed in Germany

INHALTSÜBERSICHT

Das Märchen von dem Rhein
und dem Müller Radlauf
7

Italienische Märchen
105

Das Märchen vom Gockel,
Hinkel und Gackeleia
329

Anhang
645

Nachwort
702

Inhaltsverzeichnis
733

DAS MÄRCHEN VON DEM RHEIN UND DEM MÜLLER RADLAUF

Wie der Müller Radlauf dem Rhein ein Lied sang und einen Traum hatte.

Im Rheingau, wo jetzt Rüdesheim liegt, stand vor undenklichen Zeiten eine einsame Mühle am Rhein, umgeben von einer grünen und blumenvollen Wiese. Auf dieser Mühle wohnte Radlauf, ein junger frommer Müllerbursche. Er lebte mit der ganzen Welt in Frieden, gab den Armen gern ein Mäßchen Mehl umsonst und streute seine Brosamen den Fischen und Vögeln aus. Jeden Abend setzte er sich auf den Mühldamm hinaus und hatte da seine Freude an den schönen grünen Wellen des Rheins, an den Ufern, die sich spiegelten, und den Fischen, die vor Lust aus der Flut emporsprangen. Ehe er aber schlafen ging, flocht er immer noch einen schönen Blumenkranz und sang dem alten Rhein ein Lied vor, ihm seine Ehrfurcht zu beweisen. Am Schlusse des Liedes warf er dann den Kranz in die Wellen, die ihn freudig hinuntertrugen, und wenn Radlauf den Kranz nicht mehr schwimmen sah, ging er ruhig nach seiner Mühle, um zu schlafen. Das Lied aber, welches er gewöhnlich sang, lautete also:

Nun gute Nacht! mein Leben,
Du alter, treuer Rhein.
Deine Wellen schweben
Klar im Sternenschein;
Die Welt ist rings entschlafen,
Es singt den Wolkenschafen
Der Mond ein Lied.

Der Schiffer schläft im Nachen
Und träumet von dem Meer;
Du aber, du mußt wachen
Und trägst das Schiff einher.
Du führst ein freies Leben,
Durchtanzest bei den Reben
Die ernste Nacht.

Wer dich gesehn, lernt lachen;
Du bist so freudenreich,
Du labst das Herz der Schwachen
Und machst den Armen reich.
Du spiegelst hohe Schlösser
Und füllest große Fässer
Mit edlem Wein.

Auch manchen lehrst du weinen,
Dem du sein Lieb entführt;
Gott wolle die vereinen,
Die solche Sehnsucht rührt:
Sie irren in den Hainen,
Und von den Echosteinen
Erschallt ihr Weh.

Und manchen lehret beten
Dein tiefer Felsengrund;
Wer dich im Zorn betreten,
Den ziehst du in den Schlund:
Wo deine Strudel brausen,
Wo deine Wirbel sausen,
Da beten sie.

Mich aber lehrst du singen:
Wenn dich mein Aug ersieht,
Ein freudeselig Klingen
Mir durch den Busen zieht;
Treib fromm mir meine Mühle,
Jetzt scheid ich in der Kühle
Und schlummre ein.

Ihr lieben Sterne, decket
Mir meinen Vater zu,
Bis mich die Sonne wecket,
Bis dahin mahle du:
Wirds gut, will ich dich preisen,
Dann sing in höhern Weisen
Ich dir ein Lied.

Nun werf ich dir zum Spiele
Den Kranz in deine Flut:
Trag ihn zu seinem Ziele,
Wo dieser Tag auch ruht.

Gut Nacht, ich muß mich wenden,
Muß nun mein Singen enden,
Gut Nacht, mein Rhein!

Dieses Lied und der Kranz freuten den alten Rhein immer gar sehr; er gewann den Müller Radlauf darum gar lieb und trieb ihm sein Rad gar ordentlich, nicht zu langsam und nicht zu geschwind.

Einstens träumte dem Müller: er gehe auf seine Wiese und wolle dem alten Rhein den gewöhnlichen Blumenkranz winden, er finde aber auf der Wiese gar keine anderen Blumen als nur Rittersporn und Kaiserkronen und Königskerzen und Schwertlilien und Ehrenpreis und dergleichen vornehme ritterliche Gewächse; er aber scheue sich mit seinen bürgerlichen Händen nicht, breche die edlen Blumen nach Herzenslust und freue sich, seinem alten Freund, dem adlichsten der Flüsse, einen recht prächtigen Kranz daraus zu winden. Als er nun diesen im Traume in die Wellen warf, tauchte unter demselben ein alter, sehr ernsthafter und doch liebreicher Mann aus der Flut; sein grünes Schilfhaar war mit einer goldenen Rebenkrone umgeben, in deren Zweigen der Blumenkranz Radlaufs ruhte. In den Armen hielt er ein wunderschönes Jungfräulein und setzte sie vor Radlauf, der am Ufer niedergekniet war, auf den Strand. Die Jungfrau, träumte er weiter, habe sich ihm freundlich genaht, ihm eine köstliche alte Krone aufgesetzt und ihn dann an der Hand aufgehoben, um ihn nach seiner Mühle zu begleiten. Aber da er mit ihr über die Wiese gegangen, sei auch gar kein anderes Kraut mehr darauf zu sehen gewesen als nur Mausohr, worüber sie beide sehr erschrocken seien; denn das Mausohr sei dermaßen gewachsen, daß es sie ganz umklammert habe; dann aber sei ein Kraut, Katzenschwanz, emporgeschossen, und rings an allen Hecken und Bäumen so viele Weiden- und Palmkätzchen, wie sie am Palmsonntag in der Kirche eingesegnet werden, und habe das Mausohr ganz wieder verschlungen. Während alledem sah er im Traume den alten Wassermann in dem Rheine zornig herumspringen und ganze Berge von Wellen in die Höhe werfen, und seine Mühle schimmerte ihm wie ein Schloß am Bergfuß entgegen. Darüber erwachte der Müller in großen Ängsten.

Wie des Müllers Traum wahr geworden.

Der Traum war so lebhaft gewesen, daß Radlauf sich die Augen nicht lange rieb. Er sprang von seinem Lager und eilte hinaus auf die Wiese, um nach den vornehmen Blumen zu sehen, von denen er geträumt hatte. Da aber war alles wie sonst: Gänseblümchen die Menge und hier und da ein frisches Maiglöckchen und viel Butterblumen, auch im Schatten noch einige Veilchen. Die Sonne guckte eben mit den äußersten Spitzen ihrer goldenen Augenwimpern über den Rochusberg, welcher der Mühle gegenüber jenseits des Rheins lag, hervor. Radlauf trat auf den Mühldamm hinaus, den Rhein zu beobachten; denn sein Traum stand ihm so klar vor Augen, daß er glaubte, es müsse alle Augenblicke der alte Wassermann hervortauchen und ihm die schöne Prinzessin entgegenreichen.

Wie er so auf die Wellen niedersah, hörte er auf einmal eine herrliche Musik; da zitterte ihm das Herz vor Freude, und er dachte schon, das könne etwas bedeuten. Als aber plötzlich Pauken und Trompeten durch die Luft tönten und aus dem Echo widerschmetterten: hob er seine Blicke den Rhein aufwärts und sah von Mainz herab ein goldenes Schiff fahren, worauf der König und die Königin von Mainz nebst ihrer Tochter, der Prinzessin Ameleya, saßen, umgeben von vielen Hofdamen, Kammerherren, Rittern und Musikanten.

Merkwürdig war in dieser Gesellschaft, daß der größte Teil der Dienerschaft keinen Anteil an der Musik zu nehmen schien; denn der ganze Hofstaat hatte nur Ohren für das Schnurren und Spinnen einer großen Katze mit funkelnden Augen, die auf dem Schoße der Königin ruhte und mit dem Schweife wedelte. Alle schienen hierin eine Vorbedeutung großer Ereignisse zu sehen.

Die mächtigen Leute hatten damals den Brauch, gewisse bedeutungsvolle Tiere als Hof- und Leibtiere mit sich herumzuführen, welche lebendige Würdeträger innerlicher Eigenschaften und Geistesrichtungen ihres Stammes oder ihrer Person waren. Manche führten Löwen, Adler, Bären, Leoparden, Falken, Schwäne, Kraniche und dergleichen Tiere bei sich, diese alte Königin aber eine Katze. Diese Tiere waren zu einer großen

Ruhe und Gleichmütigkeit erzogen und durften nur im äußersten Fall durch ein bescheidenes, vieldeutiges Zeichen ihre innere Gemütsstimmung bemerklich machen. Denn von ihrem Betragen hing Glück und Leben von Land und Leuten ab; weil sie als Barometer für den Erfolg einer jeden Staatsangelegenheit betrachtet wurden, nach deren Äußerungen man Krieg und Frieden, Bündnisse und Heiraten schloß. Ging aber ein solcher Handel schief: so setzte man das Tier ab, jagte es in den Wald oder brachte es sonst beiseite und nahm ein anderes an dessen Stelle. Manchmal bei großen Veränderungen nahm man größere, mächtigere Tiere an die Stelle; so kamen Tiger, Leoparden und Löwen an die Stelle der Katzen. Es waren diese Gebräuche mit der alten Zeichendeuterei verwandt, nach welcher berühmte Helden vor jedem wichtigen Geschäft erst aus dem Fluge der Vögel, dem Lauf der Tiere, dem Fressen der Hühner Glück und Unglück vorhersehen wollten. In späteren Zeiten wuchsen die Leidenschaften der Menschen so, daß kein Tier mehr groß genug war, sie vorzustellen. Auch waren die Löwen, Adler und Elephanten wegen ihrer Unbändigkeit und Größe unbequem und unanständig; denn die Menschen wurden äußerlich zahmer und weichlicher. Da machten gelehrte Leute die Erfindung, nur die Abbildung der ehemaligen Hof- und Leibtiere mit herumzuführen und statt derselben geschickte, wohlerzogene Menschen anzustellen, welche sich nicht gleich alles merken ließen, damit man sich erst auf jeden Fall gehörig vorbereiten konnte. Es war dieses gewiß eine vortreffliche Erfindung, der wir Ruh und Frieden zu verdanken haben. Aus diesen Abbildungen der Hof- und Leibtiere entstanden die Wappen, und man kann aus den seltsamen Figuren der auf denselben abgebildeten Tiere sich eine Vorstellung machen, wie wunderbar Erziehung und Hofbrauch die ehemaligen Hoftiere zugestutzt hatten. Zu dieser wohltätigen Veränderung sollen die traurigen Begebenheiten mit beigetragen haben, welche durch die wenige Zurückhaltung der großen Katze auf dem Schoße der Königin von Mainz in dieser Geschichte veranlaßt wurden. Wenngleich alle diese abergläubischen alten Händel längst vergessen sind, so ist doch hie und da noch eine Spur übrig geblieben, wie man an den Wollflocken, welche die Vögel zu ihren Nestern von den Dornhecken sammeln, sehen kann, daß vorübergezogene Schafherden sie daran hängen ließen, und so soll das Sprüchwort: ›Es kommt Besuch, denn unsre Katze putzt sich‹, noch von der prophetischen Gewohnheit jener Katze herkommen, sich vor jeder Ankunft hoher Gäste fein sauber zu belecken und zu putzen.

Heute aber war die Aufmerksamkeit nicht ohne Ursache auf das Betragen der Katze gerichtet; denn die königliche Familie fuhr dem versprochenen Bräutigam ihrer einzigen Tochter, der Prinzessin Ameleya, entgegen, dem Prinzen Rattenkahl von Trier, der mit der alten Königin von Trier den Rhein herauffahren sollte.

Es war nicht ganz unbekannt geblieben, daß diese Familie ein Hof- und Leibtier von sehr verschiedener Gemütsart mit sich führte; aber ein altes Staatslied enthielt die Prophezeiung, daß am Bingerloch durch Zusammenkunft von Katz und Ratz eine hohe glückliche Verbindung und eine neue glückliche Zeit eintreten sollte. Das Liedlein sagte folgendes:

Gute Zeit! wenn Ratz und Katz
Einig auf des Rheines Flut
Hingeleiten Schatz zu Schatz,
Alles wird dann werden gut.
Glück, dann hält des Rades Lauf
Hochzeitskranz und Krone auf.

Weil nun die Familie des Prinzen Rattenkahl eine ausgezeichnete Ratze mit sich zu führen pflegte: so hielt man das heutige Begegnen der beiden Schiffe, welche Ratz und Katz und auch den herzallerliebsten Schatz, die Prinzessin Ameleya, mit sich führten, für die Erfüllung jenes alten Reims, und die Hofmusikanten spielten gar keine andere Melodie, was schier langweilig war.

Die schöne Ameleya war sehr begierig, ihren Bräutigam zu sehen, mit welchem ihr ein so großes Glück kommen sollte, und sie hatte sich ganz vornhin auf den Schnabel des Schiffes gesetzt, so daß ihre blonden Locken wie ein goldenes Wimpel wehten. Sie trug ein grünsamtenes Kleid, mit goldenen Träublein gestickt, und spielte mit einem goldenen Ruder nachlässig in den Wellen, während sie dann und wann durch die hohle

Hand in das dunkle Felsental hineinsah, in welches sich der Rhein aus dem heiteren und lichten Rheingau ergießt, als wolle er mit seinem feurigen Wein einen kühlen Keller suchen. Radlauf wendete kein Auge von der schönen Prinzessin; denn ihm schien nicht anders, als daß sie die nämliche sei, welche ihn im Traum so sehr erfreut hatte. Dazu kam noch, daß er in dem Gesange von dem Schiffe her, in den Worten ›Schatz, Glück, Rades Lauf‹ immer von einem besonderen Glück zu hören glaubte, das dem Radlauf begegnen sollte.

Da erhob sich aber auf einmal ein starker Wind, und das Schiff der Königin von Trier strich mit vollen Segeln bei dem Binger Loche heraus und war in wenigen Minuten dem Mainzer Schiff sehr nahe. Der Bräutigam, Prinz Rattenkahl, saß auch auf dem Schiffsschnabel, seine Braut desto eher zu erblicken. Aber er sah nicht zum besten aus. Wenn er gleich ein guter Herr von großen persönlichen Eigenschaften sein mochte: so stand ihm doch sein kahler spitzer Kopf, sein sehr dünner aber langer Schurrbart und der enge Pelz von schwarzen und weißen Mäusefellen mit einem langen Rattenschwanz daran sehr unvorteilhaft. Hinter ihm saß auf einem ledernen Stuhl seine Mutter, die Königin von Trier, eine sehr alte Dame, die so beschäftigt war, die große Staatsratze, die ihr auf einem großen Samtkissen im Schoße lag, mit Zuckerbretzeln zu füttern, daß sie von allem um sie her nichts hörte und nichts sah; denn die Ratze schien besonders unruhig und wollte sich immer verstecken. Nun kamen sich die Schiffe sehr nah, und die Mainzer Musikanten machten einen gewaltigen Lärm mit ihrem alten Staatsgesang, den sie mit Pauken und Trompeten begleiteten.

Nun war der wichtige Augenblick der Erfüllung des alten Staatsreims herangekommen: keine Miene verzog sich auf den beiden Schiffen; hier schaute alles nach der Katze, dort nach der Ratze, welche sich beide auch in äußerster Stille verhielten; man erwartete das große Glück.

Die schöne Ameleya, etwas über das Aussehen ihres Bräutigams verlegen, wendete ihr Köpfchen gegen Radlaufs Mühle hin, und Radlauf rückte auf den äußersten Rand seines Mühldamms. Nun ertönte der alte Staatsreim noch einmal, und die Erfüllung stand nicht länger auf dem Sprung.

Die Katze fuhr wie ein Blitz über die schöne Ameleya weg nach der Ratze in das andere Hochzeitsschiff hinüber, die ebenso geschwind vor ihr in einen Winkel schoß; die alte Königin war mit ihrem Stuhle umgefallen; aber, o Unglück! der schönen Ameleya entfiel das goldene Ruder, sie bückte sich darnach und stürzte in die Flut, und, plumps! sprang Radlauf mit gleichen Beinen in den Rhein, sie zu retten.

Auf den beiden Schiffen war alles in der größten Verwirrung. Die alte Königin von Trier schrie wie rasend: »Staatsratz! o Staatsratz!« – Die alte Königin von Mainz aber schrie: »Staatskatz! o Staatskatz!« denn der Prinz Rattenkahl trieb diese dermaßen mir dem Ruder im Schiff herum, daß sie sich endlich auf den Mastbaum rettete. Diese Verwirrung mehrten die Musikanten noch, die wie toll und rasend drauflos paukten und trompeteten, worüber der König von Mainz endlich so unwillig ward, daß er den Pauker und zwei Trompeter ins Wasser stieß. Da ward es etwas geräumiger und stiller, und er konnte das Jammern der Hofdamen über das Unglück der Prinzessin Ameleya erst verstehen, und nun erhob er ein großes Wehgeschrei. Er trat auf die Spitze des Schiffs, wo sie hinabgestürzt war, und rief dem Trierischen Prinzen Rattenkahl zu: »O, teuerster Herr Schwiegersohn! retten Sie Ihre Braut!« Rattenkahl aber hörte und sah nichts vor Zorn über die Katze, die er noch immer herumhetzte, um sie aus dem Schiffe zu bringen, und schrie immer mit seiner Mutter zugleich: »Ins Wasser mit der Katze, sie soll ertrinken!«

Da warf der König von Mainz ihm aus Zorn die Krone an den Kopf, aber sie traf ihn nicht und flog in den Rhein.

Nun wendete sich der König zu seinem Gefolge und rief aus: »Wer mir meine Tochter rettet, der soll sie zur Frau haben und meine Krone dazu!«

Die Musikanten wollten platterdings nicht retten und schützten vor: das Wasser verderbe das Gehör, verstimme die Geigen, stehe gar zu tief unter dem Kammerton, habe keine Resonanz und könne man leicht in den tiefen Noten aus dem Takt kommen. Einige Ritter sprangen in den Fluß, aber ihre Waffen zogen sie alle in den Grund. Mehrere Hofdamen jagte der verzweifelte König nun selbst hinein; aber ihre breiten, steifen Röcke hielten sie oben wie Fischkasten, dabei jammerten sie, es komme ihnen kalt an die Beine und sie würden von Fischen gebissen. Hierzu raste der König um seine Tochter, die Königin jammerte um die Katze, die Musikanten spielten und schrieen den Staatsreim in einem betrübten Ton toll durcheinander; denn die Damen und Pauker und Trompeter, die um das Schiff herumschwammen, faßten sie an den Haarzöpfen, um sich herauszuhelfen. Da tat die gehetzte Staatskatze plötzlich einen Satz nach dem Mainzer Schiff, sie hatte aber nicht gut gemessen und fiel ins Wasser, worüber Rattenkahl lachte, daß ihm der Mäusepelz auf den Schultern tanzte, seine Mutter aber, die alte, böse Königin von Trier, vor Freuden in die Hände patschte. Sie hatte sich die ganze Zeit mit ausgebreiteter Schürze in den Winkel des Schiffs vor die Staatskatze gesetzt und, um die Katze von sich zu scheuchen, wie ein Hund gebellt. Die Katze aber wurde von einem schwimmenden Edelknaben mit dem Ellenbogen wieder in das Schiff geschleudert und ist später aus dieser Tat ein ganzer Landesname, Katzenellenbogen, entstanden.

Als aber Rattenkahl noch mit dem Ruder so nach ihr schlug, daß das Wasser dem König von Mainz die ganze Frisur verdarb, kam dieser in einen solchen Grimm, daß er ausrief:

»So wollt ich dann, daß dich das Bingerloch mit Mann und Maus verschlänge und die Felsensteine rings dazu lachten!«

Darauf aber erwiderte die Königin von Trier nichts als mit einer recht spitzigen feinen Stimme: »Ei, daß dich das Mäuschen beiß!«

Die Königin von Mainz herzte und trocknete indes ihre Lieblingskatze, und der König wendete seinen ganzen Zorn nun auf sie, weil er behauptete: diese verwünschte Katze habe all das Unglück herbeigeführt; und sie begannen beinahe schon zu raufen, als der alte Rhein das unartige Betragen all dieser häßlichen Herrschaften nicht mehr länger mit ansehen konnte und plötzlich einen heftigen Sturm in seinen Wellen zu erheben begann. Da flogen die beiden Schiffe wie Spreu auseinander. Das Mainzer Schiff flog gegen Mainz, das Trierische gegen Koblenz zurück. Da das letzte aber bei Bingen um die Ecke herum fuhr, ward die Verwünschung des Königs von Mainz schon an ihm wahr: der Strudel faßte das Schifflein und drehte es herum wie einen Kreisel, immer geschwinder und geschwinder; da lautete es, als wenn sich ein Riese gurgelte, und auf einmal war das Schiff voll Wasser, und Rattenkahl, seine Mutter und die Ratze verschwanden mit ihm. Die Felsen aber lachten rings dazu: »Klick, klack, klack!« als wenn man mit tausend Peitschen knallte.

So ward der Fluch des Mainzer Königs wahr und der Traum des frommen Müllers Radlauf auch und der alte Staatsreim auch; denn sein Freund, der alte Rhein, trieb dem schwimmenden Radlauf den Schatz, die schöne Ameleya, richtig in die Arme.

Mit ungemeiner Anstrengung arbeitete er, die schon halbtote Prinzessin nach seinem Mühldamm hinzubringen, und da er merkte, daß er selbst auch die Besinnung zu verlieren begann, umfaßte er die Prinzessin fest mit beiden Armen und rief in Gedanken den Vater Rhein um Hülfe an, der ihn nicht verließ und mit Ameleya gleich neben seiner Mühle, auf der schönen Wiese, ans Land warf, wo sie beide ohnmächtig wie tot nebeneinander lagen.

Wie Radlauf die schöne Ameleya in seine Mühle führt.

Der Rhein war schon wieder ganz ruhig und spiegelglatt, und die Sonne schien warm hernieder; da erwachte Radlauf aus seiner Betäubung.

Ach! wie war er verwundert, als er die schöne Prinzessin in ihrem grünen goldgestickten Samtrock neben sich im Grase liegen sah.

Schnell sprang er auf und kniete wieder vor ihr nieder und flüsterte: »Ach, allerholdseligste Prinzessin! wollen Sie nicht aufstehen und sich in meine Mühle bemühen?« Da sie aber kein Zeichen von sich gab, kam er in die größte Angst, und dachte erst, daß sie wohl gar könne ertrunken sein.

Nun besann er sich hin und her, was er für Mittel gehört hatte, Ertrunkene wieder zu sich selbst zu bringen. Aber es wollte ihm keines recht gefallen; er wagte keines aus Schüchternheit anzuwenden; so sehr unwürdig fühlte er sich, die Prinzessin zu berühren.

Das gewöhnliche Mittel, sie auf den Kopf zu stellen, fiel ihm zuerst ein; aber wie konnte er, dem es schon durch Mark und Bein ging, wenn er einen Laib Brot auf der oberen Seite liegen sah, auch nur den Gedanken ertragen, eine Prinzessin auf den Kopf zu stellen? Dann fiel ihm ein, daß man solchen Betäubten Federn unter der Nase verbrenne, um sie durch den scharfen Geruch zu sich zu bringen; aber auch dieses Mittel schien ihm erschrecklich; er hätte sich nie verzeihen können, einer so schönen Nase etwas Häßliches in die Nähe zu bringen. Da er also gar nichts wußte, fing er, neben ihr knieend, von ganzem Herzen zu beten an: der liebe Gott möge die schöne Ameleya doch wieder zum Leben zurückrufen.

Wie er so betend ihr in das liebliche Angesicht schaute, summte eine kleine goldene Biene um sie her und wollte sich eben auf ihren roten Mund, den sie für eine duftende rote Nelke hielt, niederlassen. Da vergaß Radlauf in der Angst, die Biene möge die Prinzessin stechen, alle seine vorige Schüchternheit und gab der schönen Ameleya, als er die Biene verjagen wollte, eine ziemliche Ohrfeige, nach welcher sie mit einem tiefen Seufzer die Augen aufschlug und erwachte.

Radlauf kniete noch zitternd neben ihr und sprach in der tiefsten Ehrerbietung: »O allerholdseligste Prinzessin! verzeihen Sie mir, daß ich Ihnen eine Ohrfeige gegeben, aber ich versichere Dieselben, der Schlag war allein auf eine unverschämte Biene gemünzt, welche Dero lieblichen Mund für etwas anderes, z. B. eine rote Blume ansah und Honig darauf sammeln wollte. Als ich diese nun erschlagen wollte, entwischte sie unter meiner Hand, und diese hatte das Unglück, der allerholdseligsten Prinzessin Wange nur allzuderb zu berühren. Ich flehe nun um Verzeihung; ist aber mein Verbrechen wirklich so groß, als ich es fühle, so bitte ich Dieselben, mir alsogleich den Tod zu geben.«

Die schöne Ameleya hörte diese Worte des Müllers kaum, so betäubt war sie noch, und da sie sich endlich aufrichtete und auf ihren Füßen fest wie eine schöne Bildsäule am Rhein dastand und gar nichts von der Ohrfeige zu wissen schien, tat er auch weiter keine Erwähnung davon.

Die Prinzessin sah bange den Rhein hinauf, da hörte sie noch in weitester Entfernung eine Trauermusik erschallen, mit welcher das Schiff ihrer Eltern nach Mainz zurückruderte. Das beruhigte einigermaßen ihr Herz; denn wo ihr Bräutigam, der Prinz Rattenkahl, hingekommen sein möge, das kümmerte sie gar nicht, weil sie eigentlich aus Schrecken über dessen unangenehmes Aussehen in das Wasser gefallen war.

Nun kniete sie nieder und dankte Gott von Herzen, daß er sie so wunderbarlich errettet habe, und wandte sich dann zu Radlauf, dem sie nun auch von Herzen dankte und ihn bat, sie in seine Mühle zu führen, damit sie ein wenig schlafen könne.

Radlauf konnte vor Freuden und Entzücken, als die schöne Prinzessin mit ihm sprach, gar kein Wort vorbringen. Er machte bloß eine untertänige Verbeugung, und als sie nach der Mühle zu wandelte, ging er hinter ihr her, teils aus Ehrerbietung, teils damit ihr die vom Rheinwasser noch sehr nasse Schleppe nicht so kalt an die Beine schlagen sollte. Der Prinzessin gefiel diese Artigkeit des Müllers gar sehr, und sie sah dann und wann um und nickte ihm freundlich mit dem Kopf. Er aber sah ganz beschämt an den Boden, und wie erstaunte er nicht, als er überall, wo die schöne Ameleya ihren Fuß auf der Wiese hinsetzte, lauter Ehrenpreis und Königskerzen und Rittersporn und andere adelige Blumen aufblühen sah, worauf er wieder sehr an seinen Traum gedachte.

So traten sie in die klappernde und stäubende Mühle, und als er sie in seine Stube gebracht, redete sie mit großer Freundlichkeit einige Worte zu ihm; doch konnte er ihre Stimme nicht verstehen vor dem Mühlgeräusch, und er wollte sich schon wegbegeben, die Mühle festzustellen, aber sie blieb in demselben Augenblick von selbst stehen, was ihn zu einer andern Zeit gewiß sehr verwundert hätte, ihm jetzt aber gar nicht auffiel, so beschäftigt war er mit seinem vornehmen Besuch und besonders mit dem Gedanken, was in aller Welt er ihr wohl für eine Mahlzeit auftischen sollte.

Radlauf verbeugte sich vor Ameleya und bat sie, sich es bequem zu machen; er legte ihr weiße Tücher über sein Bett, setzte ihr frisches Wasser hin und feine Kleie zum Waschen, auch sein bestes Handtuch und einen ganz neuen buchsbaumenen Kamm, den er selbst geschnitten hatte, wie auch das Brauthemd seiner verstorbenen Mutter und die Hochzeitkleider derselben, damit sich die Prinzessin umkleiden könne; dann machte er ein Feuer auf den Herd, teils ihr etwas zu kochen, teils auch die durchnäßten Kleider zu trocknen.

Alles das tat er still, ohne ein Wörtchen zu sagen. Die Prinzessin war auch ganz still und sah ihm zu, wie er alles so fleißig und bedachtsam und bescheiden besorgte, was ihr etwa angenehm sein könnte. Nun nahm er noch seine eigenen Sonntagskleider aus dem Kasten, hängte sie über den Arm, legte ein Stückchen Kreide auf den Tisch, ließ sich dann auf ein Knie nieder und sprach: »Allerholdseligste Prinzessin! wenn Sie sich der wenigen Bequemlichkeit in der Stube eines armen Müllers bedient haben, geruhen Sie mit dieser Kreide hier an die schwarze Küchentüre Ihre sämtlichen Leibspeisen aufzuzeichnen, damit ich hernach wieder hereinkomme und sehe, womit ich Sie in der Eile zu erquicken vermag.«

Die Prinzessin war durch die Artigkeit des Müllers sehr gerührt, brach die Kreide entzwei und gab dem Müller ein Stück mit den Worten: »Nimm hin, mein lieber Radlauf! begebe dich in die Küche und schreib auf die andre Seite der Türe deine Leibspeisen, und diejenigen, welche wir beide zugleich werden aufgeschrieben haben, sollst du mir dann bereiten.« Radlauf nahm die Kreide und sprach: »Nicht allein dieses, sondern auch alles andere, was Sie wünschen könnten, schwöre ich Ihnen zuzubereiten, wenn es in meinem Vermögen steht.« Nun machte er eine Verbeugung und begab sich nach der Küche.

Wie Radlauf den Küchenzettel macht und der schwarze Hans dabei sein will.

Kaum war Radlauf in der Küche, als er ein hübsches Feuer auf dem Herd machte und alles Geschirr recht reinlich ausscheuerte, wobei er sich immer besann, was er für Lieblingsgerichte aufschreiben sollte; aber es wollte ihm auch gar nichts anderes einfallen als gebrannte Mehlsuppe und Rühreier, denn er hatte sein Lebtag nichts anders gegessen und kannte auch kein anderes Gericht.

Unter diesen Geschäften und Sorgen horchte er dann und wann nach der Türe hin, ob die Prinzessin etwa schon auf der andern Seite ihre Lieblingsspeisen daran schreibe; aber er vernahm noch nichts; sie schien beschäftigt sich umzukleiden.

Mit allem war er nun bereit, nur besann er sich noch immer auf irgend eine andere Speise und rieb sich die Stirne, indem er auf und ab ging. Er hatte aber am Fenster einen zahmen Star im Vogelbauer hängen, den er trotz langer Bemühung noch nicht hatte sprechen lehren können, wenngleich der Vogel eine besondere, ja beinah menschliche Klugkeit verriet; als er nun den guten Vogel ganz tiefsinnig auf seiner Stange sitzen sah, als ob er sich auch auf einen Küchenzettel besänne, fragte er ihn, wie er gewöhnlich pflegte, wenn er seine Mahlzeit zubereitete:

Schwarzer Hans, du meine Freude!
Was kocht der weiße Müller heute?

Da antwortete der Star zum erstenmal, aber mit sehr trauriger Stimme:

Gebranntes Mehl und Rührei,
Der schwarze Hans ist auch dabei!

»Wohlan, so soll es auch dabei bleiben«, rief Radlauf aus, voll Freude, daß sein Vogel zum erstenmale gesprochen. Fröhlich ging er zum Vogelbauer, streute schönen Weizen hinein und füllte das Tröglein mit frischem Wasser; aber Hans blieb immer traurig, er wollte nicht fressen und nicht saufen; das Herz schlug ihm, als wenn er einer Katze gegenübersäße, und die Flügel ließ er hängen wie ein Leichenbitter. Radlauf konnte gar nicht begreifen, was den Vogel nur so betrüben möge. Endlich dachte er: er ist vielleicht erschrocken, als ihm auf einmal der Verstand aufgegangen und die Sprache gekommen, nun weiß er jetzt seines Studierens kein Ende, weil er vor lauter Gedanken gar nicht weiß, was er zuerst sagen soll. Um ihn ein wenig aufzumuntern, sprach er zu ihm:

Friß und sauf und bade dich
Und pfeife eins, Hans ohne Sorgen,
Weil ich zum Schmause lade ich;
Hast du kein Geld, ich will dirs borgen.

Worauf ihm aber der Star noch viel betrübter antwortete:

Was hilfts, wenn ich viel fresse,
Es ist mein Leichenschmaus;
Mich speist doch die Prinzesse,
Denn meine Zeit ist aus.

Was hilfts, wenn ich viel saufe,
Es ist mein Sterbetrunk;
Dem Tod ich nicht entlaufe,
Mich ißt ihr roter Mund,

Was hilfts, wenn ich viel bade
Mein Trauermäntelein;
Ich sterb heut ohne Gnade,
Ich muß gefressen sein.

Dabei legte er den Kopf ganz betrübt auf sein Freßtröglein, als wollte er ihn abgehackt haben. Radlauf bemitleidete ihn herzlich und machte ihm den Bauer auf und das Fenster, damit er sich eine Bewegung machen möge; denn er glaubte, er sei von vielem Studieren und Einsitzen so tiefsinnig geworden. Indem hörte er die Prinzessin mit der Kreide an der Türe schreiben, und schnell sprang er mit seiner Kreide auch an die Türe; sie schrieb von außen und er schrieb von innen, und sie schrieb noch lange, als er längst fertig war. Endlich machte sie die Türe auf und sprach; »Jetzt will ich lesen, was ich alles aufgeschrieben; wenn du es nicht hast, so gieb mir ein Zeichen.« Da las sie:

»Gebackene Pflaumen von Wolfenbüttel?«
Der Müller mit dem Kopf schüttelt.
»Ein verzuckerter Schweinskopf?«
Der Müller schüttelt mit dem Kopf.
»Eine Schneckenleber-Pastete?«
Der Müller mit dem Kopf drehte.
»Ein vergoldetes Kalbshirn?«
Der Müller schüttelt mit der Stirn.
»Lämmerschwänzchen in Honig gebacken?«
Der Müller schüttelt mit den Backen.
»Ein kandierter Wasserhase?«
Der Müller schüttelt mit der Nase.

Endlich sagte sie:

»Gebrannte Mehlsuppe und Rührei?«
Der Müller sprach: »Es bleibt dabei.«

Dann las die Prinzessin noch:

»Einen frischen Starenbraten?«
Der Müller sprach: »Ach ja, Ihr Gnaden!«

und die Tränen liefen ihm in die Augen, denn der Star sprach einmal übers anderemal laut und vernehmlich, aber mit sehr betrübter Stimme dazu: »Der schwarze Hans ist auch dabei«; und Radlauf merkte wohl, daß der gute Vogel vorausgefühlt haben müsse, daß ihn die Prinzessin aufessen werde. Warum er das wußte und wie er es wußte und wozu es gut war, daß es geschah, das wußte damals kein Mensch und kein Star; vielleicht wird es im Fortgang dieser Märchen noch einmal bekannt. So viel ist gewiß, daß Radlauf wohl fühlte, er könne der Prinzessin keine Einwendung machen, so leid es ihm auch tat, den schwarzen Hans zu schlachten; denn er hatte ihr geschworen, alles, was in seinem Vermögen sei, für sie als Speise anzurichten, so sie es begehrte. Er verbeugte sich demütig vor der schönen Ameleya und sagte: »Sogleich werde ich die Ehre haben, Euer Holdseligkeit zu bedienen«, und somit zog er die Küchentüre wieder zu.

Wie sich der schwarze Hans selbst umbringt, Radlauf und Ameleya ihn essen und nach Mainz ziehen.

Nun band sich Radlauf einen ganz neuen Mehlsack als Küchenschürze vor und nahm seinen Schleifstein und sein Messer zur Hand; denn er wollte dem Hans den Kopf mit einem recht scharfen Messer abschneiden, damit er nicht viel Schmerzen haben möge. Da er nun mit seinem Messer auf dem Wetzstein hin und her fuhr, fing der Star an, dazu zu sprechen:

Messer, Messer, wetz, wetz, wetz,
Ist der Lohn für mein Geschwätz:
Hätt ich nicht so sehr geschwätzt,
Wäre ich ein Fürst bis jetzt.

Als Radlauf diese bedeutungsvollen Worte des schwarzen Hansen hörte, hielt er mit Wetzen ein und redete sogleich, denn er hatte eine besondere Hochachtung vor Standespersonen in andern Umständen, den Vogel mit folgenden Worten an: »Ihro Durchlaucht waren also ein Fürst, ach vielleicht gar von Geblüt; o dann getraue ich mich nicht, meine Hand an Ihr gesalbtes Haupt zu legen, und so Euer Durchlaucht geruhen, werde ich Dieselben der Prinzessin Ameleya vorstellen.« Der Vogel antwortete hierauf:

Einst war ich Fürst von Starenberg,
Mein Maul stand damals überzwerg;
Doch ich habe so viel geschwätzt,
Daß es ein Schnabel ward zuletzt.

Dann bat er den Müller noch, ihn zu der Prinzessin zu lassen; er wolle nur die Ehre haben, sie vor seinem Tode noch einmal zu sehen, worauf er sich wieder einstellen wolle, um geschlachtet zu werden. Sein Testament sei bereits gemacht, er habe es mit Kienruß vermittelst seines Schnabels auf einen Mehlsack vor einigen Tagen geschrieben, und werde es Radlauf zu seiner Zeit finden. Hierauf machte der gerührte Müller Tür und Fenster auf und sprach: »Ihro Durchlaucht können sich begeben, wohin Sie wollen.« Der Star aber flog nicht etwa zu dem Fenster hinaus; das fühlte er tief unter seiner Würde; er begab sich vielmehr zu Fuß mit langsamen anständigen Schritten in die Stube zu der Prinzessin, und Radlauf schloß die Türe bescheiden hinter ihm zu, horchte auch nicht am Schlüsselloch, weil ihn Staatssachen damals gar nicht interessierten.

Als Ameleya den Vogel hereintrippeln hörte, wendete sie sich zu ihm, und er flog vor ihr auf den Tisch, an welchem sie mit aufgestützten Armen nachdenkend saß. Er machte da mehrere Komplimente und rührende Stellungen vor ihr; die Prinzessin sah ihm verwundert zu und wollte eben über seine wunderlichen Manieren lachen, als der Vogel mit beweglicher Stimme zu ihr sprach:

Gott grüß dich, schöne Ameley!
Der schwarze Hans ist auch dabei,

und mit seinem Schnabel eine goldene Nadel unter seinem Flügel hervorzog, die er sich so heftig in das Herz stieß, daß das

Blut der Prinzessin auf den Arm spritzte. Als er niedersank, sagte sie mit Tränen: »Ach, armer Hans! was hast du getan?« Da sprach der Vogel mit sterbender Stimme:

Ade, du schöne Ameley!
Verzeih mir meine Schwätzerei;
Das schönste Grab wird mich beehren,
So du mich willst sogleich verzehren;
Der Müller soll auch essen mit,
Ich wünsch euch guten Appetit.

Nach diesen Worten streckte er die Beine aus, schloß die Augen, sperrte den Schnabel auf und war mausetot.

Die schöne Ameley zog ihm die Nadel aus der Brust und erkannte dieselbe als eine ihrer Haarnadeln, die sie vor mehreren Jahren einem Edelknaben zu Mainz geschenkt hatte, der bald darauf verschwunden war. Über sein Verschwinden ging das Gerücht unter den übrigen Edelknaben, er habe ihnen erzählt, daß die Prinzessin Ameleya ihm eine ihrer Haarnadeln geschenkt, und da sei er plötzlich in einen Star verwandelt worden und davongeflogen. Jetzt erkannte Ameleya nur zu gut die Wahrheit jenes Gerüchts und vergoß bittere Tränen des Mitleids um den armen Hans und weinte und schluchzte so laut, daß Radlauf nach seinem Mühlrad ging, welches vorhin stehengeblieben war, um zu sehen, was es am Gange hindere; denn das Jammern der Prinzessin ging ihm so zu Herzen, daß er wünschte, er möge es vor dem Mühlgeklapper nicht mehr hören.

Da fand er nun zu seiner großen Verwunderng die Krone des Königs von Mainz, die, als der alte Herr sie in seinem Zorn dem Prinzen Rattenkahl an den Kopf hatte werfen wollen, in den Rhein gefallen war, in dem Getriebe seiner Räder hängen, wodurch sie stillgestanden waren. Kaum hatte er sie herausgenommen, so ging die Mühle wieder munter darauf los.

Als er nun wieder in die Mühle gehen wollte, sah er jenseits des Rheins einen Trompeter auf dem Rochusberg stehn; der blies, daß es in die Felsen hinein schmetterte, und rief dann etwas mit lauter Stimme aus. Auch sah er viele Fischer und Taucher auf dem Rheine herumfischen und schwimmen und tauchen und suchen. Einer von diesen sagte ihm nun: der König von

Mainz habe dem seine Tochter, die Prinzessin Ameleya, zur Gemahlin versprochen, der sie lebendig wiederbrächte, und wer sie tot brächte, der solle ein Schloß am Rhein haben, und wer sie samt der verlornen Krone zurückliefere, der solle sein Nachfolger sein.

Radlauf konnte ihn vor Freude gar nicht zu Ende hören; er versteckte die Krone in seinen Busen und hüpfte freudig nach der Mühle über die Wiese hin. Da er in die Küche kam, hätte er beinahe vor Freuden der Prinzessin: »Juchheh! mein herzallerliebster Schatz!« zugerufen; aber das Wort im Munde erstarrte ihm, denn er sah die Prinzessin beschäftigt, den verstorbenen Herrn von Starenberg zu rupfen. Sie pflückte so zärtlich an seinen Federn, die sie alle in ihr seidenes Schnupftuch tat, als fürchte sie, ihm wehzutun, und unterdessen erzählte sie dem Müller den ganzen Selbstmord des schwarzen Hansen, salzte ihn mit ihren Tränen und steckte ihn an ihren großen silbernen Schnürnestel, um ihn zu braten; seine Eingeweide aber tat sie in eine Büchse, um sie in seinem Familienbegräbnis beisetzen zu lassen. Aus den Federn machte sie ein seidenes Kissen, welches sie immer auf ihrem Herzen trug.

Die gebrannte Mehlsuppe und die Rühreier waren auch fertig geworden, und der Herr von Starenberg, der gutes Futter bei dem Müller genossen hatte, gab einen delikaten Bratengeruch von sich. Die schöne Ameley nötigte den Müller zu Tisch und aß vor allem unter bittern Tränen ihr Teil von dem schwarzen Hans. Das Herz schnitt sie entzwei und gab die Hälfte dem Müller; aber kaum hatten beide davon gegessen, als es ihnen sehr wunderbar zu Mut wurde und sie eine große Liebe zueinander empfanden. Sie sahen sich immer einander an, und die schöne Ameleya sagte:

»Mein lieber Müller, es ist mir niemals so wohl gewesen als bei dir, und wenn du von Adel wärest, wollte ich mit niemand mein Leben zubringen als mit dir.« Radlauf aber sagte zu ihr:

»Allerschönste Ameley, ich habe einen reichen vornehmen Freund, den alten Rhein, er soll uns wohl helfen, er hat Euch mir in die Arme gegeben und wird wohl weiter Rat schaffen. Jetzt aber rüstet Euch, daß ich Euch zu Eurem Vater zurückführe.«

»Ach!« sagte die schöne Ameleya, »mein Vater ist sehr stolz und geizig, er wird uns gewiß nicht helfen, und wenn er unsere Liebe merkt, sind wir verloren.«

»Seid nur ruhig,« sagte Radlauf, »ich habe ein ganz anderes Glöcklein läuten hören«, und somit ging er mit Ameley, die ihn nicht mehr verlassen wollte, hinaus auf die Wiese, und bat sie, ihm zu helfen, allerlei Kränze zu machen.

Während sie das tat, holte er seinen schönsten Esel und zäumte ihn mit bunten Bändern und schmückte ihn mit den Kränzen. Auch die schöne Ameleya wurde mit Blumen geziert, und setzte sich dann auf den Esel. Er selbst setzte die Krone des Königs auf, tat seine Feierkleider an und führte, in der einen Hand eine blühende Königskerze tragend, den Esel mit der schönen Ameley nach Mainz.

Ihre Gespräche unterwegs waren von lauter Liebe und Freundlichkeit, und sie übereilten sich gar nicht; der Esel machte einen Schritt nach dem andern. In den Dörfern entstand die größte Freude; jedermann, der ihnen begegnete, pries den guten Müller Radlauf selig und schloß sich dem Zuge an; viele aber eilten mit der frohen Nachricht voraus.

Kaum hatte nun der König gehört, ein Müller habe die schöne Ameleya gerettet und bringe sie, als er bekannt machen ließ: kein Mensch solle bei Todesstrafe ein Wort davon sprechen, daß er die Tochter dem Finder zur Braut versprochen.

Wie Radlauf betrogen ward, dem König von Mainz den Krieg erklärte, was er nachher in seiner Mühle träumte, und wie er die Königin und Rattenkahl von Trier begräbt.

Der Zug kam Mainz immer näher, und als die schöne Ameleye die Fenster des Schlosses in der Abendsonne spiegeln sah, weinte sie vor Traurigkeit, und als sie über die lange Rheinbrücke zogen, weinte sie noch viel mehr, und sagte zu dem Müller: »Lieber Radlauf, nimm diesen Ring zum Angedenken,« und gab ihm einen Ring, »und diesen Kranz, wirf in den Rhein, daß er uns helfe.« Das tat der Müller, und sie zogen in die Stadt ein, vom Volke begrüßt, und vor das Schloß.

Der König lag mit der Königin am Fenster, und als Radlauf sie sah, machte er mit dem Esel halt, schwenkte die Krone und rief hinauf: »Ich wünsche Euch einen guten Abend, Herr Schwiegervater und Frau Schwiegermutter! Hier bringe ich Euch meine Braut, Eure Tochter, die schöne Ameleya, lebendig: nun sagt mir öffentlich vor dem Volke zu, was Eure Trompeter ausgeblasen haben, so sollt Ihr Euer Kind wieder in Eure Arme schließen.«

Die schöne Ameley ward rot bis über die Ohren, als Radlauf so mutig hinaufschrie; der König und die Königin wurden aber vor Bosheit totenbleich, und plötzlich drangen mehrere Trabanten aus dem Schlosse, rissen die schöne Ameley vom Esel und brachten sie ins Schloß, dessen Tore sie dem nacheilenden Radlauf vor der Nase zuschlugen; zugleich wurden auch alle Fenster des Schlosses zugemacht, und der betrogene Radlauf mochte pochen und jammern, wie er wollte, er bekam keine Antwort.

Er hatte aber den schwarzen Hansen halb im Leibe und war voll Mut und erklärte, auf seinen Esel steigend, dem König von Mainz laut den Krieg, worüber die Mainzer Bürger ihn höhnisch auslachten, und die Kinder ihn den Eselsritter nannten. Da aber einige brave Leute ihm beistanden und laut den König wortbrüchig nannten, ließ der König sogleich ausrufen: jedermann solle sich nach Hause begeben, und man solle den wahnwitzigen Müller ruhig heimziehen lassen. Weil sich nun das Volk noch nicht verlor, ließ er einen hohen Galgen vor dem Schlosse aufrichten, vor welchem die Mainzer mit großem Respekt nach Hause gingen.

Als sie alle fort waren, stand der arme Radlauf mit seinem Esel allein da. Er sah die Sonne untergehen ganz rot in den Rhein und blickte an die Fenster, ob er seine schöne Ameleye nicht sehen könnte: da warf man plötzlich alle die Kränze oben herab, mit denen er die schöne Ameley geziert hatte. Er las sie sorgsam auf und hängte sie an seinen Esel, und da es bereits dämmerte, ging er an den Galgen, und hängte des Königs Krone daran, und schrieb dazu:

Zum ewigen Angedenken
Häng ich hier deine Krone,

Wo du, meineidiger König!
Zu deines Undanks Lohne
Heut selber müßtest henken.

Dann drehte er seinen Esel herum und ritt ruhig wieder nach Haus.

Unterwegs dachte er, wie er es anfangen sollte, den König zu bestrafen; aber immer kamen seine Gedanken auf die schöne Ameley, und er vergaß allen Zorn und fiel in eine tiefe Schwermut. Als ihm seine Mühle entgegenklapperte, fiel ihm seine Armut und seine heutige Hoffnung recht aufs Herz, und als er seinen Esel eingestellt und seine Stube betreten hatte, wurde er sehr betrübt.

Alles lag, wie die schöne Ameleya es verlassen, und sein Bett war noch eingedrückt von ihr. Alles ließ er, nichts getraute er sich zu verrücken, es war ihm alles heilig.

Als er in die Kammer trat, wo ihm sonst sein Star entgegengeschrieen, und er nun den leeren Käfig ansah, rief er aus: »Ach armer, schwarzer Hans! kaum war dir der Adel über den Schnabel gekommen, so konntest du nicht anders, du mußtest aus Höflichkeit sterben und gefressen werden; ach ich armer Müller! kaum nenne ich den König Schwiegervater, so läßt man mir den Galgen vor die Nase bauen; aber ich lasse nicht ab, bis mir mein Recht gehalten wird, und sollt ich beim Kaiser selbst drum appellieren.« Nun ging er auf seinen Mühldamm; es war zwölf Uhr in der Nacht; aber er wollte doch noch seinem alten Freund, dem Rhein, gute Nacht sagen, und sang ihm folgendes Lied, indem er ihm die Kränze der schönen Ameley zuwarf:

Wie oft ich dir gesungen,
Weißt besser du als ich;
Wie manchen Kranz geschlungen,
Weißt besser du als ich.

Wie froh mein Herz geschlagen,
Weißt besser du als ich;
Wie ich mein Leid soll klagen,
Weißt besser du als ich.

Die hohen Sterne schwanken
So düster heut in dir;
Es schwanken die Gedanken
So düster heut in mir.

Du gabst mir in den Wellen
Die schöne Ameley:
O wolle mir gesellen
Die schöne Ameley.

Sie schickt dir Blumenketten,
Die schöne Ameley;
O helfe mir erretten
Die schöne Ameley.

Gute Nacht, tu dich bedenken,
Was mir das Beste sei;
Tu in dem Traum mir schenken
Die schöne Ameley.

Da er dies gesungen, ging er nach Hause und legte sich auf die bloße Erde neben das Bett, wo heute die schöne Ameley geruht; denn er wollte dies nicht verändern, und so schlief er ein und hatte folgenden Traum. Er sah den alten Rhein wieder, der saß im Rohr und schnitt eine Pfeife, und als er ihn fragte: »Für wen ist die Pfeife?« sprach der Rhein: »Für dich und deine Armee, du sollst sie in dem Kriege blasen, den du dem König von Mainz angekündigt.« Als er ihn aber fragte, woher er die Soldaten erhalten sollte, sagte der Rhein: »Vom Prinzen Rattenkahl im Bingerloch.«

Da erwachte der Müller, und dachte seinem Traum lange nach und konnte nicht klug daraus werden; doch hatte er einen großen Glauben an den Traum und ging am Rhein hinab an das Bingerloch spazieren, und da er dort ein schönes Rohr fand, schnitt er sich eine Rohrpfeife und setzte sich auf eine Felsenspitze und pfiff ein lustiges Lied. Kaum hatte er ein Stückchen gepfiffen, als er wieder ein großes Gepfeife hörte und eine Menge schwarzer Mäuse um den Felsen heraufkriechen sah; an ihrer Spitze stand eine große Ratze, welche sich auf die Hinterbeine setzte und also zu ihm sprach: »Mein lieber Müller Radlauf, was steht zu deinen Diensten?« Da sagte Radlauf: »Ein paarmal hunderttausend Mann gegen den König von Mainz, der mir die schöne Ameley nicht geben will.« – »Von Herzen gern,« sagte die Ratze, »aber du mußt mir auch einen Gefallen tun und den Prinzen Rattenkahl und seine Frau Mutter, bei der ich bis jetzt in Diensten gestanden, und die im Bingerloch verunglückt sind, begraben.« – »Das ist nicht mehr als Schuldigkeit«, sagte Radlauf. »Ihre Körper«, erwiderte die Ratze, »liegen bei dem Bingerloch auf der Insel, wo du sie begraben kannst, bis die Leute von Trier es erfahren und sie abholen; wenn du das verrichtet hast, so gehe nach Mainz mit deiner Pfeife, und sobald du pfeifst, komme ich mit allen Mäusen der ganzen Welt, denn ich bin der Rattenkönig, und helfe dir.« – »Aber der schönen Ameleya dürft ihr nichts tun«, sagte Radlauf. »Behüte Gott«, sagte die Ratze, und so war der Bund geschlossen.

Nun setzte sich der Müller auf seinen Kahn und fuhr hinüber auf die Insel mit Hacke und Spaten. Da fand er den Prinzen Rattenkahl und seine alte Mutter, die Königin von Trier, auf dem Sande liegen, und eine Menge Ratten um sie herum, welche sie bewachten. Er machte in die Mitte der Insel zwei schöne Gruben nebeneinander, die er mit Kräutern und Blumen ausstreute, wobei ihm die Ratten sehr fleißig halfen. Dann legte er die beiden hinein und faltete ihnen die Hände. Bei dem Prinzen gelang es ihm, aber bei der Königin ging es nicht; denn sie hatte zwei Fäuste gemacht, und die konnte er nicht aufkriegen. Er ließ ihnen allen Schmuck; ja er putzte ihnen noch ihre Kronen mit Rheinsand wieder blank, da sie von dem Schlamm trüb geworden waren. Auf das Grab aber legte er einen Stein, auf welchen er folgende Inschrift machte:

Hier ruht

Die Königin von Trier,
Prinz Rattenkahl auch neben ihr.
Sie zogen auf die Freierei
Nach der schönen Ameley;
Im Bingerloch ertranken sie;
Der Müller Radlauf begräbt sie hie;
Er hat sich eine Pfeif geschnitten

Und ist nach Mainz in Krieg geritten,
Der Rattenkönig steht ihm bei,
Daß Gott gepfiffen und getrommelt sei.

Wie Radlauf die Mäuse zu Mainz zusammenpfeift, das Testament des schwarzen Hans auf seiner Mühle findet und in den Schwarzwald abreiset.

Als Radlauf das Begräbnis vollendet hatte, war es schon Abend geworden; aber er ritt dennoch nach Mainz, und es schlug zwölf Uhr in der Nacht, als er allein vor dem Schlosse stand. Ach Gott! dachte er, wenn ich nur die schöne Ameley noch einmal sehen könnte, ehe ich meinen Krieg anfange, vielleicht könnte noch alles gut gehen. Mehreremal wollte er seine Pfeife an den Mund setzen, aber immer unterbrach ihn irgend ein Geräusch, und er glaubte immer, das könnte Ameley sein, und er blies nicht. Aber endlich hörte er ein Fenster aufgehen und folgendes Lied singen:

Da drunten in jenem Tale
Da treibet das Wasser ein Rad,
Das treibet nichts als Liebe
Von Morgen bis wieder zur Nacht.
Das Rad das ist zerbrochen,
Die Liebe hat ein End,
Und wenn zwei Liebchen scheiden,
So reichens einander die Händ.

Der Müller erkannte bald die Stimme der schönen Ameley und war sehr gerührt, denn er merkte wohl, daß sie mit der Mühle, von der sie sang, seine Mühle meinte, und er sang ihr wieder:

Da droben auf jenem Schlosse,
Da singet ein Jungfräulein,
Das hab ich wohl gestern gezogen
Aus dem tiefen blauen Rhein;
Sie ists, um die ich freie,
Der Vater versaget sie mir;
Gott grüß dich, schön Ameleye!
Der Müller steht vor der Tür.

Man kann sich wohl denken, wie die schöne Ameley erfreut wurde, als sie Radlaufs Antwort hörte; ach leider hatte sie ihm nichts Gutes zu sagen, und sang ihm wieder:

Ach Radlauf! lieber Radlauf!
Ich bitt dich, zieh nach Haus;
Mein Väterlein will dich henken
An dem hohen Galgen hinaus!
Mein Mütterlein will dir schenken
An den Hals einen Mühlenstein
Und dich, mein Lieb! versenken
Wohl in den tiefen Rhein.

Dieser Vers gefiel dem Müller gar nicht, und er sang wieder hinauf:

Ich hab einen Traum geträumet
Von blauen Rittersporn,
Von goldnen Kaiserkronen,
Der wird mir zu Disteln und Dorn.
Mausöhrlein trägt nun mein Garten,
Gut Nacht, schön Ameley;
Nun steig ich auf die Warte
Und mach ein Feldgeschrei.

Mein Völklein soll nun ziehen
In des Königs Land einher;
Er wird ihm nicht entfliehen,
Sie sind wie der Sand am Meer;
Sie tragen graue Pelze
Und führen scharfe Zähn;
Kein Hälmlein auf dem Felde
Soll ihnen sicher stehn.

In deiner Mutter Speiskammer
Solln sie zur Tafel gehn;
In deines Vaters Krautgarten
Solln sie spazieren gehn;
Den Thron ihm ganz verderben
Und seines Hauses Schwell,
Und wenn auch hundert sterben,
Stehn tausend auf der Stell.

Solang, bis er wird halten
Sein hohes Königswort,
Solln meine Landsknecht schalten
Mit Rauben und mit Mord;
Dich werden sie verehren,
O schöne Ameley!
Das tu den König belehren;
Leb wohl und bleibe treu!

Als er dies gesungen hatte, sagte ihm Ameley weinend gute Nacht und machte das Fenster zu; denn sie wurde von ihrer Mutter gerufen.

Radlauf ging hinauf auf einen Felsen, der Eichelstein genannt, und pfiff einen lustigen Marsch, und kaum hatte er einige Minuten gepfiffen, als er in der Ferne ein großes Gezwitscher hörte. Der Nachtwächter ging vorbei und sagte: »Ei! was pfeift der Wispelwind heut närrisch im Rheingau!« Die Schildwache aber sagte: »Nein! ich glaube, es sind die Grillen.« Da machte ein Bäcker seinen Laden auf und sagte: »Ei! was zwitschern die Schwalben heute wunderlich!« Dann guckte ein Schneider zum Fenster heraus und sagte: »Wie heut dem Scherenschleifer sein Rad seltsam zischt!« Der Nachtwächter sagte dann wieder: »Es pfeift wie hunderttausend neue Schnupftabaksdosen!« Die Schildwache sagte: »Ich glaube, das wilde Heer wetzt die Jagdmesser«; und so kamen sie in einen lauten Streit, was es sei.

Aber das Pfeifen ward immer stärker, und die Leute wachten alle auf und in allen Fenstern ward Licht; Radlauf aber zog ruhig zur Stadt hinaus und sagte hie und da, wo ihn die Leute fragten, was wohl das entsetzliche Gepfeif sei: das werde wohl des Müllers Kriegsvolk sein, dem der König nicht Wort gehalten.

Als das Pfeifen immer stärker wurde, glaubte der König im Schlaf, es sei die Königin, die so mit der Nase pfeife, und er gab ihr einen Schlag, daß sie aufwachte und bös ward und ihn wieder schlug. Er sagte, sie solle nicht so pfeifen; aber bald merkten sie es wohl, denn die ganze Stadt war in Alarm, und alles schrie: *Mäuse! Mäuse!*

Nun konnte weder der König noch die Königin eine Maus sehen, ohne in Ohnmacht zu fallen, solchen Widerwillen hatten sie gegen diese Tierchen; aber das half hier nichts, denn in wenigen Minuten liefen sie schon außen an den Schloßfenstern in die Höhe, und es war ein solch Geknister und Gepfeife in allen Wänden, daß man in steter Todesangst war.

Nun waren zwar viele Katzen in Mainz; aber der König ließ sie alle wegfangen und um seine Stube herum setzen, und das Volk war ganz hilflos. Es war ein Geschrei, daß man sein eigen Wort nicht mehr hörte; denn nun kamen noch die Bauern aus den ringsum liegenden Dörfern und schrieen, daß die Mäuse ihnen alles Getreide abfräßen und das Korn auf den Speichern.

In solcher Angst war die Sonne aufgegangen, und es ward von den Mäusen etwas stiller; denn sie lieben das Licht nicht. Der geängstigte König und die Königin steckten den Kopf unter der Bettdecke hervor, und die schöne Ameleya trat herein und sagte, wie sie gar nichts von den Mäusen gelitten habe, und wie ihr der Müller Radlauf heut nacht im Traum erschienen sei und ihr gesagt habe, ehe der König sein Wort nicht halte, werde er seine Kriegsvölker nicht zurückziehen.

Als der König dies hörte, erinnerte er sich auch an die Worte der Königin von Trier, die ihm auf dem Rhein zugerufen hatte: »Ei! daß dich das Mäuschen beiß!« und er befahl nun, es sollten gleich zwei Trompeter zu Radlauf reiten und ihn höflich einladen, zu einer Unterredung nach Mainz zu kommen.

Als die Trompeter nach Radlaufs Mühle kamen, stand dieser vor der Türe und schrie ihnen entgegen: »Schon gut, ihr Herren! ich komme schon; ich kann mir schon denken, was ihr wollt«, und ohne sie nur anzuhören, sattelte er seinen Esel und ritt mit ihnen nach Mainz. Seine Pfeife hatte er umhängen, und als er zum Tor einritt, pfiff er einige Töne, worüber alle Mäuse sich verkrochen und still wurden.

Als er vor dem Schloß stand, sah der König zum Fenster heraus und konnte vor Zorn kaum reden; aber endlich sammelte er sich und sprach: »Müller Radlauf! wie hast du mir die Mäuse ins Land gebracht?« – »Mein gnädigster Herr Schwiegervater!« sagte Radlauf, »mit dieser Pfeife.« – »Und wo hast du die Pfeife her?« – »Die hat mir mein Freund, der alte Rhein, im Rohr geschnitten.« – »Müller Radlauf! du willst mich zwingen, dir die schöne Ameley zu geben, und ich will es auch tun; schicke mir zu einem Zeichen deines Vertrauens deine Pfeife herauf.« –

Sogleich nahm nun der Müller seine Pfeife und gab sie den königlichen Bedienten, die sie in das Schloß trugen; sodann kamen einige Trabanten und führten den Müller auch in das Schloß und machten die Tore zu. Aber der arme Radlauf, welcher froh die Treppen hinauf zur schönen Ameley springen wollte, wurde auf Befehl des falschen Königs in einen finstern Kerker geworfen. Die schweren eisernen Riegel rasselten hinter ihm zu, und er war in seinem Elend allein.

Kaum daß er eine halbe Stunde unter bitteren Klagen auf dem Stroh gesessen, raschelte etwas zu seinen Füßen, und er sah den großen Rattenkönig, mit dem er zuerst den Bund geschlossen, vor ihm sitzen und also sprechen: »Mein guter Freund und Bundesgenosse! du hast deine Sache schlecht gemacht, durch deine Treuherzigkeit hast du mich und mein ganzes Volk in des falschen Königs Hände gebracht; mich allein, bitte ich dich, wenigstens zu retten; halte mir die Ohren zu, daß ich es nicht höre, wenn man mein Volk fortpfeift. So bleibe ich bei dir, und dann wollen wir sehen, was weiter zu tun ist.« Unter bitteren Tränen hielt nun Radlauf dem Rattenkönig die Ohren zu; denn er hörte schon die Pfeife klingen und das entsetzliche Geschwirre der Mäuse.

Der König ließ sich nämlich von einem Bettelvogt, der auf einem kleinen Nachen im Rhein stand, alle Mäuse und Ratten in den Fluß pfeifen, und es dauerte wohl mehrere Tage, bis sie alle fort waren; dann warf der Bettelvogt die Pfeife auch ins Wasser und fuhr wieder zurück.

Der arme Radlauf konnt in diesen Tagen gar nicht schlafen; denn er mußte dem Rattenkönig immer die Ohren zuhalten, und sie lebten indessen von Wasser und Brot. Auch hörten sie beständig vor dem Kerkerfenster von den Straßenjungen Spottlieder auf Radlauf absingen, was der König allen Einwohnern befohlen hatte.

Als aber die Pfeife endlich schwieg, sank Radlauf in einen tiefen Schlummer, den er doch nicht lange genoß; denn der Rattenkönig kitzelte ihn an der Nase, und da er erwachte, sagte er: »Nun strenge alle deine Kräfte an, uns zu retten; sieh, ich habe unter diesem Stein einen unterirdischen Gang entdeckt, durch den wir entfliehen können.«

Radlauf machte sich schnell an die Arbeit, und bald hatten sie den Stein so in der Höhe, daß sie hinunter konnten und daß er wieder hinter ihnen zufiel. Der Müller ließ sein Wams zurück, und so zogen sie bei zwei Stunden weit im Dunkeln fort. Bald hörten sie ein großes Rauschen über sich, und als der Müller sagte: »Vater Rhein, es ist mir, als hörte ich deine Stimme«, antwortete es ihm: »Ja, mein Freund, ich rausche über deinem Haupt!« Und nun zogen sie noch eine Viertelstunde, da schrie der Rattenkönig: »Licht! Licht!« und sie kamen im Gebirge bei einer kleinen Kapelle unter vielen wilden Hecken wieder aus der Erde.

Der Mond schien und der Himmel war voll Sterne; sie sahen daß sie unter dem Rhein durchgegangen waren. Hier sagte ihm der Rattenkönig Lebewohl und zog seinen Weg, und Radlauf kniete bei der Kapelle nieder und sagte Gott von Herzen Dank für seine wunderbare Errettung.

Hernach begab er sich wieder nach seiner Mühle und klagte abends dem Rhein seine Not, und da er zu Bette gehn wollte, suchte er unter seinen Mehlsäcken herum, sich ein Lager daraus zu machen, und legte sie sich zurecht und schlief ruhig ein.

In der Nacht aber träumte ihm: er sei in einem großen Schloß und habe viele Diener um sich und werde hochgeehrt; nichts aber fehle zu seinem Glück als die schöne Ameleya, und er reite nach Mainz, um sie zu suchen; aber das ganze Mainzer Schloß sei leer und alles voll Traurigkeit; dann reite er wieder nach seiner Mühle, die könne er aber gar nicht finden, und höre sie doch immer klappern, und so reite er bis in den Rhein. Als er aber das Wasser fühlte, erschrak er, und da wachte er auf. Siehe da! er hatte auf dem Sack geschlafen, auf welchen der Herr von Starenberg sein Testament geschrieben; der Tag graute schon, und er trat mit dem Sack ans Fenster, und las wie folgt:

»Mein lieber Müller Radlauf! wenn du dieses liest, bin ich vielleicht schon tot. Herzlich danke ich dir für die viele Geduld, die du gehabt, mich schwätzen zu lehren; ach! wenn du gewußt hättest, daß ich nur zu viel geschwätzt, und daß ich meinen jetzigen geringen Stand nur durch das Plaudern habe: du hättest dir keine Mühe weiter mit mir gegeben. Nun aber begebe dich in den Schwarzwald und suche den Grubenhansel und zeige ihm meinen Siegelring, den du im Käficht finden wirst, und deinen Mühlknappenbrief; er wird dir mehr erzählen; und wenn du auf meinem Grund und Boden bist, so gedenke meiner und gönne den Überresten meines Leibes ein ehrliches Grab bei meinen Vorfahren.

Der schwarze Hans von Starenberg«

Mit Tränen benetzte Radlauf diesen letzten Willen des schwarzen Hans und eilte nach dem Käficht und fand da hinter dem Freßtröglein einen goldenen Siegelring, auf dem ein Berg, ein Star und ein Mühlrad gestochen war; den nahm er zu sich, und beschloß nun, seine Reise nach dem Grubenhansel zu richten, und seine Mainzer Händel einstweilen beruhen zu lassen.

Zuerst nahm er Abschied von seiner Mühle und schloß sie zu. Nichts nahm er mit als den Käficht, den Siegelring und den Mehlsack. Dann fuhr er nochmals auf die Insel im Bingerloch, wo er wußte, daß sich der Rattenkönig aufhielt, und dem er noch ein Säckchen feines Weizenmehl schenken wollte.

Kaum hatte er sich dem Grabsteine der Königin von Trier genaht, als auch der Rattenkönig erschien, der einen langen Trauerflor an hatte, und da Radlauf ihn gefragt, was der lange Flor bedeute, sagte er ihm: »Ich trauere um die Meinigen, die durch deine Treuherzigkeit in ihren Tod gegangen sind.« – »Hier hast du ein Säckchen Mehl«, sprach Radlauf. – »Ich danke dir,« sprach der Rattenkönig, »es tut not, denn es werden teure Zeiten kommen.« Dann erzählte ihm Radlauf, daß er eine Reise vorhabe und daß er komme, von ihm und den zwei hier begrabenen Ehrenleuten Abschied zu nehmen. Hierauf pflanzte er noch Thymian und Rosmarin aufs Grab und sagte dem Rattenkönig: was er für die schöne Ameleya in seiner Abwesenheit tun könne, solle er ihm aus alter Freundschaft tun; das versprach ihm dieser, und sie trennten sich.

Nun stieg Radlauf auf seinen Mühldamm und sah noch einmal in den Rhein, und gegen Mainz hin; aber er war so betrübt, er konnte nicht singen, und sagte nur immer: »Leb wohl, Vater Rhein! dir befehle ich meine Mühle, dir empfehle ich die schöne Ameley!« und unter solchen Worten schied er von dannen ins Gebirg.

Schwarzes Gewölk bedeckte den Himmel; alles war still und traurig ringsum, und der Rhein schlug mit den Wellen gegen das Ufer, als wolle er ihm Lebwohl sagen, da verbarg ihn der Wald.

Wie der König Hatto von Mainz die alte Königin von Trier und den Prinzen Rattenkahl am Galgen beschimpfte, und wie der Prinz Mausohr von Trier die Kinder zu Mainz aus Rache in den Rhein pfiff und sich dann am Grabe seiner Mutter mit dem Rattenkönig unterredete.

Als der König von Mainz die Mäuse losgeworden war, bestellte er ein großes Fest in Mainz, bei welchem er den hohen dreibeinigen Galgen ganz mit Ratzen benageln ließ; dann ließ er von Stroh einen Mann machen und ihm einen Mäusepelz anziehen, und eine Frau von Lumpen ebenso gekleidet; die ließ er auf einen Wagen setzen, dem alle Kinder mit kleinen Pfeifen folgen mußten, und mit diesem Wagen fuhr man an das Gefängnis Radlaufs, den man auch dazusetzen wollte.

Aber wie erschraken sie, da sie niemand in dem Kerker fanden als das Wams des Müllers und einige Totenbeine, die wohl schon lange da gelegen waren. Nun glaubte man allgemein, die Ratzen und Mäuse hätten den Müller gefressen, und machte es bekannt. Der König bedauerte sehr, daß er ihm keinen Schimpf mehr antun konnte; ließ aber doch sein Wams neben dem ausgestopften Rattenkahl und der lumpigen Königin aufhängen und dabei die Kinder mit ihren Pfeifen ein abscheuliches Gequicke machen.

Als die schöne Ameley den Tod des Müllers vernahm, ward sie sehr traurig und ließ von ihrer alten treuen Magd im Kerker nachsuchen, ob man nicht unter den Gebeinen ihr Ringlein finde.

Da die Alte darin herumsuchte, kam aber auf einmal der Rattenkönig und sagte: »Mütterchen! was sucht Ihr?« – Die Alte erschrak anfangs sehr und fürchtete, die Ratze möchte sie auch fressen; aber als diese ihr sagte: »Grüße die schöne Ameley von dem Müller Radlauf und sage ihr, daß er noch frisch und gesund und daß er nur verreist sei; sie soll ihm treu bleiben und sich nur immer stellen, als wenn sie ihn tot glaubte« – da ward die Alte sehr froh und begab sich zurück und brachte der schönen Ameley die fröhliche Nachricht.

Nachdem der böse König sein Fest begangen hatte, kam die Nachricht nach Trier, der Prinz Rattenkahl und seine Mutter hätten eine gar traurige Hochzeit in Mainz gehalten; denn der König habe sie an den hellen, lichten Galgen gehängt, und die Kinder hätten sie noch ausgepfiffen.

Nun hatte Rattenkahl noch einen kleinen Bruder, der Mausohr hieß, dem wurde das auch erzählt, und der kam darüber in einen solchen Zorn, daß er gar nicht wußte, was er anfangen sollte, und man mochte ihm sagen, was man wollte, so schrie er immer: »Die bösen Kinder, die meine Mutter und meinen Bruder ausgepfiffen, will ich strafen.« Das trieb er so lange, bis er endlich einmal einen vornehmen General zu sehen kriegte, der ihm eine tiefe Verbeugung machte; da schrie ihm Mausohr zu: »Mit Verbeugungen ist mir nicht gedient, solange meine Mutter und mein Bruder zu Mainz ausgepfiffen werden von den Straßenjungen.« Als die Soldaten, die hinter dem General so schön gerade wie die Wachspuppen herzogen, dies hörten, fingen sie an mit dem General zu zanken und fragten ihn, warum er sie immer und ewig herumspazieren führe; er solle sie nach Mainz bringen, daß sie ihren Fürsten abholen könnten. Der General aber sagte ihnen: »Ihr seid alle meine Kinder; wenn unser nur mehr sind, so soll es schon besser werden; laßt uns nur abwarten, wie die Courage dieses Jahr gerät.« – Aber die Soldaten waren so wild und tapfer, daß sie mannshoch in die Höhe sprangen, und einige stellten sich auf den Kopf und präsentierten mit den Füßen das Gewehr.

Als die Vornehmsten des Landes dieses sahen, beschlossen sie, die Soldaten einstweilen an Ketten zu legen, daß sie noch immer wütiger würden, um sie dann zur rechten Zeit nach Mainz zu führen; dies ließen sie dem kleinen Prinz Mausohr durch seinen Hofmeister sagen und zugleich, daß er, wenn er sich gut aufführe, mitziehen sollte, und hernach gar König werden.

Mausohr schwieg still dazu und dachte sein Teil für sich. Er wartete, bis es Nacht war, und schnarchte von ganzem Herzen, daß der Hofmeister glaubte, er schlafe ganz fest, und auch einschlief.

Da stand aber Mausohr leise auf, und nahm sich einige Stücke Brot und sein ABC-Buch mit, und schlich sich eilends der Stadt hinaus gegen Mainz zu.

Er lief die ganze Nacht durch einen dicken Wald, und da er gegen Morgen auf eine Wiese kam, wodurch ein Bach floß, legte er sich ins hohe Gras, ein wenig zu schlafen. Kaum aber hatte er ein wenig geschlafen, als er durch ein großes Geschnatter erweckt wurde; er guckte sich um und sah einen Storch mit großen langen Beinen auf der Wiese anmarschiert kommen, und hinter ihm drein liefen viele viele Kinder, die sich um den Storch herumstellten, und ihre Lektion hersagten.

Der Storch schrie: A–B: ab, B–A: ba, – Abba, und sofort schrieen es ihm die Kinder immer nach, und wenn eins nicht ordentlich antwortete, schlug er tüchtig mit seinem Schnabel drauf los, daß sie gewaltig schrieen.

Dem Mausohr machte das viel Vergnügen, und er fing auf einmal an laut zu lachen, worauf die Kinder auch lachten: so daß der Storch ganz böse ward und tüchtig auf sie schlug; da fingen die Kinder alle an zu schreien: »Dort sitzt einer, der macht uns lachen.« – Da lief der Storch so schnell gegen den Prinzen Mauseohr, daß er über ihn stolperte und hinfiel, worüber die Kinder wieder sehr lachten; darüber ward der Storch nun dermaßen unwillig, daß er gewaltig zu klappern anfing und eben dem Prinzen Mausohr einen rechten Schlag mit dem Schnabel geben wollte; dieser hielt ihm aber sein ABC-Buch vor, worauf ein großer Storch abgebildet war, und da der Meister Langbein dies sah, geriet er in die größte Verwunderung und machte die lustigsten Sprünge um den Prinzen Mausohr. »Herr Storch!« sagte nun Mausohr, »sind Sie nicht böse auf mich, daß ich gelacht habe, aber es hat mich ein Gräschen in der Nase gekitzelt, und ich will Ihnen auch mein ABC-Buch schenken, auf welchem Sie so schön abgebildet sind.« Der Storch war hierüber sehr vergnügt und gab den Kindern Spieltag, die das kaum gehört hatten, als sie schnell und lustig in den Wald fortliefen.

Nun unterredete sich der Storch recht artig mit Mausohr; dieser fragte ihn, wer ihn dann zum Schulmeister gemacht habe, und der Storch erzählte ihm: sein Vater sei hier im Lande auch Schulmeister gewesen, und sein Groß- und Urgroßvater auch;

denn da er den Leuten die Kinder bringe, so müsse er sie ihnen auch unterrichten; denn die Bauern hierherum seien nie zu Haus und immer in der Fremde, Korn zu schneiden, so hüte er einstweilen das Dorf, das hinter dem Walde liege, und führe die Wirtschaft, sonntags predige er auch. Dann ließ er sich von Mausohr das ABC-Buch explizieren und hatte eine große Freude daran.

Nun fragte Mausohr ihn noch: »Bester Herr Schulmeister! wie machen Sie es denn, daß die Kinder Ihnen gehorchen?« – »Ei,« sagte der Storch, »dahinten am Bache, da steht ein Rohrgarten, welcher mir gehört, den hat mein Urgroßvater noch gepflanzt, und wenn ich mir von dem Rohr eine Pfeife schneide und darauf pfeife, müssen mir alle Kinder nachlaufen, wohin ich will.« – »Könnten Sie mir wohl für mein ABC-Buch so eine Pfeife schenken?« sagte Mausohr. – »Mit Vergnügen«, sagte der Storch und lief fort und brachte ihm bald eine sehr schöne Pfeife, worauf Mausohr sich empfahl und ihm versprach, wenn er glücklich von seiner Reise zurückkehre und sehe, daß er die Kinder aus dem ABC-Buch gut unterrichtet habe, wolle er ihm einen warmen Weck mitbringen; worüber der Storch vor Freuden wieder hoch in die Höhe hüpfte und ihn mit großem Geklapper verließ.

Mausohr steckte seine Pfeife sehr vergnügt in seine Mütze, denn er trug eine hohe Mütze von weißen Mausepelzen, und ging munter auf Mainz los.

Unterwegs wünschte er seine Pfeife zu probieren, als er auf eine Wiese kam, wo ein Gänsejunge und ein Gänsemädchen Hirsenbrei miteinander aßen. Er tat aus der Ferne nur einen Pfiff auf seiner Pfeife, als sie ihren Brei verließen und auf ihn zu rannten.

Nun, dachte er, will ich die bösen Mainzer Kinder, die meinen Vater und meine Mutter ausgepfiffen haben, so auspfeifen, daß sie mir nimmermehr hineinkommen sollen; und indem er so dachte, setzte er ein Bein so schnell vor das andere, daß er die Türme der Stadt bald vor Augen sah.

Nun konnte er sich vor Unwille auch gar nicht mehr halten und marschierte munter in die Stadt hinein. Wie wunderte er sich aber, daß er keinen Menschen auf der Straße fand. Alles war wie ausgestorben; da kam er an eine Kirche und hörte gewaltig drin singen und Orgel spielen; er horchte am Schlüsselloch und sah alle Weiber drin, und hörte sie singen:

Dank und Preis!
Fort sind die Mäus!

Da schob er ganz leise den Riegel vor die Kirchentüre und ging an eine andre Kirchentüre und horchte wieder, da sangen alle Männer drin:

Dank und Preis!
Fort sind die Mäus!
Der Müller hat im Turm gesessen,
Da haben ihn die Mäus gefressen.

Da schob Mausohr wieder den Riegel vor die Türe, und kam endlich an eine noch weit schönere Kirche, da klangen Pauken und Trompeten drin, und als er durchs Schlüsselloch sah, erblickte er den König und alle Hofherrn darinnen, und es war da ein gewaltiger Spektakel mit Singen und Klingen, und er hörte die Worte singen:

Dank und Preis!
Fort sind die Mäus!
Der Müller hat im Turm gesessen,
Da haben ihn die Mäus gefressen.
Der Rattenkahl
Nebst Frau Mama,
Juheisasa!
Die hängen an dem Galgenpfahl!
Ein sauber Paar!
Der Herr bewahr
Uns vor solchen Bräutigamen!
Amen! Amen!

Als Mausohr nun dieses vernommen, war sein Zorn und Unwille aus der Maßen groß; aber er machte doch keinen Lärm, und schob den Riegel, wie überall, auch hier vor die Kirchentüre; schrieb aber noch mit einem Stückchen Kohle an die Mauer:

Wer vor dem Wirt
Die Rechnung macht,
Der hat geirrt,
Wird ausgelacht;

Singt nur im Chor!
Den Riegel vor
Das Kirchentor
Schiebt Mauseohr.

Nun ging er nach dem Schloßplatz hin, und je näher er kam, je stärker hörte er ein Geschrei und Gepfeife. Nun trat er um die Ecke herum: da sah er den ganzen Platz voll Kinder mit Pfeifen und Schreien den hohen Galgen umgeben, an dem, wie er glaubte, seine Mutter und sein Bruder hingen, und da fing er heftig an zu weinen.

Als er mit seiner hohen Husarenmütze unter die Kinder trat, welche auch allerlei bunte Sonntagsmützen, aber doch keine solche auf hatten, versammelten sich viele um ihn und fragten ihn: wo er herkäme und wer sein Vater sei, und wo er die schöne Mütze her habe und warum er weine. Da nahm sich Mausohr zusammen und sprach: »Kennt ihr denn nicht die Petersau?« – »O ja!« schrieen alle Kinder, »die liegt gleich da unten im Rhein.« – »Nun, da bin ich her; ich bin des Peters von der Petersau sein Sohn und heiße Peterchen, und mein Vater ist König von der Petersau; er macht dieselben Petermännchen, um die man sich Äpfel, Nüsse und Birnen kaufen kann.«

»Ach!« sagten die Kinder, »da möchten wir auch sein und uns die Taschen mit Petermännchen füllen; aber wo hast du denn die schöne hohe Pelzmütze her, macht die dein Vater auch?« – »Ja wohl!« sagte Mausohr, »da ist kein Kind bei uns, das nicht eine solche Mütze hat und noch viel schönere, mit goldenen Quasten und einem Federbusch drauf; dies ist nur meine ordinäre Reisemütze.« – »Ei! da bist du ja sehr glücklich!« sagten die Kinder, »warum hast du denn geweint?« – »Geweint«, sagte Mausohr, »habe ich vor Zorn über die Leute, die da am Galgen hängen, die euch so vielen Schaden getan; ei potz tausend! die haben schöne Mäusepelze an, da könnte mein Vater euch allen Mützen davon machen, wenn er sie auf der Petersau hätte.«

»Hört einmal, ihr Knaben!« sagte da ein Schornsteinfegerjunge, »wenn uns nur die Mädchen nicht verraten, die Kerls mit den Pelzen wollte ich bald herunter haben, und dann nimmt sie Peterchen mit zu seinem Vater und läßt uns Mützen daraus machen.« – »Ei! ihr wollt uns immer als Verräter ausschreien,«

sagte da ein Schulmeisters-Töchterchen, »und ihr seid es doch, die ihr uns neulich verraten habt, da wir dem Küster die Birnen von dem Baume geworfen haben; wir tragen auch gerne Pelzmützen, und wenn ihr uns auch welche machen lassen wollt, so soll keine Seele was davon wissen.« – «Ja ja, gewiß nicht!« schrieen alle die andern Mädchen. – »Was sollen wir aber sagen,« versetzte der Schornsteinfegerjunge, »wenn uns die Eltern fragen, woher die Mützen und wohin da die Pelznickel gekommen sind?« – »Ei!« sagte das schlaue Mägdlein, »wir sagen, die Pelznickel seien fortgeflogen, und die Mützen wären vom Himmel herab geregnet; wissen die Eltern doch auch nicht, wo die Mäuse hergekommen.« –

»Ja ja!« schrieen da alle, »so geht es an, herunter! herunter mit den Pelznickeln!« Und mit einem Sprung kletterte der Schornsteinfegerjunge den Galgen hinan und wollte sie schon abschneiden und herunter plumpsen lassen: aber Mausohr schrie ihm zu: »Lieber! laß sie nicht so hart fallen, daß der Pelz nicht zerreißt; habt ihr keinen Wagen, auf dem wir sie nach dem Rhein fahren können, wo ein Kahn steht?« – »Da neben unterm Schloßtor steht dem König sein kleiner goldener Gartenwagen, auf dem er sich täglich von zwei großen Hunden im Garten herumfahren läßt,« schrie das Söhnlein des Leibkutschers, »den wollen wir holen, er ist sehr leicht«, und somit liefen gleich einige nach dem Wagen.

In wenigen Augenblicken stand er unter dem Galgen; der Schornsteinfegerjunge schnitt zu, und alle beiden Figuren fielen so schön gerade hinein, daß sie wie lebendige Menschen zu sitzen kamen; so oft aber eine herunterfiel, schrieen alle Kinder *Viktoria!* und Mausohr drückte die Augen zu; denn er glaubte noch immer, es sei seine Mutter und sein Bruder, und das Fallen könne ihnen weh tun. »Nun fort an den Rhein!« schrie Mausohr; die Knaben zogen, die Mägdlein drückten, Mausohr ging voran.

Als sie ans Wasser kamen, stand hinter einem Busch der hochzeitliche Kahn mit schwarzen Wimpeln; er ließ die Strohmänner drauf legen, spannte die Segel auf; die Kinder standen in einem langen Kreis am Wasser hin; da alles zur Abfahrt fertig war, ergriff Mausohr mit einer Hand das Steuer, mit der andern nahm er seine Pfeife aus der Mütze und sagte: »Nun, ihr Mainzer Knaben und ihr Mainzer Mägdlein! weil ihr denn diesen Ehrenleuten, die hier im Kahne ruhen, so manch Liedchen gepfiffen, will ich euch wieder eins pfeifen; kommt mit! kommt mit! damit mein Vater euch das Maß zu den Pelzmützen nehmen kann«; und somit begann er ein Liedchen auf seiner Pfeife, indem er vom Land abfuhr, zu blasen, so wunderbar lustig und traurig, daß die Kinder erst alle an zu lachen und zu weinen und endlich zu tanzen begannen, und sich immer mehr und mehr an das Wasser drängten und endlich gar hineinsprangen und drin herumwalzten; und immer ferner fuhr Mausohr mit dem Kahn, und die Kinder sprangen immer lustiger ins Wasser; anfangs hielten sie noch die Kleiderchen in die Höhe, um sie nicht naß zu machen, bald stand ihnen das Wasser bis an den Hals, und dabei sangen sie beständig mit dem beweglichsten Ton:

Ach Gott und Herr im Himmelreich!
Ach liebster Vater und Mutter mein!
Wir armen Kinder allzugleich,
Wir müssen sterben in dem Rhein!
Ach Hilfe! Hilfe! Hilfe!

Ach Peterchen, Herrn Peters Sohn,
Des Königs von der Petersau,
Du nimmst gar teuren Mützenlohn,
Du nimmst das Maß gar zu genau,
Ach Peter! Peter! Peter!

Ach hätten nun und nimmermehr
Die Mützen wir gesehen an;
Du rächest dich auch gar zu schwer,
Du falscher, böser Petermann!
Ach Mütze! Mütze! Mütze!

Die Pfeife bläst du gar zu mild,
Die Pfeife bläst du gar zu wild;
Die Erde weicht, das Wasser schwillt
Und uns mit Nacht die Augen füllt,
Ach Pfeife! Pfeife! Pfeife!

Mausohr blies aber immer heftiger zu, und schon sah man von den meisten Kindern nichts mehr als ihre Hüte und Hauben, und der Gesang ward stets schwächer, denn es ertranken immer mehrere.

Das große Geschrei lockte die schöne Ameley herbei, welche sich krank gestellt hatte, um, während der König und alle andern Leute in der Kirche waren, am Ufer spazieren zu gehen und, indem sie den Rhein hinuntersah, ihren traurigen Gedanken an den geliebten Müller Radlauf nachzuhängen. O wie erschrak sie da, als sie die vielen Kinder sah, die wie unsinnig in den Rhein hineintanzten, und alle waren schon drin, außer ein kleines hübsches Mägdlein, Ameleychen genannt, das sie aus der Taufe gehoben hatte; dies hüpfte noch allein am Ufer herum und schürzte schon sein Röckchen und streckte sein Füßchen gegen das Wasser, um hineinzupatschen; da wollte die Prinzessin es noch geschwind an dem Röckchen zurückziehen, aber in demselben Augenblick stimmte Mausohr ein neues Lied auf der Pfeife an, das so durchdringend lautete, daß auch die schöne Ameley zu tanzen anfing und mitsamt dem kleinen Mägdlein in den Rhein versank. – Lebt wohl, ihr armen Kinder! Gott erbarme sich eurer! Ihr habt schwer für die Treulosigkeit des bösen Königs und euren Mutwillen gebüßt.

Mausohr steckte nun seine Pfeife wieder in seine Mütze und ließ seinen Kahn ruhig den Rhein hinabtreiben; rings um ihn her wa r der Fluß mit allerlei bunten Hüten und Mützen bedeckt, und mitten drunter schwamm die Haube der schönen Ameley, die man wohl an dem goldnen Krönchen und dem Perlenstrauß, der drauf war, erkennen konnte. Da aber Mausohrs Schiff durch die Segel schneller getrieben wurde, verlor er bald die Stadt und die langsamer schwimmenden Hüte und Hauben aus den Augen.

Als Mausohr sich nun auf seinem Kahne, wie er glaubte, mit seiner Mutter und seinem Bruder Rattenkahl allein sah, vergaß er alle andern Gedanken und nahte sich den geliebten Leibern seiner Anverwandten, um sie einmal wieder recht herzlich anzusehen.

Er trat zu seiner Mutter hin und sprach: »Ach liebste Frau Mutter! wie ist Euer schönes Angesicht so weiß wie Papier geworden, und Ihr habt ja einen Schnurrbart von Kienruß!« – Nun nahm er eine Hand voll Wasser, um ihr die Augen zu waschen; aber wie erschrak er nicht, als ihr von dem Waschen die Augen ganz ausgingen, und als er endlich entdeckte, daß beide Figuren gar keine Menschen, sondern nur Strohpuppen waren, die man mit papierenen Gesichtern in die Pelzkittel eingesteckt hatte. »Ach! so bin ich doch betrogen!« schrie Mausohr, »und ist all meine Mühe und Arbeit umsonst gewesen!« und so kam er unter mancherlei Klagen an jene Insel bei dem Bingerloch an, wo seine rechten Eltern, ohne daß er es wußte, begraben waren.

Da er nun lange nichts gegessen und getrunken hatte, wollte er sich bei den vielen Brombeeren, Himbeeren und Haselnüssen erquicken, die da in großer Menge auf der kleinen Insel wuchsen. Kaum aber hatte er ein paar Schritte durch das Gebüsch getan, als er ein wunderliches Klappern hörte, und zugleich sah er einen hohlen Kürbis wie eine Glocke an einem Haselnußstrauch hin und her schwanken. Da er nun niedersah, erblickte er zu seiner großen Verwunderung den alten Rattenkönig, der das Glöckchen mit den Vorderpfoten gar emsig zog. Sie sahen sich beide zugleich, und mit einem Sprunge schwang sich der Rattenkönig voller Freude an dem geliebten Prinzen Mausohr hinauf, den er seit seiner Geburtsstunde gar genau kannte, und der ihn immer zu Trier, als er noch bei der verstorbenen Königin als Staatstier lebte, mit Zuckerbrot gefüttert hatte.

»Ei! wie kommst du hieher?« fragten sie sich beinahe beide zugleich. Unter vielen verwirrten Freudenbezeugungen erzählte Mausohr: wie er, um Mutter und Bruder zu rächen, alle Mainzer Kinder ins Wasser gepfiffen hätte, und wie er jetzt sich doch mit den Strohpuppen betrogen sehe. »Mein teurer Prinz!« sagte der Rattenkönig, »sieh! ich bin hier ein Eremit geworden, dort neben steht meine kleine Einsiedelei von Baumrinden gemacht, und eben da du kommst, läutete ich ein paar Mäuse und Ratzen, die ich von meinem Volke errettet habe, zusammen; wir wollten eben am Grabe deiner Mutter und deines Bruders singen, da kömmst du recht zu gelegener Zeit« – und somit führte er den verwunderten Mausohr an den Ort, wo Radlauf jene beiden begraben hatte.

Unter bittern Tränen hob Mauseohr den Stein in die Höhe und sah seine Mutter und seinen Bruder fein ordentlich mit ihren Kronen daliegen; er pries den frommen Müller tausendmal selig, daß er so ehrlich an seinen Verwandten gehandelt habe, und dann schimpfte er wieder auf den Mainzer König, der an allem dem Elend schuld sei.

»Ja wohl,« sagte die Ratze, »ihm ist alles Böse zu gönnen, und wenn nur seine Tochter, die schöne Ameley, vor ihm gerettet wäre, wollte ich gar nicht mehr an ihn gedenken.«

»Die schöne Ameley hat gute Ruh,« sagte Mausohr, »die war schuld an allem, und sie liegt nun im Rhein mit all den übrigen Kindern, ich habe sie noch zuletzt hineingepfiffen.« – Da die Ratze dies hörte, geriet sie in große Traurigkeit und Wehklagen wegen dem frommen Müller Radlauf und stellte dem Mausohr die Sache so beweglich vor, daß er auch zu weinen begann; da die Sache aber nicht mehr zu ändern stand, so beschlossen sie endlich, den Leichnam der Königin und Rattenkahls auf dem Schifflein nach Trier zu bringen, an ihrer Statt aber die Strohpuppen in die Grube zu legen und die Grabschrift zu verändern, damit der Müller, wenn er zurückkäme, wisse, was vorgefallen sei.

Nun brachte Mausohr erst seine Mutter und dann seinen Bruder auf das Schiff; dann legten sie an ihrer Statt die Strohpuppen hinein, den Grabstein aber drehte er um und schrieb darauf:

Prinz Mauseohr von Trier
Fand Mutter und Bruder hier
Und fuhr sie auf dem Kahn
Den Rhein hinab, die Mosel an
Nach Trier, wo sie jetzt ruhen.
Nun liegen in der Truhen
Zwei Strohpuppen in Mäusebalgen,
Er holte sie vom Mainzer Galgen
Und pfiff die Mainzer Kinderlein
Zur Strafe alle in den Rhein.
Beschlossen ward im Himmelsrat,
Was er aus Kindesliebe tat;
Ach frommer Radlauf! ihm verzeih,
Weiß Gott, die schöne Ameley
War auch dabei,
Der Gott genad;
Kömmt Zeit, kömmt Rat!

Nachdem er diese Grabschrift verfaßt hatte, ging er, das Schifflein mit allerlei grünen Gesträuchen zu schmücken; der Rattenkönig aber läutete nochmals mit seiner Kürbisglocke, und da ohngefähr ein Zwanzig Ratten und Mäuse zusammengekommen waren, teilte er das Säckchen Mehl, das ihm Radlauf zurückgelassen hatte, redlich unter sie aus, und rief die ältesten unter ihnen hervor, zu denen sagte er: »Ich übergebe euch nun auf längere Zeit die Regierung meines Reichs, da ich schon alt bin und nicht weiß, ob ich von meiner Reise wieder zurückkomme.« Sodann rief er alle die Paare hervor, die miteinander haushalten wollten, legte ihnen ihre Pfötchen ineinander und sprach: »Haltet fein Haus zusammen, und alle eure Kinder haltet dazu an, die schreckliche Niederlage, die der König von Mainz unter eurem Geschlecht angerichtet hat, zu rächen; lebt wohl und haltet euch wie ehrliche Ratten und Mäuse.«

Nun begab sich der Rattenkönig mit Mausohr auf den Kahn und sie fuhren mit gutem Wind nach Trier. Man war wegen der plötzlichen Flucht des kleinen Prinzen dort noch in der größten Bestürzung, als er plötzlich an der Stadt landete. Mit ungemeiner Freude und Trauer empfing man ihn und die Leichen der verstorbenen Herrschaften, denen man ein schönes Grab baute und oben drauf ein kleines goldnes Haus für den Rattenkönig, wo er immer von Mausohr mit Zuckerbrot gefüttert wurde; denn er wollte sich gar nicht von der alten Königin trennen, so sehr liebte er sie.

Mausohr ward nun, weil er so viel Klugheit und Tapferkeit gezeigt hatte, einstimmig zum König ausgerufen, und das erste, was er tat, war, daß er alle Zurüstungen zum Kriege machte, um den König von Mainz noch härter zu strafen.

Wie die Mainzer Bürger ein großes Wehklagen erhoben und vor des Königs Schloß zogen, und wie dieser eine neue Treulosigkeit beging.

Nun wollen wir aber einmal wieder nach Mainz sehen, was alle die Leute und der König und die Königin anfangen, die Mausohr in die Kirchen eingeriegelt hatte. Als der Gottesdienst aus war, wollten die Leute nach Haus zum Mittagessen gehen; aber da war die Türe fest zu. Man pochte, man probierte alle Schlüssel; nichts half; schon zankten die Leute auf die Kinder und nahmen sich vor, wenn sie erst heraus wären, die Kinder recht zu strafen, denn niemand anders konnte den Riegel vorgeschoben haben als die Kinder, weil alle übrigen Leute mit eingeschlossen waren.

Es war ein entsetzliches Lamentieren, die Köchinnen schrieen alle: »Ach Gott! der Braten wird uns verbrennen!« Die Mütter schrieen: »Unsere Kinder werden verhungern!« Die Königin klagte: »Wer wird meine Katze füttern und meinen Papagei?« Der Prediger aber, der von der Kanzel gerade durchs Fenster in seine Küche sehen konnte, und dessen Köchin Helene auch in der Kirche war, sah, daß der Entenbraten, der am Spieß steckte, schon vom Feuer ergriffen wurde, und schrie in voller Herzensangst: »Potz *Element! d'Ent' brennt, Helen', wend' d'Ent' um!*« Da meinten die Leute, er hätte Latein geredet, und sagten, er solle jetzt nur deutsch reden, wie sie hinauskommen könnten. »Ach ja,« schrie die Köchin Helene, »Herr Pfarrer! wenn ich nicht hinauskann, so kann ich die Ente nicht umwenden, und die Ente muß verbrennen.«

Endlich hängte sich einer an das Glockenseil, kletterte bis ans Kirchenfenster hinauf, ließ sich mit dem Seil hinaus und machte den Riegel draus auf. Nun drängte sich alles aus der Kirche hinaus, und mit großer Verwunderung las man:

Den Riegel vor
Das Kirchentor
Schiebt Mauseohr.

Nun wußte kein Mensch, wer Mausohr sei. Die Leute aus den andern Kirchen kamen auch heraus, und wie verwunderten sich alle, als jeder dem andern erzählte: »Ei, wir waren auch eingesperrt, wir auch«; dann liefen die Leute nach ihren Kindern auf dem Schloßplatz; aber der war leer, und die Puppen am Galgen waren verschwunden; der König suchte die Prinzessin, die war auch nicht da; die Leute liefen nach Haus und suchten nach den Kindern, die waren nirgends zu finden, und immer ward die Angst der Menschen größer, wo die Kinder möchten hingekommen sein. Da fanden sie endlich die Pfeifen der Kinder in der Rheingasse alle an die Erde geworfen, und nun zogen sie dieser Spur mit der größten Furcht nach, und als sie an den Rhein kamen und des Königs Gartenwagen allein am Ufer fanden, und die vielen Hüte und Hauben hin und wieder im Wasser herumschwammen, und in dem Sande die Fußstapfen der Kinder ganz deutlich ins Wasser führten: da brach ein allgemeines Wehklagen und Jammern unter den Müttern und Vätern aus, und man hörte nichts anders, als: »Ach mein blondes Trautchen! mein süßes Annemariechen! mein schwarzes Gretchen! mein braunes Stinchen! ach meine goldne Bärbel! mein Zuckerpüppchen! ach sie ist ertrunken! ach mein fromm Charteschen! meine schöne Borgel! ach mein flinker Hannes! mein runder Tonerl! mein Goldfritzel! mein kluger Franzel! ach mein lustiger Martin! mein Severin! ach mein Maxfritzl! mein weißer Wenzel! mein gutes Karlemännchen! mein dickes Dominikuschen! meine Herzgundel! meine Bettine! mein Atschekinkel! mein Madlenchen! mein blauäugiges blondes süßes Bandiekchen! mein Kattel! mein Melinenhühnchen! ach ertrunken! ertrunken! ach das Kind war so fromm! ja es konnte schon so schön beten und stricken! ach! der Junge konnte schon buchstabieren, er konnte schon Messe dienen!« Und so jammerten sie und rangen die Hände und weinten und fischten die herumschwimmenden Mützen ihrer Kinder zusammen und küßten sie und erzählten sich abwechselnd die Tugenden ihrer verlornen Kinder.

Nachdem sie mehrere Stunden so am Ufer in unsäglichen Leiden vergeblich ihre Schmerzen ausgesprochen hatten, kehrte sich ihr Unwille desto gewaltiger gegen den König, den sie durch seine Treulosigkeit an Radlauf als den Urheber aller ihrer bisherigen Leiden ansahen, und die einbrechende Nacht konnte sie nicht bewegen, nach Hause zu gehen; denn die guten Leute glaubten, sie könnten nie wieder von der Stelle, wo ihre Kinder zugrunde gegangen waren.

Der König hatte indessen auch alle Winkel nach der schönen Ameley aussuchen lassen, und als er endlich durch seine Boten das Unglück der ganzen Stadt vernommen hatte, hielt er sich ganz still; denn er fürchtete den Unwillen der Bürger, und er hatte auch recht. Endlich schickte er einen alten Geistlichen, die Leute zu trösten und zu ermahnen, daß sie nach Hause gingen;

aber er wurde nicht sehr freundlich aufgenommen, denn alle schrieen ihn an: wenn er nicht so lange gepredigt hätte, würden sie eher aus der Kirche gekommen sein und hätten ihre Kinder noch erretten können.

Endlich zwang der Hunger die armen Leute doch nach Hause zu gehen, denn sie hatten den ganzen Tag noch nichts gegessen; aber wie wurden sie von neuem betrübt, als sie nun in ihre Häuser traten, wo ihnen sonst die Kinder entgegengesprungen waren; als sie in die Stuben traten und die kleinen Stühle und Spielsachen einsam herumlagen; als sie endlich in die Kammer traten, um zu Bette zu gehen, und die lieben Kinder ihnen die Hände nicht boten, nicht ihr Abendgebet mitbeteten, als die kleinen Betten und Wiegen leer neben ihnen standen; ach! da ward kein Bissen ohne Tränen von ihnen genossen, kein Schlaf kam über ihre Augen. Bange griffen zu allen Stunden der Nacht die armen Mütter in die leeren Wiegen, um sich von ihrem Verluste zu überzeugen, und als sie gegen Morgen ermüdet einschliefen, träumten sie von ihren Kindern, wie sie in den Wellen herumgeschleudert würden über Felsen und Steine hin und in die Mühlräder hinein; andere träumten, sie wären noch da, und wenn sie plötzlich erwachten, sahen sie, es war nur ein Traum, und erweckten die Nachbarn von neuem mit ihrem Jammergeschrei.

So begann ein neuer Unglückstag, und viele andere würden ebenso traurig gewesen sein, wenn nicht eine neue Qual die armen Mainzer überfallen hätte. Alle Donnerstag war gewöhnlich Kornmarkt in der Stadt, wo Bäcker und Hauswirte sich ihr Brotkorn kauften, das die Bauern aus der Gegend zu Markte brachten.

Der Tag war wieder herangekommen und alle Bäcker und Bürger gingen mit ihren Säcken auf den Platz, um zu kaufen; aber da war kein einziger Bauer mit Korn gekommen.

Sie wußten nicht, was das zu bedeuten habe, bis auf einmal eine Menge Bauern von allen Orten kamen, aber auch mit leeren Säcken, sie wollten Korn kaufen; »denn«, sagten sie, »die Mäuse haben bei uns alle Felder verwüstet; wir haben keine Ernte gemacht, und wenn wir kein Korn kriegen, können wir nicht wieder säen.« Da sie aber sahen, daß hier auch nichts zu kaufen war, ward die Sorge bald heftiger, und alles Volk schrie bald laut: »Hungersnot! Hungersnot! zum König! zum König! der hat noch alle Speicher voll« – und so zogen nun ein Menge Leute vors Schloß und riefen: der König solle heraus auf die Galerie kommen.

Als er nun nach langem Rufen herauskam, rief er ganz unwillig herunter: »Was will das Gesindel? Kann ich niemals Ruhe haben? Ich glaubte, da ich nun meine unvernünftige Tochter verloren habe, ich könnte endlich mal ein Glas Wein in Frieden trinken; aber da macht die Bagage schon wieder Spektakel.« Nun schrieen ihm die Leute hinauf: sie wollten Korn haben; durch ihn seien die Mäuse in das Land gekommen, die auch kein Hälmchen auf dem Felde verschont hätten, und nun solle er ihnen auch Korn zur Aussaat und zum Brot geben. Der König antwortete: »Warum habt ihr nicht besser gewirtschaftet; das Korn, das ich aufgespeichert habe, das ist für mich und meine Soldaten.« Da schrieen die Leute: »Deine Soldaten sind unsere Söhne, wegen ihnen werden doch nicht ihre Eltern verhungern sollen.» Da schrie der König wieder herab: »Wenn ihr den sechsfachen Preis bezahlen wollt, sollt ihr jeder einen Sack voll haben« – damit schlug er das Fenster zu. Die Leute aber wurden ganz wild und unsinnig und warfen ihm Steine ins Fenster und schrieen: »Mache uns Brot draus!« Da ließ der König ihnen sagen: sie sollten so viele Bürger in das leere Stadtkornhaus senden, als hineingingen, und allen denen wolle er Korn geben; da drängten sich die Leute fast zu tot in das Haus und standen sie so dicht bei- und übereinander, daß kein Apfel darin auf den Boden fallen konnte; als sie nun alle drin waren, ließ der König die Tore des Kornhauses schließen und die Brücken drum herum aufziehen; denn das Haus war gebaut wie ein festes Schloß und rings mit Wassergräben umgeben, um es gegen Feuergefahr und Diebstahl zu sichern. Nun ließ er ringsherum noch Soldaten stellen, und die halbe Stadt hatte er so unbarmherzig zum Hungertode eingesperrt.

Tag und Nacht jammerten und wimmerten die armen Leute drin, daß es zum Erbarmen war, vor Hunger und Elend, und am zweiten Tag ließ ihnen der König einige Brote hineinwerfen, um die sie aus Hunger einander zu Tode schlugen. Und als die übrigen Leute vor dem Schlosse auf den Knien lagen und um Erbarmen für die armen Gefangenen baten, rief der König ihnen vom Fenster herab: »Hört ihr denn nicht, wie meine Kornmäuse im Kornhause pfeifen! Soll ich euch auch zu den andern sperren, weil ihr mir die Ohren so voll schreit!« – und so gingen die Leute voll Angst und Verzweiflung wieder nach Haus.

Von der guten Frau Marzibille und ihrem lieben Ameleychen, von dem Weißmäuschen und dem Goldfischchen.

Unter den Armen war auch eine gute Frau, die Marzibille hieß; ihr Mann war ein armer Fischer, der auch mit im Kornhaus eingesperrt war, und hatte sie ein sehr schönes Töchterchen gehabt, das Ameleychen hieß und mit den andern Kindern ertrunken war, gerade dasselbe Kind, welches Prinzessin Ameley ihr aus der Taufe gehoben hatte, und welches dieselbe am Rhein zurückhalten wollte, als sie auch versank.

Die arme Marzibille kam traurig nach Haus, steckte ihre Lampe an, kniete an ihren kleinen Hausaltar und flehte unter heftigen Tränen zu Gott um Barmherzigkeit für das Elend der ganzen Stadt und für das ihrige.

Als sie so eine zeitlang geweint und gebetet hatte, hörte sie etwas neben sich pfeifen, und da sie sich umsah, saß ein kleines weißes Mäuschen neben ihr, das sie gar wohl kannte; es war zahm, und ihr kleines Ameleychen, als es noch lebte, hatte immer mit ihm gespielt; seit dem Tod des Kindes aber hatte sie in ihrem Schmerz nicht mehr auf das Tierchen geachtet. – Kaum hatte sie das Mäuschen angesehen, als auch ein kleines Goldfischchen lebhaft in dem Wasserglase schnalzte, in welches Ameleychen es gesetzt hatte, dem es von selbst, als es einst am Rhein spielte, in den Schoß gesprungen war.

»Ach Gott! ach Gott!« sagte Marzibille, »ihr lieben kleinen Spielkameraden meines armen Ameleychens, ihr habt wohl rechten Hunger; ach! mein Kindchen ist nicht mehr da, das euch immer fütterte, mein Mann sitzt im Kornhause und ist vielleicht auch schon verhungert, und ich selbst habe nichts mehr als diese harte Brotrinde; denn das Fischen hilft nichts mehr, die Leute wollen keine Fische mehr essen, seit die Kinder alle ertrunken sind; ich kann es ihnen auch nicht verdenken, denn ich könnte keinen Fisch mehr essen, wenn ich auch verhungern müßte, aus Angst, ich möchte ein Fingerchen in dem Fische finden, das er vielleicht meinem armen Kinde abgebissen hätte; aber wartet, ich will meine Brotkruste mit euch teilen; solange ich nicht Hungers sterbe, sollt ihr es auch nicht, weil ihr so schön mit meinem seligen Ameleychen gespielt habt.« Da sie aber die harte Brotrinde eben zerbrechen wollte, richtete sich die kleine Maus sachte in die Höhe und sagte: »Frau Marzibille! hör Sie mich an« – und das Fischlein steckte den Kopf aus dem Wasser und sagte auch: »Frau Marzibille! hör Sie mich an« – da war die gute Frau sehr erschrocken, erholte sich aber endlich und sprach:

»Weißmäuschen! sprich du zuerst, weil du mich zuerst angepfiffen« – und das Weißmäuschen sagte:

Gute Werke, guter Lohn;
Gott im hohen Himmelsthron,
Der den Menschen schuf aus Erden,
Ließ die kleine Maus auch werden.

Wer in allgemeiner Not
Mit den Tieren teilt sein Brot,
Wer mitleidig und geduldig,
Dem sind Dank die Tiere schuldig.

Suche nach in meinem Loch,
Vielen Weizen hab ich noch;
Weil ich mir für harte Jahre
Immer reichlich etwas spare.

Ameleychen gab mir Brot,
Ameleychen ist nun tot,
Und du teilst die harte Rinde,
Weinst mit mir ob deinem Kinde.

Lasse, Mutter, nun mich frei,
Führ ich Glück der Stadt herbei;
Gib mich frei, Frau Marzibille,
Dir zu lohnen ist mein Wille.

Also sprach die kleine Maus recht schön deutlich und stammelte nicht einmal, und Frau Marzibille konnte sich der Tränen nicht enthalten, als das Mäuschen so artig von ihrem lieben ertrunkenen Töchterchen sprach. »Mein liebes Weißmäuschen!« sprach sie, »herzlichen Dank für deine Dankbarkeit; ich will deinen Weizen annehmen und kleine Kuchen daraus backen und, wo die Not am größten ist, auch andern davon geben; deine Freiheit kannst du nehmen, wenn du willst; du bist bei mir ein liebwerter Gast gewesen, und wenn du mich wieder besuchen willst, und ich lebe noch, so will ich dir alles Liebe antun, was ich kann; aber ich möchte dir noch etwas auf die Reise mitgeben, wenn ich nur was hätte!« Da suchte die gute Marzibille überall herum, endlich fand sie an dem Weihnachtsbaume Ameleychens eine kleine Zuckerbrezel hängen, die gab sie dem weißen Mäuschen, und aus vier Haselnußschalen machte sie ihm vier kleine Schuhe unter seine Pfötchen, und so lief die Maus klipper klapper ab.

Nun wendete sich Frau Marzibille zu dem Goldfischchen in dem Glase und sprach: »Was hast du, kleines Fischchen! der armen Marzibille denn zu sagen? Ach! ich weiß es wohl, Ameleychen hat dich ganz besonders lieb gehabt, weil du ihm einstens am Rhein freiwillig in den Schoß gesprungen bist.« Da sprach das Goldfischlein also:

Ich bin aus dem Rhein gesprungen
Deinem Kinde in den Schoß,
Als es süß ein Lied gesungen,
Ward zu ihm mein Wunsch so groß:

Daß ich aus den blauen Wellen
Zu dem blonden Engel sprang,
Und wir wurden Spielgesellen,
Zeit und Weil war mir nicht lang.

Aber jetzt die Stunden schleichen,
Und ich sehne mich zur Flut,
Wo dein liebes Ameleychen
Mit den andern Kindern ruht.

Sieh, ihm fehlen dort Bekannte,
Und es wird gar blöde sein;

Aber ich hab viel Verwandte
In dem alten grünen Rhein.

Ameleychen will ich lehren,
Wie es sich verhalten muß;
Lasse drum mich wiederkehren
Zu dem Kinde in den Fluß.

Wenn ich Ameleychen finde
Und es ist gesund und rot,
Komm ich wieder her geschwinde,
Bringe Trost dir in der Not.

Wenn ich es gestorben finde,
Leg ichs in ein Marmorgrab;
Halt von deinem blonden Kinde
Alle bösen Hechte ab.

Sonntag früh komm du gegangen
Auf die Stelle an den Rhein,
Wo das Kind mich hat gefangen,
Rufe nur dem Goldfischlein.

Und sogleich ich zu dir schwimme
Durch die grüne Flut geschwind,
Und dir saget meine Stimme
Von dem blonden lieben Kind.

»Ach Goldfischchen! Goldfischchen!« sagte Marzibille, »du bist doch gar zu treu und gut; gleich will ich dich in den Rhein tragen; ach! wenn es möglich wäre, daß Ameleychen noch lebte, daß ich es jemals wiedersähe, – aber ich möchte ihm doch etwas mitschicken: ein weiß Hemdchen, Halstuch und Strümpfe und sein Sonntagsröckchen; kannst du ihm das wohl bringen?« – »O ja,« sagte der Goldfisch:

Leg nur einen Stein hinein,
Wirf es nach mir in den Rhein.

Und nun packte die gute Marzibille ein schön Hemd, Strümpfe und das Sonntagsröckchen und ein Paar schöne neue rote Schuhe zusammen und legte ein Zettelchen dazu, darauf stand:

Lebst du noch,
So bete fromm;
Bist du tot,
In Himmel komm;
Bitt die lieben Engelein,
Daß auch ich bald komm hinein;
Dieses ist der einzge Wille
Deiner treuen Marzibille.

Und nun trug sie schnell das Fischlein mit dem Glas an den Rhein, warf es mit einem Lebewohl hinein und dann das Bündelchen, und rief ihm noch tausend Grüße hintennach an das blonde Ameleychen und ging hoffnungsvoll nach Haus.

Von der Gesandtschaft Weißmäuschens zum Rattenkönig und Prinz Mausohr nach Trier und deren Kriegszug.

Nun aber müssen wir uns auf den Weg machen und dem Weißmäuschen nachlaufen, damit wir erfahren, ob es Wort hält und was für Mittel es ergreift, die armen, verhungerten Leute in der Stadt zu erretten. Zuerst lief es bis nach Bingen, wo die Insel im Rhein liegt, und ließ sich von einer Wasserratze über den Fluß nach der Insel bringen. Da war nun eine große Freude unter den vielen Freunden und Anverwandten, die es da hatte, und jeder wollte ihm eine Ehre antun; denn Weißmäuschen war von hohem Adel, wie die weißen Mäuse alle sind.

Da Weißmäuschen hörte, daß der Rattenkönig sich nicht mehr auf der Insel aufhalte, sondern in Trier sei, nahm es bald von seinen Freunden Abschied und begab sich schleunigst nach Trier, mit dem Rattenkönig zu sprechen.

Es war mitten in der Nacht, als es in dieser wundervollen alten Stadt ankam. Es hatte auf der Insel erfahren, daß die Königin in einem prächtigen Tempel begraben liege, der drei Kirchen übereinander enthielt, und in der untersten sei das Grab, und darauf das Haus des Rattenkönigs. Es lief also so lange in der Stadt herum, bis es die hohe schöne Kirche erblickte. Bald hatte es ein Loch gefunden, wodurch es in die Kirche konnte, und sogleich lief es die schönen marmornen Treppen hinab, die so weiß waren wie es selbst, und befand sich in einer schönen

Kapelle, in deren Mitte das silberne Grabmal des Prinzen Rattenkahl und seiner Mutter bei dem Schein von vier großen alabasternen Lampen herrlich glänzte.

Als Weißmäuschen rings um das Grabmal herumlief, fand es eine silberne Wendeltreppe, durch welche es auf die Höhe des Grabmals kam; hier lag der Prinz Rattenkahl und seine Frau Mutter der Länge nach aus Gold gegossen, ganz natürlich, als wenn sie schliefen; über ihnen war eine silberne Laube mit goldenen Blättern, voller Blumen und Früchte von allerlei bunten Edelsteinen, daß es heller flimmerte als der volle Sternenhimmel; und dieses war die Wohnung des Rattenkönigs, der auf einem schwarzen Samtkissen, das in dem Schoße der goldnen Königin lag, eben sanft schlummerte. Aus der einen Hand der Königin pflegte er zu fressen, und in ihrerer andern Hand hatte sie einen Becher, aus dem er trank.

Als Weißmäuschen mitten in dieser Herrlichkeit stand, dergleichen es niemals gesehen, ward es von dem Glanze ganz berauscht und wußte nicht, auf welche Art es den schlafenden Rattenkönig wecken sollte. Aber eine goldene Harfe lag zu Füßen der Königin, weil sie sehr dies Saitenspiel zu ihrer Lebzeit geliebt, und da Weißmäuschen diese Harfe näher besehen wollte und unbehutsam mit seinen Schuhen von Haselnußschalen über die Saiten lief, klimperte die Harfe; sogleich entschloß es sich nun, ein hübsches Lied zu singen und dazu die Harfe spielen zu lassen, damit es den alten Rattenkönig auf eine bescheidene Weise erwecke. Es sang also, indem es hin und her tanzend die Saiten erklingen machte, wie folgt:

Wach auf! wach auf, mein Herr und König!
Aus deinem Schlaf, aus deinem Traum;
Erheb dein Ehrenhaupt ein wenig
Und gebe meinen Bitten Raum;
Hörst du, wie die Saiten tönen
Durch der Laube goldnes Schimmern:
Also wimmern,
Also stöhnen
Viele Männer, viele Frauen,
Die zum Sternen-Himmel schauen
Ohn Vertrauen
Und auf deine Hülfe bauen.

Als Weißmäuschen dies gesungen hatte, erwachte der Rattenkönig ein bißchen und sagte halb im Traum: »Ei Frau Königin, Ihro Majestät singen wie ein Violenengel; o darf ich bitten, noch ein Stückchen« – und somit drehte er sich auf die andere Seite und entschlief wieder fest. Da sang Weißmäuschen weiter:

Du träumst von Ihro Majestäten,
Ich singe von der Hungersnot;
Erwache! sei recht schön gebeten,
Verschaff den armen Leuten Brot;
Aus der Königin goldnen Händen
Ißt und trinkst du nach Verlangen;
Die Elenden
Schwer gefangen
Müssen all vor Hunger sterben,
Hungernd müssen ihre Erben
Auch verderben;
Lasse Gnade sie erwerben!

Hier erwachte der Rattenkönig wieder ein bißchen und sagte schlaftrunken: »Ich danke recht schön; ich nehms für empfangen an; ich habe erst einige Zuckerbretzeln zu mir genommen; ich habe keinen Appetit mehr« – und drehte sich wieder herum und legte sich aufs Ohr und entschlief von neuem.

Weißmäuschen wollte schier verzweifeln, den verschlafenen Rattenkönig zu erwecken; als es plötzlich ein Geräusch in der Kirche hörte und Fackelschein aus der obern Kirche herunterfallen sah. Es irrte sich auch nicht und versteckte sich geschwind hinter die Krone der Königin, als der junge König Mausohr im Schlafrock von weißem Mausepelz die Treppe herabkam; er hatte eine Schlafmütze von grauem Mausepelz auf, und die Krone oben drauf, was recht gut ging; denn sie war ihm bei seiner Jugend noch zu weit und hing ihm sonst gewöhnlich um den Hals auf die Schultern. Den Szepter hatte er der Quer im Maul; denn er hatte in der einen Hand die Fackel, in der andern die Kirchenschlüssel; und da er an das Grabmal kam, zupfte er den Rattenkönig am Schwanze, daß er erwachte und sich die Augen rieb. »Mein liebster Freund!« sagte König Mausohr, nachdem er den Szepter in den Gürtel gesteckt, »wer singt denn hier so beweglich und spielt die Harfe dazu? Mir hat es die Schildwache gemeldet, die oben vor der Kirche steht, und da ich geschwind herzugelaufen, habe ich auch noch ein Stückchen vom Lied gehört, das gar betrübt von lauter Hunger und Kummer lautete.«

Nun machte der Rattenkönig, der sich endlich von seinem Schlaf erholt hatte, dem Mausohr tausend Entschuldigungen, daß er ihn so im Bett fände, daß er ihn vor Schlaf nicht gleich erkannt, und sagte ihm hierauf: es sei ihm auch, als habe er im Schlafe singen und harfen gehört; er habe aber geträumt, die hochselige Königin Mutter spiele ihm ein Lied zur Harfe und wolle ihn hierauf zum Essen nötigen, da er doch gar keinen Appetit habe; da aber die Schildwache und Mausohr das Singen auch gehört hätten, müsse es wohl etwas anderes als ein Traum sein, und könne er gar nicht begreifen, was es nur in aller Welt sein möge.

Mausohr sagte hierauf laut, daß das Gewölb widerhallte: »Wer du auch seist, der, mit seinem Gesang über das Elend unglücklicher Menschen klagend, die Ruhe der Toten nächtlich feiert, laß den König Mausohr von Trier deine Klagelieder von neuem hören, oder zeige dich ihm, er wird dir helfen; denn er hat ein menschliches Herz, und hier bei der Ruhestätte seiner verehrten Mutter und seines geliebten Bruders kann er keinen Unglücklichen ungetröstet von sich lassen.«

Als Weißmäuschen hörte, daß Mausohr so gnädig war, schlüpfte es aus der Krone heraus und sang, indem es auf der Harfe herumtanzte, folgendermaßen:

Schön Dank! Schön Dank, Herr Mauseohr!
Weil Ihr mir also gnädig seid,
Komm ich aus meinem Loch hervor
Und sing zur Harfe Euch mein Leid.
König Hatto legt die armen
Mainzer, wenn sie Brot verlangen,
Ohn Erbarmen
Fest gefangen,
Spricht dann, wenn sie hungernd schreien:
Ei, wie mich die Mäuse freuen!
Herr! ich fleh, woll sie befreien;
Gott wird dir auch Trost verleihen.

Als Mausohr und der Rattenkönig sich erst genug über das kleine artige Weißmäuschen verwundert hatten, ließen sie sich alles von ihm erzählen, und es ließ sich das nicht zweimal sagen, und sagte ihnen, was es nur wußte von Ameleychen und der frommen Fischerin und von der Not der armen Mainzer; auch schenkte es dem Rattenkönig das Zuckerbretzelchen, das ihm die Fischerin mitgegeben; es hatte es zu diesem Zwecke aufgehoben. Der Rattenkönig dankte ihm und hängte es zum ewigen Angedenken an die gute Frau in die goldne Laube, über dem Grabmal, mitten unter die schönsten Edelsteine, wo es noch bis auf den heutigen Tag zu sehen ist.

Nun überlegten Mausohr und der Rattenkönig, wie den Mainzern am schnellsten zu helfen sei, und Mausohr sprach: »Wenngleich die Mainzer geholfen haben, meine selige Frau Mutter und meinen Bruder zu verspotten: so sind sie durch den Verlust ihrer Kinder, die ich im ersten Zorn in den Rhein gepfiffen habe, doch wohl schon zu hart bestraft; ich will mit meinen Soldaten hinmarschieren und den bösen König absetzen und die Gefangenen befreien.« Hierauf sprach der Rattenkönig: «Ich will eine neue Armee von Ratten und Mäusen hinschicken, die sollen den König und die Königin allein anfallen; die Pfeife hat er damals in den Rhein werfen lassen, und er soll sie deswegen diesmal nicht von sich vertreiben können; nun mache dich sogleich auf und zeige den noch übrigen Mäusen und Ratten auf der Insel bei Bingen an, sie sollen morgen abend alle bei Rhense auf dem Königsstuhl sich versammeln, ich werde auch dort eintreffen; wir wollen einen Kriegszug tun, der glücklicher ausfallen soll als unser letzter.«

Nachdem das Weißmäuschen diesen Aufrag erhalten, küßte es dem Rattenkönig die Pfote und bat sich die Erlaubnis aus, auch dem König Mausohr die Hand zu küssen. Dieser erlaubte es und schenkte ihm eine goldene Schnupftabaksdose mit seinem Portrait mit Brillanten besetzt. »Ach!« sagte Weißmäuschen, »sie ist ja gar zu groß; wenn ich einmal Hochzeit halte, will ich drin schlafen, hebt mir sie auf!« – »Nun das will ich,« sagte Prinz Mausohr, »aber hier hast du was, was du gleich mitnehmen kannst« – und nun nahm er einen brillantenen Hemdknopf aus seinem Hemdärmel und band ihn dem Weißmäuschen um den

Hals, worüber es eine große Freude hatte, und unter tausend Danksagungen, nachdem der Rattenkönig es aus den goldenen Händen der Königin hatte essen und trinken lassen, seinen Abschied nahm, um die Befehle auf die Insel bei Bingen zu bringen.

Der Rattenkönig begab sich gleich in die Stadt und pfiff alle Mäuse und Ratten zusammen und schickte welche aufs Land, die auch pfeifen mußten, und mit Anbruch des Tages hatte er schon über eine halbe Million Mäuse beisammen. Damit sie nun, wo sie durchmarschierten, dem Lande nichts schaden sollten, wurden als Proviant eine ungeheure Menge von Kürbissen ausgehöhlt und mit Weizen angefüllt, und vor jeden zwölf Mäuse oder vier Ratten gespannt. Und so ging der Kriegszug in schönster Ordnung fünfzig Mann hoch, immer 2500 in einem Regiment, mit einer Spitzmaus an der Spitze als General. Diesen Spitzmäusen war befohlen, dann und wann zu pfeifen, damit man sich in der Nacht nicht verirren möchte. Der Rattenkönig selbst ritt auf einem Iltis und hatte vier Irrwische vor sich hergehen, die ihm leuchteten.

So ging der Zug nach Rhense bei Koblenz auf den Königsstuhl, wo die Versammlung sein sollte.

Dieser Königsstuhl ist eine steinerne runde Galerie mit Bänken ringsherum, auf acht Säulen ruhend, wohinauf eine Treppe führt. Es kamen vor alten guten Zeiten die Leute da zusammen, die gerne einen König gehabt hätten, und zählten, wie die Kinder im Spiel, mit lustigen Reimen nach Silben untereinander ab, wer König im Reich sein solle, und alles ging dabei unter offenem Himmel ganz deutsch weg. Nachher aber hat man dem Reich den Stuhl vor die Türe gesetzt und, da man den Wirt nicht zahlen können, ihm den Stuhl auf Abbruch in die Zeche gegeben; der hat ihn dann in sein Wirtsschild gemalt. – Gerade wie die ehemals lebendigen Staatstiere später in die Wappen gemalt worden sind.

Um diesen Königsstuhl nun versammelte sich das Kriegsheer des Rattenkönigs, und er ritt auf seinem Iltis mit den vier Irrwischen hinauf; er fand das Weißmäuschen und seine Leute von der Binger Insel schon oben auf der Bank herumsitzen, und nachdem sie sich bewillkommt hatten, begannen sie zu beratschlagen, wie man dem König von Mainz am schnellsten beikommen könnte. Nach langem Hin- und Herüberlegen gab Weißmäuschen folgenden Rat, der auch einstimmig angenommen wurde. Es sprach also: »Soviel ich auf meiner Reise gehört habe, sollen morgen die Bauern um Mainz herum dem König sechs Dutzend Melonen für seinen Hofstaat und vierundzwanzig Dutzend Kürbisse für seine Soldaten nach Mainz in sein Magazin liefern, und für jede Melone, für jeden Kürbis, der fehlt, hat er geschworen, einem Bauern den Kopf abschneiden zu lassen; denn die Hungersnot ist bereits so groß, daß er nichts mehr zu essen hat als Melonen und Kürbisse, welche hier herum häufig wachsen. Die Pferde, die Hunde und die Katzen, was sehr gut für uns ist, sind bereits alle gegessen, und der König ist uneinig mit der Königin, weil sie eher als die Staatskatze, die uns allein gefährlich ist, ein Stück von sich selbst zum Braten hergeben will. Diese Melonen und Kürbisse nun liegen hier in der Gegend aufgehäuft, und ich meine, es sollten sich, noch in dieser Nacht, in jede Melone ein Dutzend Braver von unsern Leuten hineinbeißen, und in jeden Kürbis drei oder vier Dutzend von unsern freiwilligen Tapfern, so würde dadurch morgen um zwölf Uhr schon eine große Armee von uns nach Mainz auf Wagen ankommen; denn diese Früchte werden mit Vorspann von Menschen, weil alle Pferde verzehrt sind, im Trab nach Mainz gefahren. Da der König aber niemand in sein Magazin läßt, aus Mißtrauen, es möchte ihm etwas gestohlen werden, so werden wir nach der Ablieferung ganz allein mit ihm sein und ihn anfallen können.«

Dieser scharfsinnige Rat des Weißmäuschens wurde sogleich mit vielem Beifall angenommen, und man rief die Freiwilligen auf, hervorzutreten, die auch in solchem Überfluß hervortraten, daß man die Hälfte abweisen mußte; ja die große Armee hatte nicht einen einzigen Feigen, der sich weigerte, für das Wohl der Menschheit in Melone, Kürbis oder Gurke zu kriechen. Nachdem sich nun immer die besten Kameraden dutzendweise zusammengerottet hatten, wurden sie nach den rings gelegenen Dörfern kommandiert, und beordert, sich vor Tage noch in die aufgehäuften Früchte einzubeißen; welches auch in der besten Ordnung geschah, so daß die Bauern sie vor Tag, ohne eine andere Verwunderung, als daß ihnen die Früchte etwas schwerer schienen als gewöhnlich, auf ihre Karren luden und gegen Mainz fuhren.

Weißmäuschen bat sich nun Urlaub vom Rattenkönig aus, nach Mainz zur frommen Fischerin zu laufen und durch sie die armen Bürger unterrichten zu lassen, daß ihnen bald würde geholfen werden; der Rattenkönig entließ es mit tausend Segenswünschen und zog selbst mit seinem übrigen Heere ruhig gegen Mainz hin. Um den Jakobsberg zogen sie aber mit einem großen Umweg herum, weil es dort nicht sicher sein sollte, denn die Kundschafter hatten gemeldet, daß von jeher ein Postillon dort ermordet worden sei.

Wie es dem bösen König Hatto und seinen Soldaten in dem Mainzer Kornhause so übel erging und wie er sich auf die Rheininsel bei Bingen flüchtete und dort mit seinen Mainzer Freimaurern den Mäuseturm erbaute.

Weißmäuschen lief nun so geschwind, daß es um sechs Uhr morgens schon wieder unter der leeren Wiege Ameleychens saß. Die Fischerin war eben aufgestanden und verrichtete unter Tränen und Seufzern ihr Morgengebet auf ihrem Betstuhl und sagte unter andern: »Ach gütiger Himmel! nun ist Weißmäuschen schon vier Tage fort; ach Gott! erhalte es und bewahre es vor Unglück und sende es mir bald mit Trost und Hülfe zurück.«

Als sie diese Worte ausgesprochen hatte, sah sie, daß sich die Wiege Ameleychens hin und her bewegte, und erschrak nicht wenig darüber; sie sprang hin und glaubte, ihr liebes Kind läge vielleicht wieder drin. Aber die Wiege war noch leer wie zuvor, und sie sprach traurig zu der Wiege:

Schaukle nicht, du leere Wiege!
Als ob schlummernd das geliebte
Ameleychen in dir liege,
Das mich niemal nicht betrübte,
Das ich niemals wieder kriege,
Das ich also zärtlich liebte;
Schaukle nicht, du leere Wiege!

Wenn du schaukelst, leere Wiege!
Denk ich, daß nun in dem Rheine
Ameleychen schaukelnd liege,
Daß die Flut an harte Steine
Ihm sein blondes Haupt anschlüge,
Und ich weine, weine, weine:
Schaukle nicht, du leere Wiege!

Aber es war Weißmäuschen, das hatte an der Wiegenschnur gezupft, um die Fischerin aufmerksam zu machen, und es sprach zu der guten Frau:

Fischerin! Fischerin! ruhig nur,
Weine nicht, weine nicht, Hülfe naht,
Weißmäuschen zog an der Wiegenschnur,
Hülfe bringt es und Trost und Rat.

Nun hüpfte Weißmäuschen unter der Wiege hervor, der frommen Fischerin in den Schoß, die sich vor Freude gar nicht zu fassen wußte; und nachdem es der guten Frau tausend Fragen der Freude und des Wiedersehens beantwortet hatte, erzählte es ihr: daß heute einige tausend Mäuse gegen den bösen König in seinem eigenen Magazin erscheinen würden, daß auch morgen früh gewiß der König Mausohr von Trier mit seinem Freicorps in der Stadt sein würde, daß er Brot und Fleisch und Wein die Menge mitbringe. Es komme nun alles darauf an, daß man die ganze Stadt heimlich davon unterrichte, damit sie dem bösen König auf keine Weise Hülfe brächte; um zwölf Uhr würden die Bauern mit den Früchten da sein, und nach Tisch würde der Anfall auf den König losgehen. »Und nun«, sprach es, »kömmt es auf dich an, als auf eine kluge fromme Frau, diese Nachricht schnell und so zu verbreiten, daß sie hinreichend bekannt und doch den Soldaten und dem König verborgen bleibt.« – »Gleich will ich mich aufmachen«, sprach die Fischerin, »und es in der Frühkirche den Leuten verkünden; es soll alles gut gehen; in einer halben Stunde bin ich wieder hier.«

Die Fischerin ging nun nach der Kirche, da machte soeben ihr Nachbar, der Barbier, Meister Schrabberling, seinen Laden auf und rief der guten Fischerin: »Einen guten Morgen, Frau Nachbarin! hat Sie wohl ein Stückchen Seife? Ich armer Mann habe gestern abend aus Hunger mein letztes Stückchen Seife gegessen, und nun kann ich heute niemand rasieren!« – »Ich will Euch etwas vertrauen,« sagte die Fischerin, »das wird den Leuten sanfter tun als Seife, und wenn Ihr es ihnen unter dem Rasieren erzählt, werden sie vor Freude lachen und weinen, wenn Ihr sie gleich mit stumpfen Messern trocken rasiert« – und nun erzählte sie dem Barbierer, was ihr Weißmäuschen befohlen, und der Barbierer hüpfte vor Freude, sagte es allen seinen Gesellen, und machte sich sogleich mit ihnen auf, es allen Leuten beim Rasieren zu erzählen. Als nun die Fischerin ein paar Häuser weiter ging, machte gerade der Perückenmacher, Meister Rupferling, seinen Laden auf und grüßte sie: »Guten Morgen, Frau Fischerin! ach! kann Sie mir nicht eine Hand voll Mehl und einen Löffel Butter schenken? Ich habe gestern abend aus Hunger all meinen Puder und Pomade aufgegessen, und weiß nicht, wie ich heute die Leute frisieren soll.« Da sprach die Frau: »Meister Rupferling! ich will Euch was erzählen, das wird den Leuten kühler tun als Puder und Pomade, wenn Ihr es Ihnen unter dem Frisieren wiedererzählt; und sie werden vor Freude lachen und weinen, wenn Ihr Ihnen auch die Haare ausrauft und ihnen die Haarnadeln in das Fleisch stecht« – und nun erzählte sie dem Perückenmacher alles, was Weißmäuschen befohlen, und Meister Rupferling hüpfte vor Freude den Laden hinaus durchs Fenster und rief seinen Gesellen und sagte es ihnen wieder; und nun liefen sie mit ihren leeren Puderbeuteln, die Nachricht zu verbreiten. Noch erzählte sie es dem Meister Kneterling, dem Bäcker, der eben kleine Brote, so groß wie Pfeffernüsse, aus Kleien gebacken ans Fenster legte, und dann dem Meister Hackerling, dem Fleischer, welcher einige Würste heraushängte, die er aus alten ledernen Hosen und Schuhen zusammengehackt hatte; hierauf kam sie an den Laden des Schusters, Meister Kneiperling; er kaute an einem Stück von einem alten Schmierstiefel, so hungrig war er; dann kam sie zu Meister Meckerling, dem Schneider, er hatte gerade das letzte Horn seines alten Ziegenbocks, den er aus Hunger bereits aufgegessen, mit Wasser zum Feuer gesetzt, um eine Fleischbrühsuppe zu kochen; dem erzählte sie es auch, und so einem nach dem andern.

Da sie nun in die Kirche kam, worin es ganz dunkel war;

denn das Öl in der Lampe und alle Wachslichter waren bereits aus Hunger von dem Pfarrer verzehrt, erzählte sie es einer Frau neben ihr und diese einer andern und immer so fort, bis es die ganze Kirche wußte.

Als sie nun wieder nach Haus ging, war die Geschichte schon so in der Stadt verbreitet, daß man es ihr wieder an allen Ecken erzählte; doch tat alles sehr heimlich, und merkte man es nur an den fröhlichen Gesichtern, mit denen sich die Leute grüßten, daß Gott den armen Leuten Hülfe bringe.

Endlich kam die Zeit, daß die Bauern mit den Früchten zum Schlosse einfuhren. Der König zankte und schimpfte, daß sie so spät gekommen; aber sie entschuldigten sich mit der Schwere ihrer Früchte. Der König freute sich darüber; denn er glaubte, sie seien schwer, weil sie besonders gut und reif wären. Ja wohl waren sie reif und voll lebendiger Kerne! – Nachdem sie alle richtig abgezählt und in das Magazin aufgehäuft waren, zogen die Bauern wieder nach Haus, und der König verschloß sich allein in sein Magazin, um alles nachzuzählen. Da er aber eine Melone essen wollte, wunderte er sich über ihren seltsamen schwarzen Stiel; denn es hing hinten ein Mäuseschwanz heraus. Er wollte ihn abreißen, aber sieh! da zog er die ganze Maus heraus, und die elf übrigen stürzten unter lautem Pfeifen nach. Als die andern dies Pfeifen hörten, stürzten sie haufenweise aus allen Melonen und Kürbissen, und es war recht entsetzlich, wie sie alle über den König herfielen und ihn zerbissen; zudem kugelten die bewegten Melonen und Kürbisse über ihn her, und er konnte sich gar nicht mehr helfen; er schrie und schlug und rief Hülfe; aber es regte sich kein Mensch. Endlich konnte er die Türe erreichen; aber die Mäuse stürzten ihm alle nach, und als er durch den Schloßhof lief, wo sich die Bürger versammelt hatten, erschraken sie fast vor ihm, so schwarz war er mit Mäusen bedeckt; aber kein Mensch wollte ihm helfen. Er eilte vor das Zimmer der Königin und schrie: sie solle ihm um Gotteswillen die Staatskatze ein wenig leihen; diese aber hatte sich eingeschlossen und rief zum Schlüsselloch heraus: »Nein, ich leihe sie dir nicht, du willst sie wie den Staatsvogel auffressen.« Da kroch er aus Verzweiflung in einen großen leeren Adlerkäfig. Der Adler, welcher der Staatsvogel eines Landes gewesen, das er dem seinigen einverleibt hatte, und der hier das Gnadenbrot aß – denn hier hatte er einige Ruhe –, den hatte er gestern bereits zum großen Unwillen der Königin aufgezehrt, welche mehr auf Herkommen hielt. Das Gitter war sehr eng, und mußten sich erst die kleinsten Mäuse aussuchen, welche durch die Öffnungen des Drahtes konnten. Da dieser Käfig an einem offnen Fenster des Schlosses stand, konnten ihn alle Leute sehen; aber sie lachten ihn aus und gönnten ihm die Strafe seiner Grausamkeit. Er schrie laut nach seinen Soldaten, die um das Kornhaus herumstanden, wo die armen hungernden Bürger drin waren; sie kamen anmarschiert, aber hinten ihnen drein kamen auch schon die Gefangenen, die aus dem Kornhaus gebrochen waren, als es die Soldaten verließen. Die ganze Stadt war in Bewegung; ein Hagel von Steinen bedeckte die Soldaten von allen Seiten, und man ließ ihnen keinen andern Weg offen, als in das Kornhaus zurück, wo sie nun anstatt der armen Leute eingesperrt wurden, die jetzt von den übrigen umarmt und mit den Lebensmitteln erquickt wurden, die man in Menge aus dem offenen Kornhaus holte.

Der König aber kam von neuem in Not; denn nun waren die kleinsten Mäuse zusammengetreten und drangen in den Käfig ein, und als er seine Untertanen um Hülfe anflehte, riefen sie ihm zu: »Gedenke, wenn wir hungernd im Kornhause wimmerten, da sagtest du: Ei wie meine Kornmäuse pfeifen; jetzt versuche auch, wie die hungrigen Kornmäuse beißen.« – Als aber der König so im Käfig sich gegen die kleinen Mäuse wehrte und um sich schlug, fiel der König vom Fenster in die Stube zurück, und er fing an, sich in dem Käfig herumzurollen, wodurch er ziemlich frei von seinen Feinden wurde, weil sie Gefahr liefen erdrückt zu werden; er rollte sich bis vor den Saal der Königin und flehte von neuem so wehmütig um die Staatskatze, daß sie sich endlich erbarmte und zur Türe heraustrat. Als sie ihren Gemahl von Mäusen umringt in dem Käfig liegen sah, sprach sie: »Ihro Majestät haben sich dies Elend durch Dero Treulosigkeit, Geiz und Grausamkeit selbst zugezogen, ich kann Ihnen aber mit der Staatskatze nicht dienen; es ist gegen alle Schicklichkeit, dieses Familientier nach seinem Naturstande zu gebrauchen.« Der König bat sie um Gotteswillen, ihre Weisheit auf ein andermal zu sparen und ihm nur jetzt zu helfen; er begehrte von ihr, sie möchte ihn aufs Wasser bringen und mit ihm auf die Insel nach Bingen fahren, wo er, vom Rhein umgeben, gewiß von seinen Verfolgern frei sein würde. Sie rollte nun den Käfig in ihre Stube, in welche die Mäuse wegen der Staatskatze sich nicht hineingetrauten, und fragte aus dem Fenster das Volk, ob sie ihr und ihrem Gemahl freien Abzug nach der Binger Rheininsel gestatten wollten; so wollte er ihnen Freiheit und Ruhe und so viele Konstitutionen zugestehen, als sie Lust hätten zu verbrauchen. Aber es müßten einige Maurer mitfahren und ihm dort einen Turm bauen.

Das Volk, welches froh war, ihn loszuwerden, gestand ihm alles zu und ließ ihn hundert von den eingesperrten Freischützen als Maurer mitnehmen. Und daraus sind nachher die Freimaurer geworden.

Sie rüsteten sogleich ein Schiff aus, füllten es mit Lebensmitteln, und die Königin wälzte ihren Gemahl, während sie die Staatskatze trug, in dem Käfig die breiten steinernen Schloßtreppen herunter, daß der böse Schelm ach! und weh! schrie; und so wälzte sie ihn mit dem Fuße stoßend durch die ganze Stadt, mitten durch das Volk, welches ihm zurief: »Diese Bewegung ist dir gut zur Verdauung, denn du hast alles selbst gegessen und uns hungern lassen.« Endlich kollerte er auf dem Landungsbrette zum Schiff hinauf und von da plumps noch einen bösen Fall ins Schiff hinunter, welches unter den Verwünschungen der ganzen Stadt mit ihm und seinen Freimaurern den Rhein hinuntersegelte.

Nun verteilten die Mainzer die gefundenen Vorräte untereinander, und jedes führte seinen armen gefangen gewesenen Gatten, Vater oder Bruder nach Haus, um ihn zu bewirten und zu pflegen; und da es Abend und dunkel wurde, zogen sich die Mäuse wieder zur Stadt hinaus, dem Rattenkönig entgegen, um ihm zu berichten, wie übel zugerichtet der böse König Hatto nach der Binger Rheininsel geschifft sei.

Der Rattenkönig erhob nun die Mäuse, die sich bei dieser Gelegenheit mit Ruhm bedeckt hatten, eine nach der andern in den Adelstand und gab der einen freie Erlaubnis, sich die Parmesanmaus zu nennen und künftig die Parmesankäse eines gewissen Krämers zu benagen; einer andern gab er den Namen Edamermaus, einer andern Limburger-, einer dritten Schweizermaus, Bisquitmaus, Marzipanmaus usw.; jeder auch die Anweisung auf irgend einen Ort, wo sie sich an den Speisen ihres Namens sattfressen könnte; und nun entließ er sie für diesmal, weil sie ihren Teil getan hatten.

Mit der übrigen Armee zog er nach Bingen auf den Rochusberg, um zu überlegen, wie man dem König auf der Insel beikommen sollte, weil man gegen die Staatskatze gewisse völker- und naturrechtliche Rücksichten zu beobachten hatte. Er sah die Freischützen des Königs die ganze Nacht schon beschäftigt, bei dem Schein der Fackeln Steine an dem Rüdesheimer Felsen zu brechen und zu sammeln, um den Turm für den König zu bauen, und dies ergrimmte ihn um so mehr, weil dort ehedem seine Wohnung gewesen; aber er wollte doch gegen die Staatskatze die Schicklichkeit nicht verletzen, damit sie allein den Vorwurf trage, einen falschen Schritt oder vielmehr Sprung in das Hochzeitschiff gegen ihn getan zu haben, was gegen alle herkömmliche Unverletzbarkeit gewesen, und so sah er denn ruhig zu, wie man den Turm gründete und baute.

Wie es dem Prinzen Mausohr in dem Feldzug mit seinen tapfern Soldaten erging.

Als die Mainzer die erste Nacht geruht hatten, zogen sie den frühen Morgen dem Prinzen Mausohr entgegen, und Weißmäuschen eilte ihnen voraus.

Der gute General, welchem Prinz Mausohr vor seiner ersten Reise nach Mainz einen Wink vom Krieg fallen lassen, hatte diesen nicht hinter den Spiegel gesteckt, sondern diesen Wink vielmehr an die große Sturmglocke und an die Kriegsfahne gehängt. *Rattenkahl und seine Mutter!* war Parole und Zapfenstreich geworden. Da die Vaterlandsliebe damals in ihren besten Jahren war, ließ sich kein Landeskind, ohne an Heimweh zu sterben, außer Landes gebrauchen, und man hatte deswegen ein großes Freicorps von Überläufern angeworben, erstens weil sie von selbst kamen, und zweitens weil man durch ihr Überlaufen gewiß war, daß sie von der Stelle zu bringen seien. Diese Helden bestanden meistens aus Lalenburger und Schildaer Freiwilligen und einem Rest Kochemer Landsturm; auch aus Gaskonien waren viele Messerträger dabei, berühmt und gefährlich wegen ihrem Aufschneiden. Man hatte diese alle in Ketten gelegt, um sie wilder zu machen. Wenn nun die Wildesten aus den Ketten herausbrachen, legte man diese in stärkere Bande, und da brachen die Stärksten wieder heraus, die man wieder anschmiedete, und die, welche dann zum drittenmal herausbrachen, das waren die rechten Leute und wurden mit Ehren überhäuft. So hatte man einen Extrakt des Heldenmuts in wenigen Leuten, und sie brauchten so keine breiten Wege und machten nicht so vielen Staub als die vielen Leute; es war dieses eine schöne Erfindung, ist aber, wie vieles Alte, wieder abgekommen.

Diese Kerntruppe wurde auch erstaunlich gelehrt, Tag und Nacht stand der Oberprofoß, wovon nachher das Wort Professor gekommen, bei ihnen im Kerker, lehrte sie die verschiedenen Sprachen von Trier bis Mainz sprechen und die verschiedenen Weine durch Beschreibung, der Nüchternheit halber, kennen; der Tambourmajor lehrte sie heldenmäßige fürchterliche Stellungen, nach alten Heldenfiguren, die noch an allen Ecken standen; auch die Kunst, selbst im Schlaf mit gestreckten Beinen und martialischem Schnarchen einen gewaltigen Eindruck zu machen, erlernten sie, was gegen nächtliche Überfälle eine unfehlbare Waffe ist; dann lehrte sie, abwechselnd mit der Kunst resolut zu sterben, der Feldprediger den Umgang mit Menschen und Vieh, und der Staatstrompeter gab Unterricht, sich mit Aufblasen ein Ansehen zu geben, in der Eile die schönsten Proklamationen selbst zu machen und in Chören abzusingen. Der General selbst gab Unterricht in der Weltgeschichte aus dem gehörnten Siegfried, der schönen Magelona, der Genovefa, den vier Haimonskindern u.s.w., und da sie nun ausmarschierten, las man ihnen auf dem Marsche die Schwabenstreiche, das Lalenbuch und die Schildbürger vor, und Komma und Punktum wurde mit Trommel und Pfeife dazwischen bemerkt.

In solcher tiefsinnigen Gelehrsamkeit marschierten sie, einer hinter dem andern, um kein Aufsehen zu machen, auf den kleinen Fußpfaden, ohne weiteren Unfall, als daß der Trommelschläger einigemal *semicolon* statt *duo puncta* und einmal Fragezeichen statt Ausrufungszeichen trommelte, wodurch große Unordnung in den Marsch kam, weil sie das linke Bein mit dem rechten verwechselten.

In einem solchen zerstreuten Augenblick kamen sie in die Gegend, wo eben der Storch Langebein seine Schuljungen zusammenklapperte; da glaubten sie, der Tambour schlage *et cetera*, was das Zeichen zum allgemeinen Davonlaufen war. Mit ungemeiner Genauigkeit wurde dieses Manöver ausgeführt. Meister Langebein mußte, um nicht über den Haufen gerannt zu werden, in die Lüfte fliegen, und da sie seinen roten Schnabel für einen feurigen Kriegskometen hielten, so liefen sie in forcierten Märschen. Nun schlug zwar der Prinz Mausohr selbst *Parenthesis* und *Claudatur*; aber vergebens; er stand allein auf der Wiese und Meister Langebein kam vor ihm niedergeflogen.

Obschon nun der Storch Langebein sich aus den Lüften herabließ, so gab ihm doch Prinz Mausohr an Herablassung nichts nach; denn er drückte ihn Allerhöchst zärtlich an sein Herz, wobei der Storch den Schnabel auf den Rücken legte und mit zugedrückten Augen einen respektvollsten Klapperlispel ergehen ließ. Es war dieses eine Gruppe von der größten Anmut und Wirkung und ist nachher von den Bildhauern, Tänzern, Kunstbäckern und Hundepantomimen oft mit Beifall wiederholt worden. Langebein legte aber früh genug seinen Schnabel wieder in die erste Position, um nicht ein Opfer dieses schönen Augenblicks zu werden; denn Mausohr drückte stark, und die vielen blanken Knöpfe, Schnallen und Zieraten auf seiner Brust machten einen etwas starken Eindruck auf Langebeins hagere Brust, so daß ihm das Übermaß seiner Empfindung nächst gefährlich ward. Es wäre zwar ein beneidenswerter Tod gewesen, aber der Titel als Kommerzienrat war auch nicht zu verachten; denn diesen gab ihm Mausohr sogleich, da er ihn aus seinen Armen entließ; jedoch unter der Bedingung, ihm wieder eine solche Versammlungspfeife, wie das erstemal, zu bringen. Der Herr Kommerzienrat war gleich auf den Beinen, und Mausohr setzte sich auf die Trommel, welche der Tambourmajor bei dem allgemeinen Fluchtmanöver weggeworfen hatte. Diese Situation im Feldzug Mausohrs beschreibt eine schöne Stelle in dem Heldenbuch mit folgenden Worten:

Der Held auf seiner Trommel sitzt,
Im schicksalvollen Wiesengrund,
Die Mütze sinnt, das Knopfloch blitzt,
Zum Pfeifen spitzet sich der Mund.

Durch wenig Interpunktion,
Durch plötzliches *et cetera*
Und große Subordination
Kam seinem Heer die Flucht zu nah.

Kommerzienrat! Kommerzienrat!
Die Sammelpfeife bring heran,
Und zeige dich mit schneller Tat
Als Favorit und Untertan.

Es spricht der Held, es läuft der Storch,
Die Pfeife lockt vom Heldenmund,
So süß, so milden Klang, horch! horch!
O schicksalsvoller Wiesengrund.

Rings aus dem Moor, rings aus dem Sumpf
Zieht kühn heran die Heldenschar
Und stellet sich mit schwarzem Strumpf
Schön uniform von unten dar.

Die Pfeife lockt sie in den Bach,
Und gleich stehn alle unbewegt,
Weil schnell des Storches Trommelschlag
Parenthesis Claudatur schlägt.

Dieses Lied sagt alles. Die Kriegskunst Mausohrs übertraf sich selbst, er pfiff einen Generalpardon und eine Proklamation und eine Höchste Zufriedenheit in schöner Abwechslung durcheinander und schloß mit einem Triller von Gehaltszulage, als sie in dem Bache standen, mit allgemeinem Beifall. Dieses Finale war um so kühner, weil sogleich die ganze Heldenschar mit vorgehaltenen Mützen aus dem Bache heraus wollte, um die erhöhte Gage zu fassen. Aber hier zeigte sich das Talent des Kommerzienrats Langebein, den Augenblick zu benützen, im höchsten Glanz. Er hatte sich während dem Pfeifen Mausohrs die Trommel auf den Rücken gehängt, beugte seinen Schnabel darauf hin und trommelte mit solcher Kraft *Parenthesis* und *Claudatur*, daß das Heer, wie in Klammern festgebannt, im Bache stehen blieb; so machte er sein früheres unglückliches *et cetera* wieder gut. – Mausohr degradierte nun den Tambourmajor wegen falscher Interpunktion und stellte dem Corps den Kommerzienrat als Reichserztambour vor. Langebein hatte während dieser neuen Standeserhöhung so seine eigenen Gedanken und Nahrungssorgen und schaute etwas links ins Gras, fuhr auch mit dem Schnabel nach einem kleinen Tierchen, das er in die Luft schleuderte, um es bequemer im Niederfallen aufzuschnappen; aber Mausohr, für Mäusestimmen ungemein reizbar, hörte früh genug den Schrei des Weißmäuschens: »Hilf! Hilf! Mausohr!« Er warf sogleich seine Pelzmütze in die Luft, welche dem Meister Langebein sich durch den Schnabel spießend über den Kopf fiel und ihn ungefährlich machte. Während nun Weißmäuschen, das zu den Füßen Mausohrs gefallen war, sich ein wenig von seinem Schrecken erholte und dann dem Prinzen auf die rührendste Weise für seine Rettung dankte, bemühte sich der Storch umsonst, die Pudelmütze vom Kopfe zu kriegen, denn der Schnabel war ihm durchgespießt, und konnte er weder klappern noch sehen, und lief wie toll auf der Wiese herum und stolperte und schüttelte mit dem Kopf. Endlich kamen die Kinder und machten ihrem Herrn Schulmeister, nachdem sie sich lange über seine schöne Perücke erfreut hatten, die Pudelmütze wieder los.

Weißmäuschen erzählte dem Prinzen den ganzen Sieg der Mäuse in Mainz, und daß ihm nichts mehr zu tun übrig sei, als in die Stadt zu ziehen, deren Bürger ihm schon mit den Schlüsseln entgegenkämen, um sie als König in Besitz zu nehmen. Auch sagte Weißmäuschen, er würde gut tun, seine Soldaten hier im Lande zurückzulassen, da wenig zu essen in Mainz sei und an keinen Widerstand zu denken; doch möge er sogleich mit ihm gehen, denn die Mainzer Abgesandten seien kaum eine halbe Stunde weit mehr von hier, und sei zu fürchten, die Freude würde getrübt werden, wenn die armen Leute hier die Kinder sähen; denn da sie durch ihn ihre Kinder verloren, würde der Anblick dieser Kleinen eine traurige Erinnerung in ihnen erwecken.

Mausohr wollte eben den Vorschlägen Weißmäuschens seinen Beifall geben, als der *Salvo Titulo* Storch, der einige Zeitlang verdrießlich im Hintergrunde gestanden, vor ihn trat und bitter klagte, daß er durch den Wurf mit der königlichen Pelzkappe um alle Reputation und Respekt vor seiner Schuljugend gekommen. Mausohr sagte aber:

Rittertum giebt Königshand,
Königskappe giebt Verstand;
Setz die Kappe auf das Ohr,
Kommandier mein Heldencorps!

– und setzte ihm die Mütze feierlich vor der Armee auf mit dem Befehl, in ihrer Position ruhig bis auf weitere Ordre zu weilen und in stiller Haltung durch die darin befindlichen Blutigel ihr Blut für das Vaterland fließen zu lassen, was ihnen versprochen sei; zugleich aber dadurch ihren allzugroßen Mut für den Frieden abzukühlen und als brauchbare Staatsdiener zurückzukehren. Dem neuen Kommandant sollte als Proviant für den Mann täglich ein Frosch und eine Handvoll Brunnenkresse vergütet werden. Leider war später die falsche Beschuldigung im Umlaufe, sie hätten über den andern Tag mit einer Heuschrecke vorliebnehmen müssen. Aber der Herr Kommerzienrat fanden es unter ihrer Würde, auf solche niedrige Verleumdungen zu antworten. Als Studium ward der Festungsdienst in Wasserpositionen angeordnet, und auch die Preisfrage aufgegeben, mit einem halben Sold als Belohnung den eigentlichen Ort auszumitteln, wo jeder Schwabenstreich zuerst geschehn ist. Als Mausohrs Willen mit großem Beifall angehört worden, schlich er sich, unter bitterlichen Abschiedsseufzern seiner Helden mit Weißmäuschen wie eine Katze vom Taubenschlag davon, herzlich froh, seine tapferen Soldaten, die ihm auf dem kurzen Marsch so viele Arbeit gemacht, nicht nötig zu haben.

Die Wagen mit Lebensmitteln waren der Armee schon vorausgegangen, und er fand sie zwei Stunden vor Mainz, wo er gerade noch soviel Zeit hatte, sich auf einen Wagen voll Sauerkraut zu setzen, als schon die Mainzer Abgesandten ihm entgegenkamen. Um sich aber doch, da er so ganz allein und ohne Armee kam, einiges Ansehen zu geben, ließ er den ganzen Zug der Viktualien sich folgendermaßen ordnen: er selbst saß auf einem ungemein großen Schinken, der auf einem Wagen voll Sauerkraut lag, und dieser Wagen war mit Guirlanden von allerlei Würsten und Schinken umgeben und von acht der schönsten Mastochsen gezogen. Auf beiden Seiten standen zwei Wagen voll Erbsenmus, und weiter zwanzig Karren voll Brot, und dann noch unzählig viele Kälber, Kühe, Schweine u.s.w.

Dem angenehmen Geruch dieser Delikatessen zogen die armen hungernden Abgesandten entgegen. Sie bestanden aber: zuerst aus dem Fischer und seiner frommen Marzibille, aus dem Barbier Schrabberling, dem Friseur Rupferling, dem Schuster Kneiperling, dem Fleischer Hackerling und dem Schneider Meckerling. Ach! welche Gefühle von Ehrfurcht und Liebe hatten sie bei dem Anblick des Sauerkrauts und der Würste und des Prinzen. Sie übergaben ihm die Schlüssel der Stadt, und nachdem sie sich etwas an seiner Pracht sattgegessen, folgten sie seinem Zug nach Mainz; dort spannten ihm die Einwohner sogleich seine Ochsen aus, die sie schlachten ließen, und zogen ihn selbst in die Stadt.

Alle Lebensmittel wurden verteilt, die Soldaten auf ihr Ehrenwort aus dem Gefängnisse entlassen und, da sie es selbst begehrten, alle zu Nachtwächtern degradiert zu Ruhe gesetzt, worauf allgemeines Schmausen und Gesundheittrinken begann. Nachdem diese Feierlichkeiten vorüber, machte Mausohr den Bürgern bekannt: da all ihr Unglück aus der Treulosigkeit des Königs gegen seine nun entschlafenen Anverwandten und gegen den Müller Radlauf herrühre, so wolle er damit anfangen, dieses gut zu machen. Er begehre also, daß vor dem Schloß, wo der Galgen gestanden, eine Pyramide aufgerichtet werde; auf der einen Seite sollte seiner Eltern, auf der andern des Müllers, auf der dritten der Ameley und der Kinder Untergang, auf der vierten der Errettung der Stadt durch die Mäuse gedacht werden. Er selbst nahm die Stadt nur in Besitz, bis der Müller Radlauf, der verschwunden sei, wieder erscheine; der solle sodann ihr König sein.

Die Bürger waren sehr erfreut darüber und schrieen: Vivat! Den folgenden Tag legte Mausohr den Grundstein zur Pyramide, teilte den Bauern Saatkorn aus und zog sodann wieder von den Bürgern begleitet zu dem Storch und zu seiner Armee, wo ihn die Bürger unter tausend Segenswünschen verließen.

Vierzehn Tage war er weggewesen, und wie war er von der Kriegszucht seiner Armee gerührt, da er sie alle miteinander noch auf derselben Stelle im Fußbad begriffen fand, wo er sie gelassen. Das Blutbad hatte ungemein gewirkt, und war ihre Tapferkeit so gemäßigt, daß sie ordentlich miteinander sprachen und gegeneinander über die schwere feuchte Position fluchten, daß es eine Art hatte. Der Prinz kommandierte sie nun selbst aus dem Wasser heraus; aber sie antworteten durch einen Trompeter, daß sie sich nicht eher ergeben würden, bis ihnen das Schnupftuch in der Tasche brennte; sie hätten während der vierzehn Tage solche Fortschritte in der Subordination gemacht, daß diese Festung, die ganz unter Wasser sei, und wo ihre Füße bis an die Waden eingegraben seien, nicht eher übergeben werden könne, bis alle Laufgräben zum Laufen eröffnet und ein Loch geschossen sei, durch das man entwischen könne.

Der Prinz hatte nun nebst dem P. T. Storch von neuem seine Not; er konnte sie auf keine Art aus ihrer eingebildeten Festung herauskriegen; endlich ließ der ehemalige Schulmeister durch die Kinder das Bächlein oben abdämmen, und sie standen bald im Trocknen; dann ging der Prinz und steckte mit seiner Tabakspfeife einem nach dem andern das Schnupftuch in der Tasche an, und sodann zogen sie auf eine ehrenvolle Kapitulation hin, wo sie Lust hatten, um die aufgegebene Preisfrage ruhig auszuarbeiten. Der Prinz dankte Gott, daß er seine braven und großen Helden los ward, und zog auch nach Trier zurück. Von diesen ausgezeichneten Helden sind nachher alle die vielen Burgen und Türme am Rhein und an der Mosel erbaut worden, denn sie hatten Abscheu gegen das Wasser erhalten.

Nun wollen wir aber sehen, wie weit der König Hatto mit seinem Turme gekommen. Aber der ist bereits fertig und steht mitten auf der Insel; der König und die Königin sitzen in ihrer Kammer und lachen den Rattenkönig aus, der sie auf dem Rochusberg ruhig beobachtet. Dann und wann zeigt die Königin dem Rattenkönig die Staatskatze zum Fenster hinaus und ladet ihn höhnisch zum Besuch. Aber der Rattenkönig rümpft die Nase und bleibt in seiner Haltung.

So stehen die Sachen, als Hatto sagt: »Nun muß unser Turm einen Namen haben; ich will, er soll Mausturm heißen, weil er mich von den Mäusen gerettet.« – »Nein,« sagte die Königin, »der Name würde der Staatskatze, welche die Mäuse haßt, verdrießlich sein, laß das »s« weg und nenne ihn Mauturm, weil die Katze durch ihr Mauen die Mäuse abhält.« Das wollte der König nicht, sie zankten sich, und als er sagte, die Katze sei solcher Ehren gar nicht wert, seit sie durch ihren Sprung ins Hochzeitschiff ein großes Unglück veranlaßt habe, schwieg die Königin und begab sich, da es Nacht war, hinab, setzte sich auf das Schiff und fuhr den Rhein weiter hinab und baute sich ein Schloß bei St. Goar, das sie die Katze nannte und worauf sie ruhig fortlebte.

Als der Rattenkönig durch seine Schildwachen erfuhr, daß die Königin mit der Staatskatze fort sei, ließ er sogleich seine ganze Armee in der Nacht von den Wasserratten nach der Insel übersetzen, und nun rächte er den Spott des Königs Hatto, der umsonst nach seiner Gemahlin und der Staatskatze schrie, bitter. Er stürmte von allen Seiten den Turm, und ehe es noch Abend geworden war, hatte er den König samt allen seinen Leuten aufgefressen. Nun ließ er die Mäuse, die von der Insel waren, drauf zurück und begab sich mit den übrigen wieder nach Trier, wo er sie entließ und seine Wohnung auf dem Grab der alten Königin wieder einnahm. Um der Königin von Mainz aber auf ihrem Schlosse die Spitze zu bieten, ließ er auf der andern Seite, dem Schlosse Katz gegenüber, ein Schloß bauen, dem er den Namen Maus gab, und das er mit Mäusen und einigen von des Königs Mausohr da herumstreifenden Kriegsstudenten besetzte. Beide Schlösser sind noch bis auf den heutigen Tag zu sehen.

Wie das Goldfischlein wieder zum Vorschein kam und was es von dem alten Vater Rhein und den Kindern erzählte.

Als die Mainzer Bürger sich durch Essen und Trinken ein wenig herausgefüttert hatten und mit der Pyramide fertig waren, wurden sie durch die Inschrift derselben wieder gar sehr an den traurigen Verlust ihrer Kinder erinnert und waren wieder gar sehr betrübt. In solchen traurigen Gedanken lag auch an einem Sonntagmorgen Marzibille und der Fischer im Bett und sprachen von ihrem Ameleychen. »Ach!« sagte der Fischer, »was die Sonne so schön über dem Rhein aufgeht; gehen wir hinaus und rufen dem Goldfischchen, vielleicht bringt es heute Nachricht.« Sogleich machten sich beide auf, füllten das Glas des Fischchens mit frischem Wasser und streuten Brosamen hinein, und nun gingen sie, da die ganze Stadt noch schlief, an den Fluß und setzten sich an die Stelle, wo das Fischchen vor einem Jahr dem Ameleychen in den Schoß gesprungen war, und nun rief Marzibille:

Sonnenschein
Überm Rhein,
Goldfischlein
Im Wellenschein,
Sag geschwind
Wie der Wind,
Ob mein Kind
Wolle oder Seide spinnt!

Siehe, da machte das Wasser einige Ringe, und hopp! sprang das Goldfischlein der Fischerin in das Glas, das sie auf dem Schoß hatte, und sprach:

Seide, Seide, Seide
Spinnt dein Kind voll Freude;
In dem Sonntagskleide
Sitzt es auf dem Wasserschloß
In des alten Rheines Schoß;
Spielt ihm in dem grünen Bart
Mit den kleinen Händen zart;
All die andern Kinder sitzen
Rings und tun die Ohren spitzen,
Weil der alte Wassermann

Märchen schön erzählen kann;
Und die fromme Prinzessin
Sitzt im Kreise mittendrin;
Ameleychen läßt euch grüßen
Recht von Kopf bis zu den Füßen,
Danket euch für Rock und Schuh,
Für das Hemdlein auch dazu!

Als der Fischer und die Fischerin diese Worte des Goldfischchens gehört hatten, waren sie ganz außer sich vor Freude; sie liefen geschwind mit dem Goldfischlein nach Hause, deckten ihr Tischchen mit einem weißen Tuch, stellten das Fischlein drauf und setzten sich beide dazu, und nun sprach Marzibille: »Erzähle, Fischchen, erzähle«; aber da kam Weißmäuschen auch unter der Wiege hervor und sprang voller Freuden herum, daß das Goldfischchen wieder da war, und sie ließen das Weißmäuschen auf den Tisch springen, und da saß es ganz aufmerksam, und sie hörten alle drei zu, was das Goldfischchen erzählte:

»Als Ihr mich in den Rhein warft, Frau Marzibille, und das Bündelchen Kleider hinter mir drein, kamen gleich ein paar große Hechte herangeschwommen und glaubten, die roten Schuhe wären was zu fressen; ich schlüpfte aber in den einen Schuh und hörte, wie sie sagten:

Das ist wieder nur ein Klumpen
Bunter Lumpen,
Mag den Kindern wohl gehören,
Die wir täglich lachen hören,
Die wir gar zu gerne fräßen,
Wenn sie nicht im Schlosse säßen.

Und nun schwammen sie fort; ich war voller Freude, daß ich gehört hatte, die Kinder säßen in einem Schlosse und lachten; doch blieb ich in meinem Schuhe sitzen und lauerte weiter. Sieh, da kamen ein paar dicke Rheinkarpfen anspaziert, ein paar alte Leutchen, sie hatten graues Moos vor Alter auf dem Kopfe wachsen; da sagte die Karpfin zum Karpfen:

Alterchen! das wär so was,
Zieh das Jäckchen an zum Spaß,
Ich will in das Hemdchen schleichen,

Daß wir so den Menschen gleichen,
Und dann schwimmen wir zum Schloß,
Machen tolle Sprünge groß,
Und die Kinder werden meinen,
Daß wir seien, was wir scheinen:
Ich ein Mädchen, du ein Bübchen;
Und sie werden dann, mein Liebchen!
Zu uns vor die Türe kommen,
Daß wir werden aufgenommen;
Dann paß auf, wie ich dann schnappe,
Einen Jungen mir ertappe,
Du ein Mägdlein magst erwischen,
Jeder soll sich eines fischen.

Der alte Karpfen war ganz bereit zu der Maskerade, die ihm sein närrisches Weib vorschlug; sie half ihm in das Jäckchen und schlüpfte selbst in das Hemd und dann schwammen sie lachend, von vielen andern Fischen verfolgt, den Rhein hinunter. Nun wäre mir das eine schöne Gelegenheit gewesen, mit ihnen nach dem Wasserschloß zu kommen; aber ich wollte die schönen roten Schuhe nicht zurücklassen, und auch ängstlich war es mir, daß sie mit Ameleychens Kleidern auf und davon gingen. Als ich kaum einige Minuten nachgedacht hatte, was ich anfangen sollte, siehe, da ging der Mond auf und ergoß sein erquickendes Licht von den Rebenhügeln hinab bis auf den Grund des Rheines, und die Flut schimmerte unter und ober mir wie ein fließender Smaragd, meine goldenen Floßfedern schimmerten, und die roten Schuhe, in denen ich steckte, glänzten wie eine Koralle; es war mir durch und durch wohl und selig; da rauschte etwas mit den gelben Wellen des Mainstromes an mich heran, und bald erkannte ich eine heitere Schar von Nymphen. Es zogen voraus zwei schöne mutige Jünglinge, der Weiße Main und der Rote Main, die kräftigen Söhne des Fichtelberges; sie schwammen mit verschlungenen Armen und sangen ein Doppellied, um sie her gaukelten viele schöne Nymphen, ihre Gespielinnen, Geliebten und Bräute: die freudige Rodach, die freundliche Itsch, die lustige Baunach, Lautenbach und Ellern, dann die edle Nordgauerin, die Regnitz, mit ihren Gespielen, der kunstreichen Pegnitz, der Wiesent und Aysch, weiter die kluge

Saale und die sinnreiche Sinna, dann die spielende Lohr und die berauschte Tauber, und zuletzt die liebliche Nidda; alle diese rauschten, mit Weinlaub, Früchten, bunten Wimpeln, Harfen und Hörnern geschmückt, um die beiden Jünglinge, singend und klingend, mit lautem Jubel in den mondglänzenden Rhein. Als sie über mir waren, sangen sie alle miteinander:

Himmel oben, Himmel unten,
Stern und Mond in Wellen lacht,
Und in Traum und Lust gewunden
Spiegelt sich die fromme Nacht.

Welch entzückend laues Wehen!
Blumenatem! Traubenduft!
Wie die Felsen ernsthaft sehen
In des Widerhalles Kluft!

Rhein, du breites Hochzeitbette!
Himmelhohes Lustgerüst!
Wo sich spielend um die Wette
Stern und Mond und Welle küßt.

Und nun sangen die Brüder, der Weiße und Rote Main:

Aus dem alten Fichtelberge
Rauscht zu dir das Brüderpaar,
Im Gestein die klugen Zwerge
Machten uns manch Märlein klar.

Mit uns ziehen zu dir nieder
Viele Nymphen schön und klug,
Und wir bringen alte Lieder,
Alte Märchen dir genug.

Rhein, du hast uns eingeladen
In dein grünes Wasserschloß
Zwischen jauchzenden Gestaden
In den kühlen Felsenschoß.

Und wir wollen jenen Kindern,
Die du drin gefangen hast,
Märchen singend, bald vermindern
Ihres Heimwehs bittre Last.

Und nun sangen die Nymphen eine nach der andern:

Freundlich bin ich, Rodach heiß ich,
Roter Röslein manchen Strauß
Von gebückten Büschen reiß ich,
Teil' sie frommen Kindern aus.

Ich bin heimlich, heiße Itsche,
Wenn, wo Dorn und Schlehe blüht,
Still ich durch die Felsen witsche,
Lausche ich der Hirtin Lied.

Baunach, Lautenbach und Ellern
Sind wir, bringen Kiesel rund,
Die wir in den Felsenkellern
Ausgesucht hübsch glatt und bunt.

Ich bin edel, heiße Regnitz,
Stamme aus dem Nordgau her,
Aysch und Wiesent und die Pegnitz
Tragen meine Gaben schwer.

Aysch bringt rote Pfaffenhütlein,
Wiesenblümlein Wiesent bringt,
Und manch Märlein und manch Liedlein
Wissen wir, das lieblich klingt.

Ich, die Pegnitz, sinnreich heiter,
Bring den Kindern Spielerei:
Trommeln, Pfeifen, Puppen, Reiter
Führ aus Nürnberg ich herbei.

Arche Noä, Gänsespiele,
Pfefferkuchen, buntes Wachs,
Bilderbücher, ei wie viele!
Und manch Liedlein von Hans Sachs.

Ei! die Kindlein werden lachen
Über all den lieben Tand,
Breit' ich erst die schönen Sachen
Ihnen aus im klaren Sand.

Heisa! lustig! Rockenstube,
Jahrmarkt, Niklas, heilger Christ,
Freu dich, Mägdlein, freu dich, Bube,
Alles hier beisammen ist.

Ich die kluge Saale heiße,
Bin ein Nixchen wunderbar,
Stell verwandelt mancherweise
Bald als Kind, als Greis mich dar.

Sinnreich bin ich, Sinna heiß ich,
Wandle durch den Erlenwald,
Und vom Erlenkönig weiß ich
Auch manch Lied, das rührend schallt.

Rauschend durch die Mühlen spring ich,
Spiele gern und heiße Lohr,
Von dem Müllerburschen sing ich,
Der sein treues Lieb verlor.

Tauber heiß ich, Reben schwing ich
Trunken in dem Taubergrund,
Und den Kindern Tauben bring ich,
Um die Hälse golden bunt.

Und ich heiße Nidda, Nidda,
Im Gebüsch versteck ich mich,
Rufe immer: Nit da, nit da,
Mit den Kindern neck ich mich.

Und nun sangen sie wieder alle zusammen:

Seid gegrüßt, ihr Rebenhügel!
Seid gegrüßt, ihr Felsenstein!
Die ihr unter Gottes Flügel
Also süß geschlummert ein.

Felder, Korn und Blumen tragend,
Hirtenflöten, einsam klagend,
Hohe Türme, Glocken schlagend,
Kirchlein, Schloß, am Felsen ragend.

All ihr hochgeherzten Helden,
Die zu Bacchus Hochaltar
Sich zum blauen Spiegel stellten,
Seid gegrüßt von unsrer Schar!

Und nun wollten sie eben selig den Rhein, der unter dem blauen Sternhimmel wie eine herrliche Gruft voll Edelsteinen hinaus schimmerte, hinabziehen, als die beiden Brüder Weiß-Main und Rot-Main die roten Schuhe, in denen ich lauschte, bemerkten und niedertauchend also sangen:

Aber sieh da! auf dem Grunde,
Wie das schimmert, sieh doch zu!
Ei potz tausend! ein paar bunte,
Neue, rote Kinderschuh!

Ei! die nehm ich mir geschwinde,
Ehre leg ich damit ein,
Schenke sie dem frömmsten Kinde,
Das ich finde bei dem Rhein.

Da nahmen sie die roten Schuhe mit, und ich versteckte mich ganz vorn in der Spitze des Schuhes, damit sie mich nicht etwa herausjagen sollten, und so rauschte ich mit ihnen den Strom hinab, noch immer besorgt, wo der alte Karpfen und seine Frau mit dem Jäckchen und dem Hemde möchten hingekommen sein. Als wir an dem Bingerloch ankamen, wo der Rhein einen tiefen Strudel macht, tauchten die Nymphen unter und wir sahen einen hellen grünlichen Schein, und je tiefer wir kamen, je heller ward es, und endlich erkannten wir schon einige Lichter, und nun standen wir vor einem durchsichtigen gläsernen Haus; rings war es von unzähligen Fischen umgeben, die dem Lichte nachgezogen, und mit den Nasen an den glatten gläsernen Wänden herumschnupperten und nicht hineinkonnten; da pochten nun die Jünglinge Weiß-Main und Rot-Main leise an, und es fragte ein alter Wassermann drin:

Ei wer klopfet? wer ist draus?
Wer klopft an dies stille Haus?
Wo die Kindlein alle schlafen,
Träumen von den Wolkenschafen;

Seid ihr es, ihr tollen Fische?
Wart! wenn einen ich erwische!

Aber nun antwortete der Main:

Tu auf! tu auf die grüne Tür!
Der rot und weiße Main ist hier
Mit vielen holden Wasserfrauen,
Sie wollen nach dem Rheine schauen,
Sie bringen seinen Kinderlein
Manch Lied und schöne Spielerein.

Nun kam der alte graue Wassermann heraus, der da Torwächter war, und sprach:

Wie viel seid ihr, daß ich zähle,
Daß kein Fisch herein sich stehle.

Nun sprachen die zwei Brüder:

Wir zwei Brüder, vierzehn Frauen,
Sechzehn sind wir, du darfst trauen.

Nun sprach der Wassermann, indem er einen nach dem andern hereinließ und mit einem Ruder die Fische, die sich herzudrängten, zurückstieß:

Leise! Leise! plätschert nicht,
Wecket mir die Kinder nicht,
Die da rings in gläsern Wiegen
In dem süßen Schlummer liegen;
Wenn ihr alle seid herein,
Räume ich euch Betten ein.
Ihr kommt wohl zur rechten Zeit,
Von hier sind gereiset heut
Erst der Neckar und die Lahn,
Ich weis' euch die Betten an,
Wo sie lagen ausgestrecket,
Sie sind alle frisch gedecket.
Leise! leise! plätschert nicht;
Weckt den Vater Rhein mir nicht;
Er da in der Mitte lieget,
Und nachdem er eingewieget
Ameleychen hold, ein Kind,
Selbst jetzt stille Träume spinnt;

Folget mir in einer Kette,
Stoßet nicht an jenes Bette
Auf korallenroten Füßen,
Goldsand füllt die blauen Kissen,
Ameley, die Prinzessin,
Schlummert drin.

Und nun schlüpften die Jünglinge und Nymphen, eines nach dem andern, bei dem Wassermann zur Türe hinein, und er zählte sie alle. Sieh! da kam auch ein siebzehnter und ein achtzehnter; aber der wachsame Wassermann erwischte die beiden bei den Ärmeln, und da blieb ihm das Jäckchen und Hemdchen in den Händen, und der alte Karpfe mit seiner listigen Frau kriegten eine solche Ohrfeige mit dem Ruder, daß sie sich auf den Rücken legten, was bei uns Fischen ein Zeichen des Todes ist.

Nun könnt ihr euch gar nicht denken, welche Herrlichkeit da zu sehen war; die Nymphen machten einen halben Kreis und gaben nur mit Winken sich ihr Entzücken zu verstehen. Wir waren unter einem gläsernen Gewölbe, und über uns sahen wir das Gewässer mit Millionen bunter Fische, die sich mit ihren glänzenden Schuppen an das Glas anlegten und mit ihren Goldaugen hereinsahen, so daß die ganze Decke wie tausend Regenbogen durcheinander schimmerte; wo sich die Fische wegbewegten, sah man wieder zwischen wunderbaren Felsen die Sterne und den Mond durch die dunkle Flut leuchten, es war nicht zu beschreiben wie schön. Ja, wenn aller blaue Himmel eine Wiese wäre, und alle Sterne bunte Blumen, und alle Wölkchen Lämmer, und der Mond ein Schäfer, und die Sonne ein goldener Brunnen, und die Morgenröte eine erwachende Hirtin, und die Abendröte ein ermüdeter Jäger, und die Liebe zöge wie ein Lüftchen durch die Blumen und bewegte sie, und die bunten Bänder der Hirtin spielten in ihr, und die Locken des Jägers wehten in ihr, und der goldene Brunnen spränge und ergöße sich durch die Wiesen, und die Lämmer tränken aus ihm und der Schäfer stellte einen bunten Stab in den Brunnen vor die Augen der Lämmer, und alles wäre selig, und ihr läget unschuldig wie euer Ameleychen in der Wiege und sähet alles das im Traum: so wäre es doch nicht halb so schön, als was ich da sah.«

»Nun, nun,« sagte der Fischer, »du machst es auch gar zu schön; Fische bleiben doch Fische, und Wasser Wasser.« – »Ach!« sagte Marzibille, »es ist mir nur lieb, daß es schön ist; ich wollte, es wäre noch tausendmal schöner, wegen Ameleychen, das nun einmal dort ist; aber erzähle fort, Goldfischchen! ich vergehe vor Ungeduld, von meinem lieben Kinde zu hören.«

»So sah es aus, wenn man über sich sah,« fuhr Goldfischchen fort, »ein solcher Himmel lag über Ameleychen und den übrigen Kindern. Aber als ich hinabsah, da ging mir das Herz erst auf, und wäre ich schier vor Freuden aus dem roten Schuh gesprungen! Rundherum ging eine breite Stufe nach der andern hinab, und auf allen standen im Kreis herum eine Wiege, ein Bettchen am andern, und wir sahen in einen offenen Himmel von tausend schlummernden Kindergesichtern; auf der einen Seite des Kreises schlummerten alle Mägdlein, auf der andern alle Knaben. Tief unten aber stand auf der einen Seite ein schönes Bett von lauter Korallen, darauf schlummerte die Prinzessin Ameley; auf der andern Seite stand ein Bett von Felsenstein mit Goldsand gefüllt, darauf schlief der alte Vater Rhein, ein gar ehrwürdiger, großer und starker Greis, sein langer grüner Schilfbart hing von seinem Lager herab über eine artige gläserne Wiege, und, ach Frau Marzibille! wer schlummerte in dieser Wiege?« – »Ach mein blondes Ameleychen«, schrie die Fischerin und weinte vor Freude.

»Ja, Ameleychen schlummerte da«, sagte Goldfischchen, »und lächelte im Traume und hatte rote Bäckchen, wie hier, und hatte seine Händchen gefalten, wie hier, und seine Kleiderchen lagen ordentlich und reinlich zusammengelegt auf dem kleinen Schemel, der bei seinem Bette stand, wie hier.«

»Ja, es war immer ein gutes und frommes Kind«, sagte jetzt der Fischer und weinte auch.

Was das Goldfischchen weiter von den Wundern erzählt, die es bei dem alten Vater Rhein gesehen.

»Nun aber«, fuhr Goldfischchen fort, »muß ich euch auch noch sagen, woher das Licht kam, welches das ganze Gewölbe angenehm erleuchtete: rechts von dem Bette des Vaters Rhein und gerade in der Mitte des Bodens war eine große und runde Öffnung mit einem goldenen Gitter umgeben; es führten Stufen hinab, und unten sah man rings eine Menge Bogengänge nach allen Seiten hin laufen, aus deren jedem ein anderer Glanz herausschimmerte: grün, rot, blau, gelb, violett, kurz alle möglichen Farben, und als die Nymphen den alten Wassermann fragten, woher dieser wunderbare Schimmer komme, sagte er:

An diesem wunderbaren Ort,
Da ruht der Nibelungen Hort;
Um ihn geschah wohl mancher Mord;
Hier liegen Schilder, Helm und Ringe,
Manch goldnes Heft, manch gute Klinge,
Kleinode und viel andre Dinge,
Der Frauen Zier, der Helden Wehr
Ruht da, viel tausend Zentner schwer,
Und streut das bunte Licht umher.

Da fragte der Weiße Main:

Was heißt das: Nibelungen Hort,
Um den geschah so mancher Mord?
Erklär mir, Wassermann, dies Wort.

Da sagte der Wassermann:

Es ist ein Schatz, der hier versenket,
Der Rhein des selbst nicht mehr gedenket,
Wer ihm denselben Schatz geschenket;

Doch leben noch vier alte Greise,
Macht ihr zu ihnen eine Reise,
So werdet ihr hierin gar weise.

Der erst edieret an der Spree,
Er sagt, der Schatz kam über See,
Er heißt der Doktor Hagene.

Der zweit notieret an der Iser,
Wer ist weitläufiger als dieser?
Und Docen vom Docieren hieß er.

Der dritt und viert sitzt an der Fuld',
Grimm heißen sie, doch voll Geduld
Studieren sie an einem Pult.

Willst einen um den Schatz du fragen,
So werden alle vier dir sagen,
Daß sie ihn nicht in Rhein getragen.

Und werden drei von ihnen sterben,
So wird der viert die Weisheit erben,
Den ganzen Schatz und alle Scherben.

Da fragte der Rote Main:

Sag besser uns, wohin die Gänge
Gewölbet auf der Säulenmenge
Zuletzt noch führen in der Länge?

Da sagte der Wassermann:

Die sieben Bogengänge führen
Zu sieben reinen goldnen Türen,
Die sieben Treppen dann berühren.

Und diese Treppen auf sich winden,
Bis sie in einem Saal verschwinden,
Dem sieben Kammern sich verbinden.

Im Saal auf siebenfachen Thronen
Sitzt Lureley mit sieben Kronen,
Rings ihre sieben Töchter wohnen.

Frau Lureley, die Zauberinne,
Ist schönes Leibs und kluger Sinne,
Hoch hebt sich ihres Schlosses Zinne.

Von innen aus der Maßen fein,
Von außen schroff ein Felsenstein,
Umbrauset von dem wilden Rhein.

Sie ist die Hüterin vom Hort,
Sie lauscht und horchet immerfort,
Und höret sie ein lautes Wort,

Singt, tut ein Schiffer einen Schrei,
So ruft die Töchter sie herbei,
Und siebenfach schallt das Geschrei
Zum Zeichen, daß sie wachsam sei.

›Das ist recht wunderbar,‹ sagte der Weiße Main, – ›ich will dich aber nicht fragen, wer die Frau Lureley eigentlich ist, und warum sie alles siebenfach hat, und wie sie zu dem Wächteramt gekommen; du möchtest mich wieder zu deinen vier weisen Meistern schicken.‹ – ›Ach!‹ sagte der Wassermann, ›die wissen auch gar nichts von ihr; Frau Lureley ist viel älter als diese Herren, obschon jeder von ihnen ein paar hundert Jahre älter ist als der andere. Frau Lureley ist eine Tochter der Phantasie, welches eine berühmte Eigenschaft ist, die bei Erschaffung der Welt mitarbeitete und das allerbeste dabei tat; als sie unter der Arbeit ein schönes Lied sang, hörte sie es immer wiederholen und fand endlich den Widerhall, einen schönen Jüngling, in einem Felsen sitzen, mit dem sie sich verheiratete und mit ihm die Frau Lureley zeugte; sie hatten auch viele andere Kinder, zum Beispiel: die Echo, den Akkord, den Reim, deren Nachkommen sich noch auf der Welt herumtreiben. Doch das wird euch Frau Lureley selbst erzählen, und zwar siebenmal, wenn ihr sie darum fragt. Jetzt aber ist Schlafenszeit, hier oben seht eure Kammer, morgen früh um fünf Uhr müßt ihr aufstehen, und dem alten Rhein ein Morgenlied singen.‹

›Ja,‹ sagte der Rote Main, ›aber lasse uns zuerst unsere Geschenke zu den Füßen des alten Rheins und auf die Betten der Kinder herum legen, damit sie morgen beim Erwachen sich recht freuen.‹

Nun spazierten die Nymphen in einer Linie rings an den Kreisen der schlummernden Kinder herum und legten ihnen allerlei Blumen, bunte Steine, Muscheln, Kränze, Sträußer, und die Pegnitz ihnen tausenderlei schöne Spielereien auf die Betten. Je tiefer wir kamen, je näher kamen wir zu Ameleychen, je heftiger pochte mir das Herz, und endlich waren wir an der Wiege; der Wassermann sagte leise: ›Dies ist das frömmste liebste Kind hier‹, und legte die den Karpfen abgenommenen Kleider auf den Schemel, der an der Wiege stand; der Main stellte die roten Schuhe, worin ich saß, auch dazu, die Pegnitz legte ihm die schönste Puppe in die Arme, und jede Nymphe gab ihm das beste, was sie hatte; und dann zogen sie alle miteinander in die Höhe und schwammen in die Grotten, die ihnen angewiesen waren. Der alte Wassermann sagte jeder gute Nacht und machte die Türe zu; dann riegelte er auch nochmals die obere Türe des ganzen Schlosses zu, drehte sich um und segnete das ganze Haus, und schlüpfte auch in ein Felsengewölb, wo er schlief.«

»Ei! Ei!« sagte der Fischer, »mein lieber Goldfisch, du machst einem das Leben recht sauer und hältst einen lange hin, bis du auf den Punkt kömmst, ob wir unser Ameleychen auch je wieder zu sehen kriegen; sonst sagt das Sprüchwort: stumm wie ein Fisch; bei dir könnte man sagen: geschwätzig wie ein Fisch.«

»Ach lieber Petrus!« – so hieß der Fischer – sagte Marzibille, »laß ihn nur ruhig fortreden, ich höre ihn gar gern, ich gehe jeden Schritt und Tritt mit ihm und denke mir, daß Ameleychen das alles erlebt hat, und ich hoffe, wenn die Kinder so heil und gesund und in so guter Pflege sind, Gott wird sie uns noch einmal wiederschenken; erzähle, Goldfischchen, erzähle!«

»Ja, Gott wird sie euch wiederschenken,« sagte Goldfischchen, »darüber seid ruhig, und verzeiht mir, daß ich das Herz so voll habe, daß ich euch dies gleich zu sagen vergessen, und laßt ihr mich nun ohne Unterbrechen fortreden, so sollt ihr bald hören, wie eure Kinder zu retten sind. – Als nun der Wassermann zur Ruhe gegangen war, war ich es allein, der wachte; das Kristallwasser, welches das Schloß anfüllte, ward immer ruhiger, die ganze Herrlichkeit ober mir war klarer zu sehen; ich hörte rings die Herzen all der Kinder pochen, und sah, wie das Wasser über ihrer Brust leise davon zitterte; ach! ihr könnt nicht denken, wie mir freudig und selig zu Mute war, als ich Ameleychens Herz pochen hörte und das Wasser über seiner Brust zittern sah; ich konnte mich nicht mehr halten, ich schlüpfte aus meinem Schuh heraus, und schwamm in das bewegte Wasser über Ameleychens Herz, und ruhte so lange in der von ihrem Leben bewegten Flut mit unendlicher Liebe. Als ich so stillestand und das liebe Gesichtchen betrachtete, bewegte Ameleychen seine Lippen und sprach im Traume: ›Ach, liebe Mutter! ich bin recht erschrocken, ich bin ins Wasser gefallen; aber es ist recht schön hier; ich bin bei frommen Leuten, meine

Pate, die gnädige Prinzessin, ist auch hier; Mutter, komm doch auch.‹«

Als die Fischerin dieses hörte, fing sie heftig zu weinen an, und schrie: »Ja, ja, ich will kommen; drum hat es mich immer so hinuntergezogen, wenn ich am Rhein ging, du hast mir gerufen« – und nun wollte sie zu der Türe hinauslaufen und sich ins Wasser werfen; aber Petrus hielt sie beim Rock zurück und sagte: »Bleib sitzen, Marzibille! und laß den Fisch ausreden; hernach, wenns nötig ist, springe ich mit in den Rhein.« Marzibille umarmte den guten Petrus, da er dies gesagt, und sie saßen mit verschlungenen Armen bis zum Ende der Erzählung.

»Mich rührte diese Rede wie euch,« sagte Goldfischchen, »und als über ein Weilchen das Kind wieder sagte: ›Goldfischchen! Goldfischchen! wenn du hier wärest, das wäre ein herrlich Leben für dich und für mich‹ – da war ich so über die Rede erfreut, daß ich näher zu ihm schwamm und mich zwischen es und die Puppe an sein liebes treues Herzchen legte.«

»Hat es denn von mir gar nicht gesprochen?« fragte Weißmäuschen traurig.

»Warte nur ein bißchen,« sagte der Fisch, »gleich kömmt auch die Reihe an dich. Ich schlummerte an einer so lieben Stelle und erwachte nicht eher als durch den Druck von Ameleychens Hand. Die Sonne ließ eben ihre ersten Strahlen in den Rhein niedersinken, der wie ein fließendes Gold zitterte; man sah die Felsen oben und die Städte und die Berge und die Menschen und die Schiffe; man sah an der Felswand das ganze Haus der Frau Lureley hinauf bis an den blauen Himmel, wo die Vögel hin und her schwebten; man sah den Reiher niederstürzen und einen vorwitzigen Fisch holen; ein Schifflein zog oben, und darauf fuhren zwei Knaben, der eine freudig mit braunen Haaren, der andere traurig mit schwarzen Haaren. Als sie an dem Fels waren, riefen sie:

Lureley! Lureley!
Es fahren zwei Freunde vorbei.

Und nun sang der Schwarze:

Am Rheine fahr ich hin und her
Und such den Frühling auf;

Mein Sinn so leicht, mein Herz so schwer,
Wer wiegt sie beide auf?
Der Mond gehet unter,
Die Liebe geht unter,
Das Schiff zieht hinunter,
Wer hält sie auf?

Und Frau Lureley rief siebenmal zurück:

Wer hält sie auf?

Und dann sang der Braune:

Die Sonne geht auf,
Wonne, Wonne, still in Schauern
Dich umfangen, frische frische Luft;
Sinnend auf die Strahlen lauern,
Spielend in dem Morgenduft;
Lieben und geliebt zu werden
Ist das Einzige auf Erden,
Was ich könnte, was ich dächte, was ich möchte,
Daß es mir nur könnte werden,
Lieben und geliebt zu werden.

Und nun sprach Frau Lureley ihm siebenmal zurück:

Lieben und geliebt zu werden!

und sie schwammen hinab. – Darüber nun war Ameleychen aufgewacht, und hatte mich bemerkt und nahm mich voller Freude in die Hand, wodurch ich auch erwachte. Ihr könnt gar nicht denken, wie das Kind mich herzte und drückte, und es fragte gleich nach der Mutter und dem Vater, und auch nach dir, Weißmäuschen, und ich erzählte alles, was ich wußte, und kaum hatten wir eine halbe Stunde gesprochen, so rauschte der Rote und Weiße Main und die übrigen Nymphen aus ihren Grotten und begannen ein Morgenlied, worauf der alte Vater Rhein und die Kinder sich alle regten und die Augen wischten. ›Geschwind,‹ sagte Ameleychen zu mir, ›verstecke dich in meine gläserne Wiege, wo du alles hören und sehen kannst; denn es dürfen keine Fische hier herein; auf die Nacht, wenn alles schläft, rede ich wieder mit dir‹ – und nun steckte sie mich in die Wiege, an eine bequeme Stelle, wo ich alles belauern konnte. Als die Kinder rings erwachten und ihre Spielsachen fanden, entstand ein allgemeiner Jubel. Alle schrieen: ›Das Christkindchen war da, der heilige Niklas war da!‹ Alle Knaben zogen auf Steckenpferden mit Trommeln und Pfeifen am Bette des alten Rheins vorüber. Alle Mädchen kamen mit ihren Puppen und Blumen an das Bett der Prinzessin Ameley; dazwischen sangen die Nymphen das Morgenlied, und man hörte den Gesang der Lerchen, die über dem Wasser die Sonne begrüßten, dir durch den ganzen Himmel voll Unschuld und Freude niederstrahlte. Da aber Ameleychen dem Vater Rhein seine Spielsachen zeigte und dabei in neuen hübschen Kleidern und in den roten Schuhen hübsch geputzt dastand, fragte er: ›Ei Ameleychen, wo hast du denn die Kleider und die roten Schuhe her?‹ Da sagte das liebe Kind: ›Die waren schon lange mein, die Mutter hat sie immer in unserem großen Schranke aufgehoben, sie hat sie mir gewiß herabgeschickt‹; und nun kamen die Nymphen und die beiden Brüder Main herab, und nachdem sie der alte Vater Rhein begrüßt hatte, spielten die Nymphen mit den Kindern; aber der alte Rhein, der Rote und der Weiße Main, die Prinzessin und Ameleychen blieben beisammen. Der Main erzählte, wie er die Schuhe gefunden, und wie der Wassermann dem Karpfen die Kleider abgenommen; siehe! da fand Ameleychen einen Zettel in der Tasche ihres Rockes, den ihr Frau Marzibille hineingelegt, und gab ihn der Prinzessin zu lesen:

Lebst du noch, so bete fromm,
Bist du tot, in Himmel komm;
Bitt die lieben Engelein,
Daß auch ich bald komm hinein.
Dieses ist der einzge Wille
Deiner treuen Marzibille.

Als Ameleychen dies hörte, fing sie heftig an zu weinen, und rief immer: ›Ich will sterben, ich will in den Himmel zu meiner Mutter‹; auch die Prinzessin weinte sehr, und der alte Rhein war sehr gerührt über Eure Mutterliebe, Frau Marzibille! und die beiden Brüder Main lobten Euch sehr. ›Ach,‹ sagte die gute Prinzessin, ›wenn wir nur die gute Frau könnten wissen lassen, daß Ameleychen noch lebt.‹ – ›Ich weiß nicht, wie es anzustellen ist‹, sagte der alte Rhein; ›ja, wenn Radlauf, der Müller, wiederkäme; ich kann mit den andern Leuten nicht sprechen.‹ – Als die Prinzessin den Namen Radlaufs, ihres Bräutigams, hörte, weinte sie von neuem sehr heftig, und der alte Rhein tröstete sie und sprach: ›Schöne Ameley! ich bin es, der Euch zuerst in seine Arme geführt, ich werde Euch wieder mit ihm vereinigen; und wenn es auf Erden nicht sein kann, so werde ich ihn zu Euch herabbringen, wenn er wiederkömmt, seid ruhig; aber wie fangen wir es denn an, der guten Frau Marzibille Nachricht zu geben? Die großen Fische sind zu grob und zu dumm, die kleinen würden leicht unterwegs von den großen gefressen, und überdies, weil Frau Marzibille eine Fischerin ist, werden die Fische nichts mit ihr zu tun haben wollen.‹ – ›Ach,‹ sagte Ameleychen, ›ich weiß wohl ein Fischlein, das gehört mir; es ist mir selbst in den Schoß gesprungen, es steht auf unserem Blumenbrettchen in einem Glase zu Hause bei meiner Wiege, wenn das hier wäre; es ist gar klug und fromm, und würde gewiß die Botschaft ausrichten.‹ – ›Närrisches Ameleychen!‹ sagte der Rhein, ›wenn es hier wäre, so wäre uns freilich geholfen; aber wie solls herkommen?‹ – ›Freilich,‹ sagte Ameleychen, ›es kann nicht kommen, es dürfen ja gar keine Fische herein.‹ Da sagte der Rhein: ›Wenn es hier wäre, es sollte mir lieb sein, weil es fromm ist und dir gehört, und uns dienen könnte.‹ – ›Nun, da ist es!‹ sagte Ameleychen und hob seine Decke auf und legte mich dem alten Rhein in den Schoß. Er fragte mich freundlich, wie ich hereingekommen, und die Brüder Main lachten, als sie hörten, daß sie mich in den roten Schuhen hergetragen, und nun mußte ich alles erzählen, was ich von Mainz wußte. Als ich von der Hungersnot und der Verzweiflung der Eltern um ihre Kinder erzählte, weinten die Prinzessin und Ameleychen, und bald stimmten alle Kinder mit in die Trauer ein, und der alte Rhein und die Nymphen wurden auch sehr betrübt, und da die Prinzessin ihn sehr bat, er sollte den armen Eltern doch die Kinder wiedergeben, sprach er: ›Alles zu seiner Zeit; was sollen sie mit den Kindern, da sie selbst kaum Brot für sich haben? Wenn der Müller Radlauf wiederkömmt und König von Mainz ist, und wenn ich kein einziges Märchen mehr weiß, um es den Kindern zu erzählen, dann soll er mir eins erzählen, und dafür will ich ihm auch seine liebe Braut wiedergeben, und dann soll mir einen Tag um den andern eine gute Mutter aus Mainz ein Märchen erzählen, und dafür will ich ihr immer ihr Kind wiedergeben, bis sie alle droben sind; und du, Fischchen! schwimme zurück und grüße die Frau Marzibille, und sage ihr, was du gehört, zum Trost.‹ Alle dankten nun dem alten Vater Rhein für sein Versprechen; ich aber bat mir die Erlaubnis aus, solange dazubleiben, bis die Brüder Main wieder nach Hause zögen, damit ich in ihrem Schutz vor den Raubfischen sicher hierherkäme, und das wurde mir zu meiner und Ameleychens großer Freude erlaubt. Nun erzählten während der vierzehn Tage, die ich dort war, die Flüsse die artigsten Märchen, die sie wußten, und die Nymphen sangen allerlei schöne Lieder dazu, wobei alle Kinder sehr vergnügt zuhörten. Da sie aber alle nichts mehr wußten, nahmen sie Abschied und brachten mich wieder her und schwammen nach Franken zurück. Das ist alles, was ich weiß; Ameleychen läßt euch viel tausendmal grüßen.«

Der Fischer und die Fischerin sagten dem Goldfischchen viel tausend Dank für die freudige Botschaft und taten ihm alles Liebe an, und da sie ihm sagten, wenn es wieder in den Rhein wolle, so wollten sie es hintragen, sagte das Goldfischchen: »Ich will jetzt bei euch bleiben, bis der Radlauf kömmt, dann will ich geschwind zurück und Ameleychen die nahe Hilfe anzeigen« – womit auch die beiden guten Leute ganz zufrieden waren.

Nun dachten sie daran, wie sie auf alle Weise die Nachricht des Goldfischchens den andern Bürgern zum Trost bekannt machen wollten, und gingen gleich in die Kirche und beteten, und nach der Kirche setzten sie sich in den Kirchhof in den Sonnenschein und luden die andern Bürger und Bürgerfrauen zu sich ein und erzählten ihnen alles. Da ward die Freude und der Jubel allgemein in der ganzen Stadt, und abends war Illumination und Freitheater und Ball und aller möglicher Spektakel.

Wie Radlauf von seiner Reise zurückkehrt und König von Mainz wird.

Nun aber wollen wir uns wieder einmal an den Müller Radlauf erinnern, der mit dem Testament des Herrn von Starenberg in den Schwarzwald zu dem Grubenhansel gezogen war; was ihm aber da begegnet ist, wird er hernach selbst erzählen; ich darf jetzt nichts anders sagen, als daß er gerade wieder in der Nacht zu Hause ankam, ehe Goldfischchen zur Frau Marzibille zurückkehrte.

Es war abends um sechs Uhr, als Radlauf mit den zwölf Rittern, die ihn zurückbegleiteten, auf dem Berg aus dem Wald herausritt; er sah den Rhein zu seinen Füßen, und die hellen Tränen standen ihm in den Augen; er drehte sich zu den Rittern um und sprach: »Meine lieben Getreuen! wenn ich gleich jetzt euer Fürst bin, so kann ich doch nicht anders: ich muß wieder Müller sein, wenn ich den herrlichen Rhein sehe und die Mühle klappern höre, wo ich meine schöne Ameley zuerst gesehen. Lieben Ritter! schlaget euch hier im Walde ein Lager, indes ich allein hinabgehe, meine Heimat begrüße und dem alten Rhein wieder ein Willkommen singe; morgen früh sehe ich euch wieder.« Da antworteten die Ritter: »Herr! wir tun nach Eurem Befehl«, und sie stiegen ab und schlugen sich ein Lager. Radlauf aber legte seinen Helm und Panzer ab und zog seine Müllerkleider an und nahm einige schöne Kränze mit, die er unterwegs geflochten hatte, und so stieg er ruhig den Berg hinab; er war sehr gerührt, wieder in seiner Heimat zu sein, und je näher er seiner Mühle kam, desto lauter pochte sein Herz; aber wie wunderte er sich, da er den bekannten Fußweg ging und seine Mühle nicht fand, denn er wußte nicht, daß sie König Hatto hatte abbrechen und in den Turm verbauen lassen. Das Rad lag umgestürzt an der Erde, und was ihm bei demselben begegnete, wird er später selber erzählen.

Wie er fortging, trat er plötzlich ins Wasser, das die Ruinen seines Hauses umspielte; mit Mühe zog er sich heraus und kletterte auf den Mühldamm, und so traurig er über den Verlust seiner Mühle war, so erquickte ihn doch der Anblick des herrlichen Stromes, und er sang:

Wie klinget die Welle!
Wie wehet ein Wind!
O selige Schwelle!
Wo wir geboren sind.

Du himmlische Bläue!
Du irdisches Grün!
Voll Lieb und voll Treue,
Wie wird mein Herz so kühn!

Wie Reben sich ranken
Mit innigem Trieb,
So, meine Gedanken,
Habt hier alles lieb.

Da hebt sich kein Wehen,
Da regt sich kein Blatt,
Ich kann draus verstehen,
Wie lieb man mich hier hat.

Ihr himmlischen Fernen!
Wie seid ihr mir nah;
Ich griff nach den Sternen
Hier aus der Wiege ja.

Treib nieder und nieder,
Du herrlicher Rhein!
Du kömmst mir ja wieder,
Läßt nie mich allein.

Meine Mühle ist brochen
Und klappert nicht mehr,
Mein Herz hör ich pochen,
Als wenns die Mühle wär.

O Vater! wie bange
War mir es nach dir,
Horch meinem Gesange,
Dein Sohn ist wieder hier.

Du spiegelst und gleitest
Im mondlichen Glanz,
Die Arme du breitest,
Empfange meinen Kranz.

Kaum hatte er ausgesungen, so entschlief er, und im Traume erschien ihm der alte Rhein und sagte ihm nichts als: »Willkommen, König von Mainz! ziehe in die Stadt, du wirst Segen über sie bringen, kehre heut abend bei dem Fischer Petrus ein, und er wird dir sagen, was du sollst.« – Als nun Radlauf erwachte, sah er, daß die Sonne schon hoch am Himmel stand; er blickte nach seiner Mühle, die war nicht mehr da; er blickte nach der Binger Insel, da stand ein hoher Turm darauf; er erkannte seine Heimat kaum wieder, und da er über die Wiese ging, stand sie voller Rittersporn und Kaiserkronen und Königskerzen. Betrübt sah er in den Schutt seines Hauses, und indem er einen Stein aufhob, warf er ihn in den Boden und sprach:

Ein Müller war ich,
Ein Fürst bin ich,
Ein König werd ich;
Ich werfe den Stein,
Hier wohne der treuste Mann am ganzen Rhein.

Und somit ging er zu seinen Rittern, legte seine Rüstung wieder an und zog mit ihnen gen Mainz; und als sie abends um zehn Uhr durch das Tor ritten, war es gerade, da man die Stadt illuminiert hatte. Alles jubelte und schrie: »Vivat der König Radlauf!« und keiner wußte es, daß er es war. Da er durch das Rheingäßchen ritt, kam er vor ein kleines Haus, da war über der Tür ein Bild illuminiert, darauf stand ein Mühlrad, worauf zwei Kronen lagen, und viele Kinder standen drum herum; über den Kronen aber war geschrieben:

Ich harr und hoff
Auf dich, Radlof!
Kommt er herbei,
Wird Ameley,
Die in dem Rhein,
Frau Königin sein,
Und Ameleychen
Der Flut entsteigen;
Ich harr und hoff
Auf dich, Radlof!

Als Radlauf dies las, pochte er an, und da ein Mann ihm aufmachte, fragte ihn dieser: »Was wollt Ihr vom Fischer Petrus?«

»Bei ihm wohnen«, sagte Radlauf und trat ein und gab sich zu erkennen, und alles war im Hause voll Jubel. Die Ritter banden ihre Pferde vors Haus, und die kleine Stube war so voll, daß man sich nicht regen konnte. Nun erzählte Frau Marzibille dem Radlauf alles; aber er fragte das Goldfischchen selber aus und weinte vor Freude, als er hörte, daß Ameley noch lebe.

Da nun die zwölf Pferde die ganze Straße versperrten, so sammelten sich die Menschen immer mehr, und endlich ward der Lärm so groß, daß Gezänk entstand und die Leute auf den Fischer schimpften; da trat Radlauf heraus und sprach: »Seid ruhig, ihr Leute! der König Radlauf ist hier.« Kaum hatte er dieses gesagt, als alles Vivat schrie, und alle Menschen drängten sich herbei, und Radlauf stieg zu Pferd, und die Ritter auch, und sie ritten durch die ganze Stadt und das Volk huldigte ihm.

ITALIENISCHE MÄRCHEN

DAS MÄRCHEN VON DEN MÄRCHEN ODER LIEBSEELCHEN

Es war einmal ein König von Schattenthalien, der hatte eine einzige Tochter, die er sehr liebte und darum Liebseelchen nannte. Aber leider war sie unter einem traurigen Stern geboren und stets so still und traurig und nie zum Lachen zu bringen, daß alle, die sie kannten, sie, statt Liebseelchen, Trübseelchen nannten, weil sie immer so trübselig aussah. Hierüber war nun ihr königlicher Herr Vater, der lieber gewollt hätte, sie möge sich bucklich lachen, sehr unwillig und wendete alles an, um sie aufzuheitern.

Bald ließ er die Hoftrompeter auf Sechspfennigstrompeten zur Tafel blasen; aber sie lachte nicht und fand die Musik sehr ernsthaft; bald ließ er allen Gänsen, die der Hirt zum Tore hinaustrieb, papierne Haarbeutel anhängen; aber sie lachte nicht und fand den Zug sehr anständig; bald ließ er eine Menge Hunde wie die bekanntesten Hofherrn ankleiden, und sie mußten ihm durch die Beine tanzen, wozu er auf der Geige spielte, ohne daß er es konnte; aber sie lachte nicht und meinte, der Hofball wäre recht angenehm, weil man sie nicht auffordere, – und noch tausend andere solche Späßchen hatte er umsonst versucht; sie blieb immer, ohne eine Miene zu verziehen, so ernsthaft wie ein Arzneiglas, und der König hatte schon alle Hoffnung aufgegeben, sie jemals lachen zu sehen, als ihm noch ein Gedanke einfiel, der ihm selbst so possierlich vorkam, daß er laut zu lachen anfing. »Wohlan!« sagte er, »will Liebseelchen nicht drüber lachen, so will ich mir doch einmal eine lustige Stunde geben; denn ich armer König bin vor lauter vergeblichem Spaßmachen selbst ganz betrübt geworden.«

Der Platz vor dem Schlosse war von spiegelglatt geschliffenem Marmor. In der Mitte dieses Platzes ließ er einen Springbrunnen von Öl machen, der sich über den Platz ergoß und denselben noch schlüpfriger machte, so daß es nicht leicht möglich war, über den Platz zu gehen, ohne zu fallen. Es war am Neujahrstag, als er diesen Spaß anstellen wollte, weil er wußte, daß dann auf diesem Platze eine außerordentliche Menge geputzter und gezierter Leute in allerlei närrischen neuen Modekleidern herumspazieren pflegten, um sich einander das neue Jahr abzugewinnen. Er versprach sich tausend Spaß, wenn er dachte, wie die Putznarren und -närrinnen gleich Grillen und Heuschrecken auf dem Platze herumspringen würden, um sich keine Ölflecken in ihre Neujahrsröcke zu machen, und wie sie endlich doch zur Strafe ihrer Eitelkeit an die Erde fallen müßten.

Als der Morgen herankam und das Neujahr schon mit Glokkengeläut, Pauken und Trompeten in der Stadt angekündigt war, kam die Prinzessin Liebseelchen zu ihrem Vater an das Bett, küßte ihm die Hand und sprach so ernsthaft als ein Puthahn: »Ich wünsche Eurer Majestät ein glückseliges neues Jahr, und daß Sie noch viele untertänigste Jahre in Allerhöchstem Wohlsein zu verleben geruhen mögen.« Der König umarmte seine Tochter und sprach: »Gleichfalls, liebstes Liebseelchen! aber, wenn du mich nicht vor der Zeit unter die Erde bringen willst, so tue mir die Liebe an und lache einmal von Herzensgrund.« Das war aber fehlgegriffen; denn Liebseelchen fing an zu weinen und sagte: »Wie soll ich lachen, wenn Eure Majestät vom Sterben reden?« Da sprang der König aus dem Bett, setzte geschwind seine Krone auf, nahm seinen Szepter in die Hand und wollte mit den Worten: »Ei! das müßte doch der Kuckuck sein, wenn ich dich nicht sollte zum Lachen bringen!« im Schlafrock, wie er war, mit der Prinzessin hinaus auf den Balkon treten. Liebseelchen aber sagte; »Herr Vater! vergessen Sie nicht, Ihren Mantel anzulegen.« Zornig legte er seinen goldenen Mantel an; denn er dachte für sich: daß ich so im Schlafrock und ohne Perücke, die Krone auf der Nachtmütze tragend, hinaus vor das Volk treten wollte, darüber hätte sie eigentlich schon ordentlich lachen können; aber es ist nichts mit ihr anzufangen.

Da er nun ganz königlich angekleidet war, setzte er sich mit ihr auf den Balkon, um zu sehen, wie die Leute sich auf dem Ölplatze betragen würden. Zuerst kamen die Bauern, um dem Könige Glück zu wünschen. Da sie aber teils barfuß gingen, teils tüchtige, mit Nägel beschlagene Stiefel anhatten, so gingen sie recht fest auf dem glatten Boden, und die, welche Stiefel an hatten, patschten mit Vergnügen in dem Öl herum, weil ihnen das ihr Lederwerk dauerhaft und geschmeidig machte. Viele, die mit Holzschuhen kamen, zogen diese aus und nahmen sie mit Öl gefüllt nach Hause und bedankten sich noch recht schön bei Ihro Majestät.

Aber als später allerlei geputzte und gezierte Stadtleute kamen, gab es mancherlei für den König zu lachen, wenn sie, um sich nicht zu beschmutzen, auf den Fußspitzen einherhüpften und bei dem ersten Bückling, den sie machten, ausglitten und übereinander herfielen; aber auch bei den lächerlichsten Zufällen lachte die Prinzessin Liebseelchen nicht, sondern bedauerte immer nur die armen Leute, mit welchen der König einen so unschicklichen Spaß trieb, worüber dieser sehr ergrimmt den Balkon verließ und ihr sagte, sie sei ein recht widerwärtiger Sauertopf.

Liebseelchen aber blieb allein auf dem Balkon sitzen und fiel in eine tiefe Traurigkeit über den Unwillen ihres Vaters, denn sie konnte gar nicht begreifen, wie es nur möglich sei, über etwas zu lachen, wodurch andere Leute in Schaden oder Spott kämen. Indem sie so über den Ölplatz hinsah, von welchem sich die Neujahrsgratulanten, auf allerlei Art verunglückt, beinahe schon alle zurückgezogen hatten, kam auf einmal eine sehr kuriose Figur anspaziert, die ihre ganze Aufmerksamheit auf sich zog: nämlich eine sehr alte französische Mademoiselle, welche in der Residenz der Schrecken aller Kinder war, die bei ihr in die Schule gingen, und die der armen Prinzessin mit ihren verdrehten und verzwickten Sitten und ihren vielen Regeln des guten Betragens und feinen Akzentes, die sie durch ihre spitze Nase hervortrompetete, auch manche qualvolle Stunde gemacht hatte, da sie früher Unterricht bei ihr hatte.

Diese französische Närrin ließ sich von zwei ebenso lächerlichen französischen Tanzmeistern auf einem vergoldeten Tragstuhl gegen das Schloß hintragen. Sie war nach der lächerlichsten neuen Mode gekleidet und eingeschnürt wie eine Spindel, dazu geschminkt rot und weiß und blau wie eine französische Nationalkokarde; schnitt Gesichter rechts und links, und drehte sich wie ein Ohrwurm, der in den Honigtopf gefallen. Die beiden Tanzmeister machten die lächerlichsten Sprünge mit ihr durch das Öl, aber sie fielen nicht; denn wenn sie auch ein wenig stolperten, so machten sie gleich einen Entrechat hinterdrein, daß es immer aussah, als wäre es lauter Kunst.

Da diese lächerliche Gesellschaft mitten auf dem Platze angekommen war, wendete sich die alte Hexe – denn das war sie – gegen die Prinzessin und begann einen langen französischen Neujahrswunsch mit den affektiertesten Stellungen von dem Tragstuhl herab zu deklamieren, wo immer das erste Wort »*amour*«, das zweite »*plaisir*«, das dritte »*le cœur*«, das vierte »*souvenir*«, das fünfte »*bonheur*«, das sechste »*douceur*« war, und als sie recht in die Furie der Begeisterung kam, trat die alte Zieräffin auf den Sitz des Tragstuhls und machte eine Stellung, als ob sie fliegen wollte, und sagte:

Ce sont les vœux que tracent
Les Amours et les Graces
Avec le griffle de l'histoire
Dans le marbre de la mémoire:
Acceptez, princesse, les offrandes
De votre très humble servante,
Mademoiselle
Zephise
La marquise
De Pimpernelle.

Aber perdauz! da flog sie vom Tragstuhl herunter in das Ölbad, und die beiden Herrn Tanzmeister fielen mit über den Haufen, und es war, als ob der Prinzessin alle Schnürbänder zerplatzten; denn »hi, hi, hi« und »ha, ha, ha« fing sie so entsetzlich an zu lachen, daß sie sich den Leib mit beiden Händen halten mußte, und »hi, hi, hi« und »ha, ha, ha« ging es immerfort: dazu bliesen hundert Trompeter und wirbelten fünfzig Pauker und wurden hundert Kanonenschüsse gelöst und mit allen Glocken geläutet; denn der König hatte alles dies vorausbestellt, wenn die Prinzessin lachen sollte; und da er hinter einem Fensterladen zugesehen, hatte er gleich bei dem Gelächter Liebseelchens eine Pistole zum Fenster hinaus losgeschossen, welches das Zeichen war, daß die Festivitäten losgehen sollten.

Indessen waren viele Menschen herzugelaufen und lachten auch über die Strafe, welche die unvernünftige Mademoiselle

Pimpernelle erlebt hatte. Die hatte sich endlich ohne alle Grazie, so beschmiert sie war, aufgemacht, und vor Zorn glühend machte sie zwei Fäuste gegen die lachende Liebseelchen und schrie:

Du lachst über mich, Liebseelchen!
Du sollst weinen über mich, Trübseelchen!
Denn keinen andern Mann sollst du haben
Als einen, der ist schon längst begraben:
Aus dem kalten Grab von Marmorsteinen
Sollst du den Prinzen Röhropp herausweinen!
Diesen Fluch gibt dir die Mademoiselle
Zephise Marquise de Pimpernelle.

Und als sie diese Worte in heftigem Zorne ausgesprochen, fing sie an, an allen Orten wie ein Feuerwerk zu brennen; die zwei Tanzmeister drehten sich auch wie Feuerräder; sie knisterten und knasterten, und mit Zisch und Zasch und Rakedakdakdak fuhr die ganze Gesellschaft wie Raketen in die Luft und verschwand über der Stadt mit einem Pech- und Schwefelgeruch. Eine alte Schnürbrust, eine Perücke und ein paar Fischbeine fielen an die Erde; sonst sah man nichts mehr.

Der König begab sich nun voller Freuden zu Liebseelchen, um ihr für ihr Lachen zu danken. Er fand in ihrem Vorzimmer einen jungen Pagen. Der warf sich ihm zu Füßen und sprach: »Gnädiger König! wollt mir eine Belohnung geben, denn ich bin eigentlich schuld an dem Gelächter. Da die abscheuliche Pimpernelle so lächerlich auf dem Tragstuhl stand, reichte ich den beiden Tanzmeistern, welche den Tragstuhl hielten, eine Prise vom feinsten Schnupftabak, und weil sie mit beiden Händen die Arme des Tragstuhls hielten, mußte ich ihnen die Prise in die Nase reiben, worauf sie so heftig niesten, daß die Pimpernelle durch die Erschütterung samt ihnen über den Haufen fiel.« Der König lachte hierüber nochmals von Herzen und machte ihm eine goldene Schnupftabaksdose mit seinem Gemälde in Brillanten gefaßt zum Geschenke, mit dem Befehl, daß er sie an dem Strumpfband der Pimpernelle, das man auf dem Platz gefunden, an dem Hals tragen solle. Hierauf gab er ihm noch den Auftrag, daß heute abend die ganze Stadt solle erleuchtet sein, und ging dann in die Stube der Liebseelchen.

Aber wie erstaunte der König, da er diese nichts weniger als lachend antraf; sie war vielmehr trauriger als je, und wiederholte immer den Fluch der Pimpernelle:

Aus dem kalten Grab von Marmorsteinen
Sollst du den Prinzen Röhropp herausweinen.

Der König gab sich alle Mühe, ihr dies auszureden, aber alles war vergebens, so daß er sie endlich verließ, um nähere Anstalten zu der Beleuchtung zu treffen, in der Hoffnung, sie werde vielleicht heute nacht die Grillen verschlafen.

Die Sonne ging unter, die Nacht kam heran, und viele tausend Lampen brannten an allen Fenstern der Stadt. Alle Gassen waren voll lustiger, lachender Leute; besonders waren viele junge Fräuleins, welche die garstige Mademoiselle Zephise Marquise Pimpernelle sehr gequält hatte, voller Freude und sangen durch alle Straßen:

Die Mademoiselle
Zephise Marquise
De Pimpernelle
Fuhr in die Hölle.

Und so ging der Zug nach der Wohnung der alten Zauberin. Man brach die Türen ein und warf alle ihre Perücken und Schnürbrüste und Schminktöpfe und Fischbeine und allen Lumpenkram zum Fenster hinaus, machte ein großes Feuer daraus und tanzte und sprang herum; dabei stand der lustige König und lachte so herzlich, daß er ganz seine Tochter Liebseelchen vergaß.

Während dieser allgemeinen Freude hatte Liebseelchen etwas ganz anderes vor. Der Gedanke an den Prinzen Röhropp, den sie aus dem Grab weinen sollte, hatte ihre Seele so eingenommen, daß sie keine Ruhe und keine Rast mehr hatte. Sie machte sich ein Bündel Kleider zusammen, legte alle ihre Juwelen hinein, schlich sich in den Stall, packte das Bündelchen auf ihr kleines weißes Pferdchen, setzte sich darauf und ritt hinten durch den Schloßgarten zur Stadt hinaus. Kein Mensch bemerkte sie, denn alle Dienerschaft des Schlosses lief in der Stadt herum, die Beleuchtung zu sehen.

Bald verlor sie die lärmende, flimmernde Stadt aus den Augen und ritt in einen tiefen Wald hinein, wo sie in der Dunkelheit der Nacht ihrer Trauer recht nachhängen konnte. Auf einmal kam sie mit ihrem Pferdchen an einen reißenden Bach, an welchem drei alte Mütterchen saßen. Die waren steinalt, krumm gebückt und stützten sich auf Krücken und sprachen:

Da stehn wir mit der Krücke
Am Wasser ohne Brücke,
Wir tragen wohl hundert Jahre schwer,
Ach! wer nur erst überm Wasser wär.

Da sprach Liebseelchen zu ihnen:

Meinem Schimmelchen sein Rücken,
Der ist so gut wie Brücken,
Sitzt hinter mich hübsch nach der Reih,
Hinüber trag ich euch alle drei.

Da setzte sich das eine alte Mütterchen hinter Liebseelchen, und sie trieb ihr Pferdchen ins Wasser, schwamm hinüber und setzte die Alte ans Land, schwamm wieder zurück und holte die zweite und zuletzt auch die dritte Alte glücklich hinüber. Als sie alle drüben waren, dankten sie Liebseelchen sehr, und da sie sagten, daß sie noch ein ziemlich Stückchen Wegs an den Ort ihrer Bestimmung hätten, setzte Liebseelchen sie immer abwechselnd auf ihr Pferdchen, damit sie nicht so müde würden. Unterwegs plauderten die Alten allerlei; aber Liebseelchen war immer still und dachte an den Prinzen Röhropp in den Marmorsteinen, den sie sollte aus dem Grabe herausweinen.

Auf einmal kamen sie an einen freien Platz im Wald; da schien der Mond so hell wie Silber, und in der Mitte stand ein großer Nußbaum voll Nüsse, die klinkerten und klankerten vom Winde bewegt wie goldene Glocken. »Nun«, sagten die Alten, »sind wir da:

Wir Alten mit den Krücken,
Am Wasser ohne Brücken,
Kamen auf Schimmels Rücken,
Wo wir jetzt Nüsse pflücken.
Das Klettern fällt uns gar zu schwer,
Ach! wenn nur eine Leiter da wär!«

Da sprach Liebseelchen:

Ich steig auf Schimmelchens Rücken
Und schlag die Nüsse mit den Krücken,
Das ist so gut wie Pflücken;
Klinkele, klankele in dem Wind,
Nun hebt die Nüsse auf geschwind.

Und das ging prächtig. Liebseelchen stellte sich auf ihren Schimmel und schlug mit einer Krücke die Nüsse herunter; aber die Alten waren noch nicht zufrieden und sangen:

Wir Alten mit den Krücken,
Wir haben müde Rücken
Und können uns nicht bücken,
Das Nüsselesen fällt gar zu schwer,
Ach! wenn nur alles im Sack drinne wär.

Aber Liebseelchen war unermüdet gefällig und sammelte den Alten alle Nüsse in den Sack, so daß sie endlich sehr müde ward, und da die alten Mütterchen sie seufzen hörten, sagten sie: »Genug, mein Kind! genug, du seufzest so schwer, du bist so müd.« – »Ach!« sagte Liebseelchen:

Ich seufze nicht aus Müdigkeit,
Ich seufze aus großem Herzeleid,
Prinz Röhropp liegt tot in Marmorsteinen,
Den muß ich aus dem Grab herausweinen.

»O weh! o weh!« sagten da die alten Mütterchen, »das wird viel Tränen kosten: da wirst du viel weinen müssen, armes Kind!

Doch fasse Mut,
Wir sind dir gut,
Wir wollen dir hier schenken
Drei Nüsse zum Angedenken.
Kommst du in Not und große Pein:
So knacke eine Wünschelnuß,
Dann wird dir gleich geholfen sein
Zu Lust und Freud und Überfluß.«

Da gab ihr jede eine Nuß, die knüpfte sie in ihre Schürze und stieg zu Pferd, und die Alten riefen:

Leb wohl! leb wohl! gradaus,
So kömmst du aus dem Wald hinaus.

Und nach diesen Worten verschwanden die Alten in der Luft, und der Schimmel flog mit Liebseelchen durch die Büsche, daß ihr die Haare sausten und die Nüsse in der Schürze klingelten.

Schon war sie über Berg und Tal gekommen, da hörte der Schimmel auf zu galoppieren und trabte.

Schon war sie durch den jungen Wald und über die Moosheide gekommen, und der Himmel war voll Sterne, und der Mond ging unter. Da hörte der Schimmel auf so stark zu traben und ging einen starken Schritt.

Schon war der Himmel weiß gegen Morgen, die Hasen gingen schon in die Kohlfelder nach ihrem Morgenbrot; Hähne krähten in der Ferne, und die Haare Liebseelchens und die Mähne ihres Schimmelchens waren naß vom Morgentau. Da ging der Schimmel einen sehr langsamen Schritt, und Liebseelchen matt und müde nickte mit dem Kopfe und schlief ein und wußte nichts mehr von sich; aber der Schimmel ging seinen leisen Schritt fort, und fraß hie und da ein bißchen Gras, das am Rande der Gartenfelder stand, durch welche bereits der Weg ging.

Auf einmal stand der Schimmel still. Wasser spritzte Liebseelchen ins Gesicht; sie wachte auf, rieb sich die Augen; da sah sie, daß ihr Roß aus dem Becken eines Springbrunnens trank, dessen Strahl sie benetzt hatte. Dieser Springbrunnen stand auf einem großen freien Platz, an der einen Seite eines marmorsteinernen Grabmals, auf welchem ein geharnischter Ritter mit gefalteten Händen lag, und zur andern Seite des Grabmales sprang noch ein Springbrunnen; auf dem Grabmale aber sang eine Schwalbe ihr Morgenlied.

Das weiße Grabmal schimmerte rötlich von der Morgensonne, welche in der Ferne über den Türmen einer großen Stadt aufzog. Der Schimmel schlürfte ruhig das Wasser ein und schüttelte sich. Da kam Liebseelchen erst recht zu sich, sprang vom Sattel und sagte: »O du lieber Himmel! Das ist gewiß

Prinz Röhropp in den Marmorsteinen,
Den ich aus seinem Grab soll weinen.«

Da ging die Sonne in die Höhe, und sie las auf der einen Seite des Grabmals folgende Inschrift:

Brunnen! ihr mögt ewig weinen,
Strudelnd, sprudelnd ab und auf,
Röhropp in den Marmelsteinen
Wacht nicht auf von eurem Lauf;
Nimmer, nimmer ists genug!
Wenn der schwarze Tränenkrug,
Der hier hänget an dem Grabe,
Erst von Tränen überquillt:
Dann erwacht das Marmorbild
Und reicht für die Tränengabe
Kron und Szepter, Leut und Land,
Lieb und Freundschaft, Herz und Hand
Dann der frommen Weinerin
Gerne hin.
Also heißt der Zauberspruch
In dem alten Wunderbuch.

Und neben dieser Inschrift hing ein großer Tränenkrug, in welchen wohl zwei Maß gingen. Liebseelchen nahm diesen Krug herab, setzte sich auf die Bank an dem einen Springbrunnen hin, nahm den Krug zwischen die Kniee, hängte das Haupt über ihn nieder, und es kamen ihr so traurige Gedanken, daß ihr die Augen wie zwei Kristallquellen von Tränen überflossen. So saß sie da in bitterer Wehmut und weinte. Ihr Pferdchen graste ringsherum und kam manchmal zu trinken zu ihr an den Brunnen. Und die Sonne stieg, und das Grabmal warf einen Schatten, und der Schatten ward kleiner und verschwand; und die Sonne stand hoch oben, es war Mittag; und der Schatten fiel nach der andern Seite und ward groß und größer, es ward Abend, die Sonne sank; es ward Nacht, die Sterne kamen und der Mond; und der Morgen kam und fand Liebseelchen immer weinend.

Der zweite Tag verging und die zweite Nacht; da war das arme Liebseelchen so müde und so abgeweint, daß ihr alle Gedanken vergingen und ihr der Kopf auf den Rand des Brunnens sank. Sie schlief ein, und der Krug war erst dreiviertel voll; da kam das Pferdchen zu ihr herangelaufen und schaute sie an, und da es seine liebe Prinzessin so blaß und so verweint sah, ward es gar betrübt, und es flossen dem treuen Tier auch große Tränen aus den Augen und in das Gefäß nieder, so daß in wenig Minuten der Krug bis auf einen Finger breit voll war.

Aber nun kam eine häßliche, böse, schwarze Mohrin mit einem Eimer an den Brunnen, Wasser zu holen, und da der Schimmel nie Mohren gesehen hatte, erschrak er und trabte weg in die Ferne. Diese Mohrin kannte sehr wohl den Zauberspruch, der an dem Brunnen stand, und da sie sah, daß Liebseelchen den Krug beinahe vollgeweint hatte, nahm sie ihr denselben leise, leise zwischen den Knieen weg, holte eine Zwiebel aus der Tasche und rieb sich die Augen damit, worüber ihr die Tränen so reichlich niederflossen, daß der Krug voll wurde. Als sie den letzten Tropfen hineinweinte, fing der Krug an überzufließen. Das Steinbild des Prinzen Röhropp rührte sich, rieb sich die Augen, streckte sich, gähnte wie einer, der vom Schlaf erwacht, richtete sich auf, stieg herab und umarmte die garstige Rußika, so hieß die Mohrin, pochte dann mit seinem Schwerte an das Grab. Das tat sich auf; da kamen allerlei Kammerdiener und Hofdamen heraus und viele Pagen; die legten der Mohrin einen goldenen Mantel um und setzten ihr eine Krone auf; dann kamen auch allerlei Musikanten heraus, und alle ordneten sich in einen Zug, und die Musikanten zogen voraus und spielten, und sie zogen wie eine Hochzeit nach der Stadt, welche mit allen Glocken zu läuten anfing, um ihren entzauberten Prinzen nebst seiner Braut zu empfangen.

Sie waren schon ein Stückchen Wegs weggezogen, als das Pferdchen zu Liebseelchen herankam und so heftig zu wiehern begann, daß sie erwachte. Da sah sie dem Zuge nach und begriff bald ihr Unglück. Sie rang die Hände und raufte die Haare und weinte genug, um den Krug nochmals zu füllen; aber verschlafen war verschlafen! Da rasselten, wie sie sich die Augen trocknen wollte, die goldenen Wünschelnüsse der drei alten Mütterchen in ihrer Schürze, und sie gedachte des Spruches der Alten, daß die Nüsse ihr in der Not helfen sollten.

»Wohlan! ich will mein Heil versuchen«, sprach sie – setzte sich auf das Schimmelchen und ritt ruhig nach der Stadt. In der Stadt fand sie alles voll Jubel und Freude, daß der Prinz Röhropp von seinem Zauberschlaf erlöst sei, und sie kaufte sich seinem Palaste gegenüber, worin er mit der bösen Mohrin wohnte, ein prächtiges Haus für die Edelsteine, die sie aus Schattenthalien mitgebracht, mietete sich viele hübsche und fromme Mägde, welche sie alle in weiße Kleider mit roten Bändern geschmückt kleidete; sie selbst aber ging immer schwarz, zum Zeichen ihrer Trauer, nur trug sie oft eine grüne Schärpe, zum Zeichen, daß sie noch hoffe, glücklich zu werden. Ihr gutes Schimmelchen hatte einen marmornen Stall und eine Krippe von Elfenbein, und sie fütterte und tränkte es mit ihren eigenen Händen. Ihren Dienerinnen hatte sie lauter schwarze Pferde gekauft und ritt manchmal mit ihnen, zur großen Verwunderung der Stadt, vor ihnen auf ihrem Schimmelchen spazieren. Wenn sie zu Hause war, saß sie meist auf einem kleinen Turm und sah mit großer Betrübnis in den Schloßgarten gegenüber, wie Prinz Röhropp unermüdlich mit tausend Gefälligkeiten um die falsche schwarze Mohrin beschäftigt war, gleich einer Fledermaus, die um die Nacht herumfliegt. Aber es sollte bald anders werden; er sollte sich bald um Liebseelchen bemühen wie ein Adler, der um die Sonne fliegt.

Einstens morgens, da Prinz Röhropp zu der schwarzen Rußika kam, hatte diese eine goldene Wiege neben sich stehen und in ihrem Arm ein mit Purpurwindeln bedecktes Päckchen. »Ach!« rief Prinz Röhropp aus, »hätte der Himmel meine Wünsche erhört und mir ein kleines liebes Kindchen geschenkt! O zeige mir es, liebste Rußika!« – »Ja,« erwiderte diese,

»Ein schönes Kind,
Doch zeig ichs nicht,
Es wird sonst blind
Vom Sonnenlicht.

Gedulden Sie sich, mein Prinz, Sie werden es schon früh genug sehen.« Hierüber ward der Prinz betrübt und sah zum Fenster hinaus, und da ritt Liebseelchen gerade auf ihrem Schimmelchen vor ihren schönen Dienerinnen über den Platz.

Da der Prinz sie sah, grüßte er sie; sie erwiderte den Gruß und ließ ihr Pferdchen so schön springen und tanzen, daß der Prinz vor Freuden ausrief: »Ach, welche wunderschöne Prinzessin! die ist ja, als wenn sie gerade aus dem Himmel herabgekommen wäre!« – Da Rußika dies hörte, sagte sie voll Zorn:

Prinz Röhropp du!
Machs Fenster zu,

Oder ich bringe dir große Not,
Steche mit der Nadel das Prinzchen tot.

Da erschrak Röhropp sehr, machte das Fenster zu und sah nicht mehr hinaus.

Liebseelchen war sehr erfreut gewesen über den freundlichen Gruß Röhropps. Aber das war eine kurze Freude. Sie lauerte wohl Tage lang am Fenster, er ließ sich wegen der Drohung der Mohrin nicht mehr sehen.

Als Liebseelchen einstens in traurigen Gedanken am Fenster saß, erblickte sie gegenüber die böse Rußika mit ihrem bedeckten Wickelkind auch am Fenster sitzen. Da ward sie so betrübt, daß sie aus großer Not und Pein eine von den goldenen Wünschelnüssen der alten Mütterchen auf biß, und siehe! ein wunderschöner, bunter, kleiner Papagei flog heraus und um Liebseelchen herum und gaukelte wie ein Äffchen und plauderte und sang allerlei allerliebstes Zeug durcheinander.

Rußika hatte kaum den Vogel gesehen, als sie rief: »Röhropp! Röhropp!« und da der Prinz ihr nahte, zeigte sie auf den Vogel und sagte:

Prinz Röhropp, gleich
Papperle mir reich!
Oder ich bringe dir große Not,
Steche mit der Nadel das Prinzchen tot.

Was sollte der arme Prinz anfangen? Er mußte gleich einen Edelknaben hinüber zu Liebseelchen schicken und sie fragen lassen, ob sie ihm das schöne Papperle nicht verkaufen wolle. Liebseelchen erwiderte dem Boten, sie sei keine Krämerin, sie habe nie etwas verkauft; aber sie mache sich eine Ehre daraus, dem Prinzen das Papperle zu schenken, und so überreichte sie dem Edelknaben den Vogel, der ihn hinüber zur garstigen Rußika brachte.

Vier Tage darauf saßen Liebseelchen und Rußika wieder am Fenster, und Liebseelchen knackte die zweite Wünschelnuß auf. Aus der kam eine schöne goldene Henne mit zwölf goldenen Küchelchen, welche um sie herum pickten und piepten. Die Henne gluckte so süß wie eine Flöte und nahm sie unter die Flügel, und das war so wunderlieblich anzusehen, daß Rußika die kleine goldene Brut kaum erblickt hatte, als sie rief: »Röhropp! Röhropp!« Der Prinz kam. Die Mohrin zeigte hinüber und sagte:

Prinz Röhropp, gleich
Goldglucke mir reich,
Oder ich bring dir große Not,
Steche mit dem Messer das Prinzchen tot.

Röhropp kannte die zornige Gemütsart der Rußika; er konnte nicht anders, er schickte abermals den Edelknaben hinüber und ließ tausendmal um Entschuldigung bitten, daß er so unglücklich sei, um die Goldglucke bitten zu müssen; und Liebseelchen gab die Goldglucke und die zwölf Küchlein hin.

Vier Tage gingen abermals vorbei. Liebseelchen saß wieder am Fenster, und gegenüber die böse Mohrin. Da knackte Liebseelchen die dritte Nuß auf, und sieh! eine kleine wunderschöne Puppe kam heraus. Sie hatte einen kleinen Spinnrocken in der Hand und spann Gold, und drehte die Spindel so artig und leckte die Fingerchen so zierlich, daß es eine Freude war, sie anzusehen. Kaum hatte Rußika dieses Wunderpüppchen gesehen, als sie dem Prinzen rief, hinüberzeigte und sprach:

Prinz Röhropp, gleich
Spinnpuppe mir reich!
Oder ich bringe dir große Not,
Steche mit dem Messer das Prinzchen tot.

Röhropp war in Verzweiflung über die Unverschämtheit der Mohrin, die alles haben wollte, was sie sah; und weil er sich schämte, den Edelknaben wieder hinüberzuschicken, ging er selbst in die Wohnung seiner Nachbarin.

Liebseelchen empfing ihn mit der größten Freundlichkeit. Er brachte sein Anliegen mit großer Verlegenheit vor, und als Liebseelchen, um ihn länger bei sich zu sehen, allerlei Schwierigkeiten machte, ihm die Puppe zu schenken, sagte er endlich: »Verehrte Prinzessin! ach, ich will Ihnen ja gern alles, was mein ist, drum geben; schenken Sie mir nur die Puppe und retten Sie meinem Prinzchen das Leben. Bedenken Sie, daß ich der Rußika, welche die Puppe haben will, mein eigenes Leben verdanke. Sie ist es, die mich aus dem Grabe herausgeweint; aber ich muß sagen, sie hat mir keinen Gefallen damit getan, ich wollte lieber ewig versteinert liegen geblieben sein, als daß ich jetzt so von ihr gequält und gepeinigt bin.« – Da Liebseelchen dies hörte, ward sie sehr traurig über den Betrug und die Undankbarkeit der Mohrin. Sie gab dem Prinzen Röhropp die Puppe mit Tränen und verschloß sich in ihre Kammer und weinte. Röhropp, nicht weniger betrübt als Liebseelchen, brachte die spinnende Puppe seiner bösen Mohrin. Diese nahm die Puppe auf den Arm und trieb sie immer an zu spinnen mit den Worten:

Spinn, Puppe, spinn!
Spinn ein königliches Kleid,
Zwanzig Ellen lang und breit,
Und wird dir der Faden brechen,
Will ich dich mit Nadeln stechen;
Spinn, Puppe, spinn!

Da spann die kleine Puppe immer emsiger und emsiger. Da Rußika aber sie immer noch mehr antrieb und endlich eine Nadel hervorzog, guckte die kleine Puppe sie zornig an und sprach:

Rußika, du treibsts zu toll.
Wenn ich immer spinnen soll,
Mußt du Märchen mir erzählen
Und nicht schmähen stets und quälen;
Willst du nicht in zehen Tagen
Fünfzig Märchen her mir sagen,
So will ich dem Röhropp klagen:
Daß du ihn so grob belogen,
Daß Liebseelchen du betrogen;
Denn du stahlst den Tränenkrug,
Merk dir das und werde klug!

Als die Mohrin dies gehört hatte, ward es ihr angst und bang. Denn sie wußte auch gar keine einzige Geschichte als eine, die erzählte sie gleich:

Es war einmal ein Mann,
Der hieß Pumpan,
Pumpan hieß er,
An einen Stein stieß er
Und fiel dann in ein Loch;
Ich glaub, da liegt er noch.

Die Puppe aber sagte: dies Märchen sei sehr dumm, sie wolle etwas Besseres hören, und wenn nicht gleich eine ganze Spinnstube voll Erzählerinnen herbeigeschafft werde, so wolle sie gleich dem Prinzen Röhropp alles sagen; denn hören müsse sie oder schwätzen. Da wünschte Rußika die Puppe über alle Berge und rief: »Röhropp!« – Der kam und ward von ihr mit den Worten empfangen:

Röhropp! such zehn Spinnerinnen,
Die auf fünfzig Märchen sinnen,
Sonst bring ich dir große Not,
Steche mit dem Messer das Prinzchen tot.

Da ließ Prinz Röhropp voll Herzensangst in der Stadt und auf dem Lande durch Trompeter bekannt machen: alle alten Mütterchen, welche schöne Geschichten erzählen könnten, sollten sich morgen abend mit ihren Spinnrädern vor dem Schlosse einstellen. Da entstand eine Bewegung im ganzen Land. Aus allen Winkeln, hinter allen Öfen hervor, aus allen Bodenkammern, von allen Kirchentüren weg kamen die alten Mütterchen zusammengelaufen. Sie wuschen und trockneten und flickten und plätteten alle ihre schönsten Kleider. Da rasselten die Schlüssel, da knarrten die alten Kastendeckel, da knarrten die alten Schranktüren im ganzen Land, als sie ihren alten Putz hervorsuchten; dabei war ein Geplapper und Geschnatter und Gezische und ein Spektakel ohne Ende. Sie wuschen die alten Spinnräder und schmierten sie mit Öl und legten den schönsten Flachs um den Rocken, und so ging der Zug von allen Seiten auf die Stadt und auf den Schloßplatz zu.

Da ließ sie der Prinz Röhropp in einen großen Kreis sitzen mit ihren Spinnrädern, und die zehn, welche zuerst ihren Rokken abgesponnen, die sollten die Ehre haben, der Prinzessin Rußika Märchen zu erzählen. Kaum war dies bekannt gemacht, als alle im Kreise geschwind wie der Wind die Brillen auf der Nase hatten, und nun ging es an ein Schnurren von einigen hundert Rädern, und die zehn, welche zuerst fertig wurden, waren nach der Reihe: die lange Jungfer Elsefinger, das magere Fräulein Klarefädchen, die munter Frau Zipflore, die bucklichte Jungfer Radebärbl, die witzige Fräulein Spulendoris, die scharfsinnige Frau Hecheltonie, die Jungfer Weifenseppel, die eifrige Fräulein Haspelrosa, die emsige Frau Spindelmarthe und die zierliche Jungfer Kunkelriecke.

Als diese zuerst fertig waren, wurden sie in das Schloß geführt, die andern aber, welche aus der Stadt waren, wurden reichlich beschenkt nach Hause geschickt; die aber vom Land wurden auch, reichlich beschenkt, auf mehrere Wurstwagen mit ihren Spinnrädern gesetzt und wieder nach Hause gefahren.

Die zehn Auserwählten mußten sich im Schloßgarten mit ihren Spinnrocken im Halbkreise setzen. In der Mitte saß die böse Mohrin Rußika; auf dem Schoße hatte sie das mit roten Windeln zugedeckte Prinzchen, auf dem Arm die goldspinnende Puppe, zur Linken saß der schöne Papagei auf einer Stange, zu ihren Füßen in einem silbernen Hühnerkorb aber die Goldglucke mit den zwölf Küchlein, und über die ganze Gesellschaft war ein Teppich gegen die Sonne gespannt; und damit die Gesellschaft recht vollkommen sei, hatten sich ein Klapperstorch, ein Gockelhahn und ein Pfau oben auf den Baldachin gesetzt; auch viele Vögel, Katzen, Kaninchen und Hündchen fanden sich ein, und einige Edelknaben trugen mancherlei Zuckerwerk, Eingemachtes, getrocknete und frische Früchte umher, und auch süße Weine wurden im Überfluß gereicht, nach welcherlei Leckereien die alten Spinnerinnen sehr lecker sind und die Finger darnach lecken, was zum Spinnen sehr nötig ist.

Sie hatten sich alle erquickt und wollten soeben den nahen Springbrunnen, der wie ein Schulmeister solcher Gesellschaft ihnen unermüdet vorplauderte, plätscherte und murmelte, mit Geschwätz und Rädergeschnurr überlärmen, als Röhropp sich erhob und sprach: »Tugendbare, wehrlose Jungfern, ehegeborne lehnreiche Fräulein und hochachtzigbare und hochwürdige Makronen, des edlen Spinnordens kunkelhafte Spuldamen, Spindelfräulein und Rockenmägdlein! Sie haben sich hier versammelt, um die große Begierde meiner teuern Rußika nach Märchen zu stillen. Wir werden also alle Abend hier beisammensitzen und der Reihe nach die schönsten Geschichten hören, welches meiner Rußika zum Trost, allen Zuhörern zum Vergnügen und der Erzählerin zur Ehre gereichen wird. Denn nichts ziert einen erfahrnen Menschen so sehr, als wenn er schöne Geschichten zu erzählen weiß, Geschichten, bei deren Anhörung der Weber sein Schiff, der Advokat seine Feder, der Apotheker seinen Mörser, der Scherenschleifer sein Rad und Kinder ihr Butterbrot ruhen lassen, um besser zuhören zu können. Es ist die Neugierde meiner Rußika sehr wohl zu entschuldigen; denn es sprechen große Philosophen: »Wie uns an der Wiege gesungen wird, so werden wir wieder singen«; und so erzählt denn nach der Reihe schöne Geschichten, damit mein schönes Prinzchen, welches so munter unter der Purpurdecke im Schoße Rußikas schnarchet, sich etwas Angenehmes träumen lasse.« Nach diesen Worten sagte die neugierige Frau Spindelmarthe, ob es denn nicht erlaubt sei, den kleinen allerliebsten Prinzen ein wenig zu betrachten, worauf Rußika befehlend antwortete:

Mein schönes Kind,
Das zeig ich nicht,
Es wird mir blind,
Vom Sonnenlicht.

Da versetzte Fräulein Spuhlendoris: »Die Sonne ist schon unter, es kann ihm gar nichts schaden.« Rußika aber machte ein so zorniges Gesicht, daß Prinz Röhropp sagte: »Meine Damen! beunruhigen Sie meine Rußika nicht! Habe ich doch das Glück selbst noch nicht gehabt, das liebe Prinzchen zu sehen. Lassen Sie uns zu unsern Erzählungen schreiten. Fünf Geschichtchen an jedem Abend, so sind wir in zehn Tagen mit den fünfzig Märchen fertig. Wohlan, Jungfer Elsefinger!«, welche ihren Rocken zuerst abgesponnen hatte, »Sie haben die erste Stimme.«

Jungfer Elsefinger rückte sich zurecht, nahm eine frische Feige in den Mund, damit er ihr beim Erzählen und Fingerlecken nicht trocken werden solle. Da rückten sich alle in die Ordnung und horchten: die Frauen, die Spinnpuppe, das Papperle, die Goldglucke mit den Küchlein, der Pfau, der Storch, der Gockelhahn und die Turteltaube und die Katze und das Seidenhäschen, und das Hündchen und das Mäuschen schwiegen mausstill, der Brunnen plätscherte leiser, die Grillen hörten auf zu zirpen, die Käfer brummten nicht mehr, die Bienen schlüpften in die Lilienkelche und lauschten; aber leuchtende Johanniskäfer schwebten durch die warme Luft, und die Spindeln schnurrten angenehm um die Gesellschaft herum. Jungfer Elsefinger aber erzählte:

DAS MÄRCHEN VON DEM MYRTENFRÄULEIN

Im sandigen Lande, wo nicht viel Grünes wächst, wohnten einige Meilen von der porzellanenen Hauptstadt, wo der Prinz Wetschwuth residierte, ein Töpfer und seine Frau mitten auf ihrem Tonfeld neben ihrem Töpferofen, beide ohne Kinder, einsam und allein. Das Land war ringsum so flach wie ein See, kein Baum und kein Busch war zu sehen, und es war gar betrübt und langweilig. Täglich beteten die guten Leute zum Himmel, er möge ihnen doch ein Kind bescheren, damit sie eine Unterhaltung hätten, aber der Himmel erhörte ihre Wünsche nicht. Der Töpfer verzierte alle seine Gefäße mit schönen Engelsköpfen, und die Töpferin träumte alle Nacht von grünen Wiesen und anmutigen Gebüschen und Bäumen, bei welchen Kinder spielten; denn wornach das Herz sich sehnt, das hat man immer vor Augen.

Einstens hatte der Töpfer seiner Frau zwei schöne Werke auf ihren Geburtstag verfertigt, eine wunderschöne Wiege von dem weißesten Ton, ganz mit goldenen Engelsköpfen und Rosen verziert, und ein großes Gartengefäß von rotem Ton, rings mit bunten Schmetterlingen und Blumen bemalt. Sie machte sich ein Bettchen in die Wiege und füllte das Gartengefäß mit der besten Erde, die sie selbst stundenweit in ihrer Schürze dazu herbeitrug, und so stellte sie die beiden Geschenke neben ihre Schlafstelle, in beständiger Hoffnung, der Himmel werde ihr ihre Bitte gewähren; und so betete sie auch einst abends von ganzer Seele:

Herr! ich flehe auf den Knieen,
Schenke mir ein liebes Kind,
Fromm will ich es auferziehen:
Ists ein Mägdlein, daß es spinnt
Einen klaren reinen Faden
Und dabei hübsch singt und betet;
Ists ein Sohn durch deine Gnaden,
Daß er kluge Dinge redet
Und ein Mann wird treu von Worten,

Stark von Willen, kühn von Tat,
Der geehrt wird aller Orten,
Wie im Kampfe, so im Rat.
Herr! bereitet ist die Wiege,
Gieb, daß mir ein Kind drin liege!
Ach, und sollte es nicht sein,
Gieb mir doch nur eine Wonne,
Wärs auch nur ein Bäumelein,
Das ich in der lieben Sonne
Könnte ziehen, könnte pflegen,
Daß ich mich mit meinem Gatten
Einst im selbsterzognen Schatten
Unter ihm ins Grab könnt legen.

So betete die gute Frau unter Tränen und ging zu Bett. In der Nacht war ein schweres Gewitter, es donnerte und blitzte, und einmal fuhr ein heller Glanz durch die Schlafkammer. Am andern Morgen war das schönste Wetter, ein kühler Wind wehte durch das offene Fenster, und die gute Töpferin lag in einem süßen Traum, als sitze sie unter einem schönen Myrtenbaum bei ihrem lieben Manne. Da säuselte das Laub um sie und sie erwachte, und siehe da! ein frisches junges Myrtenreis lag neben ihr auf dem Kopfkissen und spielte mit seinen zarten im Winde bewegten Blättern um ihre Wangen. Da weckte sie mit großen Freuden ihren Mann, und zeigte es ihm, und sie dankten beide Gott auf ihren Knieen, daß er ihnen doch etwas Lebendiges geschenkt hatte, das sie könnten grünen und blühen sehen. Sie pflanzten das Myrtenreis mit der größten Sorgfalt in das schöne Gartengefäß, und es war täglich ihr liebstes Geschäft, das junge Stämmchen zu begießen und in die Sonne zu setzen und vor bösem Tau und rauhen Winden zu schützen. Das Myrtenreis wuchs zusehends unter ihren Händen und duftete ihnen Fried und Freude ins Herz.

Da kam einstens der Landesherr, Prinz Wetschwuth, in diese Gegend mit einigen Gelehrten, um neue Porzellanerde zu entdecken; denn es wurden in seiner Hauptstadt Porzellania so viele Häuser davon gebaut, daß diese Erde in der Nähe der Stadt selten geworden war. Da er in die Wohnung des Töpfers eintrat, ihn um seinen Rat zu fragen, ward er bei dem Anblick des

Myrtenbäumchens so durch dessen Schönheit hingerissen, daß er alles andere vergaß und in lauter Verwunderung ausrief: »O wie lieblich, wie reizend ist diese Myrte! Ihr Anblick hat für mein Herz etwas ungemein Erquickendes, ich möchte immer in der Nähe dieses Baumes leben – nein, ich kann ihn nicht entbehren, ich muß ihn besitzen, und müßte ich ihn mit einem Auge erkaufen.« Nach diesem Ausruf fragte er sogleich den Töpfer und seine Frau, was sie für die Myrte verlangten. Diese guten Leute erklärten auf die bescheidenste Weise, daß sie den Baum nicht verkaufen wollten, und daß er das Liebste sei, was sie auf Erden hätten. »Ach,« sagte die Töpferin, »ich könnte nicht leben, wenn ich meine Myrte nicht vor mir sähe; ja sie ist mir so lieb und wert, als wäre sie mein Kind, und kein Königreich nähme ich für diese meine Myrte.« Da der Prinz Wetschwuth dies hörte, ward er sehr traurig und begab sich nach seinem Schlosse zurück. Seine Sehnsucht nach der Myrte ward so groß, daß er in eine Krankheit fiel und das ganze Land um ihn bekümmert wurde. Da kamen Abgesandte zu dem Töpfer und seiner Frau, und forderten sie auf, die Myrte dem Prinzen zu überlassen, damit er nicht vor Sehnsucht sterben möchte. Nach langen Unterhandlungen sagte die Frau: »Wenn er die Myrte nicht hat, so muß er sterben, und wenn wir die Myrte nicht haben, so können wir nicht leben; will der Prinz nun die Myrte haben, so muß er uns auch mitnehmen, wir wollen sie ihm überbringen und ihn anflehen, daß er uns als treue Diener in sein Schloß aufnehme, damit wir die geliebte Myrte dann und wann sehen und uns an ihr erfreuen können.« Das waren die Abgesandten zufrieden, sie schickten gleich einen Reiter in die Stadt mit der frohen Nachricht, die Myrte werde ankommen, der Prinz sollte Mut fassen. Nun stellte der Töpfer das Gefäß mit der Myrte auf eine Tragbahre, über welche die Frau ihre schönsten seidenen Tücher gebreitet hatte, und sie trugen beide, nachdem sie ihre Hütte verschlossen hatten, den geliebten Baum nach der Stadt, wohin sie von den Abgesandten begleitet wurden. Von der Stadt kam ihnen der Prinz selbst in einem Wagen entgegen und hatte ein goldenes Gießkännchen in der Hand, womit er die geliebte Myrte begoß, bei deren Anblick er sich sichtbar erholte. Vier weißgekleidete, mit Rosen geschmückte Jungfrauen kamen mit einem rotseidenen Traghimmel, unter welchem die Myrte nach dem Schloß getragen wurde. Kinder streuten Blumen, und alles Volk war froh und warf die Mützen in die Höhe. Nur neun Fräulein in der Stadt waren nicht bei der allgemeinen Freude zugegen, denn sie wünschten, daß die Myrte verdorren möchte, weil der Prinz, ehe er die Myrte gesehen hatte, sie oft besuchte und jede von ihnen gehofft hatte, einst Beherrscherin der Stadt Porzellania zu werden. Seit aber von der Myrte die Rede war, hatte er sich nicht mehr um sie bekümmert; drum waren sie auf den unschuldigen Baum so erbittert, daß sich an diesem Freudentage keine von ihnen erblicken ließ. Der Prinz ließ die Myrte an das Fenster seiner Stube stellen und gab dem Töpfer und seiner Frau eine Wohnung im Schloßgarten, aus deren Fenster sie die Myrte immer erblicken konnten, womit die guten Leute dann auch wohlzufrieden waren.

Der Prinz war bald wieder ganz gesund; er pflegte den Baum mit einer unbeschreiblichen Liebe und Sorgfalt; auch wuchs dieser und breitete sich aus zu aller Freude. Einstens setzte sich der Prinz abends neben dem Baume auf sein Ruhebett. Alles war ruhig im Schloß, und er entschlummerte in tiefen Gedanken. Da nun die Nacht alles bedeckt hatte, hörte er ein wunderbares Säuseln in seinem Baum und erwachte und lauschte; da vernahm er eine leise Bewegung in seiner Stube herum, und ein süßer Duft breitete sich umher. Er war stille, stille und lauschte immerfort; endlich, da es ihm wieder so wunderbar in der Myrte säuselte, begann er zu singen:

Sag, warum dies süße Rauschen,
Meine wunderschöne Myrte!
O mein Baum, für den ich glühe?

Da sang eine liebliche leise Stimme wieder:

Dank will ich für Freundschaft tauschen
Meinem wunderguten Wirte,
Meinem Herrn, für den ich blühe!

Da war der Prinz über die Stimme so entzückt, daß es nicht auszusprechen ist; aber bald ward seine Freude noch viel größer, denn er bemerkte, daß sich jemand auf den Schemel zu seinen

Füßen setzte, und da er die Hand darnach ausstreckte, ergriff eine zarte Hand die seinige und führte sie an die Lippen eines Mundes, welcher sprach: »Mein teurer Herr und Prinz! frage nicht, wer ich bin; erlaube mir nur dann und wann in der Stille der Nacht zu deinen Füßen zu sitzen und dir zu danken für die treue Pflege, welche du mir in der Myrte bewiesen, denn ich bin die Bewohnerin dieser Myrte; aber mein Dank für deine Zuneigung ist so gewachsen, daß er keinen Raum mehr in diesem Baume hatte, und so hat es mir der Himmel vergönnt, in menschlicher Gestalt dir manchmal nahezusein.« Der Prinz war entzückt über diese Worte und pries sich unendlich glücklich durch dies Geschenk der Götter. Sie unterhielten sich einige Stunden, und sie sprach so weise und klug, daß er vor Begierde brannte, sie von Angesicht zu Angesicht zu sehen. Das Myrtenfräulein aber sagte zu ihm: »Laß mich erst ein kleines Lied singen, dann kannst du mich sehen«, und sie sang:

Säusle, liebe Myrte!
Wie still ists in der Welt,
Der Mond, der Sternenhirte
Auf klarem Himmelsfeld,
Treibt schon die Wolkenschafe
Zum Born des Lichtes hin,
Schlaf, mein Freund, o schlafe,
Bis ich wieder bei dir bin.

Dazu säuselte die Myrte, und die Wolken trieben so langsam am Himmel hin, und die Springbrunnen plätscherten so leise im Garten, und der Gesang war so sanft, daß der Prinz einschlief, und als er kaum nickte, erhob sich das Myrtenfräulein leise, leise vom Schemel und begab sich wieder in die Myrte.

Als der Prinz am Morgen erwachte, erblickte er den Schemel leer zu seinen Füßen, und er wußte nicht, ob das Myrtenfräulein wirklich bei ihm gewesen war, oder ob er nur geträumt habe; aber da er das Bäumchen ganz mit Blüten übersät sah, die in der Nacht aufgegangen waren, ward er der Erscheinung immer gewisser. Nie ward die Nacht so sehnsüchtig erwartet als von ihm; er setzte sich schon gegen Abend auf sein Ruhebett und harrte. Endlich war die Sonne hinunter, es dämmerte, es ward Nacht. Die Myrte säuselte, und das Myrtenfräulein saß zu seinen Füßen und erzählte ihm so schöne Sachen, daß er nicht genug zuhören konnte, und als er sie wieder bat, Licht anzünden zu dürfen, sang sie ihm wieder ein Liedchen:

Säusle, liebe Myrte!
Und träum im Sternenschein,
Die Turteltaube girrte
Auch ihre Brut schon ein.
Still ziehn die Wolkenschafe
Zum Born des Lichtes hin,
Schlaf, mein Freund, o schlafe,
Bis ich wieder bei dir bin.

Da schlummerte der Prinz wieder ein und erwachte am Morgen wieder mit gleicher Überraschung und erwartete die Nacht wieder mit gleicher Sehnsucht. Aber es ging ihm auch diesmal wie in der ersten und zweiten Nacht, sie sang ihn immer in den Schlaf, wenn er sie zu sehen verlangte. Sieben Nächte ging dies so fort, während welchen sie ihm so vortreffliche Lehren über die Kunst zu regieren gab, daß seine Begierde, sie zu sehen, nur noch größer ward. Er ließ daher am andern Tage an die Decke seiner Stube ein seidenes Netz befestigen, welches er ganz leise niederlassen konnte, und so erwartete er die Nacht. Als das Myrtenfräulein wieder zu seinen Füßen saß und ihm die tiefsinnigsten Lehren über die Pflichten eines guten Fürsten gegeben hatte, wollte sie ihm wieder das Schlaflied singen, aber er sprach zu ihr: »Heute will ich einmal singen«, und sie gab es nach vielen Bitten zu; da sang er folgendes Liedchen:

Hörst du, wie die Brunnen rauschen?
Hörst du, wie die Grille zirpt?
Stille, stille, laß uns lauschen,
Selig, wer in Träumen stirbt;
Selig, wen die Wolken wiegen,
Wem der Mond ein Schlaflied singt!
O! wie selig kann der fliegen,
Dem der Traum den Flügel schwingt,
Daß an blauer Himmelsdecke
Sterne er wie Blumen pflückt:
Schlafe, träume, flieg, ich wecke
Bald dich auf und bin beglückt.

Und dies Lied wirkte so durch die sanfte Weise, in welcher er es sang, daß das Myrtenfräulein zu den Füßen des Prinzen entschlummerte; da ließ er das Netz nieder über sie und zündete seine Lampe an, und o Himmel! was sah er? Die wunderschönste Jungfrau, welche jemals gelebt, im Antlitz wie der klare Mond so mild und rein, Locken wie Gold um die Stirne spielend und auf dem Haupt ein Myrtenkrönchen; sie hatte ein grünes Gewand an, mit Silber gestickt, und ihre Hände gefaltet wie ein Engelchen. Lange betrachtete er seine Freundin und Lehrerin mit stummem Erstaunen, dann konnte er seine Freude nicht mehr fassen, er brach in lautem Jubel aus und rief: »O Tugend! o Weisheit! wie schön ist deine Gestalt; wer kann leben ohne dich, wenn er dich einmal erblickte.« Dann ergriff er ihre Hand und steckte ihr seinen Siegelring an den Finger und sprach: »Erwache, o meine holdselige Freundin! nimm meinen Thron und meine Hand und verlasse mich nie wieder.« Da erwachte das Myrtenfräulein, und als es das Licht erblickte, errötete es über und über, und blies die Lampe aus. Dann klagte sie, daß er sie gefangen habe, und sagte, daraus wird gewiß Unglück kommen; aber der Prinz bat sie so sehr um Vergebung, bis sie ihm verzieh und versprach, die Fürstin seines Landes zu werden, wenn ihre Eltern es erlaubten, er sollte nur alle Anstalten zur Hochzeit machen und dann ihre Eltern fragen; bis dahin sollte er sie aber nicht wiedersehen. Der Prinz willigte in alles ein und fragte sie, wie er sie rufen solle, wenn er alle Anstalten getroffen habe, und sie sagte: »Befestige eine kleine Silberglocke an die Spitze meines Bäumchens, und sobald du klingelst, werde ich dir erscheinen.« Nun zerriß sie das Netz, der Baum rauschte, und fort war das Myrtenfräulein.

Der Tag war kaum angebrochen, als der Prinz auch schon alle seine Minister und Räte zusammenberief und ihnen bekannt machte, daß er sich nächstens zu vermählen gedenke und daß sie alle Anstalten zu dem prächtigsten Hochzeitsfeste treffen sollten, das jemals im Lande gewesen. Die Räte waren sehr erfreut darüber und fragten ihn untertänigst um den Namen der Braut, damit sie ihren Namenszug bei der Illumination anbringen könnten. Da sagte der Prinz: »Der erste Buchstab ihres Namens ist M und es sollen beim Feste überall Myrtenzweige hingemalt werden, wo es sich schickt.« Da wollten die Herren ihn schon verlassen, als plötzlich eine Botschaft kam, daß ein wildes Schwein in dem fürstlichen Tiergarten toll geworden wäre und in dem darin befindlichen gläsernen Lusthause alles chinesische Porzellan zertrümmert habe; es sei äußerst nötig, es sogleich zu erlegen, damit es nicht andere Schweine beiße und auch toll mache, welche dann leicht die ganze Stadt Porzellania über den Haufen werfen könnten. Da durfte der Prinz nicht länger zaudern; er befahl seinen Räten, einstweilen die Hochzeit zuzubereiten, und zog mit seinen Jägern hinaus auf die Jagd.

Als der Prinz aus dem Schloß ritt, lagen die neun bösen Fräulein, welche sich nicht mit gefreut hatten, als Myrte so feierlich in die Stadt gebracht wurde, sehr schön geputzt am Fenster, in der Hoffnung, der Prinz werde sie bemerken und grüßen; aber vergebens, wenn sie sich gleich so weit herauslegten, daß sie leicht hätten auf die Straße fallen können: der Prinz tat nicht, als wenn er sie bemerkte. Hierüber aufgebracht, kamen sie zusammen und faßten den Entschluß, sich zu rächen. Die Geschichte mit dem tollgewordenen wilden Schwein war auch nur von ihnen ausgesprengt, damit der Prinz, der sich gar nicht mehr sehen ließ, über die Straße reiten sollte: sie hatten das chinesische Porzellan in dem Lusthaus durch ihre Diener zerschlagen lassen. Als sie eben versammelt waren, trat der Vater der Ältesten, der einer der Minister war, herein, und machte den Damen bekannt, sie möchten sich zum Hochzeitsfest des Prinzen vorbereiten; der Prinz werde eine Prinzessin M. heiraten, auch sei von vielen Myrtenverzierungen bei der Illumination die Rede. Kaum waren sie wieder allein, als sie ihrem ganzen Zorn den Lauf ließen; denn sie hatten sich alle neun eingebildet, den porzellanenen Thron zu besteigen. Sie ließen sich einen Maurer kommen, der mußte ihnen einen unterirdischen Gang bis in die Stube des Prinzen machen; denn sie wollten sehen, wen er dort versperrt habe. Als der Gang fertig war, beredeten sie noch ein zehntes junges Fräulein, der sie jedoch ihr Vorhaben verschwiegen, mitzugehen, welche es auch tat, doch nur aus Neugier und nicht aus bösem Willen; sie nahmen sie aber nur mit, um sie dort zurückzulassen, als habe sie alles getan. Hierauf begaben sie sich in einer Nacht mit Laternen versehen durch den Gang in die

Stube des Prinzen und suchten alles durch, sehr verwundert, nichts Besonderes darin zu finden außer der Myrte. An dieser ließen sie nun allen ihren Grimm aus, rissen ihr Zweige und Blätter ab, und als sie auch den Wipfel herunterrissen, klingelte das Glöckchen, und das Myrtenfräulein, welches glaubte, es sei dies das Zeichen zu ihrer Hochzeit, trat plötzlich in dem schönsten Brautkleide aus der Myrte. Anfangs verwunderten sich die bösen Geschöpfe, aber bald waren sie einig, dieses müßte die künftige Fürstin sein, und somit fielen sie über sie her und ermordeten sie auf die unbarmherzigste Weise, indem sie das arme Myrtenfräulein mit ihren Messern in viele kleine Stücke zerhackten; jede nahm sich einen Finger von dem armen Myrtenfräulein mit; nur das zehnte Fräulein hatte nicht mitgeholfen und nur immer gejammert und geweint, wofür sie sie dann einsperrten und nun auf demselben Wege entwichen.

Als der Kammerherr des Prinzen, welchem dieser bei Lebensstrafe befohlen hatte, die Myrte täglich zu begießen und täglich die Stube aufzuräumen, als wenn der Prinz da wäre, zu seiner Verrichtung hereintrat, war sein Entsetzen unbeschreiblich, da er das zerfleischte Myrtenfräulein in dem Blute an der Erde herumliegen und den Myrtenbaum zerknickt und entblättert sah. Er wußte nicht, was dies sein konnte, denn er wußte von dem Myrtenfräulein nichts; da erzählte ihm das junge Fräulein, welches weinend in einer Ecke saß, alles. Sie nahmen unter bittern Tränen alle Glieder und Knochen der Unglücklichen zusammen und begruben sie unter den zerstörten Myrtenbaum in das Gefäß, so daß alles einen kleinen Grabhügel bildete; sodann wuschen sie den Boden so rein sie konnten, und begossen den Baum mit dem blutvermischten Wasser, räumten die Stube auf, schlossen sie zu, und flohen in großer Angst miteinander; doch nahm das Fräulein eine Locke der unglücklichen Gemordeten zum Andenken mit.

Unterdessen waren die Vorbereitungen zu der Hochzeit beinahe fertig, und der Prinz, der das wilde Schwein vergebens aufgesucht hatte, kehrte nach der Stadt zurück. Sein erster Gang war zu dem guten Töpfer und seiner Frau, welchen er seine Geschichte mit dem Myrtenfräulein erzählte und sie um die Hand ihrer Tochter bat. Die guten Leute waren vor Entzücken fast außer sich, als sie vernahmen, daß in ihrem Myrtenbaum ihnen eine Tochter erwachsen sei, und wußten nun, warum sie denselben so ungemein liebgehabt hatten. Freudig willigten sie in die Bitte des Prinzen ein und begleiteten ihn in das Schloß, um ihre wunderbare Tochter zu sehen. Als sie nun zusammen in das Zimmer traten, wo die Myrte stand, sahen ihre Augen ein trauriges Schauspiel: – am Boden noch viele blutige Spuren, und der geliebte Baum entblättert und verletzt, neben ihm aber ein Grabhügel. Der Prinz rief, der Töpfer rief, die Töpferin rief: »O meine geliebte Braut! o mein teures Kind! mein einziges liebes Töchterchen! o wo bist du, laß dich sehen vor deinen unglücklichen Eltern!« Aber nichts rührte sich, und ihre Verzweiflung war unbegrenzt. Die drei armen Unglücklichen saßen nun ganze Tage und begossen den Myrtenbaum mit ihren Tränen, und das ganze Land ward bestürzt und traurig.

Unter solchen Schmerzen pflegten und warteten der Prinz und der Töpfer nebst seiner Frau den kranken Myrtenbaum aufs zärtlichste, und er begann wieder Zweige zu treiben, worüber sie sehr erfreut wurden, und er war schon wieder ganz hergestellt, nur fehlten ihm an dem Wipfel einige Blätter und an einem seiner beiden Hauptäste die äußersten fünf Sprossen und an dem andern vier, neben welchen der fünfte zu keimen anfing. Diesen fünften Sproß beobachtete der Prinz alle Tage, und wie entzückt war er nicht, als er eines Morgens diesen Sproß ganz erwachsen und den Ring, den er dem Myrtenfräulein gegeben, an demselben wie an einem Finger befestigt sah. Sein Entzücken war unbeschreiblich; denn er glaubte nun, das Myrtenfräulein müsse noch leben. In der nächsten Nacht saß er mit dem Töpfer und der Töpferin bei dem Baum, und sie flehten die Myrte so zärtlich um ein Lebenszeichen an, daß der Baum endlich zu säuseln begann und folgende Worte sang:

Habt Erbarmen,
An zwei Armen
Fehlen mir neun Fingerlein.
Lieber Prinz! in deinem Reiche
Wachsen jetzt neun Myrtenzweige,
Und sie sind mein Fleisch und Bein.
Habt Erbarmen,

Schafft mir Armen
Wieder die neun Fingerlein.

Der Prinz und die Eltern waren durch dies traurige Lied sehr gerührt, und der Prinz ließ den andern Tag im ganzen Lande bekanntmachen, wer ihm die schönsten Myrtenzweige bringe, den wolle er mit seiner königlichen Hand belohnen. Dieses kam auch zu den Ohren der Mordfräulein, welche die arme Myrte so schrecklich gemartert hatten, und sie waren sehr froh darüber: denn sie hatten die neun Finger des Myrtenfräuleins, jede den ihren, in einen Topf mit Erde vergraben, und es waren kleine Myrtensprosse daraus gewachsen. Sie putzten sich gleich schön an und kamen eine nach der andern mit ihren Myrtenzweigen ins Schloß; denn sie glaubten, die Worte des Prinzen wollten soviel sagen, als wolle er die Überbringerin der schönsten Myrte heiraten. Der Prinz ließ ihnen die Myrtenzweige abnehmen und versprach ihnen seiner Zeit Antwort sagen zu lassen; sie möchten sich nur zum Feste vorbereiten. Als er nun alle die neun Zweige neben den großen Baum gestellt hatte, sprach die Stimme aus dem Baum:

Willkomm, wilkomm, neun Zweigelein!
Willkomm, willkomm, neun Fingerlein!
Willkomm, wilkomm, mein Fleisch und Bein!
Willkomm, willkomm, zum Topf herein!

Da begrub der Prinz die neun Zweige und die neun Finger unter die Myrte, welche noch denselben Tag die neun fehlenden Sprossen trieb. Nun aber kam noch das jüngste Fräulein, welches nur die Haarlocke genommen und ihr den Ringfinger gelassen hatte, und warf sich dem Prinzen zu Füßen und sagte: »Herr! ich habe keine Myrte und habe auch keine haben wollen; aber diese Locke gebe ich in deine Hand und bitte dich um eine Gnade.« Der Prinz versprach sie ihr, und sie erzählte ihm, wie die ganze Mordtat geschehen sei, und bat ihn, er möge seinem entflohenen Kammerherrn verzeihen und sie mit demselben vermählen. Da gab ihr der Prinz einen Gnadenbrief für denselben, und sie lief zu ihm in den Wald, wo er sich in einen hohlen Baum versteckt hatte, in den sie ihm täglich zu essen gebracht. Der Kammerherr erfreute sich sehr über sein Glück und kam mit ihr wieder in die Stadt. Als aber der Prinz die Haarlocke auch vergraben hatte, sprach die Myrte:

Nun bin ich ganz
Im alten Glanz,
Bring mir den Kranz
Und führe mich zum Hochzeitstanz.

Da ließ der Prinz ein großes Fest vor allem Volke im Schloßgarten ansagen; da alles versammelt war, ward die Myrte unter einen Thronhimmel gestellt, und der schönste Blumenkranz, mit Gold durchwunden, ward ihr von dem Töpfer und der Töpferin aufgesetzt, und als dies kaum geschehen war, trat das Myrtenfräulein, wie die schönste Braut geschmückt, aus dem Baum hervor und ward von ihren Eltern, welche sie noch nie gesehen hatten, unter Freudentränen und dann von dem glücklichen Prinzen als seine Braut herzlich umarmt. Da standen die neun Mordfräulein wie auf heißen Kohlen; der Prinz aber sprach: »Was verdient der, welcher diesem Myrtenfräulein etwas zu Leide tut?« Und einer sagte da nach dem andern irgend eine harte Strafe her, und als die Frage an die neun Fräulein kam, sagten sie alle zusammen: »Daß ihn die Erde verschlinge und seine Hand aus der Erde wachse«; und kaum hatten sie es gesagt, als die Erde sie auch verschlang und über ihnen Fünffingerkraut hervorwuchs. Nun wurde die Hochzeit gehalten, und der Kammerherr hielt mit dem jüngsten Fräulein auch Hochzeit. Es schenkte dem Prinzen der Himmel auch bald ein kleines Myrtenprinzchen, das ward in der schönen Wiege des alten Töpfers gewiegt, und das ganze Land war froh und glücklich.

Der Myrtenbaum aber ward bald so stark und groß, daß man ihn ins Freie setzen mußte. Da begehrte die Prinzessin Myrte, daß er neben die ehemalige Hütte ihrer Eltern gesetzt werde; das geschah auch, und die Hütte ward zu einem schönen Landhaus verändert, und endlich ward aus dem Myrtenbaum ein Myrtenwald, und die Enkel des Töpfers und seiner Frau spielten darin, und die beiden guten Leute wurden dort, wie sie gewünscht hatten, unter dem Myrtenbaum begraben. Der Prinz und das Myrtenfräulein ruhen wohl auch schon dort, wenn sie nicht mehr leben sollten, woran ich fast zweifle; denn es ist schon sehr lange her.

DAS MÄRCHEN VON DEM WITZENSPITZEL

Es war einmal ein König von Rundumherum, der hatte unter seinen vielen andern Dienern einen Edelknaben, der hieß Witzenspitzel, und er liebte ihn über alles und überhäufte ihn mit tausend Gnaden und Geschenken; weil Witzenspitzel ungemein klug und artig war und alles, was ihm der König zu verrichten gab, mit außerordentlicher Geschicklichkeit ausrichtete. Wegen dieser großen Gunst des Königs waren alle die andern Hofdiener sehr neidisch und bös auf Witzenspitzel;

Denn wurde seine Klugheit belohnt mit Gelde,
So wurde ihre Dummheit bestraft mit Schelte;
Und erhielt Witzenspitzel vom König großen Dank,
So erhielten sie von ihm großen Zank;
Kriegte Witzenspitzel einen neuen Rock,
So zerschlug er auf ihnen einen neuen Stock;
Durfte Witzenspitzel des Königs Hand küssen,
So traktierte der König sie mit Kopfnüssen.

Darüber wurden sie nun gewaltig zornig auf Witzenspitzel und brummten und zischelten den ganzen Tag und steckten überall die Köpfe zusammen und überlegten, wie sie den Witzenspitzel sollten um die Liebe des Königs bringen. Der eine streute Erbsen auf den Thron, damit Witzenspitzel stolpern und den gläsernen Szepter zerbrechen sollte, den er dem König immer reichen mußte; der andere nagelte ihm Melonenschalen unter die Schuhe, damit er ausgleiten sollte und dem König den Rock begießen, wenn er ihm die Suppe brachte; der dritte setzte allerlei garstige Mücken in einen Strohhalm und blies sie dem König in die Perücke, wenn Witzenspitzel sie frisierte; der vierte tat wieder etwas anderes, und so versuchte jeder etwas, den Witzenspitzel um die Liebe des Königs zu bringen. Witzenspitzel aber war so klug und behutsam und vorsichtig, daß alles umsonst war und er alle Befehle des Königs glücklich zu Ende brachte.

Da nun alle ihre Anschläge nichts fruchten wollten, versuchten sie etwas anderes. Der König hatte einen Feind, mit dem er nie fertigwerden konnte und der ihm alles zum Possen tat. Das war ein Riese, der hieß Labelang und wohnte auf einem ungeheuren Berg, wo er in einem dicken dunkeln Walde in einem prächtigen Schlosse hauste, und hatte außer seiner Frau, die Dickedull hieß, niemand bei sich als einen Löwen Hahnebang und einen Bären Honigbart und einen Wolf Lämmerfraß und einen erschrecklichen Hund Hasenschreck, das waren seine Diener. Außerdem hatte er auch ein Pferd im Stall, Flügelbein genannt.

Nun wohnte in der Gegend von Rundumherum eine sehr schöne Königin, Frau Flugs, die hatte eine Tochter, Fräulein Flink; und der König Rundumherum, der gern alle andern Ländern um sein Land herum auch gehabt hätte, hätte die Königin Frau Flugs gar gerne zu seiner Gemahlin gehabt. Sie ließ ihm aber sagen, daß noch viele andere Könige sie auch gerne zur Gemahlin hätten, daß sie aber keinen nehmen wolle als den allergeschwindesten, und daß der, welcher am nächsten Montag, morgens um halb zehn Uhr, wenn sie in die Kirche gehe, zuerst bei ihr wäre, sie zur Gemahlin und mit ihr das ganze Land haben sollte.

Nun ließ der König Rundumherum alle seine Diener zusammenkommen und fragte sie: »Wie soll ich es doch anfangen, daß ich am Montag zuerst in der Kirche bin und die Königin Flugs zur Gemahlin bekomme?« Da antworteten ihm seine Diener: »Ihr müßt machen, daß Ihr dem Riesen Labelang sein Pferd Flügelbein bekommt; wenn Ihr darauf reitet, kömmt Euch niemand zuvor; und um dieses Pferd zu holen, wird niemand geschickter sein als der Edelknabe Witzenspitzel, der ja alles zustande bringt.« So sagten die bösen Diener und hofften schon, der Riese Labelang werde den Witzenspitzel gewiß umbringen. Der König befahl also dem Witzenspitzel, er solle das Pferd Flügelbein bringen.

Witzenspitzel erkundigte sich um alles recht genau, wie es bei dem Riesen Labelang beschaffen sei, und dann nahm er sich einen Schiebekarren und stellte sich einen Bienenkorb darauf und nahm einen Sack, da steckte er einen Gockelhahn hinein und einen Hasen und ein Lamm, und legte ihn auch auf den Karren; weiter nahm er einen Strick mit und eine große

Schachtel voll Schnupftabak, hängte eine Kurierpeitsche um, machte sich ein paar tüchtige Sporen an die Stiefel und marschierte mit seinem Schiebekarren ruhig fort.

Gegen Abend war er endlich den hohen Berg hinauf, und als er durch den dicken Wald kam, sah er das Schloß des Riesen Labelang vor sich. Und es ward Nacht, und er hörte, wie der Riese Labelang und seine Frau Dickedull und sein Löwe Hahnebang und sein Bär Honigbart und sein Wolf Lämmerfraß und sein Hund Hasenschreck gewaltig schnarchten; nur das Pferd Flügelbein war noch munter und scharrte mit den Füßen im Stall.

Da nahm Witzenspitzel leise, leise seinen langen Strick und spannte ihn vor die Schloßtüre von einem Baum zum andern und stellte die Schachtel mit Schnupftabak dazwischen; dann nahm er den Bienenkorb und setzte ihn an einen Baum in den Weg, und ging in den Stall und band das Pferd Flügelbein los und setzte sich mit dem Sack, worin er den Hahn, das Lamm und den Hasen hatte, drauf und gab ihm die Sporen und trieb es hinaus.

Das Pferd Flügelbein aber konnte sprechen und schrie ganz laut:

Dickedull und Labelang!
Honigbart und Hahnebang!
Lämmerfraß und Hasenschreck!
Witzenspitzel reitet Flügelbein weg!

und dann galoppierte es fort, was giebst du, was hast du!

Da wachte der Labelang und die Dickedull auf und hörten das Geschrei des Pferdes Flügelbein; geschwind weckten sie den Bären Honigbart und den Löwen Hahnebang, den Wolf Lämmerfraß und den Hund Hasenschreck auf, und alle stürzten zugleich aus dem Schloß heraus, um den Witzenspitzel mit dem Pferd Flügelbein zu fangen.

Aber der Riese Labelang und seine Frau Dickedull stolperten in der Dunkelheit über den Strick, den Witzenspitzel vor der Türe gespannt hatte, und perdauz – da fielen sie mit der Nase und den Augen gerade in die Schachtel voll Schnupftabak hinein, die er dahin gestellt hatte, und rieben sich die Augen und niesten einmal über das anderemal, und der Labelang sagte: »Zur Gesundheit, Dickedull! – »Ich danke«, sagte Dickedull; dann sagte sie: »Zur Gesundheit, Labelang!« und »Ich danke«, sagte Labelang, und bis sie sich den Tabak aus den Augen geweint und aus der Nase geniest hatten, war Witzenspitzel schier aus dem Wald.

Der Bär Honigbart war zuerst hinter ihm drein, als er aber an den Bienenkorb kam, kriegte er Lust zum Honig und wollte ihn fressen; da schnurrten die Bienen heraus und zerstachen ihn so, daß er halb blind ins Schloß zurücklief. Witzenspitzel war schon weit aus dem Wald, da hörte er hinter sich den Löwen Hahnebang kommen; geschwind nahm er den Gockelhahn aus seinem Sack, und als der auf einen Baum flog und zu krähen anfing, ward es dem Löwen Hahnebang sehr angst und er lief zurück. Nun hörte Witzenspitzel den Wolf Lämmerfraß hinter sich. Da ließ er geschwind das Lamm aus seinem Sack laufen, und dem sprang der Wolf nach und ließ ihn reiten. Schon war er nahe der Stadt, da hörte er hinter sich ein Gebelle, und wie er sich umschaute, sah er den Hund Hasenschreck angelaufen kommen. Geschwind ließ er nun den Hasen aus dem Sack laufen, und da sprang der Hund dem Hasen nach, und er kam mit Flügelbein glücklich in die Stadt.

Der König dankte dem Witzenspitzel sehr für das Pferd; die falschen Hofdiener aber ärgerten sich, daß er so mit heiler Haut wiedergekommen war. Am nächsten Montag setzte sich der König gleich auf sein Pferd Flügelbein und ritt zur Königin Flugs, und das Pferd lief so geschwind, daß er viel früher da war und schon mehrere Tänze auf seiner Hochzeit mit der Königin Flugs getanzt hatte, als die andern Könige aus der Gegend erst ankamen. Da er nun mit seiner Königin nach Hause ziehen wollte, sagten seine Diener zu ihm: »Ihro Majestät haben zwar das Pferd des Riesen Labelang; aber wie herrlich wäre es, wenn Sie auch dessen prächtige Kleider hätten, die alles übertreffen, was man bis jetzt gesehen, und der geschickte Witzenspitzel wird dieselben ganz gewiß herbeischaffen, wenn es ihm befohlen wird.«

Der König bekam gleich eine große Lust nach den schönen Kleidern des Labelang und gab dem Witzenspitzel abermal den Auftrag. Als dieser sich nun auf den Weg machte, dachten die falschen Hofdiener, er würde diesmal dem Riesen Labelang gewiß nicht entgehen.

Witzenspitzel nahm diesmal nichts mit als einige starke Säcke, und kam abends wieder vor das Schloß des Labelang, wo er sich auf einen Baum setzte und lauerte, bis alles im Schlosse zu Bette sei. Als alles still geworden war, stieg er vom Baum herunter, da hörte er auf einmal die Frau Dickedull rufen: »Labelang, ich liege mit dem Kopf so niedrig; hole mir doch draußen ein Bund Stroh,« Da schlüpfte Witzenspitzel geschwind in das Bund Stroh, und Labelang trug ihn mitsamt dem Bund Stroh in seine Stube, steckte ihn unter das Kopfkissen und legte sich dann auch in das Bett.

Als sie ein wenig eingeschlafen waren, streckte Witzenspitzel die Hand aus dem Stroh und raufte den Labelang tüchtig in den Haaren und dann die Frau Dickedull auch, worüber beide erwachten und, weil eines glaubte, das andere habe es gerauft, sich einander gewaltig im Bette zerprügelten, während welchem Streit Witzenspitzel aus dem Stroh herauskroch und sich hinter das Bett setzte.

Da sie wieder ruhig eingeschlafen waren, packte Witzenspitzel alle Kleider des Labelang und der Dickedull in seinen Sack und band diesen leise, leise dem schlafenden Löwen Hahnebang an den Schwanz; dann band er den Wolf Lämmerfraß und den Bären Honigbart und den Hund Hasenschreck, welche alle da herum schliefen, an die Bettlade des Riesen fest und machte die Türe weit, weit auf. Er hatte alles so in der Ordnung, da wollte er aber auch dem Riesen seine schöne Bettdecke noch mitnehmen und zupfte ganz sachte, sachte an dem Zipfel, bis er sie heruntergezogen, wickelte sich hinein und setzte sich auf den Sack voll Kleider, den er dem Löwen an den Schwanz gebunden hatte. Nun wehte die kalte Nachtluft durch die offene Türe der Frau Dickedull an die Beine, sie wachte auf und rief: »Labelang! du nimmst mir die Decke weg, ich liege ganz bloß.« Da wachte Labelang auf und rief: »Nein, ich liege ganz bloß, Dickedull, du hast mir die Bettdecke genommen.« Darüber fingen sie sich wieder an zu schlagen und zu zanken, und Witzenspitzel fing laut an zu lachen. Nun merkten sie etwas und riefen: »Dieb da! Dieb da! Auf, Hahnebang! Auf, Lämmerfraß! Honigbart und Hasenschreck! Dieb da! Dieb da!« – Da wachten die Tiere auf, und der Löwe Hahnebang sprang fort; weil er aber den Bündel angebunden hatte, worauf der Witzenspitzel in die Bettdecke gewickelt saß, fuhr der wie in einem Wagen hinter ihm her und fing einige Male an, wie ein Hahn kikriki, kikriki zu schreien; da kriegte der Löwe eine solche Angst, daß er immer, immer zulief, bis an das Stadttor, wo Witzenspitzel ein Messer herauszog und hinten den Strick abschnitt, so daß der Löwe, der im besten Ziehen war, auf einmal ausfuhr und so mit dem Kopf wider das Tor rannte, daß er tot an die Erde fiel.

Die andern Tiere, welche Witzenspitzel an die Bettstelle des Riesen gebunden hatte, konnten diese nicht zum Tor hinausbringen, weil sie zu breit war, und zerrten die Bettlade so in der Stube herum, daß Labelang und Dickedull herausfielen und aus großem Zorn den Wolf und den Bären und den Hund totschlugen, welche doch gar nichts dafür konnten.

Als die Wache in der Stadt den großen Stoß, den der Löwe gegen das Stadttor getan hatte, hörte, öffnete sie das Tor, und Witzenspitzel brachte dem König die Kleider des Labelang und der Dickedull, worüber dieser vor Freuden aus der Haut fahren wollte, denn niemals waren noch solche Kleider gesehen worden. Es war dabei ein Jagdrock, von den Pelzen aller vierfüßigen Tiere so schön zusammengenäht, daß daran die ganze Geschichte des Reineke Fuchs zu sehen war. Weiter ein Vogelstellerrock, von den Federn aller Vögel der Welt: vorn ein Adler, hinten eine Eule und in der Tasche eine Drehorgel und ein Glockenspiel, welche wie alle Vögel durcheinandersangen. Dann ein Bade- und Fischfängerkleid, aus allen Fischhäuten der Welt so zusammengenäht, daß man einen ganzen Walfisch- und Häringsfang darauf sah. Dann ein Gartenkleid der Frau Dickedull, worauf alle Arten von Blumen und Kräutern, Salat und Gemüs abgebildet war. Was aber alles übertraf, war die Bettdecke; sie war von lauter Fledermauspelzen zusammengenäht, und alle Sterne des Himmels mit Brillanten darauf gestickt.

Die königliche Familie wurde ganz dumm von lauter Betrachten und Bewundern. Witzenspitzel wurde geküßt und gedrückt, und seine Feinde platzten bald vor Zorn, daß er wieder so glücklich dem Riesen Labelang entgangen sei.

Doch ließen sie den Mut nicht sinken und setzten dem König

in den Kopf, jetzt fehle ihm nichts mehr als das Schloß des Labelang selber, dann hätte er alles, was ihm zu wünschen übrig sei, und der König, der ein rechter Kindskopf war und alles haben wollte, was ihm einfiel, sagte gleich zu Witzenspitzel, er solle ihm das Schloß des Labelang schaffen, dann wolle er ihn belohnen.

Witzenspitzel besann sich nicht lange und lief zum drittenmal nach dem Schloß des Labelang. Da er dahin kam, war der Riese nicht zu Hause, und in der Stube hörte er etwas schreien wie ein Kalb. Da guckte er durchs Fenster und sah, daß die Riesin Dickedull einen kleinen Riesen auf dem Arm hatte, der bleckte die Zähne und schrie wie ein Kalb, während sie dabei Holz hackte.

Witzenspitzel ging hinein und sagte: »Guten Tag, große, schöne, breite, dicke Frau! Wie mögt Ihr Euch nur bei dem allerliebsten Kinde so viele Arbeit machen, habt Ihr denn keine Knechte oder Mägde? Wo ist denn Euer lieber Herr Gemahl?« – »Ach!« sagte die Dickedull, »mein Mann Labelang ist ausgegangen, die Herrn Gevatter einzuladen, wir wollen einen Schmaus halten; und nun soll ich alles allein kochen und braten, denn mein Mann hat den Wolf und Bären und Hund, die uns sonst geholfen, totgeschlagen, und der Löwe ist auch fort.«

»Das ist freilich sehr beschwerlich für Euch«, sagte Witzenspitzel; »wenn ich Euch helfen kann, soll es mir lieb sein.«

Da bat ihn die Dickedull, er solle ihr nur vier Stücke Holz kleinmachen, und Witzenspitzel nahm die Axt und sagte zu der Riesin: »Haltet mir das Holz ein wenig!« – Die Riesin bückte sich und hielt das Holz: da hob Witzenspitzel die Axt auf, und ratsch hieb er der Dickedull den Kopf ab, und ritsch dem kleinen Riesen Mollakopp auch, und da lagen sie.

Nun machte er ein großes tiefes Loch gerade vor die Türe des Schlosses, und warf die Dickedull und Mollakopp hinein und deckte das Loch oben ganz dünne mit Zweigen und Blättern zu; dann steckte er in allen Stuben des Schlosses eine Menge Lichter an und nahm einen großen kupfernen Kessel, da paukte er mit Kochlöffeln darauf, und nahm einen blechernen Trichter, darauf blies er die Trompete und schrie immer dazwischen: »Vivat! es lebe Ihro Majestät, der König Rundumherum!« – –

Als Labelang abends nach Hause kam und die vielen Lichter in seinem Schloß sah und das Vivatgeschrei hörte, ward er ganz rasend vor Zorn und rannte mit solcher Wut gegen die Türe, daß er, da er über das mit Zweigen bedeckte Loch laufen wollte, durchfiel und mit großem Geschrei in der Grube gefangen lag, welche Witzenspitzel dann mit Erde und Steinen über ihm zufüllte.

Hierauf nahm Witzenspitzel den Schlüssel des Riesenschlosses und brachte ihn dem König Rundumherum, der sich sogleich mit der Königin Flugs und ihrer Tochter, der Prinzessin Flink, und dem Witzenspitzel nach dem Schloß begab und alles betrachtete. Nachdem sie vierzehn Tage an allen den vielen Stuben, Kammern, Kellerlöchern, Dachluken, Ofenlöchern, Feueressen, Küchenherden, Holzställen, Speisekammern, Rauchkammern und Waschküchen und dergleichen betrachtet hatten und fertig waren, fragte der König den Witzenspitzel, was er zur Belohnung für seine treuen Dienste haben wollte: da sagte er, die Prinzessin Flink, und die war es auch zufrieden; da wurde Hochzeit gehalten, und Witzenspitzel und die Prinzessin Flink blieben auf dem Riesenschloß wohnen, wo sie bis auf diesen Tag zu suchen sind.

DAS MÄRCHEN VON ROSENBLÄTTCHEN

Der Herzog von Rosmital hatte eine sehr schöne Schwester, die er über alles liebte und der er alles zu Gefallen tat. Sie hatte eine außerordentliche Liebe zu Blumen, besonders zu Rosen, und ihr Bruder verwandelte deswegen beinahe sein ganzes Land in einen einzigen Rosengarten; außerdem hatte sie noch eine andere Leidenschaft, und das war, ihre schönen Haare immer zu flechten und zu kämmen, und sie hatte zu diesem Zweck eine Menge Kammerfräulein, welche eigentlich Kammfräulein hießen und goldene Kämme anhängen hatten. Ihre ganze Beschäftigung war, sich kämmen zu lassen und dann mit den Kammfräulein im Garten herumzuspringen, bis ihre Haare wieder in Unordnung waren und sie sich von neuem kämmen ließ.

Als sie einst morgens unter den Händen ihrer sechs Kammfräulein im Garten saß, welche ihr sechs Zöpfe flochten, trat ihr Bruder, der Herzog von Rosmital, vor sie und führte ihr an der Hand den Prinzen Immerundewig zu und redete sie also an: »Liebe Schwester! ich habe dir schon oft von meinem vertrautesten Freund, dem Prinzen Immerundewig, erzählt, und du weißt, daß ich von jeher wünschte, du möchtest dich mit ihm vermählen, damit er immer und ewig bei mir bliebe! Hier stelle ich ihn dir vor und bitte dich, ihm dein Herz zu schenken.«

In diesem Augenblick raufte eines der Kammfräulein die Prinzessin Rosalina, worüber sie sehr ungeduldig wurde und gegen sie ausrief: »Du raufst mich immer und ewig!« Das Kammfräulein entschuldigte sich fein, indem es sagte: »Ja, Prinzessin, der Prinz Immerundewig raufte Euch, denn sein Auftreten hat mich zerstreut.« Der Prinz begann sich schon zu entschuldigen, als wieder eine andere sie raufte, so daß Rosalina ganz aus der Fassung kam und dem armen Immerundewig sagte: »Mein verehrter Prinz und mein geliebter Bruder! ich erkläre, daß ich mich ebenso wenig als ein Rosenstock mit einem Kürbis mit dem Prinzen Immerundewig vermählen werde!« Und nach diesen Worten lief sie weg und die zopfflechtenden Kammfräulein ihr nach.

Der Herzog konnte seinem Freunde keinen Trost geben: »Denn«, sagte er, »ihre Worte sind unverbrüchlich«. – »Sind sie das,« sagte Immerundewig, »so will ich mein Heil versuchen«, umarmte dann den Herzog und reiste ab zu seiner Muhme, der Frau Nimmermehr, welche eine große Zauberkünstlerin war, und erholte sich Rats bei ihr.

Mehrere Wochen nachher spazierte einst Rosalina im Garten umher, da sah sie eine alte Frau, die einen Rosenstock nach dem andern betrachtete und bei jedem den Kopf schüttelte. Rosalina ging zu ihr und fragte sie, warum sie immer den Kopf schüttelte. »Weil bei allen den Rosen doch die schönste fehlt,« sagte die Alte, »nämlich die immer und ewig blühende Monatsrose.« – »Wer hat sie?« fragte Rosalina, »ich muß sie haben um jeden Preis.« – »Nun, nun,« sagte die Alte, »um ein gutes Wort steht sie Euch zu Diensten«, und zog den Deckel von ihrem Handkorb und zeigte der Prinzessin einen Kürbis, in welchen sie das blühende Rosenreischen gesteckt hatte, damit es frisch bleiben möge.

Rosalina war in der größten Freude über das Rosenstöckchen, und als sie die Alte fragte, was sie dafür verlange, sagte diese: »Zwei Dinge: erstens, daß du mein Gast seist bei meinem Mittagbrot, und zweitens, daß du alle Monate, so oft dir das Rosenstöckchen eine Rose bringt, mit deinen Kammfräulein ein Fest begehst, wobei ihr alle über das Rosenstöckchen wegspringt, ohne daß ihr ein Rosenblättchen mit euern Kleidern abstreift, damit keines an die Erde fällt; und bei welcher eines an die Erde fällt, die muß ein paar tüchtige Hiebe mit Rosenzweigen auf die Hände bekommen, welche ihnen der Rosenstock schon geben wird, so sie zu ihm sprechen:

Röslein, Röslein,
Triff mich fein!
Triff mich mit der Rut!
Weil ich sprang nicht gut;
Triff mich mit der Rute recht!
Röslein! weil ich sprang so schlecht.

Die Prinzessin lachte hierüber und willigte in alles ein. Da nahm die Alte einen hölzernen Löffel aus der Tasche, trennte den Kürbis damit in zwei Teile und nahm einen Löffel voll von seinen Kernen, den sie der Prinzessin zum Essen vorhielt. Diese machte anfangs einen schiefen Mund, als sie es aber einmal versucht hatte, schmeckte es ihr vortrefflich, und sie aß ziemlich viel von den Kernen. Hierauf pflanzte die Alte den Rosenstock unter ihr Fenster, und weil er bereits ein volles Röschen trug, sagte sie: »Prinzessin Rosalina! rufet Eure Kammfräulein und beginnet das erste Fest vom Rosensprung.«

Da ging Rosalina und erzählte alles ihrem Bruder, dem Herzog; der bestellte Pauker und Trompeter und richtete das ganze Fest zu. Als Rosalina und ihre Kammfräulein erschienen waren, losten sie, wer zuerst springen sollte, und es traf sich, daß Rosalina die allerletzte war. Manches Fräulein sprang glücklich hinüber, aber alle jene, welche die Prinzessin gerauft hatten, da der Prinz Immerundewig um ihre Hand bat, streiften mit ihren langen Schleppen ein paar Blätter von der Rose ab und mußten ihre Hände mit den Worten:

Röslein, Röslein,
Triff mich fein!
Triff mich mit der Rut!
Weil ich sprang nicht gut;
Triff mich mit der Rute recht!
Röslein! weil ich sprang so schlecht.

dem Rosenstock darbieten, welcher ihnen zur Bewunderung aller Anwesenden mit seinen Zweigen ein paar so tüchtige Hiebe über die Finger gab, daß ihnen das Wasser in die Augen kam.

Als nun die Reihe zum Sprung an Rosalinen kam, nahm sie einen tüchtigen Anlauf und wäre auch glücklich hinübergekommen, wenn sich ihr im Sprunge nicht die Haarflechten aufgelöst hätten, die ein Blättchen von der Rose abschlugen, welches sie aber im Sprung, ehe es zur Erde fiel, erhaschte und verschluckte, so daß ihr von der ganzen Gesellschaft Beifall zugeklatscht wurde.

Hierauf ward noch lustig geschmaust und getanzt, und als gegen das Ende der Tafel allerlei Gesundheiten getrunken wurden, hob die alte Frau ihr Glas in die Höhe und sprach zu Rosalinen:

Weil Kürbiskern und Rosenblatt
Dein roter Mund gegessen hat,
Weil Ros und Kürbis sich verband,
Verlierst du deine stolze Hand
An meinen Freund, den Immerundewig;
Leb wohl! im Abendschimmer entschweb ich.

So sprach sie, und vor den Augen aller verschwand sie plötzlich. Rosalina aber, auf welche alle Augen gerichtet, tat einen lauten Schrei und fiel in Ohnmacht. Man brachte sie nach ihrer Stube, und sie bedachte mit vieler Angst, daß sie dem Prinzen gesagt, sie wolle ihn nehmen, wenn Rose und Kürbis sich vermählten.

In der Nacht hatte sie sehr wunderbare Träume: es war ihr immer, als wüchsen ihr Rosen aus dem Munde, und sie hatte Magenweh. Diese Träume hatte sie oft, und immer ängstlicher.

Als der kleine Monatsrosenstock wieder eine Rose brachte und sie wieder hinübersprang, war sie ganz melancholisch und krank; Essen und Trinken schmeckten ihr nicht mehr.

Bei dem dritten Rosenfest hatte sie geträumt, sie würde ein Kürbis, und ihr Bruder mußte ihr das mit vieler Mühe ausreden. Aber gegen das vierte Rosenfest setzte sie sich den Gedanken noch viel fester in den Kopf, daß sie ein Kürbis sei, und wollte deswegen auf keine Weise mehr über den Rosenstock springen. Bei dem fünften Rosenfest war sie nicht mehr aus der Stube zu bringen und weinte den ganzen Tag darüber, daß sie ein Kürbis geworden sei.

Der Herzog war sehr betrübt über ihre Einbildung und versammelte alle Ärzte um sie: aber es war ihr nicht mehr auszureden. Das sechste Rosenfest kam, da war der Rosenstock schon so groß geworden, daß an kein Springen mehr zu denken war, und besonders, weil sie den ganzen Tag trauerte, daß sie ein Kürbis sei. Am siebenten Rosenfest guckte der Rosenstock ihr ins Fenster; am achten wuchsen seine Zweige schon um ihr Bett, und am neunten breitete er eine ganze Rosenlaube über sie.

Da träumte sie so lebendig, sie sei ein Kürbis und müsse

sterben, daß sie ihren Bruder zu sich rufen ließ, der mit Licht hereintrat. Aber wie groß war ihr Erstaunen, als sie morgens neben ihrem Lager einen halben großen goldenen Kürbis stehen sah, in welchem, wie in einer Wiege, ein schönes kleines Mägdlein schlummerte. Da war die Prinzessin sehr gerührt und sagte: »Ach! wenn der gute Prinz Immerundewig da wäre, ich wollte gern seine Gemahlin werden!« Da rauschten die Rosen um sie, und sie hörte eine Stimme:

Als Rose starb ich, als Rose leb ich,
Rose bin ich nun Immerundewig.

Da ward die Prinzessin sehr betrübt, denn sie hörte wohl, daß der gute Prinz ihr zulieb ein Rosenstock geworden war, und sie gab dem Mägdlein den Namen Rosenblättchen und trug es mit seinem Bettchen in ihre geheimste Kammer, wo sie es erziehen wollte; denn sie hatte es so lieb, daß sie keinem Menschen es zu sehen gönnte.

Rosalina, welche bald wieder ganz lustig geworden war, saß am folgenden Tage im Bett und ließ sich von ihren Kammerfräulein ihre Haare, die sie sonst in einen Kranz geflochten getragen hatte, auf eine andere Weise flechten; denn sie wollte nun eine goldene Haube aufsetzen. Sie hatte kaum begonnen, als es an ihrer Türe pochte und man ihr sagte, die Alte, welche den Kürbis und den Rosenstock gebracht, sei drauß und wolle das Rosenblättchen sehen. Sie ließ ihr aber sagen, sie solle warten, bis sie gekämmt sei. Nach einer Viertelstunde pochte die Alte wieder und erhielt dieselbe Antwort, und das noch fünfmal. Da ward die Alte bei dem siebenten Mal sehr zornig und rief ihr durch das Schlüsselloch hinein:

Sieben Viertelstund hab ich geharrt,
Sieben Viertelstund ward ich genarrt;
So kämme denn noch sieben Jahr,
Dann bringt dein Kamm dich in Gefahr,
Du kämmst dich dann in große Not
Und kämmst das Rosenblättchen tot.

So sagte die Alte im Zorn und verschwand. Rosalina achtete wenig hierauf und dachte an nichts als an ihr Rosenblättchen, welches täglich größer und freundlicher ward und wie seine Mutter besonders schöne lange Haare hatte; und diese zu kämmen, war Rosalinens höchste Kunst, wenn sie sich allein mit dem Rosenblättchen eingesperrt hatte.

Nun war das Kind beinahe schon sieben Jahre alt geworden, und die Zeit nahte sich, wo der Unglückswunsch des alten Zauberweibes:

Du kämmst dich dann in große Not
Und kämmst das Rosenblättchen tot,

wahr werden sollte; aber Rosalina dachte nicht daran und kämmte das Rosenblättchen nach wie vor.

Als sie nun einstens das Mägdlein zwischen ihren Knieen hatte und ihm den spitzigen goldnen Kamm durch die langen goldnen Locken zog, fühlte sie auf einmal einen großen Neid in sich erwachen, weil das Kind viel schönere Haare hatte als sie, und sagte ungeduldig:

Ach! hättest du einen kahlen Kopf,
Und ich hätte all deine Haare im Zopf!

Kaum aber hatte sie dieses gesagt, als sie vom Himmel gestraft wurde; denn eine unsichtbare Schere kam über sie her und ritsch ritsch schnitt sie ihr alle Haare vom Kopf herab, worüber sie so zusammenfuhr, daß sie mit der Hand zuckte und dem armen Rosenblättchen den spitzen Kamm so tief in das Häuptlein stieß, daß es mit einem Schrei tot zu ihren Füßen sank. – Da fiel der unglücklichen Rosalina der Zauberfluch der alten Frau ein; aber es war zu spät. Ihr geliebtes Rosenblättchen lag tot an der Erde, und ihre schönen langen Haare, die sie so lange und mit so vieler Eitelkeit hatte kämmen lassen, lagen abgeschnitten umher, und sie rang ihre Hände verzweiflungsvoll über ihrem kahlen Kopf.

Nachdem sie lange geweint hatte, stopfte sie ein Bettchen mit ihren langen Haaren und ein Kopfkissen mit Rosenblättern, und legte das tote Rosenblättchen darauf mit gefalteten Händen in einen Kasten von Kristallglas, und ließ noch sechs andere Kasten von Kristall darüber machen und verschloß sie in der Kammer, wovon niemand etwas wußte als eine vertraute Dienerin.

So lebte sie noch einige Jahre in beständiger Trauer. Der Rosenstock verdorrte auch in der Stube, und als sie fühlte, daß die Stunde ihres Todes herannahte, ließ sie ihren Bruder, den Herzog von Rosmital, zu sich kommen und sagte: »Geliebter Bruder! das Ziel meines Lebens ist gekommen; ich wollte, ich wäre nicht so eigensinnig und eitel gewesen; aber jetzt ist es zu spät; ich bitte Gott, er möge sich meiner erbarmen. Alles, was ich besessen habe, gehört nun dein; aber eines schwöre mir zu, damit ich ruhig sterben kann.«

Der Herzog schwur ihr unter Tränen, alles zu tun, was sie verlange; denn er liebte sie über alles.

Nun gab sie ihm einen Schlüssel und sagte: »Dieses ist der Schlüssel zu der letzten Kammer meiner Wohnung; bewahre ihn getreu und öffne diese Kammer niemals.« Der Bruder beteuerte nochmals, sein Versprechen zu halten, und da sagte Rosalina: »Lebe wohl und bete für mich«; dann wendete sie sich um und war tot; worauf sie der Herzog mit großem Gepränge bei dem Monatsrosenstock begraben ließ.

Einige Monate nachher vermählte sich der Herzog mit einer schönen, aber nicht gutmütigen Dame, und als er einstens eine kleine Reise machen mußte, bat er seine Gemahlin, das Haus wohl in Ordnung zu halten und um alles in der Welt die letzte Kammer, deren Schlüssel er in seinem Schreibtische verwahrt habe, nicht zu öffnen.

Sie versprach alles; aber kaum hatte er den Rücken gewendet, als sie, von der Neugierde getrieben, den Schlüssel nahm und sich die verbotene Kammer öffnete. Wie groß war aber ihr Zorn, da sie durch die gläsernen Kasten Rosenblättchen auf der Matratze liegen sah, die, seit sie hier von ihrer Mutter als tot war eingeschlossen worden, mitsamt den gläsernen Kasten gewachsen war und wie ein schönes schlummerndes Fräulein von vierzehn Jahren aussah; denn das alte Zauberweib hatte sie die langen Jahre hindurch im Schlafe lebend erhalten.

Die böse Herzogin riß die Kasten zornig auf und sprach: »Ha! ha! drum soll ich nicht in die Kammer, damit die Jungfer ruhig schlafen kann; aber wart! ich will das Murmeltierchen wecken!« Und nun riß sie Rosenblättchen bei den Haaren auf, so daß der Kamm, welcher noch von damals ihr im Kopf stak, herabfiel und das arme Mägdlein aus ihrem Zauberschlaf erwachte mit dem Geschrei: »Ach Mutter! liebe Mutter! wie hast du mir weh getan!«

»Ich will dich muttern und vatern,« sagte die Herzogin, »daß du dein Lebtag dran denken sollst!« und riß das zitternde und weinende Rosenblättchen aus dem Kristallkasten und schlug und mißhandelte sie auf alle Weise mit der Drohung, wenn sie ein Wort gegen irgend einen Menschen redete, was ihr hier geschehen sei, solle sie ins Wasser geworfen werden. Dann schnitt sie ihr die schönen langen Haare ab, machte ihr ein kurzes Kleid von Sackleinwand, ließ sie Holz und Wasser tragen, Öfen heizen und Stuben scheuern und gab ihr täglich so viele Nasenstüber, Kopfnüsse, Ohrfeigen und Maulschellen, daß das arme Rosenblättchen so braun und blau im Gesicht aussah, als ob sie Heidelbeeren gegessen hätte.

Als der Herzog von Rosmital zurückkam und die Herzogin fragte, wer das arme Mädchen sei, das er täglich so gewaltig von ihr mißhandelt sehe, sagte sie: »Es ist eine Sklavin, welche mir meine Muhme zugesendet; aber sie ist so boshaft und so dumm und faul, daß ich sie unaufhörlich strafen muß.«

Nach einiger Zeit reiste der Herzog auf einen großen Jahrmarkt und ließ nach seiner Gewohnheit alles, was im Schlosse lebte, bis auf die Katzen und Hunde vor sich rufen, um jeden zu fragen, was er ihm vom Jahrmarkte zum Geschenke mitbringen sollte, da denn der eine dieses, der andere jenes begehrte; als endlich auch das arme Rosenblättchen in seinem groben Sklavenkittel hervortrat und der Herzog sie eben anreden wollte, unterbrach ihn seine böse Gemahlin mit den Worten: »Muß der Schmutzkittel auch überall dabei sein? Sollen wir alle mit der faulen groben Sklavin über einen Kamm geschoren werden? Fort mit dem widerwärtigen Tölpel! Ich weiß nicht, wie du ein so niedriges Wesen solcher Auszeichnung würdigen magst!«

Da liefen dem armen Rosenblättchen vor Kummer die Tränen über die Wangen herab, und der Herzog, der sehr gütig und mitleidig war, sagte gerührt zu ihr: »Weine nicht, du armes Kind! sondern sage mir von Herzen, was ich dir mitbringen soll, denn niemand soll mich hindern, dir eine Freude zu machen.« Da sagte Rosenblättchen: »Herzog! bringe mir eine Puppe mit und ein Messerchen und einen Schleifstein, und so du dieses vergißt, so wünsche ich, daß du nicht über den ersten Fluß, der dir in den Weg kömmt, herübergelangen könnest.«

Der Herzog reiste nun nach dem Jahrmarkt und kaufte alles ein, nur die Puppe, das Messerchen und den Schleifstein für Rosenblättchen vergaß er.

Da er nun auf der Rückreise an einen Fluß kam, entstand ein solcher Sturm in den Wellen, daß kein Schiffer es wagte, ihn überzufahren; da fiel ihm die Verwünschung Rosenblättchens ein. Er kehrte daher gleich zurück und kaufte alles, was sie bestellt hatte, und gelangte dann glücklich nach seinem Schloß, wo er alle Geschenke richtig austeilte.

Da Rosenblättchen ihre Geschenke erhalten hatte, trug sie alles in die Küche, stellte die Puppe auf den Herd, setzte sich vor sie hin und weinte bitterlich, und begann ihr, gerade als ob sie eine lebendige Person wäre, alle ihre Leiden und Qualen, die sie von der Herzogin erdulden mußte, nach der Reihe vorzuerzählen, und sagte immer dazwischen: »Nicht wahr? Verstehst du? Hörst du? Gelt, das ist betrübt! Nun, was sagst du dazu?« Als aber die Puppe nicht antworten wollte, nahm Rosenblättchen ihr Messerchen und wetzte es auf ihrem Schleifstein und sagte: »Puppe! wenn du mir nicht antworten willst, so steche ich mir das Messerchen ins Herz, denn ich habe keinen Freund auf Erden als dich.«

Da schwoll die Puppe nach und nach an wie ein Dudelsack, wenn man ihn aufbläst, und schnurrte endlich: »Versteh dich schon, versteh dich schon; versteh, versteh, versteh dich schon viel besser als ein Tauber.«

Da nun diese Musik der Puppe und das Klagen Rosenblättchens vor ihr mehrere Tage hintereinander von dem Herzog gehört wurden, der eine Stube dicht neben der Küche hatte, machte er sich ein Loch in die Türe, wo er sehen und hören konnte, wie Rosenblättchen weinend vor der Puppe saß und ihr erzählte: vom Prinzen Immerundewig, von den Kürbiskernen, vom Rosensprung, vom Rosenblatt, von dem Goldkürbis, worin sie gelegen, vom Kämmen der Mutter, von der Verwünschung des Zauberweibs, vom Einstoßen des Kamms in den Kopf, von ihrem Zauberschlaf, vom Liegen in den sieben Glaskasten, vom Schlüsselgeben an den Herzog und dem Verbot, die Kammer nicht zu öffnen, vom Tod der Prinzessin Rosalina, von der Reise des Herzogs, von der Neugierde der Herzogin, von der Öffnung der Kammer, dem Herausreißen des Kamms, dem Haarabschneiden und der argen Mißhandlung, die sie stündlich ertragen müsse; dann sagte sie wieder: »Antworte, oder ich bringe mich um!« und setzte das Messer an ihr Herz.

Aber der Herzog sprang zur Türe herein und riß es ihr aus der Hand, umarmte sie zärtlich als seine Schwestertochter und brachte sie aus dem Schlosse zu der Gemahlin seines Ministers, wo sie herrlich gekleidet und gepflegt ward.

Da sie sich nach einigen Monaten wieder recht erholt hatte von den Qualen und schweren Arbeiten, welche ihr die böse Herzogin auferlegt hatte, ließ er eine prächtige Mahlzeit in seinem Schlosse anstellen, bei welcher er Rosenblättchen, die niemand mehr in ihrem Glanze erkannte, als seine Nichte mit erscheinen ließ. Nach Tisch wurde ein Zuckerhaus aufgetragen, und jedermann hätte gern gewußt, wer drin saß. Da sagte der Herzog zur Herzogin: »Wollt Ihr wohl das Zuckerhaus öffnen?« und sie tat es; da lag die kleine Puppe drin in sieben Glaskästchen, wie Rosenblättchen gelegen hatte, und die Herzogin erschrak sehr und schlug vor Zorn die Glaskästchen entzwei und riß die Puppe heraus; aber die lief ihr weg und setzte sich auf Rosenblättchens Schulter und blies sich dick, dick auf wie ein Dudelsack, und erzählte der Herzogin alle ihre Grausamkeiten ins Gesicht und ward immer größer und größer und stand endlich wieder als das alte Zauberweib auf dem Tisch, welches oft in dieser Geschichte vorkommt, und flog zum Fenster hinaus.

Da ließ der Herzog seine böse Frau in eine Kutsche setzen und sie wieder zu ihren Eltern hinfahren, wo er sie einst hergeholt hatte.

Das Rosenblättchen aber ward die Gemahlin eines vornehmen Prinzen und erhielt das ganze Herzogtum Rosmital zum Brautschatz, und da blühte der Rosenstock Immerundewig wieder auf. Und als Rosenblättchen einstens nachts den süßen Duft roch, trat sie mit ihrem Gemahl an das Fenster und sah ihre Mutter und die Kammfräulein über den Rosenstock springen, und der Prinz Immerundewig war auch dabei. »Ach!« rief sie aus, »liebste Eltern! Gott segne euch!« Da riefen die von unten wieder herauf: »Ach! liebste Kinder! Gott segne euch!« und verschwanden in der Luft.

Da wurde Rosenblättchen sehr still und fromm und ließ sich eine Wiege machen wie einen goldenen Kürbis, und da bescherte ihr der Himmel einen kleinen Prinzen hinein, und der hat mir alles dieses für einen einzigen Pfefferkuchen erzählt.

DAS MÄRCHEN
VON DEM BARON VON HÜPFENSTICH

In dem ehrlichen Lande regierte der König Haltewort, ein sehr guter, aber noch viel strengerer Herr, dann und wann auch sehr grob. Er hatte sehr viel zu tun, denn er hielt Wort, und seine Vorfahren waren so vielversprechende Herrn gewesen, daß er alle Hände voll hatte, für sie Wort zu halten, besonders da einer manchmal das Gegenteil vom andern versprochen hatte. Aber das machte ihn nicht irr. Er hielt immer recht wacker zu Wort. Sonst kümmerte er sich um nichts und war gar nicht neugierig; denn er fürchtete immer, er möchte ein neues Versprechen erfahren, das er halten müsse, und das wäre ihm fatal gewesen. Er lebte sehr friedlich in seinem Lande und hatte mit allen Königen der Welt einen Frieden geschlossen, welcher in den Worten bestand: Tue mir nichts, ich tue dir auch nichts.

Dieser gute König hatte eine Tochter, die sehr neugierig war und überall mit ihrem Näschen vornedran sein mußte. Sie war so neugierig gewesen zu wissen, wie es auf der Welt aussähe, daß ihre Mutter ihr noch gar die Wiege nicht zurechtgemacht hatte, als das Kind schon vom Himmel herab der Frau Mutter entgegenhüpfte, worüber die gute Königin, die gern alles in der Ordnung hatte, vor Schrecken starb, indem sie ihr Töchterlein ans Herz drückte und sprach: »Mein Kind will wissen, wie es auf der Welt aussieht, drum muß ich sehen, wie es im Himmel aussieht. Möge die Woche, um die du mir zu früh gekommen bist, dir einstens treue Dienste leisten.« Nach diesen Worten starb die Königin, und die umstehenden Frauen zeigten dem herbeigerufenen König Haltewort den Tod der Königin und die Geburt seiner Tochter an.

Der König fragte vor allem: »Wie lauteten die letzten Worte meiner Gemahlin, damit ich sie ihr halten kann, da sie selbst gestorben ist.« Da sagte die älteste Hofdame: »Sie sprach: Mein Kind will wissen« – »So soll die Prinzessin heißen«, sagte der König; »sie soll Prinzeß Willwischen heißen, weil die sterbende

Mutter sie so angeredet.« – Nun ließ er sich noch die übrigen Worte der Verstorbenen sagen; aber da war nichts bei zu halten, nur daß die Woche, um die sie zu früh gekommen, ihr große Dienste leisten solle; das konnte er nicht recht begreifen und nahm sich vor, viel darüber nachdenken zu lassen.

Nun ließ er die gute Königin ins Grab und das Kind Willwischen in die Wiege legen.

Eine große Sorge hatte der gute König jetzt, die plagte ihn sehr: er hatte seiner Gemahlin versprochen, er wolle, wenn sie vor dem Kinde sterbe, Mutterstelle an ihm vertreten. Wie er das machen sollte, wenn er Wort halten wollte, wußte er nun gar nicht, er ließ auch darüber stark nachdenken. Und sieh da! nach einer halben Stunde kam der Hofnachdenker herein und sprach: »Ihro Majestät! haben Sie etwas heraus?« Der König sagte: »Haben Sie etwas?« Der Nachdenker sagte: »Ihro Majestät, ich habe nichts heraus«, und der König sagte: »Ich habe auch nichts.« Da sagte der Nachdenker: »Da haben wir also alle beide nichts heraus«; und nun gingen sie wieder frisch ans Nachdenken.

Nach einigen Stunden kamen sie ebenso zusammen und gingen ebenso auseinander. Nun hätten die Hofdamen dem Kind Willwischen gern eine Amme gegeben; aber Haltewort gab es nicht zu und sagte, er wolle schon Wort halten und selbst Mutterstelle vertreten.

Zur größten Verwunderung schien das Kind Willwischen gar keine Nahrung zu bedürfen, es ward dick und gesund, und der König glaubte, daß es bloß von seinem Nachdenken lebe. Endlich fiel es ihm einmal in der Nacht ein, daß eine gute Mutter manchmal nachts nach dem Kinde sehen müsse; das ließ er sich nicht zweimal einfallen, sondern sprang gleich beim ersten Mal mit gleichen Beinen aus dem Bett und ging in die Nebenstube, wo die Wiege stand.

Ganz sachte, sachte machte er die Türe auf; aber welche Wunder sah er da! Eine ziemlich alte Frau hatte das Kind Willwischen an der Brust, und sieben andere Wickelkinder lagen vor ihr hübsch eingefatscht wie sieben Backfische in einer Reihe an der Erde. »Ei! das ist keine Kunst,« schrie der König, »wenn Ihr dem Kinde zu trinken gebt; aber es geht platterdings nicht an, ich habe versprochen, Mutterstelle zu vertreten, und darum dürft Ihrs nicht, also marsch fort! Nehmt Eure sieben Backfische nur in der Schürze mit, und laßt Euch nicht mehr hier sehen.« – »Gebt mir meinen Wochenlohn«, sagte die Frau und gab dem Willwischen frische Windeln und legte es in die Wiege; da gab ihr der König seine Traumbörse; denn er nahm immer einen Beutel voll Geld mit ins Bett, um, wenn ihm in der Nacht jemand im Traum vorkam, dem er bei Tag Geld versprochen hatte, Wort halten zu können.

Nun sagte die Frau zum König: »Haltewort! ich verlasse dein Kind, jetzt ist ohnedies meine Zeit aus, es ist gleich zwölf Uhr, und die neue Woche geht an; aber weil du mir meinen Wochenlohn so ehrlich gezahlt hast, so will ich dir auch sagen, wie du an dem Kind Mutterstelle vertreten kannst. Du mußt mir aber versprechen, dem ersten Verbrecher, der dich beleidigt, und sollte er dich auch bis aufs Blut stechen, zu verzeihen und ihn mit dem Besten, was du hast, zu ernähren.« – »Bis aufs Blut stechen!« sagte der König; »das ist ein starkes Stück; aber ich verspreche es dir aus mütterlicher Liebe.« – »Wohlan!« sagte die Frau, »so ernähre den Verbrecher, und du wirst dein Kind ernähren«, und verschwand.

Der König aber fühlte einen Stich in dem Arm und erwachte; da sah er, daß ihm nur geträumt hatte, denn er lag ganz breit in seinem Bette. Der heftige Stich, den er am linken Arm fühlte, machte, daß er dahin faßte, und was ergriff er da? Einen sehr großen Floh. Erzürnt rieb der König ihn zwischen den Fingern und wollte ihn soeben mit dem Nagel totknicken, als ihm sein Versprechen, das er der Frau im Traum gegeben, einfiel; er wolle dem Verbrecher nicht allein verzeihen, sondern ihn sogar mit seinem Besten ernähren. Er setzte daher den Floh in ein leeres Medizinglas gefangen und sprach: »Dir soll verziehen sein und du sollst mein Blut trinken.« – Dieses tat er besonders, weil er seine Traumbörse nicht mehr fand, und also gewiß glaubte, er habe sie der Frau gegeben, und es müßte doch mehr als ein leeres Traumgebild sein.

Er dachte einige Stunden lang über diese Sache nach und betrachtete den Verbrecher in dem Arzneiglas; der schien zu schlafen. Er schüttelte das Glas, da wurde der Floh wach, und das Kind Willwischen weinte in der Nebenstube. Er wiegte das Arzneiglas, da hörte er auch die Wiege des Kindes sich bewegen, und Floh und Kind schliefen ein, und Haltewort auch. Morgens weinte das Kind wieder, und der Floh war sehr unruhig im Glase, der König setzte den Floh auf seinen Arm und ließ ihn sein Blut trinken, da ward auch das Kind Willwischen still.

Genug, der König merkte, daß alles, was er dem Floh tat, der Prinzessin auch geschah, und deswegen ließ er dem Floh nichts abgehen, und auch das Kind Willwischen ward groß und stark. Der Verbrecher im Arzneiglas aber ward bald so dick und fett, daß er keinen Platz mehr in dem Glase hatte und in eine große Flasche mußte gesetzt werden. Der König tat alles dieses sehr insgeheim, und niemand hatte den Floh bis jetzt gesehen. Bald war auch die Flasche nicht mehr groß genug, und der König setzte ihn in seinen Stiefel; aber nun wurde es dem König unmöglich, ihn länger zu ernähren, denn er wurde selbst ganz krank und mager darüber. Er fing daher an, das Kind Willwischen mit Mehlbrei zu füttern, und gab dem Floh Ochsenblut.

Und so wuchs die Prinzessin und der Floh heran, ohne sich persönlich zu kennen; der Floh war schon so groß geworden wie ein Rind, und Willwischen sechszehn Jahre alt, als ein unglücklicher Zufall sie bekannt machte.

Willwischen war ganz erstaunlich neugierig und guckte durch alle Schlüssellöcher. Nun hätte sie längst gern gewußt, was der König nur immer in seiner Schlafkammer verborgen habe; denn nie wollte er sie hineinlassen, und doch hörte sie oft ein gewaltiges Geschnurre und Geklapper darin, als wenn ein Geißbock darin herumspränge. Die Neugier ließ sie nun gar nicht mehr ruhen, und so lauschte sie einstens in der Nacht an der Tür des Königs, der folgendes Gespräch mit dem Floh hielt, von dem sie aber nicht wußte, daß es ein Floh war. Der König sprach: »Sag mir einmal, du Bengel! was soll ich nun mit dir anfangen? Du wächst mir über den Kopf und machst mir die Stube fast zu eng.« Da antwortete der Floh: »Bester König! ich kann es auch gar nicht mehr vor Langerweile hier aushalten; ich dächte, du gäbst mir eine hübsche Livree und machtest mich zum Edelknaben bei meiner Schwester Willwischen.« – »Schwester? Wie meinst du das? Unterstehst du dich, die Prinzessin deine Schwester zu nennen?« sagte der König; und der Floh sprach hierauf: »Bin ich etwa nicht von königlichem Geblüt?« – »Gewissermaßen wohl,« erwiderte der König »aber ich verbitte mir, davon zu sprechen.« – »Was braucht es vieler Worte?« sagte der Floh; »ich verlange standesmäßigen Unterhalt; ich mag nicht länger unter Euerm Bett neben alten Pantoffeln schlafen, es liegt ein juchtenledernes Felleisen da unten, dessen Geruch mir schrecklich zuwider ist; ich sage dir, König, läßt du mich nicht zu Willwischen, so steche ich mich selbst tot.« – »Gut,« sagte der König, »es soll geschehen. Jetzt schlaf wohl, mein Herr von Hüpfenstich!« – »Ich danke für den Titel, Herr König Haltewort! Schlafet wohl!« sprach der Floh.

Nun ward es still in des Königs Kammer, und Willwischen legte sich zu Bett; aber schlafen konnte sie nicht; die Neugier, wer ihr Bruder gewissermaßen sei, wer ihr Edelknabe werden wolle, ließ sie nicht ruhen.

Am andern Morgen ward der Hofschneider zum König gerufen. Als er herauskam, rief ihm die Prinzessin: »Heda, Herr Höllenfleckel! was hat der König bestellt?« Der Schneider sagte: »Einen vollständigen Anzug für Herrn von Hüpfenstich, Ihre königliche Hoheit.« – »Wer ist Herr von Hüpfenstich?« sagte die Prinzessin. »Ach, ein sehr munterer Herr,« sagte der Schneider, »ich habe ihm über Tisch und Bett nachspringen müssen, als ich ihm das Maß nahm; aber die Arbeit pressiert, untertänigster Diener!« und so lief er fort. Nun kam der Schuster aus des Königs Zimmer. »Heda, Herr Schlappenpech!« rief Willwischen, »was hat der König bestellt?« – »Tanzschuhe und Sammetstiefel für den Herrn von Hüpfenstich«, sagte er. »Wer ist das?« sagte sie. »Ei! ein Herr von ungemeiner Leichtfüßigkeit, ich mußte ihm über Tisch und Bänke nachsetzen, ihm das Maß zu nehmen; aber die Arbeit pressiert, gehorsamer Diener!« sagte der Schuster.

Nun kam der Perückenmacher heraus, und mit dem ging es ebenso. Endlich kam der König und fand Willwischen ganz betrübt in der Ecke des Saales sitzen. »Was fehlt dir, mein Kind Willwischen?« sagte er. »Ei, ich habe einen kuriosen Traum gehabt,« sagte sie »und den mußt du mir erfüllen, Vater! sonst werde ich krank.« – »Wenns möglich ist, soll es geschehen«, sagte der König, und Willwischen sagte nun, sie habe geträumt, daß sie einen sehr schönen und flinken Edelknaben gehabt, und der habe ihr unendliche Freude gemacht mit seiner großen Leichtigkeit und Geschicklichkeit; aber sie habe gar nicht erfahren können, wo er her sei, und nun solle ihr der König sagen, wo der Edelknabe her sei.

Der König sprach: »Einen Edelknaben, der leicht und geschickt ist, sollst du haben, wo er aber her ist, muß er dir selbst sagen, ich weiß es nicht. Morgen soll er dir beim Frühstück zuerst aufwarten.«

Die Prinzessin mußte sich gedulden. Als der Schneider am anderen Morgen die braunsamtene Uniform mit goldenen Tressen brachte, betrachtete sie Willwischen sehr neugierig, so auch die roten Saffianstiefel, die der Schuster brachte, und die schöne braune Perücke und alles, was in des Königs Stube getragen wurde.

Endlich ging die Türe auf, der König trat heraus, und neben ihm stand ein sehr kurioser Kerl, der große Floh, Herr von Hüpfenstich, in einem braunsamtenen Husarenhabit, mit roten Stiefeln, einer schwarzen Bärenmütze und einer großen Allongeperücke; er hatte eine Tasse Chokolade auf einem goldenen Präsentierteller in der Hand, und schien sich eine entsetzliche Gewalt anzutun und sich gewaltig zurückzuhalten. Er war so auf dem Sprung wie ein gespannter Hahn an einer Flinte, wenn der Finger des Schützen am Drücker liegt; er stand da wie ein Aderlaßschnepper über der Ader. Die Prinzessin saß am andern Ende des Saals und stand auf, um dem König guten Morgen zu sagen. Dieser blieb aber in der Entfernung stehen und sprach: »Willwischen! hier bringt dir der Herr von Hüpfenstich, dein neuer Edelknabe, eine Tasse Chokolade; ich hoffe, er wird seine Sache gut machen und dir gefallen.«

Willwischen verneigte sich und streckte die Augen vor Neugier wie eine Schnecke heraus. »Ihro Majestät haben zu befehlen«, sprach sie. Da sagte der König zu dem braunen Husaren: »Nun, Hüpfenstich! lasse Er sehen, wie Er eine Prinzessin zu bedienen weiß.« Kaum hatte der König diese Worte halb ausgesprochen, als der Hüpfenstich mit seiner Chokolade einen Bogensprung durch den langen Saal machte und vor der Prinzessin mit seinem Präsentierteller auf den Knieen lag. Die Prinzessin war so darüber erschrocken, daß sie mit einem Schrei in Ohnmacht fiel. Herr von Hüpfenstich wußte aber so, was er zu tun hatte, daß der König kaum am andern Ende des Saales angekommen war, um ihm ein paar Ohrfeigen zu geben, als er die Prinzessin auch schon durch einen Aderlaß am Arm wieder zu sich zu bringen suchte.

Der König geriet über diese Aufmerksamkeit in das größte Vergnügen, und als Willwischen die Augen aufschlug, drehte Herr von Hüpfenstich bereits den Quirl in der Chokoladekanne so geschwind, daß sie die Schaumchokolade mit großem Appetit genoß und sich bald erholte.

Alles dieses ging so geschwind und plötzlich vor, daß einem Hören und Sehen dabei verging; aber der König ernannte ihn sogleich zum geheimen Geschwindigkeitsrat und gab ihm den schnellen Katharinenorden. Zugleich ließ er ihm die Stiefel so schwer mit Gold beschlagen, daß er nicht mehr so entsetzlich springen konnte, und so ging es eine zeitlang recht gut.

Willwischen konnte ohne Hüpfenstich nicht mehr leben; allen Hofdamen mußte er zur Ader lassen; alle schnellen Geschäfte mußte er ausführen. Besonders schön wußte er hinten auf den Wagen zu springen, und auf der Hasenhetze war er allen Hunden voraus. Kurz, er war so angenehm, daß alles die Finger nach ihm leckte. Es ist nicht zu wundern, daß er durch diese große Begünstigung endlich sehr frech und sehr hoffärtig ward, viele ehrliche Leute quälte und plagte er, so daß alle die, welche sich zurückgesetzt sahen, nur auf eine Gelegenheit harrten, ihn aus der Gnade des Königs und womöglich ins höchste Verderben zu bringen.

Als ihm der König einstens mit Übergehung vieler verdienter Offiziere ein Husarenregiment gab, wurde der Unwillen auf das höchste gereizt, und die zurückgesetzten Offiziere machten eine förmliche Verschwörung gegen ihn. Einer unter ihnen, der Rittmeister Zwickelwichs, nahm das Geschäft auf sich, den Hüpfenstich ins Unglück zu stürzen. Er schmeichelte sich bei ihm ein, und wurde endlich sein vertrauter Freund und lobte seinen Eigenschaften so, daß Hüpfenstich vor Hoffart fast zum Narren ward; endlich setzte er ihm in den Kopf, er solle bei dem König die Prinzessin Willwischen zur Gemahlin begehren.

Der Prinzessin aber ließ er durch ihre Kammerfrau die größte Neugier erregen, wer Hüpfenstich doch wohl eigentlich sei.

Hüpfenstich ward der Kopf bald so verdreht, daß er einstens den König nach der Parade beiseite zog und ihm sagte: »Ihro Majestät sind von meinen Verdiensten so überzeugt, daß Sie mir nicht abschlagen werden, der Gemahl Ihrer Tochter Willwischen zu werden.« Der König sprach hierauf zu ihm sehr erzürnt: »Hopp! hopp! Herr von Hüpfenstich, weiß Er, wer Er ist? Wenn Er es nicht weiß, will ich es Ihn lehren«, und somit drehte er ihm den Rücken. Hüpfenstich schüttelte es durch Mark und Bein, als er dies gehört hatte; es war ihm nur einmal so gewesen in seinem Leben, nämlich als ihn der König, da er ihn als gemeiner Floh zum ersten Mal in den Arm stach, zwischen den Fingern rieb.

Finster und ahnungsvoll führte er sein Regiment unter Willwischens Fenster vorbei; aber er ließ nicht ihr Lieblingsstückchen blasen, er ließ sein Pferdchen nicht tanzen. Die Prinzessin konnte gar nicht begreifen, warum er diese gewöhnliche Artigkeit unterlassen habe. »Ach!« dachte sie, »er muß wohl etwas sehr Vornehmes sein, daß er so stolz gegen mich tut; o, wenn ich nur wüßte, wer er eigentlich ist!«

Der Rittmeister Zwickelwichs hatte wohl gesehen, wie der König den Hüpfenstich angefahren hatte, und suchte ihn nun auf, um ihn zu trösten. Er fand ihn in der Reitbahn, wo er aus Zorn und Ärger ganz verzweifelte Sätze machte. Als er ein wenig ruhig geworden, sagte der Zwickelwichs zu ihm: »Teurer Freund und Kamerad! du bist schrecklich gekränkt; das kannst du nicht auf dir sitzen lassen, ich will dir einen Vorschlag tun, der dich rächt und glücklich macht. Du weißt, es ist das benachbarte Königreich jetzt in der Gewalt des Königs Allmeinius, er respektiert den Frieden: Tue mir nichts, ich tue dir auch nichts, gar nicht und zieht bereits seine Strickreiter zusammen, uns den Krieg anzukünden; er hat mir herübersagen lassen, wenn Ihr mit dem Husarenregiment zu ihm kommen wolltet, wolle er Euch zum Statthalter des ehrlichen Landes machen, sobald er den König Haltewort gefangen habe. Wie wärs, wenn Ihr das Willwischen hinter Euch auf den Sattel nähmt und über die Grenze rittet, und wir ritten alle hintendrein?« Dem übermütigen, zornigen Hüpfenstich gefiel diese Verräterei sehr gut, und er sagte zu dem Zwickelwichs: »Ich will die Prinzessin schon hinwegbringen, komme du mir nur mit den Husaren nach.«

Als alles dies verabredet war, ging Hüpfenstich zu der Prinzessin; sie war sehr verdrießlich und fragte, warum er nicht ihr Leibstückchen habe blasen lassen bei der Parade. Hüpfenstich sagte: »Ach, Ihro königliche Hoheit! es ist heute der Sterbetag meiner erhabenen Eltern; verzeihen Sie, daß mir die Trauer nicht erlaubte, die Trompete blasen zu lassen.« – »Aber«, sagte die Prinzessin »wer sind denn Eure Eltern? Ihr wollt mir sie nie nennen.« – »Hier darf ichs nicht«, erwiderte Hüpfenstich; »ach! ich bin sehr unglücklich; wenn ich Euch hier sage, wer ich bin, so muß ich sterben.« – »Das ist außerordentlich kurios,« sagte Willwischen, »aber ich muß und will es wissen, teurer Freund! Giebt es denn gar kein Mittel, mir es zu sagen?« – »Eines, teure Prinzessin! Wenn Ihr heute abend im Mondschein wollt am Ende des Schloßgartens spazieren gehen, da werde ich es wagen, ganz unbelauscht Euch das wunderbare Geheimnis zu vertrauen.« – Die Prinzessin willigte ein, sie kam gegen Abend an das Ende des Schloßgartens, da war Hüpfenstich; aber er sagte der Prinzessin nichts, er schwang sie auf den Rücken und machte so ungeheure Sprünge mit ihr bis in das Land des Königs Allmein.

Als er über die Grenze war, setzte er die weinende Prinzessin in einem Walde in das Gras und sagte ihr: »Willwischen! weine dich nur aus, ich habe dich entführt; meine Husaren kommen auch nach, und wenn mich der König Allmein zum Statthalter des ehrlichen Landes macht, so wirst du meine Gemahlin, und dann sage ich dir, wer ich bin. Jetzt muß ich mich hier in dem Bache baden und mich dann recht putzen, damit ich hübsch sauber vor den König Allmeinius treten kann.« Nach diesen Worten machte er einen Sprung über einige Hecken hinweg, hinter welchen ein Bach lief, um sich dort zu baden.

Willwischen war so verwirrt und betrübt und ermüdet, daß sie einschlief. Aber auf einmal hörte sie Trompeten blasen und sah, als sie erwachte, das Husarenregiment über die Wiese angesprengt kommen. Sie erhob sich und warf sich auf die Kniee und bat um Hülfe. Aber es war gar nicht nötig; denn der Zwickelwichs hatte alles gleich dem König Haltewort gesagt, und die Husaren kamen nach, um den Hüpfenstich gefangenzunehmen. Sie eilten gleich ans Wasser, und Hüpfenstich, der bemerkte, daß er verraten war, wollte fortspringen; aber er konnte nicht, weil er ganz naß war. Sie banden ihm also Hände und Füße und legten ihn quer über ein Pferd, setzten die Prinzessin in einen Wagen und kehrten nach der Hauptstadt zurück. Der König hatte dort schon einen hohen Galgen aufrichten lassen, und es ward nun überlegt, mit welchem Tod der Verbrecher gestraft werden sollte. Endlich fällte der König das Urteil, es solle ihm erst die Uniform und dann die Haut abgezogen werden. Dies geschah. Als man ihm die Uniform abgezogen hatte, sagte die Prinzessin: »Hüpfenstich! wenn du mir sagst, wer du bist, so will ich meinen Vater um Pardon bitten.« Hüpfenstich schüttelte mit dem Kopf. Da ward ihm die Haut abgezogen, und die Prinzessin sagte wieder: »Hüpfenstich! sage, wer du bist, so will ich meinen Vater um Pardon bitten.« Aber Hüpfenstich schüttelte nicht mit dem Kopf, sondern – er war nicht mehr da; kein Mensch wußte, wo er hingekommen war.

Man verwunderte sich sehr darüber; aber was war zu tun? Man mußte sich mit der Haut begnügen; die ward an den Galgen aufgehängt, und der Platz ward niemals leer von Menschen, welche die wunderliche Haut des Husarenobristen von Hüpfenstich ansahen. Sie hatte so viele Beine und Borsten und Schnurrbärte und einen so schrecklichen Zopf; kein Mensch konnte herausbringen, was er doch wohl immer für ein Tier mochte gewesen sein. Willwischen starb schier vor Neugierde, zu erfahren, wer er wohl möge gewesen sein, und quälte ihren Vater Tag und Nacht; aber der König Haltewort hatte versprochen, es nie zu sagen.

Willwischen sollte sich nun bald vermählen; der König Haltewort war schon sehr alt und wollte gern einen Nachfolger haben; er bat also seine Tochter, sie möge unter den vielen Prinzen, die um ihre Hand ansuchten, einen wählen. Sie sagte aber: »Ich will keinen nehmen, ehe ich weiß, von wem die Haut ist.« Da sagte der König endlich: »Wohlan! mein Kind, wenn das dein Wille ist, so will ich in aller Welt bekannt machen lassen, daß der, welcher rät, von wem die Haut ist, dein Gemahl werden soll. Bist du das zufrieden?« – »Ja, ja«, sagte Willwischen, und der König ließ nun überall bekannt machen: wer errate, welche Haut in der Residenz am Galgen hänge, der solle seine Tochter zur Frau haben.

Nun entstand ein entsetzliches Gefahre und Gereite und Geschiffe und Gelaufe nach der Residenz. Da kamen Prinzen und Ritter und Lederhändler und Riemer und Sattler und Säckler und Gerber und Schuster und Buchbinder und Kürschner und Pelzhändler und Jäger und Seelenverkäufer und Juden und Professoren der Naturgeschichte, und wer nur mit Häuten und Leder zu tun hatte und mit dergleichen Bescheid wußte, kam, um seine großen Kenntnisse an den Tag zu legen und die schöne Prinzessin Willwischen zu gewinnen.

Als die Leute vom hundertsten ins tausendste hin und her rieten und den König immer fragten, ob sie recht geraten hätten, ward er ungeduldig und sagte: »Es kömmt hier nicht drauf an, zu erraten, sondern zu wissen, was für eine Haut es ist, drum sage jeder seine Meinung.« Da sagte einer: Es ist ein Meerochse; der andere: ein Landkraken; der dritte: ein Muhdrache; ein Prenzlauer Rhinozeros; ein Kümmeltürke; mir scheint es eine Gensdarmenhaut, sagte ein armer Dorfschuster, wurde aber gleich eingesteckt. Endlich trat ein Professor auf und behauptete, es sei die Haut eines afrikanischen Buschmanns. Der Seelenverkäufer aber behauptete, sie sei von einem Amsterdamer Juden. Kurz, keiner konnte es erraten, und alle zogen ab.

So ging dies mehrere Monate lang, und die Neugier Willwischens stieg immer höher. Schier war im ganzen Reiche kein Mensch, der nicht schon geraten hatte.

Nun kam eines Morgens, da die Stadt noch zu war, ein gewaltiger Grobian vors Tor und pochte mit seiner Faust an, daß die Angeln krachten: »Aufgemacht! aufgemacht!« schrie er, »ihr Schlafmützen!« Die Torschreiber sprangen aus den Betten und fragten durchs Schlüsselloch: wer so anpoche; da antwortete eine Stimme wie ein Büffelochse: »Macht auf! ich bin der Wellewatz.«

Zitternd öffnete der Torwächter und sah einen abscheulichen Kerl hereinschreiten. Er stieß beinahe oben am Tor an und war so breit und zottig wie ein Pelznickel. »Ach, dürfte ich um Ihren Charakter bitten,« sagte der Torschreiber, »daß ich Sie aufschreiben kann.« Aber der Herr Wellewatz donnerte so auf ihn ein: »Ich heiße Wellewatz und bin ein privatisierender Menschenfresser«, daß der arme Torschreiber vor Schrecken hinter das Schilderhaus fiel.

Wellewatz trabte mit seinen breiten Füßen durch die Straßen; alles schlief noch, und da er Hunger hatte und einige Bäckerknechte am Backofen beschäftigt sah, griff er zu und fraß sie wie Krametsvögel ohne Brot hinunter. Als er auf den Markt kam, sah er den Galgen mit der Haut und las den Anschlagzettel, daß der die Prinzessin zum Weibe erhalte, wer rate, was es für eine Haut sei. Er schüttelte den Kopf und lachte und rief mit lauter Stimme: »Auf! auf! König Haltewort! Dein Schwiegersohn ist da. Auf auf! Prinzessin Willwischen! Dein Mann ist da.«

Da flogen alle Fensterläden auf, und tausend erschrockene Gesichter guckten heraus, und die Sonne ging auf und schien dem Wellewatz in die Augen, da nieste er, daß die Fenster im Schlosse sprangen und die Scherben der Prinzessin ins Bett fielen. Weil ihm aber niemand »zur Gesundheit« gesagt hatte, wurde der Wellewatz so böse, daß er das Steinpflaster aufriß und nach den Leuten warf.

Endlich kam der König ans Fenster und wollte soeben wegen dem großen Lärm recht tüchtig zanken; aber als er den entsetzlichen Wellewatz vor Augen sah, wurde er vor Schrecken ganz sanft und sagte: »Was steht zu Seinen Diensten, mein Freund?« – Da antwortete der Wellewatz: »König Haltewort! Rufe deine Tochter Willwischen herbei, ich will die Haut erraten.« – »Es ist zwar noch ein wenig früh,« sagte Haltewort, »aber meinethalben, Er hat doch einmal die ganze Stadt aus den Federn gejagt.« Schon wollte der König zu Willwischen gehen, da kam sie selbst; die Neugierde, was für ein Lärm in der Stadt sei, ließ sie nicht ruhen. Als sie an das Fenster trat, patschte der Wellewatz in die Hände und lachte, daß die große Stadtmühle vor Schrecken darüber stillestand. »Ei potz tausend Büffelochsen!« schrie er, »welche schöne Prinzessin für eine Flohhaut!« Bei den Worten Flohhaut lief dem König der Angstschweiß von der Stirne, und in der Stadt lief das Wort Flohhaut von Mund zu

Mund, und alle Türmer bliesen Flohhaut, und alle Trommelschläger trommelten Flohhaut, alle Chorschüler sangen Flohhaut, Flohhaut ward die Parole der braunen Husaren, und alle Kanonen wurden losgebrannt; denn Haltewort hatte mit dem Schnupftuch geweht, und das war das bestimmte Zeichen, daß die Haut erraten sei.

Die Prinzessin lag in Ohnmacht, und Wellewatz stieg die Treppen hinauf; ach! da war kein Herr von Hüpfenstich, der ihr zur Ader gelassen hätte. Wellewatz stieß ihr einen Bund Zwiebel unter die Nase, und sie kam zu sich. Sie stürzte sich in die Arme des Vaters: »Ist es wahr? Ist es wahr?« weinte sie. »Es ist wahr«, sagte er und erzählte die ganze Geschichte des Herrn von Hüpfenstich. »Mein Kind Willwischen! Deine Neugier hat dich so weit gebracht, du mußt nun mit dem Wellewatz fortgehen, denn ich muß Wort halten.«

Nun hätte man Willwischens Jammer hören sollen; sie warf sich an die Erde und umklammerte die Füße ihres Vaters und flehte so beweglich, daß es hätte einen Stein bewegen sollen. Aber der König sprach immer: »Mein liebes Kind! du heißt Willwischen, und ich heiße Haltewort, und da kommt es nun so heraus, du mußt nun fort mit dem Wellewatz.« Aber sie wimmerte immerfort, und Wellewatz ward schon ungeduldig und sprach: »Liebste Frau! Ich rate dir, werde ruhig und schreie mir die Ohren nicht voll, sonst werde ich andere Saiten aufspannen.«

Der König machte nun dem Wellewatz allerlei Vorschläge, damit er von Willwischen ablassen solle. Er wollte ihn zum Hoftürken, zum Generalissimus, zum Theaterdirektor, zum Oberjägermeister machen. Wellewatz wollte nicht. Der König hängte ihm alle verflossenen, gegenwärtigen und zukünftigen Orden um den Hals. Wellewatz wollte nicht. Der König machte ihn zum Herzoge Watz von Wellenwurz. Er wollte nicht. Endlich sagte er: »Ich sehe, daß Er gar keine Ehre im Leibe hat.« Da antwortete der Wellewatz: »Nein, aber zwei Bäckerknechte«, und erwischte die Prinzessin Willwischen beim Rockzipfel und zerrte sie zur Stadt hinaus. Weil sie sich aber so gar erbärmlich stellte, so ward der König auch auf sie zornig und schimpfte und zankte hintendrein. Die ganze Stadt war in Auflauf, und es ward auf allen Straßen folgendes Lied gesungen:

Heil dir, o Wellewatz!
Der sich so schnelle Platz
Bei uns gemacht,
Du rietst dir halt den Schatz,
Hast nun die Braut beim Latz,
Giebst ihr so laut den Schmatz,
Daß es nur kracht.

Heil dir, Willwischen Braut!
Die wissen will die Haut
Vom Hüpfenstich,
Wer auf die Neugier baut,
Durch Schlüssellöcher schaut
Und auf Husaren traut,
Den triffts wie dich.

Ach! Herr von Hüpfenstich!
Wer ließ entschlüpfen dich
Aus deiner Haut?
Dein Balg am Galgen hing,
Mancher sich balgen ging,
Durch deinen Balg nun fing
Wellewatz die Braut.

Der König aber sperrte sich mit seinem Nachdenker ein und ließ stark über seinen Unfall nachdenken.

Wellewatz packte vor dem Tor das Willwischen auf seine Schulter und ging mit ihr querfeldein immer fort, fort, über Stock und Stein, durch Distel und Dorn, über Berg und Tal, und kam am Abend in einen dicken dunkeln Wald, wo sich die Wölfe einander gute Nacht sagen. »Du magst wohl Hunger haben«, sagte er zu Willwischen; »warte, ich will dir gleich etwas Süßes zu schmecken geben. Ich höre meinen Zuckerbäcker schon brummen.« Willwischen zitterte und bebte, denn sie kamen zu einem großen Bären, der mit einem großen Bienenkorb unter dem Arm nach seiner Höhle spazierte. Wellewatz holte ihn bald ein und gab ihm eine Ohrfeige, daß er um und um fiel, dann riß er eine Honigwabe aus dem Korb, wo alle Bienen und alles Wachs noch drin staken, und wollte, Willwischen sollte sie essen. Aber ihr schauderte.

»Potz Leckermaul!« sagte der Wellewatz »so hungere!« und fraß den ganzen Honigkorb allein aus. Willwischen aber aß einige wilde Brombeeren, die da herum wuchsen.

Der Wellewatz packte sie wieder auf und sagte: »In einigen Stunden werden wir in meinem Schlosse Knochenruh ankommen.« Das war ein schrecklicher Name. Der Mond schien, der Wind wehte, und in den hohen Fichten klapperte es. »Das ist mein Lustgarten Klapperbach«, sagte Wellewatz; »die Totengerippe, die da in den Bäumen rappeln, scheuchen mir die Raben weg; ich habe die Kerls alle selbst aufgezehrt und brauche keine Schwarzröcke dazu.« Willwischen war vor Angst und Schrecken eine einzige Gänsehaut; sie zitterte so, daß der Wellewatz zu ihr sagte: »Klappere nicht so mit den Beinen, du kitzelst mich, und wenn du mich lachen machst, so freß ich dich vor Liebe auf.« Ach, wie still hielt sich da Willwischen. Endlich kamen sie an einen freien Platz im Walde vor ein wunderbares, hohes Gebäude. Der Mond schien. Das Haus war nicht ganz fertig gebaut. Auf der linken Seite fehlte ein Turm, auf der rechten war es fertig. Es war nicht ohne Kunst gebaut. Lauter Totenbeine und Totenköpfe, die standen oben herum, und weil die Haare noch auf ihnen waren, spielten diese recht schön im Wind und sausten. Es war gar nicht so übel ausgedacht.

Wellewatz blieb mit Willwischen auf dem Rücken eine zeitlang vor dem Schloß in stiller Bewunderung stehen; endlich sagte er: »Wie gefällt dir das, mein Schatz? Siehe, alle die Knochen haben meine Vorfahren und ich selbst abgenagt, und mit welchem Geschmack sind sie geordnet! Ist das nicht modisch? Ist das nicht gothisch? Aber jetzt, mein Schatz! auf unserm Hochzeitsschmaus da soll es so hergehen, daß der ganze Turm auf dem linken Flügel mit den Knochen soll fertig gebaut werden. Wie gefällt dir das, mein Schatz?« – »O Gott! entsetzlich schön«, seufzte Willwischen. Nun führte er sie hinein; alles Knochen und alles Knochen.

»Da ist dein Kabinett«, sagte Wellewatz; ach! es war mit lauter Kinderknöchelchen tapeziert! »Hier hast du was zu essen«, sagte Wellewatz; es waren lebendige Krebse. »Ich habe keinen Appetit«, sagte Willwischen. »Wird schon kommen«, sagte Wellewatz und aß die Krebse ruhig hinunter. »Wenn sie einen im Magen so mit den Scheren kneipen,« sagte er, »das macht Appetit. Aber gute Nacht, laß dir was Gutes träumen; ich will auf die Jagd gehen und Vorrat anschleppen. Morgen lade ich meine Vettern ein, da soll Hochzeit werden«, und damit ging er fort und schlug die Türe zu, daß der ganze Knochenpalast eine halbe Stunde lang klapperte.

Willwischen war vor Schreck und Hunger und Jammer ganz von Sinnen, sie konnte es vor Angst nicht mehr in dem Hause aushalten, auch quälte sie der Hunger. Sie schlich zur Türe hinaus und setzte sich in den Wald und riß Gras aus und aß es und sagte einmal übers andere Mal: »Ach Gott! warum heiße ich Willwischen? Ach Gott, warum bin ich so neugierig? Ach! wäre ich wieder bei meinem Vater! Ich wollte ja in meinem Leben gar nichts mehr erfahren. O! wer hilft mir aus diesem schrecklichen Elend?«

Während sie so jammerte, hörte sie im Walde reden und glaubte schon, Wellewatz kehre mit einigen guten Freunden zurück. Sie wollte geschwind wieder in das Knochenschloß laufen, aber sie fiel über ein Bein und stürzte vor Mattigkeit lautschreiend an die Erde.

Als sie wieder zu sich kam, war die Sonne aufgegangen, und sie lag in den Armen einer freundlichen alten Frau, welche ihr Zuckerbrot und Wein gab und zu ihr sprach: »Ei Kind Willwischen! wie lange habe ich dich nicht gesehen, und in welchem elenden Zustande muß ich dich wieder finden!« Willwischen erstaunte sehr, daß die Frau ihren Namen nannte; aber sie fragte gar nicht, wer sie sei, weil ihr die Neugierde auf ewig vergangen war. Die Frau aber fing von selbst an und sagte: »Mein Kind Willwischen! ich kenne dein ganzes Unglück, und ich will dir helfen. Als deine sterbende Mutter dich in den Armen hatte, sagte sie: ›Die Woche, welche du zu früh auf die Welt kamst, möge dir einst gute Dienste leisten.‹ Nun sieh! ich bin die Woche; ich habe dich sieben Nächte neben meinen sieben Söhnchen an meiner Brust ernährt, bis dein Vater mich fand und fortschickte, und da hab ich den Hüpfenstich zu ihm geschickt, den verzauberten Floh, dessen Haut dich in das Elend mit dem Wellewatz gebracht. Aber ein ander Mal mehr! halte dich nun ruhig und geh in das Schloß, und lasse dir nichts merken, wenn der Wellewatz wiederkömmt. Morgen nacht um ein Uhr komme ich mit meinen sieben Söhnen, das sind erstaunlich geschickte und kluge Bursche, die sollen dich nach Hause führen.« Nun gab sie dem Willwischen noch Wein und Zuckerbrot und befahl ihr, heimlich davon zu essen, küßte sie und ging weg.

Willwischen sah ihr lange mit Tränen nach und schlich dann in das gräßliche Schloß zurück. Gegen Mittag kam Wellewatz zurück; er trug ein Wildschwein an einer jungen Fichte gespießt auf der Schulter und brachte noch ein Nest voll junger wilder Katzen. «Holla! Willwischen!« schrie er, »da ist Mundvorrat, hungern sollst du mir nicht, und Gesellschaft kriegst du auch; ich muß heute abend wieder weg, ich muß mir einige Handwerksburschen zum Hochzeitsbraten einfangen, die Bäckerknechte in deines Vaters Stadt schmeckten vortrefflich; ich habe dir deswegen eine Dame von hohem Stande auf heute nacht zur Gesellschaft gebeten, die Frau von Euler; das wilde Katzennest kannst du ihr vorsetzen; daß du mir keine von den kleinen Katzen herausfrißt, ehe die Dame kömmt.« – »Ach, gewiß nicht, mir ekelt, und gar lebendig!« sagte Willwischen. »Ja, ja, papperlapapp, ich kenne euch Leckermäuler, ihr sprecht immer von Ekel, und dann leckt ihr die Finger darnach.«

Unterdessen hatte er ein Feuer angemacht und das Wildschwein an dem Spieß drüber befestigt; Willwischen mußte es umdrehen, und er riß ein Stück nach dem andern herunter und verschlang es mit Haut und Haar. Als er wieder wegging, sagte er: »Daß du mir nur die Frau von Euler gut unterhältst, sonst giebts Prügel.«

Willwischen saß wieder allein in dem Knochenhaus und zitterte und bebte wegen der Frau von Euler. Was konnte sie sich von einer Dame versprechen, die lebendige wilde Katzen fraß. Sie guckte die armen Wildkätzchen recht mitleidig an: »Ach!« sagte sie, »ihr armen Dinger! euch geht es nicht besser als mir«, und gab ihnen etwas von dem Wildschwein zu fressen; »wenn es möglich ist, will ich euch erretten«, und somit trug sie die Tierchen in einen entlegenen Teil des Hauses.

Als es dunkel ward, vernahm sie einige gräßliche Töne; sie wußte nicht, woher; aber auf einmal flatterte mit abscheulichem

Geräusch und Gekrächze etwas den Schornstein herunter in die Stube. Willwischen sah mit Angst nach dem Winkel, da glühten zwei runde Augen ihr entgegen, und es knappte entsetzlich mit dem Schnabel; es war eine ungeheure, riesenhafte, alte Nachteule, sie raschelte auf Willwischen zu; aber die floh mit großem Geschrei zur Türe hinaus und schlug die Knochentüre zu.

»Scharmante Frau von Wellewatz!« rief die Eule ihr nach, »wie schreckhaft und blöde sind Sie. Hat der Herr von Wellewatz mich nicht gemeldet? Ich habe Sie gewiß in süßen Schwärmereien gestört; kommen Sie doch wieder herein.« Willwischen sagte: »Ich will nur Licht anzünden.« – »Nein, das wäre zu naiv,« schrie die Eule, »ich habe kranke Augen, ich verbitte mir das Licht; *allons!* kommen Sie herein, und bringen Sie mir mein Abendbrot mit.« Willwischen goß den Wein, den ihr die Frau Woche gegeben, in eine Schüssel voll Brot und machte so eine kalte Schale, die schob sie zur Türe herein und sagte: »Bedienen Sie sich einstweilen, gnädige Frau!« und hielt die Türe fest zu. »Delikat! Delikat!« hörte sie die Frau von Euler sagen, »aber eine kuriose scheue Person hat sich der Wellewatz geholt, sie muß vom Lande sein.« Über solchem Geschwätz fraß die Frau von Euler die Weinsuppe aus und schlief berauscht ein.

Willwischen saß in rechter Herzensangst auf der Schwelle der Haustüre. Auf einmal hörte sie Gesang im Walde, und der kam immer näher; da sah sie die Frau Woche anspaziert kommen mit ihren sieben Söhnen, und der erste hatte eine blaue Jacke an und sang recht handwerksburschenmäßig vor den andern her:

Willwischen! liebstes Willwischen mein!
Wann werden wir wieder beisammen sein?
Am Montag!
Ei so wollt ich, daß alle Tag Montag wär,
Auf daß ich bei meiner Willwischen wär!

Kaum waren sie heran, so sagte Frau Woche: »Nun, ihr Bengels! da habt ihr endlich eure Prinzessin; jetzt zeigt eure Künste und macht, daß wir sie sicher nach Haus zum König Haltewort bringen.« Dann sagte sie zur Prinzessin: »Sieh, Willwischen! ich bin die Woche und die Jungens sind der Montag, Dienstag,

Mittwoch, Donnerstag, Freitag, Sonnabend und Sonntag.« – »Erzählt nicht so lang,« sagte der Montag, »wir müssen fort; hast du dein Bündelchen geschnürt, Willwischen?« – »Ach! ich will nur die jungen Wildkätzchen mit in den Wald nehmen«, sagte sie und ging, das Nest zu holen.

Montag trat aber in die Stube, wo die Frau von Euler an der Erde schlief, und nahm sie auf den Rücken und schleppte sie vor den Knochenpalast und nagelte sie mit den Flügeln an das Tor und schrie ihr in die Ohren: »Sie können dem Herrn Wellewatz nur alles erzählen, es liegt uns gar nichts dran.« Nun wachte die Frau von Euler auf und zappelte und schrie gewaltig. Aber die Woche zog mit Willwischen, von den sieben Söhnen umgeben, den Montag an der Spitze, immer in den Wald hinein, und da Willwischen Katzen schreien hörte, dachte sie, das ist gewiß meiner Katzen Mutter, und stellte das Nest in eine Baumhöhle.

So waren sie bis um zwölf Uhr der folgenden Nacht gegangen, als plötzlich die Frau Woche sich an die Erde legte und lauerte. »Aufgepaßt, Montag!« schrie sie, »Wellewatz ist nach Haus gekommen, die Frau von Euler hat ihm alles gesagt, er hat die Beine auf die Schultern genommen und wird gleich hier sein.«

Kaum hatte sie dies gesagt, als sie auch schon ein Gekrache und Geräusch im Wald von Wellewatz' breiten Fußtritten hörten. Da sprang aber der Montag vor, nahm die Feder, die er hinterm Ohr hatte, tauchte sie in das Dintenfaß, das er am Gürtel hängen hatte, und spritzte die Feder aus: da entstand ein Dintenklecks zwischen ihnen und dem Wellewatz, wie ein kleines schwarzes Meer. Wellewatz wollte anfangs durchwaten, als es ihm aber zu tief ward, schrie er: »Ich komme ohne Löschpapier nicht durch«, und lief nach Haus, solches zu holen.

Die Reisenden eilten immer fort, und Dienstag sang an der Spitze dasselbe Liedchen, wie gestern der Montag, nur daß er statt »am Montag« »am Dienstag« sang. Nachts um zwölf Uhr lauerte Frau Woche wieder an der Erde und sprach: »Dienstag! mache du nun dein Kunststück; der Wellewatz hat soeben sein großes Löschpapier über den Klecks gelegt; gleich wird er da sein.« Kaum hatte sie das gesagt, als sie den Wellewatz bereits ganz in der Nähe singen hörten:

Löschpapier und Fließpapier
Und grüne Petersilie.

Da nahm der Dienstag seine Streusandbüchse und streute sie hinter sich aus, und es entstand auf einmal ein so tiefes Sandmeer hinter ihnen, daß der Wellewatz bis an die Knie einsank. »Ich muß nach Haus und muß mir meine Chaussee holen«, sagte er und kehrte wieder um. Nun ging der Mittwoch an der Spitze, und der Dienstag war der letze. Der Führer sang wieder wie sein Vorgänger, nur sang er »am Mittwoch« statt »am Dienstag«.

Nachts um zwölf Uhr lauschte die Frau Woche wieder und sprach: »Geschwind, Mittwoch! mache deine Kunststücke. Wellewatz hat eben einen langen Steinweg über das Sandmeer geschlagen und fährt mit sechs Schimmelgerippen Extrapost an.« Als sie dies gesagt hatte, hörten sie schon das Posthorn blasen und den Wellewatz dazu singen:

Fahr! fahr! fahr auf der Post!
Frag! frag! frag nicht, was es kost't,
Spann mirs Willwischen ein,
Ich will der Postknecht sein

Da legte der Mittwoch sein Lineal hinter sich, und sieh da! ein ungeheurer Schlagbaum lag quer über den Weg, an den die Schimmelgerippe so anrannten, daß sie zu tausend Knochensplittern zusammenprasselten.

»Halloh!« schrie ein schnauzbärtiger Kerl, der hinter einem Baum hervortrat, »er fährt wie ein Narr! Ich bitte mir den Wegezettel von der letzten Station aus.« – »Ich habe keinen Wegezettel«, sagte Wellewatz. – »Ja, da müssen Sie wieder zurück und sich einen holen.« Wellewatz ärgerte sich abscheulich, und weil sein Fuhrwerk zertrümmert war, mußte er zu Fuß zurück. Als er umgekehrt war, kam der Zolleinnehmer zu Willwischen, und sie sah, daß es niemand anders war als der wilde Kater, dem sie seine Jungen gerettet hatte. Er freute sich, daß er ihr habe seine Dankbarkeit erweisen können, und sie zogen weiter.

Nun trat der Donnerstag an die Spitze, und alles ging wie das vorige Mal. Als sie nachts der Wellewatz wieder einholte, steckte der Donnerstag seine Schreibfeder in die Erde, und es entstand daraus ein großer Wald von entsetzlich großen Gänseflügeln, die immer durcheinander wehten, daß der Wellewatz nicht durch konnte, und wieder nach Hause mußte, um sich eine Axt zu holen.

In der folgenden Nacht führte der Freitag den Zug, die Frau Woche hörte den Wellewatz den Wald niederhauen. »Jetzt, jetzt kömmt er,« schrie sie, »jetzt mache deine Künste, mein Freitag!« Der Freitag nahm seinen Bleistift und machte einen langen Strich an den Boden, der ward sogleich ein breiter wilder Fluß. Der Wellewatz aber war schon entsetzlich ungeduldig, er riß die Kleider vom Leibe und schwamm hinüber; aber das Wasser war reißend und trieb ihn weit hinunter. In der folgenden Nacht, als der Sonnabend den Zug führte, schrie Frau Woche auf einmal: »Er kömmt! er kömmt!« Da stieß der Sonnabend seine blecherne Federbüchse in die Erde, und es ward auf einmal ein ungeheuer hoher Turm daraus, auf welchen sie alle miteinander hinaufstiegen, und da Wellewatz ankam, lachten sie ihn von oben herunter brav aus. Er ließ sich aber nicht irre machen, sondern lief wieder nach Haus, um eine große Leiter zu holen.

In der nächsten Nacht kam der Sonntag an die Spitze der Gesellschaft, und als die Frau Woche ausrief: »Ich höre den Wellewatz schon seine große Leiter heranschleifen«, befahl er, daß alle den Turm verlassen und sich verstecken mußten. Das taten sie; nun legte Wellewatz die Leiter an und stieg oben in den Turm hinein; da nahmen sie die Leiter weg, und machten den Turm zu, und der Sonntag stieß an den Turm, der fiel um und war nichts als eine entsetzlich große Federbüchse, worin der Wellewatz stak. Nun sagte der Sonntag: »Liebe Prinzessin! liebe Mutter! liebe Brüder! Der Wellewatz ist glücklich gefangen, die Gefahr ist vorüber, lasset uns Gott danken.«

Da knieten sie alle nieder und dankten Gott, und Willwischen weinte vor Freuden; denn sie hörten die Glocken ihrer Vaterstadt läuten, so nahe waren sie

Sie setzten ihren Zug nun fort, und sieh da! der Wellewatz wälzte sich ihnen in der großen Federbüchse nach; was ihnen recht lieb war, denn so konnten sie ihn lebendig gefangen bringen.

Nun zogen sie in die Stadt hinein, und die Federbüchse rollte immer nach. Der König umarmte seine Tochter mit vielen Tränen der Freude; da sie ihm aber sagte, daß Wellewatz in der Federbüchse stecke, sagte er: »Ei! ei! mein Kind, wenn er noch lebt, so mußt du wieder zu ihm, weil ich mein Wort halten muß«; da tat die Prinzessin einen lauten Schrei vor Schmerz und bat den Vater, doch erst darüber nachdenken zu lassen. Das versprach der König Haltewort.

Nach Tische waren sehr große Lustbarkeiten in der Stadt, alle Handwerkszünfte brachten der Prinzessin Willwischen ein Geschenk; auch ließ der König ausrufen: wer seine Tochter von dem Wellewatz frei machen könne, der solle begehren, was er wolle. Als die Bäckerzunft eben einen schönen großen gebackenen Husaren von Butterteig vor die Prinzessin zum Geschenk niedersetzte und alle über die große Ähnlichkeit mit dem seligen Hüpfenstich lachten, rief der Herold jene königliche Aufforderung aus. Willwischen sah mit trauriger Erinnerung auf den gebackenen Husaren und schrie auf einmal aus: »O mein Hüpfenstich! sie haben einen guten Mann in Butter gebacken, und mir war er mehr! O wenn du noch lebtest, du wärest flink, mir zu helfen; ach! ich habe dich immer geliebt, Hüpfenstich! Hüpfenstich! abgeschiedener Geist, hilf mir!« Bei diesen Worten der Prinzessin sprang der Kuchenhusar auf, und seine Wachholderaugen funkelten, und sein Mund von Rosinen sprach laut und vernehmlich: »Geliebteste Prinzessin! teuerster König! Hüpfenstich lebt noch. Als mir die Haut abgezogen wurde, flog meine Seele bei dem Hofbäcker vorbei, und da dieser gerade meine Figur zum Spott gebacken, kroch ich in den Teig hinein. Da hab ich den gräßlichen Anblick gehabt, wie der Wellewatz zwei Bäckerknechte morgens ohne Brot gefressen.«

»Da steht der Tod drauf«, schrie der König: »Viktoria! nun sind wir ihn los.« Der Wellewatz sollte mitsamt der Federscheide in das Wasser geworfen werden; weil er sich aber immer herum drehte, so nahmen sie ihn als eine Mühlwelle, und hat er nachher lange Jahre die königliche Mühle getrieben. Das närrischste ist, daß er immer noch meint, er laufe hinter Willwischen her. Weil der gebackene Herr von Hüpfenstich durch seine Angabe die Prinzessin gerettet hatte, fragte ihn der König

Haltewort, was er zur Belohnung wolle. »Die Prinzessin soll mich aufessen«, sagte er. Willwischen wollte nicht, aber er bat so dringend, daß sie ein tüchtiges Stück aus ihm herausbiß. Aber kaum hatte sie es getan, als ein wunderschöner Prinz vor ihr stand und sagte: »Nun ist alles richtig.« – »Ja, es ist alles richtig«, rief Willwischen aus und umarmte den schönen jungen Prinzen. Der König war es zufrieden und schenkte ihm die Hälfte seines Reichs. Der alte König Haltewort aber heiratete die Frau Woche zur Belohnung ihrer edlen Handlungen, und die sieben Söhne kriegten jeder ein Regiment.

DAS MÄRCHEN VON DEM DILLDAPP

oder

Kinder und Toren haben das Glück
bei den Ohren

Im deutschen Lande, in der guten Stadt, welche sich in den Wellen des ehrlichen Flusses spiegelt, lebte Frau Schlender, eine Frauenschneiderin. Sie war zwar sehr fleißig, aber konnte doch nicht viel vor sich bringen und daher auch nichts zurücklegen, weil sie selbst schon sehr mit ihrer Arbeit aus der Mode war. Keine Dame wollte mehr etwas von einer Schlender wissen.

Doch hatte sie drei flinke Töchter, welche sich der Reihe nach noch ziemlich mit der Nadel erhielten. Die älteste hieß Andrienne, die zweite Saloppe und die jüngste Kontusche. Doch kamen diese auch bald aus der Mode, wie ich euch weiter erzählen werde, so daß Frau Schlender nie recht auf einen grünen Zweig kam.

Ihre größte Plage aber war, daß sie einen Sohn hatte, der Dilldapp hieß und alles verkehrt machte. Dilldapp war ein sehr guter Junge, aber er hatte einen so dummen Verstand in seinem dicken Kopfe, daß er alles überzwerch verstand und ausführte. Nun gab ihm seine Mutter zwar allerlei Näschereien, um ihn mit Liebe zu erziehen, zum Beispiel: Ohrfeigen, Kopfnüsse und wohl noch manchen Nasenstüber obendrein. Aber er war kein besonderer Liebhaber davon und hätte gern alle diese Leckereien um gewöhnliche Feigen und Nüsse und Stüber hingegeben, weswegen diese Gefälligkeiten der Frau Schlender auch gar nichts bei dem ehrlichen Dilldapp fruchteten. Deswegen ward sie müde, ihn täglich so zu bewirten, und setzte fest, daß er wie alle Arbeiter am Ende der Woche immer seinen Lohn haben sollte, und diesen erhielt der arme Dilldapp so reichlich, daß es ihm leicht ward, den blauen Montag zu feiern; denn er hatte blaue Flecken von den Schlägen am Leib für die ganze Woche. Er stieg dadurch immer mehr in seiner Kunst, alles, außer die

Kleider, umzuwenden, daß er in einer Woche folgende vortreffliche Geschäfte zustande brachte:

Die Mutter sprach: »Dilldapp, bring Wachs!«
Da brachte ihr Dilldapp Flachs.
Die Mutter sprach: »Dilldapp, bring Zwirn!«
Da brachte ihr der Dilldapp Birn.
Die Mutter sprach: »Dilldapp, Steppseide!«
Da brachte ihr Dilldapp eine Speckseite.
Die Mutter rief nach der Schneiderscher',
Und Dilldapp brachte Schweineschmer.
Die Mutter wollt ein Maß von Papier,
Und Dilldapp brachte eine Maß Bier.
Die Mutter wollte Futterzwilch,
Da brachte Dilldapp Buttermilch.
Die Mutter wollte Kanevas,
Da brachte Dilldapp Kanne und Faß.
Die Mutter wollte bunte Borten,
Da brachte Dilldapp runde Torten.
Die Mutter wollte Stopfnadeln,
Da brachte Dilldapp Topffladen.

Endlich sprach die Mutter: »Bring mir den Rock und das Bügeleisen.« Da ging Dilldapp weg und kam nach einer Stunde mit einem Bock, zwei Ziegen und zwei Geißen zurück. Das nahm nun Frau Schlender sehr übel auf; sie nahm eine Hechel und schlug sie ihm um den Kopf.

Er schrie: »O weh! o weh! mein Kopf!«
Sie sprach: »Ich hechle den Flachs, du Tropf!«
Sie schlug; er schrie: »Weh! meine Stirn!«
Sie sprach: »Ich schüttle nur die Birn.«
Sie stieß; er schrie: »Weh! meine Seite!«
Sie sprach: »Ich salze die Speckseite.«
Er rief: »Ach Mutter! nicht so sehr!«
Sie sprach: »Es ist nur Schweineschmer.«
Er schrie: »Ach! ach! ich sterbe schier.«
Sie sprach: »Es ist nur eine Maß Bier.«
Er schrie: »Mutter, ihr stoßt unbillig.«
Sie sprach: »Ich butter' die Buttermilch.«
Er schrie: »Ihr rüttelt ohne Maß.«
Sie sprach: »Ich schwenke Kanne und Glas.«

Er schrie: »Ihr werdet mich ermorden.«
Sie sprach: »Ich backe runde Torten.«
Er schrie: »Ihr schlaget ohne Gnaden.«
Sie sprach: »Ich forme Topffladen.«
Und darauf griff sie erst zum Stock
Und sprach: »Jetzt stutzet dich der Bock.«

Aber der Dilldapp sah seinen Vorteil ab, nahm die Beine auf die Schultern und lief die Treppe hinunter, während Frau Schlender genug zu tun hatte, den Bock und die Ziegen aus dem Hause zu kapitulieren.

Dilldapp aber geriet in ein solches Laufen bergab und bergauf, durch Wälder und Felder, Land und Sand, Stock und Stein, Distel und Dorn, daß er nicht eher aufhörte, bis er nichts mehr sah vor lauter Nacht. Denn die Sonne hatte er schon über den Haufen gelaufen, und an der Abenröte hatte er die bunten Fensterscheiben eingerannt. Da hingen die Sterne ihre tausend Laternen zum Himmel heraus, und der Mond zog als Nachtwächter auf die Wache, um zu sehen, wer so erbärmlich laufe.

Dilldapp aber bekümmerte sich um nichts, und da er an einem Berg stand, der mit dem Himmel den Kopf zusammenstieß, rannte er zuguterletzt auch da hinauf. Außer Atem war er, und da er oben hinkam, hatte er Luft im Überfluß. Er konnte auf viele Jahre voraus Atem schöpfen. Da aber die Welt da oben auch noch nicht mit Brettern zugenagelt war, begann er weiterzurennen; aber ein Esel trat ihm in den Weg. Der gefiel dem guten Dilldapp so wohl, daß er auf ihn stieg, um seine Reise in guter Gesellschaft fortzusetzen.

Kaum aber hatte er wenige Schritte gemacht, so kam ihm und dem Esel ein flinker Knüppel in den Weg, der sie beide in eine Höhle hineintrieb, in welcher ein großes, dickes, fettes Ungeheuer von einer so außerordentlich großen Herzensgüte saß, daß man sie mit Ellen ausmessen konnte. Ach, Mutter! wie abscheulich groß und gut war das Ungeheuer!

Das Ungeheuer sah aus wie ein anderer Mensch auch, außer daß es wohl dreimal so groß und viermal so breit war. Es hatte eine sehr edle Gesichtsbildung, nur sein Kopf war so dick wie ein Pfefferballen; seine Nase so breit wie ein Blasebalg; seine Augen, deren es nur eines hatte, und zwar mitten auf der Stirne, waren lieblich spielend, wie das Rad an einem Schiebkarren; sein Mund war freundlich, aber so groß als die Brieftasche eines Postmeisters; und seine Ohren, die es spitzen konnte wie ein kluger Spitzhund, und niederhängen wie ein treuer Pudelhund, waren nicht größer, als daß in einem die Schwalben ihr Nest, im andern die Bienen ihr Haus drin bauen konnten, was seiner freundlichen Seele eine sehr angenehme Unterhaltung gewährte. Auf ähnliche Weise waren alle seine Glieder unförmlich, und sein ganzes Aussehen so, daß jeder andere vor ihm in Ohnmacht gefallen wäre.

Aber Dilldapp war guten Muts, besonders weil der Knüppel bei dem Anblick des Popanzes gleich ruhig ward und in das Innere der Höhle hineinstolperte. Dilldapp sprang von dem Esel, der dem Knüppel in die Höhle folgte, und machte dem Ungeheuer einen höflichen Kratzfuß mit den Worten: »Guten Abend, Herr Nachbar! Wie stehts, wie gehts mit dem Leben? Seid Ihr noch wohlauf? Wie befindet sich die Frau Liebste und die werte Familie? Was hört man denn hier Neues? Sind denn hier zu Lande die fatalen Wasserrüben auch in solchem Überfluß geraten, daß sie gar nicht mehr alle werden wollen? Apropos, könnt Ihr mir wohl sagen, wo der Weg nach dem Orte geht, und wie weit ich noch dahin habe, wohin ich will?« Der Popanz erkannte aus allen diesen närrischen Fragen bald, daß sie von einem Dilldapp herrührten, und mußte von Herzen lachen, worüber auch Dilldapp zu lachen anfing, so daß die Höhle widerschallte: denn der Esel hinten an seiner Krippe lachte auch mit, so gut es gehen wollte.

»Du gefällst mir«, sagte der Popanz. »Ihr gefallt mir auch«, sagte Dilldapp. »Willst du in meine Dienste treten?« fuhr der Popanz fort. Da erwiderte Dilldapp: »Wieviel Lohn soll ich Euch monatlich geben?« Worüber der Popanz wieder lachte, und Dilldapp auch und der Esel auch.

»Wohlan! bleibe hier«, sagte der Popanz; »ich denke, wir wollen schon einig miteinander werden.« Da erwiderte Dilldapp: »Meinethalben«, und fuhr mit der Hand in eine große Schüssel voll Hirsebrei, die neben dem Ungeheuer stand, und aß sich dick und satt und legte sich nachher aufs Stroh und schnarchte bis zum andern Morgen, wo er es dann wieder anfing, wie er es am Abend gelassen hatte, und die Zeit teils mit einfältigen Erzählungen aus seinem bisherigen Lebenslauf, teils mit Essen und Trinken zubrachte, so daß er in Zeit von acht Tagen dick wie ein Türke, fett wie ein Aal, glänzend wie eine Zwiebel, rot wie ein Trompetermantel und ausgestopft wie ein Walfisch wurde; ja, er wurde so unförmlich, daß man ihn selbst für ein kleines Ungeheuer hätte halten können.

Seine Geschäfte waren nicht groß, denn das Ungeheuer kochte nicht selbst, sondern ließ sich sein Essen aus einer Garküche in der Gegend bringen, wo die meisten andern Ungeheuer selbiger Provinz sich alle kochen ließen. Das Tellerlecken war also Dilldapps Hauptgeschäft, außer daß er dem guten Ungeheuer manchmal den Buckel kratzen mußte, weil es dies wegen seiner Leibesdicke nicht selbst konnte. Aber es war nicht undankbar und kratzte währenddem den ehrlichen Dilldapp wieder, worüber sie dann gewöhnlich in Gesellschaft einschliefen.

Vier Jahre lang hatte Dilldapp so dem Ungeheuer treu gedient, als er einst unter bittern Tränen nach einem solchen Schlummer erwachte. Diese Tränen, welche die ersten waren, die das Ungeheuer ihn weinen sah, rührten dasselbe gute Ungeheuer dermaßen, daß es auch mitweinte, und der Esel, welcher sie beide schluchzen hörte, stimmte auch mit bitterem Jammergeschrei ein, so daß der Felsen von ihren Klagen widertönte, ohne daß sie eigentlich recht wußten, warum.

Das Ungeheuer erholte sich noch am ersten und sagte: »Ach, lieber Dilldapp! warum weinst du?« Dilldapp sagte hierauf: »Ach, liebes Ungeheuer! sage mir erst, warum du weinst?« Da erwiderte das Ungeheuer: »Liebster Dilldapp! ich weine, weil du weinst«; und Dilldapp sagte: »Ja, ich weine, weil meine Mutter weint; denn Andrienne, mein älteste Schwester, ist sehr krank und wird wohl sterben und aus der Mode kommen. Da wird es meiner armen Mutter Schlender sehr hart gehen, denn sie war ihre beste Arbeiterin. Wenn die liebe Andrienne von der Schneiderbank in die Hölle zu den andern Lappen fällt, soll ich darum nicht weinen? Hi hi hi.« – Das Ungeheuer weinte wieder mit und fragte schluchzend: »Aber woher weißt du denn das?« – »Das hat mir geträumt«, sagte Dilldapp; »hat es dir denn nicht auch geträumt?« – »Nein,« erwiderte das Ungeheuer, »mir träumt gar nichts; ach! wenn mir je etwas geträumt hätte, wie glücklich wäre ich! Ich wäre dann kein Ungeheuer.« Hierüber weinten sie wieder zusammen.

Dilldapp aber konnte es nicht mehr länger aushalten, er bekam eine entsetzliche Sehnsucht nach Hause zu seiner Mutter und bat das Ungeheuer sehr, es möge ihm erlauben, zu seiner Mutter zurückzukehren und sie in ihrem Unglück zu trösten. Das Ungeheuer hatte eine große Freude über diese kindliche Liebe Dilldapps und sprach zu ihm: »Wohlan, mein lieber und getreuer Diener! folge dem tugendhaften Triebe deines Herzens und gehe zu deiner Mutter; aber so mit leeren Händen dürftest du nicht willkommen sein; ich will dir meinen Esel mitgeben, hole mir ihn her.« Da ging Dilldapp in das Innere der Höhle und setzte sich auf den Esel und ritt heraus. Das Ungeheuer umarmte den Dilldapp recht herzlich, und sie weinten alle drei wieder, und zuletzt sagte das Ungeheuer zu Dilldapp:

Daß dein Glück recht lange daure,
Sag zum Esel nie Aurekakaure!

»Das soll ein Wort sein«, schluchzte Dilldapp und trabte davon.

Dilldapp war schon ein rechtes Stück Weg geritten, da stieg er ab und ließ den Esel grasen, und als er ihm den Sattelgurt etwas aufschnallte, damit der Esel bequemer fressen könne, sagte er zu ihm: »Ja, mein lieber Aurekakaure, ich weiß wohl, daß du Aurekakaure heißest, aber ich werde mich hüten, dich Aurekakaure zu nennen, weil das gute Ungeheuer mir es abgeraten hat.« Kaum hatte Dilldapp das Wort Aurekakaure ausgesprochen, als der Esel Gold und Edelsteine von sich gab, so viel, daß er alle Taschen und noch sein Schnupftuch mit anfüllen konnte.

Wer war vergnügter hierüber als der gute Dilldapp? Denn nun war er gewiß und versichert, seiner Mutter, Frau Schlender, helfen zu können. Er setzte darum seinen Weg schleunigst fort und kam am Abend in ein Wirtshaus, wo er übernachten wollte.

Als der Wirt seinen Esel in den Stall führte, sagte Dilldapp zu ihm: »Mein lieber Herr Wirt! ich ersuche Sie vor allen Dingen, sagen Sie nicht Aurekakaure zu meinem Esel; übrigens will ich Hirsebrei essen und schlafen.« Der Wirt setzte ihm Hirsebrei vor. Dilldapp aß nach Herzenslust und ging zu Bett.

Der Wirt aber dachte immer hin und her, warum soll ich wohl zu dem Esel nicht Aurekakaure sagen? Da muß ein Geheimnis dahinter stecken und das muß ich herauskriegen; denn ich bin ein Wirt und ungemein neugierig. Er lauerte daher, bis alles im Hause in tiefen Schlaf versunken war, und als sich nichts mehr rührte auf der Flur und in den Ställen als die Mäuse und die Katzen, schlich der neugierige Wirt auf den Strümpfen, damit niemand erwachen möge, leise, leise mit einer Blendlaterne in den Stall zu dem Esel des Dilldapps, der ruhig auf dem Stroh schnarchte und von Distelköpfen träumte.

Der Wirt ging anfangs um den Esel herum und beleuchtete ihn von allen Seiten. »Ei das ist doch seltsam,« sagte er für sich »daß ich den Esel nicht Aurekakaure nennen soll.« Kaum hatte er dies gesagt, als der Esel aufsprang, worüber der Wirt, der kein gutes Gewissen hatte, sehr erschrak. Da er aber sah, wie Gold und Edelsteine von dem guten Esel niederfielen, so verstand er leicht den großen Wert des Aurekakaure und die noch größere Einfalt Dilldapps, und besann sich nicht lange, zog den Esel aus dem Stall und stellte statt seiner einen andern hin, dem er des Aurekakaure Geschirr auflegte.

Als er mit diesem Betruge fertig war und der Tag schon graute, begab er sich zu Dilldapp, der früh reisen wollte, und weckte ihn: »He! mein Herr von Dilldapp! belieben Sie aufzustehen und zu frühstücken, der Tag bricht an, die Schwalbe singt; he! he! Sie können in der kühlen Morgenluft ein gutes Stück Weg zurücklegen.« Da streckte sich Dilldapp und wachte auf und sprach: »Herr Wirt! was sind Sie mir schuldig?« – »Alle Ehr und Respekt,« erwiderte der Wirt, »ich bekomme aber noch etwas von Ihnen heraus.« – »Wieviel?« fragte Dilldapp. »Hundert Reichstaler«, sagte der Wirt. »Das ist sehr billig«, sagte Dilldapp; »rechnen Sie mir vor, wie es möglich ist.« Da rechnete der Wirt: »Ich habe Ihnen Ehr und Respekt erwiesen für 50 Taler, 25mal nach Ihrem Namen gefragt, macht 25 Taler, 25mal die Mütze abgezogen macht wieder 25 Taler, weiter ein Hirsebrei, ein Bund Stroh, Stallung für den werten Esel, Haber und Heu, dann Dach und Fach, Schutz und Trutz, Putz und Nutz, Nachtmusik von Katzen und Mäusen, ein Adagio von den Grillen, ein Morgenlied von den Schwalben, mehrere Trompeterstückchen vom Haushahn usw., alles um 50 Taler, macht hundertundfünfzig; da ich Ihnen nun für 50 Taler Ehr und Respekt schuldig war, so erhalte ich noch hundert heraus.« – »Wo heraus?« fragte Dilldapp. »Aus Ihrem Geldbeutel«, sagte der Wirt. »Ich habe keinen Geldbeutel«, sagte Dilldapp. »Ei! was hängt denn da Schweres an dem Nagel?« fragte der Wirt, indem er auf das Schnupftuch voll Gold und Edelsteinen zeigte; »das muß Sie ja bei dem Reisen sehr beschweren, und auch in Ihren Taschen scheint es so schwer; das reißt Ihnen ja Löcher in die Taschen, und da könnte Ihnen alles herausfallen.« – »Da haben Sie recht, Herr Wirt!« sagte Dilldapp, »wollen Sie so gut sein, mir die schweren Steine und Münzen herauszunehmen; Sie können sich die hundert Taler davon abziehen und das übrige wegwerfen.« – »Von Herzen gern«, sagte der Wirt, leerte Schnupftuch und Taschen aus, worüber Dilldapp sehr erfreut war, den Esel bestieg und vergnügt nach seiner Vaterstadt zutrabte.

Als er in die Stadt hineinkam, sah er sich an allen Ecken um nach seiner Schwester Andrienne, die man sonst häufig darauf zu sehen pflegte; aber sie war nirgends zu erblicken. Gewiß, dachte er, ist meine arme Schwester krank oder tot; und mein Traum ist wahr gewesen, dachte er unter Tränen und trabte die enge Gasse zu seiner Mutter hinein.

Den Esel band er an die Türe und trat in die Werkstatt hinein. Die Frau Schlender hatte ihn kaum erblickt, als sie ihn umarmte, und seine beiden jüngsten Schwestern auch; und Dilldapp weinte vor Freuden. Aber auf einmal sagte er: »Frau Mutter! wo ist Andrienne, meine älteste Schwester? Nicht wahr, ich habe recht geträumt? sie ist nicht mehr recht gesund?« – »Ach!« erzählte Frau Schlender, »mit der ists aus, sie ist ganz blaß und abgelebt; wir haben alles mit ihr versucht, um sie wieder auf die Beine zu bringen, aber umsonst; ach! was Andrienne ausgestanden hat, ist nicht zu sagen, sie ist gestürzt und gewendet worden, gesteppt und gefüttert, endlich sind ihr gar Stücke aus dem Rücken geschnitten und an die Ärmel gesetzt worden, dann haben wir ihr die Arme gar abgenommen, haben sie neu färben lassen; aber es wollte nichts mehr fruchten, und sie ist jetzt auf dem Lande; vielleicht erholt sie sich wieder ein wenig dort.« Da weinten sie alle nochmals herzlich zusammen, und Dilldapp sagte: »Mutter! tröstet Euch, ich habe etwas mitgebracht, das wird uns allen helfen; breitet vor allem Eure besten Tisch- und Bettücher auf der Erde aus, ich will Euch gleich meine Schätze darauf ausstreuen.«

Die Mutter tat, was Dilldapp verlangte, und dieser brachte nun seinen Esel herein und stellte ihn in die Mitte der Stube auf die ausgebreiteten Tücher. Die Mutter zankte anfangs sehr über diesen sonderbaren Gast. Aber Dilldapp sagte: »Nur Geduld, nur Geduld! Ihr werdet Sachen von diesem Tiere sehen, wodurch es Euch über alles teuer und wert werden soll.« Nun wendete er sich zu dem Esel und sagte: »Wohlan, Aurekakaure! mache deine Kunststücke; munter, Aurekakaure! scheue dich nicht, Aurekakaure! du bist unter lauter Freunden, Aurekakaure! mach dich ganz bequem, wir sind unter uns, Aurekakaure.« Wer sich aber nicht rührte, war der Esel.

Da lachten ihn die zwei Schwestern aus, und die Mutter meinte, daß er sie zum Besten habe in ihrem Unglück. Nun gab sich Dilldapp alle Mühe, den Aurekakaure zu einem Probestück seiner Eigenschaften zu bringen; der arme Esel hatte aber niemals dergleichen gekonnt. Erzürnt ergriff nun Dilldapp die Elle, womit ihn einst seine Mutter so oft ausgemessen hatte, und prügelte auf den armen Esel los; denn er glaubte, das Tier wolle aus Eigensinn kein Gold und Edelsteine von sich geben, und da er immer auf den Esel prügelnd Aurekakaure schrie, fing das arme Tier in seinen Ängsten an gewaltig zu schreien, alles über den Haufen zu werfen und zuletzt gar die Tücher auf eine häßliche Art zu beschmutzen. »Gold! Gold! Gold!« rief da Dilldapp voll Freude aus. Aber leider war es kein Gold, und seine Mutter, die nun über die Verunreinigung ihrer besten Bettücher und über die Zerstörung ihres Hausrates heftig erzürnt wurde, ergriff den Besen und jagte den armen Dilldapp wieder zum Hause hinaus, wo er hergekommen war, und den Esel hinterdrein.

Dilldappp kam wieder ins Laufen wie das erste Mal und ruhte nicht eher, bis er dem guten Ungeheuer, das eben ein wenig eingeschlummert war, platt wider den Kopf rannte. Das Ungeheuer wußte schon alles, was ihm geschehen war; denn es hatte einen Spiegel, in dem es alles sehen konnte, und nahm ihn, nachdem es ihm tausend Ehrennamen, Tölpel, Schafskopf, Tollpatsch, Dähmel, Dummerjan usw., gegeben hatte, weil er sich von dem Wirte hatte betrügen lassen, wieder in seine Dienste auf.

Nach vier Jahren hatte Dilldapp abermals einen Traum, daß seine zweite Schwester, welche Saloppe hieß, in große Abnahme komme und das Handwerk seiner armen Mutter dadurch sehr leide. Er erzählte dies dem guten Ungeheuer unter häufigen Tränen, welches wieder herzlich mitweinte und ihm erlaubte, nach Hause zu reisen, um die Seinigen zu trösten.

Dilldapp wollte schon abmarschieren, da nahm das gute Ungeheuer eine hübsche Serviette aus seinem Kasten und sagte: »Hier, mein lieber Dilldapp, nimm das Tüchlein mit dir; aber wenn es dir nicht gehen soll wie das erste Mal, so hüte dich, zu dieser Serviette, ehe du bei deiner Mutter bist, zu sagen: Tüchlein, Tüchlein, tu dich auf!« – Dilldapp versprach sein Möglichstes, steckte seine Serviette in die Tasche und begab sich auf die Reise.

Als er aber an die Stelle kam, wo er bei seiner ersten Reise das Aurekakaure gesagt hatte, setzte er sich wieder nieder, zog die Serviette hervor, beschaute sie an allen Orten und sprach: »Ich will mich wohl hüten, ich sage nie zu dir: Tüchlein, Tüchlein, tu dich auf!« – Kaum aber hatte er diese Worte gesagt, als die Serviette sich von selbst ausbreitete und voller Gold und Edelsteine lag. Er steckte diese Kostbarkeiten mitsamt der Serviette zu sich und kam bald darauf wieder in jenes Wirtshaus.

Der Wirt machte ihm tausend Bücklinge, und so oft Dilldapp von seinem Esel anfangen wollte, ließ ihn der Wirt nicht zu Wort kommen und sprach von seiner großen Ehrlichkeit, und daß in seinem Hause noch nie ein Heller sei gestohlen worden, worüber Dilldapp so treuherzig ward, daß er ihm abermals vor dem Schlafengehen seine Serviette aufzuheben gab und ihn recht herzlich bat, nicht zu ihr zu sagen: »Tüchlein, Tüchlein, tu dich auf!« Der Wirt machte tausend Versicherungen, wünschte eine geruhsame Nacht, nahm die Serviette mit auf seine Stube, und das erste, was er tat, war, daß er sagte: »Tüchlein, Tüchlein, tu dich auf!« Da sich die Serviette auseinanderbreitete und er sie voll Gold fand, sprang er freudig in die Höhe und lief gleich nach seinem Schrank, um ein ähnliches Tellertuch herauszufinden, welches er dem Dilldapp mit dem seinen vertauschen wollte. Er hatte es kaum gefunden, als er an Dilldapps Kammer pochte und rief:

Der Wind, der weht,
Der Hahn, der kräht,
Die Glock schlägt drei,
Herr Dilldapp, hebt Euch von der Streu!

Da machte sich Dilldapp auf, bezahlte wieder seine Rechnung, wie das vorige Mal, nur daß er statt des Stallgeldes für den Esel dieses Mal Preßgeld für das Tellertuch bezahlen mußte; denn der Wirt behauptete, daß er es die ganze Nacht gepreßt habe, damit es schön glatt sei. Dilldapp dankte tausendmal und machte sich auf den Weg.

Gegen Mittag kam er in die Stadt; er sah sich wieder ringsum, ob ihm seine Schwester Saloppe nicht begegne; aber er sah keine Saloppe auf der Straße, und als er in das Haus der Mutter kam, fand er sie und die jüngste Schwester Kontusche in bittern Tränen. »Ach! Frau Mutter!« rief Dilldapp, »was weinet Ihr?« und fing selbst an, herzlich zu weinen. »Gewiß ist die arme Schwester Saloppe krank?« – »Lieber Dilldapp!« sagte die Mutter, »du hast es erraten; die arme Saloppe hatte, nachdem die gute Andrienne in die weite Welt gegangen war, sehr viel zu tun. Alles wollte nur Kleider nach ihrem Muster, und wir lebten nur von Saloppe. Endlich nahm das auch ein Ende; sie kam immer mehr in der Stadt in Abnahme und mußte jetzt auch auf das Land, wo sie ihr Leben bei den Pfarrersfrauen und Amtmannsfrauen noch vielleicht eine zeitlang hinbringt; eben ist sie mit dem Kondukteur vom Postwagen abgereist, der sie bei der Frau eines Wagenmeisters unterbringen will. Das tut weh, so herabzukommen, da sie noch vor einem halben Jahre mit der Oberpostmeisterin öffentlich spazieren ging; nun bin ich und deine Schwester Kontusche allein; sie ist klein und kurz und noch nicht so recht in der Mode, wie sollen wir nun leben?«

»Dafür ist gesorgt«, sagte Dilldapp und zog sein Tellertüchlein aus dem Busen und legte es auf den Tisch. »Nun, Mutter! gebet acht«, sagte er; »Tüchlein! Tüchlein! tu dich auf! Tüchlein, Tüchlein, tu dich auf!« und nochmals schrie er heftig das nämliche, riß endlich das Tellertuch auseinander, fand es aber leer und nichts darin als ein Loch und einen Fettfleck. Da fing er heftig an zu weinen und zu klagen und erzählte der Mutter, wie er gewiß wieder von dem Wirte sei betrogen worden, der ihn schon um den Esel betrogen habe. Frau Schlender aber wollte nichts hören und griff nach der Elle. Da wußte Dilldapp, wie viel es geschlagen habe, nahm die Beine auf die Schultern und lief und lief wieder bis zu seinem guten Ungeheuer hin. Als dieses ihn so von ferne heranschleichen sah, wie einen Hund, der sich vor Prügeln fürchtet, weil er etwas angestellt hat, merkte er gleich, daß es nicht richtig mit ihm war, und rief ihm zu: »Komm nur her, du erbärmlicher Patron! Ich weiß nicht, was mich noch abhält, dir so viel Maulschellen zu geben, daß dein Kopf leuchtet wie eine Laterne, du Plappermaul! du Gänseschnabel! du Entenpürzel! du Schnatterbüchse! du Klappermühle! du große Glocke! du Ausrufer! du Stadt- und Landtrompeter! du Knarre! du Schnarre! Warum hast du dein unvernünftiges Maul nicht halten können? Warum hast du im Wirtshause nicht geschwiegen? So hast du dummer Glockenklöppel gleich dein Geheimnis ausläuten müssen und dich und deine arme Mutter um dein Glück geschwatzt.« – Dilldapp nickte bei jeder Beschuldigung des Ungeheuers und sagte immer: »Ja, ja, Ihr habt ganz recht, ja, so gehts in der Welt; ja, dacht ichs doch gleich«, und so weiter, daß endlich das gute Ungeheuer über den Tölpel lachen mußte und ihn wieder in seine Dienste nahm.

Drei Jahre gingen abermals herum, da träumte es dem Dilldapp wieder, seine jüngste Schwester Kontusche komme in Verfall und die gute Mutter werde in ihrem Alter ganz allein sein. Den Morgen nach diesem Traume fand ihn das Ungeheuer in bittern Tränen, und da es ihn fragte, sagte Dilldapp: »Soll mich das nicht jammern? Heute nacht ist es mir deutlich vorgekommen, als sei meine arme Mutter ganz allein; auch meine Schwester Kontusche hat sie nun verlassen müssen; nun wird die gute Frau Schlender keinen Menschen in ihren alten

Tagen haben, der ihr die Augen zudrückt. Hu hu hu« – weinte er fort, und das gute Ungeheuer weinte mit.

Als sie sich ein wenig verschluchzt hatten, sprach das Ungeheuer: »Wohlan, Dilldapp! ich will es noch einmal mit dir versuchen, deine große Liebe zu deiner Mutter gefällt mir; reise und werde glücklich. Hier hast du von mir einen schön geschnitzten Knüppel zum Angedenken, trage ihn dein Leben lang; aber bedenke meine Worte! Sage nie: ›Knüppel auf!‹ oder ›Knüppel ab!‹ zu ihm, sonst will ich dein Unglück nicht mit dir teilen.« – »Laßt mich nur machen,« erwiderte Dilldapp klug lächelnd, »ich bin kein Kind mehr; auch brauchts keinen Nürnberger Trichter mehr, mir etwas in den Kopf zu bringen; ich weiß, wo Bartel Most holt, und wo der Has im Pfeffer liegt; es ist noch nicht aller Tage Abend, usw.« Das Ungeheuer aber sagte: »Schwätze nicht, handle; die Worte sind Weiber, die Taten Männer. Wenn der Rabe schwätzt, fällt ihm der Käs aus dem Schnabel und der Fuchs frißt ihn; wenn die Katze mausen will, muß sie nicht miauzen« – und solche Sprüchwörter mehr sagte das Ungeheuer; aber Dilldapp wartete sie nicht alle ab und lief wie gewöhnlich seines Wegs.

Als er aber an die Stelle kam, wo er schon zweimal gegen das Gebot gehandelt hatte, juckte ihn die Haut, und er sagte: »Alle gute Dinge sind drei, ich muß hier den Knüppel probieren, damit ich weiß, wie ich ihn vor dem Wirt sichern soll«, und sogleich sagte er: »Knüppel auf!« – Aber wohl bekomms, Herr Dilldapp! Der Knüppel prügelte den Dilldapp ganz gewaltig aus, es flog ihm um die Schultern herum, und gegen seinen dicken Kopf, als wenn es Prügel regnete, bis er endlich in seiner Herzensangst so klug war, »Knüppel ab« zu sagen, auf welches Wort der Knüppel wieder ruhig zu seinen Füßen fiel.

Dilldapp hatte eine auserlesene Tracht Prügel erhalten, an der er schwerer zu tragen hatte als an dem Knüppel selbst; aber viel klüger war er nicht geworden; denn er dachte schon hin und her, wie er seinen Knüppel dem Wirt sicher zu bewahren geben sollte, damit diesem ja kein Schaden dadurch geschehe.

Unter diesen Gedanken kam er in das Wirtshaus, und der Wirt war so untertänig, daß er beide Flügel des Tores für ihn aufmachte. Er schätzte sich glücklich, den schätzbaren Herrn

Dilldapp wieder unter seinem Dache zu haben, und war so voller Geschwätzigkeit, daß Dilldapp gar nicht zu Wort kommen konnte; denn er hörte gar nicht auf, die Sicherheit und Ehrlichkeit seines Hauses zu preisen, und als einen Beweis zeigte er ihm einen Schuhnagel und einen bleiernen Knopf, die vor Jahr und Tag ein durchreisender ungarischer Edelmann hier verloren habe und die noch stets aufbewahrt würden, bis er sie wiederverlange. Dilldapp sperrte Maul und Ohren auf über die Redlichkeit und sagte: »Es ist recht brav, daß Sie die Sachen aufbewahren, da kann man sie doch wieder haben; seien Sie so gut und bewahren Sie mir bis morgen früh diesen Knüppel, aber ich beschwöre Sie, sagen Sie nicht zu ihm: ›Knüppel auf!‹ denn das könnte Sie in Versuchung führen, diesen Knüppel länger bei sich zu behalten als nötig.« – »Mein Herr!« sagte der Wirt, »Sie kennen mich schlecht, wenn Sie glauben, ich hätte nichts Besseres zu tun als mich mit Knüppeln zu unterhalten; essen Sie und legen Sie sich ruhig zu Bett; morgen früh um drei Uhr wecke ich Sie und mache Ihnen die Rechnung.«

Dilldapp aß und trank. Aber, welche Freude! als er in die Küche sah, erblickte er seine Schwester Kontusche bei der Frau Wirtin. Er bat sie sogleich zu sich zu Tisch und ließ auftragen, was das Haus vermochte. Nach Tisch erzählte sie ihm, daß auch sie, nachdem Saloppe auf das Land gemußt habe, nicht mehr lange in der Stadt geachtet worden sei, und daß dort jetzt lauter tolle ausländische neue Moden seien; die Mutter habe müssen in ein Hospital gehen, und so sei sie hier in das Wirtshaus geraten.

»Wer Kuckuck hat euch denn nur so außer Nahrung gebracht?« sagte Dilldapp. »Wer anders«, erwiderte Kontusche, »als die fatalen Franzosen, die bei uns regieren, und welche eigentlich uns selbst vor langen Jahren dahin gebracht haben; weil sie aber alle Augenblicke was Neues wollen, haben sie jetzt andere Personen in Schwung gebracht. Da wirst du bei uns jetzt eine Mademoiselle Chemisegrec, eine Mamselle Tunika, eine Mademoiselle Pelerine, Amazone, Hortense u. dgl. sehen.« – »Die soll der Kuckuck holen«, sagte Dilldapp; »warte nur, das soll anders werden, sobald ich hinkomme.« So sprachen sie und gingen dann zu Bett.

Als alles ruhig war im Hause, schloß sich der neugierige Wirt ein, um nicht gestört zu werden; denn er fürchtete, Dilldapp möge ihm nicht trauen. Er machte Fenster und Läden zu und betrachtete den Knüppel von allen Seiten, und endlich sagte er: »Knüppel auf! Knüppel auf!« Da begann ihn der Knüppel so schrecklich und ununterbrochen um den Kopf und die Schultern zu prügeln, daß er in ein mörderliches Geschrei ausbrach. Den Schlüssel konnte er nicht gleich finden, er trat die Türe auf und rannte wie unsinnig nach der Stube Dilldapps, und der Prügel klopfte immerzu. »Ach, Herr Dilldapp! bester Herr Dilldapp!« schrie er, »befreien Sie mich von dem Knüppel!« Da rief Dilldapp: »Lassen Sie mich schlafen, ich bin müde.«

Aber der Wirt schrie immerfort, und das ganze Haus lief zusammen und bat für ihn. Da sagte Dilldapp: »Führen Sie mir vorerst meinen Esel Aurekakaure mit Sattel und Zeug vor die Türe.« Der Wirt, immer geprügelt, flog nach dem Stall und brachte den Esel und flehte wieder. Da sagte Dilldapp: »Jetzt bringen Sie mir auch mein Tüchlein Tu dich auf.« O wie geschwind war der Wirt mit dem Tüchlein da und flehte wieder. Da sagte Dilldapp: »Nun machen Sie mir wieder meine Rechnung!« – »Ach! nichts, gar nichts sind Sie mir schuldig«, schrie der Wirt; »nur den Knüppel nehmen Sie mit, nur den Knüppel!« Nun stieg Dilldapp auf den Aurekakaure, nahm seine Schwester vor sich und steckte das Tellertuch ein und sagte: »Knüppel ab!« Da flog ihm der Knüppel in die Hand, mit welchem er den Herrn Wirt grüßte und abritt.

Als Dilldapp mit seiner Schwester so fortritt, sprachen sie beide von ihren Schwestern, der Saloppe und der guten Andrienne, und wünschten sehr, daß sie auch bei ihnen sein möchten. Sie ritten aber keine halbe Stunde, da begegneten sie einem Karren voll Komödianten und Komödiantinnen, und mitten unter ihnen saßen Andrienne und Saloppe. Da sprach Dilldapp mit dem Schauspielherrn und wollte seine zwei Schwestern von ihm loskaufen. Derselbe aber wollte sie auf keine Weise hergeben. Dilldapp aber rief nur: »Knüppel auf!« Da wurde der unbillige Schauspielherr von dem Knüppel so applaudiert, daß er Andrienne und Saloppe gern losließ, und da sagte Dilldapp: »Knüppel ab!« und ließ ihn weiterfahren. Seine zwei Schwestern aber setzte er auf seinen Esel, stieg ab und führte das Tier.

ein, um nicht gestört zu werden; denn er fürchtete, Dilldapp möge ihm nicht trauen. Er machte Fenster und Läden zu und betrachtete den Knüppel von allen Seiten, und endlich sagte er: »Knüppel auf! Knüppel auf!« Da begann ihn der Knüppel so schrecklich und ununterbrochen um den Kopf und die Schultern zu prügeln, daß er in ein mörderliches Geschrei ausbrach. Den Schlüssel konnte er nicht gleich finden, er trat die Türe auf und rannte wie unsinnig nach der Stube Dilldapps, und der Prügel klopfte immerzu. »Ach, Herr Dilldapp! bester Herr Dilldapp!« schrie er, »befreien Sie mich von dem Knüppel!« Da rief Dilldapp: »Lassen Sie mich schlafen, ich bin müde.«

Aber der Wirt schrie immerfort, und das ganze Haus lief zusammen und bat für ihn. Da sagte Dilldapp: »Führen Sie mir vorerst meinen Esel Aurekakaure mit Sattel und Zeug vor die Türe.« Der Wirt, immer geprügelt, flog nach dem Stall und brachte den Esel und flehte wieder. Da sagte Dilldapp: »Jetzt bringen Sie mir auch mein Tüchlein Tu dich auf.« O wie geschwind war der Wirt mit dem Tüchlein da und flehte wieder. Da sagte Dilldapp: »Nun machen Sie mir wieder meine Rechnung!« – »Ach! nichts, gar nichts sind Sie mir schuldig«, schrie der Wirt; »nur den Knüppel nehmen Sie mit, nur den Knüppel!« Nun stieg Dilldapp auf den Aurekakaure, nahm seine Schwester vor sich und steckte das Tellertuch ein und sagte: »Knüppel ab!« Da flog ihm der Knüppel in die Hand, mit welchem er den Herrn Wirt grüßte und abritt.

Als Dilldapp mit seiner Schwester so fortritt, sprachen sie beide von ihren Schwestern, der Saloppe und der guten Andrienne, und wünschten sehr, daß sie auch bei ihnen sein möchten. Sie ritten aber keine halbe Stunde, da begegneten sie einem Karren voll Komödianten und Komödiantinnen, und mitten unter ihnen saßen Andrienne und Saloppe. Da sprach Dilldapp mit dem Schauspielherrn und wollte seine zwei Schwestern von ihm loskaufen. Derselbe aber wollte sie auf keine Weise hergeben. Dilldapp aber rief nur: »Knüppel auf!« Da wurde der unbillige Schauspielherr von dem Knüppel so applaudiert, daß er Andrienne und Saloppe gern losließ, und da sagte Dilldapp: »Knüppel ab!« und ließ ihn weiterfahren. Seine zwei Schwestern aber setzte er auf seinen Esel, stieg ab und führte das Tier.

brand. Der machte ein Hochzeitslied, gar wohl gereimt. Darin hieß es:

Ich, Herr Hildebrand,
Stell den Spieß an die Mauer.

Schier hätte er gesagt: Wand.

Dilldapp aber nahm den Namen »deutscher Michel« an und ließ den Aurekakaure so viel Geld und Gold hervorbringen, daß alles in Lust und Ehren lebte. Über seiner Haustüre aber stand geschrieben:

Kinder und Toren
Haben das Glück bei den Ohren.

DAS MÄRCHEN VON FANFERLIESCHEN SCHÖNEFÜSSCHEN

Es war einmal ein König, der hieß Jerum, und sein Land hieß Skandalia, und er regierte in der Stadt Besserdich. Dieser Jerum war gar nicht viel wert, er quälte seine armen Untertanen bis aufs Blut, so daß sie jahraus jahrein schrieen: »O Jerum, o Jerum, sieh auf Skandalia und besser dich!« Er wirtschaftete aber immer drauflos und war ganz das Gegenteil seines verstorbenen Vaters, dessen Sterbetag die Bürger von Besserdich jährlich mit großer Traurigkeit feierten. Vor diesem Tage ritt der böse Jerum immer mit seinem ganzen Hofstaat nach einem fernen Jagdschloß Munkelwust, um nicht die Liebe seiner Untertanen zu seinem seligen Vater zu sehen. Als er nun einstens mit unanständigem Hörnergeblase und Peitschengeknall am Tag vor dem Trauerfest der Stadt hinauszog, sah er nah an dem Tore vor einem kleinen Hause eine alte Frau ihre Ziege kämmen. Da nahm er seinen Bogen und legte einen Pfeil auf und verwundete der alten Frau die Ziege. Die Alte ergrimmte sehr und schrie ihm nach:

O Jerum, o Jerum,
Meine Ziege geschossen.
O Jerum, o Jerum,
Dir selbst zum Possen;
Sie ist ein armes Waiselein,
Wird Königin im Lande sein.

Jerum bekümmerte sich nicht um das Geschrei der Alten und sprengte im Galopp zur Stadt hinaus. Die Alte hieß Fanferlieschen und war eine außerordentlich kluge Hexe; bei dem verstorbenen Vater des Königs Jerum hatte sie sehr viel gegolten; sie hatte damals große Macht in Händen und dem Lande viel Gutes getan. Wenn der alte König einen Minister oder General oder Gelehrten haben wollte, so ging er nur zu Fanferlieschen, die damals sehr schön war, und sprach nur:

Fanferlieschen
Hat schöne Füßchen,
Nicht zu lang, nicht zu kurz;
Schüttle mir aus deinem Schurz
Einen guten Staatsminister!

»Herr, da ist er!«

sprach sie dann und schüttelte ihn aus der Schürze. So hatte sie dem König viele geschickte Leute verschafft. Aber als der Jerum an die Regierung kam, wurde Fanferlieschen vertrieben, ja er ließ ihr ein großes Loch von seinen Jagdhunden in die Schürze reißen und mißhandelte sie auf alle Weise. Da zog Fanferlieschen in ein kleines Haus in der Vorstadt und mästete Vieh und Geflügel, und man wunderte sich über gar nichts, als daß sie niemals einen Ochsen oder Esel oder ein Pferd oder einen Puthahn oder sonst etwas verkaufte. Aber oft hörte man sie in der Nacht, wenn alles ganz still war, sehr ernsthafte Staatsgespräche mit ihrem Vieh halten, und lautete es nicht anders, als wenn die größten Professoren bei ihr versammelt wären, so daß es ordentlich in der ganzen Stadt ein Sprichwort war, wenn einer von den Hofleuten des Königs Jerum einen übeln oder dummen Streich machte, zu sagen: »Dieses Rindvieh hat nicht bei dem Fanferlieschen studiert!«

Als ihr der Jerum nun die Ziege verwundet hatte, geriet Fanferlieschen in den höchsten Zorn gegen ihn und entschloß sich, Rache an dem König zu nehmen. Sie legte die geliebte Ziege in ein schönes Bett und verband ihr die Wunde mit Kräutern und Wein.

In der Stadt machte man schon alle Anstalten, das Andenken des verstorbenen guten Königs Laudamus zu feiern. Alle Häuser waren mit schwarzem Tuch behängt, auf allen Türmen und Rauchfängen wehten schwarze Fahnen. Alle Glocken, die geläutet wurden, hatten schwarze Flöre an den Schwengeln. Alle Bürger zogen schwarze Wäsche und Kleider an, alle Perückenmacher puderten schwarz, alle Schimmel waren Rappen, man aß nichts als Schwarzwildpret und Schwarzwurzeln und Schwarzsauer. In solcher entsetzlichen Schwärze waren bereits alle Einwohner in der großen Kirche der heiligen Nigritia um das Grab des Königs Laudamus versammelt, auf welchem viele tausend schwarze Fackeln brannten, und warteten nur noch auf das Fräulein Fanferlieschen, um ihre Trauergesänge anzufangen. Denn Fanferlieschen pflegte alle Jahre dieses Trauerfest mit einem großen Leichenzuge zu verherrlichen. Sie kam immer an der Spitze ihres sämtlichen schwarzen Horn- und Federviehs durch die Stadt in die Kirche gezogen, und es war den guten Bürgern nichts so rührend, als alle die schwarzen Pferde, Esel, Stiere, Kühe, Böcke, Ziegen, Schafe, Schweine, Hunde, Katzen, Puthahnen, Pfauen, Haushähne, Hühner, Schwanen, Gänse und Enten usw. die bittersten Tränen vergießen zu sehen. Ein großer Teil in der Mitte der Kirche war für sie und ihren Zug freigelassen. Die Bürger harrten; da kam der Kirchendiener und zeigte an, daß der Zug der Fanferlieschen sich nähere; die Tore wurden aufgetan, und man sah Fanferlieschen in schwarzem Samt gekleidet mit einer Krone von schwarzen Brillanten neben einer schwarzen Portechaise hergehen, die von zwei schwarzen Eseln getragen wurde. Vor ihr her ging ein schwarzer Pudel auf den Hinterbeinen, der trug Fanferlieschens Schürze, welche dem Lande so viel Gutes getan und von den Jagdhunden des Jerums zerrissen worden war, an einer Stange als Trauerfahne, und hinter der Trauer-Portechaise folgten viele schwarze Böcke und Ziegen mit Trauerflören und Zitronen auf den Hörnern. Dann kam alles übrige schwarze Horn- und Wollen- und Federvieh, alle mit Zypressenzweigen und -kränzen geziert. Kurzum, die ganze Herde des Trauerviehs war auf die rührendste und anständigste Art geschmückt und bezeugte ein tiefes Leidwesen. Als jedermann und jedes Vieh seinen Platz eingenommen, wurde eine kohlrabenschwarze Melodie gesungen, und dann stieg Fanferlieschen auf das Grab des König Laudamus und erzählte den Bürgern alle seine guten Eigenschaften, worüber sie alle gallenbittere Tränen weinten, so schwarz wie Tinte. Zuletzt kam sie auf die Bosheit des Königs Jerum zu sprechen und sagte: »Endlich ist es Zeit, daß wir ihm das Tor vor der Nase zumachen, seine Bosheit ist auf das höchste gestiegen: als er gestern mit seinem gottlosen Hofstaat dem Tore hinausritt, stand ich vor meiner Türe und kämmte Fräulein Ziegesar die schwarzen Locken zu dem heutigen Feste; da verwundete er mir diese geliebte Waise mit einem mutwilligen Pfeilschuß.« Bei diesen Worten Fanferlieschens entstand ein gewaltiges Murren in der Kirche, und alle Fackeln auf dem Grabe des König Laudamus knisterten und flackerten und tröpfelten schwarze Wachstränen herab. Der älteste Bürger der Stadt, der sich seine weißen Haare und seinen weißen Bart heute ganz schwarz gepudert hatte, trat zu Fanferlieschen und sprach: »O Fanferlieschen, deine große Freundschaft mit dem seligen Laudamus, der Anblick deiner zerrissenen Schürzenfahne, aus der uns einst so viel würdige Staatsmänner geschüttelt wurden, dein stilles Leben, deine edlen Bemühungen zur Erziehung und Bildung unvernünftigen Viehes, ach! alles, was wir von dir wissen, lehrt uns, daß keine Lüge aus deinem Munde kömmt; aber sage uns, wen verstehst du unter dem Fräulein Ziegesar?« – »Wen soll ich darunter verstehen«, sagte Fanferlieschen, »als jenes liebenswürdige Töchterlein des verstorbenen Fürsten von Buxtehude, dessen Land von seinem Freunde, dem verstorbenen Laudamus, verwaltet wurde, bis das liebe Fräulein herangewachsen sei, welches hier nebst vielen andern vornehmen Waisenkindern unter meiner Aufsicht in dem Fräuleinstift und der Ritterakademie erzogen wurde. Ach, der gute Laudamus dachte einst, den Jerum mit ihr zu vermählen; aber ihr wisset, als Jerum nach des Vaters Tod König ward, nahm er alle die Länder der Waisenkinder, deren Pflegevater er sein sollte, in Besitz und befahl seinem Kammerherren, dem Herrn von Neuntöter, alle die armen Kinder im Fräuleinstift und in der Ritterakademie mit einem Reisbrei zu vergiften, den sie jährlich am Pfingstfeste auf der Eselswiese unter Tanzen und Springen zu verzehren pflegten. Mich hätte er auch gern umgebracht, aber er weiß nicht, wie mein Ende ist. Als das Fest auf der Eselswiese bestellt war, zogen die unschuldigen Kinder mit Blumen geschmückt hinaus auf die Wiese. Der Reisbrei stand in einer silbernen Schüssel, welche Laudamus dazu gestiftet hatte, brotzelnd unter der großen Linde. Ich ließ die guten Kinder in einem großen Kreise niederknieen und singen:

Te regem laudamus,
Qui nobis dedit Hirsenmus.

Da kam der Herr von Neuntöter und brachte Zucker und Zimmet vom Jerum, welches der König immer sonst selbst drauf zu streuen pflegte. Aber es war dieses Mal Rattengift. Als der Neuntöter sich dem Musbecken nahte, sah ich auf einmal den Geist des verstorbenen Laudamus ihm entgegentreten; er sagte: ›Wenn der Jerum nicht selbst den Kindern Zucker und Zimmet bringen will, so will ich es tun. Fliege hin, du Neuntöter!‹ Damit schlug er dem Kammerherrn erst die Zuckerdüte und dann die Zimmetdüte um die Ohren, und sieh da, er flog in einen Neuntöter verwandelt davon. Nun kam der König Laudamus zu mir und sprach:

Fanferlieschen
Schönefüßchen,
Pfleg und zieh die Kinderlein,
Bis sie wieder Menschen sein.

Nun streute er selbst Zucker und Zimmet auf das Mus und verschwand. Die Kinder hatten alle das gesehen und sangen wieder:

Te regem laudamus,
Qui nobis dedit Hirsenmus.

Und nun fuhr jedes mit seinem silbernen Löffel in das Hirsenmus. Kaum aber hatten sie einen Löffel voll gegessen, als sie sich alle in Tiere verwandelten. Die Ziegesar in Ziegen, die Ochsenstierna in Ochsen, die Rindsmaul in Rinder, die Schimmelpennink in Schimmel, die Rabenhorst in Raben, die Boxberg in Böcke, die Putlitz in Puthahne, die Hühnerbein in Hühner, die Rothenhahn in Hähne, und so ein jedes Kind nach dem Familiennamen in ein Tier dieses Namens. Ich führte nun diese ganze Herde in den nahegelegenen Wald in eine große Höhle und ging wieder in die Stadt. Da hörte ich, wie der König Jerum glaubte, der Kammerherr von Neuntöter sei mit den Kindern, statt sie umzubringen, in die weite Welt gelaufen, und daß Jerum Boten ausgesendet habe, ihn aufzusuchen. Als er mich nach den Kindern fragte, sagte ich ihm: ›Der liebe Gott wird sich ihrer erbarmen.‹ Weiter sagte ich ihm nichts. Er ward sehr zornig auf mich, und weil er mir das Leben nicht nehmen konnte, so nahm er mir doch alles, was mir Laudamus geschenkt hatte, so daß mir nichts blieb als das Haus und der Hof und Garten meiner Eltern am Tore. Nachts führte ich nun die ganze verwandelte Herde aus dem Wald in mein Haus und habe sie bis jetzt immer in allen standesgemäßen Wissenschaften unterrichtet. Sie sind bereits alle erwachsen, und jeder wird seiner Familie Ehre machen. Ach, Fräulein Ziegesar war vor allen ein Engel, sie tanzt alles vom Blatt weg und singt wie der größte Tanzmeister, sie webt und stickt wie eine perfekte Köchin und kocht und backt wie die größte Stickerin, sie macht Gedichte wie ein Sprachmeister und spricht alle Sprachen wie ein Dichter, kurz, sie ist eine der vollkommensten Fräulein der Welt; und diese hat mir der grausame Jerum mit einem Pfeile durch das linke Ohrläppchen geschossen. Nein, länger wollen wir diese Schmach nicht mehr erdulden, übergebet einem andern die Krone, denn Jerum denket doch nur an seine Laster und niemals an Besserdich.« So hatte Fanferlieschen gesprochen. Alles hatte mit der größten Spannung zugehört, und der älteste Bürger sagte: »Du erzählst uns sehr merkwürdige Geschichten, aber, wenn wir auch einen andern König wählen, wo kriegen wir dann gleich alle die nötigen Minister und Hofkavaliere her, welche alle mit Jerum ausgereist sind? Deine Schürze, aus welcher du sie sonst schütteltest, hat ein Loch, und wird jeder durchfallen.« Nun sprach Fanferlieschen zu dem Pudel, der die Schürze trug:

Herr von Pudelbeißmichnit,
Schwenk die Fahn,
Vivat Laudamus!
Es. ist getan.

Da schwenkte der Pudel die Fahne und verwandelte sich zugleich in den schönsten Fahnenjunker, und alles anwesende Horn-, Wollen- und Federvieh verwandelte sich in die hoffnungsvollsten Ritter und Fräulein, und sie öffnete die Portechaise, und die Prinzessin Ziegesar mit dem verwundeten Ohrläppchen trat heraus und umarmte Fanferlieschen, und alle die verwandelten Ritter und Fräulein schrieen laut:

Oramus Laudamus!
Fanferlieschen

Schönefüßchen
Soll regieren
Und florieren.

Da rief die ganze Versammlung dasselbe, und sie nahmen Fanferlieschen und setzten sie in die Portechaise und trugen sie in das Schloß, und alles war richtig: sie mußte Königin sein. Fanferlieschen aber machte nun aus allen ihren Zöglingen vornehme Leute; der Herr von Ochsenstierna wurde Minister des Ackerbaus, der Herr von Rindsmaul wurde Erz-Heumarschall, der Herr von Riedesel Generalobermühlenrat, der Herr von Rothenhahn wurde Direktor der Feuersbrunst und Hofwetterminister, und so hatte ein jeder seine Stelle nach seinen Qualitäten. Die Prinzessin Ziegesar ward allgemein verehrt, und allgemein bekannt gemacht, wer ihr Gemahl werden würde, der sollte nicht nur ihr Fürstentum Buxtehude, sondern auch einstens das ganze Königreich Skandalia mit ihr erhalten. So ging nun alles herrlich in der Stadt, aber der König Jerum kriegte einen großen Schrecken, als die Fanferlieschen ihm einen Brief nach dem Jagdschloß Munkelwust schickte, worin drin stand, daß er abgesetzt sei und sich nicht mehr dürfe in der Stadt sehen lassen, sonst wolle man ihm den Kopf zwischen die Ohren stecken. Wenn er aber sein Leben ändern, Witwen und Waisen das Ihrige zurückgeben und de- und wehmütig in die Stadt Besserdich zurückkehren wolle, so solle er vor allem eine fromme Gemahlin nehmen; die frömmste wäre die Prinzessin Ziegesar von Buxtehude. Hernach wolle man sehen, ob man ihn wieder zum König aufnehmen könne. Diesen Brief schickte ihm Fanferlieschen durch den Hofschäfer Mopsus, und Jerum wurde so zornig darüber, daß er dem armen Mopsus die Ohren abschneiden ließ und ihm die Nase breitschlug; und zu dessen Andenken tragen sich bis jetzt alle Mopse so.

Der König Jerum, der nun zu Munkelwust lebte, wurde jetzt ganz wie rasend, er verwüstete alles Land umher und beging tausend Grausamkeiten. Aber es ging ihm bald übel, seine Hofleute verließen ihn, und sein Geld wurde alle. Er hatte nichts mehr als das Ländchen Bärwalde, welches eigentlich der Fräulein Ursula gehörte, und das er ihr noch immer zurückhielt. Die armen Leute aus dem Ländchen mußten alles hergeben, daß er sein wildes Leben fortführen konnte. Er hatte nur noch wenige Diener, und sein Ratgeber war ein großer hölzerner Götze, der bei Munkelwust unter einem dürren Baume stand und Pumpelirio hieß und, wenn man einen Menschen vor ihm schlachtete und ihn mit dem Blut bespritzte, auf alles antwortete, was man ihn fragte. Jerum machte nun bekannt, er wolle sich bessern und eine fromme Frau nehmen. Da ließ er die Töchter seiner Untertanen zusammenkommen und heiratete eine. Aber in der Nacht schleppte er sie vor den Götzen Pumpelirio und brachte sie um, und fragte ihn:

Pumpelirio Holzebock!
Sage mir doch,
Wann die Jungfer Fanferlieschen
Schönefüßchen
Sterben wird?
Wann ich komme nach Besserdich?

Da fing der Pumpelirio an zu knacken wie nasses Holz im Ofen, und sprach mit schnarrender Stimme:

Fanferlieschen blind,
Ursulus das Kind
Geschwind wie der Wind
Besserdich gewinnt.

Jerum wußte nicht, was das heißen sollte, er bat sich eine Erklärung aus, aber Pumpelirio sprach:

Für einen Mord
Nur ein Wort;
Morgen ist auch ein Tag
Zu Mord und Todschlag.

Am nächsten Morgen sagte Jerum, er habe seine Braut nach Haus geschickt, weil sie nicht fromm genug gewesen sei, und suchte sich eine andere Jungfrau und heiratete sie wieder und brachte sie wieder um vor dem Pumpelirio Holzebock, und fragte ihn wieder. Der sagte aber immer dasselbe, und Jerum brachte immer mehr Fräulein um, bis sie endlich seine Grausamkeit merkten und entflohen. Als die guten Leute in Bärwalde hörten, daß ihr Fräulein Ursula bei der Fanferlieschen lebe, gingen viele nach Besserdich, um die liebe Tochter ihres verstorbenen Fürsten zu sehen. Sie küßten ihr die Hände und Füße und klagten ihr das Elend, in dem sie durch den Jerum lebten, und wünschten nichts mehr, als daß Ursula bei ihnen sein und sie regieren möge.

Ursula weinte sehr über das Unglück ihrer Untertanen und versprach ihnen, mit Fanferlieschen zu überlegen, was zu tun sei; da zogen die guten Leute wieder ab. Als Fräulein Ursula eben mit Fanferlieschen hierüber sprach, kam ein Bote vom König Jerum zu ihr und sagte, wenn Fräulein Ursula seine Gemahlin werden wolle, so wolle er sich bessern. Ursula willigte ein, um nur ihre armen Untertanen trösten zu können, und Fanferlieschen sagte mit bitteren Tränen zu ihr: »Ich kann dich nicht abhalten, gieb dir alle Mühe, den Jerum gut zu machen; wenn du es verlangst, soll er seine Krone von mir wiedererhalten. Gehe hin, meine liebste Ursula, tue allem, was da lebt, Gutes, so wirst du in der Not nicht verderben!

Ursula, Ursula, große Not!
Wein' dir nur die Äuglein rot;
Ursulus, Ursulus, gutes Kind,
Macht das Fanferlieschen blind;
Ursulus, Ursula, Ursulum,
Bin ich blind, so komm ich um.
Schau dich um, ich bitt dich drum.«

Dann umarmten sie sich und weinten miteinander bitterlich, und Ursula zog mit dem Boten zum Tor hinaus zu dem König Jerum. Fanferlieschen aber stand auf dem Schloßturm und sah ihre liebe Ursula in ihrem weißen Hochzeitskleid fort über die grünen Wiesen ziehen; und so oft Ursula sich nach Besserdich umsah und mit ihrem weißen Tüchlein winkte und sich die Augen trocknete, mußte der Fahnenjunker Pudelbeißmichnit die schwarze zerrissene Schürzenfahne auf dem Turm schwenken, wozu Fanferlieschen immer sang:

Ursula, Ursula, große Not!
Wein' dir nur die Äuglein rot;
Ursulus, Ursulus, gutes Kind,
Macht das Fanferlieschen blind;

Ursulus, Ursula, Ursulum,
Bin ich blind, so komm ich um.
Schau dich um, ich bitt dich drum.

Dazu bliesen die Türmer eine sehr betrübte Melodie auf den Posaunen, und dies währte so lange, bis ein Wald die Ursula und den Boten des Jerum verbarg.

Ursula ging traurig neben dem Boten durch den Wald und dachte immer nach, was doch der wunderbare Gesang Fanferlieschens bedeuten möge; aber sie konnte ihn auf keine Art begreifen. Da hörte sie auf einmal einen Vogel ganz jämmerlich schreien und sah, wie er ängstlich um einen Baum herum flatterte. Da schaute sie recht hin und erblickte einen großen Marder, der am Baum herunter geschlichen kam und sich dem Neste des Vogels nahte, um ihm seine Jungen zu fressen. Da nahm Ursula einen Stein und warf ihn so geschickt nach dem Marder, daß er tot von dem Baume herunterpurzelte. O, wie froh war nun der Vogel; er flog erst zu seinen Jungen, und da er sah, daß sie noch alle gesund waren, flog er immer um Ursulas Haupt und vor ihr her von Baum zu Baum und machte die rührendsten Bewegungen, als wolle er ihr Dank sagen, und sang auf allerlei Weise, bis er sie am Abend verließ, wo sie ihm noch ein Stückchen von dem Kuchen, den ihr Fanferlieschen mit auf die Reise gebacken hatte, für seine Jungen mitgab. Nun ward der Weg immer trauriger und öder. Verbrannte Hütten und zerstörte Gärten waren am Weg; sie hörte in der Ferne einen traurigen Gesang, und das Herz ward ihr entsetzlich schwer. In der Ferne ging die Sonne ganz rot unter, und man sah in eine wilde schwarze Bergschlucht voll Dampf und Qualm. Hie und da am Weg stand ein dürrer Baum, von dem die Eulen, herunterschrieen: »Hu, hu, o weh! hu, hu, o weh!« Ach, das Herz ward Ursula immer schwerer, und sie fragte den Boten, der bis jetzt immer stumm neben ihr her gegangen war:

Ach, mein Herz bricht in der Brust.
Sind wir bald in Munkelwust?

Da sagte der Bote:

In der Schlucht liegt Munkelwust,
Hier am Baum du warten mußt

Bei dem Pumpelirio;
Jerum macht es immer so.
Setz dich an die Felsenstufen,
Ich will dir den Bräutigam rufen.

Und da verließ er die Ursula unter einem großen dürren Baum, wo der böse Pumpelirio Holzebock auf einem Felsen stand, und lief nach dem Tale hinunter. Ursula war in der entsetzlichsten Angst; die Nacht brach an, die Eulen schrieen auf dem dürren Baum; der Mond ging blutrot hinter dem Pumpelirio Holzebock auf. Ursula war sehr müd und setzte sich ins Gras und begann bitterlich zu weinen. Da hörte sie wieder den traurigen Gesang, und es kam immer näher und näher durch den Nebel, und sie sah eine Reihe von weißen Jungfrauen auf den Platz ziehen. Sie hatten Brautkränze auf und waren alle ganz bleich, und in der Brust hatte jede ein Messer stecken, daß das Blut über ihre weißen Röcklein niederfloß. Sie zogen über die Grasspitzen weg, als wären sie von Luft, und sangen mit feiner Stimme:

Willkommen, willkommen, du Jerum-Braut!
Ein Messer ins Herz, das heißt getraut.
Ach, ohne Kreuz und Segen
Liegen im Schnee und Regen
Bald hier deine Beinelein
Im Sonnen- und im Mondenschein.
Im Baum da schreien die Raben;
Ach, wäre ich doch ehrlich begraben!

Ursula war in der fürchterlichsten Angst und riß vor Bangigkeit das Gras aus der Erde; da schrie auf einmal eine der weißen Jungfrauen sie an:

O weh! o weh! was raufst du meinen Kranz,
Morgen mußt du auch an den Tanz!

Da sprang Ursula auf und wollte fliehen, aber sie fiel über einen Hügel; da schrie eine andere sie an:

O weh! o weh! was trittst du auf mein Herz,
Morgen leidest du denselben Schmerz.

So ging das immerfort; sie mochte fliehen nach welcher Seite sie wollte, immer trat ihr eine jener Jungfrauen in den Weg und schrie bald: »O weh mein Arm, o weh mein Bein, o weh mein Leib«, usw. Da stand Ursula endlich still und fragte: »O, ihr armen Jungfrauen, wer seid ihr und was wollt ihr von mir?« Da sangen sie:

Jerums Frauen von gestern
Sind wir, Messerschwestern,
Jerums Weib von heute:
Morgen gehst du uns zur Seite.
Bete fleißig, denn gar oft
Kömmt das Messer unverhofft.
Im Baume schreien die Raben;
Ach, wären wir ehrlich begraben.
Fort von hier, von hierio,
Weit vom Pumpelirio,
Weit vom Holzebocke
Hübsch mit Kreuz und Glocke,
Mit Gesang und Posaunenspiel;
Giebt uns Ruh und kost nicht viel.

Da antwortete ihnen Ursula: »Ach, wenn es mir möglich ist, sollt ihr gewiß begraben werden:

Unter zarten Blumenrasen,
In dem Schatten grüner Linden,
Wo die frommen Lämmer grasen,
Sollt ihr euer Bettlein finden.
Und ein kühler Marmorbronnen
Soll da bei der Linde springen,
An jed Bettlein hingeronnen
Kühlen Born wohl jeder bringen,
Daß ihr könnt die heißen Schmerzen
Eurer schreinden Wunden kühlen
Und das Blut zerrißner Herzen
Von dem weißen Schleier spülen.
Ach! Wenn Gott euch wird erwecken,
Sollt ihr für den Mörder bitten!
Ringsum blühen Rosenhecken,
Und ein Kreuz steht in der Mitten.
Will der Herr mein Blut auch haben,
Soll man zu des Kreuzes Füßen
Euch zur Seite mich begraben,
Bis uns all die Englein grüßen.«

Während Ursula diese Worte recht von Herzen sprach, sahen die Jungfrauen sie mit rechter Liebe an, und jede zog ihr Ringlein vom Finger und sie flochten sie ineinander wie eine Kette und zogen Blumen durch, daß es eine Krone ward; die setzten sie der Ursula auf das Haupt und sangen:

Soviel Ringe, soviel Bräute;
Soviel Bräute, soviel Messer;
Soviel Messer, soviel Herzen;
Soviel Herzen, soviel Wunden;
Ach, du arme Braut von heute!
Ach, dir geht es auch nicht besser;
Ach, du hast die bittern Schmerzen
Alle bald wie wir empfunden.

Da krähte aber der Hahn und sie schwebten über die Wiese weg. Ursula fühlte sich ruhiger, sie sah an dem blauen Himmel die Sterne an, und da glänzte das Gestirn, das man den großen Bär nennt, ihr besonders tröstlich in das Herz. Da gedachte sie recht innigst an ihre verstorbenen Eltern, den Fürsten Ursus und die Fürstin Ursa von Bärwalde, welche sie nie gesehen hatte, und sprach: »Ach, mein geliebter Vater und meine liebe teure Mutter, ich habe euch nie gekannt, aber ich liebe euch doch wie ein frommes Kind; o, verlaßt mich nicht in meiner tiefen Angst; schaut auf euer armes Töchterlein; ich will ja alles ruhig ertragen, was über mich bestimmt ist.« Als sie diese Worte recht von Herzen gesprochen hatte, sieh, da war es, als wenn die zwei Sterne am Himmel zusammenstießen, und als wenn einer davon in den Schoß der guten Ursula herabfiele. Aber sie fand nichts.

Ihr Herz war aber sehr gestärkt und ihre Seele ganz voll frischem freiem Mut. Schon stand der Mond tief über der dunkeln Waldschlucht, worin Munkelwust lag, als sie auf einmal ein wildes Horngetön erklingen hörte und aus dem Waldgrund herauf Pferdegetrapp tönte. Sie richtete sich auf und trat auf einen Felsen; da sah sie einen Reiterzug mit brennenden Fackeln heransprengen, daß die Funken und die brennenden Pechtropfen rings in das dürre Laub fielen, und die Flammen prasselnd durch die Büsche herumzischten. Sie sprengten im Galopp heran, an ihrer Spitze saß Jerum im roten Mantel auf einem getigerten Rosse. Auf seinem Helm war das Bild eines

Drachen, seine langen schwarzen Haare wehten wie die Mähne seines Rosses im Wind, und an seinem Gürtel hatte er eine breite Scheide hängen, worin viele Messer staken. Sie sangen ein wildes Lied, welches also lautete:

Juch! juch! Über die Heide!
Fünfzig Messer in einer Scheide,
Reitet Jerum auf die Freite:
Schürz dich, Braut! zur Hochzeitreite.

So schrecklich das auch klang, konnte Ursula doch nicht mehr erschrecken; sie stand in wunderbarer Schönheit auf dem Felsen, gerade dem häßlichen Pumpelirio Holzebock gegenüber, und als der König Jerum heransprengte, wehte sie ihm mit ihrem Tüchlein entgegen. Und da die Reiter mit den Fackeln um sie her standen und Jerum von ihrer wunderbaren Schönheit und ihrer schönen Hochzeitskrone, die ihr die Geisterfräulein geflochten hatten, ganz geblendet zu ihr hinritt, streckte sie die Hand gegen ihn aus und sprach:

O Jerum, Jerum, sei willkomm!
Nimm deine Braut und werde fromm!
Im Baum, da schreien die Raben:
»Ach, wären wir ehrlich begraben!«
Drum sollst du mir erst versprechen –
Willst du mich auch erstechen –
Begrab mich und die Mägdelein
In einem kühlen Lindenhain,
Unter den grünen Rasen,
Wo fromme Lämmer grasen,
Wo ein klarer Bronnen
Kömmt an das Herz geronnen;
Ein Kreuz steh in der Mitten:
Da will ich ruhn zu Füßen
Und für den Mörder bitten,
Wenn mich die Englein grüßen,
Daß ihn in Zorn und Schrecken
Der Herr nicht mög erwecken.

Als sie diese liebseligen Worte sprach, schüttelte sie ihr Haupt, und die Ringlein klingelten in der Krone, und in der Luft hörte man singen:

Fort von hier, von hierio,
Weit vom Pumpelirio,
Weit vom Holzebocke.
Hübsch mit Kreuz und Glocke,
Chorgesang und Posaunenspiel;
Giebt uns Ruh und kost nicht viel!

Dem Jerum ging das durch Mark und Bein; er zitterte, daß ihm die Messer in der Scheide tanzten und schrie mit verzweifelter Stimme gegen Ursula:

Was sein soll, das muß geschehn,
Nichts kann dem Geschick entgehn.
Ach, ich möchte nicht und muß!
O, ich armer Jerumius!

Da knackte auf einmal der Pumpelirio Holzebock so gewaltig, als wolle er in der Mitte auseinanderplatzen, und Jerum riß die arme Ursula vom Felsen und

Faßte sie in der Mitten
Und schwang sie auf sein Roß;
Hei, wie sind sie geritten
Nach Munkelwust ins Schloß.

Mehrere Wochen war Ursula schon die Gemahlin des bösen Jerum und sie war so gütig und so fromm und so schön und so mild, daß er ganz tiefsinnig wurde und über sein böses Leben nachdachte. Ach, seine Stadt Besserdich lag ihm immer im Sinn. Ursula sprach immer von Besserdich, aber er schämte sich, gedemütigt an den Ort zurückzukehren, wo er immer ein übermütiger Herr gewesen war, und wurde dann oft plötzlich von Zorn und Wut überfallen und ritt im Land herum und tat viel Böses. Ach, dachte dann Ursula, wenn mir Gott ein liebes Kind schenkte, das ihm freundlich wäre, vielleicht würde sein wildes Herz gerührt werden, wann es ihn freundlich anblickte und ihm seine kleinen Hände entgegenstreckte. Sie betete darum immer sehr fleißig zu Gott, und wenn sie abends allein am Fenster saß und den wilden Jerum von seinen Streifereien zurückerwartete, so blickte sie immer nach dem Gestirn des großen Bären und dachte ihrer verstorbenen Eltern, und streckte die

Hände gen Himmel: ach, wenn ich nur ein Kind hätte! Den einzigen Trost hatte sie in ihrem elenden Leben, daß die armen Leute aus Bärwalde die Bedrückung des Jerums leichter zu ertragen schienen, seit die liebe Tochter ihres ehemaligen Fürsten bei ihnen war. Auch tat sie, wo sie konnte, ihnen Gutes und redete ihnen freundlich zu. Das Traurigste aber war ihr, daß Jerum niemals erlaubte, daß sie an Fanferlieschen schreibe, und daß er schon einige Boten dieser ihrer einzigen Freundin hatte ermorden lassen. Als sie nun einstens abends einsam und traurig am Fenster saß und auf Jerum wartete, der seit mehreren Tagen nicht mehr heimgekehrt war, war der Himmel ganz trüb und ihr liebes Gestirn nicht zu sehen. Und wie sie so an den wilden Bergwänden hinaufblickte, hörte sie wieder jenen traurigen Gesang, und die weißen Jungfrauen zogen ums Schloß herum und sangen sehr traurig:

Im Baume schrein die Raben:
»Ach, wären wir ehrlich begraben!«
Fort von hier, von hierio,
Weit vom Pumpelirio,
Weit vom Holzebocke.
Hübsch mit Kreuz und Glocke,
Chorgesang, Posaunenspiel:
Giebt uns Ruh und kost nicht viel.

Worauf sie verschwanden. Da nahm sich Ursula fest vor, nicht zu ruhen noch zu rasten, bis die Fräulein begraben wären. Bald darauf hörte sie wilden Hörnerklang und sah die Fackeln durch den Wald reiten und hörte den wilden Gesang von Jerums Zug:

Juch! juch! Über die Heide!
Fünfzig Messer in einer Scheide.

Sie eilte hinab an das Tor, ihren Gemahl zu empfangen, aber er sprengte so wild herein, daß sie das Pferd gegen die Treppe schleuderte. Als Jerum absteigen wollte, raffte sie sich auf und hielt ihm den Steigbügel. Er redete aber nicht freundlich mit ihr und bat sie nicht um Vergebung. Finster stieg er die Treppe hinauf, und die arme Ursula folgte ihm nach. Er setzte sich auf seinen Stuhl und redete kein Wort; sie konnte es vor Jammer nicht mehr aushalten und warf sich vor ihm auf die Knie und weinte und sprach: »Ach, mein Gemahl, was hab ich dir zuleide getan?« Er antwortete nicht. »O ich Unglückliche,« rief sie, »ich hatte mich so auf deine Heimkehr gefreut, ich hatte dich recht innig bitten wollen:

Du möchtest begraben die Mägdelein
In einem kühlen Lindenhain – – –«

Weiter konnte sie vor Tränen nicht sprechen; sie legte ihr Haupt in seinen Schoß, und als die Ringe in ihrer Krone so rasselten, zitterte Jerum am ganzen Leibe. Plötzlich faßte er mit seiner Hand an ihr Ohr und schrie wie erschreckt:

O wahr, wahr, wahrlich wahr!
O du mußt auch zu der Schar,
Bärin Ursula, der Schuß! –
O ich armer Jerumius.

»Was fehlt dir, lieber Jerum,« sagte Ursula, »daß du so traurig redest?« Da erwiderte er: »Nichts, mein Weib; aber stehe auf, wir wollen gleich dahin gehen, wo die Mägdelein sollen begraben werden; ich habe den Lindenhain gefunden, ich will dir ihn zeigen.« Das sagte er so kalt, daß Ursula zitterte und sprach:

Ach Jerum, hast du mich ein bißchen lieb:
Jetzt nicht, jetzt nicht, der Himmel ist trüb.

Er aber sprach:

Nur fort! nur fort! der Himmel grau,
Der ist so recht zur Totenschau.

Da zog er sie zum Schloß hinaus und zog mit ihr den Weg hinauf nach dem Pumpelirio Holzebock. Da sprach sie:

Ach Jerum! ach! kein Lindenhain
Wird auf dem Weg zu finden sein.

Er aber sprach:

Nur fort! und ists kein Lindenhain,
So finden wir doch Totenbein.

Da weinte Ursula sehr und klammerte sich an ihn und sprach:

Ach Jerum! ich flehte zum Himmelsthron,
Daß Gott uns schenk einen kleinen Sohn.

Er aber zerrte sie weiter den Berg hinauf und sprach:

Nur fort! nur fort! es heult der Wind,
Er wiegt der Bärin ihr schwarzes Kind.

Da sie aber oben waren, ging der Mond ganz blutig auf, und Ursula sprach:

Ach Jerum! der Mond ist blutig rot,
Ach Jerum! stich mich heut nicht tot.

Er aber sprach:

Nur fort! das ist der Abendschein,
Er scheinet in den Lindenhain.

Da kamen sie den Berg hinauf auf die öde Heide, und Ursula sprach:

O Jerum! wie die Wolken fliehn,
Wie sie so wild vor dem Monde ziehn.

Er aber sprach:

Nur fort, das sind die Lämmer klein,
Sie ziehen nach dem Kirchhof dein.

Und immer riß er sie weiter fort, ach! daß die Dornen ihr Röcklein zerrissen und Ursula sprach:

O Jerum! die Dornen zerreißen mich,
O kehre um, ich bitte dich!

Er aber sprach:

Nur fort, es ist der Rosenhain,
Er schließet rings den Kirchhof ein.

Und nun kamen sie an den dürren Baum, wo der Pumpelirio Holzebock stand, und Ursula sprach:

Ach Jerum! das ist der dürre Baum,
Das ist der wüste, öde Raum,
Das ist der Pumpelirio Holzebocke,
Ach! hörst du, wie die Raben schrein?

Er aber sprach:

Hier ist der kühle Lindenhain,
Hier läutet deine Glocke,
Hörst du, wie der Neuntöter schreit?
Du mußt sterben, halt dich bereit!

Da sank sie auf die Knie und sprach:

Ach Jerum! sag mir doch, warum
Bringst du deine arme Ursula um?

Da sprach er:

Weil du nur eine Bärin bist,
Die mich betrog mit böser List.
Bei Besserdich gleich an dem Tor
Schoß ich den Pfeil dir durch das Ohr.
Die Narbe habe ich gefühlt,
Als ich mit deinen Locken spielt.
Und jetzo muß ich dich erstechen,
Um Fanferlieschens Schwur zu brechen.
Mach fort! mach fort! der Neuntöter schreit,
Sterben mußt du, halt dich bereit!

Ursula kniete nieder um zu beten, und Jerum suchte eins von seinen fünfzig Messern heraus und fing es an zu wetzen. Wie Ursula die Hände gegen Himmel hob und betete, sah sie plötzlich das Gestirn des großen Bären erscheinen, und es zuckte wieder wie damals, als sie zuerst hier betete, und es fiel wieder wie ein Stern in ihren Schoß nieder. Da war sie auf einmal wunderbar getröstet, und stand auf und sprach:

Herr, ist dies der Lindenhain,
Wo ich soll begraben sein?
Sag, wo ist der kühle Bronnen,
Der zum Grabe kömmt geronnen?

Jerum sprach da:

Aus der Brust soll er dir springen,
Wenn ich werd das Messer schwingen.

Da griff er nach dem Messer, das er geschliffen und neben sich gelegt hatte, aber fort war es; er konnte es nicht mehr finden.

Da sagte er zu Ursula: »Bete nur noch ein wenig.« Sie kniete nieder und betete fort. Er nahm ein anderes Messer und wetzte es und legte es wieder hin und rief:

Mach fort! mach fort! der Neuntöter schreit,
Sterben mußt du, halt dich bereit!

Ursula nahte sich still und sprach wieder:

Herr, ist dies der Lindenhain,
Wo ich soll begraben sein?
Sag, wo ist der kühle Bronnen,
Der zum Grabe kömmt geronnen?

Da sprach er wieder:

Aus der Brust soll er dir springen,
Wenn ich werd das Messer schwingen.

Aber das Messer war wieder fort. Er konnte das nicht begreifen und ließ sie wieder beten und wetzte wieder. Und sie kniete hin und betete für den Jerum recht von Herzen. Er rief wieder:

Der Neuntöter schreit,
Halt dich bereit!

Sie nahte wieder mit denselben Worten, das Messer war wieder fort, und so ging das, bis neunundvierzig Messer fort waren. Da hielt Jerum das fünfzigste Messer fest in der Hand und schwang den Arm und wollte es ihr in das Herz stoßen; aber auf einmal hielt er ein und tat einen lauten Schrei, und ließ den Arm sinken, denn es flog ein Messer vom Himmel herunter auf seinen Arm und stach ihm die Hand durch und durch, und wo er hinfloh, fielen Messer auf ihn und verwundeten ihn hier und dort. Ursula lief auf ihn zu und umarmte ihn und bedeckte ihn mit ihren Armen; aber die Messer fielen überall auf ihn, bis sie alle heruntergefallen waren. Da hörte man die Hörner von Jerums Gefolg, da leuchteten die Fackeln heran. Sie zogen aus, ihren Herrn zu suchen, und fanden ihn mit Wunden bedeckt, und Ursula, die ohnmächtig bei ihm lag. Seine Diener waren sehr erschrocken, sie zogen ihm die Messer aus den Wunden, verbanden ihn, so gut sie konnten, und brachen Äste von dem dürren Baum, auf welche sie ihn und Ursula legten und nach Haus brachten. Dabei sangen sie:

> Juch! juch! über die Heide!
> Fünfzig Messer in einer Scheide,
> Fünfzig Messer in Mannesleib
> Durch Ursula, das böse Weib.

Über ihnen aber flog der Neuntöter und schrie sehr heftig, und neben dem Zug schwebten die weißen Jungfräulein über die Erde hin und sangen:

> Fünfzig Messer in Mörders Leib,
> Ihr könnt nicht retten sein treues Weib.

Das alles war sehr betrübt.

Als sie sich Munkelwust nahten, sahen sie das ganze Schloß erleuchtet. Da ließ der Führer den Zug halten, nahte sich dem Jerum, der sich etwas erholt hatte, und redete mit ihm heimlich, worauf sich der Zug trennte. Die mit den Fackeln zogen mit Jerum in das Schloß. Der Führer aber und sein Sohn blieben mit der armen Ursula zurück. Als der Zug schon in das Schloß herein war, trugen sie die Ursula in einen alten, hohen Turm des Schlosses, in welchem gar kein Fenster war. Da legten sie dieselbe an die Erde, gingen weg und mauerten die Türe zu und warfen eine Menge Disteln und Dornen davor.

Die arme Ursula mochte wohl ein paar Stunden in dem dunkeln Turm gelegen haben, als sie etwas Kühles an den Augen und Wangen spürte und erwachte. Das erste Wort, das sie aussprach, war: »Ach, mein teurer Herr und Gemahl, lebst du noch? O, wenn Gott nur deine Diener herführte, dich mit deinen vielen Wunden aus der dunkeln Nacht nach Hause zu bringen. Ich will dich so treulich pflegen und heilen, daß du mich gewiß liebgewinnen sollst. O mein Gemahl, antworte mir! Wehe mir, haben dich die fallenden Messer getötet, konnte ich keines, mit meinem Leibe dich bedeckend, von dir abwenden?« Da die arme Ursula, welche glaubte, sie sei noch an dem schrecklichen Orte bei dem bösen Pumpelirio Holzebock, keine Antwort erhielt, richtete sie sich auf und suchte herum, den Leichnam ihres Gemahls zu suchen; aber wie erschrak sie, da sie sich rings von kalten Mauern umschlossen fühlte. »O! allmächtiger Gott!« rief sie aus, »wo bin ich, was ist aus mir geworden?

Weh, weh, ganz allein!
Erd und Himmel sind von Stein!
Ach, kein Mond, kein Sternenschein,
Und kein Lüftlein grüßt herein,
Und es singt kein Vögelein;
Weh, weh, ganz allein!«

Da sprach eine Stimme zu ihr mit freundlichem Tone: »Erschrick nicht, liebe Ursula, ich bin da; erinnerst du dich wohl des Vogels, dessen Junge du von dem Marder durch einen Steinwurf befreitest und mit dem du deinen Kuchen teiltest, da du durch den Wald nach Munkelwust reistest?«

»O ja,« sprach Ursula, »aber was soll dieser Vogel? Wer bist du? Sage mir um Gotteswillen, wo ist Jerum, mein armer Gemahl, und wie komme ich an diesen Ort?«

»Ich bin dieser Vogel«, antwortete die Stimme; »setze dich wieder an die Erde und erlaube mir, auf deine Hand zu sitzen, so will ich dir alles erzählen, was du mich gefragt und noch viel, viel mehr. Aber fasse Mut und vertraue auf Gott, du bist sehr unglücklich.

Aber keiner ist so allein,
Und wäre Erd und Himmel von Stein,
Und schiene kein Mond, kein Sternenschein
Und grüßte ihn kein Lüftlein,
Und sänge ihm kein Vögelein:
Wird doch in seinem Herzen rein
Der liebe Gott stets bei ihm sein.«

Da setzte sich Ursula an die Erde und legte ihren Kopf gegen die harte Steinwand, und streckte die Hand aus und sprach: »Komm, lieber Vogel, setze dich auf meine Hand; ach, du bist fromm, und ich will Gott vertrauen, und wäre mein Elend noch so groß.« Da flog der Vogel auf ihre Hand, sie zog sie an sich und drückte ihn an ihre Wangen, die er sanft mit den Flügeln streichelte. »Deine Flügel sind ja naß«, sprach Ursula. »Ja, liebe Ursula,« sagte der Vogel, »ich habe sie in kühles Quellwasser getaucht und habe flatternd dein Gesicht hiermit besprengt, damit du aus der Ohnmacht erwachest.« – »O, wie gut bist du«, erwiderte Ursula; »was bist du denn für ein Vogel?« – »Frage nicht,« sagte der Vogel, »ich habe einen häßlichen Namen.« Da erwiderte Ursula: »Sage ihn mir nur, du hast dich so gut gegen mich gezeigt, ich will dich lieben, und wärest du auch ein Neuntöter.« – »Der bin ich,« sagte der Vogel, »und höre nun alles still an, denn ich habe noch viele Geschäfte für dich.« – »Erzähle,« sagte Ursula, »ich unterbreche dich nicht wieder!« Da sprach der Neuntöter also: »Du weißt, nach dem Tode von Jerums Vater, dem guten König Laudamus, führte Fanferlieschen wie gewöhnlich ihre Waisenkinder zu dem Hirsenmusfest auf die Eselswiese. Der böse Jerum wollte den Kindern, statt ihnen wie sein verstorbener Vater Zucker und Zimt auf den Brei zu streuen, Gift drauf streuen lassen, damit sie alle sterben müßten, weil er wußte, daß die Erbin von Bärwalde dabei sei, welches Ländchen er gern gehabt hätte. Ich Unglücklicher war der Kammerherr von Neuntöter und sollte das Gift auf das Mus streuen; da erschien der Geist des verstorbenen Laudamus und verwandelte mich zur Strafe in einen Neuntöter, und als ein solcher Vogel habe ich bis jetzt im Walde gelebt. Du kannst dir denken, wie es mich rührte, daß du, die ich dich doch auch mit den andern vergiften wollte, mir so große Wohltaten erwiesest; und seit dieser Zeit habe ich nie wieder von andern lebendigen kleinen Vögeln gelebt, was sonst die Art der Neuntöter ist, sondern ich habe mir große Gewalt angetan und habe nur schädliche Fliegen und Würmer und Samen von Unkraut gefressen. Immer habe ich mich gesehnt, dir für deine Wohltaten dankbar werden zu können, und endlich habe ich die Gelegenheit gefunden. Ich flog oft um das Schloß Munkelwust und belauerte alles. Da habe ich denn auch gehört, wie Jerum zu seinem alten Diener sprach, als er das letzte Mal nach Hause ritt: ›Rüste alles zum Empfange der Königin Würgipumpa im Schlosse zu. Morgen kömmt sie hier an, ich bin schon mit ihr vermählt. Heute nacht steche ich die Ursula bei dem Pumpelirio Holzebock tot.‹«

»Ach Gott, ach Gott, ist das wahr, Neuntöter?« rief da Ursula aus, »ist das wahr?«

»Ja, es ist wahr,« sagte der Vogel, »die neue Königin ist da.«

»Ach, lieber Gott!« sagte Ursula, »ich bitte dich, mache, daß Würgipumpa recht gut und fromm sei, daß sie ihm noch mehr Liebe erweise als ich, daß sie ihn recht pflege in seiner Krankheit. Gott segne sie, daß sie ihn auf gute Wege und wieder in seine Stadt Besserdich führe. Nun erzähle weiter, lieber Neuntöter.«

»O, wie bist du gütig, Ursula! du betest für deinen Mörder!« sagte der Vogel. –

»Rede nicht so hart von dem unglücklichen Jerum; Gott der Herr möge uns allen verzeihen!« versetzte Ursula. – »Ach ja«, seufzte der Vogel und sprach fort: »Als ich gehört hatte, daß du sterben solltest, flog ich auf den dürren Baum bei dem häßlichen Pumpelirio und wartete auf dich, und als Jerum sein Messer wetzte und du knietest und für ihn betetest, mußte ich vor unendlichem Grimm laut schreien. So oft er nun eines von seinen fünfzig Messern geschliffen hatte und neben sich legte, flog ich von der Nacht versteckt herzu und nahm das Messer weg und trug es auf den Baum. Das letzte aber hielt er fest in der Hand; ach! da zitterte ich für dein Leben und mein Zorn ward so groß, daß ich eines seiner früheren Messer auf seine Hand herabfallen ließ, mit welcher er soeben dein liebes, treues Herz durchbohren wollte. Meine Kinder und Freunde, welche still auf dem Baum gesessen, wurden nun auch so ergrimmt als ich, denn ich hatte ihnen erzählt, daß du von ihnen einst den Marder abgehalten, und da ergriffen sie alle die andern Messer und ließen sie auf den bösen Jerum fallen. Ach, in welcher Angst war ich, da du ihn mit deinem Leibe vor den fallenden Klingen schützen wolltest, du möchtest verletzt werden, aber ich konnte ihren Zorn nicht abwehren; doch der liebe Gott hat dich beschützt.«

»Was du erzählst, ist schrecklich und traurig«, unterbrach Ursula den Vogel; »aber sage mir um Gotteswillen, ist Jerum noch am Leben? wird er wohl wieder gesund werden? und wo bin ich denn? werde ich je wieder aus diesen dunklen Mauern kommen?«

Da erwiderte der Vogel: »Jerum ist schwer krank, aber ich zweifle nicht, er wird genesen. Gott wird ihn doch nicht sterben lassen, ehe er sein schweres Unrecht eingesehen und bereut hat;

denn als man ihn mit dir nach Munkelwust zurückbrachte, machten seine Diener in der Nähe des Schlosses, welches wegen der Ankunft der neuen Königin schon prächtig erleuchtet war, halt und fragten ihn, was sie mit dir anfangen sollten. Da sagte er, sie sollten dich umbringen und begraben. Aber dein Anblick rührte sie, und da haben sie dich in den alten Turm des Schlosses gelegt und haben ihn vermauert. Gott hat es gefügt, daß ich, um dir nahe zu sein, in den letzten Tagen mein Nest da oben in dem Dache gebaut, und so denke ich denn, daß Gott es mir auch künftig vergönnen wird, an dir das Böse, das ich als Mensch getan, wieder gutzumachen.«

»Gott sei gelobt und gepriesen«, sagte Ursula; »ach, wenn ich nur den lieben Sternhimmel sehen könnte, das würde mich recht stärken und trösten!«

»Das sollst du, liebe Ursula!« erwiderte der Vogel; »überhaupt fasse Mut: alles, was ich nur auf Erden vermag, soll dazu dienen, dir dein Leben erträglich zu machen. Das Dach des Turmes ist ziemlich lose, ich will mit meinen Freunden Löcher hineinmachen, daß du den Himmel sehen kannst, und wenn es regnet, wollen wir es mit Strohhalmen und Moos decken. Ach, liebe arme Ursula! lasse mich nur sorgen, ich habe den Kopf voller Gedanken, dir Freude zu machen: wenn mir nur die Hälfte gelingt, sollst du in vielen Stunden glücklicher als manche Prinzessin sein, wenigstens glücklicher, als du es auf dem Schlosse Munkelwust warst. Lebe wohl, jetzt sorge ich dir vor allem für ein Lager und für Licht und für einige Erquickung.«

Nach diesen Worten flog der gute Vogel in die Höhe des Turms und Ursula rief ihm nach: »Dank und Ehre und Preis sei Gott im Himmel, der dich guten Vogel bewogen hat, mich zu erhalten, damit ich fromm sei und beten kann.« Kaum war der Neuntöter oben auf dem Turm angekommen, als er mit seinen andern Gehülfen an einigen alten Ziegeln mit dem Schnabel den Kalk loshackte, und nach einigen Minuten hörte man die losen Steine über das Dach herunterrasseln und draußen an die Erde fallen. Ach, da sah der liebe blaue Sternenhimmel hinunter in den Turm, in die Augen, in das liebe treue Herz der frommen Ursula, wie in einen tiefen Brunnen voll Schmerz und Bitterkeit. Aber sein milder Schein brachte Friede und fromme Ergebung herein. Ursula lehnte ihr Haupt gegen die Mauer und sah ruhig hinauf. Da erkannte sie das Gestirn des großen Bären, das sie an ihre Eltern erinnerte, mit viel Freude, und betete recht fromm zu Gott für ihre Eltern, und den grausamen Jerum, und für Fanferlieschen, und fiel dann in einen sanften Schlummer. Gegen Morgen wurde sie von angenehmem Gesange erweckt. Da sah sie an den offenen Stellen des Daches mehrere Rotkehlchen und Distelfinken und Schwalben sitzen, die immer herabguckten und außerordentlich schön sangen; und da sie sich aufrichtete, kam der Neuntöter herabgeflogen und brachte in seinen Klauen einen Zweig voll der schönsten Kirschen, der so groß war, daß er ihn kaum tragen konnte. Er flog auf die Hand der Ursula und gab ihr den Zweig und sprach: »Da hast du vorerst eine kleine Erquickung, bald soll mehr kommen. Jetzt lasse uns vorerst sehen, wie Boden und Wände hier beschaffen sind.« Ursula dankte und aß die süßen Kirschen, und dann besahen sie den ganzen Raum. Der Turm war so geräumig als eine kleine Stube, die Wände aber waren rauhe Steine, und da Ursula daran herumfühlte, fand sie ihn an der einen Seite sehr warm. Da sagte der Vogel: »Ja, ja, ich weiß schon, gleich daneben ist die Schloßküche, und der Feuerherd steht dicht hier an der Wand.« –»Du hast recht,« sagte Ursula, »jetzt erinnere ich mich; aber da fällt mir etwas ein: durch die Küche läuft ja ein fließendes Bächlein gerade unter dem Herd weg. Sollte das nicht auch unter dem Turm weg laufen?« Da legte sie sich an die Erde und horchte und hörte es murmeln und rief voll Freude: »Ach! da ist lebendiges Wasser.« – »Das muß geöffnet werden,« sagte der Vogel, »damit du dich waschen und trinken und auch ein bißchen kochen kannst. Laß mich nur sorgen. Erst wollen wir den Boden fegen, damit du dein Bettlein machen kannst.« Nun pfiff er in der Vogelsprache in die Höhe, und viele Vögel schwebten sanft herab und pickten alle Steinchen und Späne auf, die am Boden lagen, und trugen alles so sorgsam zum Dach hinaus und fegten dann mit ihren Flügeln so rein, daß der Boden wie eine Tenne sauber wurde. Nun flogen sie weg und brachten eine Menge trockenes Moos und Wolle, welche die Schafe an den Dornen hatten hängen lassen, und fuhren so lange damit fort, bis so viel beisammen war, daß Ursula sich ein recht weiches Lager daraus bereiten konnte. Als dies fertig war, kam der Neuntöter wieder und brachte einen großen Maulwurf, den setzte er an die Erde und sprach: »Da habe ich einen Bergknappen gebracht, der soll uns nach dem Brunnen wühlen.« Der Maulwurf scharrte gleich munter drauflos; da er aber bald an das Wasser kam, so hörte er auf und ließ sich wieder hinwegtragen. Ursula räumte mit einem Stein nun die Erde hübsch auf und hatte nun ein schönes Bächlein durch ihren Turm laufen, dessen Rand sie mit Steinen auslegte und dessen Grund sie mit bunten Kieseln belegte, die ihr die Vögel brachten. Von der aufgewühlten Erde machte sie sich einen kleinen Herd und eine Bank. Mit diesen Arbeiten ward es Mittag, die Sonne schien gerade vom Himmel in den Turm herein, und Ursula konnte durch die Wand den Bratenwender in der Küche schnarren hören. Da kam auf einmal der Vogel geschwinde, geschwinde den Turm herabgeflogen und trug ein gebratenes Rebhuhn in seinen Klauen und sprach: »Nimm, liebe Ursula; das hatte sich der Koch beiseite gelegt; ich bin durch den Rauchfang in die Küche und habe es für dich geholt.« Dann brachte er ihr auch Brot, und während sie aß, sprach er: »Denk dir, wie gerecht der Lohn des Himmels ist: die zwei bösen Diener Jerums, welche dich hier herein vermauert, sind von den Ziegelsteinen, die ich von dem Dach losmachte, damit du den Himmel sehen solltest, totgeschlagen worden. Jetzt weiß niemand, daß du hier bist, und ich kann mit niemand reden als mit dir; nun wirst du wohl lange hier bleiben müssen.« – »Wie Gott will«, sagte Ursula, und bat den Vogel, er möge ihr nur recht viele Wolle verschaffen, und eine Spindel, damit sie spinnen könne und ein paar feine Stäbchen, damit sie stricken könne. Das brachte ihr der Vogel alles und brachte ihr täglich zu essen. Da spann sie und strickte und betete und entschlief nachts, nach den Sternen sehend. An einem Morgen, als der Vogel ihr keine Kirschen, aber Weintrauben brachte, fragte ihn Ursula recht ängstlich, was Jerum mache. »O, er ist recht wohlauf,« sagte der Vogel, »die neue Frau Königin ist recht strenge gegen ihn; wenn er heftig will werden, so zeigt sie ihm nur ihren Pantoffel, da wird er stille.« – »So!« sagte Ursula, »möge es zu seinem Besten sein; aber, liebster Vogel, ich bitte dich, kannst du mir nicht recht zarte Flaumfedern schaffen?« –

»Soviel du willst,« erwiderte der Neuntöter, »alle Vögel sollen sich die zartesten ausrupfen; sie tun mir jetzt alles zulieb, weil ich ihre Jungen nicht mehr fresse.« Da flog er fort, und bald waren viele Vögel da, die saßen auf Ursulas Schoß und rupften sich die Flaumfedern auf ihre Schürze aus. Als es genug war, dankte Ursula, und sie flogen weg. Am andern Tag sagte Ursula: »Kannst du mir wohl einige Leinentüchlein bringen?« – »O ja,« sagte der Vogel, »sie bleichen Wäsche am Schlosse; heut nacht bringe ich dir soviel du willst.« In der Nacht brachte er ihr sechs Windeln, und sie nähte zwei zusammen und stopfte die Flaumfedern hinein und machte ein Kissen daraus, und suchte hervor, was sie alles gestrickt hatte von Wolle, und legte es alles fein und ordentlich zurecht. »Ei,« sagte der Vogel, »liebe Ursula, ist es doch, als wenn du dir ein Nestchen bautest, so wirtschaftest du herum und stopfest Bettchen und legst allerlei schöne Kleidchen und Mützchen zurecht.« – »Ach lieber Vogel,« sagte Ursula, »ich habe heute nacht, als ich so an den Himmel hinauf zu meinem Stern sah, einen recht innerlichen Trost empfunden, als sollte ich nun bald nicht mehr so allein sein.« – »Welche Gesellschaft hättest du dann am liebsten?« fragte der Vogel, und Ursula erwiderte: »Ach, so mir Gott ein liebes schönes Kindlein bescheren wollte, o, ich wäre so glücklich, so glücklich!« – »Das glaube ich,« sagte der Vogel, »aber lebe wohl, ich muß heute auch noch an meinem Nestchen bauen.« Da flog er fort. So lebte Ursula ruhig fort, von den guten Vögeln bedient und ernährt. Ihr Wohnort verschönerte sich täglich, die rauhen Wände waren mit gestickten wollenen Decken behängt, der Fußboden war mit Strohmatten belegt, das durchfließende Bächlein war mit bunten Steinen ausgelegt, Bogen, Kränze, Sterne und Sonne von roten Beeren hingen an den Wänden umher; allerlei Körbe und Geräte von Weidenruten, welche ihr die Vögel brachten, hatte Ursula geflochten und auch eine recht schöne Wiege. Als diese fertig war, legte sie die Bettchen hinein, und es ward Nacht. Der Sternenhimmel war gar hell, Ursula sah ihren lieben Stern, den großen Bären, recht ernsthaft an und dachte an ihre Eltern und betete recht fromm zu Gott. Da schlief sie ein, und es war ihr im Traum, als zuckten die Sterne zusammen und als falle einer herunter in ihre Wiege. Da fühlte sie eine so heftige Freude, einen so süßen Schmerz, als flöge alles irdische Glück wie ein goldner Pfeil durch ihr Herz und als fange sie ihn mit ihren Händen, und als wäre es ein wunderschöner bunter Vogel, der sich an ihre Brust schmiege und von ihren Lippen äße und tränke wie von roten Kirschen. Ach, da war es ihr wie ein Blitz durch das innerste Leben, und sie erwachte. Und wer kann ihre Seligkeit aussprechen? Ein schöner kleiner Knabe schlummerte an ihrer Brust. Sie weinte und betete und nährte ihr Kindlein, und die gute fromme Mutter gefiel dem lieben Gott. Am andern Morgen sangen die Vögel so süß und lieblich wie nie. Der Neuntöter und alle seine Freunde kamen, das Kindlein zu sehen, und streuten Blumen auf seine Wiege und brachten ihr die besten Speisen aus der Küche, und immer blieb ein wohlsingendes Vöglein auf der Wiege sitzen und sang das Kindlein in Schlaf. Nach drei Tagen, in einer Nacht, da die Sterne so hell schienen, als wollten sie zu Gevatter stehen in ihrem schönen Glanz, betete die gute Ursula recht herzlich und dankte Gott für das liebe Kind und versprach, es in Gottesfurcht aufzuziehen und sprach: »Ach du lieber Gott, ich habe hier kein Kirchlein und keinen frommen Priester, der mein Kind taufen könnte, so nimm meinen guten Willen für den Priester und meine Not für ein Kirchlein an.« Und nun schöpfte sie Wasser mit der hohlen Hand aus dem Bächlein des Turmes und taufte ihr Kind im Namen Gottes und rief hinauf: »Saget, liebe Sterne, bei welchen ich immer an meinen seligen Vater Ursus und meine Mutter Ursa denke, sagt, wie soll euer Patchen heißen?« Da bewegten sich die Sterne und es flüsterte in die Ohren der Mutter: »Ursulus«. Und sie taufte den Knaben Ursulus. Am folgenden Morgen kamen die Vöglein alle und wollten das liebe Kind sehen, und sie brachten der Mutter die besten Bissen aus der Schloßküche, und ein Vöglein blieb immer auf der Wiege sitzen und sang den kleinen Ursulus in den Schlaf. So lebte die arme Mutter sieben Jahre mit Ursulus in dem Turm und erzog ihn auf das beste. Aber er bekam eine gewaltige Begierde, wenn er die Vögel oben auf dem Turm im Sonnenschein sitzen und singen sah, und wenn die Wolken so vorüberzogen, auch einmal da oben zu sein und sich umzuschauen, wie die Welt aussähe. Das sagte er seiner Mutter, und da dachten sie nach, wie es zu machen sei. Da kam der gute Neuntöter zu ihnen und hörte ihren Wunsch. »Das soll bald in Ordnung sein«, sprach er und flog weg. Er kam mit vielen Vögeln wieder und alle brachten Hanf im Schnabel; daraus mußten nun Ursula und Ursulus Stricke drehen und mußten eine Strickleiter draus machen. Dann kam ein Adler, der trug die Strickleiter im Turm in die Höhe und hängte sie oben an einen Haken fest. Ursulus wollte gleich hinaufklettern, aber seine Mutter erlaubte es nicht, weil es noch Tag war und man ihn da oben hätte sehen können. Als es Abend wurde, stieg er voraus und Ursula hinter ihm auf der Strickleiter in die Höhe. Ach, sie hatte seit sieben Jahren Berg und Tal nicht mehr gesehen, und er noch nie. Als sie oben an dem Turmrande hinaussahen, umklammerte sie ihren Sohn mit beiden Armen, denn er war wie betrunken von der Luft und dem Abendrot und von Berg und Tal. Ach! sie mußte ihn sehr festhalten, daß er nicht herunterstürzte; denn wenn er die Vögel fliegen sah, so zuckte er die Arme hinaus und wollte auch fliegen. Sie stieg bald wieder mit ihm hinab und nun mußte sie ihm bis spät in der Nacht erzählen und erklären, was er gesehen hatte. Bald mußte sie es bereuen, daß sie ihm die Herrlichkeit der Welt gezeigt hatte, denn Ursulus ward täglich unruhiger, und sein einziger Gedanke war, über diese Hügel und Berge zu schweifen, die er gesehen. Er fragte seine Mutter über alles aus; er hörte, Jerum würde sie umbringen, wenn er wisse, daß sie noch lebe; auch erzählte sie ihm von dem bösen Pumpelirio Holzebock und von den armen Jungfrauen, welche gern möchten begraben sein. Das tat dem kleinen Ursulus so leid, so leid; er konnte nicht mehr ruhen und rasten, und als sein Mütterlein einst in der Nacht schlief, schlich er an ihr Bett und küßte sie und weinte und flüsterte: »Leb wohl, leb wohl, Herzmutter mein!« Und nun stieg er die Strickleiter hinauf, und als er oben war, zog er die Leiter nach sich und warf Blumen, die oben wuchsen, in den Turm hinab; die fielen auf das Bett der Mutter, daß sie erwachte und ausrief:

Wer warf das Blümlein, das mich traf?
Wer weckt sein Mütterlein aus dem Schlaf?
Bist du es, lieber Ursulus?
Komm, gieb der Mutter einen Kuß!

Da rief Ursulus hernieder:

Leb wohl, leb wohl, lieb Mütterlein!
Der blanke Mond, der Sternenschein,
Und Berg und Tal und Wies und Fluß,
Die ziehn mich fort, ich muß, ich muß.

Da sah die Mutter ihn mit Schrecken oben auf dem Turm. Sie sprang auf und wollte die Leiter hinauf zu ihm, aber sie fand sie nicht, denn er hatte sie zu sich hinaufgezogen. Da war Ursula gar betrübt und bat ihn, er möge die Strickleiter wieder herablassen, sie wolle ihn noch einmal an ihr Herz drücken. Er aber sagte: »Mutter, ich fühle, dann könnte ich Euch nicht verlassen; der Vogel soll Euch oft von mir Nachricht bringen, und so Gott will, sehn wir uns in Freuden wieder.« – »Aber wie willst du dann hinunterkommen?« rief die Mutter hinauf. »Ich habe mir alles ausgedacht«, antwortete er; »daneben am Turm kömmt der Rauchfang aus der Küche herauf, da hänge ich die Strickleiter hinein und werde Küchenjunge. Da bin ich immer in deiner Nähe; und wenn ich an der Mauer anpoche, dann lasse mir einen Faden auf dem Bächlein, das durch den Turm in die Küche fließt, herüberschwimmen, da werde ich dir etwas dran binden, das kannst du zu dir ziehen. Leb wohl, Herzensmutter; es muß, es wird alles besser werden.« – »O Gott, o Gott, mein Kind!« rief die Mutter und sank auf die Kniee und weinte. Ursulus aber stieg durch den Rauchfang hinab in die Schloßküche. Die Mutter lauschte an der Wand und sie konnte ihn klettern hören. Da pochte er mit der Feuerzange siebenmal, und sie nahm geschwind einen Faden, band einen Holzspan dran und ließ ihn hinüberschwimmen. Als Ursulus den Span fühlte, band er einen Blumenstrauß dran, den der Koch am Fenster stehen hatte, worüber sich die Mutter sehr erfreute. Als Ursulus den Tag grauen sah, versteckte er sich hinter das Holz bei der Küchentüre, und als der Koch in der Küche zu wirtschaften anfing, trat er hervor, als sei er zur Tür hereingekommen und grüßte den Koch sehr freundlich. Dieser fragte ihn, wer er sei und wo er herkomme. Ursulus sagte, daß seine Mutter im Walde von Räubern sei umgebracht worden, und daß er als ein armes verlassenes Kind Dienst suche. Dem Koche gefiel der freundliche schöne

Knabe, und er nahm ihn zu sich als Küchenjunge. Wenn nun der Koch nicht da war, klopfte er immer der lieben Mutter, und wenn dann der Faden angeschwommen kam, band er ihr etwas Gutes zu essen dran und immer schöne Blumen dazu. Als aber der Hofmarschall einmal in die Küche kam und den wunderschönen Ursulus sah, gewann er ihn sehr lieb und sprach: »Morgen früh halte dich bereit, ich will dich zum König Jerum bringen; du sollst Edelknabe bei ihm werden.« Da dankte ihm Ursulus höflich. Am Abend aber war er voller Sorge, wie er seiner Mutter nur sagen solle, daß er aus der Küche heraus in das Schloß komme. Da ging er in den Küchengarten und suchte Blumen und band einen Strauß Vergißmeinnicht, und da kam der Neuntöter zu ihm und dem gab er den Strauß für seine Mutter und sprach zu ihm: »Lieber Vogel, sage meiner Mutter, daß ich Edelknabe werde, und besuche mich manchmal und erzähle mir von ihr.« Der Vogel sagte leise: »Gott helf dir, ich bleibe dein Freund«, und nahm den Strauß und flog in den Turm. Am folgenden Morgen ward Ursulus zu dem König Jerum gebracht. Als dieser ihn sah, ward er recht innerlich in seinem Herzen bewegt, denn Ursulus glich seiner Mutter sehr, und da gedachte der Jerum an sie und an seine Grausamkeit. Er fragte ihn: »Wie heißt du?« Da sagte Ursulus: »Kommtzeitkommtrat.« Der Name machte den Jerum recht nachdenklich, aber er nahm ihn gleich zu sich und erzeigte ihm sehr viele Liebe und ließ ihn alles lehren, was nur auf der Welt zu lernen war. Jerum hatte keine Kinder und Ursulus war ihm so lieb, so lieb; er wußte nicht warum. Deswegen konnten ihn aber die meisten andern Diener nicht leiden, und vor allem die böse Königin Würgipumpa hatte immer einen innern Zorn, wenn sie ihn sah. Ursulus aber wurde von den Untertanen Jerums sehr geliebt, denn Jerum war lange nicht mehr so wild, seit der Knabe bei ihm war, und er besserte sich alle Tage. Wenn nun Ursulus allein war in der Nacht, so kam immer der Neuntöter und pickte am Fenster; da machte Ursulus auf, und der Vogel setzte sich auf sein Bett und erzählte ihm, was die Mutter im Turm mache, und Ursulus erzählte ihm wieder, wie es ihm gehe, und wie Jerum viel besser sei als sonst, und schickte ihr immer viel gute Sachen und allerlei Bildchen und Ringe, die ihm der König schenkte. Ach, da ward die arme Ursula recht froh in ihrer Einsamkeit und weinte vor Freuden und betete zu Gott. So lebte er eine Zeit lang fort und hatte sein größtes Vergnügen dran, in seinen Freistunden durch die ganze Gegend herumzuschweifen. Einstens aber kam er in einen Wald zu einem eisgrauen Schäfer; der saß an einem Brunnen unter grünen Linden und seine Lämmer weideten um ihn her. Er setzte sich zu ihm; es war so still und kühl, und die Sonne schien so freundlich durch die Bäume. Der Schäfer war traurig, und Ursulus sagte zu ihm: »Lieber Schäfer, dieses Plätzchen hier wäre recht schön, um die Gebeine der armen Fräulein hin zu begraben, die jetzt bei dem bösen Pumpelirio Holzebocke herumliegen.« Der Schäfer sagte: »Was sind das für Fräulein?« Da erzählte ihm Ursulus alles, was ihm die Mutter gesagt, und der Schäfer sagte: »Ach Gott, da war mein Töchterlein auch dabei!« und war sehr betrübt. »Ach,« sagte Ursulus, »wenn du hier recht schöne Gruben machen wolltest, alle recht schön in einer Reihe, und wolltest Blumen hineinstreuen, und wolltest um den Platz herum einen Zaun von Rosen machen, so wollte ich dir treulich helfen, und wollten wir die armen Fräulein hier zur Ruhe bringen.« Der alte Schäfer war alles zufrieden, und sie fingen gleich an zu hacken und zu graben, bis Ursulus wieder nach Hause mußte. Aber er kehrte oft wieder, und der alte Schäfer war recht fleißig, so daß alles bald in Ordnung war. Eines Abends kam der gute Vogel zu Ursulus und fand ihn sehr nachdenklich. »Lieber Vogel,« sprach er, »ich habe etwas Großes unternommen und weiß nun nicht, wie ich es ausführen soll. Ich habe einen stillen freundlichen Ort, um die Gebeine der armen Jungfrauen hin zu begraben; alles ist fertig und bereit, jetzt hilf mir das Begräbnis anstellen.« Da sprach der Vogel: »Ich will alles tun, was ich kann, sorge nur für Kreuz und Glocke und für Posaunenspiel und Chorgesang; bringe das morgen nacht mit zum Pumpelirio Holzebock, so soll alles gut gehen.« Ursulus sagte: »Gut, das will ich; nun grüße die Mutter und erzähle ihr alles.« Da flog der Vogel fort. Am andern Morgen, als bei Hof noch alles schlief, sang ein Rotkehlchen am Fenster des Ursulus und es war ihm, als höre er die Worte: »Lieber Schläfer, weck den Schäfer!« Da sprang er vom Lager und eilte zu dem Schäfer, und sie redeten alles miteinander ab. In der nächsten Nacht schlich sich Ursulus aus dem Schloß. Der König Jerum konnte nicht ruhen, er hatte eine große Angst im Herzen; er stand allein auf, wickelte sich in seinen Mantel und ging dem Schloß hinaus. Er wollte zu dem Pumpelirio Holzebocke gehn und ihn fragen, ob er bald wieder seine Stadt Besserdich erhalten würde, denn er hatte ein rechtes Heimweh. Er war seit jener schrecklichen Nacht, da die Messer auf ihn regneten, nicht mehr hingegangen. Als er an dem Ort vorüberkam, wo er den zwei Dienern befohlen hatte, die Ursula umzubringen, konnte er vor Bangigkeit nicht weiter; er lehnte an einen Baum und wünschte, nie geboren zu sein; da hörte er auf einmal ein wunderbares Tönen sich nahen und sah eine Reihe von Lichtern über das Feld herziehen. Der Anblick war so wunderbar, daß er sich an den Baum andrückte. Jetzt war es ganz nah, er sah den kleinen Ursulus vorausgehen mit einem Kreuz von Rosen; dann flogen eine ungeheure Menge Vögel, welche allerlei Gebeine trugen; dann kam der alte Schäfer und blies eine sehr bewegliche Weise auf der Schalmei und weinte bitterlich; hinter ihm schwebten alle die Gestalten der armen Mägdelein, die Jerum umgebracht hatte, und sangen:

Endlich, endlich schweigen die Raben,
Endlich werden wir ehrlich begraben
Weit von hier, von hierio,
Weit vom Pumpelirio,
Weit vom Holzebocke,
Hübsch mit Kreuz und Glocke,
Mit Chorgesang, Posaunenspiel;
Giebt uns Ruh und kost nicht viel.

Und nun schlossen die Schäflein des alten Hirten den Zug; sie gingen still und paarweis, hatten alle Glöcklein anhängen, und nur dann und wann blökten sie gar traurig; an beiden Seiten des Zugs aber zogen zwei Reihen von großen Irrlichtern, welche leuchteten. Als der Zug vor Jerum vorüberging, war alles ganz still, und das betrübte ihn noch weit mehr. Da der Zug aber ganz in der Ferne war, nahm Jerum seine Streitaxt und rannte mit großem Zorn nach dem Orte, wo der Pumpelirio Holzebock stand, und sprach zornig zu ihm: »Du böser gottloser Pumpelirio! du hast mich zu allen meinen großen Verbrechen beredet; um deinetwillen habe ich alle die lieben Jungfrauen ermordet; nun sollst du auch nicht länger leben.« Da holte Jerum weit mit seiner Axt aus und, paff! hieb er den Pumpelirio mitten voneinander. Aber es fuhr ein schwarzer Rauch aus den Trümmern, und aus dem Rauch ward ein ungeheurer scheußlicher Bock, der sah den Jerum mit schrecklichen Augen an, meckerte abscheulich die Worte heraus: »Den Pumpelirio konntest du zerschlagen, aber den Holzebock nie.« Dann ging er einige Schritte zurück, beugte den Kopf nieder, rannte gewaltig gegen Jerum, faßte ihn auf die Hörner und warf ihn weit in das Feld hinaus, wo er wie tot niederfiel. – Er hatte schon zwei Stunden so dagelegen, als Ursulus von dem Begräbnis zurück nach Hause ging und auf einmal über den König Jerum stolperte. Der Knabe fühlte bald an der Krone, daß es Jerum sei. Er rüttelte und schüttelte ihn und benetzte ihn mit seinen Tränen. Da wachte der König Jerum wieder auf; aber er konnte nicht gehen, er hatte sich ein Bein gebrochen. Da lief Ursulus ins Schloß und holte die Diener; die trugen ihn nach seinem königlichen Bett und der Doktor verband ihn und die Königin sprach: »Das kommt davon, wenn man zu nachtschlafender Zeit herumrennt.« Ursulus aber verließ das Lager des Königs nie, und dieser gewann ihn immer lieber. Einstens nahm der Jerum die Hand des Ursulus und sagte: »Lieber Junge, erzähle mir, wo habt ihr dann die Gebeine der armen Fräulein begraben?« Da erzählte ihm Ursulus von dem kühlen Lindenhain und dem Brunnen und dem alten Hirten und seinen Schafen und sagte: »Herr König, es wäre sehr schön, wenn Ihr ein Kirchlein dort bauen ließet.« – »Ja,« sagte der König, »aber wenn es die Königin erfährt, so bin ich verloren; ich habe ihr zuschwören müssen, nie eine Kirche zu bauen. Wenn du es recht heimlich zustande kriegst, so bin ich es zufrieden und will dir gerne Geld dazu geben; und baue auch ein kleines Häuslein dabei, worin ein armer Mann wohnen kann.« Ursulus dankte dem Jerum herzlich für seine Erlaubnis und setzte sich nun hin und zeichnete allerlei Gestalten von Kirchen, um sich eine auszusuchen; auch redete er oft mit Maurern und Steinmetzen. Die böse Königin Würgipumpa, welche immer einen heimlichen Haß auf den Ursulus hatte, wurde täglich grimmiger gegen ihn, und nahm sich fest vor, ihn auf eine oder die andere Art ins Unglück zu bringen. Wenn sie nun bei Ursulus vorüberging und ihn fragte. »Was hast du denn zu bauen vor, du naseweiser Bursche, daß du immer mit Zirkel und Lineal herumziehst?« so antwortete Ursulus gewöhnlich: »Schlösser in die Luft, Ihro Majestät!« Als er ihr dies öfter gesagt hatte, ward sie über die Maßen zornig und sprach zu ihm: »Ich werde dich bei dem Wort halten.« Sie ging zum König und kniete vor ihm nieder und bat ihn um eine Gnade. Jerum war eine solche Demut von ihr gar nicht gewohnt und sagte ihr alles zu, was sie verlange. Da sprach sie: »Jerum, ich verlange, daß jeder deiner Diener, der mich belügt und der nicht das tut, was er mir sagt, daß er tue, des Todes sterbe.« Jerum gab ihr sein königliches Wort und seine Hand drauf, und an demselben Tage noch ward das Gesetz in ganz Munkelwust bekannt gemacht: »Wer lügt, der stirbt!« Als die Königin das unterschriebene Gesetz in der Hand haltend von dem König wegging, sah sie den Ursulus im Vorzimmer wieder allerlei Linien ziehen und allerlei Zirkel schlagen. Da fragte sie ihn gleich: »Ursulus, was willst du bauen?« Er antwortete wieder: »Schlösser in die Luft, Ihro Majestät!« Da erwiderte aber Würgipumpa sehr heftig, indem sie ihm das königliche Gesetz vorhielt: »Wer lügt, der stirbt!« Sie lief gleich zum König zurück und verklagte den Ursulus. Der König ließ diesen rufen und sprach mit Tränen zu ihm: »Ursulus, du mußt ein Schloß in die Luft bauen oder sterben.« Da ging Ursulus in seine Kammer und war sehr betrübt und weinte sich schier die Augen aus, weil er gar nicht wußte, wie er ein Schloß in die Luft bauen solle. In solchen Sorgen saß er, als der Neuntöter am Fenster pickte; Ursulus machte ihm auf und der Vogel sprach: »Ursulus, was weinst du?« Und nun erzählte ihm der Knabe seine Not, daß er eine Kirche in die Luft bauen müsse oder sterben. »Gräme dich nicht,« sagte ihm der Vogel, »mache dir von Karten und Papier die ganze Kirche, wie du sie dir auf dem Kirchhof erdacht hast, fertig, und wenn du sie ganz vollendet hast aus einzelnen Stücken, daß man sie schön zusammensetzen kann, so lege alles bei offnem Fenster hierher; dann lade den König und die Königin auf den Altan des Schlosses und läute nur mit einem Glöckchen, und befehle mir und den andern Bauleuten, welche kommen werden, so sollst du deine Kirche bald in der Luft entstehen sehen. Ich werde sie auch dann deiner Mutter im Turm zeigen, die wird sich sehr drüber freuen, und alles wird gut gehen; denn ich trage dann das Kirchlein in den kühlen Lindenhain, und die Arbeitsleute werden die Kirche dort nach dem Muster viel besser zustande bringen als nach der bloßen Zeichnung.« – »Tausend Dank, lieber Vogel,« sagte Ursulus, »aber was hast du denn für Kräuter da in den Klauen mitgebracht?« – »Das sind Kräuter, mit welchen du das Bein des Königs Jerum in wenigen Tagen heilen kannst, wenn du sie ihm auf die Wunde legst«, sprach der Vogel; »ich habe es von einem Reh gelernt, das neulich im Walde vom Felsen fiel; ich will dir alle Tage frische bringen. Aber du mußt dir auch eine recht ordentliche Gnade dafür ausbitten!« – »Gut,« sagte Ursulus, »es fällt mir schon etwas Herrliches ein, was ich begehren will; nun lebe wohl und grüße mir die liebe Mutter viel tausendmal.« Da flog der Vogel fort, und Ursulus träumte die ganze Nacht von schönen wunderbaren Kirchen. Am andern Morgen kam er ganz fröhlich zum König, wo auch die Königin zugegen war, und sagte: «Ihro Majestät, ich will sterben, wenn ich in acht Tagen das Gebäude nicht in die Luft baue; und so Ihro Majestät mir versprechen, dasselbe Gebäude auf die Erde zu bauen, so will ich bis dahin Euer zerbrochenes Bein so gut heilen, daß Sie selbst auf den Altan gehen können, mein Luftgebäude bauen zu sehen.« – »Ich verspreche es«, sagte der König. »Und ich verspreche es noch dazu«, sagte die Würgipumpa. Das ließ sich Ursulus schriftlich geben, legte dann dem Jerum die Kräuter auf das Bein und begab sich auf seine Kammer und baute von Karten und Papier eine ganz erstaunlich schöne Kirche zusammen, und machte alles so fein und ordentlich, daß man die ganze Kirche auseinanderlegen und wieder zusammenbauen konnte. Als er fertig war, war auch der Fuß des Königs, dem er alle Tage frische Kräuter aufgelegt hatte, gesund, und er forderte den Jerum und die Würgipumpa auf, morgen früh auf den Altan zu treten, weil er vor ihnen sein Schloß bauen wolle. Die Königin sagte: »Ja, wir werden kommen; so du aber dein Gebäude nicht in die Luft bauest, will ich dir eines in die Luft bauen, in dem du sterben sollst, nämlich einen Galgen.« Ursulus verbeugte sich und ging weg. Am andern Morgen fand er den König und die Würgipumpa schon auf dem Altan, als er mit einer kleinen Glocke in der Hand kam. »Was soll die Glocke?« sprach die Königin. Da sprach Ursulus:

Ich muß jetzt von allen Seiten
Meine Baumeister zusammenläuten.

Da fing er an zu klingeln, Klingling, Klingling, und es kamen eine Menge große Vögel herbeigeflogen: Adler und Geier und Falken, und auch mancherlei kleinere: Tauben und Finken und Amseln und Stare, kurz alle möglichen Vögel; worüber sich der König und die Königin sehr verwunderten. Da sprach Ursulus:

Willkommen! ihr Meister und Gesellen,
Ich will einen Bau in die Lüfte stellen;
Nun schafft einen schönen Grund herbei,
Worauf mein Werk zu richten sei!

Da flogen die Adler weg und brachten auf einmal eine große starke Pappe getragen, auf welcher von Moos ein schöne Wiese ausgelegt war, aus der allerlei grüne Zweige als Bäume hervorragten. Nun sprach Ursulus:

Eine schöne Kirche bauet mir,
Ein hoher Turm sei ihre Zier.

Da flogen wieder viele Vögel fort und brachten allerlei einzelne Stücke von einer sehr schönen papiernen Kirche und einem hohen Turm und setzten alles das auf der Mooswiese zusammen, so daß es wunderlieblich anzuschauen war. Als aber alles fertig war, brachte auch der Kreuzschnabel einen kleinen Altar und ein Kreuz hineingetragen, und der Dompfaff trug eine kleine Kanzel hinein, und eine Amsel, wie ein schwarzer Kantor, brachte eine kleine Orgel hinein. Dann flogen ein paar Nachtigallen als Sängerinnen hinein, und eine Menge Finken und Grasmücken als Choristen. Da begannen allerlei Glöckchen im Turm zu läuten, und in der Kirche fingen die Vögel so lieblich an zu singen und zu klingen, als wenn der feierlichste Gottesdienst drin gehalten würde. Darüber ward der König Jerum ganz gerührt und umarmte den Ursulus mit den Worten: »Kommtzeitkommtrat, wie schön hast du dein Gebäude erbaut.«

Würgipumpa aber hatte alles mit dem entsetzlichsten Zorne angesehn und geriet in eine solche Wut, daß sie einen Stein von dem Altan nahm und nach der Kirche warf; aber auf einen Wink des Ursulus flogen die Vögel mit dem schönen Bau über ihrem Haupt hinweg, und da bei dieser Gelegenheit einiger Schmutz auf die Königin herabfiel, wollte sie erzürnt den kleinen Ursulus schlagen; aber der König nahm ihn in seine Arme und sprach: »Würgipumpa, wer nach den Bauleuten mit Steinen wirft, dem antworten sie mit Kalk.« Da ging die Königin erzürnt nach ihrer Kammer. Der König Jerum aber hatte den Ursulus noch viel lieber als vorher, und ließ in dem Lindenhain, wo die Jungfräulein begraben waren, eine Kirche bauen, ganz nach der Gestalt der Kirche, die Ursulus in die Luft gebaut und welche die Vögel zu dem Schäfer im Lindenhain getragen. Alles das erzählte Ursulus dem Neuntöter, und der Neuntöter der Ursula, so daß diese sehr erfreut wurde, daß Jerum so gut werde, und herzlich in ihrer Einsamkeit dem lieben Gott dafür dankte. Die Königin Würgipumpa aber sah nun ein, daß sie mit ihrem Zorn gegen Ursulus gar nichts mehr ausrichtete, weil der König ihn zu sehr liebte, und fing deswegen an, ihm auf alle mögliche Weise zu schmeicheln und schönzutun. Heimlich aber dachte sie immer auf eine Gelegenheit, ihn in Lebensgefahr zu bringen. Sie wußte, daß der Pumpelirio Holzebock dem Jerum, als er ihn fragte, wann er seine Stadt Besserdich wieder erhalten werde, sprechend:

Pumpelirio Holzebock,
Sag mir doch,
Wann wird Jungfer Fanferlieschen
Schönefüßchen
Länger nicht vertreiben mich?
Wann kehr ich nach Besserdich?

geantwortet hatte:

Fanferlieschen blind,
Ein unschuldig Kind
Besserdich gewinnt.

Das ging der Würgipumpa immer im Kopf herum, und sie dachte hin und her, wie sie den Kommtzeitkommtrat brauchen wolle, um Jungfer Fanferlieschen blind zu machen. Weil sich aber Jerum so sehr verändert hatte, getraute sie sich nicht, ihm ihr Vorhaben gradheraus zu sagen, und sprach einstens zu ihm: »Lieber Jerum, ich glaube, du könntest doch einmal bei Jungfer Fanferlieschen fragen lassen, ob sie dir deine Stadt nicht wiedergeben will; du bist jetzt so fromm und gut, daß sie es dir gewiß nicht abschlagen wird.« – »Ach!« sagte Jerum, »so gut werde ich niemals, daß ich wieder verdiene, auf dem Throne meines frommen seligen Vaters zu sitzen.« – »Ja,« erwiderte Würgipumpa, »darüber magst du nun denken, wie du willst; aber du bist es der Stadt schuldig, denn Jungfer Fanferlieschen kann der Regierung nicht länger vorstehen: soeben habe ich die Nachricht erhalten, daß sie blind geworden.« Hier sah Jerum die Königin erschrocken an und sprach zu ihr: »Würgipumpa, lasse mich allein; ich muß über das, was du mir gesagt, nachdenken.« Die Königin ging, und Jerum fiel in tiefe Gedanken. Der Spruch des Pumpelirio:

Fanferlieschen blind,
Ein unschuldig Kind
Besserdich gewinnt.

fiel ihm ein, und er war in der größten Unruhe, ob er nicht nach Besserdich hinziehen sollte. Als er aber dachte, wie der böse Holzebock ihm allzeit zum Bösen geraten hatte, entschloß er sich anders. Er ließ den Ursulus zu sich kommen und die Königin, und sprach: »Da ich gehört, wie die weise und fromme Jungfer Fanferlieschen blind ist, so ist mein sehnlicher Wunsch, daß sie wieder sehend werde, damit sie die guten Leute in Besserdich noch länger so treu regiere, als sie es bis jetzt getan. Ich begehre euern Rat, wie dies zu machen sei.« Ursulus fing an zu weinen, als er das Unglück der Jungfer Fanferlieschen hörte, von welcher seine Mutter ihm so viel Gutes erzählt hatte. Würgipumpa aber sprach: »Ich habe immer gehört, daß nichts so gut für die Augen sei als Schwalbenkot: wenn es möglich wäre, daß Jungfer Fanferlieschen diesen in die Augen brächte, so würde sie gleich geheilt sein. Kommtzeitkommtrat ist ja mit den Vögeln so gut Freund, mit seinen Baumeistern, daß er ihr ein wenig von dem Kalke könnte ins Auge fallen lassen, der neulich bei dem Luftbau auf mich niederfiel. Ich muß sagen, daß ich meine Augen seit jener Zeit sehr gestärkt finde.« – »Ach,«

erwiderte Ursulus, »wenn das möglich wäre, ich wollte die guten Vögel sehr darum bitten.« – »Wohlan, mein Geliebter,« sprach der König, »wenn es dir gelingt, sollst du begehren von mir, was du willst, ich will es dir halten.« Nach diesen Worten gingen sie auseinander. Die böse Würgipumpa wußte wohl, daß man von Schwalbenkot blind werde, und sie dachte: in jedem Falle werde ich den verhaßten Knaben los; denn wenn Fanferlieschen ihn erwischt, so läßt sie ihn umbringen, und sie erwischt ihn gewiß, weil sie wohl weiß, daß sie sterben muß, wenn sie blind wird, denn es steht im Zauberkalender; so läßt sie sich immer streng bewachen. Ursulus saß in seiner Kammer und lauerte auf den Neuntöter. Pick, pick, pick, da war er am Fenster. Ursulus öffnete und erzählte seinem Freund alles, was er von dem König und der Königin gehört. Der Neuntöter ward sehr nachdenklich darüber und bauschte seine Federn am Kopf einigemal auf, als ob er sehr zornig sei. »Was machst du für wunderliche Gesichter?« fragte Ursulus. »Nichts, nichts«, sagte der Vogel, sich beruhigend, um zu überlegen. »Gut, ja, ja, morgen früh will ich dir sagen, was du zu tun hast«, und fort flog er. Am andern Morgen war er richtig wieder da und sprach: »Auf, auf, Ursulus! mache dich auf die Reise; du hast einen weiten Weg nach Besserdich.« Da sprang Ursulus aus dem Bett, zog seine Reisekleider an und machte sich auf den Weg. Der Vogel aber flog immer vor ihm her, um ihm den Weg zu zeigen. Als sie in den Wald kamen um Mittag, machte der Vogel bei einem Eichbaum halt und sagte: »Hier mußt du ausruhen, essen und trinken. Hier in dem Baume wohne ich; hier, lieber Ursulus, hat deine arme Mutter, als sie aus Besserdich ging, meinen Jungen das Leben gerettet durch einen Stein, den sie nach dem Marder warf; hier hat sie ihren Kuchen mit mir geteilt. Hier esse du auch, was ich dir aus der Hofküche hierhergetragen.« Ursulus setzte sich auf das Moos am Fuße der Eiche und dachte mit vieler Liebe an seine liebe Mutter im Turm und mußte recht weinen, als er gedachte, wie sie einst hier so unschuldig in das Elend ging. Da brachte der Neuntöter die Frau Neuntöter und die jungen Herren und das junge Fräulein Neuntöter und diese hießen den Ursulus bei sich sehr willkommen mit Kopfnicken und Flügelschlagen und sich Verneigen, denn sie kannten die Menschensprache nicht. Der Neuntöter aber übersetzte dem Ursulus alles, was sie sagten. Da gefielen ihm die Reden des Fräulein besonders wohl, denn sie sprach: »Ach, liebster Ursulus, ich wollte gern ewig ein Vogel bleiben, wenn ich dir nur recht viele Liebe erweisen könnte für alles das Gute, was deine Mutter meinem Vater und meiner Mutter und uns erwiesen hat.« Das ging dem Ursulus recht durchs Herz. Der Neuntöter brachte nun dem Ursulus einen Kaninchenbraten, den er schon am Abend vorher aus der Munkelwuster Hofküche hierhergebracht, und da Ursulus Brot in seiner Reisetasche bei sich hatte, schmeckte es ihm recht gut; denn er trank aus einer hellen Quelle, die ihm Fräulein Neuntöter zeigte, Wasser dazu. Auch rief sie ihre Spielgesellinnen, eine Amsel und eine Nachtigall, herbei, welche dem Ursulus die schönste Tafelmusik machten, während sie Erdbeeren und Brombeeren und Heidelbeeren und Haselnüsse pflückte und auf die Schultern des Ursulus fliegend sie mit ihrem blanken Schnabel zu den Lippen des Freundes reichte, der sie freundlich dafür streichelte. Während diesem Mittagmahl rief der Neuntöter viele Schwalben herbei und fragte sie, welche es wohl unternehmen wolle, ihren Kot ins Aug der Fanferlieschen zu spritzen, und er versprach dafür so viel Fliegen und Mücken und Würmchen, als sie nur wollten. Da fand sich eine dazu bereit und flog gleich von dannen. Das Fräulein Neuntöter hatte alles das gehört und ihre eigenen Gedanken darüber; und da nun Ursulus mit dem alten Neuntöter sich wieder auf die Reise machte und für die freundliche Bewirtung dankte, war das Fräulein Neuntöter weggeflogen und nicht zugegen. Das war ihm leid; er ließ ihr recht schöne Grüße zurück und sie machten sich auf den Weg. Abends kamen sie in Besserdich an. Der Vogel führte den Ursulus in den Schloßgarten, da fand er eine Laube, einen gedeckten Tisch und ein Ruhebett. Er aß und schlief ein. Als er morgens erwachte, stand die Sonne schon am Himmel, und er sah auf dem Altan des Schlosses die Jungfer Fanferlieschen auf einem Ruhebette liegen, und neben ihr standen ein paar Pfauen, welche ihr mit ihren Schweifen wie mit Sonnenfächern die Fliegen abwehrten. Die Jungfer Fanferlieschen war sehr alt, hatte aber wunderschöne lange weiße Lokken, welche ihr ein schönes Ansehen gaben; und durch das goldne Gegitter des Altans sah Ursulus ihre schönen kleinen Füße in rotsamtenen Pantoffeln herabhängen. »Ach!« dachte Ursulus, »was ist das für ein liebes gutes altes Jüngferchen, das Fanferlieschen Schönefüßchen, und wie wird sie sich freuen, wenn ihr der Sohn ihrer lieben Ursula wieder zu ihren gesunden Augen verhelfen wird.« Da sah er auch, wie sich die Schwalbe gerade über dem Kopf der Jungfer Fanferlieschen auf den Vorsprung der Türe setzte, und konnte vor Begierde, ihr zu helfen, sich nicht mehr halten; er winkte mit dem Schnupftuch und die Schwalbe ließ den Kot der guten Fanferlieschen ins Aug fallen, welche erwachte, mit den Füßen schüttelte und aufschrie:

Der, den mein Pantoffel trifft,
Nahm mir meiner Augen Licht.

Ursulus wollte grade zu ihr hinauflaufen und ihr Glück wünschen; aber ein niederfallender Pantoffel schlug ihm so auf die Nase, daß er betäubt niedersank. Als er erwachte, lag er in Ketten und Banden in dem allerdunkelsten Kerker. Er wußte nicht, wie ihm geschehn, er tappte an den Wänden herum, er rief, er klagte, er weinte; ach! da erinnerte er sich der Worte, die er vor dem Pantoffelfall gehört:

Der, den mein Pantoffel trifft,
Nahm mir meiner Augen Licht.

Das fuhr ihm recht durch Mark und Bein. »Ach,« sagte er, »die Würgipumpa hat mich betrogen; statt Fanferlieschen zu helfen, habe ich sie blind gemacht; o ich unglücklicher Ursulus.« Als er so in Jammer und Klagen saß, sprang auf einmal ein eiserner Fensterladen auf, und das gute Fräulein Neuntöter flog zu ihm. Sie ließ ein kleines Büchlein auf seinen Schoß fallen und hatte eine Wurzel im Schnabel, die legte sie zu seinen Füßen, und saß auf seiner Schulter und streichelte ihn mit ihren Flügeln und tat sehr mitleidig. Ursulus dankte ihr und klagte seinen Jammer. Da blätterte sie mit dem Schnabel in dem Büchlein herum und winkte ihm, zu lesen. Das tat Ursulus und fand, daß es die Geschichte des frommen Tobias war, und als er las, daß der auch durch eine Schwalbe blind geworden, ward er seines Unglücks gewiß und weinte noch mehr. Aber Fräulein Neuntöter blätterte noch mehr im Buche, und da las er weiter, daß der Sohn des Tobias seinen Vater wieder mit der Galle eines Fisches geheilt habe. »Ach Gott im Himmel!« sagte er, »hätte ich einen Tropfen dieser Galle, wie selig wollte ich sein, wenn ich die gute Jungfer Fanferlieschen wieder heilen könnte.« Da hielt ihm der Vogel die Wurzel an die Schlösser seiner Fesseln, und siehe da, sie fielen ihm ab, und hielt sie an das Schloß der Kerkertüre, und sie sprang auf. Da machte Ursulus die Türe wieder zu, weil es noch Tag war, und wartete bis zur Nacht. Dann nahm er Abschied von dem lieben Vogel, sagte ihm tausend Dank, und durch die Berührung der Wurzel sprangen alle Türen und Tore auf, und so ging er traurig zur Stadt hinaus in lauter Angst und Trauer, wie er nur die Galle von dem Fische finden sollte; und so lief er immer in den wilden Wald hinein, und kein Mensch wußte damals, wo er hingekommen war.

In Munkelwust wartete der König Jerum mit großer Ungeduld auf die Rückkehr des Ursulus, und da er nicht kam, sprach Würgipumpa: »Wie wäre es, wenn wir miteinander nach Besserdich reisten, um der Fanferlieschen zu ihrer Genesung Glück zu wünschen; sie hält den Kommtzeitkommtrat gewiß mit Liebkosungen zurück. Wenn du auch nicht wieder König dort sein willst, so kannst du doch gute Freundschaft mit Jungfer Fanferlieschen halten.« Das war der König zufrieden, und sie zogen mit einem großen Gefolge nach Besserdich. Jerum war sehr traurig auf der Reise, Würgipumpa aber sehr lustig. Auf halbem Wege kamen ihm einige schwarzgekleidete Reiter entgegen. Jeder trug in der Hand eine Zitrone, in der andern Hand einen Ölzweig, und von ihren Hüten schleppten lange Trauerflöre bis an die Erde hinab. Sie machten halt bei dem König, und er erkannte bald mehrere alte Bürger von Besserdich. Der eine sprach zu ihm: »König Jerum! so du dich wirklich gebessert hast, komme wieder zu uns in die Stadt und sei unser guter König; dieses hat uns Fanferlieschen zu sagen befohlen.« Bei diesen Worten weinten sie. Jerum sprach: »Ich habe mich bestrebt, besser zu werden, aber ich fühle doch, daß ich noch nicht verdiene, über andre zu herrschen. Sagt das der Fanferlieschen, und bittet sie um Erlaubnis, daß ich sie sehen darf. – »Ach,« sagten sie, »diese Freude kann sie nicht mehr haben, denn vor einigen Tagen ist sie durch eine Schwalbe blind geworden.« Da zitterte der König vor Schrecken und zog sein Schwert und wollte die Würgipumpa erstechen und schrie: »Verräterin, das hast du mir getan!« Würgipumpa warf sich vor ihm nieder und sprach: »Mein Gemahl, ermorde mich Unschuldige; mein Bruder hat es mich gelehrt, ich wußte nichts davon, daß dies den Augen schädlich sei.« Da steckte der König sein Schwert wieder ein und sprach zu den Herren: »Seht, wie soll ich über andre herrschen, da ich mich selbst nicht beherrschen kann.« Die Herren redeten ihm aber so lange zu, bis er mit ihnen nach Besserdich ritt. Als er wieder in seinem Schloß war, fragte er nach Fanferlieschen und nach Ursulus; aber man erzählte ihm, daß Ursulus aus dem Kerker entkommen sei, niemand wisse wie, und daß die blinde Jungfer Fanferlieschen, als sie sich den Tag nach ihrem Unglück habe in den Garten führen lassen, ein anderes Unglück gehabt habe. Sie habe sich auf eine Rasenbank gesetzt, und die habe sich unter ihr auf einmal in einen ungeheuren schwarzen Bock verwandelt und sei wie ein Pfeil mit ihr durch die Lüfte fotgefahren. Da rief der König mit Schrecken aus: »Ach, der böse Pumpelirio Holzebocke!« Er gab nun Befehl, überall nach dem Holzebock und Fanferlieschen und Ursulus zu suchen, und ritt selbst oft ganze Tage lang nach ihnen aus. Als er nun einstens abends nach Hause kam und traurig in seine Stube ging, welche Freude! Ursulus kam ihm entgegen. Der Jüngling fiel ihm zu Füßen, der König umarmte ihn und weinte. »Ach,« sagte da Ursulus, »wo ist Jungfer Fanferlieschen, daß ich sie wieder sehend mache? Seht, hier in dem Schneckenhaus habe ich von der Fischgalle, womit der blinde Tobias von seinem Sohne geheilt wurde; ach, wo ist sie, daß ich ihr helfe!« – »Ach und o weh,« sprach Jerum, »sie ist fort, niemand weiß, wohin; der Holzebock hat sie davon geführt.« Da ward Ursulus noch viel trauriger. Der König fragte ihn, wo er die Fischgalle her habe. Da erzählte Ursulus alles, wie es ihm gegangen mit dem guten Vogel, und zeigte ihm das Tobiasbüchlein und die Wurzel. »Und als ich«, sprach er, »in die Wildnis gelaufen, hat mich der Vogel an einen Fluß gebracht und hat da sehr lange mit einem alten Fischreiher gesprochen; der hat immer mit dem Kopf geschüttelt, als wisse er nicht, was für ein Fisch es sein müsse, weil im Büchlein stehe, ein Fisch, und es gar viele Fische gebe. Endlich habe der alte Fischreiher in Gottes Namen einen Fisch nach dem andern gefangen, und da ich mir die Augen ganz blind geweint hatte, so haben wir die Galle an meinen Augen versucht. Da haben wir endlich einen gefangen, dessen Galle meine Augen gleich wieder herstellte, und da habe ich mir das Schneckenhaus voll genommen und komme nun leider zu spät hierher.« Jerum ließ gleich die Probe an einem alten blinden Manne machen, und er ward gleich wieder sehend und dankte dem König sehr. Als Würgipumpa alles dies hörte, nahte sie sich dem König mit Tränen und sprach: »Ich muß alles tun, das Unrecht wieder gutzumachen, das ich unschuldig veranlaßte. Ich habe nun durch meine Nachforschungen erfahren, daß der Holzebocke sich hier im Walde in einer Höhle aufhält; wie wäre es, wenn Kommtzeitkommtrat, der alles kann, was er unternimmt, den Holzebock zu bekämpfen suchte? Er ist jetzt schon ein schöner junger Ritter, und wenn er das Ungeheuer erlegt hätte, so würde er Fanferlieschen, die er in seiner Höhle gefangen hat, heilen und befreien können.« König Jerum sprach erzürnt: »Wie? Soll mein einziger Trost auf Erden, dieser gute Jüngling, noch einmal in Todesgefahr? Nein, das kann ich nimmermehr zugeben.« Ursulus hatte es aber kaum gehört, als er vor dem König niederkniete und zu ihm sagte: »Lieber König, gebet mir Waffen, es mag mir gehen, wie es will, so kann ich doch nicht eher ruhen, bis ich Fanferlieschen geheilt habe. Lasset mich ausziehen gegen den Holzebocke.« Jerum war sehr betrübt, aber Ursulus ließ mit Bitten nicht nach. »Wohlan,« sagte der König, »so will ich mit meinem Hofstaat und dir nach Munkelwust ziehen, weil der böse Holzebocke dort in der Gegend wohnt, und in unserer neuen Kirche will ich dich zum Ritter schlagen und ich will beten dort, bis du wiederkömmst.« Da zog Jerum und seine Gemahlin und der Hofstaat und Ursulus nach Munkelwust und der König ging mit Ursulus in die Kirche, die fertig war, und der alte Schäfer hatte den Altar mit wunderschönen Blumen geschmückt. Da schlug der König den Ursulus zum Ritter und gab ihm einen goldnen Harnisch von Kopf bis zu Fuß und ein herrliches Schwert, das war wie eine Säge. Und auf seinem Schild war abgebildet ein Kreuz und vier Nägel und ein Schwamm und eine Geißel und ein Speer und eine Dornkrone. Den Knopf des Schwertes konnte man aufschrauben, dahinein legte Ursulus das Schneckenhaus mit der Fischgalle. Und nun nahm er eine große Lanze in die Hand, und ein schneeweißer Schimmel mit himmelblauem Geschirr ward vorgeführt; der König hielt ihm selbst den Bügel, und Ursulus schwang sich in den Sattel, daß es rasselte. Da kam der alte Neuntöter geflogen und zog immer vor ihm her. Die Frau Neuntöterin aber flog auf den Kopf seines Pferdes, und der Junker Neuntöter setzte sich auf die Spitze seiner Lanze. Das Fräulein Neuntöter aber setzte sich auf seinen Helm, und so sprengte er in den Wald hinein. Der König sah ihm lange nach und warf sich dann in der Kirche betend auf sein Angesicht und der alte Schäfer auch, und alle Lämmer auch, und es war, als wenn die Blumen auch auf den Gräbern der Jungfrauen beteten. Auch Ursula, welcher der Neuntöter alles gesagt hatte, betete in ihrem einsamen Turme in heißen Tränen: »Ach Gott im Himmel, erhalte mir meinen Ursulus.« Die Königin Würgipumpa aber betete nicht, sie hatte sich krank gestellt und war im Schlosse geblieben, denn sie war falsch und verlogen und glaubte ganz gewiß, daß der Holzebocke den Ursulus umbringen werde; deswegen hatte sie den bösen Rat gegeben. Als Ursulus mitten in der Wildnis angekommen war, hielt er sein Pferd an und schlug mit dem Schwert gegen sein Schild und schrie:

Pumpelirio Holzebocke,
Hörst du deine Totenglocke?

Da trat auf einmal sein Freund, der alte Schäfer, hinter einem Baum hervor und nahte seinem Pferd und sprach: »O lieber Ursulus, tue doch dem Pumpelirio Holzebocke nichts; wenn du den Pumpelirio umbringst, so muß ich sterben, denn wir sind in einer Stunde geboren.« Da rief Ursulus:

In einer Stunde geboren,
In einer Stunde verloren;
Der Holzebock muß sterben,

Sonst muß Fanferlieschen verderben.
Tritt aus dem Weg zur Seiten,
Sonst muß ich dich überreiten.

Der Schäfer aber wollte nicht aus dem Weg, da machte Ursulus die Augen zu und ritt den Schäfer über den Haufen. Da flog der Vogel zu Ursulus und sagte ihm: »Gott segne dich, das war der Pumpelirio selber.« Da ritt er weiter, hielt wieder an und rief wieder, an das Schild schlagend:

Pumpelirio Holzebocke,
Hörst du deine Totenglocke?

Da stürzte auf einmal der König Jerum ihm in den Weg und hielt ihm die Zügel des Pferdes und sprach wie der Schäfer: »Tue dem Pumpelirio nichts, sonst muß ich sterben.« Aber Ursulus schrie wieder:

Tritt aus dem Weg zur Seiten,
Sonst muß ich dich überreiten.

Und machte die Augen wieder zu und ritt den König über den Haufen. Da kam der Vogel wieder zu Ursulus und lobte ihn sehr, daß er sich nicht irremachen ließ. Denn dieser Jerum war wieder nur der verstellte Holzebocke. Als Ursulus zum dritten Male auf das Schild schlug und den Pumpelirio rief, ach! welche Gestalt trat ihm da in den Weg, wer kniete vor seinem Pferd? Niemand anders war es als seine Mutter Ursula. Sie rang die Hände und rief aus: »Mein Sohn, mein Sohn! wenn du dem Pumpelirio etwas tust, so muß ich sterben.« Ach, bei diesem Anblick brach dem Ursulus das Herz, und schon wollte er umwenden, da stieß der Vogel das Pferd mit seinem Schnabel in die Seite, und das rannte auch diese Gestalt des Pumpelirio über den Haufen, welcher ganz zornig, daß es ihm nicht gelungen war, den Ursulus zu betrügen, nun in Gestalt eines ungeheuern schwarzen Bockes auf ihn zukam und ihn fragte:

Ei, was willst du, Ursulus?

Da sagte dieser:

Fanferlieschen
Schönefüßchen,
Die ich wieder heilen muß.

Da sagte der Bock wieder:

Pumpelirio biet dir Trutz,
Holzebocke machet Stutz.

Und nun rannte der Bock auf ihn zu und stieß seinen weißen Schimmel über den Haufen, daß er tot niedersank, und die Lanze, mit welcher Ursulus nach dem Bock gestochen, zerbrach. Die guten Vögel aber hatten alle die neunundvierzig Messer, welche sie schon einmal auf den Jerum geworfen hatten, schon auf einem Baum zurechtgelegt und ließen sie eins nach dem andern auf den Holzebock fallen. Er machte sich nichts draus, denn sie blieben alle in ihm stecken und jedes ward ein Horn, so daß er endlich wie ein Stachelschwein aussah. Ursulus hatte sich vom Pferde geschwungen und schlug mit seinem Schwerte auf den Holzebock, aber das zerbrach, und Ursulus ward über den Haufen gerannt. Da bedeckte er sich mit seinem Schilde, und der Bock trampelte mit seinen Füßen auf ihm herum. Das tat dem Fräulein Neuntöter so leid, daß sie dem Bock zwischen die Hörner flog und ihm die Augen aushackte, worüber er erschrecklich zu meckern anfing. Nun griff Ursulus unter dem Schild hervor und faßte den Bock beim Bart und zog das Messer hervor, das ihm seine Mutter gegeben, und stach es dem Holzebock ins Herz. Da machte er noch einen Seitensprung und fiel tot nieder. »Gott sei Dank!« rief Ursulus und raffte sich von der Erde auf: »Ach, wo ist nun Fanferlieschen Schönefüßchen, die ich nun gleich heilen muß?« Da sagte ihm der Neuntöter, daß sie gleich hier in einer Höhle liege und schlafe. Ursulus lief in die Höhle, da lag Fanferlieschen tot auf einer steinernen Bank. Ursulus glaubte, sie schlafe, aber sie war nicht zu wecken, da klagte er Jammer und Not. Überdem kam der Vogel und sagte: »Ursulus, das Blut vom Holzebock ist auf dein Pferd gespritzt, da ist es wieder lebendig geworden.« Da nahm Ursulus gleich von dem Blut und bestrich die Fanferlieschen damit. Da wurde sie wieder lebendig, und nun bestrich er ihr die Augen mit der Fischgalle, da ward sie wieder sehend. Ach, wie glücklich war da Ursulus, auch sie weinte vor Freuden und drückte ihn an ihr Herz. »Geschwind wollen wir nun zu Jerum,« rief sie, »denn der ist in großer Angst.« Da setzte sie der Ursulus hinter sich auf sein Pferd und ritt mit ihr nach der Kirche. Da war große Not und Kummer, denn es war die Nachricht gekommen, daß die Königin Würgipumpa tot mit einem Stich im Herzen auf ihrer Stube gefunden worden sei, und daß ihr die Augen aus dem Kopf gesprungen seien. Der König aber vergaß bald seine Betrübnis, da Ursulus und Fanferlieschen angeritten kamen. Er küßte der Fanferlieschen das schöne Füßchen und hob sie vom Pferd und küßte den Ursulus viel tausendmal. Da sagte Fanferlieschen: »Es ist mir lieb, Jerum, daß du dich gebessert hast; aber wo ist Ursula, meine Pflegetochter? Zeige mir sie, daß ich sie umarme.« Bei diesen Worten riß sich der König die Haare aus und schrie: »Weh, weh! ich Elender, ich bin ein Mörder und bleib ein Mörder.« – »Ja,« sagte Fanferlieschen, »das bist du, und deswegen sollst du lebendig in den Turm vermauert werden, in welchen du die gute Ursula hast mauern lassen.« – »Von Herzen gern«, sagte Jerum, »will ich sterben, wo sie gestorben ist; bringet mich hin.« Da brachte man ihn an den Turm und gab ihm eine Hacke. Alle standen traurig um ihn her und sahen, wie der arme Jerum für sich selbst den Turm aufbrechen mußte. Er tat allen Abbitte, die er beleidigt hatte, er bat Fanferlieschen tausendmal um Verzeihung und bat sie, mit Ursulus sein Land zu regieren. Ach, und als er diesen ansah, wollte ihm das Herz zerreißen. Er umarmte ihn und sprach:

Du brachtest mich zum rechten Pfad,
Kommtzeitkommtrat,
Daß ich dich nie mehr wiederseh,
Das tut mir weh, o weh, o weh!

Ursulus aber sprach:

Kommtzeitkommtrat, dein Diener, spricht:
Meinen Herrn und König verlaß ich nicht.
Ich geh mit dir ins Grab hinein,
Ich denk, es wird uns wohl drin sein.

Da nahm er auch eine Hacke und sie arbeiteten zusammen, und der König Jerum sagte, so oft ein Stein herausgebrochen war:

Lieb Ursula so still und fromm,
O freue dich, ich komm, ich komm.

Und dann hielt er immer wieder ein und umarmte den Ursulus und bat ihn, zurückzubleiben. Ursulus aber sagte beständig:

Ich geh mit dir ins Grab hinein,
Ich denk, es wird uns wohl drin sein.

Und da arbeiteten sie immer drauflos, und sie waren schon bis an die wollene Decke gekommen, welche Ursula rings im Turme herumgespannt hatte, da ließ Jerum die Hacke sinken und sprach:

Lieb Ursula so still und fromm,
O freue dich, ich komm, ich komm.

Und alle, die umherstanden, weinten bitterlich. Aber auf einmal hörte man eine Stimme hinter der wollenen Decke, welche sprach: »Ihro königliche Majestät Jerum werden alleruntertänigst ersucht, noch einige Augenblicke zu verziehen zu geruhen, da Ihre Majestät die Königin Ursula noch mit ihrem Anzug beschäftigt sind.« – »Allmächtiger Gott, was ist das?« rief Jerum, »Himmel und Erde mögen zusammenfallen, sie lebt! sie lebt! O, ich muß, ich muß sie sehen.« Da wollte er die Decke niederreißen, aber Fanferlieschen und Ursulus hielten ihn zurück. »O laßt mich! Laßt mich ihre Füße mit meinen Tränen benetzen und sterben«, rief Jerum. Da steckte Ursula ein wunderschönes Füßchen zu der Decke heraus und sprach mit süßer Stimme:

Da, mein lieber Jerumius,
Hast du deiner Ursula Fuß.

Und Jerum sank zur Erde und küßte ihren Fuß und legte sein Haupt nieder und setzte den Fuß Ursulas auf sein Haupt und sprach:

Der Unschuld Fuß auf Schlangenhaupt;
Selig, wer da liebt und glaubt.

Da streckte Ursula ihre schöne Hand hervor und sprach:

Da, Jerum, hast du meine Hand,
Leg deine drein zum Liebespfand.

Da sprang Jerum auf und küßte die Hand und benetzte sie mit Tränen und sprach:

O Engelshand, o segne mich;
Nie mehr, nie mehr beleidig ich dich!

Da steckte Ursula den Kopf durch die Decke und rief:

O Jerum, küsse meinen Mund,
Da sind wir alle beid gesund.

Ach, da riß Jerum die Decke nieder und sank an das Herz der Ursula, und Ursulus auch und Fanferlieschen auch, und alle Schmerzen waren vergessen, und alles Böse war verziehen. Der Himmel war blau und heiter, die Zuschauer aber sanken auf die Kniee und beteten. Als sie sich ein wenig erholt hatten, sagte Ursula zu Jerum: »Sieh, das ist dein Sohn Ursulus!« O, da war Jerums Freude von neuem groß. Neben der Ursula aber stand der Vogel Neuntöter wieder in den Kammerherrn von Neuntöter verwandelt, und seine Gattin war wieder die Hofdame von Neuntöter, und der Junker war ein Edelknabe, und das Fräulein Neuntöter stand so schön, so blond und schlank mit niedergeschlagenen Augen vor Ursulus, daß er vor sie hintrat und sprach: »O, mein schönes Fräulein! Ihnen verdanke ich die Befreiung aus dem Kerker durch die Springwurzel und das Tobiasbüchlein und die Fischgalle, und Sie haben dem Holzebocke die Augen ausgehackt; wie lohne ich Ihnen?« Als Jerum und Ursula und Fanferlieschen dieses hörten, legten sie die Hände der beiden zusammen und sagten: »Ihr sollt Mann und Frau sein.« Darüber waren beide glücklich. Alle aber zogen nun nach der Kirche und dankten Gott, und Fanferlieschen sagte: »Gott sei Dank, Jerum, daß der Holzebock und Würgipumpa tot sind. Sie waren Geschwister und meine größten Feinde, aber sie wußten nicht, daß eines mit dem andern sterben mußte. Jetzt lasset uns alle nach Besserdich ziehen und in Tugend und Ehren das Land regieren.« Jerum aber sprach: »Ich bin das Glück nicht wert, nur die Unschuld soll regieren, die Schuld aber soll Buße tun. Ich bleibe hier bei dem alten Schäfer und büße ewiglich.« Da setzte er seine Krone auf das Haupt des Ursulus, und Ursula setzte ihre Krone auf das Haupt der Fräulein Neuntöter, welche auch Ursula hieß, und sprach: »Auch ich will hierbleiben und beten.« Darüber ward das Herz des armen Jerums so gerührt, daß es mitten entzweisprang und Jerum starb. O, da war Weinen und

Wehklagen. Und sie begruben ihn zu Füßen eines Kreuzes bei dem Brunnen, und Ursula sang, und aus allen Gräbern der Jungfräulein sang es mit.

Ursula blieb nun da bei dem alten Schäfer wohnen und nahm viele Witwen und Waisen zu sich und sie arbeiteten für die Armut und beteten und sangen. Fanferlieschen segnete sie, und Ursulus und seine Frau trennten sich weinend von ihr und zogen nach der Stadt Besserdich. Der Herr von Neuntöter und seine Frau und sein Sohn aber regierten das Ländchen Bärwalde für Ursula. Als Fanferlieschen wegritt, ging sie auf den alten Schäfer zu und sprach zu ihm: »Damon, kennst du mich noch? Wir sind beide alt geworden.« – »Ja,« sagte der Schäfer, »ich kenne dich noch; als du die Lämmer hütetest neben mir, da liebte ich dich und sagte dir es. Da sprachst du:

Lieber guter Schäfer mein,
Schön wärs wohl, doch kanns nicht sein,
Ich bin nur ein guter Geist,
Der so durch das Leben reist.
Liebe Gott, das ist gescheiter! –
Also sprachst du, und zogst weiter.«

»Richtig,« sagte Fanferlieschen, »so war es, und du hast meinem Rat gefolgt, drum werd ich dich im Himmel wiedersehen.« Da sank der Schäfer tot an die Erde, und Fanferlieschen flog durch die Lüfte davon und ließ ihre Pantoffeln niederfallen. Die fing die Gemahlin des Ursulus auf und war gleich so schön und lieb und klug als Fanferlieschen. Sie kamen nach Besserdich und regieren gut bis dato.

DAS MÄRCHEN VON DEM SCHULMEISTER KLOPFSTOCK UND SEINEN FÜNF SÖHNEN

Es war einmal ein Mann, der hieß Klopfstock und hatte fünf Söhne: der erste hieß Gripsgraps, der zweite hieß Pitschpatsch, der dritte hieß Piffpaff, der vierte hieß Pinkepank, der fünfte hieß Trilltrall.

Der gute Klopfstock hatte seine Söhne sehr lieb und wollte sie gerne etwas Rechts lernen lassen; aber bei ihm war Not in allen Ecken, das Dorf, wo er Schulmeister war, war abgebrannt und die Schule auch, und die Bauern auch, und die Schuljungen auch; er war mit seinen fünf Söhnen allein übriggeblieben.

Er setzte sich also auf einen Stein mitten in dem abgebrannten Dorf, und seine fünf Söhne traten um ihn her, und er sprach zu ihnen: »Herzliebe Jungen! ich bin plötzlich ein armer Mann geworden, und so gern ich euch auch zu gelehrten Leuten aufziehen wollte, fehlen mit doch alle Mittel dazu; denn erstens kann ein leerer Magen nicht viel Gelehrtes sagen, und zweitens sind mir alle meine ABC-Bücher in der Schule verbrannt. Ich muß euch daher in alle Welt schicken, daß ihr euch selbst etwas versucht; ihr seid schon große Bursche und müßt sehen, wo ihr Herrn findet, denen ihr dienen und bei denen ihr etwas lernen könnt. So lebet denn wohl, ein jeder folge seinem Beruf, und nach einem Jahr besucht mich wieder, da will ich euch examinieren, ob ihr etwas gelernt habt. Bis dahin will ich sehen, ob ich aus dem herumliegenden Holz mir wieder eine Hütte zusammengebaut habe, damit ich euch beherbergen kann.« Da sagten die Söhne: »Wir wollen treulich tun, was du uns befohlen; aber du hast gesprochen: ›Ein jeder folge seinem Beruf‹ – was ist dann nun der Beruf?« Da wußte der Schulmeister nicht gleich, was er sagen sollte, was Beruf sei, und rieb sich lange die Stirn. Endlich sagte er: »Beruf kommt her von rufen: was euch ruft, das ist euer Beruf.« Da fragten die Söhne wieder: »Aber, Vater! was ruft uns dann?« und der Schulmeister sagte:

»Euer Name ruft euch.« Da sagten die Söhne wieder: »Ihr, Vater, heißt Klopfstock, Euer Name ist Klopfstock, was ist nun Euer Beruf?« Da wurde der Vater ungeduldig und sagte: »Ein Narr kann mehr fragen, als zehn gelehrte Leute beantworten können; ja, mein Name ist Klopfstock, und mein Beruf ist Klopfstock, nämlich ich soll so dumme Narren mit dem Stocke recht ausklopfen« – und da nahm er seinen Stock und wollte seinen Söhnen einen Denkzettel mitgeben; aber sie nahmen die Beine auf die Schultern und liefen, so schnell sie konnten, davon.

Als sie ein Stück Wegs zurückgelegt hatten, war es Abend, und sie legten sich in einem Walde nieder und redeten davon, was doch jeder für einen Beruf haben möchte. Da hörten sie auf einmal Leute sprechen, die vorbeigingen. Einer sagte zum andern: »Viele Mühe hat es gekostet, bis wir hinaufkamen, dann ging es aber auch lustig, gripsgraps.« Kaum hatte Gripsgraps seinen Namen nennen hören, als er von seinen Brüdern aufsprang und zu ihnen sagte: »Gripsgraps heiß ich, Gripsgraps rufts mich, Gripsgraps ist mein Beruf, zu dem mich Gott im Himmel schuf; übers Jahr sehen wir uns wieder beim Vater.« Da sagten sie sich Lebewohl, und er eilte den Leuten nach, die von Gripsgraps gesprochen hatten.

Gegen Morgen hörte der jüngste Bruder Trilltrall die Vögel im Wald so trillern und trallern, da sagte er zu den andern: »Lebt wohl, lieben Brüdern! Trilltrall heiß ich, Trilltrall rufts mich, Trilltrall ist mein Beruf, wozu mich Gott im Himmel schuf.« Und da nahm er Abschied und lief tiefer in den Wald.

Als sie noch weiter gingen, kamen sie auf eine Wiese; da stand eine Menge Volks und schoß mit der Büchse nach der Scheibe, und das ging immer: piff paff. Da sagte der eine Bruder: »Piffpaff heiß ich, Piffpaff rufts mich, Piffpaff ist mein Beruf, zu dem mich Gott im Himmel schuf.« Und da nahm er auch Abschied und ging zu den Schützen.

Die zwei andern gingen durch die Stadt, da hörten sie auf einmal pinke pank, pinke pank klingen, und guckten sich um, da stand ein Apotheker und stieß im Mörser pinke pank, pinke pank. Da nahm der eine Bruder Abschied vom andern mit den Worten: »Pinkepank heiß ich, Pinkepank rufts mich, Pinkepank ist mein Beruf, zu dem mich Gott im Himmel schuf«, und ging zum Apotheker.

Da war nun der Bruder Pitschpatsch allein, und da kam er an einen Fluß und wollte überfahren und rief den Schiffleuten jenseits zu: »Hol über! hol über!« Die setzten sich in den Kahn und die Ruder gingen pitsch patsch, pitsch patsch. Da sprang er freudig in den Kahn und sagte: »Pitschpatsch heiß ich, Pitschpatsch rufts mich, Pitschpatsch ist mein Beruf, zu dem mich Gott im Himmel schuf«, und blieb bei den Schiffleuten.

Als das Jahr herum war, hatte sich der Schulmeister Klopfstock seine Hütte bereits wieder aufgebaut bei einem großen schattigen Baum, und als der Tag herankam, an welchem seine Söhne wieder aus der Fremde kommen sollten, setzte er eine Schüssel voll Kartoffeln auf den Tisch und Bänke drum herum; da pochte es an der Türe, und vier seiner Söhne kamen anständig und wohlgekleidet herein, nur Trilltrall fehlte noch. Er umarmte sie alle vier und fragte, wo denn Trilltrall sei, da sprachen sie: »Der steht vor der Türe und schämt sich, weil er so häßlich aussieht.« Da ging der Vater hinaus und sah den Trilltrall unter einem Baum stehen. Er sah ganz wild und lumpig aus, die Haare waren ihm so lang gewachsen, und er war ganz braun im Gesicht und redete kein Wort als st! st! still! horch! still! wozu er den Finger auf den Mund legte. Da sagte der Vater: »Laßt den armen Schelm stehen, er ist ein Narr geworden; wir wollen ihm hernach ein paar Kartoffeln hinausbringen; kommt und eßt.« Da setzten sie sich zu Tisch und aßen, und der Vater fragte den Ältesten: »Gripsgraps! was hast du gelernt in der Fremde?« Da sagte dieser:

»Gripsgraps heiß ich,
Gripsgraps riefs mich,
Gripsgraps ist mein Beruf,
Zu dem mich Gott im Himmel schuf.

Vater! ich habe lernen Gripsgraps machen und bin ein so geschickter Dieb, daß ich alles zu stehlen weiß, und läge es unter hundert Schlössern verschlossen! Auch kann ich mit zwei Dolchen an einem steilen Turm hinaufklettern, wie auf einer Leiter!«

»O! du unglücklicher Sohn!« rief der Vater aus, »was für eine gottlose Kunst hast du gelernt; ich bitte dich um Gotteswillen, lege dich bei Zeiten auf etwas anderes, sonst wirst du lernen ohne deine zwei Dolche an den lichten Galgen hinaufsteigen! – Aber was hast du gelernt?« sagte er zu dem Zweiten, und dieser sagte:

»Piffpaff heiß ich,
Piffpaff riefs mich,
Piffpaff ist mein Beruf,
Zu dem mich Gott im Himmel schuf.

Ich bin zu den Schützen gekommen und habe so vortrefflich schießen gelernt, daß ich einer fliegenden Schwalbe das Aug aus dem Kopfe herausschießen kann.«

»Das läßt sich hören,« sagte der Vater, »das ist ein ehrliches Handwerk, da kannst du uns manchen Braten auf der Jagd schießen; Gott segne dich dafür.« Dann sagte er zu dem Dritten: »Was hast du denn erlernt?« Der antwortete:

»Pinkepank heiß ich,
Pinkepank riefs mich,
Pinkepank ist mein Beruf,
Zu dem mich Gott im Himmel schuf.

Ich habe den Apotheker hören im Mörser pinkepank stoßen und bin ein Apotheker geworden und kenne ein Kräutchen, damit kann ich die Toten lebendig machen.«

»Gelobt sei der Herr!« sagte der Vater, »du hast etwas Herrliches gelernt; du kannst uns allen helfen, und wenn deine Kunst eintrifft, so sind wir die reichsten Leute auf der Welt.« Nun fragte er den Vierten: »Was hast denn du erlernt?« Der sagte:

»Pitschpatsch heiß ich,
Pitschpatsch riefs mich,
Pitschpatsch ist mein Beruf,
Zu dem mich Gott im Himmel schuf.

Ich habe die Ruder der Schiffleute hören pitschpatsch im Wasser machen, und da bin ich ein Schiffer und ein Schiffbaumeister geworden und habe gelernt ein Schifflein zu bauen, welches so geschwind fährt wie eine Schwalbe, die über das Wasser hinstreicht.«

»Vortrefflich!« sagte der Schulmeister, »du hast eine ehrbare gute Kunst gelernt, und wir können einmal auf deinem Schiffe um die ganze alte Welt herumreisen und eine ganz neue Welt entdecken.«

Nun rief der Schulmeister zur Türe hinaus: »Nun, Trilltrall! komme herein und esse und erzähle, was du Gutes in der Fremde gelernt hast. Ich glaube schier, du hast dich auf die Bärenhäuterei gelegt, weil du so wild und zottig aussiehst.«

Der gute Trilltrall aber sagte nichts und winkte immer mit der Hand: st! st! sie sollten kein Geräusch machen. Darüber ärgerte sich der Vater und sagte zu seinen andern Söhnen: »Wir wollen nur fertig essen, der närrische Kerl weiß nicht, was er will.« Nun aßen sie lustig auf, was da war, und erzählten sich, was sie alles mit ihren Künsten erringen wollten. Da patschte Trilltrall unter dem Baum auf einmal fröhlich in die Hände und schrie aus: »Juchheisa! Viktoria! nun ist alles richtig« – und kam vergnügt in die Stube gesprungen.

»Was ist richtig? Ich glaube, in deinem Kopfe ist es nicht richtig«, sagte der alte Klopfstock. »Pfui! wie siehst du aus, wie die Erde so schwarz, man könnte auf dir ackern und säen; zu essen ist auch nichts mehr da; warum bist du nicht gekommen, als ich dich gerufen?« – »Seid nicht böse, Vater,« erwiderte Trilltrall, »aber es ist doch alles richtig.« – »Nun, womit ist es denn richtig?« fragte der Schulmeister ungeduldig. »Das will ich euch hernach erzählen,« erwiderte Trilltrall, »erst muß ich essen; aber ich sehe, es ist nichts mehr da; nun muß ich mich selbst umsehen.« Da lief er zur Türe hinaus in des Schulmeisters Garten und kam mit einem großen Kohlkopf wieder, in den er wie in einen Apfel biß.

Der Vater und die Brüder mußten recht über ihn lachen, daß ihm der rohe Kohl so schmeckte. »Ja, du mein Gott!« sprach Trilltrall, »man muß viel lernen auf der Welt; ländlich, sittlich« – und auf einmal schnappte er mit dem Maul so heftig nach einer dicken Fliege, die durch die Stube schnurrte, daß er beinahe den Tisch umgestoßen hätte. »Delikat!« sprach er, »es war eine spanische, die erhitzt mir den Magen, da kann ich den Kohl besser vertragen; habt ihr denn gar keine Spinnen hier, Vater?«

»O du Abscheu!« sprach der Schulmeister, »willst du gar

Spinnen essen!« – »Ihr wißt nicht, was gut ist, lieber Vater! weil Ihr es noch nicht versucht habt. Hat der heilige Johannes Heuschrecken in der Wüste gegessen, so wüßte ich nicht, warum ich so stolz sein sollte, die Spinnen zu verschmähen.« Da sprach Klopfstock: »Nun, ich bin recht begierig, was du magst erlernt haben, ich glaube gar das Einsiedlerhandwerk.«

»Du hast es beinahe getroffen, lieber Vater!« erwiderte Trilltrall; »aber das lernt sich sehr leicht; nun höre: du sagtest, wir sollten unserm Beruf nachgehen, und da ich fragte, was der sei, sagtest du: Was euch ruft, das ist euer Beruf. Wie ich nun durch den Wald ging und die tausend Vögel so trillern und trallern hörte, dachte ich:

Trilltrall heiß ich,
Trilltrall rufts mich,
Trilltrall ist mein Beruf,
Zu dem mich Gott im Himmel schuf,

und ging dem Gesang der Vögel immer weiter nach bis in den tiefen, tiefen Wald; und je dunkler und dichter der Wald ward und je höher die Felsen, je lauter rief es mich und je stärker ward mein Beruf; denn die Vögel trillerten und trallerten immer lebendiger, und so kam ich endlich an einen ganz einsamen stillen Fleck, und da war ein hoher Fels und ein schöner Quell und ein recht angenehmer Rasenplatz, und ringsum standen die höchsten Eichen, Buchen, Birken, Linden, Tannen und Fichten durcheinander; und da es schon Abend war und die Sonne unterging, setzte ich mich an einen Eichenstamm dem Felsen gegenüber und zog das Stück Brot aus der Tasche, welches ich noch von dem übrig hatte, das Ihr jedem von uns mitgegeben, und aß.

Nun kamen auf einmal eine ganz erstaunliche Menge Vögel scharenweise von allen Seiten angeflogen und nahmen von den großen Bäumen Besitz und fingen ein solches Trillern und Trallern an, daß man hätte denken sollen, jedes Blättchen auf allen Bäumen fange an zu singen. Auf einmal aber geschah ein lautes Pfeifen dazwischen, und alle waren so plötzlich still, als wäre ihnen die Pfeiferei allen vor dem Schnabel auf einmal mit einem scharfen Messer abgeschnitten, gerade so, als wenn du sonst in der Schule mit dem Bakel auf den Tisch schleugst und *Silentium*! riefst, liebster Vater! Und nun fing einer allein an zu pfeifen und dann pfiffen alle mit; aber gar nicht durcheinander, sondern alle das Nämliche und sehr schön im Takt, und nach den verschiedenen Stimmen pfiffen sie die Melodie des Abendlieds: »Nun ruhen alle Wälder«, worüber ich in das größte Erstaunen geriet und endlich leise anfing mitzupfeifen. Da sie den letzten Vers gepfiffen hatten, waren sie ein paar Minuten still, als beteten sie für sich, und dann war wieder ein ganz außerordentliches Gezwitscher durcheinander, als wünschten sich die Vögel gute Nacht, worauf sie auseinander in die verschiedenen Bäume nach ihren Nestern flogen.

Ich war durch diese wunderschöne und verständige Musik der Vögel ganz nachdenklich geworden und faßte schon den Entschluß, dort wohnen zu bleiben, bis ich ihren Gesang recht verstehen gelernt. Weil aber die Gegend sehr wild war, so wollte ich doch die Nacht nicht an der Erde zubringen, denn ich hörte manchmal in den Büschen rasseln, als wenn allerlei wilde Tiere da herumstreiften. Kaum war ich nun auf den Baum gestiegen, als ich von einem benachbarten Baum ein großes Tier herunterkommen sah, welches ich aber wegen der Nacht nicht recht erkennen konnte, es kroch auf allen Vieren nach der Quelle und trank. Nun kam auch noch ein großes wildes Schwein, welches ich an seinem Grunzen erkannte, an das Wasser, und da es sich in den Bach wälzen wollte, ärgerte sich das andere Tier und grunzte auch ein wenig, gerade als wenn es mit ihm zanke, daß es ihm das Bächlein trübe mache. Das Schwein aber ließ sich nicht stören, da gab ihm das andere Tier eine ganz gewaltige Ohrfeige, so daß das Schwein mit großem Klagegeschrei in den Wald fortlief.

Mit großem Erstaunen hatte ich dieses angesehen und war nicht wenig erschrocken, als das Tier gegen meinen Baum herkam und auf ihn hinaufzuklettern begann. Ich zitterte am ganzen Leibe und dachte: Ach, du mein Gott! was wird es mir erst für eine Ohrfeige geben! In dieser großen Angst fing ich an, höher im Baum hinaufzuklettern; als das Tier nun meine Bewegung hörte, begann es zu bellen wie ein Hund, und kroch immer hinter mir drein. Das Tier schien die Zweige des Baumes besser zu kennen als ich; denn es tat keinen Fehltritt und bellte immer hinter mir drein: ich aber kam auf immer dünnere Zweige, und auf einmal sah ich vor mir ein Paar große feurige Augen; es knappte eine Eule mit ihrem Schnabel gegen mich und schlug mit den Flügeln, und dicht hinter mir war das große bellende Tier. Ich wußte nicht mehr wohin, um mich zu retten; der Ast brach unter mir, und plumps fiel ich mit großem Geprassel von Zweig zu Zweig hinab an die Erde.

Zum guten Glück hatte ich mir keinen besonderen Schaden getan; aber meine Angst war ganz entsetzlich, und ich hatte den Mut nicht, mich im mindesten zu rühren oder einen Laut von mir zu geben. Ich blieb ruhig liegen, wo ich hingefallen war, und lauerte ganz scharf, ob das schreckliche Tier mir nachkommen würde. Es kam aber nicht, bellte nur noch eine Zeitlang hinter mir her und wurde hernach ganz ruhig. Da aber durch das Herumkriechen in dem Baum die Vögel aufrührerisch geworden waren, so hörte ich hie und da ein Gepfeife in den Bäumen und einen, der sehr seltsam pfiff, wie ich noch nie etwas gehört. Sodann wurden sie alle nach und nach stille.

Ich rührte mich nicht und hörte nach einer Weile ein ganz entsetzliches Schnarchen, als wenn man Holz säge. Ach, dachte ich, was muß das Tier für ein abscheulich großes Maul haben, das so gewaltig schnarchen kann! Nun ging der Mond über dem Walde auf und goß seinen wunderbaren Glanz durch die Bäume; da blickte ich mit Angst in das Gelaube des Baumes hinein, von dem ich gefallen war, um etwas zu erkennen, wie das Tier aussähe, weil ich in meinem Leben nichts von einem Tiere gehört hatte, das einem Wildschweine eine Ohrfeige gäbe und dann wie ein Hund bellend in den Bäumen herumlaufe. Bald sah ich seinen schwarzen Schatten in einem Astwinkel liegen, wo es schnarchte; aber es wehten so lange Haare herum, daß ich es nicht erkennen konnte. Indem ich so hinaufsah, hatte ich einen neuen Schrecken: das Tier streckte sich und gähnte ganz entsetzlich uah, uah, und nieste so heftig, daß die Eicheln wie ein Hagelwetter mir auf die Nase rasselten. Aber ich wagte nicht, mich zu rühren, und wie groß war mein Erstaunen, als ich das Tier auf einmal mit lauter heller Stimme folgendes schöne Lied singen hörte:

Komm, Trost der Nacht, o Nachtigall!
Laß deine Stimm mit Freudenschall
Aufs lieblichste erklingen;
Komm, komm und lob den Schöpfer dein,
Weil andre Vöglein schlafen sein
Und nicht mehr mögen singen:
Laß dein Stimmlein laut erschallen,
Denn vor allen
Kannst du loben
Gott im Himmel hoch dort oben.

Obschon ist hin der Sonnenschein
Und wir im Finstern müssen sein,
So können wir doch singen
Von Gottes Güt und seiner Macht,
Weil uns kann hindern keine Nacht,
Sein Lobe zu vollbringen:
Drum dein Stimmlein laß erschallen,
Denn vor allen
Kannst du loben
Gott im Himmel hoch dort oben.

Echo, der wilde Wiederhall,
Will sein bei diesem Freudenschall
Und lässet sich auch hören;
Verweist uns alle Müdigkeit,
Der wir ergeben alle Zeit,
Lehrt uns den Schlaf betören;
Drum dein Stimmlein laß erschallen,
Denn vor allen
Kannst du loben
Gott im Himmel hoch dort oben.

Die Sterne, die am Himmel stehn,
Sich lassen zum Lobe Gottes sehn
Und Ehre ihm beweisen;
Die Eul auch, die nicht singen kann,
Zeigt doch mit ihrem Heulen an,
Daß sie Gott auch tu preisen;
Drum dein Stimmlein laß erschallen,
Denn vor allen

Kannst du loben
Gott im Himmel hoch dort oben.

Nur her, mein liebstes Vögelein!
Wir wollen nicht die Faulsten sein
Und schlafend liegen bleiben;
Vielmehr, bis daß die Morgenröt
Erfreuet diese Wälder öd,
In Gottes Lob vertreiben;
Laß dein Stimmlein laut erschallen,
Denn vor allen
Kannst du loben
Gott im Himmel hoch dort oben.«

»Ei, das war sein Lebtag kein wildes Tier, welches dieses Lied sang!« rief da der Schulmeister Klopfstock aus, und Trilltrall sagte: »Ihr habt gut reden, lieber Vater! Ihr habt es nicht gesehen auf allen Vieren ans Wasser kriechen, dem Wildschwein die Ohrfeige geben und dann auf dem Baum herumbellen; freilich, als es das schöne fromme Lied so recht aus Herzensgrund durch den Baum sang, in welchen der Mond hineinschien wie in eine schöne Kirche, und als Echo, der wilde Wiederhall, und die liebe Frau Nachtigall auch sangen zu diesem Freudenschall, und der Quell lieblicher rauschte und der Wald andächtiger lauschte, da zogen die Wölkchen am Himmel nicht mehr so schnell, und der Mond ward noch einmal so hell, und alle meine Angst besänftigte sich; meine Seele, welche gewesen war wie ein Meer, in welches ein großer Felsen hineinstürzte, verwirrt und trüb voll niederschlagender Wellen, wurde nach dem ersten Verse schon wie ein See, in den ein Fisch, den ein Geier herausgeraubt, frisch und gesund wieder hineinfällt; und nach dem zweiten Vers wie ein See, auf welchen ein singender Schwan niederfliegt und schimmernde Gleise zieht; und nach dem dritten Vers wie ein See, in welchen eine vorüberreisende Taube ein Zweiglein von dem friedlichen Ölbaum fallen läßt; und nach dem vierten Vers wie ein See, in den ein vorüberziehendes Lüftlein ein Rosenblatt weht; und nach dem fünften Vers war es mir, als sei ich wie ein müdes Bienlein, das über den See fliegen wollte und gar nicht weiter konnte und in großer Angst war, da es zum Wasser herabfiel, auf dieses Rosenblatt gefallen, und als schiffe ich sicher und ruhig auf dem Rosenblättlein hinüber und lande jenseits in einem blumenvollen Garten, aus dem mir die Nachtigallen entgegenschmetterten; mein Herz war so ruhig wie ein Spiegel, in dem sich der Mond anschaut und vor dem der Friede sang:

Ach, hört das süße Lallen
Der kleinen Nachtigallen!«

Nach diesen Worten sagte Gripsgraps: »Du bist doch ein recht närrischer Kerl, mein lieber Trilltrall! Du siehst so zottig aus wie ein Zeiselbär und sprichst dabei wie Honig so süß; warum sagst du nicht, es sei dir so ängstlich gewesen als mir, da ich zum erstenmal Gripsgraps machte?« – »So war es mir nicht,« sagte Trilltrall, »denn ich hatte nichts Böses getan; ach, lieber Gripsgraps! du hast ein schlimmes Handwerk; aber ich hoffe, wir werden es bald nicht mehr nötig haben.« – »Gott gebe es!« sagte Gripsgraps und ward ganz ernsthaft.

»Ich kann mir recht denken,« sagte Piffpaff, »wie dir am Anfang bange war; es war dir gewiß so wie mir damals, als ich mich verschworen hatte, einem schlafenden Kinde einen Apfel aus der Hand zu schießen, den ihm seine Mutter geschenkt hatte. Der Apfel hatte so rote Bäckchen wie es selbst, und es hatte ihn darum an sein Herz gedrückt. Ach, wie war ich in Ängsten! aber ich konnte es nicht lassen, ich mußte schießen; ich zitterte am ganzen Leibe; ich drückte los – paff – da lag das Kind, und ich stürzte auch mit dem Bogen zusammen. Es war mir, als falle ein Berg auf mich; aber wie war mir, da das Kind mich an den Locken zupfte und vor mir stand und weinend sagte: ›Nun mußt du mir einen andern Apfel geben, du hast einen Pfeil meinem Apfel durch die roten Bäckchen geschossen; ach, mein Apfel! mein Apfel!‹ – O! so selig war da niemand wie ich, als es mir den von dem Pfeil durchspießten Apfel reichte! Seht, da trag ich ihn zum ewigen Andenken in meinem Köcher.« Piffpaff zog den Apfel mit dem Pfeile aus dem Köcher, und die Tränen standen ihm dabei in den Augen. Trilltrall umarmte ihn und sprach: »Es freut mich sehr, lieber Bruder! daß deine frevelhafte Kühnheit dich so reut; aber es war mir nicht wie dir damals, denn du hattest dich zu einem abscheulichen Wagstück entschlossen. Ach! du treibst ein sehr gefährliches Handwerk, wenn du solchen bösen Gelüsten nachgiebst; aber ich hoffe, du wirst es bald nicht mehr nötig haben.« Da wurde Piffpaff ganz rot und sprach: »Ich will so etwas nie wieder tun; darum trage ich diesen Pfeil mit dem Apfel immer in meinem Köcher«, und nun schob er diesen Pfeil wieder zu den andern Pfeilen.

»Ich kann mir deine Angst recht denken,« sagte Pinkepank, »es muß dir gerade gewesen sein wie mir in der Apotheke. Da sollte ich einmal Pillen machen für eine kranke Mutter, deren Kind zu mir kam und sprach: ›Ach! lieber Herr Subject! gebe Er mir etwas recht Gutes und Süßes für die Mutter, das ihr gut schmeckt und sie recht bald gesund macht; denn wenn sie nicht bald gesund wird, so kann sie nicht spinnen, und wenn sie nicht spinnt, kriegt sie kein Garn, und wenn sie kein Garn kriegt, kann ich und die Schwestern keine Strümpfe stricken, und können wir keine Strümpfe stricken, so können wir keine verkaufen, und können wir keine verkaufen, so kriegen wir kein Geld, und kriegen wir kein Geld, so kann die Mutter kein Brot kaufen und müssen wir alle verhungern.‹ Da wollte ich dem Kind etwas recht Gutes geben und griff unter den Arzneibüchsen hin und her und holte weißen Zucker aus einer Büchse, in dem rollte ich die Pillen hin und her und gab sie dem Kind und ließ es selbst ein Messerspitze voll ablecken, worauf es sagte: ›Ach! das ist süß, das wird der Mutter sehr gut schmecken. Wenn sie gesund wird, Herr Subject! will ich Ihm ein Paar Strümpfe mit roten Blumenzwickeln und oben einen Sternenrand darum stricken«, worauf es fröhlich die Apotheke hinauslief. Als ich die Büchsen wieder an ihre Stellen ordnen wollte, o du allmächtiger Gott! in welches Elend kam ich! Ich las, daß auf der Büchse, aus der ich geglaubt hatte weißen Zucker zu nehmen, mit großen Buchstaben stand: ›Bleizucker‹, welcher ein weißes Gift ist, das ganz wie Zucker aussieht. Wie ein Rasender stürzte ich die Türe hinaus und rannte durch alle Straßen nach dem Kinde und fragte überall nach dem Kinde, denn ich wußte nicht, wo es wohnte; ach! und niemand hatte es gesehen; ich konnte es nicht finden. Jetzt wird die Mutter die Pillen schon gegessen haben und gestorben sein von dem Gift, dachte ich, und das Kind wird auch gestorben sein, dem ich eine

Messerspitze voll davon gab. In solcher Verzweiflung rannte ich zum Tore hinaus und kam an eine kleine verfallene Kapelle. Allerlei wilde Kräuter wuchsen um den kleinen zerbrochenen Altar, der drin vor einem Kreuze stand; wie ein Verzweifelter kniete ich da nieder und rang die Hände und betete zu Gott, er möge sich meiner erbarmen und möge die arme Mutter und das Kind am Leben erhalten. Indem ich so betete, raschelte neben mir etwas in den Kräutern, und ich sah da eine Eidechse, die auf einem Stein lag und sich hin und her wand, als habe sie große Schmerzen, und andere kleine Eidechschen saßen um sie herum, als wären sie sehr traurig; ach! da fiel mir die Mutter mit den Kindern wieder recht in die Seele, und als die kranke Eidechse auf einmal ganz still wurde und tot von dem Stein herabfiel, schrie ich: ›O weh! o weh! jetzt ist sie tot; ach! die gute Mutter, der ich aus Unachtsamkeit Gift statt Zucker geschickt, ist jetzt gewiß tot‹, – und da betete ich wieder recht innig zu Gott. Sieh! da raschelte es an der andern Seite, und ich sah die kleinen Eidechschen Blätter von einem Kraute abbeißen, welches da in großer Menge wuchs, und sah, daß sie mit den Blättern zu der toten Eidechse hinliefen und ihr Saft davon in den Mund flößten, und sah, daß die tote Eidechse davon wieder lebendig wurde und frisch und gesund davonlief und die Jungen hinter ihr drein. Wie ein Blitz lief es mir durch die Seele, ich wollte die Mutter aufsuchen, und wenn sie auch schon begraben wäre, so wollte ich sie wieder mit diesem Kraut lebendig machen. Ich nahm viel von dem Kraut und lief schnell in die Stadt zurück und fragte von Haus zu Haus, konnte sie aber nirgend finden. Als ich am andern Tor endlich bei dem Torwärter fragte, sagte er mir, daß heute morgen ein solches Kind, wie ich gesagt, vom Lande in die Stadt gekommen sei und ihn nach der Apotheke gefragt habe; daß es auch bald wieder hinausgegangen sei, aber daß er nicht wisse, wohin. Da war meine Angst wieder so groß als vorher, und ich lief nach der Apotheke zurück und wollte nun auch von dem nämlichen Gift essen, um zu sterben. Ich stürzte nach der Büchse hin und riß sie auf und aß in der Verzweiflung alles, was darin war. Aber auf einmal kam der Apotheker heraus mit einer großen Süßholzwurzel in der Hand und kriegte mich beim Schopfe zu fassen und prügelte mich ganz abscheulich und rief immer dabei: ›O! du naschhafter Zuckerschlecker! da hast du auch Süßholz dazu, du Bengel! Erst läufst du den ganzen Tag auf der Straße herum und kömmst abends nach Haus und schleckst mir noch dazu die Zuckerbüchse aus; da nimm Süßholz, Süßholz dazu!‹ und dabei prügelte er immer darauf los. Ich aber rief immerzu: ›O! Herr Prinzipal! schlagen Sie mich tot, um Gotteswillen, schlagen Sie mich tot, wenn das Gift mich nicht schon umbringt.‹ Der Herr Prinzipal aber war schon ganz müd und sprach: ›Was redest du von Gift, du Narr!‹ – ›Ei!‹ sagte ich, ›war denn kein Bleizucker in der Büchse, es steht ja darauf geschrieben?‹ – ›Nein, es war Zucker drin‹, sagte der Prinzipal; ›ich werde dir Bleizucker dahin stellen, du unachtsames Naschmaul! daß du mir die Leute vergiftest; ich habe alle solche Sachen unter Schloß und Riegel liegen, damit kein Unglück geschieht, und in allen Büchsen, wo hier Gift drauf geschrieben steht, ist nichts als weißer Zucker, damit ihr mir das Naschen sein lasset.‹

Ihr könnt euch mein Entzücken denken bei dieser Nachricht; ich kriegte meinen Prinzipal bei den Ohren zu fassen und küßte und drückte ihn vieltausendmal und tanzte wie ein Narr mit ihm in der Apotheke herum, so daß er anfing um Hülfe zu rufen, weil er glaubte, ich sei rasend geworden. Da kam die Apothekerin herzugelaufen und schlug die Hände über dem Kopf zusammen über den Spektakel, und der Mann schrie zu ihr: ›O Quassia! liebe Quassia! gieb ihm Süßholz.‹ Da nahm Frau Quassia die Süßholzwurzel wieder und prügelte auf mich los, so erbärmlich, daß ich den Prinzipal fahren ließ und so in der Apotheke herumsprang, daß alle Büchsen auf den Brettern tanzten und die Mörser zu klingeln anfingen. Bratsch! fiel eine große Flasche mit Jalap an die Erde und eine andere mit Oxymel simplex hintennach; sie ließen mich los und eilten, ferneres Unglück zu verhüten. Ich aber rannte so gegen die Türe, daß ich alle Fenster einstieß und den König Salomo, der als Schild an der Türe stand, über den Haufen rannte. Wie unsinnig flog ich zur Stadt hinaus nach der kleinen Kapelle und kniete nieder vor dem kleinen Altar und betete die ganze Nacht, bis ich vor Müdigkeit einschlief.

Am andern Morgen konnte ich von dem vielen genossenen

Süßholz meinen Rücken kaum bewegen; da nahm ich von dem Kraut, was neben mir wuchs, und rieb mir den Rücken damit, und auf einmal war ich frisch und gesund. Da betrachtete ich das Kraut recht genau und nahm mir Samen davon mit und Blätter, und spazierte fort, in die Welt hinein.

Als ich einige Tage fortgezogen war, kam ich in einen Wald, da hörte ich ein Kind außerordentlich weinen; ich ging nach der Gegend hin, und da sah ich dasselbe kleine Mägdlein an der Erde sitzen und an einem großen Strumpfe stricken und immer dazu weinen. Ich trat näher und sah, daß es einen kleinen Hund im Schoße liegen hatte und bitterlich auf ihn niederweinte. ›Liebes Kind!‹ sagte ich, ›ach, die Mutter ist gewiß gestorben, weil du so weinst?‹ Da sprang aber das Mägdlein auf und sprach: ›Ach nein, lieber Herr Subject! die Mutter ist frisch und gesund von Seinen guten Pillen, und die Strümpfe für Ihn sind auch gleich fertig; ich habe Tag und Nacht gestrickt; sehe Er die schönen roten Zwickel‹ – und da breitete sie einen schönen fertigen Strumpf vor mir aus. ›Ziehe Er den nur gleich an; indes stricke ich den andern fertig.‹ Ich setzte mich hin, den Strumpf anzuziehen, und während ich meine Schuhe auszog und den Staub herausschüttelte, fragte ich: ›Aber, Kind! warum hast du denn so geweint?‹ Da fing die Kleine, die über meine Ankunft ihren Kummer vergessen hatte, wieder an zu weinen und sagte: ›Ach, lieber Herr Subject! ich wollte zu Ihm in die Stadt und wollte Ihm danken und Ihm die Strümpfe bringen, den einen wollt ich unterwegs fertig stricken; da nahm ich auch unser treues Hündchen Wackerlos mit, das krank war, und wollte Ihn bitten, Er solle dem Hündchen doch eine von seinen Pillen geben, ich wollte Ihm ein Paar Winterhandschuhe von Seidenhasenhaaren dafür stricken; ach, und denke Er sich, als ich bis hierher kam, wollte das treue Hündchen Wackerlos nicht mehr fort. Ich nahm es auf meinen Schoß und setzte mich hier hin, und da sah es mich traurig an und wedelte ein bißchen mit dem Schwanz und streckte sich; ach, und jetzt ist es still und ist tot. Ach! wäre Er nur eher gekommen, da hätte Er ihm vielleicht helfen können; aber jetzt geht es wohl nicht mehr?‹ Dabei sah mich das gute Mägdlein in großen Sorgen an; ich aber hatte den einen Strumpf schon angezogen und sprach:

›Wir wollen es versuchen, liebes Kind!‹ Da brachte sie mir das Hündlein Wackerlos geschwind herbei; ich nahm von meinen Kräutern und drückte ihm Saft davon in den Mund, da tat es die Augen auf; noch ein wenig Saft, da wedelte es ein bißchen mit dem Schwanz; noch ein wenig Saft, da leckte es mir die Hände und sprang an dem guten Mägdlein freudig in die Höhe, welches gar nicht aufhören wollte, mir zu danken. Aber schnell setzte es sich hin und strickte den Strumpf aus, während das Hündchen Wackerlos mir alle seine Künste vormachte: Apportieren, Suchverloren, Aufwarten, Bitten, Schildwachstehen, über den Stock Springen, wie spricht der Hund, Tanzen, sich tot Stellen, nach welchem letzten Kunststück das Hündchen immer zu mir kam und mir die Hände leckte, um mir zu danken, daß ich es lebendig gemacht. ›Nun bin ich fertig‹, sprach das Mägdlein und rief den Wackerlos, und der mußte mir den Strumpf bringen. Ich zog diesen Strumpf auch an, und diese Strümpfe stehen mir recht hübsch, an Sonn- und Feiertagen werdet ihr sie an meinen Beinen sehen. Darauf brachte mich das Mägdlein zu seiner Mutter, die mir nochmals sehr dankte; den andern Tag aber machte ich mich auf die Reise hieher und habe unterwegs noch einige Menschen lebendig gemacht mit meinem Kraut.«

»Deine Geschichte, lieber Pinkepank,« sagte Trilltrall, »war sehr rührend, aber meine Angst und Überraschung war doch ganz anders als die deinige in der Apotheke; denn du hattest ein böses Gewissen und glaubtest durch Unachtsamkeit jemanden vergiftet zu haben, der Hülfe bei dir suchte. Aber ich bin versichert, so etwas wird dir nie mehr geschehen.« – »Gewiß nicht,« sagte Pinkepank, »die große Angst und das viele Süßholz haben mich auf ewig gewarnt.«

»Alle die Brüder«, begann nun Pitschpatsch, »haben von großer Angst geredet, um sie mit deinem Schrecken vor dem vermeinten wilden Tiere zu vergleichen, so muß ich denn auch einmal einen rechten Schrecken von mir erzählen: Ich fuhr einstens in einem kleinen Boote auf das Meer hinaus zu fischen, und ein anderer Fischer, ein sehr rauher und harter Mann, den ich kannte, war auch ausgefahren; ich konnte sein Boot von weitem erkennen. Ich warf mein Netz aus und tat einen guten Fang;

besonders war ein großer Fisch dabei, der sich sehr wehrte und mit dem Schwanz um sich schlug; ich gab ihm deswegen eins mit dem Ruder auf den Kopf und schnitt ihm den Bauch auf. Stellt euch meine Verwunderung vor, als ich einen schönen goldenen Ring in seinem Magen fand. Ich steckte ihn freudig an den Finger und wollte eben mein Netz zum zweiten Male auswerfen, als ich zwischen meinem Schiffchen und dem des andern Fischers das Meer große Wellen hervorwerfen sah, aus welchem Strudel ein Meerfräulein hervortauchte, das schöne, lange, grüne Haare hatte und ein goldenes Perlenkrönlein auf dem Haupt und eine Menge Muscheln und Korallen um den Hals. Es rang die Hände und weinte sehr beweglich; ich sah, daß es sich dem Boote des bösen Schiffers näherte, und weil ich schon ahndete, daß das arme Meerfräulein nichts Gutes bei ihm zu erwarten habe, ruderte ich gegen jenen Schiffer zu. Aber ich hatte ihn noch nicht erreicht, als er dem Meerfräulein, welches weinend gegen sein Schiff schwamm, einen kleinen Spieß, den er, um Walfische zu töten, bei sich führte, in die Seite warf. Das arme Meerfräulein stieß einen herzzerreißenden Schrei aus und wollte untertauchen; aber sie konnte nicht mehr recht schwimmen, weil sie verwundet war, und wendete sich nun nach meinem Boote, das ich ihr mit angestrengtem Ruderschlage entgegentrieb. Der böse Schiffer fuhr mit ebenso großer Gewalt hinter ihr drein. Schon war sie meinem Schifflein nah und streckte die Arme, um Rettung flehend, gegen mich aus, und ich sah das rote Blut aus ihrer Wunde rieseln und sich mit dem Meerwasser vermischen, da rief sie aus: ›Ach! um des allmächtigen Gottes willen, vor welchem auch du mein Bruder bist, flehe ich dich an: rette mir mein junges Leben!‹ Da tat sie mir so leid, daß ich sie in mein Boot hereinzog und sie zu meinen Füßen bettete; aber nun war mir der böse Schiffer auch so nahe gekommen, daß ich ihm nicht mehr entfliehen konnte. ›Pitschpatsch!‹ rief er aus, ›gieb mir mein Meerfräulein, oder ich schlage dich mit dem Ruder tot!‹ – ›Ich kann sie dir nicht geben,‹ antwortete ich, ›denn sie hat eine Zuflucht im Namen Gottes bei mir gesucht, und ich habe ihr meinen Schutz im Namen Gottes versprochen; auch hast du kein Recht an sie, da du sie nur verwundet, ich aber sie gefangen.‹ Hier kamen wir in einen heftigen Streit, während welchem unsere aneinandergehakten Schiffe von einem heftigen Sturm in die offene See getrieben wurden. Ich bot dem bösen Schiffer meinen ganzen Fischzug für das Meerweib, er verlangte immer mehr; er wollte auch mein Netz und endlich mein Boot, und wenn ich sagte: ›Ach! das kann ich nicht‹, so wimmerte das Meerfräulein immer zu meinen Füßen: ›Gieb! gieb! um Gottes willen, gieb!‹ so gestand ich auch dieses zu. Nun trieb uns der Wind gegen eine Sandbank, und da stieß mich der böse Schiffer aus meinem Boot hinaus und warf mir das arme Meerfräulein nach. Ich flehte ihn um Gottes willen an, er möge mich hier nicht zurücklassen, ohne Fahrzeug mitten im weiten Meer, auf der wüsten Sandbank; er wollte mich aber nicht mitnehmen, es sei denn, daß ich ihm den Ring geben wolle, den er an meinem Finger glänzen sah. Es war derselbe, den ich in dem Fische gefunden. Schon war ich im Begriff, ihm den Ring zu übergeben, als das Meerfräulein heftig ausschrie: ›Mein Ring! mein Ring! um Gottes willen, mein Ring!‹ und sich nach mir aufrichtete und mir den Ring entriß. Da wollte der böse Schiffer nach ihr schlagen; aber ich trat ihm entgegen, und wir rangen miteinander. Er war viel stärker als ich und warf mich zu Boden. Da rieb das Meerfräulein den Ring heftig und schrie in die See hinein mit einer Stimme scharf wie die Waffe eines Schwertfisches:

Korali, hilf, Mord und Weh!
Margaris stirbt über See!

Da hoben sich die Wellen haushoch und schlugen über die Sandbank hin, und eine Welle riß den bösen Schiffer, der mir eben mit seinem Ruder die Brust einstoßen wollte, von mir weg und schleuderte ihn weit in die Wogen hinaus. Auch beide Boote wurden fortgerissen, und die See beruhigte sich wieder. Nun saß ich mit dem verwundeten Meerfräulein einsam und allein auf der Sandbank; keine Hülfe nah und fern; die Nacht kam heran, ich sah kein Land rings umher, und mein Tod war gewiß. ›Unglückseliges Meerfräulein!‹ sprach ich, ›in welches Elend hast du mich gebracht! Ohne Boot muß ich hier verhungern oder von den Wellen verschlungen werden um deinetwillen, und wenn du noch ein Mensch wärest; aber dein Leib, der sich von den Hüften hinab in einen schuppichten Fischschwanz verwandelt, macht mich schaudern, wenn ich dich ansehe.‹ – ›O, du armer Pitschpatsch!‹ sagte sie, ›ärgere dich nicht, daß du menschlich an mir gehandelt hast; und was meinen Leib angeht, so bedenke, daß mir deine gespaltenen nackten Beine, die in der Mitte geknickt sind, auch eben nicht sehr schön vorkommen; tue lieber das Gute, das du mir erwiesen, ganz: ziehe mir den Speer aus der Wunde und sauge mir das Blut aus und verbinde mich.‹ Ich fand ihre Worte recht vernünftig und tat, was sie von mir begehrte. Während ich das Blut aus ihrer Wunde sog und sie verband, sang sie mit einer bezaubernd lieblichen Stimme:

Süß ist mein Blut, süß ist mein Blut,
Nun wird dir das Meer nicht mehr bitter sein;
Auf stiller und auf wilder Flut
Wirst du nun der seligste Ritter sein;
Du wirst schwimmen, segeln, tauchen,
Wirst kein Schiff, kein Ruder brauchen;
Zu Füßen dir der Sturm sich schmiegt,
Und deinen Winken folgt Welle und Wind,
Das weite Meer so treu dich wiegt,
Als eine Mutter je wieget ihr Kind.
Wer aus Meerweibs Wunden trinket,
Nimmer dem sein Schifflein sinket.

Ihr Gesang war so lieblich und rann mir wie ein süßes Bächlein durch das Ohr, und ums Herz ward mir so kühl, als wenn man im heißen Sommer in klaren Wellen sich badet. Da zerrannen mir alle Gedanken, und mir war, als sänke ich immer tiefer und tiefer hinab. Ich war entschlafen, und das Meerfräulein zog mich durch die Wellen hinab, und ich konnte darin atmen wie in blauer Himmelsluft; da sah ich den Leib des bösen Schiffers in den Zweigen eines roten Korallenbaumes hängen, und häßliche Meerungeheuer fraßen sein Herz. Als wir auf den Grund des Meeres kamen, pochte das Meerfräulein an einer Türe von Perlmutter an und rief:

Korali, auf! tu auf die Tür!
Margaris deine Braut ist hier.

Da antwortete der Meermann:

Ich tu nicht auf das Perlentor,
Margaris meinen Ring verlor.

MEERFRÄULEIN:

Ich bringe den Ring, den Schiffer auch,
Der ihn gefunden in Fisches Bauch.

MEERMANN:

Den Fischer schlag ich mit Steinen tot
Und häng ihn in die Korallen rot.

MEERFRÄULEIN:

Er hat gegeben sein Ruder und Netz,
Daß er mich wieder in Freiheit setz.

MEERMANN:

So geb ich ihm Ruder und Netz so gut,
Das Fehlschlag nie noch Fehlzug tut.

MEERFRÄULEIN:

Er hat gegeben sein Fischerboot,
Zu retten mich aus Todesnot.

MEERMANN:

So lehr ich ihn bauen ein solches Schiff,
Das führt über Sand und Felsenriff.

MEERFRÄULEIN:

Aus meiner Wunde saugte sein Mund
Das süße Blut, da ward ich gesund.

MEERMANN:

So soll er nun atmen im bittern Meer,
Als ob es die lichtblaue Himmelsluft wär.

Nun machte der Meermann das Perlmuttertor auf und umarmte seine Braut sehr freundlich; aber sie mußte ihm vorher den Ring zeigen, den sie nachlässig von jenem Fisch hatte verschlingen lassen, in dessen Leib ich ihn wiederfand. Der Meermann verwies ihr ihre Nachlässigkeit und sagte ihr: ›Dieser Ring ist bezaubert, und hättest du ihn nicht wiedergebracht, so wäre ich gestorben.‹ Als sie ihm aber erzählte, welche große Schmerzen und Angst sie ausgestanden, mußte der gute Meermann vor großer Teilnahme weinen und erwies ihr tausend Gutes. Mir dankte er nun recht von Herzen und gab mir alles, was er mir versprochen; erstens: ein Ruder ganz von Fisch, Schildkrot und Perlmutter, das einen nie müde macht, sondern je mehr man rudert, desto kräftiger; zweitens: ein Netz von grünen Meerfräuleinshaaren, in das die Fische mit der größten Freude hineinspringen; dann baute er mir ein Schiff aus Binsen mit Fischhaut überzogen und mit beweglichen Floßfedern wie ein Fisch, und so leicht, daß es wie eine Schwalbe über das Wasser streift. Die Gabe aber, unter dem Wasser wie auf der Erde zu leben, habe ich, seit ich die Wunden des Meerfräuleins aussaugte.

Als er mir alles das geschenkt hatte, wollte er, ich sollte auf seiner Hochzeit bleiben; aber ich sagte ihm, daß der Tag herannahe, an dem ich meinen Vater besuchen müsse, und da sagte er: ›Das geht freilich vor‹; und legte mir noch die schönsten Muscheln, Perlen und Korallen in das Schiff, und ich mußte mich hineinsetzen; er aber und das Meerfräulein faßten es an beiden Seiten, und so stieg es leise, leise mit mir dem lieben Sonnenlicht entgegen; das Schifflein kam an einem ganz einsamen, von Gebüschen versteckten Felswinkel an die Oberfläche des Wassers, der Meermann und seine Braut umarmten mich mit Tränen und baten mich, wenn ihnen Gott ein kleines Meersöhnchen schenke, sein Taufpate zu werden. Ich versprach es ihnen von Herzen, wenn sie es mir anzeigen wollten, worauf sie unter den freundlichsten Versicherungen ewiger Dankbarkeit in den Wogen verschwanden. Mein herrliches Schifflein voll der größten Kostbarkeiten habe ich in der einsamen Bucht ganz im Schilf versteckt, daß es kein Mensch finden kann als ich, und so bin ich hieher gereist, Euch, lieber Vater! und die Brüder wieder zu sehen.«

»Deine Geschichte, lieber Pitschpatsch! war recht schön,«

sagte Trilltrall, »und deine Angst vor dem bösen Schiffer ging schnell vorüber und ward reichlich belohnt, weil du einem armen Geschöpfe Hülfe geleistet.«

»Aber«, sagte der Schulmeister, »ich dächte, Trilltrall, du erzähltest weiter; noch immer wissen wir nicht, was für ein wildes Tier es war, welches das schöne Lied an die Nachtigall sang, das dich so sehr erfreute.« Da fuhr Trilltrall fort:

»Ich war von dem schönen Lied und der Nachtigall und dem Widerhall so erfreut, daß, als sie aufhörten, ich mich aufrichtete und auf den Baum losging, um den Sänger zu bitten, er möge wieder anheben; aber kaum machte ich einiges Geräusch, so fing es auch gleich an, wieder wie ein Hund zu bellen, und warf noch dazu mit abgebrochenen dicken Zweigen nach mir, davon mich einer so derb auf die Nase schlug, daß ich laut zu schreien anfing: ›Ach Gott! ach Gott! meine Nase!‹ und auf dieses mein Geschrei war das Wesen wie der Blitz vom Baum herunter, und ich konnte so geschwinde nicht entlaufen, daß es mich nicht mit beiden Armen umfaßte und ausrief: ›Ach! ich bitte tausendmal um Verzeihung, ich habe es nicht gern getan!‹ und dabei tappte es mir mit so harten knöchernen Fingern, an welchen lange krumme Nägel waren, an der Nase herum, daß es mich nicht weniger schmerzte als der niederfallende Zweig. ›Wer bist du denn?‹ fragte ich, ›daß du so ganz voller Haare bist und bald wie ein Vogel pfeifst, bald wie ein Hund bellst, auf den Bäumen herumkletterst wie eine wilde Katze, auf allen Vieren zum Bächlein trinken gehst und dann wieder so schöne Lieder singst? Bist du denn ein ordentlicher Christenmensch und kein wildes Tier?‹ – ›Ich bin‹, erwiderte er mir, ›der Holzapfelklausner, und lebe seit achtzig Jahren hier allein im Wald und bin ein Vogelsprachforscher und habe hier eine hohe Schule der Vogelsprache, welche mein eigentliches Hauptfach ist; und beschäftige ich mich nebenbei mit der Sprache der wilden Schweine und Katzen und habe hier in der Einsamkeit alle Sitten und Gebräuche der wilden Tiere angenommen, um mich in ihrer Gesellschaft als ein Mann von Anstand und Erziehung aufführen zu können; da nun, seit ich hier lebe, kein Mensch sich hier hat sehen lassen, so habe ich, da du auf dem Baume herumkrochst, geglaubt, du wärest eine wilde Katze, welche mir meine Studenten, die Vögel, wegfressen wollte, und drum bellte ich wie ein Hund, um dich zu verjagen.‹ Nun sagte ich ihm, wer ich sei, und daß ich Trilltrall heiße, und daß Trilltrall mein Beruf sei, und daß ich ebendeswegen mich in den wilden Wald begeben hätte, um die Vogelsprache zu erlernen. ›Brav,‹ sagte er, ›sehr brav, da bist du nun gerade an den rechten Mann gekommen, und ich freue mich auch recht sehr, daß ich einen Menschen gefunden, welchem ich meine große Gelehrsamkeit überlassen kann; denn ich bin schon sehr alt und werde nicht lange mehr leben. Du kannst dann nach meinem Tode die Schule hier fortsetzen und besonders darauf wachen, daß die Vögel hier reines Vogeldeutsch reden und keine französischen Wörter einmischen.‹ Mir war das alles sehr angenehm; der Morgen kam heran, und ich besah mir nun den Klausner bei Tage. Da wunderte ich mich nicht, daß ich ihn für ein wildes Tier gehalten, denn er sah aus wie ein uralter Affe und war ganz von seinen weißen Haupt- und Barthaaren bedeckt. Da er mit den Vögeln ein schönes Morgenlied gesungen, sagte er ihnen Lebewohl. ›Sie haben jetzt Ferien,‹ sprach er zu mir, ›weil sie Nester bauen, Eier legen und Junge ausbrüten müssen, da kann ich dich einstweilen im ABC unterrichten.‹

So lebte ich denn eine Zeitlang mit dem Klausner ruhig und lernte fleißig. Vieles Essen und Trinken hinderte uns nicht, wir aßen nichts als Wurzeln und Kräuter, besonders aber Vogelfutter: Mücken, Spinnen, Käferchen, Ameiseneier, Wachholderbeeren usf., und ich mußte besonders immer das Lieblingsfutter des Vogels essen, dessen Mundart und Sprache ich gerade lernte, wie mir denn die Wiedehopfsprache am allerschwersten fiel, weil sie sehr schmutzige Küche halten. Wir waren bis zu der Krametsvogelsprache gekommen, und ich steckte eben in einem dichten Wachholderbusch und aß Beeren, um mich vorzubereiten, als ich in der Nähe folgendermaßen sprechen hörte: ›Ach! warum bin ich von der Seite meines königlichen Herrn Vaters weg hier in das Gebüsch gegangen!‹ klagte eine gar liebliche Prinzessinnenstimme; ›ach! jetzt bin ich verirrt, und Ihro Majestät, mein Vater, der König Pumpam, wird mich nicht wiederfinden!‹

Da antwortete eine plumpe Stimme: ›Allergehorsamste, untertänigste Prinzessin Pimperlein! Der schwarze Feldprediger, welcher mit der Kuhglocke, als sie Ihnen von Ihrem kohlrabenweißen Hals herabfiel, auf und davon ging, ist nach dieser Seite der unvernünftigen Wildnis entflohen; Sie haben mir befohlen, den Dieb mit Ihnen zu verfolgen; anfangs ging das gut, solange wir den Klang der Glocke hörten, die er trug, aber nun stehen die Ochsen am Berg; ich höre nichts und sehe nichts, ich weiß keinen Weg als den in Küche und Keller und Bett, und hier ist nichts von solchen angenehmen Anlagen zu sehen.‹

Nach diesen Worten kamen sie an mir vorüber, und ich sah die allerschönste Prinzessin von der Welt. Sie hatte ein graues Reisekleid mit Gold gestickt an, das bis an die Knie aufgeschürzt war, und dazu rotsaffianene Stiefel mit goldenen Spornen, und auf dem Kopfe hatte sie einen grünen Hut, auf welchem eine kleine goldene Krone blinkte; mit ihr ging ein untersetzter Mann mit Jacke und Beinkleidern von allen möglichen Farben, einen weißen trichterförmigen Hut und eine Pritsche in der Hand; er sah so närrisch aus, daß man ihn ohne Lachen nicht ansehen konnte. Aber ich kümmerte mich gar nicht um ihn, denn ich konnte gar kein Auge von der allerschönsten Prinzessin Pimperlein wenden.

Als die Prinzessin die vielen blauen Glockenblumen sah, die an diesem Orte der Wildnis wuchsen, rief sie aus: ›Ach! wie viele schöne blaue Glöckchen, welche artige Pimperlein! aber sie geben keinen Klang; sowas habe ich nie gesehen; hier will ich mich hinsetzen und mir einen Kranz flechten. Gehe du, lieber Hanswurst! und sieh dich um, ob du niemand findest, der uns den Weg zu der Landstraße zurück zeigen kann.‹ – ›Prinzessin Pimperlein,‹ sagte der närrische Hans, ›wenn hier ein Bär kommt und frißt Sie wie einen Honigfladen auf, so müssen Sie es selbst verantworten, wenn ich Sie verlasse.‹ – ›Gehe und folge meinem Befehl,‹ sprach sie, ›und störe mich nicht in meinen Betrachtungen.‹ Da sagte er: ›Ich bin kein Stör, ich bin der Reisemarschall, und wollte gerne der Pimperlein Befehlen folgen; aber ich weiß nicht, wo sie hingegangen sind, sie mögen sich auch verirrt haben wie wir.‹ Da sagte Pimperlein: ›Gehe dort nach jenen alten Eichen, ich sehe Fußstapfen im Sand, die dahin führen, und suche dort einen Wegweiser.‹ Da sagte der

Narr: ›Wenn Sie sich so auf Schuhschlappen verstehen, Prinzessin, so ist uns geholfen.‹ – ›Wieso?‹ sagte Pimperlein, und er antwortete: ›Wir wollen dann hier wohnen bleiben und Schuhflickerei treiben und den wilden Tieren die Schuhe flicken. Das nährt seinen Mann, denn wenn ich auf meine fünf Zehen trauen darf, sind dies hier Bärenpfoten und keine Menschentritte.‹ Nun ward Prinzessin Pimperlein ungeduldig und befahl ihm, kein Wort mehr zu sprechen und hinzugehen, wie sie befohlen. Da wusch sich der Narr seine Hände im Bach, machte eine tiefe Verbeugung und ging den Fußtritten nach. Die Prinzessin aber machte sich einen Kranz von Glockenblumen und sang dazu:

Silberglöckchen klingen schön,
Wenn sie spielen in dem Wind:
Pim pim Pimperlein;
Aber schöner anzusehn
Doch die Glockenblümchen sind,
Läuten sie den Frühling ein.

Rabe fliege immer hin,
Der mein Glöckchen mir geraubt,
Pim pim Pimperlein;
Glockenblümchen sollen blühn
Künftig um mein blondes Haupt,
Friede läuten sie mir ein.

Eh das Glöckchen ich verlor,
Tönt' es, wo ich stand und ging:
Pim pim Pimperlein;
Und jetzt hört kein menschlich Ohr,
Wenn ich durch die Wiese spring,
Glockenblümchen schweigen fein.

Die Prinzessin gehet dort,
Sprach gleich jeder, wenn es klang:
Pim pim Pimperlein;
Jetzt kann ich an stillem Ort
Lauschen auf der Vögel Sang,
Glockenblümchen klingt nicht drein.

Ach! wie war die Welt so kalt,
Als ich immer hören mußt:

Pim pim Pimperlein;
Vöglein singt im stillen Wald,
Herzchen pocht in selger Brust,
Seit die Glockenblümchen mein.

Dies Liedchen sang die liebe Junfrau mit so süßer Stimme, daß alle Vöglein schwiegen und lauschten, daß der Quell leiser murmelte und horchte, und die blauen Glockenblumen neigten sich freundlich zu ihr, um gebrochen zu werden.

Der närrische Hans aber war mit furchtsamen Schritten bis an eine alte hohle Eiche gegangen, in welcher der Holzapfelklausner ganz zusammengedrückt saß, so daß nur sein weißer Bart wie ein Wasserfall heraushing und seine lange Nase hervorsah, worüber der Hanswurst vor Schrecken mit einem lauten Geschrei sechs Burzelbäume bis zu den Füßen der Prinzessin zurück schlug. ›Ach!‹ rief er aus, ›dort der Eichbaum hat einen Ziegenbock gefressen, der Bart hängt ihm noch aus dem Maule; nun wird er uns beide auch verzehren.‹ Da sah die Prinzessin nach der Eiche und sprach: ›O du furchtsamer Diener! ich sehe an der langen Nase, daß es ein Mensch ist; gehe hin und frage ihn, wer er ist.‹ Da ging der Hans hin und machte einen langen Hals gegen den Klausner und sprach:

Nase groß und Bart nicht klein!
Einen schönen Gruß von Pimperlein
Bringe ich und frag euch beide:
Ob ihr ordentliche Menschenleute.

Da brummte der Klausner mit dunkler Stimme und zog die Worte gewaltig lang:

Ich bin ein alter Waldbrudererere.

Hans lachte und sagte zu Pimperlein, in dem er die Worte auch sehr lang zog:

Er sagt, er sei ein kalter Stallbrudererere.

Da sprach Pimperlein:

Geh hin und frage noch einmal:
Was soll in diesem Felsental
Wohl ein alter Stallbruder machen?
Das ist gesprochen um zu lachen.

Hans ging wieder hin und sprach:

Nase groß und Bart nicht klein!
Der Prinzessin Pimperlein
Ein Stallbruder zum Lachen ist;
Ich soll fragen, wer du bist.

Da brummte der Klausner wieder sehr lang:

Ich bin ein alter Eremitetete.

Da sprach Hans zu Pimperlein:

Er sagt, er sei ein alter Scherenschmiedetete.

Da sprach Pimperlein:

Geh hin und frage noch einmal:
Was soll in diesem Felsental
Wohl tun ein alter Scherenschmied?
Die Krebse bringen ihre Scheren mit.

Hans fragte nun wieder:

Nase groß und Bart nicht klein!
Die Prinzessin Pimperlein
Glaubt nicht an den Scherenschmied,
Sag mir, wer du bist, ich bitt.

Da schnurrte der Klausner wieder:

Ich bin ein alter Einsiedlerere.

Und Hans sagte wieder zu Pimperlein:

Er sagt, er sei ein kalter Leimsiedererere.

Da sprach Pimperlein:

Geh hin und frage noch einmal:
Was soll in diesem Felsental
Ein alter Leimsieder wohl machen?
Das ist gesprochen um zu lachen.

Da fragte Hans wieder, und der Einsiedler sprach:

Ich bin ein alter Anachoretetete.

Da fragte Hans wieder und der Klausner sprach:

Ich bin ein alter Einödererere.

Hans sprach:

Er sagt, er ist ein alter Neuntötererere.

Die Prinzessin ließ fragen, wovon er hier lebe, und der Klausner sprach:

Ich esse Blätter und Gräslein.

Hans sagte:

Er ißt Vetter und Bäslein.

Der Klausner sagte ungeduldig nochmals:

Ich esse Blätter und Gras,
Wurzeln und Kräuter,
Pilze, Schwämme und Beeren,
Käfer, Grillen und Mücken.

Und Hans schnatterte ihm nach:

Er ißt Bretter und Glas,
Schurzfell und Schneider,
Filze, Kämme und Bären,
Schäfer, Brillen und Krücken.

Da ward der Klausner und ich und die Prinzessin Pimperlein zugleich sehr unwillig gegen den Hanswurst, der alle Worte verdrehte, und wir traten alle zugleich hervor: der Klausner aus der hohlen Eiche, ich aus dem Wachholderbusch, und Pimperlein von ihren Glockenblumen, um ihn auszuprügeln; aber er sprang wie ein Hase über den Bach und lief in den Wald, und wir selbst waren so übereinander erstaunt, daß wir ihn laufen ließen. Als der Klausner der Prinzessin nun erzählt hatte, daß er Doktor der Vogelsprache und ich sein Student sei, faßte sie einen guten Mut und sprach: ›Ich bin die Prinzessin Pimperlein und zog mit meinem Vater Pumpam, dem König von Glockotonia, hier durch den Wald; wir waren ausgereist, um den großen goldenen Glockenschwengel zu suchen, der neulich bei einem großen Wettgeläute aus der Hofglocke losriß und über die Stadt hinaus in die weite Welt flog. Ich war mit dem Hanswurst hinter dem Zug des Königs etwas zurückgeblieben, da stieß ich mit meiner Krone gegen einen Zweig und riß mir die kleine goldene Klingel von der Krone, welche immer die Kronprinzessin von Glockotonia tragen muß und darum Pimperlein heißt; das Glöckchen blieb am Baume hängen, und während wir es mit Steinen herabwerfen wollten, kam ein Rabe geflogen und trug das Glöckchen im Schnabel weg. Da wir es immer klingeln hörten, sind wir dem Klang nachgezogen bis hierher, wo der Ton auf einmal verschwand. Nun habe ich mich von meinem Vater Pumpam verirrt, und weiß nicht, wo hinaus in diesem wilden Wald. Kannst du wohl, lieber Einsiedler! da du die Vogelsprache verstehst, von den Vögeln erfragen, ob sie den Raben nicht mit meinem Silberglöckchen gesehen haben, und ob sie den Weg wohl wissen, wo mein Vater hingezogen?‹ – ›Ich will sie gleich zusammenrufen, teuerste Prinzessin!‹ sagte der Einsiedler, und winkte mir, ihm zu helfen; da stiegen wir auf zwei Bäume und fingen an mit allen Vogelstimmen zu locken, und da kamen die Vögel heran von allen Seiten, worüber Pimperlein sich sehr freute; der Einsiedler fragte nun die Vögel, ob sie den Raben nicht gesehen hätten mit dem Glöckchen, und wo der König hingezogen sei. Da wußten die Vögel alle nichts, außer ein Rabe, der erzählte: sein Kamerad, der andere Rabe, sei mit dem Glöckchen auf das Schloß des Nachtwächterkönigs Knarratschki geflogen, das auf einem hohen Felsen im Meere liege, und auf dem sich auch der goldene Glockenschwengel befinde, der bei dem Geläute zu Glockotonia aus der Glocke gerissen und dort hingeflogen sei. Der König Pumpam sei auch dahin unterwegs, und wenn ihm die Prinzessin Pimperlein folgen wolle, so sei er bereit, ihr den Weg zu zeigen.

Der Einsiedler machte der Pimperlein diese guten Nachrichten bekannt, worüber sie sehr erfreut war und sich gleich entschloß, dem Raben zu folgen. Sie rief darum den Hanswurst, sich fertigzuhalten; der kam nun mit großem Geklapper aus den Büschen gelaufen; denn er hatte sich alle Taschen mit Haselnüssen gefüllt, und seine Finger und sein Mund waren schwarz von Heidelbeeren, die er gegessen. Die Prinzessin Pimperlein dankte dem Einsiedler, der ihr eine frische Honigwabe auf die Reise mitgab, sehr; ich gab ihr noch eine Menge der schönsten Glockenblumen mit, die ich mitsamt der Wurzel und Erde dem

Hanswurst in seinen trichterförmigen Hut pflanzte, worüber sie sich sehr freute; sie schenkte darauf dem Einsiedler eine goldene Schnupftabaksdose, worauf ihr Portrait mit Brillanten besetzt war, und mir schenkte sie einen brillantenen Ring mit ihrem Namenszug von ihren Haaren. Wir küßten ihr beide mit Tränen den Saum ihres Rocks, da schrie der Rabe: ›Marsch! marsch! es ist Zeit, wir haben gar weit.‹ Sie reichte uns die Hände, und wir weinten bitterlich, da sie fortging.

Ich aber lief noch ein gutes Stück Wegs mit und bog ihr die verwachsenen Zweige auseinander, daß sie bequemer gehen sollte. Ich hatte mich schon sehr weit von unserer Heimat entfernt, als auf einmal eine Schnepfe geflogen kam und mir sagte: ich sollte geschwind zurückkommen, der Klausner sei nicht gar wohl; da empfahl ich mich der Pimperlein nochmals untertänigst und wünschte Glück auf die Reise; sie erlaubte mir, ihr die Hand zu küssen, und lud mich ein, sie einmal in Glockotonia zu besuchen, worauf wir uns trennten.

Ich weinte bis nach Haus, so lieb hatte ich die freundliche Pimperlein gewonnen. Da ich bei dem Klausner ankam, fand ich ihn mit Hacke und Spaten beschäftigt, eine Grube zu machen. Er rief mir zu: ›Hilf, Trilltrall! hilf!‹ und gab mir den Spaten; ich gehorchte ihm stillschweigend, denn wir sprachen selten mit einander; aber dann und wann unter dem Graben sah ich traurig fragend nach ihm, da legte er den Finger auf den Mund und winkte mir, auf die Stimmen der Vögel achtzugeben. Da schrie ein Käuzlein sehr betrübt einige Mal auf der hohlen Eiche, das schauerte dem Klausner durch Mark und Bein und ging mir wie ein Messer durchs Herz. Die Vöglein auf den Bäumen wurden ganz still und verkrochen sich und drückten sich ängstlich zusammen und flüsterten sich einander in die Ohren. Da streckte auf einmal der Specht den Kopf aus seinem Nest hervor und fragte:

Sagt mir, was der Kauz so schreit?

Da guckte die Turteltaube aus dem Nest und sprach:

Kauz schreit: Klausner, es ist Zeit!

Und nun schrie der Dompfaff:

Kauz schreit: Grab dein Grab bereit.

Worauf der dicke Bülow rief:

Kauz schreit: Fünf Schuh lang, drei breit.

Da rief die Amsel gar neugierig:

Eine Grube? Ei, wozu?

Da sprach ein Starmatz sehr ernsthaft:

Ei nun, zu der ewigen Ruh.

Nun fragte eine Schwalbe sehr betrübt:

Wer drückt ihm die Augen zu?

Da antwortete eine Lerche:

Liebe Freundin! ich und du.

Die Nachtigall aber sagte:

Nein, ihr Freunde, ich es tu;
Schwalb und Lerche soll ihn wecken
Zu dem ewgen Himmelslicht,
Ich muß ihm die Augen decken,
Wenn sein Herz im Tode bricht.

Wir haben manche fromme Nacht
Mit Gottes Lob vereint durchwacht,
Drum drücke zu der ewgen Ruh
Ich ihm die lieben Augen zu.

O Klausner! lieber Klausner mein!
Grab deine Grube nicht zu klein,
Laß Platz für die Frau Nachtigall
Und ihres Leidenliedes Schall.

Da der Klausner und ich diese rührenden Worte der lieben Nachtigall hörten, flossen uns die Tränen stromweis herab; das Grab war fertig, der Einsiedler stieg hinein, und ich sprang ihm nach und drückte ihn heftig an mein Herz. ›Ach!‹ rief ich aus, ›lieber Herr und Meister! ich lasse dich nicht, ich halte dich fest in meinen Armen! nein, nein, du mußt bei mir bleiben.‹ Der Klausner aber drückte mich von sich und sprach:

Troll, Trilltrall! aus dem Grabe
Dich, nimm mir nicht den Raum,
Den ich drin nötig habe
Für mich und meinen Traum.
Ich sehne mich nach Stille,
Der grelle Vogelschrei,
Das grause Tiritille,
Das bunte Dudeldei
Macht mir so angst und bange,
Macht mir den Kopf ganz dumm,
Ich hört es gar zu lange;
Geh raus, ich bitt dich drum.

Da stieg ich aus dem Grabe heraus und sprach:

Ach, lieber Meister! saget,
Warum auf einmal so?
Ihr seid gar hochbetaget,
Doch wart Ihr frisch und froh.

Da sprach er sehr ernsthaft zu mir und mit einem Eifer, den ich nie an ihm früher bemerkt hatte, woraus ich sah, daß er ein starkes Fieber hatte:

Ich schnupfte aus der Dose
Der guten Pimperlein,
Da ward mir sehr kuriose
In dem Gehirne mein.

Da sagte ich zu dem guten Klausner:

Ach, Meister hocherfahren!
Du hast dich nicht geschont,
Du bist seit langen Jahren
Das Schnupfen nicht gewohnt.

Der Klausner antwortete mir hierauf strafend:

So spricht allein der Schwache,
Allein der Feige gern
Und hält von ernster Sache
Sich so entschuldgend fern.

Manch Kind will sich nicht waschen
Und nennt das Wasser kalt,

Doch giebts etwas zu naschen,
Da kömmt ein jedes bald.

Arznei wills Kind nicht nehmen,
Schiebt immer auf die Stund
Und steckt doch ohne Schämen
Den Zucker in den Mund.

Doch endlich bringt die Stunde
Den sauern Apfel heiß,
Ist auch kein Zahn im Munde,
So heißt es doch: Nun beiß!

Mein Stündlein ist gekommen
Mit Prinzeß Pimperlein,
Tabak hab ich genommen,
Der ging durch Mark und Bein.

Ich mußt gleich einem Riesen
Mit prasselnder Gewalt
So ganz entsetzlich niesen:
Der Fels kriegt einen Spalt,

Das Echo brach in Stücke,
Der wilde Wasserfall
Fuhr in sich selbst zurücke
Von meiner Nase Schall.

Es fuhren in die Wurzeln
Die Eichen tiefer ein,
Und aus den Lüften purzeln
Sah ich die Vögelein.

Da fing ich an zu hören,
Da fing ich an zu sehn,
Daß wir gar vieles lehren
Und wenig doch verstehn.

Die ganze Vogelsprache
Nebst der Grammatika
In meinem Tränenbache
Ich da ersaufen sah.

Wie Butter an der Sonnen
In lauter Ach und Weh
Ist mir allda zerronnen,
Das Vogel-ABC.

Am Himmel sah ich brennen
Buchstaben lichterloh,
Da konnt ich wohl erkennen
Ein großes A und O.

Und nun will ich mich strecken,
Wie mancher andre lag,
Kein Vogel wird mich wecken
Bis an den Jüngsten Tag.

Da legte sich der Einsiedler der Länge lang in das Grab; der Abend war herangekommen; die Vöglein sammelten sich rings in den Bäumen; aber sie zwitscherten nicht wie gewöhnlich fröhlich durcheinander, sie waren ganz still und guckten traurig auf den Klausner herab in das Grab. Da fing er nach seiner Gewohnheit an, das Abendlied zu singen: ›Nun ruhen alle Wälder‹ – und die Vöglein sangen alle gar lieblich mit, worüber er einzuschlafen schien. Ich kniete neben ihm und weinte, und als die Vögel alle verstummt waren, kam die Nachtigall auf die Brust des Klausners geflogen; sie rupfte sich mit dem Schnabel ein Flaumfederchen aus und legte es ihm auf den Mund, und weil das Federchen sich gar nicht bewegte, hörte ich sie sagen: ›Ach! er atmet nicht mehr, das Federchen regt sich nicht von seinem Atem; ach! der gute Klausner ist tot!‹ Da flog sie auf einen Zweig gerade über das Grab des Klausners und fing so traurig an zu singen und immer heftiger und kläglicher, bis ihr nach einem tiefen Seufzer ihr treues Herzchen zersprang und sie zu dem Klausner tot herunter in das Grab fiel.

Am andern Morgen streuten die Vöglein Kräuter und Blumen auf ihn, und ich bedeckte ihn mit Erde; aber seinen langen weißen Bart ließ ich aus der Erde heraushängen, denn der Wind bat mich gar sehr darum, weil seine Kinder, die kleinen Sommerlüftchen, gar gern mit diesem Bart spielten; auch wollte sich die Grasmücke ein Nestchen hineinbauen. Als ich alles dieses verrichtet hatte, fiel mir ein, daß der Tag herangekommen sei, daß ich mich bei dir, liebster Vater! mit den Brüdern wieder einfinden sollte. So nahm ich, was mir der Klausner zurückgelassen hatte: die Dose mit dem Bild der Prinzessin Pimperlein; nahm von den Vögeln freundlichen Abschied und bat sie, mich aufzusuchen, wenn es was Neues gäbe.

Als ich nun hierher kam, saß der Vogel Bülow, auch Pfingstdrossel genannt, auf dem Baum und hat mir eine Nachricht gebracht, die mich so sehr betrübt als erfreut. Der Rabe, der die gute Prinzessin Pimperlein und den Hanswurst zu dem Nachtwächterkönig Knarratschki führen wollte, wo ihr Glöckchen und ihr Vater sein sollte, war ein Betrüger. Der König Pumpam war nicht dort, der böse Knarratschki kam über den See geflogen und trug die Pimperlein auf seinen hohen Felsen, wo sie den ganzen Tag sitzen muß und dem Knarratschki, der seinen Kopf in ihren Schoß legt, eins singen muß, bis er einschläft; denn er schläft bei Tag, weil er nachts die Nachtwächter regieren muß. Der Hanswurst aber muß den ganzen Tag am See stehen und mit seiner Pritsche hineinschlagen, damit die Frösche nicht schreien und den Knarratschki nicht aufwecken. Der Knarratschki will dem König Pumpam auch die Prinzessin Pimperlein nicht wiedergeben, weil ihm der goldne Glockenschwengel, der aus der Glocke zu Glockotonia losriß und bis auf diesen Felsen flog, seine Gemahlin, die Königin Schnarrassel, totgeschlagen. Nun hat aber der König Pumpam in aller Welt bekannt machen lassen, wer ihm seine Tochter Pimperlein freimache, der solle sie zur Gemahlin und sein halbes Königreich dazu haben, und das ist es, was der Vogel Bülow erzählt, und warum ich so fröhlich ausrief: ›Es ist richtig! es ist alles richtig!‹ denn ich denke, wir wollen nicht lange zögern, sondern uns gleich alle miteinander aufmachen und die Prinzessin und das halbe Königreich gewinnen. Seht nur einmal hier das Bild der Pimperlein auf der Dose.« Da zeigte er allen die Dose herum, und sie waren alle erfreut über die Schönheit und Freundlichkeit der Prinzessin; aber keiner wollte aus der Dose schnupfen, weil es dem Klausner so schlecht bekommen war.

Alle Brüder und der Vater Klopfstock waren es zufrieden, sogleich sich auf die Reise zu machen. Der Schulmeister zog seinen schwarzen Rock an und nahm sein spanisches Rohr in die Hand und schloß die Türe zu, und so gingen sie fort. Trilltrall führte sie, Gripsgraps sagte: »Ich will sie dem Knarratschki schon wegholen, und den Felsen sollt ihr mich mit meinen zwei Dolchen hinauflaufen sehen, besser als eine Katze.« Pitschpatsch sagte: »Über die See soll euch mein Schifflein führen geschwind wie der Wind.« Piffpaff sagte: »Ich will dem Knarratschki eins auf die Pelzmütze schießen, daß er sein Lebtag daran denken soll.« Pinkepank sagte: »Und ich will euch mit meinem Kraut bei der Hand sein, wenn einem ein Unglück geschieht.« Klopfstock aber war ganz gewaltig froh und erzählte weitläufig, wie er gleich Geheimer Ober-Hof- und Landschulmeister werden wollte, wenn sie nur erst das Königreich hätten.

Unter diesen Reden kamen sie nach mehreren Tagereisen an den See. Da suchte Pitschpatsch sein künstliches Binsenschiff, das ihm der Meermann Korali geschenkt, und fand es noch gar schön in dem Schilf versteckt und alle die Perlen und Muscheln drin. »Die wollen wir der Prinzessin zur Hochzeit schenken«, sagte er; »munter! munter! eingestiegen!« Da stiegen sie ein, er ruderte, und mit jedem Ruderschlag flog das Schiff eine Meile weiter in den See.

Bald kamen sie an einen hohen steilen Felsen mitten in der See, an dessen Fuß der arme Hanswurst immer ins Wasser schlug, daß die Frösche nicht schreien sollten, weil Knarratschki oben schlief. Der arme Schelm hatte keine andere Wohnung als ein altes zerlöchertes Nachtwächterhorn, das Knarratschki an den Felsen gehängt hatte, und aus welchem er wie eine Schnecke herausguckte. Als er den Trilltrall erblickte, machte er tausend Freudenbezeigungen und winkte immer mit dem Finger auf dem Mund, man solle sich still halten.

Nun fuhren sie dicht mit dem Schifflein an den Fuß des Felsen, der wie eine hohe Mauer steil vor ihnen in die Höhe stieg. Da machte sich Gripsgraps fertig, den Felsen hinaufzuklettern; er schürzte sich die Ärmel auf, nahm in jede Hand einen Dolch, und alle Brüder waren sehr neugierig, zu sehen, wie er hinaufkommen würde. Das machte er aber mit wunderbarer Geschicklichkeit also: er stieß den Dolch in der rechten Hand in eine Felsspalte und hob sich an ihm in die Höhe, dann stieß er den zweiten Dolch in der Linken etwas höher in den

Fels und hob sich an diesem etwas höher, dann zog er den ersten Dolch mit der rechten Hand aus dem Felsen und stieß ihn wieder etwas höher in eine Steinritze und hob sich wieder höher hinan, worauf er den zweiten Dolch wieder höher steckte und so fortfuhr, bis er hinaufkam. Als seine Brüder und sein Vater ihn so schweben sahen, waren sie sehr besorgt um ihn und knieten in das Schifflein und beteten: Gott möge ihm glücklich hinaufhelfen.

Da er in der Mitte des Felsens an dem Dolch der linken Hand schwebend hing und eben den andern Dolch mit der Rechten höher einschlagen wollte, kam er in große Gefahr. Er stach nämlich in ein Adlernest, das in einer Felsenritze war, und zwei große Adler stürzten heraus und hackten und bissen auf ihn, so daß er vor Schrecken den Dolch aus der rechten Hand herab in das Meer fallen ließ. Ach! in welcher Not war da Gripsgraps: mit der linken Hand an dem Dolche festgehalten, schwebte er über der entsetzlichen Meerestiefe, mit der Rechten mußte er sich gegen den grimmigen Adler wehren und konnte nicht rückwärts und nicht vorwärts. Als die Brüder dieses sahen, stürzte sich Pitschpatsch gleich auf den Grund des Meeres, um den herabgefallenen Dolch wiederzuholen, und Piffpaff legte gleich einen Pfeil auf seine Armbrust und schoß den einen Adler herunter, daß er halb tot in das Schifflein fiel. Da ging Trilltrall zu ihm, und der Adler sagte ihm in der Adlersprache: »Ich habe wohl den Tod verdient, denn ich habe das Glöckchen der Prinzessin Pimperlein gestohlen; meine Frau, die zu Besuch ausgeflogen ist, hat es anhängen; sie will immer etwas vor andern Adlersfrauen voraushaben an Putzwerk und Geschmeide und hat mich zu dem Diebstahl beredet. Der Rabe, der droben noch nach dem Manne hackt, ist mein Knecht, welcher die Prinzessin Pimperlein bei dem Klausner belogen und sie in die Gefangenschaft des Riesen Knarratschki gebracht hat.« So sprach er und starb.

Nun kam Pitschpatsch aus dem Meer heraus und brachte den Dolch wieder, den legte Piffpaff auf seine Armbrust und schoß ihn so geschickt gegen den Raben, der immer noch auf den armen schwebenden Gripsgraps loshackte, daß er diesen Verräter durchbohrte und an den Fels festnagelte. Nun hatte

Gripsgraps den Dolch wieder und setzte seinen halsbrechenden Weg glücklich fort bis hinauf. Pinkepank aber drückte dem toten Adler ein wenig von seinem Kräutlein Stehauf in die Wunde, und er ward wieder lebendig; worauf Trilltrall zu dem Adler sagte: »Sieh, durch unsere Kunst warst du getötet, durch unsere Kunst bist du wieder lebendig. Wenn du mir versprichst, sogleich deine Frau hierherzubringen, daß sie uns das Glöckchen der Prinzessin Pimperlein bringt, so wollen wir dir das Leben und die Freiheit schenken«. Das versprach der Adler und schwur bei seinen Schwungfedern. Da sagte Trilltrall: »Schwöre höher!« Da sprach der Adler: »Ich schwöre bei meinen Klauen.« Da sagte Trilltrall: »Schwöre höher.« Da sprach der Adler: »Ich schwöre bei meinem Schnabel.« – »Noch höher schwöre«, sagte Trilltrall. »Ei! du verstehst es«, sprach der Adler; »ich schwöre bei dem doppelten Adler des heiligen, deutschen, römischen Reichs, bei dem doppelten Hals, bei den zwei Köpfen, bei den zwei Kronen, bei Zepter, Schwert und Reichsapfel.« – »Gut!« sagte Trilltrall, »aber schwöre noch höher.« Der Adler aber guckte ihn an, lachte und sprach: »Höher geht es nicht, das weißt du wohl.« – »Ja, ich weiß es,« erwiderte Trilltrall, »halte deinen Schwur!« und da ließ er ihn fliegen.

Bald kehrte der Adler mit dem Glöckchen im Schnabel zurück, aber seine Frau war nicht bei ihm, und er sagte zu Trilltrall, sie schäme sich zu kommen, weil er ihr ihre große Eitelkeit verwiesen habe. Da schenkte ihm Pitschpatsch einige Muscheln für sie zum Halsschmuck, wofür er sehr dankte und davon flog. Als Gripsgraps auf den Felsen hinaufkam, sah er nichts als ein großes Nachtwächterhäuschen darauf, aus welchem er die Prinzessin Pimperlein folgendes Lied singen hörte, wozu der Riese Knarratschki schrecklich schnarchte:

Schnarch! Knarrasper, schnarche!
Schnarrassel schnarcht im Sarge;
Der Glockenschwengel schlug sie tot.
Der grobe Riese mir gebot,
Zu singen ihm bei trocknem Brot,
Vom Morgen- bis zum Abendrot.
O! weite See, schick mir ein Boot,
Das mich erlöst aus meiner Not.

Schnarch! Knarrasper, schnarche!
Schnarrassel schnarcht im Sarge.
Auf meinem Knie sein breiter Kopf,
Mein Arm gebunden an seinen Zopf,
Vor meinen Augen sein kahler Schopf,
Sein schnarchend Maul ein schwarzer Topf,
Sein roter Bart, sein dicker Kropf,
O, dazu sing ich armer Tropf!

Schnarch! Knarrasper, schnarche!
Schnarrassel schnarcht im Sarge.
Am Abend geht mein Elend los,
Er hebt den Kopf aus meinem Schoß
Und gibt mir manchen Rippenstoß;
In Eselsmilch muß einen Kloß
Ich kochen von isländschem Moos
So wie ein Schmiedeamboß groß.

Schnarch! Knarrasper, schnarche!
Schnarrassel schnarcht im Sarge.
Und hat er diesen Kloß im Schlund,
Brummt er: Das ist der Brust gesund;
Und setzt das Tuthorn an den Mund,
Ut, ut, bläst er, da heult sein Hund,
Da bebt der Fels bis auf den Grund,
Und also gehts von Stund zu Stund.

Schnarch! Knarrasper, schnarche!
Schnarrassel schnarcht im Sarge.
Er singt und ist recht drauf vernarrt,
Scharf wie ohn Schmalz ein Karrnrad knarrt,
Hart rasselnd mit der Hellepart
Er rappelnd übers Pflaster scharrt,
Rapp, rapp, die Klapperratsche schnarrt,
Daß mir das Blut in Adern starrt.

Schnarch! Knarrasper, schnarche!
Schnarrassel schnarcht im Sarge.
Zu seinem Horn und Rasselschall
Hör lärmen ich auch Knall und Fall
Auf Erden die Nachtwächter all,
Auf Straß und Mauer, Turm und Wall;

Denn, ach! hier in dem Widerhall
Ist dieses Volks Regierungsstall.

Schnarch! Knarrasper, schnarche!
Schnarrassel schnarcht im Sarge.
O! Sternennacht so still vertraut,
Wo Mondlicht in die Blümlein taut,
Wo Schlaf ein buntes Schloß mir baut,
Wo Traum mir durch das Fenster schaut,
Bunt wie der Bräutigam zur Braut,
Wie bist du hier so wild und laut!

Schnarch! Knarrasper, schnarche!
Schnarrassel schnarcht im Sarge.
Ohn Flötenspiel, ohn Harfenklang,
Ohn Glock und Klingel ting tang tang
Muß singen ich den Schlafgesang
Dem Mann, vor dem mir angst und bang,
Und Sonn und Mond gehn ihren Gang.
Ach Gott! wie wird die Zeit mir lang!

Schnarch! Knarrasper, schnarche!
Schnarrassel schnarcht im Sarge.
Pumpam, mein Vater, wohnet weit,
Das Meer ist tausend Meilen breit
Und bitter wie mein Herzeleid,
Und noch viel bittrer ist die Zeit.
Ach! ist kein Ritter denn bereit,
Der mich erlöst aus Einsamkeit!

Während diesem Gesang war Gripsgraps rings um die Hütte herumgegangen und hatte einige große Brummfliegen und ein paar Heuschrecken und Grillen und Hummeln gefangen; dann machte er die Hüttentüre leise, leise auf und flüsterte der armen Pimperlein, die vor Freuden zitterte, ganz sachte ins Ohr: »Sing immer fort und laß mich nur ruhig machen.« Nun betrachtete er den abscheulichen Knarrasper erst recht; er sah dick, groß, breit, zottig und verdrießlich aus, wie ein alter Bär; er hatte ein paar kahle große Fledermausflügel an den Schultern, und hinten an seinem Kopf einen dicken langen Zopf, den er um den Arm der Pimperlein gebunden hatte, daß sie ihm nicht fortlaufen sollte. Seinen Kopf legte er auf ihren Schoß und schnarchte und blies mit der Nase, daß der Staub und Sand von der Erde in die Höhe flog. An der Wand hing sein Nachtwächterhorn, so groß, daß ein Mann drin schlafen konnte; daneben hing seine Nachtwächterratsche, so groß wie eine Stubentüre, und in der Ecke stand seine Helleparte.

Das Horn verstopfte ihm Gripsgraps, die Ratsche zerbrach ihm Gripsgraps, die Helleparte versteckte ihm Gripsgraps, damit er keinen Lärm machen konnte, wenn er erwachte. Der Knarrasper hatte ein paar dicke Haarlocken über den Ohren, da steckte ihm Gripsgraps die Brummfliegen, Heuschrecken, Grillen und Hummeln hinein und machte die Locken hinten und vornen zu. Wenn sie nun drin schnurrten und grillten, glaubte er, Pimperlein singe immer fort. Aber Pimperlein schwieg nun still. Gripsgraps band den Zopf von ihrem Arm und knüpfte ihn an den goldenen Glockenschwengel, der hinter ihr an der Wand lehnte. Nun holte Gripsgraps einen alten rußigen kupfernen Kessel, in welchem Pimperlein dem Knarrasper immer abends den Kloß kochen mußte, und Pimperlein mußte leise, leise aufstehen, und Gripsgraps schob dem Knarrasper den rußigen Kessel unter den Kopf, so daß er ruhig fortschnarchte, als liege er noch auf Pimperleins Schoß. Nun nahm Gripsgraps die Prinzessin Pimperlein und setzte sich mit ihr in den Kübel, mit welchem dem Hanswurst sein Essen vom Felsen herabgelassen wurde, und ließ sich schnell mit ihr hinab in das Schifflein.

Ach! wie waren der Schulmeister und die Brüder froh, denen schon der Hals vor lauter Hinaufsehen wehtat, als sie den Gripsgraps mit der Pimperlein ankommen sahen. Der Hanswurst sprang mit gleichen Füßen aus seinem Horn in das Schiffchen, Gripsgraps und Pimperlein stiegen auch hinein, alle Brüder küßten ihr die Hände, außer Pitschpatsch, der schlug mit seinem Ruder so kräftig ins Wasser, daß das Schifflein wie ein Pfeil von dem Felsen wegflog.

Aber sie waren nicht lange gefahren, als sie in eine große Not kamen. Knarrasper hatte nicht lange geschlafen, nachdem Gripsgraps mit der Pimperlein fort war. Die Tierchen, welche ihm Gripsgraps in die Locken gesteckt, waren herausgekrochen, die Fliegen, Grillen und Heuschrecken auch, und waren zur Türe hinausgeflogen oder gehüpft; die Hummel aber hatte sich auf seine rote Nase gesetzt. Wie sie nun nicht mehr vor seinen Ohren brummten und sangen, glaubte er, Pimperlein singe nicht mehr, und sprach halb im Schlaf: »Pimperlein! Pimperlein! singe los, oder ich gebe dir einen Rippenstoß.« Da aber immer kein Pimperlein sang und ihn die Hummel recht tüchtig in die Nase stach, weil sie sich ärgerte, daß er so pustete, ward er zornig und wollte mit geballter Faust auf Pimperlein schlagen; aber er schlug so heftig auf den rußigen kupfernen Kessel, daß er ein entsetzliches Auweh! ausstieß. Der Kessel brummte wie eine große Glocke, und er wollte im höchsten Zorn aufspringen; aber sein Zopf war an den großen Glockenschwengel gebunden, und er riß sich abscheulich an den Haaren. Er machte sich mit Mühe los, er rannte auf dem ganzen Felsen herum: da war kein Pimperlein hinten, kein Pimperlein vornen. Aber auf der weiten See drauß sah er das Schifflein schwimmen. »Ha! ha!« sagte er, »kommst du mir so, so komm ich dir so«, und griff nach seiner Helleparte; aber er konnte sie nicht finden. Da sprach er:

Auf einen rußigen Kessel gelegt,
Das ist ein schöner Spaß!
An den Glockenschwengel gebunden,
Das ist ein schöner Spaß!
Die Helleparte gestohlen,
Das ist ein schöner Spaß!

Da wollte er seine Ratsche nehmen, die war zerbrochen;

Die Ratsche zerbrochen,
Das ist ein schöner Spaß!

Nun wollte er in sein Horn stoßen und alle Nachtwächter zusammenrufen, aber es war ganz verstopft, und er blies sich fast die Backen entzwei. Da schrie er:

»Dem Nachtwächterkönig das Horn verstopft,
Das ist ein garstiger Spaß!

Aber warte, Pimperlein! ich will dich mit deinem Räuber treffen. Der Glockenschwengel deines Vaters Pumpam hat mir, als er hierher flog, mein Weib Schnarrassel totgeschlagen; nun soll er ihm seine Tochter Pimperlein und ihren Räuber auch totschlagen.« – Da nahm er den großen Glockenklöpfel auf die Schulter, spannte seine großen Fledermausflügel aus und flog, flatter, flatter, flatter, über die See hin, dem Schiffchen nach.

»Ach! um Gotteswillen, da kömmt der Knarrasper«, schrie Pimperlein und legte sich glatt in das Schiff nieder, daß er sie nicht sehen sollte. Der Knarrasper aber kam wie eine schwarze Wolke geflogen und sang mit fürchterlicher Stimme:

Hört ihr Herren, und laßt euch sagen,
Der Knarrasper bringt den Klöppel getragen,
Der ihm Schnarrassel sein Weib erschlagen;
Nun geht es der Pimperlein an den Kragen.
Pimperlein bewahre dein Lebenslicht,
Wenn dir der Klöppel den Hals zerbricht.

Ach, da kniete der Schulmeister und die Brüder um Pimperlein und beteten weinend um Hülfe, Pitschpatsch ruderte schnell; aber Piffpaff spannte seinen Bogen und sagte: »Pitschpatsch! halte ein wenig still, daß ich sicher zielen kann.« Da hielt Pitschpatsch still, da war Knarrasper gerade über dem Schiff, paff schoß Piffpaff los, dem Knarrasper mitten durch das Herz, und patsch fiel er mitsamt dem Glockenklöpfel tot in das Schiff herunter, das er mit seinen ausgebreiteten Fledermausflügeln ganz zudeckte.

Anfangs waren die Brüder alle still vor Angst und Schrecken, weil der Knarrasper über ihnen lag. Zuerst rührte sich der Schulmeister und sprach: »Ach Gott, meine Kinder! lebt ihr noch?« Da sprach Pitschpatsch: »Ja! aber der Kopf tut mir weh.« Da sagte Trilltrall: »Meine Hand ist verstaucht.« Dann sprach Gripsgraps: »Meine Nase blutet.« Dann sagte Piffpaff: »Mein Ohrläppchen ist geschwollen.« Dann sprach Pinkepank: »Ich habe ein Loch im Kopf.« – »Ach!« schrie der Hanswurst, »ach weh und aber weh und ach! ich bin ein elender Krüppel, ich werde nicht mit dem Leben davonkommen, o weh! o weh! o weh!« – »Ei! was fehlt dir denn?« schrieen sie alle; da fing er an entsetzlich zu lamentieren und sprach: »Ach! meine Pritsche ist mir zerbrochen, und es ist mir ein Knopf von der Jacke gesprungen.« – Da fingen sie alle an über ihn in ihrer Herzensangst zu lachen,

Trilltrall aber sagte: »Lachet nicht, Pimperlein redet kein Wort, Pimperlein ist gewiß tot; geschwind, geschwind, werft den Knarrasper hinaus, daß wir sie finden können.« Da legten sie sich alle auf Hände und Füße und stemmten sich mit dem Rücken gegen den Knarrasper und drückten, upp, schupp, upp, und patsch fiel er über das Schiff hinaus ins Wasser und ging unter.

Aber welches Elend sahen sie da! der große Glockenklöpfel war mitten in das Schiff auf die Prinzessin Pimperlein gefallen und hatte sie mausetot geschlagen. Da jammerten die Brüder und der Vater und der Hanswurst und rissen sich die Haare aus. Pinkepank aber sagte: »Zieht sie nur unter dem schweren Glockenschwengel hervor, ich will schon helfen.« Da zogen die Brüder sie hervor, und Pinkepank drückte ihr ein wenig Saft von seinem Kräutlein Stehauf in ihren rosenroten Mund, und sie sprang auf und war frisch und gesund.

Da war Freude an allen Ecken; pitschpatsch, pitschpatsch ging das Ruder, und sie waren bald am Land. Da machte Pitschpatsch sich vier Räder an sein Schiff, und Trilltrall rief sechs Bären aus dem Wald und versprach einem jeden einen großen Pfefferkuchen, wenn sie sich wollten vorspannen lassen und sie alle nach Glockotonia fahren. Sie waren es zufrieden, und die Reise ging geschwind fort.

Ach! wie verwunderten sich die Leute in Glockotonia über die wunderbare Kutsche mit den Bären bespannt. Hanswurst aber lief voraus zum König und erzählte ihm alles; der kam ihnen mit allem seinem Hofstaat entgegen, außer mit den Glöcknern, die hatten zuviel zu tun, denn sie mußten mit allen Glocken läuten, und zu Glockotonia hat jedes Haus eine Glocke, jede Türe eine Schelle, jeder Mensch eine Klingel am Hals und jedes Tier ein Glöckchen. Das war ein entsetzlich lustiges Pimpam, Tingtang, Bimpim, Klingkling. Nur der Hofglöckner ging in Trauer bei dem König, weil der Hofglockenklöpfel verloren war. Aber da er ihn im Schifflein liegen sah, trug er ihn gleich weg und hängte ihn in die große Glocke und fing auch nun an zu läuten: pumpam.

Da umarmte Pumpam die Tochter und den Schulmeister und die Brüder, welche alle bei ihm frühstücken mußten. Worauf er sagte: »Nun muß ich Wort halten, ich habe dem meine

Tochter versprochen, der mir sie wiederbringt, und mein halbes Reich; wer soll sie aber haben, da ihr ein Vater und fünf Söhne seid?« Da sprach Gripsgraps: »Ich habe sie vom Fels geholt.« – Da sagte Piffpaff: »Ich habe den Knarrasper getötet.« – Da sagte Pitschpatsch: »Ich habe euch im Schiff hingefahren.« – Da sagte Pinkepank: »Ich habe sie mit dem Kräutlein Stehauf lebendig gemacht.« – Da sagte Trilltrall: »Ich habe sie sehr lieb, und habe euch die Nachricht gegeben, wo sie sei.« – Da sagte Klopfstock: »Ich bin euer aller Vater, mir gebührt sie.« – »Ja,« sagten die Söhne, »Ihr sollt sie haben.«

»Ich will sie gar nicht, ich wollte euch nur auf die Probe stellen; aber ihr seid gehorsame Kinder«, sprach Klopfstock. »Und nun soll sie selbst sagen, bei wem sie leben will.« Sie aber wollte es nicht sagen; da sagte der König: »So rede doch und schäme dich nicht.« Da machte sie ein spitzes Mäulchen und sprach: »Im Wald, bei den Glockenblumen, bei den Vögeln, bei dem Trilltrall will ich wohnen«, und da umarmte sie Trilltrall, und die Brüder waren es alle zufrieden. Da gab ihr Trilltrall auch das Glöckchen wieder, worüber sie sehr froh ward. Pumpam aber nahm ein großes Messer und schnitt sein Königreich in zwei Teile und fragte den Klopfstock: »Rücken oder Schneide?« Da sagte er: »Schneide.« Und Pumpam gab ihm die Hälfte, die an der Schneide des Messers lag. Klopfstock teilte das wieder in fünf Teile und gab jedem seiner Söhne ein Stück. Piffpaff legte sich einen Schützenplatz auf seinem Stück Königreich an, Pitschpatsch einen schönen Fischteich, Pinkepank einen botanischen Garten, Gripsgraps baute sich eine Einsiedelei und lebte fromm darin, und Trilltrall legte sich einen Tiergarten und eine Vogelhecke auf seinem Stück Königreich an. Klopfstock aber ward Geheimer Fünffünftelsschulmeister, zog im ganzen Land herum und hielt Geheime Fünffünftelschule. Als alles fertig war, ließ Pumpam die ganze Geschichte an die große Glocke hängen und tüchtig läuten, und da habe ich sie auch gehört.

DAS MÄRCHEN VON KOMANDITCHEN

Es war einmal ein sehr reicher Kaufmann, der hieß Seligewittibs-Erben und Compagnie. Er hatte eine sehr schöne Tochter, die hieß Komanditchen, und diese mußte ihm alle Morgen die Zeitung und den Kalender vorlesen, wenn er sein Täßchen Zichorienkaffee trank und dazu sein Pfeifchen Runkelrübenkanaster rauchte, wobei er große Spekulationen und Pläne zu Kauf und Verkauf machte.

Aus der Zeitung merkte er sich Krieg und Frieden, Todesfälle und Heiraten, und ob einer ein General, ein Kaiser, ein Papst, ein Doktor, ein Fürst geworden sei und so weiter; aus dem Kalender merkte er sich die Geburts- und Namenstage aller vornehmen Leute, und wie das Wetter durch das ganze Jahr hindurch sein werde. Stand im Kalender: »Der Sommer wird sehr heiß sein«, so ließ er gleich viele Zitronen aus Italien kommen, weil er gleich spekulierte, die Leute werden viel Limonade trinken und viele Zitronen kaufen. Stand im Kalender: »Es wird viel Regenwetter sein«, so ließ er gleich sehr viele Regenschirme kommen. Stand im Kalender: »Es wird sehr viel Wein wachsen, aber er wird etwas sauer sein«, so ließ er sich gleich sehr viele Häringe aus Hamburg senden; denn er spekulierte, die Leute würden auf den gesalzenen Häring den sauern Wein lieber trinken. Stand im Kalender: »Es wird kein gutes Kornjahr sein«, so kaufte er gleich alle Katzen zusammen, die er auftreiben konnte; denn er spekulierte: »Wenn wenig Korn da ist, wird man sehr besorgt sein, die Mäuse abzuhalten, damit sie das bißchen nicht gar auffressen, und da werde ich das Dutzend ordinäre vermischte Katzen zu 1 fl., das Dutzend fein sortierte Mittelkatzen zu 1 fl. 12 kr., das Dutzend extrafein supra-ordinäre Durchschnittskatzen zu 2 fl., das Dutzend fein fein ausgesuchte spinnende Favoritkatzen nach den geschmackvollsten Mustern gezeichnet zu 4 fl.; das Besteck von dergleichen zu 1 fl. 12 kr. leicht verkaufen können; wer zehn Dutzend nimmt, erhält das eilfte frei; zu Ende des Verkaufs wird der Rest des Warenlagers in einer Lotterie ausgespielt, worin alle Nummern gewinnen, wenigstens eine ausrangierte Ausschußkatze.« Stand im Kalender: »Es wird ein gutes Sauerkrautjahr werden«, so kaufte er viele Erbsen und Schweinefleisch zusammen; denn er spekulierte, das essen die Leute gern zum Sauerkraut und werden mir es teuer bezahlen. Stand im Kalender: »Es wird eine große Trokkenheit sein«, so kaufte er viele Gießkannen. Stand im Kalender: »Es wird eine große Sonnenfinsternis sein«, ließ er sich eine Menge Talglichter und Lampenöl kommen, weil er spekulierte, man werde vieles Licht brennen, und so benutzte er auch alle Zeitungsnachrichten. Fing ein großer Herr an zu kränkeln, so kaufte er gleich schwarzes Tuch ein, um es zur Hoftrauer verkaufen zu können. Las ihm Komanditchen vor, es werde bald eine Hochzeit vornehmer Leute sein, so kaufte er alle alten Töpfe zusammen, um sie wieder an die Hofkavaliere zu verkaufen, welche sie bei der Hochzeit nach altem Gebrauch zu zerschmettern pflegen.

Alle diese Geschäfte gelangen ihm, und er ward täglich reicher; aber ein Handel schlug ihm über alle Begriffe gut ein, so daß er sich sein ganzes Haus mit Talern pflastern konnte. Es war im Dezember Anno Elf, da kam der neue Kalender auf das Jahr Zwölf und die Zeitung morgens an und er rief seiner Tochter: »Komanditchen! Komanditchen! komm spekulieren.« Da kam Komanditchen mit dem Kaffee und der Pfeife und las aus dem Kalender:

»Im Januar Anno Zwölf wird der St. Paulustag voll Nebel, Regen und Sturm sein.«

»Viktoria! Viktoria!« schrie da der Kaufmann, »o, nun wird Seligewittibs-Erben und Compagnie einen außerordentlichen Schlag tun; aber nun lese auch die Zeitung, Komanditchen! Ich will gar nichts mehr weiter aus dem Kalender hören, damit ich nicht irre werde.« Da las Komanditchen aus der Zeitung:

»Der politische Horizont beginnt sich hier sehr aufzuhellen; man siehet einem sehr vorteilhaften Viehhandel entgegen; der Rindviehmarkt zu Jenseits dürfte große Aussichten eröffnen; es ist bereits am 25. dieses ein bedeutender Mann unter dem Namen des Herrn von Incognito mit einer Kolonne von zweitausend Stück inländischen Stempelochsen mit geheimen Instruktionen, die er aber erst auf dem hohen Gebirg an der Grenze eröffnen darf, abgegangen. Man sieht dem Erfolg dieser wichtigen Sendung mit gespannter Erwartung entgegen. Die öffentlichen Papiere fallen übrigens außerordentlich, und ist der hiesige Platz ganz mit denselben überhäuft.«

Hier rief Seligewittibs-Erben und Compagnie aus: »O teures, liebes, einziges Komanditchen! O welche einzige Konjunkturen hast du mir heute vorgelesen! Ich sehe den vortrefflichsten Handelsgeschäften entgegen.«

Komanditchen aber sprach in ebenso großer Freude: »Ach teurer Vater! hier steht noch etwas; o, das mußt du mir kaufen!«

»Kaufen! kaufen!« sagte der Vater, »gewiß wieder ein schwärmerisches Buch. Komanditchen! Komanditchen! Ich habe dir viele schöne Lesebücher gegeben, zum Beispiel die *Regula Caeci* oder die Geliebte des blinden Flötenspielers, und die welsche Praktika oder das italienische Banditenmädchen, und den faulen Rechenknecht in Clairobscür für die Lesewelt, und du willst immer mehr haben; ich fürchte, ich fürchte, du wirst mir von dem vielen Romanenlesen am Ende gar krank werden.« – »Lieber Vater!« sagte Komanditchen, »höre nur den Titel dieses vortrefflichen Buches, du wirst es mir gewiß kaufen: Der altteutsche Spritzkuchen aus den Papieren einer perfekten Köchin; ach! das Buch muß ich haben.«

»Ei! ei! aus den Papieren einer perfekten Köchin, der altteutsche Spritzkuchen!« sagte der Kaufmann kopfschüttelnd; »es wird mir ganz wunderlich bei diesem Titel; wer mag diese Papiere deiner Mutter, aus welchen ich Düten machen ließ, bekannt gemacht haben?«

»Meiner Mutter?« rief Komanditchen. »Ja, deine Mutter,« erwiderte der Kaufmann, »welche gestorben, da du auf die Welt kamst, war eine geborne perfekte Köchin, und brachte einstens, um sich zu zerstreuen und zu bilden, den altteutschen Spritzkuchen zu Papier, eine Arbeit von vielem Geschmack. Da sie es aber in ihr Ausgabebüchlein zwischen Semmel, Milch, Butter, Eier, Licht, Petersilie, Meerrettich, Knoblauch geschrieben, so ist dieses herrliche Schriftchen meinen Ladenjungen in die Hände geraten, welche Schnupftabaksdüten daraus gemacht haben; gewiß hat ein Gelehrter, der den Schnupftabak bei mir kauft, die herrlichen Gedanken deiner Mutter aus diesen Düten benützt und dieses Buch herausgegeben. Wir wollen es sogleich bei dem Buchhändler holen lassen; aber da kömmt der Briefträger, ich bin sehr begierig, was mir Gebrüder Seligensohnsschwiegermutter von Jenseits schreiben werden, das ist ein Freund, der mir schon sehr viel Geld gebracht hat; ihre Winke und Neuigkeiten sind immer ganz vortrefflich; denn der Minister, Graf Horstbutter, ist in geheimer Compagnie mit ihnen.«

Da kam der Brief. Komanditchen erbrach und las: »Dero vom 1. Current haben erhalten und melden im höchsten Vertrauen, daß ein hoher Freund unter dem Namen Herr von Incognito an der Spitze einer Kolonne von dreitausend Stück Kühen nach Ihrem diesjährigen Viehmarkt von hier abgereiset; wir empfehlen Ihnen denselben Ihrer Freundschaft und bitten Sie, demselben auf alle Weise gefällig zu sein. Man spricht hier von baldigen hohen Vermählungen. Die Papiere fallen hier gänzlich; Rosinen steigen bis zum Himmel; Häringstran ist angenehm; spanische Fliegen ziehen stark; Löschpapier ist flau; aufrichtige alte Ölfässer werden gesucht; Hasenfelle schleppen; Leim hält sich; Pfeffergurken schwanken; Spinnräder schwindeln« usw.

»Allmächtiger Gott!« rief hier der Kaufmann aus, »welche Ereignisse! Ich sehe einem ungeheuren Geschäft entgegen, und wenn es nur halb gelingt, so lasse ich mich adeln, werde Kommerzienrat, baue mir ein Treibhaus, verheirate dich an einen großen Herrn, lasse mich in Kupfer stechen, lese ein Buch über die Unsterblichkeit der Seele, lasse unsern Schimmel englisieren, kurz, so will ich zeigen, daß ich nicht ohne Empfindung bin. – Lasse mich allein, Komanditchen, ich muß spekulieren.« Da machte Komanditchen einen Knix, schlich sich zur Haustüre hinaus, fort in den Buchladen, kaufte sich den altteutschen Spritzkuchen aus den Papieren einer perfekten Köchin, küßte und drückte das Buch tausendmal und setzt sich damit in ein großes, leeres Kaffeefaß, welches der Lehrjunge ihres Vaters ihr zu ihrem Geburtstage in ein schönes, wohlriechendes Kabinett verwandelt hatte.

Dieses Kaffeefaß stand aufrecht auf dem Heuboden des Hauses, mitten in dem duftenden Heu wie eine Ritterburg zwischen grünen Bergen. Auswendig sah es noch ganz aus wie ein Faß, und die Türe war so geschickt darin angebracht, daß man sie nicht bemerkte. Wenn man hineintrat, sah man durch ein Fenster, das mit einer Bohnenlaube umzogen war, die aus einer alten Zuckerkiste an Bindfäden hinaufwuchs, auf die Dächer des Hauses und in den Taubenschlag. Das ganze Faß war inwendig mit Matten und Tuch von Ingwer- und Pfeffer- und Anisballen ausgeschlagen; oben herum hing eine Guirlande von Morcheln, gedörrten Pflaumen, Mandeln und Rosinen, Feigen, Hausenblase, Zitronat, verzuckerten Pomeranzenschalen und Kakaobohnen. An der Wand ringsherum war ein Sitz von alten Zitronenkistenbrettern angebracht, auf welchen Polster lagen von den Binsensäcken, worin die Smyrnaschen Feigen gepackt werden, und diese waren mit verdorbenem Safran und Sennesblättern ausgestopft. Der Tisch, der mitten in dem Faß stand, war eine aufgerichtete Zimmetkiste; auf diese war ein Brett genagelt, auf dem einstens Chokolade war gemacht worden. Ein blechernes Vanillekästchen stand hierauf als Schreibzeug, das Dintenfäßchen, eine ausgetrocknete Zitronenschale, war auf die Galläpfel fest geleimt, und das Sandfäßchen, worin der Sand der wohlriechendste Gewürzstaub war, bestand aus einer trockenen Pomeranzenschale mit Muskatnüssen beleimt. Oben an der Decke hing ein Kronleuchter aus den Brettern einer Syrupstonne künstlich zusammengefügt, damit die Fliegen, welche der süße Geruch häufig in das Faß zog, daran kleben blieben. Als Gemälde hingen an der Wand herum Papierbogen, auf welchen Biskuit, Anisschnittchen, Pfeffernüsse, Honigkuchen, Zuckerbretzeln, Chokoladeküchlein waren gebacken worden; auf dem Tisch stand als Lampe ein Pomadeglas voll feinem Öl, worauf ein brennender Mandelkern schwamm, und daneben stand ein Senftopf voll der schönsten Rosen als Blumenurne. Vor dem Fenster hing ein Eichhörnchen in einem Trillerhäuschen und ein Star, der sprechen konnte, in seinem Vogelbauer und auch eine Wachtel in ihrem grünen Haus. An der Wand stand auf Goldpapierbogen geschrieben: ›Tempel der Liebe und Freundschaft, der Dankbarkeit und Erinnerung geweiht‹, und ›Ruheplätzchen holder Schwärmerei‹ und ›Lieblingsörtchen der Sehnsucht‹, ›wandle auf Rosen und Vergißmeinnicht!‹, ›Komanditchens-Ruh‹, ›Hüttchen für Komanditchen‹, und allerlei solche bedeutende Sprüche deutscher Lieblingsdichter. Und was das Allerlustigste hier war, war ein kleines Loch im Boden des Fasses, welches hinunter in das Besuchzimmer des Vaters ging, und durch welches man alles hören und sehen konnte, was da vorging.

Der Kaufmann wußte gar nichts von diesem einzigen Faßkabinettchen. Der gute Ladenpeter, so hieß der Lehrjunge, hatte für Komanditchen diesen reizenden Aufenthalt in seinen Feierstunden eingerichtet, aus Dankbarkeit, weil sie einstens ihm eine Tracht Schläge bei ihrem Vater abgebeten, da er einem Landkrämer, der Sirup kaufte, diesen in ein Häringsfäßchen einpackte, wodurch er verdarb.

Hier pflegte Komanditchen, umgeben von den süßesten Wohlgerüchen, oft stundenlang mit ihrem Strickstrumpf ihrem lustigen Eichhorn zuzusehen und auf den Schlag ihrer Wachtel zu hören, oder mit dem Star zu plaudern, welchem der gute Ladenpeter die artigsten Sprüche und Redensarten eingelehrt hatte, z.B. ›Komanditchen! Favoritchen! Biskuitchen! komm ins Hüttchen‹, oder ›Die Liebe ist ein Spazierstöckchen, die Freundschaft ist ein Knotenstock auf Reisen‹ oder ›Arm und klein ist dieses Hüttchen, aber Ruh und Einsamkeit findet hier Komanditchen an der Hand der Dankbarkeit‹ oder ›Fantasie! Fantasie! Fantasiemus, o verehrte Komandite!‹ oder ›Der ich verbleibe bis in das Grab dero untertänigster Ladenpeter‹.

Auch sah sie hier den Tauben zu, wie sie in der Sonne auf dem Dach spielten, und den Katzen, wie sie auf die Tauben lauerten, und dem Rauch, wie er aus den Schloten in die Luft wirbelte. Kurz, wenn sie in ihrer Faßeinsiedelei saß, war sie ganz glücklich und vergnügt und hätte es nicht mit einem königlichen Palaste vertauscht.

In diesem Tempel der Erinnerung verschloß sich nun Komanditchen und las die Geschichte des altteutschen Spritzkuchens aus den Papieren einer perfekten Köchin mit der größten Begierde, weil ihr der Vater gesagt hatte, daß ihre verstorbene Mutter die perfekte Köchin gewesen sei. Und wie schön muß die Geschichte gewesen sein: es kam eine alte böse Königin Waffeleisen drin vor, und eine Prinzessin Marzipan und ein

Prinz Mandelwandel und viele andre schöne Sachen, die gar nicht zu beschreiben sind.

Während nun Komanditchen ganz in ihrem Buch vertieft saß, ging der Kaufmann in seinem braunen damastnen Schlafrock unten in seiner Stube auf und ab und spekulierte über alle Nachrichten, die er heute erhalten hatte, folgendes heraus:

Der Kalender sagt: Der Paulustag wird voll Regen, Nebel und Sturm sein; des Kaufmanns Vater aber, der ein frommer Bauer gewesen war, hatte ihn folgendes Sprüchlein gelehrt:

Sankt Paulus Sonn bringt fruchtbar Jahr;
Sankt Paulus Sturm bringt Kriegsgefahr;
Sankt Paulus Nebel bringt Viehestod;
Sankt Paulus Regen bringt teures Brot,
Bewahr uns Gott vor Hungersnot!

Also war Krieg, Viehsterben und Kornmangel zu befürchten; also mußte der Kaufmann alles, was man im Krieg braucht, und alles Vieh und alles Korn, das er auftreiben konnte, zusammenkaufen, um es desto teurer wieder zu verkaufen, wenn es überall daran fehlte.

Weiter stand in der Zeitung: daß ein vornehmer Herr unter dem Namen Incognito mit dreitausend Ochsen von Diesseits nach dem Viehmarkt zu Jenseits in das benachbarte Königreich gehe, und daß er geheime Aufträge habe, die er erst im Gebirg eröffnen dürfe; sein Handelsfreund von Jenseits aber schreibt ihm, daß eine ebenso große Kolonne von Kühen von einem vornehmen Mann unter dem nämlichen Namen eines Herrn von Incognito auch mit geheimen Aufträgen an dem nämlichen Tag von Jenseits nach dem Viehmarkt von Diesseits ausgezogen sei, und empfiehlt ihm diesen Anführer; spricht auch von bevorstehenden großen Verbindungen. Der König von Diesseits war ein junger Prinz, die Königin von Jenseits war eine junge Prinzessin, es konnte eine Vereinigung beider Königreiche stattfinden. Aber der stürmische Paulustag deutet auf Krieg, ganz gut – die zwei Viehherden, welche von beiden Königreichen ausgezogen waren, mußten einander im hohen Gebirge in einem Hohlweg begegnen, da konnte es leicht zu Streit und Händeln kommen, und der Friede konnte durch eine Vermählung der beiden Regenten geschlossen werden; da war auf die Feierlichkeiten und Illuminationen zu gedenken und alles zu kaufen, was dann begehret werden könnte.

Weiter: die Papiere fielen so gewaltig, daß der Platz damit überschwemmt war, also mußte er so viele aufzusammeln suchen als möglich, um sie zu haben, wenn sie wieder steigen würden, weil es viel leichter ist, etwas zu verlangen, was fällt, als etwas, was steigt.

Auf diese Weise überlegte und spekulierte er, und am Ende rief er: »Komanditchen! Komanditchen!« Die hörte es durch die Öffnung im Boden des Dankbarkeitsfasses und kam geschwind gelaufen; da mußte sie dem Vater etwas Wäsche in seinen Mantelsack packen, und der Ladenpeter mußte den alten Schimmel aus dem Stall ziehen und satteln und vorführen. Der Kaufmann schrieb noch eine Menge Briefe, schnallte sich eine große Geldkatze voll Goldstücken um, und sagte seinem Kassierer: »Ich werde einige Tage verreisen und mache Sie unterdessen auf folgendes aufmerksam: die Rosinen steigen bis zum Himmel; drum sagen Sie allen, die welche kaufen wollen, daß wir keine haben, und wenn sie dann am höchsten sind, so verkaufen Sie schnell. Spanische Fliegen ziehen stark: drum halten Sie die unsrigen zurück, und wenn sie im höchsten Zug sind, lassen Sie los, so werden wir am weitesten kommen. Löschpapier ist flau: gießen Sie deswegen Essig in die Tinte, welche wir verkaufen, und verkaufen schlechteres Papier, so wird es durchschlagen, und die Leute werden mehr Löschpapier kaufen. Hasenfelle schleppen: lassen Sie in die Zeitung setzen, daß der türkische Kaiser befohlen hat, die ganze türkische Nation solle keine Turbans mehr, sondern dreieckige Filzhüte tragen, so werden die Hutmacher mehr Hasenhäute kaufen, um Filz aus den Haaren zu machen. Leim hält sich: also lassen Sie ihn ruhig gehen. Pfeffergurken schwanken und Spinnräder schwindeln: drum kaufen Sie wohlfeil und verkaufen teuer, bis ich wieder komme. Apropos, echte alte aufrichtige Ölfässer werden gesucht: drum verkaufen Sie.« Nach diesen Worten ging der Kaufmann in den Hof, um zu Pferd zu steigen.

Der Ladenpeter hielt den Schimmel am Zaum, und Komanditchen hatte sich drauf gesetzt, um den Mantelsack bequemer festzuschnallen; die Riemen aber waren so hart geworden, daß sie den Vater bat, er möge ihr helfen; da rückte er ein echtes altes aufrichtiges Ölfaß zu dem Schimmel, stieg auf dasselbe und sprach: »Ladenpeter, mache einstweilen das Tor auf.« Ladenpeter tat es, aber pratsch, da brach der Boden des alten Fasses ein, und Seligewittibs-Erben und Compagnie fielen hinein, der alte Schimmel aber wurde von dem Gerumpel scheu, sah das Tor offen, Komanditchen hielt sich fest an seinen Mähnen, und er sprengte Karriere mit ihr zum Tor und zur Stadt hinaus, und der arme Ladenpeter, welcher das verehrte Komanditchen in solcher Gefahr sah, lief wie ein Rasender hinter ihr drein und rief immer: »Halt auf! halt auf!« Aber der Gaul war, als ob er Flügel hätte, rannte alles über den Haufen, und Ladenpeter lief ihm nach bis in einen dicken, dicken Wald, wo der arme Lehrbursche halb tot vor Laufen endlich dem Schimmel den Vorsprung abgewann und sich ihm grad vor die Füße in den Weg hinwarf. Da stand der Schimmel still, der auch von Schweiß triefte. Komanditchen sprang nun von dem Pferde herab, das sie jedoch am Zügel festhielt, und sah nach dem armen Ladenpeter, der ihr mit so großer Gefahr das Leben gerettet hatte; aber dieser raffte sich bald wieder auf und war nur froh, daß Komanditchen noch frisch und gesund war.

»Ei! was für ein tolles Pferd ist dies!« sagte Komanditchen, »es ist ein Glück, daß der Vater nicht auf ihm fortgeritten.« – »Es ist ein größeres Glück, daß Sie unverletzt heruntergekommen,« erwiderte Ladenpeter, »aber der Schimmel ist recht gut gelaufen, er wollte zu seinem alten Herrn zurück, einem Landkrämer, der eine Viertelstunde von hier im Dorfe wohnt, und wenn Sie ein halbes Stündchen hier im Walde verziehen wollen, will ich geschwinde zu dem Krämer reiten. Er ist uns noch Geld schuldig, und es wird Ihrem Vater Freude machen, wenn ich dieses unglückliche Wegrennen des Schimmels benütze, um diesem bösen Schuldner etwas abzudrängen.« – »Der arme Mann!« sagte Komanditchen, »kennst du ihn?« – »Ihn nicht,« erwiderte Ladenpeter, »aber seine Tochter; sie ist eine sehr fromme und artige Jungfrau, sie kam immer in unsern Laden einzukaufen. Als ihr Vater aber endlich an tausend Taler schuldig war und nicht zahlen konnte, gingen Herr Seligewittibs-Erben und

Compagnie zu ihm und nahmen ihm diesen Schimmel für hundert Taler ab, so daß er noch neunhundert schuldig ist; nun will ich hin und sehen, ob er nicht wieder etwas zu Geld gekommen ist und mir etwas abzahlen kann.« – »Der arme Mann!« sagte Komanditchen wieder; »ach! wie muß es seine Tochter geschmerzt haben, da man ihm den Schimmel fortführte. Guter Schimmel! ich kann es dir gar nicht verdenken, daß du zu deinem Herrn zurück wolltest, nur hättest du mich nicht mitnehmen sollen.« Bei diesen Worten streichelte sie dem Schimmel den Hals und war sehr gerührt; denn sie sah, daß dem Pferd viele große Tränen von den Augen herabrannen. »Sieh, er weint, er weint«, sagte Komanditchen. »Verehrte Jungfer!« versetzte Ladenpeter, »das ist die Erhitzung, ich muß schnell aufsitzen und hinreiten; wenn der Schimmel länger steht im kühlen Wald auf diese Erhitzung, verkältet er sich und wird steif, und wenn ich auch nichts von dem Krämer herauskriege, so ist es nur, damit ich dagewesen bin und einmal seine fromme Tochter wiedersehe.« Nun wollte Ladenpeter aufsteigen, aber der Schimmel wollte ihm auf keine Weise stehen; bald ging er rechts, bald ging er links; doch schlug er nicht und biß er nicht und machte nur mit seinen Bewegungen das Aufsitzen unmöglich. Da wollte der Ladenpeter ihn schlagen, aber da warf sich das Pferd plötzlich vor Komanditchen auf die Knie und weinte bitterlich. Komanditchen sprach: »Lieber guter Schimmel! was willst du von mir?« – »Ach!« erwiderte das Pferd, »du hast deinen Vater einmal gebeten, er soll den Ladenpeter nicht schlagen; bitte nun auch den Ladenpeter, daß er mich nicht schlägt.« – »Allmächtiger Gott!« schrieen nun beide aus, »der Schimmel kann sprechen!« und standen wie versteinert da.

»Ja,« sagte das Pferd, »ich kann sprechen, und das Herz ist mir beinahe zerbrochen, Ladenpeter! daß du auf mir hinreiten willst, deinen eignen armen Vater um Geld zu drängen.« – Da ward Ladenpeter wie Blut so rot, und Komanditchen sagte: »So, Ladenpeter! ist das wahr? ist der Krämer dein eigener Vater? Pfui, schäme dich!« – »Ach! verehrte Komandite und einziger Schimmel!« sagte Ladenpeter, »habet mich nicht in so schändlichem Verdacht und höret die Wahrheit an. Ja, der Krämer ist mein Vater, ich bin ihm entlaufen, da ich merkte, daß er an

Seligewittibs-Erben und Compagnie so viel schuldig war, und habe mich in dieser Handlung vom Betteljungen zum Hausknecht, vom Hausknecht zum Ladenburschen aufgeschwungen und wollte so immer mehr und mehr lernen, um meinem Vater einst, wenn mein Herr mich recht gut brauchen könnte, die Schuld abzuverdienen, und nun habe ich nur einmal zu meinem Vater hingewollt, um ihn und meine geliebte Schwester Kreditchen wiederzusehen und zu trösten.« – »Das läßt sich hören,« sagte Komanditchen zu dem Schimmel, »und ich dächte, du ließest ihn nun aufsitzen und mich hinten drauf; ich will dabei sein, damit er Wort hält und seinem Vater kein Geld abfordert.«

»In Gottesnamen«, sagte der Schimmel, und ließ den Ladenpeter aufsitzen, und Komanditchen setzte sich hinter ihn und hielt sich an ihn fest, und der Schimmel trabte mit ihnen den Wald hinaus nach einem kleinen Dorf im Tale.

Da sie das Dorf von oben übersehen konnten, sagte der Schimmel: »Sieh, Ladenpeter! da unten sitzt dein armer Vater auf seinem Dach und flickt es mit Stroh.« – »Ja«, sagte Ladenpeter und weinte: »O, der arme Vater!« – Da drückte Komanditchen dem guten Ladenpeter die Hand.

Nun stand der Schimmel auf einmal still und sprach: »O Ladenpeter, steige ab, und Komanditchen auch, und gehet zu Fuß hin; wenn der alte arme Krämer sähe, daß ihr auf mir geritten kämet, so könnte er denken, es wäre Seligewittibs-Erben und Compagnie, die Geld von ihm holen wollten, und könnte vor Schrecken vom Dache herunter sich zu Tode fallen.« – »Du hast recht,« sagte Komanditchen, »du herrlicher, treuer, feinfühlender Schimmel!« – und sprang herab, auch Ladenpeter sprang herab und umarmte das edle Tier für seine Aufmerksamkeit.

Nun sprach der Schimmel: »Gehe du voraus, Ladenpeter, ich sehe, dein Vater ist gleich fertig mit dem Dach und wird heruntergestiegen sein, wenn du langsam hingehst; da umarme ihn und erzähle ihm alles, und sage ihm von Komanditchen, damit er nicht erschrickt; ich will für mich ganz still hinten am Gartenzaun herumtraben.« – »Sehr brav!« sagte Komanditchen, und nun trennten sie sich.

Ladenpeter ging voraus, Komanditchen brach hie und da Blumen am Weg. Das liebe kleine Dörfchen in dem grünen

Tal gefiel ihr gar wohl, und der Schimmel graste langsam längs dem Abhang hinab.

Der alte Landkrämer Risiko war eben von der Leiter herabgestiegen, da hörte er ein Liedchen pfeifen. »Ach!« sagte er, »das ist das nämliche Stückchen, das mein Junge, der Peter, sonst pfiff; o! wo mag der ehrliche Junge nur hingekommen sein? Seit drei Jahren ist er verloren, und ich habe das Geld nicht, ihn in den Reichsanzeiger setzen zu lassen. Wahrhaftig, es ist, als wenn er selbst pfiffe; wart! nun kömmt eine Stelle in dem Liede, wenn er da einen Triller pfeift, so ist er es gewiß – ach! da haben wirs ja, ach Gott! er pfeift den Triller, o Peter! Peter!« Da sprang Ladenpeter über den Zaun, und sein Vater Risiko hielt ihn in den Armen, und sie küßten sich und drückten sich und weinten die süßesten Tränen des Wiedersehens, und Komanditchen lauschte am Zaun und weinte mit.

Nun erzählte der Sohn dem Vater alles: daß er bei Seligewittibs-Erben und Compagnie Ladenjunge geworden; daß sein Herr viel auf ihn halte, ihn aber nicht kenne; daß er hoffe, ihm einstens aus den Schulden heraushelfen zu können, und wie es ihm mit dem Schimmel gegangen, und daß die Tochter seines Herrn, Komanditchen, gleich kommen werde, und der Schimmel auch, und daß der Schimmel sprechen könne.

»Laß gut sein,« sagte der Landkrämer, »und schneid mir nichts auf; ihr Herrn Ladenjungen aus der Residenz könnt das Aufschneiden doch nicht lassen; verdirb mir die Freude des Wiedersehens nicht mit Lügen von sprechenden Schimmeln; du wirst mir deinen alten Vater nicht gleich zum Narren haben; einige Pfiffe hat man in der Stadt immer voraus; da giebt es Gelegenheit sich zu bilden, man spielt etwa an einem freien Sonnabend einmal als Affe oder Löwe in der Komödie mit; aber deswegen muß man seinem Vater doch keinen sprechenden Schimmel aufbinden.« – »Lieber Vater!« erwiderte Ladenpeter, »wir waren erschrocken wie Ihr; Komanditchen wird gleich kommen, die könnt Ihr fragen, oder am besten den Schimmel selbst. Er hat gesagt, er wolle hinten am Zaun herumgehen.«

Da trat Komanditchen, die alles gehört hatte, zur Hoftüre herein und grüßte den alte Mann und sagte: »Ja, Herr Risiko, Ihr Sohn sagt die Wahrheit, der Schimmel kann sprechen, und zwar wie es nur die edelste Seele kann.« Der Krämer zog die Mütze und sprach: »Das ist sehr, sehr wunderbar; der Schimmel, hm, hm, wo habt Ihr denn den Schimmel her?«

»Vater!« versetzte Ladenpeter, »ich habe nie gewußt, daß Ihr einen Schimmel hattet.« – »Ich weiß es auch nicht«, sagte der Krämer; »als Herr Seligewittibs-Erben und Compagnie hier war und mich an Zahlung mahnte und ich gar nichts hatte als meine gute Tochter Kreditchen, die vor ihm stand, da sagte er: ›Ei was, Tochter! Hätten Sie einen guten Schimmel im Stall, der wäre mir lieber.‹ Da ging deine arme Schwester weinend zur Türe hinaus, und als Herr Seligewittibs-Erben und Compagnie auch hinausging, wieherte es im Stall. Ich war des Todes vor Schrecken, denn ich hatte keine Ziege, viel weniger ein Pferd im Stall, ja im ganzen armen Dorfe ist kein Pferd. Herr Seligewittibs-Erben und Compagnie sprang nach dem Stall und sagte: ›Ei! ei! Herr Risiko! Ihr Pferd ist aufrichtiger als Sie.‹ Ich beteuerte, das Pferd sei nicht mein, ich wüßte nichts von ihm; aber er glaubte mir nicht, besah das wunderschöne Pferd hinten und vorn und zog dann einen Schein über hundert Taler aus der Brieftasche und sagte: ›Den Schimmel nehme ich für hundert Taler, die ich Ihnen gut schreibe und Sie von neuem mit neunhundert belaste‹; worauf er aufstieg und wegritt. Am Tor drehte sich der Schimmel und wieherte so traurig, daß mir es durch Mark und Bein ging, und ich war wie versteinert. Ich suchte meine Tochter an allen Ecken; ich rief sie durchs ganze Dorf; ich fand sie nicht; ich habe sie nie wieder gesehen, seit sie weinend aus der Stubentür ging.«

»Ach!« rief Ladenpeter aus, »meine liebe, fromme Schwester ist nicht hier! sie ist verloren!« – »O, ich hatte mich so auf sie gefreut!« sagte Komanditchen.

»Ja, es ist nicht anders, ich bin zum Unglück bestimmt«, sagte der alte Risiko; »aber du bist wiedergefunden, vielleicht beschert mir sie der Himmel auch einmal wieder. Ach! als ich sie so im Dorf herum rief: ›Kreditchen! Kreditchen!‹ da wieherte der wunderliche Schimmel immer noch von dem Hügel herab; ach! mir ists wie heute. Hier rufe ich noch alle Abend und meine, sie müsse kommen.« – Da rief er wieder: »Kreditchen! Kreditchen!« und da wieherte es laut. »Herr jemine! der

Schimmel!«, rief Risiko und lief gegen die Türe, und ein schönes blondes Bauernmädchen, seine Tochter, sank ihm in die Arme, und Ladenpeter umarmte die Schwester und Komanditchen auch.

Da war Freude an allen Ecken. »Aber wo ist der sprechende Schimmel hingekommen?« sagte der alte Risiko. »He Schimmelchen, komm! komm! Schimmel!« – da war kein Schimmel zu hören und zu sehen. »Was wollt Ihr denn mit einem Schimmel?« sagte Kreditchen. Da erzählten sie ihr die ganze Schimmelgeschichte von ihrem Verschwinden bis zu ihrer Zurückkunft, und sie sagte immer: »Ei! ei! das ist sehr seltsam! das sollte man kaum glauben!« und als sie endlich gefragt wurde, wo sie denn so lange gewesen sei, sagte sie: »Ich habe das Unglück des Vaters nicht mehr mit ansehen können und bin in die Stadt dienen gegangen, um dem Vater meinen Lohn zu schicken. Nun hab ich aber ein großes Glück gehabt: ich habe an einem Morgen, da ich an den Brunnen ging, diese Brieftasche gefunden, und nachher gehört, daß ausgetrommelt wurde, der ehrliche Finder, der sie zurückbringe, solle hundert Taler haben. Da bin ich aus Freude zu Euch herausgelaufen, um Euch die Brieftasche zu geben, damit Ihr den Finderlohn holen und an Euren Gläubiger geben könnet.« Da reichte sie dem Vater die Brieftasche, welcher mit derselben in seine Kammer ging, um zu sehen, was sie enthalte.

Komanditchen war müde, Kreditchen auch. Der Ladenpeter meinte, er wolle morgen mit Tagesanbruch Komanditchen zurückbringen, drum ging Komanditchen mit Kreditchen nach ihrer Kammer, und sie aßen ein wenig Brot und wilden Honig und legten sich zusammen ins Bett.

Da sprach Komanditchen zu Kreditchen: »Jungfer Risiko! lege Sie sich doch nicht so krumm; ich habe gar keinen Platz neben ihr im Bett.« – »Ach, verzeihen Sie!« erwiderte Kreditchen, und legte sich gerade, seufzte aber sehr tief dabei.

Als sie kaum eingeschlafen waren, wachte Komanditchen wieder auf und rief: »O Kreditchen! Sie liegt wieder so krumm und drückt mich ganz zum Bett hinaus.«

Da bat Kreditchen wieder sehr um Verzeihung und legte sich wieder mit Seufzen grad. Dieses geschah aber öfters, und weil

Kreditchen bei dem Geradelegen immerzu seufzte, als habe sie Schmerzen, und es doch nie eingestehen wollte, fühlte Komanditchen ihr im Schlaf an den Rücken und bemerkte, daß das arme Mädchen eine große Wunde auf demselben habe. Da stand Komanditchen auf und legte sich an die Erde, um das arme Kreditchen nicht mehr zu stören.

Am Morgen aber fragte sie das Mägdlein, was sie denn auf dem Rücken habe; da ward sie ganz rot und sagte: »Ach! das viele Tragen der Wasserbutten hat mir die Wunde gedrückt.« Nun zog Komanditchen wohlriechendes Wasser hervor, das sie bei sich hatte, und rieb Kreditchens Wunde damit und verband sie; da wurde Kreditchen ihr noch viel dankbarer.

Risiko aber saß die ganze Nacht mit dem Ladenpeter auf, und sie sahen mit Verwunderung die Brieftasche durch.

Es war dieses aber eine Brieftasche von Seligewittibs-Erben und Compagnie, und es lagen Scheine über die 900 Taler drin, welche ihm Risiko noch schuldig war, so daß der Krämer, wenn er sie behielt, hätte sagen können, er sei ihm nichts schuldig. Aber er war ehrlich und entschloß sich, nächstens in die Stadt zu gehen und die Brieftasche zurückzubringen und sich nur die hundert Taler Trinkgeld auszubitetn.

Nun erzählte ihm der Ladenpeter noch allerlei, wie es im Handel und Wandel jetzt stehe, und bei welchen Waren man jetzt am meisten gewinnen könne, unter andern auch, daß die aufrichtigen echten alten Ölfässer so sehr stark gesucht würden, worüber sie endlich auch schlafen gingen. Gute Nacht zusammen! –

Der Kaufmann, welcher, als er den Mantelsack auf den Schimmel schnallen wollte, in das Faß gefallen war und durch das Spundloch sah, wie das Pferd weggaloppierte, hielt sich in dem Faß ganz still und dachte, die Nacht abzuwarten, um herauszusteigen, weil er fürchtete, seine Handlungsdiener möchten ihn auslachen. Als es nun anfing zu dämmern, kam sein Nachbar Herr Base-und-Vetters-Geschwister-Seliger-Eidam durch das offene Tor auf den Hof getreten und nahte sich dem Faß und sprach: »Ei, ei, Seligewittibs-Erben und Compagnie scheinen viel echte, alte, aufrichtige Ölfässer zu haben; ich habe Auftrag, ein Dutzend zu kaufen und sie nach Ölreichsstadt zu senden, da kann ich einen guten Handel machen«, und nun ging er zu dem Kassierer und kaufte ihm zwölf alte Ölfässer ab. Der Kaufmann hielt sich ganz still in dem Faß und dachte: »Bravo, nun werde ich von meinem eigenen Nachbar ganz unentgeltlich den Weg gefahren werden, welchen ich reisen wollte, und spare Zoll und Weggeld.«

Der Kassierer hatte den Schimmel traben hören und glaubte nicht anders, als daß sein Herr weggeritten sei; er verkaufte also dem Nachbarn seinen Herrn unter den zwölf Fässern mit, und man merkte nicht, daß er darin stak, denn er hatte, als der Käufer in die Zahlstube gegangen war, den eingefallenen Faßdeckel leicht wieder über seinem Kopf in die Höhe gedrückt. So wurde er unter den andern Fässern aufgeladen, und sein Nachbar setzte sich selbst auf das vorderste Faß, in welchem Seligewittibs-Erben steckte, und fuhr die Ladung zur Stadt hinaus dem Walde zu.

Die Pferde gingen langsam, der Fuhrmann schlief ein, da ging es noch langsamer. Das ärgerte den Kaufmann im Fasse, welcher gern geschwind fort wollte, und er fing deswegen an, so im Fasse zu wackeln, daß der Fahrende herunterfiel. Der stand wieder auf, schimpfte über das Faß, legte es fester, setzte sich wieder auf und fuhr rascher weiter.

Bald schlief er wieder ein, der im Faß wackelte wieder, es ging wie vorher; da ärgerte sich der Fahrende und packte das Faß hinten auf und setzte sich auf ein anderes. Nun schlief er wieder ein, und der Kaufmann im Fasse, um ihn zu wecken, fing an, sich so zu bewegen, daß das Faß herunterfiel, und weil sie gerade zum Walde herausfuhren, wo man hinunter in das Dorf des Risiko sah, rumpelte das Faß den Weg hinunter ins Dorf und stieß pumps gegen die Hoftür des armen Landkrämers.

Daß der Weg da hinunterging, hatte der Kaufmann im Fasse nicht gesehen, sonst hätte er sich gewiß nicht vom Wagen herabgeworfen, denn alle Rippen taten ihm von dem Rumpeln über den steinigen Dorfweg sehr weh. Es war eben beim anbrechenden Morgen, und Risiko nebst Kreditchen begleiteten den Ladenpeter und das Komanditchen, welche in die Stadt zurückgingen, hinter dem Garten hinaus über die Wiese. Komanditchen schenkte der guten Kreditchen etwa zwölf Taler, die sie bei sich hatte, für ihren Vater und bat sie um ihren Besuch in der Stadt, worauf sie sich alle unter Glückwünschungen trennten.

Als der Krämer und Kreditchen in das Häuschen zurücktraten, tat das Faß gerade den Puff gegen das Hoftor. »Ei!« rief Risiko aus, »das ist gewiß der Schimmel, der mit dem Huf anschlägt« – und lief mit seiner Tochter ans Tor; aber wie freute er sich, als er ein echtes, aufrichtiges, altes Ölfaß davor fand, von welchen er durch Ladenpeter wußte, daß sie sehr gesucht wurden.

Aber da kam auch schon der Besitzer des Fasses den Berg herabgelaufen und schimpfte gewaltig auf das Faß, das nie auf dem Wagen ruhen wollte.

»Laß mir das alte Faß«, sagte Risiko; »was wollt Ihr es mühsam wieder hinaufwälzen, da es Euch doch nicht gehorchen will!«

»Ei!« sagte da der Eigentümer, »diese Fässer werden jetzt stark gesucht und sind hoch im Preis! Doch wenn Ihr mir fünf Taler geben wollt, könnt Ihr es haben; es kostet mich zwei Taler auf dem Platz, dazu kömmt drei Groschen Provision und drei Groschen aus dem Haus auf die Straße und drei Groschen auf den Wagen und drei Groschen für jedes Mal Herunterfallen, macht für dreimal neun Groschen, und wieder dreimal aufgeladen à 3 Groschen macht wieder 9 Groschen, und hierhergefahren 12 Groschen und hier heruntergelaufen à 3 Groschen und ihm nachgelaufen à 6 Groschen, macht Summa Summarum fünf Reichstaler in Gold zu 5 Taler 16 Groschen den Friedrichsdor gerechnet.«

Dem Risiko stach das Faß sehr in die Augen, aber er hatte kein Geld und gestand dem Verkäufer ein, daß er dieses nicht zahlen könnte, er möge es ihm auf Kredit geben. Da erwiderte der Verkäufer: »Habt Ihr denn auch nicht Geldeswert?« – »Ach!« sagte Risiko, »ich habe nichts als hier meine fromme Tochter Kreditchen.« Da lachte der Verkäufer und sagte: »Auf die wird Euch niemand etwas kreditieren, ein recht schönes Stück Federvieh von seltener Art wäre mir lieber.« Diese Rede ging der Tochter durchs Herz, sie weinte und ging in das Haus.

»Nun, habt Ihr keine Perlhühner, Fasanen, Pfauen oder seltene Tauben? Ich bin ein Liebhaber von dergleichen.«

»Ach!« sagte Risiko, »wie soll ich zu so etwas kommen, ich habe nicht einmal Hühner!« Da girrte es auf einmal auf dem Dach der Hütte; der Kaufmann schaute hinauf und rief aus: »Ha! ha! Ihr wollt nur nicht herausrücken, da sitzt ja die wunderschönste Pfauentaube auf dem Dach; wollt Ihr sie mir ablassen, so mögt Ihr das Faß dafür behalten.«

Risiko hatte diese Taube nie gesehen und sprach verwundert: »Wenn Ihr sie wollt, so holt sie Euch; ich bins zufrieden.« Der Verkäufer, welcher ein großer Taubenkünstler war, nahm ein Fläschchen Anisöl, das die Tauben gern riechen, aus der Tasche, schmierte sich die Finger damit, nahm Wicken in die hohle Hand und wollte eben auf das Dach hinaufsteigen; aber die schöne Pfauentaube flog ihm entgegen und setzte sich ihm auf die Schulter. »Seht Ihr, ich verstehe es«, sagte er stolz lächelnd, und ging mit dem Wunsche von dannen, daß Risiko das aufrichtige alte Ölfaß in Glück und Segen verzehren möge, zufrieden mit seinem Handel den Berg hinan nach seinem Fuhrwerk.

Risiko hörte noch lange die Taube zärtlich Ruckruck rufen. Da rief er: »Kreditchen! Kreditchen!« aber sie war nicht zu hören und zu sehen, er hörte nur immer das Ruckruck der schönen Taube. Da setzte sich Risiko auf das erhandelte Ölfaß und sagte traurig: »Ach! was soll mir das Faß, ich habe mein gutes Kreditchen wieder verloren, welches mir doch das Liebste auf der Welt war. Aber vielleicht ist sie wieder in die Stadt dienen gegangen, ich will nur auch hinein und mir die hundert Taler für die Brieftasche als Trinkgeld ausbitten; dann zahle ich sie an Herrn Seligewittibs-Erben und Compagnie und bin ihm dann 100 Taler weniger schuldig.« Da sprach es auf einmal aus dem Faß: »Ich schreibe Ihnen nur 100 Taler Münze gut; restieren 800 Taler, welche abermal belastet bleiben«; und Risiko, der auf dem Fasse saß, machte einen Sprung herunter und lief mit dem Geschrei ins Haus: »Alle guten Geister! das Faß kann sprechen.«

Herr Seligewittibs-Erben war ganz wider seinen Willen hier verkauft worden; er gedachte weitertransportiert zu werden und dann an Ort und Stelle herauszuschlüpfen. Er fürchtete nichts mehr, als daß Risiko, der vor dem Fasse floh, nicht wieder kommen und ihn darin stecken lassen möge; deswegen kollerte er dem Risiko nach bis an die Haustüre und rief immer: »Herr Risiko! sehr schätzbarer langer Freund! sehr gutes Haus, mit welchem ich noch interessante Geschäfte zu machen gedenke! Herr Risiko! ich stecke hier auf ihr Risiko im Faß; bitte, mich zu hören; ich mache denselben den Antrag, mir das Faß zu einem Friedrichsdor abzulassen, soviel Herr Vetter-und-Basens-Geschwister-Seliger-Eidam dafür begehrt.«

Risiko streckte auf dieses Geschrei den Kopf schüchtern zum Fenster hinaus und sprach: »O du echtes, altes, aufrichtiges Ölfaß! du bist mit Recht aufrichtig zu nennen, denn du sprichst wie ein Mensch; ich habe nichts dagegen, wenn du dich selbst von mir kaufen willst; für einen Friedrichsdor kannst du dich haben, aber zahle mir bar.«

Da schrie es aus dem Faß: »Schreibe Ihnen das Faß mit 5 Thlr 8 Groschen gut, da die Louisdors so hoch stehen.« Risiko aber sprach: »Mir ward 5 Thlr 16 Groschen gefordert«, worüber sie lange hin und her handelten. Da aber Risiko nicht anders wollte, war Seligewittibs-Erben und Compagnie es zufrieden und verlangte aus dem Faß heraus. »Faß! du willst aus dem Faß heraus? Das versteh ich nicht; ich kann weiter nichts tun, als dich auf ein trockenes Lager legen und deine Reife ein wenig antreiben und dich mit heißem Wasser ausspülen, welches ich dir berechnen werde.«

Da kam Risiko mit heißem Wasser und einem Hammer heraus. Aber der Kaufmann schrie entsetzlich im Faß: »Ach! schlagen Sie das Faß zusammen und lassen Sie mich heraus; ich bin Herr Seligewittibs-Erben und Compagnie.« Da ging dem Risiko erst ein Licht auf, und er sagte: »Mein Herr! ich habe das Faß gekauft, wie es ist, auf mein Risiko, und gedenke mit dem Fasse in Compagnie zu gehen, mit allen seinen Eigenschaften, kann Sie daher nicht herauslassen.«

Nun begann der Kaufmann im Faß hin und her zu handeln. Er ließ ihm ein Hundert Taler nach dem andern von seiner Schuld nach und mußte endlich noch seine ganze Geldkatze, welche er um den Leib geschnallt hatte, aus dem Spundloch herauslaufen lassen und dann noch die zwei Finger herausstrecken und schwören, daß er den Risiko in Compagnie nehmen wolle, und daß die Firma heißen solle: Seligewittibs-Erben Risiko und Compagnie. Hierauf schrieb er alles dieses zu Papier, reichte die Schrift, Feder und Tinte und Licht und Siegellack ins Faß, und der Kaufmann mußte alles unterschreiben und besiegeln, worauf Risiko die Reife von dem Faß schlug und den Kaufmann heraussteigen ließ.

Man hätte denken sollen, der Kaufmann würde gegen Risiko sehr böse sein; aber im Gegenteil. Er umarmte ihn zärtlich und sprach: »Herr Risiko, ich habe nicht erwartet, daß Sie ein so feiner Kopf seien; hätten Sie sich dieses herrliche Geschäft entschlüpfen lassen, ich würde Sie ewig verachtet haben. Nun freue ich mich sehr, mit Ihnen in Verbindung zu arbeiten; ich bin versichert, ich werde es nicht zu bereuen haben.«

Nun teilte er ihm die ganze Ursache seiner Reise und seine ganze Spekulation mit und sprach: »Es ist die höchste Zeit, daß wir uns auf den Weg machen, um bei dem Zusammentreffen der beiden Herren von Incognito mit den großen Viehherden im Hohlweg zu sein; auch fürchte ich sehr, Vetter und Base, welcher mit den Ölfässern fuhr, wird uns zuvorkommen.«

»Da bin ich gut für,« sagte Risiko, »Sie sollen mich gleich kennen lernen«, und nun stemmte er sich mit dem Rücken an einen kleinen alten Stall, der im Hof stand, und drückte tüchtig, da fiel der Stall um und verschüttete ein kleines Bächlein neben seinem Haus.

»Was soll das?« fragte der Kaufmann.

»Über diesen Bach muß Vetter und Base mit seinem Wagen, nun ist er verstopft, wird sehr anschwellen, und er wird ohne Brücke nicht hinüberkönnen; lassen Sie uns ihm ruhig nachgehen.«

Sie machten sich auf den Weg, und Risiko sagte vorher zu einem benachbarten Bauern: »Gevatter! hier habt Ihr einen Louisdor, wenn hier ein Faß angeschwommen kömmt, so räumt den Bach wieder auf und lasset ihn laufen.« Der Bauer versprach es, und die beiden Handelsfreunde gingen ihres Wegs.

Als sie einige Stunden gegangen waren, fanden sie den Vetter und Base mit seinem Wagen an dem aufgeschwollnen Bach, der wie ein Fluß geworden war. Er konnte nicht hinüber und wünschte, diese Reise nie übernommen zu haben. Da kauften sie ihm alle seine Ölfässer um ein Spottgeld ab und warfen sie in den Bach, worauf Vetter und Base mit nichts als seiner schönen Taube wieder nach Haus zurückfuhr.

Als die Ölfässer bei der Hütte des Risiko angeschwommen kamen, räumte der Bauer den Bach auf, das Wasser lief ab, und sie gingen ruhig hinüber. So kamen sie gleich bei dem Hohlweg im hohen Gebirg an und hörten bald ein außerordentliches Gebrüll von Diesseits und Jenseits.

»Ha! ha!« sagte Risiko, »die beiden Herren von Incognito treiben schon ihr Vieh von zwei Seiten in den engen Hohlweg, bald werden sich die Ochsen begegnen und aufeinanderstoßen; der Schulze hier in dem nahe gelegenen Dorf ist mein Bruder und ein Fleischer; wir wollen zu ihm gehn, und da will ich Ihnen meinen ganzen Plan mitteilen.«

Sie kamen zu dem Schulzen, und nun sagte ihm Risiko: »Lieber Bruder! für jeden toten Ochsen, den du aus dem Hohlweg mit deinen Bauern herauf auf den Rand des Wegs ziehst und ihn in den kleinen Bach legst, sollst du einen Taler haben.« Das war der Schulze zufrieden, und begab sich mit fünfzig starken Bauern, die mit Stricken und Haken versehen waren, auf den Rand des Hohlwegs in die Mitte, wo die Herden zusammentreffen mußten.

Nun redeten die zwei Handelsfreunde ab, was sie tun wollten: jeder sollte zu einem der Herren von Incognito gehen und ihm ein Heumagazin, die Ochsen zu füttern, an dem Ort verkaufen, wo sie die Herden hintrieben, und jeder sollte von seinem Herrn von Incognito die Ochsen als Geschenk begehren, welche unterwegs sterben würden; das weitere würde sich finden. Sie trennten sich und gingen rechts und links an die zwei Eingänge des Hohlwegs.

Das Vieh marschierte hinein, die Herren von Incognito gingen nach. Da sagte jeder an seiner Stelle zu seinem Herrn von Incognito: »Kaufen Sie mir 3000 Zentner Heu ab, die Ochsen auf dem Markt zu füttern.« Die Herren waren recht froh darüber und kauften das Heu den Zentner zu 1 Louisdor, also zu 3000 Louisdor jeder, und mit der Bedingung, jedes Stück Vieh, was unterwegs sterbe, solle ihm gehören. Nun sagten sie: wir müssen zutreiben, damit wir schnell durch den Hohlweg kommen, und prügelten hinten immer auf die Ochsen los, die trafen in der Mitte des Hohlwegs zusammen und wurden wild und stießen mit den Köpfen zusammen, bis sie tot waren, und wurden von den Bauern immer heraufgezogen. Da kamen neue zusammen und stießen sich wieder tot, und immer so fort, bis sie alle tot und heraufgezogen waren und die beiden Herren von Incognito selbst mit den Köpfen zusammenstießen. Sie kannten sich sehr gut, aber sie stellten sich, als kennten sie sich nicht, und fragten sich um ihre Namen. Da sagte jeder, er heiße Incognito, worüber sie zu zanken begannen, und der eine rief dem Risiko, er solle ihm beistehen, der andere rief den Seligewittibs-Erben um Hülfe.

Da schlug Risiko den jenseitigen Herrn von Incognito mit seinem Stock, und Seligewittib schrie: »Schlägst du mir meinen Herrn von Incognito, so schlage ich dir deinen Herrn von Incognito«, und prügelte auf den andern los, bis die Nacht einbrach und die beiden Herren von Incognito entflohen, jeder nach seiner Hauptstadt zurück.

Die Handelsfreunde umarmten sich nach ihrem wohlgelungenen Geschäft; sie hatten zusammen 12000 Dukaten für Heu gewonnen und noch 6000 tote Ochsen dazu. Nun ließen sie die Ochsen alle abziehen und das Fleisch einsalzen und in dem Dorf bei dem Metzger liegen, worauf sie miteinander nach der Stadt reisten.

Wie froh war Ladenpeter und Komanditchen, daß der arme Risiko Gesellschafter der Handlung geworden war; aber daß Kreditchen die Freude nicht mitgenießen könne, machte alle sehr betrübt. Man ließ sie vergebens in alle Zeitungen setzen.

Die beiden Herrn von Incognito kamen zu ihren Königen zurück, und klagten über gegenseitige Mißhandlung; da ward Krieg erklärt, und Seligewittib und Risiko verkauften ihre Ochsenhäute sehr teuer zu Soldatenschuhen und das eingesalzene Fleische als Proviant. Die Blasen aber aus den Ochsenleibern hoben sie sehr sorgsam auf. Sie wurden hiedurch ganz unermeßlich reich, und da endlich Friede wurde, heirateten sich der König von Diesseits und die Königin von Jenseits, und es wurden große Hoffeste gegeben, wobei die Ochsenblasen sehr teuer gekauft wurden, um sie statt Kanonen zu zerknallen, weil auch kein Körnchen Pulver von dem Krieg mehr übrig war. Nun wurden Seligewittibs-Erben und Compagnie zum Kommerzienrat ernannt wegen seinen hohen Verdiensten und wurde adelig mit dem Namen Baron von Ochsenglück; Risiko aber blieb, was er war.

Der Baron von Ochsenglück überließ dem Risiko die Handlung ganz, baute sich ein Treibhaus, las von der Unsterblichkeit der Seele und suchte Komanditchen an einen Grafen zu verheiraten.

Der Ladenpeter war nun auch kein armer Lehrbursche mehr, sondern saß in der Schreibstube seinem Vater Risiko gegenüber am Pult und führte die Korrespondenz, hatte einen Engländer zum Spazierenreiten, und zwei Kutschenpferde und einen Reitknecht, und war immer so neumodisch gekleidet, daß man hätte glauben sollen, er wäre nicht recht klug im Hirn. Aber er mochte machen, was er wollte, die ganze Stadt nannte ihn doch nur Ladenpeter, und Komanditchen konnte ihn nicht mehr ausstehen; woraus er sich auch nicht viel machte, wenn er sich nur zu Pferd in der Stadt konnte sehen lassen.

Während alles dieses vorging, saß Komanditchen alle Tage einige Stunden in ihrer wohlriechenden Faßeinsiedelei und hatte das schöne Buch vom altteutschen Spritzkuchen aus den Papieren der perfekten Köchin unter bittern Tränen der Erinnerung an ihre gute Mutter beinahe auswendig gelernt.

Da sah sie einstens auf dem Taubenschlag des Nachbars eine wunderschöne Pfauentaube sitzen; es war dieselbe, für welche er dem Risiko das Faß gegeben. Komanditchen war ganz entzückt über die Taube und rief aus: »O du wunderschöne Taube! komm ein wenig zu Komanditchen.« Da flog die Taube zu ihr in das Faß und war so freundlich und lieblich, daß Komanditchen eine ungemeine Liebe zu ihr gewann, und wenn sie in ihrer Einsiedelei war, mußte die Taube immer bei ihr sein.

Einstens hörte sie durch das Loch im Faßboden, daß Besuch unten im Zimmer sei; sie legte sich an die Erde und sah hinunter. Es war der alte Graf Vogelleim und sein Sohn; sie warteten auf ihren Vater, und der Graf sagte zu seinem Sohn: »Du sollst dich nur wegen dem Gelde mit dem Fräulein Komanditchen verbinden; der alte Herr von Ochsenglück hat Glück gehabt wie ein Ochs, denn er hat mit einem Maikäfer angefangen.«

Nun kam der Vater, und der Graf hielt um die Hand Komanditchens an. Das freute den Vater sehr, und er ließ Komanditchen rufen. Sie kam zu der Stube herein und sagte gleich zu ihrem Vater: »Ich mag den Grafen Vogelleim nicht.« Da machte der Graf seinen Diener und zog ab.

Der Vater sagte zu ihr: »Du bist sehr grob«; sie erzählte ihm aber, was die beiden gesprochen, und fragte: ob es wahr sei mit dem Maikäfer? »Ja,« sagte der Vater, »ich war ein Betteljunge und hatte nichts von meinen verstorbenen Eltern erhalten als den Spruch:

Findst du was auf der Gasse,
Was besser als 'ne Laus:
Hebs auf, stecks in die Tasche
Und trags mit dir nach Haus.

Als ich nun zum ersten Mal hier in die Stadt kam, fand ich unter einem Baume einen Maikäfer. Ich dachte, der ist besser als eine Laus, und hob ihn auf. Da kam eben der Graf Vogelleim, der auch noch ein kleiner Junge war, mit dem Bedienten vorbei, der ihm Bücher und Papier in die Schule nachtrug. Als er meinen Maikäfer sah, wollte er ihn haben und kaufte mir ihn um einen Bogen Papier ab, weswegen du auch einen Maikäfer in dem Herzschild meines Wappens siehst. Hat nun der Graf sich darüber lustig gemacht, so soll er seine Leimrute anderswo aufstecken, er soll dich mein Komanditchen nicht dran fangen!« Da küßte Komanditchen dem Vater die Hand und ging wieder in ihre Einsiedelei.

Über eine Weile hörte sie unten wieder sprechen; sie guckte, es war der Baron von Hustenleder mit seinem Sohn, der sagte: der Herr von Ochsenglück habe mit Zuckerpapier gehandelt. Komanditchen wurde wieder gerufen, und sie sagte wieder: »Baron von Hustenleder, ich mag Sie nicht.« Hernach erzählte sie dem Vater wieder, was der von Hustenleder von dem Zuckerpapier gesagt. Der Vater sprach: »Es ist wahr, ich ging mit meinem Bogen Papier zu einem Zuckerbäcker, welcher gerade Biskuit in den Ofen schieben wollte; er versprach mir für meinen Bogen weißes Papier zwei, worauf Biskuite waren gebacken worden; ich ging den Handel ein und erhielt auf zwei andern Bogen 48 leichte Zuckerrinden, welche von den darauf gelegenen Biskuiten waren sitzen geblieben. Ich schnitt die achtundvierzig Biskuit-Schattenrisse auseinander und verkaufte sie an den damals jungen Herrn von Hustenleder, jedes zu einem Kreuzer, macht 48 Kreuzer. Will er mich jetzt darum verachten, so mag er sein Hustenleder anderswo anbringen. Wegen jenem Fall siehst du auch die 48 Biskuite auf dem Mantel, der um mein Wappen herum hängt!« Komanditchen küßte die Hand und ging in die Einsiedelei zurück.

Über eine Weile hörte sie unten den General von Wohlbekomms und seinen Sohn, der sagte zu seinem Sohn: »Ein gerechtes Schicksal führt durch deine Verbindung mit Komanditchen das Geld des Ochsenglücks wieder in unsere Kasse, denn er hat für Schnupftabak sein Glück an mir gemacht.«

Komanditchen ward wieder gerufen und sagte gleich beim Eintreten: »Herr General Wohlbekomms, ich mag Ihren Sohn nicht.« Da gingen diese ab, und sie sagte dem Vater, was der General von Schnupftabak gesprochen, und fragte, ob es wahr sei. »Ja,« sagte der Vater, »als ich die achtundvierzig Kreuzer hatte, kaufte ich dafür eine schönlackierte Schnupftabaksdose, auf welcher eine Menge Leute abgebildet waren, die auf die verschiedenste Art Tabak schnupften. Mit der Dose ging ich auf der Börse herum, wenn alle Kaufleute beisammen waren, und wo einer dem andern ein Prischen präsentierte, war ich gleich bei der Hand und wünschte gute Geschäfte und bat mir eine Prise aus, die sie mir gern gaben. Ich tat, als wenn ich schnupfte, und fing entsetzlich an zu niesen, bald wie dieser, bald wie jener Kaufmann, worauf ich mich eingeübt hatte. Da guckten sich immer alle um und sprachen. »Zum Wohlsein, Prosit!« und wenn sie sahen, daß ich es war, lachten sie; aber ich sammelte alle meine Prisen, die ich bekam, in die schöne Dose, und man hatte so viele Freude an meinen Possen, daß ich meine Dose bald voll hatte. Diesen Tabak mischte ich nun recht untereinander und ging damit auf die Wachtparade, wo der General Wohlbekomms die Truppen musterte. Da nun damals die Soldatenröcke so knapp geraten waren, daß keiner eine Prise Tabak, viel weniger eine Dose bei sich tragen konnte, und ich wohl wußte, daß der General gern schnupfte, so stellte ich mich in seine Nähe und drehte meinen Dosendeckel, daß der pfiff. Der General hatte eben ›Marsch!‹ kommandiert, aber als er meine Dose hörte, rief er Halt, kam auf mich zu und sprach: »Junge, hast du Tabak?« Ich zeigte meine schöne Dose; das Bild der Schnupfenden darauf machte ihn noch viel begieriger; er gab mir einen Groschen und nahm eine Prise und fing so an zu niesen, daß das ganze Regiment Wohlbekomms rief. Der König von Diesseits freute sich so über diese treffliche Mannszucht, daß er den Truppen allen Zulage gab und dem General den Namen Wohlbekomms. Dadurch wurde er mir gut und schnupfte oft und viel bei mir, konnte auch keinen Tabak mehr vertragen als meinen Gemischten, den er sonst nirgends bekommen konnte, wodurch ich jede Wachtparade, besonders wenn er im Feuer exerzierte, wozu er immer nieste, meinen Taler verdiente.

Ich hatte so schon an zwanzig Taler zurückgelegt, als ich einmal wieder auf der Börse war; da ließ ein Kaufmann ein Schiff voll in der See naßgewordener Tabaksblätter an den Meistbietenden verkaufen. Dieser Kaufmann hatte eine ganz wunderbare Art zu niesen, die man auf der ganzen Börse hörte und kannte. Er hatte dem Ausrufer gesagt, wenn er ihn niesen höre, so solle er mit dem Schlüssel auf den Tisch schlagen, das Zeichen, daß der, welcher gerade geboten, die Waren haben solle. Dieses hatte ein anderer Kaufmann, der mein Niestalent kannte, gehört, und sprach zu mir: »Bursche, wenn ich dir winke, so niese wie der Herr Gotthelf Prost. Ich verspreche dir eine gute Belohnung.« Nun wurde ausgerufen 100 Taler zum ersten, 150 zum ersten, 150 zum zweiten, da sagte mein Kaufmann: »Und sechs Groschen!« und winkte mir, und ich nieste an der andern Ecke des Saales so laut wie der Kaufmann, daß alles Gotthelf! prosit! rief; der Ausrufer ließ den Schlüssel fallen, und mein Kaufmann kriegte das ungeheure Schiff voll Tabak, das wohl tausendmal so viel wert war. Jedermann verwunderte sich darüber, und Herr Gotthelf Prost kam herzugelaufen und sagte: »Es gilt nichts, ich habe nicht geniest!« Herr Prisius Nisius aber sagte: »Was geht mich das an, zugeschlagen ist zugeschlagen«, legte sein Geld hin und ging nach seinem ungeheuren Schiff voll

Tabak, wohin ich ihm folgte. Kaum waren wir auf dem Schiff angelangt, als Herr Prisius Nisius mich umarmte und mir sagte: »Du hast mein Glück gemacht mit deinem Niesen; sage, was willst du haben?« Ich bat ihn, er möge mich mit meinen zwanzig Talern in Compagnie nehmen, und das war er zufrieden.

Da kam auf einmal der Fischminister, Herr von Nintstöhrenstuhr, auf das Schiff und erklärte, das Schiff müsse gleich ausgepackt werden, weil die Fische alle krepierten, weil der nasse Tabak durch das Schiff ins Wasser rinne. Da mußten wir nun auspacken; aber wir machten es noch besser, wir hingen und nähten alle die feuchten Blätter an die Segel und Masten und das Tauwerk des Schiffes, und da sich eben ein guter Wind erhob, segelten wir nach Amsterdam, wo unser Tabak getrocknet ankam und Prisius Nisius fünfmal hunderttausend Taler für den Tabak allein erhielt.

Ich heiratete hernach seine Haushälterin, welche eine perfekte Köchin und deine Mutter war, welche melancholisch wurde und, nachdem sie den altteutschen Spritzkuchen schrieb, starb. Als ich sie heiratete, schenkte mir Prisius Nisius die Handlung, welche ich so lange geführt und durch welche ich zum Ochsenglücksritter geworden.

Will nun der Herr General Wohlbekomms meinen Tabakshandel mir unter die Nase reiben, so bist du, mein Komanditchen, eine zu delikate Prise für ihn, und mag er schnupfen, wo er will.« Da küßte Komanditchen ihrem Vater die Hand und ging wieder in ihre Einsiedelei.

Noch sehr viele vornehme Herren kamen und baten den Herrn von Ochsenglück um die Hand Komanditchens; aber sie belauschte sie immer und sagte immer zu ihrem Vater: »Ich mag diesen und jenen nicht.« Da sagte endlich der Vater ungeduldig: »Wenn dir keiner recht ist, so back dir einen.« Das zog sich Komanditchen zu Herzen und saß ganze Tage tiefsinnig in ihrem Faßkabinett und lockte die Pfauentaube zu sich und las in dem altteutschen Spritzkuchen, worin der Prinz Mandelwandel ihr besonders wohlgefiel.

Nun reiste ihr Vater einstens auf die Messe nach Leipzig und fragte Komanditchen, was er ihr mitbringen sollte. Da sagte sie: »Bringe mir mit: ein silbernes Nudelbrett, eine goldene Teigrolle, einen silbernen Mörser mit einem goldenen Stößel, einen Sack voll von dem feinsten Warschauer Weizenmehl, 50 Eier von Perlhühnern und 50 Eier von Goldfasanen, 50 Pfund frische süße Mandeln, ein Fäßchen voll Rosenöl, ein Fäßchen voll Rosenwasser, ein Fäßchen voll Rosenhonig, ein Fäßchen voll Maibutter, zwei Pfund feine Vanille, eine Schachtel voll Zitronen, eine Schachtel voll verzuckertem Anis, eine Schachtel voll Muskatnüsse, eine Schachtel voll Gewürznägelein, frische Feigen und Traubenrosinen, zwölf Pfund Gerstenzucker, zwölf Pfund Kakaobohnen und ein schönes indianisches Vogelnest.« Der Vater wunderte sich über diese Bestellung, weil Komanditchen ihn aber sehr bat, so schrieb er sich alles in sein Büchelchen, versprach es ihr mitzubringen und reiste ab.

Am folgenden Morgen saß Komanditchen in ihrem Hüttchen, und ihre liebe Pfauentaube kam von dem Taubenhaus des Nachbars herüber geflogen und fraß ihr aus der Hand. Da hörte sie auf einmal ein gewaltiges Geklapper auf dem Hof und ein großes Geschrei, und die Pfauentaube flog pfeilschnell zu dem Fenster hinaus. Komanditchen lief hinunter und sah, daß Risiko und sein Sohn Ladenpeter sich mit einem großen Storch herumschlugen, der entsetzlich klapperte und mit dem Schnabel nach ihnen stach. Risiko hatte das große Hauptbuch in der Hand und Ladenpeter ein Lineal, mit welchem sie auf den Storch zuschlugen, den sie zu dem Tor hinausjagen wollten. Da stürzte die Pfauentaube aus der Luft gegen den Ladenpeter, und er schlug sie mit dem Lineal so auf den Flügel, daß sie vor Komanditchens Füßen niedersank, und als der Storch dieses sah, verließ er den Streit und lief auch auf Komanditchen zu und schnatterte außerordentlich betrübt. Sie nahm ihn in Schutz und trug mit Tränen die verwundete Taube an ihrem Herzen hinauf in ihr Kabinettchen, wohin ihr der arme Storch sehr traurig nachhinkte und immer sehr betrübt klapperte.

Komanditchen wusch der guten Taube das Blut vom Flügel und verband sie und legte sie in ihren Schoß und fütterte sie aus ihrem Mund und hegte und pflegte sie, daß sie sich bald erholte; aber recht fliegen konnte sie nicht mehr. Der Storch aber stand immer ganz betrübt bei Komanditchen und sah das Täubchen an, das sich sehr freundlich mit ihm zu unterhalten schien. Die Ursache dieses Streites aber war folgende:

Als Risiko noch im Dorfe als armer Krämer lebte, hatte der Storch sein Nest auf seinem alten Stall seit vielen Jahren. Da der Risiko, um das Bächlein zu verschütten, den Stall umwarf, fiel das Nest des Storches, der gerade verreist war, mit herunter und zerbrach. Im Sommer kam der Storch wieder, er fand sein Nest zerstört und die Hütte leer, da suchte er den Risiko in der Stadt auf; er sah den Ladenpeter, der sehr närrisch geputzt auf der Promenade herumging und mit allerlei Damen schwätzte. Da flog er zu ihm nieder und fing an zu klappern. Die Damen lachten ihn aus, er wollte ihn verjagen, aber der Storch lief immer neben ihm her. Da strömten viele Leute und Kinder zusammen und riefen: Lord Klapperstorch! und lachten ihn aus. Da stieg Ladenpeter auf sein Pferd und wollte schnell nach Hause reiten. Aber der Storch flog immer über seinem Kopf und klapperte, bis in seine Wohnung; da er die Haustüre zumachte, um das nachlaufende Volk abzuhalten, stieß der Storch ein Fenster ein und kam in die Schreibstube geflogen; setzte sich gerade vor Risiko, der an seinem offenen Hauptbuche rechnete; beschmutzte ihm das Buch; stieß ihm die rote Dinte um und klapperte ganz entsetzlich. Da fiel Herr Risiko auch über ihn, sie jagten ihn auf den Hof, wo Komanditchen ihnen zu Hülfe kam und wo die gute Taube verletzt ward.

Der Nachbar, Herr Vetter und Base, hatte seine Spionen im Hause des Risiko, die erzählten ihm von der Verwundung der Pfauentaube, und er ging sogleich mit einem Advokaten zu Herrn Risiko, auf dessen Reichtum er ohnedies sehr neidisch war, und begehrte seine Pfauentaube frisch und gesund zurück. Risiko konnte das nicht, weil ihr der Flügel zerschlagen worden war, aber er bot ihm viel Geld. Der Nachbar aber begehrte das nämliche echte, alte, aufrichtige Ölfaß, und den Herrn Seligewittibs-Erben darin so wieder, wie er es ihm einstens für die Taube gegeben. Das war nun gar nicht möglich, denn das Faß war lange verbrannt, und Herr von Ochsenglück würde sich nie wieder hineingesetzt haben.

Da ward die Sache vor den König von Diesseits gebracht, und der sagte: »Wenn Herr Risiko das Faß nicht wiedergeben kann, so muß er dem Herrn Vetter und Base alles geben, was aus dem Fasse entstanden ist.« Ach! da mußte der arme Risiko all sein Geld hergeben und seine ganze Handlung, und zog nun wieder mit dem Ladenpeter auf das Dorf.

Ehe sie fortzogen, kamen sie beide zu Komanditchen und weinten sehr, und Ladenpeter besonders. »Ach!« sagte er, »warum bin ich ein solcher Narr geworden und habe ein englischer Lord sein wollen; o wo sind die Zeiten hin, da ich als ein unschuldiger Ladenpeter Ihnen dieses Kabinett eingerichtet!« – Komanditchen weinte mit. »Oh!« sagte Risiko zu dem Storch, der ernsthaft in der Ecke stand, »warum hab ich dir aus Handelsspekulation dein Nest mit meinem alten Stall umgeworfen; o wäre ich doch ewig ein armer Krämer geblieben!« Da er aber die arme, kranke Pfauentaube ein Komanditchens Schoß sah, war er noch betrübter. »Ach!« sagte er, »wo mag Kreditchen, meine Tochter, sein? Wenn die bei mir wäre, so wollte ich zufrieden wieder auf meinem Dorfe wohnen.«

Komanditchen sagte ihm: »Gehet in Gottes Namen, werdet wieder ruhig und fromm, gewöhnt Euch Eure Eitelkeit und die Vornehmtuerei ab; vielleicht wird alles wieder gut«; und da schenkte sie ihm noch ihre Sparbüchse und bat ihn, ihr die kranke Taube dafür zu lassen, worauf Vater und Sohn fortgingen.

Komanditchen sah, daß der Storch und die Taube weinten, und weinte still mit.

Am Abend dieses Tages kam Komanditchens Vater von der Messe zurück und brachte ihr alles mit, was sie sich ausgebeten hatte: Kuchenbrett, Teigwalze und Mörser von Gold und Silber und das Warschauer Mehl und alle Gewürze und Süßigkeiten und Wohlgerüche. Als sie ihm das Unglück des Risiko und Ladenpeters, die wieder arm geworden, erzählte, war er nicht sehr traurig, sondern sagte nur: »Risiko war nie vorsichtig, hat immer zu viel riskiert.«

Komanditchen trug vor allem Nudelbrett und Mörser in ihr Kabinettchen und nahm das Warschauer Mehl und die Fasanen- und die Perlhühnereier und die Maibutter und den Rosenhonig und alle die herrlichen Sachen, und schürzte ihren seidenen Ärmel auf und knetete mit ihren weißen Händen den allerköstlichsten Teig auf dem Nudelbrett zusammen, und in dem Mörser stieß sie die Gewürze und Mandeln und knetete sie mit in den Teig; dabei half ihr der Storch und die Taube. Der Storch rührte alles mit seinem Schnabel um, die Taube pickte alles Schlechte weg, was hie und da im Gewürze vorkam, und tauchte die Flügel in das Rosenwasser und besprengte den Teig damit, wovon ihr Flügel bald wieder so heil wurde, daß sie ziemlich fliegen konnte.

Als dieser unschätzbare Teig fertig war, fiel sie in ein tiefes Nachdenken und sah den Teig an, wie ein Bildhauer den Ton, aus welchem er eine herrliche Bildsäule gestalten will. In dem Buche ihrer Mutter, genannt »Der altteutsche Spritzkuchen aus den Papieren einer perfekten Köchin«, war die Gestalt eines sehr angenehmen, sanften, schönen und tugendhaften Prinzen Mandelwandels beschrieben, welcher Komanditchen immer vor Augen schwebte, und weil ihr der Vater gesagt hatte: »Wenn dir kein Bräutigam recht ist, so backe dir einen«, so fing sie nun an, mit großer Aufmerksamkeit und Liebe zur Sache und mit außerordentlicher Geschicklichkeit aus dem Teige sich diesen Prinzen Mandelwandel zu kneten, während welcher ganzen Arbeit sie ununterbrochen folgendes Lied sang, während welchem, wenn sie dieses oder jenes, was sie brauchte, nicht zur Hand hatte, z.B. Wachholderbeeren, Himbeeren, Kirschen etc., die Taube oder der Storch immer wegflogen und es ihr aus den naheliegenden Gärten ganz frisch zutrugen. Das Lied aber lautete:

Einen Teig will ich mir rollen,
Ganz nach meinem eignen Sinn,
Daß gleich alle merken sollen,
Daß ich in der Küch die Tochter
Der perfekten Köchin bin.

O du frühverlorne Mutter!
Schau das Mehl von Warschau an,
Fasaneier, Maienbutter
Rührt mit flinker Hand die Tochter
Der perfekten Köchin dran.

Rosenöl und Rosenhonig,
Rosenwasser, Mandelbrei,

Tränen, Seufzer auch nicht wenig
Mischt dem Teige nun die Tochter
Der perfekten Köchin bei.

Pim, pim, pim der Mörser klinget,
Nelken, Zimt, Muskatennuß,
Alles bald zu Staub zerspringet,
Wie es von der Hand der Tochter
Der perfekten Köchin muß.

Rein die Hände, blank die Schürze,
Unterm Häubchen fest das Haar,
Knet ich in den Teig die Würze,
Stelle mich so ganz als Tochter
Der perfekten Köchin dar.

Aus dem edelsten der Teige
Knet ich einen Zuckermann,
Der den stolzen Herren zeige,
Daß man fechten für die Tochter
Der perfekten Köchin kann.

Sieh, schon knet ich alle Stücke,
Knie und Bein und Kopf und Wanst,
Rolle, nudle, zerre, drücke;
Munter, zeige, was du Tochter
Der perfekten Köchin kannst.

Kugelkloß und werd zum Kopfe,
Zuckerwerk zu Locken kraus,
Gerstenzucker zieht zum Zopfe
Hinten lang die kluge Tochter
Der perfekten Köchin aus.

Mandelzahn im Himbeermunde,
Augen von Wachholderbeer;
Denn das Süße und Gesunde
Liebt im Angesicht die Tochter
Der perfekten Köchin sehr.

Prosit! von Pomranzenschalen
Voll verzuckertem Anis,

Nase, nimmer zu bezahlen,
Wenn dich ab aus Hast die Tochter
Der perfekten Köchin stieß.

Lipp und Wang aus Zitronate
Schnurr- und Backenbart umziert,
Fein gezackt vom Kuchenrade,
Was geschickt die Hand der Tochter
Der perfekten Köchin führt.

Nun ein Herz von Biskuitteige,
Mit Tokayerwein durchnetzt,
Drauf geschrieben: Lieb und schweige!
In die Brust ihm nun die Tochter
Der perfekten Köchin setzt.

Mit verzuckerten Maronen,
Königsberger Marzipan,
Köstlichsten Kakaobohnen
Füllet ihm den Leib die Tochter
Der perfekten Köchin an.

Und nun form ich an zwei Armen,
Hände zwei, zehn Fingerlein,
Diese sollen voll Erbarmen
Und auch tapfer durch die Tochter
Der perfekten Köchin sein.

Beine werden nun gedrechselt,
Nicht zu grad und nicht verrenkt,
Dick und dünn hübsch abgewechselt,
Wie es angenehm die Tochter
Der perfekten Köchin denkt.

Quittenfleisch wird nun zur Wade
Und zum Fuße Marzipan,
Stiefel dann von Chokolade
Zieht dem Zuckerbild die Tochter
Der perfekten Köchin an.

O wie zierlich steht dem Schelme
Das indiansche Vogelnest!

Auf das Ohr statt einem Helme
Macht es pfiffig ihm die Tochter
Der perfekten Köchin fest.

Orden zwölf von Zuckerkandel
Und Vanille Achselschnur
Trägst du, Prinz von Mandelwandel,
Durch die Achtung einer Tochter
Der perfekten Köchin nur.

An den Zuckergriff des Degen,
Dessen Klinge ganz von Zimt,
Soll er seine Rechte legen,
Weil in Schutz er gern die Tochter
Der perfekten Köchin nimmt.

DAS MÄRCHEN VON GOCKEL, HINKEL UND GACKELEIA

Herzliche Zueignung

Keiner Puppe, sondern nur
Einer schönen Kunstfigur

weihe ich

dieses Paradieschen, diese Rarität, diese Kunst,
diese verspäteten Schmetterlinge,
dieses Adonisgärtchen,
dieses Märchen;

Sie halte ihnen den Daumen, friste ihnen das Leben,
lasse sie welken und sterben auf kindlichen Händen.

Liebstes Großmütterchen! Nimm nur Gockel, Hinkel und Gackeleia freundlich bei dir auf. Demütig all dein Lebtage verleugnetest du immer nur dich, nimmer aber mich, und so mag der Alektryo munter zwischen uns krähen, ohne uns zu erschrecken. Auch jetzt brauchst du dich meiner nicht zu schämen, denn erst am Schlusse dieser höchst wahrhaften Geschichte, als sie selbst zu einem Märchen und alle darin verwickelten hohen und niedern Standespersonen zu Kindern geworden, lege ich dir die ganze Bescherung märchenhaft zu Füßen, und kannst du mich mit gutem Gewissen für dein Enkelchen halten. – Wie oft hast du uns Kindern den Christbaum geschmückt und mit Lichtern erleuchtet und, mit der Schelle klingelnd, die Tore des verlornen Paradiesgärtchens eröffnet, daß wir unschuldige Früchte vom Baume des Lebens pflückten. Nicht aus mir, sondern nur aus Achtung vor den ehrwürdigen Leuten, die aus ihren Ursachen die Welt verkehrt nennen, habe ich den Nürnberger Bilderbogen von der verkehrten Welt genauer studiert und, um eine höchst wichtige Lücke in ihm zu ergänzen, das feierliche Amt eines Enkels übernommen, der seiner Großmutter ein Märchen beschert. – Vor allem aber zürne mir nicht, wenn du das meiste in diesem Märchen als das Deine wiedererkennest; ach Großmütterchen! wo sollte ich dann alle die artigen Verkleidungen und sieben Sächelchen, die ganze Garderobe der Puppe – nein, der nur allerschönsten Kunstfigur her haben, als aus dem reizenden Glasschränkchen in deiner Stube, in dem alle die Alter- und Neuertümer der Orden des Ostereis, der Tändelei, der Kinderei und der freudigen frommen Kinder aus Gelnhausen, Gockelsruh und Hennegau und die heiligen Reichskleinodien des Ländchens Vadutz, wenn ich mich nicht irre, aufbewahrt sind? – Woher sollte ich alle die kuriosen Kräuter und Blumen, alle die Hahnen- und Hühnerpflanzen und das ganze Marienklostergärtchen denn haben, als aus deinen botanischen Vorratskammern und Trockenanstalten zur Bekränzung des menschlichen Lebens? – Ja, du Kränzewinderin, Kronenbinderin, Sträußerkräuslerin, aus deinen vielen getrockneten Blumensammlungen habe ich gestohlen, und von dir habe ich gelernt, mit jener Anhänglichkeit, die aus dem Herzen des Lebensbaumes quillt, diese Blumen dir zur Erheiterung um ein Märchen herum zu befestigen, wie du sie deinen Freunden mit jenem Gummi, das aus der Rinde der arabischen *Acacia vera* quillt, um artige Bilder und Reime in schöner Anordnung auf Papier zu heften pflegst. Aus deiner großen Galerie ausgeschnittener Bildchen habe ich den größten Teil der artigen Figürchen, welche ich hier, gleich dir, in scherz- und ernsthafter Kombination zu einem Bilderbuche zusammengeklebt habe, und zwar von dir für dich. Ach! wenn ich so recht in der Arbeit war, sah ich oft nach der Gegend von Gockelsruh hin und dachte, dort herum sitzt jetzt vielleicht auch schon das Großmütterchen und klebt mir und den andern Kindern mit großer Geduld ein Bilderbuch zur Beschauung zusammen. – Wenn du alles das Deine nicht gleich wiedererkennst, so mußt du bedenken, daß große Leute nicht mit den Fingern auf die kleinen Großmütter deuten dürfen, und daß ich erst am Schlusse des Märchens ein Kind geworden bin, um in dieser Zueignung mit der Wahrheit herausplatzen zu dürfen. In vielen Zügen jedoch wirst du dich gewiß gern wiederfinden, z. B. in allen den Fahnen bei dem Leichenzuge des armen Kindes von Hennegau; denn ich selbst habe ja schon solche Fahnen aus deinen Händen den Armen gegeben. Auch der Name und Orden des armen Kindes von Hennegau muß deinem Herzen naheliegen, denn, liebes Großmütterchen, wir sind wohl beide arme Kinder, wenngleich nicht von Hennegau. Die Ortsnamen wirst du überhaupt nicht zu strenge nehmen, denn du weißt, daß alle höchst wichtigen oder gar notwendigen Begebenheiten, Gott sei Dank, überall geschehen sind. Du fragst mich, was mich meine leibliche Großmutter oft gefragt: »Woher hast du nur alle das wunderliche Zeug?« Ich antwortete: »Ach, es ist nicht weit her!« Die Grundlage von dem Hahn und dem Ring hörte ich als Knabe von einem welschen Chocolatemacher krähend erzählen. – Gelnhausen prägte sich mir in der Jugend durch den Zettel an einer Bude mit Wachsfiguren ein, welcher lautete: »Wahrhafte Abbildung der beiden Gebrüder Vatermörder von Gelnhausen« – als sei dies eine Handlungsfirma. Später einmal durch diese Stadt fahrend, glaubte ich besonders viele Bäcker- und Fleischerladen dort zu sehen; wäre aber dieses nur ein Spiel der Phantasie gewesen, so mahnt mich doch heut eine Fügung, allen Lohn, den mir Gockel je zutage scharren wird, nach Gelnhausen zu wenden. – In das Land Hennegau bin ich durch Gockel und Hinkel geraten; das Ländchen Vadutz aber habe ich von Jugend auf seines kuriosen Namens wegen gar lieb gehabt, ohne doch je zu wissen, wo es eigentlich liegt; ich habe auch nie darnach gefragt, um nicht aus einem jener Träume zu kommen, welche die Pillen der sogenannten Wirklichkeit vergolden. Vadutz ist mir noch jetzt das Land aller Schätze, Geheimnisse und Kleinodien und dort ist mir das Thule, wo der König den liebsten Becher, ehe er starb, in die Flut hinabgeworfen. Da ich als ein Knabe in dem Comtoir den gelehrten Rabbi Gedalia Schnapper mit dem unvergleichlichen Abarbanel Meyer auf Tod und Leben, so daß man mehrmals Wasser auf sie gießen mußte, um sie auseinanderzubringen, über die Lage eines wunderbaren Landes disputieren hörte, welches der Fluß Sabbathion umfließt, der die ganze Woche ein unzugängliches Steinmeer ist und nur am Sabbath seine Wogen bewegt, floh ich auf den Speicher in die Einsiedelei eines leeren Zuckerfasses und beweinte die Blindheit der Menschen, welche nicht fühlten, daß jenes Land notwendig das Ländchen Vadutz sein müsse. Alle Wundergebirge der Geschichte, Fabel- und Märchenwelt, Himmelaya, Meru, Albordi, Kaf, Ida, Olymp und der gläserne Berg lagen mir im Ländchen Vadutz. Alle seltsamen, merkwürdigen und artigen Dinge, von den Reichskleinodien bis zum Nürnberger Guckgläschen à 4 kr., in dem Erbsen, Goldblättchen und blauer Streusand, unter einem Vergrößerungsglas geschüttelt, alle Schätze der Welt darstellen, schienen mir aus Vadutz zu sein. In der sogenannten Schachtelkammer des Hauses voll abenteuerlichen Gerümpels war mir das Archiv von Vadutz, ja das goldne Zeichen über unserem Haustor selbst schien mir aus diesem gelobten Ländchen, als es in wirrer Zeit den Kopf verloren, zu uns emigriert. Auf der Galerie aber, einem schon vornehmeren Bewahrungsraum, war mir die Schatz- und Kunstkammer. Hier war das Arsenal verflossener Christfeste, hier wurden die Dekorationen und Maschinerien der Weihnachtskrippen bewahrt; hier stand eine Prozession allerliebster kleiner Wachspüppchen, alle geistlichen Stände, alle Mönche und Nonnen vom Papste bis zum Eremiten, nach der Wirklichkeit gekleidet, und gleich neben ihnen das Modell eines Kriegsschiffes. O Schatzkammer von Vadutz, was botst du alles dar? Vor allem aber entzückte mich ein kunstreicher Besatz von den Braut- und Festkleidern meiner Großmutter. Nie kann ich die Bauschen und Puffen von Seide und Spitzen vergessen, gleich Berg und Tal eines Feenlandes, gleich den Zaubergärten der Armida von den Gewinden feiner, allerliebster, bunter Seidenblümchen labyrinthisch durchirrt. – Ich will dir es nur gestehen, liebes Großmütterchen, oft, wenn ich so glücklich war, den Galerieschlüssel zu erwischen, stellte ich mich krank, um sonntags nicht mit den Eltern nach Gockelsruh oder auf die stille Mühle fahren zu müssen, und sperrte mich dann, wenn alle andern weg waren, zwischen diesen Herrlichkeiten ein. Das Kriegsschiff war mir zu hölzern, klapperig und wirr mit den vielen Stricken, Flaschenzügen und Segeln, und man konnte auch nicht zu dem Kapitän in die Kajüte hinein, man sah ihn nur durch ein Fensterchen am Tisch vor einer Landkarte und dem Kompaß unbeweglich sitzen; ich konnte nichts mit dem Schiffe anfangen, es war kein Wasser da. – Die Prozession der geistlichen Wachspüppchen war so delikat und zerbrechlich, daß ich sie kaum anzuschauen wagte; wäre sie von buntem Zuckerwerke gewesen, so wäre sie vielleicht Gefahr gelaufen, durch meinen Geschmack zu erbleichen, aber in ihrer jetzigen Beschaffenheit stand sie unter den Kanonen des Kriegsschiffes sicher vor mir. – Jene biegsamen, unzerbrechlichen Zaubergärten von Seidendrahtblümchen aber, welche ich höchstens ein wenig zerbog, legte ich um mich her, und saß dazwischen, die drei Pomeranzen, das grüne Vögelchen, das tanzende Wasser von Gozzi lesend, und glaubte mich selbst einen verschäferten Prinzen, der voll Sehnsucht seine Lämmer in den Tälern dieses Paradieses weidete und nach Erlösung seufzte. Ich glaubte mich dann mit diesen Zaubergärten mitten in Vadutz, wo mir das Paradies, wie Lindaraxas Gärtchen mitten in dem Alhambra eingeschlossen lag. – Da lebte ich eine Märchenwelt, die über der Wirklichkeit wie ein Sternhimmel über einer Froschpfütze lag. Man nannte diese ungemein artigen Blumenverzierungen mit vollem Recht *agréments*, Anmutigkeiten, Lieblichkeiten. Als man diese Anmutigkeiten nicht mehr trug, benützte man ihre Überbleibsel, kleine Heiligen-Bilder oder Wachskindchen damit zu umgeben, und nannte diese unter einem Glase bewahrt, Paradieschen, welche die Kinder mit großer Lust betrachteten, sich fest einbildend, Adam und Eva seien einst mit allen Geschöpfen in solcher Herrlichkeit herumspaziert. Weil nun jeder Mensch wohl fühlt, daß er das Paradies verloren hat und sich daher irgend ein Surrogat erschaffen, sich mit irgend einem Schmuck, einer Krone u. dgl. verkleiden, verschönern möchte, machten sich von je die Töchter der Menschen, naiv genug, solche kleine Gärten aus vergänglichen Dingen, wozu aller Putz der Frauen und die kleinen Adonisgärtchen gehören, die bei dem Adonisfeste um Sonnenwende prunkend umhergetragen und dann in den Strom geworfen wurden; so auch machen sich gern die Kinder aus dergleichen Überresten von Flittern irgend eine glitzernde Zusammenstellung unter einem Stückchen Glas, hinter einem Türchen von Papier, und zeigen einander für eine Stecknadel diese Herrlichkeit. – Als ich später in Geschäften der Akademie der Menschenkenner eine große Reise mit dem gelehrten Wunderkind Monsieur Heinicke machte, teils um dem verlornen Paradies, teils um allen Raritäten und der Kunst auf die Spur zu kommen, war das Resultat unsers Reiseberichts: »Einige bunte Seideflöckchen mit Goldfädchen, Flittern und andern Agrements mehr oder weniger fantastisch verwirrt und hinter einem Quadratzoll weißen Glases auf Papier platt gedrückt, und das alles mit einem Türchen bedeckt, ließen uns an vielen Orten die Kinder um den Preis einer Stecknadel sehen, weswegen wir der Akademie 12 kr. für einen Brief Stecknadeln berechnen. Überall war es eigentlich dasselbe; nur schien uns merkwürdig, daß in Köln ein Heiligenbildchen darin war und man es ein Paradies nannte, daß in Nürnberg ein Spielpfennig darin war und man es eine Rarität nannte, daß in Berlin ein bißchen Rauchpulver darin war und man es eine Kunst nannte. Überall aber kostete es nur eine Stecknadel.«

Längere Zeit hielt ich mich und eine meiner Schwestern für die privatisierenden Besitzer von Vadutz, und wir erzählten uns jeden Morgen die Tugenden, welche wir in den Träumen der letzten Nacht an Land und Leuten inkognito ausgeübt hatten. Unsere Verdienste häuften sich dermaßen, daß wir sie in Bataillone einteilen und außer den Revuen in den Feldbau entlassen mußten. Es reicht hin, wenn ich sage, daß wir die Akazienbäume, den Erdmandel-Kaffee, den Schlüsselblumen-Champagner, die Übung des Körpers durch Tanzen für alle drei christlichen Religionsparteien, das Gichtpapier, die Toleranzpomade, die Beruhigungs-Schawls à 2 fl. 24 kr., die Käppchen aus Freundschaft à 12 kr., die Kuhpocken, die Kunst, ein guter Jüngling, ein edles Mädchen zu werden, und Elise, das Weib, wie es sein soll, und Alles, wie es sein soll und nie sein wird, und die wasserdichten Lobzettel in Vadutz einführten. Unsere Geldsorten schnitten wir aus Goldpapier. Unsre Gnadengeschenke bestanden aus Abschnitten von Zuckerpapier, welches noch die Fußtapfen der darauf gebackenen Bisquits trug. – So machten wir alles und vor allem uns höchst glücklich. – Da nun eine Kaiserkrönung nahte und oft von den Reichskleinodien und allerlei Belehnungen gesprochen wurde, dachten wir uns auch Reichskleinodien von Vadutz aus. Wir regierten inkognito, die Kleinodien mußten also versteckt getragen werden. Nie hatte ich etwas Blinkenderes gesehen als die Epaulets eines ungarischen Magnaten, und so verfertigte ich dann aus Goldpapier und allerlei Flittern Achselbänder als die Reichskleinodien von Vadutz, die ich versteckt unter meiner Weste tragen konnte. Da nun alle Reichskleinodien eine sehr alte Geschichte haben, und ich keine ältere Geschichte von Kleinodien wußte, als daß Abrahams Knecht der Rebekka Armringe angelegt, so ließ ich die Reichskleinodien von Vadutz die Schulterbänder der Rebekka sein; und weil die ältern Geschwister, wenn ich mich bei dem Bilder-Anschauen ihnen über die Schulter lehnte, mehrmals gesagt: »Du meinst wohl, du seist der Kaiser, daß du mich belehnen willst?« so nannte ich auch diese Schulterbänder die Lehnskleinode von Vadutz. – Aber kein Glück besteht auf Erden! – und jetzt, liebes Großmütterchen, ist endlich die Zeit gekommen, da ich dich mit dem Ursprung vieler Tränen bekanntmachen kann, welche ich aller Welt zum Rätsel vergossen habe. – Ich träumerischer Knabe hielt mich bei der Kaiserkrönung für nichts mehr und nichts weniger als den verkannten privatisierenden Regenten von Vadutz, und würde es nach jener größten Ungerechtigkeit, daß der Hauptmann von Capernaum noch immer nicht Major geworden ist, für die allergrößte gehalten haben, wenn beim Ritterschlag nach der Frage: »Ist kein Dalberg da?« nicht die Frage gefolgt sein würde: »Ist kein edler Dynast von Vadutz da, daß er das Lehnskleinod auf seine Schultern empfange?« – So standen meine Hoffnungen, als nun am Vorabende ihrer Erfüllung mich ein alter Diener des Hauses, Herr Schwab, der Buchhalter, an dessen Originalitäts-Staketen alle Reben, Geisblatt- und Bohnenlauben unsrer Phantasie hinangerankt waren, enttäuschte. Dieser seltne Mann setzte dem goldnen Kopf bald die Amalia, bald die Liesel (so hießen seine zwei Haarbeutelperücken) über die Frisuren, à la Taubenflügel, Ninon, Sevigné, Rhinozeros, Elephant, Cagliostro, Montgolfier, Heloise, Siegwart, Werther, Titus, Caracalla und Incroyable, ohne irgend eine dieser Pantomimen der Zeit, welche dem goldnen Kopf zugleich durch die Haare fuhren, zu stören. Er beugte sich wie der immer blühende und fruchtende Christbaum einer derben sachlichen Vorzeit über einen gähnenden Abgrund und über den von Seufzern zerrissenen Zaun der Gegenwart bis zu der sehnsüchtigen Jasminlaube der Pfarrerstochter von Taubenheim hin, welche beschäftigt war, den kaum verbleichten himmelblauen Frack Werthers und dessen strohgelbe Beinkleider auf dem Grabe Siegwarts gegen Mottenfraß auszuklopfen und abwechselnd den bei der Urne seiner Geliebten verfrorenen Kapuziner nach den Methoden des Miltenberger Noth- und Hilfbüchleins aufzutauen, während Karl Moor, seine bleichgehärmte Wange an einen Aschenkrug lehnend, ihr Matthissons Elegie in den Ruinen eines alten Bergschlosses vorlas und seitwärts ein Verbrecher aus Ehrsucht mit Lida Hand in Hand im Mondenschimmer am Unkenteich Irrlichter weidete und nimmer vergaß, was er allda empfand. – Ein so großes Stück von der Geschichtskarte der Phantasie umfaßte jener Herr Schwab, daß ich wohl sagen kann: in den Zweigen dieses Baumes plauderten noch die Legenden, Gespenstergeschichten und Märchen in nächtlicher Rockenstube, als schon Lenore ums Morgenrot aus schweren Träumen emporfuhr; – in seinen Zweigen hielten noch die asiatischen Banisen, die Simplizissimi, die Aventüriers, die Felsenbürger, die Robinsonen, die Seeräuber, die Cartouche, die Finanziers und deren Jude, Süß Oppenheimer, Gespräche im Reich der Toten bis tief in die Sternennacht, da unter seinem Schatten Götz von Berlichingen nebst Suite vereint mit Schillers Räubern der Zukunft bereits auf den Dienst lauerten, und dicht neben diesen die heilige Vehme und alle geheimen Ordensritter bis zur Dya-Na-Sore Loge hielten. Es ward ein kunterbunter Polterabend der alten und neuen Zeit unter diesem Baume gefeiert, da wetteiferte Theophrastus Bombastus Paracelsus mit Cagliostro in Theriak und Lebensäther, da lehrten Christian Weisens drei Erznarren den Naturmenschen Basedows Latein aus dem *Orbis pictus Comenii*, da sperrte der höfliche Schüler den Magister Philotecknos in das *Magasin des enfants* der Frau von Beaumont, bis er Knigges Umgang mit Menschen auswendig konnte; da deklamierte Pater Cochem aus Eckartshausens »Gott ist die reinste Liebe« und meditierte der letztere aus des ersten Vier letzten Dingen; da tat Siegfried von Lindenberg die genealogische Frage »Was tuen die Fürsten von Hohenloh?« und antwortete Hübner: »Sie teilen sich in drei Linien«. – Da las Eulenspiegel die Korrekturbogen der neuen Heloise und sang Donquixote: »Freude, schöner Götterfunken«, und endlich – hier tanzte der Reifrock mit der *chemise grecque* den Cotillon auf der Hochzeit des Kehrauses bei einem umfassenden Orchester von der alten Laute Scheidlers, der Glasharmonika und Harfe der blinden Jungfer Paradies, einigen Maultrommeln, Papagenopfeifen und modernen Guitarren. – Ja um den Paradeplatz aller Leistungen unter dem Kommando des Herrn Schwab zu umspannen, reichte kaum das Gespinnst der alten Base Cordula zu, deren reiner Faden doch von dem Taufhemde der Fräulein von Sternheim bis zur Jakobinermütze um die Spule gelaufen war. – Dieser Janus, dieser Proteus, dieser Centaur von Scherz und Ernst, dieser mir ewig teure Herr Schwab, also stellte mich bei der Kaiser-Krönung sehr ernsthaft zur Rede und ermahnte mich, im stillen meine Ansprüche auf das Ländchen Vadutz fallen und Gras über diese kahlen Phantasien wachsen zu lassen, wenn ich nicht wolle auf die Mehlwaage gesetzt werden; denn unter den vielen bei der Krönung anwesenden Potentaten sei auch ein Fürst Lichtenstein, und dieser sei der wahre Besitzer des Ländchen Vadutz, welches nebst der Herrschaft Schellenberg seit 1719 das Fürstentum Lichtenstein ausmache. Er ermahne mich im guten, meine seltsamen Prätensionen aufzugeben, denn das Fürstentum müsse jährlich einen Reichsmatrikularanschlag von 19 fl. und 18 Rthl. 60 kr. zu einem Kammerziele bezahlen, da werde es um so schlechter mit meiner Sparbüchse aussehen, als ich ihm ja ohnedies noch 6 kr. Briefporto schuldig sei. – Da diese Ermahnungen mich noch immer nicht zu einem schönen Bilde der Resignation machen konnten, mußte mir der größte Geograph der Familie den Artikel Vadutz aus Hübners Zeitungslexikon vorlesen, wo alles Obige gedruckt stand; wobei es mich am tiefsten kränkte, die Lage meiner Ländereien so veröffentlicht zu hören. – Mir war als einem, dem das Paradies und das Butterbrot mit der fetten Seite auf die Erde gefallen sind. – Aber ich erkannte alles nicht an – ich hielt mich zäh und kraus und erwiderte: »Das Papier ist geduldig und läßt viel auf sich drucken, was darum doch nicht wahr ist.« – Meine Hartnäckigkeit machte den Geographen sehr bedenklich, so daß er mir im Katechismus zeigte, der anerkannten Wahrheit hartnäckig zu widerstreben, sei eine unverzeihliche Sünde. Das machte mich sehr wirr, und ich war lange Zeit gar traurig, als habe sich das Paradies in meinen Händen in ein goldenes Wart-ein-Weilchen und ein silbernes Nichtschen in einem niemaligen Büchschen verwandelt. – Da man mich nun oft mit dem Verlust von Vadutz aufzog und es mir sogar unter den verlornen Sachen im Wochenblättchen vorlas, sagte die Hausfreundin, die Frau Rath, mir mitleidig ins Ohr: »Laß dich nicht irr machen, glaub du mir, dein Vadutz ist dein und liegt auf keiner Landkarte, und alle Frankfurter Stadtsoldaten und selbst die Geleitsreiter mit dem Antichrist an der Spitze können dir es nicht wegnehmen; es liegt, wo dein Geist, dein Herz auf die Weide geht;

Wo dein Himmel, ist dein Vadutz,
Ein Land auf Erden ist dir nichts nutz.

Dein Reich ist in den Wolken und nicht von dieser Erde, und so oft es sich mit derselben berührt, wirds Tränen regnen. – Ich wünsche einen gesegneten Regenbogen. Bis dahin baue deine Feenschlösser nicht auf die schimmernden Höhen unter den Gletschern, denn die Lawinen werden sie verschütten, nicht auf die wandelbaren Herzen der Menschen unter den Gletschern, denn die Launen werden sie verwüsten; nein, baue sie auf die geflügelten Schultern der Phantasie.« – So war mir nun von meiner Herrschaft in Vadutz nichts geblieben als die Reichskleinodien auf den Schultern der Phantasie, die mir wie Links und Rechts bald Friede und Freude gaben, als sei ich glücklich wie Salomo, bald so viel Kummer und Hunger, daß ich den Ugolino beneidete. – Endlich aber degradierte sich die Phantasie selbst; weil ich ihr den Abschied nicht geben wollte, riß sie sich die Epaulets vor der Fronte der Philister selbst von den Schultern und warf sie mir und somit mich sich vor die Füße, nahm achselzuckend all das Meine auf die leichte Achsel und kehrte mir den Rücken, ohne gute Nacht, noch Abschied zu geben oder zu nehmen. – Wer den Schaden hat, darf für den Spott nicht sorgen. – Da war es ganz um mein Reich geschehen, und meine Trauer zappelte an Widerhaken. So ist die Erfindung der Achselbänder von Vadutz entstanden. – Als ich und meine Betrübnis so herangewachsen, daß die Frau Rath uns nicht mehr Du, sondern Er nannte, sagte sie einstens: »Wenn ich Ihn ansehe, geht mir es schier wie jenem alten General, der sah einmal einen höchst kummervollen Menschen in den Schloßhof hereinschleichen, und als dessen elendes Aussehen sein starkes Herz rührte, zeigte er einem Bedienten den Armen und sprach: ›Prügle Er mir den Menschen dort vom Hofe hinweg, denn der Kerl erbarmt mich.‹ – Steht es denn so gar schlecht mit Seinen Ländereien, Er sieht ja drein, als sei der Szepter von Juda gewichen und der Herrscher von seinen Lenden. – Komme Er heute abend mit mir, es soll Ihm das schönste Spektakel gezeigt werden, das je in Vadutz aufs Tapet gekommen ist.« Ich ging mit und ich sah etwas ganz Allerliebstes, nämlich, ein kleiner Harlekin kroch aus einem Ei und machte die zierlichsten Sprünge. »Nicht wahr,« sprach sie, »das tut seinen Effekt?« Ich bejahte es, und schrieb nachher ein paar tausend ernsthafter Verse über diese Begebenheit, die du auch kennst. – »Nu,« sagte sie, »ist Ihm das nicht eine saubere Bescherung?« – »Allerdings,« erwiderte ich, »aber sie ist mir nicht beschert, mir gebührt ein Steckenpferd, keine Puppe.« Da sprach die Frau Rath: »Erstens ist es auch keine Puppe, sondern nur eine schöne Kunstfigur, und wenn Er dann so gewiß meint, daß sie Ihm nicht gebühre, so hüte Er sich vor allen Kunstfiguren, denn sie sollen ihm als Ruten beschert werden, das prophezeie ich Ihm.« – Sieh, liebes Großmütterchen, da hast du nun auch die Quelle des so oft im Märchen wiederkehrenden Reims: »Keine Puppe, sondern nur eine schöne Kunstfigur.« – Als ich der Frau Rath sagte: »Wenn der Osterhas solche Eier legen würde, möchten die Hasen und die Eier gewaltig im Preise steigen«, erwiderte sie: »Ja, und wenn man mit den Eiern kippte, würde man behutsamer sein, um dem Harlekin nicht ein Loch in das allerliebste Köpfchen zu stoßen. Hätte nur Wolfgang diesen Harlekin im Ei gekannt, was hätte der für schöne Märchen von ihm erzählt, denn, wenn er seine Kameraden am Osterfest die Ostereier im Garten suchen ließ, bewirtete er sie immer mit einem ganzen Eierkuchen von Märchen aus dem großen Weltei, das über dem Brüten zerbrochen, so daß aus dem obern Teil der Schale der Himmel, aus dem untern die Erde entstanden ist.« – Hiemit weißt du nun auch, wie die vielen Eierhändel und Eierorden in das Märchen kommen, das ist alles mit dem Harlekin aus dem Weltei gekrochen. – Danke du Gott, daß in der inkompletten Encyklopädie von Krünitz, welche ich aus der Verlassenschaft des erlauchten Salathiel Salaboni, genannt Picktus, Salzgraf von Orbis, erstanden habe, unter andern achtundfünfzig Bänden, auch der eilfte und also der Artikel Ei fehlt, sonst würde ich dir noch weit mehr Eierspeisen vorgesetzt haben; – und somit habe ich dir auch eingestanden, woher ich meist alles habe, was dieses Märchen so langweilig macht, nämlich aus Krünitz Encyklopädie, und wer es nicht darin findet, bedenke doch nur, daß alle Exemplare inkomplett sind. – Vergebens wirst du dich, außer in Schottland, nach der großen breiten Schottländerin umsehen, welche am Schlusse einen so derben Schatten über alle die Artigkeiten wirft; eine etwas vollkommene Person hatte vor mir bedauert, daß die Erfindung durch dick und dünn mit mir davongehe; da ich mir aber nur allzu feiner Zierlichkeiten bewußt war, setzte ich, damit jene Person recht habe, diese breite Kounteß als Ballast in das Märchen und fürchte schier, ihre Korpulenz sei nur Contrebande von lauter Agrements und Anmutigkeiten.

Nun muß ich dir noch eingestehen, daß ich außer dir auch deiner klugen, klaren und guten Freundin dieses Märchen widmen wollte, welche einst, da ich ihr in Gegenwart anderer sagte, wie sehr ich sie verehren müsse, so anmutig strafend zu den Umstehenden sprach: »Wir wissen alle, welche artige Märchen dieser Freund erzählen kann.« – Ich wollte sie nicht Lügen strafen, ich widmete ihr das Märchen nicht. – Solltest du die Blätter aus dem Tagebuch der Ahnfrau am Schlusse angehängt finden, so wisse, daß ich einst ein Fragment aus der Chronika eines fahrenden Schülers bekannt machte, woran sich allerlei Leute erfreuten, und daß jene Blätter flüchtige Skizzen aus dem Umfange jener Chronika sind, welche ich noch nicht in die harmonische Haltung mit dem Tone derselben gebracht hatte, die ich aber zu meiner eignen Belustigung mit der Geschichte der Ahnfrau verwebte. – Nach allem vergieb mir, daß ich dieses Märchen bekannt machte, es war mein Wille nie; die andern Kinder drohten mir, weil Abschriften da sind, es selbst drucken zu lassen. – Ich willigte ein, mit dem innersten Gefühl, höchstens ein Mitleid dafür zum Lohne zu erhalten, welches jenes des alten Generals noch hinter sich zurückläßt; denn die Kinder dieser Zeit wenden mir den Rücken wie die Phantasie, und die Frau Rath, Gott tröste sie, kann mich nicht mehr trösten wie einstens. – Also, vergieb mir dies Märchen, in dem alles ein Märchen ist, außer daß ich es gewiß nicht gern getan, und es nicht wieder tun will. – Ja, liebes Großmütterchen, wenn ich darum verspottet und gekränkt werde, wenn sie mich am Ärmel zerren, aus dem sie dieses alles geschüttelt glauben, die nicht wissen, daß es aus dem Herzen ist, welches ich in der Hand trage, dann nimm du es bei dir auf, dieses Märchen und dieses Herz! – Aber lasse uns hier diese Dedikation zerbrechen, wie Kronovus und Gackeleia Bretzel und Bubenschenkel bei dem Eiertanz zerbrachen, als Meister Schelm nahte, und so wir diese Pfänder wohlerhalten wieder aufweisen können, sind wir treue Spielkameraden gewesen; bis dahin wollen wir uns mit einem Druckfehler dieser Dedikation trösten, welchen ich hier schließend verbessere, denn statt »herzliche Zueignung« lese überall »herzliche Zuneigung,« mit welcher ich verharre bis ans Ende – keiner Puppe, sondern nur einer schönen Kunstfigur und eines teuersten Großmütterchens

gehorsamer Enkel.

GOCKEL, HINKEL UND GACKELEIA

In Deutschland in einem wilden Wald, zwischen Gelnhausen und Hanau, lebte ein ehrenfester bejahrter Mann, und der hieß Gockel. Gockel hatte ein Weib, und das hieß Hinkel. Gockel und Hinkel hatten ein Töchterchen, und das hieß Gackeleia. Ihre Wohnung war in einem wüsten Schloß, woran nichts auszusetzen war, denn es war nichts darin, aber viel einzusetzen, nämlich Tür und Tor und Fenster. Mit frischer Luft und Sonnenschein und allerlei Wetter war es wohl ausgerüstet, denn das Dach war eingestürzt und die Treppen und Decken und Böden waren nachgefolgt. Gras und Kraut und Busch und Baum wuchsen aus allen Winkeln, und Vögel, vom Zaunkönig bis zum Storch, nisteten in dem wüsten Haus. Es versuchten zwar einigemal auch Geier, Habichte, Weihen, Falken, Eulen, Raben und solche verdächtige Vögel sich da anzusiedeln, aber Gockel schlug es ihnen rund ab, wenn sie ihm gleich allerlei Braten und Fische als Miete bezahlen wollten.

Einst aber sprach sein Weib Hinkel: »Mein lieber Gockel, es geht uns sehr knapp, warum willst du die vornehmen Vögel nicht hier wohnen lassen? Wir könnten die Miete doch wohl brauchen, du läßt ja das ganze Schloß von allen möglichen Vögeln bewohnen, welche dir gar nichts dafür bezahlen.« Da antwortete Gockel: »O du unvernünftiges Hinkel, vergißt du denn ganz und gar, wer wir sind? Schickt es sich auch wohl für Leute unserer Herkunft, von der Miete solches Raubgesindels zu leben? – und gesetzt auch, Gott suchte uns mit solchem Elende heim, daß uns die Verzweiflung zu so unwürdigen Hilfsmitteln triebe, – was doch nie geschehen wird, denn eher wollte ich Hungers sterben, – womit würden die räuberischen Einwohner uns vor allem die Miete bezahlen? Gewiß würden sie uns alle unsre lieben Gastfreunde erwürgt in die Küche werfen, und zwar auf ihre mörderische Art zerrupft und zerfleischt. Die freundlichen Singvögel, welche mit ihrem unschuldigen Gezwitscher unsre wüste Wohnung zu einem herzerfreuenden Aufenthalte machen, willst du doch wohl lieber singen hören, als sie gebraten essen? Würde dir das Herz nicht brechen, die allerliebste Frau Nachtigall, die trauliche Grasmücke, den fröhlichen Distelfink, oder gar das liebe treue Rothkehlchen in der Pfanne zu rösten, oder am Spieße zu braten, und dann zuletzt, wenn sie alle die Miete bezahlt hätten, nichts als das Geschrei und Gekrächze der greulichen Raubvögel zu hören? Aber wenn auch alles dieses zu überwinden wäre, bedenkst du dann in deiner Blindheit nicht, daß diese Mörder allein so gern hier wohnen möchten, weil sie wissen, daß wir uns von der Hühnerzucht nähren wollen? Haben wir nicht die ehrbare Stamm-Henne Gallina jetzt über dreißig Eiern sitzen, werden diese nicht dreißig Hühner werden, und kann nicht jedes wieder dreißig Eier legen, welche es wieder ausbrütet zu dreißig Hühnern, macht schon dreißig mal dreißig, also neunhundert Hühner, welchen wir entgegensehen? O du unvernünftiges Hinkel! und zu diesen willst du dir Geier und Habichte ins Schloß ziehen? Hast du denn gänzlich vergessen, daß du ein edler Sprosse aus dem hohen Stamme der Grafen von Hennegau bist, und kannst du solche Vorschläge einem gebornen, leider armen, leider verkannten Raugrafen von Hanau machen? Ich kenne dich nicht mehr! – O du entsetzliche Armut! ist es denn also wahr, daß du auch die edelsten Herzen endlich mit der Last deines leeren und doch so schweren Bettelsackes zum Staube niederdrückest?«

Also redete der arme alte Raugraf Gockel von Hanau in edlem hohen Zorne zu Hinkel von Hennegau, seiner Gattin, welche so betrübt und beschämt und kümmerlich vor ihm stand, als ob sie den Zipf hätte. Aber schon sammelte sie sich und wollte soeben sprechen: »Die Raubvögel bringen uns wohl auch manchmal junge Hasen« – doch da krähte der schwarze Alektryo, der große Stammhahn ihres Mannes, der über ihr auf einem Mauerrande saß, in demselben Augenblick so hell und scharf, daß er ihr das Wort wie mit einer Sichel vor dem Munde wegschnitt, und als er dabei mit den Flügeln schlug und Graf Gockel von Hanau sein zerrissenes Mäntelchen auch ungeduldig auf der Schulter hin und her warf, so sagte die Frau Hinkel von Hennegau auch kein Piepswörtchen mehr, denn sie wußte den Alektryo und den Gockel zu ehren.

Sie wollte eben umwenden und weggehen, da sagte Gockel: »O Hinkel! ich brauche dir nichts mehr zu sagen, der ritterliche Alektryo, der Herold, Wappenprüfer und Kreiswärtel, Notarius Publikus und kaiserlich gekrönte Poet meiner Vorfahren, hat meine Rede unterkrähet, und somit dagegen protestiert, daß seinen Nachkommen, den zu erwartenden Hühnchen, die gefährlichen Raubvögel zugesellt würden.« Bei diesen letzten Worten bückte sich Frau Hinkel bereits unter der niedrigen Türe und verschwand mit einem tiefen Seufzer im Hühnerstall.

Im Hühnerstall? Ja – denn im wunderbaren, kunstreichen, im neben-, durch- und hintereinandrigen Stil der Urwelt, Mitwelt und Nachwelt erbauten Hühnerstall wohnten Gockel von Hanau, Hinkel von Hennegau und Gackeleia, ihre Fräulein Tochter, und in der Ecke stand in einem alten Schilde das auf gothische Weise von Stroh geflochtene Raugraf Gockelsche Erbhühnernest, in welchem die Glucke Gallina über den dreißig Eiern brütete, und von einer Wand zur andern ruhte eine alte Lanze in zwei Mauerlöchern, auf welcher sitzend der schwarze Alektryo nachts zu schlafen pflegte. Der Hühnerstall war der einzige Raum in dem alten Schloße, der noch bewohnbar unter Dach und Fach stand.

Zu Olims Zeiten, wo dieses und jenes geschehen ist, war dieses Schloß eines der herrlichsten und deutlichsten in ganz Deutschland; aber die Franzosen haben es so übel mitgenommen, daß sie es recht abscheulich zurückließen. Ihr König Hahnri hatte gesagt, jeder Franzose solle sonntags ein Huhn, und wenn keines zu haben sei, ein Hinkel in den Topf stecken und sich eine Suppe kochen. Darauf hielten sie streng, und sahen sich überall um, wie jeder zu seinem Huhn kommen könne. Als sie nun zu Haus mit den Hühnern fertig waren, machten sie nicht viel Federlesens und hatten bald mit diesem, bald mit jenem Nachbarn ein Hühnchen zu pflücken. Sie sahen die Landkarte wie einen Speisezettel an, wo etwas von Henne, Huhn oder Hahn stand, das strichen sie mit roter Tinte an und gingen mit Küchenmesser und Bratspieß darauf los. So gingen sie über den Hanebach, steckten Groß- und Kleinhüningen in den Topf, und kamen dann auch bis in das Hanauer Land. Als sie nun Gockelsruh, das herrliche Schloß der Raugrafen von Hanau, im Walde fanden, wo damals der Großvater Gockels wohnte, statuierten sie ein Exempel, schnitten allen Hühnern die Hälse ab, steckten sie in den Topf und den roten Hahn auf das Dach, das heißt, sie machten ein so gutes Feuerchen unter den Topf, daß die lichte Lohe zum Dach herausschlug und Gockelsruh darüber verbrannte. Dann gingen sie weiter nach Hünefeld und Hunhaun und sind noch lang unterwegs geblieben.

Als sie abgespeist hatten, ging Gockels Großvater, der mit seiner Familie und dem Stamm-, Erb- und Wappen-Hahn und Hinkel im Walde versteckt gewesen, um das Desert zu besehen: es war eine Wüste. Nichts war ihm geblieben, er konnte sein Schloß nicht mehr herstellen und übergab es daher gratis an die Verschönerungs-Kommission der vier Jahrszeiten, des Windes und des Wetters, welche es auch in Jahr und Tag mit Gras und Kraut und Moos und Epheu und Büschen und Bäumen so reichlich austapezierten, daß es ein rechtes Paradies aller Waldvögelein und andern Wildpretts ward. – Er selbst zog nach Gelnhausen und nahm die Stelle eines Erb-Hühner- und Fasanen-Ministers bei dem dortigen König an. Sein Sohn trat nach ihm in dieselbe Stelle, und nach dessen Absterben unser Gockel, der gewiß auch als Hühnerminister mit Tod abgegangen wäre, wenn ihn nicht sein Menschen- oder vielmehr Hühnergefühl gezwungen hätte, noch lebendig von Gelnhausen Abschied zu nehmen. Dieses aber ging folgendermaßen zu.

Der König Eifrasius von Gelnhausen überließ sich der Leidenschaft des Eieressens so unmäßig, daß keine Brut Hühner mehr aufkommen konnte. Dies war gegen den Eid Gockels und gegen das Landesgesetz, Artikel Hühnerzucht. Gockel machte eine alleruntertänigste vergebliche Vorstellung nach der andern. Eifrasius errichtete den rührenden Eierorden verschiedener Grade und ließ von seinem Leibredner eine Rede dabei halten, die einer Schmeichelei so ähnlich sah wie ein Ei dem andern. Er sagte, Eifrasius esse nur allein so viele Eier, um die Hühner zu vermindern, damit die Franzosen nicht ins Land kämen. Dabei machte er bekannt, daß man künftig nicht Ihro Majestät, sondern Ihre Eießtät König Eifrasius sagen solle, und vieles ähnliche. Auch wußte er sehr viele hinreißende Stellen großer Dichter in seiner Rede anzubringen, z.B.:

Ein Huhn und ein Hahn,
Meine Rede geht an;
Eine Kuh und ein Kalb,
Meine Rede ist halb;
Eine Katze und eine Maus,
Meine Rede ist aus!

und weiter

Ein Ei, *un œuf*,
Ein Ochs, *un bœuf*,
Une vache, eine Kuh,
Fermez la porte, mach die Tür zu!

womit er den König ganz bezauberte.

Nach dieser Rede wurden alle anwesenden Anhänger und Schmeichler des Königs ganz eigelb im Gesicht und steckten gelbe Kokarden auf; Gockel von Hanau aber wurde vor Zorn und Schrecken und Unwill und Scham ganz grün und blau und rot, und kriegte ordentlich einen roten Kamm und schüttelte den Federbusch, wie ein Hahn, auf seinem bordierten Hut und scharrte mit den Füßen und hackte mit den Spornen. Da zog der König Eifrasius eben in der Kirche an ihm vorüber, sah ihn sehr ungnädig an und sprach: »In Gnaden entlassen, das Hühnerministerium ist bis auf weiteres aufgehoben.« – Somit hatte Gockel seinen Abschied.

Gockel war voll Ehrgefühl, er zeigte sogleich seiner Frau an, daß er am folgenden Morgen mit ihr und Gackeleia nach seinem Stammschlosse Gockelsruh aus Gelnhausen so wegziehen werde, wie seine Großeltern hineingezogen waren. Er befahl ihr, jene alten Kleider aus dem Kasten zu nehmen und im Hühnerministerium zurechtzulegen, wo sie sich morgen umkleiden wollten. Frau Hinkel war schier untröstlich über die alten seltsamen Kleider und meinte, alle Hunde würden ihr nachlaufen. Das Entsetzlichste aber war ihr, daß Gockel am hellen lichten Tage vor der Wachparade vorbei und über den Gemüsmarkt in diesem Aufzug aus der Stadt hinaus wollte, und nur unter den heftigsten Tränen, mit Gackeleia vor ihm auf den Knieen liegend, konnte sie erflehen, daß er mit ihr morgens vor Tag zur Gartentüre hinaus, hinten um die Stadtmauer herum, seine Abreise anzutreten versprach.

Gockel hängte seine Hühnerminister-Kleidung an das königliche Hühnerministerial-Zapfenbrett, legte alle die ihm aufgedrungenen Eierorden ab, den Orden der Schmeichelei und Heuchelei und befestigte seinen eigenen, Raugräflich Gockel-Hanauischen Haus-Orden der Kinderei wieder in das Knopfloch der Jacke seines Großvaters, die er morgen früh anziehen wollte; dann setzte er sich an seinen Schreibtisch, um alle die Rechnungen über seine Verwaltung heute nacht noch auszubrüten, und als er es so weit gebracht, daß Einnahme und Ausgabe sich wie ein Ei dem andern glichen, sank er ermüdet mit der Nase auf das Papier und schnarchte, daß der Streusand von zerstoßenen Eierschalen umherflog und mehrere Muster von Hühnerfedern, die vor ihm lagen, durcheinander wehten. Aber der Schaden war nicht groß.

Kaum graute der Tag, als Alektryo, der edle Stammhahn, sich selbst ermunternd mit den Flügeln in die Seite schlug, den Hals emporreckte und mit aufgerissenem Schnabel lautkrähend wie mit einem Trompetenstoß alle zur Abreise erweckte; das Stammhuhn Gallina begleitete sein Morgenlied mit einigen wehmütigen Akkorden. Gockel sprang auf und weckte Weib und Kind, die sich bald einstellten. Frau Hinkel war sehr traurig, auch sie mußte ihre Hühnerministerial-Kontusche ans Zapfenbrett hängen und die Kleider von Gockels Großmutter anziehen; händeringend stand sie in diesem Putz vor dem Spiegel. Gockel hatte viel zu ermahnen und zu trösten; er hatte seine Raugräfliche Gockelskappe aufgesetzt, auf der ein Hahnenkamm war, er hängte seine Perücke von Eierschalen an den Ministerialperücken-Hahn und fuhr in die großväterlichen Stiefel und Grafenhosen, welche ihm Gackeleia hinbrachte, die ziemlich lustig in ihrem seltsamen Röckchen war und das alte Erbhühnernest wie einen Fallhut auf dem Kopf trug.

Alektryo, der Stammhahn, saß neben dem Schreibtische auf der Raugräflich Gockelschen Erbhühnertrage, welche der berühmte Erwin von Steinbach zugleich mit dem Straßburger Münster erfunden hatte, und wiederholte, da er die ganze Familie wieder in ihren altgräflichen Kleidern sah, sein Krähen mit stolzer Freude. Er hatte einen reichsfreiritterlichen Unmittelbarkeitssinn und war nie gern in Gelnhausen gewesen, wo er nur zu Haus der Hahn im Korb war, am Hof aber nie auf dem Mist krähen durfte, weil dieses ein Regale, ein königliches Recht der Hofhähne, war. Er war hier nur Kammerhahn *à la suite*, hatte allerlei Kränkungen seiner Verhältnisse von den Hofhahnen zu erleiden, und durfte sie nicht einmal deswegen herausfordern. Gleich Graf Gockel war er sehr mit dem König Eifrasius unzufrieden, denn dieser hatte einmal die Eier seiner lieben Gemahlin Gallina durch die Polizei wegnehmen und sich in die Pfanne schlagen lassen. – Seine häusliche Glückseligkeit war dadurch gestört. Er war heftig und ungeduldig, Gallina aber gacksig, glucksig und piepsig geworden. Sie saßen immer auf dem Hühnerministerium und kamen nicht ins Freie; statt auf dem Miste scharrte Alektryo in Papierspänen, und die leidende Gallina wälzte sich im Streusand oder brütete hoffnungslos auf den ausgeblasenen Eierschalen des Eierordens, welche dort aufbewahrt wurden.

Nun aber, da alle zur Abreise gekleidet waren, trieb Alektryo die Gallina an, von seiner Seite auf dem Gockelschen Hühnersteg hinab zu dem Hennegauschen Erbhühnerkorb der Frau Hinkel zu schreiten, und sagte ihr dabei ganz freundlich ins Ohr, was ihr tröstend zu Herzen ging: »Heute abend sind wir frei und glücklich in Gockelsruh, dem Palaste unsrer Vorfahren, da giebt es Würmchen und Maikäfer und allerlei Sämerei die Menge; da wollen wir ein neues Leben beginnen, da gehören wir uns allein an, da wirst du eine Brut ausbrüten, die unser würdig ist.« Gallina trippelte mit einem lieblichen Lächeln gacksend den Steg hinab und setzte sich oben auf den Hühnerkorb.

Frau Hinkel nahm den Korb, worauf Gallina saß, auf ihren Kopf. In diesem Korbe hatte sie ein paar Hemden, etwas Flachs-, Hanf- und andere Sämereien, Nadel, Zwirn und Fingerhut und ein Wachsstümpfchen, ein Gebetbuch und einige schöne neue Lieder, gedruckt in diesem Jahr, und den Gräflich Hennegauschen Stammbaum und ihren Taufschein und Kopulationsschein und so weiter Schein bewahrt. Dann ergriff sie ihren Rocken und sprach: »Ich bin fertig.«

Gockel schlüpfte mit den Armen in die Tragriemen seiner Erbhühnertrage und trug sie wie eine gothische Kirche auf dem Rücken, oben drauf saß Alektryo, neben dran war sein Grafenschwert befestigt, und im Innern befanden sich sein Stammbaum, Grafenbrief, Taufschein, Ehekontrakt, ein Buch von Geheimnissen der Hahnen und Hühner und auch ein altes Geschlechts-Register, nach welchem Alektryo vom Hahn des Hiob und Gallina vom Hahn Petri abstammen sollte; es war aber teils sehr unleserlich mit Hühnerpfoten geschrieben, teils hatten es die Mäuse so durchstudiert, daß viele Löcher darin waren. Solche große Raritäten waren in der Hühnertrage. Gockel nahm nun seine Raugräfliche Standarte, die zugleich ein Hühnersteg war, als Stab in die Hand und sagte: »Wohlan, ich bin fertig.«

Gackeleia hatte das Erbhühnernest auf dem Kopf, und weil sie auf alle Weise noch sonst etwas tragen wollte, steckte sie der Vater in einen Korb, wie man sie über die jungen Hühnchen stellt, und befestigte ihr denselben über die Schultern mit Bändern, so daß sie wie in einem lustigen Reifrock mitspazierte. In der einen Hand hielt sie ihr ABC-Buch, worauf ein Hahn abgebildet war, und in der andern einen Eierweck von gestern, man nennt sie dort Bubenschenkel. Das Kind war sehr lustig und schrie: »Kikeriki, ich bin schon lang fertig.«

Nun blies Gockel die Hühnerministerial-Lampe aus, und sie gingen zu der Türe hinaus. Gockel gab dem Nachtwächter den Hausschlüssel, und dann verließen sie still durch die hintere Gartentüre, die durch die Stadtmauer führte, das undankbare Gelnhausen.

Kaum waren sie auf einer nahen kleinen Anhöhe, welche die Stadt überschaut, als Alektryo sich hoch aufrichtete und mit einem trotzigen kühnen Krähen allen Hahnen von Gelnhausen Hohn sprach, die erwachend von Haus zu Haus, von Turm zu Turm sich wieder zukrähten, so daß die Gockelsche Familie wo nicht unter dem Geläute aller Glocken, doch unter dem Krähen aller Hahnen die Stadt verließ.

Als Alektryo gekräht hatte, schauten sie alle noch einmal schweigend nach Gelnhausen zurück. Es lag eine weiße Nebelwolke über der herrlichen Stadt, die Sonne schoß mit ihren ersten Strahlen nach den blinkenden Wetterhahnen auf den Turmspitzen, welche aus dem Nebel hervorblitzten; hie und da drang ein dunkler dichter Bäckerrauch wie eine dicke braune Schlange durch den Nebel hervor. Frau Hinkel war betrübt. Gackeleia fing laut an zu weinen; ihr Eierweck war ihr gefallen und sie konnte ihn von dem Hühnerkorb, in dem sie steckte, gehindert nicht aufheben. – Gockel hob sie aus dem Korb heraus und hängte sich denselben noch hinten auf die Trage, denn Gackeleia wäre mit diesem Reifrocke an allen Büschen des wilden Waldes hängen geblieben, durch welchen jetzt ihr Weg führte.

Frau Hinkel, durch das Krähen aller Hahnen in Gelnhausen und durch den aufsteigenden Rauch von neuem sehr betrübt, folgte ihrem Manne mit manchem Seufzer durch den Wald. Sie gedachte an die Herrlichkeit von Gelnhausen, wo immer das eine Haus ein Bäckerladen, das andre ein Fleischerladen ist. – Ach, dachte sie, jetzt ist die Stunde, jetzt öffnen die Fleischer ihre Laden, jetzt hängen sie die fetten Kälber, Hämmel und Schweine auf und breiten in deren aufgeschlitzten Leibern reinliche schneeweiße Tücher aus! Ach, jetzt ist die Stunde, jetzt öffnen die Bäcker ihre Laden und stellen auf weißen Bänken die braunglänzenden Brote, die gelben Semmeln und schön lackierten Eierwecke, Bubenschenkel genannt, in Reih und Glied. – Gackeleia, die sie an der Hand führte, weckte mit ihren Reden ihre Betrübnis oft von neuem wieder auf, denn sie fragte ein um das anderemal: »Mutter, giebt es auch Bretzeln, wo wir hingehen?« Da seufzte Frau Hinkel; Gockel aber, der ernsthaft und freudig voranschritt, sagte: »Nein, mein Kind Gackeleia, Bretzeln giebt es dort nicht, sie sind auch nicht gesund und verderben den Magen; aber Erdbeeren, schöne rote Waldbeeren giebt es die Menge«, und somit zeigte er mit seinem Stocke auf einige, die am Wege standen, welche Gackeleia mit vielem Vergnügen verzehrte. Hierauf fragte Gackeleia wieder: »Mutter, giebt es auch so schöne braune Kuchenhäschen, wo wir hingehen?« Da seufzte Frau Hinkel abermals und die Tränen traten ihr in die Augen; Gockel aber sagte freundlich zu dem Kinde: »Nein, mein Kind Gackeleia, Kuchenhäschen giebt es da nicht, sie sind auch nicht gesund und verderben den Magen, aber es giebt da lebendige Seidenhäschen und weiße Kaninchen, aus deren Wolle du der Mutter auf ihren Geburtstag Strümpfe stricken kannst, wenn du fleißig bist. Sieh, sieh, da lauft eines!«

und somit zeigte er mit seinem Stocke auf ein vorüberlaufendes Kaninchen. Da riß sich Gackeleia von der Mutter los, und sprang dem Hasen mit dem Geschrei nach: »Gieb mir die Strümpfe, gieb mir die Strümpfe!« Aber fort war er, und sie fiel über eine Baumwurzel und weinte sehr. Der Vater verwies ihr ihre Heftigkeit und tröstete sie mit Himbeeren, welche neben der Stelle wuchsen, wo sie gefallen war. Nach einiger Zeit fragte Gackeleia wieder: »Liebe Mutter, giebt es denn auch da, wo wir hingehen, so schöne gebackene Männer von Kuchenteig, mit Augen von Wachholderbeeren und einer Nase von Mandelkern, und einem Mund von einer Rosine?« Da konnte die Mutter ihre Tränen nicht zurückhalten und weinte; Gockel aber sagte: »Nein, mein Kind Gackeleia, solche Kuchenmänner giebt es da nicht, die sind auch gar nicht gesund und verderben den Magen. Aber es giebt da schöne bunte Vögel die Menge, welche allerliebst singen und Nestchen bauen, und Eier legen und ihre Jungen füttern. Die kannst du sehen und lieben und ihnen zuschauen, und die süßen wilden Kirschen mit ihnen teilen.« Da brach er ihr ein Zweiglein voll Kirschen von einem Baum und das Kind ward ruhig.

Als Gackeleia aber nach einer Weile wieder fragte: »Liebe Mutter, giebt es denn dort, wo wir hingehen, auch so wunderschöne Pfefferkuchen wie in Gelnhausen?« und die Frau Hinkel immer mehr weinte, ward der alte Gockel von Hanau unwillig, drehte sich um, stellte sich breit hin und sprach: »O mein Hinkel von Hennegau! du hast wohl Ursache zu weinen, daß unser Kind Gackeleia ein so naschhafter Freßsack ist und an nichts als Bretzeln, Kuchenhasen, Buttermänner und Pfefferkuchen denkt; was soll daraus werden? Not bricht Eisen, Hunger lehrt beißen. Sei vernünftig, weine nicht, Gott, der die Raben füttert, welche nicht säen, wird den Gockel von Hanau nicht verderben lassen, der säen kann. Gott, der die Lilien kleidet, die nicht spinnen, wird die Frau Hinkel von Hennegau nicht umkommen lassen, welche sehr schön spinnen kann, und auch das Kind Gackeleia nicht, wenn es das Spinnen von seiner Mutter lernt.«

Diese Rede Gockels ward von einem gewaltigen Geklapper unterbrochen, und sie sahen alle einen großen Klapperstorch, der aus dem Gebüsche ihnen entgegentrat, sie sehr ernsthaft und ehrbar anschaute, nochmals klapperte und dann hinwegflog. »Wohlan,« sagte Gockel, »dieser Hausfreund hat uns willkommen geheißen, er wohnet auf dem obersten Giebel von Gockelsruh, gleich werden wir da sein; damit wir aber nicht lange zu wählen brauchen, in welchen von den weitläufigen Gemächern des Schlosses wir wohnen wollen, so will ich unsere höchste Dienerschaft voraussenden, damit sie uns die Wohnungen aussuche.«

Nun nahm er den Stammhahn von der Schulter auf die rechte Hand und die Stammhenne auf die linke, und redete sie mit ehrbarem Ernste folgendermaßen an: »Alektryo und Gallina, ihr stehet im Begriff, wie wir, in das Stammhaus eurer Voreltern einzuziehen, und ich sehe an euren ernsthaften Mienen, daß ihr so gerührt seid als wir. Damit nun dieses Ereignis nicht ohne Feierlichkeit sei, so ernenne ich dich, Alektryo, edler Stammhahn, zu meinem Schloßhauptmann, Haushofmeister, Hofmarschall, Astronomen, Propheten, Nachtwächter, und hoffe, du wirst unbeschadet deiner Familienverhältnisse als Gatte und Vater diesen Ämtern gut vorstehen; das nämliche erwarte ich von dir, Gallina, edles Stammhuhn; indem ich dich hiemit zur Schlüsseldame und Oberbettmeisterin des Schlosses ernenne, zweifle ich nicht, daß du diesen Ämtern trefflich vorstehen wirst, ohne deswegen deine Pflichten als Gattin und Mutter zu vernachlässigen. Ist dies euer Wille, so bestätigt es mir feierlich.« Da erhob Alektryo seinen Hals, blickte gegen Himmel, riß den Schnabel weit auf und krähete feierlichst, und auch Gallina gab ihre Versicherung mit einem lauten und rührenden Gacksen von sich, worauf sie Gockel beide an die Erde setzte, und sprach: »Nun, Herr Schloßhauptmann und Frau Schlüsseldame, eilet voraus, suchet eine Wohnung für uns aus, zeiget auch allen Bewohnern unsers Schlosses an, sie möchten sich durch kein Geräusch in ihrem Abendgebete stören lassen, weil ich in der Nähe des Schlosses, wo der englische Garten ein wenig ins Kraut geschossen sein mag, wahrscheinlich mit meinem Grafenschwert die Hecken werde schneiden müssen, um mir und Frau Hinkel mit unsern hohen Insignien durchzuhelfen; also tuet und bereitet uns einen würdigen Empfang.« – Da eilte der Hahn und die Henne in vollem Laufe, was giebst du, was hast du? in den Wald hinein nach dem Schlosse zu.

Nun ermahnte Gockel auch noch die Frau Hinkel und das Kind Gackeleia zur Zufriedenheit, zum Vertrauen auf Gott und zu Fleiß und Ordnung in dem neu bevorstehenden Aufenthalt auf eine so liebreiche Art, daß Frau Hinkel und das Kind Gackeleia den guten Vater herzlich umarmten und ihm alles Gute und Liebe versprachen; und so zogen sie alle froh und heiter durch den schönen Wald, die Sonne sank hinter die Bäume, es ward so recht stille und vertraulich, ein kühles Lüftchen spielte mit den Blättern und Frau Hinkel von Hennegau sang folgendes Liedchen mit freundlicher Stimme, wozu Gockel und Gackeleia leise mitsangen:

Wie so leis die Blätter wehn
In dem lieben, stillen Hain,
Sonne will schon schlafen gehn,
Läßt ihr goldnes Hemdelein
Sinken auf den grünen Rasen,
Wo die schlanken Hirsche grasen
In dem roten Abendschein.
Gute Nacht, Heiapopeia!
Singt Gockel, Hinkel und Gackeleia.

In der Quellen klarer Flut,
Treibt kein Fischlein mehr sein Spiel,
Jedes suchet, wo es ruht,
Sein gewöhnlich Ort und Ziel,
Und entschlummert überm Lauschen
Auf der Wellen leises Rauschen
Zwischen bunten Kieseln kühl.
Gute Nacht, Heiapopeia!
Singt Gockel, Hinkel und Gackeleia.

Schlank schaut auf der Felsenwand
Sich die Glockenblume um,
Denn verspätet über Land
Will ein Bienchen mit Gesumm
Sich zur Nachtherberge melden
In den blauen zarten Zelten,
Schlüpft hinein und wird ganz stumm.
Gute Nacht, Heiapopeia!
Singt Gockel, Hinkel und Gackeleia.

Vöglein, euer schwaches Nest,
Ist das Abendlied vollbracht,
Wird wie eine Burg so fest;
Fromme Vöglein schützt zur Nacht
Gegen Katz und Marderkrallen,
Die im Schlaf sie überfallen,
Gott, der über alle wacht.
Gute Nacht, Heiapopeia!
Singt Gockel, Hinkel und Gackeleia.

Treuer Gott, du bist nicht weit,
Und so ziehn wir ohne Harm
In die wilde Einsamkeit
Aus des Hofes eitelm Schwarm.
Du wirst uns die Hütte bauen,
Daß wir fromm und voll Vertrauen
Sicher ruhn in deinem Arm.
Gute Nacht, Heiapopeia!
Singt Gockel, Hinkel und Gackeleia.

Als dies Lied zu Ende war, ward der hohe Eichenwald lichter. Sie hörten ein Geklapper, und Gackeleia blickte in die Höhe und schrie: »Ach, der Klapperstorch, der Klapperstorch mit seinen Jungen, da oben steht er auf der hohen Mauer; ach, was hat der aber ein großes Nest; o da will ich mich auch einmal hineinsetzen und mit ihm klappern!«

Nun waren die Reisenden an dem ganz verwilderten Raugräflich Gockelschen Schloßgarten angekommen. Da war an kein Durchkommen zu gedenken, und Gockel sprach zu Frau Hinkel, indem er seine Erbhühnertrage absetzte, und das Grafenschwert von ihr losband und herauszog: »Setze deinen Korb ab, schürze deinen Rock nieder, streiche dein Haar zurecht, dort an dem alten Springbrünnchen wasche dich, bade dir die Füße, ruhe ein bißchen aus, damit wir mit Respekt einziehen. Tue der Gackeleia ebenso. – Ich will indessen mit meinem Grafenschwert hier das wilde Genist lehren, daß man seinem Herrn den Weg nicht verrennt.«

Nun setzten sich Frau Hinkel und Gackeleia an das Brünnchen, wuschen und musterten sich, und Gackeleia patschte mit ihren erhitzten Füßchen in dem kalten Wasser herum. Gockel aber erhob sein Grafenschwert, und hieb kreuz und quer mit großer Kraft einen Weg durch die wildverwirrten Hecken, Büsche und Bäume. Er nannte jedes Gesträuch, das er zusammenhieb, mit Namen, und weil er schnell arbeitete, so verkürzte er die Worte – er schrie: »Potz Stachel-, Kreusel-, Preißel-, Kloster-, Holunder-, Wachholder-, Berberitzen-, Johannis-, Brom-, Himbeeren! ich will euch lehren, mir mein Haus zu sperren! – Potz Quentel, Lavendel, Buchs, Taxus, Mispel, Quitten und Hassel! – Potz Thymian, Majoran, Baldrian, Rosmarin, Hisop und Salbei!« und mit jedem Worte ein Schwertschlag, der ihm den Weg öffnete und mit Zweigen, Blättern und Blumen bestreute. Als er so bis in die Nähe des Schloßtores gekommen, kehrte er zu den Seinigen an das Brünnchen zurück.

Gockel hatte sich ganz müde gearbeitet, auch er wusch und erquickte sich an dem Wasser. Frau Hinkel hatte sich recht frisch und sauber gemacht. Sie hatte Gackeleia einen schönen Blumenkranz aufgesetzt und ihr das Hühnernest mit harten Brosamen, welche sie am Brunnen erweicht, gefüllt; diese sollte sie beim Einzug in das Schloß den Vögeln ausstreuen. Das war so, als wenn bei der Kaiserkrönung zu Frankfurt Gold ausgeworfen wird.

Nun nahm Gockel seine Hühnertrage, Frau Hinkel den Hühnerkorb wieder auf und Gackeleia trug das Nest voll Brosamen vor sich; so gingen sie durch den Weg, den Gockel gehauen hatte, auf das Schloßtor zu. Gackeleia nahm sich Zeit, sie pflückte links und rechts viele Brombeeren und Heidelbeeren, und als der Vater sie heranrief, in das Schloß einzugehen, hatte sie die Hände und das halbe Gesicht schwarz wie ein Mohrenkind. Gockel riß mit der Hühnerstange, die er trug, eine dichte Epheudecke auseinander, welche das Gartentor zugesponnen hatte, und sie traten vor das wunderbare Raugräfliche Schloß in seinem vollen Glanz.

Der Empfang war feierlich; aus den leeren Fensteröffnungen des Schlosses hingen Teppiche von Epheu und mancherlei Blumen nieder, und wehten blühende Gesträuche wie festliche Fahnen, und zwischen ihnen durch sah der stille Abendhimmel in purpurnem Gewande herab. Die vielen Säulen und Bildwerke des Schlosses hatten Wind und Wetter und die vier Jahreszeiten seit lange mit dem schönsten Laubwerke verziert.

Der Hahn Alektryo saß auf dem steinernen Wappen über dem Tore, schüttelte sich, schlug mit den Flügeln und krähte als ein rechtschaffener Schloßtrompeter dreimal lustig in die Luft, und alle Vögelein, die in dem verlassenen, baumdurchwachsenen Baue wohnten, und welchen der Hahn die Ankunft der gnädigen Herrschaft verkündiget hatte, waren aus ihren Nestern herausgeschlüpft und schmetterten lustige Lieder in die Luft, indem sie sich auf den blühenden Holunderbäumen und wilden Rosenhecken schaukelten, welche ihre Blüten vor den Eintretenden niederstreuten. Der Storch auf dem Schloßgiebel klapperte dazu mit seiner ganzen Familie, so daß alles wie eine große Musik mit Pauken und Trompeten klang. Gockel, Hinkel und Gackeleia hießen alle willkommen, und Gackeleia streute mit vollen Händen die Brosamen aus, was mit großem Beifall von allen den Vögeln aufgenommen ward.

Hierauf zogen sie in die alte verfallene Schloßkapelle, knieten neben den wilden Waldblumen am Altare dicht bei dem Grabstein des alten Urgockels von Hanau nieder, sagten Gott für ihre glückliche Reise Dank, und flehten ihn um fernern Schutz und Segen an. Während ihres Gebetes waren alle Vögel ganz stille, und da sie sich von den Knieen erhoben, lockten Alektryo und Gallina, als Schloßhauptmann und Schlüsseldame, an der Türe, sie sollten ihnen nach dem ausgesuchten Gemache folgen. Sie taten dies, und der Hahn und die Henne schritten gackernd und majestätisch über den Schloßhof auf den sehr kunstreich von Stein erbauten Hühnerstall zu, dessen Dach allein im Schlosse bis auf einige Lücken im Stande war. Als Alektryo über die Schwelle schritt, bückte er sich tief mit dem Kopf, als befürchtete er, mit seinem hohen roten Kamme oben anzustoßen, da die Türe doch für einen starken Mann hoch genug war; aber dieses war im Gefühle seines Adels, denn alle hohen Adeligen und alle gekrönten Häupter pflegten in den guten alten Zeiten es so zu machen, wenn sie durch ein Tor schritten; das kam von den erstaunlich hohen Federbüschen her, welche ihre Vorfahren auf den Helmen getragen hatten.

In diesem Hühnerstalle nun, dessen Fenster in ein kleines Gärtchen gingen, richteten sie sich ein, so gut sie konnten; Gockel hängte seine Erbhühnertrage an einen Haken hoch an der Wand auf, stellte die Hühnersteige daran, und Alektryo und Gallina sagten gute Nacht und spazierten sogleich fein ordentlich hintereinander hinauf und setzten sich still zusammen und ließen sich was träumen. – Frau Hinkel stellte den Korb, den Spinnrocken, den Bratspieß, die Pfanne, die Schüssel, den Topf und den Wasserkrug an ihre Stelle, und Gackeleia setzte das Hühnernest, wo es hingehörte. – Dann machte Gockel aus grünen Zweigen zwei große und einen kleinen Besen, und fegte mit Hinkel und Gackeleia den Boden ein wenig rein. Gackeleia fuhr ganz stolz und geschäftig mit ihrem Besen umher. Nun machten sie ein Lager von Moos und dürren Blättern, worüber Gockel seinen Mantel und Hinkel ihre Schürze breitete. Dann betete Gockel ein kurzes Nachtgebet vor, worauf sie sich schlafen legten, Gockel rechts, Hinkel links, das Töchterlein Gackeleia in der Mitte zwischen beiden. Von der Reise und der Arbeit ermüdet, schliefen sie alle bald ein.

Gegen Mitternacht rührte sich plötzlich der wachsame Schloßhauptmann Alektryo mit warnender Stimme auf seinem Sitz, und Gockel, der vor allerlei Gedanken, wie er seine Familie ernähren solle, nicht fest schlief, richtete sich auf und blickte umher, was vorgehe. Da sah er an der offnen Türe, durch welche der Mond schien, eine große lauernde Katze, die auch sogleich einen heftigen Sprung herein tat. In demselben Augenblick hörte Gockel ein Gepfeife, und fühlte, daß ihm etwas Lebendiges in den weiten Ärmel seines Wamses hineinlief. Alektryo und Gallina erhoben ein banges Geschrei wegen der Katze. Gockel sprang auf, verjagte die Feindin und warf ihr einen Stein nach. Dann zog er an der Pforte die Tierchen, die ihm in den Ärmel geschlüpft waren, hervor, und erkannte im Mondschein zwei weiße Mäuschen von außerordentlicher Schönheit. Sie waren nicht scheu vor ihm, sondern setzten sich auf seiner Hand auf die Hinterbeine, und zappelten mit den Vorderpfötchen, wie ein Hündchen, das bittet, was dem alten Herrn wohlgefiel. Er setzte sie in seine Gockelsmütze, legte sich wieder nieder und diese neben sich, mit dem Gedanken, die guten Tierchen am folgenden Morgen seinem Töchterchen Gackeleia zu schenken, welche sehr ermüdet, wie ihre Mutter, nicht erwacht war.

Als Gockel wieder eingeschlafen war, machten sich die zwei Mäuschen aus der Pudelmütze wieder heraus und unterhielten sich miteinander. Die eine sprach: »Ach, Sissi, meine geliebte Braut, da hast du es nun selbst erlebt, was dabei herauskömmt, wenn man des Nachts so lange im Mondschein spazieren geht; habe ich dich nicht gewarnt?« Da antwortete Sissi: »O, Pfiffi, mein werter Bräutigam, mache mir keine Vorwürfe, ich zittere noch am ganzen Leibe vor der schrecklichen Katze, und wenn sich ein Blatt regt, fahre ich zusammen, und meine, ich sehe ihre feurigen Augen.« Da sagte Pfiffi wieder: »Du brauchst dich nicht weiter zu ängstigen, der gute Mann hier hat der Katze einen so großen Stein nachgeworfen, daß sie vor Angst schier in den Springbrunnen gesprungen ist.« – »Ach!« erwiderte Sissi, »ich fürchte mich nur auf unsre weite Reise, wir müssen wohl noch acht Tage laufen, bis wir zu deinem königlichen Herrn Vater kommen, und da jetzt einmal eine Katze uns ausgekundschaftet hat, werden diese Freilaurer an allen Ecken auf uns lauern.« Da versetzte Pfiffi: »Wenn nur eine Brücke über das Flüßchen führte, das eine halbe Tagreise von hier durch den Wald fließt, so wären wir bald zu Haus; aber nun müssen wir die Quelle umgehen.« – Als sie so sprachen, hörten sie eine Eule drauß schreien und krochen bang tiefer in die Mütze. »Auch noch eine Eule,« flüsterte Sissi, »o wäre ich doch nie aus der Residenz meiner Mutter gewichen«, und nun weinte sie bitterlich. Der Mäusebräutigam war hierüber sehr traurig, und überlegte her und hin, wie er seine Braut ermutigen und vor Gefahren schützen solle. Endlich sprach er: »Geliebte Sissi, mir fällt etwas ein; der gute Mann, der uns in seine Mütze gebettet hat, würde uns vielleicht sicher nach Hause helfen, wenn er unsere Not nur wüßte. Lasse uns leise an seine Ohren kriechen und ihm recht flehentlich unsere Sorgen vorstellen; ich will zuerst mit ihm sprechen, hilft das nicht, dann rede du in deinen süßesten Tönen zu ihm; wer kann dir widerstehen? Aber ja recht leise, damit er nicht aufwacht, denn nur im Schlafe verstehen die Menschen die Sprache der Tiere.« Sissi war sogleich bereit und nahte sich besinnend dem linken Ohre Gockels. Pfiffi aber lief zum rechten Ohre und sang, nachdem er sich auf die Hinterbeine gesetzt und seinen Schweif quer durch das Maul gezogen hatte, um seiner Stimme, welche durch das Kommandieren bei der letzten Revue etwas rauh geworden war, einen mildern Ton zu geben:

Ich bin der Prinz von Speckelfleck
Und führe heim die schönste Braut;
Die Katze bracht ihr großen Schreck,
Sie bangt um ihre Sammethaut.
Ach, Gockel, bring uns bis zum Fluß
Und bau uns drüber einen Steg,
Daß ich mit meiner Braut nicht muß
Den Quell umgehn auf weitem Weg.
Gedenken wird dirs immerdar
Ich und der hohe Vater mein;
Ists auch nicht gleich, vielleicht aufs Jahr
Stellt Zeit zu Dank und Lohn sich ein. –
Doch was brauchts da viel Worte noch,
Hart wird es mir, der edeln Maus,
Vor deinem großen Ohrenloch
Zu betteln. – Ich, der stets zu Haus
Als erstgeborner Königssohn
Gefürchtet und befehlend sitzt
Auf einen Parmesankästhron,
Der stolze Buttertränen schwitzt,
Sag dir hiemit, erwähl dein Teil,
Nimm mich und meine Braut in Schutz,
Schaff uns nach Haus gesund und heil,
Sonst biete ich dir Fehd und Trutz.
Wenn uns die Katze auch nicht beißt,
Maulleckend nur die Zähne bleckt,
Miauend meine Braut erschreckt,
Woran viel liegt, was du nicht weißt, –
Krümmt sie uns nur ein einzig Haar,
Faßt uns ein wenig nur beim Schopf,
Vielmehr, – frißt sie uns ganz und gar,
So kommt die Tat auf deinen Kopf,
Wonach du dich zu richten hast!

Gegeben vor dem Ohrenloch
Des Wirtes, auf der dritten Rast
Von unsrer Brautfahrt, da ich kroch

In seinen Ärmel vor der Katz,
Nebst meiner Braut aus großem Schreck,
Worauf in seiner Mütze Platz
Er uns gemacht. Prinz Speckelfleck.
Punktum, Streusand, nun halte still,
Ins Ohr beiß ich dir mein Sigill.

Nach dieser ziemlich unhöflichen Rede biß Prinz Speckelfleck den ehrlichen Gockel so derb ins Ohrläppchen, daß er mit einem lauten Schrei erwachte und um sich schlug. Da flohen die beiden Mäuse in großer Angst wieder in die Pudelmütze. »Nein, das ist doch zu grob, einen ins Ohr zu beißen«, sagte Gockel. Da erwachte Frau Hinkel, und fragte: »Wer hat dich denn ins Ohr gebissen, du hast gewiß geträumt.« – »Ist möglich«, sagte Gockel, und sie schliefen wieder ein.

Nach einer Weile sprach Sissi zu Pfiffi: »Aber um alle Welt, was hast du nur getan, daß der Mann so bös geworden?« Da wiederholte ihr Pfiffi seine ganze Rede, und Sissi sagte mit Unwillen: »Ich traue meinen Ohren kaum, Pfiffi! Kann man unvernünftiger und plumper bitten als du? Die niedrigste Bauernmaus würde sich in unsrer Lage diplomatischer benommen haben. Alles ist verloren, ich bin ohne Rettung in die Krallen der Katze hingegeben durch deine übel angebrachte Hoffart. – Ach mein junges Leben, o hätte ich dich nie gesehen!« usw. Pfiffi war ganz verzweifelt über die Vorwürfe und Klagen seiner Braut, und sprach: »Ach Sissi, deine Vorwürfe zerschneiden mein Herz, ich fühle, du hast recht; aber fasse Mut, gehe an das linke Ohr und wende alle deine unwiderstehliche Redekunst an – das linke Ohr geht zum Herzen, er erhört dich gewiß; o ich Unglücklicher, daß ich in die verwünschten standesmäßigen Redensarten gefallen bin!« Da erhob sich Sissi, und sprach: »Wohlan, ich will es wagen.« Leise, leise schlüpfte sie wieder an das linke Ohr Gockels, nahm eine rührende Stellung an, kreuzte die Vorderpfötchen über der Brust, schlang den Schweif wie einen Strick um den Hals, neigte das Köpfchen gegen das Ohr, und flüsterte so fein und süß, daß das Klopfen ihres bangen Herzchens schier lauter war als ihr Stimmchen:

Verehrter Herr! ich nahe dir
Bestürzt, beschämt und herzensbang;

Ich weiß, mein Bräutigam war hier
Und ziemlich grob vor nicht gar lang;
Auch war sein Siegel sehr apart,
Mit Recht hast du ihn angeschnarrt!
Weil er verwöhnt, von Not entfernt,
Als einzger Prinz verzogen ward,
Hat er das Bitten nicht gelernt;
Drum, edler Mann, nimms nicht so hart!
Wie Grobsein ihm, sei Höflichsein
Dir leicht, weil du erzogen fein.
Er meints gewiß von Herzen gut,
Doch kömmt beim Sprechen er in Zug,
So regt sich sein erhabnes Blut
Und er wird gröber als genug.
Bedenk, der Kinder Pfeife klingt,
Wie ihrer Eltern Orgel singt;
Doch reuts ihn immer hinterdrein,
Und in der Pudelmütze sitzt
Jetzt krumm das arme Sünderlein
Und seufzt und wimmert, daß es schwitzt,
Und schimpft, daß ihm die Hofmanier
So grob entfuhr zur Ungebühr.
Bekennet hat er mir, der Braut,
Die ihn erst tüchtig zappeln ließ,
Ihm tüchtig wusch die grobe Haut,
Die Nas ihm auf den Fehler stieß
Und endlich nach manch bitterm Ach,
Dich zu versöhnen ihm versprach.
Doch, daß ich selbst mich nicht vergeß,
Vergönne jetzt in Demut mir
Zu sagen, daß ich, was Prinzeß
Bei Menschen ist, bin als ein Tier,
Und zwar als kleine, weiße Maus;
So schütt ich nun mein Herz dir aus! –
Prinzeß Sissi von Mandelbiß
Fleht dich um Ritterdienste an;
Du weißt aus dem Äsop gewiß,
Was für die Maus ein Löw getan,
Und wie ihm dankbar half die Maus
Dann wieder aus dem Netz heraus.
Auch meinem Bräutigam und mir
Hilf sicher in das Mäusereich, –

Die Katz, das ungeheure Tier,
Macht mich vor Schreck ganz totenbleich!
O hättest du ein bißchen nur
Von Mausgeschmack und Mausnatur,
O wüßtest du, wie weiß und zart,
Wie lieblich ich an Leib und Seel,
Gar nicht nach andrer Mäuse Art,
Ja unter allen ein Juwel,
Du littest lieber selbst den Tod,
Als du mich ließ'st in Katzennot.
Die Äuglein sind wie Diamant,
Die Zähne Perl und Elfenbein,
Mein Leib ist zierlich und gewandt,
Die Pfötchen rosenrot und klein,
Die Öhrlein sind zwei Blumen zart,
Die Nase einer Blüte gleich;
Wie Blütenfäden ist mein Bart
So rein, so fein, so weiß und weich.
Schweig, Mäulchen, pfiffiglich gespitzt,
Von Schönheit, die der Leib besitzt,
Sprich von der Kunst, dem Sinn, dem Geist,
Von Leistungen, die jeder preist, –
Denn, wie Frau Catalani singt,
Mein Stimmlein bei den Mäusen klingt.
Man hat mich drum als Gegensatz
Oft Mausalani auch genannt,
Weil Cata etwas klingt wie Katz,
Hat man das Wort so umgewandt;
Das Lani ließ man angehängt,
Weil man dabei an Wolle denkt.
Verleugne nicht dein Zartgefühl,
Laß rühren dich durch meinen Sang,
Denn lockender als Flötenspiel,
Als Harfenton und Geigenklang
Fleht er aus meiner Brust heraus:
Beschütz die kleine weiße Maus!
Bei deiner hohen Adelspflicht,
Die dich zum Schutz der Damen weiht,
Beschwör ich dich, verlaß mich nicht!
Vielleicht ist ja der Tag nicht weit,
Daß ich dir wieder helfen kann –
Doch darnach frägt kein Edelmann!

Wer mich zu retten einen Stein
Der Katze in die Rippen warf,
Wer zugab, daß der Liebste mein
An meiner Seite schlummern darf
In seiner Mütze weich und warm,
Der schützt mich auch mit starkem Arm!
Erlaub nun, daß dir als Sigill
Der Wahrheit, ohne Hinterlist,
Hier einsamlich und in der Still
Das Ohrläppchen demütig küßt,
Was niemals sie noch tat gewiß,
Prinzeß Sissi von Mandelbiß.

Nun küßte sie ganz leise das Ohrläppchen Gockels, und weil er im Schlafe etwas durch die Nase pfiff, glaubte sie, er sage ihr in der Mäusesprache die artigsten Sachen und verspreche ihr seine Hilfe für ganz gewiß. Mit leichtem Herzen begab sie sich daher in die Mütze zurück und verkündigte ihrem Bräutigam den guten Erfolg ihrer Bitten, worauf dieser sie zärtlich umarmte.

Jetzt aber war die Stunde gekommen, da die schwarze Nacht gegen Morgen ergrauet, und Alektryo, als ein getreuer Burgvogt, streckte dem anbrechenden Lichte seinen Hals entgegen, um es zum erstenmal mit einem krähenden Trompetenstoße zu bewillkommen. Da erwachte Gockel und Frau Hinkel, Gackeleia aber schlief fest. Frau Hinkel fragte ihren Mann, warum er denn heute nacht so unruhig gewesen, und wie er nur geträumt habe, daß ihn jemand ins Ohr gebissen. Da zeigte Gockel ihr die weißen Mäuschen in seiner Mütze, und erzählte ihr, was ihm alles mit ihnen geschehen sei, und daß er versprochen habe, ihnen zu helfen. »Und das will ich auch tun,« fuhr Gockel fort, »ich will beide sogleich über den nächsten Fluß bringen, wo sie bald außer Gefahr in ihrer Heimat sind.«

Nun wollte er aufstehen und sich auf den Weg begeben, aber Frau Hinkel sagte: »Du bist nicht recht klug; dir träumt, du hättest den Mäusen etwas versprochen, und willst es ihnen nun im Wachen halten, und deswegen willst du mich hier in der Wildnis mit Gackeleia allein lassen, wo du so nötig bist, um aufzuräumen und alles in Ordnung zu bringen.« Da erwiderte

Gockel: »Du hast scheinbar ganz recht, aber versprochen muß gehalten werden, ich habe mein Ehrenwort gegeben, und das ist mir so deutlich und gegenwärtig als der Biß in das Ohr.« – »Wenn aber der Biß«, sagte Frau Gockel, »ein Traum war, so war auch das Ehrenwort ein Traum.« Gockel sprach hierauf unwillig: »Ein Ehrenwort ist nie ein Traum, das verstehst du nicht, und den Biß habe ich so deutlich gefühlt, daß ich mit einem Schrei erwachte, das Ohr brennt mich noch.« – »Laß doch einmal sehen«, sagte Frau Hinkel, und erblickte mit großer Verwunderung wirklich die Spur von fünf spitzen Zähnchen an Gockels Ohr.

Als sie ihm dieses gesagt hatte, ließ er sich auch keinen Augenblick länger aufhalten, sprang vom Lager auf, nahm das Brot aus dem Hühnerkorb, schnitt ein Stück herunter, das er einsteckte, und sprach zu seiner Frau: »Hinkel, räume einstweilen alles hübsch auf, sieh dich im Schlosse und der Umgebung um, und denke dir alles aus, wie du es gerne zu unserer Haushaltung eingerichtet hättest; besonders gieb auf Alektryo und Gallina acht, weil es, wie du gehört hast, Katzen hier giebt; nach Mittag hoffe ich wieder hier zu sein«, und nun nahm er seinen Reisestab in die Hand. Weil er aber die Mütze, aus der ihm die Mäuschen entgegenpfifferten, aufsetzen mußte, so nahm er ein leeres, mit zarten Federchen ausgefüttertes Vogelnest aus einem Baum, setzte die Mäuschen hinein, schob es in den Busen und ging mit starken Schritten in den Wald gegen das Flüßchen hin.

Nach ein paar Meilen Wegs ruhte er an einer Quelle, wo er sein Brot mit seinen Reisegefährten teilte. Da er aber endlich an den Fluß kam, ging er auf und ab, eine schmale Stelle zu finden, fand auch endlich einen Ort, wo er das Flüßchen leicht mit einem Steine überwerfen konnte. Hier nun nahm er sich vor, die Mäuschen überzusetzen, aber keine Brücke, kein Kahn war da; er entschloß sich daher kurz, zog das Nest mit den Mäusen hervor, und sprach hinein: »Lebet wohl, meine lieben Gäste; du Prinz von Speckelfleck befleiße dich besserer Sitten, und du Prinzeß von Mandelbiß bilde dir nicht soviel auf die Schönheiten ein, die du besitzest; übrigens bist du wirklich ein sehr schönes Tierchen! Lebt wohl, grüßt eure Anverwandten und vergeßt nicht den armen alten Gockel von Hanau.« Die Mäuschen wußten gar nicht, was er wollte, weil er schon Abschied nahm und sie doch noch diesseits des Flußes waren, auch kein Kahn und keine Brücke weit und breit zu sehen war; sie pfifferten ihm daher allerlei Fragen entgegen, aber er verstand kein Wort, ließ sich auch weiter auf nichts ein, sondern wickelte sie, nebst einer Erdscholle, in das Nest, holte weit aus und warf sie glücklich hinüber in das hohe Gras. Da sich von dem Falle das Nest drüben öffnete, schrieen die kleinen Tierchen noch immer sehr erstaunt, wie er sie nur hinüberbringen wolle, als sie zu ihrer größten Verwunderung sahen, daß sie bereits drüben waren, und fröhlich nach Hause liefen, ihre Abenteuer zu erzählen.

Auf dem Heimwege begegnete Gockel drei alten Morgenländern mit langen Bärten, welche große Naturphilosophen, Kabbalisten und Petschierstecher waren; sie führten einen alten Bock und eine alte magere Ziege an Stricken zur Frankfurter Messe. Sie redeten Gockel an: »Seid ihr der Besitzer des alten Schlosses hier im Walde?« Gockel antwortete: »Ja, ich bin der alte Raugraf, Gockel von Hanau.« Da fragten ihn die Männer, ob er ihnen nicht den alten Haushahn verkaufen wollte, sie wollten ihm den Bock dafür geben. Gockel antwortete: »Was soll ich mit dem Bock, ihn etwa zum Gärtner machen, kann der Bock etwa krähen? Mein Hahn ist kein Alltagshahn, er ist ein Wappenhahn, ein Stammhahn; sein Vater hat auf meines Vaters Grab gekräht, und er soll auf meinem Grabe krähen; lebt wohl.« Da boten ihm die Männer die Ziege, und als er abermals nicht wollte, boten sie ihm den Bock und die Ziege; Gockel aber lachte sie aus und ging seiner Wege. »Nun,« riefen sie ihm nach, »in vier Wochen gehen wir wieder vorbei, da wollen wir wieder nachfragen, vielleicht haben dann der Herr Raugraf mehr Lust, den Hahn zu verkaufen.«

Gockel kam gegen Abend nach Haus, und nachdem er von seiner Reise ausgeschlafen hatte, sah er sich am andern Morgen mit Frau Hinkel und dem Töchterchen Gackeleia in dem wüsten Schlosse seiner Voreltern um und begann sich so gut einzurichten, als es nur immer möglich war. Alektryo zog überall mit ihnen umher, und da er an einer Stelle nicht aufhörte zu scharren und zu locken, ward Gockel aufmerksam und räumte mühsam den Schutt hinweg, wo er dann zu seiner großen Freude einiges eiserne Gartengerät fand, das von dem eingestürzten Hause verschüttet worden war. Da war ein Spaten, eine Pickel, eine Karst, eine Harke, und Gockel machte sich gleich daran, diese rostigen Instrumente wieder blank zu wetzen und neue Stiele hinein zu schnitzen. Mit diesem Werkzeug konnte er nun tüchtig in dem Schutt herumarbeiten, und es gelang ihm, am Fuße eines Rauchfangs ein Kamin herauszugraben, in welchem der eiserne Kessel seiner Vorfahren noch an einer Kette über der Feuerstelle hing. Auch diesen scheuerte Frau Hinkel am Brunnen wieder blank, und Gockel richtete ihr das schöne Kamin zur Kochstelle ein. Freudig rief er sie herbei und zeigte ihr die schöne Einrichtung; aber Frau Hinkel seufzte und sagte: »Was soll uns der Herd, wenn wir nichts zu kochen haben?« – »Gott wird helfen«, sagte Gockel, und lehnte sich auf seine Schaufel; indem kam Gackeleia herangehüpft und hatte eine Menge bunte Vogelfederchen in ihrer Schürze gesammelt, und sagte: »Mutter, da sind so schöne Federchen, mache mir doch solche Hühnchen und Hähnchen daraus, wie du mir oft in Gelnhausen gemacht!« Gockel sagte: »Kind, dich schickt Gott; ja, das tue, Frau Hinkel, mache ein paar Dutzend solche Vögelchen, ich will sie für Brot und andres Nötige verkaufen.« Frau Hinkel, welche eine ganze Sammlung solchen kleinen Geflügels für das königlich Gelnhausenische Hühner-Normal-Museum verfertigt hatte, machte nun aus Lehm und diesen Federn allerlei artige Vögel; die Beine und Schnäbel wurden aus Dorn gemacht, und sie sahen recht artig aus. An den Tagen, da sie hieran auf den verfallenen Stufen des trocknen Springbrunnens sitzend arbeitete, legte Gockel auf allen fruchtbaren Erdstellen zwischen den Mauern Gartenbeete an, ordnete und verband alle Winkelchen mit Zäunen und aus umherliegenden Steinen zusammengestellten Treppen. Er sammelte alle Gartengewächse, die im verwilderten Schloßgärtchen noch übrig geblieben waren, und pflanzte sie fein ordentlich in die neu angelegten Beete.

Von den mitgebrachten Broden war das letzte schon seit einigen Tagen angeschnitten, und Frau Hinkel hatte die zwei Dutzend Federvögelchen fertig. Gockel nahm sie und sprach: »Diese Tierchen sollen uns Brot schaffen, bis wir lebendige Hühnchen zu verkaufen haben«, und somit empfahl er ihnen, fleißig zu sein, und ging fort durch den wilden Wald nach der Landstraße zu. Kaum war er eine Stunde Wegs gegangen, als er einen Postillon ganz erbärmlich blasen hörte. Er ging auf den Schall zu, und sah einen Mann in gelbem Rock mit schwarzen Aufschlägen im Gebüsch herumkriechen. Als sie sich erblickten, sagte dieser: »Gott sei Dank, daß da jemand kömmt, mir aus der Not zu helfen.« – »Von Herzen gern, wenns möglich ist«, erwiderte Gockel; »was giebt es, wo fehlt es?« – »Seht,« fuhr der Mann fort, »ich bin der Conducteur vom heiligen römischen Reichs-Postwagen und fahre jetzt nach Nürnberg; da ich durch Gelnhausen kam, war ein Lärm in der Stadt, daß der Hühnerminister, alles zurücklassend, mit Frau und Kind verschwunden sei. Das ärgerte den König Eifrasius, er ließ mich zu sich rufen und sagte: ›Herr Conducteur, will er mir gegen ein gutes Trinkgeld einen Gefallen tun?‹ – ›Nicht mehr als Schuldigkeit, Ihre Majestät‹, sagte ich. Da sagte der König: ›Mein Hühnerminister, ein alter eigensinniger deutscher Degenknopf, ist in Gnaden entlassen auf und davon gegangen, und hat nicht einmal seinen Gehalt fürs letzte Vierteljahr mitgenommen; ich will ihm nichts schuldig bleiben; wie ich vermute, ist er in sein wüstes Stammschloß im Hanauer Wald gezogen. Nehme Er ihm sein letztes Quartal mit und suche Er ihn auszufragen; wenn Er mir einen Zettel bringt, daß er es empfangen, so gebe ich Ihm bei der Rückkehr ein gutes Trinkgeld.‹ Ich war zu allem bereit; man lud mir einen Sack voll Kartoffeln, einen Sack voll Mehl, einen Kuhkäs, einen Topf voll Butter, einige Laib Brot und einen Korb mit Eiern auf, alles mit der Adresse, an Seine Hochgeborne Exzellenz Herrn Herrn Raugrafen Gokkel von Hanau, königlich Gelnhausenischen Exhühnerminister in – da steht ein Fragezeichen. Nun fahre ich schon ein paar Stunden herum und kann das Schloß nicht finden, und ich führe noch herum – aber es geht nicht – denn der Postwagen ist mir umgefallen, und der ganze Korb mit Eiern ist mir zerbrochen, Ihr werdet die Bescherung sehen. – Ich ließ den Postillon schon eine Stunde lang um Hülfe blasen und suchte einstweilen, bis jemand käme, uns den Wagen aufrichten zu helfen, hier unter den Bäumen Pfifferlinge für einen Freund in Nürnberg. Das ist die Geschichte, jetzt kommt und helft.«

Gockel umarmte den Conducteur, knöpfte seinen Wammes auf, zeigte ihm seinen Orden und gab sich als den Exhühnerminister zu erkennen. Niemand war froher als der Conducteur. Sie eilten nach dem umgefallenen Postwagen, trugen die Kartoffeln, das Mehl, das Brot, den Käs, die Butter, die Gockel gehörten, in ein dichtes Gebüsch, richteten den Postwagen wieder auf, wischten mit Gras das Eigelb von den zerbrochenen Eiern aus dem Wagen und schmierten die Räder damit. Gockel nahm seinen Siegelring, worauf ein doppelter Hahn eingestochen war, den er mit Eigelb bestrich und dem Conducteur in sein Postbuch als Bescheinigung des Empfangs abdruckte. – »Nun ist alles vortrefflich, Herr Graf,« sagte der Conducteur, »aber eine Gefälligkeit möchte ich mir erbitten. Ein Freund von mir in Nürnberg, ein Liebhaber von Raritäten, hat auf der Durchreise in Gelnhausen, im königlichen Normalhühnermuseum, eine Sammlung kleiner, von Federn gemachter Hühnchen gesehen, und wünschte um alles in der Welt zu wissen, wo dieselben verfertigt werden; er könnte bei seinem ausgebreiteten Handel wohl hundert Dutzend davon gebrauchen.« – »Gut, mein Freund,« erwiderte Gockel, »ich kann sie Ihnen verschaffen, hier haben Sie gleich zwei Dutzend von neuester Façon als eine Probe; wenn Sie hier wieder vorbeifahren, legen Sie nur dort in den hohlen Baum, was Ihr Freund dafür bezahlt, Sie sollen dort immer von Zeit zu Zeit einige Dutzend solchen Geflügels vorrätig finden. Wenn Sie wiederkommen, bringen Sie mir etwas Draht und Zwirn und eine halbe Elle rotes Tuch mit, die Beine und den Kamm an den Tierchen schöner machen zu können.« Der Conducteur versprach alles, und da Gockel fragte, wie denn das Handlungshaus in Nürnberg heiße, zog er eine leere Rauchtabaksdüte aus der Tasche, füllte die Hühnchen hinein und zeigte Gockel die Adresse: Gebrüder Portorico ohne Rippen. – Da blies der Postillon recht ungeduldig. Gockel schüttelte dem Conducteur die Hand, der in den heiligen römischen Reichspostwagen kroch, der gewiß sehr schnell fortgefahren wäre, weil er so gut geschmiert war – aber der Kasten war schwer, die Pferde müd, der Weg schlecht und der Postillon schlief.

Gockel packte sogleich von allem, was er erhalten hatte, so

viel auf, als er tragen konnte, das übrige verdeckte er dicht mit Zweigen, um es morgen vollends nach Haus zu bringen. Als er in das Schloß kam, rief er sogleich: »Geschwind Frau Hinkel! den Kessel übers Feuer, ich bringe Lebensmittel«, und nun zeigte er, was er gebracht, und erzählte alles, was er erlebt. Frau Hinkel kochte Kartoffeln, machte gebrannte Mehlsuppe, backte Pfannkuchen. Sie aßen fröhlich, streuten den Vögeln Brosamen und gingen zufrieden schlafen. Am andern Morgen holte Gockel den übrigen Vorrat und fuhr fort, in dem wüsten Gebäude aufzuräumen und einzurichten.

Ihr Leben ward täglich erträglicher in dem wilden Schloß. Gockel ging oft ganze Tage in den Wald, bald zu jagen, bald um die Vögelchen und Hühnchen der Frau Hinkel in den hohlen Baum zu tragen, wo er immer für jedes zwei Kreuzer von Hrn. Gebrüder Portorico ohne Rippen durch den Conducteur und neue Bestellungen, und was er selbst bestellt, hingelegt fand. – Wenn Gockel wegging, befahl er immer, was gearbeitet werden sollte, und Alektryo horchte seinen Aufträgen jedesmal sehr ernsthaft zu. Seine Befehle wurden aber nicht immer befolgt. Zum Beispiel: Gackeleia sollte aus Weidenruten Hühnernester flechten und die Weidenruten in den Brunnen vor dem Schloßgarten legen, damit sie sich recht geschmeidig flechten ließen; aber sie tat das sehr nachlässig, war eine neugierige, naschhafte kleine Spielratze, guckte in alle Vogelnester, naschte von allen Beeren, machte sich Blumenkränze und hatte keine rechte Lust zum Arbeiten, weswegen der strenge Alektryo sie manchmal mit großem Zorn ankrähte, so daß sie erschreckt zu ihrer Arbeit zurücklief. Darum faßte sie einen starken Unwillen auf den alten Wetterpropheten und verklagte ihn bei der Mutter. Auch diese hatte keine Liebe zu Alektryo, denn, wenn sie sich manchmal über der Gartenarbeit ermüdet auf einen Stein setzte und sehnsüchtig an die Fleischer- und Bäckerladen zu Gelnhausen dachte, begann Alektryo, der ihr immer wie ein beschwerlicher Haushofmeister auf allen Schritten nachging, auf den zu bestellenden Gartenbeeten zu scharren und zu krähen, um sie an die Arbeit zu erinnern.

Als sie nun einstens so sitzend eingeschlafen war und vergessen hatte, der Henne Gallina Futter vorzustreuen und frisches

Wasser zu geben, träumte ihr auch von den Gelnhausner Braten und Eierwecken so klar und deutlich, daß sie im Traum sagte: »Ach es ist Wahrheit, es ist kein Traum«; da krähte ihr Alektryo so schneidend dicht in die Ohren, daß sie vor Schrecken erwachte und an die harte Erde fiel. Darum hatte sie noch einen viel größern Unwillen gegen den ehrlichen Stammhahn Alektryo, und jagte ihn überall hinweg, wo sie zu tun hatte. Auch hätte sie ihm gerne längst den Hals abgeschnitten, weil er sie alle Morgen um drei Uhr von ihrem Lager aufweckte. Aber er war ihr zu der Hühnerzucht, auf welche Gockel alle seine Hoffnung gestellt hatte, gar zu nötig.

Wenn nun Gockel abends heimkehrte, kam ihm gewöhnlich Alektryo entgegengeflogen, schlug mit den Flügeln und krähte ihm allerlei vor, als wolle er Hinkel und Gackeleia wegen ihrer Nachlässigkeit verklagen, und diese verklagten den Hahn wieder und es ging ein strenges Nachforschen Gockels über alles an, wo dann Hinkel und Gackeleia mancherlei Verdruß bekamen, so daß sie dem Alektryo täglich feindseliger wurden. Das alles währte so fort, bis die Henne Gallina dreißig Eier gelegt hatte, auf denen sie brütend saß. Auf diese Brut setzte Gockel alle seine Hoffnung für die Zukunft, und zürnte darum so gewaltig auf Frau Hinkel, als sie die Vorsprecherin der Raubvögel werden wollte, die gern im Schlosse aufgenommen gewesen wären, worüber ihr Gockel einen so derben Verweis gab, wie ich gleich anfangs erzählte.

Die Freude des guten Gockels über seine brütende Henne war ungemein groß, und da er täglich erwartete, daß die kleinen Hühnchen auskriechen sollten, eilte er nach einer nahe gelegenen Stadt, Hirse zu ihrem Futter zu kaufen, und empfahl sowohl der Frau Hinkel als der kleinen Gackeleia sehr auf die brütende Gallina acht zu haben, daß ihr ja niemals etwas mangle. Er ging schon um Mitternacht weg, weil er einen weiten Weg vor sich hatte. Frau Hinkel dachte nun einmal recht auszuschlafen, und nahte sich dem Hahn Alektryo, der noch auf seiner Stange schlafend saß, ergriff ihn und steckte ihn in einen dunkeln Sack, damit er den anbrechenden Morgen nicht erblicken und sie mit seinem Krähen nicht erwecken möge, worauf sie sich wieder niederlegte und wie ein Ratze zu schlafen begann.

Das Töchterlein Gackeleia aber schlief nicht viel, denn sie hatte sich schon lange darauf gefreut, wenn der Vater Gockel einmal länger abwesend sein würde, sich ein Vergnügen zu machen, das sie gar nicht erwarten konnte. Sie hatte nämlich bei ihrem Herumklettern in einem entfernten Winkel des alten Schlosses eine Katze mit fünf Jungen gefunden und weder dem Vater noch der Mutter etwas davon gesagt, weil diese immer sehr gegen die Katzen sprachen. Gackeleia aber konnte sich nie satt mit den artigen Kätzchen spielen, sie brachte alle ihre Freistunden bei denselben zu und hatte der alten Katze den Namen Schurrimurri gegeben, die fünf jungen aber Mack, Benack, Gog, Magog und Demagog genannt. Heute stand sie nun in aller Frühe leise neben der schlafenden Mutter auf, froh, daß Alektryo sie nicht verraten könne, denn sie hatte wohl bemerkt, daß die Mutter ihn in den Sack gesteckt. Als sie aber an dem Neste der brütenden Gallina vorüberging, hatte sie eine wunderbare Freude, denn sieh da, alle die Eier waren kleine Hühnchen geworden, und piepten um die Henne herum und drängten sich unter ihre ausgebreiteten Flügel und guckten bald da, bald dort mit ihren niedlichen Köpfchen hervor. Gackeleia wußte sich vor Freude gar nicht zu fassen; anfangs wollte sie die Mutter gleich wecken, dann aber fiel es ihr ein, sie wolle es zuerst ihren kleinen Kätzchen erzählen, und meinte, die würden sich ebenso sehr als sie selbst über die schönen Hühnchen freuen.

Schnell lief sie nun nach dem Katzennest, und als ihr die alte Katze mit einem hohen Buckel entgegenkam und um sie herumzuschnurren begann, und die kleinen Kätzchen hinter ihr drein zogen, sprach Gackeleia: »Ach, Schurrimurri! Gallina hat dreißig junge Hühnchen, und jedes ist nicht größer als eine Maus.« Als die Katze dies hörte, war sie so begierig, die Hühnchen zu sehen, daß ihr die Augen funkelten. Da sagte Gackeleia: »Wenn du hübsch leise auftreten willst und nicht miauen, damit die Mutter nicht erwacht, so will ich dir die artigen Hühnchen zeigen; die kleinen Kätzchen können auch mitgehen, die werden große Freude an den Hühnchen haben.« Gleich lief nun Schurrimurri mit ihren Jungen vor Gackeleia her, und als sie an den Stall gekommen waren, ermahnte sie dieselben nochmals, recht artig zu sein, und machte leise die Türe auf. Da konnte sich aber Schurrimurri nicht länger halten, sie setzte mit einem Sprunge auf die brütende Gallina und erwürgte sie, und die jungen Kätzchen waren ebenso schnell mit den jungen Hühnchen fertig.

Das Geschrei der Gackeleia und der sterbenden Gallina weckte die Mutter, die noch auf dem Lager schlief und mit Entsetzen ihre ganze Hoffnung von der Katze erwürgt sah, die sich, nebst ihren Jungen, bald mit ihrer Beute davonmachte. Gackeleia und Hinkel weinten und rangen die Hände, und der arme Alektryo, der das Wehgeschrei der Seinigen wohl gehört hatte, flatterte und schrie in dem Sack.

Gackeleia wollte sterben vor Angst, sie umfaßte die Kniee der Mutter und schrie immer: »Ach der Vater, ach der Vater! ach was wird der Vater sagen, ach er wird mich umbringen; Mutter, liebe Mutter, hilf der armen Gackeleia!«

Frau Hinkel war nicht weniger erschreckt als Gackeleia, und fürchtete sich nicht weniger als diese vor dem gerechten Zorne Gockels, denn sie hatte den wachsamen Alektryo in den Sack gesteckt. Als sie das bedachte, fiel ihr auf einmal ein, sie wolle den Hahn Alektryo als den Mörder der jungen Hühnlein angeben, und hoffte dadurch den Zorn Gockels auf diesen unbequemen Wächter zu wenden. Sie nahm daher den Sack, worin der Hahn war, und sagte: »Komm, Gackeleia, wir wollen dem Vater nacheilen und ihm den Alektryo als den Mörder der kleinen Hühner und der Gallina überbringen«, und so eilten sie nun beide den Gockel einzuholen, der im Walde herumstrich, einiges Wild zu erlegen, das er bei dem Krämer gegen Hirse vertauschen wollte.

Bald sahen sie ihn auch in einem Busche zwei Schnepfen, die sich in einem Sprenkel gefangen hatten, in seinen Ranzen stekken; da fingen sie laut an zu weinen. Gockel schrie ihnen entgegen: »Gott sei Dank, ihr weinet gewiß vor Freude, Gallina hat gewiß dreißig schöne junge Hühnchen ausgebrütet.« – »Ach,« schrie Frau Hinkel, »ach ja, aber!« – »Aber, was aber?« sagte Gockel, »was aber weint ihr, dreißig Hühner, und immer so fort, entsetzlich viele Hühner!« Da rief Hinkel: »O Unglück über Unglück, Alektryo, dein sauberer Haushahn, hat Gallina und alle die gegenwärtigen und künftigen Hühner gefressen!

Da hab ich ihn in den Sack gesteckt, da hast du ihn, strafe ihn, ich will ihn nie wieder sehen.« Mit diesen Worten warf sie dem vor Schreck versteinerten Gockel den Sack mit dem Hahn vor die Füße.

Gockel war über die schreckliche Nachricht, die alle seine Hoffnungen zerstörte, ganz wie von Sinnen. »Ach,« rief er aus, »nun habe ich alles verloren, das Glück weicht von meinem Stammhaus, alle meine Voreltern und Nachkommen sind betrogen durch den unseligen Alektryo, den wir über Menschen und Vieh hochgeachtet haben. O! hätte ich ihn doch den drei morgenländischen Petschierstechern für den Geisbock und die Ziege verkauft, da hätten wir doch etwas gehabt.« Als Frau Hinkel hörte, daß er den Alektryo so gut hätte verkaufen können, machte sie dem Gockel bittere Vorwürfe, der immer trauriger ward, und endlich seinen alten pergamentenen Adelsbrief aus dem Busen zog und zu seiner Frau sagte: »Hinkel, sieh, was meinen Stamm immer bewogen hat, den Alektryo zu ehren; da unten auf der goldenen Büchse, in welcher der treulose Alektryo als mein Familienwappen in Wachs abgebildet ist, steht ein alter Familienspruch, nach welchem ich mit allen meinen Vorfahren von dem Geschlechte des Alektryo unser Glück erwartete. Die schriftliche Urkunde davon ist bei der Verbrennung unseres Schlosses verloren gegangen, mein Großvater hat den Spruch aber zum ewigen Angedenken auf die goldene Siegelbüchse stechen lassen. Er lautet ganz klar:

Alektryo bringt dir Glücke selbst um Undank.
Gockel – Kopf – Kropf – Siegel – Brot gab.

Was aber die Worte: Kopf, Kropf, Siegel, Brot gab, bedeuten sollen, weiß ich nicht.«

Als er kaum die Worte ausgesprochen hatte, traten die drei Petschierstecher, die ihm neulich den Hahn abkaufen wollten, aus dem Gebüsch und sprachen: »Was befehlen der Herr Graf Gockel von Hanau von uns?« – »Wieso,« sagte Gockel unwillig, »was soll ich befehlen?« – »Der Herr Graf«, antworteten die Männer, »haben doch unsre Namen Kopf, Kropf und Siegel zweimal ausgesprochen, denn so heißen wir, seit unsre Voreltern nach Deutschland gezogen. – Aber vielleicht wollen der Herr Graf sich ein neues Petschaft stechen lassen; denn außerdem, daß wir in der Astrologie, Physiognomie, Chiromantie, Geomantie, Alektryomantie, Coscinomantie, Hydromantie, Crystallomantie, Kabbala, Goetie, Diplomatie und Prophetie unbegreiflich billige Privatstunden geben, und daß wir Hühneraugen schneiden, zerbrochenes Porzellain kitten und Kaffeemühlen scharf machen, sind wir hauptsächlich Petschierstecher, was durchaus zur Diplomatie, wegen der Siegelkenntnis an den Urkunden, und zur Verfertigung der Talismane nötig ist. Ach, Herr Graf! es gehört heutzutag ein entsetzlicher Umfang dazu, um in den Wissenschaften komplett zu sein; es werden grausame Forderungen gemacht, und was hat man davon, nichts als die Ehre, daß alles ineinander greift mit leeren Händen. Ja, wenn der Handel mit Vieh, mit alten Kleidern und Hasenpelzen nicht wäre – Herr Graf! – wahrhaftig die hohen Wissenschaften machen die Suppe nicht fett. – Also daß ich meine Rede nicht vergesse, wollen der Herr Graf sich nicht ein Petschaft stechen lassen? – Denn wir sehen, daß Sie Ihr Siegel in den Händen haben, welches ein Siegel des Gleichnisses, voll der Weisheit und ausnehmend schön ist.«

»Ach,« sagte Gockel, »ich möchte mein Wappen lieber ganz vernichten, denn der Hahn Alektryo, der darauf abgebildet ist, hat uns schändlich betrogen«, und nun erzählte er ihnen sein ganzes Unglück. »Sehen der Herr Graf,« sagte der eine Petschierstecher, »wie gut wir es mit Ihnen gemeint, da wir Ihnen neulich den Hahn abkaufen wollten; haben wir nicht gesagt, Sie würden ihn nächstens vielleicht gern loswerden, wenn ihn nur jemand wollte, das lehrte uns die Prophetenkunst.«

»Wieso, gut gemeint,« sagte Gockel, »wie konntet ihr denn wissen, daß mich der Hahn in solches Leid versetzen werde?« Da erwiderte der eine Morgenländer: »Dies Leid ist ja deutlich in dem alten Familienspruch ausgesprochen, welchen unsre Voreltern selbst auf die goldne Siegelbüchse gestochen haben; weswegen auch abgekürzt unter dem Spruche steht, daß durch diese Arbeit *Gockel* dem *Kopf*, dem *Kropf*, dem *Siegel Brot gab*, und aus Dankbarkeit für dieses Brot, das Ihre Voreltern den unsern gegeben, wollten wir, da der Herr Graf in Ungnade und Armut geraten ist, Ihro Exzellenz den Hahn abkaufen, weiteres Unglück von Ihnen abzuwenden.«

»Das ist dankenswert,« erwiderte Gockel, »aber ich sehe in dem Spruche gar keine Unglücksprophezeiung, sondern gerade das Gegenteil; steht nicht in den Worten:

Alektryo bringt dir Glücke selbst um Undank,

ganz deutlich ausgesprochen, daß der Hahn selbst für Undank seinem Herrn Glück bringen werde?« – »Ja,« sagte da der zweite Petschierstecher, »der Spruch ist, wie viele solche Sprüche, in der Flattiermanier gestellt, große Herrn flattiert man gern. Die Urkunde ist ein bißchen verschmeichelt und aus Menschenfreundlichkeit ein wenig aufgemuntert; so wie man einem alten Roß die Haare aus den Ohren schneidet und die Zähne feilt, daß es jünger aussieht, haben unsere Vorfahren dem damaligen Graf Gockel den Schrecken ersparen wollen und haben ein r aus einem e und aus einem u ein ü gemacht, denn der Spruch heißt eigentlich:

Alektryo bringt die Glucke selbst um, o Undank!

was durch die Tatsache bewiesen ist, denn der undankbare Alektryo hat ja die Glucke samt den Küchlein umgebracht; wir aber müssen dieses verstehen, denn wir sind von undenklichen Zeiten aus dem Stamme der Petschierstecher. Von unsern Voreltern ist das Siegel Juda, das Siegel Pharaos, das Siegel Ahabs, das Siegel Ahasveri und das Siegel des Darius gestochen, womit er den Daniel in die Löwengrube versiegelte. Wir sind Leute vom Fach, der Herr Graf können sich auf die Güte unsrer Auslegung verlassen, und so sie sich nicht von erster Qualität bewährt, können der Herr Graf sie uns wieder zurückgeben.«

Gockel, ganz von der Rede der Männer und seinem Unglücke überzeugt, bat sie, ihm doch nun den Bock und die Ziege für den Hahn zu geben, aber das wollten sie nicht mehr und sprachen: »Was soll uns der Hahn, er ist ein Unglückshahn, er kann uns ein Leid antun, wer wird einen Unglückshahn essen, und bleibt er am Leben, er könnte einem ein Unglück ankrähen; aber lassen ihn der Herr Graf einmal sehen, man kauft keine Katze im Sack, viel weniger einen Hahn.« Da zog Gockel den Hahn aus dem Sack, und sprach weinend: »O Alektryo, Alektryo! welch Leid hast du mir getan.« Alektryo ließ Kopf und Flügel hängen und war sehr sehr traurig; aber als ihm der eine Petschierstecher an den Kropf fühlen wollte, ward er ganz wütend; alle seine Federn sträubten sich empor, er hackte und biß nach ihm und schrie und schlug so heftig mit den Flügeln, daß der Mann zurückwich, und Gockel den Hahn kaum halten konnte.

»Schau eins,« sagten die drei Petschierstecher, »man soll noch Geld geben für so ein wildes Ungeheuer, es will die Leute fressen; wer wird ihn kaufen?« Als aber Gockel ihn immer wohlfeiler bot, sagten sie ihm endlich: »Wir geben dem Herrn Grafen, wenn er uns den Hahn nach Hause tragen will, neun Ellen Zopfband dafür, daß er sich einen schönen langen Zopf binden kann, wie sichs einem Grafen gebührt«, und Gockel willigte ein, um nur etwas für den Alektryo zu erhalten.

Frau Hinkel und Gackeleia hatten alles dieses still mit angehört und gingen mit schwerem Gewissen nach Hause, denn sie wußten wohl, daß die dreie die Unwahrheit sagten. Gockel aber nahm den Alektryo unter den Arm und folgte traurig den drei Petschierstechern durch den Wald nach ihrem Wohnorte. Anfangs gingen sie dicht um ihn; weil der Hahn aber dann immer nach ihnen biß und schrie, baten sie Gockel, einige Schritte mit dem grausamen Ungeheuer hinter ihnen herzugehen. Gockel hörte öfter, wie die drei unheimlichen Männer zueinander sagten: »Kropf auf, Siegelring, Kopf ab«, und wie sie dann miteinander zankten und immer einer zum andern schrie: »Nein, ich Siegelring, nein, du Kropf auf, nein, du Hals ab«, und als Gockel sie fragte, warum sie immer miteinander zankten, sagten sie: »Ei, es will keiner von uns den Hahn schlachten, weil er ein so grausames Tier ist; wenn der Herr Graf ihn gleich schlachten, so wollen wir Ihro Exzellenz den Kamm, die Füße und Sporen und Schweif geben, die können Sie auf die Mütze setzen zum ewigen Andenken, – ein schönes Monument, ein statuiertes Exempel für den Undank; drehen Sie ihm unterm Tragen doch ganz leise den Hals herum.«

»Gut,« sagte Gockel, und faßte den Alektryo an der Kehle. Da fühlte er aber etwas sehr Hartes in seinem Kropfe, und der

Hahn bewegte sich so heftig dabei, daß die Männer sich sehr fürchteten und zu Gockel sagten: »Ach, gehen der Herr Graf ein wenig weiter hinter uns her.« Das tat Gockel, und als er wieder an den Hals des Alektryo faßte, fühlte er das Harte im Kropfe wieder, und machte sich allerlei Gedanken, was es doch sein könne. Da sagte auf einmal der Hahn mit deutlichen Worten zu ihm:

Lieber Gockel, bitt dich drum
Dreh mir nicht den Hals herum,
Köpf mich mit dem Grafenschwert,
Wie es eines Ritters wert.
Weh, Graf Gockel, bittre Schmach!
Trägt den Hahn den Schelmen nach.

Gockel blieb vor Schrecken und Rührung stehen, als er den Alektryo reden hörte, aber er besann sich bald eines andern, und wollte ihnen nicht mehr den köstlichen Hahn, der reden konnte, um neun Ellen Zopfband nachtragen, und rief ihnen zu, links in das Gebüsch zu treten, jetzt wolle er das grausame Ungeheuer töten.

Sie sprangen schnell in das Gebüsch, aber da war eine mit Reisern bedeckte Wolfsgrube, die kannte Gockel gut, denn er hatte sie selbst gegraben, und plumps fielen alle drei morgenländische Petschierstecher hinein, und riefen dem Gockel, ihnen herauszuhelfen; aber dieser gab keine Antwort, und schlich sich in die Nähe der Grube, um zu hören, was sie da unten für Betrachtungen anstellen würden.

»O weh mir!« schrie der eine, »da haben wir es, wer dem andern eine Grube gräbt, fällt selbst hinein; was nützt uns nun der Siegelring des Darius, womit er die Löwengrube verschlossen, wir sitzen in der Wolfsgrube. Alle Mühe und Arbeit und Salomonis Siegelring in des Hahnen Kropf ist verloren für uns, der Gockel muß es gemerkt haben, daß Kopf, Kropf, Siegel nicht unsere Namen, sondern nur einzelne Worte des alten geheimen Spruches sind, welcher sagt: man müsse dem Hahnen den Kopf ab und den Kropf aufschneiden, um Salomonis Siegelring aus demselben zu erhalten, der einem giebt, Herz was verlangst du? Jugend und Reichtum, alle Güter der Welt, Geld! – Geld! – Geld! – Geld!« –

Dann schrie der andere: »O wehe uns, daß wir jemals etwas von dem Ring in dem Kropfe des Hahnen erfahren haben; o hätten unsere Väter doch niemals in dem alten Gockelschloß nach Schätzen gegraben, und dort das ganze Geheimnis auf dem Grabsteine eingehauen gelesen, so hätten wir Ruhe gehabt, jetzt schwebt uns der Ring immer vor den Augen, der einem giebt, Herz was verlangst du? Jugend und Reichtum, alle Güter der Welt! – Geld! – Geld! – Geld! – Geld!«

Nun schrie der dritte: »O Unglück über Unglück, alle Mühe und Arbeit verloren! Wie lange haben wir dem König von Gelnhausen zugesetzt, wie viel haben wir an seine Minister spendiert, bis sie den Gockel ins Elend gebracht, damit wir ihm den Hahn leicht abkaufen könnten; haben unsere Eltern doch allein das Petschierstechen gelernt, um dem Hahn näher zu kommen, da sie sein Portrait nach der Natur auf das Grafensiegel stachen, wo sie ihm auf den Zahn fühlen konnten, ob er nach dem Tode des frühern Hahns, als dessen erstgeborner Sohn, auch den Ring wieder im Kropf habe. – Wie haben wir müssen laufen von Heddernheim nach Krakau, von Krakau nach Bockenheim, von Bockenheim nach Constantinopel, von Constantinopel nach Fürth, von Fürth nach Jerusalem, von Jerusalem nach Worms, von Worms nach Cairo, von Cairo wieder nach Heddernheim und von Heddernheim wieder in die ganze Geographie, laufen, laufen um zu lernen die Kabbala, Gicks Gacks und Kikriki, die große Alektryomantie, bis wir endlich den Spruch auf dem Grabstein in der Burg Gockels verstehen konnten. – Weh, alles umsonst, alles verloren! Wenn wir nur aus dem Loche wären, und wer bezahlt mir nun die Katze, die ich mit ihren fünf Jungen selbst aus meinem Beutel gekauft und in das Schloß gesetzt habe, damit sie die Gallina samt der Brut fressen sollte, auf daß dem Gockel der Hahn feil würde? Wer bezahlt mir die Katze? Ich will mein Geld für die Katze. Hätte ich ihr den Pelz doch abziehen und sie als einen Hasen verkaufen und den Pelz auch verkaufen können, ich will mein Geld für die Katze! Die Katze ist verloren, der Ring ist verloren, der einem giebt, Herz was verlangst du? Jugend und Reichtum, alle Güter der Welt! – Geld! – Geld! – Geld! – Geld!« –

Da Gockel über ihr Geschrei lachen mußte, glaubte der erste

Petschierstecher, der zweite habe ihn ausgelacht, und schlug nach ihm; der schrie und sagte, der dritte sei es gewesen; da schlug dieser nach ihm und daraus entstand eine allgemeine Prügelei unter den dreien, worüber Gockel mit Alektryo die Grube verließ und nach seinem Schlosse in tiefen Gedanken zurückging.

Gockel hatte gar vieles erfahren, die Lüge der Frau Hinkel und der kleinen Gackeleia, die Anwesenheit einer alten Schrift auf einem Grabstein in seiner Schloßkapelle, das Geheimnis von dem Siegelring in des Hahnen Kropf und die ganze Betrügerei der morgenländischen Petschierstecher. Alles dieses machte ihn gar tiefsinnig und betrübt; er drückte den edlen Hahn Alektryo einmal um das andremal an sein Herz und sagte zu ihm: »Nein, du geliebter, ehrwürdiger, kostbarer Alektryo, und wenn du den Stein der Weisen in deinem Kropf hättest, du sollst darum durch meine Hand nicht sterben, und ehe Gockel nicht verhungert, sollst du auch nicht umkommen.« Nach diesen Worten wollte Gockel dem Alektryo einen Bissen Brot geben, der aber schüttelte den Kopf und sprach gar beweglich:

Alektryo in großer Not,
Gallina tot, die Hühnchen tot,
Alektryo will mehr kein Brot,
Will sterben durch das Grafenschwert,
Wie es ein edler Ritter wert,
Verlangt ein ehrlich Halsgericht,
Wo Raugraf Gockel das Urteil spricht
Und über die Katze das Stäblein bricht.

»O Alektryo,« sprach Gockel mit Tränen, »ein strenges Gericht soll über die Katze ergehen, deine verstorbene Gallina und deine dreißig Jungen sollen gerächt werden, und was noch von ihnen übrig ist, soll in einem ehrlichen Grabe bestattet werden; aber du, du mußt bei mir bleiben.« Der Hahn blieb immer bei seiner Rede, er müsse in jedem Falle sterben, und wolle ihn Gockel nicht enthaupten, so werde er sich zu Tode hungern; Gockel werde schon heute in der wüsten Schloßkapelle noch alles erfahren und dann kurzen Prozeß machen.

Es war Nacht geworden, als Gockel nach Hause kam. Frau Hinkel und Gackeleia schliefen schon, denn sie erwarteten heute den Vater nicht zurück, weil sie glaubten, er sei mit den Käufern des Alektryo nach der Stadt gegangen. Zuerst schlich sich Gockel nach dem Winkel, wo die mörderische Katze mit ihren Jungen schlief, Alektryo zeigte ihm den Weg. Gockel ergriff sie alle zusammen und steckte sie in denselben Sack, in welchem Alektryo gefangen gelegen war. Ach wie trauerten Gockel und Alektryo, als sie die Federn und Gebeine der guten ermordeten Gallina und ihrer Küchlein um das Nest der Katze herumliegen sahen. Sie weinten bittere Tränen miteinander und Alektryo sammelte, mit seinem Schnabel herumsuchend, alle Beinchen und Federn der Ermordeten in die Mütze Gockels, der sie ihm hiezu hinhielt. Dann sprach Alektryo zu Gockel, indem er traurig vor ihm herschritt, Kamm und Schweif niedersenkte und die Flügel hängen ließ, als begleite er wie ein Kriegsmann mit gesenkter Fahne und niedergewendetem Gewehr eine Leiche zu Grab:

Nun folg mir zur Kapelle,
Daß diese teure Last
Dort find an heilger Schwelle
Auf ewig Ruh und Rast.

So gingen sie wie ein stiller Leichenzug zu der wüsten Kapelle, Alektryo sang eine leise Lamentation und die Vögel aus dem Schlafe erwachend guckten hie und da aus den Nestern und lamentierten, ohne die einfache Würde der erhabenen Trauerzeremonie zu stören, in sanfter Harmonie ein bißchen mit. Der Himmel selbst hatte seine Sterne mit Wolken verhüllt und der Mond, mit Tränen im Auge, schimmerte bleich durch einen Schleier der Wehmut. Die halbe Natur stimmte in das schöne Ganze dieser ebenso rührenden als würdigen Feier mit ein, wobei auch die so sinnige Mitwirkung der Büsche und Kräuter und Blumen rühmlich zu erwähnen ist, denn die Glockenblumen, die ehr- und tugendsame Jungfer Campana, läutete ganz mitleidig mit allen ihren blauen Glocken, und die bewußten weißen Rosen, die bei Feierlichkeiten immer so beliebten weißgekleideten Mädchen, gossen Schalen voll reichlichen Tränentaus vor dem Zuge aus; man bemerkte unter den Leidtragenden die so achtbare Klagejungfrau Rosmarin, die demütige Familie Thymian, die Miß Lavendel, die Comtesse

Quentel und viele andre edle Familien. Auch die barmherzigen Schwestern Jungfer Melissa, Krausemüntze, Kamille, Schafgarbe, Königskerze, Ehrenpreis, Baldrian, Himmelsschlüssel bewiesen ihre innigste Teilnahme. Vor allen andern des schönen Blumengeschlechtes aber beurkundete Fräulein Reseda, welche so oft im Wochenblättchen anzeigt, daß sie mehr auf gute Behandlung als großen Gehalt sehe, den guten Geruch aller ihrer Verdienste. Der allgemeine Blumen-Notarius Publicus Salomons-Siegel bewährte durch seine Teilnahme, daß sein Name in großem Bezug mit diesem merkwürdigen Ereignisse stehe. Kurz, die Teilnahme aller Kräutlein war so groß, daß sogar die faule Grete unter ihnen bemerkt wurde, der redliche gute Heinrich hatte sie aufgeweckt, daß auch sie mit ihm dem Alektryo ihr Beileid bezeige.

O wie kindlich, einfältig rührend sprach sich die Teilnahme der frommen Klosterschwestern, Marienkinder genannt, aus, welche ihr Klösterchen in dem mit Erde erfüllten trockenen Becken des verfallenen Springbrunnens zu Füßen des zerbrochenen Liebfrauenbildes bewohnten. Gackeleia nannte dieses mit lauter Marienpflänzchen überwachsene Brunnenbecken gewöhnlich ihr Marienklostergärtchen, und pflegte es besser als alle anderen Gartenbeete. Alle Marienkäferchen, die sie fand, setzte sie hinein. Sie hatte sich eine Bank darin bereitet, und neben dieser stand das Kräutlein Unserliebfrauenbettstroh. Da trieb Gackeleia gewöhnlich ihre Spielereien. Sie hatte das liebe Dreifaltigkeitsblümchen, das auch Jelängerjelieber und Denkeli und unnütze Sorge genannt wird, zu Füßen des Liebfrauenbildes gepflanzt, weil die Mutter ihr gesagt hatte, daß dies Blümchen in Hennegau Jesusblümchen heiße. Da nahm dann Gackeleia manchmal ein solches Jesusblümchen und legte es auf das Kräutchen Marienbettstroh und wiegte es hin und her und sang dazu:

Da oben im Gärtchen,
Da wehet der Wind,
Da sitzet Maria
Und wieget ihr Kind,
Sie wiegt es mit ihrer schneeweißen Hand,
Und brauchet dazu gar kein Wiegenband.
Ich will mich zur lieben Maria vermieten,

Will helfen ihr Kindlein recht fleißig zu wiegen,
Da führt sie mich auch in ihr Kämmerlein ein,
Da singen die lieben Engelein fein,
Da singen wir alle das Gloria,
Das Gloria, Lieb Frau Maria!

Als der Leichenzug Gallinas an diesem Mariengärtchen vorüberging, war die Betrübnis von dessen Bewohnerinnen um so größer, als ihre Freundin Gackeleia diesen höchst traurigen Todesfall veranlaßt hatte; ach, sie fühlten alle in ihrem frommen Herzen, als teilten sie die Schuld Gackeleias. Da standen nun die lieben Kräutchen, die Marienkinder, in einer Reihe. Schwester Margarita Marienröschen, Schwester Chardonetta Mariendistel, Schwester Cuscutta Marienflachs, Schwester Spergula Mariengras, Schwester Gremila Marienhirse, Schwester Alchimilla Marienmantel, Schwester Mentha Marienmünze, Schwester Päonia Marienrose, Schwester Calceola Marienschuh und auch die kleine feine Novize Mignardisa Marientröpfchen hatte ihr gefranztes Trauerschleierchen ganz naß geweint. Alle standen sie in stiller Andacht und dufteten ein *De profundis*, und einer jeden hatten die Marienkäferchen eine brennende Kerze in die Hand gegeben, und die Laienschwestern Campanula, Marienhandschuh und Marienglöcklein läuteten mit den blauen, violetten und weißen Klosterglöckchen gar beweglich und harmonisch. Nirgends aber sprach sich Trauer, Mit- und Beileid tiefer und wahrer aus als unter der uralten Linde, nahe bei dem Eingang in die Kapelle. Es müssen sich teure Gockelhinkelsche Erinnerungen an diese klassische Stelle knüpfen; Ortsnamen und Bewohner zeugen dafür. Die Linde heißt von Olims Zeiten her die Hennenlinde, das kleine Feldkreuz unter ihr, worauf eine Henne ausgehauen, heißt das Hennenkreuz. Die drei zu ewiger Anbetung und Fürbitte verlobten adeligen Klosterfrauen, die drei reinen schneeweißen Lilien, welche zu Häupten dieses Kreuzes stehen, sendeten Weihrauch und Gebete aus den Opferschalen ihrer Kelche empor.

Zu Füßen des Hennen-Kreuzes trauerte in stummem Schmerz ein adeliger Fräuleinverein von lauter Pflanzen und Kräutern, welche der Gräfin Hinkel von Hennegau namensverwandt und seit Olims Zeiten in diesem Schlosse einheimisch waren. Hier weinten unter dem Vorstand der alle Schmerzen übernehmenden Fräulein Grasette Fetthenne ihre stillen Tränen die edlen Fräulein Moscatellina von Hahnenfuß, Ornitogalia von Hühnermilch, Serpoleta von Hühnerklee, Morgelina von Hühnerbiß, Cornelia von Hahnenpfötchen, Osterlustia von Hahnensporn, Cretellina von Hahnenkamm und Esparsetta von Hahnenkämmchen. – Dank den edlen schönen Seelen!

Es haben sich außerdem allerlei Gerüchte von außerordentlichen Erscheinungen verbreitet, die bei diesem Begräbnis eingetreten sein sollen, und es ist noch jetzt das Gerede unter den Vögeln der Umgegend davon: »es sei ein Komet in der Gestalt eines Paradiesvogels am Himmel gesehen worden, und unter der Linde hätten die drei Lilien zu leuchten begonnen, Sterne seien in sie niedersinkend gesehen worden und vor ihnen sei eine schöne edle Frau, eine Gräfin von Hennegau, erschienen und habe beim Vorübergang der Leiche die Worte gesungen:

O Stern und Blume, Geist und Kleid,
Lieb, Leid und Zeit und Ewigkeit!

worauf alles verschwunden sei.« Wir stellen diese Gerüchte, als dem Reiche der Phantasie angehörig, unverbürgt dem Glauben eines jeden anheim.

Als Gockel und Alektryo in der dachlosen, busch- und baumdurchwachsenen Kapelle mit den Überresten Gallinas angekommen war, schüttete er dieselben fein sachte auf die Stufen des zerfallenen Altares aus und zog seine Mütze wieder über die Ohren, weil er wohl wußte, es könne ihm bei seiner Anlage zu rheumatischem Kopf-, Zahn- und Ohrenweh unmöglich gesund sein, das nicht mehr dicht behaarte Haupt dem kühlen Nachttau auszusetzen. Hierauf sprach der treue Alektryo, der nicht von den Überresten seiner Familie wich, zu Gockel:

Wachholderstrauch
Macht guten Rauch.
Zu Stambul hat der Großsultan
Wachholder in dem Garten sein
Und drum ein goldnes Gitterlein,
Er zündet dran die Pfeife an
Und hat recht seine Freude dran;

Du, Gockel, brich Wachholder mir
Zu dem *Castrum Doloris* hier.

Da brach Gockel ihm Reiser von einem dort stehenden Wachholderbusch und flocht eine Art Nest daraus, welches er auf die Stufe des Altares setzte. Alektryo legte alle die Beinchen der Gallina und ihrer Jungen in diesem Nest in einen wohlgeordneten Scheiterhaufen zusammen, füllte diesen mit den Federn und legte den Kopf und die Köpfchen der Seinigen darauf.

Indessen blickte Graf Gockel nachdenklicher als je den alten Grabstein an, der hinter dem Altar in der Wand eingemauert war; es war sein erster Ahnherr, der Urgockel, mit einem Hahnen auf der Schulter und einem ABC-Buch in der Hand, in bedeutender Größe darauf abgebildet, und zu seiner Linken war an der Mauer eine Reihe von Bildern aus seinem Leben in Stein gehauen. Gockel wußte nicht viel von dem Urgockel und noch weniger von der Bedeutung der Bilder; die Hauschronik war mit dem Schloß verbrannt. Er wußte nur den alten Familiengebrauch, daß die Grafen Gockel immer den Alektryo in Ehren hielten, und daß er ihrem Haus Glück bringe.

Als Alektryo mit der Ordnung der Gebeine seiner Familie fertig war, scharrte er die Erde von einer Marmorplatte, die vor dem Altar am Boden lag, und Gockel reinigte sie vollkommen. Auf dieser Platte waren allerlei Zeichen, wie Hahnen und Hühner sie mit ihren Pfoten im Schnee machen, eingegraben. Alektryo sprach:

Graf Gockel, lies,
Was heißet dies?

Gockel konnte aus dem Gekritzel nicht klug werden und sprach:

Alektryo, mein lieber Hahn,
Wie sehr ich auch nachdenken mag,
Kann ich kein Wörtchen doch verstahn
Von dieser Kribbes-Krabbes-Sprach.

Da erwiderte Alektryo:

Der Ur-Alektryo dies schrieb
Dem Ur-Gockelio zulieb.

Da keine Handschrift konnte lesen,
Noch schreiben Ur-Gockelio,
So ist ihm hier zu Dienst gewesen
Mit Fußschrift Ur-Alektryo.
Sein Lehrer war ein Indian,
Ein Schreiber des Gott Hahnemann,
Die Tinte war der Morgentau,
Die Federn waren Hahnenpfoten,
Er schrieb auf Paradieses Au
Zum reinen Kikriki die Noten;
Doch als im Eifer eine Sau
Er einstens hat hineingekleckst,
Fiel gleich sein Stamm mit Kind und Frau
Auf lange Zeiten aus dem Text;
Bis er bei Job als Konzipist
Ward angestellet auf dem Mist.
Was Hahn zu Hahn hat je gekräht,
Der Schrei noch um die Erde geht;
Was Hahn an Hahn vor langem schrieb,
Nicht immer ganz verständlich blieb.
Weil Fußschrift auf die Fußschrift trifft,
So ward es Kribbes-Krabbes-Schrift.
Ein jeder liest sich erst hinein
Was er sich gern heraus möcht lesen,
Oft giebt ein Strich, ein Pünktlein klein
Dem ganzen Sinn ein andres Wesen.
So ward auch hier der dunkle Spruch
Aus dein und meinem Schicksalsbuch,
Der auch auf deinem Wappen steht,
Von Schriftgelehrten bös verdreht;
Doch weil ich kräh nach Tradition,
So kann ich noch mein Lektion.

Nun las Alektryo ihm folgende Worte von der Marmorplatte:

Alektryo bringt dir Glück selbst um Undank.
O Gockel, hau ihm den Kopf ab,
Schneid ihm den Kropf auf, Salomos
Siegelring jedem noch Brot gab.

Da sah nun Graf Gockel deutlich, daß die Eltern der Petschierstecher schon seine Vorfahren bei dem Spruch auf dem Wappen betrogen hatten, und daß die Worte: Kopf, Kropf, Siegel gar nicht ihre Namen waren. Alles Gehörte erweckte dunkle Erinnerungen wie von Märchen aus seiner frühesten Jugend in ihm, und begierig, von der Geschichte seiner Vorfahren etwas zu wissen, sprach er zu dem Hahnen:

Alektryo! es ist kurios,
Du sprichst vom Ringe Salomos
Und von dem Urgockelio
Und von dem Uralektryo;
Mir ist, wenn ich dies alles hör,
Wie einer Eierschale leer,
Wenns Huhn, von dem sie war gelegt,
Sich gacksend um sie her bewegt.
Wer lang, wie ich, bei Hofe sitzt
Im Hühner-Ministerium,
Zuletzt gar von sich selbst ausschwitzt
Das innere Mysterium.
Mir ist so dumm, als ob ich sei
Ein in der Stichedunklichkeit
Der finstern Mittelaltrichkeit
Gelegtes ausgeblasnes Ei.
Belehr mich doch! – Ich weiß nicht mehr,
Wo kommen alle wir nur her,
Wo Gockel, wo Alektryo,
Wo jener Ring des Salomo?

Da erwiderte Alektryo:

Du dauerst mich, du armer Tropf!
Faß an den Ring in meinem Kropf,
Sprich: »Urgockel! dort an der Wand,
Hasts ABC-Buch in der Hand,
Gehorch dem Ring des Salomon
Und sag mir auf dein Lektion,
Links vom Altar bis zu der Tür
Die alten Bilder explizier!«

Graf Gockel nahm nun den Alektryo unter den Arm, faßte mit der Hand an seinen Kropf und sprach diese Worte ganz feierlich zu dem Bilde Urgockels an der Wand. Da rauschte es dumpf in dem Steinbild, der steinerne Hahn Urgockels schlug sich mit den Flügeln in die Seite, daß Moos und Kalk niederfiel; er streckte den Hals und krähte, wenn gleich ein wenig heiser, doch so laut und feierlich, als wolle er den Schlafenden den Jüngsten Tag verkünden, und Alektryo antwortete ihm mit ehrfürchtigem Ernst.

Nun aber fiel hie und da brüchiges Gestein an der Wand rasselnd nieder, es regte sich das steinerne Bild Urgockels, hob langsam die Hände, streckte sich, rieb sich die Augen, gähnte etwas zu laut, machte aber dabei ein Kreuz vor den Mund, welches ein schönes Zeugnis für die fromme Sitte des finstern Mittelalters war; er schob sich auch die Mütze ein wenig hin und her und nieste sehr heftig, und Graf Gockel sagte ernsthaft: »Wohl bekomms!« und er erwiderte: »Schönen Dank!« – Dann aber stellte er sich ruhig in Positur, deutete der Reihe nach auf die Bilder an der Mauer hin und las dabei aus seinem ABC-Buch schön deutlich wie ein verständiger Knabe, aber freilich, wie es von seiner Zeit nicht anders zu erwarten war, ohne Gefühl, ohne Betonung, ohne Ausdruck, ohne Deklamation, etwas eintönig folgende Reime ab:

Urgockel werde ich genannt,
Zog weit umher im Morgenland
Und schlief einst dorten auf dem Mist,
Wo Job versuchet worden ist.
Da träumte mir, der Dulder fromm
Heiß' mich auf seinem Mist willkomm
Und schenk mir einen schwarzen Hahn
Und spräch: »Es hat des Hahnen Ahn
Bei mir auf diesem Mist gekräht,
Zu Gott geklagt, zu Gott gefleht,
So klug, daß ich den Spruch erfand:
Wer giebt dem Hahnen den Verstand?
Leb wohl – er heißt Alektryo.«
Da weckte mich auf meinem Stroh
Ein ritterlicher Hahnenschrei;
Ich sah, daß es derselbe sei,
Den mir Herr Job im Traume gab,
Er saß auf meinem Pilgerstab
Und weckt' mit Schrei und Flügelschlag
Sich, mich und auch den jungen Tag.

Ich teilt mit ihm mein Sorgenbrot
Und zog mit ihm durch Morgenrot,
Durch Mittagsglut und Abendschein,
Durch Mond- und Sternennacht, allein,
Ach so allein, allein, allein,
Als Mann und Hahn kann jemals sein!
Alektryo so mit mir kam
Durch Persiam und Mediam,
Armeniam, Mingreliam,
Durch Gock- und Magockeliam; –
In Montevillas Reisbuch stehn
Die Länder all, die wir besehn.
Wann nachts ich ruht, da wacht' der Hahn,
Zeigt' redlich mir die Stunden an,
Da stand ich auf, tat ein Gebet –
Schlief wieder, bis er wieder kräht';
Oft hielt sein Krähn – Lob Gott den Herrn! –
Die wilden Löwen von mir fern.
Ich hatte ein Gelübd getan,
Zu Ehren Jobs mit meinem Hahn
Zu schlafen stets auf einem Mist,
Weil da er mir erschienen ist.
Zu Tadmor einst war meine Rast
Am Mist vor Salomos Palast;
Da weckte mich Alektryo,
Kräht' laut und scharrte aus dem Stroh
Ein Kleinod licht, ein blinkend Ding,
Und steckte mir den Siegelring
Selbst an den Finger meiner Hand. –
Wer gab dem Hahnen den Verstand? –
Den Ring ich gegen Morgen hielt,
Der junge Tag drin lieblich spielt';
Ich dacht: Wem nur das Wunderding,
Der schöne Ring, verloren ging?
Da drangen gleich zu meinem Ohr
Die Worte aus dem Ring hervor:
»Der Siegelring von Salomo
Macht alle Menschen reich und froh,
Wer an dem Finger um mich kehrt,
Dem ist ein jeder Wunsch gewährt!«
Da dankt ich Gott still im Gebet,
Bis laut Alektryo gekräht,

Und wünscht': »Wär ich dem Land heraus,
Mit Hahn und Ring bei mir zu Haus!«
Als auf dies Wort den Ring ich dreh,
Bei Hanau hier im Wald ich steh;
Mit Amen schloß mein Frühgebet,
Der Morgenschrei war ausgekräht
Im Walde hier, was Hahn und Mann
Zu Tadmor eben erst begann.
Ich fand nicht Vater, Mutter mehr,
Sie waren tot – die Hütte leer!
Ich dreh den Ring: »Hätt ich ein Schloß
Und Knecht, Magd, Ochs und Kuh und Roß!«
Und sieh, das Schloß stand alsobald
Mit Knecht, Magd, Ochs, Kuh, Pferd im Wald.
Ich dreh den Ring: »Hätt ich zur Frau
Das liebste Herz aus Hennegau
Und hätt mein Hahn ein Hühnlein gut,
Es würde eine edle Brut.«
Da hört im Wald ich ein Geschrei
Und eilt' mit Roß und Knecht herbei,
Und bei der Hennen-Linde draus,
Da hatt ich einen blutgen Strauß.
Der Schrei von einem Fräulein war,
Entführt von wilder Räuberschar.
Die Räuber schlug ich alle tot
Und half dem Fräulein aus der Not;
Und in der Linde Schattenraum
Sprach sie: »Schon ründet sich mein Traum,
Ich ward durch eines Hahnen Schrei
Aus wilder Löwen Kralle frei,
Giebt nun der Hahn mir noch den Ring,
Dann alles in Erfüllung ging.«
Ich gab den Ring dem lieben Bild,
Vereint ward unser Wappenschild;
Urhinkel wars von Hennegau,
Der Kaiser gab sie mir zur Frau.
Ein Huhn sie mir als Brautschatz gab,
Das von dem Hahnen stammte ab,
Der einstens krähte hell und klar,
Als Petrus in Versuchung war.
Es bracht dies edle Huhngeschlecht
Aus Syria ein Edelknecht,

Der bei Pilati Leibwach stand,
Salm hieß er, aus Savoierland. –
Nun fing ich und mein edler Hahn
Ein ritterliches Leben an;
Ich hatte Söhnchen nach der Reih,
Er Hahn und Hühnchen, Ei auf Ei!
Ich dreht den Ring – den Grafenhut
Hat ich sogleich, er stand mir gut. –
Doch als ich ward ein edler Greis,
Gedacht ich an die weite Reis
Ins andere gelobte Land.
Ich dreht den Ring: »Hätt ich Verstand!«
Da war ich klug wie Salomo
Und sprach da zu Alektryo:
»Ich hab den Ring bald ausgedreht
Und du die Zeit bald ausgekräht,
Es naht der Ring der Ewigkeit,
Da mißt kein Hahnenschrei die Zeit;
Die Schlange beißt sich in den Schweif,
Ohn End und Anfang ist der Reif,
Und da es geht zum Ende nun,
Sprich, was soll mit dem Ring ich tun?«
Alektryo sprach: »Hör, sei klug!
Du läßt wohl Geld und Gut genug
Den Söhnen dein, sie können sich
Als Grafen nähren ritterlich;
Gäbst ihrer einem du den Ring,
Gar leicht ein Zank und Streit anging;
Er wünschte sich solch Glück und Ehr,
Daß drüber er sein Seel verlör!
Da keiner von dem Ring noch weiß,
Wird keinem um den Ring auch heiß.
Dem Erstgebornen gieb das Haus,
Die andern statte reichlich aus;
So soll jed Erstgeborner tun,
Bis alle Gockel bei dir ruhn.
Ich, dein Alektryo, füg bei:
Aus der Gallinen erstem Ei
Der Erstling der Alektryonen
Soll stets bei allen Gockeln wohnen,
Daß er vor Mißbrauch und Gefahr
Dem Haus den Ring im Kropf bewahr.

So komm dein Ring von Kropf zu Kropf,
Dein Grafenhut von Kopf zu Kopf,
Und wenn erlischt der Mannesstamm
Vom Gockelhut, vom Hahnenkamm,
Schlägt ab des letzten Gockels Schwert
Dem Schluß-Alektryo den Kopf,
Und Salomonis Ringlein kehrt
In Grafen-Hand aus Hahnen-Kropf.
Der letzte Sproß den Ring dann dreht,
Bis neu der Hahn vom Tod ersteht,
Der auf den Wunsch von einem Kind
Das End vom Liede schnell ersinnt.«
Zu mir dem Urgockelio
Sprach so der Uralektryo
Und hat mit seinem Kopf gezuckt
Und schnell in seinen Kropf verschluckt
Den Siegelring des Salomo,
Und hat dann dunkel, als Prophet,
Den Schicksalsspruch mir vorgekräht,
Der auf dem Grab und Wappen steht
Und richtig, ward er gleich verdreht,
Noch heute in Erfüllung geht.
Doch ich hab nicht recht zugehört,
Ich sprach im Bett zur Wand gekehrt:
»Wer gab dem Hahnen den Verstand?«
Dann reiste in das andre Land,
Wohin den Weg noch jeder fand,
Ich, der Urgockel an der Wand!

Nach diesen Worten schwieg Urgockel still und war ein lebloses Steinbild wie vorher. Graf Gockel, der während der Explikation die Bilder der Reihe nach betrachtet hatte, schüttelte den Kopf und sprach: »Kurios, kurios, was doch einem Menschen alles passieren kann. Es ist und bleibt doch halt immer ein höchst merkwürdiger klassischer Boden, die Gegend zwischen Hanau und Gelnhausen!« Dann wendete sich Gockel zu Alektryo und fuhr fort: »O! nun weiß ich alles, verstehe ich alles, teurer schätzbarer Freund meines Stammes; aber sage mir doch, wenn es zu fragen erlaubt ist, wie ist dann dieser unvergleichliche Siegelring Salomonis eigentlich in deinen Kropf gekommen?« Da erwiderte Alektryo:

Urahnherr sterbend spie aus den Stein,
Da schluckte ihn mein Ahnherr ein.
Mein Ahnherr sterbend spie aus den Stein,
Da schluckte ihn mein Großvater ein.
Großvater sterbend spie aus den Stein,
Da schluckt ihn mein Herr Vater ein.
Herr Vater sterbend spie aus den Stein,
Da schluckte ihn der Alektryo ein.
Alektryo sterbend speit aus den Stein,
Da kehrt er zu Gockel, dem Herren sein.
Gallina tot, die Küchelchen tot –
Alektryo frißt nun mehr kein Brot.
Er will nun sterben durch Grafenschwert,
So wie ein edler Ritter es wert!
Was Uralektryo prophezeit,
Geht alles in Erfüllung heut.

»Wohlan,« sprach Gockel, »so will ich dann sogleich allhier ein hochnotpeinliches Halsgericht halten; du sollst Zeter über die Mörder der Deinigen rufen und strenge Genugtuung erhalten. – Dann aber will ich an dir tun, was du verlangst. – Rufe sogleich als Herold meines Stammes alle Bewohner dieses Schlosses vor die Schranken.«

Da nun eben der Morgen graute, flog Alektryo auf die höchste Giebelmauer des Schlosses und krähte dreimal so laut und heftig in die Luft hinein, daß sein Ruf wie der Schall einer Gerichtstrompete von allen Wänden widerhallte, und alle Vögel erwachten und streckten die Köpfe aus dem Neste hervor, um zu vernehmen, was er verkünde; und da sie hörten, daß er sie zu Recht und Gericht gegen die mörderische Katze vor den Raugrafen Gockel von Hanau rief, fingen sie an, mit tausend Stimmen ihre Freude über diesen Ruf zu verkünden, schlüpften alle aus ihren Nestern, schüttelten sich die Federn und putzten sich die Schnäbel, um ihre Klagen vorzubringen, und flogen in den Raum der Kapelle, wo sie sich hübsch ordentlich in Reih und Glied in die leeren Fenster, auf die Mauervorsprünge und auf die Sträucher und Bäume, welche darin wuchsen, setzten und die Eröffnung des Gerichts erwarteten.

Als die Vögel alle versammelt waren, trat Alektryo vor den Hühnerstall, worin Hinkel und Gackeleia noch schliefen; und indem er gedachte, daß hier der Mord an der frommen Gallina geschehen, krähte er mit solchem Zorne in den Stall hinein, und schlug dermaßen mit den Flügeln dazu, daß Frau Hinkel und Gackeleia mit einem gewaltigen Schrecken erwachten, und beide zusammen ausriefen: »O weh, o weh! da ist der abscheuliche Alektryo schon wieder; er ist gewiß dem Vater im Walde entwischt, wir müssen ihn nur gleich fangen.« Nun sprangen sie beide auf und verfolgten den Alektryo mit ihren Schürzen wehend; er aber lief spornstreichs in die Kapelle hinein; wie erschraken Hinkel und Gackeleia, als sie daselbst auf den Stufen des Altares den Gockel mit finsterm Angesicht, das große rostige Grafenschwert in der Hand haltend, sitzen sahen. Sie wollten ihn eben fragen, wie er wieder hiehergekommen sei, aber er gebot ihnen zu schweigen und wies ihnen mit einer so finstern Miene einen Ort an, wo sie ruhig stehenbleiben sollten, bis sie vor Gericht gerufen würden, daß sie sich verwundert einander ansahen. Der Hahn Alektryo ging immer sehr traurig und in schweren Gedanken mit gesenktem Kopfe vor Gockel auf und ab, wie ein Mann, der in traurigen Umständen sehr tiefsinnige, verwickelte Dinge überlegt. Ja es sah ordentlich aus, als lege er die Hände auf dem Rücken zusammen. Auch Gockel sah einige Minuten still vor sich hin und alle Vögel rührten sich nicht. Nun stand Gockel auf und hieb mit seinem Grafenschwert majestätisch nach allen vier Winden mit dem Ausruf:

Ich pflege und hege ein Halsgericht,
Wo Gockel von Hanau das Urteil spricht
Und über den Mörder den Stab zerbricht.

Nach diesen Worten flog Alektryo auf die Schulter Gockels und krähte dreimal sehr durchdringlich. Frau Hinkel wußte gar nicht, was das alles bedeuten sollte, und schrie in großen Ängsten aus: »O Gockel, mein lieber Mann, was machst du? Ach ich Unglückselige, er ist närrisch geworden!« Da winkte ihr Gockel nochmals zu schweigen, und sprach:

Wer kömmt zu Rüge, wer kömmt zu Recht?

Da trat Alektryo hervor, und sprach mit gebeugtem Haupt:

Alektryo klagt, dein Edelknecht!

Ach! wie fuhr das der Frau Hinkel und der kleinen Gackeleia durch das Gewissen, als sie hörten, daß der Hahn reden konnte; sie zitterten, daß nun alles gewiß herauskommen würde. Da sprach Gockel:

Alektryo, was ward dir getan?

Da antwortete Alektryo:

Graf Gockel, trag mir das Schwert voran,
Trag es voran mit gewaffneter Hand,
Dann rufe ich Zeter wohl durch das Land.

Da zog Gockel einen alten Blechhandschuh an die rechte Hand, in der er sein Schwert trug, und ging so vor Alektryo, der ihm folgte, im Kreis durch die Kapelle wieder zu den Gebeinen Gallinas zurück.

Da trat Alektryo zu den Gebeinen der Gallina und krähte Zeter mit zitternder Stimme.

Ach Herr, schau diese Gebeinlein an,
Das war mein Weib und meine Brut,
Die Katze zerriß sie und trank ihr Blut.
Zeter über Schurrimurri und Gog,
Mack, Benack, Magog, Demagog;
Zeter und Weh und aber Weh,
Und immer und ewig Herr Jemine!

Bei diesen Worten krähte er wieder gar betrübt, und Gockel sagte:

Alektryo, du mein edler Hahn,
Ich hörte, du hättest es selbst getan.
Nun bringe du mir auch Zeugen bei,
Daß deine Klage wahrhaftig sei.

Da antwortete Alektryo:

Hier war ich schon lange ein lästiger Gast,
Sie haben den redlichen Wächter gehaßt;
Oft mußte ich hören den Wiegengesang,
Der mir wie ein Messer die Kehle durchdrang:
»Ha heia, popeia, schlags Kickelchen tot,
Er legt keine Eier und frißt mir mein Brot;
Dann rupfen wir ihm seine Federchen aus,

Und machen Gackeleia ein Bettchen daraus!«
O wär ich gestorben! wie wär mir jetzt gut
Mit meiner Gallina und mit meiner Brut,
Bei dir lieber Hiob, bei dir Salomo
In himmlischen Höfen auf goldenem Stroh!
Doch fehlte der Mut hier zu blutiger Tat,
Ich sollte verderben durch Lug und Verrat.
Weil oft ich zu früh das Gewissen erweckt,
Ward mit dem Gewissen in Sack ich gesteckt.
So hab ich gehört nur und hab nicht gesehn,
Wie hier ist die gräßliche Untat geschehn,
Und lad drum die lieben Schloßvögelein ein,
Sie sollen wahrhaftige Zeugen mir sein.

Nach diesen Worten fingen alle die Vögel an, so gewaltig durcheinander zu zwitschern, zu schnarren und zu klappern, daß Gockel sprach:

Halt ein, hübsch stille, macht kein Geschrei,
Ich will euch vernehmen nun nach der Reih!
Zuerst Frau Schwalbe, die früh aufsteht:
An dich mein Zeugenruf ergeht.

Da flog die Schwalbe heran und sprach:

Noch zittere ich und beb ich,
Es ist wirklich, gewiß, sicherlich geschehn,
Sterb ich, oder leb ich, will ichs immer und ewig
Sicherlich nimmermehr wieder sehn;
Wie die wilde Kätzin und ihre Kätzchen
Sprangen mit zierlichen Sprüngen und Sätzchen
Zum Nestchen und rissen ripps, rapps
Die Küchlein und ihr Mütterlein treu,
Gripps, grapps in viele, viele Restchen
Und federwinzige Fetzen entzwei.
Ich blieb drüber schier vor Schrecken
Zwier im zierlichen Gezwitscher stecken.
Wie ich eben im Begriffe bin gewesen,
Meinen Kindern, wie üblich, gar lieblich
Ein Kapitel ersprießlich aus der Bibel
Von Tobiä Schwälblein und Sälblein
Exegisierend, explizierend zu lesen,
Geschah das himmelschreiende grimmige Übel;

Als ich, wie's schicklich, erquicklich ist,
Mit witziger, spitziger List
Die Hirngespinste meiner Gesichte,
Die figürlichen, manierlichen Traumgedichte,
Den Kindern ein bißchen zimperlich, spärlich,
Doch ziemlich klimperklärlich
Im glitzernden Frühlichtsschimmer
Spintisierlich rezitierte, ist, was ich gewiß nimmer
Bis jetzt je gesehen, nie wieder will sehen,
Die verzwiefelte, verzweifelte Misse – Misse –
Missetat binnen kürzester Frist geschehen,
Daß die wilde Kätzin ohne Rezepisse
Und Gewissen die Gallina zerrisse;
Sieh, es ist die fleißige, emsige, sitzende,
Gicksende, gacksende, kratzende, kritzende
Gickel, Gackel, Gallina nicht mehr,
Das von weißen, weichen Ginster- und Weiden-
zweigen
Zierlich gewickelte, figürlich gezwickelte,
fleur-de-lysierte.
Gothisch verzierte, stilisierte, persisch ziselierte,
Von piependen, trippelnden, nickenden, pickenden
Küchelchen wimmelnde Erbhühnernest ist zerrissen,
Zerbissen und lee, lee, lee, leer;
Zwischen den Splittern zittern und wehen die
Federchen rings her;
Ich teile gewißlich mit denen, die drum wissen,
Das stechende, beißende, böse Gewissen
Immer und ewiglich nimmerme, me, me, mehr!

Nach dieser sehr beweglichen Aussage der kleinen Schwalbe krähte Alektryo wieder:

Zeter über Schurrimurri und Gog,
Mack, Benack, Magog, Demagog;
Zeter und Weh und aber Weh,
Und immer und ewig Herr Jemine!

Bei dem Krähen aber ward der Frau Hinkel und der kleinen Gackeleia fast zumute wie einem, der seinen Herrn verleugnet hat, beim Hahnenschrei zumute ward. Gockel sprach nun:

Hab Dank, Frau Schwalbe, tritt von dem Plan;
Nun komm, Rotkehlchen, als Zeug heran!

Da flog das liebe kleine Rotkehlchen auf einen wilden Rosenstrauch in die Nähe des Altars und sagte:

Auf des höchsten Giebels Spitze
Sang im ersten Sonnenblitze
Ich mein Morgenliedlein fromm,
Pries den lieben Tag willkomm.
Bei mir saß gar freundlich lächelnd,
Sich im Morgenlüftchen fächelnd,
Der erwachte Sonnenstrahl,
Unten lag die Nacht im Tal.
Unten zwischen finstern Mauern
Sah ich Katzenaugen lauern,
Und ich dankte Gott vertraut,
Daß ich hoch mein Nest gebaut.
Und ich sah die Katze schleichen,
Mit den Kätzchen unten streichen
In den Stall, und hört Geschrei,
Wußt bald, was geschehen sei;
Denn sie und die Kätzchen alle
Sprangen blutig aus dem Stalle,
Trugen Hühnchen in dem Maul
Und zerrissen sie nicht faul.
Ach, da war ich sehr erschrecket,
Hab die Flügel ausgestrecket,
Flog ins Nest und deckt in Ruh
Meine lieben Jungen zu.
Ja, ich muß es eingestehen,
Hab den bösen Mord gesehen,
Und mein kleines Mutterherz
Brach mir schier vor Leid und Schmerz!

Nach diesen Worten krähte Alektryo wieder:

Zeter über Schurrimurri und Gog,
Mack, Benack, Magog und Demagog!
Zeter und Weh und aber Weh!
Und immer und ewig Herr Jemine!

Nun hörte Gockel noch viele andere Vögel als Zeugen ab, und alle, vom Storch bis zur Grasmücke, erzählten, wie sie den Mord durch die Katze gesehen.

Als aber Gockel sich nun zu Frau Hinkel und Gackeleia wendete und sie beide fragte, wie sie das hätten können geschehen lassen, da die Gallina doch dicht neben ihrem Ruhelager gebrütet habe, und wie sie alles auf den edlen Alektryo geschoben hätten, sanken beide auf die Kniee, gestanden ihr Unrecht unter bitteren Tränen, und versprachen, es niemals wieder zu tun. Gockel hielt ihnen eine scharfe Ermahnung und bat den Alektryo, ihnen selbst ihre Strafe zu bestimmen. Der gute Alektryo aber bat für sie und verzieh ihnen selbst. Gockel sagte nun: »Deine Strafe, Frau Hinkel, soll sein, daß ich dir und deiner Tochter ein Hühnerbein und einen Katzenellenbogen in das Wappen setze zum ewigen Andenken für eure böse Handlung, und außerdem soll Gackeleia, weil sie die Katze Schurrimurri mit ihren verwegenen Söhnen, Mack, Benack, Gog, Magog und Demagog, sich heimlich zum Spiele erzogen und durch diese ihre Spielerei ein solches Unglück angestellt hat, nie eine Puppe besitzen, nie mit einer Puppe spielen dürfen.« Ach, da fingen Frau Hinkel und Gackeleia bitterlich zu weinen an.

Gockel befahl nun dem Hahn, den Scharfrichter zu holen, damit die Katze mit ihren Jungen hingerichtet würde. Da schrie der Hahn und alle Vögel: »Das ist die Eule, die große alte Eule, die dort drauß in der hohlen dürren Eiche mit ihren Jungen sitzt«; und sogleich ward die Eule gerufen. Als diese ernsthaft und finster wie ein verhaßtes, gefürchtetes, von allen andern Vögeln geflohenes Tier mit ihren Jungen zu der Kapelle mit schweren Flügeln hereinrasselte und mit dem Schnabel knappte und hu hu schrie, und die Augen verdrehte, versteckten sich die Vögel zitternd und bebend in alle Löcher und Winkel; und Gackeleia verkroch sich schreiend unter der Schürze ihrer Mutter, welche sich selbst die Augen zuhielt. Gockel aber legte den Sack, worin die böse Katze mit ihren Jungen stak, in die Kapelle und die Eule trat mit ihren drei Jungen vor den Sack hin und sprach:

Ich komm zu richten und zu rechten
Mit meinen drei Söhnen und Knechten;
Nun höret ihr armen Sünder,
Katz Schurrimurri und Kinder,
Du Mack, du Benack und du Gog,
Du Magog und du Demagog,

Die ihr seid arme Sünderlein,
Ein Exempel muß statuieret sein.
Nun Hackaug, Blutklau, Brich-das-Genick!
Meine Söhne, macht euer Meisterstück.

Da wollten sie den Sack aufmachen und die Katzen vor aller Augen hinrichten, aber Gackeleia schrie so entsetzlich, daß Gockel der Eule befahl, mit ihren Söhnen den Sack fortzutragen und sich zu Hause mit den Katzen abzufinden, was sie auch buchstäblich getan. – Ja, ja, sie fanden sich mit ihnen ab!

Als so dieses schreckliche Schauspiel vermieden war, trat Alektryo vor Gockel und verlangte, daß er ihm nun den Kopf abschlagen, sich den Siegelring Salomonis aus seinem Kropfe nehmen und ihn sodann mit den Gebeinen der Gallina und ihrer Jungen verbrennen sollte. Gockel weigerte sich lange, dem Begehren des Alektryo zu folgen, aber da er sich auf keine Weise wollte abweisen lassen und ihn versicherte, daß er sich doch in jedem Falle zu Tode hungern werde, so willigte Gockel ein; er umarmte den edlen Alektryo nochmals von ganzem Herzen. Dann streckte der ritterliche Hahn den Hals weit aus und rief, auf der Inschrift des Grabsteins scharrend, mit lauter Stimme aus:

Alektryo bringt dir Glück selbst um Undank.
O Gockel! hau ihm den Kopf ab,
Schneid ihm den Kropf auf!
Salomos Siegelring jedem noch Brot gab.

Am Schlusse dieser Worte schwang Gockel das Grafenschwert und hieb den Hals des Alektryo mitten durch, daß ihm der Kopf des Hahnen vor die Füße fiel und der tote Rumpf in den Scheiterhaufen sank. Gockel nahm das ehrwürdige Haupt bei dem Kamm, hob es empor, küßte es, schüttelte es dann über seiner Hand, und der Siegelring Salomonis fiel ihm hinein. Alle Anwesenden weinten, Gockel legte das Haupt zu dem Leibe auf den Scheiterhaufen der Gebeine Gallinas; alle Vögel brachten noch dürre Reiser und legten sie drum her, da steckte Gockel die Reiser an und verbrannte alles zu Asche; aus den Flammen aber sah man die Gestalt eines Hahns wie ein goldenes Wölkchen durch die Luft davonschweben. Nun begrub Gockel die Asche und deckte den Stein mit der Schrift wieder mit Erde zu, und hielt dann eine herrliche Leichenrede über die Verdienste Gallinas und besonders Alektryos, wie des edlen Hahnengeschlechts überhaupt. Nachdem er die Herkunft Alektryos von dem Hahne Hiobs nach der Erzählung Urgockels mitgeteilt hatte, sprach er unter anderm:

»Wer giebt die Weisheit ins verborgene Herz des Menschen, wer giebt dem Hahnen den Verstand? Gleichwie der Hahn den Tag verkündet und den Menschen vom Schlaf erweckt, so verkünden fromme Lehrer das Licht der Wahrheit in die Nacht der Welt und sprechen: ›Die Nacht ist vergangen, der Tag ist gekommen, lasset uns ablegen die Werke der Finsternis und anlegen die Waffen des Lichtes.‹ Wie lieblich und nützlich ist das Krähen des Hahnen; dieser treue Hausgenosse erwecket den Schlafenden, ermahnet den Sorgenden, tröstet den Wanderer, meldet die Stunde der Nacht und verscheuchet den Dieb und erfreuet den Schiffer auf einsamem Meere, denn er verkündet den Morgen, da die Stürme sich legen. Die Frommen weckt er zum Gebet, und den Gelehrten ruft er, seine Bücher bei Licht zu suchen. Den Sünder ermahnet er zur Reue wie Petrum. Sein Geschrei ermutiget das Herz des Kranken. Zwar spricht der weise Mann: ›Dreierlei haben einen feinen Gang und das Vierte geht wohl: der Löwe mächtig unter den Tieren, er fürchtet niemand – ein Hahn mit kraftgegürteten Lenden, ein Widder und ein König, gegen den sich keiner erheben darf‹ – aber dennoch fürchtet der Löwe, der niemanden fürchtet, den Hahn und fliehet vor seinem Anblick und Geschrei; denn der Feind, der umhergeht wie ein brüllender Löwe und suchet, wie er uns verschlinge, fliehet vor dem Rufe des Wächters, der das Gewissen erwecket, auf daß wir uns rüsten zum Kampf. Darum auch ward kein Tier so erhöhet; die weisesten Männer setzen sein goldenes Bild hoch auf die Spitzen der Türme über das Kreuz, daß bei dem Wächter wohne der Warner und Wächter. So auch steht des Hahnen Bild auf dem Deckel des ABC-Buchs, die Schüler zu mahnen, daß sie früh aufstehen sollen, zu lernen. O wie löblich ist das Beispiel des Hahnen! Ehe er kräht, die Menschen vom Schlafe zu wecken, schlägt er sich selbst ermunternd mit den Flügeln in die Seite, anzeigend, wie ein Lehrer der Wahrheit sich selbst der Tugend bestreben soll, ehe er sie anderen lehret. Stolz ist der Hahn, der Sterne kundig, und richtet oft seine Blicke zum Himmel; sein Schrei ist prophetisch, er kündet das Wetter und die Zeit. Ein Vogel der Wachsamkeit, ein Kämpfer, ein Sieger wird er von den Kriegsleuten auf den Rüstwagen gesetzt, daß sie sich zurufen und ablösen zu gemessener Zeit. So es dämmert und der Hahn mit den Hühnern zu ruhen sich auf die Stange setzt, stellen sie die Nachtwache aus. Drei Stunden vor Mitternacht regt sich der Hahn, und die Wache wird gewechselt; um die Mitternacht beginnt er zu krähen, sie stellen die dritte Wache aus, und drei Stunden gen Morgen rufet sein tagverkündender Schrei die vierte Wache auf ihre Stelle. Ein Ritter ist der Hahn, sein Haupt ist geziert mit Busch und roter Helmdecke und ein purpurnes Ordensband schimmert an seinem Halse; stark ist seine Brust wie ein Harnisch im Streit, und sein Fuß ist bespornt. Keine Kränkung seiner Damen duldet er, kämpft gegen den eindringenden Fremdling auf Tod und Leben und selbst blutend verkündet er seinen Sieg stolz emporgerichtet gleich einem Herold mit lautem Trompetenstoß. Wunderbar ist der Hahn; schreitet er durch ein Tor, wo ein Reiter hindurch könnte, bücket er doch das Haupt, seinen Kamm nicht anzustoßen, denn er fühlt seine innere Hoheit. Wie liebet der Hahn seine Familie! Dem legenden Huhn singt er liebliche Arien: ›Bei Hühnern, welche Liebe fühlen, fehlt auch ein gutes Herz nicht, die süßen Triebe mitzufühlen, ist auch der Hahnen erste Pflicht‹; – stirbt ihm die brütende Freundin, so vollendet er die Brut und führet die Hühnlein, doch ohne zu krähen, um allein Mütterliches zu tun. – O welch erhabenes Geschöpf ist der Hahn! Phidias setzte sein Bild auf den Helm der Minerva, Idomeneus auf sein Schild. Er war der Sonne, dem Mars, dem Merkur, dem Äskulap geweiht. O wie geistreich ist der Hahn! Wer kann es den morgenländischen Kabbalisten verdenken, daß sie sich Alektryos bemächtigen wollten, da sie an die Seelenwanderung glaubten und der Hahn des Mycillus sich seinem Herrn selbst als die Seele des Pythagoras vorstellte, die inkognito krähte. Ja wie mehr als ein Hahn ist ein Hahn, da sogar ein gerupfter Hahn noch den Menschen des Plato vorstellen konnte!« usw.

Noch unaussprechlich vieles Erbauliche, Moralische, Historische, Allegorische, Medizinische, Mystische, selbst Politische brachte Gockel in dieser schönen Leichenrede an, welche auch oft von dem lauten Schluchzen und Weinen Gockels, der Frau Hinkel und der kleinen Gackeleia unterbrochen ward. Selbst alle Vögelein gaben ihre Rührung mit leisem Piepen zu verstehen; weil aber der größte Teil der Rede aus Coleri Haushaltungsbuch und aus Gesneri Vogelbuch usw. herrührte, zogen sich die zuhörenden Vögel, denen es viel zu lang dauerte, nach und nach in der Stille zurück, – und da er nun gar noch allerlei Abergläubisches von der Alektryomantie, einer Art zauberischer Wahrsagerei vermittelst der Hahnen, und von dem Hahnenei, woraus die Basilisken entstehen, vorbrachte, ward Frau Hinkel auch etwas unruhig – doch hielt sie sich noch zurück – dann aber kam er auf einen gewissen unparteiischen Engländer zu sprechen, und was dieser von Hahnen und Hinkeln gesagt; da ward es Frau Hinkel nicht recht wohl und sie sprach: »Lieber Gockel, ich glaube, wir haben das schon gehört, wir sind auch noch nüchtern, ich fürchte die Milch wird sauer, ich habe auch noch kein Wasser zum Kaffee am Feuer, ich dächte, wir hielten einen kleinen Leichenschmaus.« Da lächelte der gute Gockel, umarmte Frau Hinkel und Gackeleia und begab sich, selbst ermüdet von der schlaflosen Nacht, gern mit ihr in den Hühnerstall.

Den ganzen übrigen Tag weinten Frau Hinkel und Gackeleia noch öfter, und wollten sich gar nicht zufrieden geben, daß sie an dem Tode der Gallina und Alektryos schuld gewesen. Gockel gab ihnen die schönsten Ermahnungen, sie versprachen die aufrichtigste Besserung, und so entschlief die ganze Familie am Abend dieses traurigen Tages nach einem gemeinschaftlichen herzlichen Gebet.

Als Gockel in der Nacht erwachte, gedachte er der Frau Hinkel und seines Töchterleins Gackeleia mit vieler Liebe, und entschloß sich, ihnen nach dem vielen Schrecken, den sie gehabt, eine rechte Freude zu machen, und zugleich den Siegelring Salomonis zu versuchen. Er nahm daher den Ring aus der Tasche, steckte ihn an den Finger und drehte ihn an demselben herum mit den Worten:

Salomon, du weiser König,
Dem die Geister untertänig,

Mach mich und Frau Hinkel jung,
Trag uns dann mit einem Sprung
Nach Gelnhausen in ein Schloß,
Gieb uns Knecht und Magd und Roß,
Gieb uns Gut und Gold und Geld,
Brunnen, Garten, Ackerfeld,
Füll uns Küch und Keller auch,
Wie's bei großen Herrn der Brauch,
Gieb uns Schönheit, Weisheit, Glanz,
Mach uns reich und herrlich ganz;
Ringlein, Ringlein, dreh dich um,
Machs recht schön, ich bitt dich drum!

Unter dem Drehen des Ringes und dem öfteren Wiederholen dieses Spruches schlief Gockel endlich ein. Da träumte ihm, es trete ein Mann in ausländischer reicher Tracht vor ihn, der ein großes Buch vor ihm aufschlug, worin die schönsten Paläste, Gärten, Springbrunnen, Hausgeräte, Kleidungsstücke, Tapeten, Schildereien, Alamode-Kutschen, Pferde, Livreen und andere dergleichen Dinge abgebildet waren, aus welchen er sich heraussuchen mußte, was ihm wohlgefiel. Gockel beobachtete bei der Wahl alles mit großem Fleiße, was Frau Hinkel und Gackeleia gefallen konnte, denn er träumte so klar und deutlich, als ob er wache. Da er aber das Buch durchblättert hatte, schlug der Mann im Traume es so heftig zu, daß Gockel plötzlich erwachte.

Es war noch dunkel, und er war so voll von seinem Traume, daß er sich entschloß, seine Frau zu wecken, um ihr denselben zu erzählen; auch fühlte er ein so wunderbares Behagen durch alle seine Glieder, daß er sich kaum enthalten konnte, laut zu jauchzen. Da er sich immer mehr vom Schlafe erholte, empfand er die lieblichsten Wohlgerüche um sich her und konnte gar nicht begreifen, was nur in aller Welt für köstliche Gewürzblumen in seinem alten Hühnerstall über Nacht müßten aufgeblüht sein. Als er aber, sich auf seinem Lager wendend, bemerkte, daß kein Stroh unter ihm knistre, sondern daß er auf seidenen Kissen ruhe, begann er vor Erstaunen auszurufen: »O Jemine, was ist das?« In demselben Augenblicke rief Frau Hinkel dasselbe, und dann riefen beide: »Wer ist hier?« und beide antworteten: »Ich bins, Gockel!« – »Ich bins, Hinkel!« Aber sie wolltens beide nicht glauben, daß sie es seien. Es hatte ihnen beiden dasselbe geträumt, und sie würden geglaubt haben, daß sie noch träumten, aber sie fanden gegenseitig ihre Stimmen so verändert, daß sie vor Verwunderung gar nicht zu Sinnen kommen konnten. »Gockel,« flüsterte Frau Hinkel, »was ist mit uns geschehen? Es ist mir, als wäre ich zwanzig Jahre alt.« – »Ach, ich weiß nicht,« sagte Gockel, »aber ich möchte eine Wette anstellen, daß ich nicht über fünfundzwanzig alt bin.« – »Aber sage nur, wie kommen wir auf die seidenen Betten?« fragte Frau Hinkel, »so weich habe ich selbst nicht gelegen, als du noch Fasanenminister in Gelnhausen warst, – und die himmlischen Wohlgerüche umher, – aber ach, was ist das? Der Trauring, der mir immer so lose an dem Finger hing, daß ich ihn oft nachts im Bettstroh verloren, sitzt mir jetzt ganz ordentlich, so daß ich ihn eben drehen kann, ich bin gar nicht mehr so klapperdürr.« – Diese letzten Worte erinnerten Gockel an den Ring Salomonis; er dachte: »Ach, das mag alles von meinem gestrigen Wunsche herkommen«; da hörte er auch Rosse im Stalle stampfen und wiehern, hörte eine Türe gehen, und es fuhr ein Licht durch die Stube an der Decke weg, als wenn jemand mit einer Laterne nachts über den Hof geht. Er und Hinkel sprangen auf, aber sie fielen ziemlich hart auf die Nase, denn jetzt merkten sie, daß sie nicht mehr auf der ebenen Erde, sondern auf hohen Polsterbetten geschlafen hatten, und der Schein, der durch die Stube gezogen war, hatte nicht die rauhe Wand ihres Hühnerstalles, an welcher Stroh und die alte Hühnerleiter lag, sondern prächtige gemalte und vergoldete Wände, seidene Vorhänge und aufgestellte Silber- und Goldgefäße beleuchtet. Sie rafften sich auf von einem spiegelglatten Boden, sie stürzten sich in die Arme und weinten vor Freude wie Kinder. Sie hatten sich so lieb, als hätten sie sich zum erstenmale gesehen. Nun bemerkten sie den Schein wieder, und sahen, daß er durch ein hohes Fenster hereinfiel. Mit verschlungenen Armen liefen sie nach dem Fenster und sahen, daß es von der Laterne eines Kutschers in einer reichen Livree herkam, der in einem großen geräumigen Hof stand, Haber siebte und ein Liedchen pfiff. Im Schein der Laterne, der an das Fenster fiel, sah Gockel Hinkel an und Hinkel Gockel, und beide lachten und weinten und fielen sich um den Hals und riefen aus: »Ach Gockel, ach Hinkel, wie jung und schön bist du geworden!« Da sprach Gockel: »Alektryo hat die Wahrheit gesprochen, der Ring Salomonis hat Probe gehalten, alle meine Wünsche, bei welchen ich ihn drehte, sind in Erfüllung gegangen«; und da erzählte er der Frau Hinkel, wie ihm der Mann mit dem großen Bilderbuch erschienen und er alles herausgesucht und den Ring dabei gedreht habe. – »Ach Gockel, Herzens-Gockel! hast du wirklich alles so gewünscht, alles, wie es mich freuet und erquicket? Dieses lange, lange Hemd, diesen tiefroten chinesischen Schlafrock, fein, fein, man kann ihn ganz in den Raum einer Nuß verbergen. Gockel! und dieses seidene Netz um meine Haare – alles, alles so nach meiner Lust?« – »Ja,« sagte Gockel, »alles nach deiner Lust; es wird schon Tag werden, da wirst du erst sehen die hohen, hellen Räume, Säle, um Wettrennen darin anzustellen, lauter Doppeltüren, Fußböden mit Purpurteppichen bedeckt, herrliche breite Treppen auf Säulen ruhend, Terrassen, Galerien, offne Hallen; ach Hinkel! welche Gärten und Springbrunnen und Säulenhallen und Statuen und Aussichten und schöne Berglinien und Lorbeern-, Myrten-, Zypressen-, Zitronen-, Pomeranzen-, Orangen-, Granatenhaine und eine Schaukel darin von weißen Rosen – und eine Wiege von weißen Lilien – vom Küchengarten will ich gar nicht reden, es wird dir genug sein, wenn ich sage, daß die Pflaumenbäume ihre Äste mit getrockneten Früchten zum Küchenfenster hineinhängen. – Was soll ich von der Garderobe sprechen? Ehe ich dir nur den hundertsten Teil der Stiefelchen, Pantöffelchen, Röckchen, Schürzchen, Hütchen, Tüchelchen, Quästchen, Trottelchen usw. nenne, ist es Tag, und du knieest mitten darunter und räumst und packst und probierst alles nach der Reihe; – aber, Herz Hinkel, das Schönste ist: da ist kein Zapfenbrett, wie im Hühnerministerium, da stehen ganze Chöre der großartigsten, edelsten, lieblichsten, erhabensten, kindlichsten Marmorfiguren von Engeln, Genien, Denkern, Dichtern, Propheten, Göttern und Helden, und auf ihren Händen tragen sie die Kleider, die in kristallenen Schalen zwischen duftenden Blumen ruhen; in der Mitte der Garderobe stehen die drei Grazien um einen dicken Lilienbusch, und wenn du zu träge bist, dich selbst anzukleiden, trittst du zwischen die Grazien und sagst nur den Spruch deiner Ahnfrau von Hennegau:

O Stern und Blume, Geist und Kleid,
Lieb, Leid und Zeit und Ewigkeit!
Schönster Baum im Paradies,
Gieb mir das und gieb mir dies,
Rüttel dich und schüttel dich,
Schüttel Leib und Herz und Geist,
Und was diesen zierlich heißt,
Hüllend, füllend über mich.

O Hinkel! – dein blaues, oder wie du willst, farbiges Wunder sollst du da sehen, augenblicklich sollst du da fix und fertig auf die schönste und vorteilhafteste Weise bekleidet dastehen. – Ich will nicht weitersprechen, o Hinkel von Hennegau, von allen Kabinetten und Kabinettchen, von der Bibliothek, der Hauskapelle, der Küche, der Speisekammer, dem Saal, Ball zu schlagen, dem Musiksaal, der Gemälde-Galerie, der Äpfelkammer, der tiefsinnigen Denkhalle, der Kinderstube, dem Karoussel, dem Badhaus, dem Hühnerhof, ach! und dem bezaubernd schönen Stall voll der edelsten Pferde und Pferdchen, vor allem ein arabisches Schimmelchen, weiß wie der gefallne Schnee, Mähnen und Schweif mit Purpurbändern durchflochten, mit tiefrotem Sammet gezäumt, Gebiß und Bügel von Gold und Rubin; ach Hinkel! und der Sattel! – der Sattel ist ihm von Natur auf den Rücken gewachsen! nun denke!«

»Lieber Gockel,« sagte Frau Hinkel, »es ist nicht möglich, es ist zu viel, ich kanns nicht glauben; aber ich möchte trinken, kannst du mir nicht ein Glas Wasser herbeidrehen?« – »Geh nur links an deinen Waschtisch,« erwiderte Gockel, »und halte den Kristall-Pokal zum Fenster hinaus.« – »O Gockel, gehe mit,« sagte Hinkel, sich an seinen Arm hängend, »ich weiß nicht Bescheid hier, es ist mir ganz bang vor lauter Schönheit, ich fürchte, ich möchte über das siebente Wunder der Welt stolpern und in das achte hineinstürzen.«

Da führte Gockel sie zu ihrem Waschtisch an ein zweites Fenster, dessen Vorhang der volle Mond mit angenehmem Licht durchstrahlte. O da ging das Verwundern erst recht an; neben einem Schirm von goldnen Stäben, an welchem weiße

Rosensträucher hinaufrankten, die alle ihre Rosen nach innen senkten, stand das Waschtischchen; aber welch ein Waschtischchen, ein Waschtischchen, das sich nicht nur gewaschen hatte, sondern sich auch in alle Ewigkeit fortwusch. – In den mit tiefrotem Sammet belegten Marmorboden war ein eirundes tiefes Becken von Kristall versenkt, der Rand oben war von Muscheln, Korallen und lebendigen Blumen umgeben, Reseda und Veilchen und Vergißmeinnicht; diese Wanne war voll Rosenwasser; über diesem ragte wie schwimmend ein mit Lotosblumen gesattelter Delphin von Perlenmutter hervor; auf seinem Rücken saß ein feingeflügeltes Kind von weißem Marmor, in der einen Hand hielt es ein Sieb von Kristall voll der duftendsten Rosen, in welches von Sonnenaufgang bis Sonnenuntergang zwei Strahlen des frischesten, klaresten Wassers aus den Nüstern des Delphins sprudelten und als Rosenwasser in das Becken niederflossen; mit der andern Hand stützte das Marmorkind die kristallne, durchsichtige Tischplatte, welche den Waschtisch bildete, und da war erst die rechte Herrlichkeit von schönen sieben Sachen.

Frau Hinkel sah und fühlte alles mit großem Entzücken an, aber sie hatte gestern so viel geweint und nachher so viel gesalzenes Fleisch gegessen, so daß sie ungemein dürstete und sprach:

Wunder über Wunder, Gockel!
Wunderherrlich ist der Sockel
Von dem Wischiwaschi-Tisch;
Herzerquicklich scheint der Fisch
Lustig in dem Meer zu gaukeln
Mit dem vollen Rosensieb,
Alles ist so süß und lieb,
Alles ist so fein und frisch! –
Doch, eh ich das Glas erwisch,
Kann ich gar nichts recht betrachten
Und muß schier vor Durst verschmachten.

»Verzeih, Herz Hinkel!« sprach Gockel, »ich selbst vergesse über den kuriosen Sachen Essen und Trinken« – da gab er ihr das Glas von dem Waschtisch; dünn und klar und rein wie eine

Seifenblase, die sich auf eine Lilie niedergelassen, so war Kelch und Stiel gebildet – »Halte es zum Fenster hinaus, ich will den Ring Salomonis drehen.«

Gockel zog den rotdamastenen Vorhang hinweg, da sah man durch die blütenvollen Wipfel der Orangenbäume in den blauen Himmel, an dessen Osten der Tag graute; der Mond stand am Himmel wie ein freigebiger Kavalier, welcher der Frau Gräfin Hinkel von Hennegau ein Ständchen von der Nachtigall will bringen lassen. – »Reiche nur den Pokal hinaus,« sagte Gockel, »fahre nur mit der Hand mitten durch die Orangenblüten; die Geister Salomonis werden schon einen Wasserstrahl senden, der dir das Herz erlabt.« – Frau Hinkel tat, wie Gockel befahl, und Gockel sprach den Ring drehend:

Salomo, du weiser König,
Dem die Geister untertänig,
Füll Frau Hinkel den Pokal
Mit der reinsten Quelle Strahl,
In der Felsen Herz entsprungen,
Durch der Erde Brust gedrungen,
Durch der Blüten Duft geschwungen,
Von der Nachtigall besungen,
Von der Sterne Licht gegrüßt,
Von des Mondes Strahl geküßt;
Gieb zum Labsal durstger Zungen
Ein Glas Wasser, bitt dich drum!
Ringlein, Ringlein, dreh dich um.

Schon während diesen Worten plätscherte es unter den Orangenbäumen heftiger, die Blätter bewegten sich, die Blüten küßten sich, und zwischen ihnen spritzte der feine, im Mond- und Sternenlicht schimmernde Strahl eines Springbrunnens aus dem unten liegenden Garten empor und füllte den Pokal, welchen die Hand der Frau Hinkel hinaushielt, ohne sie selbst im mindesten zu benetzen. Frau Hinkel trank und trank wieder, auch Gockel trank, und die allerliebste Frau Nachtigall sang in der nahen Linde das freundlichste »Wohl bekomms, Frau Gräfin von Hennegau!« dazu.

»Ach!« sagte Frau Hinkel, indem sie den Pokal wieder auf den Waschtisch setzte, »das hat aber einmal geschmeckt, das Wasser duftete ganz von Blüten, und wie die liebe Nachtigall singt!« – »Horch!« sagte Gockel, »da singt noch was« – es war aber der Kutscher, der den Haber siebte; als er die Nachtigall hörte, fing er an zu singen:

Nachtigall, ich hör dich singen,
Herz im Leib möcht mir zerspringen,
Komme doch und sag mir bald,
Wie sich alles hier verhalt.
Nachtigall, ich seh dich laufen,
An dem Bächlein tust du saufen,
Tunkst hinein dein Schnäbelein,
Meinst, es sei der beste Wein!
Nachtigall, wohl ist gut wohnen
In der Linde grünen Kronen,
Bei dir, lieb Frau Nachtigall,
Küß dich Gott viel tausendmal!

Das gefiel nun Gockel und Hinkel gar wohl, denn es war ihr Lieblingslied und ihre Mutter hatte es ihr an der Wiege gesungen. – Gockel war so froh, über alles, was er so erfinderisch herbeigewünscht hatte, daß er wünschte, Frau Hinkel möge gleich alles betrachten, was auf ihrem Waschtisch weiter liege. Sie sagte aber: »Nein, ich muß warten, bis der Tag anbricht, es ist alles so herrlich und fein, ich zittre so vor Freude, ich habe eine solche Wallung im Blut. Wir sahen nun dort in den Hof, hier in den blühenden Garten voll Duft und Springbrunnen und Nachtigallen, jetzt laß uns an jener Seite hinausschauen, was dort zu sehen ist.« – Nun liefen sie an ein drittes Fenster. »O je, welche Freude!« rief Frau Hinkel aus, »wir sind in Gelnhausen, da oben liegt das Schloß des Königs, und da drüben, o zum Entzücken! da sehe ich in einer Reihe alle die Bäcker- und Fleischerladen; es ist noch ganz stille in der Stadt; horch, der Nachtwächter ruft in einer entfernten Straße, drei Uhr ist es; ach, was wird er sich wundern, wenn er hieher auf den Markt kömmt und auf einmal unsern prächtigen Palast sieht! Und der König, was wird der König die Augen aufreißen, und alle die Hofherrn und Hofdamen, die uns so spöttisch ansahen, da wir in Ungnade fielen, was werden sie gedemütiget sein durch unsern Glanz! O Gockel, liebster Gockel, was bist du für ein herzallerliebster, bester Gockel mit deinem Ring Salomonis!« und da fielen sie sich wieder um den Hals und fuhren vor Freude gleichsam Schlitten auf dem spiegelglatten Boden.

Es brach aber der Tag an und es war kein Traum; alles hatte Bestand, sie blickten Arm in Arm scheu und doch freudig bald sich in ihrer verjüngten Gestalt und prächtigen Kleidung, bald die wunderbare Pracht ihres Schlafgemaches an, und als sie neben ihrem großen Prachtbett, welches wie ein Himmelwagen aussah, mit Federbüschen besteckt, ein anderes schönes Bettchen sahen, fiel ihnen erst im Taumel der großen Freude ihre liebe Gackeleia ein; sie rissen die rotsammetnen, goldgestickten Vorhänge hinweg, da lag Gackeleia schön wie ein Engel, ach viel schöner, als sie je gewesen. Gockel und Hinkel erweckten sie mit Küssen und Tränen: »Wach auf, Gackeleia, ach alle Freude ist um uns her; ach Gackeleia, sieh alle die schönen Sachen an!« Da schlug Gackeleia die blauen Augen auf, und glaubte, sie träume das alles nur; und da sie Vater und Mutter, welche beide so jung und schön geworden waren, gar nicht wiedererkannte, fing sie an zu weinen und verlangte nach ihren lieben Eltern. Ja alle die schönen Sachen konnten sie nicht zufriedenstellen; sie sagte immer: »O was soll ich mit all der Herrlichkeit! Ich will zu meiner lieben Mutter, Frau Hinkel, zu meinem guten Vater Gockel zurück.« Die Mutter und der Vater konnten sie auf keine Weise bereden, daß sie es selbst seien. Endlich sagte Gockel zu ihr: »Wer bist du denn?« – »Gackeleia bin ich,« erwiderte das Kind. »So,« sagte Gockel, »du bist Gackeleia? Aber Gackeleia hatte ja gestern ein Röckchen von grauer Leinwand an; wie kömmt denn Gackeleia in das schöne, buntgeblümte, seidene Schlafröckchen?« – »Ach, das weiß ich nicht,« antwortete Gackeleia, »aber ich bin doch ganz gewiß Gackeleia; ach ich weiß es gewiß, die Augen schmerzen mich so sehr, ich habe gestern gar viel geweint, ich habe großes Unglück angestellt, ich habe die Katze an das Nest der Gallina geführt; ich bin schuld, daß sie gefressen worden, ich habe dadurch den guten Alektryo in den Tod gebracht, ach ich bin gewiß die böse Gackeleia«; dabei weinte sie so bitterlich und fuhr fort: »O du bist Gockel nicht; der Vater Gockel hat ganz schneeweiße Haare und einen weißen Bart und ist bleich im Gesicht und hat eine spitze Nase; du Schwarzer mit den roten Wangen bist Gokkel nicht; du bist auch die Mutter Hinkel nicht; du bist ja so hübsch glatt und anmutig wie ein Turteltäubchen; die Mutter Hinkel ist klapperdürr wie ein Zaunpfahl; ich will fort in das alte Schloß, ihr habt mich gestohlen«; und da weinte das Kind wieder heftig. Gockel wußte sich nicht anders zu helfen, als daß er sagte: »Schau mich einmal recht an, ob ich dein Vater Gockel nicht bin.« Da guckte ihn Gackeleia scharf an, und er drehte den Ring Salomonis ganz sachte am Finger und sprach leis:

Salomon, du großer König,
Mache mich doch gleich ein wenig
Dem ganz alten Gockel ähnlich;
Mach mich wieder wie gewöhnlich.

Und wie er am Ring drehte, ward er immer älter und grauer, und das Kind sagte immer: »Ach Herr je, ja, fast wie der Vater!« und als er ganz fertig mit dem Drehen war, sprang das Kind aus dem Bett, und flog ihm um den Hals und schrie: »Ach ja, du bists, du bists, liebes, gutes, altes Väterchen! Aber die Mutter ist es mein Lebtag nicht.« Da begann Gockel auch für Frau Hinkel den Ring zu drehen, daß sie wieder ganz alt ward. Aber dieser machte das gar keine Freude, und sie sagte immer: »Halt ein, Gockel, nein das ist doch ganz abscheulich, einen so herunterzubringen, nein das ist zu arg! so habe ich mein Lebtag nicht ausgesehen; du machst mich viel älter, als ich war!« und begann zu weinen und zu zanken, und wollte dem Gockel mit Gewalt nach der Hand greifen und ihm den Ring wieder zurückdrehen. Aber Gackeleia sprang ihr in die Arme und küßte und herzte sie, und rief einmal über das anderemal aus: »Ach Mutter, liebe Mutter, du bists, du bists ganz gewiß!« Da sagte Frau Hinkel: »Nun meinethalben«, und küßte das Kind Gackeleia von ganzem Herzen. Gockel aber sprach: »Ei, ei, Frau Hinkel, ich hätte mein Lebtag nicht gedacht, daß du so eitel wärest; es ist gut, nun habe ich ein Mittel, dich zu strafen; sieh, bist du mir nun nicht ordentlich und fleißig, oder brummest du, oder bist du neugierig, so drehe ich gleich den Ring um und mache dich hundert Jahre alt.« Da sagte Frau Hinkel: »Tue, was du willst, ich habe es nicht gern getan, es hat mich nur so überrascht.« Nun umarmte sie Gockel und drehte den Ring wieder, und sie wurden wieder jung und schön. So erfuhr auch Gackeleia das Geheimnis mit dem Ringe, und Gockel schärfte ihr und der Frau Hinkel ein, ja niemals etwas von dem Ringe zu sprechen, sonst könnte er ihnen gestohlen werden, und dann müßten sie wohl wieder arm und elend in das alte Schloß zurück. »Bewahr uns Gott davor!« sagten alle, und Gockel fuhr fort: »Ja, daß er uns davor bewahre, lasset uns vor allem beten und danken; ihm allein gebührt die Ehre!« Da knieten sie in Mitte der Stube nieder und dankten Gott von Herzen.

Als sie wieder aufgestanden waren, sagte Frau Hinkel: »Jetzt kommt, jetzt geht das Hauptplaisir an, jetzt geht es ans Betrachten, und mit uns selbst wird angefangen.« Nun traten sie alle drei vor einen großen Spiegel und beschauten sich in Lebensgröße von allen Seiten und lachten und hüpften; Frau Hinkel machte einige spitze Mäulchen und Gackeleia probierte so vielerlei, daß sie sogar die Zunge ziemlich weit herausstreckte, worauf aber Gockel sagte: »Pfui, wawa, das ist unartig!« Hierauf ging Frau Hinkel nach ihrem Waschtisch, um alles zu betrachten, was sie in der Nacht noch nicht gesehen. In einer andern Fensternische stand der Waschtisch Gockels, und zwischen beiden ein Waschtischchen Gackeleias.

Auf der kristallenen Platte des Tisches stand Waschbecken und Kanne von gleichem Stoff, man konnte sie, so oft man wollte, bei dem Delphin unter dem Tische füllen; hinter dem Waschbecken war etwas Hohes mit einem feinsten weißen Tuche bedeckt. »Was ist nur das?« sagte Frau Hinkel und zog das Tuch weg, – aber alle wurden still und ernst, als sie sahen, was es war; denn es war das Bild einer Gluckhenne, auf dem Neste sitzend mit ausgebreiteten Flügeln und über Hühnchen brütend, die hie und da die Köpfchen hervorstreckten; alles von Gold und Silber, auf das natürlichste kunstreich ausgearbeitet; die Augen waren alle von Edelsteinen und die Kämme von Rubinen!

»Ach!« sagte Frau Hinkel, »das ist wohl eine ernste Erinnerung, das kann uns wohl demütigen; sieh, Gackeleia, da ist das Bild der Gallina, wie sie leibte und lebte, da können wir an die betrübte Geschichte denken!« – »Ach ja«, sagte Gackeleia, und weinte. Gockel aber sprach: »Wollen wir dabei an irgend etwas denken, was uns vor Übermut bewahrt, so ist das gut. Hier aber steht die goldene Henne nur als ein altes Familienkleinod, das ich selbst zum erstenmal sehe; dort auf meinem Waschtisch wird wohl der goldene Hahn stehen.« Da deckte Gockel auf seinem Waschtisch das Gefäß auf, und wirklich stand das Bild Alektryos von Gold in größter Vollkommenheit da. – Sie waren alle ganz erstaunt.

Gockel aber sprach weiter: »Du wirst dich erinnern, Frau Hinkel, daß in unsrer Familie ein altes Sprichwort ist: Der goldne Hahn kräht nicht mehr, die goldne Henne legt nicht mehr, um unsre Verarmung anzudeuten. Das bezieht sich auf diese beiden unschätzbaren Kunstwerke, die lange in dem Schatze der Kapelle zu Gockelsruh bewahrt wurden. Als aber die Franzosen ihre angeblichen Rechte auf alle Hahnen geltend machten, weil in dem wohl anatomierten Gehirn jedes Hahns ihr Wappen, nämlich das Bild einer Lilie zu finden sein soll, haben sie sich dieses goldnen Geflügels vor allem andern bemeistert. – Bei seiner Vermählung mit Urhinkel von Hennegau drehte Urgockel den Ring Salomos, und wünschte ihr das herrlichste Toiletten-Geschenk, das Salomo selbst der Königin von Saba gegeben; – dann drehte die Gräfin von Hennegau den Ring, und wünschte dem Urgockel das Gegengeschenk der Königin von Saba, und so standen am Hochzeitmorgen dieser Waschtisch mit der goldnen Henne und jener dort mit dem goldnen Hahn im Brautgemache, und von dieser Hochzeit an wurden die goldne Henne und der goldne Hahn bei jeder Hochzeit in Gockelsruh dem Brautpaar vorgetragen und bei der Mahlzeit aufgestellt, bis sie verloren gingen. Jetzt wollen wir einmal sehen, wie die Geschenke beschaffen sind, vor allem die Probe, ob es gut Gold ist. Sieh da unten an dem Neste die Probe in phönizischer Schrift; ich drehe den Ring und wünsche es zu lesen, und sieh, ich kanns lesen.

›Dieses Necessaire, vorstellend das Siebengestirn als eine Gluckhenne mit sechs Küchlein für Ihre Majestät die Königin Balkis von Saba, verfertigte, auf Befehl Seiner Majestät des Königs Salomo von Jerusalem, dessen erster Goldschmied Hieram von Tyrus, aus 24karatigem Gold von Ophir in Augsburgierter Butzbacher-Façon.‹ Nun sieh, welche Rarität, was mag aber alles darin enthalten sein?«

Nun zerlegte Gockel das ganze Huhn nach der Transchierkunst, die er als Hühnerminister aus dem Fundament verstand; alles bestand aus Deckeln, Büchschen und Fächern usw. Wenn man den Rücken mit den ausgebreiteten Flügeln der Henne in die Höhe schlug, hatte man einen aufgerichteten Handspiegel; im Innern der Henne befanden sich in verschiedenen goldenen Kästchen mehrere Schwämme und Kämme, weite und enge, Haarbürsten, Zahnbürsten, Ohrlöffel, Zahnstocher, Puderbüchsen von allen Farben, Schönheitspflästerchen, Schminke aller Farben, Nagelscheren und Bürsten, eine Haarzange, ein Kämmchen für die Augenbraunen, erstaunlich viele Sachen. In dem Kopf der Henne fand man Hühneraugensalbe für den linken und rechten Fuß. Der Hals enthielt eine Nadelbüchse voll allerlei Nadeln, auch eine Insektenfalle. In jedem der Hühnchen, die man öffnen konnte, fand sich eine andre wohlriechende Seife, oder Salbe, oder Essenz; das Nest im Innern selbst war ein Näh- und Nadelkissen von tyrischem Purpur, worauf die schönsten Muster mit goldenen Demantnadeln abgesteckt waren. Das ganze künstliche Flechtwerk des goldenen Nestes hing und stak voll tausenderlei Geschmeid, Ringen, Ketten, Spangen, Agraffen, Amuletten, Talismanen, Perlen- und Bernsteinschnüren. Aus dem Nest streckten sich vier Zweige von gewachsenem Gold mit Lilien, weißen und roten Rosen von Edelsteinen. Diese Zweige bildeten Leuchter, worauf Wachskerzen standen und woran viele Wachsstöckchen hingen, alle von wohlriechendem Wachse gemacht, das Erstlingsbienen beim Aufgang des Siebengestirns auf den Linden des Hymettus und von Lilien gesammelt hatten, die schöner bekleidet waren als Salomo selbst. Außerdem hingen an diesen Goldzweigen Siegelringe, kleine Kalenderchen und Notizbüchelchen von Elfenbein. Vor der Henne kniete ein feines Kind mit Flügeln von Edelsteinen; es hielt in der einen Hand eine Schale voll der köstlichsten Stärkungskügelchen, in der andern eine Schale voll Balsam von Mekka, als wolle es die Henne füttern. Das Wunderbarste aber war, daß die Henne die Stundenzahl und die Hühnchen die Viertelstundenzahl mit süßem Glucksen und Piepen angaben, und wenn man an einer Feder zog, so sang eine im Innern befindliche Orgel die Melodie des höchsten Liedes, das Salomo je gedichtet.

Frau Hinkel wußte sich gar keinen Rat über allen diesen Wundern und schaute sich weiter bei dem Waschtische um, da sah sie in das Gitter des Rosenschirms mehrere Engelchen geflochten; einige reichten Körbe mit Rosenblättern, Orangenblüten und Mandelkleie herein, andre boten lange weiche Tücher von weißer oder purpurfarbiger indischer Leinwand oder Wolle dar. »Ach,« sagte Frau Hinkel, »allen Respekt vor der Frau Königin Balkis, aber sie muß viele Zeit und wenige Schönheit gehabt haben, wenn sie alles das gebraucht hat, sich zu waschen; ich werde es nie gebrauchen.« – »Da hast du wieder Recht,« sagte Gockel, »es ist auch nur ein Schau- und Familienstück, du wirst schon ein andres Waschtischchen mit allem Nötigen finden; ich aber will meinen goldenen salomonischen Alektryo gleich gebrauchen, denn ich sehe, er enthält nichts außer Stiefelzieher und Stiefelhaken, Schuh-, Kleider- und Zahnbürste, Kamm und Schere, nicht viel mehr, als ein veritables englisches Rasierzeug, das habe ich mir lange gewünscht«, und somit fing er gleich an und pinselte sich den Bart mit Seifenschaum ein.

Gackeleia ging auch nach ihrem Waschtischchen, aber es wollte ihr nicht recht gefallen, denn es stand ein goldnes Kätzchen darauf, das ein silbernes Hühnchen im Maul hatte. Sie wollte schon wieder anfangen zu weinen, aber Frau Hinkel sagte zu ihr: »Komm, Gackeleia, damit wir den Vater beim Rasieren nicht stören, er ist es lange nicht mehr gewohnt, er könnte sich schneiden. – Wir wollen in die Kleiderkammer gehen und uns unter das Bäumchen stellen und sagen:

Bäumchen, rüttel dich und schüttel dich
Schüttle schöne Kleider über mich!«

Da verließ Gackeleia sehr erfreut die Stube mit ihr, und bald traten sie in schönen Morgenkleidern von schneeweißem Piqué mit leichter Goldstickerei wieder herein.

Nun war die Sonne aufgegangen und der Nachtwächter war auf den Markt gekommen und hatte das Wunder-Schloß Gockels, das wie ein Pilz in der Nacht hervorgewachsen, kaum erblickt, als er ein ungemeines Geschrei erhob:

Hört ihr Herrn und laßt euch sagen,
Die Glocke hat vier Uhr geschlagen,
Aber das ist doch gar nicht viel
Gegen ein Schloß, das vom Himmel fiel;
Da stehts vor mir ganz lang und breit,
Wir leben in wunderbarer Zeit,
Ich schau es an, es kömmt mir vor
Wie der alten Kuh das neue Tor.
Wacht auf, ihr Herrn, und werdet munter,
Schaut an das Wunder über Wunder,
Und wahrt das Feuer und das Licht,
Daß dieser Stadt kein Leid geschieht,
Und lobet Gott den Herren!

Da wachten die Bürger rings am Markte auf, die Bäcker und die Fleischer rieben sich die Augen und rissen die Mäuler sperrangelweit auf und streckten die Köpfe mitsamt den Nachtmützen zum Fenster heraus und schauten das Schloß mit großem Spektakel der Verwunderung an. – Gockel, Hinkel und Gackeleia standen am Fenster und guckten hinter dem Vorhang allem zu. Endlich schrie ein dicker Fleischer: »Da ist da, das Schloß kann keiner wegdisputieren; aber, ob Leute darin sind, die Fleisch essen, das möcht ich wissen.« – »Ja, und Brot und Semmeln und Eierwecken«, fuhr ein staubiger, untersetzter Bäckermeister fort. Da ging aber auf einmal die Schloßtüre auf, und es trat ein großer, bärtiger Türsteher heraus, mit einem großen Kragen, wie ein Wagenrad, und einem breiten, silberbordierten Bandelier über der Brust und weiten gepufften Hosen und einem Federhut wie ein alter Schweizer gekleidet; er trug einen langen Stock, woran ein silberner Knopf war, wie ein Kürbis so groß, und auf diesem ein großer silberner Hahn mit ausgebreiteten Flügeln. Die versammelten Leute fuhren alle auseinander, als er mit ernster drohender Miene ganz breitbeinig auf sie zuschritt; sie meinten, er sei ein Gespenst. Auch Gockel und Hinkel oben am Fenster waren sehr über ihn verwundert und öffneten das Fenster ein wenig, um zu hören, was er sagte. Er sprach aber: »Hört einmal, ihr lieben Bürger von Gelnhausen, es ist sehr unartig, daß ihr hier bei Anbruch des Tages einen so abscheulichen Lärm vor dem Schlosse Seiner Hoheit des hochgebornen Raugrafen Gockel von Hanau, Hennegau und Henneberg, Erbherrn auf Hühnerbein und Katzenellenbogen, macht; Seine hochgräflichen Gnaden werden es sehr ungern vernehmen, so ihr Sie also frühe in der Ruhe störet, und wünsche sich das nicht wieder zu erleben; das laßt euch gesagt sein.« – »Mit Gunst,« sagte da der Fleischer und zog seine Mütze höflich ab, »wenn erlaubt ist zu fragen, wird dies Schloß, das über Nacht wie ein Pilz aus der Erde gewachsen ist, von dem ehemaligen hiesigen Hühnerminister bewohnt?« – »Allerdings,« erwiderte der Schweizer, »es ist bewohnt von ihm und seiner Gräflichen Gemahlin Hinkel und Hochdero Töchterlein Gackeleia, außerdem von zwei Kammerdienern, zwei Kammerfrauen, vier Bedienten, vier Stubenmädchen, zwei Jägern, zwei Laufern, zwei Kammerriesen, zwei Kammerzwergen, zwei Türstehern, wovon ich einer zu sein mir schmeicheln kann, zwei Leibkutschern, sechs Stallknechten, zwei Köchen, sechs Küchenjungen, zwei Gärtnern, sechs Gärtnerburschen, einem Haushofmeister, einer Haushofmeisterin, einem Kapaunenstopfer, einem Hühnerhofmeister, einem Fasanenmeister und noch allerlei anderem Gesinde, welche alle zusammen hundert Pfund Kalbfleisch, fünfzig Pfund Hammelfleisch, fünfzig Pfund Schweinfleisch, sechszig Würste und dergleichen essen.« – »Ach,« schrie da der Metzger und kniete beinahe vor dem Schweizer nieder, »ich rekommandiere mich bestens als Hochgräflicher Hofmetzger.« Und der Bäcker zupfte den Schweizer am Ärmel mit den Worten: »Seine Hochgräflichen Gnaden nebst Familie werden doch das viele Fleisch nicht so ohne Brot in den nüchternen Magen hineinfressen; das könnte ihnen unmöglich gesund sein.« – »Ei behüte,« sagte der Schweizer, »sie brauchen täglich dreißig große Weißbrode, hundert fünfzig Semmeln, hundert Eierwecken, hundert Bubenschenkel und zweihundert und sechsundneunzig Zwiebacke zum Kaffee.« – »O so empfehle ich mich bestens zum Hochgräflichen Hofbäcker«, rief der Bäckermeister. »Wir wollen sehen«, sprach der Schweizer; »wer heute gleich das beste liefern wird, kömmt ans Brett.« Da stürzten alle die Bäcker und Fleischer nach ihren Buden und hackten und kneteten und rollten und glasierten die Eierwecken und rissen die Läden auf und stellten alles hinaus, daß es eine Pracht war; und so ging es nun auf allen Seiten von Gelnhausen; alle Krämer und alle Krauthändler kamen, sahen, staunten und wurden berichtet und waren voll Freude, daß sie so viel Geld verdienen sollten.

Gockel und Hinkel und Gackeleia aber liefen im Schloß herum und sahen alles an; alle die Dienerschaft setzte sich in Bewegung; man kleidete sich an, man wurde frisiert, man putzte Stiefel und Schuh, man klopfte Kleider aus, tränkte die Pferde, fütterte Hühner, frühstückte; es war ein Leben und Weben wie in dem größten Schloß. Die Bürgerschaft, um ihre Freude zu bezeigen, kam mit fliegenden Fahnen gezogen, jede Zunft mit dem Bild ihres Schutzpatronen auf der Fahne und schöner Musik; sie standen alle vor dem Schlosse, feuerten ihre rostigen Flinten in die Luft und schrieen. »Vivat der Herr Graf Gockel von Hanau! Vivat die Gräfin Hinkel und die Comtesse Gackeleia! Vivat hoch! und abermal hoch!« – Gockel und Hinkel und Gackeleia standen auf dem Balkon am Fenster und warfen Geld unter das Volk. Gockel warf den Männern hundert Stück neue Gockeld'ors, Hinkel den Frauen hundert Stück neue Hinkeld'ors, worunter auch eine große Anzahl Basler Hennentaler, und Gackeleia den Kindern hundert Stück neue Gackeleid'ors aus. Sie riefen dabei immer: »Teilt untereinander aus, laßt wechseln, einer gebe dem andern heraus!« Weil aber damals der Kurs in Gelnhausen sehr hoch stand und das Gold sehr gesucht und man mit Scheidemünze und Stübern und mit Waren, z.B. Nüssen, Feigen, Schellen und Kappen, wohl assortiert war, so ward der Wechsel- und Tauschhandel sehr lebhaft auf dem Markt. Je mehr das Gold fiel, desto höher stieg es; der Platz ward mit ausgeteilten, gewechselten, ausgetauschten, vollwichtigen Nasenstübern, Kopfnüssen, Ohrfeigen, Maulschellen und gestochenen Kappen überschwemmt und alles mußte losschlagen, weil viele ganz unverzeihlich mit diesen Artikeln schleuderten. Man hat auch unter der Hand vertrauliche Informationen eingezogen, daß damals das Haus »Gebrüder Vatermörder«, welches später die Frankfurter Messe in Wachs poussiert bezog, den ersten Grund zu seinem Renommee gelegt habe. – Als man sich nun bereits bei den Haaren um das Gold riß, so daß keiner mit einem blauen Auge davonkam, der nicht Haare gelassen hatte, drehte Gockel den Ring Salomonis und mit ihm den Kellermeister nebst einem Stück Faß Wein aus dem

Keller, und es ward eingeschenkt, jedem, der trinken wollte und ein Gefäß bei sich hatte. Da liefen sie auseinander nach Haus und holten Eimer und Kübel und Züber und Schöpfkellen und Kessel und Krüge und was sie fanden, und tranken, da der Goldregen aufgehört, Gockels Gesundheit am Weinfaß.

Der König von Gelnhausen wohnte damals nicht in der Stadt, sondern eine Meile davon, in seinem Lustschlosse Kastellovo, auf deutsch Eier-Burg, denn das ganze Schloß war von ausgeblasenen Eierschalen errichtet und in die Wände waren bunte Sterne von Ostereiern hineingemauert. Dieses Schloß war des Königs Lieblingsaufenthalt, denn der ganze Bau war seine Erfindung und alle diese Eierschalen waren bei seiner eigenen Haushaltung ausgeleert worden. Das Dach der Eierburg aber war in Gestalt einer brütenden Henne wirklich von lauter Hühnerfedern zusammengesetzt, und inwendig waren alle Wände eiergelb ausgeschlagen. Gerade der Bau dieses Schlosses war schuld gewesen, daß Gockel einstens aus den Diensten des Königs gegangen war, weil er sich der entsetzlichen Hühner- und Eierverschwendung widersetzte und dadurch den König erbittert hatte. Täglich kam nun der königliche Küchenmeister mit einem Küchenwagen nach Gelnhausen gefahren, um die nötigen Vorräte für den Hofstaat einzukaufen. Wie erstaunte er aber heute, als er die ganze Stadt in einem allgemeinen Bürgerfest vor einem niegesehenen Palaste erblickte und den Namen Gockels an allen Ecken ausrufen hörte. Aber sein Erstaunen ward bald in einen großen Ärger verwandelt; denn wo er zu einem Bäcker oder Fleischer oder Krämer mit seinem Küchenwagen hinfuhr, um einzukehren, hieß es überall: »Alles ist schon für Seine Raugräflichen Gnaden Gockel von Hanau gekauft.« Da nun endlich der königliche Küchenmeister sich mit Gewalt der nötigen Lebensmittel bemächtigen wollte, widersetzten sich die Bürger und es entstand ein Getümmel. Gockel, der die Ursache davon erfuhr, ließ sogleich dem Küchenmeister sagen, er möge ohne Sorgen sein, denn er wolle Seine Majestät den König und Seine ganze Familie und Seine ganze Dienerschaft alleruntertänigst heute auf einen Löffel Suppe zu sich einladen lassen, und er, der Küchenmeister, möchte nur mit seinem Küchenwagen vor seine Schloß-Speisekammer heranfahren um ein kleines Frühstück für den König mitzunehmen. Der Küchenmeister fuhr nun hinüber, und Gockel ließ ihm den ganzen Küchenwagen mit Kibitzeneiern anfüllen und setzte seine zwei Kammermohren oben drauf, welche den König unterrichten sollten, wie man die Kibitzeneier mit Anstand esse; denn der König hatte seiner Lebtage noch keine gegessen.

Der Küchenmeister fuhr durch den Sand in gestrecktem Galopp mit seinem Küchenwagen voll Eiern nach dem Lustschloß, ohne ein einziges zu zerbrechen; nur daß die zwei Mohren, wo es zu langsam ging, manchmal absteigen und zu Fuß gehen mußten; sie kamen jedoch zugleich in der Eierburg an.

Mit höchster Verwunderung hörte König Eifrasius die Geschichte von dem Schloß und dem Gockel durch den Küchenmeister erzählen, und ließ sich sogleich ein Hundert von den Kibitzeneiern hart sieden. Als nun die zwei schwarzen Kammermohren in ihren goldbordierten Röcken mit der silbernen Schüssel voll Salz, in welches die Eier festgestellt waren, hereintraten und mit ihrer schwarzen Farbe so schön gegen den weißen Eierpalast abstachen, hatte der König Eifrasius große Freude daran. Er ließ seine Gemahlin Eilegia und seinen Kronprinzen Kronovus zum Frühstück berufen, und erzählte ihnen das grosse Wunder vom Palast Gockels. »Ach,« sagte Kronovus, »da ist wohl die kleine Gackeleia, mit welcher ich sonst spielte, auch wieder dabei.« – »Natürlich,« sprach Eifrasius, »wir wollen gleich nach diesem Frühstück hineinfahren und das ganze Spektakel ansehen. Aber seht nur die kuriosen Eier, die er uns zum Frühstück sendet; grün sind sie mit schwarzen Punkten; man nennt sie Kibitzeneier, sie kommen weit aus Rußland und werden so genannt, weil sie in Kibitken, einer Art von Hühnerstall auf vier Rädern, gefunden oder gelegt, oder hiehergefahren werden.«

Da sprach der eine Kammermohr: »Ich bitte Eure Majestät um Verzeihung, man nennt sie Kibitzeneier; sie werden vom Kibitz, einem Vogel, gelegt, der ungefähr so groß wie eine Taube und grau wie eine Schnepfe ist, und wie eine französische Schildwache beim Eierlegen immer Ki wi, Ki wi schreit; wenn man dann ›Gut Freund‹ antwortet, so kann man hingehen und ihm die Eier nehmen, worauf er gleich wieder andere legt.«

Den König Eifrasius ärgerte es, daß der Mohr ihn in Eierkenntnissen belehren wollte, und sagte zu ihm: »Halt Er sein Maul, Er versteht nichts davon, sei Er nicht so nasenweis.« Darüber erschrak der Mohr wirklich so sehr, daß er ganz weiß um den Schnabel wurde. Der andere Mohr sprach nun: »Der Raugraf Gockel hat uns befohlen, Eurer Majestät zu zeigen, wie diese Eier jetzt nach der neuesten Mode gespeist zu werden pflegen.« – »Ich bin begierig,« sagte der König, »es zu sehen.« Da nahm jeder der Kammermohren eins von den Eiern in die flache linke Hand, und nun traten sie mit aufgehobener Rechte einander gegenüber und baten den König, eins, zwei, drei zu kommandieren. Das tat Eifrasius, und wie er drei sagte, schlug der eine Mohr dem andern so auf das Ei, daß der gelbe Dotter gar artig auf die schwarze Hand herausfuhr. Dem König gefiel dieses über die Maßen, und sie mußten es ihm bei allen hundert Eiern *da capo* machen, wofür er ihnen beim Abschied beiden den Orden des roten Ostereies dritter Klasse ohne Dotter taxfrei zur Belohnung um den Hals hängte.

Nun fuhr der König und seine Gemahlin und der Kronprinz mit dem ganzen Hofstaat auf einer Wurst nach Gelnhausen zu Gockel, der ihm mit Hinkel und Gackeleia an der Schloßtüre entgegentrat. Die Verwunderung über den Reichtum und die jugendliche Schönheit Gockels konnte nur durch die außerordentliche Mahlzeit noch übertroffen werden. Alles war in vollem Jubel. Kronovus und Gackeleia saßen an einem aparten Tischchen und wurden von den zwei Kammerzwergen bedient, und Musik war an allen Ecken. Beim Nachtisch tranken Eifrasius und Gockel Bruderschaft, und Eilegia und Hinkel Schwesterschaft, und Kronovus und Gackeleia Spielkameradschaft, sprechend: »Du bist mein König und du bist meine Königin.« Eifrasius zog dann den Gockel an ein Fenster und hing ihm das Großei des Ordens des goldnen Ostereies mit zwei Dottern und Petersilie um den Hals und borgte hundert Gockeld'ors von ihm, worauf das ganze mit einem großen Volksfeste beschlossen wurde.

So lebten Gockel und die Seinigen beinah ein Jahr in einer ganz ungemeinen irdischen Glückseligkeit zu Gelnhausen, und der König war so gut Freund mit ihm und seiner vortrefflichen Küche und seinem unerschöpflichen Geldbeutel, und alle Einwohner des Landes hatten ihn seiner großen Freigebigkeit wegen so lieb, daß man eigentlich gar nicht mehr unterscheiden konnte, wer der König von Gelnhausen war, Gockel oder Eifrasius. Auch wurde es unter beiden fest beschlossen, daß einstens Gackeleia die Gemahlin des Erbprinzen Kronovus werden und an seiner Seite den Thron von Gelnhausen besteigen sollte. Aber der Mensch denkt und Gott lenkt, und so kamen auch über diese guten Leute noch manche Schicksale, an die sie gar nicht gedacht hatten.

Alles hatte die kleine Gackeleia in vollem Überfluß, nur keine Puppe, denn Gockel bestand streng auf dem Verbot, das er über sie bei dem Tode des Alektryo hatte ergehen lassen, sie sollte zur Strafe niemals eine Puppe haben. Wenn sie nun um Weihnachten oder am St. Niklastage alle Mägdlein in Gelnhausen mit schönen neuen Puppen herumziehen sah, war sie gar betrübt und weinte oft im stillen; eine solche Sehnsucht hatte sie nach einer Puppe. Merkte der alte Gockel aber, daß Gackeleia, die er wie seinen Augapfel liebte, so traurig war, so tat er ihr alles zulieb, um sie zu trösten, zeigte ihr die schönsten Bilderbücher, erzählte ihr die wunderbarsten Märchen, ja er gab ihr auch wohl manchmal den köstlichen Ring Salomonis in die Hände, der mit seinem funkelnden Smaragd und den wunderbaren Zügen, die darauf eingeschnitten waren, alle Augen erquickte, die ihn anschauten.

Einstens ging nun Gackeleia in ihrem kleinen Gärtchen spazieren, welches am Ende des Schloßgartens, dicht an der Landstraße, lag. Da waren die zierlichsten Beete voll schöner Blumen, alle mit Buchs, Salbei und Schnittlauch eingefaßt, und die Wege waren mit glitzerndem Goldsand bestreut; in der Mitte war ein Springbrünnchen, worin Goldfischchen schwammen, und über demselben ein goldener Käfig voll der buntesten singenden Vögel; hinter dem Brunnen aber war eine kleine Laube von Rosen und eine kleine Rasenbank. Ein schönes goldenes Gitter umgab das ganze liebe Gärtchen. »Ach,« dachte Gackeleia, »wie glückselig wäre ich, wenn ich eine Puppe in meinem schönen Garten spazieren führen könnte, so allein gefällt er mir gar nicht; was hilft es mir auch, wenn ich mir aus meinem Taschentuche durch allerlei Knoten eine Puppe zusammenknüpfe, sie ist doch nie eine schöne Gliederpuppe, ganz wie ein Mensch, mit einem schönen lakierten Gesicht – und der Vater hat mir selbst solche Puppen verboten.«

Während Gackeleia so in schweren Puppensorgen auf ihrer Rasenbank saß, hörte sie auf einmal eine angenehme summende, aber sehr leise Musik ganz nahe hinter ihr vor dem Garten, der an einem Feldweg lag. Da guckte sie durch die Blätter und sah etwas Seltsames. Dicht vor dem Gitter saß ein Mann in einem schwarzen Mantel ohne Kopf an der Erde zusammengehuckt, und unter dem Mantel hervor schnurrte die Musik. Gackeleia beugte sich zur Erde, um zu sehen, wo nur in aller Welt die feine Musik herkomme; wie war sie erstaunt, als sie da unten ein paar allerliebste Puppenbeinchen in himmelblauen, mit Silber gestickten Schnürstiefelchen ganz im Takte der Musik herumschnurren sah; sie wußte gar nicht, was sie vor Neugier, die Puppe ganz zu sehen, anfangen sollte. Oft war sie im Begriffe, die Hand durchs Gitter zu stecken und den schwarzen Mantel ein wenig aufzuheben, aber die Furcht, weil sie an dieser Gestalt keinen Kopf sah, hielt sie immer wieder zurück. Endlich brach sie eine lange Weidenrute ab, steckte sie durch das Gitter und lüftete den Mantel ein wenig, da schnurrte eine wunderschöne Puppe in den artigsten Kleidern, wie eine Reisende geputzt, unter dem Mantel hervor, und rannte gerade auf das Gitter des Gartens zu, stieß einigemale an die goldenen Gitterstäbe und würde gewiß zu ihr hineingekommen sein, wenn sich nicht eine hagere Hand aus dem Mantel nach ihr hingestreckt und sie wieder in die Verborgenheit zurückgezogen hätte, wo die kleine Puppe von einer rauhen Stimme sehr ausgeschimpft wurde, daß sie sich unterstanden habe, unter dem Mantel hervorzulaufen.

Gackeleia konnte nicht mehr länger zurückhalten, und rief einmal über das anderemal: »Bitte, bitte, du schwarzer Mantel, zanke doch die liebe schöne Puppe nicht so, lasse sie doch ein wenig heraus zu mir in den Garten.« Da tat sich auf einmal der Mantel auf, und ein alter Mann mit einem langen weißen Bart richtete sich vor Gackeleia auf und sprach. »Ich bitte recht sehr um Verzeihung, daß ich meine Puppe hier ein wenig unter meinen Mantel tanzen ließ und auf der Maultrommel dazu spielte, ich habe nicht gewußt, daß das Comteßchen zusah. Ich wollte nur versuchen, ob sie mir auf der Reise nicht melancholisch geworden sei; denn ich will sie hier in Gelnhausen für Geld auf dem Rathause tanzen lassen. Sehen das Comteßchen nur, sie ist ganz artig, jetzt ist sie in ihren Reisekleidern mit einem Mantel und Reisehut und einem Blumenstrauß und einer Landkarte und einem Nachtsack; aber die Schnürstiefelchen sind doch allerliebst, sie hält gewaltig auf einen schönen Fuß. Aber, Comteßchen, sie hat eine viel schönere Garderobe, sie kann sich verkleiden, in was sie will, bald so, bald so; wenn das Comteßchen erlaubt, werde ich die Ehre haben, Ihnen alle ihre Kleidchen und sieben Sächelchen zu zeigen; ich habe mir hier um meinen Regenschirm sechszehn Silberglöckchen befestigt und bei jedem Glöckchen ein anderes Kleidchen und was dazugehört, und wenn sie schmutzig sind, wäscht mir sie der Regen und im Sonnenschein trocknen sie. Lasse ich im Wetter tanzen, geschieht es unter dem Schirm, da ist sie wie unter einem chinesischen Dach. Alles ist einfach und kurz beisammen, man muß auf alles denken.« Da rief Gackeleia aus: »Ach! zeige mir alles, alles, expliziere mir alles; o wie artig ist die Puppe! wie wackelt sie mit dem Köpfchen, wie schüttelt sie die Zöpfchen, wie reicht sie die Ärmchen! Ach gieb sie mir nur ein klein bißchen zu betrachten.«

Der Alte sagte: »Comtesse, das kann ich nicht, aber die Kleider will ich Ihnen gleich zeigen und alles explizieren.«

Da steckte er die Puppe in den Gürtel, die anfangs mit dem Kopf daraus hervorwackelte und nachher stille ward; dann spannte der alte Mann einen großen Regenschirm aus, der am Rande mit vielen kleinen Glöckchen und bei jedem mit allerlei niedlichen Puppenkleidchen und Kleinigkeiten behängt war. Zuerst drehte er den Schirm schnell herum, daß die Schellen lieblich klingelten und die Puppenkleider bunt im Kreise wehten, dann hielt er plötzlich den Schirm still und fing an, mit einem Stäbchen deutend jedes Stück zu explizieren, wobei er halb sprach, halb durch die Nase sang und Gackeleia jedesmal antwortete.

DER ALTE SANG:

Guck', hier bei dem ersten Glöckchen
Dieses grüne, kurze Röckchen

Zieht sie an als Gärtnerin,
Möchte in dein Gärtchen hin;
Hier dies Gießkännchen, zu gießen
Alle Blümchen, die drin sprießen,
Kriegt sie in die kleine Hand.

GACKELEIA:

O wie artig, wie scharmant!
Sie ist klein, kann ohne Bücken
Mir die schönsten Sträußchen pflücken.

DER ALTE:

Guck', hier bei dem zweiten Glöckchen
Dieses schwarze, seidne Röckchen
Und das schwarze Schürzchen dran,
Zieht sie als Skribentin an;
Denn da giebts leicht Tintenfleckchen.
Sieh das Tintenfäßchen klein
Und das artge Federlein.
Hier ist auch das Wochenblatt;
Wenn sie es gelesen hat,
Putzt sie dran die Feder rein,
Alles muß hübsch sauber sein.
Ein Wachsstöckchen hängt auch hier
Und ein niedliches Petschier
Und ein Sieg'llackstängelchen,
Grad wie für ein Engelchen.
Und dies Briefchen mit Adresse,
Alles voll Akkuratesse,
Kriegt sie dann in ihre Hand.

GACKELEIA:

O wie artig, wie scharmant
Wollen wir korrespondieren,
Invitieren, gratulieren!

DER ALTE:

Guck', hier bei dem dritten Glöckchen
Hängt ein grünes, krauses Röckchen
Und ein Hut mit grünem Band,

Goldne Fransen an dem Rand;
Spielhahnfeder, Gemsenbart
Stecket drauf, nichts ist gespart;
Sieh den Brustlatz goldgeschnürt,
Alles, wie es sich gebührt,
Rote Strümpfe, goldne Zwickel,
Ja, es fehlet kein Artikel,
Wenn sie als Tyrolermädchen,
Schmuck als wie ein Silberdrähtchen,
Zitherspielend zieht durchs Land.

GACKELEIA:

O wie artig, wie scharmant!
Zimm, zimm, zimm, so spielest du,
Und ich singe eins dazu.

DER ALTE:

Guck', hier bei dem vierten Glöckchen
Hängt ein dunkelbraunes Röckchen
Und ein Häubchen in der Ferne,
Denn sie trägt es gar nicht gerne –
Und ein ABC-Büchlein,
Wenn sie Lehrerin soll sein,
Auch von Christoph Schmidt nicht fehlen
Die Historchen, zum Erzählen.
O, wie kann sie buchstabieren!
Fast so gut als deklamieren;
Und hier diese feine Rute
Für die kleinen Tunichtgute
Kriegt sie dann in ihre Hand.

GACKELEIA:

O wie artig, wie scharmant!
Nur die Rute nicht probieren,
Ich will recht hübsch deklamieren.

DER ALTE:

Hier bei diesem fünften Glöckchen
Blinkt ein luftges Flitterröckchen
Ganz voll Troddeln, Quästchen, Fransen,

Wenn sie soll als Tänzrin tanzen;
Sieh die Goldpantöffelchen,
Wie zwei Zuckerlöffelchen,
Zieht sie an und mit dem netten
Tamburin und Kastagnetten
Schnurrt und rasselt ihre Hand.

GACKELEIA:

O wie artig, wie scharmant!
Schnurre, raßle, klappre nur,
Und wir tanzen nach der Schnur.

DER ALTE:

Guck', bei diesem sechsten Glöckchen
Hängt ein schwarz und weißes Röckchen;
Wenn sie soll ein Nönnchen sein,
Hüllt man ihr die krausen Löckchen
Hier in dieses Schleierlein,
Setzt ihr auf dies Dornenkränzchen,
Und giebt ihr dies Rosenkränzchen
In die kleine, fromme Hand.

GACKELEIA:

O wie artig, wie scharmant!
Sag, hast du auch Pfeffernüßchen,
Bildchen, Blümchen, Leckerbißchen?

DER ALTE:

Guck', hier bei dem siebten Glöckchen
Hängt ein feuerfarbig Röckchen
Nach der Mode von Vadutz
Zugestutzt, ein Zauberputz.
Auf dem Gürtel schwarz auf weiß,
Der zugleich der Zauberkreis,
Groß das ganze Alphabet
Abera-Cadabra steht.
Hier ist auch der Zauberstab,
Wen er anrührt, geht ins Grab;
Ist es heut nicht, ist es morgen,
Keiner braucht darum zu sorgen.

Und hier ist der Zauberspiegel,
Wer hineinblickt, sieht das Siegel
Seiner Torheit im Gesicht,
So bei Nacht als Tageslicht.
Und hier ist das Zaubersieb,
Wer es stiehlt, der kennt den Dieb;
Doch sieh hier ein Wunderding,
Sieh von Gold ein runder Ring,
Wer ihn trägt, ist nicht ganz klug,
Hat zuviel und nie genug.
Lischt die Zauberlampe hier,
Riecht der Docht gar übel schier,
Zünde schnell den Wachsstock an,
Weil man sonst nichts sehen kann.
Dieses hier der Wünschhut ist,
Wünsch dich hin, wo du nicht bist.
Dies der Sack des Fortunat,
Gold ist drin, soviel man hat.
Aber hier dies Bäumchen heißt:
Rüttel dich und schüttel dich,
Schüttle, rüttle Herz und Geist,
Leib und Seele über mich;
Gieb mir das und gieb mir dies,
Schönster Baum im Paradies!
Wer dies sagt und rührt den Baum,
Hat, was ihm gebührt, im Traum,
Schwer und leicht und seicht und tief,
Links und rechts und grad und schief.
Alles dies mit sauberm Sinn
Braucht sie, wenn als Zauberin
Sie die Geister um sich bannt.

GACKELEIA:

O wie artig, wie scharmant!
Rüttel dich und schüttel dich,
Liebes Bäumchen, über mich.

DER ALTE:

Guck', hier bei dem achten Glöckchen
Hängt ein grünes, kurzes Röckchen,
Jägerhut und Jägertasche

Und die fein umflochtne Flasche
Und die Stiefelchen, die knappen,
Um im Wald herumzutappen;
Alles dies wird angezogen,
Wenn geschmückt mit Pfeil und Bogen
Sie die flinke Jägrin spielt
Und nach Reh und Häschen zielt;
Dann auch führt an einem Band
Sie dies Windspiel an der Hand.

GACKELEIA:

O wie artig, wie scharmant!
Doch das sollst du nicht mehr tun,
Laß nur Reh und Häschen ruhn.

DER ALTE:

Guck', hier bei dem neunten Glöckchen
Ein ganz reputierlich Röckchen,
Wenn sie ist ein Nähemädchen;
Hier im Körbchen, Nähelädchen,
Sind viel Zwirn und Seidenfädchen,
Nadeln, Scherchen, Fingerhut
Und noch viele Dinger gut.
Nimmermehr ihr Finger ruht,
Denn zuletzt noch zupfet sie
Alle Restchen zur Charpie;
Und nimmt dann die Kinderkäppchen,
Flickelfleckt aus hundert Läppchen
All die Hemdchen, Röckchen, Jäckchen
Und die Schürzchen mit zwei Säckchen,
Ausgespitzt aus vielen Fleckchen,
All die artgen Dingerchen
Auf die feinen Fingerchen,
Drehet sie mit Freudenblicken
Und mit kindschem Beifallnicken
Appetitlich auf der Hand.

GACKELEIA:

O wie artig, wie scharmant!
Komm, ich hab gar schöne Läppchen,
Komm, wir machen Kinderkäppchen.

DER ALTE:

Guck', hier bei dem zehnten Glöckchen
Hängt für sie ein krauses Röckchen
Und ein Hut mit Blumenstrauß,
Geht als Sennerin sie aus.
Sieh, im Korb die Blätter decken
Viele reine Butterwecken;
Fette Milch und frische Eier
Trägt sie feil, ist gar nicht teuer,
Jeder sie noch billig fand.

GACKELEIA:

O wie artig, wie scharmant!
Sennrin, komm und meß geschwind
Mir ein Schöppchen Milch fürs Kind.

DER ALTE:

Guck', bei diesem eilften Glöckchen
Hängt ein grob geflicktes Röckchen
Und ein graues Futtersäckchen,
Und hier in dem Wanderbündlein
Trägt ein schreiend Wickelkindlein,
Mit dem Lutscher in dem Mündchen,
Sie als Pilgerin durchs Land;
Hier ihr kluges magres Hündchen,
Das Septemberle genannt,
Ist in aller Welt bekannt.

GACKELEIA:

O wie artig, wie scharmant!
Armes Kindchen, komm zu mir,
Deinen Lutscher füll ich dir.

DER ALTE:

Guck', bei diesem zwölften Glöckchen
Glänzt ein Purpur-Sammetröckchen,
Breit verbrämt mit Hermelin,
Und am Krönchen, goldig, perlich,
Und am Szepter, blitzend herrlich,
Lacht Smaragd und glüht Rubin.

Wenn sie sich als Königin
Setzt aufs goldne Thrönchen hin
Und die goldgestickte Schleppe
Niederhänget auf der Treppe,
Küßt man still den goldnen Rand.

GACKELEIA:

O wie artig, wie scharmant!
Doch ich küsse ihre Hand,
Denn ich bin vom Grafenstand.

DER ALTE:

Guck', hier beim dreizehnten Glöckchen
Hänget bei dem braunen Röckchen
Schäferhut mit breitem Rand,
Rosen drauf und grünes Band,
Und dazu auch Schäfertasche,
Schäferstab und Kürbisflasche,
Und dies Lamm an rotem Band
Führt die Hirtin durch das Land.

GACKELEIA:

O wie artig, wie scharmant!
Braucht mein Lamm nicht mehr zu sein
So allein, allein, allein!

DER ALTE:

Guck', hier beim vierzehnten Glöckchen
Hänget für das flinke Döckchen
Ein garniertes Kaffeebrett,
Wenn sie schön die Wirtin macht;
O, das kann sie gar zu nett!
Sie nimmt alles wohl in acht,
Trägt nicht hoch das feine Näschen,
Stößt nicht um die kleinen Gläschen,
Teilt den Kuchen ein so klug,
Daß er reicht mehr als genug.
Flinker als ein Wassernixchen
Präsentiert sie, macht ein Knixchen:
»Bitte, bitte!« ringsherum.

Und kein Bißchen kömmt je um,
Alles, was da übrigblieb,
Giebt den Armen sie aus Lieb,
Oder streuts den Vögelein –
Kann man allerliebster sein? –
Mit der milden, treuen Hand.

GACKELEIA:

O wie artig, wie scharmant!
Invitier ich sie zur Not
Gleich auf Tee und Butterbrot.

DER ALTE:

Guck', hier beim fünfzehnten Glöckchen
Hängt ihr spiegelnd Panzer-Röckchen;
Helm und Speer und Schwert und Schild
Herrlich in der Sonne blitzt,
Wenn sie für Minerva gilt
Und das Eulchen bei ihr sitzt.
Ich verstehe nichts davon,
Doch ein hoher Kunstpatron,
Der mir schuldet, leider, leider!
Zahlte mich durch diese Kleider;
Er ist Extheaterschneider
Von Person und Kondition,
Giebt auch Kindern Lektion
In der Mytholologie
Und Demagogokolie.
Er sprach: »Industrierende,
Krieger und Studierende
Rufen dir bei vollem Haus
Ihre Göttin gern heraus.«
Wie er sprach, so ists geschehn,
Jeder will Minervchen sehn.
Keiner weiß doch, was im Schild
Führt das kleine Götterbild;
Durch das Gitter aus dem Helm
Lauscht sie wie ein schlauer Schelm.
Hält sie's mit der Wissenschaft,
Gleich um ihres Speeres Schaft
Rosen, Myrten und Gedanken

Sich in buntem Wechsel ranken.
Tritt sie kriegrisch in die Schranken,
Eifersüchtig gleich ihr Schwert
Jedes Listgeweb zerstört,
Das der Mückchen heiterm Leben
Giftge Spinnen lauernd weben,
Rächend, daß Arachnes Hand
Sie einst webend überwand.
Ich verstehe nichts davon,
Sag nur her die Lektion
Von dem hohen Kunstpatron,
Der wohl selbst sie nicht verstand.

GACKELEIA:

O wie artig, wie scharmant!
Kann die Spinnen nicht bedauern,
Die so auf die Mückchen lauern.

DER ALTE:

Guck', hier bei dem letzten Glöckchen
Hängt ein lustges, rotes Röckchen,
Fallhut, Rassel, rote Schuh
Und ein Püppchen auch dazu,
An Figur und Art und Sitten,
Wie ihr aus dem Aug geschnitten.
Wenn sie spielt die Kinderrolle,
Hüpft dies Püppchen hinterdrein,
Und sie neckt es: Molle, Molle!
Weil es nicht wie sie so fein.
Kind und Püppchen wetten dann,
Wer von ihnen beiden kann
Süßer »bitte, bitte« sagen,
Daß Mama nichts ab kann schlagen.
Und dann spielt das Kind Verstecken,
Mit dem Püppchen sich zu necken,
Tut sich mit dem Schurz bedecken,
Ruft »Wu Wu«, es zu erschrecken.
Hierauf streut das noch verhüllte
Kind den Vöglein die Brosamen,
Womit es die Säckchen füllte,
Und sie raten seinen Namen:

»Klandestinchen? Schirosellchen?
Penseröschen? Hirondellchen?
Kaschettinchen? Allerleja?
Und das Kind spricht: »Eja! Eja!
Gukuk! gukuk – nit da, nit da!«
Läßt sie fressen aus der Hand.

GACKELEIA:

O wie artig, wie scharmant!
Aber ich ruf, um zu necken,
Girri, girri beim Verstecken.

Nun drehte der wunderliche Alte seinen Schellenschirm wieder klingend im Kreis und machte ihn dann plötzlich vor den Augen Gackeleias zu, der das Herz flog vor Begierde nach der Puppe und all den schönen Kleinigkeiten. »Ach die Puppe, die Puppe, ach die schönen Kleider«, sagte sie einmal über das andremal; »ach dürfte ich sie nur ein bißchen haben, nur ein klein bißchen! bitte, bitte, bitte!«

»Halten Sie ein, Comteßchen,« sagte der Alte, »halten Sie ein, es wird mir so rührend, mein Herz läuft mir aus; ich kann das Lamentieren nicht hören von einem so artigen Frauenzimmerchen; wollen Sie mir eine kleine Freundschaft erweisen, nur ein bißchen, ein bißchen, so sollen sie die Puppe und die schönen Kleidchen haben für immer, für immer! bitte, bitte, bitte!«

»Die Puppe haben?« sagte Gackeleia mit großem Schmerz und rang die Händchen. »Ach edler Mann! Gackeleia darf keine Puppe haben, nie, nie! Gackeleia hat Schurrimurri zu Gallina geführt, Gallina ward erwürgt, und Gackeleia ward verurteilt: nie, nie eine Puppe haben zu dürfen. – Ach, und ich hätte diese so gern! ach, nur ein bißchen, ein bißchen, bitte, bitte!«

Während Gackeleia so wehklagte, machte der Alte seinen Schirm bald halb auf, bald wieder zu, so daß alle die schönen Kleidchen immer vor den Augen des Kindes herumflatterten, und sagte dann: »Ein grausames Urteil, ein hartes Wort, da müßte sich ein Stein erbarmen, wider die Natur, wider die Menschheit, wider alle Sinnlichkeit für religiöse Gefühle! Ein Kind, ein so schönes, liebes Comteßchen soll keine Puppe haben? – Hat doch jed Hündchen sein Knöchelchen, hat doch jed

Kätzchen sein Mäuschen, womit es spielt!« – »Schweig still, schweig still,« sagte Gackeleia, »sag nichts von den Kätzchen; ach die Kätzchen sind eben daran schuld, daß ich keine Puppe haben darf! – Aber es geht nicht, es geht nicht, ich hätte diese doch gar zu gern; ach, nur ein bißchen, bitte, bitte!« – Da fing Gackeleia an zu weinen, und der gefühlvolle Alte, der unter einem rauhen Äußern ein zartes kindliches Herz im Busen zu tragen hatte, weinte, oder ich müßte mich sehr irren, mit.

»Comteßchen,« sagte er, »ich halte das Mitleid nicht länger aus, mir wird wie der große Dichter in der Poesie sagt:

Liebes Kind! was soll mir das?
Wein' nicht so, du wirst ganz naß;
Ich muß lachend dir gestehn,
Gleich werd ich dich trocken sehn.

Comteßchen, wischen Sie sich die Augen, putzen Sie sich die Augen, putzen Sie sich das Näschen an die Schürze, aber an der innern Seite, damit mans nicht sieht; Heimlichkeit, Verborgenheit sitzt ganz still und kömmt doch weit. Jetzt geben Sie acht: verbietet uns der Herr Doktor das Bier, so trinken wir Gerstensaft, die Äpfel, essen wir süße Pomeranzen, das Brot, essen wir Kuchen – verstehen Sie, Comteßchen, jed Ding will seine Sach haben, man muß dem Beil einen Stiel suchen und dem Kind ein Püppchen.«

»Ach! ich darf aber keine haben«, jammerte Gackeleia; »gewiß, gewiß, ich darf keine Puppe haben!«

»Ganz gut,« sagte der Alte, »beileibe nicht! Gehorsam muß sein; aber können das Comteßchen lesen? Schauen Sie da oben auf die Inschrift über meinem chinesischen Sonnenschirm, was steht da geschrieben? Denn man muß immer sehen, was geschrieben steht.« Da fing Gackeleia an zu buchstabieren: »k. e. i. kei, n. e. ne, keine usw. – keine Puppe, sondern nur eine schöne Kunstfigur« – und sie guckte den Mann und dann wieder die Puppe in seinem Gürtel mit großen Augen an und sprach: »Wie, das wäre keine Puppe? keine Puppe?«

Nun nahm der Alte die Puppe aus seinem Gürtel in seine Hand und sagte:

Mit Verstand sind wir erschaffen,
Menschen haben nicht, wie Affen,
Alles nur gleich nachzumachen;
Zu begründen sind die Sachen.
Und so werd ich auch beweisen,
Daß dies nicht kann Puppe heißen,
Daß Comteßchen ohne List
Sie darf haben, denn es ist
Keine Puppe, sondern nur
Eine schöne Kunstfigur
Nach der Schnur und nach der Uhr,
Und ein Mäuschen von Natur.
Eine Puppe steht ganz starr,
Aber hier der liebe Narr
Hat da an dem Kettchen fein
Zu der Uhr ein Schlüsselein.
Ich zieh auf – horch – knirr, knirr, knirr!
Sieh, schon geht sie ins Geschirr!
Wackelt mit dem klugen Köpfchen,
Schüttelt ihre Seidenzöpfchen,
Regt die Ärmchen hin und her,
Bis die Stund vorüber wär.
Alles, alles nach der Schnur,
Alles, alles nach der Uhr
Tut kein Püppchen, sondern nur
Eine schöne Kunstfigur.

»Ja,« sagte Gackeleia, »das ist einmal richtig, keine Puppe, sondern nur eine schöne Kunstfigur«; und der Alte fuhr fort:

Eine Puppe kann nicht laufen,
Man muß stets herum sie schleppen,
Diese rennt auf Flur und Treppen
Jede Puppe übern Haufen.
Eine Puppe kann nicht hören,
Diese hier ist leicht zu stören,
Niemand hört sie, doch sie hört,
Wenn ein Blumenblatt sich kehrt;
Wenn ein Holzwurm leise pickt,
Das Figürchen um sich blickt,
Spitzt die Öhrchen und erschrickt;
Und wenn gar die Katze maut,

Schaudert ihr die zarte Haut,
Bang ist ihr, es könnt die Katze
Halten sie für eine Ratze
Und sie hielt' mit einem Satze
Sie in ihrer scharfen Tatze;
Und gleich sucht sie eine Ecke,
Daß sie sich darin verstecke.
Keine Puppe, so tut nur
Eine schöne Kunstfigur,
Die trotz Uhr und die trotz Schnur
Ist ein Mäuschen von Natur;
Darum bitt ich um die Güte,
Daß man sie vor Katzen hüte.

Da sprach Gackeleia:

Ach ich hüt mich schon davor,
Vater schrieb mirs hinters Ohr!

Der Alte fuhr fort: -

Eine Puppe kann nicht essen,
Die Figur hats nie vergessen,
Ißt zu der bestimmten Stund
Immer sich hübsch satt und rund;
Braungebackne Semmelrinde
Knuppert sie gern ab geschwinde,
Könnte auch nach ihrem Magen
Speck und Schinken wohl vertragen,
Was sie aber niemals tat,
Denn sie ist zu delikat,
Daß des Morgenlands Gesetze
Sie durch solche Kost verletze,
Drum laß ich steinharten Kuchen
Sie belohnend oft versuchen.
Andern gönnt sie stets das Beste,
Und sich selbst läßt sie die Reste,
Was so übrig ist geblieben,
Ganz demütiglich belieben.
Zusehn läßt sie sich nicht gerne,
Wenn sie ißt, sonst wärs gar leicht,
Daß man menschlich essen lerne
Und nicht mehr den Tieren gleicht. –

Ja ich zweifle, ob Comtessen,
Jemals zierlicher gegessen.

Bei den Worten des Alten hob Gackeleia ihr Köpfchen mit einigem Selbstgefühl in die Höhe, denn sie wußte wohl, daß sie eine Comtesse sei, und daß sie sehr anständig nach den Tischregeln zu essen gelernt hatte; ja sie bildete sich etwas darauf ein; daher sprach sie zu dem Alten etwas in verweisendem Tone:

Wie Comtessen essen, weiß ich,
Denn ich übe mich gar fleißig.
Die Erzmundwischmeisterin,
Comteß Torschon de Popin,
Lehrte mich, wie stets bei Tische
Jeder anders, ländlich, sittlich,
Appe- und unappetitlich,
Standsgemäß das Maul sich wische.
Denk', die große Lektion
Vom Maulwischrecht kann ich schon;
Als ich mit Gefühlsbetonung
Sie bei Hof hab deklamiert,
Wischt' die Königin, gerührt,
Mir das Mäulchen zur Belohnung.

Dann wendete sich Gackeleia gegen die Puppe und erzählte ihr, was ihr vom anständigen Betragen bei Tisch gelehrt worden war:

Hör – nicht Puppe, sondern nur
Allerschönste Kunstfigur
Nach der Uhr und nach der Schnur
Und du Mäuschen von Natur!
Hör, was sittlich und dezent
Nach dem Tischzuchtreglement,
Alles, alles sag ich dir.
Meine Meistrin sprach zu mir:
Alle Prinzen und Prinzessen,
Alle Grafen und Comtessen.
Alle Junker, alle Fräulchen
Wischen sich so Mund als Mäulchen,
Dupse-Däumchen, Fingerlein
An der Serviette rein.

O Comtesse, nie vergesse,
Wie ein Kind von deinem Adel
Mit Delikatesse esse –
Gackeleia ohne Tadel!
Schluck nicht große Brocken ein,
Spuck hübsch aus die Pflaumenstein;
Alles esse mit Manier,
Ohne Trägheit, ohne Gier,
Doch mit angeborner Zier;
Prüfe, ordne jeden Bissen
Recht mit zartestem Gewissen,
Ja mit feinem Skrupel schier.
Schiebe mit der Gabelspitze
Zierlich alles, was nichts nütze,
Nicht an Reinheit ebenbürtig,
Nicht an Feinheit speisewürdig,
Daß du's übers Herzchen bringst
Und ins Mägelchen verschlingst,
Zähe Adern, harte Flechsen,
Harte Fasern von Gewächsen,
Schiebe solche Dingerchen
Leis auf deines Tellers Rand,
Heb das kleine Fingerchen
Fein dabei an rechter Hand,
O, das steht dir ganz scharmant!
Niemals hör ein Mensch dich schmatzen
Wie die Teller-Lecker-Katzen,
Die unehrbar unterm Tisch
Hörbar fressen Fleisch und Fisch.
Nein, mit stets geschloßnen Lippen
Mußt du knuppern, und beim Trinken
Läßt du sanft die Äuglein sinken,
Mußt du wie ein Vöglein nippen.
Wie man leckt und schmeckt und kaut,
Werde nie durch einen Laut
Irgend jemand anvertraut,
Ebenso, wie man verdaut –
Alles still, gleich wie es taut.
Gar nichts laß zugrunde gehn,
Was nicht soll zum Munde gehn,
Jedes Krümchen noch so klein
Streue aus den Vögelein!

Gackeleia hatte ihre Lektion hergesagt und erwartete eine Antwort von der Puppe, indem sie fortfuhr:

Wie ich esse sagt ich dir,
Wie du ißt, auch sage mir,
O! du Puppe, o du nur
Eine schöne Kunstfigur
Nach der Uhr und nach der Schnur
Und ein Mäuschen von Natur!

So plauderte Gackeleia mit der Puppe, welche mit Kopf und Ärmchen in der Hand des Alten wackelte.

Der Alte aber sagte: »Comtesse Gackeleia, sie wird es Ihnen nicht sagen, Sie sollen sie auch nicht fragen, ich habe es nie gewagt; es giebt Geheimnisse im kunstfigürlichen Herzen, es ist gefährlich da eindringen zu wollen nach den Worten des großen Abulfeda:

Ins Innre der Natur dringt kein erschaffner Geist,
Zu glücklich, wem sie nur die äußre Schale weist.
Zum Kern der Kunstfigur, zu wissen, wie sie speist,
Dringt jener Frevler nur, den in die Nas sie beißt.

Sehen kann man es nicht, aber hören sollen Sie es gleich!« – »Hören?« sagte Gackeleia. »Sie schmatzt doch nicht, das wäre nicht artig!« – »Geduld,« sagte der Alte, »geben mir das Comteßchen Ihr Körbchen; haben Sie nichts zu naschen?« – »O ja,« sagte Gackeleia, »da sind Knackmandeln von Jungfer Widder, der Schuljungfer; sie hat sie nach ihrem Bräutigam geworfen, und Prinz Kronovus hat sie aufgelesen und mir geschenkt.« – »Herrlich,« sagte der Alte, »aber eine ist genug«, und er tat die Figur in den Korb und die Knackmandel dazu und den Deckel darüber, und nun stellte er den Korb dicht ans Gartengitter und sagte: »Jetzt horchen Sie, wie die Kunstfigur krustillieret.« – Gackeleia hielt das Ohr an den Korb und hörte die Kunstfigur bald so artig mit den Zähnchen knuppern, daß sie freudig ausrief:

Knupper, Knupper Kneischen,
Du knupperst ja im Häuschen,
O du schöne Kunstfigur!
Wie ein Mäuschen von Natur.

Dann nahm der Alte die Kunstfigur wieder heraus, zog das Uhrwerk auf und sagte: »Jetzt wird ihr zur Verdauung ein Spaziergang gesund sein, sonst schläft sie uns ein:

Denn nach Tische soll man stehn
Oder tausend Schritte gehn,
Sagt der würdige Galen.«

Die Puppe aber wackelte mit Kopf und Händchen, und da er sie an den Boden setzte, lief sie gar geschäftig am Gartengitter hin und her, nickte und winkte und stieß manchmal ans Gitter, weil sie durch wollte in den Garten, aber nicht konnte, denn die Öffnungen waren nicht groß genug.

Gackeleia außer sich vor Freude rief: »Ach sie winkt mir, sie winkt mir, sie möchte zu mir in den Garten – ach lieber alter Mann, sage mir geschwind, was ich dir zu Gefallen tun soll, daß du mir die Kunstfigur giebst!« – Da steckte der Mann die Kunstfigur wieder in seinen Gürtel und sprach: »O Comteßchen! es ist nur eine Miniatur von einer Kleinigkeit von einer Bagatelle; ach! ich bin ein armer, betrübter, verlassener Mann, ich habe nicht Vater nicht Mutter, nicht Schwester nicht Bruder, nicht Kind nicht Rind, nicht Kuh und nicht Kalb, nicht ganz und nicht halb, mir fehlet alles, was man nicht begehren darf, seines Nächsten Weib, Knecht, Magd, Ochs, Esel und alles, was sein ist; ach! ich habe selbst keine Puppe, sondern nur diese schöne Kunstfigur nach der Uhr und nach der Schnur und ein Mäuschen von Natur; aber mein Kummer ist so groß, daß auch sie mich nicht trösten kann. Doch Sie können es, o Exzellenzchen, daß ich lustig werde wie ein Lämmerschwänzchen.«

Nach diesen Worten fing der wunderliche Alte so zu weinen und zu wimmern an, daß Gackeleia mit Tränen in den Augen zu ihm sprach: »Ach weine nur nicht so, du armer Mann! ich will dir ja alles tun, was dich trösten kann, wenn du mir die schöne Kunstfigur giebst; sage mir doch um Gotteswillen, was dich trösten kann.« Da erwiderte der Alte:

Dein Vater hat ein Ringelein
Mit einem grünen Edelstein,
Der hat gar einen schönen Schein,
Laß mich nur einmal sehn hinein,

So werd ich gleich durch Mark und Bein
Froh wie ein Lämmerschwänzchen sein,
Dann soll das Kunstfigürchen fein
Zu dir ins Gärtchen gleich hinein;
Es bleibt mit allen Kleidern sein,
O lieb Comteßchen! immer dein!
Damit die Gackeleia klein
Nicht so allein, allein, allein!

»Ei!« sagte Gackeleia, »den Ring kenne ich wohl, er hat auch mich manchmal schon fröhlich gemacht, wenn ich ihn ansehen durfte. Gehe nur ein bißchen weg, gleich wird mein Vater in einer nahen Laube sein Mittagsschläfchen halten, da will ich den Ring schon auf ein Weilchen kriegen. Aber, daß du mir gleich wieder da bist, wenn ich den Ring bringe!«

»Ganz gewiß«, sagte der Alte; »ich will Ihnen die Kleider der Kunstfigur als ein Pfand gleich hierlassen, Sie können sie alle hübsch glatt streichen und in ihr Körbchen legen, sie sind an dem Schirm ein bißchen aus der Façon gekommen.« Da gab er ihr die Kleider und Kleinigkeiten, die er von dem Schirme ablöste, und verließ dann mit der Kunstfigur die kleine Gackeleia, die ihm immer nachrief: »Aber daß du nur auch ganz gewiß kömmst, der Ring soll dich recht anlachen!« – »Ja, ja, ganz gewiß«, rief der Alte und verschwand hinter den Hecken. Gackeleia aber setzte sich in ihre Laube, musterte und ordnete alle Kleider der Puppe, und dachte schon, wie die kleine Gärtnerin bei ihr zwischen den Blumenbeeten herumlaufen würde, und konnte sich zum voraus vor Freude gar nicht fassen.

Aber schnell bewahrte sie die Kleider in ihrem Korb, da sie den Vater Gockel auf seinem Stuhle in der Laube schnarchen hörte. Sie schlich hin, setzte sich zu seinen Füßen, hatte seine Hand in der ihrigen und sah in den grünen Stein des Ringes. Als sie nun den Stein berührte und vor sich sagte: »Ach wenn ich den Ring nur leise von seinem Finger herunter hätte!« da tat der Ring seine Wirkung. Gockel schlief fest und schnarchte, und der Ring fiel in das Händchen der Gackeleia, welche geschwind wie der Wind nach ihrem Gärtchen lief, wo der alte Mann vor Begierde nach dem Ring sein mageres Gesicht mit dem Barte schon wie ein alter Ziegenbock über das Gitter herüberstreckte.

Gackeleia hielt ihm den Ring entgegen und sprach: »Die Kunstfigur her! die Kunstfigur her! Sieh, hier ist der Ring; aber ich gebe ihn nicht, bis du mir erkläret hast, wie man die Figur aufzieht und wie ich sonst mit ihr umgehen muß, damit sie mir nicht krank wird, und bis ich sie in den Händen habe; dann kannst du geschwind in den Ring gucken, denn ich muß ihn schnell in die Laube zurückbringen, ehe der Vater aufwacht.«

Der Alte, der nach dem Ring noch gieriger hinsah als das Kind nach der Puppe, nahm diese, steckte ihr das Schlüsselchen, welches sie anhängen hatte, in das Ohr und sagte: »Comteßchen! links müssen Sie leise drehen, bis Sie Widerstand fühlen, sonst könnte die Figur überschnappen. Sie müssen sich nicht wundern, daß man die Kunstfigur durch das Ohr aufzieht, man zieht ja auch die Kinder auf durch das Gehör. Man schraubt auch die Jugend auf und verschraubt sie ebenso leicht, daß kein Uhrmacher mehr helfen kann, nur knarrt es ein bißchen mehr bei der Kunstfigur. Aber ich hoffe, die Comtesse werden ihr dieses wegen anderer trefflicher Eigenschaften zugute halten. Wenn ich nun aufgezogen, knirr, knirr, knirr, nickt sie ein Weilchen gar lieblich mit dem Kopf und winkt mit den Händchen, ja läuft auch auf ebenem Boden; weil aber Berg und Tal zusammenkommen, so wird ihr das Laufen beschwerlich, und muß darum die Natur der Kunst zu Hülfe kommen, wie umgekehrt bei Menschen die Kunst der Natur oft nachhelfen muß. Was nun die Kunst dieser Figur betrifft, so lassen ihr die Comtesse, so sie harthörig würde, manchmal ein Tröpfchen Mandelöl ins andere Ohr laufen; dann geht sie wieder wie geschmiert. Was die Natur betrifft, habe ich schon gesagt, was sie gern ißt: braune Semmelrinde, auch hartes Zuckerbrot und Knackmandeln; ich rate nicht zu vielen fetten Speisen, weil sie sich leicht dadurch ihre Garderobe beflecken könnte. Sie trinkt nicht viel, und setzt Comteßchen ihr alle Tage ihr Fingerhütchen voll Wasser in den Korb, ist es zum Trinken, Mundausspülen und Waschen genug. In das Körbchen machen Sie ihr Bettchen, Sie brauchen sie nicht schlafen zu legen, sie legt sich von selbst. Morgens den Fingerhut und was zu knuppern, mittags, abends ebenso. Die Kleiderchen halten Sie hübsch reinlich, und verbleichen sie, so lassen Sie sie färben. Hüten Sie sie vor Ungeziefer, besonders vor Spinnen und vor allem vor Katzen. Ihre Stiefelchen und Tanzschuhe halten Sie besonders in Ordnung, denn sie hält viel darauf und hat Hühneraugen; darum bitte ich, ihr nicht auf die Füße zu treten; sie ist sehr empfindlich. – Hören Sie, um Sie ganz zu überzeugen, daß sie keine Puppe ist, will ich Ihnen ihr Stimmchen hören lassen. Da zwickte der Alte die Figur an der Spitze des Füßchens, und sie piepte wie ein Mäuschen, so daß Gackeleia laut aufschrie: »Ach dem Klandestinchen nicht weh, weh tun!« Der Alte aber sagte: »Nicht wahr, Comteßchen, schreien kann doch

Keine Puppe, sondern nur
Eine schöne Kunstfigur
Nach der Uhr und nach der Schnur
Und ein Mäuschen von Natur.«

»Gewiß«, sagte Gackeleia und sprach diese Worte mit. Der Alte aber sagte noch: »Sie müssen ihr nicht beim Essen und Trinken zusehen; wenn sie heraus ist, lassen Sie sie ruhig laufen, aber nicht, wo es ganz offen ist, sonst läuft sie Ihnen davon.« Dann gab er die Puppe der Gackeleia, und sie gab ihm den Ring, mit dem er sich unter seinem Mantel verbarg, wo er ihn eifrig zu betrachten schien.

Gackeleia setzte die Puppe in dem Gärtchen nieder und tanzte voll Entzücken vor ihr her, die ihr überall artig nachschnurrte; Gackeleia patschte freudig in die kleinen Hände, der Alte aber patschte in seine großen Hände. »Ach!« rief ihm Gackeleia zu, »gelt, du hast dich in dem Ring schon recht lustig geguckt? O gieb ihn geschwind, geschwind zurück, ich höre den Vater schon in der Laube gähnen.« – »O mir ist schon ganz fröhlich,« sagte der Alte, »bald werde ich noch lustiger sein!« Nun gab er ihr den Ring zurück und wünschte ihr mit einem häßlichen Gelächter viel Glück zu der schönen Kunstfigur, worauf er sich in das Gebüsch verlor.

Gackeleia hatte bereits alle Kleiderchen in ihr Körbchen gelegt, sie legte nun die Kunstfigur obendrauf und deckte den Deckel hübsch darüber. Das Körbchen am Arm lief sie schnell in die Laube und setzte sich zu den Füßen Gockels, der wieder eingeschlafen war, und leise, leise schob sie ihm den Ring wieder an den Finger. Es war ihr, als hätte sie einen Stein von dem Herzen.

Gackeleia saß nicht so lange zu den Füßen Gockels, als man braucht, um ein Ei zu sieden, da ertönte in der Ferne ein Oratorium von sechs Posthörnern von der Komposition des Cospetto di Bacco, und von der berühmten Agatha Gaddi ward darin eine Fuge Solo gesungen nach den tiefsinnigen Worten des Königlich Gelnhausenischen General-Ober-Hofpostamts-Dichters, der, seinen Namen zu verschweigen, aus übertriebener Bescheidenheit allzufrüh mit Tod abgegangen ist:

Fahr, fahr, fahr auf der Post,
Frag, frag, frag nit, was's kost,
Spann mir sechs Schimmel ein,
Ich will der Postknecht sein,
Fahr, fahr, fahr auf der Post!

Gleich erwachte Gockel und sprach: »Ei, es ist schon vorgefahren; gut, daß du da bist Gackeleia; geschwind, laß uns einsteigen, die Mutter sitzt gewiß schon in der Alamode-Barutsche, wir sind von Eifrasius auf die Eierburg zum Eiertanz eingeladen.« – »Ich habe es gewußt,« sagte Gackeleia, »ich bin schon ganz geputzt und habe alles bei mir.« Da eilten sie vors Schloß, wo bereits Frau Hinkel breit in der Barutsche saß, die mit sechs Schimmeln bespannt war, auf welchen sechs Postillone das Oratorium bliesen. Die Signora Agatha Gaddi ging, die Fuge Solo singend, mit einem Teller unter den versammelten Bäckern und Metzgern herum und nahm Heller und Pfennige ein, als sie aber Gockel kommen sah, legte sie ein variiertes Hahnengeschrei in ihre Partie ein, und Gockel warf ihr eine brilliantene Repetier-Uhr mit Schnupftabakdosen von Lava besetzt, worauf der Adler des Gesangs, den Ganymed des Gefühls zum Himmel hinreißend, in Stein gehauen war, in die Schürze; dabei rief er: »Bravissimo! da capissimo! cito citissimo!« – hob Gackeleia in die Barutsche und sprang mit gleichen Beinen hinter ihr drein; alles das zugleich, und die Postillone knallten eine Finale mit den Peitschen, und sie kamen gerade auf der Eierburg an, als die Signora ihren Danktriller geendet, der bis zum Pfarrturm hinaufstieg. Wir haben es aus seinem Munde vernommen. – Das heiße ich mir gefahren! –

Bei der Eierburg waren viele Menschen auf einer grünen Wiese versammelt, wo getanzt und gespielt wurde um Eier; denn es war Ostern, und das große Ordensfest des Ostereierordens. Man lief und sprang um die Wette nach aufgestellten Eiern, man warf mit Eiern nach Eiern, man stieß mit Eiern gegen Eier, und wessen Ei eingeknickt wurde, der hatte verloren. Die Kinder von ganz Gelnhausen suchten Eier, welche der große königliche geheime Oberhof-Osterhas in versteckten Winkeln ins hohe Gras gelegt hatte; kurz die Freude war allgemein. Bei Gockels Ankunft war das Volk in einem weiten Kreis unter dem Baume versammelt, auf welchem die königlichen Hofmusikanten und die Gelnhausener Stadtpfeifer einen herrlichen Tanz aufspielten, nämlich den Eiertanz, den die königliche Familie mit der Raugräflichen in höchsteigener Person tanzen wollte. Auf einem köstlichen Teppich wurden hundert vergoldete Pfaueneier, immer zehn und zehn, in Reihen gelegt. Nun trat die Königin Eilegia zu Gockel und verband ihm die Augen mit einem seidenen Tuch, und er tat ihr dasselbe; ebenso verbanden der König Eifrasius und Frau Hinkel, und der Prinz Kronovus und Gackeleia sich die Augen und wurden nun von den Hofmarschällen auf den Eierteppich geführt, auf welchem sie mit den zierlichsten Schritten, Sprüngen und Wendungen zwischen den Eiern herumtanzen mußten, ohne auch nur eines mit den Füßen zu berühren. Die Zuschauer sahen mit gespannter Aufmerksamkeit ganz stille zu und bewunderten die erstaunliche Agilität der hohen Herrschaften.

Aber nicht weit davon in einem Gebüsche saßen ein paar alte Männer, die hatten keine Freude an dem Tanz und guckten mit unabgewendeten Augen nach dem Fußsteige, der aus der Stadt herlief, ob ihr Geselle, der dritte, nicht bald komme, und ehe sie sichs versahen, stand er mitten unter ihnen. »Hast du, hast du?« schrieen sie dem Neuangekommenen entgegen und machten Finger so spitz wie Krallen gegen seine festgeschlossene Faust, und er erwiderte: »Ja, ich habe glücklich den Ring durch Gackeleias Puppensucht ertappt; ich habe ihr einen ganz ähnlichen mit einem falschen grünen Glasstein gegeben, welchen Gockel jetzt am Finger hat. Jetzt können wir uns an ihm rächen, daß er uns bei dem Hahnenkauf betrogen und uns in die Wolfsgrube hat fallen lassen, wo wir elend verhungert wären, wenn uns die Bauern nicht herausgeholfen hätten.«

So sprachen die drei alten morgenländischen Petschierstecher, die Gockel hatten anführen wollen, und die er angeführt hatte. Sie hatten sich doch durch ihre List in den Besitz des Ringes gebracht und wollten jetzt gleich seine Wunderkraft versuchen. Sie faßten alle drei an den Ring und sprachen zu gleicher Zeit die Worte:

Salomon, du weiser König,
Dem die Geister untertänig,
Mach den Gockel wieder alt,
Zumpig, lumpig, mißgestalt,
Mach Frau Hinkel wieder häßlich,
Zänkisch, ränkisch, griesgram, gräßlich,
Mach die Gackeleia schmutzig,
Ruppig, stuppig, zuppig, trutzig.
Nehme ihnen Gut und Geld,
Schloß und Roß und Hof und Feld,
Jag sie wieder Knall und Fall
In den alten Hühnerstall.
Aber uns drei Petschaftstechern
Bau ein Haus mit goldnen Dächern,
Mache uns zu Hofagenten,
Hoffaktoren, Konsulenten,
Rittern und Kommerzienräten,
Kommissären und Propheten.
Gieb uns Gold und Geld und Glanz,
Stell uns hoch in der Finanz,
Mach uns schön wie Davids Sohn,
Den scharmanten Absalon,
Mach uns glücklich ganz enorm,
Orden gieb und Uniform!
Ringlein, Ringlein, dreh dich um,
Mach es schön, wir bitten drum.

Während sie so am Ring drehten, entstand lautes Murren und Lachen und Schimpfen unter dem versammelten Volk. »Ei, seht den alten Bettler, die alte schmutzige Bettlerin, das schmutzige freche Kind! nein, das ist unverschämt; jagt sie fort, pratsch, pratsch, wie sie die Eier zertreten!« – und bald ward das Geschrei und Getümmel so allgemein, daß der König Eifrasius und die

Königin Eilegia und der Prinz Kronovus ihre Binden von den Augen rissen, und wie erstaunten sie nicht, als sie den Raugrafen Gockel und die Frau Hinkel und Fräulein Gackeleia, die vorher so schön und jung und prächtig gekleidet gewesen waren, in eine alte, häßliche, zerrissene Bettlerfamilie verwandelt sahen, welche alle Eier auf dem köstlichen Teppich zertreten hatten; auf ihr unwilliges Geschrei rissen nun auch diese Unglücklichen die Binden von den Augen und fingen an, bitterlich zu weinen und zu klagen über ihren verwandelten Zustand, denn sie erkannten sich kaum mehr wieder. Gockel griff nach seinem Ring Salomonis und drehte, aber der falsche, verwechselte Ring vermochte nichts; da sah er den Ring an und erkannte, daß er ausgetauscht war, und schrie laut aus: »O weh mir! ich bin verloren, ich bin um den Ring betrogen!«

Er wollte eben dem König Eifrasius zu Füßen fallen und ihm sein Unglück klagen, aber dieser stieß ihn zurück, zog sein Schwert und stieß einen Schwur aus, auf welchen seine Adjutanten, ihn in jedem Falle zurückzuhalten, perennierenden Befehl hatten, damit er nicht das Alleräußerste tue. Die Königin Eilegia war so entsetzt, daß sie unter Glucksen und Schluchsen in Nerven-Zu- und Umstände und in die Arme der Ober- und Unter-Eiermarschallin ohnmächtig sank. Gockel und Hinkel, welche diese Erscheinungen teils aus früherer Erfahrung, teils aus den Annalen der leidenden Menschheit kannten, nahmen die Beine auf die Schultern und liefen davon, um so mehr und schneller aber, als die Mitglieder der k. Hofkapelle erstaunliche Leistungen, mit Eiern nach ihnen werfend, gegen sie zustande brachten, worin sie von der hochlöblichen Gelnhausener bürgerlichen Scharfschützen-Kompagnie patriotisch unterstützt wurden, nachdem der wachsame Stadttürmer zu Hülfe geblasen hatte.

Das hoffnungsvolle Prinzchen Kronovus allein statuierte abermals ein Exempel seines standhaften Charakters. Als Gackeleia die Eltern alt, häßlich und verlumpt fliehen und sich selbst schmutzig und zerrissen sah, schrie sie weinend: »Ach Kronovus, ach wie bin ich so schmutzig und wa wa geworden! Wer hat mich so schmutzig gemacht?« Da reichte mit schöner Fassung ihr Kronovus sein Schnupftuch mit den Worten: »Da, Gackeleia, wische dich schön ab und putze dir die Nase tüchtig, so – so, das ist brav, da hast du auch dein Körbchen, ich hab dirs beim Tanzen aufgehoben.« Dann warf er ihr noch einen Taler in die Schürze: »Da hast du mein Taschengeld. Samstag abends hinten am Entenpfuhl, wo die Vergißmeinnicht stehen, sollst du immer ein Ei finden, worauf ›Vivat Gackeleia‹ steht, und worin mein Taschengeld steckt, das hole dir!« Dann zog er eine Bretzel hervor und sagte: »Ziehe!« – da zogen sie, und jedes riß ein Stück davon; – und einen Bubenschenkel und sprach: »Reiße!« und jedes riß die Hälfte davon; dann sprach er: »Jedes von uns bewahre seinen Teil, und wenn wir uns wiedersehen und jeder bringt seinen Teil wieder, und die Stücke passen noch hübsch zusammen, dann sind wir recht brave, treue Spielkameraden gewesen, und ich schwöre dir, wie du mir, bei dem Grab des alten Urgockels, von dem du mir erzählet hast, daß wir dann immer beisammenbleiben wollen!« Da hoben sie beide die Hände auf und schworen. Gackeleia weinte in dem feierlichen Momente und wollte Kronovus umarmen, da rief Gockel: »Gakkeleia, tummle dich geschwind, der Bettelvogt kömmt!« – worauf Kronovus diesem zurief: »Halte Er sich zurück, Meister Schelm, ich werde das Comteßchen selbst fortführen.« In demselben Augenblick kam aber ein Adjutant des Eifrasius, forderte dem Prinzchen seinen Degen ab und führte ihn fort in das königliche Oberhof-Ofenloch. Kronovus aber sagte vorher noch dem Bettelvogt: »Daß Er sich nicht untersteht, meine liebe Spielkamerädin, das Comteßchen, anzurühren!« reichte ihr die Hand und sprach: »Leide geduldig, aber jetzt laufe, was du kannst!« Da lief Gackeleia, was giebst du, was hast du? ihren Eltern mit ihrem Körbchen nach, und der Bettelvogt begleitete die unglückliche Familie, mehr um sie mit seinem aufgespannten Regenschirm gegen den Regen von Eiern zu schützen, welchen die unartigen Gassenbuben auf sie schleuderten, als daß er sie fortgetrieben hätte.

Auf dem Eierzirkus war große Verwirrung eingetreten; der König Eifrasius war allzusehr außer sich, die Königin Eilegia allzusehr inner sich gekommen. Eifrasius hatte sein Schwert gezogen, er wollte dem Gockel ans Leben, er strampelte mit allen vier Füßen, da er aber den allerhöchsten Familienschwur ausstieß: »In Kraft sechzig destillierter Eierschnäpse, ich fresse den Kerl auf einem Butterbrot!« so faßten ihn der Kommandant der Leibgarde unter den Armen und der Obrist des Garde-Zwergen-Korps hielt ihm ein Bein fest, bis die erste Courage beruhiget und die Außersichkeit wieder nach Haus gekommen war. Die Königin Eilegia forderte noch größere Anstrengung, um sie aus ihrer Innerlichkeit wieder ans Tageslicht zu bringen; sie war in sich selbst, wie in einen tiefen Ziehbrunnen, vor Schrecken hinabgestürzt. Die Nerven, an welchen bekanntlich der goldene Eimer hängt, in dem die Seele des Menschen sitzt, waren bei Eilegia von so großer Zartheit und Feinheit, daß sie vor Schrekken zerrissen und die hehre Seele mitsamt dem goldenen Eimer tief, tief, tief in ihr schönes Gemüt hinunterplumpste. Eilegia war unter einem lauten Schrei: »Horreur! welche Bettelbagage!« der Oberhof-Eiermarschallin ohnmächtig in die Arme gesunken. Nur den vereinten Anstrengungen der Akademie der Rettungswissenschaften für Verunglückte, welche sogleich eine außerordentliche Sitzung hielt, gelang es, die teure Innige wieder zurückzurufen; die geheime Kammer-Schnürdame schnürte sie auf, um ihrem hehren Gemüte mehr Luft zu geben; der so ganz fürs Vaterland glühende Oberhof-Osterhas legte sinnig in kürzester Bälde ein frisches Osterei mit der Inschrift: »Vivat Eilegia!«, mit welchem die Ohnmächtige angestrichen ward; und der für das Beste der leidenden Menschheit immer auf dem Sprung stehende Leibchirurg und Aderlaßschnepper rief die Seele der edeln, sinnigen, innigen Eilegia durch eine, mit ebensoviel Geschmack als Wirkung, mit ebensoviel Grazie als Präzision geleistete Blutentlassung wieder aus der innern Tiefe ihres herrlichen Gemütes auf ihr edles Antlitz zurück – ach! – und ihr erstes schönes Tun war, ihre geliebten Gelnhausener anzulächeln. Die Hofkapelle spielte eine patriotische Dankgaloppade, unter welcher Eifrasius und Elegia in zwei Portchaisen sitzend in die Eierburg zurückwalzten, um sich ganz zu erholen; Prinz Kronovus aber mußte die Nacht im Oberhof-Ofenloch bei Bisquit-Torte und süßem Wein einen strengen Arrest aushalten.

Alles Volk zog nach Gelnhausen lärmend zurück, um Gockels Palast zu plündern und dem Boden gleich zu machen, aber sie kehrten unterwegs so oft in den Wirtshäusern ein, daß sie erst in tiefer Nacht auf dem Markte ankamen, wo ihnen der Nachtwächter entgegensang:

Hört, ihr Herrn, und laßt euch sagen,
Die Glocke hat zwölf Uhr geschlagen,
Aber das ist noch gar nicht viel
Gegen ein Schloß, das in Staub zerfiel;
Hier hats gestanden lang und breit,
Wir leben in wunderbarer Zeit;
Der Markt ist leer als wie zuvor,
Die Kuh steht wieder vor dem alten Tor;
Schaut an, ihr Herren, dieses Wunder
Ging schnell, wie es entstanden, unter;
Bewahrt das Feuer und das Licht,
Daß nicht der Stadt selbst Unglück g'schiecht,
Und lobet Gott den Herrn.

Wirklich war auch das herrliche Schloß Gockels und alle seine Gärten und alles, was darin war, mit Mann und Maus verschwunden; auf dem Markte plätscherte der alte Stadtbrunnen, als wenn er gar nichts wüßte. Die guten Bürger gingen nach Hause, nachdem sie lange in die leere Luft geschaut hatten, und überlegten, wo sie mit allen ihren Semmeln und Braten hin sollten, da der große Hofstaat Gockels nicht mehr bei ihnen einkaufen würde. – Die guten Gelnhausener konnten aber doch nicht viel schlafen, denn der Bürgermeister hatte von der Eierburg bis auf das Rathaus eine lange Reihe von Nachtwächtern aufgestellt, welche sich einander zubliesen, wie Eifrasius und Eilegia sich befänden, was der Leibarzt alle Viertelstunden auf der Schloßwache melden ließ, und was die Nachtswächter sich in der ganzen Stadt wieder zuflüsterten, wozu die unzähligen Metzgerhunde bellten und heulten und alle Hähne krähten. Es war eine beispiellos angestrengte, teilnahmvolle, schlaflose, patriotische Nacht für Gelnhausen. Kaum hatten die Bürger die Schlafkappen aufgesetzt, als plötzlich alle Nachtwächter an den Fensterladen pochten und ausriefen:

Patriotisches Gelnhausen, jubiliere,
Deine Fenster gleich all illuminiere,
Hochlöbliche städtische Metzgerschaft,
Beurkunde jetzt deiner Treue Kraft:

Liefre Schweinsblasen viel und billig,
Zeig, edles Gelnhausen, dich willig,
Laß donnern den hehren Feierknall,
Erfülle die Nacht mit Freudenschall;
Eifrasius und Eilegia teuer
Geruhen harmonisch ungeheuer
Zu ruhen, zu schlafen und zu schnarchen,
Wer kanns ihnen untertänigst verargen;
Es war ja, was ich schier heiser sag,
Wohl gestern fürwahr ein heißer Tag.
Prinz Kronovus im Oberhof-Ofenloch
Ist ganz wohlauf und singt munter noch:
»Gackeleia, liebste Gackeleia mein,
Wann werden wir wieder beisammen sein?«

POSTSKRIPTUM:

Jetzt allgemeine Illumination,
Nebst großer Blasendetonation;
Morgen früh vor dem Hanauertor
Große Parade vom Nachtwächterchor,
Dann nach Eierburg Deputation
Vom weißgekleideten Bataillon
Der Mädchen, Blumen zu streuen;
Sie können heute nacht noch heuen
Im Mondschein auf städtischer Weide;
Daß keinen Schaden doch leide
Die Au bürgermeisterlicher Schafe,
Wird geboten bei fünf Gulden Strafe.

Auf diese Bekanntmachung hatten schon mehrere Bürger ihre Nachtlichter ans Fenster gestellt, da kam ein anderer Befehl:

Der Patriotismus soll sich noch fassen
Und alles Obige unterlassen;
Nach einem ärztlichen Konsulte
Sind zu vermeiden alle Tumulte.
Ein Genesungsfest in leisester Stille
Ist Eifrasii allerweisester Wille.

Die guten Bürger waren so müd und schläfrig, daß sie ihren Patriotismus diesmal beruhigen ließen und ganz Gelnhausen in das tiefe Schnarchen der Eierburger einstimmte. – Auf dem Markt am folgenden Tag stieg der Eierpreis um 3 und $^{7}/_{87}$ Prozent.

Der arme Gockel, die arme Frau Hinkel, die arme Gackeleia zogen wieder wie ehedem durch den wilden Wald nach dem alten Schloß; aber sie waren viel trauriger und redeten kein Wort, ja Frau Hinkel hatte gar die Schürze über den Kopf gehängt, weil sie sich schämte, so häßlich geworden zu sein. Als sie auf einer Höhe angekommen waren, wo man Gelnhausen noch einmal sehen konnte, drehte sich Gockel um und sprach: »Unseliger Ort, wo ich um den köstlichen Ring Salomonis betrogen ward; abscheulicher, undankbarer Eifrasius, wie schändlich hast du mich in meinem Unglück verstoßen, und hast nicht daran gedacht, mir die hundert Stück neue Gockeld'ors wiederzugeben, die du in glücklicher Zeit von mir geborgt.« Frau Hinkel aber rief aus: »O Königin Eilegia! wie manches indianische Vogelnest samt den Eiern habe ich dir zum Geschenk gemacht, wie viele Eierspeisen habe ich dich bereiten gelehrt, wie viel hundert Ostereier habe ich dir mit schönen Blumen und Blättern bunt gesotten, die schönsten Muster zu Hauben und Garnituren a l'öff de Puffpuff habe ich dir mitgeteilt, und nun, da wir den Ring verloren und arm geworden, lässest du Undankbare mich zerlumpt und hungernd über die Grenze führen!« – Nun erhob auch Gackeleia ihre Stimme und sprach: »Ach du herzliebes Prinzchen Kronovus, du bist doch der Beste von allen, du hast mir deinen Taler geschenkt und dein Taschentuch gereicht, daß ich mich abwischen konnte; du willst mir dein Taschengeld alle Sonnabend am Entenpfuhl bei den Vergißmeinnicht in ein Ei verstecken; ach, du bist doch mein guter Kronovus geblieben und hast die arme, schmutzige Gackeleia nicht von dir weggestoßen. Ach, es tut mir recht leid, daß ich in der Angst vergessen, dir meine herrliche Puppe zum Andenken zu schenken.«

Kaum hatte Gackeleia das Wort Puppe ausgesprochen, als Gockel zornig nach ihr blickte und sprach: »Du unseliges Kind! du hast eine Puppe? welche Puppe? woher hast du die Puppe? Weißt du nicht mehr das Urteil bei dem hochnotpeinlichen Halsgericht wegen der Ermordung Gallinas, daß du von nun an und nimmermehr keine Puppe haben darfst! – Ach, ich ahnde die Ursache meines Verderbens!« Und da er hierauf die kleine Gackeleia ergreifen wollte, lief sie vor dem erzürnten Vater nach dem äußersten Rande eines Felsens hin, der über einen schroffen Abhang hinausragte. Frau Hinkel schrie: »Um Gotteswillen, das Kind fällt sich zu Tode!« und hielt Gockel beim Arme zurück. Gackeleia aber kniete auf dem äußersten Rande des Felsens, breitete ihre Ärmchen gegen den Vater aus und sprach:

Vater Gockel, ach verzeih,
Mutter Hinkel, steh mir bei,
Oder Gackeleia klein
Springt und bricht sich Hals und Bein!

Da bat die Frau Hinkel den Gockel sehr, er solle dem Kind verzeihen, und Gockel sagte: sie solle nur alles erzählen, was sie angestellt, er werde sie nicht umbringen. »Erzähle, Gackeleia,« sagte die Mutter, »wo hast du eine Puppe herbekommen?« Da war Gackeleia in großer Angst, denn der Vater riß während der Erzählung an einer Birke, die bei dem Felsen stand, dann und wann ein Zweiglein ab, und es sah so ziemlich aus, als wenn er, wo nicht einen Besen, doch wenigstens eine Rute binden wolle; aber was half alles, das Kind mußte sprechen und sprach:

An mein Gärtchen kam heut morgen
Ein alt Männchen ganz voll Sorgen,
Ließ vor mir im Tanz sich drehn
Ach! ein Püppchen, wunderschön.

»Da haben wir es,« rief Gockel und riß ein starkes Birkenreis ab, »da haben wir die saubere Bescherung, eine Puppe, o es ist himmelschreiend!« Gackeleia aber sagte geschwind:

Keine Puppe, es ist nur
Eine schöne Kunstfigur,
Eine kleine Gärtnerin,
Lehrerin und Tänzerin,
Wirtin, Hirtin und so weiter,
Jede hat besondre Kleider.

»Abscheulich, abscheulich!« sagte Gockel, aber Gackeleia fuhr fort:

Allerliebst, kaum auszusprechen,
Mir wollt schier das Herz zerbrechen
Nach dem schönen Wunderding;
Als es an zu laufen fing,
Als die Räder in ihm knarrten,
Wollt es zu mir in den Garten,
Lief am Gitter hin und her,
Als ob es lebendig wär.
Und ich glaubt des Alten Schwur,
Daß es eine Kunstfigur,
Daß es keine Puppe sei,
Dacht nichts Arges mir dabei.

»Schöne Ausreden«, sagte Gockel unwillig und riß wieder ein Birkenreis ab; Gackeleia gefiel das gar nicht, und sie sagte:

Vater, bitte, bitte schön,
Laß das Birkenreis doch stehn;
Ach ich sorg vor Angst verwirrt,
Daß es eine Rute wird.

Da sprach Gockel ernsthaft:

Gackeleia, glaub du nur,
Daß es eine Kunstfigur,
Daß es keine Rute sei,
Denk nichts Arges dir dabei.

Da sagte Gackeleia:

Kunstfigur von Birkenreis?
Ach du machst mir gar zu heiß!

Und Gockel sagte:

Kunstfigur für Kunstfigur,
Rute für die Puppe nur.

Da ward Gackeleia wieder sehr betrübt und schrie wieder ganz erbärmlich:

Vater Gockel, ach verzeih,
Mutter Hinkel, steh mir bei,
Oder Gackeleia klein,
Springt und bricht sich Hals und Bein!

Frau Hinkel bat sehr, und Gockel sagte: »Ich werde sie nicht umbringen; sie soll nur erzählen, was der Alte weiter gesagt hat, und was sie ihm für die Kunstfigur gegeben hat.« Da fuhr Gackeleia fort:

Ach der Alte weinte sehr,
Hätt nicht Vater, Mutter mehr,
Bruder nicht, noch Schwesterlein,
Keinen Sohn, kein Töchterlein,
Keinen Vetter, keine Base,
Nichts als eine lange Nase,
Einen Bart ganz weiß und lang,
War betrübt und angst und bang.

»Der alte Schelm,« rief da Frau Hinkel aus und riß nun auch ein starkes Birkenreis ab, »der alte Schelm ist schuld, daß ich auch wieder eine so häßliche lange Nase habe.« Und Gockel sagte: »Schau, Frau Hinkel, jetzt merkst du auch, was wir ihm zu danken haben, du die Nase und ich den Bart. O unglückselige Kunstfigur, was sind wir für abscheuliche Figuren durch dich geworden! Aber erzähle weiter, Gackeleia, was wollte er für die Puppe?« Da erwiderte Gackeleia mit großer Angst:

Für die schöne Kunstfigur
Wollt in deinen Ring er nur
Einmal ein klein bißchen blicken,
Seinen Kummer zu erquicken.

»O du abgefeimter Gaudieb,« rief Gockel aus, »o du unseliges, leichtsinniges, spielsüchtiges Kind! – Und da zogst du mir den Ring im Schlafe ab, und gabst dem Schelmen den Ring, sprich, sprich, hast du das getan? Sprich gleich, oder ich werfe dich auf der Stelle vom Felsen hinab.« Da rief Gackeleia wieder in großer Angst:

Vater Gockel, ach verzeih,
Mutter Hinkel, steh mir bei;
Ja, als Vater Gockel schlief,
Mit dem Ring ich zu ihm lief,
Doch er sah nicht lang hinein,
Gab zurück den Edelstein,
Den ich schnell zurückgebracht,
Eh der Vater aufgewacht.

Ach, ich wills nicht wieder tun,
Einmal ist das Unglück nun
Durch mich böses Kind geschehn.
Werdet ihr die Puppe sehn –
Nein, nicht Puppe, es ist nur
Eine schöne Kunstfigur,
Ganz natürlich nach dem Leben –
Ach ihr müßt mir dann vergeben.

Und nun nahm sie die Puppe aus ihrem Körbchen, das sie am Arm hängen hatte, zog das Uhrwerk auf, und die kleine Reisende schnurrte so artig zwischen dem Thymian auf dem Felsen herum, daß Gackeleia ihr, in die Hände patschend, nachlief. Da erwischte der alte Gockel das Kind beim Arm und sagte: »Nun habe ich dich; habe ich dir nicht tausendmal verboten, meinen Ring ohne meine Erlaubnis anzurühren? Du hast ihn aber dem alten Betrüger gegeben, und der hat ihn mit einem andern vertauscht, der keinen Heller wert ist, und so hast du deine Eltern und dich in Schande und Armut gebracht durch deine Begierde nach einer elenden Puppe.« Da schrie Gackeleia ganz erbärmlich:

Keine Puppe, es ist nur
Eine schöne Kunstfigur.
Vater, Vater, laß mich los!
Ach sie läuft durch Stein und Moos
Von dem Fels in vollem Lauf.
Mutter Hinkel, halt sie auf!
Daß sie nicht den Hals zerbricht,
Denn sie kennt die Wege nicht.

Die kleine Puppe lief auch ganz wie toll den Felsen hinunter, und Frau Hinkel wollte sie aufhalten, aber glitt auf dem glatten Rasen aus und rutschte ein ziemlich Stück Weg hinab.

Darüber wurde der alte Gockel noch viel ungeduldiger und sagte: »Nun sieh, das Unglück, deine Mutter bricht noch schier ein Bein über der abscheulichen Puppe. Recht muß sein, du hast unverzeihlich gefehlt; jetzt wähle Gackeleia: entweder kriegst du hier recht tüchtig die Rute, oder du läßt die Puppe laufen«, und da Gackeleia wieder schrie:

Keine Puppe, es ist nur
Eine schöne Kunstfigur,
Nach der Uhr und nach der Schnur,
Und ein Mäuschen von Natur. –

legte Gockel sie über das Knie und gab ihr tüchtig die Rute mit den Worten:

Keine Rute, es ist nur
Eine Birken-Kunstfigur,
Und du kriegst sie nach der Schnur,
O du Nichtsnutz von Natur!

Und Gackeleia schrie:

Mutter, halt, o Jemine!
Halt sie auf, sie tut sich weh.

Und Gockel schlug immer zu und schrie:

Fitze, fitze, Domine
Tut die ganze Woche weh!

Er hätte auch noch länger zugeschlagen, aber Frau Hinkel schrie so erbärmlich, sie könne nicht wieder herauf, daß Gockel das Kind losließ und hinabging, ihr zu helfen. Kaum aber war Gackeleia los, so rüttelte und schüttelte sie sich über die fatale Kunstfigur, die sie empfunden hatte, und lief ihrer flüchtig gewordenen schönen Kunstfigur nach, die sie eben unten im Tale über den Steg eines Baches laufen sah; die Puppe lief, als ob sie vier Beine hätte, über den Steg und linksum und in den Wald hinein und Gackeleia immer hinter ihr drein.

Gockel hatte indessen Frau Hinkel durch einen Umweg wieder auf die Höhe hinaufgebracht, und sie klagten sich unterwegs einander, wie der Schelm, der sie durch Gackeleias Spielsucht um den köstlichen Ring Salomonis gebracht, gewiß einer von den alten Petschierstechern sei, die ihn einst um den Hahn Alektryo hatten betrügen wollen. Als sie unter solchen Reden auf den Fels zurückkamen und die Gackeleia nicht mehr sahen, riefen sie nach allen Seiten nach dem Kinde, aber nirgends hörten und sahen sie etwas von ihr. Da ward ihr Kummer um allen ihren Verlust in eine große Sorge um ihr Kind verwandelt, sie liefen hin und her und schrieen durch den Wald: »Gackeleia, Gackeleia!« und wenn das Echo wieder rief: Eia, Eia! glaubten sie, das Kind antworte, und so verirrten sie sich immer tiefer in der Wildnis, bis sie endlich beide, ach aber ohne Gackeleia, sich bei ihrem Stammschlosse wiederfanden. Die Vögel wachten alle auf und flogen wie alte Bekannte um sie her und grüßten sie, aber Gockel und Hinkel riefen immer in alle Büsche hinein:

Gackeleia, komm doch nur,
S'ist ja eine Kunstfigur;
Komm, es soll dir nichts geschehn,
Wenn wir dich nur wiedersehn.

Aber keine Antwort von keiner Seite. Da saßen die zwei armen Eltern auf der Schwelle des alten Hühnerstalles nieder und weinten die ganze Nacht bitterlich, und alle Vögelein weinten mit. Am Morgen aber schnitt sich Gockel einen tüchtigen Knotenstock und gab auch der Frau Hinkel einen und sagte: »Liebe Frau! wir sind arme Leute geworden; aber es gebührt einem Rauhgrafen Gockel von Hanau und einer Raugräfin Hinkel von Hennegau nicht, im Unglücke zu verzweifeln; laß uns auf Gott vertrauen und unser Fräulein Tochter Gackeleia durch die weite Welt suchen, und sollten wir unterwegs Hungers sterben. Geh du links, und ich geh rechts. Alle Monate kommen wir hier wieder zusammen und sagen uns einander, was wir entdeckt haben, dabei können wir zugleich dem Dieb unsers Ringes nachforschen.« Frau Hinkel war das zufrieden, sie umarmten sich beide unter bitteren Tränen und wanderten dann auf getrennten Wegen, Herr Gockel rechts, Frau Hinkel links. Und wenn sie in die Dörfer oder Städte kamen, sangen sie vor allen Türen:

Habt ihr nicht ein Kind gesehn?
Ein klein Mägdlein wunderschön,
Blaue Augen, rote Backen,
Zähnchen weiß zum Nüsseknacken,
Einen roten Kirschenmund,
Frisch und froh und dick und rund,
Glänzend wie ein Mandelkern,
Hüpft und spielt und singt so gern.

Es hat einen blonden Zopf,
Einen Strohhut auf dem Kopf,
Trägt auch eine alte Juppe
Und läuft hinter einer Puppe
Her und schreit, es sei ja nur
Eine schöne Kunstfigur.
Barfuß läuft es ohne Schuh,
Fragt man es, wie heißest du?
Sagt es gleich ganz freundlich: »Eja,
Ich bin Gockels Gackeleia.«
Ach das Kind hab ich verloren
Und hab einen Eid geschworen,
Nicht zu ruhn, bis ich das Kind
Gackeleia wieder find!

Aber immer sagten die Leute:

Wir haben so kein Kind gesehn,
Ihr armer Mensch müßt weiter gehn;
Da habet ihr ein Stücklein Brot,
Gott helfe euch in eurer Not!

Da nahmen sie dann das Brot, die armen Eltern, und aßen es mit Tränen und setzten ihren Stab traurig weiter.

So waren sie schon dreimal wieder in dem alten Schlosse ohne Gackeleia zusammengekommen, hatten mit großem Jammer im alten Hühnerstall geschlafen und sich ihre vergeblichen Nachforschungen einander mitgeteilt. »Ach Gott,« sagte Frau Hinkel, »das arme Kind ist gewiß umgekommen; hättest du es doch nicht so hart wegen der Puppe behandelt.« Da erwiderte Gockel: »Und hättest du besser auf sie acht gegeben, so hätten wir den Ring und das Kind nicht verloren; nichts ist leichter zu sagen, als – hättest du. Lasse uns lieber auf dem Grabe des Alektryo in der Kapelle recht herzlich beten, daß wir das Kind morgen zum viertenmale nicht vergebens suchen mögen.« Hierauf gingen sie nach der Kapelle und beteten recht eifrig, legten sich dann auf ihr Mooslager und schliefen einen gar süßen Schlaf und träumten von Gackeleia.

Gegen Morgen hörte Gockel noch halb im Schlafe etwas um sich her rasseln, es war noch sehr dunkel in dem Stalle; aber er sah etwas an der Erde hinlaufen und verschwinden, er stieß

Frau Hinkel an und sagte: »Mir war gerade, als wenn die fatale Puppe der Gackeleia vorübergelaufen wäre.« Da sprach eine Stimme:

Keine Puppe, es ist nur,
Eine schöne Kunstfigur.

Gockel meinte, Frau Hinkel habe das gesagt, und verwies ihr, daß auch sie so eigensinnig wie Gackeleia spreche. Frau Hinkel hatte schlaftrunken die Worte gehört und behauptete, er habe es selbst gesagt. Sie wollten eben zu zanken anfangen, als sie leise an der Türe pochen hörten. Sie fuhren ordentlich vor Schrecken zusammen, wer das wohl sein könne, der in dem wüsten zerstörten Schlosse so leise anpoche. Da es aber zum drittenmale pochte, fragte Gockel laut: »Wer ist drauß?« und es antwortete eine männliche Stimme: »Ich bitte alleruntertänigst um Verzeihung, Herr Graf, daß ich so früh störe, aber die Eseltreiber lassen mir keine Ruhe; sie sagen, daß ich ihnen drei Zentner Käse aus der gräflichen Käsefabrik auf ihre Tiere packen soll; nun wollte ich doch den Befehl des Herrn Grafen selbst abholen.«

Gockel wußte auf diese Rede gar nicht, wo ihm der Kopf stand: »Drei Zentner Käse,« sagte er, »aus der gräflichen Käsefabrik, hast du gehört Hinkel?« – »Ja,« sagte Frau Hinkel, »was kann das sein? Ich weiß nicht, ob ich träume oder wache.« Da der Mann aber immer von neuem pochte und um die Erlaubnis bat, die Käse abzuliefern, schrie Gockel heftig: »Bist du, der da pochet, toll oder ein Spötter, der einen armen Greis zum Narren haben will? So nehme dich in acht, oder ich komme mit dem Knotenstock über dich. Wo habe ich denn Käse oder eine Käsefabrik? Gehe von dannen und gönne den Armen ihr einziges Gut: die Ruhe und den Schlaf.« Da antwortete die Stimme wieder: »Gnädigster Graf, vergebet mir, daß ich Euch erweckte; ich sehe wohl, daß Ihr den Leuten die Käse nicht abliefern lassen wollet; ich werde sie abweisen!«

Nun hörte Gockel draußen auf dem Hofe sprechen und hin und wieder gehen, und seine Verwunderung, was das zu bedeuten habe, wuchs immer mehr. »Ach,« sagte er zu seiner Frau, »ich fürchte fast, es ist irgend eine Nachstellung von unsern Feinden aus Gelnhausen, die uns ermorden wollen.« – »Das wäre entsetzlich«, erwiderte Frau Hinkel und drückte sich in der Angst dicht an ihn. Da pochte es wieder an der Türe, und Gockel rief zwar erschrocken, aber doch ziemlich laut: »Wer da?« Da antwortete eine andere Stimme: »Euer Hochgräflichen Gnaden untertänigster Küchenmeister fragt an, ob er einen Zentner Schinken aus der gräflichen Rauchkammer abliefern darf, welche auf den drei Eseln, die vom König Sissi angekommen sind, abgeholt werden sollen?«

Gockel, dem bei diesen Reden zumute ward wie einem Hahn ohne Kopf, rief aus: »Warte, ich will dir Schinken geben, du nichtswürdiger Spötter!« indem er aufsprang und nach seinem Stocke suchte. Als er aber ganz klar und deutlich drei Esel vor der Türe schreien hörte, rief er und Frau Hinkel zugleich: »Herr Jemine, die Esel sind wirklich da.« Es war noch dunkel in dem Stalle, der kein Fenster hatte, und dessen verschlossene Türe nur durch einen Spalt einen Schimmer des Tages hereinfallen ließ. Gockel tappte an der Wand nach seinem Knotenstock herum, und plötzlich wurde er von ein paar zarten Armen herzlich umschlossen, so daß er laut aufschrie: »Um Gotteswillen, wer ist das?« Aber die Unbekannte hörte nicht auf, ihn mit den zärtlichsten Küssen zu bedecken, und als Frau Hinkel auch dazu kam, ging es derselben nicht besser; und da sie sich in diese Liebkosungen gar nicht finden konnten, sagte endlich das unbekannte Wesen mit einer wohlbekannten Stimme zu ihnen: »Ach! kennt ihr denn euer Töchterlein Gackeleia gar nicht mehr?« – »Du, Gackeleia?« riefen beide aus, »nein, das ist nicht möglich, du bist ja eine erwachsene Jungfrau.« – »Ach, groß oder klein,« antwortete es, »ich bin doch eure Gackeleia«, und da riß sie die Türe auf, und es fiel zu gleicher Zeit so viel Fremdes und Wunderbares in die Augen des alten Gockels und der Frau Hinkel, daß sie sich einander in die Arme sanken und weinen mußten.

Erstens sahen sie wirklich die ganze Gackeleia vor sich, aber nicht mehr als ein kleines Mädchen, sondern als eine blühende, wunderschöne, allerliebst geputzte Jungfrau; und zweitens sahen sie sich selbst beide nicht mehr alt und in Lumpen, sondern als zwei schöne wohlbekleidete Leute in den besten Jahren; und drittens sahen sie durch die Türe nicht mehr in einen verfallenen, mit Schutt und wildem Unkraut bewachsenen Burghof hinaus, sondern in einen schön gepflasterten, reinlichen Hof von schönen Schloßgebäuden, Ställen, Gärten und Terrassen umgeben; in der Mitte des Hofes aber, an einem plätschernden Springbrunnen, sahen sie drei verdrießliche alte Esel mit langen Ohren angebunden, welche die Köpfe zusammendrückten, als ob sie sich schämten. Auch sahen sie allerlei Bediente in schönen Livreen geschäftig auf- und niedergehen, die immer, so oft sie am Hühnerstall vorüberkamen, tiefe Verbeugungen machten und schönen guten Morgen wünschten.

»Ach, was ist das, es ist nicht möglich, woher alle diese Wunder?« rief Gockel aus; da reichte Gackeleia ihm ihre schöne Hand und sah ihm freundlich lächelnd in die Augen, und Gokkel schrie mit lautem Jubel aus: »Ach der Ring, der köstliche Ring Salomonis ist wieder da, den du durch die Puppe verloren!« Da sagte aber Gackeleia gleich wieder:

Keine Puppe, es ist nur
Eine schöne Kunstfigur,

und Gockel sagte: »Meinetwegen, ich will dir die Rute nicht mehr geben, du bist auch zu groß dazu, und alles ist ja wieder gut.« – »Aber wie hast du nur alles angefangen?« sagte Frau Hinkel, welche immer um die schöne, prächtige Jungfrau herumgegangen war, sie zu betrachten und zu küssen und zu drücken: »Um Gotteswillen, Herz-Wunder-Gackeleia, erzähle!« – »Ja, erzähle«, rief Gockel und drückte sie herzlich an seine Brust. Gackeleia aber erwiderte: »Lobet mich nicht zu sehr, geliebter Vater, denn all unser neues Glück haben wir allein Euch selbst zu verdanken.« – »Mir?« fragte Gockel, »das müßte seltsam zugehen; ach ich habe ja nichts tun können als vor den Häusern nach dir suchend herumbetteln.« Da sagte Gackeleia: »Schon gut, ihr sollt alles hören; folgt mir nur an einen andern Ort, wir wollen das wiederhergestellte Stammschloß unsrer lieben Vorfahren einmal ein wenig durchmuster, wir werden gewiß ein Plätzchen finden, wo es uns besser gefällt als in dem alten Hühnerstall, in dem wir ohnedies dem Federvieh Platz machen wollen, das gleich wieder hinein muß.« Da drehte Gackeleia den Ring und sprach:

Salomon, du weiser König,
Dem die Geister untertänig,
Fülle gleich den Hühnerstall,
Laß die bunten Hühner all
Gackeln, scharren, glucken, brüten
Und vom hohen Hahn behüten;
Alle soll er übersehen,
Stolz mit Spornen einhergehen,
Kamm und Sichelschweif hoch tragen,
Streitbar mit den Flügeln schlagen;
Krähen wie ein Hoftrompeter,
Daß bei seinem Anblick jeder
Ganz mit Wahrheit sagen kann:
»Das ist recht ein Rittersmann.«
Bringe uns auch schöne Pfauen,
Die bei ihren grauen Frauen
Goldne Augenräder schlagen,
Abends nach der Sonne klagen.
Gieb uns dann auch welsche Hahnen,
Zornig schwarze Indianen,
Solch hoffärtige Gesellen,
Denen rot die Hälse schwellen,
Die sich kollernd neidisch blähen,
Wenn sie rote Farben sehen,
Aufgespreizt mit Hofmanieren
Um die Hennen her turnieren.
Schenk uns Enten bunt und prächtig,
Weiße Gänse, die bedächtig
Nach dem Wolkenhimmel sehn
Und auf einem Beine stehn
Oder auf der Wiese gackeln,
Bis sie in das Wasser wackeln.
Lasse auch schneeweiße Schwäne,
Rein wie blanke Silberkähne,
Ernst und klar mit edlem Schweigen
Schwimmen in den Spiegelteichen.
Auf dem Dache laß sich drehen
Tauben, schimmernd anzusehen,
Um den Hals mit goldnen Strahlen,
Schöner, als man sie kann malen.
Alles sei recht auserlesen,
Wie's im Paradies gewesen.

Ringlein, Ringlein, dreh dich um,
Machs recht schön, ich bitt dich drum.

Kaum hatte Gackeleia dieses gesagt, als aus dem Hühnerstall, den sie verlassen hatten, ihnen eine Schar der buntesten Hühner, Pfauen, Puter, Enten, Gänse und Schwäne nachströmte und auf dem Dache alles von Tauben wimmelte. Gockel und Hinkel hatten die größte Freude an dem herrlichen Federgeviehzel und folgten, nachdem sie alles einzeln bewundert hatten, der Gackeleia in das Schloß. Freudig und neugierig betrachteten sie eine Reihe von Gemächern und Sälen, welche alle mit dem prächtigsten alten Hausrat versehen waren, und traten endlich oben auf einer Terrasse heraus, von welcher sie herab in den Hühnerhof, links auf das Schloß und vor sich hin Gärten und Wald in die Ferne bis nach Gelnhausen und Hanau sahen.

»Hier ist es gar schön«, sagte Gackeleia; »seht, wie die schönen Tauben neben uns schweben, und der Pfau sieht auf der Spitze des Turmes der Sonne entgegen; hier will ich euch alles erzählen, wie ich den Ring wiedererhalten habe; aber wir wollen auch etwas frühstücken.« Kaum hatte sie dieses gesagt, als ein alter Diener einen großen Präsentierteller mit Früchten und kaltem Fleischwerk und feinem Gebackenem und Wein und Milch über die Treppe heraufbrachte und, als er alles vor sie niedergesetzt hatte, nochmals fragte: »Sollen die drei Esel mit dem Käse und den Schinken bepackt werden!« – »Ja,« sagte Gackeleia, »und daß nur alles recht gut ausgesucht sei; ich werde hernach das weitere selbst befehlen.« Gockel und Hinkel waren sehr begierig nach ihrer Erzählung und baten sie zu beginnen. Da erzählte sie folgendes:

»Lieber Vater, als meine Puppe – nein, meine schöne Kunstfigur – so weit vor mir vorausgelaufen und Eure Rute – nein, Eure häßliche Kunstfigur – so dicht hinter mir her war, zappelte ich mit Händen und Füßen, von Euerm Knie herunter auf die Beine zu kommen, um meinem lieben Klandestinchen nachzueilen, welche bergab lief, wie sie noch nie gelaufen war; da ließest du mich los und eiltest den Felsen hinab der Mutter zu Hülfe, ich aber raffte mein Körbchen auf und rannte über Hals und Kopf der Kunstfigur nach, die einen guten Vorsprung hatte. Da wir aber in den dichten Wald kamen, hinderten sie öfter Gras und Gesträuch im Lauf, und ich war ihr endlich so nah, daß ich die Hand ausstreckte, sie zu ergreifen, aber in demselben Augenblick entschlüpfte sie zwischen zwei Felsstücken in eine kleine Höhle. – Ich war in der größten Betrübnis, ich konnte ihr nicht nach; ich kniete vor der Öffnung nieder und rief zu ihr hinein: ›Klandestinchen, Klandestinchen! wie handelst du so undankbar gegen mich; ich habe dich so lieb, so lieb, daß ich lieber die schimpflichste Strafe über mich ergehen ließ, als dich zu verlassen, und jetzt versteckst du dich vor mir, als wenn ich deine ärgste Feindin wäre.‹

Als ich diese Worte gesprochen hatte, fiel mir auch erst ein, wie sehr weit ich von euch, liebe Eltern, fortgelaufen war; ich sah die Sonne bereits sinken und war außer allem Weg und Steg. Weinend schrie ich in den Wald hinein: ›Vater Gockel, Mutter Hinkel!‹ aber alles war vergebens, nur das Echo antwortete mir. Dann fiel mir ein, daß jetzt die Stunde sei, wo der alte Mann gesagt, daß die Puppe etwas müsse zu knuppern haben; ich holte etwas Zuckerbrot aus meinem Körbchen und legte es auf ein reines Blatt vor die kleine Höhle und füllte meinen Fingerhut in einem nahen Quell und stellte ihn aufrecht in den feuchten Sand gedrückt darneben; dann rief ich in das Höhlchen hinein: ›Klandestinchen, wenns gefällig ist, es ist serviert.‹ – Ich dachte, der Alte hat von ihrem guten Appetit gesprochen, sie hat Bewegung genug gehabt, es sollte ihr wohl schmecken, wenn sie merkt, daß aufgetragen ist. Ich selbst hatte Hunger, und nahm ein Stück hartes Brot aus meinem Bettelsack, tauchte es ins Wasser und aß in einiger Entfernung, weil ich gehört hatte, daß sie sich nicht gern beim Essen zusehen lasse. – Ach ich war so müd, so müd, Hände und Füße zuckten mir, ich lag im Gras, der Schlaf krabbelte mir den Rücken herauf und machte mir die Augendeckelchen zu, denn das Sandmännchen kam und wollte mir Sand hineinstreuen, und das wäre nicht gut gewesen, aber ich raffte mich noch einmal auf und wusch mich ein bißchen am Bach, weil ich soviel Staub und Schmutz im Gesicht und an Händen und Füßen hatte, denn ich habe nie vergessen, was die Mutter mich gelehrt, man soll nie ungewaschen und ungebetet zu Tische gehen, aufstehen und schlafen gehen. – Ich setzte mich also ins weiche Moos, und war so müd, so müd und wußte nicht, sollte ich mich rechts, sollte ich mich links legen, und sagte alle meine Kindergebetchen durcheinander her:

Guten Abend, gute Nacht,
Von Sternen bedacht,
Vom Mond angelacht,
Von Engeln bewacht,
Von Blumen umbaut,
Von Rosen beschaut,
Von Lilien betaut,
Den Veilchen vertraut;
Schlupf unter die Deck,
Dich reck und dich streck,
Schlaf fromm und schlaf still,
Wenns Herrgottchen will,
Früh Morgen ohn Sorgen
Das Schwälbchen dich weck!

Unter diesen Gebetchen kehrte ich mich nach einer Seite, zuckte noch einige Male und schlief ein.

Da träumte mir, ich sehe Clandestinchen die schöne Kunstfigur aus der Höhle kommen, sie verzehrte das Zuckerbrot, sie trank aus dem Fingerhut, und kam nachher zu meinem Bettchen und sagte: ›Herzkind, Gackeleia, schlaf nur süß fort, denn nur im Schlaf kannst du mich verstehen; sag, süß Lieb! darf ich wohl ein bißchen zu dir kommen? O nimm dein Püppchen in den Arm an dein lieb Herzchen, meine Füßchen sind ganz wund vom vielen Laufen, auch ist mir gar nicht wohl, ich muß mich verkältet haben; ach Kind, nimm die Puppe zu dir!‹ – da sagte ich ganz erschrocken:

Darf nicht, darf nicht, denn ich schwur,
Keine Puppe, sondern nur
Eine schöne Kunstfigur,
Nach der Uhr und nach der Schnur
Und ein Mäuschen von Natur.

›Ach Gackeleia,‹ sprach sie, ›das bin ich alles, und noch mehr, ich weiß kaum mehr, was ich bin; ich will dir ja alles erzählen, nimm mich doch, ich bin ja gewiß keine Puppe.‹ Hierauf schlupfte sie zu mir und ich hielt sie schlummernd im Arm an meinem Herzen, wobei ich sagte:

Zu Bett, zu Bett,
Die ein Püppchen hätt;
Die keines hätt,
Muß auch zu Bett!

Und da ich mein Schürzchen uns beiden gegen den Nachttau übers Gesicht deckte, ward mir ganz weich ums Herz und ich wiegte das Klandestinchen ein bißchen, daß es schlafen sollte, und sprach:

Eia popeia popolen!
Unser Herr Gottchen mag uns nur holen,
Kommt er mit dem goldenen Lädchen,
Legt uns hinunter ins Gräbchen,
Über mich Kräuterlein,
Über dich Blümelein,
Bis wir beisammen im Himmelreich sein.

Da sagte die Figur: ›Das ist alles gar schön, und man mag die Puppe und Kunstfigur nach der Uhr und nach der Schnur in einem goldenen Lädchen immer ins Grab legen, nur das Mäuschen von Natur muß ich bitten damit zu verschonen, denn es muß für Gatte und Familie, für Volk und Vaterland noch lange leben; drum, Gackeleia, bitte ich dich um Gotteswillen, mache mir das fatale Drahtgürtelchen los, womit mich der böse Alte unter die verschraubte Kunstfigur festgeschnürt hat, ich habe solches Leibschneiden, ich hab mich überlaufen, ich hab mich übergessen, es ist mir zum Sterben; geschwind, geschwind, hilf dem Mäuschen von Natur, denn ich bin keine Puppe, keine Kunstfigur, ich bin die unglückliche Mäuse-Prinzessin Sissi von Mandelbiß, der dein Vater einmal das Leben gerettet hat.‹ Da sah ich gleich nach und fand wirklich das schönste weiße Mäuschen von Natur mit einem Draht zwischen kleine Räder befestigt, die an den Füßchen der Puppe angebracht waren. Ich machte die arme Prinzessin los, die mir freudig dankte und sagte: ›Schlaf fort, Herz-Gackeleia, gleich komm ich wieder, ich muß mich notwendig ein bißchen bewegen und durch das tauichte Gras laufen, um mich zu waschen und zu erfrischen; gleich komme ich wieder zu dir‹ – und husch war sie fort.«

So weit hatte Gackeleia erzählt, da sah Gockel nach den beiden Mäusen, die sich in ein Stück Kuchen eingefressen hatten und ruhig darin schliefen, und sprach: »Es ist doch eine kuriose Theater-Prinzessin, die Sissi von Mandelbiß; wo die überall herumkömmt, die kann auch mehr als Brot essen! Aber erzähle weiter, wie ist sie nur mit der Kunstfigur zusammengekommen?«

Da fuhr Gackeleia fort: »Als Sissi wiederkam, schlupfte sie mir dicht ans Ohr, versteckte sich warm in meine Haarlocken und erzählte mir alles ganz ausführlich, und ich war so neugierig, daß ich sie nie unterbrach. Sie sagte: ›Dein Vater Gockel hat mich und meinen Gemahl Prinz Pfiffi von Speckelfleck vor der Katze Schurrimurri gerettet und uns wieder nach Haus befördert; der Mord der Gallina durch dieselbe Katze und die Hinrichtung der Katze und der edle Tod Alektryos ward uns durch Musterreiter unsers Volkes erzählet, wir wollten Gallina und Alektryo ein Mausoleum auf dem Mauskirchhof setzen lassen, und da ich mit Prinz Speckelfleck wegen unserer Rettung eine Wallfahrt nach dem Mausturm bei Bingen gelobt hatte, gedachten wir damit eine Kunstreise zu verbinden und uns mit den schönsten Mausoleen in Kirchen und auf Kirchhöfen bekannt zu machen. Prinz Speckelfleck meinte, wir müßten incognito wie gemeine Mäuse nur in geringen Häusern einkehren; – ich folgte, aber nie tue ichs wieder, denn was man da erwischen kann, ist nichts wert, und am Ende wird man noch selbst erwischt. – So waren wir in Friedberg neben drei alten schmutzigen Männern mit langen Bärten im Stroh eingekehrt. Pfiffi schlupfte zur Türe hinaus, mir etwas zu essen zu suchen, und ich war so unbesonnen dem Geruch von gebranntem Speck in meiner Nähe nachzugehen, ach schon nagte ich ein bißchen – klapp tat es einen Schlag, die Falle schloß sich zu, und ich war gefangen. Meine Verzweiflung kannst du dir denken. – Der Schlag der Falle hatte die drei Alten auf dem Stroh erweckt; sie liefen mit der Falle ans Fenster, der Tag brach schon an. »Da haben wir, was wir brauchen,« sagte der eine, »eine schöne, große weiße Maus hat sich gefangen; die befestige ich mit einem Drahtgürtel unter der Kunstfigur, die wir in Nürnberg gekauft haben; das Räderwerk ist zu schwach, die Puppe kann nicht lang laufen, da kann die Maus als Vorspann dienen, damit sie von der Stelle kömmt. Geschwind zünde ein Licht an,« sagte er zu dem andern, »ich will mich gleich an die Arbeit machen.« Da schlug der andere Licht, und der Alte hatte mich bald mit einem Draht an die kleine Puppe befestigt, die er aus seinem Schnappsack holte; dann zog er das Uhrwerk in der Puppe auf und setzte sie an den Boden, und ich lief von dem Saum des seidenen Puppenkleides bedeckt an der Erde in großer Angst umher; da ich aber aus Begierde zu entfliehen, in allen Ecken anstieß, ergriff er mich mit der Puppe und sagte mit einem widerlichen Zorn zu mir: »Ich muß andre Saiten mit dir aufspannen; höre, Madame weiße Màus, wenn du mir so toll herumrennst, lasse ich dich hungern, daß du schwarz wirst, oder ich gebe dich der Katze, die soll dich besser tanzen lehren.« – Vor dieser Drohung hatte ich einen solchen Respekt, daß ich mir vornahm, alles zu tun, was der Alte nur wollte. Er sprach aber noch allerlei wunderliche Worte Abracadabra über ein Stückchen harten Kuchen, das er mich zu essen zwang, es muß das ein Zauberwerk gewesen sein; denn nun mußte ich alles tun, was er nur wollte, bald laufen, bald hüpfen, bald so, bald so, wie er verlangte, und auf alle Namen, die er mir gab, hörte ich, wie ein gut abgerichtetes Hündchen. – »Nun«, sagte er zu den andern, »reisen wir nach Gelnhausen, ich zeige die Puppe der kleinen Gackeleia und schwätze ihr leicht den Ring Gockels dafür ab; ich habe schon einen ähnlichen nachmachen lassen, und haben wir den Ring, so haben wir für nichts mehr zu sorgen.« – Nach diesen Worten steckte er mich mit der Puppe in seinen Gürtel, und sie zogen nach Gelnhausen. O ich war froh, zu dir, Gackeleia, zu kommen, ich machte die artigsten Sprünge vor dir; ich dachte, wenn du schlafen würdest, dir alles zu sagen und durch die Großmut deines Vaters nochmals gerettet zu werden; – das übrige weißt du, liebste Herzgackeleia! – Jetzt aber werde ich dich bald aufwecken, wir sind nicht weit von der Residenz meines Herrn Vaters; alles ist gewiß noch in großer Trauer um meinen Verlust, du sollst die Freude sehen, wenn ich wiederkomme. Ich muß dir nur noch sagen, daß unsre Stadt nicht ist wie eure Städte, alles ist ländlich, sittlich; du könntest nicht bequem bei uns wohnen, es ist alles zu eng. – Sieh, unsre Stadt ist gegründet worden auf einem ehemaligen Schlachtfeld; der Proviantwagen der Marketenderin und allerlei andere Bagage wurden zerschlagen und geplündert, und das zwar in einer einsamen Gegend. Meine Voreltern waren als freiwillige Mäuse mit dem Proviantwagen gezogen, und da nun alles zerstört und die Soldaten fort waren, ließen sie sich dort nieder, sammelten noch andere edle Mäuse, richteten alles in eine vollkommene Stadt ein, und es wird jetzt von dort aus ein großes Mäusereich regiert. Du wirst dein blaues Wunder an den herrlichen, geschmackvollen Anlagen sehen. Sobald wir dort sind, lasse ich dir ein Blumenbettchen auf unserm Maifeld machen, da legst du dich gleich nieder und schläfst und kannst dann alles verstehen, was ich sagen und tun werde, um deinem Vater Gockel den Ring Salomonis wieder zu verschaffen. – Jetzt erschrick nicht, ich beiße dich ein bißchen ins Ohr, damit du aufwachst; dann nehme ich einen leuchtenden Johanniswurm in den Mund und laufe vor dir her nach meiner Heimat; da folgst du mir wie einer Fackelträgerin. Glück auf, Gackeleia!‹ Nun biß die Prinzessin Mandelbiß mich ins Ohrläppchen, und ich erwachte.

Schnell packte ich die Kunstfigur und alles andre wieder in mein Körbchen und rüstete mich zum Abmarsch. Die Mäuseprinzessin machte die lustigsten Freudensprünge mit dem leuchtenden Johanniswürmchen vor mir her durch das Gras, was gut war; denn da der Mond noch nicht aufgegangen, so war es im dichten Wald noch sehr dunkel und ich wußte weder Weg noch Steg. Ich folgte dem Lichte; aber sie eilte so sehr, daß ich sie oft aus dem Gesichte verlor. Wenn ich dann ängstlich rief: »Mandelbißchen, laß mich nicht im Stiche!« pfiff sie laut und sprang mit dem Lichtchen vor mir hoch aus dem Gras auf, wodurch ich mich wieder zurechtfand.

Als wir ungefähr eine halbe Stunde gegangen waren, hörte ich ein großes Gepfeife und sah um einen Hügel herum die Residenz des Mäusekönigs im Sternenschein liegen, die ich euch gleich beschreiben will. Kaum hatte die Prinzessin sich am Tore der Stadt gezeigt, als es weit aufflog und ein freudiges Gepfeife durch die ganze Stadt und das oben liegende Schloß sich verbreitete, aus welchem viele weiße Mäuse ihr entgegenstürzten und sie mit großem Jubel empfingen. Sie wollte aber nicht in das Schloß hinein, sondern drehte sich abwechselnd gegen mich und die Ihrigen, welchen sie von mir zu erzählen schien, so daß alle die Mäuse bald ihre Köpfchen gegen mich aufhoben und allerlei pfiffen, was ich nicht verstand. Da sagte ich zu ihnen: »Ihr lieben Mäuse, gleich will ich mich schlafen legen, damit ich eure Gespräche verstehen kann«, und kaum hatte ich das gesagt, als sie auch zu Tausenden anströmten und das zarteste Moos an einem reinen Plätzchen zwischen Blumen zusammentrugen. Ich sah wohl, daß dies ein Bettchen für mich werden sollte, und betrachtete unterdessen die schöne Mäusestadt. Oben auf dem Hügel lag das königliche Schloß, von grossen holländischen Käsen erbaut, die alle auf das reinlichste ausgenagt waren. Alle Türen und Fenster waren zwar etwas nach altem Geschmack, und nicht ganz gleichförmig verteilt; doch hatte die Burg ein sehr ehrwürdiges Ansehen; sie war pyramidalisch im perspektivischen Stile erbaut, und ich kann noch nicht begreifen, wie es Mäuse-möglich war, ein so kühnes Werk zustande zu bringen. Rings um das Schloß her und selbst auf seinen Dächern waren die schönsten Gärten von Schimmel angelegt, den ich nie höher und feuchter gesehen habe. Türme von ausgehöhlten Kommisbroden, mit Kuppeln von Flaschen-Kürbissen schmückten das mit Bretzeln und dergleichen verzierte Schloß. Die neuern Häuser der Untertanen bestanden aus hohlen Kürbissen und Melonen, die sie früher selbst mit Mühe herangewälzt, in der neuern Zeit aber, bei zunehmender Bildung und Industrie, an den Stellen gepflanzt und, wenn sie groß waren, ausgehöhlt hatten. Ältere adelige und Patrizier-Geschlechter bewohnten alte Reiterstiefel, Patrontaschen, Tornister, Pistolenhulfter, Mantelsäcke, Filzhüte und Lederhelme und was auf dem Schlachtfelde liegen geblieben war; jedoch schienen diese Gebäude der Reparatur zu bedürfen. Einen alten Reutersattel sah ich als Tor oder Triumphbogen zwei Stadtteile verbinden. Alle Gebäude der etwas sehr unregelmäßigen Stadt wurden durch größere und kleinere Anlagen von Schimmel, Pilzen und vielerlei andern Pflanzen umher verschönert. Auch bemerkte ich viele Höhlen in die Erde hinein, die teils Keller und Vorratskammern waren, teils von einem eigenen Stamm der Feldmäuse bewohnt wurden.

Das Schönste aber von allem war folgendes: herrlich und kunstreich schaute von einer Höhe eine große gotische Kirche auf die ganze Stadt wie ein Hirt auf seine Herde herab; ihr Schiff bestand aus einem großen alten Koffer, worüber ein zerrissener Flaschenkorb stand, die beiden Türme waren aber zwei weißgebleichte Pferdeschädel, welche das Gebiß noch im Maule hatten. Leider war, wie bei den meisten solchen Werken, der Stil nicht ganz gleichartig, denn das eine Gebiß war eine Trense, das andre eine Stange. Die Turmspitzen selbst waren mit tausend kleinen Knochensplittern verziert und verspitzt; um die Kirche her breitete sich der Kirchhof aus, Grab an Grab schön geordnet, und mitten darauf ein Beinhaus von lauter Mäusegerippen und Beinchen, weiß wie Elfenbein, in schönster Ordnung zusammengelegt. Etwas tiefer als die Kirche lag ein Bauwerk, das zu den sieben Wundern der Welt gezählt wird; es bestand aus einem Trinkhumpen, der gekrönt von einem Reuterhelm in einer Trommel stand. Man nannte es das Mausoleum, denn hier ist der erste König dieses Volkes Namens Mausolus I. begraben, und seine Gattin Artemisia I. hat es ihm errichtet. Alles das konnte ich nicht genug bewundern, und der Mond schien so hell in die kleine wimmelnde Welt, daß es eine Lust war hineinzuschauen.

Währenddem hatten die Mäuschen mein Bettchen und neben mir eines für die Kunstfigur von dem weichsten Moose zwischen Blumen fertiggemacht. Die meisten gingen ihrer Wege, einige konnten aber gar nicht fertig werden, mir gute Nacht zu sagen, und ich war doch von den vielen Anstrengungen so müde, daß ich schier vergessen hätte, wie ich hier bei weltfremden Leuten war; ja, lieber Vater! ich war so in der Empfindung des Schlafes, daß ich glaubte, ich sei bei Mutter Hinkel in Gelnhausen, und ich rieb mir die Augen und hatte schon angefangen, mit weinerlicher Stimme zu sagen: ›Mutter, Mutter, Gackeleia ins Bettchen legen, Gackeleia ist müd, müd!‹ Da ich aber die Worte der Mutter nicht hörte: »Ja, schlafen gehen, das Kind ist müde, das Sandmännchen kömmt angeschlichen«, besann ich mich und schaute um mich und sprach mit majestätischer Stimme: »Ich habe die Ehre, Ihnen sämtlich eine geruhsame Nacht zu wünschen; lassen Sie sich etwas recht Schönes träumen. Sie würden mich unendlich verbinden, wenn Sie sich zurückziehen wollten, damit ich mich schlafen legen kann.« Da aber die dummen

Mäuse immer noch verwundert dastanden, jagte ich sie endlich mit meiner Schürze nach Haus. Es ist mir nichts peinlicher als das lange unentschiedene Zaudern, und doch war ich nun, da ich mich zum Schlafen niederlegte, längere Zeit beunruhiget, daß ich die armen Schelmen so hart angefahren hatte, und bat sie in meinem Innern herzlich um Verzeihung. Kaum war ich entschlafen, so versammelte sich die königliche Mäusefamilie mit ihrem Ministerium um mich her, und ich hörte alle die schönen Reden, die sie hielten, an denen nichts auszusetzen war, als daß die kurzen langweilig und die langen zu kurzweilig waren. Die Hauptsache war, wie sie der Raugräflich Gockelschen Familie nun schon zweimalige Rettung verdankten. Prinz Pfiffi sagte, als seine Gemahlin in die Gefangenschaft unter die Kunstfigur gekommen, sei er den drei Petschierstechern gefolgt, habe gesehen, wie sie sich den Ring verschafft und sich zu vornehmen, schönen, jungen Leuten gemacht, den Graf Gockel und seine Familie aber in arme Bettler verwünscht hätten. Kurz, er wußte alles, und wollte morgen allein ausziehen, mir den Ring wieder zu verschaffen, was ihm wegen der Uneinigkeit der Besitzer sehr leicht schien. ›Nein, nein,‹ rief da die Prinzeß Sissi, ›ich will dabei sein, du bist viel zu ungestüm, wir wollen es zusammen versuchen, und Gackeleia soll auch mitgehn.‹ Da sprach ich: ›Ja, ja, das wollen wir, und ich verspreche euren königlichen Eltern, wenn ich den Ring wiedererhalte, einen Zentner der schönsten holländischen Käse und einen Sack der besten Knackmandeln, um ihre Residenz neu erbauen zu können, und dazu noch einen Zentner der besten Schinken zur allgemeinen Belustigung der Nation, und sonst alles, was dem edeln Volk der Mäuse lieb und angenehm sein kann.‹ – ›Ach,‹ rief der alte König aus, ›meine liebe Gemahlin sagt mir soeben, daß sie vor ihr Leben gerne einmal Königsberger Marzipan und Thornischen Pfefferkuchen und Jauersche Bratwürste und Spandauer Zimtbretzeln und Nürnberger Honigkuchen und Frankfurter Brenten und Sachsenhauser Kugelhupfen und Mainzer Vitzen und Gelnhauser Bubenschenkel und Koblenzer Totenbeinchen und Liestaller Leckerli und Bozner Zelten und dergleichen patriotische Kuchen essen möge.‹

›Alles das sollt ihr im Überflusse erhalten,‹ sagte ich, ›sobald ich den Ring besitze.‹ – ›Wohlan,‹ sprach der König, ›so mögt ihr morgen mit Tagesanbruch auf das Abenteuer ausziehen. Jetzt aber soll gleich, sobald unsre Ratsitzung geschlossen ist, in die Kirche gezogen werden, um den Segen des Himmels zu erflehen; die fliegende Gensdarmerie soll gleich die nötigen Anstalten treffen.«– Nach diesen Worten des Königs Mausolus VIII. sah ich viele Fledermäuse geschäftig durch die Stadt hin- und wiederfliegen.

Jetzt trat noch ein fataler Schmeichelredner auf, um den Mut herauszustreichen, mit welchem ich die Rute für Prinzessin Sissi ertragen hätte. Ein alter Pair aber unterbrach ihn mit den Worten: ›Ehre, dem Ehre, Rute, dem Rute gebührt! Sie litt nicht, weil sie eine Mäusefreundin, sondern eine Spielratze und einst eine Katzenfreundin war; wer weiß, ob sie nicht noch jetzt deren Spionin ist.‹ Dieser Verdacht schnitt mir durchs Herz, so daß ich im Schlafe wie eine Katze zu miauen begann, worauf dem Redner das Wort in der Kehle stecken blieb, und das ganze Parlament über Hals und Kopf auseinanderlief und sich in alle mögliche Wohnungen und Löcher verkroch.

Die Prinzessin von Mandelbiß hatte nach ihrem Zartgefühl mich wohl verstanden, sie blieb bei mir und sagte: ›Liebe Gackeleia, du hast die Sitzung etwas schnell aufgehoben, aber ich hätte es an deiner Stelle auch getan; jetzt will ich gleich verkünden lassen, woher das Katzengeschrei kam, dann fällt alles auf den undelikaten Redner. Vorher muß ich dich bitten, mir die Kunstfigur als Königin gekleidet aufzubinden, denn ich will mit derselben die Prozession begleiten, das wird eine so große Wirkung tun als das Trojanische Pferd; – ich bringe sie dir nachher wieder, wenn wir nach der Feierlichkeit auf die Eroberung des Ringes ausziehen.‹ Schnell kleidete ich die Figur nach ihrem Verlangen, heftete sie ihr wieder auf den Rücken und zog die Uhr in ihr auf. Da lief sie so schnell durch die Gassen hin, daß die Mäusekinder, welche sich schon vor der Türe des Schulmeisters zur Prozession versammelt hatten, nicht wenig über sie erschraken.

Ich war froh, endlich ein wenig Ruhe zu haben, und kauerte mich recht auf meinem Lager zusammen; aber es dauerte nicht lange, da ging wieder was Neues los. Die Kirchenmäuse liefen auf die Türme der Kirche und riefen das Volk zum Gebet; sie hatten keine Glocken, und ich glaube darum, daß sie eine Art türkischer Religion haben. Die Fledermäuse, eine Art fliegender Nachtwächter-Gensdarmerie, schwebten über der Stadt hin und wieder und verkündeten, das gehörte Katzengeschrei sei nur im Traume geschehen, die Prozession finde statt, Prinzeß Mandelbiß trage die schöne Kunstfigur als Königin dabei durch die Straßen usw. Nun hörte ich ein fernes Singen immer näher und näher kommen; endlich verweilte der Gesang in der Nähe meines Lagers, und ich hörte, daß Prinz Speckelfleck ausrief: ›Hier wird das ganze Lied sanft wiederholt, um der Comtesse Gackeleia den Schlaf zu versüßen.‹ Ich hörte nun das folgende Lied, welches von Zeit zu Zeit von dem Chor der vorüberziehenden Mäuseprozession unterbrochen ward.

Kein Tierlein ist auf Erden
Dir, lieber Gott, zu klein,
Du ließt sie alle werden,
Und alle sind sie dein.
   Zu dir, zu dir
   Ruft Mensch und Tier;
   Der Vogel dir singt,
   Das Fischlein dir springt,
   Die Biene dir brummt,
   Der Käfer dir summt,
   Auch pfeifet dir das Mäuslein klein:
   Herr, Gott, du sollst gelobet sein.

Das Vöglein in den Lüften
Singt dir aus voller Brust,
Die Schlange in den Klüften
Zischt dir in Lebenslust.
   Zu dir, zu dir usw.

Die Fischlein, die da schwimmen,
Sind, Herr, vor dir nicht stumm,
Du hörest ihre Stimmen,
Vor dir kömmt keines um.
   Zu dir, zu dir usw.

Vor dir tanzt in der Sonne
Der kleinen Mücken Schwarm,
Zum Dank für Lebenswonne
Ist keins zu klein und arm.
Zu dir, zu dir usw.

Sonn, Mond gehn auf und unter
In deinem Gnadenreich,
Und alle deine Wunder
Sind sich an Größe gleich.
Zu dir, zu dir usw.

Zu dir muß jedes ringen,
Wenn es in Nöten schwebt,
Nur du kannst Hülfe bringen,
Durch den das Ganze lebt.
Zu dir, zu dir usw.

In starker Hand die Erde
Trägst du mit Mann und Maus,
Es ruft dein Odem: »werde«,
Und bläst das Lichtlein aus.
Zu dir, zu dir usw.

Kein Sperling fällt vom Dache
Ohn dich, vom Haupt kein Haar,
O teurer Vater, wache
Bei uns in der Gefahr!
Zu dir, zu dir usw.

Behüt uns vor der Falle
Und vor dem süßen Gift
Und vor der Katzenkralle,
Die gar unfehlbar trifft.
Zu dir, zu dir usw.

Daß unsre Fahrt gelinge,
Schütz' uns vor aller Not,
Und hilf uns zu dem Ringe
Und zu dem Zuckerbrot.
Zu dir, zu dir usw.

Nach diesem frommen Gesang hielten sie eine kleine Pause, dann stimmten sie in einem rascheren Takt folgende drei Verse an:

Vivat! beim höchsten Schwure
Nicht Puppe, sondern nur
Nach Uhr und nach der Schnure
Die schöne Kunstfigur!
  Von ihrer Zier
  Spricht Mensch und Tier,
  Das Vögelein singt,
  Das Fischelein springt,
  Das Bienelein summt,
  Das Käferlein brummt,
  Auch pfeifen alle Mäuselein:
  Die Kunstfigur ist schön allein.

Vivat! du feine gute
Prinzessin Mandelbiß,
Die sich mit Heldenmute
Aus schlimmem Handel riß.
  Von ihr, von ihr
  Spricht Mensch und Tier,
  Das Vögelein singt,
  Das Fischelein springt,
  Das Bienelein brummt,
  Das Käferlein summt,
  Auch pfeifen alle Mäuselein:
  Prinzeß Sissi ist superfein.

Vivat! hoch Gackeleia,
Singt ihr ein Wiegenlied,
Singt Heia und Popeia,
Das Kind ist müd, so müd!
  Von ihr, von ihr
  Spricht Mensch und Tier,
  Das Vögelein singt,
  Das Fischelein springt,
  Das Bienelein brummt,
  Das Käferlein summt,
  Auch pfeifen alle Mäuselein:
  Schlaf, Gackeleia, popeia ein!

Ich erwachte über dem schönen Gesang und hatte schon im Sinn, aufzustehen und für die Nachtmusik zu danken, aber ich fürchtete, dann möchten sie kein Ende in ihren Gegenkomplimenten finden, und so hielt ich mich dann mäuschenstille und schien wie eine Ratze zu schlafen, bis die Sänger weitergezogen waren; dann aber richtete ich mich auf und sah die schönste Prozession ein wenig an. An der Spitze ging die schöne Kunstfigur, umgeben von der königlichen Familie und dem ganzen Hofstaat. Unter den Hoffräulein sah ich eine viel zu große, kuriose Person mitgehen, sie war wie eine Riesin unter ihnen, tanzte mehr als sie ging, und ihre Stimme paßte gar nicht in den Gesang. Hierauf folgten mehrere fremdartige Mäuse, sie unterschieden sich nicht nur durch Gestalt, Größe und Farbe, sondern auch leider meistens durch ihr nicht sehr erbauliches Betragen; sie guckten viel umher und flüsterten immer sehr angelegentlich unter einander. Ich erfuhr später, wer sie waren. Auf sie folgten alle adelichen Geschlechter, worunter das schöne Geschlecht meistens aus weißen Mäuschen von hoher Zartheit und Delikatesse bestand. Alle, von welchen ich bis jetzt gesprochen, trugen Fackeln, aus leuchtenden Johanniskäfern bestehend, welche ihnen die herumschweifenden Fledermäuse hatten einfangen müssen. Hierauf folgten nun die Bürgerlichen und endlich die Landmäuse, alle in ihren National- und Naturalfarben; diese bedienten sich der Splitter von leuchtendem faulem Holze als Fackeln, welche sie im Vorübergehen an einem alten Weidenstumpf abbissen. Ich kann euch gar nicht sagen, wie feierlich sich der Zug der vielen kleinen Lichter durch die Straßen der wunderlichen Mäusestadt den Hügel hinan in den ehrwürdigen Dom hineinschlängelte – es war, als wenn die Funken an einem verglimmenden Zunderlappen hinlaufen; weißt du noch, Vater, du sagtest mir manchmal in Gelnhausen am Kamin: ›Das sind die Studentchen, die aus der Schule laufen‹, ich dachte noch an diese deine Rede. Vor der Türe der Kirche empfing eine sehr elegante Maus an der Spitze der andern Kirchenmäuse die schöne Kunstfigur und den Hof und geleitete sie in den Dom, den ich nun aus allen seinen Öffnungen erleuchtet sah; dann vernahm ich einen sanft pfeifenden Gesang, worauf es mäuschenstille ward. – Da nun alles in der Kirche, und die ganze Stadt tot und stille war, warf ich noch einen Blick auf die seltsamen Gebäude im Sternenlicht. Ach, da wuchs mir das Herz; die Welt ward zu enge, weit ward es um die Seele, meine Locken schienen mir Gefühle und Wünsche, die sich sehnten, im Winde zu spielen, und ich gab sie ihm hin; denn, horch, jetzt kam auch ein Wehen und regte die Wipfel des Hains auf; sieh, und das Ebenbild unsrer Erde, der Mond, kam da geheim nun auch; die schwärmerische, die Nacht kam, trunken von Sternen und wohl wenig bekümmert um uns glänzte die Erstaunende dort, die Fremdlingin unter den Menschen, über Gebirgsanhöhen traurig und prächtig herauf! – Ach! da dachte ich nichts mehr als: Wäre nur Vater und Mutter hier, und wenn selbst nur Kronovus hier wäre, daß ich mitteilen könnte, was ich fühle! – Ja, liebe Eltern, es giebt Eindrücke, die ein armes Kind nicht allein fassen kann, wo es sich anklammern möchte an ein vertrautes festeres Wesen, wie an einen Fels, einen Baum des Ufers, wenn der Strom der Empfindung anschwillt und uns reißend ins weite Meer der Begeisterung dahintragen will! – Nirgends aber ist dieses mehr der Fall als bei großer Architektur im Mondschein.« – Da hielt Gackeleia ein wenig in der Erzählung ein, Frau Hinkel schloß sie ans Herz und sagte: »O das ist eine sehr poetische Stelle, o das ist aus meinem Herzen; ja, du bist mein Kind, mein herz- und seelenvolles Kind, auch mich hätte einst zu Gelnhausen im Palast Barbarossas im Mondschein der Strom der Empfindung ins Meer der Begeisterung reißend dahingetragen, – aber Vater Gockel war bei mir und so einerlei, daß ich nicht so allerlei empfinden konnte.« – »Bleibe bei der Wahrheit,« sagte Gockel, »du hast doch zweierlei empfunden, du hast an die Fleischerladen und Bäckerladen gedacht und den Schnupfen bekommen. Dir aber, Gackeleia, sage ich: ich müßte mich sehr irren, oder du bist eine Schwärmerin mit deinen verschimmelten Käsen, Kürbissen, alten Reuterstiefeln, Sätteln, Patrontaschen und gotischen Kirchen im Mondschein. – Auch finde ich deine Gefühle im Mondschein nicht kindlich genug ausgesprochen, wärst du damals schon so groß gewesen als jetzt, so wären dergleichen Redensarten zu verzeihen, aber so warst du ja kaum vor einigen Stunden der Rute entlaufen.« – »Vater,« erwiderte Gackeleia, »entschuldiget mich, ich bin durch den

Ring Salomonis jetzt wie eine erwachsene Jungfrau und kann nicht mehr alles so wie eine kleine Gackeleia vorbringen; ich sage als Jungfrau, was ich als Kind gefühlt, und gewiß, Vater, als Kind habe ich nur anders gesprochen.« – »Gott lasse dich immer weise, immer ein Kind zugleich sein,« sagte Gockel; »aber erzähle weiter, damit wir aus der kuriosen Stadt herauskommen. – Jetzt, wo du den Ring Salomonis hast, brauchst du in dem sehnsüchtigen Strom der Empfindung nicht mehr herumzupatschen – jetzt heißt es: Dreh den Ring, und du wirst soviel Bäume am Ufer der Sehnsucht haben, daß du Kohlen daraus brennen kannst und zuletzt ausrufen mußt: ›Ach, es ist alles, alles einerlei! o Eitelkeit der Eitelkeiten und alles Eitelkeit, spricht der weise Salomo selbst und sein Siegelring wird ihm nicht widersprechen‹ – aber erzähl weiter, Herz Gackeleia!«

»Ja,« fuhr Gackeleia fort, »wie ich mein Herz so groß, meine Seele so weit fühlte, erkannte ich wohl, daß jedes Geschöpf der Eitelkeit unterworfen begehret und verlanget und immerfort seufzet und sich quält; so ging ich umher und schaute in alle Winkel, ob gar kein Wesen da sei, dem ich mein Herz auspacken könne, und sang dabei stille vor mich hin:

Mutterselig ganz allein,
Wie der stille Mondenschein
Schauet in die Stadt hinein,
Muß die Gackeleia klein
In der weiten Welt noch sein,
Wie ist alles klar und rein,
Wie ist alles licht und fein,
Wie ist alles im Verein
Zwei und zwei, und mein und dein;
Aber ich, ich bin allein,
Mutterselig ganz allein!

Da hörte ich einige Schritte von meinem Moosbettchen entfernt einen dumpfen Ton, wie von leisem, verstecktem Katzengeschrei, was mich für die frommen Mäuse sehr besorgt machte; ich schlich mich leise hinzu und fand, von Distel und Dornen überwachsen, eine alte, leere Pulvertonne dort liegen, das

Spundloch war gegen mich gekehrt, der Mond schien hinein – ich guckte auch hinein – ach liebe Eltern! ich sah etwas so Entsetzliches, daß mich der Schrecken wie mit einer Gänsehaut überzog; in der alten Pulvertonne, deren einer Boden fehlte, saßen fünf junge Kater, in welchen ich zu meinem größten Schrecken – ach, sie waren mir nur zu bekannt geworden! – die fünf Söhne Schurrimurris, Mack, Benack, Gog, Magog und Demagog, erkannte. Sie waren also der Hinrichtung entgangen – ihre Mutter Schurrimurri aber hatte ihre Strafe erlitten, denn sie saßen um deren Totenkopf herum, der in einer alten Allongeperücke lag. – Mack schien eine heftige Rede zu halten, aber nur leise, leise, alle machten große Buckel, spreizten die Haare, und schlugen einander den Pelz mit ihren Schweifen, daß Feuerfunken umherflogen; manchmal konnten sie ihren Grimm nicht ganz unterdrücken und ließen ein dumpfes Murren und Wimmern, wie ein unterirdisches Erdbeben, hören, wobei sie ihre weit vorgestreckten Krallen auf dem Totenkopf wie Dolche wetzten. Das Ganze hatte vom Monde im Faß beleuchtet etwas höchst Gräuliches, Tückisches; mir war, als sehe ich in die Hölle, und unwillkürlich kam mir in die Seele: Das ist eine Verschwörung, eine Meuterei, rette deine Freunde, die frommen Mäuse! Diese Verbrecher sind schon gerichtet, sie dürfen ihrer Strafe nicht entgehen. – Ich besann mich nicht lang, erwischte das Fäßchen beim hinteren Ende und stellte es aufrecht, so daß es wie eine Glocke über der ganzen Verschwörung stand; das junge Katzenellenbogen war gefangen, und das Spundloch stopfte ich mit einem Stück Rasen zu. Ich legte noch soviel Steine auf das Faß, als ich in der Eile rings finden konnte, damit die Gefangenen es nicht umwerfen möchten, und begab mich mit dem Gefühle, eine edle Handlung getan zu haben, nach meinem Moosbettchen; ich horchte noch ein bißchen nach dem Faße hin, aber sie hielten sich ganz stille, und so deckte ich mein Schürzchen über die Augen, zuckte ein bißchen und schlief einen süßen Schlaf ein.

Nach einer Weile träumte mir, die Prinzeß Mandelbiß komme wieder mit der schönen Kunstfigur zu mir und sage mir ins Ohr: ›Gackeleia, mache mich los und lege die Kunstfigur neben dich in ihr Bettchen, sie wird wohl so müde sein wie ich; ich will mich in deine Locken an dein Öhrchen legen und dir alles erklären, was du bei der schönen Prozession gesehen hast und wie unser Hofredner Muskulus so herrlich gesprochen hat.‹

Ich tat halb träumend, wie sie verlangte, dann legte sie sich in meine Locken und plauderte mir wie ein Schlafkamerädchen ins Ohr; da habe ich dann alles folgende gehört:

Die große, seltsame Person, die mir unter den Hoffräulein der Prinzeß Sissi so sehr gefallen, war eine vornehme Bergmaus, die Marquise Marmotte, welche, aus der Gefangenschaft eines Savoyardenbuben entflohen, hier bei Hof eine anständige Gelegenheit abwartete, wieder in ihr Vaterland zurückzureisen. Sissi war nicht gut auf sie zu sprechen, denn Prinz Speckelfleck hatte sich zu oft nach ihr umgeschaut und sie allzusehr gelobt, was sie bei keinem Menschen recht leiden konnte. Er bewunderte ihren Tanz, ihre schönen Träume und vor allem ihre artigen Vorderpfötchen. – Sissi, blind für alle diese Vorzüge, sagte: ›Vorderpfötchen! es ist mir schier lächerlich! In allen Naturgeschichten steht von den Murmeltieren: ihre Vorderfüße haben vier Zehen und einen sehr kurzen Daumen, die Hinterfüße fünf; aber daß dieses schön sei, das steht nirgends! – Wie mag sie sich nur eine Maus nennen? Ihrer Größe nach könnte sie ebenso gut Bergbär als Bergmaus heißen; diese Marquise Marmotte hat einen großen, runden Kopf, Nase und Lippen wie ein Hase, Haare und Klauen wie ein Dachs, unbedeckte Zähne wie ein Biber, einen Schnurrbart wie eine Katze, Augen wie ein Siebenschläfer, Pfoten wie ein Bär, einen kurzen Schweif und gestutzte Ohren. Wenn man ihr schöntut, so knurrt sie wie ein Hündchen. Was ist Schönes hieran? Ihr Tanzen und Purzeln ist ihr von dem Savoyarden mit Hunger und Schlägen eingequält, und schläft man, wie sie, vom Oktober bis in den April, so hat man allerdings Zeit, sich etwas Schönes träumen zu lassen.‹

Jene, welche ich in der Prozession so viel umherschauen und untereinander plaudern gesehen, waren die Abgesandten von mancherlei fremden und ausländischen Mäusegeschlechtern und -arten, welche sich hier am Hofe befinden, Bündnisse abzuschließen, Gratulationen abzustatten und sich Erfahrungen mitzuteilen, wie den Katzen, Eulen, Geiern und andern Mäusefeinden zu entgehen sei, auch teilten sie sich Warnungen vor gelegtem Gift und Gegenmittel und Nachrichten von neu erfundenen Mausfallen mit. Eine unter diesen Standespersonen hatte der Prinzeß Sissi ganz besonders gefallen, er war mit einem Schiffe über See sehr weit her, von den Antillen, gekommen, um zu hohen und allerhöchsten wohltätigen Zwecken eine Kollekte zu machen; er hatte die Gestalt einer großen Ratte, trug einen schwarzen Frack und weiße Unterkleider. Er hieß Herr Piloris, und Sissi behauptete, er habe durch seinen Moschusgeruch die ganze Prozession erbaut und sehr wohltätig auf ihre schwachen Nerven gewirkt. Die übrigen Abgesandten waren von den Spitzmäusen, Bergmäusen, Waldmäusen, Wurzelmäusen u.dgl. Sie plauderten in der Kirche und bei der Prozession von der Rettung der Prinzeß Sissi und besonders von der Hinrichtung der Katze Schurrimurri und ihrer Jungen, äußerten sich alle aber sehr bedenklich über ein umlaufendes Gerücht, daß die fünf verwegenen Söhne der Schurrimurri der Hinrichtung durch Einverständis mit den Söhnen des Scharfrichters entgangen sein und unter dem Namen des jungen Katzenellenbogens eine höchst gefährliche Verschwörung, angeblich zur Rache ihrer Mutter, eingegangen haben sollten; ihre Absicht aber sei eigentlich gegen das edle Mausgeschlecht, gegen Hühner und Vögel; die Eulen seien bereits für sie gewonnen, ebenso die Füchse, mit den Wieseln unterhandelten sie, man müsse sehr auf seiner Hut sein usw. – Sissi erzählte mir dieses Gerede der ausgezeichneten Staatsmäuse mit großer Bangigkeit. O wie froh war ich, ihr versichern zu können, obgleich jenes Gerücht gegründet, sei dennoch gar nichts von diesen Verschwörern zu befürchten.

Sissi erzählte mir auch noch den Inhalt der Rede, welche der edle Hofredner Muskulus im Dome gehalten. Er sprach über Mann und Maus, Menschheit und Mausheit, Menschlichkeit und Mäuslichkeit, Menschenmöglichkeit und Mäusemöglichkeit. Er erwähnte den Verstand der Mäuse, welche stets von jeder Speise das beste Teil erwählen; ihre Großmut, weil sie trotz ihrer Blödigkeit vor allen Tieren ein sehr großes Herz haben; ihre Dankbarkeit, wie sie den Löwen aus dem Netze befreit; ihren Heldenmut, weil sich der Elephant fürchtet, sie möchten ihm in den Rüssel schlüpfen; ihren prophetischen Geist, weil sie ein Haus verlassen, ehe es zusammenstürzt. Er sprach von der Ehrfurcht der Ratzen gegen ihre Eltern, welche, wenn sie alt sind, von den Jungen gefüttert werden. Er erwähnte die große Nächstenliebe der Mäuse, welche, wenn eine in eine Grube gefallen ist, sich einander in die Schwänze beißend, eine Kette bilden, um ihre verunglückte Nebenmaus aus der Grube zu ziehen. Er sagte, wie töricht bei all diesen großen Eigenschaften die Fabel sei: ein Berg habe gebären wollen, und eine lächerliche Maus sei hervorgekommen; er führte die Mäuse als Werkzeuge Gottes in den Ägyptischen Plagen, und bei dem geizigen Hatto von Mainz an, den sie gefressen, obschon er sich auf den Mausturm mitten in den Rhein geflüchtet. Er sprach auch von der Holdseligkeit der Mäuse, daß sogar die Menschen ihre artigsten Kinder: ›kleine Maus, liebes Mäuschen‹, nennen. Er erwähnte, daß die Mäuse das feinste Gehör außer den Eseln haben. Aber auch vom Übermut der Mäuse sprach der edle Muskulus, er sprach: ›Wenn die Maus satt ist, schmeckt ihr das Mehl bitter.‹ Er sprach von gefährlichen Zeiten, und daß die Mäuse, welche auf dem Tisch herumtanzten, wenn die Katze nicht zu Hause sei, sich nicht so mausig machen, sondern bedenken sollten, daß die Katze das Mausen nicht lasse. Dann flehte er noch den Segen des Himmels auf das edle Vorhaben der Prinzessin Mandelbiß und des Prinzen Speckelfleck herab und forderte sie auf, das Sprichwort wohl zu überlegen:

Zu bedauern ist die Maus,
Kennt sie nur *ein* Loch im Haus;
Aber ins Verderben rennt
Jene, die gar keines kennt.

Und nun setzte der gelehrte Muskulus hinzu, wie er bei seinen Studien eine halbe Bibliothek durchfressen und wie trefflich ihm endlich die schöne Stelle des heidnischen Komödienschreibers Plautus geschmeckt habe:

Bedenk die Weisheit der kleinen Maus,
Sie hat viel Türen in ihrem Haus,
Sperrst du ihr einen Schlupfwinkel zu
Flieht sie zum andern und sitzt in Ruh.

Als der Klingelbeutel in dem Dom herumging, hielt der edle Muskulus noch eine rührende Auslegung des tiefsinnigen Wortes: ›Er ist so arm wie eine Kirchenmaus‹, welche den ganzen Klingelbeutel mit Weizenkörnern so reichlich füllte, daß die Marquise Marmotte genug zu tun hatte, ihn herumzuschleppen, wenngleich der duftende Herr Piloris ihr dabei den Arm gab.

So erzählte mir Prinzeß Sissi alles, daß ich es ebenso gut wußte, als wenn ich in der Rede des edlen Muskulus geschlafen hätte. – Ich dankte ihr herzlich dafür und sagte ihr: ›Liebste Sissi, ich bin glücklich, daß sich unsre Herzen gefunden haben und daß wir uns du nennen – ach so kann ich auch alle meine Leiden in deinen schwesterlichen Busen ausschütten; ach ich muß dir zu meiner großen Beschämung gestehen, es ist mir so sehnsüchtig ums Herz, ich sehne mich nach einem Gegenstand, den ich freßlieb haben könnte, es ist mir so leer, so leer, ich möchte alles verschlingen; ich müßte mich sehr irren, oder ich habe einen ganz abscheulichen Hunger, denn seit ich das Birkenreis geschmeckt, habe ich nichts mehr über mein Herz gebracht als einige Walderdbeeren; Sissi, schaffe mir etwas zum schnabelieren, oder ich sterbe aus Sehnsucht.‹ – Da erwiderte Sissi: ›Herz Gackeleia! du hast ja noch eine halbe Bretzel und einen halben Bubenschenkel in deinem Körbchen‹; aber ich entgegnete: ›Das sind Dokumente, und ich wollte eher verhungern als Dokumente essen.‹ – ›Wohlan,‹ sagte Sissi, ›ich will sehen, was ich dir auftreiben kann‹; da pfiff sie einige Mal, worauf eine Fledermaus zu ihr heranflog, welcher sie den Auftrag gab: die reinsten Schulmauskinder sollten augenblicklich Beeren pflücken und auf grünen Blättern mir zu Füßen legen – ebenso solle sie den anwesenden Geschäftsträger der Haselmäuse, den wohlriechenden Chevalier Muscardin, in ihrem Namen um eine Portion Haselnüsse bitten und diese hieher besorgen, überhaupt möge sie alles, was sie von menschlichen Eßwaren auftreiben könne, ohne großes Aufsehen zu machen, so schnell als möglich herbeischaffen. – Die Fledermaus machte ihr untertäniges Kompliment und flog von dannen. – Schon nach einigen Minuten bemerkte ich eine große Tätigkeit: die Mäuse schleiften ein altes, rund genagtes Trommelfell auf den Rasen in meine Nähe und deckten mehrere große Pilze, die wie kleine Tische umherstanden, mit Blättern und trugen allerlei Eßwaren darauf zusammen.

Nun sprach ich zu Sissi: ›Höre mich an, du bist besonnen und klug; was ich dir sage, ist wahr; was ich verlange, mußt du tun, sonst seid ihr alle verloren. Aufsehen muß vermieden werden, damit kein unnötiger Schrecken das schüchterne Volk verwirrt. Sieh dort die kleine Pulvertonne aufgerichtet und mit Steinen belegt: Mack, Benack, Gog, Magog und Demagog, die fünf Rädelsführer des jungen Katzenellenbogens, welche darin in einer Allonge-Perücke ihre Krallen auf einem Totenkopf zu eurem Untergange gewetzt haben, wurden von mir darunter gefangen, ich habe ihre Loge gedeckt und die Pulververschwörung, das Spundloch der Hölle, verstopft. Gehe gleich mit deinem Gatten, Prinz Speckelfleck, zu deinem königlichen Vater Mausolus VIII., zeige es ihm an, und sage ihm, er solle eilend befehlen, daß alle Mäuse und den Mäusen Befreundete ohne Ausnahme Lehm, Erde und Rasen zu dem Fasse hintragen und es rund damit umgeben, bis es ganz ummauert eine Pyramide wird. So eingeschlossen, werden sie einander selbst zerreißen und ihr werdet euch durch euer frommes Gebet gerettet finden. – Dem Volke soll gesagt werden, das Ganze sei ein Monument zum Andenken meiner Anwesenheit und deiner Rettung und heiße Gackeleioeum, ein Gegenstück zu dem Mausoleum. Er soll nur sein Volk, aber keine Maurer daran arbeiten lassen, denn die da drinnen dürften nur einmal rufen: »Mack« und die draußen antworten: »Benack«, so wäre alles verraten. – Eile, es ist keine Zeit zu verlieren, der Bau muß fertig sein, wenn ich deinem Vater die versprochenen patriotischen Backwerke schicke, welche bei der Einweihung das Fest verherrlichen können. Mache deinen Bericht kurz und kehre schnell mit Prinz Speckelfleck zurück, damit wir inkognito fortreisen.‹

Ich bewunderte die Gemütsverfassung der hochherzigen Prinzessin Sissi: ein Blick des Entsetzens gegen die Pulvertonne, ein Blick des Dankes gegen mich, ein Blick der Hoffnung gegen den Himmel war alles, was sie erwiderte, und sogleich lief sie in der größten Eile zu dem königlichen Käsepalast hinauf. Der Hunger weckte mich nun, ich näherte mich der von den Mäusen zusammengetragenen Mahlzeit, da fand ich auf dem Trommelfell eine kleine Melone, welche die Marquise Marmotte selbst herangewälzt hatte; der Chevalier Muscardin hatte nicht nur ein halb Hundert der schönsten Haselnüsse eigenmaulig heraufgetragen, sondern auch aufgeknackt; die Schuljugend hatte einen Haufen Erdbeeren und Heidelbeeren herbeigetragen und in Nußschalen sehr artig angerichtet, eine Speckmaus hatte einen gewaltigen Flug getan und mir einen ganzen frischen Bubenschenkel aus einem Bäckerladen und ein Würstchen aus einem Fleischerrauchfang von Gelnhausen gebracht. Dank dem edlen, biedern, deutschen Herzen! an ihm wird die alle edlen Anstrengungen so sehr beachtende Familie der Mausoleer das Sprichwort wahr machen: ›Dem Verdienste seine Kronen‹. Ach! wie rührend war es, als nun noch ein gemütvoller junger Igel von der schönsten Haltung zu mir heranrasselte wie ein ganzer Rüstwagen; er hatte sich in einem benachbarten Ort unter den Borstorfer Äpfelbäumen gewälzt und alle herabgefallenen Äpfel auf seinen Stacheln aufgespießt, die ich ihm dankbar herabnahm, worauf er sich schweigend empfahl. Er war etwas melancholisch, denn er war verkannt, sein Geschlecht gehört zu den Feinden der Mäuse, aber er hatte seine Natur besiegt und lebte in einsamer Betrachtung als philosophischer Wohltäter und Mäusefreund unter ihnen, von dem schönen Herzen der geistvollen Prinzessin Sissi geschützt.

Ich aß nun im Zwielicht (denn der Mond war untergegangen und es dämmerte im Osten) ohne große Wahl, was mir unter die Finger kam, lustig hinein; alles, alles schmeckte köstlich – o da kam erst das Beste! – ach es raschelte etwas neben mir und es rollte etwas in mein Schürzchen, ich fühlte, es war ein Ei, ich hielt es neugierig dem ersten Strahle des Tages entgegen – es war schwarz mit einem schönen Vergißmeinnicht bemalt, ringsum standen die Worte: ›Vivat Gackeleia‹, ich schüttelte es, ach es rasselte Geld darin; wie ein Blitzstrahl durchfuhr es meine Seele: es ist das Ei meines lieben Kronovus, das er für mich alle Wochen mit seinem Taschengeld hinten an den Entenpfuhl verstecken wollte! Meine Freude war unaussprechlich – aber wer ist der wohltätige Sterbliche, der mir diese höchste Freude gemacht? dachte ich und sprang auf und rief aus: ›O mein heimlicher Wohltäter, entziehe dich meinem Danke nicht!‹ Aber ich hörte es fern wegeilen, und ein wundersüßer Moschusgeruch drang mir entgegen. Da wurde es mir klar, und ich rief ihm nach: ›Du bist es, edler Piloris, fernher pilgernder Menschenwohlbezwecker im schwarzen Frack und weißen Unterkleidern, der Wohlgeruch deiner schönen Handlungen verrät dich!‹

Ja, liebe Eltern,« unterbrach sich hier Gackeleia, »ich hatte mich nicht geirrt, diese edle Moschusratte Piloris war es gewesen. Sissi, der ich von dem Ei des Kronovus erzählte, hatte ihm schon in der Kirche zugeflüstert, welche große Freude es ihr machen würde, wenn sie meine Wohltaten gegen sie mit diesem Eie belohnen könnte. Piloris, so hohes Interesse er auch an der Rede des edlen Muskulus hatte, verließ sogleich den Dom und eilte, ohne sich umzusehen, nach der Eierburg an den Entenpfuhl und brachte dies Ei, welches Kronovus seinem Worte getreu mit 1 Gulden 30 Kreuzer beschwert dorthin versteckt hatte.«

Gockel und Hinkel sahen das Ei mit großer Rührung an, die beiden Mäuschen kamen herbeigelaufen und tanzten lustig umher, als gäben sie ihren Beifall. Frau Hinkel aber sagte: »Erzähle weiter, Gackeleia, damit du einmal von all dem Ungeziefer wegkömmst«, und Gackeleia fuhr fort:

»Gleich werde ich davon wegsein, um zu noch viel ärgerm Ungeziefer zu kommen. Ich hatte mich pumpsatt gegessen, ich packte die Puppe – nein, die nur eine schöne Kunstfigur – in mein Körbchen, ich legte mein liebes Ei, einige Äpfel und Haselnüße und den halben Bubenschenkel, der noch übrig, hinein und auch das Würstchen und von dem Moos meines Lagers; kaum war ich fertig, da kam Prinz Speckelfleck und Prinzeß Mandelbiß und hüpften in das Körbchen und pfifferten allerlei, was ich nicht verstand – aber es mußte wohl heißen, daß meine Sendung ausgerichtet sei, denn ich sah das Andringen von unzähligen Mäusen mit Erde und Rasen durch alle Straßen und Schluchten in solcher Menge, daß ich mich auf die Höhe vor den Dom retirierte, um keinen der Arbeiter zu zertreten. Es war ein wunderbarer Anblick: viele strömten gegen die Pulvertonne hin und bissen die Dornen und Disteln rings weg, andere wühlten Erde und Lehm auf, andere benetzten sie und machten Klumpen daraus, dann legten sich Ratzen und Mäuse auf den

Rücken und faßten die Erde mit den Füßen, und die andern zogen sie bei den Schweifen wie beladene Wagen fort. Vor allen zeichnete sich die Marquise Marmotte aus, sie hatte einen Klumpen Rasen, größer als ein Backstein, zwischen ihren Pfoten, der Chevalier Muscardin und der edle Piloris spannten sich vor und zogen sie bis an die Pulvertonne; der edle Igeljüngling war auch mit Rasenstücken bedeckt und trug sie hinauf. – Ich segnete die liebe Mäusestadt und eilte mit meinen zwei Mäuschen und sieben Sächelchen im Korbe dem Walde zu.

Ich zog über Berg und Tal und fragte vergebens nach euch, liebe Eltern; manchmal ließ ich bei Bäckerläden meine Kunstfigur vor den Kindern herumtanzen und der Bäcker gab mir gern ein Brötchen zur Belohnung. So fristete ich mein Leben. Wir zogen um Gelnhausen herum, denn ich fürchtete den Bettelvogt, Meister Schelm; da ich aber die Hahnen dort krähen und auf den Turmspitzen in die Ferne blinken sah, ward mir es recht schwer ums Herz, und wenn etwas im Gebüsch rasselte, guckte ich um und meinte immer, das Prinzchen Kronovus käme vielleicht auf seinem Schimmelchen zur Jagd geritten. Aber, wer nicht kam, das war er. Da ich nun einige Stunden weiter, nahe bei einer ganz herrlichen Stadt, reisemüd an einem Bächlein niedersaß und mich im Wasser beschaute, mußte ich mich recht schämen, ich hatte vergessen, mich am Morgen meiner Abreise und am folgenden Abend zu waschen, und sah nun, daß ich Mund und Nase ganz schwarz von den vielen Heidelbeeren hatte, die ich in der Mäusestadt im Dunkeln gegessen hatte. Nun wußte ich erst, warum die Kinder überall mich ausgelacht hatte, und ich war recht froh, daß Kronovus mich nicht so schmutzig gesehen hatte. Geschwind wusch ich mich und erfrischte mich durch und durch. Ich aß auch ein bißchen mit meinen Mäuschen, und da es sehr heiß gewesen, war ich schläfrig und legte mich vom Gebüsch versteckt auf den weichen Rasen und schlief. Da kam Prinz Speckelfleck an mein Ohr und sagte mir: ›Wir sind am Ziel unserer Reise, wir haben die herrliche Hauptstadt Urbs des Weltreichs Orbis vor uns. Hier ist der Ring deines Vaters, hier wohnen die morgenländischen Petschierstecher; als sie mir Sissi entführt, bin ich ihnen bis hieher gefolgt, wo sie hingingen, weil alles, was Salz lecken kann, hier frei und ungestört leben darf. Sie sind immer in Angst vor allen Menschen und vor einander selbst. Sie fürchten des Ringes halber getötet zu werden; damit man nun nicht merken möge, wo ihr großer Reichtum herkömmt, haben sie hier die großen Salzbergwerke gekauft und sind Salzverschwärzer, Salzversilberer, Salzjunker und endlich Salzgrafen geworden; sie haben sich einen salzgräflichen Palast erbaut, sie sagen, daß sie Gold machen können; aber alles ist durch den Ring Salomonis. Trage mich und Sissi nur gleich in die Kirche und bete einstweilen, daß Gott uns hilft, so wollen wir den Ring bald erwischen. So gern ich und Sissi und alle Mäuse Salz lecken, brauchen wir doch kein Scheffel Salz mit diesen kuriosen Grafen zu essen, bis wir sie kennen lernen.‹

Nach diesen Worten wachte ich auf und trug die Mäuschen geschwind, geschwind in meinem Korb in die Kirche nach Urbs; der Gedanke, dem lieben Ring so nah zu sein, lehrte mich so schnelle zu laufen, als da ich die Puppe und mich die Rute verfolgte. – O liebe Eltern, welche Kirche! welches Wunder der Architekto-Natürlichkeit, der ungeheure große gothische Säulenwald mit unzählichem Schnitz-, Spitz-, Glitz-, Blitz-, Ritz-, Kritz- und Spritzwerk im vorgothischen und hintergelnhausenschen Spitzbubenschenkel-Katzenellenbogen-Stil übertraf das Unerhörte. Alles, alles war von Salz, die Kirche war ein Salzkristall, die Fenster waren Salzscheiben, die Kanzel war ein Salzfaß; das Merkwürdigste aber war die Erbauung dieser Kirche: ein eifriger Mann hatte hier vom Kristallismus predigend gesagt: Wer die Hand an den Pflug gelegt, der solle sich nicht mehr umschauen, die Weiber sollten an Loths Weib denken, die durch das Umschauen in eine Salzsäule verwandelt worden; ›ach!‹ rief er aus, ›wollte Gott ein Wunder zur Erbauung der Kirche tun, an eurem Umschauen fehlt es nicht, so hätten wir einen Wald von Säulen, ehe man sich umsieht, um eine Kirche darauf zu stützen.‹ In demselben Augenblick kam die Frau Salzinspektorin mit einem neuen Hut in die Kirche, da schauten sich um alle Fräulein und dienten verwandelt in Säulen zur allgemeinen Erbauung der Kirche im gothischen Stil, denn in diesem Stil war der Hut der Frau Inspektorin. So wurde die Kirche zwar schnell, aber doch nicht, ehe man sich umsah, erbaut. Als ich in das Salzmünster hineintrat, verließ eben nach der Nachmittagspredigt der Redner die Kirche, aber ich versäumte nichts, die Kirche ist echoistisch gebaut, der Redner braucht nur ein paar Worte zu verlieren, so werden sie sogleich von Frau Echo, der unverbesserlichen Widerbellerin, aufgeschnappt und eine halbe Stunde lang zwischen den Säulen herumgehetzt und geschleudert, und so lief auch jetzt zwischen allen Salzsäulen die Rede umher: so gut auch das Salz sei, wäre es doch mißlich, wenn es dumm werde, man habe nichts, um es zu salzen, und es mache weder das Feld noch den Mist besser. – Ich kniete in ein Winkelchen und betete herzlich um die Hülfe Gottes; nicht weit von mir kniete eine prächtig geputzte Köchin, und neben ihr stand ein von Makaroninudeln geflochtener Gemüskorb, auf welchem mit goldenen Buchstaben stand: Salzgräflich-Salomon-Salabonischer Salatkorb. Sissi und Pfiffi merkten gleich, daß dieses die Köchin der drei morgenländischen Petschierstecher sei; sie schlupften in den Korb und ließen sich von ihr in den salzgräflichen Palast tragen. Als ich nun in der Kirche einsam und allein war, vernahm ich durch das geschäftige Echo jedes Gebet, jedes Flüstern und Seufzen der Umherknieenden; der eine betete: ›Ach Gott! befreie uns von dem Hoffaktor Salzgraf Salathiel Salaboni; er ist schuld, daß das Salz so dumm und teuer geworden‹; der andere: ›Befreie uns von dem Kommerzienrat, Salzgraf Salomon Salaboni; er ist schuld, daß die Salzkukummern so kümmerlich schmecken und so klein sind‹; der Dritte seufzte: ›Ach hilf uns aus dem Salz des Elendes, befreie uns von dem Hoflieferanten, Salzgraf Salmanasser Salaboni, er versalzt uns alles Leben, füllt unsere Augen mit gesalzenen Tränen und fegt unsre Beutel aus dem Salz!‹ – Da betete ich dann auch so recht von Herzen, Gott möge mir wieder zu dem Ringe helfen, weil die drei Morgenländer doch keinen Menschen damit glücklich machten. – Da es aber in der Kirche so hübsch stille und kühl war, überfiel mich ein leiser Schlummer, und ich hatte schier so lange geschlafen, daß mich der Küster in die Kirche eingesperrt hätte; aber Sissi kam gerade zur rechten Zeit und flüsterte mir in die Ohren: ›Geschwind, Gackeleia, geh mit mir aus der Kirche; hörst du? der Küster rasselt schon mit den Schlüsseln; geh mit mir, du sollst selbst sehen, wie wir den Ring erwischen, wir haben die beste Hoffnung.‹ Fröhlich nahm ich nun die kleine Maus in mein Körbchen und ging mit ihr nach dem Schlosse der Petschierstecher. Als wir an die Gartenmauer kamen, sprang Sissi an die Erde und zeigte mir den Weg. Die Sonne war im Begriff unterzugehen. Ich gelangte hinter ein artiges Lusthaus, Krystalline genannt, wo ich auf den Kübel eines Orangenbaumes stieg und durch eine Spalte im Fensterladen alles sehen und hören konnte, was im Gartenhaus vorging.

Die drei Salzgrafen saßen jung und glänzend mit wohlakkomodierten Perücken in verschiedenen alamodischen kuriosen Uniformen um einen Tisch, in dessen Mitte der köstliche Ring Salomonis lag, und stritten miteinander, wer den Ring am Finger tragen und wünschen sollte; sie nannten sich Kommerzienrat, Hoffaktor, Hoflieferant untereinander und jeder wollte nicht mehr so heißen, jeder wollte den Salzgrafentitel haben; der eine schrie: ›Einer muß der Erste sein‹, die andern schrien: ›Das geht nicht, wir sind Drillinge, wir sind eine große Merkwürdigkeit, keiner geht vor dem andern!‹ Da schrie der eine wieder: ›Ich habe die Maus gefangen und unter die Puppe geheftet, wodurch wir der Gackeleia den Ring abgelockt, ich muß ihn haben; wem ich was wünschen soll, der bringt mir einen vollwichtigen Gockelsd'or, da wünsche ich ihm etwas, wie gerade der Kurs steht.‹ – ›Wie kömmst du mir vor?‹ sprach der andere, ›habe ich doch den falschen Ring gemacht, der für den echten dem Gockel an den Finger gesteckt ward, ich muß den Ring haben!‹ – ›Was soll mir das?‹ schrie der Dritte, ›habe ich doch die Puppe gekleidet und tanzen lassen und die große Arie gedichtet und abgesungen von der großen Garderobe, habe ich doch der Spielratze die Puppe aufgeschwätzt, den Ring abgeschwätzt und euch den Ring gebracht, mein muß er sein!‹ Da sie aber gar nicht einig werden konnten und lange geschrieen und gezankt hatten, weil immer der eine fürchtete, der andere möge ihm den Tod anwünschen, wenn er den Ring am Finger habe, griff endlich der eine mit solcher Heftigkeit nach dem Ring, daß er den Tisch umstieß und dies machte sich der andere zu Nutz und ertappte den an die Erde gefallenen Ring, steckte ihn an den Finger und drehte und schrie:

Salomon, du weiser König,
Dem die Geister untertänig,
Mach zwei Esel aus den beiden,
Die in diesem Garten weiden;
Ringlein, Ringlein, dreh dich um,
Machs geschwind, ich bitt dich drum.

Während er dieses mit der größten Eile hergeschnattert hatte, rissen die beiden andern ihn hin und her; aber es währte nicht lange, so waren sie beide zwei dicke, häßliche Esel, und er nahm einen Prügel und trieb sie aus dem Gartenhaus hinaus, das er hinter ihnen verschloß. Sie schrieen und bissen sich unter einander noch eine Weile, fingen aber bald an, sich in ihre neue Natur zu schicken und Trauben und Disteln durcheinander zu fressen.

Ich guckte wieder in das Gartenhaus, da wollte sich der, welcher den Ring hatte, schier bucklicht lachen, weil er seine Gesellen endlich so sauber angeführt. ›Gott sei Dank,‹ sagte er, ›nun kann unsereins doch einmal ruhig ausschlafen, ohne die Gefahr, daß der andre ihm den Tod wünscht.‹ Nach diesen Worten schaute er sich lachend im Spiegel an und hängte seinen Federhut auf die Spitze einer wunderbaren Kaktuspflanze, die an der Wand blühte. Der Ankaufspreis stand auf dem Topf. Die Perücken und Hüte der zwei andern lagen noch an der Erde, wie auch ihre Stühle. Nun lehnte er sich breit in seinen Prachtstuhl, stellte die Füße auf einen Schemel und sprach: ›Reich zum Zahlen, klug zum Prahlen, schön zum Malen – was fehlt mir noch, ich will berühmt werden – da fällt mir was ein – ich will den Namen Pictus, Salzgraf von Orbis annehmen, und will einen neuen Orbis Pictus herausgeben, da sollen alle unbefriedigten Wünsche der Welt nach dem ABC darin abgemalt werden, und ich will sie mir alle mit dem Ring befriedigen von A bis Z – aber alles, alles mit Geschmack und Kunstgefühl – poetisch, sympathetisch, magnetisch‹ – und nun fing er an, bald tüchtig zu schnarchen.

Nun ist es Zeit, dachten Pfiffi und Sissi und schlupften beide durch ein Loch in das Gartenhaus. Ich wendete keine Auge von dem Schlafenden und dem Ring an seinem Finger; ach, er hatte eine Faust gemacht, und der Ring schien sehr schwer zu bekommen; aber Sissi nahte sich seinem Ohr und sang mit der süßesten Stimme nichts als das Verslein:

Louisdore und Dukaten
Echte Perlen, Diamant,
Ritterorden, Ihro Gnaden,
Hohe Bildung, Ordensband,
Witz und Wesen, scharf und zart,
Gänsefett und Backenbart.

Kaum hatte der Schlafende diesen Vers gehört, als er die Hand so öffnete, als wolle er nach all den schönen Sachen greifen. Nun biß ihn Prinz Pfiffi in den Ringfinger; er wachte auf und sagte: ›Ein scharmanter Traum, aber der Ring drückt mich und weckt mich auf; wer kann ihn mir hier nehmen? Die zwei Esel grasen draußen nach dem besten Appetit; was brauchen sie mehr? Ungebildete Menschen kennen keine höheren Bedürfnisse. Sie sollen nicht einmal die Ehre haben, unter den dreihundert weißen Mauleseln zu sein, die ich mir wünschen werde, um die Schlüssel meiner Schatzkammer zu tragen. Ach, der schöne Traum! ich will versuchen, ob ich ihn wieder träumen kann; Psyche, das angenehmste Frauenzimmerchen aus der klassischen Literatur, rührte mich an der Nase mit einer Blumenzwiebel an und beleuchtete mit einer hetrurischen Lampe das Traumbild meiner Wünsche – ich will nochmals gerührt werden, ich will gerührt sein, der Ring soll mich nicht wieder stechen, ich lege ihn, bis ich erwache, auf den Tisch.‹ Nun zog er den Ring ab und schlief wieder ein, indem er flüsterte:

Psyche, rühr'! und nicht vergebens!
Führ, was ich im Schilde führ,
Führ das Traumbild meines Lebens
Mir empor dort an der Tür!

Kaum aber schnarchte er, als Sissi ihm wieder ins Ohr sang:

Louisdore und Dukaten,
Echte Perlen, Diamant,
Ritterorden, Ihro Gnaden,
Hohe Bildung und Verstand,
Witz und Wesen scharf und zart,
Gänsefett und Backenbart.

Da lächelte er so süß wie ein Topf voll saurer Milch und antwortete mit schmachtender Stimme im Traume:

Psyche rührt und nicht vergebens,
Seh das Traumbild meines Lebens,
Seh, was ich im Schilde führ,
Ich im Wappen an der Tür,
Von dem Goldsack blasoniert,
Mit Papieren kraus verziert,
Grand-Kordon und Lorbeerkron,
Huldigung, Dedikation,
Und weil ich gemalt sein muß,
Seh ich dort mich als Modell
Vor dem kühnsten Genius,
Der sein eigner Pegasus,
Der sein eigner Musenquell,
Schöpfer schier, kaum Kreatur,
Alles lernte von Natur.
Ja, ein solcher Geist haucht nur
Treu in ganzer Positur
Und ursprünglicher Figur
Meiner Grazie Formenzauber
Auf die Leinwand zart und sauber;
O wie duftig! wie mœlleux!
Kunst, das ist die höchste Höh!

Hierauf breitete er die Arme mit großer Innigkeit aus und sprach:

Seid umschlungen, Millionen,
Diesen Kuß der ganzen Welt!
Schönste Psyche, o verschonen
Sie doch mein, ich hab kein Geld,
Bin gerührt und alteriert,
Denn die Schildwach präsentiert!

Da brachte mir Sissi den Ring Salomonis durch das Loch heraus, ich steckte ihn in tausend Freuden an den Finger, drehte ihn und sagte voll Neugier:

Ringlein, sag mir unversäumt,
Was der Petschaftstecher träumt!

Und gleich sah ich, daß dem Petschierstecher alles, was er im Schild führte, in einem prächtigen Wappen im Traume vorgestellt wurde. Ein Geldsack war der Helm, allerlei Papiere und Wechselbriefe die Helmzierde, er selbst stand voll Anstand in der Mitte, ein Genius krönte ihn mit Lorbeern, ein andrer reichte ihm ein Ordensband, einer huldigte ihm mit Kleinodien, einer dedizierte ihm ein Buch; auch war das Sinnbild der Sternsehenden Wachsamkeit, eine fette Gans, vor seinen Füßen. Ganz unten aber im Wappen malte der geflügelte Genius der Kunst selbst den Schönsten der Sterblichen, denn ein anderer hätte nie vermocht, einen so ursprünglichen Menschen aufzufassen. Nun aber öffnete sich plötzlich der purpurfarbichte Sammetkelch einer Kaktusblüte und zwischen den weißseidenen Staubfäden schwebte eine feine Jungfer mit Schmetterlingsflügeln hervor an die Seite des Wappens hin; in der einen Hand hatte sie eine Zwiebelpflanze, mit der sie die Nase des Glücklichen berührte, in der andern trug sie eine antike Lampe, womit sie das Wappen beleuchtete. Er nannte sie Psyche. – An der andern Seite des Wappens erschien ein Grenadier, der das Gewehr präsentierte. – Ach, der gute Salzgraf träumte so selig, daß er mich schier dauerte; aber ich konnte ihm nicht helfen, ich mußte ihm aus dem Traum helfen; – ich drehte also den Ring mit den Worten:

Salomon, du weiser König,
Dem die Geister untertänig,
Lasse diesen wie die andern
Gleich als einen Esel wandern;
Schaff auch einen Eseltreiber,
Der mir ihre faulen Leiber
Mit dem Prügel tüchtig rührt
Und zum Vater Gockel führt.
Ringlein, Ringlein, dreh dich um,
Machs recht schnell, ich bitt dich drum.

Und sieh da, gleich war der Esel fertig, und der Treiber stand schon bei ihm, trieb ihn mit einem Prügel aus dem Gartenhaus hinaus und mit den beiden andern hieher. Ich aber drehte den Ring und wünschte, bei euch zu sein. Da war ich gleich hier in dem Hof und als ich euch in dem alten Hühnerstall so klagen hörte, wünschte ich, daß das Schloß wieder sein möchte, wie es einst im höchsten Glanze bei unsern Voreltern gewesen; auch wünschte ich euch als schöne Leute in den besten Jahren und mich als eine schöne vernünftige Jungfrau, über die Puppen-, wollt ich sagen, Kunstfiguren-Jahre hinaus, zu sehen; zürnet nicht, lieber Vater, aber der Gedanke an die Kunstfigur von Birkenreis kann mich nocht jetzt erbittern.« – Gockel lachte und sagte: »Gackeleia, dreh den Ring nur noch einmal, um verständig zu werden, es steckt noch viel vom eigensinnigen Kind in der erwachsenen Jungfrau, du willst die Rute noch nicht küssen!« Da küßte Gackeleia ihm die Hand und fuhr fort: »Als nun alles nach meinem Wunsche geworden war, schlich ich zu euch in den Hühnerstall und drückte mich in einen Winkel, um eure Überraschung recht zu genießen. Sissi aber wollte mit aller Gewalt unter die Puppe gebunden sein, um euch zu wecken; da lief sie über euer Stroh, und als ihr aufriefet: ›Die Puppe! die Puppe!‹ sagte ich:

Keine Puppe, es ist nur
Eine schöne Kunstfigur.

Das andre wißt ihr alles.«

Nach dieser Erzählung umarmten Gockel und Hinkel die Gackeleia unter Freudentränen und sagten: »Dank, tausend Dank, liebes Kind; du sollst zum Lohne deiner Güte nun auch den Ring immer am Finger haben, du sollst alles wünschen, was du willst!«

Gackeleia sagte: »Ich nehme es an, vor allem wollen wir die drei Esel, welche im Hofe stehen mit allem bepacken, was ich dem guten Mäusekönig versprochen habe und dann sollt ihr sehen, wie vernünftig ich wünschen will.«

Nun gingen sie hinab und wünschten, nachdem die Käse und die Schinken den Eseln auf den Rücken gepackt waren, den Königsberger Marzipan, den Thornischen Pfefferkuchen, die Jauerischen Bratwürste, die Spandauer Zimmetbretzeln, den Nürnberger Lebkuchen, die Frankfurter Brenten, die Sachsenhauser Kugelhupfen, die Mainzer Vitzen, die Gelnhausner Bubenschenkel, die Koblenzer Totenbeinchen, die Liestaller Leckerli und die Bozener Zelten auch dazu, welche sich ohne Verzug einstellten und die Esel so belasteten, daß sie schier niederbrachen.

Als nun die Zeit kam, daß Prinz Speckelfleck und Prinzessin

Sissi Abschiednehmen wollten, drehte Gackeleia den Ring Salomonis mit dem Wunsch, die Sprache der Mäuse zu verstehen, ohne grade zu schlafen, und dadurch ward die Unterhaltung jetzt ganz leicht. Gackeleia sagte: »Meine liebsten durchlauchtigen Freunde! Euer Abschied tut mir sehr leid, wir verdanken euch alles; ich will es euch belohnen. Ihr habt gesehen was der Ring vermag; die Petschierstecher hat er in Esel verwandelt – so ihr es verlangt, soll er euch gleich in Menschen verwandeln, und ihr könnt für immer hier bei uns bleiben.« – Die beiden Mäuschen schauten sich ernsthaft an und dann erwiderte Sissi: »Gackeleia, du sagst ein großes Wort – aber lasse uns bleiben, was wir sind, wir wollen uns nicht von unserm Volke trennen; wolltest du auch unser ganzes Volk zu Menschen machen, wo wäre das Land, das sie fassen und ernähren könnte? O es gäbe Mord und Totschlag und Hungersnot! – Nein, wir sind uns als Mäuse genug; uns bleibt nichts mehr zu wünschen übrig, als daß wir, glücklich nach Hause gekommen, die Verschwörung Mack, Benack, Gog, Magog und Demagog mit der Pulvertonne in dem herrlichen Monumente Gackeleioeum auf ewig eingemauert finden, daß wir unsre königlichen Eltern mit all den köstlichen Leckerbissen erquicken können und daß weder Papa noch Mama sich den Magen verdirbt. O die Einweihung des Monuments wird monumental werden! – o wie hinreißend wird Muskulus deklamieren! wie süß wird der edle Piloris duften!« – Da fiel Speckelfleck ein: »Und wie bezaubernd die holde Marquise Marmotte tanzen!« – Sissi aber tat, als wenn sie ihn nicht hörte; und Gackeleia erwiderte: »Sissi! du sprichst sehr vernünftig, aber frage doch den anmutigen jungen Igel, ob er vielleicht ein Mensch sein möchte, er scheint mir melancholisch.« – »Ich glaube kaum,« versetzte Sissi, »aber ich will es tun.«

Als hierauf Prinz Pfiffi und Prinzessin Sissi von ihren Freunden zärtlichsten Abschied genommen hatten, befestigte Gockel den falschen Ring Salomonis dem Esel, der ihn nachgemacht hatte, als ein Andenken in das Ohr, heftete ihm seine Pudelmütze auf den Kopf und setzte die Mäuschen hinein, dann ließen sie durch die Treiber die drei Esel nach dem Mäuseland hintreiben und recht viele schöne Grüße ausrichten.

Als sie fort waren, sagte Gackeleia: »Jetzt wollen wir auch

einmal in unsre Schloßkapelle gehen und sehen, wie sie sich verändert hat.« Kaum hatte sie diese Worte gesprochen, als die Glocke zu läuten anfing und sie in die Kapelle rief. Sie traten hinein und konnten sich nicht satt sehen, wie alles so reinlich und festlich mit Blumen und Laubkränzen geschmückt war. Alle Wände und Steinbilder, das Grabmal des Urgockels und die Bilder aus seinem Leben waren wie neu, rein und poliert. Es war eine schöne Kanzel an der Seite und gegenüber eine Orgel mit einem stattlichen Organisten und seinen Blasebalgtretern. Mehrere kleine Jungen läuteten am Glockenstrang aus Leibeskräften. Ein anderer lief mit Wasser und Sprengwedel umher und sprengte, daß es kühl sei. An einer Seite streuten weißgekleidete Mädchen Blumen, an der anderen standen Knaben hinter großen Sträußen versteckt. Aber es war doch keine rechte Kapelle, der Altar war auch nicht, wie zu Urgockels Zeiten, da waren keine Leuchter, keine Kerzen, kein Heiligtum. Der Ring Salomonis hatte sein Mögliches getan; aber er kann nur Zeitliches, Natürliches, Künstliches, Weltliches, aber nichts Ewiges und Geistliches geben.

Als sie alles mit Freuden betrachtet hatten, wurden sie durch den Anblick des Hahns auf dem Grabmal des Urgockels recht lebhaft an den guten Alektryo erinnert. Sie dachten an das Halsgericht, das Gockel hier gehalten. Frau Hinkel und Gackeleia schlugen die Augen nieder; da spielte auf einmal der Organist eine sehr rührende Arie: »Wie sie so sanft ruhn.« Es war ein gar feierlicher Moment. –

»Ach der edle Alektryo!« seufzte Gockel. »Ich kanns nicht aushalten,« schluchzte Frau Hinkel, »ach wäre er nur wieder da!« – »Ei,« dachte Gackeleia, »dazu kann ich helfen«, und drehte ganz still an ihrem Ring:

Salomo, du weiser König,
Dem die Geister untertänig,
Mache meine Eltern froh
Durch den Hahn Alektryo;
Ringlein, Ringlein! dreh dich um,
Mach geschwind, ich bitt dich drum.

Da hob sich ein Wölkchen auf der Stelle aus dem Boden, wo die Gebeine Alektryos verbrannt worden waren, und wirbelte und ballte sich zusammen und ward wie ein Hahn und der Uralektryo auf dem Grabmal rührte sich, streckte den Hals, schlug mit den Flügeln und krähte durchdringend, und es fuhr wie ein Feuerstrahl aus seiner Kehle sichelförmig zu der kleinen Wolke nieder, die im Augenblick der alte kräftige Alektryo ward, auf Gockels Schultern flog, mit den Flügeln schlug und mit ritterlichem Krähen dem steinernen Hahn antwortete, worauf draußen in dem Hühnerhof alle Hahnen antworteten; es ging wie ein Zurufen der Schildwachen von Hahn zu Hahn das Krähen umher.

Aller Freude über Alektryo war sehr groß, er selbst aber war tiefsinnig und nachdenklich, er meditierte. Da nun von allen Seiten die Hühner und Hahnen in die Kapelle hineinkamen, den Alektryo zu sehen, benutzte dieser die durch seine Wiedergeburt erschütterten Hahnenherzen und Hühnergemüter, schwang sich auf die Kanzel empor und hielt eine ganz erstaunlich ergreifende Rede über Familienglück und Kinderzucht, so daß auch kein Hühnerauge ohne Mitgefühl blieb, all das unten zuhörende Federvieh schluchzte und piepte ganz leise – der Organist akkompagnierte gar lieblich mit einer melancholischen Arie: »Ach Schwester! die du sicher« usw. Auch die raugräfliche Familie war sehr gerührt.

Als nun Alektryo am Schlusse seiner Rede ausrief: »Ist jemand unter den verehrten Anwesenden, der feierliche Verlöbnis oder Hochzeit zu halten wünscht?« – drehte Gackeleia den Ring, ohne zu wissen wie, und sprach ganz heimlich, ohne zu wissen was:

Salomo, du weiser König,
Dem die Geister untertänig,
Bring doch den Kronovus her
So ganz wie von ungefähr;
Ringlein, Ringlein! dreh dich um,
Mach geschwind, ich bitt dich drum.

Da ertönten plötzlich Jagdhörner im Schloßhof, Gackeleia lief hinaus, als ob ihr der Kopf brenne, und sah das Prinzchen Kronovus in einem grünen Jagdröckchen von seinem Schimmelchen springen, und sie flogen sich einander in die Arme mit dem Ausruf: »Ach wie bist du so groß, bück dich!« – »Ach wie bist du so klein, streck dich!« – Gackeleia aber drehte schnell den Ring hinter dem Rücken des Kronovus und wünschte, daß er so erwachsen und verständig sein möge als sie selbst, und sieh da, er ward es zusehends, worüber sie eine große Freude hatte. Da eilte sie mit ihm in die Kapelle, sein Jagdgefolge aber blieb in den Türen stehen.

Gockel und Hinkel grüßten den Kronovus herzlich und dieser sagte sogleich, da sein Herr Vater Eifrasius und seine Frau Mutter Eilegia das Zeitliche gesegnet hätten und mit Tod abgegangen seien, erkläre er ihnen, daß, so sie ihm die Hand ihrer Tochter Gackeleia geben wollten, er sie zu seiner Königin von Gelnhausen zu machen Willens sei. Da alle Teile zufrieden waren, führten die Eltern das junge Paar zu dem blumengeschmückten Altar.

Indessen spielte und sang der Organist die schöne Arie: »Schönstes Hirschlein über die Maßen, hörst du nicht den Jäger blasen?« Alektryo aber schrie dreimal hintereinander von der Kanzel:

Zum Verlöbnis hier sich melden
Die Hochachtbar Wohlbestellten,
Majestät Kronovus, König
Von Gelnhausen, obertänig,
Mit der zarten Raugräfin
Gackeleia, untertänig,
Grafen Gockels Gau-Erbin;
Wendt niemand was dawider ein,
So sollen sie verlobet sein!

Kein Piepswörtchen von einer Einwendung ließ sich hören; als es aber zum drittenmal fragte: »Wer wendet was dawider ein?« erschallte eine dumpfe Stimme, die alle erschreckte:

Ich, Urgockelio, sag: Nein!

Alles schaute das Bild des Urgockels an, Kronovus aber zog grimmig seinen Degen und schrie gegen den Grabstein:

Wer wagts und spricht ein Wort darein?

Urgockel aber schlug mit seiner Rute auf das steinerne ABC-buch, daß es rasselte, und sprach, die Augen wie ein erzürnter Schulmeister rollend:

Gleich steck mir ein den Flederwisch,
Sonst ich dich bei dem Fell erwisch
Und lasse dir die Kunstfigur
Von Birkenreis recht tüchtig schmecken.
Kennst du sie nicht? Die Braut frag nur,
Sie wird dir, wie sie schmeckt, entdecken!

Das plötzliche Reden des steinernen Urgockels brachte keine geringe Störung unter die hohen Anwesenden und deren Federvieh, Gackeleia hatte kaum das Wort »Kunstfigur von Besenreis« gehört, als eine glühende Röte ihre Wangen überzog; aber sie sammelte sich augenblicklich und winkte dem Organisten, der in einem Spiegelchen alles sah, was am Altare geschah, und dieser ließ plötzlich alle Pfeifen los und machte einen Tusch wie mit Pauken und Trompeten, so daß die ganze Drohung Urgockels nicht gehört ward. Indessen zog Gackeleia die Kunstfigur auf, gab ihr einen kleinen Klingelbeutel in die Händchen und ließ sie unter den anwesenden Hühnern herumschnurren, mehrere junge Hahnen aber, welche kein kleines Geld bei sich hatten, fingen darüber zu schwätzen und endlich zu streiten an, und ein kleiner Junge nahm einen Sprengwedel und spritzte unter sie, daß sie mit großem Geschrei wegliefen, dazu schrie Alektryo fortwährend von der Kanzel, und Gackeleia war herzlich froh, daß man über all dem Spektakel die Worte Urgockels nicht gehört und Kronovus seinen Degen wieder eingesteckt hatte.

Als es wieder etwas ruhig geworden, rief Alektryo zum drittenmal:

Wendt niemand was dawider ein,
So sollen sie verlobet sein!

und aller Anwesenden Augen waren auf das Bild Urgockels gerichtet, welches sprach:

Ich segne euer Bündnis nur,
Wenn ihr gehalten euern Schwur,
Den ihr bei meinem Namen sprachet,
Als ihr beim Fest die Bretzel brachet,
Nur dann einander nie zu lassen,
Wenn die gebrochnen Stücke passen!

Urgockel hatte aber diese Worte kaum ausgesprochen, als auch Gackeleia gleich aus ihrem Körbchen und Kronovus aus seiner Jagdtasche die Hälfte der Bretzel und des Bubenschenkels hervorzogen und zusammenhielten; und die Bruchstücke paßten so scharf zusammen, als ob sie eben jetzt erst gebrochen wären. – Sie entschuldigten sich nicht, daß sie ihr Gelübde in der Freude des Wiedersehens vergessen hatten, aber sie wurden bei den Worten Urgockels rot bis über die Ohren und sahen ganz blöd vor sich hin, weil sie sich beschämt fühlten.

Bei dieser feierlichen Handlung herrschte eine allgemeine Stille, man hörte nichts als das Glöckchen am Klingelbeutel, den die Kunstfigur herumtrug. Urgockel aber streckte seine steinerne Hand hervor und segnete Kronovus und Gackeleia mit den Worten:

Wie die beiden Hälften eines,
Trenne sich vom andern keines;
Und in euren Wappenschilden
Sollt in einem Myrtenkranz
Ihr im goldnem Feld abbilden,
Glänzend, unverletzt und ganz,
Bretzel und auch Bubenschenkel
Zum Gedächtnis später Enkel.
Zwei gekrönte Mäuschen fein
Sollen die Schildhalter sein;
Unterm Schild am Ordensband
Hänge als der Treue Pfand
Des Kronovus buntes Ei,
Worauf ›Vivat Gackeleia‹.
Auf des Schilds zwei Helmen stehen
Königskrone, Grafenkrone,
Und Alektryo mit Krähen
Auf der Königskrone throne
Und ein starkes Nest behüte,
Worin Frau Gallina brüte.
Auf der Grafenkrone Rand
Schweb in purpurnem Gewand,
Hebend mit der kleinen Hand
Hoch des Glückes Unterpfand,
Salomonis Siegelring,
Jenes liebe Wunderding,

Keine Puppe, sondern nur
Eine schöne Kunstfigur!

Nach diesen Worten zog Urgockel seine Hand wieder zurück und war ein unbeweglicher Grabstein wie zuvor. Der Organist aber sang eine schöne kunstfigurierte Arie, wozu Menschen und Federvieh einstimmten und die Glocken läuteten – denn sieh, ein merkwürdiges Ereignis hatte den Bund bekräftiget, die beiden Stücke der Bretzel und des Bubenschenkels waren fest und wieder eins geworden, als seien sie nie getrennt gewesen. – Gackeleia aber drehte den Ring mit dem Wunsche, das Wappen möge nach dem Willen Urgockels fertig sein, und sogleich stand es auf einer schönen Fahne neben der Orgel.

Schon wollte man sich ordnen, mit der vorgetragenen Fahne in den Speisesaal zu ziehen, als Gackeleia an den goldnen Hahn, die goldne Henne, das Geschenk von Salomo und der Königin von Saba, gedachte, das sonst bei jeder Hochzeit in Gockelsruh im Brautzug getragen worden. Schnell drehte sie den Ring und wünschte, dieses Kleinod möge sich im Schatze der Kapelle befinden und in ihrem Zuge getragen werden. – Da trat ein Jüngling und eine Jungfrau, beide in morgenländischer Tracht, herrlich geschmückt in die Kapelle vor eine eiserne Türe in der Wand, die mit Rasseln aufsprang. Da sah man die beiden Brautgeschenke schimmernd stehen. Sie nahmen sie heraus und präsentierten sie dem Brautpaare, welche sie auf den Altar stellten und mit großer Freude anschauten. – Indem nun Alektryo von der Kanzel das Bild der brütenden Gallina in der goldnen Henne erkannte, schlug er mit den Flügeln und krähte gar wehmütig. Gackeleia verstand seine Sehnsucht und drehte den Ring, auch die gute Gallina möge wieder im Kreise ihrer Lieben verweilen. Da hob sich ein Wölkchen auf dem Grabstein, wo die Gebeine Gallinas und ihrer Jungen verbrannt worden, wirbelte, drehte, ballte sich und ward zum großen Erstaunen aller anwesenden Hühner, denen die Federn darüber zu Berge stiegen, – Gallina; Alektryo unterbrach seine ernste Rede und flog von der Kanzel zu seiner Gefährtin nieder, die er freudig begrüßte; aber Alektryo besann sich, flog wieder auf die Kanzel, bat die Anwesenden um Vergebung, daß er, von der Freude des Wiedersehens hingerissen, ihre ernsten Betrachtungen unterbrochen habe, und forderte abermals jene sich zu melden auf, welche sich zu vereinigen gedächten.

Da trat die Primadonna von Gelnhausen in die Kapelle und da der Organist eben die Fuge anstimmte:

Laurentia, schönste Laurentia mein,
Wann werden wir endlich vereiniget sein?

wollte sie künftig die Fugen nicht mehr Solo singen, sondern mit ihm, da sie aber sich immer mit dem Gesang einander flohen und nachliefen, ohne jemals sich zu vereinigen, und ihr Zusammensingen eine *Fuga perpetua*, eine immerwährende Flucht, war, und da der gräfliche Erztruchseß hereintrat, vermeldend, daß bereits serviert sei und bei längerem Verziehen das Fett am Hammelsbraten leicht gerinnen könne, so ordnete sich der Brautzug, die Kapelle zu verlassen.

Man hatte die Wappenfahne bereits in Bewegung gesetzt, die Träger der Braut-Henne und des Braut-Hahnes hielten bereits diese Reichskleinodien auf pupurnen Samtkissen vor ihrer Brust und Kronovus und Gackeleia wollten soeben von den Stufen des Altares herabsteigen, als Urgockel auf dem Grabstein sich abermals sehr heftig bewegte und mit drohender Stimme sprach:

Wohl ist das Sprichwort wahr gestellt:
Undank ist stets der Lohn der Welt
Undank ward dem Alektryo,
Undank dem Urgockelio.
Ich habe euch den Ring geschenkt,
Doch ist hier niemand, der mein denkt;
Ich muß euch Ringe wechseln sehn
Und keiner will den Ring mir drehn;
Ich stehe hier auf meinem Stein –
Verlassen, einsam, ganz allein,
Und draußen bei der Linde ruht
Mein edles Weib, Urhinkel gut,
Sie wählte diesen Ort zum Grab,
Weil ich sie dort errettet hab.
Drei Lilien stehn auf ihrer Gruft
Und senden Weihrauch in die Luft;
Wenn ein Geschick vorübergeht,
Ihr Geist bei diesen Lilien steht,

Mit denen er zum Himmel fleht,
Und Gott erhöret ihr Gebet.
Die Lilien leuchten dann zumal,
Die Sterne senken Strahl um Strahl
In ihre reinen Kelche ein;
Auch schweben schöne Engelein
In sie hinein und singen fein;
Das höret alles klar und rein
Urhinkel an und stimmt mit ein
Und läßt das weiße Schleierlein
Im Sternenschein, im Mondenschein
Hin spielen in den Lüftelein;
Ich aber muß hier einsam sein
Und recht in meines Herzens Pein,
Wie's Kindlein nach dem Mütterlein,
Nach dem Urhinkel draußen schrein:
O laß doch den Urgockel dein
Nicht so allein, allein, allein!
Du plauderst draußen mit der Lilie,
Vom Tau berauscht im Sternenschein,
Mich hüllt hier trocken ohne Familie
Der alte kalte Epheu ein.
Urhinkel, komm! ich rück zur Seite,
Du bist ja Bein von meinem Bein,
Es ist vollkommen für uns beide
Raum, Licht und Luft auf diesem Stein.

Dann schaute Urgockel das Brautpaar sehr gebieterisch an und fuhr fort:

Was euch ist recht, das ist mir billig,
Ihr wollet zwei und zwei hier sein,
Und drum in Zukunft nicht mehr will ich
Das Ein-mal-eins hier sein allein;
Dreh, Gackelei, den Ring und führe
Die Ahnfrau her mit Sang und Klang;
Bleibt Wahrheit immer vor der Türe,
Wird Zeit und Märchen stets zu lang.

Gackeleia, welche großes Mitleid mit dem Urgockel hatte, drehte den Ring Salomonis schnell, schnell mit dem Wunsche, die Gebeine der Frau Urhinkel möchten aus dem Grabe unter der Hennenlinde erhoben und alles bereit sein, um sie in die

Gruft Urgockels beisetzen zu können. Als sie nun aus der Kapelle hinausgezogen waren, fanden sie alles folgendermaßen geordnet; im Schatten der Hennenlinde um das Hennenkreuz standen bei den Lilien drei schneeweiß gekleidete Klosterjungfrauen und mitten zwischen ihnen schwebte der Geist der Frau Urhinkel von Hennegau in einem schneeweißen, schimmernden Gewand; ihr von langen schwarzen Locken umströmtes Haupt war über einem weißen Schleier mit weißen Rosen gekrönt, auf ihrer Schulter saß eine weiße Henne, in der einen Hand hielt sie eine goldne Spindel, in der andern ein feines leuchtendes Brot. Ihr Angesicht war nicht irdisch schön, aber von einer himmlischen Liebe und Freundlichkeit übergossen, man konnte nicht aufhören, sie anzuschauen, ihr Blick war eine segnende Verbindung von Tau und mildem Sonnenlicht. In kleiner Entfernung von ihnen war das Grab der Ahnfrau eröffnet und stand neben demselben ihr irdisches Kleid im Sarge auf einer Tragbahre; nicht weit von diesem aber, bei jenen Kräutern, die bei dem Begräbnis Gallinas so großes Beileid bezeigt hatten, stand die Erscheinung von acht altfränkisch festlich gekleideten Jungfrauen, sie waren mit Kräutern bekränzt und mit einem Orden an amaranthfarbigem Band geschmückt. Eine jede trug ein schönes Huhn in einem Körbchen unter dem Arm. Sie blickten alle mit dem Ausdruck ernster Freude und Rührung nach dem Geiste und dem Leibe der Ahnfrau und waren in einer lieblich schwebenden Bewegung. Sie schienen etwas zu erwarten, die Tragbahre war mit einer tiefroten Samtdecke, worauf das Hennegausche Wappen in Gold gestickt, bedeckt. Auf dieser Bahre stand nun der offne Sarg, worin die liebste Frau Urhinkel ruhte; aber welch ein seltsamer Sarg! es war ein langer Gitterkorb von Zypressen und Myrtenzweigen geflochten und mit erstaunlich vielerlei Blumen durchschlungen, welche durch ihre Namen und Bedeutungen ausdrückten, wie sehr die Tote von den Armen geliebt worden war, die ihr den Sarg geflochten und ausgeschmückt hatten und ihrer Leiche gefolgt waren. Gackeleia hatte oft von dem Blumensarg ihrer Ahnfrau erzählen hören. Es gab ein Märchen davon in der Gockelschen Familie, das man den Kindern erzählte, um ihnen Milde gegen die Armen einzuflößen. – Nun sah sie diesen Blumensarg vor ihren Augen; aber er war ganz welk und verdorrt. – Sie wollte um alles in der Welt den Blumensarg wieder in seiner ganzen Schönheit sehen. So drehte sie dann den Ring Salomonis mit den Worten:

Salomo, du weiser König,
Dem die Geister untertänig,
Lasse neu den Sarg verzieren
Mit des Dankes Blumengaben;
Wolle uns vorüberführen
Alle Armen, alle Kinder,
Die den Sarg gewebet haben;
All der Liebe Kränzewinder,
Die in Blumen einst begraben
Dieses Herz, den Trost der Kinder.
Sende all die Kronenbinder,
Jene Blumen einzusammeln,
Jene Kräuter, jene Halmen,
Deren Namen Wünsche stammeln,
Deren Namen Dankespsalmen,
Süße Grüße, Wohlgefallen
Wie unschuldge Kinder lallen.
Um das Bettlein, wo in Frieden
Ruht das irdsche Kleid der Braut,
Die, vom Leib der Zeit geschieden,
Ward dem ewgen Geist getraut,
Werde von dem Dank hienieden
Neu ein Blumenzelt gebaut.
Schmücket neu dies Herz mit Blüten,
Liebeswerke, die drin glühten,
Daß die Blumen, Erdensterne,
Zeitlich hier den Leib umkränzen,
Wie des Himmels Blumen, Sterne,
Ewig dort den Geist umglänzen;
Ringlein! Ringlein! dreh dich um,
Schmück den Sarg, ich bitt dich drum!

Auf diese Worte Gackeleias ertönte ein leiser, ungemein reiner und lieblicher Gesang von drei Lilien her, welche zu Häupten des Hennenkreuzes standen:

O Stern und Blume, Geist und Kleid,
Lieb, Leid und Zeit und Ewigkeit!

Nach diesen Stimmen nahte hinter der Linde hervor von beiden Seiten eine gar rührende Prozession von Greisen, Männern, Frauen, Jünglingen und Jungfrauen, Knaben und Mägdlein, ja Säuglingen auf den Armen der Mütter. Alle waren sie durch Kränze und Gewinde der mannichfaltigsten Blumen und Kräuter verbunden, die sie in der einen Hand hielten, während sie in der andern an weißen Stäben schimmernde Fahnen trugen und rings um Frau Urhinkel aufpflanzten. Diese Fahnen aber bestanden aus nichts anderm, als aus Hemden, Strümpfen, Röcken, Wämsern und besonders aus vielen allerliebsten, kleinen Kindermützchen, welche Frau Urhinkel mit eigenen Händen verfertigt hatte, um die Armen damit zu bekleiden. Alle die Kleidungsstücke schimmerten wie Silber und Gold, und was mit großem Fleiße, mit großer Liebe und Überwindung genäht war, das war wie mit Edelsteinen und Perlen ausgeziert. Es waren die Werke der Frau Urhinkel, welche ihr nachfolgten. Als nun alle diese Siegesfahnen um die liebe Seele aufgepflanzt waren, zogen die Geister der Armen, welche sie durch milde Austeilung der Gaben Gottes vor Not, Verzweiflung und Verbrechen gehütet und als dankbare Kinder in das Haus des Vaters geführt hatte, hin zu dem Sargkorbe, worin der Leib ihrer Wohltäterin ruhte, und verwandelten ihn mit allen ihren Laubgewinden durchflechtend in ein Schiff von Blumen. Die guten dankbaren Seelen schmückten das Ruhebettlein der Ahnfrau mit allem Danke, aller Liebe, die sich durch Blumennamen aussprechen lassen, und als der Blumensarg neu erblüht war, brach Gackeleia freudig in die Worte aus: »O das ist eine schöne Leichenrede, das sind keine rednerischen Blumen, das ist eine Blumenrede, mir ist, als spräche ich selbst so, wenn ich diese Blumengewinde ansehe; denn was die Blumen heißen, das sind sie mir!

Ja, liebe Ahnfrau, da ist *Augentrost* für dich, welche alle Tränen getrocknet, *Liebäugelein* für dich, weil du alle Arme so lieblich anblicktest; *brennende Liebe* mit den granatroten Blumen, weil dein Herz von Nächstenliebe geglüht; *Thymian*, das gewürzige *Demutkraut* für dich, du Demütige; *Ehrenpreis* für dich, du aller Ehren Werte; – *Engelsüß* und *Engelblume* sprechen: ›Du süßer milder Engel in aller Not!‹ – ›O du *Herzblümlein*, du

Herzenstrost, du *Herzensfreude*,‹ flüstern drei andre Blümlein. – ›Du *Honigblümchen, je länger je lieber* hatten wir dich,‹ sagen andre. – Wie viele stammeln mit Kinderaugen: ›*Vergiß mein nicht.*‹ – Das *Schlafkräutlein* spricht: ›Schlummere süß‹ – und das *Fühlkraut*: ›*Rühr mich nicht an.*‹ – Das *Mollenkraut*, das *Wunderbäumchen, Palme Christi* säuselt um dein Haupt. – Das *Herrgottsbärtlein* weht durch deine Locken. – Die *Passionsblume* schaut dich an – ruhe sanft, lieb *Denkeli* – an deinem schattigen sonnigen Herzen, du *Liebstöckel*, blühet dein *Herzgespann*, das demütige *Sophienkraut*, das *Sonnenbräntlein*, der *Sonnentau* füllt ihm die Löffelchen seiner Hände, im tiefsten Schatten, wie in glühender Sonne heilend und erquickend. Dem lieben Herzen, dem es nahe ist, müssen die Feinde vergeben, wie es ihnen vergiebt, alle müssen es lieben, kein Zauber kann es kränken, selbst der eigne nicht. – O schlummere selig, der *Engeltrank* dir *Wohl verleih!* – Sei *wohlgemut, Gottes Gnade, Gottes Hülfe, Gottes Heil* sind mit dir. – Zum *Himmel kehr* dich, du *Sonnenwende*. – Wandle träumend durch den *Himmelstau* zu dem *Kreuzblümlein*, dem *Jesusblümlein*. – Der *Heiland* legt den *Himmelsschlüssel* in deine Hände – Du *ewige Blume*. – *Gotteshülfe* sei dir *ewig grün*. – *Tausendblättchen* hast du reine, feine *Garbe* voll Heilkraft – und *Floramor, Tausendschön*, die purpursamtne *Amaranthe* schimmert dich an, daß dir das Herz lacht, usw. Wer kann alle Liebe aussprechen, welche die Blumen stammelten? – Zu ihren Füßen deutete die *Jerusalemsblume*, die *feurige Liebe*, die *Mannstreue* auf die Liebe und Treue Graf Gockels. Alle diese Blumen waren von vielen weißen *Rosen* durchflochten und an den Ecken des Sarges ragten *Lilien* hervor, und beide wußten nichts Freudigeres zu sagen als: »Sie liebte uns.« In der Hand hatte die liebe Tote einige Heilkräuter, einen Strauß von *Schlüsselblumen, Chamomillen, Melissen, weißen Nesseln, Lindenblüte* und *Orangenblättern*. – Ein *Monatsröschen*, das sie lange gepflegt, blühte in einem Körbchen an ihrer Seite. – Die ganze sprechende Blumendecke des Sarges war von einer immergrünen *Epheuranke* übersponnen, welche an dem Kreuze zu Häupten des Sarges hinanrankend sagte: »Immergrün ist meine Treue, wer will mich trennen von meiner Liebe, ich halte ihn und lasse ihn nicht. Wer ist treuer als ich? Selbst von der Wurzel getrennt, lasse ich nicht von dem, was ich umarmte, und grüne und lebe klammernd an meiner Stütze. Mit ewigem Grün umschließet die Treue die Asche der Toten und bindet die Scherben der Urne; denn losgerissen würde sie sterben. Selbst den gefallenen Stamm umgrüne ich. Seit ich lebe, ringe ich aufwärts, nicht aus eigener Kraft, sondern getragen von zuvorkommender Gnade, die ich dankbar mit den Wurzeln meiner Zweige erfasse. – Weil ich barmherzig den nackten Fels bekleide, decket die ewige Liebe meine eigne Armut und trägt mich aufwärts mit den Barmherzigen, die sie selig spricht; auf daß ich aufsteige aus der Wüste, gestützt auf den Geliebten, überfließend von Beglückungen.« – Solches und vieles andere stammelten die Blumen und Kräuter, womit die Geister der dankbaren Armen, denen Frau Urhinkel alle Barmherzigkeit erwiesen hatte, ihren Sarg von neuem schmückten. – Als sie den Sarg geschmückt hatten, zogen sie sich zu beiden Seiten der Frau Urhinkel zurück, erhoben ihre Fahnen wieder und traten in den Hintergrund.

Alles das sahen Gockel, Hinkel Gackeleia und Kronovus ganz still mit tiefer Rührung an und nun sprach Gackeleia: »Das also ist der schöne Blumensarg unsrer Ahnfrau, von dem du mir so oft erzählt, liebe Mutter, daß die Engel die Blumen dazu im Himmelsgarten gepflückt?« Da erwiderte Frau Hinkel: »Ja, und er ist noch viel schöner, als ich wußte, denn die Engel waren die Armen, die sie in den Himmel durch ihre Liebe geleitet, und der Himmelsgarten war der Garten ihres liebvoll barmherzigen Wirkens und alle die Blumen und Kräuter waren ihre Liebeswerke. Sie hat mit der Gnade Gottes ihren Garten selbst gebaut!« – Da sprach Gockel: »Hier kann man wohl sagen, unsere Werke folgen uns, und wie man von Kummer und Bösem sagt, das ist ein Nagel in meinen Sarg, kann man wohl von allen Werken der Liebe sagen, sie sind Blumen auf meinem Grab; o wer sollte sich nicht einen solchen Garten zu bauen wünschen!« – »Ach,« sprach Kronovus, »du mußt helfen, Gackeleia, wir wollen fleißig im Garten arbeiten.« Gackeleia hatte Tränen in den Augen und nickte still.

So standen sie und sahen den Leib der Ahnfrau an, der ernst und ehrwürdig und doch so lieblich mit seinem Brautkleid in dem Blumenbettchen ruhte. Keine Spur von Verwesung entstellte die rührende Gestalt. Sie war ganz dieselbe, wie man sie in dem Grafensaal in Gockelsruh als Braut gemalt sah, nur noch weiser, noch reiner. Das edle, kluge Haupt trug die Grafenkrone über einen Kranz von Amaranthen, der die reichen, mit Perlen durchflochtenen Locken umfing, und ruhte mit geschloßnen Augen, wie das Antlitz eines schlummernden Heldenkindes, auf einem runden goldnen, mit Rubinen verzierten Polster, das sie gleich einem Heiligenschein umleuchtete; die eine Wange jedoch lehnte etwas zur Seite geneigt an einem Kissen von der feinsten schneeweißen Leinwand. – »Kennst du das kleine Kissen?« fragte Frau Hinkel die Gackelea und diese antwortete: »O gewiß, davon hast du mir ja auch erzählt, wie von dem Blumensarg; die Gräfin Amey von Hennegau spann so fein, so fein, webte so fein, so fein, und trocknete mit ihrem Linnen die Tränen der Armen; weil aber noch so fein gesponnen endlich doch kömmt an die Sonnen, so haben ihr die Armen diese Linnen an der Sonne mit Tränen des Dankes gebleicht. Sie teilte aber alles mit ihnen und so auch dieses Linnen; da haben dann die dankbaren Armen ihr aus ihrem Teil ein Brauthemd und ein Totenhemd genäht, und da noch ein Stückchen übrigblieb, verfertigten sie dies kleine Kissen daraus und nähten den Spruch darauf: ›Ein gutes Gewissen ist das ruhigste Kissen‹. Es kamen aber alle Vögelein, denen sie von Jugend auf ihre Brosamen ausgestreut hatte, herangeflogen und rupften sich selbst aus Dankbarkeit die zartesten Flaumfederchen aus der Brust in das Kissen, bis es recht weich und reichlich gefüllt war. Diese Gaben verehrten sie der lieben Wohltäterin als Brautgeschenk und sie nahm sie mit in den Blumensarg.« – »Du weißt alles noch recht schön«, erwiderte Frau Hinkel; »sieh, zum Andenken dieses so ehrenvollen Ereignisses haben auch alle Jungfrauen und Frauen unseres Stammes in ihrer Ausstattung zwei solche Hemden und ein solches kleines Kissen, welche von den Armen verfertigt werden müssen, und dieser Teil der Ausstattung heißt die Armenlinnen-Spiegelgabe, weil wir uns an der Milde unsrer Ahnfrau spiegeln sollen.«

»Ach,« sagte Gackeleia, »es ist schwer den Blick von dem lieben Angesicht zu trennen, es ist so ehrwürdig, so ernst wie eine Sibylle, welche Schicksale träumt, so liebvoll sorgend und warnend wie eine fromme Mutter, und auf der sinnenden Stirne ruht der Friede besiegter Leiden, und wenn ich ganz bewegt bin und die Tränen mir in die Augen treten wollen, lächeln mir ihre Wangen und ihre Lippen so kindlich entgegen und es ist mir, als küsse mir ein Kind die Tränen von den Augen und streichle mir tröstend die Locken von der Stirne.« Da sprach Gockel: »Kind, du hast ein gutes, sicheres Aug; was du sagst, muß wohl so gewesen sein. Sieh, darum hat das liebe Herz, die gute Ahnfrau, auch schon als Jungfrau den Hennegauschen Mägdlein-Orden der freudig-frommen Kinder gestiftet, dessen höchster Grad hier im Sarge ihre Brust bedeckt. Es ist derselbe Orden, den Mutter Hinkel und auch du jetzt trägst.

Es war in den Tagen der guten Ahnfrau im Lande Hennegau unter dem weiblichen Geschlecht eine traurige tiefsinnige Andachtsweise eingerissen; das Ei wollte klüger sein als das Huhn, und die Hühner sprachen erstaunlich viel über ungelegte Eier. Es war wie eine Krankheit unter den Mägdlein des Landes geworden, aller weiblichen Handarbeit und Pflege und ebenso aller Freude und Heiterkeit zu entsagen und sich allein einem tiefsinnigen Hinbrüten zu ergeben, wodurch manche auf sehr verkehrte Dinge kamen. – Da nun im Jahre 1310 Porette, eine Jungfrau aus Hennegau, welche die Gräfin Amey kannte, durch diese Lebensweise auf so unsinnige Meinungen und Lehren kam, daß sie in Paris zum Feuertode verurteilt ward, nahm Gräfin Amey sich dieses so zu Herzen, daß sie sich entschloß, dieser Verkehrtheit durch ihr Beispiel entgegenzuarbeiten. Sie errichtete deswegen für Jungfrauen den Orden der freudigen frommen Kinder, in welchem sie alle ihre Freundinnen verbindlich machte, mit Arbeit und Pflege für die Armen kindliche Freude und Andacht zu vereinigen. Alles Gute und Heilige hatte einen Altar in ihrem Herzen, alles Kindliche und Heitere aber auch eine gastfreie Herberge darin; und so kam die liebe Amey in ein recht liebes, natürliches Wesen. Sie ward der Trost der Armen und die Freude der Kinder, sie selbst nannte sich als Großmeisterin des Ordens das arme Kind von Hennegau. Da begann eine gute Zeit für die Kinder in Hennegau, welche durch die übertriebene Selbstbeschauung ihrer Mütter und älteren Schwestern ganz unbeobachtet, verwildert, schmutzig, zerrissen und zerlumpt geworden waren. Die liebe Amey errichtete große Ordensfeste und jede ihrer Ordensgespielinnen mußte eine Herde Kinder sauber und reinlich gekleidet auf die Wiese bringen, wo getanzt und gespielt, gegessen und getrunken und auch Gott gedankt wurde. Alle edlen Jungfrauen wollten in dem Orden der freudig frommen Kinder sein, und die weibliche Sitte erhielt eine neue schöne Wendung, so daß es ein Sprichwort geworden: ›Wie wohl wär mir, hätt ich zur Frau ein edle Dirn aus Hennegau!‹ Um aber die Verbindung der freudigen Frömmigkeit und Kindlichkeit zu bezeichnen, um auszudrücken, daß die tiefste Betrachtung es eben nicht viel weiter bringt als ein lallendes Kind, so besteht das Ordenszeichen aus einer Figur, welche auf der einen Seite ein zur Sonne auffliegendes Lerchlein als das Bild freudiger Betrachtung und auf der anderen Seite ein kleines, lächelndes Wickelkind, das sich geduldig von einem Arm auf den andern nehmen läßt, vorstellt. Es wird dieser Orden aber an einem amaranthroten, mit allerlei Glöckchen und Quästchen und sieben Sächelchen behängten Bande um den Hals getragen, weil die Amaranthe nicht verwelkt und ihre tiefe, rote Farbe auch getrocknet bewahrt. Die Amaranthe ist das Sinnbild treuer, beständiger Gottes- und Menschenliebe, und ein Schmuck geliebter Toten, und es ward dem armen Kind von Hennegau hier im Blumenbettlein die schöne Amaranthenkrone aufgesetzt, weil es recht gewandelt ist. Die Erde trägt eigentlich nur den Schatten dieser Blume, der Himmel allein bringt sie in der Fülle ihrer ganzen Bedeutung wirklich hervor, als ein unvergängliches, unbeflecktes, unverwelkliches Erbteil, das uns in ihm bewahrt ist. – Die Amaranthe ist ein Sinnbild der unschuldigen Kindlein, weil diese durch das Schwert vom Leben getrennt, in ihrem Blute im Himmel wie die tiefroten Amaranthen glühen, welche, selbst von der Pflanze abgeschnitten, ihre Farbe nicht verlieren. – Die Amaranthe ist das Sinnbild der Beständigkeit, der treuen Ausdauer, und von ihr heißt es: In Kälte und Hitze, auch getrennt, beständig, nimmer welkend, in Tränen erneuet. – Dieser Eigenschaften wegen trägt Gräfin Amey die Amaranthen-Krone und den Orden am amaranthroten Band; daß aber am Saum dieses ernsten Bandes alle die kleinen artigen Spielsachen, Quasten, Glöckchen, Troddeln hängen, deutet wieder auf unschuldige Freude am Saum des ernsten Tagwerks, so wie die Beete eines Gartens, den wir mühselig bauen, mit kleinen lieblichen Blumen eingefaßt sind. Sieh, Gackeleia, wegen der tiefen Bedeutung der Amaranthenfarbe hatte die gute Ahnfrau auch wohl eine so tiefe Rührung bei ihrem Anblick, denn sie konnte sich oft gar nicht zurückhalten, wenn sie diese Farbe sah; oder entsprang die Macht dieser Farbe über sie aus einem Vorgefühl des Schicksals, das ihr durch dieselbe bevorstand? – Ich kann es nicht entscheiden – nur muß ich dich ermahnen, liebe Gackeleia, nie eine Hinneigung zu irgend einer Sache allzu heftig werden zu lassen, damit sie dich nicht endlich überwältige; denn sieh – die gute Ahnfrau wurde durch diese Farbe gefangen und aus Hennegau hieher nach Gockelsruh entführt. Die Räuber, welche wußten, daß sie dieser Farbe nicht widerstehen konnte, breiteten auf einer grünen Wiese, auf der sie oft spazieren ging, eine amaranthfarbige, seidene Decke aus, und sangen ein Lied in der Nähe, das sie sehr liebte:

Feuerrote Blümelein,
Aus dem Blute springt der Schein,
Aus der Erde dringt der Wein,
Rot schwing ich mein Fähnelein.

Dieses Lied lockte Amey ans Fenster und als sie den tiefroten Fleck im Abendschein auf der Wiese funkeln sah, konnte sie der Begierde nicht widerstehen; sie mußte hineilen und sich auf die Decke niedersetzen, und so entschlummerte sie. Da zogen die Räuber mit verborgenen Schnüren plötzlich die Decke über ihr zusammen, banden sie auf ein Pferd und entführten sie bis hieher unter die Hennenlinde, wo Urgockel sie auf ihr Hülfsgeschrei befreite. – Sieh, sie ist ganz in ein weites amaranthseidenes Gewand gehüllt, das deutet auf jene Decke, in der sie entführt, gerettet und die Braut Urgockels ward.« – »Es paßt recht schön,« sprach nun Gackeleia, »daß sie diese Farbe auch hier im Tode trägt, denn so ist sie auch in dieser Farbe von der Erde entführt, und unter dem wahren Hennenkreuz gerettet, eine Braut des Himmels, und wie ein Küchlein unter die

Flügel der Henne versammelt worden. – Aber sage, warum haben denn die Räuber die liebe Ahnfrau entführen wollen? – Sie sieht doch gar nicht so reichgeschmückt aus wie andere Gräfinnen, die von funkelndem Geschmeide strotzen, und ich habe mich schon über diese Armut verwundert; kannst du mir wohl sagen, warum hat sie denn gar keinen andern Schmuck auf ihrem amaranthseidenen Brautkleid als nur zwei kleine Edelsteine auf den beiden Spangen, welche das weite Gewand auf den Schultern zusammenfassen?« – Da schaute Gockel die Gackeleia lächelnd an und sprach: »Du bist ein rechter Schelm, du fragst mich über allerlei, was längst vergessen ist, und dann drehst du heimlich den Ring Salomonis, damit mir alles in den Sinn kommen soll, was ich nie oder doch nur dunkel gewußt habe.« – »Freilich mache ich es so,« antwortete Gackeleia, »denn wie jede Speise ihr eigentümliches Gefäß hat, so sind solche alte Geschichten immer am schönsten, wenn sie der Vater erzählt.« – Da fuhr Gockel fort: »Du fragst ganz recht wegen den Räubern, die sie entführten, und diesen einsamen Edelsteinen auf ihren Achselbändern zugleich, denn wegen dieser wollten die Räuber, welches böse Edelleute aus dem Turgau waren, sie entführen und Kronovus mag dich nur gut bewachen, sonst kann dir es auch so gehen; denn auch du trägst solche zwei kleine Edelsteine auf den goldnen Spangen, welche die Ärmel deines amaranthfarbigen Brautkleides auf der Schulter schürzen, und es sind diese Spangen deine eigentliche Morgengabe, welche dir allein gehört. Es sind die sogenannten heiligen Lehns-Kleinode der Grafschaft Vadutz, deren Wappen darauf eingegraben ist. Vadutz mit seinen Felsenschlössern ist ein Frauenlehn und gehört allen erstgebornen Gräfinnen von Hennegau, die mit diesen Spangen auch alle Rechte einer Lehnshuldin von Vadutz empfangen. Es ist eine alte geheimnisvolle Sage mit diesen Steinen verbunden; es heißt, die wahren heiligen Gnaden-Kleinode habe schon Rebekka auf ihren Schultern getragen, sie seien wundertätig, die Ahnfrau habe sie mit ins Grab genommen, um ihre Nachkommen vor Gefahren zu hüten, und jene, welche diese trügen, seien gewöhnliche Edelsteine; das mag wohl auch so sein, denn Mutter Hinkel trug diese Kleinode auch, seit sie Gräfin von Vadutz ward, aber ich habe sie dadurch nie Wunder wirken sehen. Jedoch sind diese Kleinode, wodurch die Gräfin Amey ihre Tochter zur Gräfin Vadutz weihte und welche nun bis auf deine Schultern gekommen sind, an die echten Edelsteine angerührt worden und mögen so einen Strahl ihres Segens empfangen haben. Die echten heiligen Lehns-Kleinode aber sehen wir hier auf den Spangen der lieben Ahnfrau, und in dem großen Buche, welches hier neben ihr im Sarge liegt, steht von dem Geheimnis dieser Steine; wir wollen es heute nach der Hochzeitsmahlzeit lesen, jetzt aber sollt ihr mit der Nachricht vorlieb nehmen, wie diese Kleinodien und das Ländchen Vadutz an die Gräfinnen von Hennegau gekommen sind. – Der Vater der lieben Ahnfrau trug diese Kleinode selbst, er war ein Erb-Graf von Vadutz, vermählte sich aber mit einer Gräfin von Hennegau, zog mit den Kleinoden nach Hennegau und nahm dessen Namen an. Er sehnte sich lange nach einem Töchterlein; als nun seine Gemahlin die liebe Amey geboren, war es gerade Neujahrstag, der Graf von Hennegau war in der Schloßkapelle und im Augenblick, als man sang:

Uns ist geboren ein Kindelein,
Sein Reich lehnt auf den Schultern sein,

kam ein Edelknab gelaufen, er solle geschwind zu der Frau Gräfin kommen, soeben habe ihr der Klapperstorch ein allerliebstes Töchterchen gebracht. Da lief der Graf geschwind hinauf in das Zimmer der Gräfin und sang den ganzen Weg:

Mir ist geboren ein Töchterlein,
Sein Reich lehnt auf den Schultern sein,

und als er hinaufkam, saß die Gräfin aufrecht auf ihrem Lager und hatte das liebe arme Kind von Hennegau am Herzen, und der Graf war ganz außer sich vor Freude und lehnte sein Haupt auf die Schulter der Mutter und sah dem Töchterlein in die lieben Augen und vergoß Freudentränen; dann nahm er seine Achselbänder, worauf zwei Edelsteine, die Reichskleinode von Vadutz, befestiget waren, und sagte feierlich: ›Weil uns das liebe Töchterchen gerade beschert worden ist, da man das Verschen sang, so will ich ihm auch sein Reich auf seine Schultern lehnen und zwar jetzt dir, als seiner treuen Vormünderin.‹

Da heftete er seiner Gemahlin die Achselbänder mit den Edelsteinen, worauf das Wappen von Vadutz eingeschnitten war, auf die Schultern und sagte: ›Ich belehne deine Erstgeborne durch dich und alle erstgebornen Töchter ihrer Nachkommen mit dem Ländchen Vadutz; es sei ein Frauenlehn, ein Kunkellehn in unsren Nachkommen, und sollen den erstgebornen Töchtern der Grafen von Hennegau, sobald sie die erste Kunkel des zartesten Flachses für die Armen, ohne den Faden zu zerreißen, abgesponnen haben, diese Edelsteine auf die Schultern geheftet und sie so mit dem Ländchen Vadutz belehnt werden.‹ – Du nun, liebe Gackeleia, trägst jetzt diese Kleinodien auf deinen Achselbändern. Der alte Graf von Hennegau sprach nichts von dem Ursprung und den Gnaden dieser Kleinode, die bei seinen Vorfahren schon in Vergessenheit gekommen waren, welche aber die Ahnfrau später von drei Klosterfrauen erfuhr, denen sie zum Lohn ein Kloster Lilienthal stiftete; es sind dieselben, welche dort neben den Lilien bei ihr stehen. – Wegen diesen Kleinodien nun und dem Besitz der Grafschaft Vadutz entführten einige Ritter, welche nicht vom Auslande her regiert werden wollten, die Lehnshuldin und wurden hier von Urgockel erschlagen.«

Hierauf schwieg Gackeleia ein Weilchen, und da Gockel sie fragte: »Warum sprichst du nicht?« antwortete sie, indem sie ihm eine Spindel voll des feinsten Gespinstes reichte: »Ei, Vater, weil ich jenen Rocken nicht abgesponnen, lehnte mir das Ländchen so schwer auf den Schultern wie ungerechtes Gut; da drehte ich den Ring Salomonis geschwind, geschwind am Finger wie eine Spindel, und da hab ich sie nun voll feinem Garn für die Armen und es ist mir wieder ganz leicht auf den Schultern.«

Da lächelten sie alle über die Gewissenhaftigkeit der neuen Königin Gackeleia von Gelnhausen, Gräfin von Gockelsruh und Hennegau, Lehnshuldin von Vadutz, und schauten die liebe Ahnfrau weiter an. Die goldnen Armringe, welche einst die weiten Ärmel fest angeschlossen, waren los an den dürren Armen herabgesunken, die feinen weißen Hände ruhten an beiden Seiten des Leibes. Die Linke hielt die obengenannten Heilkräuter, die Rechte ruhte auf einem großen Buch und faßte acht lange amaranthfarbige, mit Perlen gestickte Bänder, welche von dem ähnlichen Gürtel ausliefen, der das weite Gewand über den Hüften umschloß. An diesem Gürtel hingen auch Schlüssel, und ein Löffel, Kinder zu speisen, und eine Rassel, Schere und Ähnliches. Die hagern feinen Füßchen schauten so arm und rührend unter dem Saum des Gewandes hervor, als zitterten sie, und die mit Perlen gestickten Goldpantöffelchen waren zu weit geworden, und eines heruntergefallen, so daß der eine Fuß mit den weißen schimmernden Zehen hervorsah. – Da kniete Gackeleia mit großer Liebe und Rührung an dem Sarge nieder und küßte den Fuß und benetzte ihn mit Tränen, mit den Worten: »Du liebes armes Kind von Hennegau hast ja dein Pantöffelchen verloren; o Mutter Hinkel, sieh, wie muß das liebe Ahnfrauchen zu den Armen im Schnee herumgepatscht sein, die Spitze des Fußes ist ganz braun, sie hat sich die Füße verfroren; – wart, ich weiß, was ich tue, in der goldnen Gallina der Königin von Saba ist eine Frostsalbe; hole mir sie, Kronovus!« Gleich brachte Kronovus die Salbe und sie pflegte den Fuß der geliebten Toten damit und schaute mit Tränen den Vater an und sprach: »Vater Gockel, das liebe arme Kind von Hennegau ist schon lange tot, aber ich darf es doch pflegen, nicht wahr, Vater, das ist nicht ganz unvernünftig? Denn sieh, ich muß es tun aus Liebe und Dank und würde mich schämen, so ich es nicht täte; ich tue es mit dem Wunsche, es ihr selbst zu tun, sie wird schon wissen, wozu sie es gebrauchen kann; vielleicht kann sie jetzt, da ich ihr Liebe erwiesen habe, viel lustiger im Paradiesgarten herumtrippeln, und dankt mir es.« Unter diesen Worten küßte Gackeleia den Fuß, den sie gepflegt und mit einem reinen Tüchlein verbunden hatte, und steckte ihn wieder in das Pantöffelchen; dann erhob sie sich und alle umarmten sie schweigend, und es ertönte von dem Geiste der Frau Urhinkel mit inniger Freude der Gesang her:

Mein Schmerz ward milder, tausend Dank!
Lieb ewig heilt, was zeitlich krank.
Nimm dir zu deiner Liebe Lohn
Die echten Steine von Vadutz;
Im großen Buche findst du schon,
Wie heilsam dieser Gnadenputz;

O Stern und Blume, Geist und Kleid,
Lieb, Leid und Zeit und Ewigkeit!

Es war eine schimmernde Freude in der Erscheinung und den drei weisen Nönnchen bei den Lilien, die süßer dufteten als je. – Gackeleia aber besann sich nicht lange, schnell vertauschte sie ihre Achselspangen mit jenen des armen Kindes von Hennegau, und nahm zugleich das große Buch aus dem Sarg und gab es dem Vater. – Gockel blätterte ein wenig darin und sagte: »Es ist kurios geschrieben von beiden Seiten nach der Mitte zu. Von einer Seite enthält es die Rechnungen der Grafschaft Vadutz, von der andern ein Tagebuch. – Potztausend! was stehen da für Lehen und Zinsen darin, aber – aber Irren ist menschlich, das Kind hat sich auch da einmal verrechnet. Hier auf diesem Blatt bei der Almosen-Rechnung hatte sie subtrahieren sollen, 1 von 100 bleibt 99, aber sie hat statt dessen gesagt, 1 von 100 kann ich nicht, 1 von 10 bleibt 9 und 9 von 9 geht auf, – das kann ja unmöglich eintreffen, aber aufgegangen ists doch, wie Saat im Garten der Armen. – In der Orthographie war sie auch nicht ganz fest, hier in der täglichen Haushaltungsrechnung steht immer: eine Maß Michl, ein Schoppen Michl – immer Michl statt Milch; aber halt, da kömmt etwas, das muß jetzt verlesen werden; lies, Gackeleia!« – und er gab ihr das Buch und sie las:

Gräflich Hennegauische Hühner- und Menschensatzungen

Zu der Sache ewiger Gedächtnis. Wir von Gottes Gnaden Gräfin Amey, Urhinkel von Hennegau, allererste Lehnshuldin des Ländchens Vadutz, armes Kind von Hennegau und des Ordens der freudigen frommen Kinder Stifterin, erklären in hoher Pünktlichkeit, Komma cum Pünktlichkeit und Duopünktlichkeit. – Als Wir, der abgründlichen Untiefe übertriebener Beschaulichkeit zu begegnen, Unsern Orden errichteten, haben Wir unsern Namensverwandten und ersten Ordensgespielinnen bei verschiedenen Veranlassungen, welche in den Tagebüchern des Jahres 1318 aufgeschrieben sind, mancherlei Gnaden und Rechte für sich und ihre weiblichen Nachkommen verliehen, wogegen dem Brautzug und Leichenzug jeder Gräfin von Hennegau eine Nachkommin dieser Gespielinnen gottesfürchtig beizuwohnen und ein Huhn an dem sogenannten Hühnerabend abzuliefern hat. Auch sollen dieselben solchen Braut- und Leichenzügen mit ihren Namen bezeichnenden Blumen geschmückt beiwohnen und derlei Blumen zu Füßen des Grabes erhalten, mit der kindlichen Liebesmeinung, diese möchten dort statt ihrer beten, wenn sie selbst nicht anwesend sein könnten. – Eine jede erstgeborne Tochter meiner Nachkommen nimmt mit ihren mündigen Jahren das Amt der Ordensgeneralin und den Titel »Das arme Kind von Hennegau« an und hat an ihrem Gürtel als Braut und als Leiche acht Bänder von amaranthfarbigem Linnenband befestiget, welche die Ordensgespielinnen anfassen, wenn sie dem Zuge folgen. Sie gehen in dem Grand Cortege dicht hinter den drei Klosterfrauen von Lilienthal. – Sie haben dies alles zu erfüllen bei Verlust ihrer Rechte.

Diese Unsre Erklärung soll bei Braut- und Leichenzügen den Ordensgespielinnen jedesmal vorgelesen werden. – Sodann sind die Pflichten der Klosterfrauen von Lilienthal zu lesen und dieselben aufzurufen, worauf die Ordensgespielinnen oder deren Lehnserben aufgerufen und von ihnen die Pflichthühner abgeliefert werden sollen.

Gegeben in Unserm Kabinettchen im Jahr, da man sang:

Gott grüß dich, Mond- und Sternenschein,
Entlaubet ist das Fensterlein!

Pflichten der Klosterfrauen von Lilienthal

Als ich am Tage nach Johanni des Jahres 1318 den drei Fräulein zur Lilien auf Gottes höhere Mahnung und ihr dringendes Bitten das Kloster Lilienthal gründete und ausstattete, wurde dieses Kloster Lilienthal verpflichtet, den Braut- und Leichenzug jeder Gräfin von Hennegau und Lehnshuldin von Vadutz, welche das Kleinod auf den Schultern trägt, von drei Klosterjungfrauen begleiten zu lassen und auf ewige Zeiten drei weiße Lilien auf meinem Grabe zu erhalten. – Es sind aber diese drei Klosterschwestern bei solcher Gelegenheit mit den Worten aufzurufen:

Ihr Lilien im Garten,
Gedenket der Nacht,
Gedenket der Zarten,
Die bei euch gewacht;
Gedenket der Gnade,
Die auf euch getaut,
Und duftet am Pfade
Der lieblichen Braut,
Und bittet am Grabe,
In dem sie nun ruht,
Daß Friede sie habe,
Die lieb war und gut.

Da neigten sich die drei weißen Klosterfrauen gegen die rechte Schulter der Ahnfrau und man hörte die Worte wieder:

O Stern und Blume, Geist und Kleid,
Lieb, Leid und Zeit und Ewigkeit!

Hierauf nahte die Mutter Gackeleias dem Sarge und legte vier der acht Amaranthbänder, die von dem Gürtel der Ahnfrau ausliefen, zur rechten und vier zur linken Seite des Sarges heraus, und indem sie die weiten Ärmel ein wenig über den hagern elfenbeinernen Händen der Ahnfrau in die Höhe zog, sprach sie: »Sieh, Gackeleia, da bewährt sich das Sprichwort wieder: An der Klaue kennt man den Löwen, und an der Hand die Gräfin von Hennegau. – Wenn wir es auch nicht wüßten, so würden uns diese Hände sagen, daß sie der Gräfin Amey von Hennegau gehören. Sieh, Gackeleia, von ihr haben wir die sogenannten Hennegauischen Dockadaumen oder Gnadendaumen geerbt.« Gackeleia küßte die Hände der Ahnfrau ehrerbietig, indem sie den Vater fragte, woher denn der Name Hennegauische Gnadendaumen komme; da erwiderte Gockel: »Die ganze Hennegauische Familie stammt mütterlicher Seite von einem römischen Kaiser Curio und dessen Weib Docka her, die Christen geworden, nach Deutschland gezogen und auch das Land Vadutz gegründet. Es war aber bei den heidnischen Römern eine grausame Belustigung, Männer mit Schwertern auf Tod und Leben miteinander fechten zu sehen. Wenn nun einer der Kämpfer unterlag, setzte ihm der andere das Messer an die Kehle und schaute umher, ob man ihn töten oder begnadigen lassen wolle; wer nun verlangte, der Überwundene solle leben bleiben, der hob die Hände in die Höhe und schloß den Daumen fest in die Faust, das war das Zeichen der Gnade; die Kaiserin Docka soll gleich nach ihrer Geburt schon die Händchen in dieser Stellung gehabt haben, so daß die Mutter ausrief: »Ach mein liebes Kind, du bist ein Gnadenkind!« Docka aber hielt bei jeder Gelegenheit, wo es Hilfe und Rettung galt, von frühester Jugend auf ihre Händchen immer in dieser Gnadenstellung, so daß ihre Daumen sich ganz darnach bildeten und man dieselben Gnadendaumen Dockadaumen nannte, und von ihr ist diese Handbildung auf alle Gräfinnen von Hennegau, mit der großen Neigung zu begnadigen und zu vergeben, vererbt. – Sieh, Gackeleia, daher kömmt der Gebrauch, daß man sagt: Halte mir den Daumen! wenn man verlangt, ein anderer solle mit seiner ganzen Seele unser Glück wünschen.«

»Nun wissen wir alles,« sprach Gackeleia, »so recht, wie man sagt, bis auf den Fingernagel; wir wissen, warum die drei Lilien und die drei weißen Klosterfrauen bei der lieben Ahnfrau unter der Hennenlinde stehen; und warum dort bei den acht Pflanzen die acht Ordensgespielen des armen Kindes von Hennegau festlich geschmückt erscheinen und Hühner in Körbchen unter dem Arm tragen. Sie kommen zur Leichen-Übertragung des ältesten armen Kindes von Hennegau und zum Brautzug des jüngsten, und das bin ich! – Sie wollen ihre Pflichthühner abliefern. – Geschwind, geschwind, laßt uns sie empfangen; ich sehe, sie schwanken schon ein wenig ungeduldig durcheinander. Wohlan, ich rufe sie auf. – ›Im Namen Ihrer Kindlichkeit der Gräfin Amey von Hennegau, ersten Lehnshuldin von Vadutz und ersten armen Kindes von Hennegau, mahne ich, Gackeleia, Königin von Gelnhausen, Gräfin in Hennegau und von Gockelsruh, jüngste Lehnshuldin von Vadutz und jüngstes armes Kind von Hennegau, euch acht erste Ordensgespielen, die acht Pflichthühner abzuliefern. – Zuerst rufe ich auf: Fräulein Ornitogalia, für eine am 30. April 1318 empfangene Weide-Gerechtigkeit liefere ab ein Hirtenhuhn!‹«

Auf diesen Ruf schwebte Ornitogalia, ein Kränzlein des Kräutleins Hühnermilch auf den blonden Locken und ein schönes Huhn in einem Körbchen tragend, zwischen den Sarg und

Gackeleia. Sie verbeugte sich gegen den Geist der Ahnfrau, küßte dann knieend den Orden, den der Leichnam im Sarge trug. Hierauf erhob sie sich wieder, lehnte ihr Haupt gegen das Kleinod der rechten Achselspange Gackeleias, setzte sodann ihren Korb mit dem Hirtenhuhn zu ihren Füßen nieder und nahm ihn wieder unter den Arm, worauf sie das erste der acht amaranthfarbenen Bänder ergriff und ruhig an ihrer Stelle stehen blieb. – Hierauf rief Gackeleia nach der Reihe die sieben folgenden Fräulein auf. Alle trugen sie Kränze von Kräutern ihres Namens und den Orden der freudig-frommen Kinder, und jede tat wie Ornitogalia. – Osterluzia lieferte für ein am 1. Mai empfangenes Stück Wald ein Waldhuhn. – Kretellina brachte für das am 7. Mai erhaltene Recht, im Wald zu grasen, ein Grashuhn. – Serpoleta gab für den am 14. Mai verliehenen jährlichen Holzbedarf ein Rauchhuhn. – Morgelina hatte am 21. Mai das Recht erhalten, im Walde Laub zu sammeln, und brachte ein Laubhuhn. – Moskatellina entrichtete für ein am 28. Mai empfangenes Kornfeld ein Ährenhuhn. – Kornelia leistete ihre Lehnspflicht für einen am 4. Juni empfangenen Rosengarten mit einem Gartenhuhn. – Esparsetta entrichtete für ein am 13. Juni, Pfingstdienstag, empfangenes Feldgut ein Pfingsthuhn. – Als alle Ordensgespielinnen ihre Pflicht gelöst und, die acht Bänder anfassend, zur Rechten und Linken des Blumensarges standen, erhoben Gackeleia und Kronovus die beiden vorderen, Gockel und Hinkel die beiden hinteren Stangen der Tragbahre und zogen mit dem Blumensarge der Kapelle zu. – Der Geist der Ahnfrau folgte seinem eignen Leibe zu Grab. – Es war ein Anblick von der rührendsten Erhabenheit. – Hinter dem von den acht Ordensgespielinnen umgebenen bunten Blumensarg, in welchem das bleiche arme Kind von Hennegau in tiefrotem Gewand gleich einem elfenbeinernen ernsten Jungfräulein zu schlummern schien, schwebte dessen eigner Geist zwischen den drei weißen Klosterfrauen, welche Lilien trugen, – selbst eine Lilie – in unaussprechlich rührender Einfachheit, in schneeweißem, langem Gewand, Spindel und Brot tragend, das verschleierte Haupt mit weißen Rosen bekränzt, mit lieblichem Frieden im Angesicht über die Blumen und Grasspitzen dahin. Eine der drei Klosterjungfrauen, welche sie mehr als die beiden andern zu lieben schien, trug ihr demütig die Schleppe. – Alle drei sangen:

Die reine Lilie prangt mit größrer Herrlichkeit
Als jemals Salomo in seinem Königskleid;
Du trägst dies Brautgewand seit deiner Tauf auf Erden,
Du konntest herrlicher niemals geschmücket werden.

Worauf der Geist der Ahnfrau mit wehmütiger Innigkeit wieder sang:

O Stern und Blume, Geist und Kleid,
Lieb, Leid und Zeit und Ewigkeit!

Nun aber folgte der ganze Zug der Geister der dankbaren Armen, welche den Sarg geschmückt hatten; sie trugen die schimmernden Fahnen von Röckchen, Hemdchen, Schürzchen, Jäckchen, Mützchen, die guten Werke des armen Kindes von Hennegau. Wer aber kam ganz, ganz zuletzt, so daß gar nichts mehr hinter ihm kam? – Niemand anders als jene alte Frau mit einer blauen Schürze, welche bei allen Prozessionen und Leichenzügen zuletzt kommen muß – jene gesetzte, solide Person, die nicht im Himmel ist, nicht auf Erde ist und die selber nicht weiß, wo sie ist und wer sie ist. Alle Nachforschungen der so ausgezeichneten geheimen Polizei von Gelnhausen haben doch keine entschiedenere Auskunft über sie zustande gebracht als: es heiße, sie solle ein buckliches Fragezeichen hinter einer Leichenrede sein, man halte sie für eine Art Nachrede, sie gebe sich für ein gewisses Gewissen aus, u. dgl. mehr. – Man suchte ihrer auf alle Weise habhaft zu werden, man stellte bei allen Blaufärbern Spionen auf, um sie zu ergreifen, wenn sie etwa ihre Schürze neu wolle färben lassen; aber sie ließ sie nicht färben. Endlich ward sie von der Verschönerungskommission als geschmacklos und die künstlerische Würde solcher Prachtzüge störend, und von der Aufklärungskommission als ein abgeschmackter alter Aberglauben für null und nichtig in Contumaziam erklärt. – Der Oberhof-Osterhas schrieb eine gekrönte Preisschrift gegen sie, worin er sie für eine optische Täuschung oder höchstens für das fünfte Rad am Wagen erklärte, welches, so oft man seiner auch erwähne, doch eigentlich niemals da sei. – Unter der Regierung des Kronovus aber ward, weil er sie selbst trotz aller Null- und Nichtigkeits-Erklärung hinter dem Leichenzug seines Herrn Vaters Eifrasius allerhöchstaugenscheinlich herschleichen gesehen, alles Schreiben über sie verboten und eingeführt, bei ihrem Anblick immer einem Armen eine neue blaue Schürze zu schenken; man hat bemerkt, daß sie seitdem immer eine neue blaue Schürze trägt, und daß die Blaufärberei in Gelnhausen einen solchen Aufschwung gewonnen hat, daß sie der Bäcker- und Fleischerzunft gar nichts nachgiebt.

So nun kam der Zug in die Kapelle, wo unter dem Vortritt Alektryos und Gallinas alles anwesende Federvieh sich tiefneigend Spalier machte. Als sie mit dem Sarg vor den Altar kamen, drehte Gackeleia den Ring, das Grab Urgockels öffnete sich, da sahen sie das Gerippe des alten Herrn auch im reichen Grafenornat gar ehrbar unten ruhen.

Nun legten die acht Ordensgespielinnen die acht Bänder in die Hand der Ahnfrau im Sarge zurück und ergriffen die ähnlichen Bänder, die zum Gürtel Gackeleias gehörten, und standen eine Weile um sie her. Man senkte den Sarg neben den Sarg des Urgockels hinab, das Grab schloß sich, die Jungfrauen stellten ihre Körbchen mit den Hühnern darauf und legten alle ihre Kränze umher. – Der Geist der Frau Urhinkel schwebte licht gegen den Grabstein Urgockels, die drei Klosterfrauen mit den Lilien standen zu dessen Füßen. Eine Lichtwolke erfüllte die Kapelle und zog sich oben wie in einen offnen Himmel hinauf, dahin schwebte der Geist der lieben Gräfin Amey von Hennegau zwischen den drei Klosterfrauen. – Gackeleia sprach zu den acht Jungfrauen um sich her: »Segne euch Gott, liebe Gespielen, ich danke eurer Treue, folget dem liebsten Herzen dahin, wo es noch besser ist als hier in Gockelsruh!« Da neigten sie sich gegen ihre rechte Schulter und schwebten in die Lichtbahn des ersten Kindes von Hennegau hinan, und die ganze Prozession der Armen zog hinten nach und man hörte den Gesang:

O Stern und Blume, Geist und Kleid,
Lieb, Leid und Zeit und Ewigkeit!

immer leiser und leiser, bis er zuletzt ganz verstummte und alles in der Kapelle wie vorher war; da sah man das Steinbild der Frau Urhinkel mit der Urgallina auf der Schulter neben dem des Urgockels an der Wand und unter demselben schauten drei weiße Lilien über dem Altare hervor. Auf dem Grab vor dem Altar hatten die Kränze der Ordensgespielen Wurzel geschlagen und grünten alle die Kräuter, aus denen sie bestanden. – Gackeleia übergab die verehrten Hühner dem Alektryo, der sie sogleich in Eid und Pflicht nahm und nebst der übrigen Hühnergemeinde in den Hühnerhof führte, wo ihnen ein Hochzeitsschmaus von Weizenkörnern, Brosamen, allerlei Grünem, Maikäfern, Regenwürmern und andern Delikatessen zubereitet war. – Während allem diesem wurden fortwährend die Glocken geläutet, lief die Kunstfigur immer mit dem Klingelbeutel umher und endeten der Organist und die Primadonna ihre Fuge nicht. – Hierauf setzte sich der Zug in Bewegung, den Wappenfahnen folgten die blumentragenden Knaben, die blumenstreuenden Mägdlein, die Jünglinge mit den Geschenken Salomos; dann Kronovus und Gackeleia, welche die Kunstfigur im Arm trug, und zuletzt Gockel und Hinkel, welchen, als sie die Türe verließen, Alektryo und Gallina auf die Schulter flogen. – So kam der Zug in den herrlichen Raugräflich-Gockelschen Speisesaal, wo eine vortreffliche Mahlzeit aufgetragen war. Im ganzen Schlosse ging es lustig zu, viele gute Leute aus Gelnhausen, die sich damals über Gockels Palast so verwundert hatten, waren Extrapost hergefahren. Der Herr Postmeister hatte nichts zu tun als einzuspannen, der Herr Schirrmeister schmierte unerschöpflich, die Herrn Postillone bliesen sich schier den Atem aus. Alles, was in Gelnhausen courfähig war, wurde zur gräflichen Tafel gezogen, und sogar der geheime Oberhof-Osterhas, alle Ritter und Ritterinnen des hohen Eierordens; auch viele reisende Künstler und Gelehrte und Standespersonen, welche gerade zu der Frankfurter Messe durchpassierten, benutzten die seltene Gelegenheit, alle die Herrlichkeit mit anzusehen. – Es wurden der Gäste so viel, daß Gackeleia alle Augenblicke den Ring drehen mußte, um den Tisch zu verlängern. Einen großen Tisch allein bedurfte der Oberhof-Osterhas, denn er hatte eine ihm empfohlene großmächtige, breite Schottländerin bei sich, deren Gefolge aus einem lebensgroßen Lebkuchenfiguren-Kabinett und einem Leib-Lebküchler bestand, die alle mit ihr an einer

Tafel saßen. – Der Oberhof-Osterhas stellte sie den hohen Herrschaften mit den Worten vor: »Die sehr honorable Kounteß Samsonia Molle Gothol, Meisterin von St. Eduards Stuhl, auf welchem die Könige von England gesalbt werden, eine Nachkommin der schottischen Könige Gothol, Simon Breach, Fergus, Kenneth usw., welche schon Jahrhunderte vor christlicher Zeit auf jenem Steine gethronet haben, auf dem Jakob bei Bethel Luz schlief, und der jetzt in St. Eduards Stuhl bewahrt wird, dessen Pflege ihr anvertraut ist. Diese hohe Dame ist mir von der Akademie der *Old Druidical Superstitions* dringend empfohlen, sie hat sich eine schwarze Melancholie durch zu urelterliche und altvorderliche Studien zugezogen, indem sie schon auf ihrem Kinderstühlchen vor St. Eduards Stuhl bei dem darin bewahrten Steine Jakobs anfangs mit der Puppe spielend zur Wache gesessen und dann durch stetes Brüten über die Herkunft dieses Steins vor lauter Kindern Gottes und der Menschen und den vielen Kindern Israels die eigne Kindheit verloren hat. Nun aber reist sie mit ihrem Kinderstühlchen umher, dieselbe wiederzufinden und darauf zu setzen. Da sie alles vom Ei an ergründen muß und von meinen geringen Verdiensten als unwürdigem Oberhof-Osterhas gehört hat, hat sie gehofft, vielleicht in einem Osterei den wahren Kindskopf zu finden, aber leider vergebens! – Es ist ihr bei längerem Aufenthalt in der Grafschaft Vadutz bekannt geworden, daß die Lehnshuldinnen dieser Grafschaft die Achselspangen Rebekkas auf den Schultern tragen, und weil sie weiß, daß diese Kleinode mit dem Stein Jakobs zusammenhängen, so wünscht sie für ihre Studien eine nähere Kenntnis dieser Altertümer aus schriftlichen gleichzeitigen Urkunden zu erlangen. – Die bei ihr befindlichen Lebkuchen sind ihre teils noch heidnische Vorfahren, die schottischen Könige Gothol, Breach, Fergus, Kenneth und dergleichen. Der sie begleitende Leib-Lebküchler arbeitet mit lauter Honig aus dem Rachen des Löwen Samsons, und da sie eine Vorstellung dieses ihres Namenspatrons, wie er seine Feinde mit dem Eselskinnbacken erschlägt, in Honigkuchenteig poussieren lassen will, hat sie ihn mitgenommen, um Studien zu skizzieren, was sehr unterhaltend ist; er hat mich schon porträtiert, und es gleicht, wie kein Osterei dem andern. – Diese würdige Märtyrin der Ernsthaftigkeit empfehle ich nun der teilnehmenden Kind- und Kinds-Kindlichkeit der königlichen und gräflichen Familie. – Alleruntertänigster, unwürdiger Oberhof-Osterhas.« Gackeleia empfand eine große Teilnahme für die honorable Kounteß und wollte sie umarmen, sie war aber zu groß und zu breit und wollte sich nicht bücken; da half sich Gackeleia mit dem Ring und drehte die Kounteß herunter, daß sie gerade groß genug war, und schloß sie herzlich in ihre Arme, wobei dieser sehr wohl zumute ward, so daß sie lächelnd sagte: »Euer Kindlichkeit können auch mehr als Brot essen!« Gackeleia lächelte und drehte die Kounteß wieder in ihre große, breite Gestalt zurück, worauf sich alles zu Tisch niedersetzte. – Daß Gakkeleia mehr als Brot essen konnte, bewies der Küchenzettel der hochzeitlichen Mahlzeit; denn aus Achtung für die Kounteß verwandelte Gackeleia durch den Ring Salomonis die ganze Gelnhausische Mahlzeit in eine Schottländische, und die Verwunderung der auftragenden Bedienten und die Verlegenheit der Gelnhauser Gäste, die nicht wußten, wie sie die fremden Gerichte anfassen sollten, erlustigte das ganze Fest. – Besonders viel zur allgemeinen Freude trug der Leib-Lebküchler der Kounteß Gothol bei. Sie saß zwischen den Bildern ihrer Voreltern, er neben dem Oberhof-Osterhas unten an und war in steter Arbeit, daß ihm der Schweiß ausbrach; er hatte einen großen Kübel Honigteig neben sich, und indem er mit großem Appetit zu essen schien, knetete er mit Löffel, Messer und Gabel das Bild irgend eines Anwesenden aus Teig auf den Boden seines Tellers, dann begehrte er einen frischen Teller und ließ den andern am Tische von Hand zu Hand gehen, was ein großes Aufsehen unter allen Gästen machte. Als nun Gackeleias Bild zu Kronovus und des Kronovus Bild zu Gackeleia kam, fanden diese sich so getroffen, daß sie sich freßlieb gewannen, und das wurde auf einmal Mode am Tisch, einer aß des andern Bild auf. Da drehte Gackeleia, die melancholische Kounteß auch wieder durch eine Artigkeit zu erheitern, den Ring Salomonis, daß alle ihre Lebzelten-Voreltern neben ihr leben und mit ihr sprechen möchten, und ebenso möchten die neugeformten Gesichter mit dem Lebküchler tun. Das gab nun einen seltsamen Spaß: die alten Schottischen Könige fingen an mit der Kounteß und dann untereinander von dem Stein Jakobs zu disputieren, und zwar sehr heftig; die Gesichter, welche der Künstler auf die Teller formte, schnitten Gesichter und streckten ihm die Zunge heraus, er wurde unwillig darüber, knetete ihnen die Mäuler zu, da bliesen sie dann die Backen auf, kurz es ward eine stete Abwechslung von Grimassen. Da nun alle die Könige anfingen, dem Met und Apfelwein tüchtig zuzusprechen und auch dem Lebküchler häufig zutranken, gab es Streit und sie warfen sich die Teller ins Gesicht und modellierten sich ganz grandios mit den Humpen auf den Köpfen herum. Diese alten Schottenkönige hatten eine Art Bauernkrieg untereinander und bald war dieser, bald jener Trumpf, – und dazwischen wurde immer vom Stein Jakobs geschrieen, ohne daß sie irgend einig werden konnten. Alles das ward der guten Kounteß ein Stein des Anstoßes, sie wußte gar nicht mehr, was sie von ihren Altvorderen halten sollte, sie kam zitternd und bebend mit ihrem Kinderstühlchen zu Gackeleia gelaufen und lehnte ihren großen Kopf Hilfe suchend, da Gackeleia, um dem Streite zuzusehen, auf den Stuhl gestiegen war, ganz bequem gegen das Achselband ihrer rechten Schulter mit den Worten: »O mein Gott, welch ein Greul; o wo seid ihr hin, ihr schönen Tage meiner Kindheit!« – Gackeleia aber drehte den Ring mit dem Wunsche, alle die Streitenden möchten sich in unschuldige, belustigende Gegenstände verwandeln, und alsbald wurden die Könige und der Lebküchler zu Holundermännchen, welche sich einander auf den Kopf stellten und wieder auf die Füße purzelten, was allgemeinen Beifall fand. Die Überreste der Lebkuchen-Bilder wurden teils von den Originalen, teils von Alektryo und Gallina verzehrt. – Selbst die Kounteß lächelte darüber und sagte: »Seit ich die Achselspange der Rebekka berührt habe, ist mir ein solcher kindlicher Friede, eine solche Lust ins Herz gekommen, daß es mir lächerlich vorkömmt, wie ich so entsetzlich über den Stein Jakobs habe studieren können; o jetzt habe ich keinen Wunsch mehr, als daß ich noch wie einst auf meinen Kinderstühlchen neben St. Eduards Stuhl sitzen und meine Puppe daraufstellen könnte.« – Diese Rede gefiel der ganzen gräflichen Familie so wohl, daß Gockel ihr Kinderstühlchen auf den Tisch und die Puppe daraufstellte, worauf er ihr den eignen Orden der Kinderei, Kronovus den Orden des goldnen Ostereis mit zwei Dottern, und Gackeleia den Orden der freudig frommen Kinder umhängten; sie rückten zusammen und nahmen sie in die Mitte und tranken Gesundheiten und alles war voll Lust und Herrlichkeit. – Gockel aber nahm nun das große Tagebuch der Ahnfrau, das vor ihnen bei den Geschenken Salomos und der Königin von Saba auf dem Tische lag und überreichte es der Kounteß mit der Bitte, da sie sich so sehr für schriftliche Urkunden interessiere und eine so schöne Aussprache habe, möge sie mit der Vorlesung die Mahlzeit beschließen; wahrscheinlich werde dort zu ihrer Freude auch etwas von den Spangen der Rebekka und dem Steine Jakobs verzeichnet sein. – Sie nahm das Buch, blätterte ein wenig darin hin und her, wie ein Kind, das keine Lust zu lesen hat, und sagte: »Es sind gar keine Bilder darin, das ist schade, es ist mir auch jetzt ganz unleserlich zumute; mir ist so lustig und kindisch, daß ich mich ordentlich zusammennehmen muß, um mich nicht da auf den Tisch hinauf auf mein Kinderstühlchen zu setzen und mit den Füßen zu pampeln. So lächerlich, ja unmöglich dieses bei meiner allzu großmächtigen Figur nun scheint, muß ich dennoch leiblich dagegen kämpfen; denn mein Seelchen sitzt wirklich schon darauf und läßt jedermann seine schönen, neuen, roten Schuhe bewundern. Nein, jetzt lese ich nicht – ich habe eine große Angst, wieder in die Untersuchungen alttestamentarischer Antiquitäten zu fallen; mir ist, als verstünde ich jetzt erst den Stein Jakobs recht, mir ist, als stiege ich mit den Engeln auf der Himmelsleiter, die er auf diesem Steine schlafend im Traume gesehen, auf und nieder, und wir spielten zusammen und einer von ihnen hat mir gesagt: ›Sei ein frommes Kind, laufe nicht in alle Gassen hinein, halte dich hübsch fest an der Schürze der Mutter und trau den falschen Ammen nicht – die treuen Kinder wird die Mutter gewiß zum lieben Vater bringen, und da giebt es Kuchen und Herz, was verlangst du?‹ – Seht, so ist mir – ich will mir keine neuen Skrupel in den Kopf setzen; aber ich will euch hernach doch aus dem Buche lesen – jetzt nun hätte ich vor mein Leben gern, daß die liebe Gackeleia mir und uns allen das wünsche, was ihr das Liebste und uns allen das Nützlichste und Gott das Wohlgefälligste, am Ende aber ein wenig pläsierlich für jedermann wäre. – Wünsche, Gackeleia, wünsche, bitte, bitte, bitte!« – Die große majestätische Schottländerin sagte dies so von ganzem Herzen, so ganz wie ein unschuldiges Kind, das erst der Flamme des Lichtes mit den Händchen winkt und, weil sie nicht gleich naht, unbesorgt hineingreift, ja so ganz von Herzen, daß sie in ihrer jetzigen Äußerung einem schönen, schimmernden Schmetterling glich, der sich aus der finsteren Hülle einer Puppe wie aus einem Kerker hervorwindet, die Flügel träumend entfaltet und rührt, und ruft: »O Blumen her, Rosen, Lilien, mich zu schaukeln!« – O es war rührend, leicht hätte er das Licht selbst für eine in der Nacht leuchtende Lilie halten und den Tod darin finden können. – Gackeleia fühlte das alles so tief, daß sie die gute Samsonia Molle Gothol ans Herz drückte, mit den Worten: »Gewiß, gewiß, du bist die erste liebste Ordensgespielin des armen Kindes von Hennegau!« – Da blickte Gackeleia den Kronovus und Vater und Mutter und alle Gäste gar lieblich, schlau und kindlich lächelnd der Reihe nach an und hob den Ring an dem Finger mit der Frage empor: »Wollt ihr von Herzen mit allem zufrieden sein, was ich wünsche?« und alle riefen einstimmig: »Ja, ja, von Herzen zufrieden; wünsche, Gackeleia, wünsche!«

Nun umarmte Gackeleia Vater und Mutter und den Kronovus und drückte die schöne Kunstfigur ans Herz und reichte allen Gästen der Reihe nach die Hand – dann schaute sie rings um über das fröhliche Volk, über Schloß, Hof und Garten, über die ganze freudige Umgegend und sprach: »O wie ist alles so einig und freudig umher! Nur eines bleibt zu wünschen übrig – ich wünsche es«, da drehte sie den Ring Salomonis am Finger und sprach:

Salomo, du weiser König,
Dem die Geister untertänig,
Setz uns von dem stolzen Pferde
Ohne Fallen sanft zur Erde,
Führ uns von dem hohen Stuhle
Bei der Nachtigall zur Schule,
Die mit ihrem süßen Lallen
Gott und Menschen kann gefallen,
Laß, das hohe Lied zu singen,
Uns aufs Kinderstühlchen schwingen,

Führ uns nicht in die Versuchung
Unfruchtbarer Untersuchung;
Nicht der Kelter ewge Schraube,
Nein, die Rebe bringt die Traube.
Mach einfältig uns gleich Tauben,
Segne uns mit Kinderglauben.
Lasse uns um jede Gnade
Kindlich bitten, kindlich danken
Und durch Dorn- und Blumenpfade
Treu gepflegt sie ohne Wanken,
Freudig, doch mit frommem Zagen,
Hin zum lieben Vater tragen.
Laß die Engel bei uns wachen,
Daß wir wie die Kinder lachen,
Daß wir wie die Kinder weinen,
Laß uns alles sein, nichts scheinen. –
Mache uns zu Kindern alle,
Jedes sei nach seiner Art,
Wie's dem lieben Gott gefalle,
Einsam oder treu gepaart.
Bricht ein Herz am andern Herzen,
Mach ihm Blumen aus den Schmerzen,
Daß mit duftendem Gewinde
Seine Wunde es verbinde,
Rot wie Amaranthen blühe,
Bis in Schmerzen es verglühe.
Wessen Herz ein andres spiegelt,
Der sei rein und stark geflügelt,
Daß er heil empor es trage
Zur Befriedung aller Klage,
Zur Erlösung aller Frage,
Aus der Nacht zum Herrn der Tage.
Ziehn schon Engel durch die Halmen,
Wogt das Korn schon Well auf Welle,
Naht der Schnitter unter Psalmen,
Spielen Kinder auf der Schwelle
Doch mit Blumen rot und blau,
Die des letzten Tages Tau
Bräutlich schmückt mit mildem Glanz
Für des Festes Erntekranz,
Und sie singen: Uns liebt morgen,
Der uns heut so treu geliebt,

Ein fromm Kind braucht nicht zu sorgen,
Wenns noch Heut und Morgen giebt;
Und kömmt erst die Ewigkeit,
Halt ich reinlich nur mein Kleid,
Bin ich fertig und bereit
Und geh ein zur Herrlichkeit.
Darum, liebster Salomo!
Mach uns heute Groß und Klein
Gleich zu solchen Kinderlein,
Knaben derb und Mägdlein fein,
Die im Grase frisch und froh
All in Kleidchen nett und rein
Rings um den Alektryo
Glücklich bei einander sitzen
Und die Ohren horchend spitzen.
Mach, daß alles auf ein Härchen
Nichts ist als ein altes Märchen,
Das der Hahn uns hübsch erzählt,
Den wir lang darum gequält,
Und die Puppe, nein – die nur
Eine schöne Kunstfigur
Sei gleich eine ganz scharmante,
Approbierte Gouvernante,
Schmeidig wie ein Seidenfädchen,
Zierlich wie ein Silberdrähtchen,
Die mit zimperlichen Schritten
Einen Kuchen schon zerschnitten,
Weil das Beste kömmt zuletzt,
Lächelnd vor uns niedersetzt.
Und wir drängen uns um sie,
Herzen und bekränzen sie,
Und sie stimmet mit uns ein:
»Bitte, bitte, artig sein!«
Und wir patschen in die Hände
Und das Märchen hat ein Ende;
Ringlein, Ringlein, dreh dich um,
Mach es so, ich bitt dich drum!

Während Gackeleia diese Worte teils mit tiefer Rührung, so daß ihr die Tränen in die Augen traten, teils lächelnd mit gutmütigem Mutwill aussprach, drehte sie den Ring immer schneller, denn sie ward immer ungeduldiger, wieder ein Kind zu sein. Kronovus hängte sich an ihren Arm, er war ordentlich bang, sie würde ganz klein werden und ihm endlich gar verschwinden; weil sich aber in seiner Seele alles zugleich mit ihr veränderte, merkte er keinen Unterschied. – Das verschiedene Betragen aller Gäste war lustig anzusehen, einigen sehr soliden Standespersonen aus Gelnhausen war gleich anfangs schon nicht recht wohl bei dem Handel zumute, sie waren froh, die Kinderschuhe ausgetreten zu haben, sie fürchteten, sie müßten wieder in die Schule und besonders in die Kinderlehre gehen und würden sehr beschämt werden, weil sie den Katechismus ganz vergessen hatten. – Einige Damen dachten auch, man könne sich das Verjüngen bis auf einen gewissen Grad wohl gefallen lassen, dann aber wollten sie sich unter irgend einem Vorwand zurückziehen; so kam es dann, daß vielen gleich anfangs übel ward, daß sie Nasenbluten bekamen, heftig zu husten anfingen und sich aus dem Staube machten. Andere, welche tüchtig gegessen und getrunken hatten, begannen zu gähnen und schliefen ein oder fingen an zu tändeln und zu spielen und ganz kindisch vertraut allerlei Neckereien mit ihren Nachbarn zu treiben. – Es kam viele Natur, viele Art und Unart, aber auch gar viel verstecktes Liebes an den Leuten zutag. – Da nun Gackeleia mit ihrem Wunsche fertig war, zog sie den Ring ab und legte ihn auf den Teller, um ihn für immer dem Kronovus zu überreichen, aber Alektryo, der neben ihr auf der Schulter Gockels saß, zuckte mit dem Schnabel hervor nach dem Ringe und verschluckte ihn wieder; in demselben Augenblicke ging der Wunsch Gackeleias plötzlich in seine ganze Erfüllung. – Die großmächtige Schottländerin hatte noch gerade so viel Zeit, das große Tagebuch der Ahnfrau unter den Arm zu klemmen und ihr Kinderstühlchen zu erwischen, denn sonst hätte sie mit den andern Kindern auf der Erde sitzen müssen. – Mehr als drei Dutzend Personen waren gerade noch übrig, und diese waren auch richtig in eben so viele gesunde vergnügte Kinder verwandelt, die auf einem schönen, blumigen Grasplätzchen am Rande eines Kornfeldes um den Hahn Alektryo herumsaßen, der ihnen die Geschichte erzählte, die ein altes Märchen war, welches er in seiner Kindheit von einem italienischen Schokolademacher gehört, und um das sie ihn schon lange gequält hatten. Als er nun eben fertig war, kam das Beste zuletzt, nicht die Puppe, sondern nur die allerschönste Kunstfigur war in eine wohl approbierte Gouvernante verwandelt und trippelte mit einem Präsentierteller, worauf ein großer, schon geteilter Kuchen lag, mitten unter die Kinder und ließ sich auf ein Knie nieder und setzte den Kuchen auf den Rasen zwischen die Kinder. Da war der Jubel allgemein, die Kinder drängten sich um sie, umarmten sie, schmeichelten ihr, setzten ihr Kränze auf, machten Musik, schrien Vivat, und jedes tat nach seiner Art, gesellt oder einsam; es waren auch Kinder da, die schliefen, die gähnten, die aufwachten, die sich neckten, versteckten, liebkosten, Kränzchen aufsetzten. – Sie hatten ihre Lämmchen, Hündchen, Vögelchen usw. bei sich. – Unter allen diesen lustigen Kindern saß eines ein wenig abgesondert, etwas ernsthafter auf einem Kinderstühlchen, es hatte ein großes Buch unter dem Arm, ein Schmetterling lebte und starb ihm auf dem Händchen. Es schien ein bißchen tiefsinnig, wie träumend, als sei es einmal eine sehr große breite Figur gewesen und könnte sich noch nicht in alles recht finden. Ein Knabe auf dem Steckenpferd wollte es vorwärtsreißen, wodurch es sich noch mehr zusammennahm. Es sah auf den Kuchen hin, auf welchem seine Voreltern als Holundermännchen um eine Puppe herumpurzelten. Es lächelte kaum, denn es hörte in der Ferne die ernsten Psalmen des Schnitters, es hörte das Wogen der Ähren Welle auf Welle, und wenn es gleich freudig mit den andern Kindern auf der Schwelle des Erntefestes saß, so spielte es doch nicht mit den blauen und roten Blumen, die vom Tau des letzten Tages schimmerten, sondern es gedachte dieses Tages und sah die Boten der Ernte, zwei Engel, aus dem Weizen hervortreten; der eine führte ein armes verwaistes Kind, das lange keine Freude gehabt, hin auf die Schwelle, wo die freudig frommen Kinder spielten, und zu dem Kuchen, der da ausgeteilt ward. – Da sagte das nachdenkliche Mädchen auf dem Kinderstühlchen vor sich: »Ach, und das Leben ist doch so ernst!« – Gleich darauf sah es den zweiten Engel, sich aus dem Korn hervorbeugend, mit einem andern Kinde in das Nest der Gallina schauen, welche dort brütete; da sprach das ernste Kind:

Engel, die Gott zugesehn,
Sonn und Mond und Sterne bauen,
Sprechen: »Herr, es ist auch schön,
Mit dem Kind ins Nest zu schauen!

Darüber dachte es nun wieder nach, als der Knabe auf dem Steckenpferd vorüberreitend es an der Schürze zupfte.

Als nun alles so voll Freude und Jubel über die wohlapprobierte Gouvernante und ihren Kuchen war, sagte diese, dem Ungestüm der Kinder wehrend: »Bitte, bitte, artig sein! Jetzt will ich austeilen.« Da patschten alle so freudig in die Hände,
und ich vor allen so unmäßig, daß mir die Hände noch
brennen, denn ich war auch dabei, sonst hätte ich
die ganze Geschichte ja nie erfahren und
hätte keinen Kuchen erhalten von der
Puppe – nein der nur aller-
schönsten Kunstfigur
usw.

*

Alle patschten in die Hände
Und das Märchen schien am Ende
Selbst ganz artig zugespitzt,
Ja ein kleines Sternchen blitzt
Unten an der Himmelsleiter
Unter einem – und so weiter;
Und dies heißt: der kleine Stern
Plauderte noch gar zu gern;
Denn, wie sichs versteht am Rande,
Hat die edle Gouvernante
All die Kinder heimgeführt,
Und dann, wie es sich gebührt,
Gleich die Schar, daß sie gedeihe,
Rein gewaschen, nach der Reihe
Umgekleidet und gepflegt,
Wie ins Bett man Kinder legt;
Und weil alles auf ein Härchen
Mußte sein ein artig Märchen,
Kämmt' und flocht den Kinderköpfchen
Allen sie die linden Zöpfchen,

Sprengte dann mit Wassertröpfchen
Noch die lieblichen Geschöpfchen,
So wie Blumen man erquickt,
Die man in die Kirche schickt,
Und nun ist sie fromm mit allen
Auf die Kniee hingefallen,
Hat mit ihnen süß gesungen,
Daß zum Himmel es gedrungen:
»Müde bin ich, geh zur Ruh,
Schließe beide Äuglein zu,
Vater, laß die Augen dein
Über meinem Bette sein;
Hab ich Unrecht heut getan,
Sieh es, lieber Gott, nicht an,
Deine Gnad und Jesu Blut
Macht ja allen Schaden gut;
Vater hab mit mir Geduld
Und vergieb mir meine Schuld,
Wie ich allen auch verzeih,
Daß ich ganz in Liebe sei.
Alle, die mir sind verwandt,
Herr, laß ruhn in deiner Hand,
Alle Menschen groß und klein
Sollen dir befohlen sein.
Kranken Herzen sende Ruh,
Nasse Augen schließe zu,
Laß den Mond am Himmel stehn
Und die stille Welt besehn!« –
Alle sagten dann gut Nacht,
Haben lieb sich angelacht,
Zu einander nach der Reihe
Sprachen sie: »Verzeih, verzeihe!
Morgen, läßt uns Gott erwachen,
Wollen wir es besser machen.«
All ins Bettchen dann gesteckt
Hat sie und hübsch zugedeckt.
Als sie dann in sich gekehrt
Suchte, was ihr Gott beschert,
Trat ihr Engel ihr entgegen
Und gab ihr den Kindersegen
Und, was alles sie geträumt,
War mit Himmelsgold gesäumt.

Nicht lang nach dem Abendlied,
Als die Gouvernante schied,
Alle Kinder einen tiefen
Traum-durchblümten Schlummer schliefen;
Eines nur verließ das Pfühlchen,
Mit dem Buch und Kinderstühlchen
Wollts zum Mond ins Freie gehn
Und die stille Welt besehn.
Und ich folgt ihm, sah im Traum,
Wie es an der Ähren Saum
Zwischen Lilien in dem Feld
Vor Sankt Eduards Thronstuhl dicht
Hat sein Stühlchen hingestellt.
Aus dem Thronstuhl sind von Licht
Dann zwei Pflanzen aufgeschossen,
Blatt vor Blatt gleich Leitersprossen
Waren wie das Blatt des Mohns
Und des Siegels Salomons,
Und sie wuchsen bis zum Mond.
Oben in dem Strauße thront
Mild ein Weib in ernster Feier,
Thront die Nacht in weiter Hülle,
Schauet, tauet durch den Schleier
Mutterstille, Mutterfülle
Träumerisch vom blauen Zelt
Auf das goldne Ährenfeld.
Ihr zur Rechten, ihr zur Linken
Auf des Mohnes Blumen winken
Sterne, Kinder aller Launen,
Die da sinnen, harren, staunen,
Beten, sehnen, prophezeien,
Wenig wohl um uns bekümmert
Schweigen und ins Herz uns schreien.
Während oben es so schimmert,
Blättert unten in dem Düstern
Still das Kind im großen Buche,
»Find' nicht,« sprach es, »was ich suche,
Hör' doch alle Blätter flüstern
Von des Jakobs Schlummerstein
Und Rebekkas Edelstein,
Was zu lesen ich so lüstern;
Stiegen doch die Engel wieder

Auf der Himmelsleiter nieder,
Brächten mir ein bißchen Licht!
Denn trotz Mond und Sterngefunkel
Ists zum Lesen doch zu dunkel.«
Sieh, als kaum das Kind so spricht,
Nahen auf der lichten Bahn
Gleich zwei Engel sich geschwinde
Mit zwei Sternlein und dem Kinde
Zünden sie die Lilien linde
Zu des Thronstuhls Seiten an,
Und nun ist es hell zum Lesen
Wie in einem Chor gewesen,
Wo man wechselnd singt die Psalmen.
Als das Kind hat intonieret,
Haben auf des Mohnes Halmen
Gleich die Sterne respondieret:
»Stern und Blume, Geist und Kleid,
Lieb, Leid, Zeit und Ewigkeit.«
Und den ganzen Widerhall
Sang das Lied der Nachtigall,
Die da auf dem Thronstuhl saß
Und kein Wörtchen je vergaß,
Das das Kind im Buche las.
Und ich sah das Kind im Singen
Sich zum höhern Chor erschwingen,
Wie es so emporgestiegen,
Ließ sein Buch es unten liegen,
Hat zu mir sich umgeschaut,
Und sprach milde, wie es taut:
»War in Schottland einst geboren,
Irrt in Irland lang verloren,
Geh ins wahre Engelland
An der lieben Engel Hand;
Gieb mir acht auf meine Sachen,
Wenn die Kinder all erwachen,
Lese ihnen aus dem Buch
Von dem Segen, von dem Fluch,
Von des Kleinods Heil und Not,
Von der Fahne weiß und rot,
Von dem Wolfbrand Hammelstutz
Und dem Hego von Vadutz;
Jetzt gut Nacht, auf Wiedersehn!«

Und da wars um mich geschehn,
Kind ging in den Himmel ein,
Und ich blieb allein, allein!
Rings die weite, weite Nacht
Und der Sterne ernste Pracht,
Keiner hat an mich gedacht,
Keiner hat mich angelacht.
In der Lilien Wunderlicht
Sitz ich gleichsam vor Gericht,
Und das liebe Kinderstühlchen
Ward mein Armesünderstühlchen:
In die Nacht hab ich gedichtet,
Was gen Morgen wird gelichtet
Und gesichtet und gerichtet;
Vor mir ruht das große Buch,
Und ich harre auf den Spruch.
Horch, wie ernst die Ähren wogen,
Horch, der Schnitter kömmt gezogen!
Träume tauen von dem Mohn
Und vom Schlafe übermannt
Sinkt das müde Haupt mir schon
Auf des Thronstuhls harten Rand,
Und mir träumt, wie zwei Jungfrauen
Aus der frühen alten Welt
Durch das reiche Ährenfeld
Mild zu mir herüberschauen;
Und die Junge fragt die Alte:
»Vreneli, was macht das Büblein?«
»Amey,« sprach die, »dicht am Grüblein
Schläft es, o daß Gott sein walte!
Seine Sache hats vollbracht,
Und daß, wenn der Tag erwacht,
In der Ernte es nicht darbe,
Leg ihm milde in den Arm
Eine kleine feine Garbe,
Hart liegts jetzt, daß Gott erbarm!«
Und so tat die Liebe, Gute,
Daß mein Haupt nun friedlich ruhte,
Flocht dann bei der Sterne Glanz
Emsig an dem Erntekranz;
Neben ihr die andre kniete,
Betend: »Büblein, ruh in Friede!«

Aber ach! es währt nicht lange,
Horch! es rührt sich auf der Stange
Bei der Henne schon der Hahn;
Morgentau rührt mir die Wange
Weckend, bald zerrinnt der Wahn;
Und der erste Hahnenschrei,
Wenn die Kinder auferstehen,
Bricht den lieben Traum entzwei;
Und sie werden dann verstehen,
Wie mir also ist geschehen.
Dann wird alles vorgelesen
Und wird das, was es gewesen,
Tretend aus dem trüben Schein
Auch in vollem Lichte sein;
Ja dann ist selbst auf ein Härchen
Dieses Märchen mehr kein Märchen;
Und bis so das Märchen aus,
Sing ich in die Nacht hinaus:
»O Stern und Blume, Geist und Kleid,
Lieb, Leid und Zeit und Ewigkeit!«

BLÄTTER AUS DEM TAGEBUCH DER AHNFRAU

Einleitung

Die wohlapprobierte Gouvernante hatte die verkindete Hochzeitsgesellschaft von Gockelsruh nach der Eierburg bei Gelnhausen geführt und dort aus ihnen eine Kleinkinderbewahranstalt gebildet. Da sich aber weder der Staat, noch die einzeln Familien in die Unmündigkeit der Landes- und Hausväter finden konnten, suchten sie Hülfe bei dem Pupillen- oder unmündigen Kinder-Kollegium, welches erklärte, es sei zwar zur Bevormundung bereit, aber die kleinen Leute zu vergrößern gehöre in die Kunst der Lebensverlängerung und also ins Medizinalfach. Man wendete sich daher an den Stadtphysikus, der aber entschied dahin, dieser Handel gehe über seinen Horizont, er gehöre ins Nachtgebiet der Natur, und beweise das Hereinragen einer Geisterwelt in die unsre. – Weil nun die Rolle einer Königin der Nacht damals vor der Erfindung der Zauberflöte in Gelnhausen unmöglich besetzt sein konnte, wußte man keine Autorität für das Nachtreich und nahm seine Zuflucht zu der hochlöblichen Nachtwächterzunft in der Voraussetzung, von Nachtgebiets- und Geisterragerei-Sachen müßten sie wohl Bescheid wissen. Sie erklärten aber, in ihr Nachtgebiet gehörten allein die Diebe, die betrunkenen Schwärmer, die Nachtmusikanten, die Nachtwandler, die Muhkälber, die Wehrwölfe, die dreibeinigen Hasen und dergleichen kurze Waren; dieser Handel aber sei am hellen Tage geschehen und daher von ihnen nach Recht und Gerechtigkeit verschlafen worden. – In dieser Verlegenheit wendete man sich, da die Schäfer von je im Rufe vieler geheimen Künste stehen, an die königlich Gelnhausensche, veredelte, spanische Hammelknechtschaft. Der Präsident dieses Kollegiums, geheimer Oberhof-Haushammel Lälaps, ein sehr gelehrter Mann und besonderer Freund des verkindeten Herrn Oberhof-Osterhas, bat sich Bedenkzeit bis nach der Schafschur aus. Als er nun sein Schäfchen geschoren und ins Trockene gebracht hatte, erklärte er, er habe zwar unter dem berühmten Johannes Prätorius in Leipzig die Rocken-Philosophie studiert, er besitze dessen Werke, Glückstopf, Wünschelrute, Blocksberg, wunderbare Menschen, Rübezahl, Weihnachtsfratzen, Schwalben und Storchs Winterquartier, Sieblaufen, Alektryomantie oder Hahnenzauber usw.; aber in allen diesen sei kein Mittel gegen diese unerhörte Kuriosität zu finden; da ihm jedoch von allen Wundern des Herrn Magisters Prätorius immer als das größte erschienen, daß derselbe zum kaiserlich gekrönten Poeten habe gemacht werden können und zwar durch einen Hof- und Pfalzgrafen, so mache er darauf aufmerksam, daß seit der Erbauung der Pfalz Barbarossas hier in Gelnhausen immer ein Pfalzgraf seinen Sitz habe, und also bei dem derweiligen Herrn Pfalzgrafen Hanns Diemringer von Staufenberg Hülfe zu suchen sei. Da dieser nach seinem Amte nicht nur Doktoren, Lizentiaten, Baccalaureen, Edelleute und gekrönte Poeten, sondern auch Illegitime legitim, Unehrliche ehrlich, Unmündige mündig machen, ja sogar mit rotem Wachs siegeln könne, so zweifle er nicht, der liebe Menschenfreund werde die edle Stadt seiner Pfalzkraft genießen lassen und, ihre verkindeten Tagsgebieter aus dem Nachtgebiete der Natur heraus volljährig an das Tageslicht bringend, ihr Märchen zur Sage und ihre Sage zur Geschichte sowohl um ein billiges Honorar erheben als auch dieses alles mit rotem Wachse besiegeln. – Ganz Gelnhausen jubelte über diesen Vorschlag, man hielt eine Gemeindeversammlung, worin alle Leidtragende den ersten Platz hatten. – Jedoch die Deputation, welche in Barbarossas Palast gesendet worden war, den Herrn Pfalzgrafen in den Rat einzuladen, kam ohne ihn mit dessen Haushälterin zurück, welche eidlich zu Protokoll gab, der Herr Pfalzgraf bedaure sehr, nicht vor dem Rat erscheinen zu können, indem er vor einigen Tagen in wichtigen Geschäften verreist sei; die Akademie der *Old Druidical Superstitions* in London sei entschlossen, der eingerissenen seichten Aufklärung kräftig entgegenzutreten, und die in der letzten Zeit ins Reich der Fabel verwiesenen Erd-, Wasser-, Luft- und Feuer-Wundergeschöpfe, die Zwerge, Gnomen, Kobolde, Faunen, Satyrn, Nymphen, Dryaden, Hamadryaden, Sirenen, Melusinen, Undinen, Sylphiden, Elfen, Salamandrinen usw., wie überhaupt alles, was keine Menschensatzung, *salvo errore et ommissione*, als wirklich bestehend wieder anzuerkennen und ferner nur mit überlieferter Protestation gegen das zu protestieren, was durch lange Überlieferung bereits anerkannt und also anerkannt nicht anzuerkennen sei. – Zur Begründung dieser Aberglaubens-Anwandlung habe nur die Akademie dem Herrn Pfalzgrafen für jedes Stück dieser so schändlich unterdrückten Wundergeschöpfe, das er unter der Bank hervorziehe und durch ein mit rotem Wachs versiegeltes Dokument legitimiere, vier Pfund Sterling durch das Handlungshaus Gebrüder Vatermörder anweisen lassen. Der Herr Pfalzgraf habe hierauf sogleich eine Rundreise zu diesem Geschäft angetreten und sei zuerst auf das Schloß Staufenberg bei Offenburg in der Ortenau gezogen, um die dortige Meerfei oder Melusine, welche mit seinem Ahnherrn Peter Diemringer von Staufenberg in Verbindung gestanden, zu legitimieren und ihr wirkliches Hereinragen aus der Geisterwelt in die Leiberwelt auf dem Zwölfstein zwischen Staufenberg, Nußbach und Weilershofen mit seinem roten Pfalzgrafenwachs zu besiegeln; indem diese Meerfei das vollkommenste Exemplar sei, welches je ein Exempel des Hereinragens statuiert habe, was bei seines Ahnherrn Hochzeit mit einer Muhme des Kaisers aus Kärnten offenkundig geworden sei, da das elfenbeinerne Geisterbein der Meerfei bis ans Knie über dem leiblichen Hochzeitsmahl in Gegenwart aller Gäste durch eine Öffnung der Stubendecke hereingeragt habe, welche den Fremden noch vorgezeigt werde. Dort also sei der Herr Pfalzgraf Diemringer zu finden und alle frankierten Briefe an ihn nach Offenburg *poste restante* adressiert empfange er richtig. – Nach dieser eidlichen Aussage der Haushälterin erklärte der Präsident im Namen der Gemeinde, es stehe dem Volke nicht zu, seine ins Nachtgebiet der Natur geratenen Landesgebieter aus demselben ohne allerhöchste Einwilligung zu verweisen und müsse Erlaubnis hiezu vorerst alleruntertänigst nachgesucht werden, allen andern Beteiligten aber sei es freigestellt, bei dem Herrn Pfalzgrafen Hülfe zu suchen. – Nach dieser Erklärung erhob sich die Frau Oberosterhäsin und sprach: »Hochherzige Gelnhauserinnen, mein ehemaliger Ehegemahl, das nunmalige

Oberhofosterhäschen, hatte auf die merianische Bilderchronik subskribiert, die soeben in Frankfurt herausgekommen; gestern erhielt er sein Exemplar und ich habe es mit ihm in seiner nunmehrigen Kindlichkeit durchbildern müssen, weiter aber als bis zu Seite 75 des dritten Teils sind wir nicht gekommen; denn von dem Bilde der Weiber von Weinsberg, welche ihre Eheherrn auf dem Rücken aus dem von Kaiser Konrad III. belagerten Weinsberg frei heraustragen, wollte er sich nie trennen; immer buchstabierte er wieder die Unterschrift ›Exempel ehelicher Lieb und Treu deutscher Frauen gegen ihre Männer‹ und sah mich dabei gar freundlich an, ja ich mußte ihn länger, als mir lieb war, auf dem Rücken herumtragen, habe aber dennoch währenddem das Gelübde getan: wüßte ich, daß der Kaiser meinem Mann durch mich so aus dem Nachtgebiet der Natur könnte heraushelfen lassen, wie er jenen Weibern zugestanden, ihren Männern aus Weinsberg zu helfen, so wollte ich meinen Eheherrn bis nach Wien auf dem Rücken tragen. – Jetzt aber habe ich diese Hülfe im Herrn Pfalzgrafen Diemringer viel näher und es wäre eine Schande, wenn ich wartete, bis er erst das Hereinragen aller Wald- und Wassergeister in die Natur urkundlich dokumentiert hat und hierher zurückgekehrt ist. Nein, das Emporragen ist meinem Herrn viel nötiger, er hat schon bitterlich geweint, daß er die Wanduhr und den Bratenwender nicht aufziehen, den Vogelkäfig nicht herablassen, den Barometer nicht nachsehen, die Lichter auf dem Kronleuchter nicht ausblasen könne, und alle Augenblicke muß ich ihn in die Höhe heben. – So will ich dann den Weinsbergerinnen nicht nachstehen; morgen trage ich meinen lieben Herrn und Gebieter auf dem Rücken nach Staufenberg, um ihn durch den Herrn Pfalzgrafen aus dem Nachtgebiet herausbringen zu lassen. – Indem ich nun alle meine anwesenden Freundinnen auffordere, in meine Fußstapfen zu treten, frage ich schließlich: »Sollten die Gelnhauser Bubenschenkel, deren Ursprung niemand kennt, und die wir so oft in schwerer Ladung auf dem Rücken in der Gegend umher zu Markte tragen müssen, nicht ein prophetisches Backwerk sein, welches morgen in Erfüllung geht, wenn wir unsre verkindeten Angehörigen nach Staufenberg tragen?« – Allgemeiner Beifall krönte den Entschluß und Vorschlag der hochherzigen Frau. – Am folgenden Morgen sah man sie und einige zwanzig andere Gelnhauser Frauen und Männer mit ihren verkindeten Ehehälften auf dem Rücken oder Arm gen Staufenberg in die Ortenau zu Herrn Pfalzgraf Diemringer wallfahrten; dem Erfolg wird mit gespannter Erwartung entgegengesehen.

Die Schottländische breite Counteß, welche am Schlusse obiger Wunderbegebenheit als Kind von St. Eduards Stuhl mit den Engeln emporgestiegen, soll nach den neuesten Beobachtungen des jungen Herschels auf dem Vorgebirg der Guten Hoffnung wirklich im Monde gesehen worden sein und dort unter den Fledermausmenschen großes Aufsehen durch ihre Studien über den Stein Jakobs gemacht haben. Wir sehen dem Erfolg entgegen.

Der Verfasser, welcher bei dem Hochzeitsschmaus auch der Kindheit anheimgefallen und in der Nacht auf dem Kinderstühlchen mit dem Tagebuch der Ahnfrau allein sitzen geblieben ist, schlief endlich ein, und als er morgens erwachte, fand er sich des Tagebuchs beraubt. Was sollte er tun? Er mußte im Nachtgebiete der Natur sitzen bleiben. Er hatte niemanden auf der weiten Welt, der ihn zum Herrn Pfalzgrafen Diemringer nach Staufenberg hätte tragen mögen oder können. – Da er sich nun erinnerte, kurz vor seiner Verkindung von seinem literarischen Vormund Urkundius Regestus vernommen zu haben, daß derselbe alle Augenblicke eine verlorne alte Chronik wieder auffinde, so bat er diesen um Ausspannung aller Entdeckungssegel nach dem verlornen Tagebuch. – Urkundius war, um sich zu besinnen, kaum über drei Registraturen und nicht ganz über fünf Büchergestelle gesprungen, als ihm einfiel, daß, wie sonst Entdeckungsreisen aus Portugal, jetzt solche nach Portugal ausgerüstet würden und zwar, um des Sanchuniatons verlorne Bücher seiner phönizischen Geschichte zu entdecken, und so entschloß er sich, der Expedition das verlorne Tagebuch zur Nebenentdeckung zu empfehlen, was er für ganz angemessen hielt, da er von dem Verfasser gehört, daß etwas von der Geschichte des Steins Jakobs darin stehe, der bekanntlich von Phönizien nach Brigantium in Galizien in den Besitz der schottischen Könige gekommen. Seine Absicht wurde mit Erfolg gekrönt; denn kaum hatte der Verfasser auf dem Kinderstühlchen das vorhergehende Märchen ausgeschrieben, so ward er auch durch die portugiesischen Korrespondenten Regesti Urkundii in den Stand gesetzt, aus dem wiederentdeckten Tagebuch der Ahnfrau folgenden Auszug, der sich auf Gockel, Hinkel und Gackeleia bezieht, einstweilen mitzuteilen.

Aus dem Tagebuch der Ahnfrau

(Vom Karfreitag bis Sonnenwende 1317)

Der fromme und gelehrte Jakob von Guise ermahnte in dieser heiligen Fastenzeit die Frauen und Jungfrauen des Landes Hennegau gar eindringlich, sie möchten, statt ihre Zeit mit Lesung tiefsinniger Bücher zu verlieren, doch den elenden Stand der verlassenen armen Kinder, von denen alle Straßen wimmelten, zu Herzen ziehen und sich Gott durch Barmherzigkeit an diesen gefällig machen. Seine Worte rührten mein Herz; jede Not, jede Unart eines Kindes, die mir bekannt ward, fühlte ich wie eine Beschuldigung. Ich dachte nach, wie ich, als die Erste des Landes, mit einem Beispiele vorgehen sollte. – Ich sprach darüber mit acht meiner adeligen Gespielinnen, und forderte sie zum Gebet auf, daß Gott mir die rechten Wege dazu zeige.

Karfreitag. – Jakob von Guise, mit dem ich von meinen guten Wünschen für die armen Kinder gesprochen hatte, hielt uns heute noch eine Ermahnung, nie der Armen, welche Gott mit vielen Kindern gesegnet, zu spotten. – Er gab uns diese Warnung, weil Gott heute vor 42 Jahren solchen Spott an Margaretha, Gräfin von Holland, strafte, indem er ihr eine große Zahl kleiner Kinder bescherte, welche, vom Bischof Guido in zwei Becken – die Knaben Johannes, die Mägdlein Elisabeth – getauft, nebst der Mutter schnell gestorben und in der Kirche zu Leusden begraben sind. – Er erzählte auch von der großen Gefahr der aufsichtslosen Kinder ein erschreckliches Beispiel. – Im Jahre 1284 kam gen Hammeln ein Rattenfänger, der hieß Bundting, seines buntgefleckten Gewandes wegen, der ward mit dem Rate einig, um ein gewisses Geld alle Ratten und Mäuse der Stadt mit seiner Pfeife hinaus in die Weser zu locken. Er hielt auch sein Wort, den Rat aber gereute der Lohn, und hielt er sein Wort nicht. Darob erbitterte der Bundting, und als am 26. Juni morgens sieben Uhr alles in der Kirche war und die Kider auf der Straße spielten, kam er wieder als ein Jäger mit schrecklichem Angesicht und einem roten wunderlichen Hut und pfiff durch die Straßen; da zogen ihm viele Knaben und

Mägdlein vom vierten Jahr an, und darunter des Bürgermeisters schon erwachsenes Töchterlein, nach und er führte sie hinaus in einen Berg und verschwand mit 130 Kindern in demselben. Ein stummes Kind hatte sich verspätet, denn es führte ein blindes Kind dem Zuge nach; das stumme zeigte den Ort, wo sie alle verschwunden, das blinde sprach von dem wunderlichen Ton der Pfeife, dem sie alle gefolgt. Ein Knäblein, das im Hemd mitgelaufen, kehrte um, seinen Rock zu holen, und da es mit diesem den andern nachlief, waren alle schon verschwunden; so ward es gerettet und konnte von allem den Eltern berichten. Diese waren in großem Leid, suchten und forschten aller Orten, sendeten Boten zu Wasser und zu Land nach den Kindern, aber vergeblich; und sind ihrer auch mehrmalen bei uns im Lande Hennegau gewesen. Die Trauer der unglückseligen Leute ist noch also groß um ihre Kinder, daß in der Straße ihres Auszugs weder Trommelschall noch Saitenspiel, noch Tanz, auch selbst bei Brautzügen, sein darf. – Der liebe Herr Jakob von Guise legte diese wahre Geschichte aus gleich einer Parabel auf die Gefahren der verlassenen Kinder, und fügte noch eine Betrachtung hinzu über die Worte des Herrn: »Wie oft habe ich deine Kinder versammeln wollen, wie eine Henne ihre Küchlein unter ihre Flügel versammelt« usw.; dann sagte er: »Wen sollte das tiefer treffen als uns, die wir hier im Lande Hennegau leben; aber wie steht es mit den Küchlein? O gäb ihnen Gott eine Henne, die sie unter ihre Flügel versammelt. – O gnädige Gräfin Amey, gedenket der armen Kinder!« Da sagte ich: »Habt Dank, hochwürdiger Herr! Ja, so Gott Segen giebt, will ich ihnen eine Henne werden und meine hier anwesenden Gespielinnen werden mir helfen.« Da erhoben diese sich sämtlich und sprachen: »Ja, mit Gottes Gnade, das soll wahr sein!« Da segnete Jakob von Guise neun Schaupfennige und gab sie uns am Rosenkranz zu tragen. Es ist aber auf der einen Seite eine Gluckhenne abgebildet, welche ihre Küchlein mit den Flügeln decket, und auf der andern Seite stehen die Worte: Nähre und schirme. Diese Pfennige hatte der gute Mann uns zur Mahnung prägen lassen, denn er hatte im Gebet erkannt, mein Herz sei kein steiniger Acker, wenngleich hie und da eine Heerstraße; darum wollte er es einzäunen. Gott segne seinen Willen an mir! – Ich entschloß mich nun fest, gleich nach Ostern eine Ordnung mit meinen Gespielen zum Besten der armen Kinder zu treffen.

Karsamstag. – Heute sprach ich nochmals mit Jakob von Guise über mein Vorhaben, und er ermahnte mich, daß doch alles, was ich hiezu verordne, einfältig, demütig, fromm und freudig sein möge; ich solle mich mit meinen Andachten und Lesungen an das halten, was die Kirche das Jahr hindurch feiere, und alles Besondere ablegen; dieses sei das geistliche Brot, das ich den armen Kindern täglich gehörig zerteilet spenden solle; außerdem solle ich ihnen auch mit dem leiblichen Brot treue Vorsorge tun. Er machte mir hiebei eine gar rührende Auslegung des Vaterunsers, welche die ganze Regel des weltlichen Ordens enthält, den ich stiften will unter dem Namen der freudigen, frommen Kinder. Dessen Aufgabe aber soll sein, daß die Kinder von Hennegau freudig und fromm werden; dazu aber gehöret alle Christentugend, zu der helfe mir Gott und lege mir eine treue, freigebige, fleißige Hand auf das Herz und ein aufrichtig wahres Herz auf die Hand und auf die Zunge! – Heut brachte mir auch Meister Andreas der Goldschmied die Ordenszeichen, die ich bei ihm bestellt, und war auf der einen Seite ein Windelkindlein, auf der andern ein Lerchlein, das singend zum Himmel fliegt, abgebildet. Ich befestigte sie an amaranthfarbige Bänder und zeigte sie meinen Gespielen noch nicht. Wir gingen heut alle zur Kirche und versprachen einander, morgen bei dem Feste Gott unser Vorhaben demütig aufzuopfern.

Heut auch besuchte ich nach meinem jährlichen Gebrauch die gottselige Jungfrau Verena und das fromme Hühnlein; und da mich Jakob von Guise ermahnt hat, in allem so zu schreiben, daß es auch die Nachwelt verstehen könne, will ich hier kürzlich von Verena und dem Hühnlein sprechen. – Vor vielen hundert Jahren kam ein römischer Soldat von Pilati Leibwache hier in die Lande; er hieß Salmo und war nach dem ersten Pfingstfest in Jerusalem getauft durch Petrus. Er hatte sich zum ewigen Andenken ein Hühnlein aus Jerusalem mitgebracht, das von dem Hahn abstammte, der bei Petri Verleugnung gekräht. Es war aber hier noch alles wilder Wald und hie und da ein Edelhof mit Feldern und einigen Bauern umher. Auf einem solchen Hofe saßen dann Kriegsleute, die sich häuslich niedergelassen;

die lebten von der Jagd, und machten sich so viel Landes untertan, als sie umreiten wollten. Belgius, ein solcher Kriegsmann, hatte sein Haus hier, wo jetzt mein Schloß steht, und da er in den Wald ritt, zu jagen, sah er eine schöne weiße Henne, deren Art er hier zu Land nie gesehen, im Walde laufen. Da folgte er dem Hühnlein tief in den Wald bis in eine Höhle, darin ein Mann gar elendiglich lag. Das war aber Salmo, der römische Soldat, der war im Walde verirrt und schier Hungers gestorben, und war sein frommes Hühnlein fortgelaufen, ihm Hülfe zu suchen. Da labte Belgius den Salmo und nahm ihn samt dem Hühnlein auf sein Roß und führt ihn in sein Haus, und er und sein Weib pflegten ihn, bis er gesund war. Salmo aber erzählte ihnen, was er in Jerusalem erlebet, und vom Tod, Auferstehung und Himmelfahrt des Herrn, und von St. Petrus, der ihn getaufet, und auch von dem Hühnlein; darob sie groß Wunder hatten. Während dem aber legte das Hühnlein ein Ei, und sie ließen den Salmo nicht fort, bis es ausgebrütet war; da schenkte er ihnen das ausgebrütete junge Hühnlein und zog weiter. Wann er nicht wußte wohin, ließ er sein Hühnlein laufen und folgte ihm. So kam er bis an einen Bach in einer lustigen Gegend, und da sein Hühnlein sehr durstet' und hungert', kam ein Hahn aus dem Walde geflogen und lockte es bis zu dem Bach, und sie tranken daraus; da sagte Salmo: »Das ist der Hahnebach«, und der Hahn lockt wieder und scharrte einen Weizenkern aus dem Boden, den fraß das Hühnlein und war wohlgemut. Da aber Salmo weiterreisen wollte, denn er war aus Savoyer-Land, wollte das Hühnlein nicht von dannen, und so blieb Salmo hier, und baute sich ein Haus an dem Hahnebach und nannte es Kern wegen dem Weizenkern. Er nahm auch ein Weib und sind die Grafen Salm daraus worden und die Stadt Kern oder Kyrn am Hahnebach. – Das Hühnlein aber, das hier im Hause des Belgius geblieben, ward gar gut gehalten und ward Gallina genannt. Belgius aber war ein Heide und ein abergläubischer Mann, und nahm er allerlei Wahrzeichen an der Henne in acht; nachdem sie fraß und froh oder traurig war, darnach handelte er. Nun war er schon bejahrt und hatte viel Kinder und Leute und wollte sich ein Land gründen und das auf seinem Pferd umreiten; da sah er, wie die Henne fraß, und da sie gar lustig gefressen, war es ihm ein gutes Zeichen, und er setzte sich mit seiner Frau und seinen Söhnen und Töchtern zu Pferd, und sie ritten in den wilden Wald nach dem Ort, wo er den Salmo gefunden hatte. Da ließ er das Hühnlein laufen, und wo es hinlief, ritten sie nach wohl vier Tage lang und kamen sehr durstig an ein Brünnlein, daran saß Lucius, ein König von England, der war ein Christ worden und reiste nach Augsburg, das Christentum zu verkünden, und hielt hier Ruhe an dem Brünnlein. Das Hühnlein Gallina aber lief auf ihn zu und fraß ihm das Brot aus den Händen. Des wundert sich Belgius sehr, da Gallina sonst nicht also kühn war und ein gar blöd züchtiges Hühnlein. Da gedachte Belgius, das muß ein frommer, heiliger Mann sein, weil das Hühnlein ihn so lieb hat. Als sie aber miteinander sprachen, sagte Belgius dem Lucius alles von dem Hühnlein und dem Salmo, und Lucius sprach so eindringlich mit Belgius, daß er sich mit Weib und Kind von ihm in der Quelle taufen ließ. Darnach reiste Lucius weiter gen Rhätien, und Belgius ritt dem Hühnlein Gallina nach, bis sie dahin kamen, wo sie ausgezogen, und nahm Belgius alles das Land in Besitz und nannte es das Hennegau, weil die Henne es umlaufen hatte. – Von dieser Henne Gallina nun ist von damals immer das erstgeborne Hühnlein bei den Grafen von Hennegau aufbewahret und im Schlosse gefüttert worden, und nennt man es im Lande allgemein Gallina, das fromme Hühnlein, und hält es gar hoch. Es ist ihm eine eigne Pflegerin bestellt, wozu immer die älteste, tugendlichste Magd aus dem Frauenzimmer der Gräfinnen genommen wird, und nennt man diese Pflegerin selbst das fromme Hühnlein. Dieses Ehrenamt versieht heutzutage Jungfer Verena, eine gar gottselige Jungfrau. Sie war oben von dem Rheine her und schon als Wärterin meiner Großmutter in Vadutz gewesen. Es besteht aber das Hühnerhaus des Belgius mit seinem Hof und Gärtchen noch, worin die erste Gallina gelebt und gestorben, und ist ein feines Stübchen darüber erbaut, worin Verena wohnet, und heißt diese Wohnung das Gallinarium. Es ist auch ein alt Herkommen, daß das fromme Hühnlein nicht mit erkauftem, sondern nur mit erbetteltem Weizen zur Ehre Gottes ernährt werden darf, und so wandelt Jungfer Verena mit ihrem langen Korbe am Arm von Haus zu Haus und bittet um Nahrung für das fromme Hühnlein. Es ist dies aber eine mühselige Arbeit, denn sie nimmt nirgend mehr als dreiunddreißig Weizenkörner zu Ehren der Lebensjahre des wahren Weizenkörnleins. Alle diese Körnlein zählet sie nach unter Gebet, und da es für die Nahrung des Hühnleins und seiner vielen Nachkommen, denn es sind sehr viele in dem Gallinarium, doch immer zu vieler Weizen ist, so teilet sie die Körnlein in drei gleiche Teile; den geringsten zum Futter, den bessern, um ein Feld für die Armen damit zu besäen, die allerreinsten Körnlein aber läßt sie mahlen und siebt das Mehl selber, und backt selbst die reinsten, weißesten Hostien daraus für die Pfarrkirche. Gott segnet ihr Tun, und so bringt ihr Feld immer gar reichlich, und hat sie viel Arme ersättiget in Hungerjahren. Es ist ein Glaube in Hennegau, wer ein Hühnlein von dieser Zucht, ja nur ein Federlein davon in seinem Stall habe, dem gedeihen die Hühner über die Maßen. – Heute ging ich aber zu Verena, weil sie Ostereier bunt färbte, um ihr zu helfen. Sie wußte sie gar schön mit Blumen, Kreuzlein, Gotteslämmlein u. dgl. zu verzieren und hatte deren eine große Menge zu bereiten für die besonderen Wohltäter des frommen Hühnleins. Jenes Osterei, das sie mir besonders bereitete, werde ich erst morgen zu sehen bekommen. Alle meine Gespielen waren gestern und heute schon bei ihr zur Hülfe gewesen und zwar nacheinander, denn ihr Stübchen neben der kleinen Küche ist gar enge und nichts darin als links von der Türe ein Kasten mit Schiebladen, ein Stuhl und das Bett, rechts ein Tisch, ein Stuhl und ein Spinnrad und bei dem Bette noch eine Truhe und der Ofen. Man schreitet auf einer schmalen offnen Treppe wie auf einer Hühnerleiter zu ihr hinauf und trifft dann auf die kleine arme Küche, neben welcher ihre Stubentüre. Das Gallinarium ist unter ihrer Wohnung; da lebet das Hühnlein Gallina und seine große Familie und hat dasselbe sein Nest, seine Stange, sein Freß- und Sauftröglein, alles abgesondert und von Verena besonders gepflegt. Hier unten ist ein kleiner Garten und Hühnerhof, und dem Gallinarium gegenüber ein Behälter für das Holz, und in weiteren alten Gewölben sind die Räume, wo die Wäsche des Schlosses besorgt wird. Dieser ganze Teil des Schlosses von Hennegau ist sehr alt und etwas wüste; man hat ihn nie erneuert aus Achtung für das Gallinarium, weil Gallina, das erste fromme Hühnlein, welches das Werkzeug zur Bekehrung des Belgius und zur Benennung des ganzen Landes gewesen, hier gewohnt hatte. Ich ging aber immer von Kind auf mit einem heiligen Grauen in das Gallinarium; es war da einsam und gar ernsthaft; an der einen Seite liegt St. Petri Münster, die erste Kirche des Landes, die auch durch das fromme Hühnlein veranlasset worden, und um das Gallinarium her läuft der Kreuzgang von dem ehemaligen Kirchhof St. Peters, worin alte Totentragen und schwarze Sargdecken und Flitterkränze und Kreuze stehen. An dem Treppchen zu Verenas Stübchen eilte ich immer schnell und scheu hinauf, denn die Wäscherinnen sagten mancherlei Unheimliches von dem Gewölbe bei dem Gallinarium, und wußte Verena vieles davon zu erzählen, aber wollte nie recht damit heraus. Immer wußte ich nicht recht, was das heißen sollte, daß meine Mutter oft zu ihr zu sagen pflegte: »Verena, was macht das Büblein?« worauf sie jedesmal ernst und bedenklich erwiderte: »Es macht sein Sach!« – und doch war es von Kindheit auf meine Gewohnheit, wenn ich sie sah, diese Frage an sie zu wiederholen und dieselbe Antwort von ihr zu erhalten, ohne daß sie je meine heimliche Neugierde, was und wo dies Büblein sei, und was es eigentlich tue, befriedigt hätte. Verena war mir auch durch eine eigne Gewohnheit, die sie wie eine strenge Pflicht in meiner Jugend übte, eine sehr geheimnisvolle Person. Mir wurde immer empfohlen, auf der rechten Seite liegend zu schlafen, und oft wurde ich nachts aufgeweckt und sah dann Verena an meinem Bettchen, die mich von der linken auf die rechte Seite legte und dann mit dem Finger drohend sagte: »Das fromme Hühnlein schickt mich, es weiß alles.« – Dann fragte ich gewöhnlich: »Vrenchen, was macht das Büblein?« und sie antwortete ihre ewige Antwort: »Es macht sein Sach!« und kehrte ins Gallinarium zurück. Besonders aber war mir auch der Gang zu Verena feierlich, weil sie mich zu meiner ersten Buße vorbereitet hatte und ich mich immer bei solcher Gelegenheit von ihr ermahnen ließ. Da nun das fromme Hühnlein vom Hahne Petri abstammte, der bei dessen Schuld gekräht hatte, so glaubten wir Kinder, das Hühnchen wisse alles, und wenn wir es im Vorübergehen gacksen hörten, meinten wir, es mahne oder beschuldige uns, und so erforschten wir unser Gewissen mit größerem Ernste. Einigemal in meiner Jugend kam Verena sogar plötzlich zu mir, während ich in Versuchung zu irgend einem Vergehen war, und immer sagte sie: »Das fromme Hühnlein hat mich gesendet.« Durch alles das ist sie mir selbst bis jetzt in mein erwachsenes Alter eine sehr achtbare, geheimnisvolle Person geblieben, und da ich heute mit meinen Gespielen zur Kirche gehen wollte, um morgen das hohe Fest zu halten, so schlüpfte ich mit meiner gewöhnlichen Scheu der Wohnung des frommen Hühnleins vorüber die kleine Treppe zu Verena hinauf. – Die fromme Seele war gar lieb und freundlich, sie war ganz wie neubelebt und rüstig in ihrem Bereiten der Ostereier, und ich half ihr nach Kräften. Dann erzählte ich ihr von den Ermahnungen des Jakob von Guise, und wie ich entschlossen sei, am Ostermontag mit meinen Gespielen einen Orden zum Besten der Kinder zu stiften. Da küßte Verena mir mit Freudentränen die Hände und sagte: »Schönen Dank, tausend Dank fürs fromme Hühnlein!« Ich aber fragte mit lächelnder Neugierde: »Und fürs Büblein?« Da sammelte sich Verena, ward ernsthaft und sagte wie ehedem: »Das tut sein Sach!« – Dann sprach ich noch mit ihr von meinem ersten Kirchengang und auch von meinem jetzigen Gewissenszustand. Sie wiederholte mir wie gewöhnlich alle meine Hauptfehler von Kind auf und dankte Gott mit mir, wie er mich gehütet und mir Gnade gegeben, manches zu bessern, und betete mit mir für die Zukunft. Ich kann nicht sagen, wie ihr Wesen mich immer rührte; als ich von ihr ging, sagte sie: »Gnädigste Gräfin, o meine goldene Amey, ich danke viel tausendmal, daß du noch immer so redlich zu mir kömmst, dein armes Herz zu erweichen, ehe du es mit Reuetränen vor Gott reinigest. – Ja, es ist hier bei mir nicht vergebens das Waschhaus! – Morgen in aller Frühe werden in St. Peter die Ostereier gesegnet, und dann werde ich der gnädigen Amey das goldene Osterei untertänigst überreichen.« Hierauf verneigte sie sich tief und wollte den Saum meines Rockes küssen, aber ich schloß sie in die Arme und lud sie auf den Ostermontag in den Garten zu der Ordensstiftung ein. Sie lehnte es ab und sprach: »Es ist besser, daß ich zurückgezogen für euch bete.« Sie gab mir dann noch mancherlei Rat in dieser Sache und wir trennten uns mit dem gegenseitigen Wunsche eines gesegneten Osterfestes. Sie geleitete mich bis zur Wohnung des frommen Hühnchens. Mir war angst und bang, es möge sich rühren, auch vor dem Büblein war mir bang; aber alles war still, und Verena flüsterte: »Gottes Segen mit dir, goldene Amey! Gallina mahnet nicht, du wirst nichts auf deinem Herzen behalten.« Da ging ich zur Kirche, wo meine Gespielen mich erwarteten, und behielt nichts auf meinem Herzen; o es war mir so leicht, so leicht, daß ich auf dem Rückweg ohne Scheu nochmals in das Gallinarium schlich und vor das Hühnchen trat; es saß auf seiner Stange, den Kopf unter dem Flügel, und rührte sich nicht. – Droben lischt Verena das Lämpchen; gute Nacht, Verena! – Hierauf kehrte ich in meine Stube und schrieb dieses nieder; da schlägt es Mitternacht – ich höre meine Gespielen nahen, die feierliche Auferstehungsglocke ruft. Es erleuchten sich alle Fenster; Jakob von Guise trägt das Kreuz aus der Kirche um den Kirchhof, alles Volk zieht mit ihm und singt mit lautem Jubel: »Christ ist erstanden aus seinen Todesbanden!« – Wir ziehen mit.

Ostermontag. – Heute nach der Kirche las ich meinen Gespielinnen im Garten die Regel des Ordens der freudig-frommen Kinder vor, und da sie alles mit großer Freude angenommen und nun auch gern Ordensnamen gehabt hätten, sagte ich zu ihnen: »Weil ich eure Oberin, die Henne von Hennegau, bin, so suchet euch Pflanzen, welche ihren Namen von dem Hühnergeschlecht haben; wir wollen sie mischen, daß jede sich einen Namen durchs Los ziehe.« So taten sie und brachten acht verschiedene Pflanzen solcher Namen; ich faßte sie alle in meine Schürze und sie zogen sich nach der Reihe ihre Namen. – So hießen dann die ersten Ordensgespielinnen: Ornitogalia von Hühnermilch – Osterluzia von Hahnensporn – Cretelina von Hahnenkamm – Serpoleta von Hühnerklee – Morgellina von Hühnerbiß – Moscatellina von Hahnenfuß – Cornelia von Hahnenpfötchen – Esparsetta von Hahnenkämmchen. – Sie gelobten mir alle Gehorsam und ich nahm als ihre Oberin den Namen an: »Das arme Kind von Hennegau«; worauf ich ihnen allen das Ordensband umhängte. – Hierauf verteilten wir unter uns die Gegenden der Stadt, worin eine jede sich der Notleidenden und besonders der Kinder annehmen sollte. Auch erwägten wir nach dem Kalender die altherkömmlichen Volks- und Kinderfeste, welche wir in aller guten Weise aufrecht erhalten wollten.

Osterdienstag. – Nach alter Landessitte hielten wir an diesem Tag den Wiegenzug zu den Eheleuten, auf deren Hochzeit wir gewesen waren. Wir trugen eine schön geschmückte Wiege, eine Rassel und allerlei Kindergeräte bei uns. Die Wiege ward in die Stube gestellt, um sie her gesungen und gereiht und darübergesprungen. Alle opferten etwas an Geld oder Flachs oder Linnen oder Früchten in die Wiege, und da sie wohl angefüllt war, wickelten wir alle Gegenstände in eine Puppe zusammen und spendeten es samt der Wiege der ärmsten Familie.

Quasimodo geniti. Weißer Sonntag. – Heute hatten wir die erste Ordensversammlung. Wir teilten weiße Taufhemden und Dekken aus an arme Wöchnerinnen. Ornitogalia wiederholte uns gar anmutig, was Jakob von Guise über die Worte gepredigt: »Wie neugeborne Kindlein ohne Trug begehret nach der Milch, daß ihr durch sie zum Himmel aufwachset.« – Ich schenkte ihr dafür das Recht, eine Anzahl Kühe, Schafe und Ziegen auf meinen Wiesen weiden zu lassen, wofür sie bei Braut- und Leichenzügen meiner weiblichen Nachkommen ein Hirtenhuhn zu entrichten hat.

Maientag. – Wir Gespielinnen zogen mit den armen Kindern hinaus in den grünen Maien, speisten sie, spielten und tanzten mit ihnen im Kreis und sangen die Weise:

Grase, grase, grüne,
Sieben junge Hühner,
Gläschen Wein,
Bretzelchen drein.
Sitz nieder!

Ich ging mit Osterluzia in den Wald und suchte Waldmeisterlein und andere Kräuter zum Maientrank. – Sie war abends bei mir und sprach so lieblich von der Waldeinsamkeit und wie sie eine Einsiedlerin werden möchte, daß ich ihr ein schönes Stück Wald schenkte, wofür sie ein Waldhuhn bei Braut- und Leichenzügen zu entrichten hat.

Sonntag Misericordias. – Da man liest vom guten Hirten. Ordensversammlung. Wir führten die Kinder in die Kinderlehre und hielten hierauf einen Schäferzug. Mit Hirtenstäben in der Hand, geschmückte Schafe und Lämmer führend, gingen wir zu den Armen, die viele Kinder hatten, beschenkten die Eltern mit den Schafen und führten die Kinder, die wir neu kleideten, auf die Wiese, wo wir sie speiseten und mit ihnen spielten. Abends waren die Ordensgespielinnen bei mir im Garten, wir tranken Maiwein, und da wir fröhlich waren wie Kinder, setzte mir Cretellina einen dichten Kranz von Maiglöckchen auf das Haupt. Als die weißen Glöckchen mir zwischen den Locken nieder in die Augen sahen, ward ich wunderbar freudig und sang unter Tränen:

Kling, kling, Glöckchen
Weiß durch braune Löckchen,
Das Huhn sitzt auf dem Osternest
Und brütet auf das Pfinsterfest
Zum Segen über Land und Haus
Drei schöne Seidenpüppchen aus.
Eins spinnt Seiden,
Eins flicht Weiden,
Eins tut den Himmel auf,
Läßt ein bißchen Sonn heraus,
Läßt ein bißchen drinnen,
Draus will Maria spinnen
Ein goldig Pfingsttagsröckelein
Für ihr holdselig Kindelein.

Cretellina hatte mir mit dem Kranze etwas Liebes angetan, ich umarmte sie und schenkte ihr, weil sie die Blümchen weit im Walde zusammensuchte, das Recht, ihre Herde in meinem Walde grasen zu lassen, wofür sie und ihre Nachkommen bei Braut- und Leichenzügen ein Grashuhn zu entrichten haben.

Sonntag Jubilate. – Wenn man singt: Jauchzet Gott alle Lande. Ordensversammlung. Es war eine Rede in Hennegau, der ewige Jude sei gesehen worden, und glaubte selbst Serpoleta, ihn gestern im Walde gesehen zu haben, und beschrieb ihn gar kläglich und irrend und wollte nicht sagen, was sie mit ihm gehabt. Ich erzählte aber, wie mein seliger Herr Vater in England einen gelehrten Mönch Mathias Paris besucht, sei zu diesem ein reisender Bischof aus Armenien gekommen und habe erzählt, daß er den ewigen Juden selbst gesprochen, der den kreuztragenden Herrn nicht bei sich ruhen lassen und nun ewig ohne Ruh und Rast zur Warnung herumziehen und suchen müsse. Da sprach Serpoleta: »Ja, zur Warnung, denn er sprach zu mir, da ich ihm ein Almosen bot:

Schön Dank! ich brauch nicht Gut noch Geld,
Mir fehlt, was ich versaget,
Hab Müdem keinen Sitz gestellt,
Werd ruhlos umgejaget.
Kömmt je mit seinem Kreuz zu dir
Ein müder Mann gegangen,
Laß ruhen ihn und schenke mir
Die Lieb, die er empfangen;
Sitz zu ihm, hör ihn an mit Huld,
In ihm dem Herrn dies tue,
Dann zahlst du mild an meiner Schuld
Und hilfst zu meiner Ruhe!

Er sah mich scharf und traurig dabei an und eilte durch die Büsche weg. Ich höre sie noch hinter ihm rauschen. Mir ward so bang seit seinem Blick, ich fühlte mich ohne Ruhe, bis ich den ersten besten Kreuzträger eingeladen, bei mir zu ruhen und mir sein Leid zu klagen, da ward mir besser. Ich bitte das arme Kind von Hennegau, ein Ordensgesetz hierauf zu gründen.« Mich rührte die Erfahrung Serpoletas, und ich willfahrte ihr mit dem Gesetze, die Bedrängten bei uns ruhen zu lassen und huldvoll anzuhören. Da Serpoleta mir sagte, ihre und vieler Armen Schornsteine rauchten nicht, gab ich ihr das Recht, in dem Wald, wo ihr Asverus begegnet, alle ihren Holzbedarf zu schlagen, wofür sie bei Braut- und Leichenzügen ein Rauchhuhn zu entrichten hat.

St. Sophientag. – Heute hatte ich einen lieben stillen Tag, das treue Mutterherz, das Rothkehlchen unter meinem Dach, weckte mich gar früh mit seinem Liedchen, ich streckte den Kopf durchs Fenster und belauschte es, wie es mit dem ersten Sonnenstrahl oben am Giebel gar einfältiglich in Muttersorgen überlegte, wo und wie es sein Nestchen am sichersten bauen solle; da fiel mir mein Herzgespann ein, dessen Fest heut war, und ich lief an einen schattigen feuchten Ort der Wiese, wo das Sophienkräutlein, Sonnentau, Sonnenbraut stand, dessen große Heilkraft mir wohl bekannt ist, und flocht ich ein Kränzchen daraus und kaufte zwei gleiche seidne Tüchlein, eins für sie und eins für mich, und brachte Kranz und Tüchlein meinem lieben Herzgespann und war selig mit ihr den ganzen Tag. Das Verslein aber, das ich ihr schrieb, lautete also:

Dies Kränzlein von Sophienkraut,
Weils deinen Namen führet,
Und weil es heißet Sonnenbraut,
Dir, liebstes Herz, gebühret;
Steht sonnig es in offner Au,
Steht schattig es verhüllet,
Heißt immer es doch Sonnentau,
Weil milder Tau es füllet.
Der Tau aus seinem Innern quillt.
Er ist nicht drauf geregnet,
Drum ist, lieb Herz, dein Ebenbild
Mir segnend drin begegnet.
Wer Sonnentau im Herzen trägt,
Hat Schutz vor Zaubereien
Und muß, eh er sich schlafen legt,
Wie du dem Feind verzeihen.
Auch heute den Sophientag
Kann schöner ich nicht weihen,
Als daß, verzeih uns Gott, ich sag,
Wie allen wir verzeihen.

Sonntag Cantate. – Da man liest: Singet dem Herrn ein neues Lied. – Ordensversammlung. Es sollte ein neues Lied gesungen werden; da war das Lied der Morgelina das neueste und schönste:

Es hat einmal geregnet,
Die Läubli tröpflen noch;
Ich hab einmal Gott recht geliebt,
Ich wollt, ich tät es noch.

Wir sangen das Lied alle in großen Freuden, und ich schenkte Morgelina das Recht, in allen meinen Wäldern Laub zur Streu zu sammeln, wofür sie bei Braut- und Leichenzügen ein Lauberhuhn zu entrichten hat.

Sonntag Rogate. – Vor der Bittwoche. Ordenssitzung. – Wir überlegten, wie wir die armen Kinder an den drei folgenden Tagen durch die Felder führen sollten, um Segen für die Ernte zu erflehen. Jede der acht Gespielinnen sollte der Schar ihrer Pflegekinder ein Fähnlein, worauf ein Schutzengel im Korn abgebildet, vortragen, und Moskatellina hatte dazu folgendes Lied gedichtet, was wir den Kindern lehrten:

Engel segnet uns das Korn,
Laßt es golden reifen,
Hütet es vor Wetterzorn,
Bis wir Ähren streifen;
Wiegt ihr unser täglich Brot
Golden auf den Halmen,
Singen frei vor Hungersnot
Wir euch Dankespsalmen.
Wollen treu das zehnte Korn
Unsern Hirten bieten,
Die vor Distel und vor Dorn
Schwache Schäflein hüten.
Schützet uns vor Hagelnot,
Gebet Sonn und Regen,
Bis wir tragen Wein und Brot
Unserm Hirt entgegen.
Gebt, daß alles leben kann
Und daß keiner darbe,
Selbst dem allerärmsten Mann
Eine feine Garbe.
Wenn wir durch die Stoppeln ziehn
Und die Ähren lesen,
Danken Gott wir auf den Knien,
Der so treu gewesen.

Ich schenkte Moskatellina ein schönes Getreidefeld, wofür sie bei Braut- und Leichenzügen ein Ährenhuhn zu entrichten hat.

St. Nicomedestag. – Heute stand ein Storch auf dem Turm meines Schlosses und klapperte. Ich hörte ein Glöckchen läuten, wußt nicht, was solls bedeuten, da sah ich einen Zug kleiner, armer Kinder vorüberführen. Sie plauderten durcheinander, daß man sie weit in die Ferne hören konnte. Als sie nun den

Klapperstorch hörten, machten sie halt vor dem Turme und sangen zu ihm hinauf:

Klapperstorch, Langebein, bring mir doch ein Schwesterlein,
Eh die Sonn zum Krebse geht und die Gluck am Himmel steht
Mit den sieben Küchlein fein, das sind sieben Sternelein,
Wenn der Mond in voller Pracht lachet in der Mitternacht,
Wenn der Widder springt heran zu dem feuchten Wassermann,
Da die Rosen glühen und die Linden blühen,
Da die Bienlein schwärmen und die Käfer lärmen,
Da vom Fliederblütenduft ganz berauscht der Kuckuck ruft,
Da der Wein im Faß sich rührt, weil er Rebenblüte spürt,
Da der Finke musiziert und die Lerche tireliert,
Da die Lilie in der Nacht träumend weint und wachend lacht,
Da manch Eichhorn hüpfet, da dem Nest entschlüpfet
Manches liebe Vögelein; bring mir doch ein Schwesterlein,
Leg es in den Garten, will sein fleißig warten,
Leg es, wie der Osterhas bunte Eier legt ins Gras,
Leg mirs in mein Schürzelein, trag ichs in mein Kämmerlein,
Mir im Arm solls liegen, wills am Herzchen wiegen,
Dann leg ichs in Mutterschoß, die mirs aufzieht fromm und groß.

Ich kann nicht sagen, wie dieser Gesang mich rührte und ich meine auch den Klapperstorch, der sehr ernsthaft zuhörte, dann klapperte und wie in Geschäften fortflog, worauf auch die Kinder weiterzogen. Nun ging ich zu des Herzens Nachbarin, bei welcher ich am 25. April mit den Gespielen über die Wiege gesprungen, sie war krank, es kam ihr gar ernst der Gedanke an den Tod, sie legte mir mit Tränen, was ihr teuer, an das liebste Herz, das sie in ihrer Einfalt kennet, und ich habe. Ich verließ sie bang und schwer und wachte bis Mitternacht in Sorgen, der Vollmond stieg auf die Linde und blickte mich so sehnsüchtig an, daß er mich entschlummernd hinüberzog in das andere Land.

Da träumte mir ein Träumelein, ich saß ganz einsam und allein,
Bloß wie ein armes Seelchen fein, ein kleines Taujuwelchen rein,
Auf weiter Himmelswiesen-Flur, und sucht des Paradieses Spur,
Ich zitterte durch Mark und Bein, mein Kleidchen war der Monden-
[schein,
Ich flehte zum Ermatten schier, wer giebt ein bißchen Schatten mir?

Da flog ein langer Schatten her, ins Kreuz gestaltet ungefähr,
Tat mich in meinem Schrecken ein Weilchen auch bedecken.
Es war der Storch, der Langebein, ich sah ihn in dem Mondenschein
Die Wiese hin spazieren und ringsum spionieren,
Da fand er vor dem Hirtenhaus ein junges Lamm gesetzet aus;
Es lauert bang gekauert und hat den Storch gedauert,
Er sprach: »Geschlagen hats schon zwölf, daß Gott dir vor den Wölfen
[helf!
Der Widder kömmt gelaufen schier und rennt dich übern Haufen hier,
Gleich leert der Wassermann sein Faß, da kannst du werden
[pfützenaß.«
So sprach er manch affabel Wort und trug das Lamm im Schnabel
[fort,
Wohl über Berg und Tal geschwind, daß er ihm eine Mutter find,
Die es zum guten Hirten führ, er flog – da pochts an meine Tür,
Und ich erwachte.

St. Marcellinustag. – Heut stand ich armes Kind von Hennegau mit den andern Kindern um eine Wiege, sie fragten:

Sag, Mütterchen, wir bitten sehr,
Wo kömmt das liebe Püppchen her?
Was hier so artig in der Wiegen
Gleich einem Engelein tut liegen.

Da antwortete die Mutter:

Es ist ein liebes Schwesterlein,
Es ist mein armes Kindelein,
Verloren vor der Himmelstür
Fand es der Storch und bracht es mir,
Nun will ichs treulich ziehen auf
Durch seinen ganzen Lebenslauf.

Die Kinder hörten die Antwort und standen voll Neugierde um die Wiege herum, aufmerksam auf jede Bewegung der kleinen Puppe, die darin lag, mit freudeglänzenden Augen. – Ach! und das Leben ist doch so schwer und ernst!

Sonntag Exaudi, Rosensonntag. – Ordenssitzung. Ich konnte nicht dabei sein, denn ich wartete heut das Kindlein und trug es umher, bis es schlief. Ich bin fast ganz stolz gewesen auf mein kleines Amt, ich meine oft, man könne mich zu gar nichts gebrauchen, und die Leute sagten mir das auch schon oft genug.

Es kamen aber meine Ordensspielinnen und streuten Rosen in der Stube und über das Lager der Freundin, und setzten mir einen Kranz von weißen Rosen und dem Kinde ein Kränzchen von Rosenknospen auf, während ich es trug; dazu sang Cornelia:

Die Rose blüht, selig die fromme Biene,
Die in der Blätter keuschen Busen sinkt
Und milden Tau und linden Honig trinkt,
Selig die Magd, die dir, o Rose, diene!
In Freuden schwebet ihr Gemüt,
Weil ihre Rose blüht.

Die Rose blüht, Gott, laß doch milde glühen
Der Sonne Licht, hüll Ros und Röselein
Gen Frost und Glut in deine Gnade ein,
Laß alle Lieb in deiner Rose blühen,
Dann singt das ganze hohe Lied:
Ach unsre Rose blüht!

Wie rosigt blüht das Röslein aller Rosen
Und lacht mit solcher Herzempfindlichkeit,
Daß selbst die Lilie ihr zu Dienst sich weiht,
Mit keiner andern Blume zu liebkosen,
Weil aller Unschuld Seelenfried
Aus diesem Röslein blüht.

Ich schenkte Cornelien für dieses Rosenlied einen schönen Rosengarten, wofür sie bei Braut- und Leichenzügen ein Gartenhuhn zu entrichten hat.

Vorabend vor Pfingsten. – Ordenssitzung. Ich armes Kind ordnete mit den Gespielen die Festlichkeit der folgenden Tage. Es wurden Maien im Walde geholt und Blumen auf der Wiese, um das Fest zu schmücken.

Pfingstsonntag. – Als ich erwachte, fand ich auf der Wiese vor dem Schloß, meinem Fenster gegenüber, einen schönen Maienbaum von den Gespielen und den Waisenkindern gepflanzt. Er war mit Kränzen von Siebenfarbenblumen und Bändern von siebenerlei Farben geschmückt. Als der Tag anbrach, standen die Gespielinnen darunter und sangen mir ein Pfingstlied. Ich dankte und lud sie auf morgen zum Fest unter die Maie.

Pfingstmontag. – Meine Ordensgespielinnen führten am Nachmittag schier alle Kinder der Stadt unter die Maie; die Armen hatten den Vortritt, sie waren neu gekleidet, sie zogen alle mit Blumen bekränzt um die gedeckten Tische singend umher und wurden mit Hirsenmus bewirtet, wir Ordensgespielen gossen allen den Honig darauf und dienten ihnen. Hierauf sangen wir und tanzten Reihentänze und ließen viele weiße Tauben fliegen, die mit bunten Bändern und Silberpfennigen geschmückt waren; wir waren sehr freudig.

Pfingstdienstag. – Heute gegen Abend kam eine große Schar unserer Pflegekinder mit grünen Zweigen und Blumenkränzen geschmückt, sie zogen einen mit Laub verzierten Kinderwagen, worauf die Pfingstbraut saß, in den Schloßhof. Die Pfingstbraut war eine der Ordensgespielinnen, sie hatten sie im Walde so mit Laub und Blumen verhüllt, daß sie, einem großen Blumenstrauß ähnlich, ganz und gar nicht zu erkennen war. Ein Schleier von Siebenfarbenblumen bedeckte ihr Gesicht. Sie trug eine weiße Taube in den Händen. Nun mußte ich raten, welche von meinen acht Gespielinnen die Pfingstbraut sei; die sieben andern folgten in einem dicht verlaubten Wagen dem Zuge. Da ich dreimal falsch riet, ließ die Braut die Taube fliegen, welche ihren Namen auf einem Zettel anhängen hatte, nun mußte ich die Taube fangen, oder die Braut und alle Kinder beschenken. – Die Taube aber flog hinaus und kreiste über einem schönen Kleefelde; da sagte ich zu der Pfingstbraut: »Sage mir deinen Namen, mit welchem die Taube das Feld umflogen hat, so schenke ich dir das Feld.« Da stiegen die andern Gespielen aus dem Wagen und entschleierten Fräulein Esparsetta von Hahnenkämmchen, welche ich umarmte und mit dem Feld beschenkte, wofür sie bei Braut- und Leichenzügen ein Pfingsthuhn zu entrichten hat. – Wir zogen hinaus auf das Feld und die Kinder steckten Zweige umher, wo die Taube flog, und da wurden Marksteine aufgerichtet; es war ein schönes Stück Feldes.

Also habe ich meine acht Ordensgespielen vom weißen Sonntag bis heute alle mit Gütern beschenkt.

St. Silveriustag. – Entschlummert träumte mir, die Lilien meines Gartens hätten sich erschlossen, und ich sähe zwei leuchtende Frauengestalten in den Garten treten, eine gekrönte Matrone mit einem Kreuz in der Hand und eine schlanke, rührend bewegliche Jungfrau mit langen niederfließenden Haaren; sie war in eine Decke von Roßhaaren eingehüllt, und mit einem blühenden Zweig weißer Dornrosen gegürtet. Ich hatte nie diese Frauen gesehen. Ich aber stand bei einem Rosenstrauch; und als sie vorübergingen, gab ich ihnen ein neu aufgegangenes Röslein, das war äußerlich ganz schön und gesund, aber ich fühlte, daß es mit tödlichem Mehltau befleckt war, und sprach zu den Frauen: »Lasset es reinigen und heilen.« Als sie nun mit dem Röslein zu den Lilien kamen, sah ich zwischen denselben einen schimmernden Jüngling erscheinen, von unaussprechlicher Reinheit und Jungfräulichkeit, er hatte eine leuchtende Lilie in der Hand, die Lilien um ihn her sahen trüb aus, gegen ihn und sie. Er sah nicht auf, er schlug die Augen nieder. – Die Frauen hielten ihm das Rosenknöspchen auf den Händen hin, und er goß aus dem Kelch der Lilie, die er trug, einen Lichttau über dasselbe und sprach Namen aus; – da war das Röschen ganz heil, ganz rein und licht, und mir war, als gehöre es nun auch noch zu einem viel schönern Rosenstrauch mit fünf blutroten Rosen, den ich über dem ganzen Bilde erscheinen sah. Da verschwanden der Jüngling und auch die beiden Frauen, nachdem sie mir das Röschen zurückgebracht, welches ich wieder an den Rosenstrauch heftete, dem ich die ganze Zeit nahestehend alles erzählt hatte, was geschah. Er verstand mich sehr gut, denn er war ganz selig und schüttelte helle Tropfen nieder auf das schöne, neue, reine Röschen und es spritzten mir Tropfen auf die Wange, da erwachte ich. – Ich war aber so bewegt von dem lebhaften Traum und war seiner so gewiß, daß ich mich einhüllte und auf leisen Socken hinabschlich in den Garten. O wie war es kühl und still und so ruhig, so ruhig! ich meinte immer, ich müsse die lichten Gestalten irgendwo sehen, aber ich sah nur ein Nachtlicht herschimmern, hörte nur ein Kindlein wimmern und das Brünnchen rauschen. Im Garten war es wie sonst, einige Glühwürmer leuchteten umher, als wollten sie mir suchen helfen, der Mond war untergegangen, es glitzerten nur einige nachsinnende Sternchen. Ich nahte den Lilien, sie dufteten Licht und ich sah Strahlen von den Sternen in sie niederschießen und von ihnen wieder empor, es war, als trügen Himmelsbienen Honig aus ihnen ein für die Kinder einer bessern Welt. – Und wie ich so sinnend stand, hörte ich eine Menschenstimme, fern und doch nah mit wehmütigem Tone die Worte sprechen:

O Stern und Blume, Geist und Kleid,
Lieb, Leid und Zeit und Ewigkeit!

Bang hüllte ich mich dichter ein und eilte aus dem Garten. Mein Gewand fing sich in einer Dornranke; erschreckt rief ich laut: »Wer faßt mich?« und stand. Niemand zeigte sich, so riß ich dann schneller eilend die Ranke mit fort und dachte: sie wird mir morgen ein Zeichen sein, daß ich nicht geträumt. In meinem Schlafgemach hörte ich immer jene Worte noch um mich tönen. Ich verstand sie durch und durch und konnte sie doch nicht erklären. Ich verstand ihr Wesen und hatte keine Worte für sie als sie selbst. Immer wiederholte ich sie, immer sah ich die leuchtenden Lilien und die Sterne vor mir, die sie grüßten. Als ich mir den Nachttau von dem Angesicht wusch, war mir, als sehe ich ein Haupt so deutlich neben mir, daß ich die Ranke von meinem Kleide löste und das Haupt mit ihr bekränzte. Da hörte ich jene Worte wieder und erschrak nicht, und legte die Hand auf das Haupt und fühlte: diese Worte sollen mein Wahlspruch sein. Entschlummernd aber hörte ich eine klagende Stimme: »Ach, wer nimmt mir von der Stirne den Traum?« Da versteckte ich mich und hörte zum erstenmal in meinem Leben mein Herz heftig pochen und entschlief.

St. Albanustag. – Heut ward alles wahr, ich stand bei meinem lieben Herzgespann und sie trugen das Kind zur Kirche; indessen erzählte ich ihr, wie ich nachts im Traum bei der Rose gestanden und was ich gesehen, und sie brachten das Kindlein ganz klar und heil wieder, und ich legte es ihr ans Herz, und mein Herzgespann weinte auf das Röslein, wie nachts die Rose getan.

St. Achatiustag. – Heute mußte ich das kleine Röslein in den Garten tragen. Mein Herzgespann glaubte, es bringe ihm einen besonderen Segen, durch mich zuerst an die Luft getragen zu werden. Ich trug es und sagte ihm im Herzen alles, was ich gesehen, von den leuchtenden Frauen und dem Jüngling mit der Lilie, und es schien es besser zu verstehen als ich; denn es sah mich groß an, lächelte und weinte dann gar beweglich. Ich aber hatte immer Angst, ich möge es fallen lassen, und brachte es heim. –

NB. Nun nahet aber ein wichtiger Tag, Sonnenwende, des Täufers Tag, da die Sonn nicht höher mag; da hat sich auch meine Sonne gewendet, und ist vieles anders geworden mit mir, da ich erfahren von den Kleinoden von Vadutz, die ich bisher unwissend auf den Schultern getragen, und da ich gestiftet das Kloster Lilienthal.

St. Edeltrudistag vor Sonnenwende. – Heut morgen gegen drei Uhr vor Tagesgrauen ward ich aufgeweckt, und sieh, Verena stand bei meinem Bette und bemühte sich, mich von der linken auf die rechte Seite zu legen, dabei sagte sie: »Das fromme Hühnlein schickt mich, es weiß alles.« – Ich richtete mich im Bette auf, ich glaubte zu träumen, ich sei noch ein Kind, wo Verena so zu tun pflegte. – Sie aber sprach: »Gnädige Gräfin, goldne Amey, erschrick nicht. Es ist meines Bleibens nicht mehr lange hier. Du weißt, daß ich am Tag vor Sonnenwende immer mit dem frommen Hühnlein in die Höhle gehe, wo der Vater deines Stammes den Salmo und das erste Hühnlein Gallina am Sonnwendetag gefunden, und daß ich dort einige Tage in Zurückgezogenheit während dem lärmenden Johannisfest ihrer gedenke. Dieses Jahr treibt es mich etwas früher hinaus, weil du heute mit Tagesanbeginn unten im Gallinarium große Wäsche hast und ich nicht von allen deinen Gespielen und Mägden will angesprochen werden. – Ich bringe dir hier den Schlüssel zum Gallinarium und meiner Kammer, du bist die Landesherrin, ich habe ihn von dir und muß ihn dir wiedergeben, ich bin schon alt, ich hab schon viele Hühnlein erlebet, wer weiß seinen letzten Tag. In meiner Kammer in der Truhe wirst du mein Testament finden.« – Ich ward ganz ernsthaft über diese Reden Verenas und bat, sie möge doch bei solchen Ahndungen nicht allein in die Salmoshöhle gehen, damit ich ruhig sein könne. Sie aber erwiderte: »Habe keine Sorge um mich, ich bin zwar bereit, aber wir sehen uns auf Erden doch wieder und wollen noch recht freudig zusammen sein. – O goldne Amey! achte auf alles, was dir vertraut ist, besonders auf die amaranthseidne Decke von Hennegau.« Als sie dies sagte, ließ sich das heilige Hühnlein mit einem warnenden Tone in ihrem Korbe vernehmen. »Hörst du,« fuhr sie fort, »Gallina ist auch meiner Meinung, und mahnet mich zugleich zum Scheiden; das Hühnchen weiß alles.« Hierauf fragte ich »Und das Büblein?« Da erwiderte Verena mit großem Ernste: »Es hat seine Sache zu Ende gebracht, hilf ihm sein Bündlein schnüren.« Da umarmte sie mich und zog von dannen. Ich kann nicht sagen, wie tief mich die Worte erschütterten, die sie zum erstenmal von dem geheimnisvollen Büblein gesprochen. Ich ahndete, es stehe mir etwas Großes bevor; jedoch, was sollte ich tun, ich mußte es erfolgen lassen. Jetzt aber stand ich auf, zündete meine Leuchte an und ging in das Waschhaus bei dem Gallinarium; wir hatten gewettet, wer zuerst dasein werde. Ich war die erste. Keine meiner Gespielinnen oder Mägde war zugegen. Ich blickte zwischen den großen Waschbütten scheu durch die weite dunkle Halle, die meine Lampe unbestimmt erleuchtete. – Ich dachte, wenn jetzt das Büblein käme! – Da hörte ich die Hühner sich rühren und auch wie Schritte und glaubte schon, es nahten meine Mägde. Ich ging zu dem Stalle und sah da einen Knaben von etwa sechs Jahren, der aus dem dort hängenden Futtersäckchen der Verena mit einem Maße Weizen schöpfte und den Hühnern vorwarf. Neben ihm stand ein offnes Reisesäckchen, in welchem ich allerlei Früchte schimmern sah. Mir schauderte ein wenig und ich sagte flüsternd: »Ach das Büblein!« – Da wendete es den Kopf und schaute mich wehmütig lächelnd an, nickte und machte, auf das offne Reisesäckchen hindeutend, mit den Händen die Bewegung des Zubindens; da fühlte ich mich auf die Kniee niedergezogen und betete von Herzen; das Knäblein tat ebenso und antwortete ordentlich im Gebet, und es war, als drehe es aus meinem Gebet eine Schnur zusammen, sein Bündelchen zuzubinden; die Schnur ward immer länger, und es faßte den Rand des Säckchens zusammen und wickelte die Schnur darum und als ich sprach: »Gott gebe ihm die ewige Ruhe«, sagte es: »Und das ewige Licht leuchte ihm!« Da hatte es den Knoten geschlungen, schloß das Bündelchen, schwang es auf den Rücken, sprach: »Tausend Gottvergelts!« und verschwand in hellem schönen Schein. – Im selben Augenblicke traten meine Mägde betend herein und freuten sich, daß ich die Wette gewonnen.

Wir gingen zur Kirche, und nach dem Gottesdienst bat mich Jakob von Guise, ihn in das Stüblein Verenas zu führen, weil er mir etwas mitzuteilen habe. Dort sagte mir nun der fromme Mann: »Verena hat heute, ehe sie ihren Weg zu Salmos Höhle antrat, mir aufgetragen, dir folgendes zu sagen. Als vor vielen Jahren Verena von deiner seligen Frau Mutter das Pflegeamt des frommen Hühnleins erhielt, bestand bereits das Gerücht, unten in den Gewölben des Gallinariums lasse sich manchmal ein kleines Büblein sehen, welches allerlei Geschäfte verrichte und dann wieder verschwinde. Es war dieses von mehreren Wäscherinnen, die dort vor Tag arbeiteten, gesehen worden. Einst ward Verena auf ihrer Kammer nachts erweckt und sah zum erstenmal jenes Büblein vor sich stehen, welches sie mit den Worten aus dem Bett zog: ›Der Iltis, der Iltis.‹ Sie eilte hinab und kam gerade noch früh genug, um einen Iltis zu verjagen, der zu dem Hühnlein hineindringen wollte. Als Verena wieder zu Bette gegangen war, erschien ihr das Büblein wieder und sprach zu ihr: ›Du sollst mir Gutes tun, du bist aus demselben Stamme mit mir, mein Vater ist aus deinem Geschlecht oben am Rhein her. Er war ein Knecht Salmos am Hahnebach und baute mit an dem Schlosse Kyrn, worin Salmo mit dem Hühnlein wohnte, dessen Fütterung meinem Vater anvertraut war. Wir waren alle Christen, und Salmo hat mich selbst unterrichtet, meine Mutter war seines Söhnleins Amme. Wir hatten aber eine Muhme, die war eine arge Heidin und lebte in einer Höhle des Waldes und war eine Weissagin. Meine Eltern fürchteten sich vor ihr, und ich mußte manchmal zu ihr gehen und ihr freundlich tun, damit sie uns nicht schade. Ich hatte eine große Begierde, zu reisen und zu lernen, die alte Muhme erzählte mir immer von wunderbaren Ländern und von Leuten, bei denen man alles lernen könne. – »O könnt ich reisen und lernen!« sagte ich; »jetzt muß ich immer das Hühnlein füttern.« Da erwiderte die Muhme: »Ich weiß wohl ein Hühnlein, wenn du das füttertest, da wäre dir geholfen«, und sie zeigte mir ein Huhn in ihrer Höhle und sagte: »Wenn du ihm täglich ein Körnlein vom Futter des Hühnleins Gallina bringst, bis es fett wird, so wird es ein goldenes Ei legen; wenn wir das verkaufen, kannst du weit reisen und alles lernen.« Ich ließ mich verführen. Ich stahl täglich dem frommen Hühnchen ein Körnlein. Es reichte nicht hin. Ich lernte zwei, dann drei und zuletzt gar das ganze Futter stehlen. – »Noch einmal,« sagte die böse Muhme, »mein Huhn sitzt schon zu Neste, noch einmal bringe das Futter, und das goldene Ei ist da, und du reisest weit und lernest vieles.« Nochmals schlich ich nachts in großer Angst zu dem Futterkasten des Hühnleins, das immer gar wehmütig gackernd mich gewarnt hatte; diesmal hörte ich seine Stimme nicht, ich öffnete den Kasten, der furchtbare Hund Salmos, der Saufänger, sprang mir daraus entgegen und erwürgte mich. – Das Hühnlein Gallina war verhungert und Salmo hatte den Hund in den Kasten gesperrt, um den Dieb zu fangen. – Ach, da machte ich die große Reise in die andere Welt, und lernte vieles, nämlich: »Du sollst nicht stehlen!« und »Alles bis auf den letzten Heller muß ersetzet werden!« – Mir aber ist das Urteil gesprochen worden, daß ich bei Kindern und Kindeskindern des Hühnleins so lange das Futter bewachen und jedes zerstreute Körnlein auflesen und anwenden muß, bis so viel Weizenkörner zur Ehre Gottes und zum Trost der Armen durch meine Bemühung gewonnen sind, als aus dem von mir gestohlenen Weizen, wenn er gesäet worden wäre, hiezu hätten verwendet werden können. Seit diesem Urteil hüte und sorge ich schon viele, viele Jahre bei dem Futter im Gallinarium und hab schon ziemlich viel ersetzt, aber du kannst mir Hilfe leisten. Verena, du weißt, daß das Almosen tausendfältig ersetzt wird, so demütige dich und bettle das Futter für das Hühnlein zusammen, so werden die Wohltäter tausendfach belohnt werden; und du selbst teile das Überflüssige mit Gott und den Armen, so wird alles auch tausendfach gemehrt werden, und alles das schenke dem Ärmsten aller Armen, mir – damit ich meine Schuld tilge und zur Ruhe gelange.‹ So flehte das Büblein zu Verena, und sie gab ihm die Hand darauf und es verschwand. – Von dieser Zeit an bettelte Verena immer den Weizen zur Nahrung des ganzen Gallinariums und verwendete den Überfluß, wie du weißt, für die Kirche und die Armen, und Gott segnete ihr Tun reichlich. Niemals hat sie das Geheimnis des Bübleins ausgesprochen, nie mehr von ihm gesagt als: ›Es macht sein Sach‹ – denn man soll die Schuld der Toten tilgen, ohne sie zu verkünden. Gestern abend nun, als sie alle Hühner noch fütterte und das Hühnlein im Korb mit auf ihre Kammer nehmen wollte, um heute vor Tag, ohne die andern Hühner im Schlafe zu stören, ihren jährlichen Gang zu der Höhle Salmos mit ihm anzutreten, sah sie das Büblein im Gewölbe sehr beschäftigt, als packe es seinen Reisebündel. – Nach Mitternacht, nachdem sie wenige Stunden geschlafen, weckte sie die Erscheinung und sprach: ›Verena, ich komme, Abschied von dir zu nehmen; lohn dir das wahre Weizenkörnlein tausendfältig, was du an mir getan! Alles, was ich schulde, ist bezahlt; schenk mir doch ein bißchen auf den Weg, daß ich doch etwas mitbringe und nicht ganz so kahl ankomme; sieh, ich habe noch Platz oben in meinem Bündlein!‹ Da stand Verena auf und betete von Herzen für das Büblein, bis es sagte: ›Genug, genug, ich krieg den Seckel sonst nicht zu. Jetzt gehe zu Jakob von Guise und sage ihm, wie es mit dem Büblein beschaffen war, und wie es sein Sach endlich durch dich zu Stande gebracht. Sage ihm auch, er solle der Gräfin Amey alles erzählen und sie bitten, daß sie mir mein Bündlein zuschnüre, dann sage ich tausend Gottvergelts und reise in den Himmel!‹ Nach diesen Worten verschwand das Büblein, und Verena ging zu dir und dann zu mir; ich aber ersuche dich, erfülle den Wunsch des Bübleins mit Gebet.« So sprach Jakob von Guise zu mir, und da ich ihm hierauf erzählte, was mir vor einer Stunde mit dem Büblein geschehen, und wie ich ihm bereits sein Bündlein geschlossen und es seinen Weg in den Himmel freudig angetreten habe, gab er mir seinen Segen und sprach: »Wir wollen dieses Ereignis für uns bewahren.« So habe ich es dann auch allein für mich niedergeschrieben. – Als ich in das Gallinarium zurückkehrte, fand ich meine Mägde schon in der Wäsche plätschernd und meine Gespielen mit mancherlei Anordnung und Aufsicht beschäftigt. Ich begab mich mit Jungfer Cordula, welche immer bei Krankheit oder Abwesenheit Verenas ihre Stelle vertrat, in das Stübchen Verenas, überreichte ihr die Schlüssel zu den Hühnern und dem Futter und dem Kornspeicher, nahm in ihrer Gegenwart das versiegelte Testament Verenas aus der Truhe und ließ sie in dem Stübchen zurück. – Ich war nach dem Erlebten eben nicht besonders erschüttert; es war mir recht von Herzen lieb, daß dem Büblein geholfen war; – aber indem ich mich fragte, warum mich das nicht stärker bewegte, dem Verena doch so viel mühselige Jahre gewidmet hatte, antwortete eine Stimme aus meinem Innern, da ich vorübergehend mich vor dem großen Kreuze beugte: »Hast du je für das Glück anderer ein Opfer gebracht? Dem Büblein, aber nicht dir ist geholfen; auch du tuest das Deine, wer wird dir dein Bündlein schnüren? Was soll dich erschüttern? Zu Leid und Freud gehört ein Echo, ein Widerhall, der antwortet; – aber du bist einsam!« – Als ich diese Stimme in meinem Innern hörte, war mir unheimlich; ich blieb aber mit dem Gewande am Geländer der Treppe hängen, ich schaute um und sah das Kreuz an, da wars, als spreche es zu mir: »Ich bin so einsam, o lasse mich nicht so einsam, o lasse dich erschüttern!« – Das wollte mich schier bewegen, doch ich hörte Gesang nahen und trocknete meine Augen und eilte an den lustigen Springbrunnen des Schloßhofes unter die Linden, da fand ich meine Gespielen beschäftigt, meine Halskrausen und Schleier und feineren Geräte zu waschen, und ich gesellte mich zu ihnen nach alter Landessitte, jede häusliche Arbeit durch meine Teilnahme zu ehren, und wusch. Wie wir nun so plätscherten und wischi waschi plauderten und jede vor der andern ihre innere Armut, die wir doch gegenseitig kannten, unter einer andern Flitterkrone, ich aber unter meiner Grafenkrone, versteckte, zogen Scharen von armen Kindern mit Körben zu uns heran und bettelten um Geschenke, den Johannisengel morgen zum Feste zu schmücken, und Johannisfeuer anzuzünden. Ich ließ ihnen reichlich Speise und Holz austeilen und schenkte ihnen auch ein schönes rotes Kleid, den Johannisengel zu bekleiden. Sie sangen aber einen Reim:

Feuerrote Röselein,
Aus dem Blute springt der Schein,
Aus der Erde dringt der Wein,
Rot schwing ich mein Fähnelein!

und konnte ich diese Worte nicht aus den Sinnen loswerden, ich weiß nicht warum. Es zog mir dabei ein banges drückendes Gefühl von der linken Schulter zum Herzen. Nachmittags zogen wir mit der Wäsche, den Teppichen und der großen amaranthseidnen Decke auf die Wiese, und breiteten alles zur Bleiche aus; denn es ist in dem Lande Hennegau eine große Verehrung des Täufers und herrscht unter dem Volke der Glaube, der Tau in der Johannisnacht bewahre Leinen-, Seiden- und Wollentücher vor Mottenfraß und anderm Verderben. Es waren aber drei fromme arme Fräulein, zur Lilien genannt, auf der Bleiche. Sie waren aus meinem Ländchen Vadutz einen weiten Weg vor einigen Tagen barfuß ins Hennegau gewallfahrtet, und zwar zu mir. Sie hatten ein schweres Anliegen und ließen mich durch Jakob von Guise bitten, ganz allein mit mir zu sprechen und zwar am Abend vor Sonnenwende. Schon vor zwei Jahren, da meiner Mutter letztes Krankenlager begonnen, waren sie ins Hennegau gekommen mit sehr schönem Bildwerk, denn Klareta, die Jüngste, hatte ihresgleichen der Zeit nicht mit Sticken und Weben von Priestergewand und Tapezerei; war auch eine große Lieblichkeit und Demut in ihr, gemischt mit seltsamer Trauer und erquickendem Frieden, und konnte sie schöne Weisen dichten und singen. Meine Mutter hatte ein Wohlgefallen an ihr, und da das Mägdlein sehr darum bat, nahm sie es zur Dienerin. Wir hatten aber fast großen Schrecken mit ihr, denn nachts an ihrem Krankenlager wachend, war sie plötzlich unweise geworden, und haben wir sie mit den Schwestern wieder in ihre Heimat senden müssen. Sie schied unter großer Wehklage und sprach seltsame Worte; und da die Mutter acht Tage nachher starb, ging allerlei Rede über sie, wodurch sie mir unheimlich ward; diese unweise Klareta war wieder von ihren Schwestern ins Land gebracht worden. Sie war mir nicht unlieblich, ja eigentlich meinem Herzen nah; aber ich verleugnete es, es war mir bange vor ihr, es war mir, als sei sie ein Geschick, oder bringe mir eins. – Wo ich war, flog sie nach mir, wie ein Schmetterling ins Licht. – Ich hatte ihnen versprochen, die Nacht vor Sonnenwende bei ihnen allein auf der Bleiche zu sein; sie hatten übernommen, Kirchenwäsche und Taufhemden um Gottes Willen im Johannistau zu bleichen und harrten meiner mit Sehnsucht. – Meine Gespielen schlugen mir ein kleines Schlafzelt neben ihrer Bleichhütte auf und kehrten zur Stadt. – Als es nun Abend geworden, war all meine Wäsche ausgebreitet. Der Engel des Herrn läutete, wir standen betend um die Hütte, und als wir uns gegrüßt, sangen die drei Schwestern dreistimmig einen süßen Reim vom Abend, von welchem sie aus früherer Zeit wußten, daß er mir ungemein lieb war:

O Stunde, da der Schiffende bang lauert
Und sich zur Heimat sehnet an dem Tage,
Da er von süßen Freunden ist geschieden,
Da in des Pilgers Herz die Liebe trauert
Auf erster Fahrt, wenn ferner Glocken Klage
Den Tag beweinet, der da stirbt in Frieden!

Nun kehrten meine Gespielinnen nach der Stadt. Ich saß mit den Schwestern um ein Feuerchen, wir redeten gute Dinge. Mein Herz aber war schwer und sehnte sich, wenn ich in die Flamme sah, mußte ich immer leise singen:

Feuerrote Blümelein,
Aus der Erde springt der Wein,

und selbst der klare Sternhimmel von dem der kühle Tau auf mich sank, gab mir keinen rechten Frieden. Es war aber Klareta in dem Wahn, nur ich könne sie heilen, und war sie den weiten Weg hiehergereiset und hatte alles verlassen und vergessen, um in meiner Nähe zu sein. Ich wußte das alles; weil ich aber gehört hatte, sie habe den Wahnsinn durch Mitleid von einem andern Menschen übernommen, hatte ich eine Scheu vor ihrer Annäherung, fürchtend, ihr Wahnsinn möge auf mich kommen. Es war aber ein Weber, ein Diener ihres seligen Vaters, um den sie litt. Er hatte für die drei Schwestern, die verarmt waren, so mühselig gearbeitet, daß er den Verstand darüber verloren, und da er gewohnt war, Klareta das Seelchen zu nennen, und für sie zu weben, so sang er immer Weberlieder von dem Seelchen, und sprach andere unweise Reden. Alle solche Reden sprach nun auch Klareta, und war mir immer bang bei ihr, da meine Natur gar geneigt ist, solche Dinge aufzunehmen. – Ich wußte dieses aus den Reden der Schwestern; wie ich aber Klareta heilen sollte, sagten mir diese nicht, schienen es auch nicht recht zu wissen. Klareta sehnte sich nur, allein mit mir zu sein, und die Schwestern suchten das zu veranlassen. Sie warfen sich in ihrer Bleichhütte auf die Kniee und beteten. Ich aber suchte der unweisen Klareta auszuweichen, wo es anging, bis sie endlich doch geheilt mir große Geheimnisse in dieser

Nacht offenbarte, die mich reichlich belohnten. – Den Hergang schreibe ich nun hier nieder.

Ich saß mit der unweisen Klareta an dem Feuerchen, wir aßen Brot und Früchte. Sie schüttete mir aber eine Anzahl Haselnüsse in den Schoß; Jürgo, der kranke Weber aus Vadutz, hatte ihr sie mitgegeben, und sie nahm schüchtern eine der Nüsse und fragte demütig: »Darf ich dem Seelchen die Nüsse aufbeißen?« Mir grauste aber vor den Nüssen; ich gab sie ihr zurück mit den Worten: »Klareta, ich esse keine Nüsse.« Da war sie gar traurig, brach das Brot mit mir und drückte es ans Herz und aß nicht viel. – Wie wir so stille ins Feuer schauten, hörten wir fernen Schalmeienklang sich nahen. Es waren die Hirten. Sie hatten nach Landes Sitte, weil der Täufer gesagt: »Siehe das Lamm Gottes!« am Vorabend seines Festes ihre Schafe gewaschen, und nachdem sie sie eingetrieben, zogen sie mit brennenden Kienfackeln, Pfeifen und Schalmeien um den Zaun der Bleiche zu des Täufers Kapelle oben vor dem Wald, wo der Bach entspringet. – Die roten Fackellichter lockten mich, die Schalmeiklänge bewegten in der Nacht mein Herz gar gewaltig. Bald eilte ich an den Zaun, bald kehrte ich zu Klareta zurück, die mir immer traurig nachschlich; und als ich sprach: »Warum üben nur Fackeln und Schalmeien in der Nacht so schmerzlich Gewalt über mein Herz?« blickte mich Klareta mit tiefen Augen an und sagte wunderliche Reime, die sie auch nachher noch wußte und, als sie geheilt war, mir aufschrieb:

Wenn der lahme Weber träumt, er webe,
Träumt die kranke Lerche auch, sie schwebe,
Träumt die stumme Nachtigall, sie singe,
Daß das Herz des Widerhalls zerspringe,
Träumt das blinde Huhn, es zähl die Kerne,
Und der drei je zählte kaum, die Sterne,
Träumt das starre Erz, gar linde tau es,
Und das Eisenherz, ein Kind vertrau es,
Träumt die taube Nüchternheit, sie lausche,
Wie der Traube Schüchternheit berausche;
Kömmt dann Wahrheit mutternackt gelaufen,
Führt der hellen Töne Glanzgefunkel
Und der grellen Lichter Tanz durchs Dunkel,
Rennt den Traum sie schmerzlich übern Haufen,

Horch! die Fackel lacht, horch! Schmerz-Schalmeien
Der erwachten Nacht ins Herz all schreien;
Weh, ohn Opfer gehn die süßen Wunder,
Gehn die armen Herzen einsam unter!

Ich nickte bejahend, wie man einem Kinde nickt, dem man zuzuhören scheint, aber ich hörte auf die Schalmeien. Ich bot ihr schöne Früchte, sie aß nicht. Ich fragte: »Warum ißt du nicht? Sie sind süß.« Da erwiderte sie mit tiefem Schmerz: »Ohne Opfer gehn die süßen Wunder, gehn die armen Herzen einsam unter.« Ich wollte ihrer Empfindung ausweichen, blickte hin und wider, aber plötzlich fühlte ich mein Herz. Ich blickte die arme Kranke liebevoll an, reichte ihr die Hand über die Früchte und sprach: »Iß mir zum Opfer, armes Herz!« und sie aß. Als ich auch genug gegessen, eilte ich wieder an den Zaun zu den Fackeln und Schalmeien und dachte keines Hungernden, selbst meiner kaum. – Da rasselte es am Zaun neben mir. Klareta war mir nachgeschlichen, und riß sich die Hände blutig in den Dornen, um mir Rosen zu reichen. Ich sprach: »Was soll ich mit den Rosen?« Klareta erwiderte: »Meine Hände bluten, mein Herz blutet; ohne Opfer gehn die süßen Wunder, gehn die armen Herzen alle unter.« – Ich kehrte mit ihr zu der Bleichhütte, saß am Feuer nieder und ließ mir die Zöpfe von ihr um den Kopf unter ein Netz binden, denn ich wollte mich bald schlafen legen. Als sie mir so nahe war, stockte sie plötzlich in ihrer Arbeit, schloß die Augen und näherte wie träumend ihre Stirne meiner rechten Schulter. Ich stand auf mit den Worten: »Was willst du, wer bist du, wer ich?« Da sprach sie gar demütig: »O meine Herrin! deine Magd hat ein Anliegen, höre mich an, morgen ist es zu spät.« Ich erwiderte: »Schweige, daß ich die Schalmeien höre; ja, morgen ists zu spät, das scheinen sie zu klagen und reißen drum mich hin.« – Da eilte ich wieder an den Zaun und lauschte hinüber. Klareta schlich mir nach und sprach: »O wär es doch vorüber, es tut mir großes Leid!« – »Welch Leid?« fragte ich und sie antwortete nicht, sondern sang das Lied des Webers Jürgo mit irrer Weise in die Nacht hinein:

Das Seelchen auf der Heide
Hat nicht genug zum Kleide
Und friert durch Mark und Bein;

Ich hab in heißer Sonnen
Mein Leben aufgesponnen
Zu einem Faden fein,
Den hab ich treu gewebet,
Mein Schifflein ist geschwebet
In steter Not und Pein.
Mit Tränen ichs erweichte,
Mit Tränen ich es bleichte
In Mond- und Sternenschein.
Todwund lag ich zum Sterben,
Der Seele Kleid zu färben
Mit roter Farbe Schein.
Ich trug es ohn Verweilen
Hin viele, viele Meilen,
Da war mein Tuch zu klein,
Das Seelchen zu bedecken,
Da zuckt an allen Ecken
Heraus das Flämmelein
Und irret auf der Heide,
Mein Zeug reicht nicht zum Kleide
Dem Feuer-Lämmelein.
Da drüben die Gesellen,
Die schleudern tausend Ellen
Rot Zeug zur Nacht hinein;
Die Fackeln und Schalmeien,
Sie brennen, reißen, schreien
Mir tief durch Mark und Bein.
Weh, weh tut das Verschwenden,
Mit Not mußt ich vollenden
Mein Tuch – nun ists zu klein.
Das Seelchen springet trunken
Von Tönen, Farben, Funken
Zur roten Lust hinein.
Wenn Tön und Farben starben,
Kömmt Nacht und bittres Darben,
Arm, bloß, allein; allein!

Ich fragte: »Was für Reden sind dies?« und sie erwiderte:

Es sind Lichter, Melodeien
In der Nacht gar mannichfalt,
Doch die Fackeln und Schalmeien
Üben größere Gewalt.

Feuerrote Röselein
Aus der Erde dringt der Schein,
Aus der Erde springt der Wein.

Ich blieb an dem Zaun stehen, bis die Hirten mit ihren Kienfackeln heim in das Tor zogen; ich wartete bis auch der letzte Schimmer verschwunden war, dann kehrte ich zum Feuer. Die Unweise war sehr betrübt, ich reichte ihr die Hand und sagte: »Ich kann nicht anders; was hast du aber von Tuch gesungen, das zu kurz sei?« Da legte sie mir ein tiefrot schimmerndes Tuch über die Schulter und sprach: »Es ist von mir, mehr hab ich nicht, es reicht nicht zu!« Ich erwiderte: »Die Farbe zieht mich an, groß genug wäre es auch – aber das Muster des Gewebes ist mir zuwider.« Sie schwieg und war sehr traurig, sie weinte still; ich fragte: »Was fehlt dir? Sage es geschwind, ich muß dort in das Zelt gehen, um zu schlafen.« Da erhob ich mich, ordnete meine Arbeit und zündete die Leuchte an. – Die Unweise entsetzte mich, sie zitterte, sank auf die Kniee und sprach: »Du mußt uns eine Gnade erweisen, und bis du sie mir bewilligest, soll diese Kohle auf meiner Hand glühen.« Da nahm sie eine glühende Kohle aus dem Feuer in die Rechte und hielt sie mir entgegen und flehte: »Stifte mir und den Schwestern ein Kloster Lilienthal, daß ich mich verberge und dir vor Gott danke!« – Ihre Tat empörte mich, doch schlug ich ihr die Kohle nicht aus der Hand; ich tat, als gehe mich das nicht an; ich rief die Schwestern, die warfen die Kohle weg und fanden ihre Hand heil und ohne Brandmal und knieten nieder und baten wie die Unweise um ein Kloster Lilienthal. – Es lag mir aber etwas Gewalttätiges in der Art des Begehrens, ich sprach: »Gut Nacht, ich werde mich besinnen«, und ging zitternd und bebend zu meinem Zelt. – Mein Lager war von Heu und ein Teppich darüber; ach! wie war ich so müde, und schwer und bang, es war schon spät und tiefe Stille umher. Nur Eulen schrieen im nahen Walde. Vor meiner Seele flimmerten noch die Fackeln, tönten noch die Schalmeien, dazwischen die wunderlichen Reden der Unweisen und die glühende Kohle und alles. Mir war so schwer und traurig, als sollte ich bald von allem scheiden, woran mein Herz noch hing. – Ich entschlief und hatte einen schweren Traum. Ich war auf einer Wiese und pflückte feuerrote Röselein, da überfielen mich grausame wilde Löwen und trugen mich weit, weit hinweg in einen dichten Wald. Unter einer breiten Linde war meine Angst am größten, die Löwen wollten mir die Achselbänder von den Schultern reißen, da fiel mirs bang aufs Herz: »Das ist die Strafe deiner Härte, bau den armen Schwestern ein Kloster Lilienthal, so Gott dir helfe.« Da gelobte ich es im Traume und es krähte ein Hahn und die Löwen flohen, und Verena mit dem Hühnlein Gallina kam zu mir, und der rettende Hahn steckte mir einen Ring an den Finger. – Bei dem Hahnenschrei erwachte ich und hörte den Hahn, den die Bleicherinnen als Stundenzeiger bei sich hatten, wirklich krähen. Auch hörte ich Klareta vor meinem Zelte singen:

Was hab ich dir getan,
Was hast du mir getan?
Schon mahnt der Hahn.
O senk die rote Fahn,
O heb die weiße Fahn
Jetzt himmelan!
O hör mein Leiden an,
Dann wird mein kranker Wahn
Dir untertan.
Arm Kind von Hennegau!
Das Lilienkloster bau,
Schon sinkt der Tau.

Ich öffnete das Zelt, sie warf sich am untern Ende meines Bettchens nieder und schloß meine Füße an ihr Herz und wusch sie mit einem Strom von Tränen. Ich sprach: »Klareta, warum tust du so?« Sie flüsterte: »Aus Dank und Liebe.« – Ich kann nicht sagen, wie sie mich rührte, aber ich tat mir Gewalt an. Da sie nun so weinte und ihr Herz so heftig schlug, ward ich freundlich und sagte: »Setze dich zu mir, reiche mir deine Hand, ich will dir meinen Traum erzählen.« Sie setzte sich zu meiner Seite, faßte meine Hand, und ihre Stirne sank wie unwillkürlich auf den Edelstein meiner rechten Schulterspange; denn es ist ein altes Familiengesetz, daß eine Gräfin von Vadutz diese Kleinode selbst bei Nacht nicht ablegen darf. Ich zuckte etwas zusammen, ihr Schleier war kalt und naß; ich fragte um die Ursache, sie erwiderte: »Lilie, kennst du den Tau nicht? – O lasse mich ruhen und nimm mir von der Stirne den Traum und erzähle mir den Traum!« Ihre Stimme war ganz ruhig, als sie dieses sprach, auch mir war wohl und friedlich – ich fühlte, daß ich heilte, und genaß selbst; da ließ ich sie ruhen und erzählte nichts als: »Ich pflückte rote Blumen, da fielen mich drei wilde Löwen an und trugen mich weit durch einen Wald und unter einer Linde setzten sie mich nieder, und taten so grimmig gegen mich, da war mir so bang, so bang!« Als ich so weit gesprochen, drückte sie ihre Stirne wie Eisen so schwer auf meine rechte Schulterspange, daß es mich schmerzte und ich sie mit dem Ausruf wegdrängte: »Bist du unsinnig?« Sie bebte aber vor Angst und sprach: »Die Löwen sollen mich eher zerreißen als dir die Kleinode rauben, die mich heilen; wart, wart! da kömmt der Hahn, horch sein Schrei! die Löwen fliehen.« Da krähte der Hahn wirklich zum zweitenmal, ich war erstaunt, daß sie von dem rettenden Hahnenschrei meines Traumes sprach und von dem Raube der Kleinode, wovon ich selbst noch nicht gesprochen hatte, aber ich ließ mir es nicht merken und schwieg; doch wie erstaunte ich erst, als sie fortfuhr: »O armes Kind von Hennegau! das Kleinod meiner Heimat, welches mir meine Sinne geheilt hat – jetzt, jetzt, tausend Dank! sie sind heil – die lichten Edelsteine von Vadutz sind gerettet und der Hahn steckte dir einen weit wunderbareren Ring an den Finger unter der Linde, und Verena mit dem frommen Hühnlein Gallina sah freudig zu, und ich und die Schwestern kamen aus dem Kloster Lilienthal und folgten dem Brautzug und folgten dem Leichenzug und standen am Grabe im Garten, und das arme Kind stand vor uns und wir leuchteten und sangen:

O Stern und Blume, Geist und Kleid,
Lieb, Leid und Zeit und Ewigkeit.

O wie bin ich selig, daß alles so gut geendet!« So sagte also die gute Klareta den ganzen Schluß meines Traumes, von welchem ich kein Wort erwähnt hatte; – sie hatte also dasselbe geträumt, und woher kam der Reim, den ich drei Tage vorher im Garten bei den Lilien gehört, wieder in ihren Traum? – Alles das machte einen tieferen Eindruck auf mich, als mir lieb war. Ich habe einen eignen Abscheu vor Wunderbarem, das meine Freiheit stört. – Ich äußerte nichts davon, daß sie dasselbe mit mir geträumt, und sagte ganz unbefangen: »Was hältst du von dem Traume?« und sie erwiderte mit ernstem Ton: »Einstens wird es keiner mehr sein.« Ich fuhr aber fort: »Was sagtest du von den Kleinoden auf meiner Schulter, du seist durch sie geheilt, warum drücktest du so mit deiner Stirne darauf?« Da fühlte ich an ihrer Stirne einen tiefen Eindruck von dem spitzen Steine und fuhr fort: »Ist dieser unsinnige Eindruck etwa ein Beweis deiner Klugheit?« Da richtete sich Klareta auf und sprach mit ruhigem Bewußtsein: »Meine Herrin! ich will dir ein wichtiges Geheimnis von den Edelsteinen sagen, durch welche du mit dem Ländchen Vadutz belehnt und ich dir untertan geworden. Es ruht in diesen Kleinodien eine wunderbare schädliche und heilende Kraft, welche ich beide erfahren habe; denn ich ward krank durch sie und bin gesund durch sie geworden vor wenigen Augenblicken. Jetzt aber will ich dir sagen, woher ich das Geheimnis dieser Kleinode kenne. – Mein Vater ist über Meer gezogen gegen die Sarazenen, er ließ die Mutter und uns drei Mägdlein zurück, wir waren nicht reich und lebten von künstlicher Bildweberei. Ach! bald kam eine Botschaft, der Vater sei gefangen, wir sollten ihn auslösen. – Es war aber Jürgo, ein Edelknecht des Vaters, unser einziger Schutz und Freund. Er war ein gar kunstreicher Weber, arbeitete Tag und Nacht für uns und verkaufte auch unsre Arbeit. Er tat uns alles zuliebe und wir liebten ihn als einen Bruder. Er bot sich uns an, hinzureisen und den Vater zu lösen. Wir verkauften alle unsre Habe, um ihn mit dem Lösegeld auszurüsten und sahen ihn mit großer Betrübnis von uns scheiden. Wir beteten viel für ihn und gelobten Gott, so er Jürgos Weg segne, ein Klösterchen zu gründen, das sollte heißen Lilienthal, und darin wollten wir Gott dienen bis an unser Ende. – Nach zwei Jahren kehrte Jürgo heim ins Land Vadutz ohne den Vater, der war gestorben an der Pest im Hospital in Zypern. Der Kummer tötete die Mutter. Wir drei Waisen waren allein ohne alle Stütze als den treuen Jürgo. Nach der Mutter Tod schickte es sich nicht, daß er so viel wie sonst bei uns sei, dennoch lebte und arbeitete er allein für uns. Er verkaufte seine kleine Habe, um uns zu ernähren.

Er war der treueste Mensch, er tat es dem Vater und mir zulieb. Er hatte durch einen Sonnenstich auf der Reise gelitten, er arbeitete sich schier zu Tode für uns – wir waren ihm dankbar. Er ward krank und kam von Sinnen. Ich trauerte unaussprechlich um ihn. Das edelste Herz ward aus Treue zu meinem Vater und mir ein Tor vor den Menschen. Ich konnte nicht mehr ruhen, ich glaubte mich schuldig, alles aufzuwenden, ihm zu helfen. Ich betete Tag und Nacht und zog umher, Ärzte und fromme Männer um Rat zu fragen. Als ich einst einen alten Einsiedler, der Mönch im Kloster Bänderen gewesen war, meine Not klagte, sagte dieser: ›O wäre das Lehnskleinod von Vadutz noch hier im Lande, ihm wäre leicht zu helfen!‹ Als ich in ihn drang, mir von diesem Kleinod zu erzählen, sprach er: Mit dem Kloster Bänderen sei ein altes Pergamentbuch verbrannt, in welchem er in seiner Jugend viel Wunderbares von dem Ursprung der Grafen von Vadutz und ihren heiligen Kleinoden gelesen, das später, wie alles Heilige, bei den Menschen vergessen worden. Er erzählte mir hierauf unter vielem anderen folgendes: ›Wohl mit Recht ist das Ländchen Vadutz kurios zu nennen, denn Curio, ein Kaiser aus Rom, war sein Stifter im zweiten Jahrhundert nach Christi Geburt. Sein Eheweib hieß Docka und war durch den heiligen Theonestus heimlich getauft und eine eifrige Christin geworden. Durch sie nahm auch Curio den Christenglauben an und half in Rom den Christen mannichfaltig in der Verfolgung. Curio aber bekehrte einen alten jüdischen Mann, der war zu ihm gekommen mit vielem köstlichen Geschmeid von Gold und Edelsteinen, dem Kaiser das zu verkaufen. Er war ein sehr eifriger Christ und hatte große Liebe zu Curio und dieser zu ihm. Die Christen aber wurden verfolgt und getötet, und der hebräische Mann ward auch gefangen und sollte gemartert werden, da gab er alle seine Edelsteine dem heiligen Theonestus, daß er den Armen damit helfen solle. Dem Kaiser Curio aber gab er ein unschätzbares Kleinod, zwei schöne Spangen von Einhorn, worauf zwei kleine Edelsteine; die Spangen dienten, das Gewand auf der Schulter zu fassen. Ehe er den Martertod starb, besuchte ihn Curio im Gefängnis und er erzählte ihm, daß er aus dem Stamme Juda sei, und daß diese Achselbänder einstens auf den Schultern Rebekkas geruht und von derselben in gerader Linie auf ihn vererbt seien. – Er teilte ihm seltsame Dinge mit, die ihm von der Geschichte dieser Kleinode durch seine Voreltern überliefert waren und die alle der Mönch aus dem Buche im Kloster Bänderen ausgeschrieben und mir gegeben hat. Ich gab sie vor einigen Tagen dem ehrwürdigen Jakob von Guise, von welchem du sie begehren magst. So viel gedenk ich noch daraus: Es sind diese Kleinode das höchste Heiltum, denn sie kommen aus dem Paradies, und sind sie von dem Stein, auf welchem Jakob die Himmelsleiter sah und von welchem auch der Siegelring Salomos war, durch den dieser alle seine Wünsche erfüllen konnte. Als der hebräische Mann dem Kaiser Curio das Kleinod der Achselbänder geschenkt hatte, sprach er zu ihm: »Trage diese Kleinode auf deinen Schultern und fliehe mit Weib und Kindern aus Rom, denn ich habe im Gebet erkannt, du wirst des Christentums angeklagt werden; du sollst aber über die Alpen in Rhätien ziehen, dort sind viele Leute zum Christentum bekehrt durch St. Lucius, einen König aus Schottland; dort nun sollst du ein Fürst vieler Christen werden, und ein Reich gründen, das Gott wohlgefällig ist. Solange du und deine Erben die Kleinode der Rebekka ungeteilt auf den Schultern tragen, werdet ihr Glück und Friede haben. Ich will aber in der Stunde meines Todes deiner gedenken und sollst du die Kleinode am Tage meiner Marter segnen lassen durch Theonestus. Immer aber bedenke, du mit allen deiner Kinder Kindern, daß Jakob geruhet auf der rechten Schulter Rebekkas und Esau auf der linken, und daß mit geistlicher Stärkung und Heilung und allem, was dahingehöret, gefüllt ist das rechte Schulterband, mit leiblicher Kräftigung, irdischem Gedeihen aber bis zur Gewalttat das linke Schulterband. So sei dann weise und lasse Zeitliches, Irdisches, Leibliches nicht überhandnehmen, neige dein Haupt zur Rechten um Rat und Trost, ehe du zur Linken Lust und Stärke verlangest. Jährlich aber an meinem Sterbetag lasse den Segen über die Kleinode durch einen frommen Priester erneuen. Dann auch magst du seelenkranke Menschen mit ihrer Stirne das Kleinod der rechten Schulter berühren lassen, und, so es ihnen zum Heile, werden sie geheilet werden, so aber der Kranke nicht selbst zu kommen vermag und ein anderer will dessen Leid aus Christenliebe auf sich nehmen, soll es ihm auch gedeihen. – Auch ist eine alte Sage, daß einstens der Siegelring Salomonis, der alle Wünsche erfüllet, mit diesen Kleinoden zusammenkommen werde in den Händen eines Dieners des Messias, und wünsche ich, daß dieses an dir wahr werde!« – Es starb aber der hebräische Mann am Vorabend des Täufers Johannes, und ließ Curio die Kleinode segnen durch Theonestus zu Ehren des Täufers vor 1100 Jahren am heutigen Tage, an dem ich bin geheilt worden durch die Kleinode, zur Ehre Gottes und des Täufers und zur Bestätigung der Worte des hebräischen Mannes. – Aber Curio von seinem Bruder des Christentums angeklagt, floh mit seiner Gemahlin Docka und seinen Söhnen über die Alpen nach Rhätien und fand dort alles, wie ihm gesagt worden. Er baute viele feste Schlösser und Flecken und setzte seine Söhne darauf und gab ihnen fromme Hausfrauen, und sammelte Gottesmänner in Gotteshäusern, und die da reif waren, säete er aus in Gottesäckern und tat alle Wege, wie man tut, da man neue Lande und Leute gründet, das Reich Gottes zu mehren auf Erden. – Auf den beiden Schultern aber trug er die heiligen Achselbänder, und wurden sie genannt die Kleinode des Landes. Von Curio kamen diese Kleinode auf seinen Enkel den Grafen Anselm von Montfort. Seine Gemahlin brachte Zwillingsbrüder zur Welt, den Wolfbrand von Rothenfahn, dessen Schild war weiß mit roter Fahne, und den Hego von Weißenfahn, dessen Schild war rot mit weißer Fahne. Als der Graf Anselm seinem Tode nahe kam, heftete er seiner Gemahlin die Kleinode des Landes auf die Schultern und befahl ihr, ihre beiden Söhne gleich vor Gott in großer Einigkeit zu erziehen und keinem den Vorzug zu geben, und wenn sie endlich dem einen die Lande überlasse, solle sie ihm die beiden Edelsteine auf die Schultern heften und diese niemals trennen, sonst würde großer Haß und Unfriede entstehen. – Die Gräfin von Montfort tat nicht so, sie liebte den Rothenfahn, der ein Schmeichler und Augendiener mit roten Wangen und einem Kirschenmund war, viel mehr als den Weißenfahn, der war treu und rein und wahr, aber weiß und bleich von Farbe; und sie hielt den Rothenfahn immer zu ihrer Linken am Herzen und er schlummerte oder lauerte vielmehr immer an dem Schulterband des linken Edelsteins, und sie wiegte ihn mit dem Reime ein:

Feuerrote Röselein,
Aus der Erde springt der Schein,
Aus der Erde dringt der Wein;
Rot schwing ich mein Fähnelein.

Der Weißenfahn aber mußte wie der Knecht des Bruders sein und auch meist die Strafe für ihn aushalten. So erzog sie ein rechtes Unkraut an dem Wolfbrand, und er hatte eine harte Stirne wie ein Widder, sein Sinn war zäh und sein Haar war kraus, und weil Hego alles mußte, was er wollte, und er alles wollte, das diesem weh tat, so hatte er sich ein Spiel erdacht, das nannte er Hammelstutz. Es bestand aber darin, daß er ›Hammel, Hammel, stutz!‹ sagte und mit seiner harten Stirne gegen die Stirne seines armen Bruders rannte, daß dieser, wie ein Lamm von einem Widder niedergestoßen, oft blutend zur Erde stürzte; und wenn der Bruder fiel, rief der böse Bube: ›Vadutz!‹ und die Mutter und er gaben dem Hego den Spottnamen Vadutz. Dieser aber war gütig und weise, liebte Mutter und Bruder und nahm in allem zu. – Als nun die Mutter zum Sterben kam und einem der Söhne die beiden Edelsteine auf die Schulter heften und das Land übergeben sollte, wählte sie ihren Liebling Wolfbrand dazu. Dieser aber sprach trotzig: ›Ich mag den Stein da drüben nicht, da hat der Vadutz daran geruht, er mag ihn behalten; so ich einmal Lust dazu habe, mache ich Hammelstutz, da plumpst er nieder, Vadutz! und ich nehme ihm den Stein, das macht mir mehr Spaß.‹ – Die Mutter konnte ihm nichts abschlagen; da heftete sich Wolfbrand den linken Edelstein selbst auf die linke Schulter, und die Mutter übergab ihm zugleich das ganze Land. Hego aber kniete mit gefaltenen Händen betend am Sterbebett der Mutter und bat sie um den Segen, da heftete sie ihm den Edelstein auf die rechte Schulter und sprach: ›Dein Bruder hat alles Land, aber da drüben liegt ein steiler, hoher Berg, da gehen meine Schafe; ich schenke dir die Schafe und den Berg, da bau dir ein Haus.‹ Der Jüngling benetzte die Hand der sterbenden Mutter mit Tränen des Dankes; in demselben Augenblick aber ergrimmte Rothenfahn und rief: ›Hammel, Hammel, stutz!‹ und stieß den Bruder mit der Stirne nieder, daß er blutete. – Da entsetzte sich die Mutter, die Augen gingen ihr auf, sie erkannte den Unterschied zwischen Links und Rechts, sie gedachte des Gebots des sterbenden Grafen Anselm, die Edelsteine nicht zu trennen, sie sah den bösen Sohn zitternd an und sagte: ›Gott verzeihe mir, ich habe himmelschreiendes Unrecht getan; Wolfbrand, du bist ein Ungeheuer, die ganze Macht des Steines werde an dir lebendig!‹ Da zog sie den Hego an ihr Herz, und da sie das rote Blut von seiner weißen Stirne niederrinnen sah, riß sie die Farbe in tiefer Liebe zu ihm hin, und sie küßte seine Stirne und segnete ihn nochmals und sprach: ›Alle deine Nachkommen sollen Zeugnis davon geben, daß dein rotes Blut zu mir geschrieen und mein Herz in meinem Tod mit Lieb und Reue erfüllet hat! Aller Segen komme über dich! – Hüte dich vor deinem Bruder, aber räche dich nicht an ihm, – nein! heile mit deiner Rechten, was meine Linke verdarb, – ich werde keine Ruhe finden, bis die beiden Edelsteine vereint auf deinen Schultern ruhn!‹ Da starb sie. – Wolfbrand nahm die Schlösser und Burgen des Landes in Besitz und pflanzte seine rote Fahne überall auf. Er übte große Gewalttat an Land und Leuten, alles floh vor ihm. – Hego zog auf seinen Berg, baute sich ein Haus und hütete die Herden, welche ihm die Mutter geschenkt. Segen und Friede war mit ihm, Unsegen und Unfriede mit jenem. Die verfolgten Untertanen trieben ihre Herden zu ihm und flehten ihn um Schutz. Darüber ergrimmte Wolfbrand immer mehr und sein Haß gegen den Bruder stieg bis zum Wahnsinn. Er hetzte ihm hungrige Wölfe an seine Herde, und wenn der Bruder sanft und liebvoll ihn ermahnte, rief er ihn an: ›Hammel, stutz! – und Vadutz!‹ – Da nun unter dem Volk die Rede entstand, er sei nicht ihr vollkommener Herr, er trage nicht die beiden Edelsteine, das Land sei ihm nur zur linken Hand angetraut, zogen sich die Untertanen immer mehr zu der weißen Fahne. – Indessen bauten die Untertanen dem guten Hego ein festes Schloß auf seinen Berg, um ihn und das Seine vor dem wütenden Wolfbrand zu schützen, und nannten das Schloß Vadutz. Wolfbrand verlangte nun den andern Edelstein von seinem Bruder und war so von Sinnen gekommen, daß er ihn herausforderte, wer von beiden den andern mit der Stirne niederstoße, solle beide Edelsteine haben. Hego schloß sich in seine Burg Vadutz ein und ließ ihm sagen: ›So du willst, stoße diese Veste nieder!‹ Da belagerte der unsinnige Wolfbrand Vadutz, alles Volk aber verließ ihn, und als er sich allein sah, rannte er mit seiner harten Stirne so wütend gegen das Tor, daß er wie tot niedersank. Hego ließ ihn hereintragen und pflegte ihn, aber es war keine Hoffnung, sein Kopf war gespalten. Da nun Hego überall umfragte, ob niemand Hülfe für den lieben Bruder wüßte, kam ein weiser, frommer Meister, der sagte ihm: ›Lasse sein Haupt an St. Johannis Vorabend auf dem Edelstein deiner rechten Schulter ruhen und sieh, was erfolgt.‹ Das tat Hego, und Wolfbrand ward ruhig und mild und gewann seinen Verstand wieder, und bat seinen Bruder um Vergebung und alle, die er betrübet, und starb in Hegos Arm einen schönen Tod. Dieser aber trug nun beide Edelsteine und hatte das ganze Ländchen; das nannte er Vadutz, wie sein Schloß, und baute dem weisen Meister ein Kloster, wo der Leib seiner Mutter ruhte, und legte den Leib Wolfbrands mit seiner roten Fahne an ihre linke Seite. Er hieß aber das Kloster Bänderen, weil die Mutter den Raum dazu auf einer grünen Wiese mit tiefroten Bändern abgesteckt hatte. – Dann regierte Graf Hego das Land Vadutz gar milde, hatte viele Söhne und Töchter, und jährlich am St. Johannisabend warden unweise, arme Menschen zu ihm geführt; die lehnten ihr Haupt auf seine rechte Schulter, da wurden sie wieder heller Sinne. – Solches erzählte mir der alte Mönch aus dem Kloster Bänderen und fügte hinzu: ›Sieh also, arme Klareta, wäre das Kleinod von Vadutz noch hier auf dem Schlosse, St. Johannistag ist nahend, so dürfte Jürgo, der euch Kindern so große Treue geübet, nur sein Haupt auf das rechte Schulterband unsers Grafen von Vadutz lehnen und Gott würde ihn wie den Wolfbrand von seiner Unweisheit heilen; aber du weißt, daß unser Herr jetzt im Hennegau wohnet, und daß die heiligen Kleinodien nicht mehr hier im Lande sind.‹ – Das ist,« fuhr Klareta fort, »was mir der Mönch von dem Geheimnisse der Kleinode gesagt, die jetzt auf deinen Schultern ruhen. Du kannst dir denken, o armes Kind von Hennegau, daß mir das Herz brannte, dem treuen Jürgo zu helfen; da es aber nicht möglich, ihn in seinem Elend ins Hennegau zu führen, erneuerte ich mit den Schwestern das Gelübd, ein Kloster Lilienthal zu gründen, so Gott den armen Menschen heilen wollte, wenn ich aus dankbarer Menschenliebe statt seiner barfuß ins Hennegau zöge und mein Haupt statt seiner auf das Schulterband Rebekkas lehnte. Die Schwestern wollten mich treulich geleiten, der Mönch aber sagte: es sei eine ungewisse Sache, denn er wisse nicht, ob die Kraft der Edelsteine in diesen Zeiten in der Fremde noch geübet werde, oder in Vergessenheit gekommen sei. – Ich aber konnte nicht mehr ruhen, ich opferte mich ganz auf für Jürgo und zog mit den Schwestern barfuß gen Hennegau. Ich hatte künstlich gewebtes Bildwerk mitgenommen und ein Brieflein vom Abt des Klosters Bänderen an Jakob von Guise, damit ich Eingang fände bei der Gräfin, deiner Mutter. Jakob von Guise, dem ich alles mitteilte, belobte zwar meine Christenliebe, aber er sagte mir, wie der Gebrauch der Kleinodien zur Heilung blöder Sinne hierzulande schon lange abgekommen, weil mehrmalen ein übler Erfolg davon verspürt worden sei, außer dem großen Überlauf, den der Graf dadurch gehabt; was hauptsächlich eine Ursache gewesen, daß er aus Vadutz ins Hennegau gezogen. Auch sei die Gräfin, deine Mutter, krank und ihr jene Kraft der Kleinode ganz unbekannt. Da ich ihn aber fußfällig bat, mir zu deiner Mutter zu helfen, ging er in seine Kammer ins Gebet und da er herauskam, segnete er mich und sprach: ›Folge mir in Gottes Namen!‹ Da führte er mich und die Schwestern in das Schloß. Wir wurden auch gut aufgenommen bei deiner seligen Mutter, du gedenkest dessen noch; ja du selbst trugst bei, daß sie mich unter ihr Frauenzimmer nahm, dich das Bildwerk weben zu lehren, und ich brachte es so weit, daß es mir erlaubt ward, in ihrer Krankheit an St. Johannis Vorabend bei ihrem Lager zu wachen. Da man mir hier gar nichts von der Kraft der Edelsteine sagte, sprach ich auch nicht davon, und harrte mit großer Angst, bis deine Mutter entschlief, um mein Haupt auf ihre rechte Schulter zu lehnen. Sie lag aber auf der rechten Seite, und statt zu beten, daß sie sich umwenden möge, ließ ich mich von meiner Begierde, dem armen Jürgo zu helfen, hinreißen. Ich sah den lichten Stein auf ihrem linken Schulterbande blitzen und senkte meine Stirne mit dem heißen Verlangen auf diesen Stein nieder, es möge seine Kraft an mir wahr werden, – und sie ward an mir wahr, ich ward unweise und führte unsinnige Reden, und sang laut die törichten Lieder des Jürgo. Deine

Mutter erwachte, man brachte mich hinweg, und du weißt, wie ich mit meinen Schwestern nach Vadutz zurückgesendet ward. Eine Gnade hatte ich, ich wußte von meinem Leide, ich wußte von allem, was um mich her geschah, aber ich mußte tun und denken, was ich tat, und wohl auch manchmal fühlen, daß es im Grunde oft weiser war als vorher. Ich wußte auch, daß Gott mir einst helfen werde, und so trug ich allen Hohn ohne Murren, und opferte alles Leid Gott auf für den treuen Jürgo und die Seelen meiner frommen Eltern. – Jetzt ist mir wie ein Schleier, wie ein Traum von meiner Stirne genommen, und ich weiß alles von mir aus diesen zwei Jahren, wie von einer andern, und sage es dir; du magst morgen die Schwestern darum fragen, ich zweifle nicht, daß es so gewesen. Als wir nach Vadutz heimgekommen, fanden wir Jürgo nicht mehr. Er war am Vorabend von des Täufers Tag in der Kirche des Klosters Bänderen betend von seinem Wahne geheilet worden zur Stunde, da meine Stirne das Kleinod in Hennegau berührte, und er hatte das Kloster nicht mehr verlassen. Sie hatten ihn aufgenommen in ihren Orden. – Ich aber bin gleich bei meiner Ankunft in Jürgos Hütte nächst unserm Haus gegangen und habe mich an seinen Webstuhl gesetzt und an dem roten Tuch fortgewebt, das er begonnen hatte, und habe seine irren Weberlieder gesungen von dem Seelchen auf der Heide, fort und fort, bis dort drüben am Zaun, wo ich dir das Tuch gegeben. – Als nun der Klostervogt von Bänderen zu mir kam und mir einen Schenkungsbrief Jürgos brachte, worin dieser mir und den Schwestern Hütte, Webstuhl, Garten und alles, was er zurückgelassen, schenkte, und mir sagen ließ, ich möchte doch das rote Tuch fertig weben, er wolle uns dafür geistlicher Weise eine Aussteuer bereiten für eine andere Welt, wunderte mich das alles nicht, denn ich saß schon am Webstuhl und sang die Weberlieder, als sei das immer gewesen. – So ging ein Jahr vorüber, Sonnenwende nahte heran, die Schwestern hörten, daß nach deiner Mutter Tod nun die Kleinode auf deinen Schultern ruhten, sie wollten mich nochmals um Hülfe hieherführen. Ich aber folgte nicht, denn das rote Tuch war nicht fertig; auch fürchtete ich heimlich, Jürgo möge wieder krank werden, so ich genese. Erst um diese Zeit kam mein Zustand zu den Ohren Jürgos in

Bänderen; der ward sehr traurig darum und starb in kurzer Zeit eines erbaulichen Todes. Als das Sterbeglöcklein um ihn läutete, schoß ich sein Weberschifflein zum letztenmal durch die Fäden, das rote Tuch war fertig, und ich selbst mahnte nun die Schwestern zur Wallfahrt ins Hennegau; – und Gott sei ewig gepriesen, heut an des Täufers Vorabend sind meine Sinne genesen an dem Kleinod des rechten Schulterbandes! – O armes Kind von Hennegau, nun erfülle das Maß deiner Gnade, stifte uns das Kloster Lilienthal, das wir gelobet; wir wollen treulich dort beten, auf daß der Hahn die Löwen von dir verscheuche.« Nach diesen Worten kniete Klareta vor mir nieder und umarmte flehend meine Füße. Ich aber, tief bewegt von allem Gehörten, bedurfte Ruhe, um mich zu sammeln, und vermochte nur zu sagen: »Klareta, gehe, danke Gott mit den Schwestern und ruhe; auch das arme Kind von Hennegau ist müde und muß schlafen.« Da verließ sie das Zelt. – Ich dankte Gott auf den Knieen, ich wußte, daß er durch mich geheilt hatte. O wie arm erschien ich mir neben Klareta! Sie, die so vieles erlitten, die Treue eines Dieners zu belohnen, ließ ich schmachten, um der Fackeln und Schalmeien willen. – Manches Eigentümliche in meinem Wesen, das ich mir selbst zugeschrieben, erschien mir nun mit der geheimen Kraft der Kleinode zusammenhängend. Jetzt erst verstand ich, warum nach alter Sitte den Lehnshuldinnen von Vadutz von frühester Jugend so dringend eingeschärft wurde, den Kopf nicht hängen zu lassen, sondern gerade emporzutragen. Jetzt verstand ich, warum die Zeremonienmeisterin bis zur Ungeduld wiederholte: »Halten Sie sich gerade, Gräfin.« – Jetzt erst verstand ich die Worte, da mir die Lehnskleinode auf die Schulter gelegt wurden: »Wandle in der goldnen Mitte und wähle das Rechte.« – Jetzt erst dankte ich meiner Mutter und Verena, daß sie mich mit solchem Eifer anhielten, auf der rechten Seite ruhend zu schlafen; so daß sie oft in der Nacht nach mir sahen und mich weckend im Bette umwendeten, was mich nicht wenig verdroß. – Jetzt schämte ich mich des Eigensinns und der heimlichen Schadenfreude, mit welcher ich aus Widerspruch mich zur linken Seite wendete, sobald sie den Rücken kehrten, vor allem aber der Heuchelei, mit welcher ich mich schnell rechts kehrte, so ich sie nahen hörte. Aus diesem Widerspruch entstand eine geheime Lust, links zu schlafen, und aus dem Kampfe mit dem Gewissen entstand eine Unentschiedenheit, ob rechts, ob links zu ruhen, die mich noch jetzt störet, wenn ich mich zu Ruhe lege, und welche gewöhnlich die Hinfälligkeit des Schlafes entscheidet. Aber ich muß auch gestehen, daß ich mich oft, wenn ich herzlich gebetet habe, mit Überwindung zur Rechten lege, und leider mit Beschämung links aufwache. – O wie viele gute Einflüsse des rechten Kleinodes mag ich verschlafen haben. Von nun an will ich es besser machen! – Ich dachte weiter über alles, was Klareta erzählt, und entdeckte darin mit Verwunderung eine Spur meiner und der Mutter Neigung zu tiefroter Farbe bis in den roten Kirschenmund meines Ahnherrn Wolfbrand Rothenfahn und die blutende Stirne des frommen Hego Weißenfahn hinein. – Gott habe sie selig! – Nach allen diesen Gedanken saß ich aufrecht auf meinem Lager und kreuzte voll Ehrfurcht und guten Willens die Hände und legte sie auf die Achselbänder Rebekkas und betete und sagte: »Gewiß, gewiß, ich will den guten Schwestern das Kloster Lilienthal gründen – aber, ich muß doch erst« – da übernahm mich der Schlaf – »die große Wäsche zu Hause und wieder in den Schränken haben – feuerrote Röselein« – ich nickte und sank zur Linken und schlummerte ein.

St. Johannis des Täufers Tag. Sonnenwende. – Als der Tag anbrach, hörte ich in der Ferne ein liebliches Singen. Ich trat vor das Zelt und hörte, daß es die drei Fräulein waren, welche vor Tag in den Wald gegangen waren, mancherlei Kräuter und Wurzeln unter Gebet zu sammeln, wie es in Hennegau an diesem Tag der fromme Gebrauch ist. Sie schmückten die Kapelle des Täufers vor dem Walde damit, auf daß sie bei dem Gottesdienste möchten gesegnet werden, und sangen ein Danklied wegen der Genesung Klaretas. Da nun meine Mägde kamen, nach mir zu schauen, ließ ich diese auf der Bleiche harren und ging auch zu der Kapelle. Die Schwestern vergossen Tränenströme, sie sprachen wenige Worte, sie küßten alle drei mit Ehrfurcht den Edelstein auf meiner rechten Schulter und steckten drei große Wachskerzen in Gestalt dreier Lilien vor dem Bilde des Täufers auf. Sie mahnten mich dadurch an das Kloster Lilienthal, aber ich ließ mich nichts merken, denn ehe ich durch das Johannisfeuer gesprungen war und den Johannisengel geküßt, und mein Geräte wieder in den Schränken hatte, konnte ich das Kloster nicht ruhig bedenken. – Jakob von Guise hielt uns den Gottesdienst, meine Gespielinnen kamen auch mit den Kinderscharen herangezogen. Jeder Schar wurde ein schöner Johannistopf voll Blumen vorgetragen und am Fuße des Altars niedergesetzt. Es war eine gar liebliche Andacht. Die Mägdlein führten einen gesunden freudigen Knaben, den sie den Johannisengel nannten, auf einem geschmückten Kinderwägelein in Prozession zur Kapelle. Er war sechs Jahre alt und hieß Immel, weil er wie eine Imme gern über die Blumen hin schwebte und allen lieb war. Er hatte wie ein klein Täuferlein ein Lammfell über der Schulter und ein Kreuzfähnlein in der Hand und war mit Blumen geschmückt. Ein Lämmchen lief seinem Wagen nach. Die Kinder halfen ihm aus dem Wagen und ließen ihn in ihrer Mitte in einem schönen dichten Blumenkranz niederknieen. Das Lamm lag neben ihm, da saß er drinnen wie der Sommer, der in einem Blumennest aus dem Ei geschlüpft ist. Meine Gespielinnen knieten rings um die Kinder, und hinter diesen mehrere der Eltern. Es trat aber plötzlich eine schlanke Frau zu der Kapelle heran und griff in den Weihbrunn und segnete sich und ging auf den Johannisengel zu und besprengte ihn tüchtig und schien ihn küssen zu wollen in plötzlicher Freude; aber sie besann sich, errötete über und über und trat wieder zu den anderen Frauen. Es war die Mutter des Johannisengels, den sie schier allzu lieb hat. Sie gehörte wohl hier zum Feste, denn in ihr glühet ein wahres Johannisengelfeuer offen unter freiem Himmel hin und herwehend, und alle Engel springen durch ihr Herz, daß die lichte Lohe herausschlägt, und auch der liebe Immel scheint nur ein Engel, der durch ihr Herz gesprungen, nur ein Flämmchen, das aus diesem Feuer hervorgezuckt. – Wie könnte ich sie nicht lieben, ich muß ja, denn wer sie anschaut, der muß singen:

Feuerrotes Röselein,
Aus dem Blute springt der Schein,
Aus der Erde dringt der Wein,
Rot schwingst du dein Fähnelein.

Während der Andacht sangen die drei Lilienfräulein gar schöne Lieder und nachher segnete Jakob von Guise mich unter Gebet, wobei er sprach: »In Rebekka erscheint die Gewalt holdseliger Freundlichkeit über die Herzen anderer; ihre Schultern, die den Krug zum Brunnen trugen, den Boten Abrahams und seine Kamele zu tränken, sind die Werke ihrer Menschenliebe, durch welche sie die Brautgeschmeide Jakobs verdiente, dessen Weib sie ward. Aus den Fluten schöpft die Liebe Gluten.« Dann segnete er die Spange auf meiner rechten Schulter mit den Worten Isacks zu Jakob: »Gott gebe dir vom Taue des Himmels und dem Fette der Erde die Fülle an Korn und Wein und Öl«, und hierauf die linke Spange mit den Worten zu Esau: »Dein Segen wird sein vom Fette der Erde und vom Taue des Himmels von oben her.« Auch sprach er Worte von den Schulterspangen Aarons und sodann: »Gieb deine Füße in die Fesseln der Weisheit und nimm ihr Halsband an deinen Hals, neige deine Schultern und trage sie und habe keinen Verdruß an ihren Banden; zuletzt werden dir ihre Fesseln ein starker Schirm, und ihr Halsband ein Ehrenkleid sein; denn in ihr ist die Zierde des Lebens, und ihre Bänder sind Bänder des Heils, du wirst sie wie ein Ehrenkleid anlegen und wie einen Freudenkranz aufsetzen.« Hierauf sprach er den neunzigsten Psalm und segnete bei den Worten: »Er wird dich mit seinen Schultern überschatten und deine Zuversicht wird unter seinen Flügeln sein.« Sodann sprach er noch: »Da du geboren wurdest, sang man: Uns ist geboren ein Kindelein, sein Reich ist auf den Schultern sein.« Da machte er mir ein Kreuz auf die beiden Schultern, wobei er sprach: »Trage dein Kreuz und folge nach, trage deinen Nächsten, wie Gott dich trägt, trage niemand etwas nach, trage nicht auf beiden Schultern, nimm fremde Bürde nicht auf die leichte Achsel, zucke die Achsel nicht gegen den Hülfesuchenden, wandle in goldner Mitte und wähle das Rechte am Scheideweg, deine Linke wisse nie, was deine Rechte giebt, dein Reich sei Gnade auf deinen Schultern usw.« – Dann segnete er auch die drei Schwestern und alle meine Gespielinnen und die Kinder; da er mit dem Weihbrunn gegen den Johannisengel trat, drang dessen Mutter durch die Menge heran, kniete hinter dem Knaben nieder, schloß ihn mit beiden Armen an ihre Brust, streckte ihr

Haupt über seinem Blumenkranz hervor und so empfingen sie den Segen zusammen wie Tau des Himmels in Kranz und Lokken. Es sah dieses gar rührend aus. Jetzt erhoben wir uns alle von den Knieen, alle meine Freundinnen küßten das Kleinod auf meiner rechten Schulter und ich umarmte sie. Als ich nun auch die Mutter Immels umarmt hatte, legte sie mir ungestüm den Johannisengel ans Herz; aber ich gedachte Wolfbrands, der im linken Arme seiner Mutter durch Liebkosung verunstaltet worden, und nahm den Immel in den rechten Arm, und er küßte das Kleinod zur Rechten. Ich setzte ihn nun wieder in sein Wägelein, das die Kinder herbeigeführt hatten, und Jakob von Guise sprach nun zu den versammelten Müttern: »Ihr lieben Mütter, bedenket bei diesem Feste: schon unter dem Herzen Elisabeths hüpfte Johannes dem Herrn entgegen, da dieses Herz die Mutter des Herrn begrüßte; so sollen alle Mutterherzen tun, um ihre Kinder dem Herrn entgegenzubringen. – Frühe schon trennte Elisabeth den kleinen Johannes von ihrem Herzen und führte ihn nach Gottes Willen in die Wüste, damit er, unberührt von Weichlichkeit, stark werde, damit er kein Sklave werde durch zärtliche Liebkosung und kein Tyrann durch Schmeichelei und befriedigten Eigenwillen; so sollen alle Mutterherzen tun; sobald ihre Kindlein wandeln können, sollen sie sie führen auf die ernsten Wege der Zucht und Gottesfurcht; wir haben das Paradies der Lust verloren und müssen lernen, in die Wüste der Buße zu wandeln. Wenn die Mutter sich auch nicht wirklich von ihrem Kinde trennt, wird sie ihm doch eine heilsame Wüste bereiten, indem sie gerecht und streng ihm auch die Dornen und nicht allein die Rosen darbietet. – Johannes sollte werden die Stimme des Rufenden, der den Weg und die Wahrheit verkünde, darum ward er von Elisabeth in die Wüste gebracht, auf daß seine Zunge von aller Sünde rein bleibe; so trennt jede fromme Mutter ihr Kind von allen weichlichen, verführenden Eindrücken und wacht über seine Sinne, daß sie rein und würdig bleiben, der Wahrheit allein zu dienen. – O bedenket, ihr Mütter, nicht in den Armen der Mutter, nicht unter ihren Liebkosungen, nicht in der Befriedigung seiner Gelüsten – nein, in der Wüste der Zucht und des Gehorsams kam die Stimme des Herrn zu Johannes. – O bedenket, ihr Mütter, in der Wüste ward Johannes vor dem Morde der unschuldigen Kindlein bewahrt; so bewahret denn auch ihr in der Wüste der ernsten Zucht eure unschuldigen Kinder vor dem Morde der Welt und ihres Fürsten. – Das Herz eurer Kinder ist in eure Hand gegeben, wie das biegsame Wachs in die Hand des Künstlers; er kann gute Engel, er kann böse Engel daraus bilden. – Wie oft, ihr Mütter, nennt ihr eure Kinder Engel; o bedenket, daß es Engel giebt, die nicht in der Wahrheit geblieben, Engel, die durch den Schmuck auf ihrem Herzen stolz geworden, die bei ihrer Schönheit die Weisheit verloren haben und gestürzt worden sind. Gott gebe euch die Gnade, eure Kinder, wie auch heute diesen kleinen Johannisengel, in die Wüste der Zucht zu begleiten!« – Hierauf wendete Jakob von Guise seine Rede zu den Kindern und sprach: »Zum Gedächtnis, daß der Knabe Johannes von seinen Eltern früh in den Wald verborgen ward, wo er mit Kräutern und Blumen, mit Fischlein und Vöglein und allem Getier ein unschuldiges heiliges Leben führte, von Gottes Engel gehütet, von Gottes Gnade betaut, ziehet ihr jetzt mit dem kleinen Johannisengel spielend in den wilden Wald und segnet und pflücket mit unschuldigen Händen allerlei Heilkräuter, welche nun in der Sonnenwende in ihrer höchsten Kraft stehen. Alle Jahre kommen diese Kräuter wieder, kömmt dieses Fest wieder, so sei dann eure Andacht und Freude auch heute und alle Jahre in höchster Kraft, und wenn ihr die Johanniskräutlein oder -blümlein findet, so zeigt sie dem kleinen Immel, dem Johannisengel, daß er sie breche und in den Korb lege, dabei soll er sprechen:

O lieber Gott im Himmel,
Segne den kleinen Immel,
Segne um das Täuferlein
Das arme Johannisengelein;
Dein Segen komm auf seine Hand
Und auf das Kräutlein, das er fand,
Und führe den kleinen Immel
Unschuldig einst in den Himmel!

Wenn ihr nun das Kraut Artemisia, Johannisgürtel genannt, findet und kleine Gürtel daraus flechtet, sollt ihr sprechen:

Um Sankt Johannes das Täuferlein,
Sein wohlgegürtet Vorläuferlein,
Segne mir Gott dies Gürtelein,
Daß, wen es gürtet, auf allen Wegen
Dir unermüdet laufe entgegen!

Wenn ihr nun die heilsame Farrenkrautwurzel aus der Erde grabt und kleine Händchen daraus schnitzelt, die man Johannishändlein nennet, und diese anhängt in der frommen Hoffnung, Gott möge auf die Fürbitte Johannis, dessen Hand auf das Lamm Gottes gezeiget und den Herrn getauft, uns an Leib und Seele vor Unglück bewahren, so sprechet dabei:

Der Täufer zeigt mit seiner Hand
Auf Gottes Lamm am Jordansstrand,
Wir schnitzen Johannishändelein
Und tragens an einem Bändelein,
Gott schütz uns auf Wegen und Stegen
Und führ uns dem Lamme entgegen!

Ihr werdet auch das Heilkraut Johannisblut sammeln; sein roter Saft erinnert uns, wie der Täufer sein Blut für das Lob der Wahrheit vergoß, auf daß wir Gott bitten, daß er uns vor der Verletzung des Leibes und der Seele durch falsches Lob, neidischen Blick, Schmeichelei usw. behüte; dabei sprecht:

Johannes, wie ist dein Blut so rot,
Du starbst für Wahrheit den Martertod;
Und wo dein Blut geflossen ist,
Das Blutkräutlein entsprossen ist.
Um dich, der wahres Lob erhob,
Behüt uns Gott vor falschem Lob,
Vor bösem Blick, vor heimlichem Neid,
Wobei nicht Leib noch Seel gedeiht.

Und wenn ihr gegen Abend die leuchtenden Johanniswürmlein fliegen sehet, so gedenket an die Worte: ›Und das Licht leuchtet in der Finsternis, und ein Mensch von Gott gesandt, Johannes, gab Zeugnis von dem Licht!‹ Desgleichen denket, wenn ihr dann am Abend um die Johannisfeuer tanzet und springet. So tut, liebe Kinder und auch ihr Erwachsene, in allem; dann werdet ihr auch im Wald und Feld in aller unschuldigen

Freude Gottes Lob und Ehre verkünden.« – Nach dieser Ermahnung segnete der liebe fromme Greis nochmals alle Anwesende und kehrte in sein Kloster. Hierauf zogen die Kinder mit dem Johannisengel in den Wald, die rosige Mutter Immels zog mit hinein, und die Kinder nannten sie heute die rosige Mutter Elisabeth und schmückten sie dicht mit Rosen; denn ein Pilger hatte erzählt, nirgends gäbe es im Heiligen Lande so viele Rosen als im Tale St. Johann, wo der Täufer geboren ist. Wir alle gaben dem Zuge das Geleit, und meine Ordensgespielen gingen ganz mit, um die Aufsicht über die Kinder zu haben. Sie hatten einen Kessel und Hirse bei sich, um den Kindern einen Brei zu kochen. Als diese dem Wald nahten, sangen sie mit dem Johannisengel folgendes Lied in Fragen und Antworten. Zuerst zupften sie ihn an seinem Lammsfell und fragten, was für ein Rock dies sei, und sangen dann von Zeit zu Zeit neue Fragen:

Kinder. – Sag, Engel Johannes, welch Röcklein ist dies?
Immel. – Dem himmlischen Kaiser sein goldnes Vlies.
K. – Sag Engel Johannes, wo steht dann dein Haus?
I. – Es steht in dem wilden Walde da draus.
K. – Sag, Engel Johannes, wovon ists gebaut?
I. – Von Eichen, von Buchen, von Gras und von Kraut.
K. – Ist gut auch gedecket dein lustiges Haus?
I. – All Frühling blüht neu drauf des Zimmermanns Strauß.
K. – Wo hast du, o Engel, dein Schlafkämmerlein?
I. – Nicht weit von Frau Echo im Felsengestein.
K. – Und wo ist dein Tischlein, dein Stuhl, deine Bank?
I. – Das alles das ist mir der Erdboden blank.
K. – Sag, was für Gerichte bereitet dein Koch?
I. – Wilden Honig, Heuschrecken die ganze liebe Woch.
K. – Johannes, o lad uns zu Gaste heut ein!
I. – Von Herzen, wenn ihr in der Faste wollt sein.
K. – Und was wird besonders uns heut aufgetischt?
I. – Was man so an Hecken und Sträuchern erwischt.
K. – Sag, Engel Johannes, ist klar auch dein Wein?
I. – Mond, Sonne und Sternlein die spiegeln sich drein.
K. – Wer sind, o Johannes, deine Nachbarsleutlein?
I. – Die Hirschlein, die Häslein, die Waldvögelein.
K. – Johannes, was soll unser Gastgeschenk sein?
I. – Wer mit ißt, empfängt ein Johannisgürtlein.

K. – Geschürzt und gegürtet, da läuft man viel Stund;
I. – Und wird nimmer müde und läuft sich nicht wund.
K. – Sag, Engel, was soll unser Abschied dann sein?
I. – Daß jedem ich reich das Johannishändlein.
K. – Wohin zeigt dem Händlein sein Fingerlein fein?
I. – Hin auf das Lamm Gottes, dem folget allein.
K. – Sag, Engel, zum Schlusse, giebts auch einen Tanz?
I. – Ums Feuer, ums Feuer mit Kranz und mit Glanz.
K. – Beim Heimgang, wer wird ein Laternchen uns leihn?
I. – Die Sternchen und tausend Johanniswürmlein.

Als sie so weit gesungen hatten, kamen sie zwischen viele Rosenhecken und Johannisbeerstauden und begannen lustig durcheinander zu schreien:

Feuerrote Röselein,
Aus der Erde springt der Wein,
Aus dem Blute dringt der Schein,
Schwingt das rote Fähnelein!

Da fingen sie an, die Beeren zu essen und den Johannisengel und seine rosige Mutter mit den Röselein zu bekränzen. – Hier verließ ich den Zug mit den drei Lilienfräulein; da wir an die Johanniskapelle zurückkamen, hatte Jakob von Guise soeben viele Wachskerzen gesegnet, er teilte sie uns und vielen Anwesenden aus und führte uns in Prozession, Gottes Segen erflehend, um die Felder. In der Nähe der Stadt trennte ich mich von der Schar und begab mich mit meinen Mägden in das Schloß. In meinem Gemache fand ich eine große Freude. Da trat mir mein liebes Herzgespann mit dem schönsten Johannisengel entgegen. Sie hatte ihr Kindlein, das liebste Röschen, mit den schönsten Blumen umgeben und legte mir diesen lächelnden Johannisstrauß in die Arme. Ich dankte ihr von Herzen und lehnte das liebe Kind mit heißem Wunsche, Gott möge es segnen, an meine rechte Schulter. Ich betete still und gab es der Mutter wieder, die es aus den Blumen wickelte und auf mein Kissen legte. – Nun erzählte ich dem lieben Herzgespann die Heilung Klaretas und das Geheimnis der Kleinode; da lehnte sie ihr Haupt unter Tränen auf meine rechte Schulter und sprach mit großer Innigkeit: »Amey! wie wächst mir der Frieden im Herzen! Sieh, ich habe immer geahndet, es müsse etwas Heiliges an dir sein; darum machte es mich auch so glücklich, als du mein Röschen zuerst in den Garten trugst; du hast es doch auf dem rechten Arme getragen?« – »Ja«, erwiderte ich: »aber fällt dir nichts ein, was du einmal zu mir gesagt, da wir zusammen im Kloster erzogen worden? Ich habe gleich daran gedacht, als Klareta mir heute das vergessene Geheimnis der Achselspangen wieder eröffnete.« – »O ich habe dich noch nie vor mir wandeln sehen,« erwiderte mein Herzgespann, »ohne daran zu denken. Es war, da ich zum erstenmal in der Prozession das Marienbildlein mit dir auf den Schultern trug; wir waren vier Jungfrauen, und ich wandelte hinter dir, immer mußte ich deine Schultern anschauen, immer erwartete ich, es sollten Engelsflügel daraus hervorsprossen. Weißt du noch, wie ich dich zu Haus umarmte und dir so ernsthaft sagte, es sei nicht ohne Bedeutung gewesen, daß in der Stunde deiner Geburt gesungen ward: ›Uns ist ein Kindlein geboren, sein Reich ist auf seinen Schultern‹, und daß dein Vater dich mit der Grafschaft Vadutz beschenkte, indem er die Kleinodien auf die Schultern deiner Mutter heftete. Sieh, damals schon, als niemand mehr etwas von der Bedeutung dieser Edelsteine wußte, ahndete ich eine wunderbare Macht in deinen Schultern; und wie oft hast du mich fragen müssen, warum ich in meinen Betrübnissen mein Haupt immer auf deine rechte Schulter lehne, da ich mich doch an deinem Herzen ausweinen könne. Aber ich lehnte mein Haupt wieder hin und sagte: ›O Amey, ich weiß es nicht – aber wenn mein Herz schwer ist, lege ich meine Last auf deine Schulter, denn in ihr ist deine Macht; – sie kann mehr tragen als dein Herz!‹ Sieh, Amey, es war die Kraft jener Kleinode, die ich fühlte; und ich bitte dich, bedenke den Wunsch der Lilienfräulein, stifte ihnen ein Kloster Lilienthal, du hast durch sie deinen größten Schatz, der versunken war, wieder gehoben. O tue mir auch diese Liebe noch zu dem vielen, was ich dir verdanke.« – »Du mir?« sprach ich: »mir, welche in deinem Frieden, deiner Milde und Schonung immer allen Trost gefunden hat.« – »Amey,« erwiderte sie, »alle der Friede ist von dir, ist von Gottes Gnade, Gottes Kraft, welche in dem Edelsteine wohnet.« Da umarmten wir uns, und ich versprach ihr, wegen dem Kloster Lilienthal mit frommen Männern zu Rate zu gehn; so etwas müsse reichlich überlegt sein, und es müsse doch auch erst das Johannisfest vorüber und meine große Wäsche wieder in den Schränken sein; in welchem beidem sie mir vollkommen recht gab. – Kaum hatte sie mich mit ihrem Kindlein verlassen, so kam Jakob von Guise, den ich darum gebeten hatte, nach der Prozession zu mir. Ich erzählte diesem in geistlichen und weltlichen Dingen hochbewanderten Mann, der eine Chronik des Landes Hennegau bis zur Erschaffung der Welt hinauf zu schreiben begonnen, alles, was ich diese Nacht durch Klareta von dem Ursprung und der Kraft der Achselbänder erfahren und wie die Heilung Klaretas diese Kraft bestätiget habe. Auch dankte ich ihm, daß er heute morgen in der Kapelle den Segen der Kleinode erneuert, und fragte ihn, wie ich mich zu verhalten hätte, so die Kraft der Kleinode bekannt würde. – Jakob von Guise hörte alles ruhig und ohne besonderes Staunen an, dann und wann lächelte er, freundlichen Beifall gebend, oder richtete die Augen gen Himmel. Er sprach: »Alles dieses befremdet mich nicht, wir wollen Gottes Gnade darin bewundern und treu bewahren, wir wollen danken, daß keine Sünde darin ist, und bitten, daß wir nicht versucht werden. Unser Zusammenhang mit dem ersten Menschenpaar ist uns so nah und gewiß als Sünde, Tod und Erlösung; wie sollen wir groß staunen, die Spangen Rebekkas, den Stein Jakobs, den Ring Salomonis mit Vadutz und Hennegau in Berührung zu sehen, habe ich doch in meiner Chronik die nahe Verwandtschaft des Volkes Gottes mit dem Lande Hennegau augenscheinlich bewiesen. Fände aber solche Verwandschaft nicht überall statt, wie wäre dann die Geschichte jenes Volkes eine heilige Geschichte, und was ginge sie uns an. – Daß die Kraft der Kleinode bekannt werde, ist weder zu suchen, noch zu verhindern. Gott hatte sie verborgen, Gott hat sie wieder zutage gelegt, wir wollen einen heiligen Gebrauch davon machen, wie von uns selbst. Bei der Geburt des armen Kindes von Hennegau ward gesungen: ›Sein Reich ruht auf seinen Schultern‹; wie soll es nun dieses Reich recht regieren als nach dem Gesetze: ›Nimm dein Kreuz auf dich und folge mir nach!‹ Erwäge und befolge, was ich dir heute morgen in das Täufers Kapelle gesagt, da ich dich und die Kleinode segnete, und du wirst sie würdig auf deinen Schultern tragen. –

Nun will ich dir auch die alten Sagen vom Ursprung der Achselbänder Rebekkas mitteilen, welche der Mönch von Kloster Bänderen der Klareta mitgegeben und diese mir überreicht hat. Ich habe noch einiges dazugeschrieben, was ich auf eine so merkwürdige Weise vernommen habe, daß es mir nicht ganz verwerflich schien. – Am Tage St. Servatii ging ich von des Täufers Kapelle tiefer in den Wald zu meiner Einsiedelei, um ruhiger die Schrift über die Kleinode zu lesen, die mir Klareta gegeben. Als ich still wandelnd hin und wieder am Wege einige Kräuter brach, begegnete mir mit flüchtigem Schritt ein sehr alter, fremdartig gekleideter Mann von jüdischem Aussehen. Da ich nun sehr gern mit solchen Leuten spreche, welche vieles erlebt, das ich in meine Chronik gebrauchen kann, lud ich ihn nach freundlichem Gruße ein, ein wenig bei mir in der kleinen Einsiedelei zu ruhen, in deren Nähe wir angelangt waren. Als ich vom Ruhen sprach, zitterte er, blickte mich an, Tränen flossen von seinen Augen, sein Schritt ward noch eilender und er sprach, indem ich neben ihm her lief: ›Ich suche Ruhe, aber ich werde sie erst finden, wenn alle ruhen, ich bin Cartophilax, der ewige Jude, Ananias hat mich getauft, als Christ heiße ich Joseph, aber ich darf nicht ruhen, bis ans Ende der Tage, und doch muß ich immer dahin streben, wo ich Ruhe finden könnte, und komme ich dem Orte nah, so verdoppelt sich meine Flucht.‹ Ich fragte ihn, ob er dann hierzulande Ruhe finden könne, weil er seine Schritte so beschleunige; da erwiderte er: ›Der Fels von Edelstein, an dem ich ruhen könnte, ist zersplittert über die ganze Erde; der Stein Sakrath, auf dem ich ruhen könnte wie Jakob, ist zersprungen in drei Teile, ich habe ihn gesucht in Bethel, im Tempel und in St. Eduards Stuhl in England und mußte überall fliehen; von England komme ich und könnte nun hier ruhen an der Schulterspange Rebekkas, welche allen Menschen Friede giebt; aber ich muß fliehen, denn ich habe dem, dessen Reich auf seinen Schultern war, keine Ruhe gegönnt.‹ Kaum hatte er die Schulterbänder der Rebekka erwähnt, als ich ihn beschwor, mir zu erzählen, was er davon wisse; und er teilte mir mancherlei davon mit, auch wie sie durch den hebräischen Märtyrer an Kaiser Curio gekommen und noch bei den Lehnsträgern von Vadutz seien. Was er aber alles aus jüdischer und morgenländischer Völker Geheimlehre davon erfahren, schrieb ich mit der Schrift des Mönchs aus Bänderen zusammen und werde dir es überreichen, daß du es deinen Tagebüchern beifügest. – Da mich dieser entsetzliche Mann nun zu großem Mitleid bewegte, sagte ich zu ihm: ›Joseph, komme mit mir, die Trägerin der Achselbänder Rebekkas ist milde, sie wird deinem Haupte gern vergönnen ein wenig zu ruhen.‹ Er aber erwiderte mit erschreckendem Ernst: ›Ich werde nicht ruhen, als bis alle zerstreuten Edelsteine wieder gesammelt sind um den verworfenen Eckstein des Tempels, den auch ich von mir gestoßen!‹ Nach diesen Worten brach er in Wehklage aus und wollte durch die Büsche hinwegeilen, aber ich faßte ihn am Mantel mit den Worten: ›Erst sage mir von allem Mitgeteilten, was ist Wahrheit?‹ Ihn aber durchzuckte diese Frage mit schrecklicher Erinnerung, er zitterte, blickte mich an und erwiderte: ›Wie du fragest, so fragte Pilatus den, der gesprochen: »Ich bin in die Welt gekommen, der Wahrheit zum Zeugnis, wer aus der Wahrheit ist, der höret meine Stimme.« – Weh mir! ich war nicht aus der Wahrheit, aber ich hörte doch ihre Stimme; sie sprach zu mir, der sie fortstieß auf den Leidensweg: »Ich gehe, und du sollst gehen, bis ich komme.« Das geschah nach der Frage: Was ist die Wahrheit? und so irre ich der Wahrheit zum Zeugnis über die Erde bis zum Tage, da sie wiederkehrt.‹ Nach diesen Worten riß er sich von mir los und floh so eilend durch die Büsche hinweg, daß ich ein Kreuz hinter ihm schlug. Möge ihn der Segen erreichen!« – Weiter sprach Jakob von Guise zu mir, ich möge keine Sorge wegen den Kleinodien haben, es könne sich ja gar leicht bald etwas mit mir ändern; ich soll nur streben, mich der Wirkung der linken Seite zu entziehen und der rechten hinzugeben; ich möge bedenken, daß mir gesagt sei, der Siegelring Salomonis werde einst mit diesen Spangen zusammenkommen, und dann komme alles darauf an, das Rechte zu wünschen. Das Kloster Lilienthal solle ich aus Dankbarkeit gegen Gott den armen Fräulein stiften; eine stete Fürbitte sei mir bei solchem Beruf sehr zu wünschen. – Ich versprach ihm, nach seinem Rate zu tun, kniete nieder, empfing seinen Segen, und er verließ mich, nachdem er mir die Schrift über den Ursprung der Kleinodien überreicht hatte, die ich hier meinem Tagebuch beifüge.

Von den Lehnskleinodien von Vadutz. – Ich, Jakob von Guise, habe folgende Sagen, Meinungen, Geheimnisse und Überlieferungen von den Schulterspangen der Rebekka, dem Stein Jakobs bei Bethel, dem Siegelring Salomonis, dem Stein Sakrath usw. für meine Landesherrin, Gräfin Amey von Hennegau, Lehnshuldin von Vadutz, zusammengeschrieben aus einer Schrift, welche mir Klareta zur Lilien, ein Fräulein aus Vadutz, mitgeteilt, und aus dem, was mir Carthophylax, der da ist der ewige Jude, am St. Servatiustag im Walde erzählt. Als ich diesen Cartophylax gefragt: »Was hievon ist Wahrheit?« antwortete er: nur der sei die Wahrheit, den Pilatus gefragt: »Was ist Wahrheit?« Dasselbe erwidere auch ich, Jakob von Guise, jedem, der mich fraget, was an diesen Erzählungen Wahrheit sei. – Wahr ist, daß ich sie vernommen habe als Reden der auf der Erde spielenden Menschenkinder seit Jahrtausenden. Ob sie dieselben für wahr gehalten, weiß ich ebenso wenig, als ob sie wahr sind. Die Geschichte der Kinder Gottes sind diese Erzählungen nicht. Da aber die Kinder Gottes nach den Töchtern der Menschen gesehen hatten, wie sie schön waren, erzählten sie sich Menschenkindermärchen, die waren kristallisiert in Formen der Wahrheit und waren doch nicht die Wahrheit und rollten von Mund zu Mund im Strom der Rede zu uns nieder, bis sie rund und bunt waren gleich Kieselsteinlein, mit denen auch wir spielen. Einige dieser bunten Steinlein aber habe ich hier gesammelt zum Spiele für das arme Kind von Hennegau, meine gnädige Herrin, auf deren Schultern die Lehnskleinode von Vadutz ruhen.

Aus den sieben Schichten der jungfräulichen Erde ließ der Herr sich den edelsten Staub durch den Engel reichen und bildete den ersten Menschen daraus, und da er ihm eine lebendige Seele eingeblasen, ward der Rest jenes Staubes ein Fels der köstlichsten Edelsteine, worin alle Art und Kraft und alles Geheimnis jener zwölf Edelsteine vereinigt war, die in späteren Zeiten auf dem Brustschild und den Schulterspangen Aarons schimmerten. Dieser Fels ward mit Adam in das Paradies versetzet, und er wohnte bei ihm. Er war sein Altar und von ihm aus sprach der Herr mit ihm. Als unsere ersten Eltern nach der Sünde aus dem Paradiese auf die Erde gestoßen wurden, ward auch der Edelsteinfelsen hinabgeworfen; er zertrümmerte und ward in vielen Teilen über die Erde zerstreut. – Als die Menschen nun Kleider empfingen, sich zu bedecken, ward das Kleid Evas mit Spangen von Einhorn, worin Körnlein dieses Edelsteins, auf den Schultern geschürzt. – Wie nun jetzt im Herzen des Menschen Gutes und Böses, Rechtes und Linkes war, so war auch ein Widerspruch in die Trümmer dieses Felsens gekommen. Alle Stücke der linken Seite wirkten irdisch und leiblich, alle Trümmer der rechten Seite aber himmlisch und geistlich. – Wo die Menschen Altäre bauten, fügten sie Bruchstücke dieses Felsens hinein. Abels Altar enthielt Trümmer der rechten, Kains der linken Seite. – Die Töchter der Menschen suchten funkelnde Körnlein der linken Seite des Felsens, die schöner schimmerten, und schmückten ihre Schultern damit, wodurch sie bösen Zauber übten. – Ein großes Bruchstück des Felsens, das auf die Erde fiel, hieß Sakrath und war das Fundament des wunderbaren Berges Kaf, der die ganze Erde umfaßt. Wer ein kleines Körnlein dieses Steines Sakrath besitzt, kann große Wunder tun. – Als Noah in die Arche ging, trug sein Weib die Achselspangen Evas auf den Schultern. – Nach der Sündflut waren die Trümmer jenes Felsens noch weiter zerstreut, und der Fundamentstein des Berges Kaf, der Stein Sakrath, war herausgewälzt und lag im Lande Kanaan. – Abraham wußte, daß die linke Schulterspange Evas in Labans Familie in Mesopotamien war. Er selbst besaß nur die rechte Spange und er sendete seinen Knecht Elieser dahin, die Besitzerin dieses Kleinods für Isack zum Weibe zu holen. Als nun dieser dort zum Brunnen kam und Rebekka den Krug von der Schulter nahm, um ihm zu trinken zu geben, sah er, daß sie die Spange auf der Schulter trug, und erkannte daraus, daß sie die Frau Isacks werden solle; denn die Trümmer des Edelsteinfelsens waren heilige Zeichen, wo sie sich fanden, und die Altväter suchten sie überall auf und brachten sie zusammen, wie sie nur konnten, weil sie eine Prophezeiung hatten: wenn der ganze, bei Adams Fall zertrümmerte und über die Erde zerstreute Edelsteinfelsen wieder beisammen sei, werde ein Tempel daraus gebaut werden und in diesem sich die Verheißung erfüllen. – Unter den Geschmeiden und Armbändern, welche der Knecht Abrahams der Rebekka als Brautgeschenk am Brunnen anlegte, war auch das rechte Achselband, und da nun die beiden Edelsteine auf ihren Schultern ruhten, war eine große Anmut, ein schönes Ebenmaß leiblicher und geistlicher, zeitlicher und ewiger Kraft in ihr. – Als später Rebekka dem Jakob den Segen Isacks vor Esau verschaffen wollte, befestigte sie ihm das Kleid von rauhen Fellen mit diesen Spangen auf die Schultern, und da der Erstgeborne diese Kleinode tragen sollte, hielt ihn der blinde Isack für Esau. – Esau faßte Haß gegen Jakob und raubte ihm die linke Spange; sein Haß ward durch leibliches, irdisches Gedeihen viel ungestümer und gewaltiger. – Als Jakob nach Mesopotamien zog, um sich bei Laban, dem Bruder seiner Mutter, vor der Verfolgung Esaus zu retten, kam er an die Stelle Lus in Kanaan, wo der Stein Sakrath lag, und da er sein Haupt darauf legte und schlief, sah er eine Leiter von der Erde bis zum Himmel; die Engel stiegen auf ihr auf und nieder, und von oben gab ihm Gott die Verheißung; da richtete er den Stein Sakrath auf und salbte ihn mit Öl zu einem Altar, und er nannte den Ort Bethel. – Als Jakob mit Weib und Kind aus Mesopotamien zurückkehrte und sich mit Esau zu Mahanaim versöhnte, gab ihm dieser die linke Achselspange zurück, und Jakob wandelte wieder ruhig zwischen beiden. – Von Jakob kamen nun diese Kleinode von Geschlecht zu Geschlecht bis zu dem hebräischen Mann, der sie nach der Zerstörung Jerusalems nach Rom brachte und vor seinem Martertode dem guten Kaiser Curio schenkte, von dem sie auf die Lehnshulden von Vadutz gekommen sind. – Der Stein Sakrath, auf welchem Jakob die Himmelsleiter gesehen, hieß fortan Bethel und war lange Zeit ein Ort der Anbetung, und es geschah viel Gnade dort. – Überall, wo man Bruchstücke des zertrümmerten Edelsteinfelsens aus dem Paradiese fand, richteten die Menschen sie auf, salbten sie zu Altären, und nannten sie Bethel, und viele, welche nur Bruchstücke von der linken Seite des Felsens fanden und denen die Kenntnis der rechten nicht von Vater auf Sohn überliefert war, trieben Abgötterei bei denselben. – Der weise König Salomo hatte einen Ring aus einem Edelsteine dieses Felsen, mit dessen Drehen am Finger er alle seine Wünsche erfüllen konnte; es ist auch eine alte Sage, dieser Ring und die Achselspangen Rebekkas würden einst in den

Händen eines Dieners des Messias zusammen kommen. – Als der Tempel vollendet war, wollte Salomon den Stein Sakrath in dessen Mitte legen; aber seine Hände waren nicht mehr rein von Sünde und Abgötterei, und da er den Stein Sakrath berührte, zerbrach dieser in drei Stücke. Das eine Stück kam in den Tempel, wo es noch ruhet, das andre blieb zu Bethel, das dritte aber schenkte Salomo dem König Hiram von Tyrus, der ihm den Tempel zu bauen geholfen. Das Stück, welches zu Bethel geblieben, ward nach Salomos Tod, da sich das Reich gespalten, von dem König Jerobeam von Israel durch Götzendienst entweiht; er ließ das Volk das goldne Kalb dort anbeten. Das dritte Stück, welches mit Hiram nach Phönizien gekommen, wurde von den Phöniziern, die eine Kolonie im Lande Galäzien in Hispanien hatten, wohin sie vielen Handel trieben, dorthin in eine Stadt Brigantium gebracht und dort von ihren kunstreichen Meistern in den Thronstuhl des schottischen Königes Gothol angebracht, der hier darauf sitzend regierte. Nachher ward dieser Stein Jakobs ungefähr 700 Jahre vor Christi Geburt durch den König Simon Breach nach Irland übertragen und später 330 Jahre vor Christi Geburt durch den König Fergus nach Schottland. Endlich im Jahre Christi 650 ließ der Schottenkönig Kenneth den heiligen Stein in die Abtei zu Scone in der Herrschaft Perth bringen und in den Sitz eines künstlich gemalten Krönungsstuhls von hartem Holz einschließen. In unsern Tagen aber, vor einundzwanzig Jahren, im Jahre 1296, als Eduard I., König von England, den Schottenkönig Johannes Baillot besiegte, hat er den Stuhl nach London in St. Eduards Kapelle in der Westmünster-Abtei gewidmet, wo er als Krönungsstuhl der englischen Könige bewahrt wird, und sind diesem Stuhle Pfleger bestellt, welches Amt bei den Grafen Gothol aus dem Geschlecht der alten Schottenkönige ist. – Hier endet, was ich von den Kleinoden von Vadutz durch die Chronik von Bänderen und den Carthophilax erfahren.

Abend des Johannistag. – Ich zog mit den Ordensgespielen hinaus zur Bleiche, jede führte eine Schar Kinder, welche alle Reiser- oder Schilfbündlein trugen, jeder Schar ward ein Blumenkranz vorgetragen. – Während ich bei den drei Fräulein in meinem Zelte war, das sie mir ganz mit Blumenkränzen bedeckt hatten, legten meine Gespielen die Reiser- und Schilfbündel zu den Johannisfeuern zusammen. Das erste, mir zu Ehren, ordneten sie vor Johannis Kapelle, welche am höchsten liegt. Jede der acht Scharen opferte ihre besten Reiser dazu, und Klareta hatte den schönen Blumenkranz geflochten, der darüber zwischen zwei Birkenstämmchen aufgehängt ward. Dann baute jede Schar der Anhöhe entlang ihren Schilfhaufen auf und hängte ihren Blumenkranz darüber, so daß am Waldrand um die Bleiche her neun Haufen errichtet waren. – Alle Jungfrauen und Jünglinge der Stadt zogen in ihrem schönsten Putze in Chören singend heran. – Aus dem Walde kam nun auch die Kinderschar mit dem Johannisengel singend zur Kapelle gezogen; die Sonne sank, noch brannte kein Licht, außer die Lampe in der Kapelle. Der Johannisengel ward wieder wie am Morgen in den Blumenkranz mit seinem Lamm gesetzt, und seine rosigte Mutter Elisabeth kniete hinter ihm. Es sah gar lieblich aus, alles war still und dunkel umher, nur Immel und seine Mutter schimmerten, denn beiden hatte man so viele leuchtende Johanniswürmchen in ihre Blumenkronen befestigt, als man nur finden konnte. – Jakob von Guise sprach noch eine kleine Ermahnung über das heutige Fest und den Gebrauch dieser Feuer. Er sprach: »Bei diesen Feuern sollet ihr gedenken, daß Johannes nicht das Licht war, das in die Finsternis leuchtete, sondern daß er Zeugnis davon gab, damit alle Menschen an das Licht glaubten. Ihr sollet denken bei diesen Feuern, daß Johannes gesprochen: ›Ich taufe euch mit Wasser zur Buße, der aber nach mir kömmt, wird euch mit dem heiligen Geiste und mit Feuer taufen!‹ Und wenn ihr durch das Feuer springet, sollet ihr gedenken, daß wir alle durch das Feuer der Läuterung gehen müssen. Wohlan, so erwäget die Worte der ewigen Wahrheit: ›Johannes war eine brennende Leuchte; ihr aber wollet eine kleine Weile in seinem Lichte fröhlich sein!‹« – Nach diesen Worten segnete Jakob von Guise eine Kerze, zündete sie an der Lampe an und überreichte sie der Mutter des Johannisengels; diese gab sie dem Knaben hin und führte ihn zu den Reisern, die er mit der Fackel entzündete. Hoch auf prasselte die Glut, wir ringten und reihten umher und sangen:

Feuerrote Röselein,
Aus der Erde springt der Wein,
Aus dem Blute dringt der Schein,
Rot schwing ich mein Fähnelein!

O! die schimmernden fröhlichen Kinder und Jungfrauen in ihrem Schmuck und der Blumenkranz über ihnen von der Flamme unter dem Sternhimmel beleuchtet! – Die rosigte Mutter mußte den Johannisengel fest auf den Arm nehmen, er zappelte mit den Händen und Füßen und wollte mit aller Gewalt durch das Feuer springen. Wer kann sagen, wie hinreißend ihr blühendes Antlitz neben dem freudigen Engelskopf Immels im Lichte des Feuers glühte; es war als ringe eine Rose mit einem Schmetterling, der sie fortreißen will in die Glut. – Da eilte sie fort mit ihm zu dem zweiten Feuer, daß er es entzünde; dann zum dritten und bis zum neunten, wo schon sein Wägelein harrte, in dem man ihn müde und entschlummernd in die Stadt zurückführte. – Wie aber erging es mir? Von allen vier Winden her lockten die Schalmeien der Hirten und der Gesang: »Feuerrote Röselein«. Wo ich hinblickte, loderte ein Feuer auf, überall war ich hingerissen; es war, als sei ich ein ausgerüstetes Schiff, mit allen Segeln dem Winde preisgegeben, alle ernsten Erfahrungen der letzten Tage lagen zwar wie ein schwerer Ballast in mir, und wie kräftige Anker waren sie ausgeworfen nach allen Seiten, – aber die Taue waren zu schwach oder zu kurz, sie reichten nicht zum festen Ackergrund; die Töne und Chöre hoben und wiegten mich mit stets höher schwellenden Wogen, die ringsum bis zum fernsten Hintergrund sich mehrenden Feuer, von hüpfenden Schatten umkreist, lockten mich, alle Winde füllten meine Segel und rissen mich dem schimmernden Ziele entgegen. – Ja, ich armes Kind von Hennegau war gleich einem Schmetterling, dem das Feuer als ein offnes Tor, zu dem Garten aller leuchtenden Lust aus der traurigen Nacht führend, erscheint, und der sich hineinstürzt. – Öffentlich schäme ich mich darüber, und ganz heimlich freue ich mich, daß es alle gesehen haben, wie mich die allgemeine Freude überwältigte, wie der Sturm einen Vogel fortreißt. »Feuerrote Röselein« lockten alle Chöre und antwortete meine Seele. – Mir blieb die Zeit nicht zu fragen: »Was sagt das fromme

Hühnlein dazu, oder was macht das Büblein?« – Auf die Frage aber: »Was tat das arme Kind von Hennegau?« antworte ich: »Es kreuzte die Hände ehrerbietig auf die Schulterbänder, als bitte es um deren Schutz«; es rief: »Feuerrote Röselein!« und sprang freudig die erste durch das Feuer, und riß wie üblich im Sprunge eins der Röslein ab, welche an roten Wollfäden von dem großen grünen Kranze über jedem der Feuer niederhingen; – drüben flog ich einer Jungfrau in die Arme, ich wußte nicht welcher, so schnell riß ich mich los und sprang durch das zweite Feuer, und wieder fingen mich schützende Arme auf, und wieder entriß ich mich ihnen und sprang über das dritte, vierte, fünfte, sechste, siebente und achte Feuer, und an jedem riß ich ein Röslein vom Kranze, und alle andern sprangen mir nach. – Hier aber ruhte ich wieder an einem sorgenden Herzen. Es war Klareta, die mir immer vorgeeilt war und mich aufgefangen hatte. Jetzt aber ließ sie mich nicht so schnell entwischen. Sie trocknete mir den Schweiß von der Stirne, hüllte mich in ihren Mantel und sprach: »Amey, komme zu Atem; welcher Eifer ergriff dich? O lasse es gut sein – sieh, dort ist das neunte Feuer! und alle deine Jungfrauen sind zurückgekehrt; denn es ist ein allgemein bekannter Aberglaube unter dem Volke, ein Mägdlein, das über neun Johannisfeuer springe, werde in diesem Jahre noch heuraten.« – Ich dankte Klareta herzlich, daß sie mich zurückgehalten, denn sonst wäre ich schon über diesem neunten Feuer drüben gewesen, und was hätten dann die Leute von mir gedacht? Denn keine Jungfrau, welche über die acht frühern Feuer gesprungen, sprang über dieses, um nicht der lärmenden Neckerei ausgesetzt zu sein. Mich verdroß der Aberglaube, ich war so schön im Zuge, ich wäre gern nochmals gesprungen; ich sprach zu Klareta: »Komm, führe mich in mein Bleichzelt, sonst stehe ich dir für nichts gut, denn mir ist, als stecke mir noch ein Sprung in den Füßen.« Wir mußten aber, um dem neunten Feuer auszuweichen, das am Ende eines Hohlwegs brannte, eine Strecke zurückgehen; sieh, da kam uns Glut und Jauchzen entgegen; in schnellem Lauf trieben die jüngern Bursche ein mit Stroh und Reisern umwickeltes, großes, brennendes Rad in den Hohlweg auf das Feuer los; vor dem Rade her floh einer Schar von mutwilligen

Mägdlein, welche sie neckend gegen das neunte Feuer hintreiben wollten. Es war kein Ausweg für mich zwischen dem Rad und dem Feuer; Klareta warf sich in einen Busch, mich trieb die Schar der Mägdlein vor sich her. Ich war früher am Ziel und im schnellen Sprunge über die Flamme hinaus, und hatte nun auch das neunte Röslein erobert und in meinem geschürzten Vortuche bewahrt. – Man erkannte mich nicht in Klaretas Mantel. – Ich eilte aus dem Getümmel und traf bald mit meinen Gespielen zusammen, welche singend mit ihren Kinderscharen zur Stadt zurückzogen und mich an meinem Schlafzelt auf der Bleiche verließen. – Die Schwestern Klaretas, welche auf der Bleiche wachend zurückgeblieben waren, boten mir vor meinem Zelt gute Nacht, küßten mir die Hände und verließen mich. – In dem Zelt fand ich Klareta. Sie saß dicht neben dem Eingang an der Erde. Ich sah sie, wendete mich aber nicht zu ihr; von Tau benetzt, legte ich Klaretas Mantel ab und andere Schuhe an und stand einige Augenblicke stumm vor dem kleinen Tisch, auf welchem meine Leuchte vor einem schönen Johannisblumentopf brannte und eine Schüssel mit Brot und Früchten aufgetragen war. Klareta hatte für alles gesorgt. Wie ich so stand, umfaßte sie meine Füße und sagte: »Gott sei Dank, daß du da bist ohne Unfall!« Nun nahm sie die neun Röslein aus meiner Schürze und legte sie auf einen Teller. »Sie sind gesegnet,« sprach sie, »die Mägdlein und Frauen trugen sie an den roten Wollfäden am Halse, das deutet auf das Blut Johannis bei seiner Enthauptung. Sie tragen sie in frommer Hoffnung, Gott möge sie durch die Fürbitte des heiligen Täufers vor dem Veitstanz und allen Nervenübeln bewahren.« – Ich schenkte die neun Röslein der Klareta, weil ich, Gott sei Dank, nie eine Spur solcher Krankheiten gehabt; sie dankte herzlich. – Ich war gar einsilbig, ich war ermüdet und trotz meiner heftigen Teilnahme an der Johannislust innerlich schwer und traurig. Noch immer bewegte mein Herz der Festjubel durch Musik, Gesang, Jauchzen und Feuer, die in mein Zelt hereinklangen und -schimmerten, und doch trauerte ich und konnte nicht deutlich sagen um was. – Es ist ein Hang nach Unabhängigkeit in mir, der mich verschließt, wenn er gefesselt ist. – Es war so viel Außerordentliches über mich gekommen, daß ich alle Äußerung unterdrückte aus Furcht, irgend eine Gewalt über meine Seele zuzugestehen. – »Soll ich das Nachtgebet mit dir beten?« fragte Klareta. »Ich will allein beten«, antwortete ich und stand auf; da verließ sie das Zelt. Ich betete vor meinem Lager knieend und sie drauß unter dem Sternhimmel. – Als sie durch meine Bewegung vernahm, daß ich geendet, fragte sie um die Erlaubnis, zu mir zu kommen. Ich gestattete es. Sie brachte ein Gefäß mit lauwarmem Wasser und setzte es zu meinen Füßen vor mein Lager, auf dem ich saß. Stillschweigend ließ ich mir die Haare von ihr flechten, ich war in einem dumpfen Hinbrüten, das nur dann und wann das ferne Singen: »Feuerrote Röselein« unterbrach. Klareta wusch mir die Füße, ich bedurfte es, sie hatte es gefühlt, ich nicht begehrt. Als sie aber ihre langen Haare auflöste, um mir die Füße damit zu trocknen, weigerte ich mich des Dienstes; sie aber flehte: »O lasse es geschehen, diese Haare haben mir bis jetzt nur zur Eitelkeit gedient; o lasse mich einen Dienst der dankbaren Liebe mit ihnen verrichten, damit sie doch ein Verdienst haben, wenn sie mir nun bald abgeschnitten werden!« Ich fügte mich ihrem Willen, aber ich war doch hart gegen sie, indem ich ihre Hoffnung zum Kloster gar nicht zu kennen schien und zu ihr sprach: »Du wirst doch deine schönen Haare nicht abschneiden lassen?« Das tat ihr weh, ich fühlte ihre Tränen auf meine Füße rinnen. Da sprach ich: »Ich muß mir selbst helfen, sonst erneust du das Fußbad«; da faßte ich ihre Haare und trocknete meine Füße. Ich weiß nicht, welches Gefühl mich erschütterte, als ich ihre Haare faßte. Ich hatte sie unaussprechlich lieb – das heißt, ich hätte diese Neigung getötet, wenn ich sie ausgesprochen. »Gieße das Wasser hinaus,« sprach ich, »damit die Gräslein und die Gänseblümchen auch etwas von dem Feste haben, es war so heiß heute, sie sänftigen ja alle unsre Schritte mit solcher Liebe, wir nehmen es an, als verdienten wir es, und treten sie mit Füßen, als verdienten sie das; so muß man nicht sein.« Da ich nun hörte, daß sie das Wasser ausgoß, sprach ich vernehmlich: »Ach, wie das erquicket! Klareta, gieb mir auch zu trinken.« Sie reichte mir ein Glas frisches Wasser und hielt mir es erst durch eine Öffnung des Zeltes gegen den Sternhimmel, damit ich seine Klarheit sehe. »Das ist klar wie Klareta«, sagte ich und trank und gab ihr den Rest und hatte das Gefühl, gar liebreich gewesen zu sein, schämte mich auch gar nicht, sondern lächelte, wie sehr ich die Tugend gegen die Gänseblümchen empfahl, die ich gegen Klareta vernachlässigte. Ich streckte mich dann zum Schlafen aus, und da Klareta sich schweigend zu meinen Füßen legte, merkte ich es wohl, tat aber nicht dergleichen. Ich träumte denselben Traum wie gestern, nur durch die vielen Eindrücke des Abends und mein Wissen von der Bedeutung der Kleinodien noch lebhafter und banger. Auch Klareta träumte dasselbe zugleich und weckte mich abermals mit ängstlicher Teilnahme. Wie gestern erzählte sie mir weit mehr aus meinem Traume, als ich ihr mitgeteilt hatte. Zum Beispiel sagte sie mir heute: »Die Löwen wollten dich hinausführen auf die Heide, auf das Moos; da solltest du die Kiebitze hüten, aber des Hahnen Schrei hat die Löwen verscheucht, und Verena ist mit dem frommen Hühnlein gekommen; denn nicht die Kiebitzen sollst du hüten in der Wüste, nein, einen ganzen Hof schöner bunter Hühnchen, – nein, viele liebe, lustige, reine Lämmer, nein, viele fromme, freudige Kinder – und Friede wird wohnen auf deinen Schultern, und Salomonis Ring wird dir erfüllen alle deine Wünsche; aber stifte uns ein Kloster Lilienthal, daß wir für dich beten, denn es ist Gefahr auf deinen Wegen.« – Bei diesen Worten umfaßte sie wieder meine Füße und schien sehr bewegt; ich aber sagte zu ihr: »Klareta, sei nicht so ungestüm, das macht mich ganz krank; durch neun Feuer bin ich gesprungen, und doch bin ich viel kälter als du, die mich nach acht Feuern in den Armen auffing. Es ist in diesen Tagen so vieles über mich gekommen, auch ist mir so traurig und schwer, als solle ich bald von allem scheiden, was mir lieb und teuer ist. Als ich so durch die neun Feuer springen mußte, war es mir, als sollte ich alles in mir verbrennen, was mich noch feßle. – Ich habe den Orden der freudig-frommen Kinder gestiftet; daß ich fromm sei, gebe Gott! aber freudig bin ich nicht mehr. O Klareta! ich will ja das Kloster Lilienthal stiften, aber du siehst doch wohl selbst ein, daß das tägliche Tun auch sein Recht hat und ein reiner Boden nötig ist, um eine wichtige Sache würdig zu beginnen. So wirst du dann auch wohl fühlen, daß ich notwendig erst meine große Wäsche wieder von der Bleiche in den Schränken haben muß, ehe ich an so etwas mit

Ruhe denken kann; hilf mir schön morgen früh, wenn wir fertig, wollen wir sehen, wie es mit dem Kloster wird. Gute Nacht, jetzt bin ich müde!« – Da ging Klareta gegen die Türe des Zeltes, aber sie kehrte nochmals um und sagte: »O meine Herrin! senke doch einschlafend dein Haupt zur rechten Seite, auf daß dir das Kleinod Friede gebe!« Ich nickte, und sie schied. Ich wollte tun, wie sie gebeten, aber entschlummernd tat ich das Gegenteil und erwachte unter Tränen.

St. Eligiustag nach des Täufers Tag. – Heute früh weckten mich meine Gespielen mit liebem Gesang; als ich zum Zelt heraustrat, hing alles um mein Geräte schon auf den Leinen und wehte der aufgehenden Sonne entgegen. Klareta und die Schwestern hatten nicht geschlafen und alles so geordnet. Um acht Uhr war alles in Körben in das Schloß gefahren, und nun strichen, plätteten und falteten wir alle emsig darauflos. Wir waren sechsunddreißig Mägdlein in drei Hallen arbeitend. Es war eine rechte Freude, alles war schneeweiß und lind. St. Johannis Tau hatte mit vollem Segen gewirkt. Ich habe noch nie eine so gesegnete Wäsche gehabt. Noch vor Abend war alles aufgeschrieben und in den Schränken. – Nachdem wir ein kleines Mahl eingenommen, führte ich alle in den Grafensaal, wo Jakob von Guise und mein Kanzler mit der Stiftungsurkunde von Kloster Lilienthal im Ländchen Vadutz, die ich ihnen zu verfassen befohlen hatte, unsrer warteten. Ich begab mich mit den Ordensgespielen in meine Kleiderkammer und legte meinen Grafenmantel an und setzte die Krone auf; dann trat ich von meinen Gespielen begleitet in den Saal und setzte mich auf den Grafenstuhl. Die drei Fräulein zur Lilien knieten vor mir auf dem Teppich. Der Kanzler verlas die Urkunde, in welcher ich den drei Schwestern zur Lilien Felder, Wiesen und Gärten und mancherlei Zehnten anwies, um eine kleine Klostergemeinde zu erhalten; zugleich befahl ich meinem Kanzler, in Vadutz den drei Fräulein ein Kloster mit Kirchlein und Garten und allem nötigen Zubau in die Nähe der Hütte Jürgos aus meinen Mitteln zu errichten. Dem Kloster legte ich die Pflicht auf, auf meinem Grabe drei weiße Lilien zu erhalten und den Braut- und Leichenzügen jeder meiner weiblichen Nachkommen, welche die Lehnskleinode von Vadutz trage, drei Schwestern des Klosters mit weißen Lilien folgen zu lassen. Die Ordensregel überließ ich ihnen und Jakob von Guise, und stellte sie unter das Kloster Bänderen. Ich empfahl ihnen zur Aufnahme in ihre Regel Gebet und Arbeit, namentlich Erziehung verlassener Mägdlein, weil sie selbst solche waren, und Erbarmen gegen die nachgelassenen Töchter der Kreuzfahrer. Ihr Hauptgeschäft sollten sie die Weberei zum Kirchenschmuck bei Klareta sein lassen. Auch bestellte ich eine große Tapete, die Geschichte des Kaisers Curio vorstellend, und versprach ihr reichlichen Lohn in das Kloster. Nachdem der Kanzler alles dieses gelesen hatte, reichte er mir die Urkunde; ich siegelte sie mit dem Kleinod der rechten Achselspange und überreichte sie Klareta, die sie küßte und ebenso ihre beiden Schwestern; dann nahten sie mir, berührten meine rechte Schulter mit der Stirne, ich umarmte sie und verließ den Saal.

St. Johannis und Pauli, der Wetterherren, Tag. – Ich ging vor Tag mit einer vertrauten Kammerfrau zu des Täufers Kapelle, von den drei Fräulein Abschied zu nehmen. Ich hatte ihnen einige Rosse und Knappen dahin bestellt. Jakob von Guise wollte sie geleiten, um ihnen in Vadutz alles einzurichten. Sie sollten in den Frauenklöstern seines Ordens unterwegs einkehren. Nachdem er den Gottesdienst gehalten, gab er uns den Segen. – Man führte die Rosse voraus, ich geleitete sie eine Strecke in den Wald. Klareta folgte still in einiger Entfernung, ich redete mit Jakob von Guise. Als die Stelle da war, wo die Rosse ihrer harrten, und ich bereits allen die Hände geboten hatte, wendete ich mich auf dem Punkte, zu scheiden, zu Klareta und fragte: »Wo warst du dann geblieben?« Sie sprach: »Ich überdachte alles, was wir in diesen Tagen erlebt und was du erfahren, und betete in deine Fußstapfen; gedenke des Traumes!« Dann warfen sich die drei Schwestern auf die Kniee, dankten und reisten von dannen. Ich eilte aber nach Haus, denn bei den Worten Klaretas: »Gedenke des Traumes!« fiel mir ein, daß ich die verflossene Nacht viel von der amaranthseidenen Decke von Hennegau geträumt hatte, welche zu dem Brautschatz meiner Mutter gehörte und auch über ihr Paradebett gebreitet gewesen ist. Was ich von dieser Decke geträumt, wußte ich nicht mehr, aber die Mahnung Verenas bei ihrem Abschied, ich solle besonders auf die Decke achten, und die Stimme des frommen Hühnleins bei dieser Mahnung fielen mir gar sorglich auf das Herz. – Ich war in Sorgen um die Decke, ich erinnerte mich nicht, die Decke gestern abends bei dem Einräumen des Gerätes an der gewöhnlichen Stelle im Schranke gesehen zu haben. Ich war gestern so gestört durch die vielen Erfahrungen. Ich eilte schnell nach Haus und war so voll Sorge um die Decke, daß ich die mich begleitende Kammerfrau nicht zu fragen wagte, ob sie die Decke gesehen. Im Schlosse durchsuchte ich alle Schränke und Behälter – die Decke fand sich nicht. Das machte mich ungemein traurig. Diese Decke war mir immer das Rührendste unter all meinem Besitze gewesen; ich hatte die bleiche erhabene Gestalt meiner Mutter zum letztenmale auf ihr erblickt. Sie war eine Art Schatz in der Familie, es hingen allerlei Weissagungen mit ihr zusammen, die mir nie ganz eröffnet wurden. Die Mutter hat mir sie oft gezeigt; ja sie hat sie auch ausgebreitet und mit mir darauf knieend mich beten gelehrt. Sie pflegte dann zu sagen: »O herzliebe Amey, du stickest mir so viele Tapeten und nähest allerlei Bildwerk zu meiner Freude, hilf mir diese Decke mit Gebet zu verzieren; wir wollen sie schmücken mit Blumen der Andacht, daß sie blühet wie ein Blumenbeet, und darin will ich ruhen im Tode, und auch du sollst auf dieser Decke sterben. O hüte die Decke, lasse sie nicht entkommen!« Alles das fiel mir peinigend ein und ich suchte von neuem vergebens. – Als ich nun endlich meine Kammerfrauen nach der Decke fragte, sagten sie, allerdings sei die Decke mit auf die Bleiche gekommen, um durch den Johannistau vor Mottenfraß geschützt zu werden; sie hätten sie aber bei dem Rückzug in die Stadt nicht mehr gesehen und seien der Meinung gewesen, daß sie in mein Schlafzelt gebracht worden. Ich schwieg, um sie durch den Verlust nicht zu schrecken. Ich suchte einsam nochmals in allen Winkeln des Schlosses und wurde von Minute zu Minute trauriger und sehnsüchtiger nach der Decke. – Ich suchte sogar, wo sie kaum Raum hatte zu ruhen. Ich öffnete eine kleine Lade meiner Mutter, welche ich seit meiner Kindheit nicht geöffnet, denn sie beschämte mich, und auch jetzt befiel mich eine große Angst und geschah mir etwas sehr Seltsames. – Ich will hier niederschreiben, was mir als Kind mit dieser Lade geschah. Meine Mutter bewahrte mancherlei Putz darin, unter anderm lag ihr Brautkränzchen, von feinen, feinen amaranthfarbenen Seidenröschen und Perlen geflochten, und ein Besatz des Brautkleides darin, der für mich etwas ganz Hinreißendes hatte; um Bauschen von weißem, feinstem Spitzengewebe schlangen sich abwechselnde Gewinde von unaussprechlich feinen, zierlichen kleinen Blümchen, aus bunter Seide um Silberdraht gewickelt; hie und da blitzte ein Sternchen, oder saß ein kleines Vögelchen bei einem Nestchen, worin drei Perlen die Eier vorstellten. Seit ich das zum ersten Male gesehen, konnte ich es nie wieder vergessen. Dieser Schmuck webte sich in meiner Kindheit tags und nachts in meine Gedanken, ich nannte ihn den Himmelsgarten. Manches Marienkäferchen ließ ich durch das Schlüsselloch in die Lade laufen und dachte, wie wunderglücklich es dadrinnen in dem Himmelsgarten herumirren werde; ja ich selbst wünschte nichts sehnlicher, als mit ihm hineinschlüpfen zu können, und oft wandelte ich im Traume in diesen Labyrinthen von zierlichen, kleinen Blumen umher und erlebte dort die artigsten Geschichten. Als ich mich einmal ungemein nach dem Anblick dieses Paradieses sehnte, schlich ich um die Lade und berührte den Deckel – und sieh da, er war offen, und ich öffnete. Die Wunderdinge lagen vor mir, ich unterlag der Versuchung, ich nahm einen Teil des Blumenwerks, es war das Bruststück. Mein Herz pochte, meine bebende Hand irrte weiter suchend zwischen den sich deckenden Lagen des Besatzes umher, und mich faßte ein großer Schreck, ich fühlte, als begegne mir eine andere Hand und schiebe mir einen Ring an den Finger; wie der Blitz zuckte ich mit der Hand zurück, schlug den Deckel zu und eilte mit dem Bruststück in meine Kammer und versteckte es in meinem Bette. – Ich konnte nicht erwarten, bis ich zu Bette ging; ich heftete mir den kleinen Himmelsgarten im Dunkeln mit Nadeln auf mein Nachtjäckchen. Ach, wohl mit Nadeln, sie stachen mich in der Nacht, ich konnte nicht ruhen, mein Gewissen stach mich, – ich hatte zum ersten Male etwas entwendet; und doch hatte ich diese Tändeleien so lieb, so lieb, mein Herz pochte so laut und bang, daß ich es hörte. Ich wagte diesen Schmuck nicht zu berühren, ich zitterte immer, jene Hand möge mir entgegenkommen mit dem

Ringe. Ich entschlief unter Tränen und träumte immer von dem Himmelsgarten, wie ich darin herumirre, und endlich, daß jene Hand wirklich in der meinen ruhe; da stachen mich wieder die Nadeln, und ich erwachte. Der Tag schimmerte in die Kammer, die ersten Strahlen streiften über mein Bettchen durch die kleinen Blümchen des geraubten Paradieses zu meinen Augen; ich schaute bang durch die kleinen Blumen gerade vor mich hin, ich wagte nicht links, nicht rechts zu blicken; ich fühlte etwas schwer auf meinem Herzen, ich war so bang wegen der Hand mit dem Ringe; endlich schob ich meine Hand nach der Stelle, wo mich eine Nadel stach, um diese herauszuziehen. Aber welch ein Schrecken! wirklich faßte eine Hand die meinige fest und eine Stimme sprach: »Halt den Dieb!« – Mit welcher Angst versteckte ich mich unter die Decke, aber ich war bald losgewickelt und sah zu meinem Troste Verena vor mir. Ein sorglicher Traum hatte sie zu mir geführt. Sie fand mich in fieberhafter Aufregung, sie legte mir die Hand aufs Herz, da begegnete sie meiner Hand und ergriff sie. Sie kannte meine Begierde zu diesem Putze, den ich entwendet, und nahm mir das Paradies wie einen Stein vom Herzen, um es wieder zu verschließen. Ich weinte bitterlich an ihrem Halse um mein Unrecht. »Kind,« sprach sie, »du hast ein Stückchen Paradies verloren, das mußt du beichten; o sage es selbst der Mutter, sie wird dir gern verzeihen. – Kind, das fromme Hühnlein weiß alles.« Da legte sie mich auf die rechte Seite, ich umarmte sie und flüsterte die gewohnte Frage ihr schluchzend ins Ohr: »Was macht das Büblein?« – »Es macht sein Sach wieder gut,« erwiderte sie, »das tue du auch!« Da verließ sie mich. – Erst jetzt, da ich weiß, daß das Büblein für den Ersatz seines Diebstahls büßte, verstehe ich, was Verena damals mit den Worten sagte: »Es macht sein Sach wieder gut, das tue du auch!« – Ich hatte diese Lade seitdem nicht wieder berühret, die liebe Mutter war schon in das wahre Paradies eingegangen, dieses kindische Paradies der Tändelei, dessen Versuchung ich als Kind unterlag, war nun mein Eigentum, ich hatte es seitdem nicht mehr gesehen. – Als ich die Lade öffnete, um nach der Decke zu suchen, als ich alle die artigen Blümchen wiedersah, kam mir alles wieder lebhaft in Erinnerung. Ich nahm das amaranthfarbene Brautkrönchen heraus und setzte es auf, ich nahm das Bruststück und steckte mir es vor, ich schob wieder meine Hand zwischen diese Dinge in die Lade; und war es Wahrheit, war es Täuschung? – Die Hand mit dem Ring begegnete wieder der meinigen – ich zuckte zurück, wie damals, und schlug die Lade zu. – Ich kam die Zimmer durchirrend auf die Stelle, wo ich mit der Mutter auf der verlornen Decke knieend gebetet hatte; ich sah umher, als könne sie noch da liegen. Die untergehende Sonne stand tief am Himmelsrand und blickte durch die Fenster herein; ich sah heftig in sie hinein, als wolle ich die rote Decke in ihr suchen. Da ich aber meine Augen von dem Sonnenfeuer geblendet wegwendete, schwebte nun ein roter Fleck vor meinen Blicken, wohin immer ich auch schaute. Ich ließ meine Augen, als wolle ich diesen roten Fleck zwischen Gras und Blumen abstreifen, eine Weile über die tauichte Wiese hin und wieder schweifen, welche vor meinem Fenster in den schrägen Strahlen der Abendsonne wie ein Schmaragd schimmerte, und sieh da! – o Freude! ich sah bald einen tiefroten Fleck darauf funkeln, welcher der Bewegung meiner Augen nicht folgte, sondern fest ruhte. – Die Decke, die liebe Decke! rief es in meinem Herzen; – ich schaute schärfer hinaus, sie war es, gewiß, gewiß, der Wind hatte sie wohl von der Bleiche dahin geweht, o wie war ich froh, schon begann ich zu singen:

Feuerrote Röselein,
Aus der Erde springt der Schein,
Aus der Erde dringt der Wein;
Rot schwing ich mein Fähnelein.

Schon wollte ich hinab durch den Garten hinauseilen, als mich die Abendglocke unterbrach, man läutete den Engel des Herrn, ich stand still und betete den Englischen Gruß, und indem ich immer hinaus nach dem roten Fleck sah, wurde mein Herz gar tief bewegt, und ich gedachte des Abends auf der Bleiche mit Klareta und sang unter Tränen:

O Stunde, da der Schiffende bang lauert
Und sich zur Heimat sehnet an dem Tage,
Da er von süßen Freunden ist geschieden,
Da in des Pilgers Herz die Liebe trauert
Auf erster Fahrt, wenn ferner Glocken Klage
Den Tag beweinet, der da stirbt in Frieden!

Ich war aber nun wegen der Decke beruhigt, ich schob es noch ein Weilchen auf, die Decke auf der Wiese zu holen; ich wußte ja, daß sie da lag, und so setzte ich mich, um meine Tagesordnung nicht zu verletzen, wie immer nach dem Abendgeläute an mein Tagebuch, um bis hieher zu schreiben; die Nächte auf der Bleiche hatten mich ohnedies schon gezwungen, manches nachzuholen. – Jetzt aber blicke ich wieder hinaus nach der Decke, sie schimmert noch rot im letzten Strahl der Sonne; jetzt will ich hineilen allein durch den Garten und will auf der Decke der Mutter gedenken, ihr Brautkrönchen habe ich auf dem Haupt, das Paradiesgärtchen vor der Brust, die heiligen Kleinode von Vadutz auf den Schultern; o wie will ich so gerüstet, allein, allein, allein auf der Decke, auf welcher ich selbst sterben werde, den Tag beweinen, der da stirbt in Frieden! Ich hülle mich in meinen Schleier und gehe. –

Sechs Wochen später. – Gott sei Lob und Dank! alle seine Führungen seien gesegnet. Ich war sechs Monate von diesen Blättern getrennt, ich habe sie unter mancherlei harten Prüfungen und bittern Leiden niedergeschrieben, sonst wären sie klarer und kindlicher und alles, was das Herz des armen Kindes von Hennegau darin bewegte, würde dann auch die Herzen aller andren Kinder bewegen, welche sie in Zukunft lesen mögen, – aller andern Kinder, sage ich und verstehe darunter meine Kinder, so Gott mir deren bescheren wird, denn für sie allein sind diese Blätter geschrieben. Wie mir es aber nach dem obigen Schlusse meines Tagebuchs bis heute ergangen, mögen diese Kinder, wenn Gott sie mir schenkt, aus meinem folgenden Briefe an Klareta zur Lilien kürzlich vernehmen, den ich nicht abgesendet habe.

Liebe Klareta! Ich danke für dein und der Schwestern Gebet. Es hat die schützenden Engel auf meine Wege gerufen, sie haben mich gefunden, wenn du gleich nicht wußtest, wo ich war. – Die Erfüllung folgte unserm Doppeltraum so dicht auf den Fersen, daß sie meinem Traume beide Pantöffelchen ausgetreten haben würde, hätte er nicht das eine verloren, und dem deinen die Sandalen, wäre er nicht barfuß gegangen. – Feuerrote Röselein habe ich gesucht, die Löwen haben mich entführt und bedrängt, der Hahn hat mich gerettet und – der Ring ist an meinem Finger. – Höre! – Am Morgen des Wetterherrentags schied ich von dir und den Schwestern im Walde – du sagtest: »Gedenke des Traumes!« – Heimgekehrt vermißte ich die amaranthseidne Decke von Hennegau, du kennst sie, sie war nicht von der Bleiche nach Hause gebracht worden – Ich suchte den ganzen Tag in großen Ängsten nach ihr. – Am Abend aus dem Fenster blickend sah ich sie im Schimmer der sinkenden Sonne auf der entgegengesetzten Seite der Wiese tiefrot funkeln. Ich hatte suchend einen Teil des Brautschmucks meiner Mutter gefunden, ich hatte in kindischer Tändelei das Brautkränzchen aufgesetzt und das sogenannte Paradiesgärtchen – du kennst beides – vorgesteckt; in meinen Schleier verhüllt eilte ich einsam und unbemerkt durch das Gartenpförtchen auf die Wiese hin zu der schimmernden Decke. – Je näher ich dem roten Fleck kam, je mehr vergaß ich die Decke; es war die Macht der roten Farbe über mein Herz, die mich hinriß; angelangt an die Stelle, flog ich auf die funkelnde Decke hin, wie ein Schmetterling in die Flamme, und ich sang und hörte das Lied im Walde singen: »Feuerrote Röselein« – ich fühlte mich so ermüdet, ich war seit mehreren Tagen von so vielen Eindrücken heftig bewegt, ich hatte alle diese Nächte schier gar nicht geschlafen, vom frühsten Morgen war ich ganz ohne Ruhe gewesen. Ich konnte der Müdigkeit nicht widerstehen; ich lag mehr auf der Decke als ich saß; der letzte Sonnenstrahl streifte über das Grüne der Wiese, über die rote Decke durch die schimmernden Blümchen des Paradiesgärtchens zwischen meine zuckenden Augenlider, und sie schlossen sich hinter dem Lichtstrahl, wie die Türe deiner Zelle hinter dir, wenn dû schlafen gehst. – Leider entschlief ich plötzlich, den Kopf nach der linken Seite senkend! – O Klareta! – wie geschah mir! – ich werde dich bald sehen, da sollst du alles hören. Hier nur alles in kurzen Zügen. Der Traum ist erfüllt, die Löwen waren drei Ritter aus dem Thurgau, sie hatten die Decke von der Bleiche entwendet, um mich durch sie wie einen Vogel mit roten Beeren zu fangen; ich ging in ihre Netze. Kaum war ich tief entschlafen, als sie die Decke wie einen Sack über mir zusammenzogen, mir den Mund zuhielten, mich auf ein Roß zwischen sich banden und mit gewaltsamer Eile, immer nur des Nachts von Wald zu Wald reitend, fern von Hennegau entführten. Mein Hülfsgeschrei verhinderten sie durch die Drohung des Todes. Schon weit entfernt von meinem Vaterlande fragte ich sie: »Wohin führt ihr mich?« Da erwiderten sie spottend, wie wir geträumt: »Auf die Heide, aufs Moos, da sollst du uns die Kiebitze hüten.« – Ich ergab mich in mein Schicksal, ich vertraute dem guten Ausgang des Traumes, und betete für diese Elenden, daß Gott sich ihrer erbarmen möge, wenn der Hahn über sie komme; und dieser blieb nicht aus. – Ich erkannte alle Gegenden auf der Reise wieder, die ich im Traum gesehen. Endlich nahten wir im Walde einer Linde, ich kannte sie wohl – da sprachen sie zu mir: »Entweder du mußt schwören, einen von uns dreien zum Gemahl zu nehmen und ihn zum Grafen von Hennegau und Vadutz zu machen, oder du mußt uns die Kleinodien von Vadutz von deinen Schultern geben, dann magst du heimziehen.« Da ich keines von beiden eingehen wollte, wollten sie mir bei der Linde die Achselbänder von den Schultern reißen; mein Geschrei erfüllte den Wald; ich flehte zu Gott: »O sende den Hahn, die Löwen zu vertreiben; ich gelobe, so es dein Wille, wenn er mich rettet, den Ring demütig von ihm zu empfangen.« Da brach ein Ritter hervor mit einem lebendigen schwarzen Hahn auf dem Helm, sein Schwert schlug meine drei Feinde nieder, und der Hahn krähte siegreich auf seinem Helm. Er half mir, er tröstete mich, er saß bei mir unter der Linde, er sah mich freundlich lächelnd an und drehte einen kostbaren Ring an seinem Finger, leise Worte murmelnd. – Ich wußte schon alles aus dem Traum und tat mir eine unwahre Gewalt an, seinen Ring nicht anzunehmen; ich ergab mich der schützenden Kraft des Achselbandes, ich neigte das Haupt auf die rechte Schulter; aber leider saß er mir zu Rechten, unwillkürlich streckte ich den Ringfinger aus, und der Siegelring Salomonis umfaßte ihn, und das arme Kind von Hennegau war die verlobte Braut des Raugrafen Gockel von Hanau auf Gokkelsruh. – Das Brautkrönchen der Mutter hatte ich auf dem Kopf, das Paradiesgärtchen vor der Brust, seit ich entführt ward; mir fiel ein, wie ich einmal als Kind geglaubt, da ich in diesem Schmuck herumfühlte, es begegne mir eine Hand mit einem Ringe. Das war also nun auch erfüllt und noch mehr – im Augenblick, da der Ritter mir den Ring an den Finger steckte, krähte der schwarze Hahn Alektryo auf seinem Helm und flog nieder gegen ein Gebüsch, aus welchem Verena mit dem frommen Hühnlein Gallina hervortrat, das sie in ihrem langen Korbe trug. Du kannst dir meine Freude denken. – Sie war am Johannisvorabend wie gewöhnlich zur Höhle Salmos gewallfahret; das fromme Hühnlein aber war weiter und weiter gelaufen bis hieher, und die gute Verena, die das Hühnlein verstand, war gefolgt. Als Verena vor mir stand, sprach sie: »Goldne Amey, ich brauche dich nicht zur rechten Seite zu wenden, du bist schon selbst dahin gewendet; das fromme Hühnlein hat mich hergeführt, es weiß alles.« Da fragte ich wie gewohnt: »Was macht das Büblein?« und sie erwiderte:

Es hat sein Sach gemacht,
Es hat sein Sach gut gemacht,
Du hast sein Bündlein zugemacht,
Es hat es freudig heimgebracht,
Hat angeklopfet fein und sacht,
Die Mutter hat ihm aufgemacht,
Der Vater hat es angelacht,
Dann hat es gleich an uns gedacht,
Hat dich auf deinem Weg bewacht,
Hat mich unds Hühnlein hergebracht,
Daß ich hier alles nehm in acht,
Bis daß die Hochzeit ist vollbracht.

So weit hatte ich alles in dem Briefe an Klareta geschrieben, als Verena mich mit den Worten unterbrach: »Warum schreibst du, hast du nicht den Ring Salomonis am Finger, hat denn dein Bräutigam dich liebste Dirn aus Hennegau durch einen Brief oder durch den Ring hiehergebracht? so tue du auch.« – Da drehte ich schnell den Ring, und wünschte die drei Schwestern aus Kloster Lilienthal und meine Ordens-Gespielinnen und Jakob von Guise aus Hennegau zu mir, und daß sie mir alles das Nötigste von dem Meinigen mitbrächten; und alsbald kamen die Schwestern mit ihren drei Lilien und die Gespielinnen mit ihren Pflichthühnern zum ersten Male zur Hochzeit. Jakob von Guise, der sie begleitet hatte, vollzog die Trauung in der Schloßkapelle und segnete das ganze Haus, Verena gab das Hühnlein Gallina zu dem Hahn Alektryo in das Raugraf Gockelsche Gallinarium; und sie sah nachts das Büblein ganz leuchtend, wie es ihnen goldnen Weizen streute und dann verschwand. – Jakob von Guise kehrte mit den Gespielen ins Hennegau, Verena zog mit den drei Schwestern ins Kloster Lilienthal. Mein Eheherr beschloß, mit mir ein Dritteil des Jahres in Gockelsruh, ein Dritteil in Vadutz, ein Dritteil in Hennegau zu leben. – Bis hieher habe ich in mein Tagebuch, das die Gespielen mir aus Hennegau mitgebracht, selbst geschrieben; das folgende habe ich durch den Ring Salomonis hineingedreht.

In der Nacht vor meiner Trauung hatte ich folgenden seltsamen Traum. – Ich war mit Verena zu einem Erntefest geladen und sollte den Kranz flechten. Es war eine mühselige Reise; wir gingen durch Wälder, Felder, Gärten, Wildnis und Wüste Jahrhunderte lang und kamen doch nicht weiter als um Gockelsruh und Gelnhausen herum. Es war, als bewegten wir nur die Füße, blieben aber auf demselben Fleck. Nur die Zeiten drehten sich um uns. Unzählige Male kamen wir durch die Höfe und Gärten von Gockelsruh und sahen immer andere Gesichter, andere Kleider und neue Grabsteine an der Schloßkapelle aufgerichtet. Von Zeit zu Zeit begegneten uns drei Klosterfrauen aus Lilienthal mit Lilien in den Händen und acht Ordensgespielen aus Hennegau mit ihren Pflichthühnern. Oft kündete uns der Schrei eines Alektryo, einer Gallina die Zeit. Alles wechselte um uns her, nur eines fanden wir bei jeder Rückkehr festbestehend und gesund wieder: die treue, dunkellaubige Linde, unter welcher Gockel mich von den Räubern befreit und mir den Ring gegeben hatte, breitete ihre Zweige immer reicher und mütterlicher umher, gleich einer Henne, die den Frühling ausbrütet. O wie oft kamen wir vorüber und waren wie die Bienen, die um sie schwärmten, trunken von dem Honigdufte des Frühlings in ihren Blüten, und sahen sie bald winterlich entlaubet und dann wieder blühend. – Fünfzig Mal mochten wir zur Linde gekommen sein, da war ich so müd, so müd, und sehnte mich wie ein Kind, in meinem Bettchen zu sein; da kamen so viele arme Kinder, die bauten mir eine Wiege von unzähligen Blumen und zogen mich aus und legten mir ein gar wunderschön Schlafröckchen an und wuschen mich und beteten das Nachtgebet mit mir und legten mich in die Blumenwiege auf die amaranthseidendecke von Hennegau, und sangen ein Schlummerlied um mich her. – Meine Gespielen mit den Pflichthühnern und die drei Nönnchen mit den Lilien standen um die Wiege, und ich schlief unter der Linde ein. – Aber es war seltsam, ich stand auch daneben und sah nur meinen schönen Mantel in der Wiege liegen, und zog mit Verena von dannen in die Runde, und als wir wieder zur Linde kamen, sahen wir ein Rasenhügelein darunter und ein Steinkreuz, worauf eine Henne abgebildet, zu dessen Häupten. Da knieten wir nieder und beteten; und als wir weitergingen, sagte ich zu Verena: »Ich danke dir, lieb Vreneli, für das arme Kind von Hennegau.« – Einige Male begegnete uns viele Not auf unserm Wege, wir mußten uns durch tobende Kriegsscharen drängen, durch Brand und Verwüstung fliehen und über viele Grabhügel steigen. – Dann fanden wir Gockelsruh wie eine eroberte Burg. Die Wildnis hatte ihre Fahnen auf den zerstörten Mauern aufgepflanzt, der wilde Wald lagerte rauschend in allen Höfen und brauste aus den Fenstern wie Kriegsvolk; da hörten wir den freudigen Ruf Alektryos, des Schloßwächters, nicht mehr, aber wohl das Wehgeschrei der Todesmahnerinnen, der Eulen, und die wildentbrannten Weisen der Waldvögelein, über deren Brut die Geier drohend kreisten. – O da war es gar traurig hier, und ich wendete mich im Traum zu meiner Begleiterin und sprach: »Verena! ist das Gockelsruh? – sage, wo sind meine Kindeskinder?« Sie führte mich aber hin zur Linde, die war größer und schöner als je, ihr Blühen duftete süßen Frieden. Das Hügelein unten war eingesunken. Das dicht bemooste Kreuz neigte sich zur Rechten, als ziehe es das Kleinod nieder, das unter dem Hügelein ruht. Keine Klosterfrauen, keine Ordensgespielen standen umher, aber drei einsame Lilien, und die acht Pflanzen, die meinen Jungfrauen den Namen gegeben, leisteten um das Hügelein blühend ihre Lehnspflicht. Die Bienen summten wie ein Traum um die Linde und die Blumen, und sammelten Wachs und Honig; und dieser Traum summte mir durch alle Glieder, und ich lag selbst unter dem Hügelein und sah alles und hatte das Haupt geneigt zur rechten Schulter, und ich war wie eine Bienenkönigin. Sie trugen mir Wachs und Honig ein, und ich hatte mein Körbchen voll süßer Honigbrode und reiner Wachskerzen und war allein, allein da unten.

Es kam aber ein Kind zu mir gelaufen mit einer Puppe, und sprach zu mir: »Keine Puppe, sondern nur eine schöne Kunstfigur!« und ich gab ihm all meinen Honig, all mein Wachs. Da spielte es um das Hügelein gar lieblich, und ich richtete mich auf und spielte mit, und auch Verena spielte mit. Wir waren Kinder; es sauste aber der Sturm wieder durch das walddurchwachsene Schloß und wir drängten uns bei der Linde zusammen und sangen:

Treu, dunkellaubige Linde,
Wenn rings die Windsbraut tobt,
Dein Säuseln lieblich linde
Den Frieden Gottes lobt.

Treu, dunkellaubige Linde,
Wie fährt all Gut und Blut
Fort, fort im Sturm geschwinde,
Nur du hegst festen Mut,

Treu, dunkellaubige Linde,
Wie bist du stark und gut,
Wohl dem, der mit dem Kinde
Bei dir im Hüglein ruht.

Indem wir aber so sangen, hörte ich den Alektryo wieder krähen und sah mich um, und alles war verändert. Gockelsruh stand wieder in vollem Glanze, und es war eine freudige Hochzeit, und ich zog mit dem Brautzug und Leichenzug durch die geschmückte Schloßkapelle, in der mir mein Mantel und mein Tagebuch genommen ward. – Hierauf zog ich mit Verena wieder umher durch die Gegend. Wir eilten immer schneller, immer müder und kamen endlich in der Mitternacht in ein weites Erntefeld. Wir zogen dem Sensenklang und dem Schalle der Schnitterlieder nach; Verena las Ähren, und ich sammelte Blumen zum Erntekranz. Endlich kamen wir mitten in dem Ährenfeld auf einen kleinen freien Raum, wo der Kranz sollte geflochten werden, da sahen wir Seltsames. St. Eduards Thronstuhl, in dessen Sitz der Schlummerstein Jakobs bewahrt ist, stand zwischen zwei hohen Lilien vor den Ähren. Aus dem Sitze des Stuhles strahlte eine Mohnpflanze von Licht mit acht

Blumen zum Nachthimmel hinauf. In der Mitte der Pflanze unter dem Monde saß die Nacht, eine liebe mütterliche Frau, und ihr zur Rechten und Linken auf den acht Mohnblumen acht Sterne als sinnende Knaben. Es schwebte aber von dem Thronstuhle an dem Mohnstengel ein ernstes kleines Mägdlein zum Sternhimmel empor, und zwei Engel senkten Sterne in die beiden Lilien zur Seite des Throns; dazu sangen die Knaben auf den Mohnblumen oben:

O Stern und Blume, Geist und Kleid,
Lieb, Leid und Zeit und Ewigkeit.

Die Sense des Schnitters sauste immer näher durch die Halmen, und da ich mich niedersetzte, den Kranz aus den gesammelten Blumen zu flechten, sah ich zu meinen Füßen dicht vor dem Thronstuhl auf einem Kinderstühlchen einen Knaben schlummernd sitzen. Er hatte eine Feder hinter dem Ohre und schlief, den Kopf auf den Arm lehnend, auf dem scharfen Rande des Thronstuhls. Ich sagte zu Verena: »Was macht das Büblein?« Da sprach sie, des langen Mitleides gewohnt: »Es hat seine Sache vollbracht und ist dicht an der Grube vor Müdigkeit entschlafen; sieh, wie hart es da auf dem Rande liegt, ich habe Ähren lesend eine kleine feine Garbe in meinen Korb gesammelt, o lege sie ihm unter das Haupt, damit es nicht darbt, wenn der Schnitter es weckt; horch, schon naht er in den wogenden Halmen.« Ich legte ihm die Garbe in den Arm und sah, o Wunder! zu seinen Füßen ruhte mein Tagebuch, und ich las gar vieles mehr darin, als ich hineingeschrienen, z.B. diesen ganzen Traum, und daß Verena gestorben sei und mir zwölf Franken vermacht habe. »Ist das wahr, Verena?« fragte ich, und sie sprach: »Gewiß, gewiß, und es hat große Zinsen gebracht im Almosenstock, wie das Scherflein der Witwe.« – Da sah ich den Knaben nochmals an, konnte ihn aber nicht erkennen, er hatte sein Angesicht fest in die Garbe verborgen, denn die Tränen flossen von seinen Wangen. »Verena,« sprach ich, »ist dann dies wirklich dasselbe Büblein, welches dem frommen Hühnlein des Salmo die Weizenkörner entwendet und das Zauberhühnlein der Weissagin damit gefüttert hat?« – »Ach,« erwiderte Verena, »warum dasselbe Büblein? Alle tun so und auch wir; sieh in das Buch, da wirst du den Weizen finden!« – »O, wie soll er das alles ersetzen?« rief ich aus, und Verena sprach: »Durch unser Gebet und Almosen; o drehe den Ring Salomonis, daß sein Getreide sich mehre. – Horch! das Lied des Schnitters nahet, schon fallen die Ähren über den Getreidekasten nieder, geschwind beginne den Kranz zu flechten!« Da sah ich hinüber und sah die Sense des Schnitters durch die Halmen greifen, und sie sanken über einen Kasten nieder, grad so groß wie das Büblein; er war gemacht von fünf Brettern und zwei Brettchen, und stand über einer Grube vor einem Feldkreuz, auf dem Alektryo und Gallina schlafend saßen. – Ich machte zuerst ein Kränzlein und legte es auf den Kasten, dann aber drehte ich den Ring Salomonis gar flehentlich am Finger:

Salomo, du weiser König,
Dem die Geister untertänig,
Bring doch all den Weizen wieder,
Der da auf den Weg fiel nieder
Und von Vögeln ward gefressen,
Und von Füßen ward zertreten,
All den Weizen ungemessen,
Den sie auf das Steinfeld säten,
Wo, so schnell er aufgeblüht,
In der Sonne er verglüht;
Bring zurück die Weizenkörner,
Die erstickten durch die Dörner;
Was in guten Grund gefallen,
Lasse fruchtend überwallen,
Daß der Weizen dreißigfältig,
Sechzigfältig, hundertfältig
Alles Unkraut überwältig',
Das der Feind hineingesät.
Schnell, o schnell, es ist schon spät!
Ringlein, Ringlein dreh dich um,
Fruchte schnell, ich bitt dich drum.

Kaum hatte ich, den Ring drehend, diesen Wunsch ausgesprochen und mitleidig nach dem Knaben hingeschaut, als ich etwas gar Rührendes sah. Er blickte mich, ohne den Kopf zu heben, mit stillem Danke an, Tränenströme rannen von seinen Augen auf die Garbe unter seinem Haupte nieder, und alle die

Tränen waren Weizenkörnlein, und die Garbe wuchs und mehrte sich; und als ob sie mit dem Knaben weine, gossen sich aus ihren Ähren hundertfältige Weizenkörnlein nieder und aus allen Blättern des Buches rannen Fruchtkörner heraus, und mein Herz war so bewegt, daß auch ich auf einer Garbe sitzend gar reich und mildiglich weinte, und Verena, die neben mir betend kniete, weinte auch und alle unsre Tränen waren Weizenkörner, und sie keimten und schossen schnell auf in reichen, goldnen Ähren, und füllten die Grube und den Getreidekasten und umgaben den Thronstuhl und das Kinderstühlchen und den Knaben und Verena und mich, und alle Ähren wehten durcheinander und keines sah das andere mehr: denn Alles war nun Eines. – Der Schnitter aber nahte immer mehr und konnte kaum alles schneiden, was aufschoß; es wuchs ihm unter der Sense empor. Während dem allem flocht ich am Erntekranz aus vielen Blumen und stimmte in das Lied des Schnitters ein:

Es ist ein Schnitter, der heißt Tod,
Er mäht das Korn, wenns Gott gebot;
Schon wetzt er die Sense,
Daß schneidend sie glänze,
Bald wird er dich schneiden,
Du mußt es nur leiden;
Mußt in den Erntekranz hinein,
Hüte dich, schöns Blümelein!

Was heut noch frisch und blühend steht,
Wird morgen schon hinweggemäht,
Ihr edlen Narzissen,
Ihr süßen Melissen,
Ihr sehnenden Winden,
Ihr Leid-Hyazinthen,
Müßt in den Erntekranz hinein,
Hüte dich, schöns Blümelein!

Viel hunderttausend ohne Zahl,
Ihr sinket durch der Sense Stahl,
Weh Rosen, weh Lilien,
Weh krause Basilien!
Selbst euch Kaiserkronen

Wird er nicht verschonen;
Ihr müßt zum Erntekranz hinein,
Hüte dich, schöns Blümelein!

Du himmelfarben Ehrenpreis,
Du Träumer, Mohn, rot, gelb und weiß,
Aurickeln, Ranunkeln
Und Nelken, die funkeln,
Und Malven und Narden,
Braucht nicht lang zu warten;
Müßt in den Erntekranz hinein,
Hüte dich, schöns Blümelein!

Du farbentrunkner Tulpenflor,
Du tausendschöner Floramor,
Ihr Blutes-Verwandten,
Ihr Glut-Amaranthen,
Ihr Veilchen, ihr stillen,
Ihr frommen Kamillen,
Müßt in den Erntekranz hinein,
Hüte dich, schöns Blümelein!

Du stolzer, blauer Rittersporn,
Ihr Klapperrosen in dem Korn,
Ihr Röslein Adonis,
Ihr Siegel Salomonis,
Ihr blauen Zyanen,
Braucht ihn nicht zu mahnen.
Müßt in den Erntekranz hinein,
Hüte dich, schönes Blümelein!

Lieb Denkeli, Vergiß mein nicht,
Er weiß schon, was dein Name spricht,
Dich Seufzer-umschwirrte,
Brautkränzende Myrte,
Selbst euch Immortellen
Wird alle er fällen!
Müßt in den Erntekranz hinein,
Hüte dich, schöns Blümelein!

Des Frühlings Schatz und Waffensaal,
Ihr Kronen, Zepter ohne Zahl,

Ihr Schwerter und Pfeile,
Ihr Speere und Keile,
Ihr Helme und Fahnen
Unzähliger Ahnen,
Müßt in den Erntekranz hinein,
Hüte dich, schöns Blümelein!

Des Maies Brautschmuck auf der Au,
Ihr Kränzlein reich von Perlentau,
Ihr Herzen umschlungen,
Ihr Flammen und Zungen,
Ihr Händlein in Schlingen
Von schimmernden Ringen,
Müßt in den Erntekranz hinein,
Hüte dich, schöns Blümelein!

Ihr samtnen Rosen-Miederlein,
Ihr seidnen Lilien-Schleierlein,
Ihr lockenden Glocken,
Ihr Schräubchen und Flocken,
Ihr Träubchen, ihr Becher,
Ihr Häubchen, ihr Fächer,
Müßt in den Erntekranz hinein,
Hüte dich, schöns Blümelein!

Herz, tröste dich, schon kömmt die Zeit,
Die von der Marter dich befreit,
Ihr Schlangen, ihr Drachen,
Ihr Zähne, ihr Rachen,
Ihr Nägel, ihr Kerzen,
Sinnbilder der Schmerzen,
Müßt in den Erntekranz hinein,
Hüte dich, schöns Blümelein!

O heimlich Weh, halt dich bereit!
Bald nimmt man dir dein Trostgeschmeid,
Das duftende Sehnen
Der Kelche voll Tränen,
Das hoffende Ranken
Der kranken Gedanken
Muß in den Erntekranz hinein,
Hüte dich, schöns Blümelein!

Ihr Bienlein, ziehet aus dem Feld,
Man bricht euch ab das Honigzelt,
Die Bronnen der Wonnen,
Die Augen, die Sonnen,
Der Erdsterne Wunder,
Sie sinken jetzt unter,
All in den Erntekranz hinein,
Hüte dich, schöns Blümelein!

O Stern und Blume, Geist und Kleid,
Lieb, Leid und Zeit und Ewigkeit!
Den Kranz helft mir winden,
Die Garbe helft binden,
Kein Blümlein darf fehlen,
Jed Körnlein wird zählen
Der Herr auf seiner Tenne rein,
Hüte dich, schöns Blümelein!

Unter dem Sausen der Sense, dem Sinken und Aufsteigen der Ähren, dem Niederströmen meiner Tränen in den Blumenkranz, der mich schon ganz umwand, verstummte endlich das Lied, und ich sah nichts mehr Einzelnes. Der Traum ward nun recht wie ein Traum, ich saß darin und fühlte mich wie der bittere Kern in einer süßen Frucht, die der Morgenwind auf dem Zweige wiegt. Ich unterschied nichts mehr deutlich; dichte, weiße Taunebel lagen überm Stoppelfeld; ich fühlte mich emporgehoben, ich saß in dem tauichten Erntekranz hoch zwischen Garben. Ich saß auf dem Erntewagen, er schwankte unter mir vorwärts; es war kalt, ich war naß von Tau und Tränen; ich hörte Lieder um mich und sah die Singenden nicht. Da krähte Alektryo, der mit Gallina vorn auf dem Erntewagen saß, und ich erwachte, und hörte den Hahnenschrei wirklich draußen in dem Schloßhof. –

Ich konnte mich nicht gleich finden, meine Augen waren noch voll Tränen; ich hörte das Singen noch, aber ich saß auf keinem Erntewagen, ich lag auf meinem Bettchen; ich drehte den Ring und wünschte, es möge doch mein ganzer Traum wahr werden und von dem Knaben auf dem Kinderstühlchen, mit allen Liedern und was darauf folgte, in mein Tagebuch eingeschrieben stehn. – Da ich nun ganz erwacht war, trat Verena zu mir und sprach: »Gesegne dich Gott, goldne Amey, du schöne Braut, das fromme Hühnlein schickt mich, es weiß alles; segne uns Gott, daß wir von der langen künftigen Reise glücklich zurückgekommen sind, vom Erntewagen auf den Brautwagen. Schön Dank, du hast auf der rechten Seite geruht, Ende gut, alles gut! Aber stehe auf, daß ich dich schmücke als Braut; hörst du, deine elf Kränzeljungfern, die drei Schwestern mit den Lilien und die acht Ordensgespielen mit den Pflichthühnern, singen schon unten die Brautlieder.« Ich erwiderte ihr nach alter Gewohnheit: »Vreneli, was machts Büblein?« und sie sprach:

Es hat sein Sach ganz gut gemacht,
Der Wagen trug dich fort mit Pracht,
Ich bin bei ihm geblieben,
Hab, als es vom Geräusch erwacht
Und still sein Gärbchen angelacht,
Ihm Ähren ausgerieben.
Die Körnlein hat es in der Nacht
Gar treu gezählt und mit Bedacht
Sie hüben und auch drüben
Ins Soll und Haben rein und sacht,
Wie du es liebst, zu Buch gebracht,
Bis morgens früh geschrieben.

»Gott sei Dank,« sagte ich, »so hast du dann alles mit mir geträumt, und alles wird im Tagebuch stehen; ich habe den Ring Salomonis darum gedreht.« – Der Gesang aber tönte näher und näher, und Verena sprach: »Geschwind, stehe auf, daß ich dich ankleide, die Brautjungfern sind schon unter dem Fenster.« Ich sprang aber auf und fuhr mit dem linken Fuß zuerst in den Pantoffel und öffnete das Fenster. Draußen lag ein dichter, weißer Nebel, die Lieder klangen mir so traurig hindurch. Der Nebel fiel mir ins Gesicht, ich ward schwermütig und kriegte den Schnupfen; ich weinte, konnte nicht sprechen, jed Wort schnürte mir die Kehle zu, und da Verena mir den ganzen Brautschmuck meiner seligen Mutter anlegte und das Bruststück mit den vielen feinen, schönen Seidenröschen und das Amaranthen-Brautkränzchen, alles, was ich sonst so geliebt, strömten meine Tränen nieder. Oft fragte sie um die Ursache meiner Tränen, meiner Stummheit, aber ich antwortete nicht. Als ich ganz geschmückt war, traten die Brautführerinnen, die Klosterfrauen mit den Lilien, die Gespielen mit den Pflichthühnern, herein, und nun begann der Zug; voran ging Verena mit dem langen Korbe, dann folgten meine acht Gespielen mit den Ordenszeichen der freudig-frommen Kinder, sie trugen die Pflichthühner in schön geflochtenen Nestkörben unter dem einen Arme und faßten mit der andern Hand an die amaranthseidne Decke von Hennegau, die sie zwischen sich ausgebreitet trugen; dann folgte ich armes Kind von Hennegau im Brautkleid meiner Mutter, die Kleinode von Vadutz und das Hühnlein Gallina auf der Schulter, an jeder Seite eine der Lilienfräulein mit ihren Lilien und hinter mir Klareta, die mir die Schleppe trug; so zog ich zur Kapelle und war nicht lustig, der Inhalt des Brautgesangs machte mich noch trauriger, meine Tränen strömten immer reichlicher; sie sangen aber abwechselnd –

DIE GESPIELEN:

Komm heraus, komm heraus, o du schöne, schöne Braut,
Deine guten Tage sind nun alle, alle aus,
Dein Schleierlein weht so feucht und tränenschwer,
O wie weinet die schöne Braut so sehr!
Mußt die Mägdlein lassen stehn,
Mußt nun zu den Frauen gehn.

DIE LILIENFRÄULEIN:

Ihr klugen Jungfraun zieht hinaus,
Die Lampen sind geschmücket,
Ans Herz den reinen Blumenstrauß
Der Bräutigam nun drücket,
Ihr Lilien, gebt der Braut Geleit,
Ihr tragt ein schönres Ehrenkleid,
Ein hochzeitlicheres Geschmeid
Als Salomo in Herrlichkeit.

DIE GESPIELEN:

Lege an, lege an heut auf kurze, kurze Zeit
Deine Seidenröslein, dein reiches Brustgeschmeid,
Dein Schleierlein weht so feucht und tränenschwer,
O wie weinet die schöne Braut so sehr!
Mußt die Zöpflein schließen ein
Unterm goldnen Häubelein.

DIE LILIENFRÄULEIN:

Heb an, du liebe Nachtigall,
Dein kunstreich Figurieren,
Hilf uns mit deinem süßen Schall
Das Brautlied musizieren,
Das Lerchlein soll sein »dir, dir, dir,
Dir Gott sei Lob« auch für und für
Erschwingen in dem höchsten Ton
Bis auf zu Gott im Himmelsthron.

DIE GESPIELEN:

Lache nicht, lache nicht, deine Gold- und Perlen-Schuh,
Werden dich schon drücken, sind eng genug dazu,
Dein Schleierlein weht so feucht und tränenschwer,
O wie weinet die schöne Braut so sehr!
Wenn die andern tanzen gehn,
Mußt du bei der Wiege stehn.

DIE LILIENFRÄULEIN:

Du blauer Himmel, spann ein Zelt,
Den Bräutigam zu grüßen,
Ihr Blümlein, webet übers Feld
Den Teppich ihm zu Füßen,
Ihr Lüftlein, reget dann geschwind
Die Glöcklein, daß sie duftend lind
Tau-Perlen streuen auf der Au
Ums arme Kind von Hennegau.

DIE GESPIELEN:

Winke nur, winke nur, sind gar leichte, leichte Wink,
Bis den Finger drücket der goldne Treuering.
Dein Schleierlein weht so feucht und tränenschwer,
O wie weinet die schöne Braut so sehr!
Ringlein sehn heut lieblich aus,
Morgen werden Fesseln draus.

DIE LILIENFRÄULEIN:

Wir Lilien aus dem Lilienthal,
Wir kehren einstens wieder,
Dann in ein Bettchen eng und schmal

Sinkt müd dein Brautkleid nieder,
Dann naht der Seelenbräutigam,
Das Lamm von königlichem Stamm,
Und wer ihm nicht entgegengeht,
Bleibt unerhört und unerhöht.

DIE GESPIELEN:

Springe heut, springe heut deinen letzten, letzten Tanz,
Welken erst die Rosen, stehn Dornen in dem Kranz,
Dein Schleierlein weht so feucht und tränenschwer,
O wie weinet die schöne Braut so sehr!
Mußt die Blümlein lassen stehn,
Mußt nun auf den Acker gehn.

DIE LILIENFRÄULEIN:

Führt, sternenreine Engelein,
Die Braut auf guter Weide,
Durch Lieb und Leid, bis klar und rein
Der Geist im Lilienkleide
Sich scheidet von dem Dornental
Und mit uns singt beim Hochzeitsmahl:
O Stern und Blume, Geist und Kleid
Lieb, Leid und Zeit und Ewigkeit!

Es wird jedermann leicht einsehen, daß alles dieses mehr zum Weinen als zum Lachen war: erst die kühlen Nächte auf der Bleiche in Hennegau, dann die Geschichte der Kleinodien von Vadutz, dann durch neun Feuer gesprungen, dann die Angst um die amaranthseidne Decke, dann die lange gewaltsame Entführung zu Pferd, dann der Kampf unter der Linde, dann die plötzliche Verlobung durch die Gewalt des Salomonsringes, dann die Jahrhunderte von Meilen lange Traumreise mit Verena zum Erntekranz, und das mühselige Weinen von Weizenkörnern für das Büblein, dann noch pudelnaß von Tränen aus dem Schlafe geweckt durch ein wehklagendes Hochzeitslied, dann in den linken Pantoffel zuerst geschlüpft, dann den Kopf durchs Fenster hinaus in den kalten Nebel wie in einen nassen Mehlsack gesteckt, dann mühselig eingeschnürt in der verstorbenen Mutter Brautkleid, das mir viel zu eng ist, dann hinter der Sterbedecke meiner Mutter her, auf der auch ich einst sterben sollte, durch den kalten Nebel von lamentabelm Gesang begleitet. – Sollte ich nicht schwer und krank und müd sein und den Schnupfen ganz entsetzlich haben? – Das Fatalste war noch, daß das Hühnlein Gallina ganz naß und kalt die Flügel hängen ließ, und da ich sehr oft und ungemein stark nieste, fuhr es erschreckt zusammen und mir mit den naßkalten Flügeln an den Hals; wodurch ich gewiß einen Halskrampf bekommen hätte, denn der Schluchser stellte sich schon ein; jedoch Klareta hängte mir die neun Röslein, die ich beim Johannisfeuer erobert hatte, um den Hals, das half so ziemlich; aber ich mußte alle Augenblicke denken: wäre ich nicht über das neunte Feuer gesprungen, so brauchte ich nicht hier im Nebel zu gehn. – Ich werde mein Leben lang an diesen Brautzug denken, wenn ich verdrießlich bin. – Man kann sich keine verdrießlichere Braut denken als mich, alles ärgerte mich, selbst daß ich keine Wand sah, an der mich eine Fliege hätte ärgern können. – Ach! dachte ich, wäre doch der fatale Ring Salomonis nicht, der mit der Erfüllung aller Wünsche einem schier die Türe einrennt, das plötzliche Glück trifft einen wie ein Schlagfluß, es wird mir nichts zu wünschen übrig bleiben, das ist die größte Armut. Gockel mag es gut meinen, aber was ist das für eine Heurat über Hals und Kopf? Alle Schränke sind voll und eingeräumt, und keinen Faden habe ich gesponnen, gewebt, gebleicht, genäht; – ach die Freuden einer großen Wäsche sind nun ewig für mich verloren! o unausstehliche Vollkommenheit aller Mobilien – nichts zu besorgen, auszusuchen, zu bestellen, nur wünschen, wünschen, wünschen und auch gleich besitzen – o verwünschtes Wünschen! – In solchen Jammergedanken nahten wir der Kapelle, und ich hatte noch eine neue Ursache, mich zu ärgern. Die Brautgeschenke Gockels zogen mir entgegen, er hatte die Geschenke Salomons und der Königin von Saba durch den Ring herbeigewünscht, und das war eine Toilette aus einem goldnen Hahn und einer goldnen Henne bestehend von so kunstreichem Innern und Äußern, daß mir der Geduldfaden ganz riß, all das Zeug anzusehen. Was mir in der Kapelle geschah, würde ich hier gar nicht sagen, wenn es nicht meiner Verdrießlichkeit die Krone aufgesetzt hätte. Graf Gockel erwartete mich am Altar, ich sah ihn nicht an, er ward sehr betrübt über meinen Unmut, er bat mich dringend um die Ursache, ich antwortete nicht; da ward dem Alektryo auf seiner Schulter der Kamm ganz blutrot, und er ließ drohende Töne hören. Das fand ich impertinent; daß aber Gallina auf meiner Schulter sich darauf einließ, mit freundlicher Stimme zu antworten, verdroß mich mehr als alles. Ich meinte, sie habe mir etwas von meinem Rechte vergeben, und hätte sie schier herabgestoßen; aber Verena flüsterte: »Das fromme Hühnlein weiß alles.« Daß verdroß mich wieder; doch nun trat Jakob von Guise vor den Altar und hielt die Trauungsrede, und als wir die Ringe wechselten und ich das Jawort sagen wollte, mußte ich so entsetzlich nießen, daß ich selbst und alle Anwesenden in lautes Lachen ausbrachen. Gockel drehte den Ring mit dem lauten Wunsche »Zur Gesundheit!« Da wirkte mein Niesen und Gockels Prosit plötzlich, der Nebel zerriß, die Sonne stand am blauen Himmel, aller Schnupfen fiel mir wie Schuppen von den Augen, ich war lustig und froh wie ein Kind und hätte allen Menschen mögen um den Hals fallen. Anfangs ärgerte mich das noch ein wenig, darum mag es hier stehen, aber weil auch dieser Ärger bald ganz abzog – so will ich nichts weiter sagen.

Als wir die Kapelle verließen, gab mir Gockel den Ring Salomonis wieder, und ich drehte ihn geschwind mit dem Wunsche, mein Tagebuch zu haben, um zu sehen, ob mehr darin stehe, als hier geschrieben steht; da trat auf einmal das Büblein zu mir hin mit dem Buche. Es bückte sich und wollte Staub vom Boden auf die frische Schrift streuen und dann die Feder an den Ärmel wischen; ich klopfte ihm aber auf die Finger und sagte: »Pfui«, und drehte den Ring Salomonis mit den Worten:

Salomo, du weiser König,
Dem die Geister untertänig,
Bilde aus dem Nebel mir
Gleich rein Seidenlöschpapier.
Zephyr soll ein ganzes Buch,
Wie gewebt aus Wohlgeruch,
Sänftlich zu mir niederhauchen,
Nach Belieben es zu brauchen.
Vieles leg ich auf die Locken,
Bis sie von dem Taue trocken,

Ein Blatt muß ins Tagbuch hier,
Denn sonst möchte das Geschmier
Von dem Büblein es beschmutzen,
Ein Blatt mag es selbst benutzen,
Seine Feder auszuputzen.
Ringlein, Ringlein dreh dich um
Schnell ein Fließblatt! bitt dich drum.

Da kam ein leises lindes Wehen angeströmt, es hauchte fünfundzwanzig Mal und mit jedem Hauche ward der Himmel blauer, schien die Sonne heller; und ein wunderlieblicher geflügelter Jüngling schwebte durch die säuselnden Bäume und über die wiegenden Blumenglocken zu mir nieder. Er trug eine Blumenkrone, eine Wolke von Wohlgeruch duftete um ihn, es spielte ein Buch des feinsten Seidenpapiers in seiner Hand, vom Hauche seines Mundes und dem Schlage seiner Flügel durchfächelt. Er überreichte es mir, spielte in meinen Locken und entschwebte mit einem Seufzer, ohne die Locken meiner Brautjungfern zu berühren, die, mit Hyazinthen bekränzt, ihm wehmütige Gedanken erregten. – Ich zählte das Buch Seidenpapier der Ordnung halber, und es waren richtig fünfundzwanzig Bogen von feinem Nebel vor der Sonne getrocknet; ich hielt einen Bogen vor die Sonne, um das Papierzeichen kennen zu lernen und sah das Himmelszeichen der Pleiaden, der Gluckhenne mit ihren Küchlein, darauf abgebildet und die Worte umher »Vivat, die goldene Amey«, eine Aufmerksamkeit Salomons, welche mir sehr schmeichelte. Ich trocknete meine Locken mit einem Teile der Bogen, legte einen Bogen in das Tagebuch und reichte den letzten, der ohnedies etwas schadhaft war, dem Büblein, seine Feder daran zu reinigen. Es tat dies und verschwand, das Papier mit einem Tintenfleck fiel mir zu Füßen. Das Büblein war fort, es war, als habe es sein eignes Dasein aus der Feder geputzt. Ich legte das Blatt auch in das Buch, als ein Andenken an das arme Büblein, und las die letzten Worte, die es in das Tagebuch geschrieben:

Was reif in diesen Zeilen steht,
Was lächelnd winkt und sinnend fleht,
Das soll kein Kind betrüben,
Die Einfalt hat es ausgesät,

Die Schwermut hat hindurchgeweht,
Die Sehnsucht hats getrieben;
Und ist das Feld einst abgemäht,
Die Armut durch die Stoppeln geht,
Sucht Ähren, die geblieben,
Sucht Lieb, die für sie untergeht,
Sucht Lieb, die mit ihr aufersteht,
Sucht Lieb, die sie kann lieben,
Und hat sie einsam und verschmäht
Die Nacht durch dankend in Gebet
Die Körner ausgerieben,
Liest sie, als früh der Hahn gekräht,
Was Lieb erhielt, was Leid verweht,
Ans Feldkreuz angeschrieben:
O Stern und Blume, Geist und Kleid,
Lieb, Leid und Zeit und Ewigkeit!

ANHANG

ANMERKUNGEN

Vorbemerkung

In den Anmerkungen werden bei dem Rheinmärchen, den italienischen Märchen und der Spätfassung des Gockelmärchens jeweils die Erstdrucke genannt; ferner werden die Ausgaben angeführt, die als Satzvorlage dienten oder zur Vergleichung herangezogen wurden. Außer den bereits in Band I genannten Werkausgaben wurden folgende Sammelausgaben und Einzeluntersuchungen benutzt:

Die Märchen des Clemens Brentano. Zum Besten der Armen nach dem letzten Willen des Verfassers herausgegeben von Guido Görres. Erster (und) Zweiter Band, Stuttgart und Tübingen, J. G. Cotta'scher Verlag, 1846/47. – Eine zweite und dritte (vermutliche Titel-) Auflage in kleinerem Format und mit entsprechend veränderter Paginierung: Die Märchen des Clemens Brentano. Herausgegeben von Guido Görres, Stuttgart, Verlag der J. G. Cotta'schen Buchhandlung, 1879.
Nach den verschollenen Handschriften des Dichters; der Urgockel und das ›Myrtenfräulein‹ nach Böhmers Abschrift.

Brentanos Werke. Hrsg. von J. Dohmke. Kritisch durchgesehene und erläuterte Ausgabe, Leipzig und Wien (1893). (Zitiert als: *Dohmke*)
Enthält das Gockelmärchen in der Urfassung (samt der ›Herzlichen Zueignung‹ der Spätfassung), das ›Murmeltier‹ und den ›Schulmeister Klopfstock‹ nach dem Erstdruck der Märchen von Guido Görres.

Achim von Arnim und die ihm nahe standen. Hrsg. von Reinhold Steig und Hermann Grimm. Erster Band. Achim von Arnim und Clemens Brentano. Bearbeitet von Reinhold Steig, Stuttgart 1894. (Zitiert als: *Steig I*)

H. Cardauns, Die Märchen Clemens Brentano's. Schriften der Görres-Gesellschaft, Köln 1895. (Zitiert als: *Cardauns*)

Otto Bleich, Entstehung und Quellen der Märchen Clemens Brentanos, in ›Archiv für das Studium der neueren Sprachen und Litteraturen‹, XCVI. Band, Braunschweig 1896. (Zitiert als: *Bleich*)

Wilhelm Schellberg, Untersuchung des Märchens ›Gockel, Hinkel und Gackeleia‹ und des ›Tagebuchs der Ahnfrau‹ von Clemens Brentano, Dissertation, Münster 1903. (Zitiert als: *Schellberg*)

Ludwig Streit, Untersuchungen zum Stil der Märchen Clemens Brentanos, Erlangen 1910. (Zitiert als: *Streit*)

Gertrud Larfeld, Clemens Brentanos ›Märchen vom Schulmeister Klopfstock und seinen fünf Söhnen‹, Dissertation, Marburg 1921. (Zitiert als: *Larfeld*)

Clemens Brentano, Alhambra. Eine Nachprüfung von Wilhelm Fraenger, Berlin 1935; 2. Aufl., Amsterdam 1964. (Zitiert als: *Fraenger*)

Claudia Rychner, Der alte Brentano. Eine Interpretation der ›Blätter aus dem Tagebuch der Ahnfrau‹, Winterthur 1956. (Zitiert als: *Rychner*)

Wolfgang Frühwald, Das verlorene Paradies. Zur Deutung von Clemens Brentanos ›Herzlicher Zueignung‹ des Märchens ›Gockel, Hinkel und Gackeleia‹ (1838), in ›Literaturwissenschaftliches Jahrbuch im Auftrage der Görres-Gesellschaft‹, Neue Folge/Dritter Band, Berlin 1962. (Zitiert als: *Frühwald*)

Christa Holst und Siegfried Sudhof, Die Lithographien zur ersten Ausgabe von Brentanos Märchen ›Gockel, Hinkel, Gackeleia‹ (1838), in LJb, Neue Folge VI, 1965, (Zitiert als: *Holst-Sudhof*)

Bernhard Gajek, Brentanos Verhältnis zur Bildenden Kunst, in ›Bildende Kunst und Literatur. Beiträge zum Problem ihrer Wechselbeziehungen im neunzehnten Jahrhundert‹. Hrsg. von Wolfdietrich Rasch, Frankfurt a. M. 1970, S. 35ff.

Die erste Sammelausgabe der Märchen geht mit Ausnahme der beiden oben angegebenen Titel auf die inzwischen verschollenen Handschriften des Dichters zurück. In den *Gesammelten Schriften* folgt der Text des Gockelmärchens, mit den in jener Ausgabe üblichen willkürlichen Änderungen und Flüchtigkeiten, dem Erstdruck von 1838. Die (unvollständig gebliebenen) *Sämtlichen Werke* bieten für sämtliche Märchen einen kritischen Text, ohne kritischen Apparat, ferner im Anhang zu den Rheinmärchen die Reste früherer Konzepte und späterer Umarbeitung. Die von *Dohmke* und *Preitz* besorgten Auswahlausgaben geben im Anhang und in den Fußnoten Auskünfte, Quellennachweise und Lesarten. Diese Vorarbeiten wurden, nebst den angeführten Einzeluntersuchungen und der Zusammenfassung der bisherigen Forschungsergebnisse durch Richard Benz (*Sämtl. Werke*, Bd. 11, Einleitung), für die Anmerkungen zu diesem Bande dankbar benutzt. – Im übrigen wird auch hier, soweit als möglich, bei jedem Titel auf die ›Brentano-Bibliographie‹ von Otto Mallon (Berlin 1926) verwiesen, welche unter der angegebenen Nummer weitere Drucke und die bis 1926 erschienene Sekundärliteratur verzeichnet.

Da es sich bei den meisten Märchen um Niederschriften handelt, die nicht endgültig durch den Dichter für den Druck eingerichtet wurden, blieben in den Handschriften und Abschriften manche Unstimmigkeiten, kleine Wiederholungen, abweichende Schreibungen von Namen erhalten; auf diese wurde, außer dort, wo sie allzu unerheblich waren, in den Anmerkungen hingewiesen. Bei den Entlehnungen aus ›Des Knaben Wunderhorn‹ (zitiert nach Ausgabe bei Reclam, Leipzig, o. J.) wurden in der Regel nur die vollständig übernommenen Gedichte berücksichtigt. Ebenso wurde darauf verzichtet, sämtliche kleinere, mehr oder minder bekannte Märchen- und Sagenmotive, die häufigen Anlehnungen an ältere Volks- und Kirchenbräuche insgesamt nachzuweisen. Das gleiche gilt von vielen Ortsnamen, die nur ihres Klanges wegen verwendet werden, und den aus entlegenen Quellen geschöpften oder erfundenen Namen legendärer Figuren. Mehrere Decknamen konnten bisher nicht aufgeklärt werden.

Zur Entstehungsgeschichte der Märchen

Clemens Brentanos Improvisationsgabe und Erzählertalent sind in vielfachen Zeugnissen belegt. Brentano war aber nicht nur Märchenerzähler, sondern auch Märchensammler, und so tauchte früh der Plan auf, für die Märchen das gleiche zu tun wie für die Volkslieder. In einer öffentlichen Aufforderung zum Sammeln von Volksliedertexten für die weiteren Bände des Wunderhorns (in ›Beckers Gothaischem Reichsanzeiger‹ vom 17. Dezember 1805) hieß es am Schluß: »alte mündlich überlieferte Sagen und Märchen werden mit der Fortsetzung dieser Sammlungen sich verbinden«. Um dieselbe Zeit findet sich in einem Brief an Arnim vom 23. September 1805 der erste Hinweis auf die eigene Arbeit an älteren Märchen: »Ich denke auf Michaelis, wenns zuschlägt, die italiänischen Kindermärchen« – (des bisher unübersetzten Basile, s. u. S. 658) – »für deutsche Kinder zu bearbeiten . . . ich will womöglich die kleinen Bilderchen selbst dazu kritzeln.« Im Januar 1806 gelangten die beiden plattdeutschen Märchen vom Machandelboom und vom Fischer und syner Fru, die der Hamburger Maler Philipp Otto Runge an den Verleger Zimmer in Heidelberg geschickt hatte, zu Brentanos Kenntnis. Er hat sie zeitlebens als die besterzählten gerühmt und wiederholt gegen die Brüder Grimm als Muster aufgestellt. Diese waren anfangs geneigt, ihm ihr Material für seine Sammlung von Kindermärchen zu überlassen. Später traten Meinungsverschiedenheiten auf; dem Dichter war es um ein lebendiges Weiterbilden, den Gelehrten um treues Bewahren zu tun. Das wird in einigen zwischen Jacob Grimm und Arnim gewechselten Briefen deutlich.

Anfang September 1812 hatte Arnim nach dem Wiedersehen mit Brentano in Teplitz an die Brüder Grimm gemeldet: »Seine Märchen hat er mit mehreren neuen Zugaben geschmückt, zierlich, zuweilen witzig, aber ohne Märchencharakter, oder vielmehr in einem solchen, den ich nicht liebe, ungeachtet ich das Talent dazu ehren und achten kann.« Hierauf antwortet Jacob Grimm am 26. September: »Daß Dir Clemens' Verarbeitung nicht recht ist, freut mich sehr und ich bedauere nur seinen darauf verwendeten Fleiß und Geist; er mag das alles stellen und zieren, so wird unsere einfache, treu gesammelte Erzählung die seine jedesmal gewißlich beschämen.« Arnim ist aber doch anderer Meinung: ». . . glaube nicht, daß ich Clemens' Märchenbearbeitung als einen Fehlgriff übler Laune betrachte; nein, ich glaube, daß er wirklich in ihnen recht viel Neues gesagt hat; ich glaube auch, daß es nicht etwa bloße Koketterie war, sondern ein innerer Drang, die sie in ihm so erfanden, daß es viele sehr erfreuen wird, und einige könnte ich sogar nennen. Nur von meiner Natur und Art wollte ich behaupten, daß sie mir kein großes Behagen gewährten, und was ich als einen wirklichen Fehler darin tadle, ist nur die Art eitler Koketterie, mit einer gewissen Fertigkeit in allerlei poetischen Worten zu prunken, die nach meiner Meinung sein Talent schon lange untergräbt. . . Wenn er es sich deutlich gemacht hätte, was ihn in Kindermärchen erfreut hat, was er vermißte und sich hinzudichtete, so würde vielleicht sein Buch eine bestimmtere Ansicht bekommen; es ist nämlich keineswegs wie Eure Sammlung etwas, das im Kinderkreise gelebt ohne weitere Verdauung unmittelbar zu den Kindern übergehen kann, sondern ein Buch, das in den Eltern die Art der Erfindsamkeit anregt, die jede Mutter, die recht gebildeten etwa ausgenommen, im Notfalle zeigt, ihren Kindern irgendeinen Umstand, dessen Reiz sich ihnen entdeckt hat, in einer längeren Erzählung zu einer dauernden Unterhaltung zu machen.« (22. Oktober 1812.) Jacob antwortet: »Über Clemens' Kindermärchen sollte ich an sich nicht urteilen, da ich nie etwas davon gehört oder gelesen habe; ich vermute nur, daß sie mir nicht gefallen werden. . . Sein Buch erscheint mir daher im voraus eine Befleckung der Kinderwahrheit. . . Es giebt böse Formen, und dies verdammt mir sowohl die der historischen Romane als Clemens' Märchenbearbeitung, in welchen er sonst Neues und Eigentümliches gesagt haben wird, wie ich nicht leugne, sondern nur beklage.« (29. Okt. 1812.) Im gleichen Jahr erscheint auch der erste Band der Kinder- und Hausmärchen, an dem nun Brentano seinerseits manches auszusetzen hat: »In der Vorrede ist recht schön gesprochen, es sind auch da viele Märchen zusammen, aber das Ganze macht mir weniger Freude, als ich gedacht. Ich finde die Erzählung aus Treue äußerst liederlich und versudelt und in manchen dadurch sehr langweilig. . . Warum die Sachen nicht so gut erzählen, als die Runge'schen erzählt sind? Sie sind in ihrer Gattung vollkommen. Will man ein Kinderkleid zeigen, so kann man es mit aller Treue, ohne eines vorzuzeigen, an dem alle Knöpfe heruntergerissen, das mit Dreck beschmiert ist, und wo das Hemd den Hosen heraushängt. Wollten die frommen Herausgeber sich selbst genug tun, so müßten sie bei jeder Geschichte eine psychologische Biographie des Kinds oder des alten Weibs, das die Geschichte so oder so schlecht erzählte, voransetzen. . . Ich habe bei diesem Buch recht empfunden, wie durchaus richtig wir beim Wunderhorn verfahren, und daß man uns höchstens größeres Talent hätte zumuten können. Denn dergleichen Treue, wie hier in den Kindermärchen, macht sich sehr lumpicht, und der dort so sehr gepriesene Basile in seinem *Pentamerone* oder *Cunto delli Cunti*, der als Muster aufgestellt wird, zeigt sich nichts weniger als also treu, da er die Märchen nicht allein in einen erzählenden Rahmen gefaßt, sondern sie auch mit allerlei eleganten Reminiszenzen und sogar mit Petrarchischen Versen bespickt.« (1813, an Arnim.)

Unterdessen hatte Brentano seine ›Kindermärchen‹ weitergefördert und sie auch dem Verleger Zimmer zum Druck angeboten; sie blieben jedoch unvollendet. Dann hatte er sich 1811 den Rheinmärchen zugewandt, die ebenfalls Fragment bleiben sollten. Sie werden zwar 1816 dem Berliner Verleger Reimer angeboten, aber auch diesmal kommt es nicht zu einer Veröffentlichung. Brentano geht nach Dülmen und ist auf Jahre hinaus mit anderen Gegenständen beschäftigt. 1823 lernt er bei einem Besuch in seiner Vaterstadt den Historiker Johann Friedrich Böhmer kennen; diesem gelingt es, die Märchen-Manuskripte in die Hand zu bekommen, und er bemüht sich nun, durch allerlei Listen den Dichter zu einer Veröffentlichung zu bewegen; unter anderem leitet er ihm eine im Namen befreundeter Kinder aufgesetzte Bittschrift zu. Brentano verhält sich ablehnend: »Sie haben alle Ursache, mich des Stillschweigens anzuklagen, aber was sollte ich schreiben auf die kindlichen Suppliken um den Druck der Märchen? Etwas Gedrucktes haben wollen, ist auch eine Täuschung. Wenn es fertig ist, dann ist man klüger und wirft es hinweg und höhnt es. Wäre noch etwas für die Armen mitzugewinnen, aber man hat nur Ekel, Ärger, Langeweile, beschämende Komplimente, beschimpfende Rezensionen, und der Buchhändler hat das Geld davon, und man befindet sich auf Generationen in der Leute Maul. Übrigens sind die Märchen sehr obenhin gesudelt; ich selbst aber vermag dergleichen nicht mehr zu überarbeiten, denn ich müßte mich auf eine unerlaubte, ja sündhafte Weise zurückschrauben. Wie kann ich nun das kindische, vorüberflatternde Gelüsten einiger guten Leute und Knaben befriedigen, ohne mich zu beschädigen? Das Einzige, was mich bewegen könnte, wäre, so der hiesigen Armenschule ein Vorteil dadurch erwüchse; ich selbst verlange nichts dafür und davon. Wir müßten darüber reden, mein Name müßte wegbleiben usw.« (3. Juli 1826.)

Da diese Antwort keine völlige Absage enthielt, versuchte Böhmer durch den Abdruck zweier Stücke aus der Handschrift einen leichten freundschaftlichen Druck auf den Dichter auszuüben. Unter dem Titel ›Mitteilungen aus einer ungedruckten Märchensammlung‹ erschienen in der Frankfurter Zeitschrift ›Iris, Unterhaltungsblatt für Freunde des Schönen und Nützlichen‹ das erste Kapitel des ›Märchens von dem Rhein‹ und das ›Myrtenfräulein‹ (31. Dezember 1826; 17., 19., 20. Januar 1827). Brentano war darüber sehr ungehalten. Er schrieb an Böhmer (5. Febr. 1827): »Bis hieher hatte ich geschrieben vor etwa vier Wochen, da blieb der Brief über vielen anderen liegen. Heute nehme ich ihn mit einigem Unwillen auf. In die Buchhandlung gekommen, finde ich mit einem, mich wunderlich ergreifenden Ekel meine in Frankfurt sorgenlos zurückgelassenen Märchen in der Iris abgedruckt. Ich kann nicht sagen, wie sehr mich das innerlich verletzte. Ich ersuche Sie daher dringend, sich das Manuskript zurückgeben zu lassen und diese Mitteilungen in der Iris *ein für allemal* zu verhindern. Es ist mir bei diesem Anblick eine Empfindung innerlich klar geworden, wie so ganz anders mein Gefühl sein muß als das anderer Menschen. Es war mir, als sehe ich mich am Pranger einer dünnen, weltlichen, leeren Eitelkeit. Ich nehme es hin für meine Torheit, solche Sünden der Langeweile mitgeteilt zu haben. Ja, wäre es noch für die hier verhungernde, verfrierende Armut, daß man es erlitte; aber so geht alles seinen Weg; anfangs eine Supplik, das Zeug zu drucken, und dann mit dem Quark in den Quark!«

Ein späterer Brief an Hermann Joseph Dietz, den Gründer des Bürgerhospitals in Koblenz, spricht sich in gleichem Sinne aus: »Einst fand ich ein Stück dieser Märchen in der Frankfurter Iris abgedruckt, und Sie wissen, wie sehr mich dieses verletzte; ich schrieb sogleich an den Bewahrer des Manuskriptes und bat dringend, mich mit aller Öffentlichkeit zu verschonen; da hörte ich, daß man in guter Absicht diese unreifen und unnützen Tändeleien in Frankfurt. . . habe drucken lassen wollen, und verhinderte es sogleich. Das Dringen meiner Freunde um die Erlaubnis des Druckes hörte nicht auf; von flüchtigem Anhören bestochen, hatten sie kein Urteil über die Unvollendetheit und gänzliche Unwürde dieser Kompositionen, die auf keine Art ein Ganzes waren; sie liefen keine Gefahr dabei als den Preis der paar Exemplare, die sie etwa gekauft hätten; ich selbst aber würde mich wider Willen aller Kritik preisgegeben haben, und sie hätten am Ende selbst mit in den Tadel einstimmen müssen.«

Inzwischen hatte der Abdruck der Märchen Aufsehen erregt; man war überrascht, von dem Dichter, der zehn Jahre geschwiegen hatte, wieder etwas zu hören; seine Märchendichtung war ja, außer im engsten Freundeskreis, nie bekannt geworden. Im Stuttgarter Morgenblatt wurde der bevorstehende Abdruck der Märchen ausführlich angezeigt. Darauf bezieht sich ein Brief Brentanos an Böhmer vom 16. Februar 1827: »Meinen innern Widerwillen gegen das Drucken kann ich gar nicht beschreiben. Seit jener Irislektüre bin ich innerlich angst und übelfühlend; dazu kommt noch, daß mir hier befindliche, mir gar nicht wohlwollende Leute schon verschiedene komplimentose Danksagungen abgestattet, daß ich meine Schätze nicht länger vorenthalten wolle, denn auch im Morgenblatt stehe es schon weitläufig aus Frankfurt berichtet. – Mein Inneres war für alles Ungeziefer verkittet, sie konnten nur über mich lügen; jetzt stellt man mich ohne Hosen auf den Markt. Es sei, wie Sie wünschen, das unnütze Zeug möge gedruckt werden. Aber es gehört nicht mehr mein, sondern der hiesigen Armenschule, für deren Vorteil es Herr Dietz will drucken lassen und ein hiesiger Buchhändler als Almosen den Vertrieb übernehmen... Es kommt nun bei dieser Sache auf Ihre Liebe an zu diesem Almosen, ob Sie etwa mit einigen anderen Freunden die Korrektur übernehmen wollen? Aber, mein Gott! es ist ja mehr dabei zu tun; der Stil ist so nachlässig und einzelne Partien sind gewiß unaussprechlich schlecht. Ich erinnere mich oft des Ekels bei den letzten Vorlesungen. Ist es wohl möglich, daß Sie das Manuskript durchlesen und ohne alles mindeste Vorurteil – denn ihre Liebe, Geliebter, hat sehr große! – was gar zu ledern gedehnt ist – selbst zusammenziehen, oder wo Sie es nicht vermögen, von einem anderen Freund tun lassen? Vielleicht hülfe der liebe Thomas, oder gar Frau Willemer, die so viel Sinn und Talent hat: das wäre ja ein rechter Liebesdienst. Besonders flehe ich dringend, alles, was im mindesten ein reines Herz verletzen könnte, doch ja zu vernichten, damit nicht mehr Schuld auf mich komme. Es wäre eine ganz eigentümlich liebevolle literarische Arbeit, wenn Sie das mit einem Freundes-Komitee, worunter Frauen wohltätig sind, durchführten; es wäre eine Leichenbereitung und Balsamierung für ein Produkt, das tot in die Welt geht, Almosen zu sammeln... Ich ersuche Sie auch, Kapitel, Abteilungen, Überschriften, Erklärungen, Absätze im Text, wenn es nötig, Noten dazu zu schreiben und überhaupt wie mit einem Toten umzugehen. Das ist immer ein heilsamer Umgang. Die Liebe, welche Sie und die anderen, nie verdienten Freunde dabei beweisen, ist das einzige, was mir die Furcht dabei versüßt. Warum soll ich nicht etwas leiden für viele Geduld, welche Sie alle mit einem sehr armen und sehr verkehrten Menschen bis jetzt gehabt. Der Titel könnte sein: ›Märchen, nachlässig erzählt und mühsam hingegeben von Clemens Brentano. Als Almosen für eine Armenschule erbeten, geordnet und herausgegeben von milden Freunden.‹ Und dann weiter die Untertitel. – Gott sei gedankt, das wäre getan!«

Böhmer ließ daraufhin von den in seinen Händen befindlichen Manuskripten Abschriften herstellen; diese haben sich in zwei Bänden erhalten, die sich seit 1911/13 im Besitz des Freien Deutschen Hochstifts in Frankfurt befinden. Brentanos Manuskripte, die er zurückerhielt und weiterhin überarbeitete oder für die Spätfassungen benutzte, sind mit Ausnahme des Urgockels verschollen. Zu einer Drucklegung kam es jedoch wiederum nicht, obwohl mehrere Verleger sich um die Märchen bewarben. Zu Lebzeiten des Dichters erschien schließlich einzig die erweiterte Fassung des Gockelmärchens mit den Lithographien nach seinen eigenen Entwürfen. Auch in den folgenden Jahren setzte Böhmer ihm weiter zu, die übrigen Märchen herauszugeben; die Maler Schwind, Steinle und Pocci sollten Illustrationen beisteuern. Doch ehe es soweit kommt, stirbt Brentano am 28. Juli 1842 in Aschaffenburg. Die Veröffentlichung der Märchen erfolgt nun, auf Grund einer testamentarischen Verfügung des Autors, durch Guido Görres, den Sohn von Joseph Görres, ohne Illustrationen, mit einem umfangreichen

›Vorwort zur Erinnerung an den Dichter dieser Märchen von dem Herausgeber‹. Diese in mancher Hinsicht unzulängliche Ausgabe bot, zusammen mit der Spätfassung des Gockelmärchens, bis 1914 den Grundtext aller weiteren Veröffentlichungen der Märchen in Buchform.

Das Märchen von dem Rhein und dem Müller Radlauf

Erstdruck in *Die Märchen des Clemens Brentano. Zum Besten der Armen nach dem letzten Willen des Verfassers herausgegeben von Guido Görres. Erster Band*, Stuttgart und Tübingen, J. G. Cotta'scher Verlag, 1846 (*Mallon* Nr. 155).

Satzvorlage: *Clemens Brentano, Märchen I, hrsg. von Richard Benz*, München und Leipzig 1914 (*Sämtl. Werke*, 11. Bd.; *Mallon* Nr. 155 C, 3); verglichen mit dem Erstdruck sowie mit der zweiten Ausgabe: *Die Märchen des Clemens Brentano. Hrsg. von Guido Görres*, Stuttgart 1879 (*Mallon* Nr. 155 C, 1).

Das Märchen vom Müller Radlauf ist im wesentlichen Brentanos eigene Erfindung. Verwendet wurden hier die Sagen vom Rattenfänger von Hameln, von dem Bischof Hatto von Mainz und dem Binger Mäuseturm, ferner die von Brentano, wenn nicht frei erfundene, so doch ausgestaltete Loreley-Sage. Die Sage von Hatto und dem Mäuseturm fand Brentano in dem Buch ›Meussthurn, von wunderlicher Natur, Art und Eygenschafft: Auch häuffigem uffkommen und endlichem abnemmen des schädlichen Landverderblichen Meussungeziffers. Sampt Historischer Erzählung wie wyland der Geistliche Herrn und neben anderen dry weltlichen Potentaten von Mäusen gefressen worden. Gedruckt im Jahre 1618‹.

S. 9 *Wie der Müller Radlauf...:* Die Böhmersche Abschrift des Märchens zeigt die Schreibungen Radlauf und Radlof; die zweite Schreibung wird vor allem einmal vom Reim gefordert (S. 103,*28*); sie geht wohl auf den Gelehrten Johann Gottlieb Radlof zurück, von dem in einem Briefe Brentanos an Arnim vom Dezember 1805 (*Steig* I, S. 155ff.) die Rede ist. Die Schreibung Radlauf empfahl sich wegen des Müllerberufs und wegen des Bezugs auf das Mainzer Stadtwappen, das ein Rad zeigt.

S. 11 *Mausohr:* Vergißmeinnicht; vgl. S. 34,*18*. – *Katzenschwanz:* auch Katzenwedel, Ackerschachtelhalm.

S. 12 *Rochusberg:* ein kleiner Berg hinter Bingen, der auch die Sankt Rochuskapelle trägt.

S. 14 *Bingerloch:* enge Durchfahrt zwischen Bingen und der Rheininsel mit dem Mäuseturm.

S. 17 *Katzenellenbogen:* Katzenelnbogen, kleiner Ort im Unterlahnkreis, Sitz der Grafen von Katzenelnbogen; das 1303 erbaute Schloß Neukatzenelnbogen, gewöhnlich die Katz genannt, am Rhein oberhalb St. Goarshausen, wurde 1806 von Napoleon gesprengt.

S. 33 *Da drunten in jenem Tale...:* zweite Strophe des Gedichtes ›Müllers Abschied‹ im Wunderhorn, S. 71.

S. 35 *Wispelwind:* auch Wisperwind, eine aus dem rechtsrheinischen Wispertal besonders am frühen Morgen vom Taunus herabfließende Luftströmung.

S. 41 *einen vornehmen General:* hier vermutlich die erste Anspielung auf die Befreiungskriege und die Belagerung von Mainz durch die Verbündeten im Jahre 1814.

S. 45 *Petersau:* Rheininsel bei Mainz. – *Petermännchen:* eine Münze, auf die das Bildnis des Apostels Petrus geprägt war.

S. 46 *Pelznickel:* Nikolaus mit Pelzmütze und Pelzmantel.

S. 53 *Ach mein blondes Trautchen...:* Unter den folgenden Koseformen von Kindernamen werden auch die meisten der Geschwister Brentanos erwähnt.

S. 64 *bei Rhense auf dem Königsstuhl:* Unterhalb von Rhense steht, nahe am Rhein, der Königsstuhl, ein 1376 unter Karl IV. errichteter achteckiger Bau.

S. 65 *Nachher aber hat man dem Reich den Stuhl vor die Türe gesetzt:* Anspielung auf die durch das französische Ultimatum erzwungene Niederlegung der Reichskrone durch Kaiser Franz II. am 6. August 1806; der Königsstuhl wurde 1794 von den Franzosen zerstört.

S. 67 *von jeher:* einstmals, ehedem. – *Wie es dem bösen König Hatto...:* Von hier ab besonders deutliche Anspielungen auf die Befreiungskriege. Mit Hatto ist offensichtlich Napoleon I. gemeint; der Rattenkönig wäre dann vielleicht der Kaiser von Österreich oder der russische Zar, Mausohr der preußische König, Weißmäuschen der Freiherr vom Stein. Die Binger Rheininsel (S. 72,7) stünde dann an Stelle der Insel Elba, und mit der mehrfach erwähnten Staatskatze (siehe vor allem S. 71,*31*) wäre Napoleons zweite Frau, Marie Louise von Österreich, gemeint.

S. 72 *Konstitutionen:* Anspielung auf die von Friedrich Wilhelm III. von Preußen versprochene, aber nach 1815 verweigerte Verfassung.

S. 74 *Lalenburger und Schildaer Freiwilligen:* s. u. – *Kochemer Landsturm:* hat vermutlich mit der Stadt Kochem an der Mosel nichts zu tun; es sei denn, deren Landsturm erfreute sich des gleichen Rufes wie der Krähwinkler. Nach dem jidd. chochom, klug, weise, gelehrt, bezeichneten die Gauner sich selbst als Chochemer, Kluge, Vertraute, Eingeweihte. Gemeint ist also das letzte Aufgebot des Gesindels. – *Gaskonien:* Gascogne, ehemalige französische Provinz; die Gascogner sind sprichwörtlich bekannt wegen ihrer Aufschneidereien (Gasconnaden). – *Oberprofoß:* oberster Feldrichter (grand-prévôt). – *aus dem gehörnten Siegfried, der schönen Magelona, der Genovefa, den vier Haimonskindern:* Titel bekannter deutscher Volksbücher. – *die Schwabenstreiche, das Lalenbuch und die Schildbürger:* ebenfalls deutsche Volksbücher; die sieben Schwaben, die Bürger von Lalenburg und Schilda lieferten die Prototypen dümmlich-närrischer Bauern und Kleinstädter.

S. 75 *nächst:* hier soviel wie beinahe.

S. 78 *Salvo Titulo:* Briefformel, die verwendet wurde, wenn man in der Anrede einer Person auf die sorgfältige Aufzählung ihrer sämtlichen Titel verzichtete.

S. 80 *P. T.:* pleno titulo, mit vollem Titel.

S. 81 *sie zankten sich...:* Marie Louise von Österreich trennte sich nach 1814 von Napoleon. – *St. Goar:* kleine Uferstadt am Rhein; gegenüber St. Goarshausen, oberhalb dessen die beiden Burgen Katz und Maus liegen. – *dem Schlosse Katz:* s. o. zu S. 17.

S. 92 *vier alte Greise:* die später genannten vier zeitgenössischen Germanisten und Literaturforscher, die sich um die Herausgabe und Erforschung des Nibelungenliedes verdient gemacht hatten: Friedrich Heinrich von der Hagen (1780–1856), Bernhard Joseph Docen (1782–1828), die Brüder Jacob (1785–1863) und Wilhelm Grimm (1786–1859).

S. 96 *der eine freudig mit braunen Haaren:* Damit ist Achim von Arnim gemeint; der Schwarze ist Brentano selber. Es handelt sich um eine Erinnerung an die gemeinsame Rheinreise der beiden Freunde im Jahre 1802. Hierauf bezieht sich auch die Einzelstrophe in einem Brief an Arnim von 1803 (Bd. I, S. 63). Das folgende Lied des Schwarzen »Am Rheine fahr ich hin und her« findet sich in abweichender Fassung auch im ›Frühlingskranz‹ (siehe Bd. I, S. 49); das Lied des Braunen »Die Sonne geht auf...« ist zum Teil aus Arnims ›Morgengruß‹ (zuerst in Johann Friedrich Reichardts ›Berlinischer Musikalischer Zeitung‹, 1. Jahrgang, 1805, dann in der vierten Abteilung des Romans ›Armut, Reichtum, Schuld und Buße der Gräfin Dolores‹, 1810), zum Teil aus Arnims Gedicht ›Der freye Dichtergarten‹ (›Fünfte Stimme‹, zuerst in Nr. 1 der ›Tröst Einsamkeit‹ vom 1. April 1808).

S. 104 *... und das Volk huldigte ihm:* Der Text wird hier abgebrochen, da mit diesem Absatz das erste Rheinmärchen künstlerisch organisch schließt. Die letzten Abschnitte des ›Märchens von dem Rhein und dem Müller Radlauf‹ leiten über zu dem ›Märchen von dem Hause Starenberg und den Ahnen des Müllers Radlauf‹, an welches sich das ›Märchen vom Murmeltier‹ und das ›Märchen vom Schneider Siebentot auf einen Schlag‹ anschließen. Die letzten Abschnitte des hier abgedruckten Märchens lauten:

»Am andern Morgen ward er gekrönt und hielt eine schöne Rede und sagte unter anderm: ›Nun, lieben Bürger! wollen wir vor allem daran denken, die Prinzessin Ameley und die übrigen Kinder bei dem Vater Rhein auszulösen; wer soll ihm das erste Märchen erzählen?‹ Da schrieen ein paar alte Judenweiber: ›Ich, ich, mein Nathan ist ein wahrer Daniel, meine Rachel ist ein Wunderkind!‹ Die andern Leute schrieen alle: ›Der König Radlauf!‹

Nun sagte Radlauf: ›Ich danke euch; ihr zwei Judenweiber sollt wegen eurer Nasenweisheit die letzten sein, und ich schlage vor, daß jeder seinen Nachfolger in der Erzählung nennen soll, und nenne ich dann nach mir den Fischer Petrus, der euch viel Gutes erwiesen.‹

Alles war damit zufrieden, außer den zwei Judenweibern.

Nun sagte Radlauf: ›Jetzt gehet hin und besinne sich jeder auf eine Geschichte; ich will mich auch besinnen. Das Wappen dieses Landes sei von nun an ein Rad, weil ich ein Müller war. Morgen früh bei Sonnenaufgang kommt an den Rhein, da will ich mein Märchen erzählen, und ihr könnt gleich eure Königin empfangen, denn wir sehen sie gewiß sogleich wieder; der Rhein hält Wort; gut Nacht!‹

Alles legte sich schlafen, außer den Zimmerleuten; die schlugen einen Thron am Rhein auf und schmückten ihn mit Blumen und Bändern; und eigentlich schlief niemand viel, denn alle besannen sich auf Märchen. So ging die Nacht hin.

Kaum graute der Morgen, so versammelte sich das Volk; aber die ersten schon, welche Petrus und Marzibille waren, fanden den Platz nicht leer, denn Radlauf hatte die ganze Nacht, von seinen zwölf Rittern umgeben, auf dem Thron gesessen und mit Sehnsucht des Tags erwartet. Als alles versammelt war, erzählte Radlauf folgende Geschichte:«

Italienische Märchen

Erstdruck (mit Ausnahme des ›Märchens von Fanferlieschen Schönefüßchen‹) in *Die Märchen des Clemens Brentano. Zum Besten der Armen nach dem letzten Willen des Verfassers herausgegeben von Guido Görres. Erster* und *Zweiter Band*, Stuttgart und Tübingen, J. G. Cotta'scher Verlag, 1846/47 (*Mallon* Nr. 155/163).

Erstdruck des ›Märchens von Fanferlieschen Schönefüßchen‹: *Clemens Brentano, Das Märchen vom »Fanferlieschen« in seiner ursprünglichen Fassung. Mitgeteilt von Alphons M. von Steinle*, in *Der Gral*, 6. Jahrgang, Juni/Juli 1911 (*Mallon* Nr. 320).

Satzvorlage: *Clemens Brentano, Märchen II, hrsg. von Richard Benz*, München und Leipzig 1914 (*Sämtl. Werke*, 12. Bd., 1. Abt.; *Mallon* Nr. 155 C, 3); verglichen (außer ›Fanferlieschen‹) mit dem Erstdruck sowie mit der zweiten Ausgabe: *Die Märchen des Clemens Brentano. Hrsg. von Guido Görres*, Stuttgart 1879 (*Mallon* Nr. 155 C, 1).

Die Hauptquelle dieser Märchen ist die berühmte Märchensammlung des Giambattista Basile (ca. 1575–1632), des ersten wirklichen Märchenerzählers der europäischen Literatur: ›Lo Cunto de li Cunti‹ (›Erzählung der Erzählungen‹), Neapel 1634/36. Diese im neapolitanischen Dialekt geschriebene Sammlung erhielt später, weil die Märchen sich zu zehn auf fünf Tage verteilen, den Titel ›Il Pentamerone ossia La Fiaba delle Fiabe‹ (›Das Fünftagewerk oder Das Märchen von den Märchen‹). Die erste deutsche Übersetzung von Felix Liebrecht, ›Der Pentamerone oder Das Märchen aller Märchen‹, erschien 1846 in zwei Bänden in Breslau (»Nebst einer Vorrede von Jacob Grimm«), die jüngste Übersetzung unter dem Titel ›Das Pentameron‹, von Adolf Potthoff, Hattingen (Ruhr) 1954. – Das von Brentano benutzte Handexemplar des Pentamerone (Neapel 1749) entdeckte Preitz auf der Universitätsbibliothek Marburg. In dem Inhaltsverzeichnis dieser Ausgabe hat Brentano folgende Märchen mit deutschen Überschriften versehen: ›La Mortella‹ (*Mirthenfrau*), ›Lo Polece‹ (*Hüpfenstich*), ›La Schiavottella‹ (*Rosenblättchen*), ›Corvetto‹ (*Witzenspitzel*), ›Lo Dragone‹ (*Ursulus*, später ›Fanferlieschen‹) und ›Li cinco Figlie‹ (*Fünf Söhne*). Für eine geplante Übertragung und Bearbeitung *unter*strichen sind weitere 18 Titel, darunter ›La Preta de lo Gallo‹ (›Gockel‹) und ›Pinto Smauto‹ (benutzt für ›Komanditchen‹); *an*gestrichen sind außer den mit deutscher Überschrift versehenen Titeln die Einleitung (›Das Märchen von den Märchen‹) und ›Viola‹ (II,3; blieb dann beiseite). Gar nicht bezeichnet ist ›Lo Cunto de l'Uerco‹ (I,1), die Vorlage zum ›Dilldapp‹. (*Preitz* 3, S. 485f.) – Im einzelnen:

Das Märchen von den Märchen oder Liebseelchen

Vorlage ist die Rahmenerzählung (›Lo Cunto de li Cunti‹); der deutsche Text bietet manche wörtlichen Anklänge an das Original; dorther auch der Name des Königs von Schattenthalien (›re de Valle pelosa‹); Niederschrift kaum vor 1805, als Brentano den Plan zur Bearbeitung des ganzen Basile faßte. Eine unvollendete Neufassung und Erweiterung des ›Liebseelchen‹ (›Das Märchen von Schnürlieschen‹), die vielleicht als die früheste der späten Umarbeitungen gelten darf, ist nach 1831 oder erst nach 1835 anzusetzen.

Das Märchen von dem Myrtenfräulein

Vorlage ›La Mortella‹ (›Der Heidelbeerzweig‹, I, 2); wie die folgenden drei Märchen etwa zwischen 1805 und 1811 entstanden.

Das Märchen von dem Witzenspitzel

Vorlage ›Corvetto‹ (III, 7).

Das Märchen von Rosenblättchen

Vorlage ›La Schiavottella‹ (›Die Küchenmagd‹, II, 8).

Das Märchen von dem Baron von Hüpfenstich

Vorlage ›La Polece‹ (›Der Floh‹, I, 5).

Das Märchen von dem Dilldapp

Vorlage ›Lo Cunto de l'Uerco‹ (›Der wilde Mann‹, I, 1); vermutliche Entstehungszeit wie die vorigen Märchen; nur die Zeitanspielungen auf die Kleidermode und auf die Franzosen wurden später (nach 1815) hineingearbeitet.

Das Märchen von Fanferlieschen Schönefüßchen

Vorlage ›Lo Dragone‹ (›Der Drache‹, IV, 5), unter Benutzung der Genovefa-Legende; von der ersten Niederschrift aus der Zeit von 1805 bis 1811 nur der Anfang (das Ziegesar-Fragment, s. u. zu S. 202) in Böhmers Abschrift erhalten; die erste Umarbeitung erfolgte 1817; eine Spätfassung entstand nach 1836.

Das Märchen von dem Schulmeister Klopfstock und seinen fünf Söhnen

Vorlage ›Li cinco Figlie‹ (V, 7), unter Benutzung weiterer Vorlagen: das Märchen von den drei Brüdern aus den ›Notti piacevoli‹ (VII, 5) des Gianfrancesco Straparola (gest. um 1557), ›Der Abentheuerliche Simplicissimus‹ von Grimmelshausen, ›Der Meermann‹ in W. Grimms ›Dänischen Heldenliedern‹ (Heidelberg 1811), die Tell-Sage, der Laufner ›Don-Juan‹.

Das Märchen von Komanditchen

Vorlage ›Pinto Smauto‹ (V, 3); das Fragment (vielleicht Umarbeitung einer früheren Fassung) ist nicht vor 1812 anzusetzen und wohl später als die übrigen Märchen in Angriff genommen worden.

Das Märchen von Gockel und Hinkel

Vorlage ›La Preta de lo Gallo‹ (›Der Hahnenstein‹, IV, 1), unter freier Verwendung weiterer Motive aus anderen Märchen des Basile; erste Fassung etwa 1815/16; erweiterte Spätfassung etwa ab 1835 (siehe S. 666ff.).

S. 110 *Entrechat:* Kreuzsprung, leichter Tanzsprung mit mehrmaligem Zusammenschlagen der Füße. – *amour, plaisir* usw.: Diese Reimworte eines Sechszeilers bedeuten: Liebe, Lust, das Herz, Gedenken, Glück, Süße. – *Ce sont les vœux que tracent...:* Dies sind die Wünsche, welche die Liebesgötter und die Grazien mit dem Griffel der Geschichte in den Marmor des Gedächtnisses schreiben: Genehmigen Sie, Prinzessin, die Gaben Ihrer allerergebensten Dienerin, Fräulein Zéphise, Marquise von Pimpernelle (Bimpernelle, der Name stammt aus dem ›Cabinet des Fées‹).

S. 121 *Es war einmal ein Mann...:* ein älterer Kinderreim.

S. 123 *Weifenseppel:* von Weife, Garnhaspel. – *Kunkelricke:* von Kunkel, Spinnrocken. – *Wurstwagen:* auch nur Wurst genannt; beliebtes Fahrzeug der Zeit, auf dem man im Reitsitz hintereinandersaß; ursprünglich Lafetten in einem länglichen Kasten mit gepolstertem Deckel, auf dem Mannschaften fortgeschafft wurden.

S. 125 *Wetschwuth:* Anspielung auf die nach ihrem Erfinder, dem berühmten englischen Keramiker Josiah Wedgewood (1730–1795), benannten Steingutwaren.

S. 129 *Säusle, liebe Myrte!...:* Das Gedicht steht zwei frühen Entwürfen Brentanos aus der Zeit seiner Liebe zu Sophie Mereau nahe; siehe *Preitz* 3, S. 486.

S. 130 *Hörst du, wie die Brunnen rauschen?...:* Der erste und dritte Vers dieses Liedchens sind Selbstzitate aus dem 1803 erschienenen Singspiel ›Die lustigen Musikanten‹ (vgl. den Anfang des 4. Auftritts).

S. 138 *Löwen Hahnebang:* Der Löwe heißt Hahnebang, weil er sich, altem Volksglauben nach, vor dem Gesang des Hahns fürchtet; in der ›Alektryomantia‹ des Johannes Praetorius (s. u. zu S. 547) ist von der »antipathia leonis cum cantu galli« die Rede.

S. 142 *die ganze Geschichte des Reineke Fuchs:* Goethes Bearbeitung des alten Tierepos in Hexametern war 1794 erschienen.

S. 157 *eingefatscht:* in Windeln gewickelt (von Fatsche, Wickelbinde).

S. 160 *Höllenfleckel:* Spottname des Schneiders, weil er seine Flicken aus der Hölle holt. ›Hölle‹ hieß der dunkle, enge Ort zwischen Ofen und Wand; dorthin wurden die Reste geworfen, die der Schneider von dem Stoff des Kunden für sich behalten wollte.

S. 161 *Allongeperücke:* hohe, aus vielen Locken aufgebaute feierliche Staatsperücke aus der Zeit Ludwigs XIV. – *Aderlaßschnepper:* chirurgisches Instrument, bei dem eine scharfe Klinge durch einen Druck aus der Scheide hervorgeschnellt wird.

S. 162 *schnellen Katharinenorden:* schnelle Katharina, scherzhafte Bezeichnung für Durchfall.

S. 163 *Strickreiter:* spöttisch für Strichreiter, Distriktreiter, Gendarm; »Stricke« sind die Schnüre auf den Achselteilen der Uniformen.

S. 166 *Seelenverkäufer:* in Holland Bezeichnung für das unsaubere Gewerbe der Werber für den Schiffs- und Kolonialdienst; ›Seelen‹ sind die Personalzettel.

S. 167 *wie ein Pelznickel:* s. o. zu S. 46.

S. 169 *Heil dir, o Wellewatz...:* zu singen nach der Melodie der preußischen Volks- und Königshymne: »Heil dir im Siegerkranz«.

S. 170 *Schwarzröcke:* Geistliche, Priester. – *Ist das nicht modisch? Ist das nicht gothisch?:* Das mit dem Wiener Kongreß einsetzende Zeitalter der Restauration ist in der Architektur die Epoche der Neugotik.

S. 173 *Willwischen! liebstes Willwischen mein!:* nach einem bekannten alten Gassenhauer: »Laurentia, schönste Laurentia mein«, der sich auch wörtlich in der Spätfassung des Gockelmärchens (S. 508,5) findet.

S. 175 *Fahr! fahr! fahr auf der Post!:* nach einem alten volkstümlichen Lied: »Fahr auf der Post, / Frag nicht, was's kost, / Spann die Gedanken ein, / Ich will der Postknecht sein.« S. u. S. 447,*11*. – *Wegezettel:* Passierschein.

S. 177 *sie haben einen guten Mann...:* In Anlehnung an die Schlußverse des Gedichtes ›Bei dem Grabe meines Vaters‹ von Matthias Claudius (1740–1815): »ach, sie haben / Einen guten Mann begraben, / Und mir war er mehr.«

S. 179 *Dilldapp:* soviel wie Tölpel, läppischer Mensch – *Andrienne:* Adrienne, auch Volante oder Hollandaise, ein weites, langes, taillenloses (Umstands-)Kleid aus dem Anfang des 18. Jahrhunderts. – *Saloppe:* weites ärmelloses Überkleid für Frauen. – *Kontusche:* taillenloser Überwurf mit halblangen Ärmeln; später, mit festeingesetztem Schnürleibchen, auch Polonaise oder Schlender genannt; beliebtes Gewand des Rokoko. Da die Namen von drei lose hängenden, nachlässig übergeworfenen Kleidungsstücken stammen, sollen ihre Trägerinnen dadurch als schlampige, nachlässige Frauenzimmer gekennzeichnet werden. – *Stüber:* häufige rheinisch-westfälische Scheidemünze, nach dem holl. Stuiver.

S. 180 *Die Mutter sprach...:* Die ersten fünf Beispiele von Dilldapps Dickköpfigkeit stammen aus dem Wunderhorn (›Wir verstehen sie nicht‹) und einem Fastnachtsspiel von Ayrer; siehe *Bleich*, S. 93. – *Kanevas:* grobe Leinwand, Gitterleinen als Grund für Buntstickerei. – *Hechel:* ein mit scharfen Drahtspitzen versehenes Werkzeug zum Reinigen des Flachses.

S. 181 *aus dem Hause zu kapitulieren:* Verballhornung statt: komplimentieren.

S. 183 *Hölle:* s. o. zu S. 160.

S. 184 *Wohlan, mein lieber und getreuer Diener:* vgl. Matth. 25,23. – *Aurekakaure:* ital. arre, cacaure! (Esel, scheiß Gold!)

S. 189 *Preßgeld:* Die Gasthäuser besaßen für ihre Tischwäsche eine Presse.

S. 191 *Nürnberger Trichter:* sprichwörtliche Anspielung auf Georg Philipp Harsdörffers (1607–1658) Buch ›Poetischer Trichter, Die Teutsche Dicht- und Reimkunst... in VI. Stunden einzugiessen‹, das 1648 in Nürnberg erschien.

S. 192 *Chemisegrec:* hemdartiges, kurzärmeliges, hochgegürtetes leichtes Frauengewand der Directoire- und Empirezeit (richtig: chemise grecque, griechisches Hemd). – *Tunika:* hier eine Art Überwurf nach römischem

Vorbild. – *Pelerine:* Schulterkragen, Umhang. – *Amazone:* langer Damenreitrock. – *Hortense:* nach Hortense Beauharnais, der Stieftochter und Schwägerin Napoleons I., benanntes Kleidungsstück.

S. 194 *Qui vit?:* Qui vive? Wer da? – *Junker Hermann heiratete Thusnelde...:* Außer Hermann und Thusnelda handelt es sich im folgenden um drei Paare der deutschen Sage.

S. 195 *Ich, Herr Hildebrand, / Stell den Spieß an die Mauer:* Diese Reimverfehlung stammt aus dem ›Lalebuch‹ (1597), 17. Kapitel; s. o. zu S. 74.

S. 196 *Fanferlieschen:* Das Vorbild zu dieser Gestalt, die bei Basile nur als eine räuberische Zauberin erwähnt wird, war die Liederdichterin Luise Hensel. In der französischen Märchensammlung ›Le Cabinet des Fées‹, auf die Brentano von den Brüdern Grimm hingewiesen worden war, findet sich eine Fee Fanfreluche; deren Name wurde mit Hilfe der Verkleinerungsform von Luise umgebildet. Mit dem später auftretenden alten Schäfer hat Brentano sich selber gemeint.

S. 197 *Laudamus:* wörtliche Bedeutung ›wir loben‹. – *Schwarzwildpret:* vom Wildschwein, Bären oder Dachs. – *Schwarzsauer:* eine norddeutsche Schlachtschüssel, bei der das Blut des frischgeschlachteten Tiers mit Essig verquirlt wird. – *Nigritia:* Schwärze.

S. 199 *jährlich am Pfingstfeste auf der Eselswiese:* Erinnerung an Frankfurt, wo einst die Waisenkinder auf der ›Pfingstweide‹ mit einem Reisbrei auf Stadtkosten bewirtet wurden. – *Te regem laudamus...:* Dich, König, loben wir, der uns das Hirsenmus gegeben hat.

S. 200 *Die Ziegesar...:* Bei allen hier und später angeführten Namen handelt es sich um nachweisbare historische Adelsgeschlechter.

S. 201 *Oramus Laudamus:* wörtlich ›Wir beten, wir loben‹; gemeint ist etwa: ›Wir bitten dich, König Laudamus.‹

S. 202 *Mopsus:* aus Vergils Eklogen bekannter Hirtenname. – *Fräulein Ursula* (kleine Bärin) von Bärwalde ist ein und dieselbe Person wie das bisher so genannte Fräulein von Ziegesar; der Irrtum hat sich durch die Überarbeitung eingeschlichen. Den Namen Bärwalde nahm Brentano von der ehemaligen Grafschaft, in der Arnims Gut Wiepersdorf lag.

S. 208 *Ursus:* Bär. – *Ursa:* Bärin.

S. 209 *Juch! juch! Über die Heide!...:* Die ersten beiden Verse dieses Reims stammen wahrscheinlich aus Christian Weises Bibeldrama ›Jacobs doppelte Heirath‹, in dem (4,10) die Bäuerinnen sagen: »Ey giengs nicht köstlich her, wie unser sel. Grossvater noch in der Schencke sang: Juch, juch über die Heide, funffzehn Messer in einer Scheide«; s. u. zu S. 338.

S. 212 *Da zog er sie zum Schloß hinaus...:* Die folgende Szene erinnert an Goethes ›Erlkönig‹.

S. 218 *Neuntöter:* der rauf- und mordlustige rotrückige Würger.

S. 224 *Ursulus:* kleiner Bär.

S. 238 *die Geschichte des frommen Tobias:* Im Buch Tobias wird berichtet, wie dem alten Tobias im Schlaf aus einem Schwalbennest warmer Kot auf die Augen fällt und er davon erblindet. Die Heilung erfolgt durch die Galle eines Fisches, den der junge Tobias auf der Reise mit Hilfe des Engels Raphael fängt.

S. 242 *ein Kreuz und vier Nägel...:* Bei den hier aufgezählten Gegenständen handelt es sich um die arma Christi, die Gerätschaften der Passion. – *Da kam der alte Neuntöter geflogen...:* Verwendung der altrömischen Sage von Valerius Corvus, der sein Kognomen (corvus) deshalb erhielt, weil ihm ein Rabe, der sich nach verschiedenen Versionen auf den Kopf, Helm bzw. die rechte Schulter des Valerius setzte, beim Zweikampf mit einem Gallier zum Sieg verhalf.

S. 246 *Der Unschuld Fuß auf Schlangenhaupt:* vgl. 1. Mos. 3,15.

S. 248 *Damon:* antiker Hirtenname.

S. 250 *zu dem mich Gott im Himmel schuf:* In diesem Refrain vermutet *Larfeld* eine Reminiszenz an ein 1806 zum erstenmal gedrucktes Kirchenlied von Johann Gottfried Schöner (1749–1818): »Himmelan schwing deinen Geist jeden Morgen auf. / Kurz, ach kurz ist, wie du weißt, unser Pilgerlauf. / Fleh täglich neu: / Gott, der mich zum Himmel schuf, / Präg ins Herz mir den Beruf, / Mach mich getreu!«

S. 253 *Bärenhäuterei:* Faulheit, Müßiggang dessen, der ungepflegt auf der Bärenhaut liegt. Brentano kannte Grimmelshausens kleine Schrift ›Vom Ursprung des Nahmens Bernhäuter‹, die er selber für seine scherzhafte Abhandlung ›Geschichte vom Ursprung des ersten Bärnhäuters‹ benutzt hat. – *eine spanische:* spanische Fliege, auch Pflasterkäfer; wird zu blasenziehenden Salben und Pflastern verwendet.

S. 254 *der heilige Johannes...:* vgl. Matth. 3,4 und Mark. 1,6.

S. 255 *Bakel:* von lat. baculum, Schulstock zur Züchtigung, aus der Schulsprache des 17. und 18. Jahrhunderts. – *Nun ruhen alle Wälder:* das bekannte Abendlied von Paul Gerhardt.

S. 257 *Komm, Trost der Nacht...:* mit einigen leicht modernisierenden Eingriffen übernommenes Lied des Einsiedlers aus dem ersten Buch des ›Simplicissimus‹ von Grimmelshausen.

S. 259 *Zeiselbär:* zahmer Bär, der bei Schaustellungen herumgeführt wurde.

S. 260 *Subject:* Apothekergehilfe.

S. 261 *Süßholzwurzel:* spanisches Süßholz, die Wurzelausläufer der Glycyrrhiza glabra; wird als hustenlinderndes und geschmacksverbesserndes Mittel Teemischungen und anderen Getränken beigegeben und besonders in Apotheken verkauft.

S. 262 *Quassia:* ein bitteres Magenmittel aus dem surinamischen Quassiaholz. – *Jalap:* Abführmittel, aus der Jalappen- oder Purgierwinde hergestellt. – *Oxymel simplex:* Medikament aus mit Pflanzenessig vermischtem und verdampftem Honig.

S. 263 *Hündchen Wackerlos:* Ein Hund dieses Namens kommt in dem niederdeutschen Tierepos ›Reinke de Vos‹ (1498) vor. Auch Goethes Bearbeitung ›Reineke Fuchs‹ könnte Quelle gewesen sein (vgl. 1. Gesang, V. 42 u. ö.); s. o. zu S. 142.

S. 268 *der Meermann:* Der Dialog zwischen Korali (Koralle) und Margaris (margarita, Perle) klingt an die Ballade vom ›Meermann‹ in Wilhelm Grimms ›Dänischen Heldenliedern‹ (Heidelberg 1811) an.

S. 271 *reines Vogeldeutsch:* spöttischer Hieb auf die Sprachreiniger Johann Heinrich Voß (1751–1826) und Joachim Heinrich Campe (1746–1818). – *sehr schmutzige Küche:* Die Wiedehopfe fressen unter anderem besonders gerne Engerlinge.

S. 273 *Da wusch sich der Narr seine Hände im Bach:* vgl. Psalm 26,6: »Ich wasche meine Hände in Unschuld. . .«

S. 275 *Anachoretetete:* Anachoret, Einsiedlermönch in der ägyptischen Wüste Thebais.

S. 276 *Neuntötererere:* Neuntöter, der rotrückige Würger, der wie ein Raubvogel einsam lebt.

S. 277 *Nachtwächterkönig Knarratschki:* später auch Knarrasper; abermals eine für die Eingeweihten leicht verständliche Verspottung des Homerübersetzers und erbitterten Gegners der Romantik, Johann Heinrich Voß, der in Heidelberg in einer turmähnlichen Wohnung hauste. In einem Brief von Joseph Görres an Friedrich Creuzer (vom 4. August 1823) heißt es einmal: »Voß hat, wie ich gesehen, wieder einmal in das große Nachtwächterhorn geblasen. . . er mag für die paar Jahre, die er noch lebt, in seinem Turme Recht behalten.« Die Versuchung, Voß als Nachtwächterkönig darzustellen, erklärt sich aus einer Stelle in Klopstocks ›Deutscher Gelehrtenrepublik‹, wo es heißt, »daß jeder, der allzu lange als mittelmäßiger Übersetzer am Werke sei, hinfort zur Strafe als Nachtwächter sein Wesen treiben müsse« (*Larfeld*).

S. 279 *der dicke Bülow:* Vogel Bülow oder Schulz von Bülow, Pirol, auch Goldamsel. – *lieber Herr und Meister! ich lasse dich nicht. . .:* vgl. 1. Mos. 32,27, wo Jakob zu seinem mit ihm unerkannt ringenden Herrn und Gott spricht: »Ich lasse dich nicht, du segnest mich denn.«

S. 282 *A und O:* Alpha und Omega, Anfang und Ende des griechischen Alphabets; in der Geh. Offenbarung bezeichnet Christus, der Weltenschöpfer und Weltenrichter, sich als das A und O. – *18 Nun ruhen alle Wälder:* s. o. zu S. 255.

S. 284 *Über die See:* Später ist wiederholt von einem See die Rede, obwohl es sich ganz offensichtlich um eine Fahrt übers Meer handelt.

S. 285 *Adler:* Auch hier liegt eine Unstimmigkeit vor, da vorher berichtet wird, ein Rabe habe das Glöckchen der Prinzessin Pimperlein geraubt.

S. 287 *isländschem Moos:* lichen islandicus, offizinell als Tonicum und Lungenmittel verwendet; *Larfeld* vermutet einen kleinen Ausfall gegen Friedrich de la Motte Fouqué (1777–1843) und sein Buch ›Fahrten Thiodulfs, des Isländers‹.

S. 294 *Das Märchen von Komanditchen:* Die politischen Anspielungen dieses Märchens zielen wohl auf Napoleons Rußlandfeldzug. Im übrigen hat Brentano manche Erinnerungen aus seiner Kindheit in Frankfurt und der Kaufmannslehrzeit bei dem »Materialisten« Polex in Langensalza – dort wurde wohl auch der Streich, ein Heringsfaß mit Sirup zu füllen, verübt – eingemengt.

S. 295 *St. Paulustag:* 25. Januar; vgl. unten Zeile *36* »am 25. dieses«.

S. 296 *Regula Caeci* (Blindenregel), *Geliebte des blinden Flötenspielers...:* Titel nicht nachweisbarer Bücher. – *Clairobscür:* Halbdunkel.

S. 297 *vom 1. Current:* vom 1. des laufenden Monats, also vom 1. Januar. – *spanische Fliegen:* s. o. zu S. 253 – *Schimmel englisieren:* Um eine horizontale Schwanzhaltung zu erzielen, nahm man an den Pferden in England eine Operation vor, bei welcher der Senkmuskel des Schwanzes entfernt wurde. – *Kaffeefaß:* vgl. die Schilderung des Zuckerfasses in der ›Zueignung‹ des Gockelmärchens (S. 334,*3* ff.).

S. 298 *Hausenblase:* ein Leim, der aus der Luftblase des Hausen oder Stör gewonnen und in der Kochkunst zum Klären von Flüssigkeiten benutzt wurde. – *Sennesblättern:* Der Aufguß von Sennesblättern wird als Abführmittel eingenommen. – *Trillerhäuschen:* Eichhornkäfig mit Tretrad (von trillen, drillen, umtreiben).

S. 300 *Sankt Paulus Sonn...:* Brentano besaß manche älteren Kalender, Bauernpraktiken und Wetterbüchlein. Der Spruch zum St. Paulustag dürfte auf eine lateinische Vorlage zurückgehen; vgl. *Bleich*, S. 94

S. 305 *Reichsanzeiger:* Gemeint ist ›Beckers Gothaischer Reichsanzeiger‹, worin Brentano, Savigny und Arnim häufig Suchanzeigen für alte Bücher aufgaben.

S. 311 *Wicken:* ein bevorzugtes Taubenfutter.

S. 316 *Engländer:* s. o. zu 297.

S. 318 *Über eine Weile...:* Die Anekdote vom General Wohlbekomms entnahm Brentano einem alten französischen Buche ›La vie de Scaramouche, par le Sieur Angelo Constantini‹, Paris 1695 (*Sämtl. Werke 11*, S. XXIX, Fußnote 6).

S. 321 *indianisches Vogelnest:* Truthahnnest.

Das Märchen von Gockel, Hinkel und Gackeleia

Erstdruck: *Gockel, Hinkel und Gackeleia, ein Mährchen* (Vortitel), *Gockel, Hinkel, Gackeleia. Mährchen, wieder erzählt von Clemens Brentano* (Stichtitel), Frankfurt, bei Schmerber, 1838. (Titel und 14 Illustrationen im Steindruck nach Entwürfen von Clemens Brentano. Neben einer einfachen wurde eine Vorzugsausgabe hergestellt, bei der die Lithographien mit Unterdruck einer gelblichen Tonplatte auf stärkerem Papier abgedruckt sind.) (*Mallon* Nr. 112)

Satzvorlage: *Clemens Brentano, Märchen* III, *hrsg. von Richard Benz*, München und Leipzig 1917 (*Sämtl. Werke*, 12. Bd., 2. Abt.; *Mallon* Nr. 112 D, 8); verglichen mit dem Erstdruck und dem Nachdruck, Berlin 1912 (*Mallon* Nr. 112 D, 7).

Die Spätfassung des Gockelmärchens dürfte ab 1835 entstanden sein; der ursprüngliche Text wurde mit geringfügigen Änderungen vollständig in die Erweiterung übernommen; als neue Stücke kamen die ›Herzliche Zueignung‹ und ›Die Blätter aus dem Tagebuch der Ahnfrau‹ hinzu.

Die ›Zueignung‹ ist Marianne von Willemer, Goethes ›Suleika‹ und Brentanos Jugendliebe, gewidmet. Daß es sich bei diesem Prosastück um eine »verrätselte Konfession« und einen Lebensüberblick Brentanos handelt, hat Wolfgang Frühwald in seiner oben erwähnten Arbeit überzeugend nachgewiesen.

Wie weit das ›Tagebuch der Ahnfrau‹ auf ältere Niederschriften zurückgeht, ist nicht mehr festzustellen; die vorliegende Gestalt jedenfalls hat dieser Anhang erst nach der Bekanntschaft mit der in München lebenden Malerin Emilie Linder, Brentanos letzter Liebe, in den Jahren 1836 bis 1838 gewonnen. Namentlich diese Beigabe steckt voller biographischer Details und persönlicher Anspielungen, die noch keineswegs alle erhellt sind: die Gestalt der frommen Verena beschwört eine »altmodische Kindermagd, von der ich einmal sprechen hörte« (*Ges. Schr.* 9, S. 373); in dem kranken Weber hat Brentano seinem geistesschwachen Bruder Anton ein Denkmal gesetzt; viele Züge der goldenen Amey, doch auch der Klareta, deuten auf Emilie Linder; mit den drei Klosterjungfrauen von Lilienthal sind wohl Apollonia Diepenbrock, Pauline Felgenhauer und Luise Hensel gemeint, die 1825 nach Koblenz gingen, um sich dort der Krankenpflege zu widmen; in dem Büblein hat Brentano sich selbst gezeichnet, doch hat er eigene Züge und Erinnerungen auch in die Ahnfrau und den kranken Weber hineingelegt. – Im übrigen finden in dem Tagebuch zahlreiche Sagenmotive und fromme Volksbräuche Verwendung, die hier im einzelnen nicht nachgewiesen werden (siehe vor allem *Schellberg*, S. 49ff.). Auf Stil und Inhalt des Tagebuchs haben unter anderem Brentanos Aufzeichnungen der Gesichte der Dülmener Stigmatisierten, Anna Katharina Emmerich, und die Schriften des deutschen Mystikers Heinrich Seuse eingewirkt. Seuses Schriften erschienen 1829 in einer Bearbeitung von Brentanos Freund Melchior Diepenbrock; Brentano hat an dieser Bearbeitung mitgewirkt.

Die Bilder, die der Erstausgabe des Gockelmärchens beigegeben waren, sind Brentanos eigene »mühselige Erfindungen«; doch kostete es Mühe, Geld und Zeit, bis seine Entwürfe von geeigneten Künstlern ausgeführt und auf den Stein übertragen waren. Vier der Kreidelithographien wurden von der sonst nicht näher bekannten Malerin Maximiliane Pernelle (geb. etwa 1804, gest. 29. November 1836 in München) fertiggestellt und bei »Zach's lith. K. Anstalt in München« gedruckt. Nach dem Tode der Pernelle heißt es in einem Briefe an Böhmer vom 15. Januar 1837: »Sie fragen mich wohl mit Recht, wer mir die folgenden Blätter *lithographieren* werde. Vier andere Blätter, die von einem anderen rechtschaffenen, geschickten Manne gemacht wurden, sind so roh ausgefallen, daß ich den Stein bezahlt habe, aber nicht brauchen kann. Ich habe mir die Beine abgelaufen, jemand zu finden, den ich wieder brauchen könne, und bin bis jetzt noch nicht zum Ziele gekommen... Ich erwarte jetzt den Versuch eines jungen Menschen, der sich mir angeboten hat, um die Sache mit Mühe und Zeitverlust fortsetzen zu lassen.« Bei dem »jungen Menschen« handelt es sich vermutlich um Kaspar Braun (1807–1877), der später in München eine Xylographische Anstalt gründete und vor allem als Herausgeber der ›Fliegenden Blätter‹ und als Mitarbeiter an dem von Guido Görres und Franz Pocci herausgegebenen ›Festkalender‹ bekannt geworden ist. – Im Sommer 1837 weilte der Maler Emil Ludwig Grimm (1790–1863) in München und verfertigte die Zeichnung seines Brentano-Porträts, einer Radierung, auf deren Hintergrund sich verschiedene Szenen aus dem Gockelmärchen dargestellt finden. *Holst-Sudhof* haben glaubhaft nachgewiesen, daß bei insgesamt sieben Lithographien manche Veränderungen, Verbesserungen und vielleicht gar ganze Blätter der Mitwirkung Ludwig Emil Grimms zu verdanken sind; das gilt mit größter Wahrscheinlichkeit vor allem für das Titelblatt.

Dieses Titelblatt zeigt Alektryo und Gallina, die Kunstfigur mit dem Ring Salomonis; zwei Frauengestalten mit kleinen Kronen auf dem Haupt, von denen die stehende, mit einer Decke über dem Arm, als die Ahnfrau gekennzeichnet ist; ferner Gackeleia mit einer Katze, Kronovus mit einem eierlegenden Osterhasen; ein Kind, das aus einem zerbrochenen Ei steigt; ein Kind, das in einen Hühnerkorb schaut; einen Storch mit Wickelkind, einen Pfau, eine Eule, ein Eichhorn, einen Igel mit aufgespießten Äpfeln, von denen Gackeleia einen verzehrt; Kinder und Engel in allerlei Rankwerk. Über Ameys (amaranthroter) Decke schwebt ein kleinerer Engel, der einen Stern über eine Lilie hält: eine bildliche Abkürzung für die erste

Zeile von Brentanos Wahlspruch (»O Stern und Blume, Geist und Kleid...«, s. u. zu S. 385. Zur Deutung des Blattes s. Gajek in seiner oben genannten Arbeit S. 46ff.

S. 331 *Herzliche Zueignung:* Die Widmung ist, wie gesagt, an Marianne von Willemer (1784–1860) gerichtet; doch deuten manche Stellen auch auf Luise Hensel (1798–1876) und Emilie Linder (1797–1867). – *Kunstfigur:* einerseits eine kunstvoll angefertigte Figur, anderseits eine künstliche, d. h. erfundene, fiktive Gestalt. Im Gegensatz zu der Kunstfigur bezeichnet die verbotene und so heiß begehrte Puppe, wie auch im volkstümlichen Sprachgebrauch, ein lebendiges Mädchen. Eine ausführliche Erörterung dieser Kunstfigur und ihres vielschichtigen Symbolgehalts findet sich bei *Frühwald*, S. 119ff. – *dieses Paradieschen...:* s. u. S. 335,*11* ff. und S. 336,*5* ff. – *diese verspäteten Schmetterlinge:* häufiges Motiv bei Brentano, s. u. S. 539,*17*; dazu auch folgende Stelle aus dem in der »Christnacht« 1816 an Luise Hensel geschriebenen Brief: »Kennst Du Dich, Du lieber stiller Engel, mit dem Tau, dem schweren, reinen, in den Flügeln, in den Rosen des Hauptes, in den Locken, in den Augen, in der Lilie, die Deine Hand trägt, in der ich ertrinken muß wie ein verspäteter Schmetterling.« (*Ges. Schr.* 8, S. 221.) – *Adonisgärtchen:* Adonis, ein Liebling der Aphrodite, wurde auf der Jagd von einem Eber getötet. Bei dem Adonisfest, das in Ägypten und Vorderasien zur Zeit der Sommersonnenwende, in Griechenland und Rom zu Beginn des Frühjahrs gefeiert wurde, wurden Gefäße mit Pflanzen ausgestellt, die, bei künstlicher Hitze zu schnellem Wachstum gebracht, ebenso rasch abstarben. Diese Adonisgärtchen symbolisierten die Vergänglichkeit der Jugendblüte, die Flüchtigkeit der schönen Jahreszeit und deuten hier auf die Hinfälligkeit aller irdischen Paradiese. – *Sie halte ihnen den Daumen:* s. u. S. 526,*14*. – *lasse sie welken und sterben...:* das gleiche Motiv S. 539,*17*. – *Liebstes Großmütterchen!:* Jakob von Willemer hatte seine Adoptivtochter, Marianne Jung, geheiratet, als er selbst bereits Großvater war; sie wurde deshalb im Kreise der Familie und ihrer Freunde häufig ›Großmütterchen‹ genannt und unterzeichnete auch ihre Briefe mit diesem Ehrennamen. – *Baume des Lebens:* vgl. 1. Mos. 3,22.

S. 332 *Bilderbogen von der verkehrten Welt:* Grimmelshausen schrieb eine phantastisch-satirische Sittenschilderung unter dem Titel ›Des Abenteuerlichen Simplicii Verkehrte Welt‹, deren Kupfertitel (abgebildet in J. H. Scholte, ›Der Simplicissimus und sein Dichter‹, Tübingen 1950, S. 223) auf ältere Vorbilder zurückgeht; Darstellungen dieses Motives sind seit dem 16. Jahrhundert nachweisbar. Ludwig Tieck schrieb ein romantisches Bühnenstück ›Die verkehrte Welt‹. – *Reichskleinodien:* s. u. S. 519ff. – *Vadutz:* Vaduz, die Hauptstadt des Fürstentums Liechtenstein. – *Marienklostergärtchen:* s. u. S. 383. – *Acacia vera:* Umbildung des Namens der

Acacia verek, aus der das als Leim verwendete Gummi arabicum gewonnen wurde.

S. 333 *Fahnen bei dem Leichenzuge...:* nämlich die S. 512,*9* genannten Hemden, Strümpfe, Röcke usw. – *von einem welschen Chocolatemacher:* Die bisherigen Ausleger sahen in dieser Stelle einen Hinweis auf Giambattista Basile, den Verfasser des ›Pentamerone‹. Wie das handschriftlich erhaltene Blatt einer Vorfassung dieser ›Zueignung‹ eindeutig erkennen läßt, handelt es sich um eine Gestalt aus Brentanos Kindheit. Es heißt dort: »... die Grundzüge der Geschichte vom Hahn und dem Ringe Salomonis erinnere ich mich in frühster Jugend von einem italiänischen Chokolademacher gehört zu haben, der im goldnen Kopf arbeitete.« – *Gebrüder Vatermörder:* später auch als scherzhafte Bezeichnung für die Brüder Grimm verwendet (vgl. *Steig*, S. 248); s. u. S. 420,*32* und S. 548,*10*. Vatermörder waren eine Art spitz aufrechtstehender gestärkter Hemdkragen. – *Thule:* Anspielung auf Goethes Ballade ›Der König in Thule‹ in ›Faust I‹. – *Abarbanel Meyer:* vermutlich scherzhafte Anspielung auf den Altertumsforscher Moritz Hermann Eduard Meier (1796–1855), den Brentano vielleicht durch Savigny kennengelernt hatte.

S. 334 *Sabbathion:* auch Sambation, Sabbatfluß; die jüdische Sage ist umgekehrt: der Fluß treibt an den Werktagen mächtige Wellen und wirft Steine aus, feiert aber am Sabbat. – Der Berg *Meru* ist nach indischer Sage der Mittelpunkt der Welt. – *Albordi:* Albordj, Bordj, nach der Lehre des Zoroaster der Urberg, der sich aus dem Mittelpunkt der Erde erhoben hat. – *Kaf:* nach mohammedanischer Sage das die Welt umgebende Gebirge, hinter dem das unendliche Nichts beginnt. – *Ida:* Gebirge bei Troja, auf dem Paris den Streit der drei Göttinnen entschied und von welchem Ganymed in den Olymp entführt wurde. – *Olymp:* der griechische Götterberg, der Sitz des Zeus. – *gläserne Berg:* Ein gläserner Berg kommt in vielen Märchen vor; vielleicht auch Anspielung auf Arnims unvollendeten Roman ›Die Kronenwächter‹ (1817), in denen die Kronenburg als aus Glas erbaut beschrieben wird. – *das goldne Zeichen über unserem Haustor:* Die Brentanos bewohnten in Frankfurt das »Haus zum Goldenen Kopf«; ein solcher stand als Wahrzeichen über dem Haustor. – *Prozession allerliebster kleiner Wachspüppchen...:* Diese und das gleich darauf genannte Kriegsschiff erwähnt Bettina in einem ihrer Briefe des ›Frühlingskranz‹: »In unserm Haus war alles voll Sonnenschein und erinnerte mich sehr an unsere Kindheit, wo wir uns als in die Galerie versteckten, um dort das kleine Seeschiff zu betrachten und die unzähligen kleinen Wachspüppchen von allen Ordensgeistlichen, vom Papst an bis zu den Bettelmönchen und Nönnchen.« (›Clemens Brentano's Frühlingskranz‹, Charlottenburg 1844, S. 294) – *Armida:* eine Zauberin, die in Torquato Tassos ›Gerusalemme liberata‹ die Kreuzfahrer von der Belagerung Jerusalems in ihre Gärten lockt und dort festhält. – *die stille Mühle:* die Gerbermühle bei Frankfurt, wo man sonntags den Geheimrat von Willemer besuchte.

S. 335 *die drei Pomeranzen,* usw.: drei ›Fiabe dramatiche‹ (dramatische Märchen) des italienischen Lustspieldichters Carlo Gozzi (1722–1806). – *Lindaraxas Gärtchen:* das Lindaraja-Gärtchen, ein mit alabasternen Brunnen, Rosen- und Myrthenhainen, Zitronen- und Orangenwäldchen, Grotten und Bädern versehener Lustgarten in der Alhambra, der ehemaligen maurischen Kalifenburg bei Granada; siehe hierzu Brentanos Ende 1834 abgeschlossenes Gedicht ›Alhambra‹ (Bd. I, S. 231). – *Adonisgärtchen:* s. o. zu S. 331.

S. 336 *Wunderkind Monsieur Heinicke:* nach *Dohmke* Christian Heinrich Heinecken (1721–1725), der »Knabe von Lübeck«, ein frühreifes Wunderkind, das »schon im 15. Monate mit der Weltgeschichte bekannt gemacht wurde, mit vollendetem dritten Lebensjahr in der dänischen Geschichte genau Bescheid wußte« und mit drei Jahren geläufig französisch und lateinisch gesprochen haben soll. *Frühwald* vermutet, daß Samuel Heinicke (1727–1790), der Begründer des Taubstummenunterrichts in Deutschland, gemeint sei. Biographisch verbirgt sich hinter diesem Namen Brentanos Freund Achim von Arnim. – *eine meiner Schwestern:* Sophie Brentano. – *Revuen:* Revue, Heerschau, Parade. – *Übung des Körpers durch Tanzen für alle drei christlichen Religionsparteien:* Anspielung auf das Mannheimer Philanthropin, in das der junge Brentano 1791 geschickt wurde. Die Anstalt wurde von Johann Jakob Winterwerber geleitet und hieß »Kurpfälzisch öffentliches Erziehungsinstitut für Zöglinge des männlichen Geschlechtes aller drei christlichen Religionsparteien«. Der Lehrplan reichte von der »Bildung des Körpers durch Tanzen« bis zur »Tugendlehre«. – *Kuhpocken:* 1796 vollzog der englische Arzt Edward Jenner (1749–1823) die erste Schutzimpfung gegen die Kuhpocken. – *Elise,* (eigentlich: Elisa oder) *das Weib, wie es sein soll:* ein seinerzeit vielgelesenes Buch eines unbekannten Verfassers, das 1795 erschien und 1800 bereits in 6. Auflage vorlag.

S. 337 *Kaiserkrönung:* Leopolds II. (1790). – *Reichskleinodien:* die Insignien der römisch-deutschen Kaiser (vollständiger Ornat, Stola, Gürtel, Strümpfe, Sandalen, Handschuhe, Krone, Szepter, Reichsapfel, drei Schwerter, Reliquienkästchen, Evangeliar). – *Abrahams Knecht. . .:* vgl. 1. Mos. 24,22. – *Hauptmann von Capernaum:* siehe Joh. 4,47ff. – Karl Theodor Anton Maria Freiherr von *Dalberg* (1744–1817), der letzte Kurfürst von Mainz, später Fürstprimas des Rheinischen Bundes und Großherzog von Frankfurt. – *Herr Schwab:* Von Georg Joseph Anton Schwaab (1735–1814), dem Brentanoschen Buchhalter in Frankfurt, dem Freund der Kinder und dem unerschöpflichen Geschichtenerzähler, ist auch in Brentanos Briefen öfters die Rede. – *Frisuren:* Die meisten der angeführten Mode- und Phantasiefrisuren tragen einen historischen Namen oder den einer literarischen Gestalt. –

Ninon de Lenclos (1620–1705), ihres Geistes und ihrer Liebschaften wegen berühmt. – Marie de Rabutin Chantal, Marquise de *Sevigné* (1626–1696), die meisterhafte Briefschreiberin des 17. Jahrhunderts. – Alessandro, Graf *Cagliostro*, eigentlich Giuseppe Balsamo (1743–1795), der berüchtigtste Abenteurer des 18. Jahrhunderts; Schiller benutzte seine Gestalt für den unvollendeten Roman ›Der Geisterseher‹ (1786) und Goethe für sein Lustspiel ›Der Groß-Kophta‹ (1792). – Joseph Michel *Montgolfier* (1740–1810), mit seinem Bruder Jacques Etienne (1745–1799) Erfinder des durch erwärmte Luft gehobenen Luftballons. – *Heloise:* die Geliebte des mittelalterlichen Philosophen Pierre Abélard; hier Anspielung auf Jean-Jacques Rousseaus (1712–1778) erfolgreichen Briefroman ›Julie ou la Nouvelle Héloise‹ (1761). – *Siegwart:* ›Siegwart oder eine Klostergeschichte‹ (1776), erfolgreicher sentimentaler Roman von Johann Martin Miller (1750–1814). – *Titus, Caracalla:* Frisuren nach den Büsten dieser römischen Kaiser. – *Incroyable:* Incroyables (die Unglaublichen) nannte man die im Unterschied zu den einfach gekleideten Republikanern stutzerhaften jungen Royalisten unter dem Direktorium.

S. 338 *Pfarrerstochter von Taubenheim:* ›Des Pfarrers Tochter von Taubenhain‹, Ballade von Gottfried August Bürger (1747–1794). – *Kapuziner:* abermals Anspielung auf Millers ›Siegwart‹. – *Miltenberger Noth- und Hilfsbüchlein:* Rudolf Zacharias Becker (1752–1822), bekannter Volksschriftsteller, gab 1787 in Gotha sein ›Noth- und Hülfsbüchlein für Bauersleute oder lehrreiche Freuden- und Trauergeschichte des Dorfes Mildheim‹ heraus, das zahlreiche weitere Auflagen erlebte. – *Karl Moor:* die Hauptfigur in Schillers ›Räubern‹. – *Matthissons Elegie:* Friedrich von Matthisson (1761–1831), vielbewunderter Lyriker der Zeit, von Brentano schon im ›Godwi‹ und anderswo verspottet. – *Verbrecher aus Ehrsucht:* ›Verbrechen aus Ehrsucht‹, eines der bekanntesten Stücke August Wilhelm Ifflands (1759–1814). – *Irrlichter:* Bezieht sich auf das *»Flämmchen am Unkenteich«* in Bürgers Ballade ›Des Pfarrers Tochter von Taubenhain‹, die Seele des Kindes, das die von dem Junker von Falkenstein Verführte ermordet hat. – *Lenore:* Anspielung auf Bürgers berühmteste Ballade ›Lenore‹ (1774): »Lenore fuhr ums Morgenrot / Empor aus schweren Träumen. . .« – *asiatischen Banisen:* ›Asiatische Banise, Oder blutiges doch muthiges Pegu‹ (Leipzig 1688), spätbarocker Roman von Heinrich Anshelm von Ziegler und Kliphausen (1663–1696). – *Simplizissimi:* Gemeint sind ›Der Abentheuerliche Simplicissimus‹ (1669) von Hans Jakob Christoffel von Grimmelshausen (ca. 1622–1676) und seine zahlreichen Nachahmungen. – *Aventüriers:* ›Aventurier‹ war, wie ›Robinson‹, ein häufiger Titel von Abenteuer- und Reiseromanen des 18. Jahrhunderts. – *Felsenbürger:* Anspielung auf Johann Gottfried Schnabels (1692–ca. 1750) vielbändigen utopischen Roman ›Wunderliche Fata einiger See-Fahrer‹, der unter dem

Titel ›Die Insel Felsenburg‹ seinerzeit weit verbreitet war und noch von Ludwig Tieck bearbeitet wurde. – *Robinsonen:* Das Vorbild aller Robinsonaden war Daniel Defoes (1661–1731) ›Life and strange surprising adventures of Robinson Crusoe of York‹ (1719). – Louis Dominique *Cartouche* (geb. 1693) beunruhigte durch seine Räubereien lange die Umgebung von Paris, bis er 1721 ergriffen und gerädert wurde. – Joseph *Süß Oppenheimer* (1692–1738), der berüchtigte württembergische Finanzminister. – *Gespräche im Reich der Toten:* eine von dem griechischen Schriftsteller Lukianos (ca. 125–180) erfundene Gattung, die immer wieder, unter anderen von Fontenelle (1657–1757), nachgeahmt und namentlich zur Erörterung politischer und literarischer Zeitfragen gerne benutzt wurde. – Wilhelm Friedrich von Meyerns (1760–1829) lehrhafter Roman ›*Dya-Na-Sore* oder die Wanderer‹ (1787) ist freimaurerischen Inhalts. – *Theophrastus Bombastus Paracelsus* von Hohenheim (1493–1541), Arzt und Naturforscher. – *Cagliostro:* s. o. zu 337. – *Theriak:* unter Verwendung von Schlangenfleisch hergestelltes Universalarzneimittel (Latwerge). – *Lebensäther:* Lebenselixier. – *Christian Weise* (1642–1708), Verfasser zahlreicher Schulkomödien; sein Roman ›Die *drei* ärgsten *Erznarren* in der ganzen Welt‹ erschien 1672. – Der berühmte Pädagoge Johann Bernhard *Basedow* (1723 bis 1790) trat im Sinne von Rousseaus ›Emile‹ für eine Reform des Erziehungswesens auf naturgemäßer Grundlage ein. – Der 1657 zuerst erschienene ›*Orbis* sensualium *pictus*‹ des Johann Amos *Comenius* (1592–1670) war das erste lehrhafte Bilderbuch für Kinder. – *Philotecknos:* Liebhaber technischer Wissenschaften und Künste. – *Magasin des enfants:* eine Sammlung von Kinder- und Jugenderzählungen von Marie le Prince de Beaumont (1711 bis 1780). – Adolf Freiherr von *Knigges* (1752–1796) bekanntes Anstands- und Verhaltensbuch ›*Umgang mit Menschen*‹ erschien 1788. – *Pater Cochem:* Martin von Kochem (ca. 1630–1712), gelehrter Kapuziner und Verfasser zahlreicher, bis ins 19. Jahrhundert gelesener Erbauungsbücher. – Karl von *Eckartshausen* (1752–1803), ungemein fruchtbarer religiös-theosophischer Schriftsteller, mit einem Hang zu Magie und Alchimie; sein Buch ›*Gott ist die reinste Liebe*‹ erschien 1790.

S. 339 *Siegfried von Lindenberg:* Held des gleichnamigen komischen Romans von Johann Gottwerth Müller (1743–1828); zuerst 1779. – Johann *Hübner* (1668–1731); unter seinem Namen erschien das oft wieder aufgelegte ›Reale Staats-, Zeitungs- und Conversationslexicon‹ (s. u. Zeile *33*). – *der neuen Heloise:* s. o. zu S. 337. – *Freude, schöner Götterfunken:* erster Vers aus Schillers ›Hymnus an die Freude‹, den Beethoven im letzten Satz seiner IX. Symphonie vertont hat. – *chemise grecque:* s. o. zu S. 192. – *Cotillon:* alter französischer Gesellschaftstanz. – *Scheidlers:* vermutlich ist Karl Hermann Scheidler, der Stifter der Allgemeinen Deutschen Burschenschaft (Jena 1818), gemeint. – *Glasharmonika:* ein im 18. Jahrhundert beliebtes Instrument aus verschieden gestimmten Glasglocken, die mit den Fingern gestrichen wurden. – *Jungfer Paradies:* Marie Therese von Paradies (1759–1824), eine blinde Musikvirtuosin der Zeit. – *Maultrommeln:* auch Brummeisen genannt; ein kleines, an die Zähne gehaltenes Instrument, dessen stählerne, mit dem Finger bewegte Zunge je nach der Mundöffnung verschiedene Töne hervorbringt. – *Papagenopfeifen:* Papageno, der Vogelsteller in Mozarts Oper ›Die Zauberflöte‹. – *modernen Guitarren:* Brentano selber spielte dieses Instrument meisterhaft, und es haben sich mehrere Berichte von seinem Spiel erhalten. – *Base Cordula:* Dieser Name vielleicht abgeleitet von ital. cordella, Kordel. – Brentanos Großmutter, Maria Sophie Laroche (1731–1807), verfaßte unter anderem eine ›Geschichte des *Fräuleins von Sternheim*‹, die, von Wieland 1771 herausgegeben, großen Beifall fand. – *Janus:* bei den Römern der Gott der Türen und Tore; er wurde mit zwei Gesichtern dargestellt, die nach verschiedenen Seiten blicken. – *Proteus:* ein griechischer Meergott, der die Gabe der Verwandlung besaß. – *Centaur:* Gestalt der giechischen Sage, halb Roß, halb Mensch. – *Reichsmatrikularanschlag:* Die 1815 durch die Bundesmatrikel ersetzte deutsche Reichsmatrikel gab alle Reichsstände sowie deren Beisteuer zur Beschaffung des Reichsbedarfs an. – *Kammerziele:* Beiträge der Reichsstände zur Unterhaltung des Reichskammergerichts. – *ich hielt mich zäh und kraus:* »zäh und kraus«, eine Lieblingsredensart Emilie Linders, die von Brentano wiederholt verwendet wird.

S. 340 *unverzeihliche Sünde:* weil eine Sünde wider den Heiligen Geist. – *ein goldenes Wart-ein-Weilchen. . .:* nach dem Gedicht ›Ich schenk dir was‹ im Wunderhorn (S. 823): »Was ist denn das? / Ein silbernes Wart ein Weilchen, / Und ein goldnes Nixchen, / In einem niemalenen Büchschen.« – *Frau Rath:* Goethes Mutter, Katharina Elisabetha, geborene Textor (1731 bis 1808). – *Geleitsreiter:* reitende Gendarmerie; so wurde in Frankfurt die Bürger-Kavallerie genannt. – *Ugolino:* Der bei Dante in die Hölle verdammte Graf Ugolino della Gherardesca hatte im Kerker seinen Hunger an den Leichnamen seiner beiden Söhne gestillt (Inferno, 33. Gesang); das gleiche Thema hat Heinrich Wilhelm von Gerstenberg (1737–1823) in seinem Trauerspiel ›Ugolino‹ (1768) behandelt.

S. 341 *wie jenem alten General. . .:* Diese Anekdote soll Brentano vor allem deshalb in die Zueignung aufgenommen haben, weil Marianne von Willemer einmal so sehr darüber gelacht hatte (vgl. *Frühwald*, S. 120, Anm. 23). – *Szepter von Juda. . .:* vgl. 1. Mos. 49,10 die Weissagungen des sterbenden Patriarchen Jakob: »Nicht wird das Szepter von Juda weichen, noch der Stab (der Herrschaft) zwischen seinen Füßen.« – *das schönste Spektakel:* Der Theaterbesuch mit der Frau Rath ist höchstwahrscheinlich erdichtet; sicher ist jedoch, daß Brentano im Spätherbst 1799 die damals fünfzehnjährige Tänzerin Marianne Jung, die spätere Frau von Willemer, auf der Bühne des Frankfurter Stadttheaters gesehen hat, wie sie in Morellis dreiaktiger Ballett-Pantomime ›Die Geburt des Harlequin‹ als Pierrot aus einem großen Ei herausschlüpfte. – *ein paar tausend ernsthafter Verse:* Gemeint sind Brentanos ›Romanzen vom Rosenkranz‹, in welchen Marianne von Willemer der Biondetta zum Vorbild gedient hat.

S. 342 Johann Georg *Krünitz* (1728–1796) gab eine ›Ökonomisch-technologische Encyklopädie‹ heraus; sie wurde 1773 begonnen, gelangte aber nur bis zum Artikel »Leiche«. – *Picktus, Salzgraf von Orbis:* abermals Anspielung auf den ›Orbis pictus‹ des Comenius; s. o. zu S. 338. – *großen breiten Schottländerin:* Damit ist Emilie Linder gemeint; s. u. S. 530. – *guten Freundin:* Frühwald vermutet, daß mit dieser Freundin, sehr versteckter Weise, Luise Hensel gemeint sei. – *Chronika:* Brentanos Erzählung ›Die Chronika des fahrenden Schülers‹ (siehe Band I, S. 261 ff.).

S. 343 *Bretzel und Bubenschenkel... zerbrachen:* s. u. S. 451. – *Meister Schelm:* hier der Bettelvogt, sonst auch der Schinder und Scharfrichter.

S. 344 *Gelnhausen:* ehemals bedeutende Reichsstadt, an der Kinzig, in Hessen-Nassau. Hier offensichtlich häufig statt Berlin gebraucht, vgl. vor allem S. 453 f.

S. 345 *Gallina:* lat. Huhn, Henne. – *Hennegau:* eine Provinz der spanischen Niederlande, im heutigen Belgien. – *Raugraf:* Benennung eines ausgestorbenen gräflichen Geschlechts am Oberrhein, dessen ältere Linie auch Wild- und Rheingrafen hießen. – *Zipf:* auch Pips, Vogelkrankheit, katarrhalische Verhärtung der Zungenspitze. – *Alektryo:* griech. Hahn.

S. 346 *Kreiswärtel:* Den Kreiswärtern oder Kreiswärteln lag beim Turnier die polizeiliche Aufsicht ob. – *Notarius Publikus:* öffentlicher Notar. – *auf gothische Weise:* s. o. zu S. 170. – *Zu Olims Zeiten:* lat. olim, einst, ehemals, vor Zeiten. – *König Hahnri...:* Heinrich (Henri) IV. von Frankreich und sein bekannter Ausspruch, daß jeder Franzose sonntags ein Huhn im Topf haben solle.

S. 347 *Desert:* franz. Wüste, Einöde.

S. 349 *Kontusche:* s. o. zu S. 179. – *Fallhut:* ausgestopfter Bund, der den kleinen Kindern um die Stirn befestigt wurde, damit sie sich beim Fallen nicht verletzten. – *Erwin von Steinbach* (ca. 1244–1318) galt als Erbauer des Straßburger Münsters; von ihm stammen jedoch nur der Entwurf und die Ausführung des ersten und zweiten Stockwerks der Westfassade. – *reichsfreiritterlichen Unmittelbarkeitssinn:* Diese und einige spätere Stellen lassen erkennen, daß mit der Gestalt Gockels von Hanau in der Spätfassung häufig auf den (Reichs-)Freiherrn vom Stein, der vom preußischen König 1808 entlassen worden war, angespielt wird.

S. 350 *Kammerhahn à la suite:* Die Kammerherrn à la suite gehörten zum Ehrengeleit eines Fürsten. – *Kopulationsschein:* Trauungsurkunde.

S. 351 *Hahn des Hiob:* vgl. Job 38,36. – *Hahn Petri:* vgl. Matth. 26,74 ff.

S. 353 *Gott, der die Raben füttert...:* vgl. Job 38,41 und Matth. 6,26–30.

S. 355 *Gute Nacht, Heiapopeia!:* vgl. Schlegels Übersetzung des ›Sommernachtstraums‹, Akt II, Szene II, Refrain des Chors: »Nun gute Nacht mit Eia popei!«

S. 357 *Kreusel-*(beeren): hier vermutlich die blauen Kratz- oder Krasselbeeren. – *Kloster-*(beeren): die haarigen Stachelbeeren. – *Quentel:* Quendel, auch Gundel, eine angenehm gewürzhaft riechende Pflanze. – *Hassel:* Haselstaude. – *Hisop:* Ysop, ein Würz- und Heilkraut; vgl. Psalm 51,9: »Entsündige mich mit Ysop, daß ich rein werde.«

S. 360 *Freilaurer:* wegen des Wortanklangs auf Freimaurer gewählt.

S. 361 *Revue:* Truppenschau, Parade.

S. 363 *Äsop:* Aisopos (620–560 v. Chr.), der bekannte griechische Fabeldichter.

S. 364 *Frau Catalani:* Angelica Catalani (1779–1849), eine der gefeiertsten italienischen Koloratursängerinnen. – *an Wolle:* nämlich lat. lana, Wolle.

S. 367 *Kabbalisten:* in der Kabbala, der jüdischen Geheimwissenschaft, erfahrene Männer. – *Petschierstecher:* Petschaftstecher, Hersteller von Petschaften, Siegeln.

S. 368 *eine Karst:* Erdhacke.

S. 369 *Conducteur vom heiligen römischen Reichs-Postwagen:* Das alte Heilige Römische Reich Deutscher Nation wurde 1806 auf Veranlassung Napoleons nach dem Reichsdeputationshauptschluß (1803) aufgelöst; die Stelle spielt auf die Verhältnisse unter dem Deutschen Bund an. – *Mein Hühnerminister... ist in Gnaden entlassen auf und davon gegangen:* abermals Anspielung auf Steins Entlassung.

S. 370 *Gebrüder Portorico ohne Rippen:* Von Puerto Rico, einer Insel der Antillen, wurden Zucker, Tabak, Baumwolle und Früchte nach Europa eingeführt; die Anspielung ist noch ungeklärt.

S. 373 *Mack, Benack, Gog, Magog und Demagog:* Die beiden ersten Namen entnahm Brentano wahrscheinlich dem Titel einer 1818 in Leipzig anonym erschienenen Schrift von F. W. Lindner: ›Mac-Benac. Er lebet im Sohne oder das Positive der Freimaurerei. Zum Gedächtniß der durch Luther wiedererkämpften evangel. Freiheit.‹ Gog und Magog stammen aus dem Alten Testament: »Du Menschenkind, wende dich gegen Gog, der im Lande Magog ist...« (Hes. 38,2) und aus der Geheimen Offenbarung Johannis: »Und wenn tausend Jahr vollendet sind, wird der Satanas los werden aus seinem Gefängnis, und wird ausgehen, zu verführen die Heiden an den vier Enden der Erde, den Gog und Magog, sie zu versammeln zum Streit...« (20,7f.) Als ein wildes und gottloses Volk erscheinen Gog und Magog auch in den mittelalterlichen Volksbüchern vom Antichrist. Der Name Demagog ist eine Anspielung auf die damalige Demagogenschnüffelei und die beiden von Metternich veranlaßten Demagogenverfolgungen von

1819 und 1835. – *Schurrimurri:* In der Form eines Schlagreims (»Schuri muri«) findet sich der Name in Christian Reuters ›Schelmuffsky‹ (1696/97), einem Lieblingsbuch Brentanos.

S. 374 *Sprenkel:* Vogelstrick, Fangschlinge.

S. 376 *Chiromantie:* Handlesekunst. – *Geomantie:* eine Art Wahrsagekunst, bei der Erde oder Staub auf einen Tisch geworfen wird. – *Alektryomantie:* Wahrsagekunst aus dem Verhalten des Hahns und der Hühner; Titel eines Buches von Johannes Praetorius, s. u. S. 547,*1*. – *Coscinomantie:* Wahrsagekunst mit Hilfe eines Siebes; ebenfalls von Johann Praetorius besaß Brentano die Schrift: ›De coscinomantia oder vom Sieb-Lauffe‹ (1677). – *Hydromantie:* Wahrsagekunst aus dem Wasser. – *Crystallomantie:* Wahrsagekunst aus einer Kristallkugel. – *Kabbala:* hier allgemein für jüdische Wahrsagekünste gebraucht. – *Goetie:* die Kunst der Geisterbeschwörung. – *Talismane:* Amulette, zauberkräftige Gegenstände mit magischen Zeichen.

S. 377 *Flattiermanier:* Schmeichelweise. – *flattiert:* schmeichelt (von frz. flatter). – *Siegel Ahabs:* Von einem Siegel Ahabs, des Königs in Israel, ist Könige 21,8 die Rede; sein Weib Jezabel versiegelt damit die Briefe, die sie unter Ahabs Namen ausgehen läßt, um Naboth beseitigen zu lassen. – *Siegel Ahasveri:* Ahasverus, Assuerus, der persische König Xerxes (485 bis 465 v. Chr.). – *Siegel des Darius:* vgl. Buch Daniel, Kap. 3, wo Daniel auf Befehl des Nebukadnezar in die Löwengrube geworfen wird; von einem Siegel allerdings ist dort nicht die Rede.

S. 379 *Salomonis Siegelring:* Brentano schöpft hier aus alten talmudistischen und kabbalistischen Traktaten, Geheimschriften und Zauberbüchern. Nachdem Salomon seinem Vater die letzte Ehre erwiesen hat, erscheinen Engel und überreichen vier Edelsteine, welche ihm die Herrschaft über die Schöpfung, die Erfüllung aller Wünsche verleihen. Aus den vier Steinen läßt er einen Siegelring machen. Tier- und Geisterreich sind ihm untertan: Hahn und Wiedehopf sind seine steten Begleiter. Nach einer anderen Fassung der Sage überreicht ihm Michael einen Zauberring, der Gewalt über alle Dämonen verleiht. Dieser Ring ist ein graviertes Petschaft von kostbarem Gestein. Es scheint ein Zusammenhang zu bestehen zwischen diesem Stein und jenem, den Gabriel dem Adam brachte und der durch die Berührung sündiger Menschen schwarz wird. (*Schellberg, S.* 39f.)

S. 380 *Heddernheim, Bockenheim:* Vororte von Frankfurt. – *Alektryomantie:* s. o. zu S. 376.

S. 381 *Stein der Weisen:* lapis philosophorum, das Arcanum der Alchimie, meist als ein Pulver vorgestellt, mit dessen Hilfe man, durch »Projektion«, jedes unedle Metall in Gold verwandeln konnte; als Medizin verlieh der Lapis ewiges Leben.

S. 383 *Blumen-Notarius Publicus Salomons Siegel:* die sonst auch Weißwurz genannte Pflanze als Notar und Amtsschreiber des Blumenreichs. –

faule Grete: auch feine oder schöne Grete, griechisches Bockshorn. – *gute Heinrich:* bonus henricus, auch roter oder stolzer Heinrich, Heinrichsgänsefuß. – *Unserliebfrauenbettstroh:* echtes Labkraut. – *Dreifaltigkeitsblümchen... Jelängerjelieber... Denkeli... unnütze Sorge... Jesusblümchen:* Veilchen. – *Marienbettstroh:* s. Zeile *24.* – *Da oben im Gärtchen...:* in Anlehnung an das ›Wiegenlied im Freien‹ aus dem Wunderhorn (S. 812).

S. 384 *die lieben Kräutchen, die Marienkinder:* Bei den folgenden Blumennamen handelt es sich für die Nachnamen um deutsche Bezeichnungen; die Vornamen sind mit Hilfe lateinischer, griechischer, französischer und italienischer Pflanzennamen gebildet. – *Marienröschen:* Jupiters Lichtnelke. – *Chardonetta:* ital. Verkleinerungsform von frz. chardon, Distel. – *Cuscutta:* Cuscuta, Seide. – *Marienflachs:* Pfriemengras. – *Spergula:* Spark. – *Gremila:* von frz. grémil, ein Boretschgewächs. – *Marienhirse:* Mariengras. – *Alchimilla:* Alchemilla, Sinau. – *Marienmantel:* Mantel-Sinau. – *Mentha:* Minze. – *Marienmünze:* Marienminze, Frauenminze, Frauenkamille. – *Päonia:* Pfingstblume, Pfingstrose. – *Calceola:* ein Braunwurzgewächs. – *Marienschuh:* Frauenschuh. – *Mignardisa:* von frz. mignardise, eine kleine Nelkenart. – *Marientröpfchen:* Pfingstnelke. – *De profundis:* Tumbagebet und 6. Bußpsalm, nach Psalm 129: De profundis clamavi ad te, Domine... Aus der Tiefe rief ich, Herr, zu dir. – *Campanula:* Glockenblume. – *Marienhandschuh:* Akelei. – *Marienglöcklein:* Gartenglockenblume.

S. 385 *Grasette:* wegen des Anklangs an frz. gras, fett. – *Moscatellina:* von ital. erba moscadella, Muskateller-Salbei, Scharlachkraut. – *Ornitogalia:* Ornithogalum, Milchstern, Vogelmilch, auch Hühnermilch. – *Serpoleta:* von frz. serpolet, Quendel, Feldthymian, Feldkümmel. – *Hühnerklee:* auch Hahnenklee. – *Morgelina:* von frz. morgeline, Vogelmiere, Gauchheil, Hühnerbiß. – *Cornelia:* von Kornelkirsche. – *Hahnenpfötchen:* entweder ein Hahnenfußgewächs oder die Hühnerstachelhirse. – *Osterlustia:* von Osterluzei. – *Hahnensporn:* knolliger Hahnenfuß. – *Cretellina:* ital. Verkleinerungsform von frz. crête, Hahnenkamm. – *Esparsetta:* von frz. esparcette, Esper, Süßklee, Hahnenkopfklee. – *O Stern und Blume...:* Brentanos Wahlspruch, der hier und in seinen Gedichten häufig wiederkehrt. Zur Deutung siehe vor allem Emil Staiger, ›Die Zeit als Einbildungskraft des Dichters‹, 2. Aufl., Zürich 1935, S. 105f., die ungedruckte Dissertation von Wolfgang Schlegelmilch ›Studien zum bildlichen Ausdruck bei Clemens Brentano‹, Freiburg i. Br. 1953, S. 63f., S. 112, Anm. 28, und insbesondere Elisabeth Stopp, ›Brentano's »O Stern und Blume«: Its poetic and emblematic context‹, in ›The Modern Language Review‹ 67, 1972, S. 95ff.

S. 386 *Castrum Doloris:* prunkvoller Katafalk zu Ehren eines verstorbenen Fürsten. – *Kribbes-Krabbes-Sprach:* Der Name dieser Sprache geht wahrscheinlich auf Johann Peter Hebels Geschichte ›Der Herr Wunderlich‹ zurück, in der von einem »Gribis Grabisbuch« die Rede ist.

S. 387 *Indian:* Truthahn. – *Gott Hahnemann:* eigentlich Hanuman, der indische Gott der Schreiber. – *eine Sau:* ein Tintenklecks. – *Job:* vgl. Job 38,36. – *Konzipist:* Schreiber.

S. 389 *Wer giebt dem Hahnen den Verstand?:* Job 38,36.

S. 390 *Durch Persiam...:* Durch Persien, Medien (heute ein Teil des Iran), Armenien, Mingrelien (heute ein Teil Georgiens). – *Gock- und Magockeliam:* scherzhafte Ländernamen, mit dem Anklang an Gockel in Anlehnung an Gog und Magog gebildet; s. o. zu S. 373. – *Montevillas Reisebuch:* Das im 16. Jahrhundert viel gelesene, inzwischen als Fälschung und Kompilation entlarvte Reisebuch des englischen Arztes John Mandeville (ca. 1300–1372) besaß Brentano in einer deutschen Ausgabe von 1580. – *Tadmor:* Thadmor, das berühmte Palmyra in Syrien; vgl. 2. Chron. 8,4: »...(Salomo) bauete Thadmor in der Wüste...«

S. 392 *Salm:* der spätere Salmo. – *Die Schlange beißt sich in den Schweif:* Anspielung auf die Darstellung des sogenannten Ouroboros (Schwanzfresser), das Symbol der in sich kreisenden, anfangs- und endlosen Ewigkeit.

S. 397 *Zwier:* alte Form für zweimal. – *Tobiä Schwälblein:* Der alte Tobias erblindet dadurch, daß eine Schwalbe seine Augen mit Kot besudelt; vgl. Tob. 2,11.

S. 398 *Rezepisse:* Empfangsschein. – *fleur-de-lysierte:* mit französischen Königslilien verziert.

S. 400 *knappte:* knackte.

S. 401 *sie fanden sich mit ihnen ab:* In welchem Sinne das gemeint ist, wird S. 486 deutlich.

S. 402 *Wer giebt die Weisheit...:* Für diese Leichenrede Gockels hat Brentano neben der Bibel folgende Quellen herangezogen und teils wörtlich übernommen: Johannes Praetorius' (über diesen s. u. zu S. 547) ›Blockes-Berges Verrichtung‹ (1668) und ›Alektryomantia‹ (1680); Konrad Gesners (1516–1565), des Schweizer Polyhistors, Sprach- und Naturforschers, ›Vogelbuch oder ausführliche Beschreibung und lebendige, ja auch eygentliche Contrafactur und Abmahlung aller und jeder Vögel‹ (Frankfurt 1600); Johann Colers (gest. 1639) ›Oeconomia Ruralis et Domestica, darinn das gantze Ampt Aller treuen Haus-Vättern und Hausmüttern beständiges und allgemeines Haus-Buch etc. begriffen‹ (Frankfurt 1592); die unter dem Titel ›Rationale Divinorum Officiorum‹ bekannte erste vollständige Darstellung des ius liturgicum durch Wilhelm Durandus den Älteren (1237 bis 1296); des griechischen Schriftstellers Lukianos (ca. 125–ca. 180) Gespräch ›Der Hahn oder Traum des Mycill‹; Plinius des Älteren (ca. 23–79) ›Historia naturalis‹; Hymnen des Prudentius (um 348) und solche, die unter dem Namen des Ambrosius (ca. 340–397) überliefert sind. Vgl. *Schellberg*, S. 37ff. – *der weise Mann:* Salomo in seinen Sprüchen (30, 29ff.).

S. 404 *Alektryomantie:* s. o. zu S. 376. – *einen gewissen unparteiischen*

Engländer: vermutlich Anspielung auf Laurence Sterne (1713–1768) und den Schluß seines Buches ›Leben und Meinungen des Tristram Shandy‹.

S. 408 *Karoussel:* carroussel, Platz für Reiterspiele, Reitplatz. – *das siebente Wunder der Welt:* In der Antike wurden sieben Werke der Skulptur und Baukunst die sieben Weltwunder genannt.

S. 411 *Nachtigall, ich hör dich singen...:* mit einigen Abweichungen aus dem Wunderhorn, S. 64f.

S. 415 *Siebengestirn:* das Sternbild der Plejaden. – *Balkis:* legendärer Name der Königin von Reicharabien; vgl. 1. Kön. 10,1 – *Hieram von Tyrus:* Hiram, König von Tyrus, der Sage nach der Baumeister des salomonischen Tempels. – *Ophir:* vgl. 1. Kön. 9,28: »Und kamen gen Ophir und holten daselbst vierhundertundzwanzig Zentner Golds und brachtens dem König Salomo.« – *Augsburgierter Butzbacher-Façon:* Die Augsburger Gold- und Silberschmiede waren berühmt; in Butzbach fanden größere Jahrmärkte für Handwerkswaren statt.

S. 416 *tyrischem Purpur:* Im Altertum war der rotviolette Purpur aus Tyrus berühmt. – *Hymettus:* Hymettos, Berg in Attika, berühmt wegen seines wohlschmeckenden Honigs. – *die schöner bekleidet waren als Salomo selbst:* vgl. Matth. 6,29. – *des höchsten Liedes:* das Hohe Lied Salomonis im Alten Testament.

S. 417 *Piqué:* dicker Baumwollstoff, auf dem durch erhöhte und vertiefte Stellen ein Muster erzeugt ist.

S. 420 *Basler Hennentaler:* Hinweis auf Basel als den Geburtsort der Emilie Linder. – *Stübern:* s. o. zu S. 179. – *Gebrüder Vatermörder:* s. o. zu S. 333. – *poussiert:* getrieben, modelliert (frz. bosser).

S. 422 *Kibitken:* Kibitka, eigentlich das zerlegbare Zelt der nomadisierenden Kirgisen; dann ein ungefedertes russisches Fahrzeug, das durch ein Mattenwerk Schutz gegen die Witterung bot. – *Ki wi, Ki wi:* frz. Qui vive? Wer da?

S. 423 *Orden des roten Ostereis dritter Klasse:* Am 18. Januar 1810 stiftete Friedrich Wilhelm III. von Preußen die zweite und dritte Klasse zu der schon bestehenden ersten Klasse des Roten Adlerordens. – *auf einer Wurst:* s. o. zu S. 123. – *Großei:* Das Großkreuz ist die höchste zu verleihende Klasse aller Orden. – *beinah ein Jahr:* wohl abermals Anspielung auf den Freiherrn vom Stein, der nicht länger als ein Jahr Staatskanzler war.

S. 424 *wunderbaren Zügen:* wunderbaren Schriftzeichen, Zauberzeichen. – *alle Augen erquickte:* Das tiefe Grün des Smaragds gilt seit alters als heilkräftig für das Auge; vgl. Goethes Gedicht ›Bedenklich‹ im ›West-östlichen Divan‹: »Also sag ich, daß die Farbe/Grün und augerquicklich sei!«

S. 426 *Der Alte sang:* Das Lied des Alten dürfte mannigfaltige Anspielungen auf Emilie Linders Garderobe enthalten.

S. 428 *Christoph Schmidt:* Christoph von Schmid (1768–1854), bekannter und vielgelesener katholischer Kinderbuchautor, der »Verfasser der Ostereier«; schrieb unter anderem ›Rosa von Tannenburg‹ und ›Wie Heinrich von Eichenfels zur Erkenntnis Gottes kam‹.

S. 430 *Sack des Fortunat:* Fortunatus, der Held eines der bekanntesten deutschen Volksbücher, besaß einen nie versagenden Geldsäckel.

S. 431 *Charpie:* die durch Zerrupfen der Leinwand gewonnenen Fäden, die früher als Verbandmittel verwendet wurden. Während der Kriege des 19. Jahrhunderts zupften die Frauen zu Hause Charpie für die Verwundeten.

S. 433 *So allein, allein, allein!:* eine Lieblingsredensart der Emilie Linder (vgl. *Fraenger*, S. 75, Anm. 23), die Brentano übernommen hat und die in der Spätfassung des Gockelmärchens öfters wiederkehrt; s. u. S. 444,*8*, S. 509,*18*, S. 544,*3* und S. 582,*36*. – *Döckchen:* Püppchen (von Docke, Puppe).

S. 434 *Minerva:* Athene, die Göttin der Weisheit und Wissenschaft, auch der Künste und Gewerbe und aller weiblichen Kunstfertigkeit; ihr Attribut ist die Eule, das Sinnbild der Weisheit. – *Kunstpatron:* Brentanos Freund Joseph Görres (1776–1848), auf dessen Schriften zur Mythologie und politische Schicksale angespielt wird.

S. 435 *Arachnes Hand:* Arachne (griech. Spinne), eine kunstvolle Weberin, forderte Athene zum Wettstreit heraus. Als sie in ihrem Gewebe die Liebesabenteuer der Götter darstellte, zerriß Athene erzürnt die Arbeit und schlug Arachne vor die Stirn; diese wollte sich erhängen und wurde von der Göttin in eine Spinne verwandelt. – *Fallhut:* s. o. zu S. 349. – *Rassel:* Kinderrassel. – *Molle, Molle:* s. u. zu S. 530 (*Schottländerin*) und 531.

S. 439 *des Morgenlands Gesetze:* Anspielung darauf, daß das mosaische Gesetz das Schwein als unreines Tier bezeichnet und der Genuß seines Fleisches den Juden deshalb verboten ist.

S. 440 *Comteß Torschon de Popin:* scherzhafte Namensbildung, etwa soviel wie Komteß Arschwisch.

S. 442 *Abulfeda:* Name eines mohammedanischen Historikers und Geographen (1273–1331), den Görres in seiner ›Mythengeschichte der asiatischen Welt‹ (1810) im Zusammenhang mit uralten sabäischen Magiern erwähnt; hier scherzhafter Name für Albrecht von Haller (1708–1777), dessen im 18. Jahrhundert sprichwörtliche und von Goethe (in ›Allerdings‹, 1820) zitierte Verse aus dem Lehrgedicht ›Die Falschheit menschlicher Tugenden‹ (1730) von Brentano (mit einer leichten Abweichung »wem sie nur« statt »wann sie noch«) in parodistischer Absicht verwendet werden. – *krustillieret:* knuspert (croustiller).

S. 443 *Galen:* Claudius Galenos (130–vor 210), der berühmteste Arzt des Altertums, dessen zahlreiche Schriften bis in die Renaissance Autorität genossen. – *was man nicht begehren darf...:* das 9. und 10. Gebot des Dekalogs (2. Mos. 20,17).

S. 444 *Nicht so allein, allein, allein!:* s. o. zu S. 433.

S. 446 *Klandestinchen:* von frz. clandestin, heimlich, verstohlen.

S. 447 *Cospetto di Bacco:* italienischer Ausruf des Erstaunens: »Beim Angesichte des Bacchus!«, soviel wie »Potztausend!«. – *Agatha Gaddi:* vermutlich Anspielung auf eine bisher nicht feststellbare historische Person. – *Fuge Solo:* eine unmögliche Gesangsart, da zu einer Fuge mindestens zwei gegeneinander geführte Stimmen gehören. – *Fahr, fahr, fahr auf der Post...:* s. o. zu S. 175. – *Alamode-Barutsche:* neumodische Halbchaise; von ital. baroccio, zweirädriger, leichter offener Wagen.

S. 449 *Hoffaktoren:* Verwalter von Hofämtern. – *Konsulenten:* Berater. – *Den scharmanten Absalon:* Von Absalom, einem Sohn Davids, heißt es (2. Sam. 14,25): »Kein Mann war so schön als Absalom.«

S. 450 *Annalen der leidenden Menschheit:* eine Veröffentlichung des ungemein regen und fruchtbaren Politikers und Publizisten August Hennings (1746–1826).

S. 452 *Aderlaßschnepper:* s. o. zu S. 161; hier ist jedoch nicht das Instrument, sondern sein Benutzer, der damit zur Ader läßt, gemeint.

S. 453 *patriotische Nacht für Gelnhausen:* Hier folgen ganz offensichtlich Anspielungen auf öffentliche Kundgebungen in Berlin zur Zeit der Restauration. Vielleicht soll die Stimmung nach dem Löningschen Attentat wiedergegeben werden. Der Apothekergehilfe Löning, der radikalburschenschaftlichen Kreisen angehörte, hatte am 1. Juli 1819 ein Attentat auf den nassauischen Staatsrat K. von Ibell verübt. Zusammen mit der Ermordung Kotzebues durch den Studenten Karl Ludwig Sand am 23. März 1819 bildete dieses Attentat den unmittelbaren Anlaß der »Karlsbader Beschlüsse« (August 1819) und somit der ersten Demagogenverfolgung. Der zur Mäßigung neigende Friedrich Wilhelm III. wurde durch diese beiden Anschläge ganz auf die Seite Metternichs gezogen.

S. 454 *Liefre Schweinsblasen...:* vgl. S. 308,*33*ff. – *Gackeleia, liebste Gackeleia mein...:* in Anlehnung an den Gassenhauer »Laurentia, schönste Laurentia mein...«; vgl. S. 173 und S. 508.

S. 455 *a l'öff de Puffpuff:* von frz. à l' œuf; etwa: nach Art gepuffter Eier.

S. 460 *Fitze, fitze, Domine...:* vielleicht ein Hinweis auf eine damalige Konditorei (mit Lesekabinett) in Berlin, deren Inhaber Vicedomini hieß.

S. 466 *Indianen:* Truthähne.

S. 470 *Eia popeia popolen...:* mit starken Abweichungen unter der Überschrift ›Die arme Bettelfrau singt das kranke Kind in Schlaf‹ im Wunderhorn, S. 813.

S. 471 *Musterreiter:* Reiter mit Musterwaren. – *Mausoleum:* das prächtige Grabmal, das die Königin Artemisia ihrem Gatten Mausolos in Halikarnaß errichten ließ; eines der sieben Weltwunder des Altertums (siehe auch S. 475,*15*ff.).

S. 473 *Maifeld:* Das sogenannte Maifeld diente unter Karl dem Großen vor allem zur Heerschau; hier soviel wie Paradeplatz, Exerzierplatz. – *Residenz des Mäusekönigs:* Mit der Mäusestadt ist, ohne daß eine eigentliche Beschreibung beabsichtigt wäre, offensichtlich München gemeint, wo Brentano, als er die Spätfassung des Gockels niederschrieb, schon seit dem Oktober 1833 wohnte. Auf München deutet auch die S. 478ff. geschilderte Mäuseprozession.

S. 476 *Königsberger Marzipan* usw.: Bei der Mehrzahl dieser »patriotischen Kuchen« handelt es sich um Gewürzkuchen, Mandelgebäck und Wecken; die Mainzer Vitzen sind ein doppelter Butterweck, die Bubenschenkel (ursprünglich wohl Puppen –, d. h. Mädchenschenkel) ein aus zwei schenkelartigen Teilen bestehendes Gebäck aus Weizenmehl.

S. 482 *denn horch, jetz kam auch ein Wehen...:* Freie Reminiszenz an Vers 13 in Friedrich Hölderlins Elegie ›Brot und Wein‹, deren erste Strophe in Seckendorffs ›Musenalmanach für das Jahr 1807‹ unter dem Titel ›Die Nacht‹ erschienen war: »Jetzt auch kommet ein Wehn und regt die Gipfel des Hains auf, (Sieh! und das Schattenbild unserer Erde, der Mond, / Kommet geheim nun auch; die Schwärmerische, die Nacht, kommt, / Voll mit Sternen und wohl wenig bekümmert um uns, / Glänzt die Erstaunende dort, die Fremdlingin unter den Menschen, / Über Gebirgeshöhn traurig und prächtig herauf.)« Diese Verse haben auf Brentano einen so tiefen Eindruck gemacht, daß er in seinen Briefen mehrfach darauf zu sprechen kommt und sie des öfteren zitiert; er hat auch eine freie Fortsetzung des Gedichtes beabsichtigt und in Angriff genommen, die jedoch Fragment geblieben ist und bisher nur in Auszügen veröffentlicht wurde (vgl. Walther Rehm, ›Brentano und Hölderlin‹, in ›Begegnungen und Probleme‹, Bern 1957, S. 40ff.).

S. 483 *o Eitelkeit...:* Sprüche 1,2.

S. 484 *Allongeperücke:* feierliche Staatsperücke aus der Zeit Ludwigs XIV., welche die Steifheit des Zeremoniells betonte; hier, wie etwa auch in den satirischen Schriften Eichendorffs, als Sinnbild der Aufklärung verwendet. – *das junge Katzenellenbogen:* Anspielung auf das an der Aufklärung (Totenkopf in der Allongeperücke) geschulte Junge Deutschland. Der Beschluß des Deutschen Bundestags gegen »die Verfasser, Verleger, Drucker und Verbreiter der Schriften aus der unter der Bezeichnung ›das junge Deutschland‹ oder ›die junge Literatur‹ bekannten literarischen Schule, zu welcher namentlich Heinr. Heine, Carl Gutzkow, Heinr. Laube, Ludolph Wienbarg und Theodor Mundt gehören«, war am 10. Dezember 1835 ergangen (siehe auch S. 486,*19*ff. und S. 489).

S. 485 *Muskulus:* Anspielung auf Andreas Muskulus (1514–1588), Generalsuperintendent der Mark Brandenburg; schrieb unter anderem eine satirische Predigt ›Hosenteufel‹ (1555) gegen die Mode der Pluderhosen. –

Marquise Marmotte: frz. marmotte, Murmeltier; vielleicht ist eine bekannte Persönlichkeit, etwa eine fürstliche Mätresse, gemeint.

S. 486 *Herr Piloris:* frz. piloris, eine Ratte von den Antillen, die einen starken Moschusgeruch von sich gibt. – *weil sie den Löwen aus dem Netz befreit:* Anspielung auf eine Fabel des bekannten griechischen Fabeldichters Äsop (Aisopos, 620–560 v. Chr.), in welcher ein Löwe einer Maus großmütig das Leben schenkt; diese zeigt sich erkenntlich, indem sie das Netz zernagt, in das der Löwe sich verstrickt hat.

S. 487 *ein Berg habe gebären wollen...:* ebenfalls nach einer Fabel des Äsop, auf welche Horaz in seiner Ep. ad Pisones anspielt: »Die Berge kreißen: geboren werden wird eine lächerliche Maus.« – *Ägyptischen Plagen:* vgl. 2. Mos. 7ff. – *Hatto von Mainz:* s. o. S. 654.

S. 488 *Muscardin:* frz. Haselmaus.

S. 489 *Loge:* Freimaurerloge. – *Pulververschwörung:* Anspielung auf das gunpowder plot, in welchem eine Gruppe katholischer Fanatiker den König Jakob I. mit seiner Familie, dem Ober- und Unterhaus bei der Eröffnung der Parlamentssession im November 1605 in die Luft sprengen wollte; die Verschwörung wurde in letzter Minute aufgedeckt. – *aber keine Maurer:* Anspielung auf die Freimaurerei.

S. 493 *Salzverschwärzer:* Salzschmuggler. – *Salzversilberer:* amtliche Salzverkäufer. – *Salzjunker:* Adelige, die einen Anteil an einem Salzwerk besaßen. – *Salzgrafen:* die obersten Vorgesetzten eines Salzwerks. – *Kristallismus:* Lehre von der Kristallbildung.

S. 497 *Psyche:* griech. Seele; wird in der griechischen Mythologie als zartes Mädchen mit Schmetterlingsflügeln dargestellt. Als solches erscheint sie auch, neben dem S. 498 geschilderten Wappen, auf der zu dieser Szene gehörenden Lithographie Nr. 11. – *hetrurischen Lampe:* etrurische Lampe, von Etrurien oder Tuskien, alter Name einer Landschaft Mittelitaliens. Mit einer Lampe in der Hand überrascht Psyche in der Sage im Schlaf den jungen Amor, der sie allnächtlich besucht. – *Psyche, rührt'! und nicht vergebens!...:* parodistische Verwendung eines Gedichtes von Friedrich von Matthisson (1761–1831): »Psyche trinkt und nicht vergebens, / Plötzlich in der Fluten Grab / Sinkt das Nachtstück ihres Lebens / Wie ein Traumgesicht hinab.«

S. 498 *blasoniert:* blasonner, Wappen malen. – *Grand-Kordon:* breites Ehrenband, an dem ein hoher Orden getragen wird; Bezeichnung des Ordens selber. – *Pegasus:* das geflügelte Musenroß, das durch seinen Hufschlag aus dem Helikon den begeisternden Musenquell Hippokrene hervorschlug. – *mœlleux:* flaumenweich, sanft. – *Seid umschlungen...:* die beiden ersten Verse von Schillers Hymnus ›An die Freude‹, den Beethoven im letzten Satz seiner IX. Symphonie vertont hat. – *alteriert:* aufgeregt.

S. 499 *Sinnbild der Sternsehenden Wachsamkeit:* Die Gans gilt als Sinnbild der Wachsamkeit, weil Gänse der Sage nach durch ihr Geschnatter das römische Kapitol vor dem Überfall durch den nächtlicherweile eindringenden Brennus gerettet haben.

S. 500 *Königsberger Marzipan* usw.: s. o. zu S. 476.

S. 503 *Ach Schwester! die du sicher:* Anfangszeilen eines volkstümlichen Liedes ›Die klagende Nachtigall‹.

S. 508 *Laurentia, schönste Laurentia mein...:* alter Gassenhauer; s. o. zu S. 173.

S. 509 *so allein, allein, allein:* s. o. zu S. 433. – *Bein von meinem Bein:* vgl. 1. Mos. 2,23.

S. 512 *Liebäugelein:* echte Ochsenzunge. – *brennende Liebe:* steife Waldranke, eine Clematisart. – *Demutkraut:* eigentlich der Quendeldost, eine Majoranart. – *Engelblume:* kleines Habichtskraut oder Wohlverleih (Arnica). – *Herzblümlein:* Sumpfherzblatt oder Maßliebe.

S. 513 *Herzenstrost:* Zitronenmelisse oder gewöhnliche Roßminze. – *Herzensfreude:* Gurkenboretsch. – *Honigblümchen:* Sandruhrkraut. – *je länger je lieber:* Jelängerjelieber, Geißblatt oder Gamander oder Veilchen. – *Schlafkräutlein:* schwarzes Bilsenkraut oder gelber Günsel. – *Fühlkraut: ›Rühr mich nicht an‹:* Springkraut (Impatiens noli me tangere). – *Mollenkraut:* echter Wunderbaum, auch Christuspalme genannt. – *Herrgottsbärtlein:* echtes Mähdesüß oder Wiesenkreuzblume. – *lieb Denkeli:* Veilchen. – *Herzgespann:* auch Herzkraut (Leonorus). – *Sophienkraut:* runder Sonnentau; Anspielung auf Brentanos erste Frau, Sophie Mereau; s. u. S. 564,*1* ff. – *Engeltrank:* auch Wohlverleih. – *wohlgemut:* Wohlgemut, Name des gewöhnlichen Dosts, des Boretschs, der bitteren Garbe. – *Gottes Gnade:* Wiesenstorchschnabel. – *Gottes Hülfe:* Gotteshilfe, Gnadenkraut. – *Gottes Heil:* Gottesheil, kleine Brunelle. – *Himmel kehr:* Himmelskehr, echter Beifuß. – *Himmelstau:* blutrote Fingerhirse. – *Kreuzblümlein:* Kreuzblume (Polyganum) oder Blutwurz (Fingerkraut) oder zweiblättriger Stendelwurz. – *Jesusblümlein:* Porzellansteinbrech. – *Heiland:* Attichholunder. – *ewige Blume:* Ewiggrün, Immergrün. – *Gotteshülfe:* s. o. zu *Gottes Heil.* – *Tausendblättchen:* hier Schafgarbe. – *Floramor:* Tausendschön. – *Jerusalemsblume:* brennende Lichtnelke, auch feurige oder brennende Liebe genannt. – *Mannstreue:* Eryngium oder große Eberwurz oder Gedenkemein. – *wer will mich trennen...:* vgl. Röm. 8,35: »Wer will uns scheiden von der Liebe Gottes?« – *ich halte ihn und lasse ihn nicht:* Zitat aus dem Hohenlied (3,4). – *Wer ist treuer als ich?:* vgl. hierzu das Gedicht »O, wie ist der Epheu treu!« (Bd. I, S. 255). Unter dem Epheu versteht Brentano sich selbst.

S. 514 *von zuvorkommender Gnade:* Die Theologie unterscheidet mehrere Arten der Gnade, die zuvorkommende, heilende, helfende und heiligmachende Gnade (gratia praeveniens, sanans, adiuvans, sanctificans). –

auf daß ich aufsteige aus der Wüste: eine weitere Anspielung auf das Hohelied: »Wer ist die, die heraufsteigt aus der Wüste wie ein gerader Rauch?« (3,6)

S. 517 *amaranthroten:* Die symbolische Bedeutung dieser Farbe für die Ahnfrau (und für Brentano) wird im weiteren Verlauf des Tagebuches immer deutlicher und in ihrer Ambivalenz entfaltet. In einem unveröffentlichten Briefe Brentanos vom 29. November 1836 (Freies Deutsches Hochstift, Hs. Nr. 3837) heißt es: »... weil ich diesen Umschlag [zum Gockelmärchen] mit Metallgold will drucken lassen, müßte Herr Schmerber seinen Commissionair beauftragen, *dunkel farbiges* Papier zu dem Umschlag zu besorgen. Am besten wäre *tief* rotes (amaranthfarbiges) Papier...«

S. 518 *Feuerrote Blümelein...:* s. u. zu S. 577.

S. 519 *Edelleute aus dem Turgau:* s. u. S. 625,*32*. – *Frauenlehn:* auch Kunkellehen, auf die weiblichen Verwandten vererbbares Lehen; wie der adelige Mann im Mittelalter das Schwert (daher Schwertlehen), so trägt die Frau als Würdezeichen die Kunkel, den Spinnrocken. – *habe schon Rebekka auf ihren Schultern getragen:* In der Bibel ist nur von schweren Ohrgehängen und Armspangen, nicht aber von Achselspangen die Rede, welche Abrahams Knecht als Brautwerber Rebekka zum Geschenk macht (vgl. 1. Mos. 24,22); siehe hierzu Brentanos Bemerkung S. 337,*11*ff.

S. 520 *Uns ist geboren ein Kindelein...:* Beginn des Introitus vom Fest der Beschneidung des Herrn am 1. Januar: Puer natus est nobis, et filius datus est nobis, cuius imperium super humerum eius. (Is. 9,6)

S. 521 *Frauenlehn:* s. o. zu S. 519.

S. 523 *Pünktlichkeit:* hier soviel wie Genauigkeit, Bestimmtheit. – *Duopünktlichkeit:* von Doppelpunkt (duo puncta) abgeleitet.

S. 524 *Grand Cortege:* großer festlicher Zug.

S. 525 *Dockadaumen:* von schwed. Docka, Puppe (eigentlich kurze Säule); Brentano macht Zeile *32* den Namen einer römischen Kaiserin daraus.

S. 526 *Fräulein Ornitogalia:* Die Namen dieser acht ersten Ordensgespielinnen der Ahnfrau (mit den dazugehörenden Nachnamen) bereits S. 385,*3*ff. und später wiederum S. 560,*30*ff.; s. o. zu S. 385.

S. 528 *jene alte Frau mit einer blauen Schürze:* ein weitverbreiteter Volksglaube. Vgl. J. V. Zingerle, ›Sagen, Märchen und Gebräuche aus Tirol‹, Innsbruck 1895, Nr. 568: »Ein Hirt erkennt eine Wetter-Hexe und sieht sie bei einem Begräbnis wieder: ›Sie hatte ein blaues Fürtuch und ging allerletzt.‹ Seitdem glaubt das Volk, daß jenes Weibchen, das bei einem Begräbnis oder einer Prozession zuletzt geht und eine blaue Schürze oder Haube trägt, eine Wetterhexe sei. – Auch aus der Oberpfalz wird berichtet, daß dort den Begräbniszug eine alte Frau im blauen Schurz schloß. Das war dann auf die Umgänge in die Saatfelder und auf Wallfahrten übertragen worden, bei denen ebenfalls das letzte im Zuge ein blaues Fürtuch sein mußte.« (*Streit*, S. 97, Fußnote)

S. 530 *courfähig:* hoffähig. – *großmächtige, breite Schottländerin:* Gemeint ist Emilie Linder. – *Leib-Lebküchler:* Über diesen heißt es in einem Brief Brentanos an seinen Bruder Georg vom 27. November 1838: »Der Lebküchler, welcher auf allerlei Religionskriege deuten soll, ist nichts als ein hier durchreisender Bildhauer, der aller Leute *per force* in Suppenteller mit Wachs *en basrelief* porträtieren wollte usw., ist alles ganz lustig vertroffen.«

S. 531 *Samsonia Molle Gothol, Meisterin von St. Eduards Stuhl:* Samsonia (von Samson) wegen der Großmächtigkeit; Molle (lat. mollis, weich) läßt einen gewissen Embonpoint in Emilie Linders Statur vermuten; der Meister vom Stuhl ist ein hoher Freimaurergrad. Über St. Eduards Stuhl s. u. S. 611. – *schottischen Könige Gothol, Simon Breach, Fergus, Kenneth:* s. u. S. 611. – *auf jenem Steine..., auf dem Jakob bei Bethel...:* vgl. 1. Mos. 28,11 ff. – *Old Druidical Superstitions:* Alter druidischer Aberglaube; die Druiden waren die Priester der keltischen Religion; die illuminatischen Geheimbünde der Zeit beriefen sich gerne auf sie. Alles hierin Gehörige steckt voller scherzhafter Anspielungen auf Emilie Linder, die ein lebhaftes Interesse für allerlei mystische Schriften besaß, das durch ihre Freundschaft mit Franz von Baader noch gesteigert wurde; es waren dies ihre »urelterlichen und altvorderlichen Studien«. – *vom Ei an:* Anspielung auf das sprichwörtlich gewordene »ab ovo« des Horaz in seiner Ep. ad Pisones: gemino bellum Troianum orditur ab ovo, da wird die Erzählung des Trojanischen Krieges mit dem Doppelei (der Leda, deren einem die schöne Helena entschlüpfte) begonnen. Hier Rückverweis auf die ›Zueignung‹, oben S. 341. – *Honig aus dem Rachen des Löwen... Eselkinnbacken...:* vgl. Buch der Richter 14/15. – *poussieren:* bossieren, modellieren.

S. 533 *Holundermännchen:* aus Holundermarkstücken zusammengesetzte Figuren, welche die Kinder auf den Ofen stellten, wo sie unter der Einwirkung der Wärme anfingen sich zu bewegen.

S. 537 *Approbierte Gouvernante:* Mit dieser Figur ist Luise Hensel gemeint.

S. 540 *Engel, die Gott zugesehn...:* Eine andere Fassung dieses Vierzeilers findet sich in der 24. Strophe des Gedichtes »Durch die weite öde Wüste...« (*Ges. Schr.* I, S. 49 ff.): »Sonn und Mond und Sterne bauen, / Hab ich, Gott, dir zugesehn, / Aber, Herr, ins Nest zu schauen / Mit dem Kind, auch das ist schön.« (Siehe auch die Anm. zu dem Gedicht ›Ihre Händchen pochten an...‹, Bd. I, S. 177). Kinder, die in ein Vogelnest sehen, sind sowohl auf dem Titelblatt des Gockelmärchens als auch unter der hierhin gehörenden Kindergesellschaft abgebildet.

S. 541 *Müde bin ich, geh zur Ruh...:* das bekannte Kindernachtgebet von Luise Hensel.

S. 542 *Siegels Salomonis:* Salomonssiegel, Weißwurz.

S. 544 *Und ich blieb allein, allein!:* s. o. zu S. 433.

S. 546 *Nachtgebiet der Natur... Hereinragen einer Geisterwelt...:* Anspielung auf Gotthilf Heinrich von Schuberts (1780–1860) ›Ansichten von der Nachtseite der Naturwissenschaft‹, Dresden 1803, und Justinus Kerners Buch ›Die Seherin von Prevorst. Eröffnungen über das innere Leben des Menschen und über das Hereinragen einer Geisterwelt in die unsere‹ (1829). Brentano nannte Kerner gerne den ›Hereinrager‹, und aus diesem Zusammenhang mit Justinus Kerner, der in Weinsberg wohnte, erklärt sich auch die Anspielung auf die Sage von den Weibern von Weinsberg (S. 549,*6*ff.).

S. 547 *Johannes Praetorius* (alias Hans Schultze, 1630–1680), ein unermüdlicher Sammler und Verzeichner von Sagen, Gebräuchen und abergläubischen Überlieferungen; Verfasser von insgesamt 92 Veröffentlichungen, von denen die Rübezahl-Bücher die stärkste Nachwirkung gehabt haben. Brentano besaß neben anderen alle hier genannten Titel, nämlich: ›Der abentheuerliche Glücks-Topf‹ (1669), ›Ein Ausbund von Wünschel-Ruthen‹ (1667), ›Blockes-Berges Verrichtung‹ (1668), ›Anthropodemus Plutonicus, Das ist, Eine Neue Weltbeschreibung Von allerley wunderbahren Menschen‹ (1677), ›Satyrus Etymologicus, Oder der Reformirende und Informirende Rüben-Zahl‹ (1672), ›Saturnalia: Das ist, Eine Compagnie Weihnachts-Fratzen‹ (1663), ›Storchs und Schwalben Winter-Quartier‹ (1676), ›De Coscinomantia, Oder vom Sieb-Lauffe‹ (1677), ›Alektryomantia, Seu Divinatio Magica cum Gallis Gallinaceis peracta‹ (1680). – *Rocken-Philosophie:* Anspielung auf ein weiteres, anonym erschienenes Buch des Praetorius, dessen erste Ausgabe ›Philosophia Colus oder Phy, lose vieh der Weiber‹ (Leipzig 1662) und spätere Bearbeitung ›Die gestriegelte Rocken-Philosophie‹ (Chemnitz 1705) Brentano ebenfalls besaß. – *zum kaiserlich gekrönten Poeten haben gemacht werden können...:* Johannes Praetorius war in der Tat Poeta Laureatus Caesareus; Brentano benutzt hier eine Anmerkung Christian Wernickes (1661–1725) zu einem seiner Epigramme (›Wo snatternd alle Gäns in Schwanen sich verkehren‹): »durch Hülffe eines Lateinischen Pfaltz Grafen, welcher, wie er die unechten Kinder Echt, also auch einen Dudentopff zu einem gekrönten Poeten machen kann, so das folgende einige dieser Pfalzgrafen ihre Macht so weit missgebraucht, dass sie gantze Gesellschaften gestiftet, welche den schönen Pegnitz-Strand verunehret, und den Ruhm einiger geschickter Leute, die sich darunter befunden, durch die Anzahl und den Schwarm der Andern verdunkelt haben.« (›Poetischer Versuch‹, Hamburg 1704, 5. Buch, S. 143.) – *Hanns Diemringer von Staufenberg:* auch Peter Diemring von Stauffenberg; von ihm berichtet ein Volksbuch, daß er eine Nymphe oder Wasserfrau ehelichte, die ihn tötete, als er ihre wahre Natur erkannte und sich einer anderen Frau zuwandte. – *Old Druidical Superstitions:* s. o. zu S. 531. – *Faunen, Satyrn:* gehörnte, geschwänzte bocksfüßige Waldgötter, Begleiter des Pan und Dionysos. – *Dryaden,*

Hamadryaden: Baum- und Hainnymphen. – *Sirenen, Melusinen, Undinen:* Meerfräulein, Wassernymphen. – *Sylphiden:* auch Sylphen, Luftgeister. – *Salamandrinen:* weibliche Feuergeister.

S. 548 *salvo errore et commissione:* unter Vorbehalt des Irrtums und der Auslassung. – *Gebrüder Vatermörder:* s. o. zu S. 333.

S. 549 *merianische Bilderchronik:* Gemeint ist wohl die von Matthaeus Merian (1593–1650) herausgegebene ›Historische Chronica‹ (Frankfurt 1630).

S. 550 *des jungen Herschels:* William Herschel (1738–1822), englischer Astronom, entdeckte den Uranus und die Satelliten des Saturn. – *Urkundius Regestus:* Brentanos Freund Johann Friedrich Böhmer (1795–1863), der als Historiker die Kaiser-Regesten (Verzeichnisse sämtlicher Urkunden der deutschen Kaiser und Könige) herausgab. – *des Sanchuniatons verlorne Bücher:* Sanchuniaton von Berytus oder Tyrus soll um 1250 v. Chr. gelebt und über die Urgeschichte Phöniziens und Ägyptens geschrieben haben. Friedrich Wagenfeld aus Bremen veröffentlichte 1836 ›Sanchuniaton's Urgeschichte der Phönizier, in einem Auszuge aus der wieder aufgefundenen Handschrift von Philos vollständiger Übersetzung‹; 1837 ließ er den griechischen Text mit lateinischer Übersetzung sowie eine deutsche Übersetzung folgen. Die Fälschung wurde bald entdeckt. – *Brigantium in Galizien:* die portugiesische Stadt Braganza.

S. 552 *Margaretha, Gräfin von Holland:* Diese Sage wird in Colers Hausbuch (s. o. zu S. 402) und in der Sagensammlung der Brüder Grimm berichtet.

S. 553 *Worte des Herrn:* Matth. 23,27.

S. 554 *das fromme Hühnlein:* Damit ist das Gewissen gemeint.

S. 555 *Kyrn:* Städtchen an der Nahe.

S. 556 *blöd:* schüchtern, scheu. – *Rhätien:* Bündnerland.

S. 559 *die Ostereier gesegnet:* Speisenweihe am Ostersonntag.

S. 560 *Christ ist erstanden...:* alter christlicher Osterjubilus, einer der frühesten Gemeindegesänge in deutscher Sprache. – *Ornitogalia von Hühnermilch* usw.: s. o. zu S. 385.

S. 561 *Quasimodo geniti:* Anfangsworte des Introitus (1. Petr. 2,2) vom Weißen Sonntag; der erste Introitusvers wird gleich darauf zitiert: »Wie neugeborne Kindlein...« – *Maientag:* der erste Mai. – *Maientrank:* Maibowle oder Waldmeisterbowle; der Waldmeister blüht im Mai. – *Waldeinsamkeit:* ein Kennwort der Frühromantik, das vor allem nach einem Gedicht dieses Titels von Ludwig Tieck geläufig wurde.

S. 562 *Sonntag Misericordias:* 2. Sonntag nach Ostern, dessen Introitus mit Psalm 32,5 beginnt: Misericordias Domini plena est terra...; das Evangelium (Joh. 10,11–16) beginnt: »Ich bin der gute Hirte.« – *Kling, kling Glöckchen...:* aus dem Wunderhorn, S. 813; dort unter der Überschrift ›Im Frühling, wenn die Maiglöckchen läuten‹; hier abgewandelt und erweitert. – *Sonntag Jubilate:* 3. Sonntag nach Ostern; der Introitus beginnt mit Psalm 65,1: Jubilate Deo, omnis terra.

S. 563 *den ewigen Juden:* Asverus oder Ahasver, auch Cartophylax, welcher der Sage nach bis zum Jüngsten Gericht unstet wandern muß, weil er den Herrn auf seinem Kreuzweg, als dieser auf seiner Schwelle rasten wollte, unbarmherzig verjagt hat. In der Gestalt des ewigen Juden, der auch *nach* der Taufe keine Ruhe findet, hat Brentano sich selbst gesehen. Zum Thema vgl. *Rychner,* S. 57ff. und *Frühwald,* S. 165, Anm. 179. – *St. Sophientag:* der 15. Mai. Im Frühjahr 1798 lernte der damals neunzehnjährige Brentano in Jena seine spätere Frau Sophie Mereau kennen, die 1808 in Heidelberg starb. Sie ist der S. 564,*1* genannte *Herzgespann* (Gespann, Gespan, soviel wie Gehülfe, Geselle, Kamerad, Herzensfreund).

S. 564 *Sonntag Cantate:* 4. Sonntag nach Ostern; der Introitus beginnt mit Psalm 95,1: Cantate Domino canticum novum. – *Es hat einmal geregnet:* Abwandlung eines schwäbischen Volkslieds aus dem Wunderhorn.

S. 565 *Sonntag Rogate:* 5. Sonntag nach Ostern; im Evangelium das Herrenwort (Joh. 16,24): »Wahrlich, wahrlich, ich sage euch, wenn ihr den Vater in meinem Namen um etwas bitten werdet, so wird er es euch geben.« – *Bittwoche:* die Woche vor Christi Himmelfahrt mit den Bittprozessionen, die um Erntesegen bitten. – *St. Nicomedestag:* Die Kirche begeht den Todestag des heiligen Priesters und Märtyrers Nikomedes heute am 15. September.

S. 566 *am 25. April:* Hinweis auf den Osterdienstag (S. 561); demnach erstreckt sich die Niederschrift des Tagebuchs von Karfreitag, den 22. April, bis Sonntag, den 6. Juli 1317.

S. 567 *affabel:* liebenswürdig. – *St. Marcellinustag:* 2. Juni, Fest eines römischen Priesters und Märtyrers. – *Sonntag Exaudi:* Sonntag in der Oktav von Christi Himmelfahrt; der Introitus beginnt mit Psalm 26,7: Exaudi, Domine, vocem meam. In Rom hieß dieser Sonntag im Mittelalter Rosensonntag, weil man an diesem Tag Christus zu Ehren Rosen in den Kirchen streute.

S. 568 *Die Rose blüht...:* Die Vorlage dies Liedes findet sich in Christian Weises (1641–1708) Roman ›Die Drey Klügsten Leute in der gantzen Welt‹ (1682); hier als Marienlied zu verstehen; (siehe auch Bd. I, S. 58, 96, 97. – *Maien:* kleine (Birken-)Stämme und Äste, womit man zu Pfingsten die Häuser schmückt; der Maienbaum oder die Maie ist die Birke, die auf einem Platz errichtet wird.

S. 569 *mit Hirsenmus bewirtet:* Erinnerung an Frankfurt, wo die Waisenkinder auf der ›Pfingstweide‹ mit einem Reisbrei auf Stadtkosten bewirtet wurden. – *St. Silveriustag:* 20. Juni, Fest des Papstes und Märtyrers Silverius, der in der Verbannung auf der Insel Palmaria starb.

S. 571 *Ach, wer nimmt mir von der Stirne den Traum?:* Reminiszenz an

Vers 13/14 in Hölderlins Elegie ›Menons Klagen um Diotima‹: »... und niemand / Kann von der Stirne mir nehmen den traurigen Traum?« Die erste Hälfte dieser Elegie war 1802 in Bernhard Vermehrens ›Musen-Almanach‹ erschienen. – *St. Albanustag:* 21. Juni, Fest des Märtyrers Albanus, der nach 400 mit dem Priester Theonestus (dessen Name s. u. S. 587,*22*) nach Mainz kam; er wurde vor allem in Bayern als Schutzpatron gegen Unwetter verehrt. – *St. Achatiustag:* 22. Juni; der legendäre Märtyrer Achatius ist der erste der Vierzehn Nothelfer, Patron gegen Verfolgung und Todesfurcht.

S. 572 *Sonnenwende:* 24. Juni, Fest der Geburt des heiligen Johannes des Täufers. – *St. Edeltrudistag:* 23. Juni; Etheldreda (gest. 679), Äbtissin von Ely in der Grafschaft Essex.

S. 577 *Feuerrote Röselein...:* Brentano scheint hier eine Sitte aus dem Fuldischen wiederzugeben. Wie Grimm in seiner ›Deutschen Mythologie‹ (1835) angibt, betteln dort am Johannistage »die Knaben Holz und Geschenke; das Holz verbrennen sie abends; beim Einsammeln wird gesungen: Da kommen wir gegangen, / Mit Spießen und mit Stangen / Und wollen die Eier langen. / Feuerrote Blümelein, / An der Erde springt der Wein, / Gebt ihr nur die Eier ein / Zum Johannisfeuer, / Der Haber ist ja teuer.« Die gleiche Strophe mit der Variante »Feuerrote Blümelein« schon S. 518,*20*.

S. 578 *Der Engel des Herrn:* Ave Maria; Worte, die der Verkündigungsengel zu Maria sprach; der Engel des Herrn wurde morgens, mittags und abends geläutet.

S. 579 *O Stunde, da der Schiffende bang lauert...:* Übersetzung der ersten sechs Verse aus dem 8. Gesang des ›Purgatorio‹ in Dantes ›Divina Commedia‹; s. u. S. 623,*33*ff.

S. 580 *Siehe das Lamm Gottes:* Joh. 1,29.

S. 581 *Das Seelchen auf der Heide...:* Dieses Gedicht enthält deutliche Bezüge auf Emilie Linder; was auch die in den Linder-Gedichten häufig wiederkehrende Wendung »allein, allein« erkennen läßt. Ein thematisch verwandtes Gedicht aus dem Jahre 1835 findet sich in den *Ges. Schr.* (1, S. 60): es wirkt geradezu wie ein Epilog zu diesen Versen des Tagebuchs:

Es sinkt von dir, o Licht, allein
Von deinem Kind der falsche Schein,
Dann steh ich arm, verschämt und rein,
O hüll in dein Gewand mich ein!

In deinen Rock, den ohne Naht
Dein Mütterlein gewebt dir hat,
Den nicht zerriß der Schergen Rott,
Hüll ein dein armes Kind, o Gott!

Rot meine Lust, o Rot, tief Rot,
Reißet mich hin, und tut mir not,
Rot lacht mich an mit Liebesglut,
Weil mich geheilet Jesu Blut.

S. 584 *grausame wilde Löwen:* s. u. S. 625,32.

S. 585 *nimm mir von der Stirne den Traum:* s. o. zu S. 571.

S. 586 *hinzureisen:* im Erstdruck und allen späteren Ausgaben: hineinzureisen.

S. 589 *Anselm von Montfort:* Montfort, französisches Adelsgeschlecht, im 13. Jahrhundert Grafen von Toulouse.

S. 590 *sein Sinn war zäh und sein Haar war kraus:* abermals Anspielung auf die Redensart Emilie Linders; s. o. zu S. 339.

S. 595 *Wandle in der goldnen Mitte:* In einem Brief an Luise Hensel (Dülmen, den 23. November 1818) berichtete Brentano eine Reihe von Aussprüchen der Anna Katharina Emmerich; es heißt dort: »Ich sagte zu ihr: ›Ich habe mit dir am Ölberge gebetet‹, und sie sprach: ›Das ist recht, ich danke dir, mein Führer dankt dir, es soll dir ein schöner Lohn werden. Nimm dir nichts so schwer zu Herzen, für dich ist der beste Weg die goldene Mittelstraße, du leidest alles zu heftig...«

S. 598 *ihre Schultern, die den Krug...:* 1. Mos. 24,15ff. – *Brautgeschmeide:* 1. Mos. 24,53. – *Gott gebe dir vom Taue des Himmels...:* 1. Mos. 27,28. – *Dein Segen wird sein vom Fette...:* 1. Mos. 27,39. – *Schulterspangen Aarons:* vgl. 2. Mos. 28,7. – *Gieb deine Füße...:* freie Paraphrase von Ekkl. 6,25–32. – *Er wird dich mit seinen Schultern...:* Psalm 90,4. – *Trage dein Kreuz...:* Matth. 16,24.

S. 599 *schon unter dem Herzen Elisabeths...:* Luk. 1,44. – *in die Wüste:* Luk. 2,80. – *damit er kein Sklave...:* Matth. 11,7. – *Paradies der Lust:* paradisus voluptatis, 1. Mos. 2,8 und öfters. – *Stimme des Rufenden...:* Joh. 1,23; Is. 40,3.

S. 600 *Kraut Artemisia:* Beifuß.

S. 601 *Der Täufer zeigt...:* vgl. Joh. 1,29. – *Heilkraut Johannisblut:* Johanniskraut. – *Und das Licht leuchtet...:* Joh. 1,5–7.

S. 602 *goldnes Vlies:* goldenes Widderfell; Anspielung auf den 1430 von Phillipp dem Guten, Herzog von Burgund, gestifteten Orden vom goldenen Vlies. – *ist klar auch dein Wein?:* Anspielung auf den Johannisminnetrunk, einen Segenstrunk der katholischen Kirche und im 17. Jahrhundert sogar protestantisch-pietistischer Kreise, der vor allem Pilgern und Brautleuten gereicht wurde.

S. 606 *Am Tage St. Servatii:* 13. Mai; Servatius (gest. 384), Bischof von Tongern in Belgien. – *Ananias:* ein Jünger zu Damaskus, der im Gesicht zu dem erblindeten Saulus gerufen wird, ihn durch Handauflegen wieder sehend macht und ihn tauft (Ap.Gesch. 9,10ff.). – *Stein Sakrath:* s. u. S. 609,*16* und S. 610,*13*. – *Bethel:* 1. Mos. 28,19. – *St. Eduards Stuhl:* s. u. S. 611.

S. 607 *den verworfenen Eckstein:* vgl. Psalm 118,22: »Der Stein, den die Bauleute verworfen haben, ist zum Eckstein geworden.« Im Neuen Testament ist Christus der verworfene Eckstein. – *so fragte Pilatus:* Joh. 18,38. – *Ich bin in die Welt gekommen...:* Joh. 18,37.

S. 608 *rund und bunt...:* die gleiche Formel in Brentanos ›Schwanenlied‹ (Bd. I, S. 86).

S. 609 *Spangen von Einhorn:* Das Einhorn war das Sinnbild der Keuschheit und Stärke. – *Berges Kaf:* s. o. zu S. 334. – *Unter den Geschmeiden...:* 1. Mos. 24,22.

S. 610 *Als später Rebekka...:* 1. Mos. 27,5ff.; zur ganzen folgenden Erzählung vgl. 1. Mos. 28–33.

S. 611 *Hiram von Tyrus:* der sagenhafte Erbauer des salomonischen Tempels. – *Jerobeam:* 3. Könige 12,29. – *Eduard* I. regierte von 1272 bis 1307.

S. 612 *daß Johannes nicht das Licht war...:* Joh. 1,8. – *Ich taufe euch...:* Joh. 1,26–27 und 1,33. – *Worte der ewigen Wahrheit:* Worte Christi. – *Johannes war eine brennende Leuchte...:* Joh. 5,35.

S. 616 *ihre langen Haare:* die ganze Szene der Fußwaschung in Anlehnung an Luk. 7,37ff.

S. 618 *St. Eligiustag:* 25. Juni; Eligius, Bischof von Noyon (gest. 659); die Kirche feiert sein Fest heute am 1. Dezember.

S. 619 *St. Johannis und Pauli, der Wetterherren, Tag:* Das Fest der beiden römischen Märtyrer Johannes und Paulus ist der 26. Juni; beide Heiligen wurden im germanischen Bereich als Wetterpatrone oder Wetterherren verehrt.

S. 625 *Der Traum ist erfüllt:* s. o. S. 584. – *die Löwen waren drei Ritter aus dem Thurgau:* Das Wappentier des Schweizer Kantons Thurgau ist der Löwe.

S. 628 *die treue, dunkellaubige Linde:* wie die ganze Lindensymbolik im Spätwerk Brentanos eine Anspielung auf den Namen der Emilie Linder; so auch in den letzten beiden Versen eines Gedichtes aus dem Juni 1834 (Bd. I, S. 211) ›Alles lieben oder Eins lieben – All-Eins‹: »Süß Lieb soll mich mit Tränen laben / An der schwarzläub'gen Linde Fuß.«

S. 631 *einen Knaben:* der Dichter selbst, als Schreiber mit der Feder hinter dem Ohr. – *das Scherflein der Witwe:* Mark. 12,41.

S. 632 *Bring doch all den Weizen...:* vgl. das Gleichnis von dem Sämann, Matth. 13,18ff.

S. 633 *Es ist ein Schnitter...:* ein altes katholisches Kirchenlied, eine sechsstrophige Fassung im Wunderhorn unter der Überschrift ›Erntelied‹;

für diese erweiterte Fassung hat Brentano mehrere ältere Vorlagen benutzt (vgl. *Schellberg*, S. 81 ff.).

S. 634 *Floramor:* Tausendschön.

S. 638 *Komm heraus, komm heraus...:* dieses Brautlied, ohne die Strophen der Lilienfräulein, schon im Wunderhorn (S. 298) und, mit starken Abweichungen, in dem Drama ›Die Gründung Prags‹ (1815); dazu dort die Anmerkung: »Bei manchen slawischen Völkern versammeln sich die Dirnen am Abend vor dem Hochzeitstage an der Türe der Braut und singen ein altes Lied, um den unwiederbringlichen Verlust zu beklagen, den sie erleiden soll.« – *Ihr klugen Jungfrauen:* Anspielung auf das Gleichnis von den klugen und den törichten Jungfrauen, Matth. 25,1 ff. – *Ihr Lilien...:* Anspielung auf die Worte Christi: »Schauet die Lilien auf dem Felde... Ich sage euch, daß auch Salomo in aller seiner Herrlichkeit nicht bekleidet gewesen ist als derselbigen eins.« (Matth. 6,28–29)

S. 640 *Seelenbräutigam:* beliebte Bezeichnung Christi in der Mystik und den Liedern des deutschen Pietismus.

S. 642 *Zephyr:* der linde milde Westwind.

S. 643 *Was reif in diesen Zeilen steht...:* Von diesem Gedicht ist eine Variante oder Vorfassung erhalten, die Brentano am 7. Juni 1834 in einem Brief an Emilie Linder nach Karlsbad geschickt hat (Bd. I, S. 211).

AUSGEWÄHLTE BIBLIOGRAPHIE ZU LEBEN UND WERK CLEMENS BRENTANOS

Die nachfolgende knappe Auswahl nennt nur wenige wichtige Arbeiten aus der umfangreichen Brentano-Literatur. Nichterwähnung bedeutet also weder Unkenntnis noch Mißachtung; es werden vor allem solche Arbeiten aufgeführt, die den Leser in den Gesamtzusammenhang von Leben und Werk Brentanos, bzw. in den Gesamtzusammenhang einzelner Werkgruppen einführen.

Quellen

AUSGABEN

Clemens Brentano's Gesammelte Schriften. Hrsg. von Christian Brentano, [Emilie Brentano und Joseph Merkel]. 9 Bde., Frankfurt am Main 1852ff.

Clemens Brentanos Sämtliche Werke. Unter Mitwirkung von Heinz Amelung, Victor Michels, Julius Petersen, August Sauer, Erich Schmidt, Franz Schultz, Reinhold Steig hrsg. von Carl Schüddekopf, München und Leipzig 1909ff. (fragmentarisch)

Clemens Brentano, Gedichte. Nach den Handschriften und Erstdrucken ausgewählt und mit Anhang und Bibliographie neu hrsg. von Wolfgang Frühwald, Reinbek 1968. Rowohlts Klassiker, Deutsche Literatur Bd. 25

Clemens Brentano, Werke. Bd. I hrsg. von Wolfgang Frühwald, Bernhard Gajek und Friedhelm Kemp, Bde. II–IV hrsg. von Friedhelm Kemp, München 1963ff. (Werke)

Frankfurter Brentano-Ausgabe. Historisch-kritische Ausgabe sämtlicher Werke und Briefe Clemens Brentanos. Im Auftrage des Freien Deutschen Hochstifts hrsg. von Jürgen Behrens, Wolfgang Frühwald, Detlev Lüders; in Vorbereitung; vgl. die Arbeitsberichte in: Jahrbuch des Freien Deutschen Hochstifts 1969, S. 398ff., und: Jahrbuch für Internationale Germanistik, Bd. I, 2, 1969, S. 70ff.

BRIEFE

Clemens Brentano's Gesammelte Briefe von 1795 bis 1842. [Hrsg. von Emilie Brentano und Joseph Merkel]. 2 Bde., Frankfurt am Main 1855

Joseph von Görres Gesammelte Schriften. Hrsg. von Marie Görres. Bde. VII–IX (= Gesammelte Briefe Bde. I–III), München 1858

Achim von Arnim und die ihm nahe standen. Hrsg. von Reinhold Steig und Herman Grimm. 3 Bde., Stuttgart 1894ff.

Briefwechsel zwischen Clemens Brentano und Sophie Mereau. Nach den in der Königlichen Bibliothek zu Berlin befindlichen Handschriften zum ersten Mal hrsg. von Heinz Amelung. 2 Bde., Leipzig 1908

Clemens Brentanos Liebesleben. Eine Ansicht von Lujo Brentano, Frankfurt am Main 1921

Briefe aus dem Brentanokreis. Mitgeteilt von Ernst Beutler, in: Jahrbuch des Freien Deutschen Hochstifts 1934/35, S. 367ff.

Wilhelm Schellberg, Clemens Brentano und Philipp Otto Runge, in: Literaturwissenschaftliches Jahrbuch VIII, 1936, S. 166ff.

Das unsterbliche Leben. Unbekannte Briefe von Clemens Brentano. Hrsg. von Wilhelm Schellberg † und Friedrich Fuchs, Jena 1939

Clemens Brentanos Frühlingskranz. Aus Jugendbriefen ihm geflochten, wie er selbst schriftlich verlangte. [Hrsg. von Bettina von Arnim], in: Bettina von Arnim, Werke und Briefe, hrsg. von Gustav Konrad und Joachim Müller, Bd. I, Frechen 1959, S. 11ff.

Clemens Brentano, Briefwechsel mit Heinrich Remigius Sauerländer, hrsg. von Anton Krättli, Zürich 1962

Ein unbekannter Brief Clemens Brentanos, mitgeteilt von Gerhard Schaub, in: Euphorion LXII, 1968, S. 345ff., Neudruck mit verbessertem Kommentar in: Regensburger Universitäts-Zeitung V, 5, 1969, S. 11ff.

Clemens Brentano, Briefe an Emilie Linder. Mit zwei Briefen an Apollonia Diepenbrock und Marianne von Willemer. Hrsg. und kommentiert von Wolfgang Frühwald, Bad Homburg 1969

Literatur

Bibliographie und Datierung

Die ›Brentano-Bibliographie (Clemens Brentano, 1778–1842). Hrsg. von Otto Mallon, Berlin 1926 (reprografischer Nachdruck Hildesheim 1965)‹ erfaßt, von kleinen Fehlern abgesehen, exakt das gesamte im Druck vorliegende Werk Brentanos und die zugehörige Literatur bis zum Jahre 1926.

An Mallon schließt an die kritische Bibliographie von Bernhard Gajek in: Werke Bd. I, S. 1249ff.; diese Bibliographie wurde erweitert, korrigiert und bis zum Jahre 1971 ergänzt veröffentlicht in: Bernhard Gajek, Homo

Poeta. Zur Kontinuität der Problematik bei Clemens Brentano, Frankfurt am Main 1971, S. 571 ff.

Als bio-bibliographisches Nachschlagewerk bietet sich an der Katalog der Brentano-Ausstellung im Freien Deutschen Hochstift: ›Clemens Brentano. Ausstellung 22. Juni bis 20. September 1970 (bearbeitet von Jürgen Behrens, Henning Boetius, Konrad Feilchenfeldt, Detlev Lüders, Jürg Mathes), Bad Homburg 1970‹.

Grundlegend für die Datierung der Gedichte:

René Guignard, Chronologie des poésies de Cl. Brentano. Avec un choix de variantes, Paris 1933

FORSCHUNGSBERICHTE

John Fetzer: Old and new directions in Clemens Brentano research (1931 bis 1968), in: Literaturwissenschaftliches Jahrbuch NF XI, 1970 und XII, 1971/72

Wolfgang Frühwald, Stationen der Brentano-Forschung (1924–1971), in Vorbereitung

GESAMTDARSTELLUNGEN

Clemens Brentano. Ein Lebensbild nach gedruckten und ungedrutkten Quellen von P. Johannes Baptista Diel S. J. Ergänzt und hrsg. von Wilhelm Kreiten S. J. 2 Bde., Freiburg i. Br. 1877f.

René Guignard, Un poète romantique allemand. C. Brentano (1778–1842), Paris 1933

Wolfgang Pfeiffer-Belli, Clemens Brentano. Ein romantisches Dichterleben, Freiburg i. Br. 1947

Bernhard Gajek, Homo Poeta. Zur Kontinuität der Problematik bei Clemens Brentano, Frankfurt am Main 1971

EINZELUNTERSUCHUNGEN

Karl Viëtor, Der alte Brentano, in: Deutsche Vierteljahrsschrift II, 1924, S. 556ff.

Hans Rupprich, Brentano, Luise Hensel und Ludwig von Gerlach, Wien und Leipzig 1927

Günther Müller, Clemens Brentanos Luisengedichte, in: Jahrbuch des Freien Deutschen Hochstifts 1928, S. 155ff.

Paul Böckmann, Die romantische Poesie Brentanos und ihre Grundlagen bei Friedrich Schlegel und Tieck, in: Jahrbuch des Freien Deutschen Hochstifts 1934/35, S. 56ff.

Anneliese Zahn, Motiventsprechungen in Clemens Brentanos *Romanzen vom Rosenkranz* und in seinen Märchen, Würzburg 1938

Emil Staiger, Die Zeit als Einbildungskraft des Dichters. Untersuchungen zu Gedichten von Brentano, Goethe und Keller, Zürich ²1953

Joseph Adam, Clemens Brentanos Emmerick-Erlebnis. Bindung und Abenteuer, Freiburg i. Br. 1956

Hubert Schiel, Clemens Brentano und Luise Hensel. Mit bisher ungedruckten Briefen, Aschaffenburg 1956

Claudia Monica Rychner, Der alte Brentano. Eine Interpretation der *Blätter aus dem Tagebuch der Ahnfrau*, Winterthur 1956

Walther Rehm, Brentano und Hölderlin, in: W. R., Begegnungen und Probleme. Studien zur deutschen Literaturgeschichte, Bern 1957, S. 40ff.

Werner Vordtriede, Clemens Brentanos Anteil an der Kultstätte in Ephesus, in: Deutsche Vierteljahrsschrift 34, 1960, S. 384ff.

Hans Magnus Enzensberger, Brentanos Poetik, München 1961

Wolfgang Frühwald, Das verlorene Paradies. Zur Deutung von Clemens Brentanos *Herzlicher Zueignung* des Märchens *Gockel, Hinkel und Gackeleia* (1838), in: Literaturwissenschaftliches Jahrbuch NF III, 1962, S. 113ff.

Wilhelm Fraenger, Clemens Brentanos *Alhambra*. Eine Nachprüfung, Amsterdam ²1964

Walther Killy, Wandlungen des lyrischen Bildes, Göttingen ⁴1964

Friedrich Wilhelm Wollenberg, Brentanos Jugendlyrik. Studien zur Struktur seiner dichterischen Persönlichkeit, Diss. Hamburg 1964

Richard Alewyn, Brentanos *Geschichte vom braven Kasperl und dem schönen Annerl*, in: Deutsche Erzählungen von Wieland bis Kafka, Frankfurt am Main 1966, S. 101ff.

Henning Boetius, Zur Entstehung und Textqualität von Clemens Brentanos Gesammelten Schriften, in: Jahrbuch des Freien Deutschen Hochstifts 1967, S. 406ff.

Horst Meixner, Denkstein und Bildersaal in Clemens Brentanos ›Godwi‹. Ein Beitrag zur romantischen Allegorie, in: Jahrbuch der Deutschen Schillergesellschaft 11, 1967, S. 435ff.

Hans Peter Neureuter, Das Spiegelmotiv bei Brentano, Diss. Kiel 1968

Heinz Rölleke, Die Auseinandersetzung Clemens Brentanos mit Johann Heinrich Voß über *Des Knaben Wunderhorn*. Zwei bisher ungedruckte Aufsätze Brentanos, in: Jahrbuch des Freien Deutschen Hochstifts 1968, S. 283ff.

Siegfried Sudhof, Brentano in Weimar (1803), in: Zeitschrift für deutsche Philologie 87, 1968, S. 196ff.

Helmut Arntzen, Die ernste Komödie. Das deutsche Lustspiel von Lessing bis Kleist, München 1968, S. 156 (über *Ponce de Leon*)

Herbert Lehnert, Die Gnade sprach von Liebe. Eine Struktur-Interpretation der *Geschichte vom braven Kasperl und dem schönen Annerl* von Clemens Brentano, in: Geschichte – Deutung – Kritik. Literaturwissenschaftliche Beiträge, dargebracht zum 65. Geburtstag Werner Kohlschmidts, Bern/München 1969, S. 199ff.

Henning Boetius, Entstehung, Überlieferung und Datierung dreier Gedichte Clemens Brentanos, in: Jahrbuch des Freien Deutschen Hochstifts 1970, S. 258ff.

Hans-Joachim Schoeps, Clemens Brentano nach Ludwig von Gerlachs Tagebüchern und Briefwechsel, ebd. S. 281ff.

Elisabeth Stopp, Brentano's ›Chronica‹ and its revision; in: Sprache und Bekenntnis. Sonderband des Literaturwissenschaftlichen Jahrbuches 1971, S. 161ff.

Gerhard Kluge, Vom Perspektivismus des Erzählens. Eine Studie über Clemens Brentanos *Geschichte vom braven Kasperl und dem schönen Annerl*, in: Jahrbuch des Freien Deutschen Hochstifts 1971, S. 143ff.

Jürg Mathes, Ein Tagebuch Clemens Brentanos für Luise Hensel, ebd. S. 198ff.

Wolfgang Frühwald, Clemens Brentano, in: Deutsche Dichter der Romantik. Ihr Leben und Werk. Hrsg. von Benno von Wiese, Berlin 1971, S. 280ff.

Elisabeth Stopp, Brentano's ›O Stern und Blume‹: Its poetic and emblematic context, in: The Modern Language Review 67, 1972, S. 95ff.

Gerhard Schaub, Le génie enfant. Die Kategorie des Kindlichen bei Clemens Brentano (erscheint 1972)

John Fetzer, Romantic Orpheus. Profiles of Clemens Brentano (erscheint 1972)

LEBENS- UND WERKCHRONIK

1778 9. Sept.: Clemens Maria Wenzeslaus Brentano als Sohn des Kaufmanns Peter Anton Brentano (geb. 1735, gest. 1797) und seiner zweiten Frau Maximiliane, geb. von La Roche (geb. 1756) in Ehrenbreitstein bei Koblenz im Hause der Großeltern La Roche geboren.

1791 Zögling im Mannheimer Philanthropin des Johann Jakob Winterwerber.

1793 19. Nov.: Tod der Mutter.

1798 5. Juni: Immatrikulation an der Universität Jena als Student der Medizin. – Juni/Juli: Bekanntschaft mit »der vortrefflichen Dichterin Professor Mereau, die ganz, körperlich und geistig das Bild unsrer verstorbenen Mutter ist«. – Herbst: Beginn der Arbeit am ›Godwi‹.

1800 vor Juli: die Kotzebue-Satire ›Gustav Wasa‹ erscheint. – Aug.: Zerwürfnis mit Sophie Mereau. – 19. Sept.: Tod der Schwester Sophie in Oßmannstedt.

1801 nach Neujahr: ›Godwi‹ Band I erscheint. – Januar: In Marburg. Beginn des Briefwechsels mit der Schwester Bettina. ›Der Sänger‹ erscheint in Sophie Mereaus ›Kalathiskos‹. – Juni: Freundschaft mit Achim von Arnim. – Mitte Sept.: Brentano sendet sein Intrigenstück ›Laßt es euch gefallen‹ (= ›Ponce de Leon‹) anonym an Goethe. – Anf. Nov.: ›Godwi‹ II erscheint.

1803 14. Mai: Wiedersehen und Versöhnung mit Sophie in Weimar. – Mai: Beginn der Arbeit an den ›Romanzen vom Rosenkranz‹. – Herbst: ›Ponce de Leon‹ erscheint als Buch. – 29. Nov.: Clemens Brentano und Sophie Mereau in Marburg getraut.

1804 Frühjahr: Band I der ›Spanischen und Italienischen Novellen‹ erscheint. – 11. Mai: Geburt eines Sohnes, der schon am 19. Juni stirbt. – 27. Okt.: Besuch bei Arnim in Berlin. Beginn der gemeinsamen Arbeit am ›Wunderhorn‹.

1805 13. Mai: Geburt einer Tochter, die am 17. Juni stirbt. – Sept.: Arbeit an den italienischen Märchen. – Herbst: Der erste Band des ›Wunderhorns‹ erscheint mit einer Widmung an Goethe. – Ende des Jahres: Band II der ›Spanischen und Italienischen Novellen‹ erscheint.

1806 31. Okt.: Sophie Brentano stirbt an der Totgeburt ihres dritten Kindes.

1807 März/April: Die von Brentano und Görres gemeinsam verfaßte Satire ›BOGS‹ erscheint. – 21. Aug.: Brentano und Auguste Bußmann in Fritzlar getraut. Wohnung in Kassel.

1808 Jan.: Die ›Zeitung für Einsiedler‹ beginnt zu erscheinen. – Aug.: Die Einsiedlerzeitung stellt ihr Erscheinen ein, die Romantiker verlassen Heidelberg. – Sept.: Band II und III von ›Des Knaben Wunderhorn‹ erscheinen.

1809 28. Febr.: Flucht vor Auguste. Auguste willigt am 25. März in die Trennung ein (Ehe 1812 geschieden).

1810 März: Teilabschrift der ›Romanzen vom Rosenkranz‹ für Philipp Otto Runge. – Juli: ›Kantate auf den Tod der Königin Luise von Preußen‹. – 15. Okt.: Kantate auf die Einweihung der Berliner Universität. – Okt. bis Dez.: Mitarbeit an Heinrich von Kleists ›Berliner Abendblättern‹.

1811 Okt.: In Prag Liebe zu der Schauspielerin Auguste Brede. Das Romanfragment ›Der schiffbrüchige Galeerensklave...‹ entsteht. – Jahresende: Beginn der Arbeit an dem Drama ›Aloys und Imelde‹. – In diesem Jahr auch Beginn der Arbeit an den Rheinmärchen.

1813 Ende Okt.: In Wien. Das Festspiel ›Viktoria und ihre Geschwister‹ und andere vaterländische Spiele entstehen.

1814 Jan./Febr.: Theaterkritiken in Carl Bernards ›Dramaturgischem Beobachter‹. – 18. Febr.: ›Valeria oder Vaterlist‹ (Bühnenfassung des ›Ponce de Leon‹) fällt bei der Uraufführung durch. – Okt.: Das Drama ›Die Gründung Prags‹ erscheint im Druck.

1815 Januar: In der Wiener Zeitschrift ›Friedensblätter‹ erscheint B.s Erzählung ›Die Schachtel mit der Friedenspuppe‹. – 15. Febr.: »ängstlicher Brief« aus Berlin an Wilhelm Grimm. Inspirationskrise.

1816 Jahreswende: Ringseis berichtet von den Erweckten in Bayern. B. wird Anreger der Berliner Erweckungsbewegung. – Okt.: Begegnung mit Luise Hensel. Beginn der Hensel-Lyrik.

1817 27. Febr.: Generalbeichte Clemens B.s. – Aug.: Die Erzählung ›Die drei Nüsse‹ erscheint im ›Gesellschafter‹. – Okt.: Die Erzählung ›Die mehreren Wehmüller...‹ erscheint im ›Gesellschafter‹. – Weihnacht: Mit Luise Hensel Neuausgabe von Spees ›Trutznachtigall‹. – Im gleichen Jahr erscheint die Erzählung ›Geschichte vom braven Kasperl und dem schönen Annerl‹ sowie die Druckfassung der ›Viktoria‹.

1818 Jahreswende: In ›Die Sängerfahrt‹ erscheint ein Teilabdruck der ›Chronika eines fahrenden Schülers‹. – 24. Sept.: Ankunft B.s in Dülmen, Beginn des »schweren Tagewerks«, d. h. der Aufzeichnung der Visionen A. K. Emmericks.

1824 9. Febr.: Tod Anna Katharina Emmericks. Beginn eines unruhigen Wanderlebens.

1827 Mai: In Frankfurt. Beginn der Arbeit an einer Geschichte der Barmherzigen Schwestern. – Seit 1827 kleine, anonyme, politisch-religiöse Beiträge zu der Zeitschrift ›Der Katholik‹.

1829 Im Zusammenhang mit der katholischen Volksbibliothek Neuedition von Spees ›Güldenem Tugendbuch‹ und anonyme Beiträge zu Diepenbrocks ›Geistlichem Blumenstrauß‹.

1831 Die Cholera in Deutschland. – Das Buch ›Die Barmherzigen Schwestern . . .‹ erscheint.

1833 Aug.: ›Das bittere Leiden unsers Herrn Jesu Christi. Nach den Betrachtungen der gottseligen Anna Katherina Emmerich . . .‹ erscheint. – Sept.: B. in München, im »Hauptquartier der katholischen Propaganda«. Verkehr im Görres-Kreis. – Herbst: Liebe zu Emilie Linder, einer Schülerin der Maler Peter von Cornelius und Joseph Schlotthauer. Linder-Lyrik.

1837 Aug.: Freundschaft mit dem Historienmaler Edward von Steinle. – Herbst: Das große Gockelmärchen erscheint. Arbeit am ›Marienleben‹ und Beginn der Arbeit an den ›Lehrjahren Jesu‹. Beide Werke erscheinen postum.

1838 Beiträge zu den ›Historisch-politischen Blättern‹.

1841 Im Druck erscheinen die Marinalegende, das Festspiel ›Am Rhein! Am Rhein!‹ und der ›Frühlingsschrei‹.

1842 28. Juli: Brentano stirbt im Hause seines Bruders Christian in Aschaffenburg.

NACHWORT

I

Über Clemens Brentanos Werk waltet ein Unstern, der, solange er lebte, die Wirkung dieses Werkes in die Zeit gehemmt und nach seinem Tode die gerechte Anerkennung verhindert hat. Schuld daran war eigentlich niemand anders als Brentano selber. In der Jugend fast publikationssüchtig, hatte er später eine oft ausgesprochene Scheu vor jeder Art von Veröffentlichung; ein unermüdlicher Sammler, wenn es sich um seltene und kuriöse Bücher handelte, ging er mit seinen eigenen Erzeugnissen nachlässig um, verschenkte die Handschriften, verlor seine Gedichte aus den Augen und aus dem Gedächtnis; und in seinem Alter schließlich hat er wie sein vergangenes Leben auch das meiste, was vor seiner Rückwendung zur Kirche geschrieben und veröffentlicht worden war, ausdrücklich verworfen; nur seine späteren religiösen Schriften wollte er gelten lassen, und allenfalls noch die Gelegenheitsdrucke zum Besten armer oder geschädigter Menschen.

Woraus denn bestand, als Brentano starb, für das Bewußtsein der Öffentlichkeit sein literarisches Werk, soweit es als von ihm allein verfaßt und unter seinem vollen Namen erschienen war? Da gab es vor allem dramatische Arbeiten: das Singspiel »Die lustigen Musikanten« (1803), das Lustspiel »Ponce de Leon« (1804), das historisch-romantische Drama »Die Gründung Prags« (1815) und das patriotische Festspiel »Victoria und ihre Geschwister« (1817); ferner drei bis vier Erzählungen, die niemals in Buchform allein veröffentlicht worden waren; das Märchen »Gockel, Hinkel und Gackeleia« (1838); einige als Flugblätter, in Zeitschriften oder Almanachen gedruckte Gedichte, eine Kantate zur Gründung der Berliner Universität (1810) und die »Legende von der heiligen Marina« (1841). Die breitere Leserschaft kannte Brentano noch als den Mitherausgeber der Volksliedersammlung »Des Knaben Wunderhorn« (1806/08) und einige Eingeweihte als Verfasser eines verschollenen Jugendromans, des verwilderten »Godwi« (1801/02). Das war alles. Manche von

Brentanos Gedichten, vor allem patriotischen Inhalts oder solche, die in Vertonungen verbreitet waren, erfreuten sich einer gewissen Beliebtheit. Allgemein bekannt aber, über engere literarische Zirkel hinaus, war er doch wohl nur des Wunderhorns wegen. Gelesen freilich, schon zu seinen Lebzeiten in insgesamt sechs Auflagen gedruckt, bald auch ins Französische, Italienische und Holländische übersetzt wurde »Das bittere Leiden unsers Herrn Jesu Christi. Nach den Betrachtungen der gottseligen Anna Katharina Emmerich« (1833); aber niemand las dieses Buch als ein Werk des Dichters Clemens Brentano, der hier nur als der ungenannte Schreiber auftrat und gelten wollte. Es mag sonderbar anmuten und entspricht doch den Tatsachen, daß Brentano nur mit zweien seiner bis heute immer wieder neu aufgelegten religiösen Bücher, wenn auch dem Vernehmen nach nicht zur deutschen Nationalliteratur, so doch zu der wirklich gelesenen Weltliteratur gehört: mit dem »Bitteren Leiden« und dem postum, und diesmal unter seinem Namen, erschienenen »Leben der heiligen Jungfrau Maria« (1852).

Als nach Christian Brentanos Tod, im gleichen Jahr wie das »Marienleben«, die von dessen Frau Emilie und ihren Helfern in seinem Namen besorgten sieben Bände der »Gesammelten Schriften« (1852) erschienen, denen später als achter und neunter Band die »Gesammelten Briefe« (1855) folgten, enthielt diese erste Werkausgabe größtenteils unveröffentlichte oder verschollene Texte. Leider erschien sie zu spät, und gerade die Fülle des Unbekannten verhinderte, daß es aufgenommen wurde. Mit über elfhundert Seiten Lyrik bieten die beiden ersten Bände der »Gesammelten Schriften« bis heute die umfangreichste Auswahl aus Brentanos Gedichten, und viele der schönsten, der merkwürdigsten Stücke – der unheimlichsten und verdächtigsten auch – stehen dort zum erstenmal gedruckt. Der Dichter Brentano hätte sichtbar auferstehen können, wenn das pietätvoll errichtete Monument ihm nicht zum Sarg geworden wäre. Daran änderte auch die schon 1854 erschienene einbändige Auswahl aus den Gedichten (mit einem frommen Stahlstich von Ludwig Richter als Frontispiz) nichts, obwohl sie gewiß handlicher und billiger war. Die späteren Herausgeber taten dann bald ihr Möglichstes, den lyrischen Wildwuchs zu beschneiden und den Dichter ins härene Bußgewand einzuzwängen; aber freilich, gedruckt war und blieb all dieses Ungehörige, Unheilige und Verruchte, es leuchtete und duftete, wenn auch von mancherlei angestaubtem Wust umgeben.

Dieser Dichter Brentano aber, der Verfasser der Gedichte an Sophie Mereau, Luise Hensel und Emilie Linder, der »Romanzen vom Rosenkranz«, der Erzählung »Von dem traurigen Untergang zeitlicher Liebe« in der Urfassung der »Chronika« und des Fragments von dem »Schiffbrüchigen Galeerensklaven vom Toten Meer«; der Schreiber unzähliger Freundschafts-, Liebes- und Bekenntnisbriefe, von denen sich insgesamt über zwölfhundert (gedruckte und ungedruckte) erhalten haben; dieser zerrissene, dämonische, kranke, verzweifelte, dieser auch klagend süßsingende und -redende, bei aller Schwatzhaftigkeit geheime Clemens – das war gerade der, von dem Brentano selber gewollt hatte, daß er um keinen Preis veröffentlicht würde. »Meinen inneren Widerwillen gegen das Drucken kann ich gar nicht beschreiben«, heißt es in einem Brief vom 16. Februar 1827 an Johann Friedrich Böhmer, als dieser ohne Brentanos Wissen in einer Frankfurter Zeitschrift Auszüge aus den Märchen veröffentlicht hatte. »Mein Inneres war für alles Ungeziefer verkittet, sie konnten nur über mich lügen; jetzt stellt man mich ohne Hosen auf den Markt ... Besonders fleh ich dringend, alles, was im mindesten ein reines Herz verletzen könnte, doch ja zu vernichten, damit nicht mehr Schuld auf mich komme.« Zehn Jahre später liest man, wiederum in einem Brief (vom 15. Januar 1837) an Böhmer, der Brentano gedrängt hatte, seine Gedichte doch zu sammeln und herauszugeben: es grause ihm, wenn er an seine arme Poesie denke. »Im ganzen ist nur wenig und höchst Ungares da, was zusammengestellt erst seinen Unwert recht zu Tage stellen würde. Ich besitze zwar noch einige Dutzend Lieder, habe sie aber seit dreißig Jahren unter so speziellen Irren und Leiden geschrieben, daß ich sie kaum zu lesen, viel weniger abzuschreiben wage, was eine Verräterei an mir und dem Leben sein würde. Das meiste besitze ich gar nicht mehr, weiß auch nicht, wo es hingekommen. Ich habe zu wenig eine öffentliche Basis, als daß ich eine Flora veröffentlichen könnte; ich zittere vor dem Gedanken der Öffentlichkeit und des Geschwätzes darüber. Ach! allzuviel Ehre, und mit der inneren Beschämung schon mehr als genug!«

Daß es sich bei dieser Weigerung, seine Gedichte zu veröffentlichen, nicht um eine bloße Laune, sondern um eine tiefeingewurzelte Scheu handelt, ist offensichtlich, und als Brentano einmal Lenaus Liebesgedichte kritisiert (in einem Brief an Freiligrath, Mai 1839), findet er dafür ein drastisches Gleichnis: »Es war einmal ein Bauer, der seine Frau sehr liebte, sie fiel ins Wasser und ertrank, er war trostlos, bestellte Leichenrede und Kreuz und Kranz, um seiner lieben Frau die letzte Ehre anzutun, er suchte sie einige Tage vergebens im Wasser. Da er sie endlich fand und halb herausgezogen, sah er, daß sich viele Krebse an sie angesetzt hatten, das rührte ihn und er ließ sie im Wasser liegen und krebste längere Zeit mit seinem Fleisch und Bein; mir ist dieser Bauer immer eine Parabel gewesen für jene Dichter, welche die Gebärden und Ungebärden ihrer Liebesmysterien gegen Verstorbene, oft sogar gegen Lebendige, für Geld preisgeben; sie krebsen mit einem Köder, dem mehr Ehre gebührte. – Mögen selbst die größten Poeten dies getan haben, es bleibt mir um so verhaßter. Solche Poesie hat etwas Treuloses, Verräterisches, Eitles, Buhlerisches, sie prostituiert sich und die Geliebte usw.«

Brentano wollte nicht »ohne Hosen auf dem Markt« ausgestellt werden; flehentlich bat er, »alles, was im mindesten ein reines Herz verletzen könnte, doch ja zu vernichten«; er wünschte, mit den letzten Worten des »armen Bübleins« in dem »Tagebuch der Ahnfrau«, das, was er geschrieben hatte, solle »kein Kind betrüben«. Das innerste Heiligtum des Gemüts, die Heimlichkeiten der Seele, ihre Pudenda sollten nicht ärgerlicherweise zur öffentlichen Unterhaltung werden. In Friedrich Schlegels »Lucinde« findet sich eine »Dithyrambische Fantasie über die schönste Situation«, gegen welche der Autor seine Leserin den Einwand erheben läßt: »›Wie kann man schreiben wollen, was kaum zu sagen erlaubt ist, was man nur fühlen sollte?‹ – Ich antworte: ›Fühlt man es, so muß man es sagen wollen, und was man sagen will, darf man auch schreiben können.‹« Und ohne Einschränkung drucken lassen, wie seither der kategorische Imperativ der Literatur (und der Literaturwissenschaft) fordert. Der romantische Dichter, der die Unschuld des Paradieses wiederherstellen wollte, glaubte sich ermächtigt, die Feigenblätter der gesellschaftlichen Schicklichkeit abzustreifen; die schöne Unschuld durfte nackt einhergehn vor den Leuten.

Brentano, der es als junger Student in Jena durchaus mit der romantischen »Frechheit« gehalten hatte, fand später, wie schon Schlegel vor ihm, sich und seine Phantasien nicht mehr so schön, so unschuldig. Sollte er nun seine »artige Sammlung von Narben und eine ausgezeichnete, fast komplette Sammlung von Wunden« dem Publikum vorlegen? Da das moralische Ich in ihm sich gegen das poetische erklärt hatte, sah er keine Berechtigung dazu. Hat aber die Nachwelt, haben wir heute ein so eindeutiges Recht, die Scham des Menschen Brentano immer wieder und immer gründlicher zu verletzen, indem wir uns auf den Poeten gegen den frommen Skrupulanten berufen?

Diese Frage scheint bereits seit längerem stichhaltig beantwortet: das bedeutende Individuum, der große Mensch darf der Probe der rücksichtslosen Ausbreitung der allerpersönlichsten Details unterworfen werden, weil er aus dieser Prüfung nur größer hervorgehen kann; tritt das Gegenteil ein, so hat die Forschung mit Recht einen Götzen gestürzt. Es steckt nicht nur strafwürdige oder läßliche Neugier in diesem Tun der Editoren, sondern auch der Wunsch, aus gründlicher Bekanntschaft immer redlicher bewundern zu dürfen. Und wir sind wohl auch der Überzeugung, daß der Geist sich selber schütze und keiner Geheimhaltung bedürfe. Dennoch wird für Brentano, der sich nur allzu gut kannte und der wußte, wie oft er sich – im Gedicht, im Brief, im Gespräch – »prostituiert« hatte, außer den bereits erwähnten Gründen noch anderes im Spiel gewesen sein: so etwas wie Furcht vor dem heraufdrohenden Verhängnis einer totalen Öffentlichkeit, in der das hinausgeschüttete Ich sich kläglich verläuft, und die leicht solche auf das Gemüt zurückwirkende Macht gewinnen könnte, daß zuletzt gar nichts Eigenes, Inneres, Privates mehr übrig bleibt, das sich noch prostituieren ließe. Von der Mehrzahl der Gedichte jedenfalls, die uns als Brentanos Liebeslyrik vorliegen, gilt, daß er selber sie zeitlebens nicht aus der Sphäre des Privaten in den Bereich der Literatur entlassen wollte. Darum ging es auch niemanden etwas an, wenn er sie gelegentlich überarbeitete und wieder »verwertete«. Diese Gedichte, wie auch viele Briefe, gehörten für Brentano der geheimen Geschichte seines Innern an. Beide zusammen bilden unzweifelhaft den Kern seines dichterischen Werkes, aber der Literatur gehören sie erst durch ihre Herausgeber und beinahe illegitimerweise an.

Übrigens wird man sich, wenn die erhaltenen Briefe Brentanos erst einmal geschlossen und in einwandfreien Texten vorliegen, überzeugen müssen, daß Gedicht und Brief bei ihm, dort wo Herz, Gemüt und Phantasie sie diktierten, nur Ausdruck eines und desselben Gestaltungswillens in zwei verschiedenen Medien, gebundener und ungebundener Rede, waren. Oft wechseln beide Redeformen ab, oder sie kommentieren und paraphrasieren einander, oft handelt es sich um liedartige oder sonst gereimte Episteln, und oft strömen ganze Briefe als rhapsodische Improvisationen in Prosa dahin, die, der erhöhten Beweglichkeit, des freieren Atems wegen, die Gedichte an wechselndem Glanz und hinreißender Kraft gar übertreffen. Gesehen – und gewürdigt – wird dies nur deshalb nicht, weil nach alter Überlieferung der Vers als das edlere, höhere (und tiefere) Wort gilt; weil Gedichte sich leichter, bequemer lesen und nicht notwendigerweise auch verstanden werden müssen; und nicht zuletzt weil, anders als in Frankreich und England, der Brief in Deutschland kaum ein Publikum hat. Verse oder versähnlich Gedrucktes läßt man als Gebilde gelten (mag auch der Mitteilungswert unter Null sinken); Briefe liest man als bloße Mitteilungen, als Informationen, das heißt: man liest sie überhaupt nicht als Sprache. Und es ist doch ein offenes Geheimnis, daß seit der Aufklärung, seit Lichtenberg, Jean Paul und der deutschen Romantik die »Poesie« immer mehr in die Prosa als den Bereich der sowohl intelligenteren als auch flexibleren, nuancierteren und am Ende freier musikalischen Ausdrucksmittel abgewandert ist. Schriftsteller wie Kassner, Kafka, Musil, Robert Walser liefern hierfür die schönsten Beispiele.

Aber auch die Mehrzahl von Brentanos Briefen besitzen wir nur widerrechtlich. Mag er Bettina auch einmal gebeten haben, ihm seine Jugendbriefe zu einem Kranz zu flechten – wie sie es dann 1844 gegen den Willen der übrigen Erben, vor allem des Bruders Christian, getan hat –, so dachte Brentano dabei sicher niemals an einen kritischen Druck seines gesamten Briefnachlasses, sondern eben, wie man es damals gewohnt war, an eine Zusammenstellung ausgewählter, gekürzter und notfalls bearbeiteter Stücke. Ursprünglichste Dichtung ist vieles in diesen Briefen, aber dem Bereich der Literatur werden auch sie, wenn sie erst einmal gesammelt und jedem zugänglich vorliegen, nur durch die Herausgeber angehören.

Völlig anders hingegen liegen die Dinge bei Brentanos politisch-religiösen und erbaulichen Schriften, mit denen er in die Öffentlichkeit wirken wollte und nachdrücklich gewirkt hat. Zu diesen gehören in erster Linie die beiden Spee-Bearbeitungen (1817 und 1829), das Buch über die »Barmherzigen Schwestern« (1831) und sämtliche aus den Emmerick-Papieren gezogenen Veröffentlichungen, einschließlich der von Pater Schmöger größtenteils mit Brentanos Aufzeichnungen bestrittenen beiden Bände des »Lebens der gottseligen Anna Katharina Emmerich« (1867/70). Offensichtlich trug sich Brentano lange Zeit mit der Absicht, das ganze Leben Christi, wie in dem »Bitteren Leiden«, nach den Gesichten der Emmerick in bearbeiteter, abgerundeter Gestalt als fortlaufende Erzählung herauszubringen. Statt dessen ließ er sich bewegen, das Material seiner Dülmener Niederschriften in dem »Marienleben«, einer größeren Authentizität zuliebe, als dokumentarische Bruchstücke der jeweils datierten Visionsberichte aneinanderzureihen. Wäre die so gut wie abgeschlossene vollständige Redaktion des Herrenlebens, dessen druckfertiges Manuskript vor einigen Jahren aufgefunden wurde, zu seinen Lebzeiten erschienen, so besäßen wir darin seit langem das Hauptwerk seiner literarischen Prosa und zugleich den krönenden Abschluß einer ganzen Gattung der erbaulichen Literatur.

Nicht ganz zufällig scheint es, daß auch dieses Spätwerk, das Brentano bis zu seinem Tode beschäftigt hat, das Ergebnis einer Zusammenarbeit darstellt. Brentanos weibliche, schmiegsame Natur fühlte sich am wohlsten, wenn sie sich anlehnen und dienend mitwirken durfte. Kein zweiter unter den neueren deutschen Dichtern hat so oft mit anderen zusammengearbeitet (mit Arnim, Görres, Sophie Mereau), keiner so gerne fremde Texte übernommen, überarbeitet, paraphrasiert (Volkslieder, Jörg Wickram, Spee, Luise Hensel), keiner auch so einfühlsam sich älteren Stilhaltungen angepaßt. Bei der Emmerick nun ergab sich für Brentano geradezu ein Idealfall der Zusammenarbeit: sie schaute, sie diktierte; er notierte und übernahm die literarische Ausarbeitung. Sie war der Autor, er nur ihr Redaktor. Er schrieb und handelte, sie aber, ja

Gott selber, der ihr ihre Gesichte schickte, trug die Verantwortung für das Geschriebene.

Brentano hat seine Dülmener Aufzeichnungen immer als einen ihm anvertrauten Schatz betrachtet, als das Pfund, mit dem er zum Heil der Kirche und der Welt zu wuchern hatte. Dieses göttliche Depositum war ihm eine schwere Last, weil es gerade ihm, der doch ein Dichter, das heißt ein Mann der eigenmächtigen Phantasie war, zur Ausspendung vermacht worden war. An die Veröffentlichung des »Bitteren Leidens« hat Brentano, eigenem und seiner Freunde Zeugnis nach, sehr große Erwartungen geknüpft und sich eine allgemeine Wirkung in die Zeit versprochen; daß diese ausblieb, lähmte wohl auch die weitere Arbeit. Wie verständige Freunde das Buch beurteilten, zeigt am schönsten ein Brief vom Aschermittwoch 1834, den Melchior Diepenbrock an Görres nach München schrieb: »Was man in Rom von seinem Buche – wenn man überhaupt Notiz davon nimmt – sagen wird, möchte ich wissen; ich besorge aber, nicht das Erfreuliche, das er erwartet ... Sonst habe ich auch hier erfreuliche Wirkung davon gesehen, aber eben auch bei Seelen, die den frommen einfältigen Bienen-Instinkt haben und, wie diese, leicht in dem buntesten Blumenflor die Honigglocken finden und das Wachs zur geweihten Andachtskerze. Diejenigen aber, welche Wachs und Honig wissenschaftlich suchen und bereiten wollen, dürften hier wenig zu finden willens sein. *Mir* ist am Buche das Leben der Seligen das liebste; es enthält plastische Visionen, die ich in ihrer realen Schmerzensgestalt selbst mit angesehen. Das Übrige ist mir, insoweit es über die historische Überlieferung hinausgeht, ein frommes, Andacht, mitunter auch Graus und wieder Lächeln erregendes altdeutsches Bild, auf dem man mit kindischer Rachlust den gar zu boshaften Schergen die Augen auskratzen, den ausgelassenen Meßbuben Ohrfeigen etc. geben möchte. Aus vielen Gesichtern und Gesichten schaut mir der Clemens gar zu leibhaft hervor; und da ich ihn so lieb habe, möchte ich ihn herzen, und nach ihm greifend, finde ich ein Bild. – Sagen Sie Clemens vom vorstehenden Geschwätz nichts, es möchte ihn kränken.« So blieb es: die Emmerick-Bücher wurden als Erbauungsschriften von den einen gelesen und geliebt, von den andern verächtlich abgetan. Jeder fand, was er erwartete: stärkenden Honig frommer Betrachtung oder eklen Wust des Aberglaubens. Nicht nur, wie sich von selbst versteht, die historische Glaubwürdigkeit der Gesichte, sondern auch die dokumentarische Glaubwürdigkeit der Niederschriften ist mit guten Gründen angezweifelt worden; man ging so weit, von einer »Rieseninterpolation« Brentanos, von einer »absichtlichen wissenschaftlichen Mystifikation« (W. Hümpfner) zu sprechen, und der wiederholt unternommene Versuch, Anna Katharina Emmericks Seligsprechung durchzusetzen, scheint nicht zuletzt an der Fragwürdigkeit von Brentanos Niederschriften, die 1899 an die Ritenkongregation nach Rom geschickt wurden, gescheitert zu sein. Versucht man aber einmal, diese Aufzeichnungen unbefangen als Literatur zu lesen, wie man ältere Reisebeschreibungen, legendenhafte Biographien, wie man heute etwa auch die Offenbarungen der Brigitta von Schweden, die »Geistliche Stadt Gottes« der Maria von Agreda, den »Garten-Brunn« der englischen Böhmistin Jane Leade liest, so wird man, neben Tifteligem, Trockenem, Abgestandenem, lästig Geschwätzigem, auch hier manche Stücke von großer Schönheit finden, die in einem Roman wie »Heinrich von Ofterdingen« unser Entzücken erregen würden und die an stiller, fließend-schwebender Beweglichkeit kaum ihresgleichen in der neueren deutschen Prosa haben.

2

So wunderlich vielschichtig, fragwürdig überliefert und unvollständig ediert präsentiert sich Brentanos schriftliche Hinterlassenschaft, mit so unscharfen Rändern hinsichtlich dessen, was ihm und was anderen angehört und was in einem strengeren Sinne als Literatur, als sein eigentlich literarisches Werk zu gelten hat. Brentano war kein reiner Dichter und noch weniger, genau besehen, bewußter Künstler, wie Platen etwa oder Mallarmé. Er selber nennt sich wohl, dem Zeitgebrauch folgend: der Sänger; aber das war nur eine seiner Rollen – andere später waren: der Pilger, der Schreiber, das Kind. Brentano war vielmehr darauf angelegt und gesonnen, im exzessiven Sinne eine »poetische Existenz« zu führen, und das gerade hinderte ihn, als Dichter rein aus sich herauszutreten. So gehört es zum Wesen seiner Poesie, daß sie stärker, als dies bei seinen Zeitgenossen üblicherweise der Fall ist, immer irgendwo verhakt, vermischt, verwachsen bleibt und sich aus diesem meist biographischen Zusammenhang kaum säuberlich ablösen läßt. Mehr jedoch noch als durch die Kontingenz des Lebensdetails scheint sie verdunkelt und gebunden durch eben das, was sie hervortreibt: Brentanos rastlos arbeitende, schwärmend und schwärend in sich selbst verstrickte Phantasie. Eine Phantasie, die von ihm als ein Leiden empfunden, als eine Krankheit beschrieben wird, weil sie sich immer wieder, und jedesmal tiefer, in ihren eigenen Netzen fängt und aus jedem Spiegel in sich zurückblickt.

Nie wäre es Brentano eingefallen, die Phantasie mit Goethe »seine Göttin« zu nennen, und dem Vater zu danken dafür, daß er dem sterblichen Menschen sie als »eine schöne, unverwelkliche Gattin« gesellt habe. Die Phantasie war ihm ein Zauber, ein Verhängnis, ein Fluch, ein in ihn eingefleischter Dämon; er selber war die »Phantasei«. Und wo Goethe als die »ältere, gesetztere Schwester« seiner Göttin die Hoffnung nennt, »die edle Treiberin, Trösterin«, dort ruft Brentano die »Sehnsucht« an, daß sie sich seiner erbarme und ihn von ihm selbst erlöse. Brentanos Phantasie ist nicht schöpferisch energische Einbildungskraft, die ihn in einem freien Verhältnis zum Geist bestätigt; sie breitet des »Traumes schwülen Flügel« über ihn und verstellt den freien Blick auf die Wahrheit. Sie ist, mit Kierkegaard zu reden, »sinnlich-erotische Genialität«, »absolut lyrisch«, »unmittelbar musikalisch«: »sie tönt«; und sie kennt auch alle von Kierkegaard in seinem großen Traktat über Mozarts »Don Giovanni« beschriebenen Begleiterinnen: Angst, die dämonische Lebenslust ist; Schwermut im Sinne der *acedia*, die eine Todsünde ist, »die Sünde, nicht tief und innerlich zu wollen«; Langeweile, die noch zu Brentanos Lebzeiten Weltschmerz, *spleen* und *ennui* heißen wird.

Daß Brentano so oft von einem Zauber spricht, daß er seine Gestalten häufig magischen Praktiken erliegen läßt, symbolisiert nur die auf eine äußere Instanz abgewälzte Verantwortung für seine Ohnmacht: nicht wollen zu können. Und genau an der Stelle dieser Lähmung wuchert die Phantasie. Sie gibt ihm die Musik seiner Verse ein; sie ist das Ingrediens, um dessentwillen die Süßigkeit der eigenen Poesie ihm so tief unheimlich ist; sie und niemand anders ist die Schlange, die Sirene, als die er das unschuldige Fräulein Linder verschreit, dessen von ihm aufgewiegelte Sinnlichkeit ihn schuldig spricht. Sie ist eigentlich kernlos; deshalb rankt sie sich an, schleicht sich ein, sucht zu umgarnen, zu betören und findet als Stillung ihres Durstes doch immer nur die Berauschung, ein Gemisch von Sehnsucht, Schwermut, Trunkenheit und Wahnsinn. Dieses Rauschhafte führt bei Brentano im Gedicht wie im Brief zu einem Vorwalten der Stimmung, die jedoch weniger sich ausbreitet und verdichtet, als süchtig in sich kreist und taumelnd die Richtung wechselt. Die Sprache wird dabei gleichsam ein flüssiger, fliehender und fortziehender Spiegel, in dem alles erscheinen kann und nichts Bestand hat.

Vielleicht ist Brentano der erste Dichter, der die von der Romantik erhobene Forderung nach allseitiger Befreiung des Gemüts, und damit auch der Phantasiekräfte, nicht nur theoretisch vertrat; in dem diese Freiheit vielmehr zum Ausbruch kam und als Verwilderung Gestalt annahm. Die naheliegenden Vergleiche mit Jean Paul, Novalis, Friedrich Schlegel oder Tieck täuschen hier. Deren liebliche Verwirrungen ereignen sich immer noch im Felde einer kritischen Vernunft, oder sie prätendieren, bei Tieck etwa, wie später auch bei E. T. A. Hoffmann, eine exzentrische Entregelung, die leicht zu ausfahrender Gestik und allerlei Deklamatorik ihre Zuflucht nimmt. Brentanos Verwilderung aber ist von einer sanften, saugenden Bodenlosigkeit. Und da seine Phantasie sich in kein Verhältnis zu einer konkreten Wirklichkeit außer ihr zu finden vermochte, mußte er, was ihm anfangs Freiheit schien, zuletzt als Knechtschaft empfinden.

Alles, was die Phantasie tat und hervorbrachte, war am Ende nur Traum und Schein und Lüge; und die Sehnsucht war erst dort gestillt, wo sie sagen durfte: »Dies ist Wahrheit, ist kein Traum.« Wahrheit aber, so sonderbar das klingen mag, war für Brentano nicht Geist, nichts, was im Geist und durch den Geist ergriffen wurde; Wahrheit konnte nichts Festes, Verläßliches in ihm sein, weil er sein Inneres nur als Trug und Gaukelei kannte; Wahrheit mußte etwas objektiv, materiell Gegebenes, Überliefertes, Vorgefundenes sein. Sie mußte draußen sein, und durch nichts aus seiner eigenen Innerlichkeit befleckt; sie sollte auch draußen bleiben, und Brentano wollte ihr dienen. Als die Hüterin solcher objektiven, unveränderlichen Wahrheit erschien ihm schließlich die katholische Kirche, und »wenn die Kirche wahr ist, so ist auch alles wahr in ihr ... Nichts ist Zeremonie, alles ist Wesen, Wirkung«, nicht mehr durch selbstgewählte, das heißt phantastische Bilder, sondern »im notwendigen Zeichen«. Überall dort, wo der späte Brentano von der Kirche spricht – die er mit Vorliebe den »Brautleib« Christi nennt (eine Wortprägung, in der sich die ältere allegorische Auslegung des Hohen Liedes mit paulinischem Sprachgebrauch verbindet) –, häuft er fast tautologisch Ausdrücke wie wirklich, wesentlich, wahr, Kraft, Substanz, Natur; in den Sakramenten, Sakramentalien, Reliquien und kultischen Verrichtungen sieht er die der Kirche »wirklich physisch übergebene Kraft und Wahrheit«, in dem untrüglichen Gefühl der Emmerick für die Weihe des Priesters die »physikalische Beweisbarkeit des Kirchengeheimnisses«. Indem Brentano sich dieser Realität unterwarf, stellte er sich in eine übergreifende Ordnung, in der er auch alsbald ein Amt und einen Auftrag empfing.

Beides 1819 in Dülmen am Lager der stigmatisierten Augustinerin Anna Katharina Emmerick, als Schreiber ihrer Gesichte. Die Begegnung mit der Seherin und das Amt, das er bei ihr auf sich nahm, waren für Brentano die größte Erfüllung. Was als Eigenes, durch ihn niedergeschrieben, Traum und Lüge gewesen wäre, galt ihm in ihr als geoffenbarte Wahrheit, die als unwürdiges Werkzeug aufzuzeichnen – und durch Auslegung zu ergänzen –, er sich ermächtigt fühlte. Eines ist festzuhalten: Anna Katharina Emmerick war keineswegs unbelesen und hatte schon Gesichte, ehe Brentano zu ihr kam. Anderseits weiß man, daß er ihr häufig aus geistlichen Büchern, deren er in seiner Bibliothek die allerseltsamsten besaß, vorgelesen hat, und man weiß außerdem, daß die Emmerick unzweifelhaft mit medialen Eigenschaften begabt war. Brentano wird oft genug Dinge aus ihrem Mund vernommen haben, die er zuvor gleichsam in sie hineingeschmuggelt hatte und deren von ihm ausgearbeitete Fassung, welche der Seherin jeweils zur Begutachtung vorgelesen wurde, in reiferer sprachlicher Gestalt auch ihr nun vollends wie aus einem überzeugenden Spiegel einleuchtete. Brentano glaubte einen unerschöpflich quellenden Born übernatürlicher Offenbarungen gefunden zu haben, und er hatte, ein wenig vergröbernd gesprochen, nur ein neues, vollkommeneres Medium der Phantasie entdeckt. War er auch vorher schon mit der Welt immer erst dann zufrieden gewesen, wenn

Personen oder Gegenstände eine genügende Anzahl phantastischer Züge aufwiesen, so geht es ihm nun wie dem Träumer, der träumt, daß er erwacht sei: die Verstrickung in den Schein wird undurchschaubar, da er diesen jetzt für die Enthüllung eines Objektiven hält.

Brentano ist aber am Lager der Emmerick noch anderes widerfahren. Nicht nur durfte er sie nachschreibend auf ihren abenteuerlichen »Geistreisen« begleiten und den Gnadenschatz ihrer Gesichte empfangen; er wurde auch Zeuge ihres stellvertretenden Sühnungsleidens, das sie für Lebende und Gestorbene, für die Kirche und die Welt auf sich genommen hatte. So war die Emmerick ihm ein leibhaftiges Bild des leidenden Versöhners, durch den die Sünde getilgt, die Trennung zwischen Himmel und Erde aufgehoben und Alle in Einem vereinigt waren. Hier hatte er im Gleichnis kindlich lieblich vor Augen, wonach ihn so brennend verlangte und was er im zerstreuenden Rausch vergeblich gesucht hatte. Was er dabei erfuhr und dachte, hat er später oft ausgesprochen, ausführlich etwa in dem großen Bekenntnisgedicht an Marianne von Willemer aus dem Jahre 1827, beiläufiger in den Gedichten an Emilie Linder: »Süß Lieb, das ich muß heiß verlangen, / Arm Lind, all, was du krank vermiss'st / Wir werden's einst in uns umfangen / In dem, der Eins und Alles ist.«

Nicht Eines, nicht Alles zu lieben – All-Einigkeit, darauf war Brentanos Sehnsucht von jeher gerichtet. Das spiegelte die Phantasie ihm vor, das ließ der Traum ihn dunkel ahnen, lichte, verständliche Wahrheit aber war es nur durch den in Christus menschhaft geoffenbarten Gott und in seiner Kirche als der Gemeinschaft der Heiligen. Dort war die Seherin zugelassen, und der Pilger durfte aufbewahren, was sie ihm davon mitteilte. Da heißt es einmal: »Ich bin den ganzen Tag so fliegend und sehend, daß ich immer bald den Pilger sehe, bald nicht sehe. Hört er denn nicht singen? Es ist mir, als sei ich auf einer schönen Wiese und als wölbten sich Bäume über mir. Ich höre so wunderbar singen, als seien es süße Kinderstimmen. Es ist mir, als sei die nahe, wirkliche Umgebung ein Traum; es scheint in ihr alles so trüb, undurchsichtig und unzusammenhängend, daß sie ein roher Traum scheint, zwischen dem ich eine lichte, durch und durch verständliche und immer bis in den innersten Ursprung und Zusammenhang aller

Erscheinungen verständliche Welt schaue, in welcher das Gute und Heilige tiefer ergötzet, weil man seinen Weg aus Gott und in Gott erkennt, und in welcher alles Böse und Unheilige tiefer betrübt, weil man seinen Weg aus dem Teufel und in den Teufel und gegen Gott und die Kreatur erkennt. Dieses Leben, in welchem einen nichts hindert, nicht Zeit, nicht Raum, kein Körper, keine Verschwiegenheit, wo alles spricht und alles leuchtet, scheint so vollkommen und frei, daß die blinde, lahme, stammelnde Wirklichkeit ein leerer Traum darin erscheint.« (Schmöger, »Leben der gottseligen Anna Katharina Emmerich«, II, S. 229f.) Und ferner: «Wenn ich die Gemeinschaft der Heiligen im Lichte sehe und all ihr Wirken und Lieben, ihr Ziehen und Weben in einander und durch einander, und wie Einer für und in dem Andern und Jeder Alles und doch ein Einzelner ist in dem unendlichen Glanze des Lichtes, so empfinde ich eine unaussprechliche Freude und Klarheit.« (ebd., S. 257)

»Kein Raum, kein Körper, keine Verschwiegenheit«, und also auch kein Hindernis mehr, den anderen liebend ganz zu erkennen. Immer wieder hatte Brentano Luise Hensel Verschwiegenheit zum Vorwurf gemacht, wenn sie sich gegen seine Zudringlichkeit verschloß; Verschwiegenheit – ja mehr noch: Stummheit, Verstocktheit, vor der die Woge der Phantasie ins eigne Herz zurückbebt; dann wird aus Raum, Körper, Welt jener Stein, der sich ihm auf die Brust wälzt und ihn unter sich begräbt. Und nun kommt der Schrei.

Man muß Brentano diesen Schrei glauben, ebenso wie die Tränen, und schließlich die große Müdigkeit. Was sollte er tun? Dichtung war ein Selbstbetrug; Wahrheit besaß nur das Leiden an diesem Ausschlag der Phantasie, und das ließ sich als eine Art Sühne aufopfern. Man konnte auch, so gut man es vermochte, die Werke der Barmherzigkeit üben: die Hungrigen speisen, die Nackten kleiden, die Kranken besuchen, Brentano hat es in reichem Maße getan. Wer hätte ein Recht, ihm zu verargen, daß er die werktätige Nächstenliebe poetischen Ausschweifungen vorzog, von denen ihm nur Bitterkeit und Verstörtheit blieben? Brentano hat sich – anders als die meisten romantischen Dichter und ihre Nachfolger, Lenau etwa, Baudelaire – von ganzer Seele dagegen gesträubt, seine Interessantheit auszubeuten und sich in ihr zu gefallen. Kindlich hätte er sein wollen; das Gegenteil von interessant.

Dann, als er 1833, nach der Fertigstellung des »Bitteren Leidens«, nach München gezogen war, widerfuhr ihm das mit Emilie Linder. Ein Jahr lang und länger kam die Poesie wieder über ihn, und mit ihr die alte erotisch-musikalische Genialität. Alles, was er längst hinter sich gebracht zu haben glaubte, wühlte wieder herauf; höchst unchristliche Jugendsünden wurden wieder aufgewärmt; das vor dreißig Jahren entstandene Sonett »Verzweiflung an der Liebe in der Liebe« wurde in abgewandelter Gestalt einer Brust der Geliebten zugeeignet (in der bisher unveröffentlichten Fortsetzung von Hölderlins Elegie »Brot und Wein«); Lieder an Luise Hensel wurden hervorgekramt und fanden in erweiterten Fassungen erneut Verwendung; und Brentano trieb sich aus der Geliebten einen Blumenstrauß, den keine fromme Hand dem »armen Kind von Hennegau« auf den Sarg zu legen sich getraut hätte. Unter den »im Nachlaß aufgefundenen Bruchstücken von Briefen« aus dem Jahre 1834, die an niemand anders als an Emilie Linder gerichtet waren, liest man den Kommentar zu diesem Treiben: »Und das ist die Trauer auf der ganzen Erde: der ewige, sich selbst fressende Hunger, der sich selbst berauschende Durst, und die arme, jammervolle, zerlumpte Poesie, halb nackt, halb geschminkt, halb schamrot, halb unschuldig, tritt zum Mahle wie eine Bänkelsängerin der Gensd'armerie entlaufen, bringt Toaste aus und kränzt die Becher mit Strohblumen, deren größter Teil ihr selbst als Heckerling gestreut sind.«

Es ist das gleiche Lied wie schon so oft; nur daß das Unehrenhafte und Schändliche stärker hervorgehoben wird. Wer aber sähe in dieser Allegorie der Poesie nicht verwandte Züge mit der armen Violetta aus dem »Godwi«, mit der kleinen Perdita, mit dem von Moles besessenen Leichnam Biondettas am Arm des Zauberers Apone in den »Romanzen vom Rosenkranz«? Das Jahr 1815 war noch keineswegs das »letzte der Poesie« gewesen; und auch das Jahr 1834 wurde es nicht; der »Wüstentraum der Liebe« schimmerte fort bis in manche fromme Zweideutigkeiten der späten Gedichte. Brentanos Seele blieb ein Tanzplatz der kleinen Hexe.

Ein Jahr später erschien »Goethes Briefwechsel mit einem Kinde«. Mit großer Rührung und schaudernd sah Brentano in diesem ersten Buch seiner »armen Schwester«, die sich hier als »Frau Phönix auf dem Scheiterhaufen aller Gewürze dem zeitlichen Seelenbräutigam« verweihräucherte, seinen eigenen Zustand gespiegelt: »Ich habe nun das Buch ... in einem Sitz gelesen; es gibt Dinge, welche entwaffnen und unterwerfen, man kann von ganzem Herzen auf Tod und Leben ein Sklave des Zaubers werden, und dennoch die Wahrheit mahnend vor Augen sehen und sie anerkennen müssen ... Ich kenne ganz dieses Leiden, sich einen Götzen schaffen zu müssen, und mit allen Kräften der Seele und der Natur ihn zu beleben und anzubeten, trotz selbst der innersten Mahnung, es sei ein Wahnsinn.«

Als ihm 1826 von seinem Freunde Böhmer die Handschrift der »Romanzen vom Rosenkranz« in rotes Maroquin gebunden zugesandt wurde, eifert Brentano in einem Brief vom 3. Juli gegen diese »geschminkten, duftenden Toilettensünden unchristlicher Jugend« und gesteht seine »leise Beschämung, daß ich hineinblickend so vieles Seichte und Ungründliche darin finde, welches das Kolorit, die interessante Stimme und überhaupt der ganze Syrenosyropismus des Dichters nicht für ihn selbst verbergen kann«. Bleibt die Frage, ob die Toilettensünden christlichen Alters einen lieblicheren Duft verbreiten. Ist es nicht, als laure da immer noch ein kleiner Mädchenteufel, der verkappt ein weltliches Weihrauchfaß schwingt? »Ich kann die ewigen nackigen Buben und Mädchen nicht leiden«, heißt es in einem späteren Brief an Böhmer über Zeichnungen, die der Maler Götzenberger »mit der Arnim, meiner talentvollen Schwester«, angefertigt hatte. »Alle höhere Kunstunschuld wird der Teufel holen, wenn sich auch nur das ärmste Lamm je daran ärgern sollte.«

Sich mit Brentanos altjüngferlicher Prüderie länger abzugeben, lohnt nicht. Sie war ein Altersleiden und wohl ebenso zeitbedingt, wie es seine Jugendfrechheit gewesen war. »O lieb Kind! wie schön ist man zugedeckt, wie arm und häßlich ist man inwendig«, klagt er in einem anderen Briefbruchstück aus dem Jahre 1834. Aber so sehr er auch selber zerrte, die Zudecke wollte dem Seelchen nicht zu einem dezenten Kleide reichen; immer wieder schlug das Sinnenfeuer heraus.

Manchmal sah Brentano sehr wohl, daß er mit seinen Indiskretionen des Entblößens wie des Verhüllens den gleichen Götzendienst trieb und die Phantasie durch Zuckerbrot nicht minder als durch Geißelhiebe zu halsbrecherischen Kapriolen antrieb. Dann schien ihm, es gäbe ein anderes Verhalten zu Welt und Menschen als sein unermüdliches Suchen nach immer neuen Bedeutungen. Die Phantasie, die Gott hinter der Decke des Geheimnisses zu schauen sich anmaßte, kam ihm dann kaum weniger frevelhaft vor als jene, die in bunten Schleiern vor den Menschen tanzte. Es ist, als deute er auf einen Kunstsinn wie den Stifters voraus, wenn er in dem schon zitierten Brief an Böhmer nach der Verwerfung seines »Syrenosyropismus« fortfährt:

»Wer nur einen Moment des Lebens, nur das kleinste Fragment der Natur, ich will nicht sagen versteht, nein, nur ruhig stehen läßt und vorübergehend anschaut, ohne daran zu zerren, zu modellieren, zu metamorphosieren: der findet eine so unendliche, tiefe, hohe und doch naive, einfältige Würde und Bedeutung in jeder Realität ohne übrige Deutung, daß für das Empfangen nur Dank, und für das Besitzen nur Opfer übrig bleibt, um es zu würdigen. Aller übrige Umgang mit den Dingen, der sie dreht und wendet und färbt und schmückt und überdestilliert, was die Poesie besonders will, ist am Ende nur ein Götzendienst, der durch seine Spiritualität um so gefährlicher ist. Ich könnte hier eine ganze Abhandlung schreiben, aber sie würde uns beide nicht weiter führen: alles das will erlebt sein.«

3

Es kann niemandem, der sich etwas tiefer auf Brentanos Dichtungen eingelassen hat, entgehen, daß in ihnen eine neue und eigene Bilderwelt sich entfaltet; neu oft weniger durch die Bilder selber als durch die Art ihrer Verwendung. Hans Magnus Enzensberger hat in seiner Arbeit »Brentanos Poetik« (München 1961) zum Verständnis dieser Metaphorik eine fortschreitende »Entstellung« als Schlüssel angeboten und die These aufgestellt, die Gedichte würden »durch diese Technik der Entstellung aus ihren autobiographischen oder konventionellen Bezügen befreit«; was er allerdings nur an vier ausgewählten, aus jedem Kontext gelösten Stücken zu erhärten unternimmt. Er versucht dadurch, Brentano näher an die moderne Dichtung, etwa des Surrealismus, heranzurücken, für welche die Entstellung »ein fundamentales Prinzip« geworden sei. Es fragt sich jedoch, ob Enzensberger dadurch, daß er diese Entstellung in erster Linie als Verfahren eines autonomen »poetischen Bewußtseins« begreift, das er mit Brentanos »Dämon« gleichsetzt, nicht eher, statt uns einen Schlüssel zu dieser Dichtung zu reichen, ein Schloß davorgehängt hat. Es scheint mir willkürlich, für einige wenige Gedichte Brentanos eine »überpersönliche Geltung« zu beanspruchen und bei allen anderen, »die nur auf dem Umweg über historisches Material zugänglich sind« – das heißt aber, den meisten von Brentanos Gedichten – die Frage nach der Verbindlichkeit grundsätzlich zu verneinen.

Tatsächlich bleiben nicht nur viele Texte ohne eine eingehende Erhellung der historisch-biographischen Fakten fast unverständlich; wir müssen auch, darüber hinaus, zur Kenntnis nehmen, wie vielschichtig einerseits die symbolische, allegorische, emblematische Überlieferung in Schrift und Bild war, aus der Brentano schöpfte, und andererseits der seelische Grund, in dem seine Bilder wurzeln, aus dem sie ihre Nahrung ziehen und auf den sie, als Chiffren eines Schicksals, zurückverweisen. Mannigfachen Zusammenhängen läßt sich da nachgehen; sie führen jedoch nur dann zu einem näheren Verstehen, wenn zugleich die Verhältnisse erfahren und beschrieben werden, die bewegliche und veränderliche Proportion einzelner Bilder untereinander wie auch zu der (oft ungenannten) Wirklichkeit, auf die sie verweisen. Entscheidend ist hierfür bei Brentano das von ihm so gern geübte Verfahren des Zeigens durch Verhüllen, des Entdeckens, Entblößens durch Verbergen. In gleitenden oder jähen Umschlägen prozedierend, läßt eine sich unaufhörlich verschiebende Proportion zwischen Bild und Bild, Bild und Welt das Gedicht erst entstehen, das keine andere innere Form hat als diesen Prozeß, in den nun als weiteres fortziehendes Element die von Brentano so naiv wie raffiniert ausgebeuteten Klangreize mit mannigfaltigen Reim- und Echowirkungen in mäandrischen Verschlingungen eingreifen. Man weiß dabei selten genau: ruft das Bild den Klang oder ruft, umgekehrt, der Klang das Bild; und in vielen Fällen wird man feststellen, daß Brentano sich auf einen gewissen Vorrat solcher Bild-Klänge oder Klang-Bilder verläßt, die mehr oder minder vorgegeben und zugleich allgemein genug sind, um alles Unnennbare der Begierde, der Sehnsucht, der Trauer zu spiegeln. Dies, daß er redend so oft sich von der Eigenmacht des Klanges auf- und fortreizen läßt, erleichtert es ihm auch, seine Geheimnisse auszuplaudern. Während der Dichter sich einer reichverästelten Melismatik, einer Art melodischer und verbaler *écriture automatique* überläßt, die auch das Ohr des Hörers gefangennimmt, können unüberwachte Impulse, Themen, Bilder sich heraufwagen, dürfen wie Wasserfräulein mit dem menschlich gestalteten Oberleib sich zeigen, während man ihre Fisch- und Drachenschwänze in den Fluten schlagen zu sehen meint.

Unter den literarischen Quellen, aus denen Brentanos Bilder und Gleichnisse sich herleiten, nehmen, neben dem älteren Volks-, Kirchen- und Gesellschaftslied, die Bibel und die Patristik die wichtigste Stelle ein; wobei sich allerdings fragt, ob die Mehrzahl der in seiner geistlichen Lyrik verwendeten Typologien unter Umständen nicht eher aus deutschen Predigt- und Erbauungswerken des Mittelalters oder des 17. Jahrhunderts als unmittelbar aus den Väterschriften selber stammt. Eine kleine Sammlung typologischer Metaphern (Joseph als Typus Christi; der blutgetränkte bunte Rock als Typus seines gekreuzigten Leibes; Josephs Mantel, der auf den Mantel des nackten Jünglings im Gethsemanegarten bei Markus deutet) bietet das große Bekenntnisgedicht an Marianne Willemer aus dem Jahre 1827, in dem das allegorisierende Verfahren der patristischen und mystischen Schriftauslegung zu eigenen Zwecken abgewandelt wird. Auch hier ist die Proportion entscheidend, an der vor allem das freie Assoziieren in gleitenden Übergängen auffällt. Das Gedicht schreitet in Wirbeln, in Verwerfungen fort, um eine Sinnmitte einzukreisen, in der die Bewegung der Bilder sich beruhigt und in die Anrufung mündet; in die Nennung heiligender Namen. Und dies ist gegen den schwindelnd mitreißenden Bilderzug, den Irrlichtertanz von »Tönen, Farben, Funken« wie ein Wiegen auf der Stelle: das Bild wird im Namen gelöscht; in der frommen oder magischen Formel kommt die Bewegung zur Ruhe; das trotz allen Redens letztlich Unaussprechbare wird mit bannenden Zeichen versiegelt. So in dem Gedicht an Marianne von Willemer durch die Anrufung: »Maria, Mutter Gottes, Wahrheit, Bild und Schild, / Maria, Jungfrau, Wirklichkeit und Namen«, und früher schon durch die litaneiartige Anrede in einem Brief an Luise Hensel 1817: »Innig geliebte Freundin, Gesellin, Gefährtin, Gehilfin, Schwester, Führerin, Spiegel und Fenster, Ansicht, Einsicht, Durchsicht, Leben, verlorenes, gefundenes und zu findendes!« Und anders schließlich ist auch der als Refrain und sonst häufig wiederkehrende Wahlspruch des alten Brentano nicht zu verstehen: »O Stern und Blume, Geist und Kleid, / Lieb, Leid und Zeit und Ewigkeit.« In solchen mit Sinn gleichsam übersättigten Namensreihungen löst, da jede konkrete Verschränkung zwischen Gemüt und Welt aufgehoben ist, die einzelne Bedeutung sich in den Äther einer so gloriosen wie leeren Allbedeutsamkeit.

Viele Bilder und Bildelemente bei Brentano, namentlich aus dem Naturbereich, entwickeln sich früh zu Leitmotiven, zu beliebig verwendbaren Schmuckgliedern, die in mannigfaltigen Kombinationen Verwendung finden. Manchmal ist das Geflecht eines Gedichtes von allgemeinen Gegensatzpaaren (Tag und Nacht, Lieb und Leid, leicht und schwer) durchzogen, oder gewisse Koppelungen, tradierte und eigene, gehen als konstante Chiffren durch das ganze Werk (Biene und Rose, Stern und Blume, Schwan und Spiegel).

Oft ergeben sich längere Assoziationsketten von Motiven, deren einzelne Glieder nicht jeweils genannt werden, sondern nur verschwiegen anklingen. In den Rheinmärchen erzählt der Müller Radlauf einmal, wie er, voll Liebessehnsucht nach seiner Braut Ameleya, abends nach Sonnenuntergang zwischen bewachsenen Felsen an einen rauschenden Fluß gelangt, der ihn an den heimatlichen Rhein erinnert: »Nun stieg der volle Mond über den Bäumen herauf, und es war mir, als sei es das Antlitz meiner lieben Ameleya, und meine Wirtin, die liebe Frau Nachtigall, begann von neuem süßer als je zu locken; und fest entschlossen, dem Mond so lang ins Auge zu schauen, bis ich entschlief, und morgends erwachend ihn in die Sonne verwandelt sähe, sang ich, um zwischen Mond und Sonne, diesen zwei leuchtenden Bergen, in die wundervolle Gruft der Träume niederzusteigen, folgende Strophen: ›Wunderinseln, sel'ge Augen, / Die ein liebes Antlitz sehn / In dem Monde untertauchen, / In der Sonne auferstehn. // Sonn und Mond, ihr lichten Hügel. / Schließet ein die ird'sche Kluft / Und das Leben senkt den Flügel / In des Traumes Zaubergruft ...‹«

Die Augen als Wunderinseln stammen offensichtlich von Hölderlin; Mond und Sonne, Abend und Morgen, Entschlafen und Erwachen, Untertauchen und Auferstehn sind die Gegensatzpaare, zwischen denen sich die Betrachtung wiegt; die Bezeichnung von Mond und Sonne als leuchtende Berge, lichte Hügel wirkt jedoch sonderbar, weil sie nicht eigentlich aus der Anschauung geschöpft erscheint. Ihr Sinn ergibt sich daraus, daß das Tag- und Nachtgestirn ein Paar bilden, zwei Erhöhungen, zwischen denen ein Kluft oder Gruft liegt, in die der Singende »niedersteigen« möchte: »Wo die Tiefe sich entsiegelt / Und die Liebe frank und frei / In der ganzen Seele spiegelt / Ameleya, Ameley!« Die erotische Nebenbedeutung der beiden Hügel und der Kluft oder Gruft ist unverkennbar. So heißt es auch in einem späten Gedicht an Emilie Linder von den Brüsten der Geliebten, an deren Schultern des Dichters Haupt ruht: »Jenseit über süße Hügel / Schwebet schon der schwüle Traum.« Und klingt die Vorstellung des liebenden Hingangs zwischen zwei leuchtenden Erhebungen nicht auch in Versen wie den folgenden an Luise Hensel mit: »Läg ich auch an deinem Herzen / Wie die Leiche zwischen Kerzen«?

Hügel, Flügel, Kluft, Gruft, Brunnen, Tiefe bilden mit den Bewegungselementen des Schwebens, Spiegelns, Niedersteigens, Untertauchens, Auferstehens einen erotischen Bildkomplex, den Brentano meist auch als süß und schwül und zugleich als ein Erkühlen zu kennzeichnen nicht verfehlt. In dem eben erwähnten Gedicht an Emilie Linder, das in zwei vermutlich zusammengehörenden Stücken überliefert ist (»Vogel, halte, laß dich fragen« und »Eine feine reine Myrthe«), feiert diese Technik lüstern tändelnder, das Gemeinte schmeichelnd immer näher umspielender Decknamen äußerste Triumphe, bis all dieser träumerische Mutwill sich von der Geliebten gezügelt sieht. Brentano macht hier sogar Anleihen bei dem Wortschatz der galanten Dichtung des ausgehenden Barock; Verse wie »Tempel auf zwei Säulchen tüchtig, / Aller Liebesgötter voll, / O Asyl, bin liebesflüchtig, / Weiß, wohin ich fliehen soll. // Hätte ich dich selbst beleidigt, / Flöh zu dir ich, Huldaltar ...« erinnern unverkennbar an Hoffmannswaldau oder an des Herrn von Besser Gedicht »Ruhestatt der Liebe, oder Die Schooß der Geliebten«. Alle diese Bilder und

Vorstellungen gehören jedoch bei Brentano zum frühesten Bestand, und es verwundert nur, sie an so später Stelle wieder aufsteigen und zu neuer Verwirrung abgewandelt zu sehen.

Viele solcher Motivketten lassen sich in Brentanos Dichtung verfolgen; manche sind ausführlicher untersucht worden, andere bedürfen wohl noch der Erhellung. Eine der wichtigsten scheint mir der in vielfacher Richtung sich entfaltende Assoziationskomplex zu sein, als dessen Wurzel und Zentrum das Bild der Wunde anzusehen ist. Hier vor allem durchdringen und steigern sich Sinnliches und Geistiges, Lust und Schmerz, Leben und Tod im äußersten Grade. Wunde bei Brentano heißt einmal Riß, Bruch und Spaltung, heißt Lücke, Mangel, Verletzung, deutet auf Messer, Dolch, Mord; heißt damit aber auch schon Zugang, Öffnung, Offenbarung; heißt innigste Entblößung und Ergießung; heißt Mund, Quell, Schoß. Als Mund lächelt die Wunde, entströmen ihr Worte, Gesang, Musik; als roter Quell blüht sie in Rosen aus, blutet im Abendrot; als weiblicher Schoß gebiert sie die Sünde, die Erbschuld, den Tod. Als Seitenwunde Christi, als Stigma der Seherin von Dülmen tränkt sie die Kirche und wirkt die Erlösung. Durch die rote Farbe des Blutes deutet sie anderseits auf das innerste Lebensfeuer, das in jeder Lust und Trunkenheit auflodert, um den Ergriffenen in Nacht, Wahnsinn und Untergang zu reißen.

Dieses Zentralmotiv, das in Brentanos späterer Lyrik eine so auffällige Rolle spielt, stammt offenkundig nicht, wie man leicht vermuten könnte, aus dem religiösen Bereich und scheint anfangs von keiner mystischen oder pietistischen Wunden-Allegorie genährt. Es handelt sich eindeutig um ein erotisches Motiv, das wie beiläufig, doch in reicher Orchestrierung bereits im »Godwi« auftaucht. Es ist dies vielleicht eine der frühesten Stellen, wo man als Leser Brentanos sich des Verdachts nicht erwehren kann, was der Text erzählt, sei nur ein Vorwand, um etwas anderes, Heimlicheres erscheinen zu lassen. Unter den Alterswerken Brentanos dient diesem uneingestandenen Zwecke vor allem das »Tagebuch der Ahnfrau«. Daß es sich hier um eine zweifellos sehr bewußt geübte »Methode verrätselter Konfession« handelt, hat vor allem Wolfgang Frühwald in seiner Untersuchung über die »Herzliche Zueignung« des Gockelmärchens dargelegt. Gerade das von der eigentlichen Handlung immer wieder ablenkende, bunt wuchernde Arabeskenwerk dient Brentano, sich mitzuteilen. Frühwald zitiert in diesem Zusammenhang eine Bemerkung des Dichters in einem Brief über das Gockelmärchen vom Juli 1838 an Charlotte von Ahlefeld: »Hat Sie das Märchen gefreut, wohl gut. Ich hab' es meist unter großem Leid geschrieben, und durfte nicht einmal dieses Leid merken lassen, und so hab ich kindlich getan zum Täuschen mit zerrissenem Herzen. Wie würden Sie die Hände über dem Kopf zusammenschlagen, wenn ich Ihnen so ein Märchen bis in die kleinsten Wendungen erklären könnte!« Das gleiche hätte Brentano von dem »Godwi« und von mancher Einzelheit darin sagen können.

All diesem Elementarischen, Dämonischen, Zerrissenen und Zerreißenden steht in Brentanos Welt immer etwas, und auch dies von früh auf, als das Rettende gegenüber: das Kind. Die kindlichen und kindischen Züge in seinem Werk sind vielfach beschrieben, auch biographisch begründet und psychologisch gedeutet worden. Es darf deshalb genügen, hier zwei Stellen aus den Briefen an Sophie Mereau anzuführen, an die ja auch eine frühe Fassung des berühmten Gedichtes »O Mutter, halte dein Kindlein warm« gerichtet ist.

Weimar, den 1. Januar 1802: »Da ich noch ein Kind war, stand ich heute so an der Türe meiner Mutter, wie ich vor diesem Jahre stehe, ich dachte, vieles sollte besser werden, und ich kannte das Böse nicht, ich verdammte mich um vieles, denn ich bin früher schuldig als unschuldig gewesen, ich glaubte, es sei die Erbsünde, und das brach mir das Herz ...« Und in einem Brief aus Marburg, Februar 1803: »O liebe, gute Sophie ... Da ich noch um Dich war, da hast Du mich einen Blick gelehrt, den Du vielleicht wieder vergessen hast, ich kann kaum auf das Papier sehen, immer schlage ich die Augen so in die Höhe, als säße ich zu Deinen Füßen, und empfinde eine unendliche Seligkeit, aber ich finde Dich nicht; ich will mich auf die Erde setzen, so bin ich Dir näher; es ist wunderbar, liebe Sophie, welche ewige Gesetze die kleinsten Handlungen, die in meinem Umgang mit Dir ihren Ursprung haben, meiner Natur geworden sind: wenn ich mich zur Erde setze, so bin ich weichherzig gerührt und ein kleines Kind ...«

Mit dem Kind aufs innigste verknüpft ist bei Brentano das

Thema des verlorenen Paradieses. Sehr häufig lastet in seinen Dichtungen auf Kindern, auf jungen Menschen, als geschichtlich verschärfte Erbsünde, das Verhängnis einer in ihrem Geschlecht, und durch das Geschlecht, fortgezeugten Schuld, die durch nichts ihre eigene ist und die sie doch zu sühnen bestimmt sind. So sind die Jungfrauen und Jünglinge der Romanzen vom Rosenkranz, wie ihr Dichter, alle »früher schuldig als unschuldig«, und auch ihnen ist vor dem Erwachen jeder irdischen, sündigen Begierde das Paradies der Lust schon verschlossen; sie selber sind Opfer oder Verlorene. Darum auch hat Magie eine solche Gewalt über sie, und um sie zu retten, bedarf es einer Gegenmagie, des ganzen umständlichen Apparates von Sakramenten und Sakramentalien, darunter nicht minder verwundenden, als es die Werkzeuge der Zauberei sind. Der höchste Moment der Romanzen ist jene Szene, in der die Tänzerin Biondetta nach dem Brand des Theaters vor dem verwundeten Meliore die goldene Rose ihrer Brust entblößt und, »wie des Wahnsinns Braut geschmücket«, liebeszaubertrunken in ihr Hohes Lied ausbricht. Dem antwortet in der folgenden Romanze Pietros sinnverstörte Klage um den verbrannten Garten: »Einsam nur im Garten stehet / Dort die hohe weiße Rose, / Paradies muß untergehen, / Ewig steht der Baum des Todes!«

Ähnliche Momente der Gemütsverstörung sind in Brentanos Dichtungen häufig; sie deuten immer darauf, daß die »geheimarbeitende Seele« einen Ausweg aus ihrer Verstrickung oder Schwermut sucht, wie etwa die unweise Klareta in dem »Tagebuch der Ahnfrau«. In den Gedichten und Briefen verfällt Brentano selber dabei leicht in eine Art Lallen oder Stammeln und alberne Klapperreime, in die sich auch fremdsprachige Brocken mischen, wie in der Fortsetzung und Nachschrift, die er 1838 Luise Hensel bei ihrem Besuch in München mit einer Abschrift des »Frühlingsschreis« übergab: »Willst Du mir antworten, so beschmier nicht das Papier mit Entschuldigungen, die nichts als Huldigungen, der Schuld gegen das Wissen und ein Maullecken, wenn es gebissen, sag höchstens: Linum, war neulich sehr dumm, wird nächstens sehr stumm, sagt nichts als Mumm, Mumm. Drum, Linum, kehr um, sequere herum, bis vinum serum wird vinum merum, essentia rerum – satis jam, jerum! ... Eigentlich habe ich gar nicht mit Dir gesprochen, ich hörte mein Herz nur pochen und doch war es gebrochen durch Dich, Du Zauberknochen. Ich habe Dich gesehen vor mir stehen und fühlte ein Recht an Dich und ein Unrecht, und da war ich ganz verwirrt; als Du aber so lossummtest, habe ich nicht zugehört, sondern alter Leiden gedacht. – Gut Nacht, Du armer Kerl, de mes larmes la perle … Pontifex minimus.«

Statt eines solchen Sichentziehens ins täppisch-ironische Lallen finden sich in den Briefen, namentlich nach allzu direkten Geständnissen, auch wohl schnörkelhafte Ausflüchte ins Wunderliche, in allerlei wüste Bilder oder in eine für den Empfänger fatale Art wahnwitzelnder Geistreichigkeit; wie etwa in dem folgenden Schluß eines Schreibens an Rahel Varnhagen aus dem August 1814: »Ich bin nicht frei von drohenden Hintergründen; aber wie oft sind mir die Berge als Wolken zum Himmel gezogen, und die Nähe hat mich mit Liebe umarmt. Das Erbarmen des Himmels ist unendlich, und die Seele, die mich liebt, ist mehr als eines Menschen Seele; ja, ich würde erschrecken, wenn mich ein Mensch recht innig liebte, ohne daß es eine Verirrung wäre. Die Liebe eines höchst vollkommenen Menschen wäre etwas Entsetzliches, wenn er mehr als ein Weib oder ein Mann wäre, d. h. ein unvollkommener. Nur im Ganzen liegt der Himmel. Forellen, grüne Wiesen, schöne Frauen und Diamanten sind etwas sehr Angenehmes.« Oder in der Nachschrift zu dem ersten Brief an Luise Hensel im Spätherbst 1816: »Ich möchte wohl wissen, ob in der Liebe zu einem Menschen nicht eine unendliche Progression ist? – ich meine, meine Neigung zu Dir trägt schon alle Früchte Himmels und der Erde. Die Weltgeschichte ist ganz aus für mich. Kurios ist es, aber ich muß in diesem Augenblick denken und fühlen, und es ist mir, als wär's wahrhaftig so, nämlich: als wäre meine Brust ein Badezuber, und Deine Füße stünden badend und plätschernd in meinem Herzen, und Du sagst: endlich krieg ich warme Füße.«

Solche und verwandte Stellen mögen Robert Walser zu seiner zweiten Brentano-Studie, einem 1926 gedruckten Monolog, veranlaßt haben, in welchem er den Dichter unter anderem bekennen läßt, daß ihn »hie und da Anwandlungen umschlichen, als sollte ich wieder täglich frühmorgens zur Schule gehen, indem mich ein zuschnellblühendes in die Zeit und ins Leben Hineineilen in den Wunsch zurückwarf, mit dem Dasein seltsam und zugleich auf einfachste Art wieder zu beginnen. – Ich kann von Zeit zu Zeit das Leben deshalb unmöglich ernst nehmen, weil sich mir der heitere Glaube tief eindrängt, daß es bloß ein Kind sei, das in entzückender, mutteraugenbewachter Unbehilflichkeit im spielenden, grünenden, schmeichelnden Grase liegt. Weiche Flammen wollen aus mir herauszüngeln, Herrschaft über mich ausüben, und mir ist, als sei ich mit dem Schwälbchen oder mit dem Schneeflöckchen verwandt, dann steht wieder die ganze, hochentwickelte Verantwortung vor mir. Bettina gleicht mir, aber sie besitzt den Vorzug, Mädchen zu sein und sich an gerechte und intelligente Männer anranken zu dürfen, wo sich der Mann in mir gegen meine Wesentlichkeiten erhebt, auf die er begreiflicherweise nicht gut zu sprechen ist. Sanftes und zorniges Instrument, das ich bin, und ich rede, und in allem Reden breitet sich eine Steppe der Stummheit aus, und ich kann schweigen, und es ruft in einem fort laut daraus auf ... die Wege, die durch die Schönheiten und Schändlichkeiten und Helligkeiten und Dunkelheiten und Freiheiten und Gefangenheiten des Daseins ziehen, erbleichen, wenn sie mich sehen, um gleich darauf vor Vergnügen zu glühen, und die Häuser stehen da, und in den Städten kommt es zum Ausdruck, wie sich die Menschen nach Liebe sehnen und wie schwierig dies gestern gewesen ist, wie auch noch heute. Verunmöglichungen weichen nie, haben eine Ausdauer, eine Gelenkigkeit. Den Möglichkeiten hängen Fetzen an wie Bettlern. Und dennoch sieht man sie gern.«

Ja, Brentanos Wesentlichkeiten, auf die der Mann, der Christ, der Katholik in ihm aus begreiflichen Gründen nicht gut zu sprechen war! »Anmutigster Jüngling!« beginnt das brave Mädchen, das er mitunter vielleicht gern gewesen wäre, im Januar 1838 einen Brief an Luise Hensel, als sie »seine Kinderei«, das Gockelmärchen, wohlwollend aufgenommen hatte: »Mehrmals hast Du mir geschrieben und ich nicht geantwortet, weil ich nicht recht wußte, was, ohne zu artig oder zu unartig zu sein. Das Briefschreiben, wenn ich mich nicht ganz toll darf laufen lassen, ist mir sehr schwer; das darf ich aber nicht, sonst muß das Gewissen Flöhe fangen. Von meinen Verhältnissen können Dir Ahlefelds hinreichend erzählen, auch von meinem großen Genie, meiner ungemeinen Liebenswürdigkeit – doch davon weißt Du selbst ein Liedchen zu singen – nur bist Du nicht bei Stimme bis jetzt gewesen – Wovon soll ich Dir schreiben, von Dir selbst, Kind! – ach, es ist alles beim alten! ... O Linum! – leider ist ein Dintenklecks schwerer auszutilgen als ein Kuß, und doch ist es süßer katholisch zu sein, und darum schreibe ich Dir nicht so gerne, als – – Sieh! so bin ich ein Armseliger, wie darf, wie kann ich Dir dann schreiben? Soll ich etwa schreiben: ›Teure Freundin! sei'n Sie fest überzeugt, wenn es Ihnen einen Fliegenpunkt von Trost unter den Mückenschwarm Ihrer Leiden bringen kann, daß ich leider nicht zweifeln darf, wie Sie noch immer einiges Kopfweh und Augenleiden bis zur Blindheit, besonders kurz vor dem Einschlafen nachts über dem Briefschreiben haben dürften.‹ O Anmutskitzlein und -kätzlein, merkst Du, daß das Schreiben schwer ist für einen Katholiken ...« Und das sehr lange, nur fragmentarisch überlieferte Schreiben endet mit den Worten: »Aber nun ist es aber auch ganz aus – aus – aus der Maßen, liebes Linum. Dein treu ergebenes Büblein hat sein Sach gemacht.«

Unter diesem Bilde des »armen Bübleins« aus dem »Tagebuch der Ahnfrau« hat Brentano sich zuletzt am liebsten gesehen, und wie dies Büblein wäre er am Ende gerne als der Schreiber seines nicht zu verantwortenden Werkes unsichtbar geworden. In dem Tagebuch bringt ein »wunderlieblicher geflügelter Jüngling« der Ahnfrau fünfundzwanzig Bogen Seidenpapier, und nachdem sie sich mit einem Teile der Bogen die Haare vom Tau getrocknet hat, reicht sie den letzten, »der ohnedies etwas schadhaft war, dem Büblein, seine Feder daran zu reinigen. Es tat dies und verschwand, das Papier mit einem Tintenfleck fiel mir zu Füßen. Das Büblein war fort, es war, als habe es sein eignes Dasein aus der Feder geputzt.«

Eine mit diesem Büblein verwandte Lieblingsvorstellung Brentanos war die von der Kore, der Pupilla, dem Püppchen oder Kindlein im Auge. Wenn ihm etwas, zum Beispiel ein Kunstwerk, der Anmut und Unschuld und des inneren Herzensduftes zu ermangeln schien, so pflegte er davon zu sagen, es habe »kein Kindchen im Augapfel«. Von diesem Kindchen spricht auch die Seherin Libussa in der »Gründung Prags«: »Das Kindlein, das aus unsern Augen blicket, / Es wächst empor, und schaut in unsre Augen, / So mild, so wild, als wir es ausgeschicket.« Und in einer Anmerkung zu dieser Stelle heißt es: »Es ist dies ein schöner Wahn, ja eine moralische Mythe von tiefer Bedeutung, die ich aus dem Glaubensbekenntnis meiner Amme habe ... Sie sagte, um mich vor Zorn und Heftigkeit zu hüten: Ach wie sieht das Kindlein in deinen Augen so zornig aus; nimm dich in acht, wenn es einst groß wird und dich verläßt, dann wird es dich ebenso anschauen, als du es jetzt aus deinen Augen schauen läßt. Sie hat wie immer wahr gesprochen.« Dieses Kindlein also, das niemand anders als das Gemüt, als die »eingemauerte bessere Sehnsucht« und, ins Christliche gewendet, der innere Christus ist, tritt uns zuletzt von außen als Richter entgegen, der mit uns umgehen wird nach den Eigenschaften, die wir durch unser Leben in ihm ausgebildet haben. Brentano erfährt diese Gestalt vor allem als von ihm hinausgeschickt; er sieht und liest zuerst, ehe er sich durch Angeblicktsein erschaffen und gelesen empfindet. Darum ergeht im Kind das Endgericht über ihn und seine Bilder.

Ein Letztes ist dann die Bitte um »ein armes kindliches Vertrauen«, weil Brentano, einer Weisung der Emmerick folgend, überzeugt war, »daß ein lebendiges Vertrauen in Einfalt alles *wesentlich* und *zur Substanz* mache«. Ein anderer christlicher Dichter nach ihm hat dieses Thema des Kindes und seines Vertrauens wieder aufgegriffen und fortgeführt, Konrad Weiß in seiner »Kleinen Schöpfung« und in der unvollendeten Dichtung »Largiris«. Auch er »in Kind und Mann zerstückt« beschließt, gleichsam zu Brentano zurückgrüßend, das letzte seiner Gedichtbücher, »Das Sinnreich der Erde« (1939), mit den merkspruchartigen Versen: »Und ist doch keine Wunde diese Welt, / wenn nur das Kind sein Auge drin behält.«

Friedhelm Kemp

ZUR VORLIEGENDEN AUSGABE

Diese zweibändige Ausgabe soll eine angemessene, auch philologisch verantwortbare Auswahl aus dem lyrischen und erzählerischen Werk Clemens Brentanos bieten, ergänzt durch einige Texte essayistischen Charakters.

Der *erste* Band enthält eine reiche Auswahl aus den Gedichten sowie die bekanntesten Erzählungen Brentanos, darunter die ›Chronika des fahrenden Schülers‹ in der wesentlich umfangreicheren Urfassung; von den scherzhaften Abhandlungen wurde die früheste, zusammen mit Joseph Görres verfaßte aufgenommen, von den projektierten oder gedruckten Beiträgen zu Zeitschriften werden die drei reizvollsten Stücke geboten, von denen zwei ebenfalls das Ergebnis einer Zusammenarbeit mit Freunden sind.

Der *zweite* Band enthält von den Fragment gebliebenen Rheinmärchen das einleitende Rahmenmärchen von dem Müller Radlauf. Die italienischen Märchen werden vollständig geboten, mit Ausnahme der Frühfassung des Gockelmärchens und der als Bruchstück überlieferten Zweitfassung der Rahmenerzählung (Schnürlieschen-Fragment). Von den beiden stark erweiterten Spätfassungen (Gockel-Märchen; Fanferlieschen) wurde das noch zu Brentanos Lebzeiten erschienene ›Märchen von Gockel, Hinkel und Gackeleia‹ aufgenommen.

Zur Textgestaltung der Gedichte vgl. Bd. 1, S. 498f., zur Textgestaltung der Prosa Bd. 1, S. 551f. Text und Kommentar der vorliegenden Auswahlausgabe folgen der großen vierbändigen Ausgabe der Werke Clemens Brentanos im Carl Hanser Verlag, hrsg. von Friedhelm Kemp (Bd. 1 hrsg. von Wolfgang Frühwald, Bernhard Gajek und Friedhelm Kemp), 1963–68.

Die Zeittafel wurde auf die wichtigsten Lebens- und Werkdaten beschränkt; die neu erstellte und auf den neuesten Stand gebrachte Bibliographie führt vor allem solche Titel auf, die den interessierten Leser bibliographisch weiterzuführen geeignet sind.

Für die Gesamtauswahl, die Prosateile und das Nachwort ist Friedhelm Kemp, für den Kommentar zu den Gedichten sowie für die Zeittafel und die Bibliographie Wolfgang Frühwald verantwortlich. Die Herausgeber haben ihre Arbeitsanteile gegenseitig überprüft und korrigiert.

Gerhard Schaub gebührt Dank für seine Mitwirkung beim Kommentar zu den Gedichten.

INHALT

Das Märchen von dem Rhein und dem Müller Radlauf . . 7
Italienische Märchen 105
Das Märchen von den Märchen oder Liebseelchen . . . 107
Das Märchen von dem Myrtenfräulein 125
Das Märchen von dem Witzenspitzel 137
Das Märchen von Rosenblättchen 145
Das Märchen von dem Baron von Hüpfenstich 156
Das Märchen von dem Dilldapp 179
Das Märchen von Fanferlieschen Schönefüßchen 196
Das Märchen von dem Schulmeister Klopfstock und seinen fünf Söhnen 249
Das Märchen von Komanditchen 294
Das Märchen von Gockel, Hinkel und Gackeleia 329
Herzliche Zueignung 331
Gockel, Hinkel und Gackeleia 344
Blätter aus dem Tagebuch der Ahnfrau 546

ANHANG

Anmerkungen 647
Vorbemerkung 647
Zur Entstehungsgeschichte der Märchen 649
Das Märchen von dem Rhein und dem Müller Radlauf . 654
Italienische Märchen 657
Das Märchen von Gockel, Hinkel und Gackeleia 666
Ausgewählte Bibliographie zu Leben und Werk Clemens Brentanos 694
Lebens- und Werkchronik 699
Nachwort 702
Zur vorliegenden Ausgabe 731